中國歷史文集叢刊

范仲淹全集

一

〔宋〕范仲淹 撰

李勇先 劉 琳 王蓉貴 點校

中華書局

圖書在版編目(CIP)數據

范仲淹全集/(宋)范仲淹撰;李勇先,劉琳,王蓉貴點校. —北京:中華書局,2020.5(2025.6 重印)
(中國歷史文集叢刊)
ISBN 978-7-101-14517-5

Ⅰ.范… Ⅱ.①范…②李…③劉…④王… Ⅲ.中國文學-古典文學-作品綜合集-北宋 Ⅳ.I214.412

中國版本圖書館 CIP 數據核字(2020)第 064921 號

責任編輯：陳若一
責任印製：韓馨雨

中國歷史文集叢刊
范仲淹全集
(全四册)
〔宋〕范仲淹 撰
李勇先 劉 琳 王蓉貴 點校
*
中 華 書 局 出 版 發 行
(北京市豐臺區太平橋西里 38 號 100073)
http://www.zhbc.com.cn
E-mail:zhbc@zhbc.com.cn
三河市鑫金馬印裝有限公司印刷
*
850×1168 毫米 1/32 · 49⅛印張 · 8 插頁 · 950 千字
2020 年 5 月第 1 版 2025 年 6 月第 5 次印刷
印數:7501-8500 册 定價:198.00 元

ISBN 978-7-101-14517-5

總目

第一册

第二册

第三册

第四册

第一册目録

范文正公文集卷第三

古詩

范文正公文集卷第四

律詩

范文正公文集卷第五

律詩

范文正公文集卷第六

律詩

范文正公文集卷第七

范文正公文集卷第八

范文正公文集卷第九

范文正公文集卷第十

范文正公文集卷第十一

書

祭文

范文正公文集卷第十二

碑

范文正公文集卷第十三

碑

墓誌

范文正公文集卷第十四

墓誌

范文正公文集卷第十五

墓誌

范文正公文集卷第十六

范文正公文集卷第十七

范文正公文集卷第十八

表

范文正公文集卷第十九

狀

范文正公文集卷第二十

狀

劄子

前言

方健

中華民族五千年文明史上，涌現了許多優秀的歷史人物，范仲淹無疑是其中的佼佼者。他的人品學問、道德文章、文治武功、傑出思想，千百年來啓示和激勵着一代又一代的志士仁人。范仲淹「行求無愧於聖賢，學求有濟於天下」〔一〕，堪稱中國知識分子的典範，其「先憂後樂」的名言至今閃耀着熠熠光彩。

一

范仲淹，字希文，蘇州人。宋太宗端拱二年八月二十九日（公元九八九年十月一日）誕生在真定府（治今河北正定），其父范墉時爲北道重鎮成德軍節度掌書記。次年，范墉即因病與世長辭，終官武寧軍（徐州）節度掌書記。墉兩娶，生有五子，其三早卒，惟范仲温（九八五—一〇五〇）和范仲淹幸存，范仲淹即爲范墉繼娶謝氏所生。范墉去世後，年僅六歲的范仲温育于蘇州族人，稍後，謝氏則帶着范仲淹改嫁長山朱文翰。范仲淹改名朱説，度過了艱辛的青少年時代。朱文翰曾任安鄉知縣，范仲淹隨繼父、生母在洞庭湖畔接受了啓蒙教育，留下「書臺夜雨」的佳話；後又來到朱文翰的故鄉淄州長山，攻苦食淡，勵志苦讀于長白山醴泉寺等地。繼父朱文翰終官長山縣令。對于繼父的「既加養育，復勤訓導」，范仲淹始終懷着感激之心，在其顯貴後仍念念不忘，請以「所授功臣階勳恩命回贈繼父一官」〔二〕，還悉心關注其喪葬事宜。他爲朱氏子侄奏請異姓恩澤，解决求學及生活困難等問題，體現了一代名臣的風範。

范仲淹二十歲時，曾遠遊陝西，結識名士王鎬，他們一起嘯傲于鄠、杜之間，撫琴論《易》，極盡其歡，晚年范仲淹仍滿懷深情地懷念這位舊友。約略稍前，范仲淹還與王洙有布素之遊，奠定了終生不渝的友情。這種出行和交遊，開擴了青年范仲淹的視野。

大中祥符年間（一〇〇八—一〇一六），范仲淹在著名的宋代四大書院之一——應天書院求學，數年的刻苦力學生涯使他「大通六經之旨」〔三〕。青年范仲淹雖「出處窮困」，「布素寒姿」，但卻矢志不渝，勤奮學習，自覺磨練意志，確立了其卓犖不群的理想人格，憂思深遠的憂患意識和憂國憂民的遠大抱負〔四〕。如果説，「不爲良相則爲良醫」〔五〕是范仲淹的初衷，那麼在南都學舍他已有了「慨然有志于天下」〔六〕的人生信念。

大中祥符八年（一〇一五）的進士及第，是范仲淹人生道路上的里程碑。是科江西人蕭貫貢試第一，但鄙薄南人的寇準，硬是説服真宗，讓蔡齊狀元及第，這和他堅持不讓王欽若拜相一樣，説明了他人才觀念上的狹隘，范仲淹卻對這位名相的剛毅果敢、勇于決斷推崇備至。

范仲淹釋褐初仕廣德軍司理參軍，首先奉母侍養。他治獄廉平，清正自守，常與知軍大異其趣而挺然不從。剛正不阿、卓然而立的操守已見于筮仕之時。天禧元年（一〇一七），范仲淹擢文林郎、權集慶軍（亳州）節度推官，時知州爲上官佖，通判楊日嚴，十分倚重這位才華横溢的青年幕僚。次年，三十歲的范仲淹有燕趙之行，留下了豪情滿懷的《河朔吟》，抒發了他收復燕雲失地的壯志雄心。他還奉母命歸宗復姓，上表陳請時有一聯四六名句，化用范蠡、范雎故事，用事精切，顯示了他的文學才華和文字功力。

天禧五年，范仲淹調官監西溪鹽倉。這位僻居海隅的監當官，頗有懷才不遇、壯志難酬之感，不避自薦之嫌上書時爲執政的張知白，向他傾吐心聲：「卑棲曾未托椅梧，敢議雄心萬里途。」[七]范仲淹同年摯友滕宗諒，時官泰州從事，兩人志趣相投，時相過從，唱酬無已，他們在東海之濱結下情逾骨肉的交情。他和富弼也在海陵結下忘年交，當時，富弼侍父而來讀書于此（弼父富言監泰州酒税）。

天聖三年（一〇二五），范仲淹創議重修捍海堰，與滕宗諒一起主持這項工程，因氣候條件惡劣，遭遇挫折。但范仲淹不爲所動，向朝廷力陳，得到淮南漕使胡令儀、發運副使張綸的支持，在胡、張的主持下，于四年秋重新開工，歷時三年，這條横跨通、泰、楚三州，長達一百五十里的捍海堰終于完成。雖然范仲淹天聖四年因守母喪離開了泰州，但後人仍將其命名爲「范公堤」。三州均立有范公生祠，楊阜《畫像贊》云：「我思范公，水遠堤長。」「青衫下僚」的「名世高節」，是永遠留在當地人民心中的豐碑，范公堤在近千年的「捍患禦災」〔八〕中發揮了重要作用，遺址迄今猶存。范仲淹寫有《堰記》，總結他第一次治水的實踐經驗，可惜這部水利名著早已散佚。

天聖五年正月，晏殊罷執政爲南京留守，辟守喪居此的范仲淹掌應天府學教席，次年還薦范仲淹應學士院試，除秘閣校理。范仲淹的仕宦生涯實現了一次重要轉折，從此，他對小自己二歲的晏殊終身師事之。范仲淹在執掌府學的教學實踐中初步形成了其教育思想和人才觀。在南都守喪期間，范仲淹向宰相上萬言書，提出了他最初的改革思想，這不僅成爲慶曆新政的藍圖，後來也啓發了王安石的熙豐變法。蘇軾高度評價了這一「天下傳誦」的萬言書，稱「至用爲將，擢爲執政，考其平生所爲，無出此書者」〔九〕。首相王曾對這通萬言書極爲贊賞，暗示晏殊薦范仲淹召試館職。在宋仁宗時期，人才的脱穎而出，時賢先達的薦拔賞識、大力提攜，也是重要原因。范仲淹對此深有體會，在他躋身名流後，比他的前輩做得更多、更好。在人才的破格選任方面，由于范仲淹不遺餘力地倡導和身體力行，一定程度上成就了仁、英、神、哲四朝人才迭出的可喜局面，這是趙宋王朝能在内憂外患中長治久安的百年大計。

天聖七年，范仲淹力諫皇太后不可在殿廷接受仁宗行拜賀之禮，認爲這樣有損「君體主威」；又建議劉太后還政于已成年的仁宗皇帝，但皇太后熱衷權勢，疏入不報。范仲淹遂自請補外，通判河中府（治今山西永濟）。

天聖九年三月，范仲淹遷太常博士、徙陳州（治今河南淮陽）通判。知州楊日嚴乃亳州時頂頭上司，繼任知州胡則，也與范仲淹結成忘年之交。人在宛丘的范仲淹仍時時關注着朝廷的政治態勢、人事變化動向。

明道二年（一〇三三）三月，劉太后撒手人寰，仁宗親政，朝政一新。原先上疏忤劉太后的官員相繼得到提拔重用。四月，范仲淹被召回，除右司諫。宋代的臺諫官許風聞言事，即可據傳聞上疏提出自己的意見，即使失實，也不加罪，其目的在于「折奸臣之萌，而救内重之弊」。蘇軾對這種「未嘗罪一言者，縱有薄責，旋即超陞」[一〇]的趙宋祖宗家法最爲贊賞，儘管他自己曾蒙受過「烏臺詩案」的牢獄之災。

范仲淹直言極諫，恪盡職守。在太后稱制時，勸劉后盡母道；在仁宗親政後，則勸帝盡子道，調和二宮，煞費苦心。范仲淹還受命安撫江淮災情，所至措置得宜，如奏蠲舒、廬州等地折役茶、贍軍茶、江東丁口鹽錢，主張鹽法通商等，一定程度上減輕了當地人民的負擔。是年歲末，在宰相吕夷簡的支持下，仁宗廢黜郭皇后。臺諫在孔道輔和范仲淹的率領下，群起力争，被責問得張口結舌、理屈詞窮的吕夷簡玩弄陰謀手法，請臺諫次日上朝力陳；仁宗連夜下達詔旨，分貶臺諫領袖孔、范出知泰州、睦州，天明即押出國門。臺諫官員相繼上疏救援、力争，皆不報。在皇權和相權的聯合壓制下，顯然，臺諫只能屈居下風。

景祐元年（一〇三四），范仲淹出守睦州。在春意綿綿、風景如畫的新安江畔，身心疲憊的范仲淹，憑吊嚴子陵釣臺，主持重修了嚴光祠堂。他倡導貪廉懦立的名教思想，「雲山蒼蒼，江水泱泱，先生之風，山高水長」〔二〕，成爲激勵人們道德品質修養的千古名言。桐廬郡小政閑，公務之餘，范仲淹與幕僚一起登臨遊賞，交相唱酬，飽享山水之樂。就在范仲淹陶醉在江城的詩情畫意之中時，同年八月，一道詔令將他調知鄉郡蘇州。

當時蘇州正發大水，范仲淹行裝未卸，就赴常熟、昆山實地考察災情，提出了疏浚五河，引太湖之水注入東海的治水方略，這成爲蘇州地區北宋迄今屢見成效的一種治水主導性思路。回到蘇州城内，他又全力以赴賑濟救助十萬災民。范仲淹記事以來第一次回故鄉，僅及憑吊吴縣天平山的祖塋，察看姑蘇城内的祖居，命名其宅西齋爲歲寒堂，堂前之松爲君子樹，樹旁之閣爲松風閣，各賦詩一首，寓意深矣。

景祐二年三月，范仲淹被擢爲禮部員外郎、天章閣待制，躋身侍從，有了更能發揮其才華和參政的機遇。八月，范仲淹以判國子監召回後，言事益切。老謀深算的吕夷簡奏請任命范仲淹權知開封府，想以煩忙的日常事務困擾之，再相機尋其治政失誤而罷黜之。但范仲淹精于吏治，治績無懈可擊，京都肅然。

范仲淹耿介正直，容不得吕夷簡擅權市恩。他向仁宗上《百官圖》，指出進退官員的大權應由皇帝親自掌握。又上《帝王好尚》等四論，主張强化皇權，侵削相權。切中要害的疏論激怒了權勢欲極重的吕夷簡，他反訴范仲淹「越職言事，薦引朋黨，離間君臣」〔二二〕。寵信吕相的仁宗詔令范仲淹落職出知饒州，這是范仲淹第三次因言事而遭貶黜。阿附權相的侍御史韓瀆還奏請以范仲淹朋黨榜朝堂，戒百官越職言事。當時范仲淹以其剛正不阿的人格魅力已在士林享有重望，館職余靖、尹洙上疏論救，相繼被貶外；歐陽脩致書右司諫高若訥，斥其迎合時相不論救范仲淹爲不復知人間有羞恥事，被貶知夷陵。蔡襄憤而作「四賢一不肖」詩記其事，士論榮之，傳誦中外，洛陽紙貴。這場風波史稱「景祐黨争」，上述諸人後來均成爲宋代名臣，范仲淹的士林領袖地位逐漸形成。范仲淹被貶出京，依例交遊官員當祖餞都門，但迫于時相的淫威，前來送行的只有李紘和王質。

三出專城，屢遭貶黜的范仲淹，雖鬢白如絲猶素心未改，「許國忘家」〔一三〕乃其立朝準則、處世信條。范仲淹每守一州，把興利除弊作爲行政首要目標。在饒州，奏免烏啣茶充貢和奏免德興銀冶場的貢課，成爲他新的德政。南宋初，狀元及第的王十朋在州治創思賢堂，州學建敬愛堂，立顔（真卿）范（仲淹）廟，以紀念這位前賢。

景祐四年十二月，因葉清臣疏請，詔移范仲淹知潤州（治今江蘇鎮江），次年到任。寶元二年（一〇三九）三月，又徙知東南重鎮越州（治今浙江紹興）。在潤，范仲淹嘗籌劃建州學，重建清風橋，後被改名「范公橋」；在越，則以德化治，後人建有賢牧亭以祠。他還留下了《清白堂記》，力邀李覯來越州州學執教，興學已成爲他關注的焦點。

康定元年（一〇四〇），西夏戰事驟起，宋軍大敗于三川口，朝野震驚。范仲淹臨危受命，先以天章閣待制知永興軍，旋擢刑部員外郎、陝西都漕，又遷龍圖閣直學士、陝西經略安撫副使，膺寄方面。八月，再遷户部郎中，自請代張存知延州（治今陝西延安）。在延州實行將兵法，採取積極防禦、尋機小規模出擊的戰略，初步穩固鄜延防綫。他授狄青《左傳》，勉以折節讀書，狄遂成一代名將；又對志在投筆從戎的張載，勸以治《中庸》，張後來成爲關學開山，理學巨擘。范仲淹的慧眼識人，于此可見一斑。

慶曆元年（一〇四一），韓琦對西夏採取攻策，范仲淹不爲所動，結果宋軍大敗于好水川。范仲淹也因私與元昊通書，觸犯「人臣無外交」天條而被降官户部員外郎，貶知耀州；韓琦則因敗軍之罪貶知秦州（治今甘肅天水）。十月，分陝西爲秦鳳、涇原、鄜延、環慶四路，由韓琦、王沿、范仲淹、龐籍分任四路帥臣。范仲淹奏上攻守二議，初步形成其獨具卓見的加强西北防務、抗擊西夏的軍事思想。

慶曆二年，范仲淹上疏再論攻守之策，主張增築堡塞，行堅壁清野之計，在擴軍備戰的同時，實施招納懷撫之策。三月進築大順城，成爲楔入雙方必争地界的堡壘，進可攻，退可守。范有詩記其事，張載有記頌其功。范仲淹又主張營水洛城，堅辭邠州觀察使之職，不願以文階易武階，這是當時儒臣的普遍心態。閏九月，由于主將葛懷敏「猾懦不知兵」〔一四〕，輕率冒進，再敗于定川砦。范仲淹及時從慶州出兵馳援，方穩住陣脚，迫使西夏退兵。十一月，詔命復置四路都部署，以范、韓、龐籍分領之，繫銜并帶四路招討使。范仲淹上表自請，願與韓琦共同駐守涇州，與延州龐籍成犄角之勢，又奏請文彦博知秦州、滕宗諒知慶州，並兼兩路帥臣。經過反復探索，在范、韓主持下，宋陝西四路立體縱深攻防體系始構築完成，宋夏戰争進入相持階段，宋夏和議，仍以延州爲管道，正式啓動。范仲淹穩妥的積極防禦戰略初見成效。

慶曆三年四月，范、韓因西綫戰功而擢拜樞密副使。八月，又除范仲淹參知政事。九月開天章閣，詔命近臣條對時政，范仲淹應詔上《十事疏》，提出明黜陟、抑僥倖、精貢舉、擇官長、均公田、厚農桑、修武備、減徭役、覃恩信、重命令十項措施，這標志着慶曆新政之始。且除修武備一項外，其餘九項措施均以詔令形式劃一頒行，在行之二年的新政期間，尚有超出十事疏的内容。新政包括澄清吏治、培育人才、富民强兵、强化法制四個方面。

這是中國歷史上一次著名的改革，涉及政治、經濟、軍事、文化、教育、法制等各個領域，是順應歷史潮流，頗有一定深廣度和社會效應的改革運動，是旨在調整封建國家決策體制及運行機制的改革。其中，「磨勘新制」是對兩宋陳陳相因的磨勘舊法唯一一次强力衝擊；「厚農桑」也確實對興水利、課農桑、辟田疇、增户口産生了積極影響。最爲功德無量的是詔州縣立學和改革貢舉考試制度，這不僅促進了文風和社會風氣的深刻轉變，也造就了大量人才，使文化學術事業達到高度繁榮。慶曆新政爲熙豐變法及此後的歷次改革提供了可資借鑒的經驗教訓。可惜仁宗皇帝的始從終棄，執政大臣的首鼠兩端，守舊勢力的頑固强大，祖宗家法的掣肘限制，導致了慶曆新政的功敗垂成。但這是中國封建時代有着深遠歷史意義的一次全面政治改革，是范仲淹「以天下爲己任」遠大抱負的一次可貴實踐，其功績永垂史册。

慶曆四年八月至五年元月，范仲淹被命宣撫河東、陝西，在秋冬季節，先後行經今山西及陝西的一些在宋代爲交通未便、備極艱辛的極邊地區。就在范仲淹黽勉王事、艱難跋涉之際，王拱辰等策劃了「奏邸之獄」，將蘇舜欽等改革派新進英鋭「一網打盡」，矛頭直指時相杜衍和參知政事范仲淹，范仲淹自請罷執政，求知邠州，得到批准。慶曆五年十一月，又詔罷范仲淹兼任四路帥臣，以給事中改知鄧州。

慶曆六年起，范仲淹在鄧州度過了三年難得的愜意時光。解除了機政和邊防重任的范仲淹，在鄧州這一風光秀美的重鎮，在「幕中文雅盡嘉賓」〔一五〕和諸子隨侍的親情中優閑度過了鄧州之任。在這裏，他的新夫人曹氏還生下了季子純粹，他後來成爲蘇軾的徐州僚友，請蘇軾寫下了《范文正公集序》。范仲淹在鄧州，營造百花洲、重修覽秀亭，既是對前任、同年謝絳的憶念，又把這風景如畫的園囿辟爲公園而與民同樂。范仲淹在鄧州迎來了一生中最重要的一次創作高潮，其傑作《岳陽樓記》及許多詩文均寫于鄧州。他還興致勃勃地參加了祠風師、賀瑞雪等民俗活動，祈求農業豐收，百姓安居樂業。每到一地，他總把民衆的疾苦安危放在首位。所以當他任滿時，鄧民遮道，范仲淹也頗願留任，遂得再任。范仲淹身後，鄧人在州治建「景范樓」，在百花洲建范公祠，紀念這位名臣在鄧州留下的政績與遺澤。

皇祐元年（一〇四九），范仲淹移守東南重鎮杭州。在赴任途中，他最後一次在鄉郡姑蘇逗留，決定創辦范氏義莊。作爲元老重臣，這年七月，又擢官禮部侍郎。儘管他未能如唐宋賢守白居易、蘇東坡那樣在美麗的西子湖畔留下令人贊嘆的白堤、蘇堤，但他首創的救荒模式，卻在中國經濟史上留下了濃重的一筆。皇祐二年，兩浙路爆發大饑饉，杭州災情尤重。范仲淹一改開倉濟民、賑濟流亡的常規辦法，他縱民出遊競渡，力倡公私興工造作，獨創以工代賑、募民興利的救災新模式。另外，他又抬高糧價，廣泛吸納糧食涌向杭城，使得糧價大幅回落，人心穩定。這種擴大消費、刺激生産、增加就業機會、興辦公共設施和工程項目、組織災民自救，與調節糧價雙管齊下的高明措施，保證了杭州「民不流徙」〔一六〕，安然度荒。皇祐三年，范仲淹移知青州，與富弼交政後，又逢河朔饑荒，范仲淹又成功地將管子發明的這種輕重之術發揮到極致，一舉三得，既平抑糧價，又免支移之苦，還幫助青民度過青黄不接的艱難時光。這充分體現了范仲淹的過人膽識和行政智慧。可惜，皇祐四年五月二十日（公元一〇五二年六月二十日），這位傑出的政治家在移守潁州的途中病逝于徐州。范仲淹「智謀過人遠甚」、「文武兼備」〔一七〕，無論在朝主政、出帥方面，均繫國之安危、時之重望于一身；即使在擔任地方官的時候，也是殫精竭慮，鞠躬盡瘁。作爲宋學開山、士林領袖，他又開風氣之先，文章論議，必本儒宗仁義；以其人格魅力言傳身教，一生孜孜于教育事業，悉心培養和薦拔人才。乃至晚年「田園未立」〔一八〕，居無定所，臨終《遺表》又一言不及私事。他不平凡的人生，譜寫了「先憂後樂」的時代樂章。

二

范仲淹生前故後，士大夫對他表示了一致的推崇，絶非偶然。王安石譽之爲「一世之師」，「名節無疵」[一九]，司馬光稱其「前不愧於古人，後可師於來哲」[二〇]；黄庭堅論定其爲「當時文武第一人」[二一]，王十朋更褒其爲「此志此言高孟軻」，「見公端似見周公」[二二]；朱熹也評其爲「本朝第一流人物」；元好問亦推其爲「求之千百年間，蓋不一二見」[二三]的聖賢。范仲淹的影響，也超越了時代和國界，如日本著名景觀「後樂園」，即由朱舜水取范仲淹名言而命名。近代以來，范仲淹研究成爲一門「顯學」，他憂先樂後的風範，剛正不阿的品格，自强不息的意志，愛國憂民的信念，淡泊廉素的作風，泛愛樂善的胸懷，博聞廣知的學識，文武全才的智慧，豐富多彩的生活情趣，構成了「粹然無疵」的完美人生。

范仲淹留給後人的學術論著、詩文不算很多，但其影響卻歷久而彌新，深刻而警世。趙宋王朝雖然在内憂外患中苦苦支撑，但卻創造了興盛的精神文明，在當時世界也居領先地位。朱熹已指出：「國朝文明之盛，前世莫及。」[二四]近代的兩位學術大師陳寅恪和王國維先生也認爲：「華夏民族之文化，歷數千載之演進，造極于趙宋之世。」[二五]「前之漢唐，後之元明，皆所不逮也。」[二六]在中國學術思想文化史的歷史長河中，宋學是難以逾越的巍巍高峰。宋學突破了漢唐墨守經傳舊注訓詁的樊籬，倡導義理之學；追求心性修養及明體達用、經世致用、外王内聖的統一；具有「致廣大，盡精微」的博大精深及整合儒釋道學的萬千氣象。其本質特徵則是陳寅恪先生總結的：「獨立精神，自由思想，批評態度。」

宋初即已確立右文崇儒，「以文德致治」[二七]的既定國策，宋代大開孤寒之士通過科舉入仕之路，通過館閣制度培養和儲備人才，令其致身通顯。宋代士大夫的理想人格中，多蘊涵着愛國熱情、憂患意識，「以天下爲己任」的人生信念和自覺追求，范仲淹就是其中集政治家、思想家于一體的傑出代表。官僚與學者是他們的一身兩面，范仲淹青年時曾在應天書院學習過，後又執掌書院教席，不僅打下了扎實的學問基礎，也對教育有了更明晰的認識。慶曆新政中的詔州縣立學，是功德無量的盛舉，奠定了我國九百五十餘年以來的地方教育體系基礎，爲大批人才的脱穎而出創造了條件。他也曾短期擔任過判國子監之職，主張辦醫學等專業教育，培養和薦引了當時最著名的幾位太學教授：宋初三先生及李覯。宋代太學、州縣官學、書院學等三級教育體系的形成，是中國教育史上值得大書特書的創舉，范仲淹視教育爲頭等大事，培養人才爲百年大計，體現了他的遠見卓識。

當時的一些知識精英，如歐陽脩、曾鞏、王安石、富弼、司馬光、李覯、張載等，均出自高平門下。范仲淹與古文學家尹洙、蘇舜欽及名臣韓琦、杜衍、晏殊等也有極爲密切的關係。他自己以《十事疏》爲代表的政論性散文，「五記」爲代表的古文，《易義》爲代表的學術著作，駢散結合的律賦創作，乃至膾炙人口的某些詩詞也達到很高的水平。尤其是他從不曲學阿世，實事求是的治學風格，融儒釋道于一爐的兼容並蓄的博大胸懷，使他成爲開風氣之先的文化學術思想界領軍人物。

范仲淹「積學于書」，「得道于心」〔二八〕。他「綱維三才」的天人合一觀，窮神知化的辯證思維，理一分殊、内聖外王的四德説，實開《易》學研究中義理派先河。宗經則是其哲學思想的取向，他于《六經》中求文、道、用的統一，實創「以《易》爲宗，以《中庸》爲體，以孔孟爲法」〔二九〕的治學路子。范仲淹還出入佛老，精研三教經典，力求會通而經世致用，正如他詩中所説：「清静道自生」，「讀《易》夢周公」，「養志學浮丘」〔三〇〕。這種廣闊的學術視野，使他成爲衆望所歸、當之無愧的宋學開山。

范仲淹的政治思想是中國傳統文化中的瑰寶。强烈的憂患意識，體現了他高度的社會責任感，自覺的擔當精神，濃郁的人文情懷。他立志「尚經天緯地之業」〔三一〕，而「憂事渾祛樂事還」〔三二〕成爲他畢生的追求和信念。兼濟天下、「愛國憂民」〔三三〕是范仲淹立身行事、處世立朝的惟一準則，是他光輝一生的真實寫照。范仲淹畢生信守不渝的信條是：「不以己欲爲欲，而以衆心爲心。」〔三四〕所以他能堅持「行己有恥」的高風亮節，不僅在貧賤時能安之若素，富貴時也能保持清正廉明，「爲政忠厚，所至有恩」〔三五〕，興利除弊；晚年又推己及人，設立扶助貧寒族人的義莊。

「素心直擬圭無玷」〔三六〕的范仲淹，開「重名教，以矯衰弊之俗」〔三七〕的時代新風。倡導名教，旨在重建以儒家名教爲核心的道德倫理體系。范仲淹的名教思想，包涵了豐富的内容，不僅有傳統意義上的仁義禮智信、誠明、忠孝之類觀念，而且也包括恬于進退、淡泊名利、犯顔直諫、氣節觀念等合乎時代要求的新觀念。如果説前者更着重于個人的心性修養層面，後者則更注重于社會責任的層面，兩者的和諧統一，即外王内聖貫通的倫理道德規範。范仲淹以名教爲樂，「不以物喜，不以己悲」則是其名教思想的集中體現，也是震爍古今的警世名言。其「至誠許國」，「不以進退易其守」〔三八〕的情操，不僅兩宋時廣爲傳頌，時至今日，猶不失爲儀型典範。

范仲淹無論出入中外，執政臨民，或是膺寄方面，始終以「猶濟瘡痍十萬民」〔三九〕的執著，爲傳統的重本抑末經濟思想注入了全新的内容。他力主茶鹽通商、發展商品經濟的遠見卓識，主持改革、興修水利、獎勸農桑的成功實踐，以軍事、外交、經濟（屯墾戍邊、堅壁清野）手段三管齊下鞏固邊防的深思遠慮，刺激消費、以工代賑救荒濟贍的獨特模式，提出「損上益下」「裒多益寡」〔四〇〕，摧抑兼併的固本寧邦之策，運用輕重之術平衡糧價，雖僅是吉光片羽，但仍不失爲中國經濟思想史上頗具亮色的真知灼見。這不僅是他提供給歷史的「新的東西」，也是爲後人提供有益謀謨的寶貴財富。尤其值得一提的是：范仲淹創辦的義莊，體現了他一貫的民胞物與的人文情懷，充分反映了他對家族、社會的責任感及對社會財富再分配的一種觀念。范仲淹的高瞻遠矚，實開宋代賑濟、福利事業的先河，後來不僅富家大族競起效仿，蔚爲時尚，而且，也促進了官辦慈善養濟機構的誕生，成爲近代各種官方、民辦扶貧事業的濫觴。范氏義莊的成功實踐及其遺韻流澤，對于當今社會保障福利機制的形成及扶貧事業，也有一定的啓迪作用。

范仲淹作爲宋代詩文革新運動的倡導者之一，提出了「救斯文之薄，而厚其風化」的主張。他還力主「文質相救」〔四一〕，文以載道，將道統與文統完美結合，他有獨具一格的詩論和賦論。他對前輩作家王禹偁、穆修比較推崇，對同時代的尹洙、蘇舜欽、歐陽脩等人「力爲古文」的文學成就也頗爲贊賞。他自己也創作了文質兼備、情文並茂，駢散結合的散文和律賦。范仲淹與他同時代的作家群體形成了一種新的文風，一掃西崑體「刻辭鏤意」、「專事藻飾，破碎大雅」〔四二〕的弊弱文風。

范仲淹還主張：在文學創作中須「文辭貫道」〔四三〕，「意必以淳，語必以真」〔四四〕。他在《唐異詩序》等文中簡要概括了唐詩各種流派的特色，反映了他有較高的文學修養和藝術鑒賞品位，對詩歌的特徵及其社會作用有明晰的認識。詩言志，歌咏言，他認爲抒發真情實感是詩最本質的特徵。范仲淹的詩衆體皆備，他的交遊詩、山水詩、邊塞詩中不乏「格清而意遠」〔四五〕的精品佳作，如《野色》《和章岷從事鬬茶歌》《獻百花洲圖上晏相公》等。另外，范仲淹的律賦創作，堪稱唐宋大家，儘管他精心編纂的賦匯總集《賦林衡鑒》已佚，但保存下來的序，是一篇十分精彩的賦論。律賦興于唐，宋代以來，賦主要是應副禮部貢試的科舉文體，不爲人所重。但「少遊文場，嘗稟詞律」〔四六〕的范仲淹，卻善于「化腐朽爲神奇」，創作出不少言爲心聲的佳作。正如楊萬里所論：「古今文章，至我宋集大成矣。」〔四七〕宋文之盛，正始于慶曆，范仲淹無疑是這一作家群體中的重要一員。

范仲淹的詞作雖多已散佚，今僅存五首，但卻闋闋精彩，字字珠璣。他的詞作豪放中有婉約的成分，實開蘇辛詞風的先河，有一種撼人心魄的節律感、音樂美。范仲淹的散文，題材廣泛，是他從政、治軍、興學的實録，具有很高的史料價值，也頗具文學和審美價值，其中不乏佳篇。《岳陽樓記》等五記、《十事疏》《奏上時務疏》等爲傳誦已久、膾炙人口的傑作，他的四論也風格犀利，縱横捭闔，還有一些書信及傷悼文字也感情真摯，十分動人。總之，范仲淹不失爲享有時譽的作家，他的詩文言志抒情，風格清新，自然流暢，立意超邁，醇厚雅正，一如其人，廣受當時及後世的人們所喜愛。在中國古代的文學家中，理應有范仲淹的一席之地。

三

關于范仲淹文集的編纂、刊行及其版本沿革、流傳等情況，前人叙述中的含混不清由來已久[四八]，有必要先進行一番考訂。目前至少有兩點可以確定：其一，宋代其文集、奏議、尺牘是分别單行的，並未合刊過，更無年譜、補編之類附録；其二，宋代刊刻過的范仲淹文集、奏議、尺牘版本之多，遠出乎我們今天的想象。正如范仲淹八世孫，元代的范文英所説：「《文正公集》在昔板行于世者何啻數十本，歲久皆不存矣。」[四九]今仍存世的宋刊《范文正公集》完本已極爲罕見，可以確定爲宋本的似乎只有收入《古逸叢書三編》之五的那個版本了（今藏北京國家圖書館）。

富弼《范文正公仲淹墓誌銘》（下簡稱富《誌》）曾經明確提到范仲淹「有文集二十卷」，即在范仲淹逝世後，二十卷的文集已經編定。這個二十卷本的文集很可能在范仲淹生前即已由其本人編定，因爲歐陽脩在皇祐五年（一〇五三）有與范仲淹婿蔡交書一通，其中談到撰神道碑事時，提及范仲淹遺文的編輯事宜。信中説：「《述夢後序》（方按：當即今宋本《范集》卷八《述夢詩序》）更當勘尋史傳續報，然亦當慎。文正所慮至深，某亦疑其有意不用此篇，果如所料矣。」〔五〇〕證諸富《誌》所云，已具二十卷，不過未付梓而已。直到元祐四年（一〇八九）才有蘇軾序而付梓。今傳《范文正公集》乃其次子純仁編定，已删去范仲淹上吕夷簡與之解仇書，純仁固執以爲范仲淹未與吕氏解仇，幸賴吕祖謙《宋文鑑》編入此書而得以傳世。而《述夢詩序》范仲淹本意應刊落，因有以唐事諷朝政之嫌，歐陽脩亦過來之人，深知個中原委，但此文卻被純仁編入。從這種增删，可以判斷出純仁的史識、文才遠不如其父。從信中透露的信息看，似乎范仲淹本人生前已着手編集。從蘇軾序言「以公遺稿見屬爲敘，又十三年乃克爲之」，可證蘇軾從范仲淹四子范純粹那里得到的是范仲淹「遺稿」，一般當指未經刊刻之詩文集稿本。時爲熙寧十年（一〇七七），蘇軾知徐州，范純粹爲徐州屬縣滕縣令。直至元祐四年，蘇軾始撰成《范文正公集序》。雖然我們現仍不能確證這一顯爲家刻本的《范文正公文集》是否刊行于元祐四年（宋人有文集先刊行而補序之例），但可確證，該集稍後即已行世，時知饒州的宋人陳貽範在《鄱陽遺事録序》中已明言：公「純猷茂績，燦在國史、家集、奏議間。」〔五一〕此序撰于紹聖二年（一〇九五）六月，也就是説在范仲淹（九八九—一〇五二）逝世後四十餘年，蘇軾撰序後六年，這個二十卷本的家刻本已流行于世間，而且與奏議是分別單行的。

必須指出，從宋人趙希弁到《四庫提要》的作者，多認爲《丹陽集》與有蘇軾序的《范文正公文集》是同一書的異稱，他們的依據也許是二者同爲二十卷[五二]。實際上這是想當然的誤説。今尚可考的范仲淹之集子，見于宋代文獻著録的大致有以下幾種：

（一）《范公文集》二十卷（富弼《范文正公仲淹墓誌銘》）[五三]；

（二）《范仲淹集》二十卷（《續資治通鑑長編》注引，《宋史·藝文志七》）；

（三）《丹陽集》二十卷（《隆平集·范仲淹傳》，《讀書附志》卷下）[五四]；

（四）《丹陽編》八卷（《通志·藝文略八》、袁本《郡齋讀書志》卷四下、《宋史·藝文志七》著録）[五五]；

（五）《范文正公集》十五卷（僅《通志》著録）；

（六）《范文正公集》二十卷、《別集》四卷（《直齋書録解題》卷一七、《通考·經籍考》卷六一著録）；

（七）《范文正集》（尤袤《遂初堂書目》著録，未著卷數）。

僅《通志》著録的十五卷本《范文正公集》，也許是《奏議》之誤[五六]；富《誌》所云《文集》，即爲《范文正公集》或《范仲淹集》兩本之一；尤袤著録者卷數未明，此三種姑置勿論。這里着重討論二十卷本的《丹陽集》《范文正公集》以及八卷本的《丹陽編》三種范仲淹文集及其相互關係。

首先，可以斷言：均爲二十卷的《范文正公集》與《丹陽集》不是同一版本，原本《丹陽集》卷首也不可能有蘇軾序，南宋人看到的《丹陽集》有蘇序乃覆刻或改編時添上的。何以見得？今可舉出一條力證並稍加論證如下：

宋人葛閎（一〇〇三—一〇七二）有詩《題思范軒二首》，其詩之二尾聯曰：「接花酬唱將三紀，時拂塵篇見舊文。」詩有自注：「某嘗爲《接花歌》，文正得之于從事章君，因而和作，見《丹陽集》。」〔五七〕今考范仲淹景祐元年（一〇三四）守睦州，在睦州與幕僚唱酬，有《和葛閎寺丞接花歌》，爲名作，今刊宋本《范文正公文集》卷三。是年，范仲淹即移守鄉郡姑蘇，後郡人建「思范軒」以紀念范仲淹之功績。據葛閎詩中「將三紀」之説，則此二首詩當作于三十餘年後，詩末自注，又稱文正《和接花歌》詩，已見《丹陽集》，則至遲在熙寧二年（一〇六九）前，范仲淹《丹陽集》已行于世無疑。這是我們目前可以確知的現存史料中關于《丹陽集》最早的確切記載。遺憾的是，葛閎未能説明此本的卷數及始刻時間，但已確鑿無疑地證明了早在范純粹向蘇軾求序的前八年，蘇軾寫成序之前的二十年，《丹陽集》已刊行于世，何况《隆平集・范仲淹傳》還著録了這個二十卷本的《丹陽集》〔五八〕，只是不知曾鞏據何斷言此本爲二十卷？現在我們也還難以確定，這個二十卷本的《丹陽集》與葛閎詩注中所説的《丹陽集》（未注卷數）是否爲同一版本？但確定無疑的是：《丹陽集》曾有過京本即北宋本梓行于世。這從南宋淳熙十三年（一一八六）綦焕跋重刊饒州本《范文正公集》時明確提到此京本而可證。當時，通判宋鈞曾「委屬僚以舊京本《丹陽集》參校」[五九]。因而《四庫提要》卷一五二説「綦焕校定舊刻」，也是不確切的，主其事者乃通判宋鈞，焕僅跋尾而已。

《丹陽編》八卷，晁公武乃據其在川蜀所得井氏書而著録，鄭樵也有可能據其在福建所見之書著録，或據北宋書目著録，《宋史・藝文志》則據宋代官修《國史志》（主要是《崇文總目》及南宋《紹興目》《中興書目》《續書目》等三種官修書目的集大成）著録，應該説，三者來源不同，故《丹陽編》八卷之確實存在是毋庸置疑的，不可能是《丹陽集》的同書異稱。今考晁公武《郡齋讀書志》自序署紹興二十一年（一一五一）元旦，鄭樵《通志・二十略》至遲在紹興二十八年（一一五八）上進五十種書時就已完成，則他們所見的《丹陽編》很可能是北宋本。這里存在兩種可能，一是八卷本的《丹陽編》先于《丹陽集》而行世，《丹陽集》爲《丹陽編》的增補改編本；二是《丹陽編》乃二十卷本《丹陽集》的節略本。從袁本《郡齋讀書志》卷四中稱「《集》有蘇子瞻敘」判斷，似乎以《丹陽編》後出爲是，但筆者卻認爲此序當爲後人翻刻時所加，如同今存各本均有蘇序一樣，因爲蘇軾文名極高，卷首有此序而可廣其傳。況且，徽宗時禁蘇文，北宋晚期刊本即使有此蘇序也應刊落，由此似可反證，當是《丹陽編》先行的可能性較大。范仲淹在家書及致交遊的信中三次提到鎮江，都稱丹陽〔六〇〕，其子范純仁在《王氏語録序》中更自署「丹陽叟」〔六一〕。在范仲淹生活的時代，宋代的刻書業已極爲興盛發達，宋人自編文集梓行蔚然成風，有的人還每到一地即刻集行世，輒以地名名集。即使范仲淹窮困潦倒一生的高足李覯，生前就已有手自編定的《退居類稿》十二卷（有祖無擇慶曆三年序）、《皇祐續稿》八卷刊行（此書明代仍存）。而且范仲淹在南都主持學政已寫下不少文賦，在睦州、饒州留有大量詩文，爲一生中兩大創作高潮之一（另一次爲在鄧州），他知潤州時，作品數量已爲現存一半左右，完全有條件、也有可能編定一個集子。因此，很可能這個八卷本的《丹陽編》是由范仲淹生前親自編定於鎮江，並已刊行的一個集子。當然這僅是筆者一種推測。

宋代無疑有過多種范仲淹的文集行世，可惜隨着歲月的流逝，多已湮没散佚，有案可稽的宋本據筆者所知有以下幾種：其一，饒州刻本，始刻于乾道三年（一一六七），修訂再刊于淳熙十三年（一一八六），此本比原集增補了詩文三十七篇，是爲《遺集》。《四庫提要》卷一五二以爲這就是現傳本《别集》四卷，此説似誤。因爲樓鑰《年譜》卷首已稱：

「《文集》二十卷、《别集》五卷，蘇軾作序。」似乎已是二集合刻本。《年譜》約撰于慶元年間（一一九五—一二〇〇），即在嘉定五年（一二一二）饒州遞修本出現前就已有了包括《别集》五卷的合刻本。更重要的是，檢核現行歲寒堂本《范文正公集》，其《别集》四卷共收詩賦文五十九首，其中詩二十四首（另有三首與《文集》重出未計），賦二十三首，文十二首。如果只計詩文（包括重出三首詩）則爲三十九篇，也均與淳熙增修本綦焕跋所説的三十七篇不符。所以《遺集》與《别集》並不是一回事。今傳《别集》四卷（增補五十九首）當始編定于嘉定饒州遞刻本，《解題》與《通考》著録的合刻本，應該就是這個嘉定本。而這個嘉定本在諸多范仲淹文集的版本中是有重要意義的，它不僅是元天曆本的祖本，也是現傳康熙、道光、宣統三種歲寒堂本的共同祖本，而且還是饒州州郡刻本與家刻歲寒堂本的合流。更可貴的是它還參校了京本《丹陽集》，保留了某些北宋本的特徵。關於這一饒州本，范文英在元統三年（一三三五）跋中還提到過，利用這一「鄱陽别本」以補正舊本之闕失，「續刊以補集後」（指其重刊歲寒堂本）。可惜他未能確指這一饒州本是乾道、淳熙還是嘉定本。可以肯定的是：乾道、淳熙本早已佚失，嘉定本則近代不少學者均稱著録甚至收藏過，但多未能目驗全書，乃至上了書賈割裂古書、僞撰題跋的當。這個嘉定本或其翻刻本，應有如下特點：只有《文集》二十卷或附《别集》四卷的合刊本，《文集》單行及與《别集》合刊，孰先孰後雖已難判别，但毫無疑問，卻不附《奏議》《尺牘》《年譜》等。關于《年譜》及其《補遺》，范仲淹裔孫范國儁元天曆三年（一三三〇）跋中明確指出：此前「惟年譜未刻」，至是年始與《文集》《奏議》合刻。至于《尺牘》五卷，陳振孫《解題》卷一七早已明確指出：「其家所傳，在正集之外。」[六二]直到元後至元三年（一三三七）前，《尺牘》仍然單行而「刊于郡庠」，是年始由八世孫范文英重刻置于歲寒堂。因此凡藏家著録附有《奏議》《尺牘》《年譜》這三種宋代單行之書之一的所謂嘉定本，無一例外，均爲元代的遞修翻印本，絶無可能是宋本。《嘉業堂藏書志》卷四著録了三種二十卷本的范仲淹集，第一種曾爲章綬收藏過，附《别集》四卷，《年譜》及《補遺》各一卷，如上所證，已可肯定不是宋刊本。後兩種當爲宋嘉定本或其宋代翻刻本。其共同特點爲：卷次分合，同今存歲寒堂本。其版式行款是每半葉十二行，行二十字，中縫有張元（一作允）、周成、楊何、章益、陳子仁、趙方等刻工姓名，字體端凝。其中第三種，吴昌綬疑爲「南宋初本」，實誤。從行款、版式、字體特徵及刻工姓名看，第三種與前二種完全相同。其二，繆荃孫記載，他還見過一種與嘉定本行款不同的范仲淹集，每半葉十行，行二十字，字體方整如唐石經，疑其「或是北宋本」[六三]。可惜這一版本及嘉業堂曾收藏過的兩種宋嘉定饒州刊本，其後即已不見著録，今已不復知存于天壤間否？

宋本范仲淹集，今惟一完整（缺目録和卷一，用別本配補）保存下來的，僅現藏于國圖，刻入《古逸叢書三編》之五的一部〔六四〕。此書傅增湘先生曾收藏過，他記其始末云：

此本余得諸嘉定廖氏，前有舊人跋語，云出于范氏主奉家，蓋其吴中嫡裔所藏也。每半葉九行，行十八字，與前二本異，諸家多未著録，結體方勁而行字疏朗，參差衡貫，猶有古人寫書遺意。版心題卷幾，無字數、刊工姓名，樹、煦、勖字闕筆謹嚴，洵爲北宋佳刊。按東坡序作于元祐四年新知杭州時，意即當日初刻之本，後此坡文遭禁，未能鋟傳矣。〔六五〕

十年前，我曾用現存的八種版本通校過范仲淹集，其中就有這個被傅先生定爲「北宋佳刊」的版本，其行款、字體特徵確如傅先生所總結的那樣，但傅先生的結論仍不乏可疑之處。

這個宋本卷首有傅先生得到之前藏家的題記，稱：「得于范氏主奉家，的係原本宋印。」所謂范氏主奉，即范氏義莊的主管。雖今已不詳其版本之源，但可以肯定的是：這是行款、版式、卷次分合不同于嘉定饒州宋刊本的宋本，也不是蘇軾元祐四年序的原刻本。因爲蘇軾序稱，「詩賦二百六十八，爲文一百六十五」；檢核此本，卷一至卷六凡詩賦二百六十三首，卷七至卷二十凡文一百三十九篇，與蘇序所説相距甚遠。從避諱看，固然于恒（真宗諱）、署、樹、曙（英宗諱）、勖、頊（神宗諱）、煦（哲宗諱）等字皆缺末筆，似乎是哲宗時刊行之本；但也有兩處避欽宗趙桓諱，「桓」字缺末筆〔六六〕，卻又另有三處「桓」字不缺筆〔六七〕，不避欽宗諱，頗令人費解。如果説，卷一《秋香亭賦》中的避諱因原本已佚而用南宋本配補，尚可言之成理的話，那麽卷二〇《乞修京城札子》之二的「桓」字缺筆避諱就難以理解；如果説這是北宋末或南宋初版本，又有三處卻不避欽宗諱。此外，此本還不避仁宗嫌諱（貞字）及英宗父（允讓）諱，尤令人費解。總之，從避諱的角度，論定其爲元祐刻本，似也還缺乏力證。當然，如果能證明《乞修京城札子》之二也是原缺而據南宋本配補的話，則又另當别論，但也仍還是避諱不嚴之本。總之，這個版本極有可能爲北宋本，也有可能爲南宋初覆刻本。

這個宋本爲存世的最佳善本，可據以校正現存諸本的許多衍誤訛奪。如目録卷八《朝賢送定惠大師詩序》之「送」，諸本皆誤作「選」；卷十九《舉張昪自代狀》，諸本均訛「昪」爲「昇」，正文亦然。又如卷三之末有古詩《南康軍江中落星寺》，諸本皆佚，今歲寒堂本及《四庫》本已據以補入卷二之末，而《四部叢刊》本（影印明翻元刊本）則未補，乃至《全宋詩》卷一六九據《輿地紀勝》卷二五輯佚，既誤題爲《落星寺》，又「如何」訛倒作「何如」。卷六《依韻和延安龐龍圖柳湖》：「主公多雅故」，「主公」，諸本均誤作「王公」。卷六《依韻和提刑張太博寄梅》，詩題中「太博」，諸本皆作「太傅」，大誤。卷一七《謝許讓觀察使守舊官表》「其體甚重」，諸本誤作「任重」，但《四庫》本不誤。卷一九《除樞密副使召赴闕陳讓第二狀》：「久阻關廷」，諸本均誤作「闕廷」。卷二〇《乞修京城札子》之一：「楊國忠促令討賊」，歲寒堂本、《四庫》本爲避文字獄，而臆改爲「促令進討」，對「賊」字諱莫如深，而《續資治通鑑長編》卷一三六、《諸臣奏議》卷一二六均同宋本作「討賊」，是。又，同上《札子》：「輒言北事」，諸本均形近而訛作「此事」，惟宋本同《長編》而不誤。其他可據宋本是正者甚夥。當然，宋本也有可據諸本校改之處，如各卷詩中的「使君」，全誤作「史君」，宋人稱知州、知府、知軍爲使君。還有極個别明顯的誤字也可據諸本校改。

較之《文集》，宋代單刻行世的《奏議》眉目要清楚得多。韓琦序稱：「次子寺丞君輯公遺文，得《奏議》十七卷，《政府論事》二卷。」〔六八〕是説由范仲淹次子范純仁據家藏奏疏副稿所搜輯編定。考純仁皇祐元年（一〇四九）及第，授官光禄寺丞，范仲淹生前及守喪期間未出仕，除喪，已循資擢著作佐郎、知襄城縣；故可斷定《讀書附志》卷下所謂琦序寫于皇祐五年（一〇五三），時韓爲河東安撫使兼知并州（治今山西太原）之説是可信的。即十七卷本的《奏議》始刻于范仲淹逝世後的次年。《奏議》的卷數，富弼《墓誌銘》也説是十七卷，並無二致〔六九〕。《讀書附志》和《宋史·藝文志》均著録有十五卷本的《奏議》，應是宋代翻刻本的卷數分合之異或略有删節之本〔七〇〕。《奏議》的書名，亦有《范文正公奏議》與《范仲淹奏議》的不同，説明《奏議》在宋代也有過多種不同的版本刊行。《政府論事》二卷，富《誌》作《兩府論事》三卷，是范仲淹在參知政事任上（包括宣撫河東、陝西期間）所上的奏疏；韓序稱二卷、富《誌》謂三卷，可能是分合的不同，也可能富《誌》收入《名臣碑傳琬琰集》時的手民誤刊，因爲現存的范仲淹《政府奏議》均是二卷。《解題》卷二二著録有《范文正公奏議》二卷，應即《政府奏議》。

在宋代，《范文正公文集》與十七卷或十五卷本的《奏議》是分别單行的兩種書，並未合刻過。這從李燾《長編》注文中可知。《長編》卷一三四慶曆元年十二月甲午「詔别置護塞軍」條下注云「《范仲淹奏議》第十卷，言其不便」；又，同卷收録范仲淹《上攻守二議》，李燾注云：録自《奏議》第九卷末。核這篇奏疏，宋本《文集》未收，趙汝愚《國朝諸臣奏議》卷一三三已收入，可證乃宋本《奏議》中文，元天曆歲寒堂本已改題爲《上攻守二策狀》而誤收入《文集》卷五，成爲《奏議》中保留至今的爲數不多的佚文之一。《長編》卷一四一慶曆三年五月注云「按仲淹《政府奏議·擇臣僚舉知州通判》第八、《舉職官令禄充京官知縣》第十五……」可證李燾見到的《政府奏議》在南宋乾道四年（一一六八）四月前〔七一〕是獨立成書，即不與《奏議》合刻，更不附刻于《文集》的。又《長編》卷一四三在詳録了《十事疏》內容後注曰：「十事，據仲淹正傳及《政府奏議》。」可證《十事疏》當時亦收入《政府奏議》之中。這兩種分別單行之書，直到明初也還存在。明孫能傳等人撰《內閣藏書目録》卷五分別著録：《范文正公奏議》四册、二册各一部，《范文正公政府奏議》一册全一部，所以明初修《歷代名臣奏議》時仍可取資于這兩種三部《奏議》。上述《內閣書目》稱：「公《奏議》十七卷，韓魏公序刻，未載《政府奏議》」，其說《奏議》與《政府奏議》分別刊行，極是。但又說「《政府奏議》，元元統間，公八世孫文英始序刻之」，卻未確。因爲《政府奏議》宋本早已別出單行，范文英元統二年（一三三四）序刻的二卷本《政府奏議》實乃歲寒堂家刻本之始。可貴的是，這個元本保留至今〔七二〕。不僅宋、元仍有單刻本的《政府奏議》行世，明代也出現過四卷四册的《范文正公政府奏議》等不同版本〔七三〕。但也很有可能書名中「政府」兩字誤衍，實即《內閣書目》卷五著録的那個四册本《奏議》。令人遺憾的是，十七卷或十五卷本的《奏議》今已蕩然無存，其書宋本原貌也不復可考。僅《國朝諸臣奏議》《歷代名臣奏議》保留了部分佚文，《范文正公集·別集》及其《補編》也輯入了少量散篇。《長編》《宋會要輯稿》等書中亦保留了范仲淹一些已散佚的奏議，不過已非原文，僅是經過節删、改編的文字而已。而《政府奏議》二卷留存至今的除上述元統家刻本外，還有清初抄本及《四庫》本。值得一提的是：明嘉靖四十年（一五六一）韓叔陽刻本《范文正公政府奏議》二卷外，還有《續集》二卷，《書牘》一卷[七四]。據《四庫全書總目》卷五六《史部・存目》著録，《續集》二卷，實即范純仁《忠宣公奏議》。嘉靖（一五二二—一五六六）中，由裔孫范惟一編定，命嚴州守韓叔陽梓行。范能濬編入康熙歲寒堂本時，又取趙汝愚《奏議》等書「多所校定」。

范仲淹《尺牘》，宋代亦單行，未合刻過。《宋史・藝文志》著録爲二卷，《直齋書録解題》著録爲五卷，且點明「其家所傳，在正集之外」。則宋代即已有多種版本行世，惜今已無一傳存。元范文英始刊于家塾歲寒堂，其至元三年（一三三七）正月跋稱：「先文正公尺牘，舊刊于郡庠，歲久漫漶，今重命工鋟梓，刊置家塾之歲寒堂，期與子孫世傳之。」其稱刊于郡齋的舊本，應指宋刊本。因此，至元三年的元刊本《尺牘》單行本，直接繼承了宋刊本的規模，成爲現存最早的《尺牘》之祖本。稍後，還被刻入歲寒堂《范文正公集》合刻本，被析爲三卷。當然，元刊單行本《尺牘》仍並行不悖。雖范文英跋未説明卷數，但這個刊本應該也是三卷，這從《四庫全書總目》卷一七四著録的《尺牘》三卷本中可見一斑，《提要》稱：「爲家書三十六首，交遊八十一首，蓋其家子孫所輯，宋時已于集外别行。」核康熙歲寒堂本《范文正公集・尺牘》正爲三卷一百一十七首，又《四庫》本正爲江蘇巡撫採進本，又與元范文英跋本毫無二致，當即其翻刻家塾本。但《提要》是條又稱：「原本五卷，今止三卷，則陳振孫所改編也。」實誤。這里有兩種可能，一是陳振孫所見之本比家塾本多，一是未出歲寒堂本之右，只是卷次分合的不同。從今存范仲淹尺牘有逸出歲寒堂三卷本之外的内容分析[七五]，似陳氏《解題》著録的五卷本《尺牘》應比家塾元刊三卷本所收書信更多。但無論如何，三卷本不可能是陳振孫據五卷本改編的，即使是范文英改編的，也只是據蘇州郡齋舊刊本，未必會是《解題》著録的五卷本。可惜，因宋本的蕩然無存，《宋史·藝文志》與《解題》著録的卷次不同，今已難究其詳。

還必須指出，《范文正公集·尺牘》末附張栻、朱熹二跋，實乃後人臆附。今考《南軒集》卷三四《跋范文正公帖》(三)稱：「右文正范公帖，某得之文定胡公之家，以刻於桂林郡齋。」張栻得之胡安國家僅帖一首，張跋中「一時書帖」語可證，則其淳熙三年（一一七六）元旦刻于桂林郡齋者，僅此一帖而已。而朱熹所跋則又《三郎官人帖》，即范仲淹致其侄（范仲温子）家書一帖，與張栻所刻之帖又風馬牛不相及也。正如《四庫提要》所論，二跋「當亦後人所附入」[七六]，其與各種版本的范仲淹集子均冠以蘇軾序一樣，不過是一種「名人效應」而已。但范仲淹人品事業，卓絶萬世，其作品早已不脛而走，歷久不衰，亦不必賴序跋而廣其傳耳。但近人卻誤解爲范仲淹《尺牘》三卷「是桂林一刻，吴中再刻，文英重刻，凡三刻矣」〔七七〕。這個所謂的桂林郡齋宋刊三卷本《尺牘》是並不存在的。祇是張栻在另一則跋中提到其父張浚（一〇九七—一一六四）「舊藏文正范公與朱校理手帖墨刻一卷」〔七八〕，這個一卷本的范仲淹致朱氏三侄（其繼父朱文翰之孫）帖，已編入《尺牘》卷上。張浚收藏的這一卷帖，至遲南宋紹興（一一三一—一一六二）年間已刊行，這是范仲淹《尺牘》宋刊本中較早的刻本，也是前人從未著録過的刻本。宋人刻書之盛，實在令人嘆爲觀止。另外，還有一些宋人題跋也提到過范氏墨帖爲人所寶愛的情景，感人至深。

以上我們簡略回顧了宋代范仲淹《文集》《奏議》及《尺牘》各別單行、刊布流傳的情況。元天曆元年（一三二八），出現了另一個重要版本，即包括《文集》二十卷、《別集》四卷、《遺文》一卷（收有范仲淹子范純仁、范純粹遺文）的家塾歲寒堂刻本，這一直接繼承宋嘉定饒州遞修本的《范文正公集》成爲歲寒堂家刻本的祖本，經裔孫的一再翻刻和增補，在天曆至至正年間（一三二八—一三六八）形成了一個歲寒堂家塾本的定本，即將《文集》二十卷、《別集》四卷、《政府奏議》二卷、《尺牘》三卷合刻外，另有十三種凡十七卷的附録：即《遺文》（范純仁、范純粹撰）〔七九〕、《年譜》（樓鑰撰）、《年譜補遺》（范之柔撰）、《祭文》、《諸賢贊頌論疏》、《論頌》、《詩頌》、《朝廷優崇》、《鄱陽遺事録》、《遺迹》、《義莊規矩》各一卷，《言行拾遺事録》四卷、《褒賢祠記》二卷。這一合刻本共四十六卷，其中范仲淹本人的詩文爲二十九卷。如上所論，《年譜》《奏議》附入較早，在天曆三年（一三三〇）；而《尺牘》則合刻稍晚，已是後至元三年（一三三七）以後的事了，其餘附録則合刊確切時間難考。明代有翻刻這一元刊殘本的版本，不過删去了《遺文》一卷，附録也僅《年譜》及《補遺》《鄱陽録》《遺迹》《言行録》五種八卷；後《四部叢刊》影印了這個明翻元本，從文字校勘考察，這是個遠不如元刊本和清康熙歲寒堂本的本子〔八〇〕。明代不僅有這一翻印元刊本的合刻本行世，也還有單刻本與改編本的范仲淹集出現。如明萬曆三十七年（一六〇九）康丕揚合刻《韓（琦）范（仲淹）二公集》本，其中范仲淹的集子爲二十四卷（《文集》二十卷、《別集》四卷）、附録一卷。此外，據《萬卷堂書目》卷四著録有《范文正公集》十卷，似爲節略本；《徐氏家藏書目》卷六著録《文正公集》三十二卷，當爲范仲淹詩文及附録的合編本；趙用賢《趙定宇書目》著録的《范文正公集》八册，應爲明翻元刊本。而董其昌《玄賞齋書目》卷七著録《范文正公文集》《別集》《遺事》《附録》各一部；《菉竹堂書目》卷二著録《年譜》《言行拾遺》《遺集》各一册，則爲《范文正公文集》及其附録在明代仍有單刻本各别行世之證。《四庫全書總目》卷五九仍著録《年譜》及其《補遺》（附《義莊規矩》）、《遺迹》、《鄱陽遺事録》各一卷、《言行拾遺事録》四卷的各自單行之本，今《四庫全書存目叢書·史部》已收入，則爲清代仍有單行别刊之證。仍存世的明本，則乏善可陳，總體水平遠不如宋本及歲寒堂康熙本。

清康熙四十六年（一七〇七），范時崇重刻歲寒堂家塾本，由范能濬改編整理。此本在元末刊本的基礎上，將原附録十三種之中的《褒賢祠記》二卷、《祭文》、《諸賢贊頌》、《論頌》、《詩頌》各一卷等五種凡六卷，合併成爲附録《褒賢集》一種五卷，以清眉目。又新增加了《補編》五卷，其第一卷爲范仲淹佚文，計《奏議》十一篇、序一首，尺牘二首，詞四闋[八二]。卷二元刊本附録的《朝廷優崇》一卷，新增清代朝廷優崇二首（康熙題匾額及范能濬爲此而寫的《御書亭記》），補撰《文正公家傳》一篇。卷三爲過録清初仍存世的范仲淹真迹手卷上的題跋。卷四、卷五爲元、明、清人的碑記。此外，對原附録的内容，改編外還略有增删，從而成爲范仲淹集嬗變史上第三個重要刻本，改題爲《范文正公全集》，共四十八卷。范仲淹詩文仍爲《文集》《别集》《奏議》《尺牘》四種合編本二十九卷，附録八種十九卷，其中《褒賢集》《補編》各五卷是改編、增補的，卷次也有所調整。這個版本改正了元刊本的一些衍誤訛奪，但也新增了不少避清諱的文字，但仍爲遠優于《四部叢刊》影印明黄姬水本的刊本。道光年間翻刻重刊過這一版本，宣統二年（一九一〇），鄒福保又重刊《宋范文正公忠宣二公全集》合刻本。用作底本的《文正集》得之于江西，《忠宣集》得之于北京琉璃廠，均爲康熙歲寒堂本。《文正集》據元天曆殘本略校一過，僅據《隱居通議》

補宋人朱翌《范文正公畫像贊并序》一篇入附録，而《忠宣集》則僅據明刻本補文數首而已〔八二〕。經校勘，歲寒堂本清代三刻，康熙本最佳，道光本次之，宣統本最下。

最後，范仲淹集流傳中有兩個版本仍值得討論。其一，饒州路刊本。《皕宋樓藏書志》卷七三著録了一個宋乾道刊本，包括《文集》二十卷、《別集》四卷、《尺牘》(二)〔三〕卷。陸心源以爲：「此乾道中饒州路刊本，每葉二十四行，每行二十字。」又稱此本有季振宜藏書印。《季滄葦書目》也著録爲「宋范文正公四集二十九卷，十三本，宋刻」。似陸心源又脱《奏議》二卷。關于這一版本，明代《鈕氏世學樓珍藏圖書目》早有記載：「《范文正公集》二十卷、《別集》四卷、《年譜》一卷、《補遺》一卷，宋饒州路刊本。」又稱「每葉二十四行，每行二十字」，前有蘇軾序，後有俞翊、綦煥二跋。從行款、版式與陸、季二家書目所載完全相同。疑此本或是殘本，缺《奏議》《尺牘》，或是省略未載此兩集。《年譜》及其《補遺》各一卷，季、陸二家書目未載，亦有可能缺載或原書未附，二者必居其一。但無論如何，三家所記爲同一系統版本則無疑。前已論證，附《奏議》《尺牘》《年譜》之一的即不可能爲宋本，此又三家明言均稱「饒州路刊本」，則益證爲元刊本矣。考兩宋饒州屬江東路，爲州郡建置，而元至元十四年(一二七七)始升饒州置饒州路，元至正二十一年(一三六一)朱元璋又改饒州路爲鄱陽府，尋改饒州府。故既稱饒州路刊本，必刻于一二七七至一三六一年無疑。世傳陸心源藏本後流入日本静嘉堂文庫，但《静嘉堂秘籍志》卷一〇著録的《范文正公集》不僅有《奏議》，且附録有《年譜》等十餘種，顯爲元刻歲寒堂家塾本而又完全不同于季、陸兩家著録之本，即季、陸兩家原藏的饒州路元刊本今又不知所終矣。

其二，《四庫》本。《提要》卷一五二著録爲：《文正集》二十卷、《别集》四卷、《補編》五卷。此乃江蘇巡撫採進本，似即康熙歲寒堂本。但不僅不附《奏議》《尺牘》，附録也没有，有可能爲《四庫》館臣據康熙歲寒堂本改編爲節略本。但令人費解的是：此本文字與諸本多有不同。如《覽秀亭詩》中「外物」，諸本均同，惟《四庫》本作「物外」；又如《依韻答提刑張太博嘗新醞》中「八使」，諸本均同，惟《四庫》本作「大使」。《續家譜序》文末范仲淹署銜中「萊州」，諸本皆誤作「來州」，惟《四庫》本不誤。類似之例尚多，世多以爲《四庫》本經館臣改編後一無可取，實際上不僅從《永樂大典》中輯出的宋人别集有較高學術價值，即使作爲校勘異本，《四庫》本也有一定的學術價值，而不可輕廢。

校書如掃落葉，旋掃旋生。范仲淹集子中有些問題無法通過本校解決，只能通過理校或他校改正，姑舉兩例。其一，卷一五《代胡侍郎奏乞餘杭州學名額表》：「前知州李詔」，諸本皆誤，而宋本又無此首可校。《乾道臨安志》卷三載，胡則曾兩知杭州，第二次在明道二年四月至景祐元年四月，范仲淹代上此表當在明道二年（一〇三三）四月，時胡由陳移杭，范仲淹爲陳州通判，稍後即召回任右司諫。而李諮在天聖六年正月至七年十月知杭州，于再任杭守的胡則，確爲前知州。宋無知杭州李詔其人，實乃「李諮」之形近而訛無疑。其二，《范文正公集·補編》卷一有《續家譜序》，乃康熙時裔孫范能濬始編入，明人葉盛《水東日記》卷八據范氏裔孫提供的文本已收録此文，文字遠勝諸本《補編》。可據校補的有：「又理祖第」，「又」下可補「葺」字；「以永依庇」，當作「以求」；文末繫時「皇祐二年正月人日」，乃「三年正月八日」之誤。因皇祐二年十月始訂義莊規約，定計口月給義米之制；二年十一月，始詔命范仲淹移知青州（次年三月到任），而此文范仲淹繫銜已是「知青州」，故必爲三年之誤刊。另外，繫銜中「知青州軍事」，軍下奪一「州」字，當據補，「來州」，乃「萊州」之訛，《四庫》本不誤可證。

綜上所述，在《范集》現存的衆多刊本中，宋本最佳，次則康熙歲寒堂本，元刊本、《四庫》本、乃至《四部叢刊》本均有參校價值。點校者選擇前二本爲底本，會校諸本，殊爲有識；又廣搜博採范仲淹佚詩文及相關附録文字，整理出一個超過前人的新版本刊行，嘉惠士林，津逮後學，功德無量。這一新版本的刊布，對弘揚范仲淹精神，推動范仲淹研究，必大有助益。

勇先兄問序于余，愧不敢當，姑撰此拙文，聊以代前言而已。未允之處，尚祈識者教正。

二〇〇二年六月二十日改定，時值范仲淹逝世九百五十周年忌日

二〇二〇年三月重訂

【注釋】

〔一〕《四庫全書總目提要》卷一五二。

〔二〕《宋會要輯稿·儀制》一〇之一六。

〔三〕《歐陽脩全集》卷二一《范仲淹神道碑》。《宋史·本傳》也稱：「泛通六經，〔尤〕長於易。」

〔四〕參見范仲淹《讓觀察使第三表》《謝轉禮部侍郎表》。本文范仲淹文章均引自康熙歲寒堂本《范文正公集》，下同。

〔五〕吴曾《能改齋漫録》卷一三。

〔六〕《歐陽脩全集》卷二一《范仲淹神道碑》。

〔七〕范仲淹《西溪書事》。

〔八〕本節引文均見《方輿勝覽》卷四五。

〔九〕《蘇軾文集》卷一〇《范文正公集序》。

〔一〇〕《蘇軾文集》卷二五《上神宗皇帝書》。

〔一一〕范仲淹《桐廬郡嚴先生祠堂記》。

〔一二〕《續資治通鑑長編》（以下簡稱《長編》）卷一一八。

〔一三〕范仲淹《饒州謝上表》。

〔一四〕《長編》卷一三一。

〔一五〕范仲淹《寄安素高處士》。

〔一六〕《夢溪筆談》卷一一。

〔一七〕《安陽集》卷二二《文正范公奏議集序》。

〔一八〕范仲淹《與韓琦書》三〇。

〔一九〕《王文公文集》卷八一《祭范潁州仲淹文》。

〔二〇〕《增廣司馬温公全集》卷一〇八《代韓魏公祭范希文》。

〔二一〕黄庭堅《跋道服贊》。

〔二二〕《王十朋全集》卷二三《夢人贈文正公集》。

〔二三〕《范文正公褒賢集》卷五。

〔二四〕《楚辭集注》頁三〇〇，上海古籍出版社一九七九年版。

〔二五〕《金明館叢稿二編·鄧廣銘〈宋史職官志考證〉序》。

〔二六〕《宋代之金石學》。

〔二七〕《宋朝事實》卷三《聖學》。
〔二八〕范仲淹《與周騤推官書》。
〔二九〕《宋史》卷四二七《張載傳》。
〔三〇〕范仲淹《贈張先生》。
〔三一〕范仲淹《賦林衡鑒序》。
〔三二〕范仲淹《依韻答蔣密學見寄》。
〔三三〕范仲淹《祭英烈王》。
〔三四〕范仲淹《用天下心爲心賦》。
〔三五〕《長編》卷一七二。
〔三六〕范仲淹《酬李光化見寄二首》之一。
〔三七〕《曾鞏集》卷一五《上杜相公書》。
〔三八〕《澠水燕談録》卷二。
〔三九〕范仲淹《依韻酬吴安道學士見寄》。
〔四〇〕范仲淹《易義》，《天道益謙賦》。
〔四一〕范仲淹《奏上時務書》。
〔四二〕范仲淹《尹師魯河南集序》。

〔四三〕范仲淹《舉丘良孫應制科狀》。

〔四四〕范仲淹《唐異詩序》。

〔四五〕《安陽集》卷五〇《崔公行狀》引范仲淹評其詩語。

〔四六〕范仲淹《賦林衡鑒序》。

〔四七〕《誠齋集》卷八三《杉溪集後序》。

〔四八〕主要是《四庫全書總目》卷五五、卷五六、卷一五二、卷一七四的《提要》及近代藏書家、目録學家的題記。詳《古籍版本題記索引》（上海書店一九九一年版）頁四一四所列諸家題記，文繁不引。

〔四九〕元統三年（一三三五）范文英《重刊范文正公集跋》，引自康熙歲寒堂本《范文正公集》。

〔五〇〕《歐陽脩全集》卷一五〇《與蔡交書》。

〔五一〕康熙歲寒堂本《范文正公集》附録《鄱陽遺事録序》。

〔五二〕《郡齋讀書志·附志》卷下：「别有《丹陽集》二十卷，東坡先生序之。」《四庫全書總目》卷一五二：「是編本名曰《丹陽集》，元祐四年蘇軾爲之序。」均誤。

〔五三〕富《誌》僅云《文集》，不知具體名稱，故單列爲一種。

〔五四〕很有可能趙希弁即據《隆平集》著録，而並未真見其書。

〔五五〕值得注意的是《郡齋讀書志》稱：「集有蘇子瞻叙。」

〔五六〕這僅是筆者的一種推測，當然也有可能是北宋二十卷本《范文正公文集》的一個節略本，或另一種卷次分合不同的新刊本。

〔五七〕董棻《嚴陵集》卷四。

〔五八〕雖《四庫提要》卷一五二稱曾鞏撰《隆平集》「出于依托」，但余嘉錫《四庫提要辨證》卷五斷爲曾鞏作無疑，編撰于元豐四年（一〇八一），始刻于紹興十二年（一一四二），其説是。

〔五九〕康熙歲寒堂本《范文正公集·別集》卷四末附綦焕跋。

〔六〇〕歲寒堂本《范文正公集·尺牘》卷下《與邵餗先生書》，《與李泰伯書》之二，《三希堂法帖·秀才帖》。

〔六一〕《范忠宣公集·遺文》，轉引自《全宋文》卷一五五四。

〔六二〕《四庫提要》卷一七四《集部·別集類·存目》稱：「原本五卷，今止三卷，則陳振孫所改編。」實誤，説詳下。

〔六三〕《嘉業堂藏書志》卷四，《藏園群書題記》卷一三。

〔六四〕今又被收入《續修四庫全書》第一三〇三册。

〔六五〕《藏園群書題記》卷一三。

〔六六〕即卷一《秋香亭賦》，卷二〇《乞修京城札子二道》之二。

〔六七〕即卷五《新定感興五首》之二，《蘇州十詠·閶門》，卷一〇《答趙元昊書》。

〔六八〕《安陽集》卷二二《文正范公奏議集序》。

〔六九〕《通志·藝文略八》也著録有十七卷本的《范文正公奏議》，説明這種版本至南宋初仍存世。

〔七〇〕《四庫全書總目》卷五五稱「《宋志》荒謬，誤『七』爲『五』」，未免太武斷了。

〔七一〕李燾《長編》北宋五朝一〇八卷上進于此時，説詳徐規先生《李燾年表》（刊《文史》第二輯）。

〔七二〕今藏北京國家圖書館。

〔七三〕明《澹生堂書目》卷一二。

〔七四〕《中國古籍善本書目·史部》著録。稱中國人民大學圖書館和浙江圖書館各藏一部，另，天一閣、中國社科院歷史所等還藏有此書殘本。

〔七五〕如影宋本《誠齋集·江西道院集》卷二四《跋范文〔正〕公與尹師魯帖》引文。

〔七六〕《四庫全書總目》卷一七四。

〔七七〕《滂喜齋藏書記》卷三。其又稱元刻殘本，乃「元時陸續刊附，尚有《補編》五卷」，亦誤。《補編》爲清代范能濬編定，説詳下。

〔七八〕《南軒集》卷三四《跋范文正公帖》之一。

〔七九〕這一《遺文》，與上揭淳熙饒州刊本綦焕跋所説的《遺集》顯然是兩回事。

〔八〇〕這似即傅增湘先生取以與宋本對校的明嘉靖黄姬水刊本，詳《藏園群書題記》卷一三。據筆者對校，魯魚之訛尚遠不止傅先生所指出者。

〔八一〕其中《憶王孫·秋思》一闋乃李重元詞，係誤收。又漏收《定風波》《剔銀燈》二闋。順便指出，諸本《别集》中誤收《釣臺》詩一首，與《文集》重出詩三首。

〔八二〕見此本卷首鄒福保序。又，《忠宣集》與《文正集》康熙丁亥（四十六年，一七〇七）已有合刻本行世，均由范能濬編訂，范時崇刊行。

凡例

爲了給讀者和學者提供一部比較完善的范仲淹作品集，我們在一九八四年中華書局影印北宋刻《范文正公文集》和清康熙四十六年范氏歲寒堂刻《范文正公忠宣公全集》（以下簡称康熙本）的基礎上整理成了這部《范仲淹全集》。關於整理本的體例，有以下幾點需要説明：

一、本書文集部分以宋本爲底本，別集、奏議、尺牘、補編部分則以康熙本爲底本。凡此本之總題、門類、編序、卷次、篇題等一仍其舊。

二、本書主要參校以下版本：（一）元天曆元年褒賢世家家塾歲寒堂刻本（簡稱天曆本）；（二）《四部叢刊初編》影印明覆元刻本（簡稱《叢刊》本）；（三）影印文淵閣《四庫全書》本（簡稱《四庫》本）；（四）宣統二年重雕歲寒堂刻本（簡稱宣統本）。

三、文集中詩文宋本無而康熙本有者，即在相應位置補入，並注明康熙本卷次。

四、宋本及康熙本所收詩文間有重複者，本書只取前一篇，並加按語説明，後一篇徑行删去，不再出校。

五、宋本及康熙本所收詩文詞混有他人之作，本書仍舊保留，隨文附注。

六、宋本及康熙本題下注、文中注及文後按語，本書大體上仍舊保留。

七、凡底本文字訛脱者，如係明顯音近、形近訛字，予以徑改。其餘改正添補，在校記中加以説明。其他校勘、考辨等文字也放在校記之中。校記中所引原注及他書之文有訛脱者，誤字用圓括號（　）標出，正字用方括號〔　〕標出，間亦直接改正，在括號中加按説明。

八、在宋本及康熙本外，本書又從《長編》《宋會要輯稿》《輿地紀勝》《宋文鑑》《詩淵》《永樂大典》《歷代賦彙》等書中輯得詩詞文百餘首（篇），編爲《續補》二卷。其中詩詞文之分體及編次仍仿宋本和康熙本。

九、在每首（篇）詩詞文之後，校點者還注明該首（篇）另見於其他文獻之書名及卷次，以便讀者查閲互校。

十、爲了方便讀者瞭解與研究范仲淹及其著作，本書輯録了有關資料作爲「附録」。包括以下十五個部分：（一）傳記；（二）年譜；（三）范仲淹著作歷代序跋；（四）歷代制敕公文；（五）歷代祠廟記；（六）歷代義莊義田記；（七）歷代學記書院記；（八）歷代亭堂泉記；（九）歷代祭祝贊文；（十）歷代評論：包括總評、評詩、評詞、評賦、評文等；（十一）紀事；（十二）作品本事；（十三）遺蹟彙録；（十四）范仲淹著作歷代叙録；（十五）《范仲淹全集》主要參考書目。

范文正公文集卷第一

古賦

明堂賦

臣聞明堂者，天子布政之宫也。在國之陽，于巳之方。廣大乎天地之象，高明乎日月之章。崇百王之大觀，揭三宫之中央。昭壯麗于神州，宣英茂於皇猷。頒金玉之宏度，集人神之丕休。故可祀先王以配上帝，坐天子而朝諸侯者也。

粤自蒼牙開極，黄靈耀德，巢穴以革，棟宇以植。徹太古之弊，明《大壯》之則。風雨攸止，宫室斯美。將復崇高乎富貴之位，統和乎天人之理。乃聖大造，明堂肇起。明以清其居，堂以高而視。壁廓焉而四達，殿巋焉而中峙。禮以潔而儉，必表之以茅〔一〕；教以清而流，故環之以水。暨二帝之述焉，合五府而祭矣。

逮夫夏禮秩秩，奉以世室；商祀穆穆，制以重屋。神禹卑宫，階以一尺之崇；成湯受命，革以三尺之盛。赫赫周堂，制度景彰。七筵兮南北之廣，九筵兮西東之長。堂并包於五室，室辨正於五方。左青陽而右總章，面明堂而背北堂。眈然太室，儼乎中黄。都徽名之在南，取盛德之向陽。或謂厥堂惟一，厥室惟九，闢闔其三十六户，疏達兮七十二牖。亦規上而天覆，復矩下而坤厚。近郊之宫，廣而能受。通天之宇，高而弗偶。八方象其幅員，九陛參其前後。桓桓焉聽政之廟，應辰而周彰；趪趪焉承天之柱，列宿而相望。環林兮葱葱，圓海兮泱泱。既方舟而經梁，復素飾其迴牆。陳位序以有嚴，議法象而必臧。示邦域之景鑠，期人神之樂康。左有辟雍，天子學宫。墳籍浩以明備，文物森其會同。奉三壽以勖天下之孝，設三乏以勸諸侯之風。右有靈臺，庶民子來。若經始於神明，乃占候於昭回。天之道也，惟默默以有象；聖之心也，蓋惕惕於無災。此三雍之大者，故百世以欽哉。

若夫約周之禮，禀夏之正，天子升青陽之位，體大德之生，彼相協謀，有司奉行。慶賜必均，曆象必明。布農事於準直，習舞德於和平。止伯益之伐木，禁蚩尤之稱兵。惟倉廪兮賑天之窮，惟幣帛兮禮邦之英。無隱不彰，無潛不亨。蒙蕩蕩之至仁，浸灝灝之醇精。此明堂之春也，萬物爲之榮。

又若炎以繼天，羲以永日。始於仲吕之管，復于清宫之律。天子乃登諸明堂，暨夫太室。命盛樂以象德，致大雩以祈實。升高明而有豫，定心氣而無逸。静百官之事，驅五穀之疾。無索於關，無難於門。止北伐之威，以助養於生生；導南風之和，以飾喜於元元。此明堂之夏也，萬物爲之繁。

爾乃象正火位，德王金行。羽漸干以南嚮，穀萬斯而西成。天子乃居總章之奥，奏清商之聲。圖有功而專任，詰不義而徂征。脩法制以謹收藏之令，養衰老以惻摇落之情。同我度量，平予權衡。人社以崇，厚兆民報本之志；神倉以秘，示萬邦致孝之誠。此明堂之秋也，天下爲之清。

及夫蟲介時分，虎威夕永。詩人發其凉之詠，日官賓可愛之景。天子乃北堂以居，南面而省。錫飲蒸之慶，從祀寒之請。於是戒門閭，備邊境。勞三農於休息，警百辟於恭靖。關市必易，宫室必整。無用之器斯徹，無事之官必省。飭國典以俟來歲之宜，講武經以肅萬邦之屏。此明堂之冬也，天下爲之静。斯乃順其時，與物咸宜，適其變，使民不倦者也。

稽夫宗祀之文，大享之辰，上儀乎皇皇，盛節兮彬彬。比於郊也，我則取文之勝；方其廟也，我則取質之純。損益其禮，尊嚴其親。五天之座，曄曄以陳；五常之席，弈弈而倫。惟太室之位，乃上帝之神。作配者先王，從祀者五臣。樽罍離離，玉幣莘莘。牲牢之舉既遵於夏后，蔬果之薦復本於周人。禮無不當，誠無不臻。聖人於是出齋宫而肅肅，被法服而循循。酌一獻以從質，躬百拜而表寅。司儀實相，樂正攸賓。進俎豆之吉蠲，羅簠簋之輪囷。六樂咸在，統美乎列皇；八風相蕩，同和乎大鈞。下舞上歌，蹈德詠仁。非常之祭，駿及者萬國；莫大之孝，蟻懷者兆民。於是神醉其德，人樂而極。太史書於策，大夫頌於國。頌曰：明堂崇之，明王祀之。禮以成之，樂以歌之。光天之下，教以化之。

若夫元朔會同，群后對越。穆穆乎舜門之闢，晣晣乎宣燎之發。帝時待旦而久，求衣以先。紆黄組，冠通天，建日月，服乾坤，佩干將，升崑崙。進山嶽之圭，當雲龍之軒。正聖人之大寶，示天下之有尊。巍巍焉負扆而立，濟濟焉辨色而入。太常正其等衰，九賓序其名級。中階之前，三公屹然；應門之外，九采察焉。阼階之東，諸侯以同；西階之西，諸伯以齊。門東北面者子之位，門西東上者男之次。東門之外，則有樂浪、蟠木九夷之國，西面而北上。西門之外，則有蒙汜、大秦六戎之屬，南上而東向。南門之外，則有朱垠、越裳八蠻之族，唯北是望。北門之外，則有葷粥、幽陵五狄之種，唯東是尚。於是兟兟旅進，鏘鏘肆覲。嚮明者蓋取諸《離》，觀光者受之以《晉》。君臣之位定，禮樂之道振。雅韶以奏，文鐸以徇。皆望雲而就日，必歌堯而頌舜。上和而下樂，金聲而玉潤。況乎晨光赫曦，天顏弗違。冕紱兮霞集，玉帛兮川歸。盛乎王庭之聲明，焕乎天家之光輝。若北辰之會衆星，咸粲粲而在共；如太陽之臨多露，普湛湛而將晞。莫不君三揖于上，臣載拜于下。行典禮，揚風雅，訪雋良，議窮寡。人曷幽而覆盆，賢曷側而遺野。于以盛名器，于以休宗社。署聖法於圓闕，馳神教於方夏。皇哉耀今昔之榮觀，至哉敷億兆之純嘏。故曰：揖讓而治天下者，明堂之謂也。

惜乎三代以還，智者間間；諸儒靡協，議者喋喋。而皆膠其增損，忘禮樂之大本；泥於廣狹，廢皇王之大業。使朝廷茫然有逾遠之嘆，惘然有中輟之議。殊不知五帝非沿樂而興，三王豈襲禮而至。爲明堂之道，不必尚其奧；行明堂之義，不必盡其制。適道者與權，忘象者得意。大樂同天地之和，豈匏竹而已矣；大禮同天地之節，豈豆籩之云爾。自漢魏之下，暨隋唐之際，堂或三五之上，道非三五之世，蓋不取其厚而取其薄，不得其大而得其細。享配之文，或然未分；政教之烈，斯焉弗聞。是則帝道不施，胡取乎總期？皇德不隆，胡取乎合宮？

故夫明堂之設也，天子居之，日慎日思。思之何也？萬微存乎消息。慎之何也？兆靈繫之安危。繇是惟克念以作聖，思堯舜之齊名。懼巍巍之弗逮，乃孜孜於鷄鳴。唯至平之休代，思阜財於吾民。懼四維之有艱，尚瘡痍而百辛。故聖人之寶儉，弗下剥而上侈。思寡費而薄索，民庶幾于格耻。惟下武之太寧，亦省躬于干戈。取諸豫於四方，慨風雲以長歌。惟知人其古難，思濟濟乎賢者。蓋舉一於皋陶，乃連茹于天下。惟好生之至德，思與物而爲春。懼幽陋之靡及，常咨命于仁人。惟及人之一德，始若晦而彌彰。故三五之君子，騰茂實而無疆。惟皇極之大範，思天下而與平。懼萬物之或差，持我心於誠衡。然後見天下齊於無體，和於無聲。厖眉而壽，吾何仁之有；含哺而嬉，吾何力之爲。但淵淵綿綿，無反無偏。浸淳澤以咸若，樂鴻化于自然。此明堂之道也，蓋無得而稱焉。

我國家凝粹百靈，薦馨三極。東升煙於岱首，西展琮於汾側。未正天神之府，以讓皇人之德。祖考來格，俟配天之儀；諸侯入朝，思助祭之職。豈上聖之謙而愚臣之惑也。臣請考列辟之明術，塞處士之横議。約其制，復其位。儉不爲其陋，奢不爲其肆。斟酌乎三五，擬議乎簡易。展宗祀之禮，正朝會之義。廣明堂之妙道，極真人之能事。以至聖子神孫，億千萬期，登於斯，念於斯，受天之禧，與天下宜而已乎！

【校勘記】

〔一〕必：康熙本、《四庫》本作「故」。

秋香亭賦并序

提點屯田鉅鹿公，就使居之北，擇高而亭。背孤巘，面横江，植菊以爲好，命曰秋香亭。呼賓醑酒以落之，僕賦而侑焉。

鄭公之後兮，宜其百禄。使于南國兮，鏗金粹玉。倚大旆於江干，揭高亭於山麓。江無煙而練迴，山有嵐而屏矗。一朝賞心，千里在目。時也，秋風起兮寥寥，寒林脱兮蕭蕭。有翠皆歇，無紅可凋。獨有佳菊，弗治弗夭。采采亭際，可以卒歲。畜金行之勁性，賦土爰之甘味。氣驕松筠，香滅蘭蕙。露溥溥以見滋，霜肅肅而敢避。其芳其好，胡然不早。歲寒後知，殊小人之草；黄中通理，得君子之道。飲者忘醉，而餌者忘老。公曰：時哉時哉，我賓我來。緩泛遲歌，如春登臺。歌曰：賦高亭兮盤桓，美秋香而酡顔。望飛鴻兮冥冥，愛白雲之閑閑。又歌曰：曾不知吾曹者將與夫謝安，不可盡歡，而聿去乎東山；又不知將與夫劉伶，不可復醒，而蔑聞乎雷霆。豈無可而無不可兮，一逍遥以皆寧。（又見《范文正公鄱陽遺事録》、《歷代賦彙》卷八〇、《古今圖書集成·考工典》卷一〇七、《（康熙）西江志》卷一四一。）

靈烏賦并序（一）

梅君聖俞作是賦，曾不我鄙，而寄以爲好。因勉而和之，庶幾感物之意同歸而殊塗矣。

靈烏靈烏，爾之爲禽兮，何不高翔而遠翥。何爲號呼于人兮，告吉凶而逢怒。方將折爾翅而烹爾軀，徒悔焉而亡路。彼啞啞兮如愬，請臆對而心諭。我有生兮，累陰陽之含育。我有質兮，處天地之覆露。長慈母之危巢，託主人之佳樹。斤不我伐，彈不我仆。母之鞠兮孔艱，主之仁兮則安。度春風兮，既成我以羽翰；眷庭柯兮，欲去君而盤桓。思報之意，厥聲或異。警於未形，恐於未熾。知我者謂吉之先，不知我者謂凶之類。故告之則反災于身，不告之則稔禍于人。主恩或忘，我懷靡臧。雖死而告，爲凶之防。亦由桑妖于庭，懼而修德，俾王之興；雉怪于鼎，懼而脩德，俾王之盛。天聽甚邇，人言曷病。彼希聲之鳳皇，亦見譏於楚狂；彼不世之麒麟，亦見傷於魯人。鳳豈以譏而不靈，麟豈以傷而不仁。故割而可卷，孰爲神兵；焚而可變，孰爲英瓊。寧鳴而死，不默而生。胡不學太倉之鼠兮，何必仁爲，豐食而肥。倉苟竭兮，吾將安歸？又不學荒城之狐兮，何必義爲，深穴而威。城苟圮兮，吾將疇依？寧驥子之困于馳騖兮，駑駘泰於芻養。寧鵷鶵之飢於雲霄兮，鴟鳶飫乎草莽。君不見仲尼之云兮，「予欲無言」。纍纍四方，曾不得而已焉。又不見孟軻之志兮，養其浩然。皇皇三月，曾何敢以休焉。此小者優優，而大者乾乾。我烏也勤於母兮自天，愛於主兮自天；人有言兮是然，人無言兮是然。（又見《石林燕語》卷九，《古今合璧事類備要·別集》卷七二，《古今事文類聚·後集》卷四四，《永樂大典》卷二三四五，《歷代賦彙》卷一二九，《古今圖書集成·禽蟲典》卷二二一。）

【校勘記】

〔一〕并序：原無，據天曆本、《四部叢刊初編》影印明翻元刊本（以下簡稱《叢刊》本）補。

老人星賦（一）明星有爛，萬壽無疆

萬壽之靈，三辰之英。其出也表君之瑞，其大也助月之明。但仰祥光，莫辨皤然之象；方資睿算，斯垂耄矣之名。皇家以大洽雍熙，咸臻仁壽。感垂象之丕變，彰御圖之可久。爰假號於耆年，寔歸美於元后。南郊享處，能無鼓缶之歌；銀漢經時，誰是遊河之友。觀夫落落位正，熒熒影孤。應春秋之候，出丙丁之隅。視合璧之祥兮未異，顧連珠之瑞兮若無。象兹黄髪，永我鴻圖。想天上之宵征，寧悲鐘漏；顧人間之夕景，豈恨桑榆。是何上象著明，昌時合偶。曆數自延於人主，名實何慙於國叟。月輪遥覿，安車之意寧無；天駟傍瞻，失馬之嗟何有？此蓋君著明德，天陳瑞星。會兹鼎盛，薦乃椿齡。增芳華於信史，協休美於祥經。每覩運行，如縱心於黄道；無差躔次，疑尚齒於青冥。足使曆象者考祥，占天者改觀。掛碧空而的的，度清宵而爛爛。非時不見，如四皓之避秦；有道必居，若二疏之在漢。大矣哉！名尊五福，位列三光。發天文之炳焕，符帝德之悠長。北闕前瞻，獨呈祥於有爛；南山俯映，共獻壽於無疆。士有仰而賦曰：天之象兮示勸，君之位兮善建。實賛天靈之數，允叶華封之願。又何必周王之夢九，而嵩嶽之呼萬者也。（又見《歷代賦彙》卷五，《古今圖書集成·乾象典》卷五九。）

【校勘記】

〔一〕此篇及以下諸篇賦原本無，據康熙本《范文正公集》卷二〇補。

老子猶龍賦元聖之道，通變如此

昔老氏以觀妙虚極，棲真渾元，握道樞而不測，譬龍德而彌尊。孰可伺珠，長存慈儉之寶；全疑在沼，不離清净之源。宣尼之啓述嘉言，發揮至聖。謂此真宗之德，若彼時乘之性。每去不祥之器，劍化同歸；常開衆妙之門，魚登比盛。莫不遺情寵辱，放志希夷。振淳風而騰驤有便，樂上善則游泳無疑。所謂性相近也，故可則而象之。知雄守雌，宛訝存身之際；絶聖弃智，潛疑勿用之時。至哲難偕，元功莫極。知止而過亢何有，善行而在田可則。彼飛昇於天路，此逍遥於聖域。流沙西去，曾無戰野之虞；紫氣東來，寔有召雲之德。豈不以神龍之舉也，其變不窮；聖人之道也，無幽不通。一則致霖雨於天下，一則宣教化於區中。背僞歸真，豈逐葉公之好；長生久視，寧資豢氏之功。不然又安得深述杳冥，盛稱達變？忘機而沈棲是擬，著經而負圖可見。宋纖比聖，堪爲折角之流；尹喜依仁，自得攀髯之便。大道卷舒，非龍何如？言豹隱者，胡能比矣；稱虎變者，近可方諸。我名躋四大之間，五靈斯會；我道配二儀之際，三友非疏。故能作大匠之宗師，闡無爲之妙旨。惟尊道而貴德，自反古而復始。比於或躍之靈，蕩蕩乎其聖如此。（又見《歷代賦彙》卷一〇五。）

蒙以養正賦君子能以蒙養其正

蒙者處晦而弗曜，正者居中而弗群。守晦蒙而靡失，養中正而可分。處下韜光，允謂含章之士；居上弃智，斯爲抱一之君。聖人以設彼《易》文，授諸君子。考其在《蒙》之象，得此養正之理。渾兮若濁，下民無得而稱焉。闇然而彰，聖功亦在其中矣。是以不伐其善，罔耀其能。惟樸素而是守，又濬哲而曷矜。故知我者，謂我愚不可及；不知我者，謂我智不足稱。務實去華，育德之方斯在；反聽收視，養恬之義相應。故得悔吝不生，純和自履。隱其明而若昧，保其終而如始。至賢者孟子，在養素而弗違；亞聖者顔生，性如愚而有以。是知蒙正相養，聖賢是崇。欲求乎不失其正，必在乎受之以蒙。石藴玉而外質，蚌含珠而内融。天地何言，育物之功潛用；龍蛇處蟄，存身之道不窮。其或謀畫爲先，聰明自廣。不務淳淳而處，每思察察而往。則彼蒙也喪乎其真，此正也失其所養。曷若我知白守黑，老氏之教寧忘；用晦而明，箕子之風不爽。至矣哉！正之在斯，養亦宜其。藴道德而不衒，豈禍福之能隨。志士體之而脩身，素履無失；聖人執之而行化，赤子焉知。

乃有脩辭立誠，窮理盡性。常默默以存志，將乾乾而希聖。庶幾進退之間，保君子之中正。（又見《歷代賦彙》卷六七、《古今圖書集成·學行典》卷六八。）

禮義爲器賦崇禮明義，斯以爲器

禮義交舉，聖賢是崇。既覩化人之要，爰彰爲器之功。脩之於身，豈晚成而是慮；體之於政，見日用之無窮。前典可稽，格言斯啓。假其器而宣其教，尊其義而貴其禮。本於太一，寧因雕琢之勞；見無不爲，豈定方圓之體。不速而成，與世作程。于以致滿而不溢，于以知用之則行。見者之謂智，述者之謂明。合二美以同歸，皆能致用；列五常而共久，何患易盈？是以化彼邦家，器兹禮義。其美也混而爲一，其設也分而爲二。助政教而可大，貫古今而不墜。宣尼始問於周史，雅契求新；晉文首定於襄王，允符先利。豈不以爲君之柄也，非禮何持；立人之道也，惟義是資。居上而不我遐棄，化下而何莫由斯。有之則安，在傾欹而莫覩；聞而能徙，信用捨以從宜。是知彼器也利乃生民，此器也歸諸君子。蓋用之而可資，故喻之而有以。察其無體，可忘尚象之言；執以衛身，詎有假人之恥？念兹在兹，無爲而爲。但守執虚之戒，難忘持滿之規。安上治民，寧使乎小人乘矣；見危致命，豈惟乎長子主之。今國家稽古不忘，宣風遐被，其禮也同二儀之節，其義也正

四方之志。覆萬國而無疆，通大道之不器。（又見《歷代賦彙》卷四四，《古今圖書集成·禮儀典》卷一一〇）

今樂猶古樂賦民庶同樂，今古何異

古之樂兮所以化人，今之樂兮亦以和民。在上下之咸樂，豈今昔之殊倫。何後何先，俱可諧於雅頌；一彼一此，皆能感於人神。原夫惟孟子之謨猷，激齊王之思慮。惠民之道將進，述樂之言斯著。以謂昔時搏拊，實用洽於群情；此日鏗鏘，亦足康於兆庶。蓋在乎君臣交泰，民物兹豐。和氣既充於天下，德華遂振於域中。寔萬邦之所共，諒百世之攸同。聽此笙鏞，曷異聞《韶》之美；顧兹匏土，宛存擊壤之風。孰是孰非，爰究爰度。且何傷於異制，但無求於獨樂。移風易俗，豈惟前聖之所能；春誦夏絃，寧止古人之有作。若乃均和其用，調審其音。上以象一人之德，下以悦萬國之心。既順時而設教，孰尊古而卑今。六律再推，自契伶倫之管；五聲未泯，何慙虞舜之琴。其或政尚滋章，民猶勞苦。樂雖遵於前代，化未暢於率土。曷若我咸臻仁壽，共樂鐘鼓。八風時叙，命夔而不在當年；萬舞日新，教胄而何須往古。若然則不假求舊，惟聞導和。其制也，雖因時而少異；其音也，蓋理心而靡他。播兹治世之音，無遠弗届；較彼先王之樂，相去幾何。今國家大樂方隆，休聲遐被。曾不惑於鄭衛，自能和於天地。舉今古而酌中，與英莖而豈異。（又見《歷代賦彙》卷九一，《古今圖書集成·樂律典》卷四二。）

省試自誠而明謂之性賦誠發爲德，彰彼天性

聖人生稟正命，動由至誠。發聖德而非習，本天性以惟明。生而神靈，實降五行之秀；發於事業，克宣三代之英。稽《中庸》之有云，仰上聖之莫越。性以誠著，德由明發。其誠也感于乾坤，其明也配乎日月。我生既異，初郁郁而有融；我性在斯，終存存而不竭。上智不移，無爲而爲。藴被精醇之志，發爲濬哲之資。文王之德之純，既由天啓；周公之才之美，亦自生知。故得冠乎人倫，立乎聖域。所以見至矣之性，所以成自然之識〔一〕。究其本也，蓋鍾純粹之精；及其顯焉，乃著文明之德。豈不以自誠而明者，生而非常；自明而誠者，學而有方。生而德者，實兹睿聖；學而及者，惟彼賢良。顔生則自明而臻，謂賢人而可擬；夫子則自誠而至，與天道而彌彰。若然，則誠之道也既如此，明之道也又如彼。蓋殊途而同致，亦相須而成理。發乎仁義，遂使跂而及之；著乎聖神，所謂誠則明矣。且夫明乃誠之表，誠乃明之先。存乎誠而正性既立，貫乎明而盛德乃宣。有感必通，始料乎在心爲志；不求而得，終知乎受命于天。大矣哉！考彼格言，見兹元聖。施

爲可覩於君德，動静必遵於天命。由至誠而達至明，是爲聖人之性。（又見《歷代賦彙》卷六六，《古今圖書集成·經籍典》卷二九九。）

【校勘記】

〔一〕識：原作「誠」，據《叢刊》本改。「識」與上聯「域」爲韻。

金在鎔賦金在良冶，求鑄成器

天生至寶，時貴良金。在鎔之姿可覩，從革之用將臨。熠耀騰精，乍躍洪鑪之内；縱横成器，當隨哲匠之心。觀其大冶既陳，滿籯斯在。俄融融而委質，忽曄曄而揚彩。英華既發，雙南之價彌高；鼓鑄未停，百鍊之功可待。况乎六府會昌，我禀其剛；九牧納貢，我稱其良。因烈火而變化，逐懿範而圓方。如令區别妍媸，願爲軒鑑；儻使削平禍亂，請就干將。國之寶也，有如此者。欲致用於君子，故假手於良冶。時將禁害，夏王之鼎可成；君或好賢，越相之容必寫。是知金非工而不用〔二〕，工非金而曷求。觀此鎔金之義，得乎爲政之謀。君喻冶焉〔三〕，自得化人之旨；民爲金也，克明從上之由。彼以披沙見尋，藏山是務。一則求之而未顯，一則棄之而弗顧。曷若動而愈出，既踴躍以求伸；用之則行，必周流而可鑄。羡夫五行之粹，三品之英。昔麗水而隱晦，今躍冶而光亨。流形而不縮不盈，出乎其類；尚象而無小無大，動則有成。士有鍛鍊誠明，範圍仁義。俟明君之大用，感良金而自試。居聖人天地之鑪，亦庶幾於國器。（又見《皇朝文鑑》卷一一，《翰苑新書·後集》下卷五，《山堂肆考》卷一二九，《堯山堂外紀》卷四七，《歷代賦彙》卷四五。）

【校勘記】

〔一〕不：《叢刊》本作「弗」。

〔二〕喻：《叢刊》本作「諭」。

臨川羨魚賦 嘉魚可致，何羨之有

彼何人斯，在水之湄。謂嘉魚之美矣，臨長川而羨之。瞻之在前，殊有忘筌之意；求之不得，寧無結網之思。徒觀其紋浪不驚，錦鱗咸遂。或在藻以安性，或戲荷而從類。但見嬉游，固難馴致。常自適於清流，若有待於芳餌。在淵游泳，疑莊叟之夢來；依岸喁喁，訝平子之書至。潑潑晴波，在彼中河。可以登庖，爲籩豆之俎；可以昇鼎，俟鹽梅之和。顧絲緡而則不，俯漪漣而奈何。凝睇依依，控鯉之方安得；含情默默，思鱸之興何多。惜矣空拳，眷乎頒首。止疚懷而肆目，自朵頤而爽口。幾悔恨於庖無，徒諷詠於南有。心乎愛矣，愧疎破浪之能；敏以求之，懼速憑河之咎。烹鮮尚賒，謀之未嘉。弗經營於綱網，空顧慕於鱨魦。非達士之識矣，其愚人之意耶？胡不爲施罟之功，豈勞彈鋏；胡不學投竿之術，自取盈車。又何必其志營營，其圖瑣瑣。徘徊乎水澤之畔，怏悵於泉源之左。亦由射雉之子，即亡矢以胡爲；待兔之人，非設罝而奚可。然則有爲者必先其器，所羨者何止於魚。器則可爲，詎見力不足者；魚或空羨，又豈得而食諸！在臨事而求己，將觸類而起予。五餌不陳，釣四夷而莫至；三網不緝，羅兆民而則疏。至如居人之常，爲邦之彥，欲高位而是蹈，當崇德而無倦。脩天爵而人爵從之，何煩健羨？（又見《歷代賦彙》卷一三七，《古今圖書集成·禽蟲典》卷一三四。）

水車賦 如歲大旱，汝爲霖雨

器以象制，水以輪濟。假一轂汲引之利，爲萬頃生成之惠。揚清激濁，誠運轉而有時；救患分災，幸周旋於當世。有以見天假之年，而王無罪歲者也。當其東作云布，西成以期。何密雲不雨兮，若焚若灼；而大田多稼兮，如渴如飢。耒耜之功既至，倉箱之望將危。豈無陂池，抱甕之行曷濟；亦有溝洫，挈瓶之利胡爲。乃有智者樂水而起予，梓人治材而和汝。謂一溉之可洽，俾百兩之斯舉。固無傷於濡軌，軋軋臨川；初有認於埋輪，翹翹在渚。是車也，匪疾匪徐；彼水也，突如來如。補畎畝之不足，損谿壑之有餘。渤潏騰波，忽若刺山之泉湧；潺湲去浪，漸如澄江之練舒。詎見瓶羸，那慙綆短。流洋洋兮乍若膏潤，苗忻忻兮初如律暖。載脂載牽，幾通鄭國之渠；弗馳弗驅，自解成湯之旱。動將勢旋，發與機會。既引重之象著，亦救焚之功大。河水浼浼，得我而不滯不凝；原田每每，用我而無災無害。仁常汲下，智復鈎深。于以見因民之利，于以見洗物之心。若夫大禹之年，應資治水；必也高宗之世，亦命爲霖。至如賢人在輔，德施周普，五日一風，十日一雨，則斯車也，吾猶不取。（又見《歷代賦彙》卷七一，《古今圖書集成·藝術典》卷一一。）

用天下心爲心賦 人主當用天下心矣

至明在上，無遠弗賓。得天下爲心之要，示聖王克己之仁。政必順民，蕩蕩洽大同之化；禮皆從俗，熙熙無不獲之人。當其治國牧民，代天作主。敷至治於四海，遂群生於九土。以爲肆予一人之意，則國必顛危；伸爾萬邦之懷，則人將鼓舞。於是審民之好惡，察政之否臧。有疾苦必爲之去，有災害必爲之防。苟誠意從乎億姓，則風化行乎八荒。如天聽卑兮惟大，若水善下兮孰當。彼懼煩苛，我則崇簡易之道；彼患窮夭，我則脩富壽之方。夫如是，則愛將衆同，樂與人共。德澤浹于民庶，仁聲播于雅頌。通天下之志，靡靡而風從；盡萬物之情，忻忻而日用。豈不以虛己之謂道，適道之謂權。下有所欲，吾何可專？一應萬而誠至，寡治衆而功宣。堯舜則舍己從人，同底于道；桀紂則以人從欲，自絶於天。必也重乎安危，明夫用捨。弗凝滯於物我，可并包於夷夏。賾老氏之旨，無欲者觀道妙於域中；稽夫子之文，虚受者感人和於天下。若然，則其化也廣，其旨也深。不以己欲爲欲，而以衆心爲心。達彼群情，侔天地之化育；洞夫民隱，配日月之照臨。方今穆穆虚懷，巍巍恭己。視以四目，而明乎中外；聽以四聰，而達乎遠邇。噫！何以致聖功之然哉，從民心而已矣。（又見《歷代賦彙》卷四一，《古今圖書集成·皇極典》卷二四六。）

范文正公文集卷第二

古詩

謝黄總太博見示文集

松桂有嘉色，不與衆芳期。金石有正聲，詎將群響隨。君子著雅言，以道不以時。仰止江夏公，大醇無小疵。孜孜經緯心，落落教化辭。上有帝皇道，下有人臣規。邈與聖賢會，豈以富貴移。誰言荆棘滋，獨此生蘭芝。誰言鼃黽繁，獨此蟠龍龜。豈徒一時異，將爲千古奇。願此周召風，達我堯舜知。致之諷諫路，陞之誥命司。二《雅》正得失，五典陳雍熙。頌聲格九廟，王澤及四夷。自然天下文，不復迷宗師。（又見《石倉歷代詩選》卷一三〇，《宋元詩會》卷八。）

四民詩

士

前王詔多士，咸以德爲先。道從仁義廣，名由忠孝全。美禄報爾功，好爵縻爾賢。黜陟金鑑下，昭昭媸與妍。此道日以疎，善惡何茫然。君子不斥怨，歸諸命與天。術者乘其隙，異端千萬惑。天道入指掌，神心出胸臆。聽幽不聽明，言命不言德。學者忽其本，仕者浮於職。節義爲空言，功名思苟得。天下無所勸，賞罰幾乎息。陰陽有變化，其神固不測。禍福有倚伏，循環亦無極。前聖不敢言，小人爾能臆。裨竈方激揚，孔子甘寂默。六經無光輝，反如日月蝕。大道豈復興，此弊何時抑。末路競馳騁，澆風揚羽翼。昔多松柏心，今皆桃李色。願言造物者，回此天地力。

農

聖人作耒耜，蒼蒼民乃粒。國俗儉且淳，人足而家給。九載襄陵禍，比户猶安輯。何人變清風，驕奢日相襲。制度非唐虞，賦斂由呼吸。傷哉田桑人，常悲大絃急。一夫耕幾壠，游墮如雲集。一蠶吐幾絲，羅綺如山入。太平不自存，凶荒亦何及。神農與后稷，有靈應爲泣。

工

先王教百工，作爲天下器。周旦意不朽，刊之《考工記》。嗟嗟遠聖人，制度日以紛。窈窕阿房宫，萬態横青雲。熒煌甲乙帳，一朝那肯焚。秦漢驕心起，陳隋益其侈。鼓舞天下風，滔滔弗能止。可甚佛老徒，不取慈儉書。竭我百家産，崇爾一室居。四海競如此，金碧照萬里。茅茨帝者榮，今爲庶人耻。宜哉老成言，欲攑般輸指。

商

嘗聞商者云，轉貨賴斯民。遠近日中合，有無天下均。上以利吾國，下以藩吾身。《周官》有常籍，豈云逐末人。天意亦何事，狼虎生貪秦。經界變阡陌，吾商苦悲辛。四民無常籍，茫茫僞與真。游者竊吾利，墮者亂吾倫。淳源一以蕩，頹波浩無津。可堪貴與富，侈態日日新。萬里奉綺羅，九陌資埃塵。窮山無遺寶，竭海無遺珍。鬼神爲之勞，天地爲之貧。此弊已千載，千載猶因循。桑柘不成林，荆棘有餘春。吾商則何罪，君子耻爲鄰。上有堯舜主，下有周召臣。琴瑟願更張，使我歌良辰。何日用此言，皇天豈不仁。（文見《宋文鑑》卷一五。）

寄題孫氏碧鮮亭

天地何風流，復生王子猷。黄金買碧鮮，緑玉排清秋。非木亦非草，東君歲寒寶。耿耿金石性，雪霜不能老。清風乃故人，徘徊過此君。泠泠鈞天音，千載猶得聞。應是聖賢魄，鍾爲此標格。高節見直清，靈心隱虚白。粉筠多體貌，錦籜見兒童。上交松桂枝，下結蘭蕙叢。秀氣藹晴嵐，翠光凝緑水。明月白露中，静如隱君子。不願湘靈泣，不求伶倫吹。鳳皇得未晚，蛟龍起何時。蕭蕭雲水間，良與主人宜。紅塵滿浮世，何當拂長袂。坐嘯此亭中，行歌此亭際。逍遥復逍遥，不知千萬歲。（又見《石倉歷代詩選》卷一三〇，《宋元詩會》卷八，《存研樓文集》卷一一，《御選宋金元明四朝詩·御選宋詩》卷一〇。）

贈張先生

應是少微星，又云嚴君平。浩歌七十餘，未嘗識戈兵。康寧福已大，清静道自生。邈與神仙期，不犯寵辱驚。讀《易》夢周公，大得天地情。養志學浮丘，久鍊日月精。壽存金石性，嘯作鸞鳳聲。陰德不形言，一一在幽明。何當换金骨，五雲朝玉京。有客淳且狂，少小愛功名。非謂鍾鼎重，非謂簞瓢輕。素聞前哲道，欲向聖朝行。風塵三十六，未作萬人英。乃聞頭角者，五神長戰争。禍福有倚伏，富貴多虧盈。金門不乏雋，白雲宜退耕。人間有嵩華，棲之比蓬瀛。芝田春藹藹，玉澗晝錚錚。峰巒多秀色，杉桂一何清。月壑認瑶池，花巖列錦城。朱絃冉冉奏，金醴遲遲傾。相勸綺季徒，頽玉信縱横。此樂不尋常，何苦事浮榮。願師先覺者，遠遠濯吾纓。

明月謡

明月生天西〔一〕，初如玉鈎微。一夕增一分，堂堂有餘輝。不掩五星耀，不礙浮雲飛。徘徊河漢間，秀色若可飡。清風起叢桂，白露生堦蘭。高樓望君時，爲君拂金徽。奏以堯舜音，此音天與稀。明月或可聞，顧我亦依依。月有萬古光，人有萬古心。此心良可歌，憑月爲知音。（又見《石倉歷代詩選》卷一三〇，《宋元詩會》卷八，《御選宋金元明四朝詩·御選宋詩》卷四。）

【校勘記】

〔一〕生：天曆本、《叢刊》本、康熙本、《四庫》本作「在」。

上漢謡

真人累陰德，聞之三十天。一朝鸞鶴來，高舉爲神仙。冉冉去紅塵，飄飄凌紫煙。下有修真者，望拜何拳拳。願君銀臺上，侍帝玉案前。當有人間問，請爲天下宣。自從混沌死，淳風日衰靡。百王道不同，萬物情多詭。堯舜累代仁，絃歌始能治。桀紂一旦非，宗廟自然一作白日毁。是非既循環，興亡亦繼軌。福至在朱門，禍來先赤子。嘗聞自天意，天意豈如此？何爲治亂間，多言歷數爾。願天賜吾君，如天千萬春。明與日月久，恩將雨露均。帝力何可見，物情自訢訢。人復不言天，天亦不傷人。天人兩相忘，逍遥何有鄉。吾當飲且歌，不知羲與黄。

清風謡

清風何處來，先此高高臺。蘭叢國香起，桂枝天籟迴。飄飄度清漢，浮雲安在哉。萬古鬱結心，一旦爲君開。有客慰所思，臨風久徘徊。神若遊華胥，身疑立天台。極渴飲沆瀣，大暑執瓊瓌。曠如攜松丘，騰上煙霞遊。熙如揖莊老，語人逍遥道〔一〕。朱絃鼓其薰，可以解吾民。滄浪比其清，可以濯吾纓。願此陽春時，勿使飄暴生。千靈無結愠，萬卉不摧榮。庶幾宋玉賦，聊廣楚王情。（又見《石倉歷代詩選》卷一三〇，《宋元詩會》卷八，《御選宋金元明四朝詩・御選宋詩》卷四。）

【校勘記】

〔一〕人：《四庫》本作「入」。

書海陵滕從事文會堂

東南滄海郡，幕府清風堂。詩書對周孔，琴瑟親羲黄。君子不獨樂，我朋來遠方。言蘭一相接，豈特十步香。德星一相聚，直有千載光。道味清可挹，文思高若翔。笙磬得同聲，精色皆激揚。栽培盡桃李，棲止皆鸞皇。琢玉作鎮圭，鑄金爲干將。猗哉滕子京，此意久而芳。（又見《記纂淵海》卷一一，《方輿勝覽》卷四五。）

上都行送張伯玉

上都有聖人，日月一以新。曄曄天下才，西走堯舜賓。百谷望東浸，萬星依北辰。直者爲之轅，曲者爲之輪。一材不復遺，況此席上珍。南山張公子，氣象清且淳。懷有綺繡文，朝無瓜瓞親。寸心如鐵石，不羞賤與貧。買臣起白社，賈誼富青春。寶此金轆轤，去去延平津。

鳴琴

思古理鳴琴，聲聲動金玉。何以報昔人，傳此堯舜曲。

馴鷗詠

萬物有常性，性無不貴生。風翔與駿奔，一一遠害情。馻彼沙上鷗，皎皎霜雪明。月宿滄洲静，日浴滄浪清。何以狎溪人，溪人澹無營。循循自飲啄，往往相逢迎。徘徊兩無猜，何慕復何驚〔一〕。客有懷依依，雲水言將歸。逐爾群鷗樂，群鷗爾勿飛。此心未忘者，天機非殺機。（又見《石倉歷代詩選》卷一三〇、《明一統志》卷一二。）

【校勘記】

〔一〕復：康熙本、《四庫》本作「亦」。

古鑑

磨此千年鑑，朱顔清可覽。君看日月光，無求照人膽。（又見《御選宋金元明四朝詩·御選宋詩》卷一〇、《佩文韻府》卷五七。）

贈樊秀才知古之孫

五代雲雷屯，九野皆龍戰。開國如棋枰，皇極何由建。太祖乘天飛，大發光華旦。樊公江表來，經綸速如電。微子入姬周，倉皇救塗炭。四海乃大同，萬里聞薫風。禮樂與征伐，出自明光宫。大勳未大賞，積慶宜無窮。李廣不封侯，繼世多英雄。公有承家子，所至神明理。復有起家孫，一見知千里。和氣十洲春，清流九江水。非有神筆夢，粲粲文何綺。天子青春朝，列鼎招英髦。明年桃花開〔一〕，禹浪如霞高。之子可變化，咫尺登金鼇。始知祖德長，光輝傳佩刀。

【校勘記】

〔一〕桃花：天曆本、《叢刊》本、康熙本、《四庫》本作「桃李」。

贈棋者

何處逢神仙，傳此棋上旨。静持生殺權，密照安危理。接勝如雲舒，禦敵如山止。突圍秦師震，諸侯皆披靡。入險漢將危，奇兵翻背水。執應不可窮，關河常表裏。南軒春日長，國手相得喜。泰山不礙目，疾雷不經耳。一子貴千金，一路重千里。精思入於神，變化胡能擬。成敗繫之人，吾當著棋史。（又見《御選宋金元明四朝詩·御選宋詩》卷一〇。）

歲寒堂三題并序

堯舜受命於天，松柏受命於地，則物之有松柏，猶人之有堯舜也。是故聖人觀有心而制禮，體後凋以辨義。丁公神遇，鑒寐形焉；陶相真棲，風韻在矣。前言往行，豈徒然哉！吾家西齋僅百載，二松對植，扶疏在軒，靈根不孤，本枝相茂，卓然有立，儼乎若思。

霜霰交零，莫能屈其性；絲桐間發，莫能擬其聲。不出户庭，如在林壑。某少長北地，近還平江。美先人之故廬，有君子之嘉樹。清陰大庇，期於千年，豈徒風朝月夕爲耳目之資者哉！因命其西齋曰歲寒堂，松曰君子樹。樹之側有閣焉，曰松風閣。美之以名，居之斯逸。由我祖德，貽厥孫謀。昆弟雲來，是仰是則。可以爲友，可以爲師。持松之清，遠耻辱矣。執松之勁，無柔邪矣。禀松之色，義不變矣。揚松之聲，名彰聞矣。有松之心，德可長矣。念兹在兹，我族其光矣。子子孫孫，勿翦勿伐。惟吾家之舊物，在歲寒而後知。天地憐其材，而况於人乎！作詩紀之，以永長也。

歲寒堂

我先本唐相，奕世天衢行。子孫四方志，有家在江城。雙松儼可愛，高堂因以名。雅知堂上居，宛得山中情。目有千年色，耳有千年聲。六月無炎光，長如玉壺清。于以聚詩書，教子修誠明。于以列鍾鼓，邀賓樂昇平。緑煙亦何知，終日在簷楹。太陽無偏照，自然虚白生。不向揺落地，何憂歲峥嶸。勖哉肯構人，處之千萬榮。

君子樹

二松何年植，清風未嘗息。夭矯向庭户，雙龍思霹靂。豈無桃李姿，賤彼非正色。豈無蘭菊芳，貴此有清德。萬木怨揺落，獨如春山碧。乃知天地威，亦向歲寒惜。有聲若江湖，有心若金璧。雅爲君子材，對之每前席。或當應自然，化爲補天石。

松風閣

此閣宜登臨，上有松風吟。非絃亦非匏，自起簫韶音。明月萬里時，何必開緑琴。鳳皇下雲霓，鏘鏘鳴中林。淳如葛天歌，太古傳于今。潔如庖羲《易》，洗人平生心。安得嘉賓來，當之共披襟。陶景若在僊，千載一相尋。（又見《吴都文粹續集》卷四八，《御選宋金元明四朝詩·御選宋詩》卷一〇。）

贈都下隱者

梅福隱市門，嚴平居卜肆。乃知神仙徒，非必煙霞地。異哉西山人，逍遥京洛塵。門多長者車，察脈如有神。軒皇萬餘載，此術了然在。精意洞五行，飛名落四海。結舍擬滄洲，東池接御溝。蘭芳披幽徑，琴樽在小舟。清夜泛月華，宛是江湖遊。他日上雲去，兹爲黄鶴樓。

和人遊嵩山十二題

公路澗曹公與袁紹常争據此地。

嵩高發靈源，北望洛陽注。清流引河漢，白氣横雲霧。英雄惜此地，百萬曾相距。近代無戰争，常人自來去。

拜馬澗子晉登仙，遺馬於此，鄉人見之皆拜。

傳聞王子仙，澗邊遺逸驥[一]。當時青雲路，鷄犬亦可致。未必真龍媒，悠悠在平地。

二室道

太室何森聳，少室欲飛動。相對起雲霞，恍如游仙夢。何以寵此行，行歌降神頌。

自峻極中院步登太室中峰

白雲隨人來，翩翩疾如馬。洪崖與浮丘，襟袂安足把。不來峻極遊，何能小天下。

玉女窗

窈窕玉女窗，想像玉女粧。皎皎月爲鑑，飄飄霓作裳。莫學陽臺夢，無端惑楚王。

玉女搗衣石

但見巖前砧，誰聞月下杵。金文與鐵色，瑑瑑知千古。試問搗衣仙，何如補天女。

天門

天門絶境遊，熙然揖灝氣。下顧莽蒼間，雲雷走平地。天威不遠人，孰一作莫起欺天意。

天門泉

天門有靈泉，埃塵未嘗至。日月自高照，雲霞亦輝庇。惟抱夷齊心，飲之可無愧。

天池

岳頂見仙池〔二〕，神異安可度。勿謂無波濤，雲雷有時惡。乘此澄清間，吾纓可以濯。

三醉石

巍巍八仙壇，上有三醉石。憐此高陽徒，如樂華胥域。憔悴澤邊人，獨醒良可惜。

峻極上寺

徘徊峻極寺，清意滿煙霞。好風從天來，吹落桂樹花。高高人物外，猶屬梵王家。

中峰

嵩高最高處，逸客偶登臨。迴看日月影，正得天地心。念此非常遊，千載一披襟。（又見《石倉歷代詩選》卷一三〇，《宋元詩會》卷八，《御選宋金元明四朝詩·御選宋詩》卷一〇。）

【校勘記】

〔一〕逸：《叢刊》本作「一」。

〔二〕仙：《叢刊》本作「天」。

聽真上人琴歌

銀潢耿耿霜稜稜，西軒月色寒如冰。上人一叩朱絲繩〔一〕，萬籟不起秋光凝。伏羲歸天忽千古，我聞遺音淚如雨。嗟嗟不及鄭衛兒，北里南鄰競歌舞。競歌舞，何時休，師襄堂上心悠悠。擊浮金，戛鳴玉，老龍秋啼滄海底，幼猨暮嘯寒山曲。隴頭瑟瑟咽流泉，洞庭蕭蕭落寒木。此聲感物何太靈，十二銜珠下仙鵠。爲予再奏《南風》詩，神人和暢舜無爲。爲予試彈《廣陵散》，鬼物悲哀晉方亂。乃知聖人情慮深，將治四海先治琴。興亡哀樂不我遁，坐中可見天下心。感公遺我正始音，何以報之千黃金。（又見《石倉歷代詩選》卷一三〇，《宋元詩會》卷八。）

【校勘記】

〔一〕上人：原作「沍人」，據天曆本、《叢刊》本、康熙本、《四庫》本改。

和僧長吉湖居五題

湖山

湖山滿清氣，賞心甲吴越。晴嵐起片雲，晚水連初月。漁父得意歸，歌聲等閑發〔一〕。

水月

千尋月腳寒，湖影浄於天。忽如常娥宫，俯仰見嬋娟。更約中秋夕，長津無寸煙。

筠亭

爲愛碧鮮亭，入夏敏敏至。臺榭競生煙，獨有清凉意。高岡鳳不來，幽人此沉醉。

風笛

風引湖邊笛，焉知非隱淪。一聲裂雲去，明月生精神。無爲落梅調，留寄隴頭人。

渚蓮

武陵誰家子，波面雙雙渡。空積心中絲，未成機上素。似共織女期，秋宵苦霜露。（又見《石倉歷代詩選》卷一三〇，《宋元詩會》卷八，《御選宋金元明四朝詩·御選宋詩》卷一〇，《佩文齋廣群芳譜》卷三〇，《佩文齋詠物詩》卷一九二。）

【校勘記】

〔一〕聲：《叢刊》本作「詩」。

酬葉道卿學士見寄

世傳學中禄，小子乃逢辰。一入諫諍司，鴻毛忽其身。可負萬乘主，甘爲三黜人。豈量堯舜心，如日照孤臣。薄責落善地，雅尚過朝倫。僅同龜在泥，敢冀蠖求伸。朱樓逼清江，下晛百丈鱗。羨此南魚樂，不忍持鈎綸。爲郡良優優，乏才止循循。恬愉弗擾外，何以慰遠民。拙可存吾樸，静可逸吾神。漸得疎懶味，下車將四旬。嘉興風雅來，覩對如天賓。感兹韶夏音，佐我臺上春。

和章岷從事鬬茶歌

年年春自東南來，建溪先暖冰微開。溪邊奇茗冠天下，武夷仙人從古栽。新雷昨夜發何處，家家嬉笑穿雲去。露芽錯落一番榮，綴玉含珠散嘉樹。終朝採掇未盈襜，唯求精粹不敢貪。研膏焙乳有雅製，方中圭兮圓中蟾。北苑將期獻天子，林下雄豪先鬭美。鼎磨雲外首山銅，瓶攜江上中零水〔一〕。黄金碾畔緑塵飛，紫玉甌心翠濤起〔二〕。鬭余味兮輕醍醐，鬭余香兮薄蘭芷。其間品第胡能欺，十目視而十手指。勝若登仙不可攀，輸同降將無窮恥。吁嗟天産石上英，論功不愧堦前蓂。衆人之濁我可清，千日之醉我可醒。屈原試與招魂魄，劉伶卻得聞雷霆。盧仝敢不歌，陸羽須作經。森然萬象中，焉知無茶星。商山丈人休茹芝，首陽先生休采薇。長安酒價減千萬，成都藥市無光輝。不如仙山一啜好，泠然便欲乘風飛。君莫羨花間女郎只鬭草，贏得珠璣滿斗歸。（又見《苕溪漁隱叢話·後集》卷一一，《詩人玉屑》卷一五，《詩林廣記》卷八，《詩話總龜·後集》卷二九，《古今合璧事類備要》卷四二，《古今事文類聚·續集》卷一二，《全芳備祖集·後集》卷二八，《宋藝圃集》卷五，《佩文齋廣群芳譜》卷二〇。）

【校勘記】

〔一〕零：天曆本、《叢刊》本、康熙本作「泠」。

〔二〕翠：天曆本、《叢刊》本、康熙本作「雪」。

范文正公文集卷第三

古詩

和葛閎寺丞接花歌

江城有卒老且貧，憔悴抱關良苦辛。衆中忽聞語聲好，知是北來京洛人。我試問云何至是，欲語汍瀾墮雙淚。斯須收淚始能言，生自東都富貴地。家有城南錦繡園，少年止以花爲事。黄金用盡無他能，卻作瓊林苑中吏。年年中使先春來，曉宣口敕修花臺。奇芬異卉百餘品，求新换舊争栽培。猶恐君王厭顔色，群芳只似尋常開。幸有神仙接花術，更向都城求絶匹〔一〕。梁王苑裏索妍姿，石氏園中搜淑質。金刀玉尺裁量妙，香膏膩壤彌縫密。回得東皇造化工，五色敷華異平日。一朝寵愛歸牡丹，千花相笑妖饒難。竊藥常娥新换骨，嬋娟不似人間看。太平天子春遊好，金明柳色籠黄道。道南樓殿五雲高，鈞天捧上蓬萊島。四邊桃李不勝春，何況花王對玉宸。國色晶明動韶景〔二〕，天香旖旎飄芳塵。特奏《霓裳羽衣曲》，千官獻壽羅星辰。兑悦臨軒逾數刻，花吏此時方得色。白銀紅錦滿牙床，拜賜仗前生羽翼。惟觀風景不憂身，一心歲歲供春職。中途得罪情多故，刻木在前何敢訴。竄來江外知幾年，骨肉無音鴈空度。北人情況異南人，蕭灑溪山苦無趣。子規啼處血爲花，黄梅熟時雨如霧。多愁多恨信傷人，今年不及去年身。目昏耳重精力減，復有鄉心難具陳。我聞此語聊悒悒，近曾侍從班中立。朝違日下暮天涯，不學爾曹向隅泣。人生榮辱如浮雲，悠悠天地胡能執。賈誼文才動漢家，當時不免來長沙。幽求功業開元盛，亦作流人過梅嶺。我無一事逮古人，謫官卻得神仙境。自可優優樂名教，曾不恓恓弔形影。接花之技爾則奇，江鄉卑濕何能施。吾皇又詔還淳朴，組繡文章皆弃遺。上林將議賜民畝，似昔繁華徒爾爲。西都尚有名園處，我欲抽身希白傅。一日天恩放爾歸，相逐栽花洛陽去。（又見《嚴陵集》卷三，《石倉歷代詩選》卷一三〇，《宋元詩會》卷八。）

【校勘記】

〔一〕都城：《四庫》本作「成都」。

〔二〕晶：《叢刊》本、康熙本、《四庫》本作「精」。

天平山白雲泉

靈泉在天半，狂波不能侵。神蛟穴其中，渴虎不敢臨。隱照涵秋碧，泓然一勺深。游潤騰雲飛〔一〕，散作三日霖。天造豈無意，神化安可尋。挹之如醍醐，盡得清凉心。聞之異絲竹，不含哀樂音。月好群籟息，涓涓度前林。子晉罷雲笙，伯牙收玉琴。徘徊不擬去，復發滄浪吟。乃云堯湯歲，盈盈長若今〔二〕。萬里江海源，千秋松桂陰。兹焉如有價，北斗量黄金。（又見《吴郡志》卷二九，《吴都文粹》卷六，《吴都文粹續集》卷一九，《姑蘇志》卷八，《六研齋筆記·二筆》卷二，《石倉歷代詩選》卷一三〇，《宋元詩會》卷八，《御選宋金元明四朝詩·御選宋詩》卷一〇。）

【校勘記】

〔一〕雲：康熙本、《四庫》本作「龍」。

〔二〕長：康熙本、《四庫》本作「常」。

留題常熟頂山僧居

平湖數百里，隱然一山起。中有白龍泉，可洗人間耳。吾師仁智心，愛兹山水音。結茅三十年，不道日月深。笑我名未已，來問無端理。卻指嶺邊雲，斯焉贈君子。（又見《吴都文粹續集》卷三四，《姑蘇志》卷九、卷三〇，《石倉歷代詩選》卷一三〇。）

江上漁者

江上往來人，但愛鱸魚美。君看一葉舟，出没風波裏。（又見《類説》卷五六，《事實類苑》卷三四，《古今事文類聚・前集》卷三七，《宋文鑑》卷二六，《詩話總龜》卷一，《詩人玉屑》卷九，《詩林廣記》卷一〇，《吴郡志》卷二九，《吴都文粹》卷六，《古今合璧事類備要・前集》卷五二，《山堂肆考》卷一四四，《宋藝圃集》卷五，《佩文齋詠物詩選》卷二二八，《御選宋金元明四朝詩・御選宋詩》卷六一。）

送蔡挺代父之蜀

朔風豈不寒，蜀道豈不難。之子代親行，萬里心自安。劍閣雪猶明，錦江春未闌。到日必詩戰，重登李杜壇。

鄱陽酬泉州曹使君見寄

吾生豈不幸，所稟多剛腸。身甘一枝巢，心苦千仞翔。志意苟天命，富貴非我望。立譚萬乘前，肝竭喉無漿。意君成大舜，千古聞羶香。寸懷如春風，思與天下芳。片玉棄且在，雙足何辭傷。王章死於漢，韓愈逐諸唐。獄中與嶺外，妻子不得將。義士撫卷起，眦血一霑裳。胡弗學揭厲，胡弗隨低昂。于時宴安人，滅然已不揚。匹夫虎敢鬭[一]，女子熊能當。況彼二長者，烏肯巧如簧。我愛古人節，皎皎明於霜。今日貶江徼，多慙韓與王。罪大禍不稱，所損傷纖芒。盡室來官下，君恩大難忘。酒聖無隱量，詩豪有餘章。秋來魏公亭，金菊何煌煌。登高發秘思，聊以攄吾狂。卓有梅聖俞，作邑郡之旁。矯首賦《靈烏》，擬彼歌《滄浪》。因成答客戲，移以贈名郎。泉南曹使君，詩源萬里長。復我百餘言，疑登孔子堂。聞之金石音，純純自宫商。念此孤鳴鶴，聲應來遠方。相期養心氣，彌天浩無疆。鋪之被萬物，照之諧三光。此道果迂闊，陶陶吾醉鄉。（又見《宋文鑑》卷一五，《詩話總龜·後集》卷二一，《砦溪詩話》卷一〇，《説郛》卷八一，《宋元詩會》卷八。）

【校勘記】

〔一〕虎：原作「雷」。據天曆本、《叢刊》本、康熙本、《四庫》本改。

和謝希深學士見寄

天地久開泰，過言防結括。誰憐多出處，自省有本末。心焉介如石，可裂不可奪。盡室得江行，君恩與全活。回頭諫諍路，尚願無壅遏。豈獨世所非，千載成迂闊。

廬山瀑布

靈源何太高，北斗想可挹。凌日五光直，逗雲千仞急。白虹下澗飲，寒劍倚天立。闊電不得瞬，長雷無敢蟄。萬丈巖崖坼，一道林巒濕。險逼飛鳥墜，冷束山鬼泣。須當截海去，獨流不相入。（又見《記纂淵海》卷八，《古今合璧事類備要·前集》卷九，《古今事文類聚·前集》卷一八，《宋藝圃集》卷五，《江西通志》卷一四八。）

滕子京魏介之二同年相訪丹陽郡

長江天下險，涉者利名驅。二公訪貧交，過之如坦途。風波豈不惡，忠信天所扶。相見乃大笑，命歌倒金壺。同年三百人，太半空名呼。没者草自緑，存者顏無朱。功名若在天，何必心區區。莫競貴高路，休防讒嫉夫。孔子作旅人，孟軻號迂儒。吾輩不飲酒，笑殺高陽徒。（又見《古今事文類聚·前集》卷二九，《山堂肆考》卷八五。）

送劉牧推官之兖州

相國鎮東魯，時李相公迪在兖。開閤多英豪。羨子賦從軍，壯思如波濤。當有非常遇，所得連六鼇。故人孫復之，卧雲生二毛。或作《梁甫吟》，秋風共呼號。翩翩草檄外，可與相遊遨。益以夫子心，萬物都一毫。此行名與節，須似泰山高。

和楊畋孤琴詠

愛此千年器，如見古人面。欲彈换朱絲，明月當秋漢。我願宫商絃，相應聲無間。自然《召南》風，莫起孤琴嘆。（又見《石倉歷代詩選》卷一三〇，《宋元詩會》卷八，《佩文齋詠物詩選》卷一九三。）

絳州園池

絳臺史君府，亭閣參園圃。一泉西北來，群峰高下覩。池魚或躍金，水簾長布雨。怪柏鎖蛟虬，醜石鬬貙虎。群花相倚笑，垂楊自由舞。静境合通仙，清陰不知暑。每與風月期，可無詩酒助。登臨問民俗，依舊陶唐古。（又見《石倉歷代詩選》卷一三〇，《宋元詩會》卷八，《山西通志》卷二二一。）

晉祠泉

神哉叔虞廟，地勝出嘉泉。一源甚澄静，數步忽潺湲。此異孰可窮，觀者增恭虔。錦鱗無敢釣，長生同水仙。千家溉禾稻，滿目江鄉田。我來動所思，致主愧前賢。大道果能行，時雨宜不愆。皆如晉祠下，生民無旱年。（又見《石倉歷代詩選》卷一三〇，《山西通志》卷二二一。）

訪陝郊魏疎處士

賢哉先處士，天書召不起。雲夫嗣孤風，復爲隱君子。有石礪其齒，有泉洗其耳。下瞰紅塵路，榮利無窮已。孜孜朝市人，同在風波裏。大爲高士笑，誓不拾青紫。我亦寵辱流，所幸無愠喜。進者道之行，退者道之止。矧今領方面，豈稱長城倚。來訪卧雲人，而請益諸己。得無長者言，佩之玉非美。

中元夜百花洲作

南陽太守清狂發，未到中秋先賞月。百花洲裏夜忘歸，緑梧無聲露光滑。天學碧海吐明珠，寒輝射空星斗覩。西樓下看人間世，瑩然都在青玉壺。從來酷暑不可避，今夕涼生豈天意。一笛吹銷萬里雲，主人高歌客大醉。客醉起舞逐我歌，弗舞弗歌如老何。（又見《歲時雜詠》卷二八，《石倉歷代詩選》卷一三〇，《宋元詩會》卷八，《御選宋金元明四朝詩・御選宋詩》卷二五，《月令輯要》卷一四，《分類字錦》卷四。）

覽秀亭詩

南陽有絶勝，城下百花洲。謝公創危亭，紫微謝希深領郡日建此亭。屹在高城頭。盡覽洲中秀，歷歷銷人憂。作詩刻金石，意垂千載休。我來亭早壞，何以待英游。試觀荆棘繁，欲步瓦礫稠。嗟嗟命良工，美材肆爾求。曰基復曰搆，落成會中秋。開樽揖明月，席上皆應劉。敏速迭唱和，醺酣争獻酬。老子素不淺，預兹年少儔。九日重登臨，凉空氛氣收。風來鴈聲度，雲去山色留。西郊有潭菊，滿以金船浮。雅爲君子壽，外物真悠悠〔一〕。過則與春期，春時良更優。焰焰衆卉明，衮衮新泉流。簫鼓動地喧，羅綺傾城遊。五馬不行樂，州人爲之羞。亭焉詎可廢，願此多賢侯。（又見《明一統志》卷三〇，《河南通志》卷五二。）

【校勘記】

〔一〕外物：康熙本、《四庫》本作「物外」。

祠風師酬提刑趙學士見貽

先王制禮經，祠爲國大事。孟春祭風師，刺史敢有二。齋戒升于壇，拜手首至地。所祈動以時，生物得咸遂。勿鼓江海濤，害我舟楫和。旱天六七月，會有雷雨至。慎無吹散去，坐使百穀悴。高秋三五夕，明月生天際。乃可驅雲煙，以喜萬人意。願君入薰絃，上副吾皇志。阜財復解愠，即爲天下賜。八使重古禮，作詩歌祭義。誠欲通神明，非徒奬州吏。賢哉推此心，良以警有位。

依韻和安陸孫司諫見寄甫

穰下故都今善藩，沃衍千里多豐年。孫公頃以清净化，我來代之慙二天。人物高傳卧龍里，神仙近接弄珠川。漢光舊烈山河在，徘徊弔古良依然。二十八將固不朽，風雲一代皆忠賢。我亦明時得君者，出處十載功不前。尚得州麾養衰疾，優游豈減居林泉。因逢故人作宴喜，琴樽風月夕不眠。之翰詩來若金石，重於我輩何其偏。相其直道了無悔，寧争蠖屈與鵬騫。

送鄖鄉尉黄通

少年好逸驥，老者重安車。争先尚逐逐，致遠貴徐徐。勿言一尉卑，千户繫慘舒。外矜固不足，内樂則有餘。子游與季路，作邑寧欷歔。五斗對萬鍾，所問道何如。（又見《石倉歷代詩選》卷一三〇。）

依韻和襄陽王源叔龍圖見寄

高車赴南峴，弊郊主東道〔一〕。風采喜一見，布素情相好。屈指四十秋，于今歲寒保。我起爲君壽，善頌復善禱。願盡杯中物，薄言理可到。君子貴有終，功名非必早。朝端卿大夫，所尚賢而老。世慮久乃周，聖門深已造。與君誓許國，無忝於祖考。潔如鳳食竹，樂若魚在藻。安得長相親，時時一絶倒。不忘平生期，明月滿懷抱。（又見《石倉歷代詩選》卷一三〇。）

【校勘記】

〔一〕弊：天曆本、《叢刊》本、康熙本、《四庫》本作「敝」。

依韻答賈黯監丞賀雪

今之刺史古諸侯，孰敢不分天子憂。自秋徂冬渴雨雪，旬奏空文慙轉郵。得非郡國政未洽，刺史閉閤當自尤。上賴天子仁且聖，神龍奔走不俟求。同雲千里結雪意，一夕密下誠如羞。俗有雪羞多夜落之語。曉來賞心江海上，東望不見三神丘。渾祛癘氣發和氣，明年黍稷須盈疇。煙郊空闊獵者健，酒市暖熱沽人稠。光精璨璨奪劍戟，清寒拂拂生衣裘。

鈐齋賀客有喜色，飲酣歌作擊前籌。常願帝力及南畝，盡使風俗如東鄒。誰言吾子青春者，意在生民先發謳。（又見《御選宋金元明四朝詩·御選宋詩》卷二五。）

依韻答提刑張太博嘗新醞

南陽本佳處，偶得作守臣。地與汝墳近，古來風化純。當官一無術，易易復循循。長使下情達，窮民奚不伸。此外更何事，優游款嘉賓。時得一笑會，恨無千日醇。客有多聞者，密法爲我陳。自言此靈物，盡心妙始臻。非徒水泉潔，大要麴糵均。暄凉體四時，日月周數旬。其氣芳以烈，厥味和而辛。涓涓滴小槽，清光能照人。固可奉宗廟，宜能格天神。我姑酌金罍，駐此席上珍。況有百花洲，水木長時新。煙姿藏碧塢，柳杪見朱闉。兩鳧鴈侶，依依江海瀕。晚光倒晚影，一川無一塵。悠悠乘畫舸，坦坦解朝紳。緑陰承作蓋，芳草就爲茵。引此杯中物，獻酬交錯頻。禮俗重三爵，今乃不記巡。大言出物表，本性還天真。或落孟嘉帽，或抛陶令巾。吾非葛天氏，誰爲劉伯倫。大使達觀者〔一〕，與予日相親。作詩美嘉會，調高繼無因。但願天下樂，一若樽前身。長戴堯舜主，盡作羲黄民。耕田與鑿井，熙熙千萬春。（又見《御選宋金元明四朝詩·御選宋詩》卷一〇。）

【校勘記】

〔一〕大：康熙本作「八」。

寄題峴山羊公祠堂

休哉羊叔子，輔晉功勳大。化行江漢間，恩被疆埸外。中國倚而安，治爲天下最。開府多英僚，置酒每高會。徘徊臨峴首，興言何慷慨。此山自古有，游者千萬輩。湮滅皆無聞，空悲歲月邁。公乎仁澤深，風采獨不昧。于今墮淚碑，觀之益欽戴。卓有王源叔，文學偉當代。借麾來襄陽，高懷極恬退。山姿列雲端，江響拂天籟。行樂何逍遥，覽古忽感慨。不見叔子祠，蕪没民疇内。千金贖故基，廟貌重營繪。襄人復其祀，水旱有攸賴。太守一興善，比户皆歡快。源叔政可歌，又留千載愛。（又見《湖廣通志》卷八四。）

送河東提刑張太博

憶守姑蘇日，見君已驚人。翩翩幕中畫，落落席上珍。强記及敏力，一一精如神。洎余領西帥，密與羌夏鄰。君來貳邊郡，表裏還相親。有如得四支，周旋衛其身。予始按方渠〔一〕，兵行百物陳。而君主其事，進退皆有倫。羌酋八九百，醉歌喜斷斷。傳告以號令，再拜罔不馴。作城大順川，扼胡來路津。漢軍始屯集，虜騎俄紛綸。諸將稍畏怯，偶語辭艱辛。君躍匹馬去，入險將死濱。持撾畫禍福，虎校靡不遵。呼兵就畚鍤，悦使咸忻忻。晝夜戰且役，城成未踰旬。虜乃急攻我，萬衆生煙塵。蒼惶被矢石，遁走無逡巡。君馳奏闕下，感慨動中宸。是秋懷敏敗，虜勢侵涇原。天地正愁慘，關輔將迸奔。腹心苟不守，皮膚安得存。予召蕃漢兵，趨邠當北門。諸將切切議，謂宜守塞垣。唯君力贊我，咸鎬爲本根。全師遂鼓進，連成息驚喧。果釋天子憂，獎詔垂明恩。予貳機衡重，君掌食貨繁。豈敢懈夙夜，未嘗攄笑言。今叨領南陽，會君乘使軒。攜手百花洲，無時不開樽。語論極今古，情契及子孫。氣同若蘭芝，聲應如篪塤。浩歌忘物我，劇飲無涼暄。自問平生心，此樂曾幾番。一旦改使節，怱怱指并汾。惜别固不忍，贈行當有云。從來宿兵地，北與胡漢分。長河出紫塞，太行入青雲。天然作雄屏，覽者懷忠勳。行府在平陽，山川秀氤氲。堯民擊壤歌，千古猶得聞。君有經濟心，潤以金石文。攬轡問風俗，坐堂精典墳。此道日益大，行行思致君。

【校勘記】

〔一〕方：天曆本、《叢刊》本、康熙本、《四庫》本作「萬」。

依韻和提刑太博嘉雪

南陽風俗常苦耕，太守憂民敢不誠。今秋與冬數月旱，二麥無望愁編氓。龍遁雲藏不肯起，荒祠巫鼓徒轟轟。昨宵天意驟回復，繁陰一布飄寒英。裁成片片盡六出，化工造物何其精。散亂狂飛若倚勢，徘徊緩舞如含情。千門競掃明月色，萬木都拆寒梅英。天上風流忽爾在，人間險阻無不平。因松偶作琴瑟調，過竹徐移環珮聲。江天鳴鴈畏相失，龍庭奔馬豪如驚。丞相沙堤初踏練，將軍紫髯渾綴瓔。巖前饑殺嘯風虎，海上凍死吞舟鯨。我有高樓擘雲上，雙瞳一開千里明。群閻逐去疫癘遠，長逵壓下塵埃清。當知有年可坐致，東皋父老休營營。因招大使賞天瑞，醉把羲黄向上評。窮通得喪了無事，莊老器宇何難并。君起作歌我起和，天地和氣須充盈。當年此樂不可得，與雪對舞攄平生。共君學取雪好處，平施萬物如權衡。（又見《御選宋金元明四朝詩·御選宋詩》卷二五。）

送謝景初廷評宰餘姚

世德踐甲科，先賓客，先紫微，俱登甲科，廷評今又繼之。青紫信可拾。故鄉特榮耀〔一〕，高門復樹立。餘姚二山下，東南最名邑。煙水萬人家，熙熙自翔集。又得賢大夫，坐堂恩信敷。

春風爲君來，緑波滿平湖。乘興訪隱淪，今逢賀老無。文藻凌雲處，定喜江山助。未能同僊舟，離樽少留駐。行行道不孤，明月相隨去。（又見《會稽掇英總集》卷一一，《浙江通志》卷二七一。）

【校勘記】

〔一〕耀：天曆本、《叢刊》本、康熙本、《四庫》本作「輝」。

閱古堂詩〔一〕

中山天下重，韓公兹鎮臨。堂上績昔賢，閱古以儆今。牧師六十人，冠劍竦若林。既瞻古人像，必求古人心。彼或所存遠，我將所得深。仁與智可尚，忠與義可欽。吾愛古賢守，馨德神祇歆。典法曾弗泥，勸沮良自斟。躋民在春臺，熙熙樂不淫。耕夫與樵子，飽暖相謳吟。王道自此始，然後張薰琴。吾愛古名將，毅若武庫森。其重如山安，其静如淵沉。有令凛如霜，有謀密如陰。敵城一朝拔，戎首萬里擒。虎豹卷韜略，鯨鯢投釜鬵。皇威徹西海，天馬來駸駸。留侯武侯者，將相俱能任。决勝神所啓，受託天所諶。披開日月光，振起雷霆音。九關支一柱，萬宇覆重衾。前人何赫赫，後人豈愔愔。所以作此堂，公意同堅金。僕思寶元初，叛羌弄千鐔。王師生太平，苦戰誠未禁。赤子餵犬彘，塞翁淚涔涔。中原固爲辱，天子動宸襟。乃命公與僕，聯使禦外侵。歷歷革前弊，拳拳掃妖祲。二十四萬兵，撫之若青衿。惟以人占天，不問昴與參。相彼形勝地，指掌而蹄跱。復我横山疆，限爾長河潯。此得喉可扼，彼宜肉就椹。上前同定策，奸謀俄獻琛。梟巢不忍覆，異日生凶禽。僕已白髮翁，量力欲投簪。公方青春期，抱道當作霖。四夷氣須奪，百代病可鍼。河湟議始行，漢唐功必尋。復令千載下，景仰如高岑。因賦閱古篇，爲公廊廟箴。

【校勘記】

〔一〕原無此首，據康熙本補。

南康軍江中落星寺〔一〕

長江萬里來，古寺中流起。如何天上星，汩汩波濤裏。

【校勘記】

〔一〕按天曆本、《叢刊》本無此首。

范文正公文集卷第四

律詩

睢陽學舍書懷

白雲無賴帝鄉遥，漢苑誰人奏洞簫。多難未應歌鳳鳥，薄才猶可賦鷦鷯。瓢思顔子心還樂，琴遇鍾君恨即銷。但使斯文天未喪，澗松何必怨山苗。

詠史五首

陶唐氏

純衣黄冕曆星辰，白馬彤車一百春。莫道茅茨無復見，古今時有致堯人。

有虞氏

成都成邑即天開，終踐堯基詠起哉。但得四門元凱至，九韶何必鳳皇來。

夏后氏

景命還將伯益傳，九川功大若爲遷。謳歌終在吾君子，豈是當時不讓賢。

商人

履癸昆吾禍莫移，應天重造帝王基。子孫何事爲炮烙，不念嘻吁祝網時。

周人

斧鉞爲藩忍内侵，商人塗炭奈何深。不煩魚火明天意，自有諸侯八百心。

次韻和劉夔判官對雪

蔌蔌樓臺外，新輝溢四遐。雲中凋玉葉，星際落榆花。嶽色參差露，松聲髣髴加。風流裁賦苑，清苦讀書家。霜女慙輕格，蟾娥讓素華。孤鴻迷鳥道，萬馬憶龍沙。凈拂王恭氅，香滋陸羽茶。載歌勞郢謝，一奏待鍾牙。幾處和梅賞，何人爲鬢嗟。含毫看不足，詩社好生涯。

河朔吟

太平燕趙許閑遊，三十從知壯士羞。敢話詩書爲上將，猶憐仁義對諸侯。子房帷幄方無事，李牧耕桑合有秋。民得袴襦兵得帥，禦戎何必問嚴尤。

和黄總太博上知郡杜少卿

萬石君賢再出麾，猶龍川上五歌時。九重執憲清規在，十鎮分憂白髮知。環禁中威星拱極，鈴齋舒嘯月侵帷。金臺下客思何報，願上《中和》《樂職》詩。

過太清宫

魏石危松半緑蘿，函關真相玉嵯峨。誰言仙道求難至，自愧陰功積未多。緲緲雲霞開絳節，雝雝鸞鳳答空歌。幾時身退瓊壇畔，榮利忽忽奈老何。（又見《河南通志》卷五〇。）

寄餘杭全安石段少連二從事

分攜俱是佐高牙，兩地光塵自等差。榮事日趨丞相府，道情時過老君家。雙鴻得侶知風便，一鶴思鳴對露華。早晚相將雲漢外，重爲龍友免天涯。

送江南運使張傅度支

刑措東南始詔回，重分邦計命欽哉。于公已積充閭慶，蕭相還施富國才。十郡甘棠歌未歇，一方流馬路初開。啓心知有嘉謨在，足亂雲霓憶帝臺。

堯廟

千古如天日，巍巍與善功。禹終平洚水，舜亦致薰風。江海生靈外〔一〕，乾坤揖讓中。鄉人不知此，簫鼓謝年豐。（又見《宋文鑑》卷二二，《宋元詩會》卷八，《山東通志》卷三五之一下，《淵鑑類函》卷四六。）

【校勘記】

〔一〕靈：《詩淵·廟類》作「成」。

西溪見牡丹

陽和不擇地，海角亦逢春。憶得上林色，相看如故人。（又見《事實類苑》卷三四，《澠水燕談録》卷八，《山谷別集詩注》卷下，《記纂淵海》卷六〇，《錦綉萬花谷·續集》卷九，《詩話總龜》卷二〇，《方輿勝覽》卷四五，《子史精華》卷一四二，《宋詩紀事》卷八。）

寄秦州幕明化基寺丞

同時辟命新，中道改絲綸。滄海人歸楚，清風子在秦。共居卿月下，獨得將星鄰。聳動軍前檄，峥嶸席上珍。烽煙邊信息，金鼓武精神。獵度天山雪，歌逢隴樹春。燕臺無限好，西向自霑巾。

鶻鶚在秋天

秋漢寥寥迥，雄心肯木棲。人間正摇落，天外絶攀躋。月兔精應喪，陽烏影欲齊。長河匹練小，太華一拳低。下眄群毛遁，横過百鳥睽。乘風俊未已，空闊玉關西。

觀獵

鷹犬一何驕，霜明遠近郊。鸞皇不觸網，狐兔自充庖。熠熠流鳴鏑，紛紛過緑髾。雄飛侵漢下，殺氣與雲交。翦棘争探穴，摧林競覆巢。惟開三面者，盛德播絃匏。

鸚鵡

堂上每云云，金籠久受恩。思山誠有意，對主忍無言。性比孤鸞潔，聲殊百舌繁。雲林如一去，應喜謝朱門。

歸鴈

稻粱留不得，一一起江天。帶雪南離楚，和春北入燕。依依前伴侶，歷歷舊山川。木葉程猶遠，梅花信可傳。子規啼到曉，鸚鵡鎖經年。應羡冥冥者，東風羽翼全。（又見《石倉歷代詩選》卷一三〇，《宋元詩會》卷八，《御選宋金元明四朝詩·御選宋詩》卷一〇，《佩文齋詠物詩選》卷四二六。）

青郊

青郊鳴錦雉，緑水漾金鱗。願得郢中客，共歌臺上春。（又見《御選宋金元明四朝詩·御選宋詩》卷六一。）

射陽湖

渺渺指平湖，煙波極望初。縱横皆釣者，何處得嘉魚。

舟中

珠彩耀前川，歸來一扣舷。微風不起浪，明月自隨船。（又見《御選宋金元明四朝詩·御選宋詩》卷六一。）

寄歐静秀才

君歸一水遥，魂斷木蘭橈。賴有南軒竹，清風慰寂寥。（又見《石倉歷代詩選》卷一三〇，《御選宋金元明四朝詩·御選宋詩》卷六一。）

和韓布殿丞三首

泛湖中

平湖萬頃碧，謝客一開顔。待得臨清夜，徘徊載月還。

琴酒

絃上萬古意，樽中千日醇。清心向流水，醉貌發陽春。

漁父

月色滿滄波，吾生樂事多。何人獨醒者，試聽濯纓歌。（又見《吴都文粹續集》卷二三，《姑蘇志》卷一〇。）

送識上人遊金山寺

空半簇樓臺，紅塵安在哉。山分江色破，潮帶海聲來。煙景諸鄰斷，天光四望開。疑師得仙去，白日上蓬萊。

野色

非煙亦非霧，羃羃映樓臺。白鳥忽點破，夕陽還照開。肯隨芳草歇，疑逐遠帆來。誰謂山公意，登高醉始回。（又見《荆溪林下偶談》卷二，《宋文鑑》卷二二，《石倉歷代詩選》卷一三〇，《宋元詩會》卷八，《宋詩紀事》卷八，《御選宋金元明四朝詩·御選宋詩》卷三五。）

雜詠四首

梓人一笑白雲鄉，杞桂森森過豫章。聞道周公繩墨在，天庭誰此議明堂。

其二

有客藍田得意歸，浮光冉冉白虹蜺〔一〕。玉人豈忍言環珮，留取天王尺一圭。

其三

鏗鏗千古嶧山桐，金石聲來造化中，誰道元和無復致，爲君堂上起薰風。

其四

嶺上英英向日開，帝鄉情態自徘徊。如何一施陽春雨，依舊無心歸去來。

【校勘記】

〔一〕浮：天曆本、《叢刊》本、康熙本、《四庫》本作「溪」。

書事呈韓布殿丞

南宮曾薦牧之文，失足徒勞忽十春。天上雲龍期際會，山中猿鶴愧因循。無功豈不孤黃石，有道何堪憶紫蓴。少壯由來須努力，篆銘鍾鼎古何人。

西溪書事

卑棲曾未託椅梧，敢議雄心萬里途。蒙叟自當齊黑白，子牟何必怨江湖。秋天響亮頻聞鶴，夜海瞳曨每見珠。一醉一吟疎懶甚，溪人能信解嘲無。

得李四宗易書

秋風海上憶神交，江外書來慰寂寥。松柏舊心當化石，塤篪新韻似聞韶。須期管鮑垂千古，不學張陳負一朝。三復荆州無限意，王孫芳草路遥遥。（又見《御選宋金元明四朝詩·御選宋詩》卷四六。）

歐伯起相訪

海涯牢落若爲懷，惟子相過未忍回。勁草不隨風偃去，孤桐何意鳳飛來。罇藏金醴遲遲進，匣鏁雲和特特開。萬古功名有天命，浩然攜手上春臺。（又見《御選宋金元明四朝詩·御選宋詩》卷四六。）

寄贈林逋處士

唐虞重逸人，束帛降何頻。風俗因君厚，文章至老淳。玉田耕小隱，金闕夢高真。罷釣輪生蠹，慵冠鑑積塵。餌蓮攀岳頂〔一〕，歌雪扣琴身。墨妙青囊秘，丹靈緑髮新。嶺霞明四望，巖笋入諸鄰。幾姪簪裾盛〔二〕，諸生禮樂循。朝廷唯薦鶚，鄉黨不傷麟。弔古夫差國，懷賢伍相津。劇談來劍俠，騰嘯駭山神。有客瞻冥翼，無端預薦紳。未能忘帝力，猶待補天均。早晚功名外，孤雲可得親。（又見《宋詩紀事》卷一〇。）

【校勘記】

〔一〕岳：《叢刊》本、康熙本、《四庫》本作「鶴」。

〔二〕姪：《四庫》本作「姓」。

酬滕子京同年

謝家風雅若爲酬，散吏方耽海上遊。疎懶幾忘傳筆夢，寂寥仍有負薪憂。欲歌蘭雪歸真隱，敢向簪軒競急流。如共茂先瞻氣象，莫言神物在南州。（又見《石倉歷代詩選》卷一三〇、《宋元詩會》卷八。）

贈餘杭唐異處士

名動公卿四十秋，相逢仍作旅人遊。青山欲買難開口，白髮思歸易滿頭。厭入市塵一作朝如海燕，可堪雲水屬江鷗。故鄉知己方都督，千樹春濃種橘休。時胡侍郎守餘杭。

和沈書記同訪林處士

山中宰相下巖扃，静接遊人笑傲行。碧嶂淺深驕晚翠，白雲舒卷戲春晴〔一〕。煙潭共愛魚方樂，樵爨誰欺雁不鳴。莫道隱君同德少，樽前長揖聖賢清。

【校勘記】

〔一〕戲：《叢刊》本、康熙本、《四庫》本作「看」。

諸暨道中作

林下提壺招客醉，溪邊杜宇勸人歸。可憐白酒青山在，不醉不歸多少非。（又見《會稽掇英總集》卷一五，《佩文韻府》卷六三之一七。）

題翠峰院越相舊宅〔一〕

翠峰高與白雲閑，吾祖曾居水石間。千載家風應未墜，子孫還解愛青山。

【校勘記】

〔一〕越相：天曆本、《叢刊》本、康熙本、《四庫》本作「范蠡」。

與人約訪林處士阻雨因寄

閑約諸公扣隱扃，江天風雨忽飄零。方憐春滿王孫草，可忍雲遮處士星。蕙帳未容登末席。蘭舟無賴寄前汀。湖山早晚逢晴霽，重待尋仙入翠屏。（又見《浙江通志》卷二七五。）

寄西湖林處士

蕭索遶家雲，清歌獨隱淪。巢由不願仕，堯舜豈遺人。一水無涯静，群峰滿眼春。何當伴閒逸，嘗酒過諸鄰。（又見《西湖志纂》卷一二。）

越上聞子規

夜入翠煙啼，晝尋芳樹飛。春山無限好，猶道不如歸。（又見《記纂淵海》卷九七、卷八三，《古今合璧事類備要·别集》卷六八，《古今事文類聚·後集》卷四四，《會稽掇英總集》卷一五，《淵鑑類函》卷四二八，《御選宋金元明四朝詩·御選宋詩》卷三八。）

送李紘殿院赴闕二首〔一〕

寂寥門巷每相過，親近賢人所得多。今日九重天上去，濉陽孤客奈愁何。

霜露丘園不忍違，三年月日速如飛。金門乍入應垂淚，因挂朝衣憶彩衣。

【校勘記】

〔一〕原無「二首」二字，據康熙本、《四庫》本補。

送邢昂處士南遊

落落崆峒一大儒，四方心逸憶江湖。東南賴有林君復，萬里清風去不孤。

送丁司理赴明州

仙家枝葉令威孫，南去司刑庇越民。金闕道書微旨在，獄多陰德是真人。道書謂升真者皆須曾爲獄官。（又見《方輿勝覽》卷七，《（延祐）四明志》卷二〇，《宋詩紀事》卷八。）

送鄞江竇尉

片帆飛去若輕鴻，一霎春潮過浙東。王謝江山久蕭索，子真今爲起清風。（又見《晦庵集》卷八二，《（延祐）四明志》卷二〇，《宋詩紀事》卷八，《御選宋金元明四朝詩·御選宋詩》卷六四。）

送常熟錢尉

姑蘇臺下水如藍，天賜仙鄉奉旨甘。梅淡柳黄春不淺，王孫歸思滿江南。（又見《吴都文粹續集》卷四八，《吴都文粹續集補遺》卷上，《姑蘇志》卷四一。）

試筆

偶緣疎拙得天真，豈問前途屈與伸。車馬縱能欺倦客，江山猶可助騷人。懶如叔夜書盈几，狂似淵明酒滿巾。況有南窗姬易在，此心那更起纖塵。（又見《石倉歷代詩選》卷一三〇，《宋元詩會》卷八，《御選宋金元明四朝詩·御選宋詩》卷四六。）

送真元二上人歸吴中

歸心不可奪，千里故園春。及見市朝事，卻思一作尋江海人。煙波方得伴，松月定爲鄰。願結虎溪社，休休老此身。

寄題許州錢相公信美亭

華構高軒敞，名湖一面分。星辰居上相，鼓吹燕中軍。山色來嵩室，風光徹汝墳。杉篁涵晚翠，蘭茝薦時薰。坐嘯頻乘月，歸懷幾望雲。迴臨黄霸俗，遠味仲宣文。萬户方開國，三階復致君。斯亭比棠樹，千載頌清芬。（又見《御選宋金元明四朝詩·御選宋詩》卷五七。）

送何白節推寧晉原二首

盛府兼名邑，榮歸指故林。多年望鄉淚，萬里倚門心。江館春寒薄，山程晚翠深。板輿迎侍日，桃李正芳陰。

又

此行深惜别，所喜是寧親。祖帳天門曉〔一〕，鄉關錦國春。鳥歌疑勸酒，山態似迎人。我絶南陔望，因兄淚滿巾。（又見《石倉歷代詩選》卷一三〇、《宋元詩會》卷八。）

【校勘記】

〔一〕天：《叢刊》本、康熙本、《四庫》本作「千」。

送刁紡户掾太常下第時爲太常發解官

精鑒本非深，英僚暫此沉。火炎方試玉，沙密偶遺金。豈累青雲器，猶孤白雪音。敢希蘇季子，潛有激儀心。

憶杭州西湖

長憶西湖勝鑑湖，春波千頃緑如鋪。吾皇不讓明皇美，可賜疎狂賀老無。（又見《記纂淵海》卷七，《（咸淳）臨安志》卷三三、卷九四，《西湖游覽志》卷一〇，《駢字類編》卷二二三。）

寄林處士

片心高與月徘徊，豈爲千鍾下釣臺。猶笑白雲多事在，等閒爲雨出山來。（又見《（咸淳）臨安志》卷二三，《浙江通志》卷二七七，《御選宋金元明四朝詩·御選宋詩》卷六四。）

依韻酬毋湜推官

聖門非入室，文陣敢争盟。不意棲雲閣，何才隸月卿。珍群憐未至，霄鶚引脩程。直舍有仙味，秘庭無俗聲。午陰宫樹緑，宵刻禁鐘清。奉制歌三秀，稱觴聽六英。恩輝孤易感，交結淡難成。新髮鑑中改，舊山天際横。纓思漁父濯，春伴隼旟行。桃浪觀秦塞，薰風省舜城。幾多興廢跡，重疊古今情。進退思先覺，蹉跎畏後生。見詒如美衮，欲報乏英瓊。浄揖澄江練，高窺擢露莖。復驚聞正始，終仰輔登閎。好勵圖南志，翺翔覽四瀛。

送石曼卿

河光岳色過秦關，英氣飄飄酒滿顔。賈誼書成動西漢，謝安人笑起東山。亨途去覺雲天近，舊隱回思水石閑。此道聖朝如不墜，疏封宜在立譚間。（又見《石倉歷代詩選》卷一三〇，《宋元詩會》卷八，《御選宋金元明四朝詩·御選宋詩》卷四六。）

送何涉秀才

蜀道歸來萬里身，上堂嘉慶動諸鄰。賢良詔下先生起，休向成都問卜人。（又見《佩文韻府》卷七〇之一。）

八月十四夜月

光華豈不盛，賞宴尚遲遲。天意將圓夜，人心待滿時。已知千里共，猶訝一分虧。來夕如澄霽，清風不負期。（又見《歲時雜詠》卷三一，《宋文鑑》卷二一，《宋元詩會》卷八《御選宋金元明四朝詩·御選宋詩》卷三五。）

送吴安道學士知崇州

一麾輕去奉蘭羞，共惜清賢豈易求。筮《易》暗驚鳴鶴遠，賦《詩》深望白駒留。古來經緯心皆曉，閑處光陰髮半秋。長孺之才同吏隱，相寬頻上海邊樓。時聶長孺倅崇州。

謫守睦州作

重父必重母，正邦先正家。一心回主意，十口向天涯。銅虎恩猶厚，鱸魚味復佳。聖明何以報，没齒願無邪。（又見《嚴陵集》卷三。）

范文正公文集卷第五

律詩

赴桐廬郡淮上遇風三首

聖宋非强楚，清淮異汨羅。平生仗忠信，盡室任風波。舟楫顛危甚，蛟鼉出没多。斜陽幸無事，沽酒聽漁歌。

又

妻子休相咎，勞生險自多。商人豈有罪，同我在風波。

又

一棹危於葉，傍觀亦損神。他時在平地，無忽險中人。（又見《類説》卷五六，《事實類苑》卷三四，《嚴陵集》卷三，《宋文鑑》卷二六、卷二二，《四六標準》卷一五，《古今合璧事類備要·前集》卷七，《古今事文類聚·前集》卷三七，《文章辨體彙選》卷三七九，《明一統志》卷七，《宋元詩會》卷八，《御選宋金元明四朝詩·御選宋詩》卷三五、卷六一，《淵鑑類函》卷三八，《佩文韻府》卷六七之三、卷七四之一。）

送韓瀆殿院出守岳陽

仕宦自飄然，君恩豈欲偏。纔歸劍門道，忽上洞庭船。墜絮傷春目，春濤廢夜眠。岳陽樓上月，清賞浩無邊。（又見《石倉歷代詩選》卷一三〇、《宋元詩會》卷八。）

出守桐廬道中十絶

隴上帶經人，金門齒諫臣。雷霆日有犯，始可報君親。

又

君恩泰山重，爾命鴻毛輕。一意懼千古，敢懷妻子榮。

又

妻子屢牽衣，出門投禍機。寧知白日照，猶得虎符歸。

又

分符江外去，人笑似騷人。不道鱸魚美，還堪養病身。

又

有病甘長廢，無機苦直言。江山藏拙好，何敢望天閽。

又

天閽變化地，所好必真龍。軻意正迂闊，悠然輕萬鍾。

又

萬鍾誰不慕，意氣滿堂金。必若枉此道，傷哉非素心。

又

素心愛雲水，此日東南行。笑解塵纓處，滄浪無限清。

又

滄浪清可愛，白鳥鑑中飛。不信有京洛，風塵化客衣。

又

風塵日已遠，郡枕子陵溪。始見神龜樂，優優尾在泥。（又見《嚴陵集》卷三，《宋文鑑》卷二六，《錦綉萬花谷·續集》卷九，《詩話總龜·後集》卷四，《碧溪詩話》卷七，《方輿勝覽》卷四六，《明一統志》卷一二，《御選宋金元明四朝詩·御選宋詩》卷六一。）

蕭灑桐廬郡十絶

蕭灑桐廬郡，烏龍山靄中。使君無一事，心共白雲空。

又

蕭灑桐廬郡，開軒即解顔。勞生一何幸，日日面青山。

又

蕭灑桐廬郡，全家長道情。不聞歌舞事，遶舍石泉聲。烏龍山泉實過公署。

又

蕭灑桐廬郡，公餘午睡濃。人生安樂處，誰復問千鍾。

又

蕭灑桐廬郡，家家竹隱泉。令人思杜牧，無處不潺湲。

又

蕭灑桐廬郡，春山半是茶。新雷還好事，驚起雨前芽。

又

蕭灑桐廬郡，千家起畫樓。相呼采蓮去，笑上木蘭舟。

又

蕭灑桐廬郡，清潭百丈餘。釣翁應有道，所得是嘉魚。此郡魚少而嘉。

又

蕭灑桐廬郡，身閑性亦靈。降真香一炷，欲老悟《黄庭》。

又

蕭灑桐廬郡，嚴陵舊釣臺。江山如不勝，光武肯教來。（又見《嚴陵集》卷三，《梅溪集·後集》卷二六，《宋詩紀事》卷八。）

新定感興五首

數仞黄堂上，題名僅百賢。孤高宋開府，千載可拳拳。

又

山水真名郡，恩多補諫官。中間好田錫，風月亦盤桓。

又

風物皆堪喜，民靈獨可哀。稀逢賢太守，多是謫官來。

又

去國三千里，風波豈不賒。回思洞庭險，無限勝長沙。

又

江上多嘉客，清歌進白醪。靈均良可笑，終日著《離騷》。（又見《嚴陵集》卷三）。

遊烏龍山寺

高嵐指天近，遠溜出山遲。萬事不到處，白雲無盡時。異花啼鳥樂，靈草隱人知。信是棲真地，林僧半雪眉。（又見《嚴陵集》卷三，《石倉歷代詩選》卷一三〇，《宋元詩會》卷八。）

江干閑望

江干日清曠，寓目一楮竾。落葉信流水，歸雲識舊峰。蘭蓀誰共采，鳧鴈自相從。莫愛蘋風起，波來千萬重。（又見《嚴陵集》卷三，《石倉歷代詩選》卷一三〇，《宋元詩會》卷八，《御選宋金元明四朝詩·御選宋詩》卷三五。）

和章岷推官同登承天寺竹閣

僧閣倚寒竹，幽襟聊一開。清風曾未足，明月可重來。晚意煙垂草，秋姿露滴苔。佳賓何以佇，雲瑟與霞杯。（又見《嚴陵集》卷三，《浙江通志》卷四九，《宋詩紀事》卷一二。）

齋中偶書

狂愚多苦口，幽遠獨甘心。言路有餘責，權門無去音。忘憂曾扣《易》，思古即援琴。此意誰相和，寥寥鶴在陰。（又見《嚴陵集》卷三。）

留題江秀才舊居

結舍近滄洲，江山不外求。我來明月夜，更得主人留。（又見《嚴陵集》卷三。）

依韻酬周騤太博同年

孰敢先懷富貴圖，良時須惜幾嗟吁。衆心可致巍巍主，上意思平兩兩符。不稱内朝裨耳目，多慙外補救皮膚。子陵灘畔觀漁釣，無限殘陽媚緑蒲。（又見《嚴陵集》卷三。）

依韻答胡侍郎見寄

千年風采逢明主，一寸襟靈慕昔賢。待看朝廷興禮讓，天衢何敢鬭先鞭。（又見《嚴陵集》卷三。）

桐廬郡齋書事

千峰秀處白雲驕，吏隱雲邊豈待招。數仞堂高誰富貴，一枝巢隱自逍遥。杯中好物閒宜進，林下幽人静可邀。莫道官清無歲計，滿山芝术長靈苗。（又見《嚴陵集》卷三，《石倉歷代詩選》卷一三〇，《浙江通志》卷二七五，《御選宋金元明四朝詩·御選宋詩》卷四六。）

留題方干處士舊居

某景祐初典桐廬，郡有七里瀨，子陵之釣臺在。而乃以從事章岷往構堂而祠之，召會稽僧悦躬圖其像於堂。洎移守姑蘇，道出其下，登臨徘徊。見東嶽絶碧，白雲徐生，云方干處士之舊隱，遂訪焉。其家子孫尚多儒服，有楷者新策名而歸。因留二十八言，又圖處

士像於嚴堂之東壁。楷請刊詩於其左。〔一〕

風雅先生舊隱存，子陵臺下白雲村。唐朝三百年冠蓋，誰聚詩書到遠孫。時裔孫楷方登進士科。（又見《嚴陵集》卷三，《鄖溪集》卷二七，《方輿勝覽》卷五，《山堂肆考》卷二六，《明一統志》卷四一，《浙江通志》卷二七七。）

【校勘記】

〔一〕原無詩序，據康熙本補。

依韻酬章推官見贈

姑蘇從古號繁華，卻戀巖邊與水涯。重入白雲尋釣瀨，更隨明月宿詩家。山人驚戴烏紗出，溪女笑隈紅杏遮。來早又抛泉石去，茫茫榮利一吁嗟。

蘇州十詠

泰伯廟

至德本無名，宣尼一此評。能將天下讓，知有聖人生。南國奔方遠，西山道始亨。英靈豈不在，千古碧江横。

木蘭堂

堂上列歌鍾，多慙不如古。卻羨木蘭花，曾見霓裳舞。白樂天爲蘇州刺史，嘗教此舞。

洞庭山

吴山無此秀，乘暇一遊之。萬頃湖光裏，千家橘熟時。平看月上早，遠覺鳥歸遲。近古誰真賞，白雲應得知。

虎丘山

昔見虎眈眈，今爲佛子巖。雲寒不出寺，劍静未離潭。幽步蘿垂徑，高禪雪閉庵。吴都十萬户，煙瓦亘西南。

閶門

吴門聳閶闔，迎送每躋攀。一水帝鄉路，片雲師子山。落鴻漁釣外，斜柳别離間。白傳歸休處，盤桓幾厚顔。

靈巖寺吴王之離宫也，下臨太湖。

古來興廢一愁人，白髮僧歸掩寺門。越相煙波空去鴈，吴王宫闕半啼猿。春風似舊花猶笑，往事多遺石不言。唯有延陵逃遁去，清名高節老乾坤〔一〕。

太湖

有浪即山高，無風還練静。秋宵誰與期，月華三萬頃。

伍相廟

胥也應無憾，至哉忠孝門。生能酬楚怨，死可報吴恩。直氣海濤在，片心江月存。悠悠當日者，千載祇慚魂。

觀風樓

高壓郡西城，觀風不浪名。山川千里色，語笑萬家聲。碧寺煙中静，紅橋柳際明。登臨豈劉白，滿目見詩情。

南園

西施臺下見名園，百草千花特地繁。欲問吴王當日事，後來桃李若爲言。（又見《中吴紀聞》卷一、卷三，《嚴陵集》卷三，《吴郡志》卷六、卷一四、卷一五、卷一六、卷三二，《吴都文粹》卷二、卷三、卷四、卷八，《吴都文粹續集》卷二一、卷二三、卷三二，《方輿勝覽》卷二，《石倉歷代詩選》卷一三〇，《姑蘇志》卷八、卷九、卷一〇、卷二七、卷三二、卷三四，《宋元詩會》卷八，《宋詩紀事》卷八、卷一四，《御選宋金元明四朝詩·御選宋詩》卷三五、卷三七，《佩文韻府》卷二三之一。）

【校勘記】

〔一〕老：康熙本、《四庫》本作「滿」。

依韻奉酬晏尚書見寄

徽音來景亳，盛事聳吳鄉。上象三台照，高文五色章。純如登樂府，淵若測天潢。寒谷春重煦，幽宮草特芳。感知心似血，思報鬢成霜。新定慙無惠，姑蘇惜未康。堯湯餘水旱，劉白舊風光。北闕雲霓遠，南園橘柚荒。願聞歌畫一，敢議賦《長楊》。碌碌嘲須解，循循教弗忘。跡甘榮路外，情寄聖門傍。幾託爲魚夢，江湖尚渺茫。

又用前韻謝晏尚書以近著示及

祖述賢人業，何因降互鄉。周公舊才美，夫子近文章。逸氣彌衝斗，雄源甚決潢。月中靈桂老，春外寶芝芳。遠似天無翳，清如塞有霜。日星圖舜禹，金石頌成康。謂《真廟神御頌》也。渦曲風騷盛，謂游渦之作也。營丘學校光。謂《青社州學記》也。至精含變化，大手鑿洪荒。崧嶽詞欺甫，甘泉價掩揚。滿朝當諷誦，終古豈遺忘。恍若探龍際，森疑履虎傍。半生游此道，觀海特茫茫。

陳質殿丞挽歌詞

賢者逝如斯，皇天豈易知。衆人皆墮淚，君子欲安碑。幾世傳清白，滿鄉稱孝慈。賢哉生令嗣，遺秀在蘭芝。

送僧文光

一品山前識，迢迢三十春。多慙畫戟裏，重見白雲人。

依韻酬府判龐醇之見寄

二十年前已定交，而今鵬鷃各逍遥。但能賈傅親前席，何必蕭生意本朝。直節羡君如指佞，孤根憐我異淩霄。淩霄，花名，生且有託。莫將富貴移平昔，彼此清心髮半凋。

依韻酬吴安道學士見寄

聖君賢相正彌綸，諫諍臣微敢徇身。但得葵心長向日，何妨驚足未離塵。豈辭雲水三千里，猶濟瘡痍十萬民。宴坐黄堂愧無限，隴頭元是帶經人。

依韻酬吴春卿二首來章有「鶴羸松冷」之句，因以松鶴命題以答之

鶴

華亭孤立病時身，終日徘徊尚海濱〔一〕。露掌思高還警夜，芝田音斷欲傷春。千年靈氣何求藥，八變奇姿已過人。莫厭在陰猶寡和，九皋非晚見精神。

松

亭亭百尺棟梁身，寂寞雲根與澗濱。寒冒雪霜寧是病，静期風月不須春。蕭蕭遠韻和於樂，密密清陰意在人。高節直心時勿伐，千秋爲石乃知神。

【校勘記】

〔一〕尚：《四庫》本作「向」。

應制賞花釣魚

萬彙嘉亨日，皇心豫宴辰。華林新濯雨，靈沼正涵春。帝幄紛仙花，天鈎擲錦鱗。洋

洋頒睿唱，賡頌浹簪紳。

過餘杭白塔寺

登臨江上寺，遷客特依依。遠水欲無際，孤舟曾未歸。亂峰藏好處，幽鷺得閑飛。多少天真趣，遥心結翠微。（又見《（咸淳）臨安志》卷九五，《武林梵志》卷六，《石倉歷代詩選》卷一三〇，《海塘録》卷七，《西湖志纂》卷六，《浙江通志》卷二七四，《御選宋金元明四朝詩·御選宋詩》卷三五。）

西湖筵上贈胡侍郎

官秩文昌貴，功名信史褒。朝廷三老重，鄉黨二疎高。涯業盡圖籍，子孫皆俊髦。西湖天下絶，今日盛遊遨。

江城對月

南國風波遠，東門冠蓋回。多情是明月，相逐過江來。（又見《御選宋金元明四朝詩·御選宋詩》卷六一。）

送向综國博通判桂州

通籍三公後，監州五嶺深。欲知明主意，將慰遠人心。歲計多藏藥，舟行不廢琴。歸書清白最，寧問橐中金。（又見《粤西詩載》卷一〇，《廣西通志》卷一二二，《御選宋金元明四朝詩·御選宋詩》卷三五。）

芝山寺

樓殿冠崔嵬〔一〕，靈芝安在哉。雲飛過江去，花落入城來。得食鵶朝聚，聞經虎夜回。偶臨西閣望，五老夕陽開。（又見《梅溪集·後集》卷九、卷二〇，《記纂淵海》卷一〇，《方輿勝覽》卷一七，《石倉歷代詩選》卷一三〇，《宋元詩會》卷八，《鄱陽五家集》卷二，《大清一統志》卷二四〇，《宋詩紀事》卷八，《御選宋金元明四朝詩·御選宋詩》卷三五。）

【校勘記】

〔一〕冠：康熙本、《四庫》本作「觀」。

昇上人碧雲軒

愛此詩家好，幽軒絶世紛。澄宵半床月，淡曉數峰雲。遠意經年就，微吟並舍聞。只應虚静處，所得自蘭芬。（又見《江西通志》卷四一，《御選宋金元明四朝詩·御選宋詩》卷三五。）

郡齋即事

三出專城鬢似絲，齋中蕭灑過禪師〔一〕。近疎歌酒緣多病，不負雲山賴有詩〔二〕。半雨黄花秋賞健，一江明月夜歸遲。世間榮辱何須道，塞上衰翁也自知。（又見《明一統志》卷五〇，《江西通志》卷二七、卷一五九，《大清一統志》卷二四〇，《宋詩紀事》卷八。）

【校勘記】

〔一〕過：康熙本、《四庫》本注：「一作勝。」

〔二〕雲：《四庫》本作「青」。

同年魏介之會上作

寒苦同登甲乙科，天涯相對合如何。心存闕下還憂畏，身在樽前且笑歌。閑上碧江游畫鷁，醉留紅袖舞鳴鼉。與君今日真良會，自信龘官樂事多。

范文正公文集卷第六

律詩

依韻酬黄灝秀才

再貶鄱川信不才，子規相愛勸歸來。客心但感江山助，天意難期日月回。白雪孤琴彌冷淡，浮雲雙闕自崔嵬。南方歲晏猶能樂，醉盡黄花見早梅。

贈鍾道士曾舉進士

人間無復動機心〔一〕，掛了儒冠歲已深。惟有詩家風味在，一壇松月伴秋吟。（又見《全芳備祖集·後集》卷一四。）

【校勘記】

〔一〕機：《詩淵·釋部》作「磯」。

道士程用之爲余傳神因題

貌古神疎畫本難，因師心妙發毫端。無功可上淩煙閣，留取雲山静處看。（又見《歷代題畫詩類》卷五四。）

送魏介之江西提點

旌旗如火浪如鷗，一路春城次第遊。江上高樓欲千尺，便從今日望歸舟。

遊廬山作

五老閑遊倚舳艫，碧梯嵐逕好程途。雲開瀑影千門掛，雨過松黄十里鋪。客愛往來何所得，僧言榮辱此間無。從今愈識道遥旨，一聽昇沉造化鑪。（又見《石倉歷代詩選》卷一三〇。）

瀑布

迥與衆流殊〔一〕，發源高更孤。下山猶直在，到海得清無。勢鬭蛟龍惡，聲吹雨雹麤。

晚來雲一色，詩句自成圖。（又見《宋文鑑》卷二三，《宋元詩會》卷八。）

【校勘記】

〔一〕殊：天曆本、《叢刊》本、康熙本、《四庫》本作「異」。

贈廣宣大師

憶昔同遊紫閣雲，別來三十二回春。白頭相見雙林下，猶是清朝未退人。（又見《駢字類編》卷一四二。）

移丹陽郡先遊茅山作

丹陽太守意何如，先謁茆卿始下車。竭節事君三黜後〔一〕，收心奉道五旬初。偶尋靈草逢芝圃，欲叩真關借玉書。不更從人問通塞，天教吏隱接山居。（又見《（景定）建康志》卷三七。）

【校勘記】

〔一〕竭：天曆本、《叢刊》本作「展」。

贈茅山張道士〔一〕

有客平生愛白雲，無端半老尚紅塵〔二〕。只應金簡名猶在，得見仙巖種玉人。（又見《（景定）建康志》卷三七。）

【校勘記】

〔一〕道士：天曆本、《叢刊》本、康熙本、《四庫》本作「道者」。

〔二〕半老：天曆本、《叢刊》本、康熙本、《四庫》本作「年老」。

京口即事

突兀立孤城，詩中別有情。地深江底過，日大海心生。甘露樓臺古，金山氣象清。六朝人薄命，不見此昇平。

懷慶朔堂

慶朔堂前花自栽，便移官去未曾開。年年憶着成離恨，只託春風管句來〔一〕。（又見《西溪叢語》卷下，《記纂淵海》卷一〇，《古今合璧事類備要·前集》卷五三，《雨航雜録》卷上，《宋元詩會》卷八，《江西通志》卷四一，《御選宋金元明四朝詩·御選宋詩》卷六四，《佩文韻府》卷一三之三、卷四四之一、卷八五之六。）

【校勘記】

〔二〕康熙本、《四庫》本注：「《拾遺》『句』作『幹』。」

依韻酬葉道卿中秋對月二首

天遣今宵無寸雲，故開秋碧掛冰輪。詩人不悔衣霑露，爲惜清光豈易親。

其二

孤光千里與君逢，最愛無雲四望通。處處樓臺競歌宴，的能愛月幾人同。（又見《歲時雜詠》卷三一。）

贈葉少卿

退也天之道，東南事了人。風波拋舊路，花月伴閑身。湖外扁舟遠，門中駟馬新。心從今日泰，家似昔時貧。見子登西掖，攜孫過北鄰。白雲高閣曙，淥水後池春。樽酒呼前輩，鑪香叩上真。只應陰德在，八十富精神。（又見《中吴紀聞》卷二，《吴郡志》卷一四，《吴都文粹》卷四，《明一統志》卷八，《宋詩紀事》卷八。）

依韻答梁堅運判見寄

蔽野旌旗色，滿山笳吹聲。功名早晚就，裴度亦書生。

城大順回道中作

三月二十七，羌山始見花。將軍了邊事，春老未還家。

依韻和延安龐龍圖柳湖

種柳穿湖後，延安盛可遊。遠懷忘澤國，真賞即瀛洲。江景來秦塞，風情屬庾樓。劉琨增坐嘯，王粲斗銷憂。秀發千絲墮，光摇匹練柔。雙雙翔乳鷰，兩兩睡馴鷗。折翠贈歸客，濯清招隱流。宴回銀燭夜，吟度玉關秋。勝處千場醉，勞生萬事浮。主公多雅故，余與龍圖公同年，復爲延安交政。思去共仙舟。（又見《記纂淵海》卷二四，《石倉歷代詩選》卷一三〇，《宋元詩會》卷八，《明一統志》卷三六，《關中勝蹟圖志》卷二三，《陝西通志》卷九七，《御選宋金元明四朝詩·御選宋詩》卷五七，《淵鑑類函》卷三三七。）

和延安龐龍圖寄岳陽滕同年

優游滕太守，郡枕洞庭邊。幾處雲藏寺，千家月在船。疎鴻秋浦外，長笛晚樓前。旋撥醅頭酒，新炰縮項鯿。宦情須淡薄，詩意定連綿。迥是偷安地，仍當飽事年。只應天下樂，無出日高眠。豈信憂邊處，胡兵隔一川。時宣撫至岢嵐軍。（又見《記纂淵海》卷二四，《石倉歷代詩選》卷一三〇，《宋元詩會》卷八。）

與張燾太博行忻代間因話江山作

數年風土塞門行，説着江山意暫清。求取罷兵南國去，滿樓蒼翠是平生。

過長安醉别資政鄭侍郎

鄉關交復親，把酒且逡巡。共上青雲路，相看白髮人。有爲須報國，無事即頤神。故素幾云在，風音莫厭頻。

依韻酬光化李簡夫屯田

老來難得舊交遊，莫歎樽前兩鬢秋。少日苦辛名共立，晚年恬退語相投。龔黄政事聊牽强，元白鄰封且唱酬。附郭田園能置否，與君乘健早歸休。

依韻酬太傅張相公見贈

出處曾無致主功，南陽爲守地猶雄。醉醒往日慙漁父，得失今朝賀塞翁。七里河邊歸帶月，百花洲上嘯生風。卧龍鄉曲多賢達，願預逍遥九老中。（又見《嚴陵集》卷三，《石倉歷代詩選》卷一三〇，《宋元詩會》卷八，《御選宋金元明四朝詩·御選宋詩》卷四六。）

依韻酬益利鈴轄馬端左藏

濫登清顯遇公朝，豈有才謀可致堯。拙守自慙成木强，宦游誰歎儘蓬飄。醉來多謝提壺勸，歸去寧煩杜宇招。好樂當年開口笑，此心無事愧重霄。

依韻酬邠州通判王稷太博

南豳日日接英標，公外追隨豈待招。惡勸酒時圖共醉，痛贏棋處肯相饒。一抛言笑如何遣，頻得音書似不遥。獨上西樓爲君久，滿城明月會雲銷。

依韻酬李光化見寄

南陽偃息養衰顔，天暖風和近楚關。欲少禍時當止足，得無權處始安閑。心憐好鳥來幽院，目送微雲過别山。此景此情聊自慰，是非何極任循環。

寄安素高處士

吏隱南陽味日新，幕中文雅盡嘉賓。滿軒明月清譚夜，共憶詩書萬卷人。

酬李光化見寄二首

交親莫笑出麾頻，不任纖機只任真。遠護玉關猶竭力，入陪金鉉敢周身。素心直擬圭無玷，晚節當如竹有筠。道本逍遥惟所適，吾生何用蠖求伸。

其二

萬里承平堯舜風，使君尺素本空空。庭中無事吏歸早，野外有歌民意豐。石鼎鬬茶浮乳白，海螺行酒灩上聲波紅。宴堂未盡嘉賓興，移下秋光月色中。

依韻酬李光化叙懷

列宿專城且自娱，清名善最即前途。江山樂國誠難會，風月詩家的不辜。未必晚成輸早達，好將高笑代長吁。公餘更勵經邦業，思爲清朝贊禹謨。

和李光化秋詠四首

曉

牆外轆轤響，樓前江漢欹〔一〕。曙光和月色，猶記早朝時。

晝

日色清如照，前林葉未零。海東新隼至，一點在青冥。

晚

晚色動邊思，去年猶未歸。戍樓人已冷，目斷望征衣。

夜

春色人皆醉，秋霄獨不眠[二]。君看明月下，何似落花前。（又見《御選宋金元明四朝詩·御選宋詩》卷六一。）

【校勘記】

〔一〕江：康熙本、《四庫》本作「河」。似當以「河」爲是。

〔二〕霄：天曆本、《叢刊》本、康熙本、《四庫》本作「光」。

送黄灝員外

三十餘年交舊心，相逢那復議升沉。卑飛塵土味誠薄，達宦風波憂更深。自古榮華渾一夢，即時歡笑敵千金。追陪未久還離索，早晚軒車重見尋。

和并州大資政鄭侍郎秋晚書事

太原兵重壓强胡，莫對秋風憶鱠鱸。萬里天聲揚紫塞，十年人望在黄樞。定應松柏心無改，自信雲龍道不孤。應笑病夫何所補，獨能安坐養桑榆。

和提刑趙學士探梅三絶

蕭條臈後復春前，雪壓霜欺未放妍。昨日倚欄枝上看，似留芳意入新年。

其二

静映寒林晚未芳，人人欲看壽陽粧。玉顔須傍韶春笑，莫鬬嚴風與惡霜。

其三

百花争早孰過梅，天與芳時豈待催。莫惜黄金置清賞，隔年春色爲君開。（又見《全芳備祖集·前集》卷一，《佩文齋廣群芳譜》卷二三，《御選宋金元明四朝詩·御選宋詩》卷六四。）

和太傅鄧公歸遊武當見寄

三提相印代天工，鄧國歸來耀本封。此日神仙丁令鶴，幾年霖雨武侯龍。酬恩定得祠黄石，談道須期會赤松。莫慮故鄉陵谷變，武當依舊碧重重。

即席呈太傅相公

鳳池三入冠台躔，至了昇平一品閑。自傅歌詩傳海外，晉公桃李滿人間。上都雲遠經時別，故國春濃幾度還。太史占天應有奏，壽星光彩近南山。

紀送太傅相公歸闕

搢紳誰敢望差肩，獨向昌期協半千。首會雲龍游少海，親扶日月上中天。碧油兩就元戎鎮，黄閣三提冢宰權。坐致唐虞成大化，退居師傅養高年。閑披丹訣開鑪竈，醉度清歌被管絃。同牓幾人登將相，滿朝今日羨神仙。松楸薙草思純孝，里巷揮金過昔賢。歸赴誕辰知兑説，輕安拜舞壽觴前。（又見《古今事文類聚·新集》卷二，《御選宋金元明四朝詩·御選宋詩》卷六〇。）

依韻和提刑張太博寄梅

數枝梅寄寂寥人，多謝韶華次第均。穠下此花留未發，待君同賞後池春。

又和賞梅

故人爲使富天才，相與抽毫賦早梅。氣豔未勞横玉笛，風光先合倒金罍。隴頭欲寄交情遠，林下初逢病眼開。必若和羹有遺味，花王應亦命公台。

依韻答王源叔憶百花洲見寄

芳洲名冠古南都，最惜塵埃一點無。樓閣春深來海鷰，池塘人静下仙鳧。花情柳意憑誰問，月彩波光豈易圖。漢上山公發新詠，許昌何必詫申申或作西湖。（又見《山谷外集詩注》卷三，《御選宋金元明四朝詩·御選宋詩》卷四六。）

獻百花洲圖上陳州晏相公

穰下勝遊少，此洲聊入詩。百花争窈窕，一水自漣漪。潔白憐翹鷺，優游羡戲龜。闌干紅屈曲，亭宇碧參差。倒影澄波底，横煙落照時。月明魚競躍，春静柳閑垂。萬竹排霜仗，千荷卷翠旗。菊分潭上近，菊花潭在郡之西郊，因有菊潭門〔一〕，復有菊潭鎮。近取菊植于洲中，洲有高臺，遂命之曰菊臺。梅比漢南遲。京洛而南，至鄧始有梅焉。梅比襄陽又晚一月。岸鵲依人喜，汀鷗不我疑。綵絲穿石節，襄鄧間舊俗，正月二十二日士女游河，取小石通中者用綵絲穿之，帶以爲祥。羅襪踏青期。素髮頻來醉，滄浪減去思。步隨芳草遠，歌逐畫船移。繪寫求真賞，緘藏獻己知。相君那肯愛，家有鳳皇池。（又見《歷代題畫詩》卷一一七，《御選宋金元明四朝詩·御選宋詩》卷五七。）

【校勘記】

〔一〕潭：《叢刊》本、康熙本、《四庫》本無。

依韻答青州富資政見寄

樞府當年日贊襄，隱然一柱在明堂。親逢英主開前席，力與皇家正舊章。直道豈求安富貴，純誠惟欲助清光。龔黄政事追千載，齊魯風謡及萬箱。偉望能令中國重，奇謀曾壓北方强。故人待看調元後，乞取優游老洛陽。

依韻答并州鄭大資見寄

節制重并汾，淹留又見春。年高成國老，道在樂天真。風韻應如舊，精明迥絶倫。致君心未展，寧是式微人。

過陳州上晏相公

曩由清舉玉宸知，今覺光榮冠一時。曾入黄扉陪國論，重來絳帳就師資。談文講道渾無倦，養浩存真絶不衰。獨媿鑄顔恩未報，捧觴爲壽獻聲詩。

和運使舍人觀潮二首〔一〕

何處潮偏盛，錢唐無與儔。誰能問天意，獨此見濤頭。海浦吞來盡，江城打欲浮。勢雄驅島嶼，聲怒戰貔貅。萬疊雲纔起，千尋練不收。長風方破浪，一氣自横秋。高岸驚先裂，群源怯倒流。騰凌大鯤化，浩蕩六鼇遊。北客觀猶懼，吴兒弄弗憂。子胥忠義者，無覆巨川舟。

又

把酒問東溟，潮從何代生。寧非天吐納，長逐月虧盈。暴怒中秋勢，雄豪半夜聲。堂堂雲陣合，屹屹雪山行。海面雷霆聚，江心瀑布横。巨防連地震，群楫望風迎。踊若蛟龍鬭，奔如雨雹驚。來知千古信，回見百川平。破浪功難敵，驅山力可并。伍胥神不泯，憑此發威名。（又見《記纂淵海》卷八，《古今事文類聚·前集》卷一五，《海塘録》卷二五，《西湖志纂》卷一二，《御選宋

【校勘記】

〔一〕原無「二首」二字，據康熙本、《四庫》本補。

依韻和蘇州蔣密學

餘杭偶得借麾來，山態雲情病眼開。此樂無涯誰可共，詩仙今日在蘇臺。白樂天謂韋蘇州爲詩仙。（又見《吴都文粹續集》卷四八。）

依韻和孫之翰對雪

江干往往臘不雪，今喜紛紛纔孟冬。乃知王澤寖及遠，益明天意先在農。有年預可慰四海，大瑞且當聞九重。況此湖山滿清思，與君交唱若爲慵。

依韻和并州鄭宣徽見寄二首

錢唐作守不爲輕，況是全家住翠屏。名品久參卿士月，部封全屬斗牛星。仁君未報頭先白，故老相看眼倍青。最愛湖山清絶處，晚來雲破雨初停。

又

西湖載客恣游從，湖上參差半佛宫。回顧隙駒曾不息，沉思樽酒可教空。層臺累榭皆清曠，萬户千門盡鬱葱。向此行春無限樂，卻慙何道繼文翁。

依韻答蔣密學見寄

東南爲守慰衰顔，憂事渾袪樂事還。鼓吹夜歸湖上月，樓臺晴望海中山。奮飛每羨冥鴻遠，馳騁那慙老驥閑。此日共君方偃息，是非榮辱任循環。（又見《吴都文粹續集》卷四八。）

依韻和同年朱兵部王賓客交贈之什

鶴禁蘭宫達了身，高居南闕重爲鄰。西園冠蓋時時會，北海樽罍日日親。共棄榮華抛世態，同歸清静復天真。一如劉白東都下，更得裴公作主人。

登表海樓

一帶林巒秀復奇，每來凭檻即開眉。好山深會詩人意，留得夕陽無限時。

石子澗二首

鑿開奇勝翠微間，車騎笙歌暮未還。彦國才如謝安石，他時即此是東山。

又

飛泉落處滿潭雷，一道蒼然石壁開。故老相傳應可信，此山雲出雨須來。（又見《山東通志》卷三五之七下。）

依韻答韓侍御

雖叨世契與鄰藩，東道瞻風御史尊。鄭館昔時延下客，予執卷時即游端公之門。于家今日見高門。端公之先君嘗作金陵獄掾。我居方面榮爲懼，君向臺端直且温。彼此中懷藴金石，不須銷黯動離魂。

謝柳太博惠鶴

新詩遺鶴指真經，對此仙標詎敢輕。萬里華亭思去伴，千年遼海識歸程。雞群與處曾非辱，鵬路將翔孰謂榮。獨愛九皋嘹唳好，聲聲天地爲之清。

知府孫學士見示和終南監宫太保道懷五首因以綴篇〔一〕

玉皇近侍請脩真，賜得南山十里雲。樽有聖賢聊自慰，鼎多龍虎復誰分。謝家山色朝晡見，陶隱松風寤寐聞。萬物已齊無一事，獨醒惟笑衆醺醺。

其二

要路抛來自寡尤，高懷卷去白雲收。玉緣祕寶須藏密，蘭爲奇香卻在幽。仙骨豈曾移静節，帝心終是竭嘉猷。紅霞緑竹忘機地，未免天家下詔求。

其三

漢陂高興自飄飄，何必天台渡石橋。潭上藥靈多餌菊，林間詩逸半書蕉。勤歌蘭珮招逋隱，懶事塵纓逐寀僚。客有赤松盟約在，異時猿鶴不相遼。

其四

瑶壇日月静中長，詩思時時逸謝塘。神枕自成仙島夢，朝衣猶有御爐香。三元祕簡侵星奏，五嶺靈芽待雪嘗。金闕九重留不住，高風何處是嚴光。

其五

門外煙嵐紫閣横，九衢風土更何情。籬邊醉傲淵明飲，隴上歌隨桀溺耕。三樂放懷千古重，萬鍾回首一毫輕。鵬鷃共適逍遥理，誰復人間問不平。（又見《石倉歷代詩選》卷一三〇，《宋元詩會》卷八。）

【校勘記】

〔一〕原無此五首，據康熙本補。

贈方秀才楷〔一〕

高尚繼先君，巖居與俗分。有泉皆漱石，無地不生雲。鄰里多垂釣，兒孫半屬文。幽蘭在深處，終日自清芬。（又見《嚴陵集》卷三。）

【校勘記】

〔一〕原無此首，據康熙本補。

依韻酬府判龐醇之見寄〔一〕

吴門歎歲減繁華，蕭索專城未足誇。柳色向秋迎使館，水聲終夜救田車。丘山在負思朝寄，毫髮經心愧道家。不似桐廬人事少，子陵臺畔樂無涯。

【校勘記】

〔一〕原無此首，據康熙本補。天曆本、《叢刊》本「見寄」下有「二首」二字，并注云：「前集已有一首。」按指卷五《依韻和龐殿院見寄》，然二詩未必一時之作。

范文正公文集卷第七

義

易義

《乾》上《乾》下，内外中正，聖人之德位乎天之時也。德内也，位外也。九二，君之德；九五，君之位。成德于其内，充位于其外。聖人之德，居乎誠而不遷。有時舍之義，故曰「見龍在田」；德昭于中，故曰「利見大人」。「天下文明」，君德也。聖人之位，行乎道而不息。有時乘之義，故曰「飛龍在天」；位正於上，故曰「利見大人」，「乃位乎天德」，於是乎位矣。或者泥於六位之序，止以五爲君，曾不思始畫八卦，三陽爲《乾》，君之象也，豈俟於五乎？三陰爲《坤》，臣之象也，豈俟於四乎？《震》爲長子，豈俟重其卦而始見於長子乎？明夫《乾》，君之象。既重其卦，則有内外之分〔一〕。九二居乎内，德也；九五居乎外，位也。餘爻則從其進退安危之會而言之，非必自下而上，次而成之也。如卦言六龍，而九三不言龍而言君子，蓋龍無乘剛之義，則以君子言之。隨義而發，非必執六龍之象也。故曰《易》無體，而聖人之言豈凝滯於斯乎？

《咸》，陰進而陽降，《兑》，陰卦；《艮》，陽卦。上下交感之時也，與《泰》卦近焉。《泰》卦天地交而萬物通，《咸》卦天地感而萬物化生。然則《泰》卦三陰進于上，三陽降于下，極於交而泰矣，故曰萬物通；《咸》卦陰進而未盡達也，陽降而未盡下也，下卦猶有二陰，上卦猶有二陽。感而未至於泰矣，故曰萬物生而猶未通也。聖人感人心而天下和平，是感之無窮，而能至乎泰者也。感而不至，其道乃消，故至騰口，薄可知也。

《恒》，陽動陰順，剛上柔下，《震》，陽也，剛動于上；《巽》，陰也，柔順于下。上下各得其常之時也。天尊地卑，道之常矣。君處上，臣處下，理之常矣。上陽卦，天與君之道也；下陰卦，地與臣之道也。男在外，女在内，義之常矣。《震》爲長男，《巽》爲長女。天地、君臣、男女各得其正，常莫大焉。諸卦多以有應爲吉，此卦六爻皆應而爻無元吉者，何也？夫吉於應者，相求以濟之時也。常者，上下各得其所之時矣。故以剛柔皆應爲常，而不以獲應爲吉。是以士之應常也[二]，在於己，不在於人；諸侯之常也，在於政，不在於鄰；天子之常也，在於道，不在於權。故曰：「聖人久於其道，而天下化成。」堯舜爲仁，終身而已矣，其知常也哉！

《遯》，陰進陽退，二陰進之於内，四陽退之於外。柔佞入而剛正出，君子遯去之時也。夫柔勝於剛，則小人制君子矣，辱可逃乎！柔未勝剛，則君子辱可遠也，未見制於小人焉。此卦二陰而四陽，柔未勝剛，小人始浸而長也。君子知吉之先，辨禍之萌，思遠其時也，可不遯乎？故《遯》之爲義，尚乎遠也。是以最在内者，有遯尾之危；最在外者，有肥遯之利。子曰「知幾其神」，始可與言遯也已矣。

《大壯》，剛以震而陰摧，内剛外震，二陰剥焉。君子威而小人黜，政令剛嚴之時也。陽於陰爲大也，陽進陰退，大者壯而小者喪矣。夫雷在天上，萬物以震，威行天下，萬邦以恐。天地之壯見乎雷，聖人之壯見乎威。壯而不節，於天下暴矣，壯其喪矣。是以君子非禮弗履，以保其壯也。故九二、九四，以陽居陰體，剛而處巽，乃復獲乎貞吉，餘爻皆不克全其壯也已。

《晉》，順而上行，奉于文明。《坤》，順也。《離》，明也。君子嘉遇顯進之時也。夫上無文明，賢斯遁矣。今文明麗于上，君子可不進乎！其進也，柔順内融，内卦《坤》也，有柔順之義。則上不拒其逼矣，故曰「書日三接」也。英華外著，外卦文明，有英華之德。則衆不疑其行矣，故曰「君子以自昭明德」。蓋明出地上，如日之升。君子當其象也，豈復昧哉！其伊尹之時歟！

《明夷》，陰上明下，其義病矣。火入地中，其光翕矣。蔽賢傷善之時也。夫文明在上，則賢者遂進；文明在下，則善人用傷。其商之末世耶！君子用晦，然後免於其難。然則文王其不用晦乎？何以嘗幽之耶？文王蓋有國焉，德加於人，晦之難也。故以文明入于難，終以柔順而出矣。箕子雖無政焉，而最近于闇，故自辱其身，以晦其道，然後乃免。故文明在下，難哉，聖賢其猶病諸！變斯時者，惟九三乎，「得其大首」，其湯武之事歟！

《家人》，陽正於外，謂五也。陰正於內，其二也。陰陽正而男女得位，君子理家之時也。明乎其內，禮則著焉：內卦明也。順乎其外，孝悌形焉。外卦順也。禮則著而家道正，孝悌形而家道成。成必正也，正必成也。聖人將成其國，必正其家。一人之家正，然後天下之家正。天下之家正，然後孝悌大興焉，何不定之有！故曰「刑于寡妻，以御于家邦」。然則正家者，貴閑其初也。故初九有悔，閑得其道，乃首得「悔亡」。至于九五「王假有家」，則天下化成，故勿悔而吉也〔三〕。

《睽》，火炎澤潤，其性不同。炎從上，潤從下，其道違而不接，物情睽異之時也。陰陽不接而天地睽，日月不接而晝夜睽，禮義不接而男女睽，君臣不接而上下睽，情類不接而萬物睽。夫然，則天地萬物之理，從何而亨乎？故《睽》之時義不可久也，必變而通之，合睽以成其化。天地睽也，而陰陽合焉；其體睽，其義合。晝夜睽也，而日月交焉；男女睽也，而禮義成焉；上下睽也，而君臣會焉；萬物睽也，而情類聚焉。夫未合之時，體乖志疑，動虞蹇難，求援而濟者也，故其爻皆以有援免。至于上九睽極而通，則説弧遇雨，群疑亡也。

《蹇》，止於險中，險難在前，未可進之時也。觀其名，與《屯》卦近焉。屯亦難也。然則《屯》已動乎險中，難可圖也；《蹇》猶止乎險中，難未可犯也。惟二爲王臣，得位應五。君在險中，而與己應，始可匪躬而往焉，餘皆往蹇而弗濟。君子藏器於身，待時而動，其庶幾乎！

《解》，動乎險外，出險散否之時也。小人爲險，君子乃否；小人既退，君子乃振。故六五《象》曰〔四〕：「君子有解，小人退也。」是故天地否散，雷雨并興；聖賢否散，慶施遂行。武王發粟散財，其有解之時也矣！

《損》，山澤通氣，《艮》爲山，《兑》爲澤。其潤上行，取下資上之時也。夫陽，實也；陰，虚也。下卦二陽，上卦二陰，取陽資陰，以實益虚者也。虚者反實，則實者反虚矣。然則下者上之本，本固則邦寧。今務於取下，乃傷其本矣，危之道也。損之有時，民猶説也；《兑》爲説。損之無時，澤將竭焉。《兑》爲澤。故曰「川竭必山崩」，此之象也。無他，下涸而上枯也。「百姓不足，君孰與足」，其斯之謂歟！

《益》，剛來而助柔，損有餘而補不足，上卦陽多，故曰有餘；下卦陽少，故曰不足。自上惠下之時也。天道下濟，品物咸亨；聖人下濟，萬國咸寧。《益》之爲道大矣哉！然則益上曰損、損上曰益者，何也？夫益上則損下，損下則傷其本也，是故謂之損；損上則益下，益下則固其本也，是故謂之益。本斯固矣，幹斯茂矣，源斯深矣，流斯長矣。下之益上，則利有竭焉；上之益下，則因其利而利之，何竭之有焉！是故木以動也，上木下動。涉大川而無患；雷風與也，上風下雷。興萬物而無疆。明《益》之道，何往而不利哉！

《夬》，一陰處高而群陽伐之〔五〕，以大制小、以正黜邪之時也。時皆剛正，柔佞豈得而據乎！夫君子道微之時，法令常密，而或失之者，何也？内有小人也。小人道微之時，法令常顯，而無忌者，何也？内皆君子也。此卦一柔而乘五剛，危可知矣；五陽而決一陰，易可知矣。故揚于王庭而不忌，賞罰明行之際歟！舜舉八元而去四凶，此其時矣。

《萃》，澤處於地，《兑》爲澤，《坤》爲地。其流集矣。上説下順，其義親矣。物情和聚之時也。上以説臨下，下以順奉上，上下莫不聚乎。天地亨而萬物以類聚，大人亨而天下以義聚。觀其所聚，而天地萬物之情可見矣。《彖》言「剛中而應」者，取其上下相應，以成萃聚之義而已。若夫萃天下者，豈私其應哉！必也以虚受人，然後能萃其天下。故九五以大人之位而匪孚者，以其應之於一，不能盡天下之誠，惜哉！無私則至矣。

《升》，地中生木，其道上行，君子位以德升之時也。夫高以下爲基，木始生於地中，其舉遠矣。聖人日躋其德，而至于大寶；賢者日崇其業，而至于公主。以順而升，物不距矣。故爻無凶咎，初則大吉，二則有喜，三則無疑，四則用亨，五則貞吉。惟上六極而猶升，則爲冥昧。若能知其消息，猶可爲利，故曰：「冥升，利于不息之貞。」

《困》，水在澤下，澤方竭焉，其道不加於物，君子困窮之時也。夫水者，浸於外而後施於物。今伏於其内，何施之有？是則川澤竭而伏其流，君子因而隱其道。困於險而不改其説，《坎》，險也；《兑》，説也。其惟君子乎，能固窮而樂道哉！苟不安其困，欲尚口而去之，窮斯甚矣。知此時者，卷而懷之，極然後反，其困必亨，故曰困亨。夫子之於陳蔡也，豈其憂乎！

《井》，水爲泉之底，井道治而其施外彰，君子居德遷惠之時也。夫井居其地而不可改，其泉之出也，無所不利；君子居於德而不可移，其惠之遷也，無所不仁。唯井也，施之而不窮，存之而不溢。惟德也，常施於人，而不見其虧，獨善其身而不見其餘〔六〕。故曰「《井》，德之地」，不其然乎！

《革》，水火相薄，變在其中，聖人行權革易之時也。夫澤有水則得其宜，今澤有火，是反其常矣。天下無道，聖人革之以反常之權。然而反常之權，天下何由而從之？以其内文明而外説也。内卦文明，外卦兑说。以此之文明易彼之昏亂，以天下之説易四海之怨，以至仁易不仁，以有道易無道，此所以反常，而天下聽矣，其湯武之作耶！苟道德不去，雖湯武日生，當爲天下之助，何反常之有焉！

《鼎》，以木順火，鼎始用焉，聖人開基立器之時也。夫天下無道，聖人革之。天下既革而制作興，制作興而立成器，立成器而鼎莫先焉。故取鼎爲義，表時之新也。湯武正位，然後改正朔，變服章，更器用，以新天下之務，其此之時歟！故曰「革去故」而「鼎取新」。聖人之新，爲天下也。夫何盛焉，莫盛乎享上帝而養聖賢也。享上帝而天下順，養聖賢而天下治，不亦盛乎！

《震》，雷相從而興，威動萬物，内外皆震，君子心身戒懼之時也。萬物震，其道通焉；君子震，其德崇焉。君子之懼於心也，思慮必慎其始，則百志弗違於道；懼於身也，進退不履於違，則百行弗罹于禍。故初九震來而致福，慎於始也；六二震來而喪貝，履於危也。六二乘剛。夫《震》者，長子之道也。長子有威，驚遠而懼邇，然後能主宗廟之器，而祭祀不輟也夫！

《艮》，山相當而各止其所，内外不相與，六爻皆無應。上下静止之時也。天地動而萬物生，日月動而晝夜成，聖賢動而天下亨。今其止者，君子理不可動之時也。故此卦無元亨貞之德者，以其道不行焉。然止之爲道，必因時而存之。若夫時不可進，斯止矣；高不可亢，斯止矣；位不可侵，斯止矣；欲不可縱，斯止矣。止得其時，何咎之有！故曰：「時止則止，時行則行。動静不失其時，其道光明。」非君子，其孰能與於此乎！

《漸》，山止生木，日益其高，君子漸進之時也。夫内止而不躁，外巽而不争，以斯而進，不亦漸乎！長女得位乎其外，故曰「女歸吉」。然則女生而知其嫁也，必漸而及時，然後有歸焉；君子學而知其仕也，必漸而成德，然後有位焉。故升高必自下，陟遐必自邇。《乾》陽漸進而至于在天，《坤》陰漸進而至于堅冰。天地不能踰，而况於人乎！苟内不止而躁，外不巽而争，則失漸之道，犯時之忌，豈正邦之有焉！

《豐》，文明以動，無往不亨，王道開大之時也。夫雷電之至，隱者彰而否者亨；聖賢之造，困者通而幽者顯。於是制乎禮，以序天下之倫；作乎樂，以興天下之和。物物昌而無不大也，是以謂之豐。然則日之動也，下《離》，日也；上《震》，動也。豐于正中焉；文明之動也，豐于皇極焉。過乎正中，日斯昃矣；過乎皇極，文明虧矣。故曰「宜日中」，進於大而戒於盈也，丕哉！

《旅》，火麗山而不久其處，君子羈旅之時也。君子羈旅之時，處無其位，何能與物大通？然則内止而不動于心，外明而弗迷其往，以斯適旅，故得小亨而貞吉。夫旅人之志，卑則自辱，高則見嫉，能執其中，可謂智矣。是故初瑣瑣而四不快者，以其處二體之下，卑以自辱者也。三焚次而上焚巢者，以其據二體之上，高而見嫉者也。二懷資而五譽命者，柔而不失其中者也。君子旅之時也，道其然乎！

《巽》，風從至而物莫之違，上下皆順，命令宣行之時也。夫上下弗順，雖令不從。今上下皆順，故可申命而行事也。若夫巽之爲德，其失也僞。非君子體之，則入乎柔邪之道矣。觀其名雖近於謙焉，然則謙之爲體，内剛而外柔，《謙》卦《坤》外《艮》内，《坤》柔而《艮》剛也。降於禮而不降於德者也，是以「亨，君子有終」。巽之爲體，内外皆柔，可以行權，未可以終義。惟五以中正而志行，乃得小亨，利有攸往，利見大人。是故《謙》之六爻，皆無凶咎；《巽》之六爻，則美惡半矣。

《兑》，澤重潤而上下皆説，君子推恩敷惠之時也。夫説萬物者，莫説乎澤。今復重之，民説而無疆者也。勸天下者，莫大乎推恩而敷惠，則順乎天、應乎人而王道亨。不然者反此。若夫威以先民，民重其勞；威以犯難，民重其死。故周文爲臺，而人謂神靈者，忘其勞也。楚子下令，而人如挾纊者，忘其死也。然則説之爲德，其失也佞。上下皆説之時，必内存其剛正，然後免佞之情。故曰「説以利貞」。

【校勘記】

〔一〕分：原缺，據天曆本、《叢刊》本、康熙本、《四庫》本補。

〔二〕應：天曆本、《叢刊》本、康熙本、《四庫》本無此字。

〔三〕悔：康熙本、《四庫》本作「恤」。

〔四〕六五：原作「五六」，據天曆本、《叢刊》本、康熙本、《四庫》本及《周易》本文乙。

〔五〕伐：原作「代」，據康熙本、《四庫》本改。

〔六〕第一個「其」字《叢刊》本、康熙本、《四庫》本作「於」。

論

帝王好尚論

《老子》曰：「我無爲而民自化，我好静而民自正，我無欲而民自富，我無事而民自樸。」此則述古之風，以警多事之時也。三代以還，異於太古。王天下者，身先教化，使民從善〔一〕。故《禮》曰：人君謹其所好惡，君好之，則民從之。孔子曰：「上好禮，則民莫敢不恭；上好義，則民莫敢不服；上好信，則民莫敢不用情。」由此言之，聖帝明王豈得無好？在其正而已。堯設敢諫鼓，建進善旌；舜好問而成至化；禹拜昌言而立大功；湯五聘伊尹；文王躬迎吕望；周公握髮吐哺，以待白屋之士；鄭武公好賢，而《詩·雅》歌之；燕昭王築臺募士，而智者歸之。斯聖賢好尚如是之急也。桀紂好利欲，不好諫諍，而天下亡；秦好兵刑，不好仁義，而天下歸漢；隋煬帝好逸豫，不好恭儉，而天下歸唐。使桀紂好諫諍，秦好仁義，隋煬帝好恭儉，豈有喪亂之禍哉！（又見《聖宋文選》卷六。）

【校勘記】

〔一〕從：原作「聳」，據康熙本、《四庫》本改。

選任賢能論

王者得賢傑而天下治，失賢傑而天下亂。張良、陳平之徒，秦失之亡，漢得之興。房、杜、魏、褚之徒，隋失之亡，唐得之興。故曰「得士者昌，失士者亡」。《書》曰：「先王昧爽丕顯，坐以待旦，旁求俊彦，啓迪後人。」其勤求人材如是之急也。然則求之之道，不可一端。皋陶贊禹曰：「亦行有九德。」〔一〕言人性行有九德，以考真僞則可知。乃言曰：「載采采。」載，行。采，事也。稱其人有德，必言其所行某事某事以爲驗。禹曰：「何？」皋陶曰：「寬而栗，性寬洪而能莊栗。柔而立，和柔而能立事。愿而恭，慤愿而恭恪。亂而謹，亂，治也。有治而能謹。擾而毅，擾，順也。致果爲毅。直而温，行正直而氣温和。簡而廉，性簡大而有廉隅。剛而塞，剛斷而實塞。彊而義。無所屈撓，動必合義。彰厥有常，吉哉！」彰，明。吉，善也。明九德之常，以擇人而官之，則政之善。孔子之門人目以四科：一曰德行，謂顔淵、閔子騫也。顔淵聞一知十。二曰政事，冉有、季路也。三曰言語，宰我、子貢也。子貢使於諸國，而不辱君命也。四曰文學，子游、子夏也。經緯天地曰文，禮樂典章之謂也。游、夏能述之者也。此所謂求人之道，非一端也。又《書》之《説命篇》曰：「旁求俊乂，列于庶位。」是朝廷庶位，惟俊乂是求。唐太宗曰：「天下英雄落吾彀中。」《語》曰：「邦有道則智，邦無道則愚。」智則可與治國家、安天下，愚則可與避怨惡而全一身。故聖人以俊乂爲德，不以柔訥爲行。如以柔訥爲行而寵之，則四海英雄無望於時矣。使英雄失望於時，則秦失張、陳，隋失房、杜，豈不誤天下之計哉！（又見《國朝二百家名賢文粹》卷三三，《聖宋文選》卷六。）

【校勘記】

〔一〕原無「行」字，據天曆本、《叢刊》本、康熙本、《四庫》本及《尚書·皋陶謨》補。

近名論

《老子》曰「名與身孰親」，言人知愛名，不如愛其身之親也。《莊子》曰「爲善無近名」，言爲善近名，人將嫉之，非全身之道也。此皆道家之訓，使人薄於名而保其真。斯人之徒，非爵禄可加，賞罰可動，豈爲國家之用哉！我先王以名爲教，使天下自勸。湯解網，文王葬枯骨，天下諸侯聞而歸之。是三代人君已因名而重也。太公直釣以邀文王，夷、齊餓死于西山，仲尼聘七十國以求行道，是聖賢之流無不涉乎名也。孔子作《春秋》，即名教之書也。善者褒之，不善者貶之，使後世君臣愛令名而勸，畏惡名而慎矣。夫子曰：「疾没世而名不稱。」《易》曰：「善不積，不足以成名。」然則爲善近名，豈無僞耶？臣請辯之。《孟子》曰：「堯舜性之也，性本仁義[一]。三王身之也，躬行仁義。五霸假之也。」假仁義而求名。後之諸侯，逆天暴物，殺人盜國，不復愛其名者也。人臣亦然。有性本忠孝者，上也；行忠孝者，次也；假忠孝而求名者，又次也。至若簡賢附勢，反道敗德，弑父叛君，惟欲是從，不復愛其名者，下也。人不愛名，則雖有刑法干戈，不可止其惡也。武王克商，式商容之閭，釋箕子之囚，封比干之墓，是聖人敦獎名教，以激勸天下。如取道家之言，不使近名，則豈復有忠臣烈士爲國家之用哉！（又見《皇朝文鑑》卷九四，《歷代名賢確論》卷二八，《文章辨體彙選》卷四一三。）

【校勘記】

〔一〕義：《叢刊》本作「名」。

推委臣下論

天生兆人，得主乃定[一]。萬機百度，不可獨當。內立公卿大夫士，外設公侯伯子男。先擇材以處之，次推公以委之。然則委以人臣之職，不委以人君之權。臣請辨之[二]。

夫執持典禮，脩舉政教，均和法令，調理風俗，內養萬民，外撫四夷，師表百僚，經緯百事，此宰輔之職也。練兵戎，謹城壁，脩方略，威夷狄，此將帥之職也。肅朝廷之儀，觸搢紳之邪，此御史府之職也。治繁劇，制豪猾，此京尹之職也。至於金穀刑法，各有攸司之職矣。撫民人，宣風化，均徭役，平賦斂，此刺史、縣令之職也。是皆人臣之職，不可不委之也。

若乃區别邪正，進退左右，操榮辱之柄，制英雄之命，此人主之權也，不可盡委於下矣。何以明之？《論語》孔子曰〔三〕：「天下有道，政不在大夫。」注云：「制之由君也。」晉委三卿，趙文子、韓宣子、魏獻子。延陵季子曰：「晉國之政，歸此三家矣。」後果分晉爲三國。漢高祖招納群英，有將將之權而取天下。至于子孫，不知祖宗之謀，而獨委霍光，又獨委王鳳，至于王莽，皆有大禍，西漢遂傾焉。後漢光武親用二十八將而取天下，後之子孫不知祖宗之謀，而獨委后族，至于宦官，故奸雄競起，以去惡爲名，東漢遂傾焉。魏委司馬懿，晉委劉裕，其禍亦然。唐太宗駕馭英雄，取天下，致太平。至高宗朝，李義府以立后之功，獨見委用，陷害忠良，天下憤怨。明皇初用姚崇、宋璟爲相，而天下大治，推心委之，遂成故事。及李林甫代其任，仍復委之。林甫奸邪，能中傷善人，朝廷無敢言得失者。於是明皇不聞諫諍，自謂宰相得人，泰然無爲矣。言路已絶，故至禄山犯關嚮闕，而明皇不知。一旦喪亂，天下瓦解，唐德遂衰。初以推委而天下治，終以推委而天下亂，何弊之然哉？當推委之際，進擢十人，上從其九，是九分之恩出於下矣。如此，則數年之間，左右前後皆權臣之黨也。若黜辱十人，上從其九，是九分之威出於下矣。如此，則數年之間，中外遠近無敢忤權臣者。故下之情不達，而上之勢孤矣。此明皇之失，爲後代之鑑。

王者將收其權，必先采人。采人爲難，豈無其要？孔子之辨門人，標以四科：一曰德行，二曰政事，三曰言語，四曰文學。以四科辨之，思過半矣。然則朝廷清要之位，覬覦者衆，必審賢以與之。賢傑之才，讒嫉者衆，必先時以辨之。是故先王孜孜求賢，以備選用。且千官百辟，豈能獨選？必委之於輔弼矣。惟清要之職，雄劇之任，不可輕授於人。僉諧之外，更加親選。聖帝明王常精意於求賢，不勞慮於臨事。精意求賢，則日聰明而自廣；勞心臨事，則日叢脞而自困。宜乎屏煩細而廣詢訪。其深於正道，有憂天下之心，可備輔相者記之；其精於經術，通聖人之旨，可備顧問者記之；其敢言正色，有端士之操，可備諫諍者記之；其能言方略，有烈士之風，可備將帥者記之。如斯之人，精而求之，熟而觀之，然後寘清要之職，授雄劇之任，使人人竭力，争爲腹心。於是乎得以操榮辱之柄，制英雄之命，庶務委于下，而大柄歸于上，始可以言無爲矣。猶復置御史大夫、中丞，使搢紳無敢慢者；置諍臣七人，使言路無敢蔽者；置門下封駁司，使制敕無得誤者。此又推委無爲之中，而不廢其防，不失其權者矣。若留意逸豫，不孜孜於求賢，親選之時，無賢可用，則進退賞罰復歸於下。雖有爵禄，不足爲上之恩；雖有誅罰，不足爲上之威矣。（又見《國朝二百家名賢文粹》卷三三，《聖宋文選》卷六。）

【校勘記】

〔一〕主：天曆本、《叢刊》本、康熙本、《四庫》本作「王」。

〔二〕辨：天曆本、《叢刊》本、康熙本、《四庫》本作「辯」。

〔三〕論語：原無，據天曆本、《叢刊》本、康熙本、《四庫》本補。

議

上攻守二策狀〔一〕

臣某言：竊觀西事以來，每議攻守，未見適中。或曰：必行進討，以期平定。臣謂諸路進討，則兵分將寡，氣不完盛。絶漠風沙，迷失南北。饋運輜重，動有鈔掠。賊之巢穴，复阻河外，非有奇將，不能遠襲。至若寇常併兵，來擾一路，每有朝旨，令入界牽制。其如將帥方略，非有素定，茫然輕進，不知所圖，但求虚弱之處，以剽竊爲功。既不能大振兵威，故不能少分賊勢，此進討牽制之無效也。或曰：宜用守策，來則禦之，去則勿逐。臣觀今之守邊，多非土兵，不樂久戍；又無營田，必煩遠饋。久戍則軍情以殆〔二〕，遠饋則民力將竭。歲月綿久，恐生他患，此守禦之未利也。臣荷國重寄，曾無寸勞，夙夜營營，冀有所補，而才識迂昧，終無發明。今采於邊人，而成末議，固不敢望其必行。在朝廷以衆論參之，擇其可否。如無所取，乞賜寢罷。今具下項攻守之議，依聖旨指揮，交付梁適齎迴赴闕者。

議攻

臣謂進討未利，則又何攻？臣竊見延安之西，慶州之東，有賊界百餘里，侵入漢地。中有金湯、白豹、後橋三寨，阻延、慶二州徑過道路，使兵勢不接，策應迂遠。自來雖曾攻取，無招降之意〔三〕，據守之謀，漢兵纔迴，邊患如舊。臣謂西賊更有大舉，朝廷必令牽制，則可攻之地其在於此。可用步兵三萬，騎兵五千。鄜延路步兵一萬二千，騎兵三千。涇原路步兵九千，騎兵一千。環慶自選馬步一萬八千，軍外番兵更可得七八千人。軍行入界，當先布號令，生降者賞，殺降者斬；得精强者賞，害老幼婦女者斬。拒者併兵以戮之，服者厚利以安之。遁者勿追，疑有質也；居者勿遷，俾安土也。乃大爲城寨，以據其地。如舊城已險，因而增修。非守地，則別擇要害之處，以錢召帶甲之兵、熟户强壯，兼其土役。昨奉朝旨，令修緣邊城寨。臣以民方穡事，將係官閒雜錢，并勸令近上人户，以顧夫錢，散與助功兵士充食錢。其帶甲兵士，翕然情願，諸寨并已畢功。俟城寨堅完，當留土丘兵以守之。方諸舊寨，必倍其數。使范全、趙明以按撫之。范全今爲騏驥副使、慶州北都巡，趙明今爲東頭供奉官、柔遠寨蕃部巡檢。必嚴其戒曰：賊大至，則明斥候，召援兵，金湯東去德靖寨四十里，西去東谷寨八十里，西南去柔遠八十里。白豹西去柔遠五十里，甫至慶州一百五十里。堅壁清野以困之；小至，則扼險設伏以待之；居常高估入中及置營田以助之。如此則可分彼賊勢，振此兵威，通得延、慶兩路軍馬，易於應援。所用主兵官員，使勇決身先者居其前王信、狄青、劉拯、劉貽孫、張建侯、范全。可用策應者居其次，任守信、王達、王遇、張宗武、譚嘉震、王文恩、王文。使臣中可當一隊者參於前後，張信、王遇、張忠、郭逵、張懷實。有心力幹事者營立城寨。周美、張璨、劉兼濟、李緯、張繼勳、楊麟。

臣觀後漢段紀明以騎五千、步萬人、車三千兩，錢五十四億，三冬二夏，大破諸羌。又觀唐馬燧造戰車，行則載甲兵，止則爲營陣，或塞險以遏奔衝。臣以此路山坡，大車難進，當用小車二千兩、銀絹錢二十萬，以賞有功將吏及歸降番部，并就糴芻粟，亦稍足用。其環州之西，鎮戎之東，復有胡蘆泉一帶番部，與明珠、滅臧相接，阻環州鎮戎徑過道路。明珠、滅臧之居，北接賊疆，多懷觀望。又延州南安去故綏州四十里，在銀夏川口。今延州兵馬東渡黃河，北入嵐、石，卻西渡黃河，倒來麟州策應，蓋以故綏州一帶，賊界阻斷徑過道路。已上三處，内麟府一路，臣不曾到彼，乞下本處訪問及畫圖，即可見山川道路次第。如取下一處，城寨平定，則更圖一處，爲據守之策。比之朝去暮還，此爲稱便。臣謹議。

議守

臣觀西戎居絶漠之外，長河之北，倚遠而險，未易可取。建官置兵，不用禄食。每舉衆犯邊，一毫之物，皆出其下，風集雲散，未嘗聚養。中國則不然。遠戍之兵，久而不代，負星霜之苦，懷鄉國之望。又日給廩食，月給庫緡，春冬之衣、銀、鞋，饋輸滿道，千里不絶。國用民力，日以屈乏，軍情愁怨，須務姑息。此中原積兵之憂，異於夷狄也。臣謂戎虜縱降，塞垣須守〔四〕，當務經遠。古豈無謀臣，觀漢趙充國興屯田，大獲地利，遂破先零。魏武於征伐之中，分帶甲之士隨宜墾闢。故下不甚勞，大功克舉，數年之中，所在積粟，倉廪皆滿。唐置屯田，天寶八年，河西收二十六萬石，隴西收四十四萬石。孫武曰：分建諸侯，以其利而利之，使食其土之毛，實役其人氓之力。故賦税無轉徙之勞，徭役無怨曠之歎。臣昨在延州，見知青澗城种世衡，言欲於本處漸興田利，今聞僅獲萬石。臣觀今之邊寨，皆可使弓手、土兵以守之，因置營田，據畝定課。兵獲餘羨，中糶於官。人樂其勤，公收其利，則轉輸之患久可息矣。且使其兵徙家塞下，重田利，習地勢，顧父母妻子而堅其守，比之東兵不樂田利，不習地勢，復無懷戀者，功相遠矣。少田處，許蕃部進納荒過田，以遷資酬獎，或量給價直。儻朝廷許行此道，則委臣舉擇官員，約古之義，酌今之宜，行於邊陲，庶幾守愈久而備愈充，雖戎狄時爲邊患，不能困我中國。此臣所以言假土兵、弓手之力，以置屯田爲守之利也。

然臣觀前漢高帝之盛，臣有蕭、張決勝千里，下有百戰之師，以四十萬之衆，困于平城，乃約匈奴和親。至高后、文景，代代如之，不絶其好。匈奴屢變，往往犯塞，殺戮吏民，不勝其酷；至於書問傲慢，下視中國，而人主以生民之故，屈己含容，不爲之動。孝文即位，將軍陳武請議征討，以一封疆。孝文曰：「兵，凶器也，難克所願，動亦耗病，謂百姓遠方何？今匈奴内侵，軍吏無功，邊民父子，荷兵日久。朕動心痛傷，何日忘之！未能消弭〔五〕，願且堅邊設候，結和通使，休寧北陲，爲功多矣，且無議兵。」故百姓無内外之徭，得息肩於田畝，天下富實，雞鳴犬吠，煙火萬里，可謂和樂者乎！司馬遷以文帝能和樂天下，協於大樂，故著于《律書》，爲後代法。臣謂國家用攻，則宜取其近，而兵勢不危；用守，則必圖其久，而民力不匱。然後取文帝和樂之德，無孝武哀痛之悔，則天下幸甚！天下幸甚！臣謹議。（又見《續資治通鑑長編》卷一三四，《國朝二百家名賢文粹》卷五八，《國朝諸臣奏議》卷一三三，《雍大記》卷三二，《源流至論·續集》卷二，《群書考索》卷四五，《文獻通考》卷一五八，《歷代名臣奏議》卷三二四。）

【校勘記】

〔一〕原無此篇，據康熙本補。

〔二〕以：康熙本、《四庫》本作「危」。

〔三〕意：天曆本、《叢刊》本作「恩」。

〔四〕須：原作「鎮」，據天曆本、《叢刊》本、《四庫》本改。《續資治通鑑長編》作「雖」。

〔五〕弭：原作「距」，據《續資治通鑑長編》改。

答竊議

漢高以黄金四萬斤付陳平〔一〕，而不問其出入，時陳平未有功也。唐高祖將斬李靖而恕之，時李靖未有功也。是前代帝王先布之以恩，後責之以效也。我太祖嘗謂近臣曰：「安邊御衆，須是得人心。優恤其家，厚其爵禄，多與公用錢及屬州課利，使之回圖，特免税筭。聽其召募驍勇，以爲爪牙。苟財用豐盈，必能集事。朕雖減後宫之數，極於儉約，以備邊費，亦無辭也。」命將帥李漢超等十三人分守西北諸州，家族在京者，撫之甚厚。凡軍中事，悉許便宜。每來入朝，必召對命坐，賜與優厚，撫而遣之。由是邊臣率富於財〔二〕，得以養士用間，洞見蕃夷情狀。每戎狄入寇，必能先知，預爲之備，設伏掩擊，多致克捷，二十年間，無西北之憂。故兵力雄盛，武功蓋世，由此而致也。

今滕宗諒爲一路經略安撫使、兼兵馬都部署，以公用錢回圖，管設使命將校并蕃部酋豪，或贈遺官員游士。而梁堅彈奏滕使過錢十六萬貫，有數萬貫不明。及置獄研窮，纔用三千餘貫，復有所歸，無分毫入己。是未見貪吏之狀也。宣撫田舍人，朝之端人也。至慶州，目擊軍民蕃部等借留滕侯，遮壅于道，足下何得謂之豺狼？主上仁聖，不深罪宗諒、張亢二人，仍降詔誕告邊臣，依祖宗故事，使回圖公用，一如平日。中憲不知内朝有此詔命，聞群口横議，遂伏閤請加責二人，以正憲律。既下法寺，則宗諒合贖銅而不當去官。是前斷已重。亢坐將公用錢并酒散與軍人，當更追一官。又朝廷既已降詔貸之，亦難反汗。足下責我保庇此人，固不敢避。自古文法常害邊功。今天子仁聖，有西北之憂，孜孜求人，以捍大患。帥臣用度小過，不害邊事。居輔弼者，固當竭力辨明，恐誤朝廷機事，爲天下之憂，豈暇私於二人哉！

昔匈奴辱漢使者，蓋不一也。唐賢使于賊庭，不辱命者，如韓愈、李回，皆成大名。近邵良佐使于元昊，回日改官，賜服色，報其勞也。良佐懼，不可再去，滿朝縉紳無一士請行。朝廷召張子奭乘驛而至，又選王正倫副之，皆敢行不懼。既不懼矣，且觀其辨論學術，可爲之使，乃遣將命。暨還，得元昊書疏，頗順於前，願去號稱臣，又能減數節事體。且沙漠窮絶，入不測之地，既能忘生，又不辱命，朝廷擢進兩資，不可待以常調也。戎狄素貪，利未厭心，兵擾絶塞，此戎狄之常態，非子奭之過也。今之士大夫高談時政，皆謂不能拔人，限以資級，使才者多滯，而朝廷乏賢；及見殊命越一等，則嚣然聚議，以爲過優，何薄之甚耶！（又見《雍大記》卷三二。）

【校勘記】

〔一〕天曆本、《叢刊》本、康熙本、《四庫》本「高」下有「祖」字，而無「斤」字。

〔二〕率：康熙本、《四庫》本作「悉」。

范文正公文集卷第八

贊

楊文公寫真贊

楊公以武夷之靈，降于我宋。在太宗朝，以神童被召，三命至著作佐郎、直集賢院。在真宗朝，荐當清近，終翰林學士、工部侍郎。公以斯文爲己任，繇是東封西祀之儀，修史修書之局，皆歸大手，爲皇家之盛典。當時臺閣英游，蓋多出於師門矣。而命世之才，其位不充，故天下知公之文，而未知其道也。昔王文正公居宰輔僅二十年，未嘗見愛惡之迹〔一〕，天下謂之大雅。寇萊公當國，真宗有澶淵之幸，而能左右天子，如山不動，卻戎狄，保宗社，天下謂之大忠。樞密扶風馬公，慷慨立朝，有犯無隱，天下謂之至直。此三君子者，一代之偉人也。公與三君子深相交許，情如金石，則公之道，其正可知矣〔二〕。然端言方行，回邪忌之。故嘗避權臣之禍，歸陽翟山。再起，會真宗不豫，中外爲憂。萊公將奮大計，正前星於北辰，引太陽於少海。公預宏議，就高文，間弗克行。既終，而今上知之，乃下詔追悼，贈禮部尚書，謚曰文。今覩公之真，而爲贊云：

嗚呼楊公，兩朝清風。盛乎斯文，直哉厥躬。端者我遊，邪者我仇。霖雨不作，日月其流。仰止遺真，雍雍哲人。吾不知乎爲之仙，爲之神。（又見《國朝二百家名賢文粹》卷八八，《源流至論·後集》卷九，《自警篇》卷八一。）

【校勘記】

〔一〕迹：天曆本、《叢刊》本、康熙本、《四庫》本作「心」。

〔二〕自「王文正公居宰輔」至此，《古今事文類聚·前集》卷二三、《吴都文粹續集》卷一四、《姑蘇志》卷二七、《山堂肆考》卷一〇五等俱誤題作《王元之（禹偁）畫像贊》。

頌

皇儲資聖頌并序

臣聞聖人之作《易》也，以言乎《離》，則大人有繼明之體；以言乎《震》，則元子有主器之威。何則？體以繼明，而萬邦久照；威以主器，而七廟大寧。其况登監撫之期，資聖神之政者哉！

國家興皇統，紹僊源。寶葉茂昌，靈根善固，皇祖之功也；神武不殺，天開八際，皇宗之德也。文明以健，景臨萬有。聖上妙體乾元，光御人極，應上真之道，撫大寶之運。華親肅睦，美俗昭明。尚周文之文，而百官懋德；下漢武之武，而四夷懷恩。於是覽神洛以朝先，因心之至也；啓帝符以升中，動天之著也。如報厚德於汾壤，款大道於亳宫。表開聖之都，揭降清之館。鴻名盛則，皇哉休哉！曠代不舉者，吾皇富有焉。然猶清净戒豫，恭默思高，觀妙自然，播芳無外。璿樞麗正，物有戴天之安；金鑑凝明，人咸抱日之景。若夫道德之奥，仁義之醇，禮樂之和，刑政之清，無得名矣，又盡善矣。功成功矣，事無事矣，聖子神孫，其法象之矣。

居一日，羑三公，登東塗，皇帝若曰：「眷惟元子，萬邦重器。道心之微必究，王業之難必知。性習惟其初，左右惟其賢。爾周爾召，往師傅焉；講善體政，欲有觀焉。」三公相與而進曰：「惟皇之嗣，惟天之授，生而神靈，幼而岐嶷。而復累藩邸，踐儲副，奉見清廟，載禧圜丘。固當輔聖克家，佐天理物也矣。」

皇太子乃夕惕欽命，未明而興。儼觀東朝，齋立西面〔一〕。與夫股肱優老，羽翼令人。講帝皇之風，參天人之理。遐燭安危之轍，眇窮得失之源。曷嘗不力仁而民懷，作德而祥降。於是消息乎九範，經營乎五典。與治與亂，警策而弗迷；惟時惟幾，佩服而深諭。此道心之微也，蓋究詳於妙慮〔二〕。其於中外之務，光大之政，則賢必尚爵，功必厚禄。謀一令，思以敷天下之祐；議一賞，思以起天下之善。舉一刑，則必悵然有不忍之心，暴何端而興矣？接一士，則必慊然有好直之心，佞何階而進矣？天下欲以富利而弗奪也，欲以壽養而弗傷也，欲以固信而弗欺也，欲以安静而弗擾也。期于無盜，責之於衣食；期于無刑，求之於禮義。禮義既充，熟而成風，然後天下熙熙而遂，樂也無窮。

然則上世聖賢，未嘗不勉而後至，慎而後寧。故《書》曰「勖哉，庶其至矣」；《詩》云戒之慎之，保其寧矣。此王業之難也，豈徒知之，固以輔而去之矣。若性習左右，可得而言。聰哲自天，誠明見志。其始也，后稷玩於播殖，仲尼戲於俎豆。爰發五勝之辨，寔宣三正之方。今乃琴誦成文，典書在御。入則有保，出則有師，太傅居前，少傅居後。而能幹蠱天家，代工王室，美四方之事，資萬機之聖。識者曰，正斯嗣也，明斯德也，由斯道也，天意人事章章乎，豈符讖而後著也！惟聖源深長，天道輔相歟！非天私我有宋，惟天祐于一德。

昔陶唐氏之與舜也，歷試諸難，三十載而堯德益明，天下益治。今斯時也，然奚若吾君之嗣之美矣！君子有言曰，巍巍乎皇之有成功也哉！郁郁乎嗣之有成德也哉！樂聖者係之頌云：

粤自黄靈，爰及炎宋。巍巍天造，綿綿帝統。神武之祖，文明之宗。元基不拔，盛業來重。我后御極，吾民敏德。盛節交舉，庶彙咸殖。萬邦作乎，百神受職。允也時雍，何哉帝力。王假有家，乃建承華。三善靡忒，二對何嘉。日光月輪，山輝海潤。相見乎《離》，蓋取諸《震》。帝均其勤，撫國監軍。天受英晤，日彰温文。乃左乃右，惟仁惟舊。稼穡斯憂，艱難斯究〔三〕。授人惟才，進人惟德。刑也以薄，恩也以直。屈者其伸，勞者其逸。言思逆耳，道務前膝。玉振金相，英聲茂實。綿若壽域，熙如春臺。守之而已，仁遠乎哉！天業昌兮，天家光兮。聖有嗣兮，明無疆兮。皇心之寧兮，黔首之康兮。祖宗之靈兮，子孫之長兮。金石在廟兮，頌聲洋洋兮。（又見《國朝二百家名賢文粹》卷一八一。）

【校勘記】

〔一〕齋：天曆本、《叢刊》本、康熙本、《四庫》本作「齊」。

〔二〕詳：原作「祥」，據康熙本、《四庫》本改。

〔三〕斯：天曆本、《叢刊》本、康熙本、《四庫》本作「思」。

泰州張侯祠堂頌

生祠，民報德也。制置公本汝潁之奇，以文武事朝廷，爲勳臣於四方。而嘗戰守秦塞，制勝非一。招降屬寇，全活甚衆。撫南夷以乂遠俗，使北疆以尋大信。光華之命，所嚮凝績。天禧中，國家以鹽鐵饋運之計重於東南，命公領之，於茲八年。公夙夜不懈，闕政咸舉。初，淮浙之間鹽民告困，海利云剥。公請振崇、泰、楚三郡亭人，歲增課數十萬石。三郡鹽課虧者十年。公訪其利害，請加買直、蠲積負，行數事以蘇之，課乃大增。興杭、秀、海三郡鹽場，歲入課四十萬石。又嘗蘇、秀間太湖漲溢，害于甫田，公請導入于海，復租六十萬石。白沙郡大江之北，有灣數里，風濤爲險，舟楫不利。公於是開長蘆、西河以濟之。又高郵之北，漕河屢決，阻我糧道，破我農畝，公於是作堤二百里，旁置石限，平其增損，以均灌漕焉。惟茲海陵，古有潮堰，舊功弗葺，驚波荐至，鹽其稼穡，偃其桑梓。此邦之人，極乎其否。公堅請修復，乃興厥功。横議囂然，僅使中廢。公又與轉運使胡公再列其狀，朝廷可之，仍許兼領是郡，以觀厥成。起基於天聖三載之秋〔二〕，畢工於六載之春。既而捍其大災，蠲其積負。期月之内，民有復諸業、射諸田者，共一千六百户，將歸其租者又三千餘户。海陵民因潮之患，而倚閣其租者三千餘户。天聖四年，敕依制置司奏，候堰成日定奪。今漸復焉。撫之育之，以簡以愛。優優其政，洽于民心。於是請肖公之儀，以奉于祠，期子孫之不忘乎！秉筆者故作頌焉。

我公雄傑，經制楚越。鑒洞毛髮，誠揭日月。建和除孽，代天工發。海陵嗷嗷，古防弗牢。萬頃良膏，歲凶於濤。民焉呼號，不粒而逃。公聞憯怛，乃按乃察。草奏屢達，狂議四遏。心過金鐵，對天不奪。宸聽既聰，宰謀既同。展矣胡公，協力諧忠。兵民交充，興防之功。盤盤偃偃，百里而遠。雲矗不散，山亘不斷。如天作限，奠萬家産。朝以公賢，兼于藩宣。傷者我全，疾者我痊。逋亡幾千，咸復于田。公義不爽，欲報彌廣。建牙列壤，將有攸往。衆圖其象，以永瞻仰。列星之精，列嶽之靈。儀焉亭亭，神焉熒熒。居千百齡，此邦鎮寧。既寧既聚，濤莫我苦。比比牖户，鱗鱗場圃。而翁而豎，于歌于舞。天子穆清，諸侯經營。民兮樂成，穀兮登盈。作爲頌聲，告于神明。（又見《方輿勝覽》卷四五，《（嘉靖）惟揚志》卷三三，《（乾隆）江南通志》卷五七。）

【校勘記】

〔一〕三載：天曆本、《叢刊》本、康熙本、《四庫》本作「二載」。

述

南京府學生朱從道名述

天聖紀號之六載，樞密留守侍郎齊郡公，以東朝舊德，右弼上賢，將啓秉鈞之猷，尚圖分政之任。善下成乎江海，養浩充乎天地。誠明之際，無隱不及。居一日，曰：「祖宗之都，儀刑萬邦。道德之所興，禮樂之所出〔一〕。風化不作，四方何仰哉？」乃首訪膠庠，躬省弦誦。敦六籍以恢本，發四科以彰善。於是人樂名教，復鄒魯之盛；士爲聲詩，登周召之美。既而丘園初秀，閥閱令嗣，拳拳允集，濟濟如歸。

沛國朱生，世嚴冠冕，幼苦霜露。憫先構之將墜，忽中陵之見育。公特命就學，果知向方。豹以革而有文，鴻亦漸而無咎。公又嘉其遷善，以「從道」而名焉，仍命字之，云：「在《復》之六四曰『中行獨復，以從道也』。言能體中而行，特從於道，以斯而復，君子之象，請字曰『復之』，庶左右於名矣。」

然則道者何？率性之謂也。從者何？由道之謂也。臣則由乎忠，子則由乎孝，行己由乎禮，制事由乎義，保民由乎信，待物由乎仁，此道之端也。子將從之乎，然後可以言國，可以言家，可以言民，可以言物，豈不大哉！若乃誠而明之，中而和之，揖讓乎聖賢，蟠極乎天地，此道之致也。必大成於心，而後可言焉。朱生其拜公之命，勉之哉！抑文與學者，道之器也。以君子乘之，則積而不敗；不以君子乘之，則滿而致覆。朱生其拜公之命，慎之哉！

嘻！子未預於教也，弗學而志窮，如玉之未攻，如泉之在蒙，昧焉而弗見其寶，汩焉而莫朝于宗〔二〕。子既預於教也，克學而神晤，如金之在鑄，如驥之方御，躍焉可成乎美器，騰焉可致乎夷路者也。某觀士人中有青衿詩書，素髮畎畝，名不登縉紳之議，目弗接軒冕之姿，彼何不過之甚哉！朱生進德有漸，屬文未幾，始登庠序之列，乃被巖廊之知，此何遇之甚哉！緊爾門之濟美歟？抑我公之善教歟？論者曰：公之旨也，豈徒正爾之名，蓋將成爾之德，激清學校，騰休都邑。俾夫多士聳善，庶邦成流，格美俗於詩書，被頌聲於金石，致我宋之文，炳焉復三代之英。抑公之盛德乎！朱生振迹於盛德之下，發名於善教之始，何必申繻之劇論，豈異夫子之榮褒者哉！當夙夜懷之，不墜我公之令訓也，其庶幾乎！（又見《聖宋文選》卷六。）

【校勘記】

〔一〕禮樂：康熙本、《四庫》本作「禮義」。

〔二〕「昧焉」二句：原「昧」作「汩」，「汩」作「昧」，據《叢刊》本、康熙本、《四庫》本改。

序

太清宮九詠序

譙有老子廟，唐爲太清宮。地靈物奇，觀者駭異。歷代嚴護，景槩所存。若靈溪、渦河、九龍井、左紐再生昇天檜，皆附于圖籍，發乎詠歌。而風人之才，難其破的。余友曼卿，將命斯來，實董宫事。嗜道之外，樂乎聲詩。覽靈仙之區，異其八物，益以宫題，而成九詠。觀其立意，皆鑿幽索秘，破堅發奇，高凌虹蜺，清出金石，有以見詩力之雄哉！文以氣爲主，此其辨乎！矧夫人託文而志深，物乘文而名遠。如揚子雲之《綿竹》，王文考之《靈光》，孫興公之《天台》，皆揮藻一時，騰照千載者矣。巇！彼物也，庇聖賢之居，而能長久，後果動君子之風雅，以發乎名；矧人也，庇聖賢之道，則能高明，果亦動天下之頌聲，以揚其烈。覽之者得無起歟！高平范某序〔一〕。

【校勘記】

〔一〕范某：天曆本、《叢刊》本、康熙本、《四庫》本作「范仲淹」。

朝賢送定惠大師詩序

某典姑蘇郡，一日，有吴僧定惠大師宗秀者，發龍山，渡松江，駐錫于門，出致政侍郎安定公、本道計使太原公二書。偕曰師往無他，有朝中送行詩，請爲序引，以示方來爾。某既不得謝，乃叩其端。師自言生不血茹，七歲持佛事，隱于靈巖〔一〕，多歷年所。晚歲游名公之門，然亦未嘗及利。天聖中，大丞相東平公、清河公憐其舊，奏賜紫方袍，號定惠。

乃告歸故山，又以詩寵之。既而薦紳先生咸有贈章。將勒堅珉，期於不墜。

某感其説，志其事，且知上人之隱，盛於吾儒之隱遠矣。士有氣吞芝蘭，才奔風雲，精貫乎天人，神馳於古今，燭治亂興亡之機，席法度教化之倫，道通巖廊，跡墜林壑，遺没於麋鹿之群者衆矣。如近代之陸龜蒙、陳陶，今朝雍丘邢敦、錢唐林逋，或執節堅介，或放詞雅遠，皆四方之聞人。奈何道未信於三公，名不熟於天子，及其收遺文，旌隱志，而始惜其難得，斯天下義士爲之長太息矣！豈如金僊之流，而人懷慕，謝絶堂構，長揖軒冕。來則談空實相，號天人師；去則指霞嶺，嘯風林，天子有賜，三公有贈。斯以見上人之隱，盛於吾人之隱遠矣。必也均是光輝，以及考槃之際，則聖朝無負於隱君子也，矧將有取焉。子夏曰「主文而譎諫」，蓋風人之職也，序詩者敢有二事！時景祐二年五月八日，尚書員外郎〔二〕、充天章閣待制范某序。（又見《吳都法乘》卷二一上，《靈巖山志》卷八。）

【校勘記】

〔一〕靈：原作「雲」，據天曆本、《叢刊》本、康熙本、《四庫》本改。按靈巖寺在蘇州西南，見《方輿勝覽》卷二一。

〔二〕員：原無，據天曆本、《叢刊》本、康熙本、《四庫》本補。

太子賓客謝公夢讀史詩序

公清浄而文，出入朝廷三十年，語默仁義，進止於青雲之衢，徐徐如也。自尚書郎領侍御史知雜事，日轉戰于寵辱之場者，或勝而夸，或殆而悲。乃歎曰：「吾病矣，不敢進寸而退尺。」求爲會稽郡。及還，又請知西臺，因分務於洛下。朝廷高其意，累遷至東宫三品。悉屏去外慮，於筆硯歌詩，素所耽嗜，亦不復爲，曰：「方逸我以老也。」數年間，唯日看舊史一編，以代賓話爾。無何，先徹樂之前一日，因寢覺，記夢中所得詩一章，召其孫景初録焉。他日，士大夫求觀之，仰其風旨。識者謂，人之將終，神鮮不瞀，公於是時乃有正夢，特歌周、孔之仁義，能久澤於吾民。以公生平之心，蹈於斯，誠於斯，故精義存存，著於神明而不亂矣。今而後知傳説騎箕尾而爲星者，至精之適，亦何怪哉！其詩曰：

百年奇特幾張紙，千古英雄一窖塵。惟有炳然周孔教，至今仁義浸生民。

刻唐祖先生墓誌於賀監祠堂序

某自丹陽移領會稽，首途之日，過邵餗逸人溪齋，因話照湖事。逸人曰：「客有自江夏寄唐人許鼎所撰《祖先生墓誌》，頗言賀監之異。」出而示予。辭精理遠，徐常侍鉉爲之別序。既抵郡，訪天長觀，即賀公之舊居也。歎其真堂卑陋已甚，乃命工度材而新之。又刻徐公所序之文，以廣遊人之觀采焉。時寶元元年〔一〕，知越州范某序。

【校勘記】

〔一〕原作「寶元□年」，據天曆本、《叢刊》本、康熙本、《四庫》本補。

述夢詩序

景祐戊寅歲，某自鄱陽移領丹徒郡。暇日遊甘露寺，謁唐相李衛公真堂。其制隘陋，乃遷于南樓，刻公本傳于其側。又得集賢錢綺翁書云：「我從父漢東公，嘗求衛公之文于四方，得集外詩賦雜著共成一編，目云《一品拾遺》。衛公有《一品集》《姑臧集》《西南備邊録》《獻替録》《御臣要略》《伐叛志》《窮愁志》。其間有《浙西述夢詩》四十韻。時元微之在浙東，劉夢得在歷陽，並屬和焉。愛其雄富，藏之褚中二十年矣，願刻石以期不泯。」

某觀三君子之詩，嗟其才大名高，俱見咎於當世。李遇武宗，獨立不懼，經制四方，有真相之功。雖姦黨營陷，而義不朽矣。元初以才進，拜拾遺，歷御史府，無所畏避，爲執政所困者久之。及天子召用，書詔雅遠，甚有補益之風。至於與晉公相失，而姦人乘之，謂元欲刺裴，劾則無狀。然一戾正人，其光墜地，惜哉！劉與柳宗元、吕温數人坐王叔文黨，貶廢不用。覽數君子之述，而理意精密，涉道非淺。如叔文狂甚，義必不交。叔文以藝進東宮，人望素輕。然傳稱知書，好論理道，爲太子所信。順宗即位，遂見用，引禹錫等决事禁中。及議罷中人兵權，牾俱文珍輩，又絶韋皋私請，欲斬劉闢，其意非忠乎？皋銜之。會順宗病篤，皋揣太子意，請監國而誅叔文。憲宗納皋之謀而行内禪，故當朝左右謂之黨人者，豈復見雪！《唐書》蕪駮，因其成敗而書之，無所裁正。孟子曰：「盡信書不如無書。」吾聞夫子褒貶，不以一疵而廢人之業也，因刻三君子之詩而傷焉。至於柳、吕文章，皆非常之士，亦不幸之甚也。韓退之欲作唐之一經，誅姦諛於既死，發潛德之幽光，豈有意於諸君子乎！故書之。

尹師魯河南集序

予觀堯典舜歌而下，文章之作，醇醨迭變，代無窮乎。惟抑末揚本，去鄭復雅，左右聖人之道者難之。近則唐貞元、元和之間，韓退之主盟于文，而古道最盛。懿、僖以降，寖及五代，其體薄弱。皇朝柳仲塗起而麾之，髦俊率從焉。仲塗門人能師經探道，有文於天下者多矣。洎楊大年以應用之才，獨步當世。學者刻辭鏤意，有希髣髴，未暇及古也。其間甚者專事藻飾，破碎大雅，反謂古道不適於用，廢而弗學者久之。

洛陽尹師魯，少有高識，不逐時輩，從穆伯長游，力爲古文。而師魯深於《春秋》，故其文謹嚴，辭約而理精，章奏疏議，大見風采，士林方聳慕焉。遽得歐陽永叔，從而大振之，由是天下之文一變而古，其深有功於道歟！

師魯天聖二年登進士第，後中拔萃科，從事於西都。時洛守王文正沂公暨王文康公並加禮遇，遂引薦於朝，寘之文館。尋以論事切直，貶監郢州市征。後起爲陝西經略判官，屢更邊任。遷起居舍人，直龍圖閣，知潞州。以前守平凉日，貸公食錢于將佐，議者不以情，復貶漢東節度副使。歲餘，監均州市征。

予方守南陽郡，一旦師魯舁疾而來，相見累日，無一言及後事，家人問之不答。予即告之曰："師魯之行，將與韓公稚圭、歐陽永叔述之，以貽後代。君家雖貧，共當損俸以資之〔一〕。君其端心靖神，無或後憂。"師魯舉手曰："公言盡矣，我不復云。"翌日往視之，不獲見，傳言曰："已別矣。"遂隱几而卒。故人諸生聚而泣之，且歎其精明如是，剛決如是。死生不能亂其心，可不謂正乎！死而不失其正，君子何少哉！

師魯之才、之行與其履歷，則有永叔爲之墓銘，稚圭爲之墓表，此不備載。噫！師魯有心於時，而多難不壽。所爲文章，亦未嘗編次，惟先傳於人者，索而類之，成十卷，亦足見其志也，故序之。（又見《河南先生文集》卷首，《歐陽修撰集》卷末，《國朝二百家名賢文粹》卷一四九，《容齋續筆》卷九，《源流至論·別集》卷六，《古今圖書集成·職方典》卷四四一。）

【校勘記】

〔一〕損：天曆本、《叢刊》本、康熙本、《四庫》本作「捐」。

唐異詩序〔一〕

皇宋處士唐異，字子正，人之秀也。之才之藝，揭乎清名。西京故留臺李公建中，時謂善畫，爲士大夫之所尚。而子正之筆，實左右焉。江東林君復神於墨妙，一見而歎曰：「唐公之筆，老而彌壯！」東宫故諭德崔公遵度，時謂善琴，爲士大夫之所重。而子正之音，嘗唱和焉。高平范仲淹，師其絃歌，嘗貽之書曰：「崔公既没，琴不在兹乎！」處士二妙之外，嗜於風雅，探幽索奇，不知其老之將至。一日以集相示，俾爲序焉。

嘻！詩之爲意也，範圍乎一氣，出入乎萬物，卷舒變化，其體甚大。故夫喜焉如春，悲焉如秋，徘徊如雲，峥嶸如山，高乎如日星，遠乎如神仙，森如武庫，鏘如樂府，羽翰乎教化之聲，獻酬乎仁義之醇，上以德於君，下以風於民。不然，何以動天地而感鬼神哉！而詩家者流，厥情非一。失志之人其辭苦，得意之人其辭逸，樂天之人其辭達，覯閔之人其辭怒。如孟東野之清苦，薛許昌之英逸，白樂天之明達，羅江東之憤怒，此皆與時消息，不失其正者也。

五代以還，斯文大剥，悲哀爲主，風流不歸。皇朝龍興，頌聲來復，大雅君子，當抗心於三代。然九州之廣，庠序未振，四始之奥，講議蓋寡。其或不知而作，影響前輩，因人之尚，忘己之實，吟詠性情而不顧其分，風賦比興而不觀其時。故有非窮途而悲，非亂世而怨，華車有寒苦之述，白社爲驕奢之語。學步不至，效顰則多。以至靡靡增華，愔愔相濫，仰不主乎規諫，俯不主乎勸誡，抱鄭衛之奏，責夔曠之賞，游西北之流，望江海之宗者有矣。

觀乎處士之作也，孑然弗倫，洸然無塵。意必以淳，語必以真。樂則歌之，憂則懷之。無虚美，無苟怨。隱居求志，多優游之詠；天下有道，無憤惋之作。騷雅之際，此無愧焉。覽之者有以知詩道之艱，國風之正也。時天聖四年五月日序。（又見《八代文鈔》。）

【校勘記】

〔一〕原無此篇，據康熙本補。

説

四德説[一]

《易》有説卦，所以明其象而示其教也。卦有四德，曰元亨利貞。雖《文言》具載其端，後之學者或未暢其義。故愚遠取諸天，近取諸物，復廣其説焉。

夫元者何也？道之純者也。於《乾》爲資始，於《坤》爲發生，於人爲温良、爲樂善、爲好生，於國爲行慶、爲刑措，於家爲父慈、爲子孝，於物爲嘉穀[二]、爲四靈。其跡異，其道同，統而言之，則善之長也。

夫亨者何也？道之通者也。於天爲三辰昭會，於地爲萬物繁殖，於人爲得時茂動，於國爲聖賢相遇、爲朝覲會同、爲制禮作樂、爲上下交泰，於家爲父子、爲夫婦、爲九族相睦，於物爲雲龍、爲風虎、爲魚水。其迹異，其道同，統而言之，則嘉之會也。

夫利者何也？道之用者也。於天爲膏雨，於地爲百川，於人爲兼濟，於國爲惠民、爲日中市，於家爲豐財、爲富其鄰，於物爲騶虞、爲得食雞。其迹異，其道同，統而言之，義之和也。

夫貞者何也？道之守者也。於天爲行健，於地爲厚載，於人爲正直、爲忠毅，於國爲典則、爲權衡，於家爲男女正位、爲長子主器，於物爲金玉、爲獬豸。其迹異，其道同，統而言之，則道之幹也。

行此四者之謂道，述此四者之謂教。四者之用，天所不能違，而況於人乎！況於萬物乎！故君子不去也。天微四德，天道不行；地微四德，坤儀不寧；人微四德，則無令名；國家無四德，則風教不倫；物無四德，則祥瑞不生。

惟《乾》《坤》之德，統其四者焉，餘卦則鮮克備矣。惟聖人體《乾》而行，後之希聖者，亦鮮克備矣。堯舜率天下以仁，乾元之君也。湯武應天順人，開國除亂，履其亨而闡其利者也。夏禹治水，《乾》之成功，幹其事者也。體其元而兼其三者，堯舜也歟！後之人孰能生知？宜乎跂踵而勤行矣。處必親仁，元之基也；動能俟時，亨之始也；進思濟物，利之方也；守誠不回，貞之道也。四者未能兼行，則出乎彼而入乎此，出乎此而入乎彼。周旋進退，不離四者之中，如是則其殆庶幾乎！

【校勘記】

〔一〕原無此篇，據康熙本補。

〔二〕於物：康熙本無，據文意及下文例補。

説春秋序〔一〕

聖人之爲《春秋》也，因東魯之文，追西周之制，褒貶大舉，賞罰盡在。謹聖帝明皇之法，峻亂臣賊子之防。其間華衮貽榮，蕭斧示辱，一字之下，百王不刊。游、夏既無補於前，公、穀蓋有失於後。雖丘明之《傳》，頗多冰釋，而素王之言，尚或天遠，不講不議，其無津涯。今褒博者流，咸志於道。以天命之正性，修王佐之異材，不深《春秋》，吾未信也。三《傳》房公有元凱之癖〔二〕，兼仲舒之學，丈席之際，精義入神。吾輩方扣聖門，宜循師道，粹屬詞比事之教，洞尊王黜霸之經。由此登太山而知高，入宗廟而見美，升堂覩奥，必有人焉，君子哉無廢！（又見《八代文鈔》、《經義考》卷一九二。）

【校勘記】

〔一〕原無此篇，據康熙本補。

〔二〕公：《叢刊》本作「君」。

桐廬郡嚴先生祠堂記

先生，漢光武之故人也，相尚以道。及帝握赤符，乘六龍，得聖人之時，臣妾億兆，天下孰加焉，唯先生以節高之。既而動星象，歸江湖，得聖人之清，泥塗軒冕，天下孰加焉，惟光武以禮下之。在《蠱》之上九，衆方有爲，而獨不事王侯，高尚其事，先生以之。在《屯》之初九，陽德方亨，而能以貴下賤，大得民也，光武以之。蓋先生之心出乎日月之上，光武之器包乎天地之外。微先生不能成光武之大，微光武豈能遂先生之高哉！而使貪夫廉，懦夫立，是有大功於名教也。某來守是邦，始構堂而奠焉。乃復其爲後者四家，以奉祠事。又從而歌曰：雲山蒼蒼，江水泱泱。先生之風，山高水長。（又見《皇朝文鑑》卷七七，《嚴陵集》卷八，《五百家播芳大全文粹》卷一〇六，《聖宋文選》卷六，《崇古文訣》卷一六，《諸儒注解古文真寶·後集》，《古文集成》卷一一，《風雅遺音》卷下。）

南京書院題名記

皇宋闢天下，建太平，功揭日月，澤注河漢，金革塵積，絃誦風布。乃有睢陽先生贈禮部侍郎戚公同文，以賁于丘園，教育爲樂。門弟子由文行而進者，自故兵部侍郎許公驤而下凡若干人。先生之嗣故都官郎中維、樞密直學士綸，並純文浩學，世濟其美，清德素行，貴而能貧。

祥符中，鄉人曹氏，請以金三百萬建學于先生之廬。學士之子殿中丞舜賓時在私庭，俾幹其裕；故太原奉常博士瀆時舉賢良，始掌其教；故清河職方員外郎吉甫時以管記，以領其綱。學士畫一而上，真宗皇帝爲之嘉歎，面可其奏。今端明殿學士盛公侍郎度文其記，前參預政事陳公侍郎堯佐題其榜。

由是風乎四方，士也如狂，望兮梁園，歸歟魯堂。章甫如星，縫掖如雲，講議乎經，詠思乎文。經以明道，若太陽之御六合焉；文以通理，若四時之妙萬物焉。誠以日至，義以日精。聚學爲海，則九河我吞，百谷我尊；淬詞爲鋒，則浮雲我決，良玉我切。然則文學之器，天成不一。或醇醇而古，或郁郁於時。或峻于層雲，或深于重淵。至於通《易》之神明，得《詩》之風化，洞《春秋》褒貶之法，達禮樂制作之情，善言二帝三王之書，博涉九流百家之說者，蓋互有人焉。若夫廊廟其器，有憂天下之心，進可爲卿大夫者；天人其學，能樂古人之道，退可爲鄉先生者，亦不無矣。

觀夫二十年間相繼登科，而魁甲英雄，儀羽臺閣，蓋翩翩焉，未見其止。宜觀名列，以勸方來。登斯綴者，不負國家之樂育，不孤師門之禮教，不忘朋簪之善導，孜孜仁義，惟日不足，庶幾乎刊金石而無媿也。抑又使天下庠序規此而興，濟濟群髦，咸匠于道，則皇家三五之風步武可到，戚門之光亦無窮已。他日門人中絕德至行，高尚不仕，如睢陽先生者，當又附此焉。（又見《國朝二百家名賢文粹》卷一二七，《聖宋文選》卷六。）

清白堂記

會稽府署，據卧龍山之南足。北上有蓬萊閣，閣之西有凉堂，堂之西有巖焉。巖之下有地方數丈，密蔓深叢，莽然就荒。一日命役徒芟而闢之，中獲廢井。即呼工出其泥滓，觀其好惡，曰：「嘉泉也。」擇高年吏問廢之由，曰：「不知也。」乃扃而澄之，三日而後汲。視其泉，清而白色，味之甚甘。淵然丈餘，綆不可竭。當大暑時，飲之若餌白雪、咀輕冰，凛如也。當嚴冬時，若遇愛日、得陽春，温如也。其或雨作雲蒸，醇醇而渾。蓋山澤通氣，應於名源矣。又引嘉賓，以建溪、日鑄、卧龍、雲門之茗試之〔一〕，則甘液華滋，説人襟靈。

觀夫大《易》之象，初則井道未通，泥而不食，弗治也；終則井道大成，收而勿幕，有功也。其斯之謂乎！又曰「《井》，德之地」，蓋言所守不遷矣。「《井》以辨義」，蓋言所施不私矣。聖人畫《井》之象，以明君子之道焉。予愛其清白而有德義，爲官師之規，因署其堂曰清白堂。又構亭于其側，曰清白亭。庶幾居斯堂，登斯亭，而無忝其名哉！寶元二年月日記。（又見《（嘉泰）會稽志》卷一，《（康熙）山陰縣志》卷六，《（乾隆）紹興府志》卷七一。）

【校勘記】

〔一〕鑄：天曆本、《叢刊》本、康熙本、《四庫》本作「注」。

岳陽樓記

慶曆四年春，滕子京謫守巴陵郡。越明年，政通人和，百廢具興，乃重修岳陽樓，增其舊制，刻唐賢、今人詩賦于其上，屬予作文以記之。

予觀夫巴陵勝狀，在洞庭一湖。銜遠山，吞長江，浩浩湯湯，横無際涯，朝暉夕陰，氣象萬千，此則岳陽樓之大觀也，前人之述備矣。然則北通巫峽，南極瀟湘，遷客騷人，多會于此〔一〕，覽物之情，得無異乎？

若夫霪雨霏霏，連月不開，陰風怒號，濁浪排空，日星隱耀，山岳潛形，商旅不行，檣傾楫摧，薄暮冥冥，虎嘯猿啼。登斯樓也，則有去國懷鄉，憂讒畏譏，滿目蕭然，感極而悲者矣。

至若春和景明，波瀾不驚，上下天光，一碧萬頃，沙鷗翔集，錦鱗游泳，岸芷汀蘭，郁郁青青。而或長煙一空，皓月千里，浮光躍金，靜影沉璧，漁歌互答，此樂何極！登斯樓也，則有心曠神怡，寵辱偕忘，把酒臨風，其喜洋洋者矣。

嗟夫！予嘗求古仁人之心，或異二者之爲，何哉？不以物喜，不以己悲。居廟堂之高，則憂其民；處江湖之遠，則憂其君。是進亦憂，退亦憂。然則何時而樂耶？其必曰：先天下之憂而憂，後天下之樂而樂乎！噫！微斯人，吾誰與歸！時六年九月十五日。（又見《皇朝文鑑》卷七七，《國朝二百家名賢文粹》卷一三〇，《五百家播芳大全文粹》卷一〇六，《東萊集注類編觀瀾文·甲集》卷二二，《崇古文訣》卷一六，《古文集成》卷一〇。）

【校勘記】

〔一〕多，康熙本作「都」。

邠州建學記

國家之患，莫大於乏人。人曷嘗而乏哉？天地靈粹，賦于萬物，非昔醇而今漓。吾觀物有秀於類者，曾不減於古，豈人之秀而賢者，獨下於古歟！誠教有所未格，器有所未就而然耶！庠序可不興乎！庠序者，俊乂所由出焉。三王有天下各數百年，並用此道以長養人材。材不乏而天下治，天下治而王室安，斯明著之效矣。

慶曆甲申歲，予參貳國政，親奉聖謨〔一〕，詔天下建郡縣之學，俾歲貢群士，一由此出。明年春，予得請爲豳城守。署事之三日，謁夫子廟。通守太常王博士稷告予曰：「奉詔建學，其材出於諸生備矣。今夫子廟隘甚，群士無所安。」因議改卜于府之東南隅。地爲高明，遂以建學，并其廟遷焉。以兵馬監押劉保、節度推官楊承用共掌役事，博士朝夕視之。明年夏，厥功告畢。增其廟度，重師禮也；廣其學宮，優生員也。談經于堂，藏書于庫。長廊四回，室從而周。總一百四十楹。廣厦高軒，處之顯明。士人洋洋，其來如歸，且曰：「吾黨居后稷、公劉之區，被二帝三王之風，其吾君之大賜，吾道之盛節歟！敢不拳拳服膺，以樹其德業哉！」

予既改南陽郡，博士移書請爲之記。予嘗觀《易》之大象，在《小畜》曰：「君子以懿文德。」謂其道未通，則畜乎文德，俟時而行也。在《兑》曰：「君子以朋友講習。」謂相説之道，必利乎正，莫大於講習也。諸生其能知吾君建學，聖人大《易》之旨，則庶幾乎。故書之。（又見《國朝二百家名賢文粹》卷一一六，《雍大記》卷三二，《古今圖書集成·選舉典》卷二一。）

【校勘記】

〔一〕謨：天曆本、《叢刊》本、康熙本、《四庫》本作「謀」。

天竺山日觀大師塔記

師，錢塘人也，姓仲氏，名善昇。十歲出家，十五通誦《法華經》，十七落髮受具戒。客京師三十年，與儒者遊，好爲唐律詩，且有佛學。天禧中，詔下僧録簡長等注釋御製《法音集》，師預選中。書畢，詔賜師名。遂還故里，公卿有詩送行。師深於琴，余嘗聽之，愛其神端氣平，安坐如石，指不纖失，徽不少差，遲速重輕，一一而當。故其音清而弗哀，和而弗淫，自不知其所以然，精之至也。予嘗聞故諭德崔公之琴，雅遠清静，當代無比，如師則近之矣。康定中，入天竺山，居日觀庵，曰：「吾其止乎！」不下山者十餘年，誦《蓮經》一萬過。皇祐元年，余至錢塘，就山中見之。康彊精明，話言如舊。一日，遣侍者持書謝余曰：「吾願足矣，將去人世，必藏於浮圖之下，願公記焉。」又一日，侍者來告曰：「師化矣。」其門人中靄等葬師于塔，復以師之言求爲之銘。銘曰：

山月亭亭兮師之心，山泉泠泠兮師之琴。真性存兮，孰爲古今。聊志之兮，天竺之岑。（又見《（咸淳）臨安志》卷八〇，《（康熙）錢唐縣志》卷三四，《（雍正）西湖志》卷二六。）

范文正公文集卷第九

書

奏上時務書

天聖三年四月二十日，文林郎、守大理寺丞臣范某〔一〕，謹詣閤門再拜死罪，上書皇太后陛下、皇帝陛下：臣聞巧言者無犯而易進，直言者有犯而難立。然則直言之士，千古謂之忠；巧言之人，千古謂之佞。今臣勉思藥石，切犯雷霆，不遵易進之途，而居難立之地者，欲傾臣節，以報國恩。恥佞人之名，慕忠臣之節，感激而發，萬死無恨。况臣之所言，皆聖朝當行之事而未之行者，諒有以也。聖人之心，豈不至此？蓋當乎一日萬機，未暇餘論。大臣之心，豈不至此？蓋懼乎上疑下謗，未克果行。臣請言之，以發聖慮。

臣聞國之文章，應於風化。風化厚薄，見乎文章。是故觀虞夏之書，足以明帝王之道；覽南朝之文，足以知衰靡之化。故聖人之理天下也，文弊則救之以質，質弊則救之以文。質弊而不救，則晦而不彰；文弊而不救，則華而將落。前代之季，不能自救，以至于大亂，乃有來者，起而救之。故文章之薄，則爲君子之憂；風化其壞，則爲來者之資。惟聖帝明王，文質相救，在乎己，不在乎人。《易》曰：「窮則變，變則通，通則久。」亦此之謂也。伏望聖慈，與大臣議文章之道，師虞夏之風。況我聖朝千載而會，惜乎不追三代之高，而尚六朝之細。然文章之列，何代無人？蓋時之所尚，何能獨變？大君有命，孰不風從！可敦諭詞臣，興復古道；更延博雅之士，布於臺閣，以救斯文之薄，而厚其風化也，天下幸甚。

臣又聞，聖人之有天下也，文經之，武緯之。此二道者，天下之大柄也。昔諸侯暴武之時，孔子曰：「俎豆之事，則嘗聞之。」此聖人救之以文也〔二〕。及郟谷之會，孔子則曰：「有文事者，必有武備，請設左右司馬。」此聖人濟之以武也〔三〕。文武之道，相濟而行，不可斯須而去焉。唐明皇之時，太平日久，人不知戰，國不慮危，大寇犯關，勢如瓦解，此失武之備也。經曰：「禍兮福所倚，福兮禍所伏。」又曰：「防之於未萌，治之於未亂。」聖人當福而知禍，在治而防亂。故善安身者，在康寧之時，不謂終無疾病，於是有節宣方藥之備焉。善安國者，當太平之時，不謂終無危亂，於是有教化經略之備焉。

我國家文經武緯，天下大定。自真宗皇帝之初，猶有舊將舊兵，多經戰敵，四夷之患，足以禦防。今天下休兵餘二十載，昔之戰者，今已老矣；今之少者，未知戰事〔四〕。人不知戰，國不慮危，豈聖人之意哉！而况守在四夷，不可不慮。古來和好，鮮克始終。唐陸贄議云：「犬羊同類，狐鼠爲心。貪而多防，狡而無恥。威之不悟，撫之不懷。雖或時有盛衰，大抵常爲邊患。屬方靖中夏，未遑外虞，因其乞盟，遂許結好，加恩降禮，有欲無違。而乃邀求浸多，翻覆不定，託因細事，嘖有煩言，猜矯多端，其斯可驗。」此唐人之至論也。今自京至邊，並無關嶮。其或恩信不守，釁端忽作，戎馬一縱，信宿千里。若邊少名將，則懼而不守，或守而不戰，或戰而無功。再扣澶淵，豈必尋好！未知果有幾將，可代長城？伏望聖慈，鑑明皇之前轍，察陸贄之讜議，與大臣論武於朝，以保天下。先命大臣密舉忠義有謀之人，授以方略，委之邊任。次命武臣密舉壯勇出群之士，試以武事，遷其等差。壯士蒙知，必懷報效，列於邊塞，足備非常。其或自謂無虞，不欲生事，輕長世之策，苟一時之安，邊患忽來，人情大駭。自古兵不得帥，魚肉無殊。乃於倉卒戰鬬之間，拔卒爲將，豺狼競進，真僞交馳。此五代之前鑒也。至於塵埃之間，豈無壯士！宜復唐之武舉，則英雄之輩願在彀中。此聖人居安慮危之備，備而無用，國家之福也。惟聖意詳之。

臣又聞，先王建官，共理天下，必以賢俊授任，不以爵禄爲恩。故百僚師師，各揚其職，上不輕授，下無冒進。此設官之大端也。我國家累聖求理，而致太平，大約紀綱，法象唐室。以臣觀之，宜法唐興之時，不宜法唐衰之後。唐興之時，特開館殿，以待賢俊，得學士十八人，聲滿天下。此文皇養將相之材，以論道經邦而成大化也[五]。暨至中興，往往得人。唐衰之後，此選不盛。我朝崇尚館殿，目爲清華，相輔之材[六]，多由此選。三館清密，古謂登瀛，近歲遷出内庭，逼居坊陌，非唐所謂集仙之館也。又其間校讎之職，或不由科第，以恩而除，限以歲年，漸於清顯[七]。輕十八學士之選，恐非文皇養將相之材之意也。伏望聖慈與大臣議其可否，重爲制度，以法唐興之時，而延廊廟之器。此國家之大美也，惟聖意詳之。

又諫官、御史，耳目之司，不諱之朝，宜有賞勸。自陛下臨政以來，未聞旌一諫員，賞一御史。若言而無補，是選之不精；言而有補，豈賞之不行？徒使犯顔者危，緘口者安，以進藥石爲虚言，以陳絲髮爲供職。三載之後，進退雷同。臣恐天下竊議朝廷言路未廣，忠臣未勸，將令諫官、御史之徒尸素於朝，非國家之福也。惟聖意詳之。

臣又聞，先王義重君臣，賞延于世。大勳之後，立賢爲嗣，餘子則以才自調，不使混淆。而後大防一隳，頽波千載，凡居近位，歲進子孫，簪紱盈門，冠蓋塞路，賢與不肖，例升京朝，謂之賞延，無乃太甚！此必前代君危臣僭之際，務相姑息，因爲典故，以至於斯。又百司之人，本避鄉役，不踰數歲，例與出官。莫非貪忍之徒，絶異孝廉之舉，使親民政，其弊如何！開此二途，歲取百數，無所不有，實累王風，恐非任官惟賢之體也。人避衆怨，不敢上言，遂令仕路紛紜，祿位填委。文武官吏，待闕踰年，貪者益勵其爪牙〔八〕，廉者悉困於寒餓。徒於禮闈之內，增其艱難。壯士惜年，數歲一舉，乃爲奔競〔九〕，至有訟爭。而況修辭者不求大才，明經者不問大旨。師道既廢，文風益澆，詔令雖繁，何以戒勸！士無廉讓，職此之由。其源未澄，欲波之清，臣未之信也。儻國家不思改作，因循其弊，官亂於上，風壞於下，恐非國家之福也。儻爲長久之策，則願與大臣特新其議，澄清此源，不以謗議爲嫌，當以治亂爲意，此國家之福也。惟聖意詳之。

臣聞以德服人，天下欣戴；以力服人，天下怨望。堯舜以德，則人愛君如父母；秦以力，則人視君如仇讎。是故御天下者，德可憑而力不可恃也。伏惟皇太后陛下、皇帝陛下日崇聖德，以永服天下之心。若夫敦好生之志，推不忍之心，薄於刑典，厚於惻隱，在物祝網，於民泣辜，常戒百官，勿爲苛酷，示天下之慈也，唯聖人能之。恥珠玉之玩，罷組繡之貢，焚晉武之雉裘，出文皇之宫人，少度僧尼，不興土木，示天下之儉也，唯聖人能之。雞鳴而起，孜孜聽政，每有餘暇，則召大臣講議文武，訪問艱難，此皇王之勤也，唯聖人勉之。貴賤親疎，賞罰惟一，有功者雖憎必賞，有罪者雖愛必罰，捨一心之私，從萬人之望，示天下之公也，唯聖人行之。

自古帝王，與佞臣治天下，天下必亂；與忠臣治天下，天下必安。然則忠臣骨鯁而易疎，佞臣柔順而易親。柔順似忠，多爲美言；骨鯁似彊，多所直諫。美言者得進，則佞人滿朝；直諫者見疎，則忠臣避世。二者進退，何以辨之？但日聞美言，則知佞人未去，此國家之可憂也；日聞直諫，則知忠臣左右，此國家之可喜也。伏惟聖明，不可不察。自古王者外防夷狄，内防姦邪。夷狄侵國，姦邪敗德。國侵則害加黎庶，德敗則禍起蕭牆。乃知姦邪之凶，甚於夷狄之患。伏惟聖明，常好正直，以杜姦邪，此致理之本也。

臣又聞，聖人宅九重之深，鎮萬國之望，以静制動，以重爲威，如天之高，如地之深，使人不得容易而議也。昨覩鑾駕，順動稍頻，恐非深居九重，静鎮萬國之意。况進奏院報於天下，天下聞之，恐損威重。先朝以御宇日深，功成天下，巡幸之費，尚或諫止。今繼明之始，聖政方新，宜加憂勤，深防逸豫，則人心大悦，天道降康。不比先帝功成之年，未可輕爲巡幸。伏惟聖慈，再三詳覽，每有順動，必循典禮，以服天下之望。

臣又聞，人主納遠大之謀，久而成王道；納淺末之議，久而成亂政。方今聖人在上，賢人在側，取捨之際，豈有未至？然而刑法之吏言絲髮之重輕，錢穀之司舉錙銖之利病，則往往謂之急務，響應而行。或有言政教之源流，議風俗之厚薄，陳聖賢之事業，論文武之得失，則往往謂之迂説，廢而不行。豈朝廷薄遠大之謀，好淺末之議哉！伏望聖慈納人之謀，用人之議，不以遠大爲迂説，不以淺末爲急務，則王道大成，天下幸甚。

臣又聞，聖人之至明也，臨萬幾之事而不敢獨斷；聖人之至聰也，納群臣之言而不敢偏聽。獨斷則千慮或失，偏聽則衆心必離。人心離，則社稷危而不扶；聖慮失，則政教差而彌遠。故先王務公共，設百官，而不敢獨斷者，懼一慮之失也；開言路，采群議，而不敢偏聽者，懼衆心之離也。今聖政方新，動思公共，委任兩地，出入萬幾。萬幾之繁，能無得失？乃許群臣上言以補其闕，使上無蒙蔽，下無壅塞，有以見聖人之不獨斷也，天下幸甚。然而臣下上言，密陳得失，未可盡以爲實，亦當深究其宜。或務窺人短長，或欲希旨上下，動摇賞罰之柄，離隔君臣之情，似是而非，言僞而辯，雖聖鑑之下，能無惑焉？偶動宸衷，無益王道。似此密奏之類，更望聖慈深加詳覽，與大臣議論可否，然後施行。儻密奏之言，便以爲實，内降處分，一面施行，則讒譖之人，緣隙而進，以訐爲直，以詐爲忠，使内外相疑，政教不一，非致理之本也。古人有言曰「爲君難，爲臣不易」者，其在此乎！伏惟聖明，不可不察。

又自古親近小臣，率多纖佞，恃國恩寵，爲人階緣，公議未行，私請先至。如此，則人皆由徑，政有多門。伏望聖慈深爲防慮，以存至公之道也。

臣曲陋之人，本無精識，覽前王之得失，究聖朝之取捨，因敢罄而陳之，伏望聖慈詳擇一二。干犯天威，臣無任戰汗激切屏營之至。臣某昧死謹言。（又見《國朝二百家名賢文粹》卷六八，《聖宋文選》卷六，《國朝諸臣奏議》卷一四六，《歷代名臣奏議》卷二九。）

【校勘記】

〔一〕范某：天曆本、《叢刊》本、康熙本、《四庫》本作「范仲淹」。

〔二〕以：原無，據康熙本、《四庫》本補。

〔三〕以：原無，據康熙本、《四庫》本補。

〔四〕未知戰事：康熙本、《四庫》本作「不知戰爭之事」。

〔五〕成：原無，據康熙本、《四庫》本補。

〔六〕相輔：天曆本、《叢刊》本、康熙本、《四庫》本作「輔相」。

〔七〕於：康熙本作「至」。

〔八〕勵：康熙本、《四庫》本作「礪」。

〔九〕爲：康熙本、《四庫》本作「相」。

上張右丞書

乾興元年十二月日，文林郎、試祕書省校書郎、權集慶軍節度推官、監泰州西溪鎮鹽倉范某〔一〕，謹齋戒選日，裁書拜于右丞閣下。某聞先知覺後知，先覺覺後覺，伊尹之心也。伊尹之心〔二〕，哲人傳焉，故賢賢相與，其道不息，若顯若隱者，則惟時爾。使伊尹之心邈乎無傳，則賢賢相廢，來代以降，豈復有致君堯舜、覺天下之後覺者哉！今有施阿衡之才之道，而將博其傳者，可無眷眷以求其人乎！有服膺仁義，親逢聖賢，而未預其傳者，可無徨徨以聽於大人之門乎！敢齋戒以辨之。

恭惟右丞，維嶽降神，儀我華旦。文以鼓天下之動，學以達天下之志。始乃育大節，歷小位，艱難備思，造次惟道。踐七諫之清列，奉萬樞之密府。奏議森乎朝聽，顧問沃於天心。早以位峻中司，禮嚴百辟，人神協贊，貳于台宰。邴侯之問，繫乎慘舒；叔相之才，著於禮樂。而常居以正色，動惟至誠。名可巽而道不可屈，懷可卷而節不可降。故昨讓廟堂之高，回星象之度。能輕人之至重，易人之至難。故道清朝廷，名高泰山，蓋盡美矣。然我宋重明累聖，與周比隆，賢人之業，宜衛社稷。當復正熒煌之座，爲萬邦之休光，四海之景福。此右丞之才之道之萬一也。

天下才士，莫不稽顙，仰望光明，但仲尼日月之階，難爲其升爾。某何人也，可預陶甄之末？其大幸者，生四民中，識書學文，爲衣冠禮樂之士；研精覃思，粗聞聖人之道。知忠孝可以奉上，仁義可以施下，功名可存于不朽，文章可貽於無窮，莫不感激而興，慨然有益天下之心，垂千古之志，豈所謂不知量也。又昔人云，一卷之書，必立之師。豈天下之道，無從而正之，而可得其指要乎！某所以雞鳴孜孜，望其有獲於此。而當世大君子，以某雕蟲之技而憐之者有矣，未有謂某之誠，可言天下之道者。今復吏于海隅葭葵之中，與國家補錙銖之利，緩則罹咎，猛且賊民，窮荒絶島，人不堪其憂，尚何道之可進！自惜屬文未達，見書未博。三十爲學，未獲事大賢人之師；周旋其心，未能受大君子之道。其愚不已，尚徨徨乎聽於大人之門。恭惟右丞，播洪鈞之仁，矜其不肖，以一言置于左右。至於稼穡之難，獄訟之情，政教之繁簡，貨殖之利病，雖不能辯〔三〕，亦嘗有聞焉，似可備僚俊之末議，且使朝夕執事於前，觀之可否。如得其誠，願預教育，然後天下之道可得而明，阿衡之心可得而傳。使某會遇之日，有益於當時，有垂於將來，乃右丞之道傳傳而不朽矣。

昔郭隗以小才而逢大遇，則燕昭之名於今稱道。黄公，天人也，有以跪履而授帝師之道者，豈以孺子而捨諸？智愚不同，人則然矣。先民有言曰，希聖者亦聖之徒也，此庶幾於萬一。然干犯台嚴，無任狂越戰兢之至。不宣。某再拜頓首。

【校勘記】

〔一〕自此以上，原作「年月日具官范某」，據天曆本、《叢刊》本、康熙本、《四庫》本改。

〔二〕伊尹之心：天曆本、《叢刊》本、康熙本、《四庫》本無。

〔三〕辯：天曆本、《叢刊》本、康熙本、《四庫》本作「辨」。

上執政書

天聖五年月日〔一〕，丁憂人范某〔二〕，謹擇日望拜，上書於史館相公、集賢相公、參政侍郎、參政給事：某居親之喪，上書言事，踰越典禮，取笑天下，豈欲動聖賢之知，爲身名之計乎？某謂居喪越禮，有誅無赦，豈足動聖賢之知耶？矧親安之時，官小禄薄，今親亡矣，縱使異日授一美衣，對一盛饌，尚當泣感風樹，憂思無窮，豈今几筵之下，可爲身名之計乎？不然，何急急於言哉？蓋聞忠孝者，天下之大本也，其孝不逮矣，忠可忘乎！此所以冒哀上書，言國家事，不以一心之戚，而忘天下之憂，庶乎四海生靈，長見太平。況今聖人當天〔三〕，四賢同德，此千百年中言事之秋也。然聖賢之朝，豈資下士之補益乎！蓋古之聖賢，以芻蕘之談，而成大美者多矣，豈俟某引而質之？況儒者之學，非王道不談，某敢企仰萬一，因擬議以言之，皆今易行之事，其未易行者，某所不言也。

恭惟相府居百辟之首，享萬鍾之厚，夙興夜寐，未始不欲安社稷，躋富壽，答先帝之知，致今上之美。況聖賢存誠，以萬靈爲心，以萬物爲體，思與天下同其安樂。然非思之難，致之難矣。某竊覽前書，見周漢之興，聖賢共理，使天下爲富爲壽數百年，則當時致君者，功可知矣。周漢之衰，姦雄競起，使天下爲血爲肉數百年，則當時致君者，罪可知矣。

李唐之興也，如周漢焉；其衰也，亦周漢焉。自我宋之有天下也，經之營之，長之育之，以至于太平，累聖之功，豈不大哉！然否極者泰，泰極者否，天下之理，如循環焉。惟聖人設卦觀象，窮則變，變則通，通則久。非知變者，其能久乎！此聖人作《易》之大旨，以授於理天下者也，豈徒然哉！

今朝廷久無憂矣，天下久太平矣，兵久弗用矣，士曾未教矣，中外方奢侈矣，百姓反困窮矣。朝廷無憂，則苦言難入；天下久平，則倚伏可畏；兵久弗用，則武備不堅；士曾未教，則賢材不充；中外奢侈，則國用無度；百姓困窮，則天下無恩。苦言難入，則國聽不聰矣；倚伏可畏，則姦雄或何其時矣；武備不堅，則戎狄或乘其隙矣；賢材不充，則名器或假於人矣；國用無度，則民力已竭矣；天下無恩，則邦本不固矣。儻相府思變其道，與國家磐固基本，一旦王道復行，使天下爲富爲壽數百年，由今相府致君之功也。儻不思變其道，而但維持歲月，一旦亂階復作，使天下爲血爲肉數百年，亦今相府負天下之過也。昔曹參守蕭何之規，以天下久亂，與人息肩，而不敢有爲者，權也；今天下久平，修理政教，制作禮樂，以防微杜漸者，道也。張華事西晉之危，而正人無徒，故維持紀綱，以延歲月，而終不免禍，以大亂天下。今聖人在上，老成在右，豈取維持之功，而忘磐固之道哉！

某竊謂相府報國致君之功，正在乎固邦本，厚民力，重名器，備戎狄，杜姦雄，明國聽也。固邦本者，在乎舉縣令，擇郡守，以救民之弊也。厚民力者，在乎復游散，去冗僭，以阜時之財也。重名器者，在乎慎選舉，敦教育，使代不乏材也。備戎狄者，在乎育將材，實邊郡，使夷不亂華也。杜姦雄者，在乎朝廷無過，生靈無怨，以絶亂之階也。明國聽者，在乎保直臣，斥佞人，以致君於有道也。

夫舉縣令，擇郡長，以救民之弊者，何哉？某觀今之縣令，循例而授，多非清識之士。衰老者爲子孫之計，則志在苞苴，動皆徇己；少壯者恥州縣之職，則政多苟且，舉必近名。故一邑之間，簿書不精，吏胥不畏，徭役不均，刑罰不中，民利不作，民害不去，鰥寡不恤，游墮不禁，播蓺不增，孝悌不勸。以一邑觀之，則四方縣政如此者十有七八焉，而望王道之興，不亦難乎！某恐來代之書論得失者，謂相府有不救其弊之過矣。如之何使斯人之徒爲民父母，以困窮其天下？

又朝廷久有擇縣令郡長之議，而不遂行者，蓋思退人以禮，不欲動多士之心，故務因循而重改作也，豈長世之策哉！儻更張之際，不失推恩，又何損於仁乎！今約天下令録，自差京朝官外，不過千數百員。自來郊天之恩，鮮及州縣。若天下令録，自大禮以前滿十考者，可成資日替，與職官；七考以上，可滿日循其資俸，除録事參軍；則縣令中昏邁常常之流〔四〕，可去數百人矣。蓋職官、録事參軍，不甚親民，爲害亦細。此謂退人以禮，士豈有怨心哉！其間課最可尚，論薦頗多，俟到銓衡，別議疇賞。前既善退，後當精選。其判司簿尉，不由薦舉。初入令録之人，並可注録事參軍。如無員闕，可授大縣簿尉，仍賜令録之俸。其曾任令録，有過該恩，合入本資者，可依初入之例。須此數條，入令者鮮。然後委清望官於幕職、判司簿尉中歷三考以上，具理績舉充。其川、廣、福建縣令，可委轉運使等，就近於判司簿尉中舉移，庶從人便。若此後諸處縣令，特有課最可旌尚者，宜就遷一官，更留三載，庶其宣政者可以成俗，其僥倖者自從朝典。如此行之，三五年中，天下縣政可澄清矣。願相府爲天下生靈而行之，爲國家盤固基本而思之，不以聽芻蕘爲嫌而罷之，則天下幸甚幸甚！

某又觀今之郡長，鮮克盡心。有尚迎送之勞，有貪燕射之逸。或急急於富貴之援，或孜孜於子孫之計。志不在政，功焉及民！以獄訟稍簡爲政成，以教令不行爲坐鎮，以移風易俗爲虛語，以簡賢附勢爲知幾。清素之人，非緣囑而不薦；貪黷之輩，非寒素而不糾。縱胥徒之姦尅，寵風俗之奢僭。況國有職制，禁民越禮，頒行已久，莫能舉按。使國家仁不足以及物，義不足以禁非，官實素飡，民則菜色。有恤鰥寡，則指爲近名；有抑權豪，則目爲掇禍。苟且之弊，積習成風。俾斯人之徒共理天下，王道何從而興乎！某恐來代之書論得失者，亦謂聖朝有不救其弊之過矣。

然朝廷以黜陟郡長爲難者，官有定制，不欲動摇，懼其招怨謗而速僥倖爾。故知縣兩任，例升同判；同判兩任，例升知州。奈何在下之時，飾身修名，邀其清舉；居上之後，志滿才乏，慜于素持？止能偷安，未至覆餗，故賢愚同等，清濁一致。此乃朝廷避怨於上，移虐於下，俟其自敗，民何以堪！故鄭莊公伺共叔之自弊，而《春秋》罪焉，以其長惡也。《易》曰：「履霜，堅冰至。」由辨之不早辨也。此聖人昭昭之訓，豈用於先王，而廢於今日者哉！近年諸處郡長，以贓致罪者數人，皆貫盈之夫，久爲民患。如此之類，至終不敗者，豈止數人而已乎！雖轉運使、提點刑獄，職在訪察，其如位望相亞，怨仇可畏，非致敗露，鮮敢發明。宜乎論道之間，激揚天下。

古者天子五載一巡，皇上凝命，于今六載矣。以軍國重大，未可行遠古之道。今郊禮之餘，宜宣大慶。可於兩制以上，密選賢明，巡行諸道，以興利除害，黜幽陟明。舒慘四方，豈同常務！可命御史嚴諭百僚與出使之官，絶書刺往還之禮，仍翌日首塗，以禁請託。苟利天下，大體何傷！所出使之官，宜以宣慶爲名，安遠聽也。其諸道知州、同判，耄者、懦者、貪者、虐者，輕而無法者，墮而無政者，皆可奏降，以激尸素；又四方利病，得以上聞。未舉巡守之禮〔五一〕，而遣觀風之使，非不典也。然後委清望官，於朝臣同判中舉諸郡長，於朝臣知縣中舉諸同判。今後同判之官，非著顯效，及有殊薦，雖或久次，止可加恩，郡國之符，不當輕授。其知縣之人入同判者，宜比此例。如此行之，天下郡政其濫鮮矣。今一司一務，猶或舉官，一郡之間，生靈數萬，反可輕授於人乎！願相府爲天下生靈而行之，爲國家盤固基本而行之，不以聽芻蕘爲嫌而罷之，天下幸甚幸甚！

某前所謂官有定制，不欲動摇，懼其招怨謗而速僥倖者，兩宫聖人臨軒命使，激揚善惡，澄清天下，何怨謗之有乎！自兹以降，非舉不授，舉官之責，厥典非輕，何僥倖之有乎！如所舉之人果成異政，則宜旌尚舉主，以勸來者。聖朝未行此典，蓋亦闕矣。

縣令長既得其才，然後復游散，去冗僭，以阜時之財者。何哉？某觀天下穀帛，厥價翔起，議者謂生靈既庶，使之然矣。某謂生者既庶，則作者復衆，豈既庶之爲累哉！蓋古者四民，秦漢之下，兵及緇黄，共六民矣。今又六民之中，浮其業者不可勝紀，此天下之大蠹也。士有不稽古而録，農有不竭力而饑，工多奇器以敗度，商多奇貨以亂禁，兵多冗而不急，緇黄蕩而不制，此則六民之浮不可勝紀，而皆衣食於農者也，如之何物不貴乎？如之何農不困乎？某謂穀帛之貴，由其播藝不增，而資取者衆也；金銀之貴，由其制度不嚴，而器用者衆也。或謂資四夷之取而使之然，則山川之所出，與恩信之所給，自可較之，非某所敢知也。今議更張之制，繁細非一，某敢略而陳之。

夫釋道之書，以真常爲性，以清净爲宗。神而明之，存乎其人，智者尚難於言，而况於民乎?君子弗論者,非今理天下之道也。其徒繁穢,不可不約。今後天下童行,可於本貫陳牒,必詰其鄉黨。苟有罪戾,或父母在,鮮人供養者,勿從其請。如已受度,而父母在,別無子孫,勿許方遊,則民之父母鮮轉死於溝壑矣。斯亦養惸獨、助孝悌之風也。其京師寺觀,多招四方之人。宜給本貫憑由,乃許收録。斯亦辨姦細、復游散之要也。其天下寺觀,每建殿塔,蠹民之費,動踰數萬,止可完舊,勿許創新。斯亦與民阜財之端也。

又古者兵在於民,且耕且戰。秦漢之下,官庫爲常,貴武勇之精,備征伐之急也。今諸軍老弱之兵,詎堪征伐!旋降等級,尚費資儲。然國家至仁,旨在存活。若詔諸軍年五十已上,有資産願還鄉里者,一可聽之,稍省軍儲,復從人欲。無所歸者,自依舊典。此去冗之一也。又諸道巡檢所統之卒,皆本城役徒,殊非武士,使之禁暴,十不當一。而諸州常患兵少,日旋招致,穀帛之計,其耗萬億。以某觀之,自京四嚮千里之間,或多寇盜,蓋創置巡檢,路分頗多,而卒伍至羸,捕掩無效,非要害者,宜悉罷之。所存之處,資以禁軍,訓練既精,寇盜如取。況千里之内,抽發非難,又使少歷星霜,不至驕惰。彼無用之卒,可減萬數,庶使諸郡節於招致。此去冗之次也。又京畿三輔五百里内,民田多隙,農功未廣。既已開導溝洫,復須舉擇令長,使詢訪父老,研求利病,數年之間,力致富庶。不破什一之税,繼以百萬之糴,則江淮饋運,庶幾減半,挽舟之卒,從而省焉。此亦去冗之大也。

至於工之奇器，敗先王之度；商之奇貨，亂國家之禁。中外因之侈僭，上下得以驕華。宜乎大變澆漓，申嚴制度，使珠玉寡用，穀帛爲寶。此又去僭豐財之本也。今盛明之代，何事而不可行乎！曩者國家禁泥金之飾，久未能絶。一旦使命婦不服，工人不作，于今天下無敢衣者。使其餘奢僭，皆如泥金之法，亦何患不禁乎！

又播蓺之家，古皆督責。今國家有勸農之名，無勸農之實。每於春首，則移文於郡，郡移文於縣，縣移文於鄉，鄉矯報於縣，縣矯報於郡〔六〕，郡矯報於使。利害不察，上下相蒙，豈朝廷之意乎！

若縣令郡長，一變其人，乃可詔書丁寧，復游散之流，抑工商之侈，去士卒之冗，勸稼穡之勤。以《周禮》司徒之法約而行之，使播者蓺者以時以度，勤者惰者有勸有戒，然後致天下富之壽之，彼不我富、不我壽者豈能革之哉！此則厚民力、固邦本之道也。觀夫《國風》之《七月》、《小雅》之《甫田》，皆以農夫之慶爲王化之基，豈聖人不思而述者乎！故周、漢、李唐，雖有禍亂，而能中興者，人未厭德，作亂者不能革天下之心，是邦本之固也。六朝、五代之亂，鮮克中興者，人厭其德，弔民者有以革天下之心，是邦本之不固也。然則厚民力，固邦本，非舉縣令，擇郡長，則莫之行焉。

或謂舉擇令長，久則乏人，亦何道以嗣之？某謂用而不擇，賢孰進焉；擇而不教，賢孰繼焉。宜乎慎選舉之方，則政無虛授；敦教育之道，則代不乏人。今士林之間，患不稽古，委先王之典，宗叔世之文，詞多纖穢，士惟偷淺，言不及道，心無存誠。暨於入官，鮮於致化，有出類者，豈易得哉！中人之流，浮沉必矣。至于明經之士，全暗指歸。講議未嘗聞，威儀未嘗學，官于民上，貽笑不暇，責其能政，百有一焉。《詩》謂長育人材，亦何道也？古者庠序列于郡國。王風云邁，師道不振，斯文銷散，由聖朝之弗救乎！當太平之朝，不能教育，俟何時而教育哉！乃於選用之際，患其才難，亦由不務耕而求穫矣。

今春詔下禮闈，凡修詞之人，許存策論，明經之士，特與旌別。天下之望，翕然稱是。其間所存策論，不聞其誰，激勸未明，人將安信？儻使呈試之日，先策論以觀其大要，次詩賦以觀其全才。以大要定其去留，以全才升其等級。有講貫者，別加考試，人必强學，副其精舉。復當深思治本，漸隆古道。先於都督之郡，復其學校之制。約《周官》之法，興闕里之俗。辟文學掾，以專其事。敦之以詩書禮樂，辨之以文行忠信，必有良器，蔚爲邦材，况州縣之用乎！夫庠序之興，由三代之盛王也，豈小道哉！孟子謂得天下英材而教育之，一樂也，豈偶言哉！行可數年，士風丕變。斯擇材之本，致理之基也。

又李唐之盛，常設制科，所得大才，將相非一。使天下奇士，學經綸之盛業，爲邦家之大器，亦策之上也。先朝偶屬多務，暫停此科。今可每因貢舉之時，申其墜典。必有國士，繼於唐人，豈非邦家之盛選歟！勿謂未必得人，遂廢其道。此皆慎選舉、敦教育之道，亦何患乏人哉！

儻國家行此數事，若今刑政之用心，則無不成焉。前代亂離，鯨吞虎噬，無卜世卜年之意，故斯道久缺，反爲不急之務。既在承平之朝，當爲長久之道，豈如西晉之禍，而有何公之嘆者乎！願朝廷念祖宗之艱難，相府建風化之基本，一之日圖之，二之日行之，不以聽芻蕘爲嫌而罷之，則天下幸甚幸甚！

至于巖穴草澤之士，或節義敦篤，或文學高古，宜崇聘召之禮，以厚澆競之風。國家近年羔鴈弗降，或有考槃之舉，不踰助教之命，孝廉之士，適以爲辱，何敦勸之有乎！

又流外之官，澄清未至，沿之則百姓受弊，革之則諸司乏人。將使群謗不興，衆心知勸，不若敦仍舊之制，加奬善之方。自簿尉兩任，有舉奏者，許入録事參軍；録事參軍有舉奏者，許入職事官，或换三班使臣。既有進身之階，豈無畏法之志！設使流内之人無遷進之望，而能盡公者必亦鮮矣。今後百司新入之人，或采其藝能，或出於仕族，行藏必審，考試必精。避役之人，無圖之類，嚴革其弊，高爲之防。既激其流，復澄其源，亦何患流外之冗乎！

某又謂育將材，實邊郡，使夷不亂華者，何哉？蓋聞古之善禦戎者，將不乏人，則師戰而不衄，邊不乏廩，則城圍而不下，狄疑且畏，罔敢深入，此劉漢所以長也。不善禦戎者，將在貴臣，邊須遠饋，故戰之則衄，圍之則下，狄無疑畏，乘虛深入，此石晉之所以亡也。今兵久不用，未必爲福。在開元之盛，有函谷之敗，可龜鑑矣。何哉？昔之戰者，耄然已老；今之壯者，器而未戰。聞名之將，往往衰落；豈無晚輩，未聞邊功。此必廟堂之所思也。仍聞沿邊諸將，不謀方略，不練士卒，結援弭謗，固禄求寵。一旦急用，萬無成功。加以邊民未豐，邊廩未實，下武之際，兵寡食足，如屯大軍，必煩遠饋。則中原益困，四夷益驕，深入之虞，未可量也。于時廟堂之上，雖有臯陶之謀，伯益之贊，不亦難乎！

夫天下禍福，如人家道，成於覆簣，敗於疾雷。聖朝豈恃其太平而輕其後計？王衍之鑑，豈曰不明？清談之間，坐受其弊。蓋備之弗預，知之弗爲，許下之兵，日血十萬，豈不痛心哉！今西北和好，誠爲令圖，安必慮危，備則無患。昔成周之盛，王道如砥。及觀《周禮》，則大司馬陣戰之法粲然具存。乃知禮樂之朝，未嘗廢武。

今孫吴之書，禁而廢學。苟有英傑，受亦何疑？且秦之焚書也，將以愚其生人，長保天下；及其敗也，陳勝、吴廣豈讀書之人哉！况前代名將，皆洞達天人，嗣續忠孝，將門出將，史有言焉。今將家子弟，蔑聞韜鈐，無所用心，驕奢而已。文有武備，此能備乎！今可於忠孝之門，搜智勇之器，堪將材者，密授兵略，歷試邊任，使其識山川之向背，歷星霜之艱難。一朝用之，不甚顛沛，十得三四，不云盛乎！至于四海九州必有壯士，宜設武舉，以收其遺。唐郭子儀，武舉所得者也，斯可遺乎？又臣僚之中，素有才識，可賜孫吴之書，使知文武之方，異日安邊，多可指任。此皆育將才之道也。又沿邊知、同，精加舉擇，特授詔命，專謀耕桑，三五年間，豐其軍廩。此則實邊郡之道也。將材既育，邊郡既實，師戰而不衄，城圍而不下，狄疑且畏，敢深入乎！縱有搔動，朝廷可高枕矣。

前代禦戎，其策非一。唐陸贄議緣邊備守之術，請置本土之兵，勤營田之利，與今事宜相近，可約而行也。本土之兵者，若今之北邊有雲翼招收之軍，更可增致，作爲奇兵。至于營田之利，宜常興作而加焉。願相府爲國家安危思之，五代之亂非遠也；爲河朔生靈思之，景德之前未久也。今相府勞一夕之思，絶百代之恥，無使中原見新羈之馬，赤子入無知之俗，則天下幸甚幸甚！

聖人曰：「微管仲，吾其被髮左衽！」又曰：「民到于今受其賜。」管仲，霸臣也，而能攘戎狄，保華夏，功高當時，賜及來代，况朝廷之盛德乎！

某又謂朝廷無過，生靈無怨，以絶亂之階者，何哉？蓋天下姦雄，無代無之。或窮爲夜舞，或起爲大盜。伺朝廷之過，執以爲辭；幸生靈之怨，弔而稱義。不然，亦何名而動哉！今明盛之朝，豈有大過？亦宜辨於毫末，杜其堅冰。或戚近撓權，或土木耗國，或禄賞未均，或綱紀未修，或任使未平，斯亦過之漸也。

某敢小舉其失以言之。國家戚近之人，不可不約，除拜之際，宜量其才，非曰惜恩，懼乎致寇。若力小任重，則撓權亂法，增朝廷之過，啓姦雄之志。《易》曰：「小人而乘君子之器，盜思奪之矣。」所謂盜者，其姦雄之謂乎！今道路傳聞，或緇黄之流，或術藝之輩，結託戚近，邀求進貢，或受恩賜，或與官爵。此撓權之漸矣，可不畏乎！夫賞罰者，天下之衡鑑也。衡鑑一私，則天下之輕重妍醜從而亂焉，此先王之所慎也。

又土木之興，久爲大蠹。或謂土木之費，出於内帑，無傷財害民之弊，故爲之而弗戒也。某謂内帑之物，出於生靈。太祖皇帝以來，深思遠慮，聚之積之，爲軍國急難之備，非謟神佞佛之資也。國家祈天永命之道，豈在兹乎！如洞真壽寧之宫，以延燎之災，一夕逮盡，豈非天意警在帝心，示土木之所崇，非神靈之所據也？安可取民人膏血之利，輟軍國急難之備，奉有爲之惑，冀無狀之福，豈不誤哉！一旦有蒼卒之憂，須給賞之資，雖欲重困生靈，暴加率斂，其可及乎！此耗國之大也，可不戒哉！儻謂内藏豐盈，用不可竭，則日者黄河之役，使數十州之人極力負資，奔走道路，豈惜府庫之餘而不用之耶！故土木之妖，宜其悉罷。豈相府之不言乎？兩宫之不聽乎？

又文武百官之禄，取兵荒五代之制。或職輕禄重，或職重禄輕，重輕之間，奔競者至。

大亨之世，猶患不均，豈聖朝之意乎！所宜損之益之，以建其極。

又今三司之官，差除頗異，禄賜弗輕，何知弊而不言，多養望以自進？天下金穀，決于群胥，掊克無厭，取怨四海，使先帝寬財之命，弗逮于民，和氣屢傷，豐年寡遇，曾不謂之過乎？蓋由三司之官，不制考限，不責課最，朝受此職，夕求他官，直云假塗，相與匿禍。天下受弊，職此之由，豈聖朝之意乎！宜其別制考課，重議賞罰，激朝端之俊傑，救天下之疲瘵，其庶幾乎！

又古之勳臣，賞延于世，今則每舉大慶，必行此典。自兩省以上，奏薦子弟，並爲京官。比於庶僚，亦既優矣。而特每歲聖節，各序子孫，謂之賞延，黷亂已甚。先王名器，私假於人，曾不謂之過乎？非君危臣僭之朝，何其姑息之如是耶！遂使廕序之人，塞于仕路，曾未稽古，使以司民。國家患之，屢有釐革，然但革其下而不革其上，節於彼而不節於此，天下豈以爲然哉！我相府豈惜一孺子之恩，不爲百辟之表乎！

又遠惡之官，多在寒族，權貴之子，鮮離上國。周旋百司之務，懵昧四方之事。況百司者，朝廷之綱紀，風教之户牖，咸在童孺，曾無激揚，使寺省之規，剥牀至足，公卿之嗣，懷安敗名。未嘗試難，何以致遠！非獨招縉紳之議，實亦玷鈞衡之公。

此則禄賞未均，任使未平，綱紀未脩之類也。斯弊以久，何可極乎！惟我相府能革其弊，能變其極，而天下化成，不爲難矣。

晉趙王倫、石勒之徒，心窺天子，口責丞相，豈非姦雄之人，伺朝廷之過乎！又今久安之民，不經塗炭，勞則易怨，擾則易驚。猛將謀臣，威信未著。况邊民尚困，邊廪尚乏，苟有搔動，饋運所艱。武備未堅，狄志可騁，既撓之以征戰，或加之以饑饉，生靈窮匱，姦雄奮迅，鼓舞群小，血視千里。此五代之鑑昭昭焉，非止方册之有云，抑亦耳目之可接也。我太祖皇帝、太宗皇帝亦嘗有事四方，勞於饋運，而生靈不敢怨，姦雄不敢動者，何哉？一則五代餘民久在塗炭，乍覩明盛，如子得母，縱有勞役，未甚曩昔，此生靈所以不敢怨也。又當乘天開之運，震神武之威，征伐四方，動如山壓，况躬擐甲胄，備嘗艱難，猛將如雲，謀臣如雨，此姦雄所以不敢動也。所謂彼一時此一時爾。今朝廷豈謂當時之易，而不慮今時之難乎？

又謂保直臣，斥佞人，以致君於有道者，何哉？有若人未之病，則苦口之藥鮮進焉；國未之危，則逆耳之言鮮用焉。故佞人易進，直臣易退，其致君於有道也難哉！及其既病也，藥必錯雜而進，故鮮效焉；及其既危也，言必錯雜而用，故鮮功焉。蓋佞人在矣，直臣遠矣，其悔之也難哉！今朝廷久安，苦言而不用者，勢使之然矣。

天深戒而不變者，禍可畏矣。伏聞京師去歲大水，今歲大疫，四方聞之，莫不大憂，此天之有以戒也，豈徒然乎！而京師之災甚於四方，何哉？蓋京師者，政教之所出，君相之所居也。禍未盈而天未絶，故鑑戒形焉。不獨恐懼其心，必使修省其政，國家之德尚可隆，天下之道尚可行也。儻弗懼于心，弗修于政，漸盈于禍，漸絶于天，則國家四海將如何哉？或謂國家之災，由歷數之定，非政教之出。若如所論，則夏禹九疇之書果妖言耶？豈欲棄而焚之乎？苟天下有善則歸諸己，天下有禍則歸諸天，豈聖朝之用心？願黜術士之言，奉先王之訓，必不謬矣，必無過矣。於保直臣，斥佞人，則兩宫二聖之心如日星焉，孰可蔽其明乎？縱有行僞而堅，言僞而辯，試於行事，人焉廋哉！

某往日不極言，而今極言者，學陋之人，思慮未精。又親安之時，上懼失禄。不幸親今亡矣，朝廷或怒之，自頂至踵惟忠也，又何憂乎？儻相府思變其道，與國家作長久之計，固其基本，一旦王道復行，使天下爲富爲壽數百年，則福在國家，功在相府，得與天下生靈長見太平，幸甚幸甚！竊以五代以來，諸侯暴酷，視民如芥，生殺由之。皇朝龍興，典章一寬。真宗皇帝至仁如天，盡心于此。内則舉執法之吏，外則創按刑之司，徒流之間，無敢差者。若今於教化之道，復如刑名之用心，亦何患不至乎！今搢紳之間，多議按刑之司無益於外，亦思之未深耳。如得其人，糾察四方，絶斯民之冤，協先帝之志，豈無益乎？得人而已，不可謂川之既平，可壞其防也。今王刑既清，王道可行，此天下士人爲相府惜其時也。或曰，天下之事猶指諸掌，豈相府弗克行乎？亦在兩宮之意爾。謂人主在上，或喜怒生殺，或好惡邪正，則諫諍之際，爲臣不易也。若乃修四方之政教，正百司之綱紀，澄清風俗，相府之職也，豈必兩宮之意乎？

儻相府疑某之言，謂欲矯聖賢之知，爲身名之計，豈不能終喪之後，爲歌爲頌，潤色盛德，以順美於時；亦何必居喪上書，踰越典禮，進逆耳之説，求終身之弃，而自置於貧賤之地乎！蓋所謂不敢以一心之戚，而忘天下之憂，是不爲身名之計明矣。觀前代國家，當其安也，士人上言論興亡之道，非聖主賢相，則百不一采；及其往也，則後之史臣收于簡策，爲來代之鑑。今日之言，願相府采其一二，爲國家天下之益，不願後之史臣收于簡策，爲來代之鑑。

狂斐之人，誅赦惟命。以廟堂深嚴，恐不得上，乃敢相門之下，各致此書，庶有一達於聰明。干犯台嚴，下情無任惶恐激切之至。不次，某死罪，惶恐再拜。（又見《皇朝文鑑》卷一一二，《國朝二百家名賢文粹》卷七八，《聖宋文選》卷六，《事文類聚翰墨大全·甲集》卷三。）

【校勘記】

〔一〕此句原作「年月日」，據天曆本、《叢刊》本、康熙本、《四庫》本改。

〔二〕丁憂人：原無，據天曆本、《叢刊》本、康熙本、《四庫》本補。

〔三〕「某居」至「太平」一段原無，又「况今」原作「恭以」，據天曆本、《叢刊》本、康熙本、《四庫》本補改。

〔四〕常常：康熙本、《四庫》本作「庸常」。

〔五〕守：康熙本、《四庫》本作「狩」。

〔六〕原無「縣縣矯報於」五字，據天曆本、《叢刊》本、康熙本、《四庫》本補。

范文正公文集卷第十

書

上資政晏侍郎書

天聖八年月日〔一〕，具官范某〔二〕，謹齋沐再拜，上書于資政侍郎閣下：某近者伏蒙召問，「曾上封章，言朝廷禮儀事，果有之乎？」某嘗辱不次之舉，矧公家之事，何敢欺默，因避席而對曰：「有之。」遽奉嚴教云：「爾豈憂國之人哉！衆或議爾以非忠非直，但好奇邀名而已。苟率易不已，無乃爲舉者之累乎！」某方一二奉對，公曰：「勿爲强辭，某不敢犯大臣之威。」再拜而退。退而思之，則自疑而驚曰：當公之知，惟懼忠不如金石之堅，直不如藥石之良，才不爲天下之奇，名不及泰山之高，未足副大賢人之清舉。今乃一變爲尤，能不自疑而驚乎！且當公之知，爲公之悔，儻默默不辨，則恐搢紳先生誚公之失舉也。如此，某何面目於門牆哉！請露肝膂之萬一，皆質於前志，非敢左右其説，惟公之采擇，庶幾某進不爲賢人之疑，退不爲賢人之累，死生幸甚！死生幸甚！

某天不賦智，昧於幾微，而但信聖人之書，師古人之行，上誠於君，下誠於民。韓愈自謂有憂天下之心，繇是時政得失，或嘗言之，豈所謂不知量也？蓋聞昔者聖人求天下之言，以共理天下。於是命百官箴闕，百工獻藝，則大臣小臣無非諫也。建善旌，立諫鼓，詻蒭蕘，采謡詠，斯則何遠何近咸可言也。此誠歷代令王，懼上有所未聞，下有所未達，特崇此道，以致天下之言，俾九重之深，無所蔽也。亦必憂國大臣，懼議有所未從〔三〕，諫有所未上，復廣此道，以致天下之情，冀萬乘之心，有以動也。某又聞，事君有犯無隱，有諫無訕，殺其身，有益於君則爲之。衛覬曰〔四〕：「非破家爲國，殺身成君者，誰能犯顔色，觸忌諱，建一言哉！」亦忠臣之分也。而曰「不在其位，不謀其政」者，謂各司其局，不相侵官。如當二千石之位，則不責尚書之政；當尚書之位，則不責三公之政，非言路之謂矣。又曰「天下有道，庶人不議」，蓋言有道之朝，教化純被，則庶人無所議焉。某登進士第，由幕府歷宰字，爲九卿之屬，似非庶人，敢不議乎？如云遠不當諫，則伯夷叩馬諫武王，豈近臣哉！太公謂之義士，夫子稱其賢人，曾不以遠而爲過乎。至於潁考叔、曹劌、杜蕢、絃高、魯仲連、梅福之徒，皆遠而謀國者也，前史嘉之。況國家以公之清舉，置某于近閣同文館之列。唐文皇於此延天下之才，使多識前言往行，以諮政教之得失，備廊廟之選用。如朝廷延才之意不減於前，則某事君於此非遠也。又聞，「言未及而言謂之躁」。今國家詔百官轉對，使明言聖躬之過失，宰司之闕遺，其不預轉對者，俾實封章奏以聞，則某非言未及而言也。若以某好奇爲過，則伊尹負鼎，太公直釣，仲尼誅侏儒以尊魯，夷吾就縲絏而霸齊，藺相如奪璧於彊鄰，諸葛亮邀主於弊廬，陳湯矯制而大破單于，祖逖誓江而克清中原，房喬杖策於軍門，姚崇臂鷹於渭上，此前代聖賢，非不奇也，某患好之未至爾。若以某邀名爲過，則聖人崇名教而天下始勸。莊叟云「爲善無近名」，乃道家自全之説，豈治天下者之意乎！名教不崇，則爲人君者謂堯舜不足慕，桀紂不足畏，爲人臣者謂八元不足尚，四凶不足恥，天下豈復有善人乎！人不愛名，則聖人之權去矣。經曰「立身揚名」，又曰「善不積，不足以成名」，又曰「恥没世而名不稱」，又曰「榮名以爲寶」。是則教化之道無先於名，三古聖賢何嘗不著於名乎！某患邀之未至爾。某又聞，天生蒸民，各食其力，唯士以有德，可以安君，可以庇民，於是聖人率民以養士。《易》曰：「不家食，吉。」如其無德，何食之有？某官小禄微，然歲受俸禄僅三十萬。竊以中田一畝，取粟不過一斛。中稔之秋，一斛所售不過三百錢[五一]，則千畝之獲，可給三十萬。以豐歉相半，則某歲食二千畝之入矣。其二千畝中，播之耨之，穫之斂之，其用天之時、地之利、民之力多矣。儻某無功而食，則爲天之螟，爲民之螣。使鬼神有知，則爲身之殃，爲子孫之患。某今職在校讎，務甚清素，前編後簡，海聚雲積。其間荒唐詭妄之書，十有七八。朱紫未辨，膏肓奈何？某棲遲於斯，絶無補益。上莫救斯文之弊，下無庇斯人之德，誠無功而食矣。所可薦於君者，惟忠言耳。況我國家以六合之廣，四葉之盛，撫既濟之會，防未然之幾，兢兢持盈，旰昃不暇。謂今天下民庶而未富，士薄而未教，禮有所未格，樂有所未諧，多士之源有所未澄，百司之綱有所未振，兵輕而有所未練，邊虛而有所未計，賞罰或有所未一，恩信或有所未充。乃詔百官轉對，其未預者，並許封章。此吾君盡心以虛受天下之言也，亦天下君子盡心以助成王道之日也。然獻言之初，或有所賞，於是浮淺僥覬之輩，争爲煩言，或采其細而傷其大，或誇其利而隱其害，下冒上之寵而矯其辭，上疑下之躁而輕其説。此政教之大害也。某遠觀五帝三王，爵以尚德，禄以報功，未有賞其空言者。至於舜俞禹拜，惟重其言而行之。逮夫春秋之時，則有舉賢之賞。唐文皇賞孫伏伽之諫，以天下始定而權以進之，未始久行焉。今朝廷必欲求有道之言，在其擇而必行，不在其誘於必賞。言而無賞，則真有憂天下之心者，不廢其進焉。然後下不冒上之寵而直其辭，上不疑下之躁而重其説。此政教之大利也。某亦嘗聞長者之餘論，鬱于胸中而莫敢罄發者，恥與浮淺僥覬之徒受上之疑於國門矣。

某昨輒言國家冬至上壽之禮者，斯言有罪，必不疑其僥覬矣。是故輕一死以重萬代之法，請皇帝率親王、皇族於内中，上皇太后聖壽；請詔宰臣率百僚於前殿，上兩宫聖壽，實無減皇太后尊崇之威，又足存皇帝貴高之體。蓋一人與親王、皇族上壽於内，則母子之義親，君臣之禮異。與百僚上壽於外，則是行君臣之儀，非敦母子之義。在今兩宫慈聖仁孝之德，而行此典，則未見其損。奈何後代必有舅族强熾，竊此爲法，以仰制人主者矣。聖朝既不能正之，使後代忠臣何所執議？

先王制禮之心，非萬世利，則不行焉。或曰：五帝不相沿樂，三王不相襲禮，此何泥於古乎？某謂禮樂等數，沿革可移，帝王名器，乾坤定矣，豈沿革之可言哉！若謂某不知聖人之權，則孔子何以謂晉文公譎而不正，以臣召君，不可以訓？《書》曰「天王狩于河陽」，是諱其權而正其禮也，豈昧於權哉！小臣昧死力言，大臣未能力救。苟誠爲今日之事，未量後代之患，豈小臣之狂言，大臣之未思也！

某天拙之效，不以富貴屈其身，不以貧賤移其心。儻進用於時，必有甚於今者，庶幾報公之清舉。如求少言少過自全之士，則滔滔乎天下皆是，何必某之舉也？

夫天下之士有二黨焉：其一曰，我發必危言，立必危行，王道正直，何用曲爲？其一曰，我遜言易入，遜行易合，人生安樂，何用憂爲？斯二黨者，常交戰於天下。天下理亂，在二黨勝負之間爾。儻危言危行，獲罪於時，其徒皆結舌而去，則人主蔽其聰，大臣喪其助。而遜言遜行之黨，不戰而勝，將浸盛於中外，豈國家之福、大臣之心乎！人皆謂危言危行，非遠害全身之謀，此未思之甚矣。使搢紳之人皆危其言行，則致君於無過，致民於無怨，政教不墜，禍患不起，太平之下，浩然無憂，此遠害全身之大也；使搢紳之人皆遜其言行，則致君於過，致民於怨，政教日墜，禍患日起，大亂之下，悩然何逃！當此之時，縱能遜言遜行，豈遠害全身之得乎！

凡今之人，生于太平，非極深研幾，豈斯言之信哉！昔魏晉之亂，哲人罹憂，至有管寧之徒涉海而遁。某今進危言於君親，蹈危機於朝廷，不猶愈於涉海之險，而遁於異域者乎？儻以某遠而盡心，不謂之忠；言而無隱，不謂之直，則而今而後未知所守矣。

惟公察某之辭，求某之志，謂尚可教，則願不悔前日之舉，而加平生之知，使某罄誠於當時，垂光於將來，報德之心，宜無窮已。儻察某之志，如不可教，則願昌言於朝，以絶其進。前奏既已免咎，此書尚可議責。使黜之辱之，不爲賢人之累，則某退藏其身，省求其過。不敢以一朝之責，而忘平生之知，報德之心，亦無窮已。

恭惟資政侍郎，羽翼舊賢，股肱近輔，赫赫之猷，天下所望。願論道之餘，一賜鑑慮。與其進，則天下如某之徒皆不召而進矣；與其退，則天下如某之徒皆不斥而自退矣。決天下進退者，其在公一言乎！干犯台嚴，不任戰懼之至。不宣。某再拜。（又見《儒林公議》上，《聖宋文選》卷六。）

【校勘記】

〔一〕原無「天聖八」三字，據天曆本、《叢刊》本、康熙本、《四庫》本補。

〔二〕官：天曆本、《叢刊》本、康熙本、《四庫》本作「銜」。

〔三〕議：天曆本、《叢刊》本、康熙本、《四庫》本作「義」。

〔四〕衛覬：原作「衛顗」，據《三國志》卷二一《衛覬傳》改。以下引文即出本傳。

〔五〕錢：原作「金」，國家圖書館所藏宋本某氏校改爲「錢」，今從之。

上時相議制舉書

天聖八年五月日〔一〕，具位范某，再拜上書于昭文相公閣下：某昨者伏蒙聖恩，優賜差任。蓋鈞造之際，靡不獲所。退省疎拙，且驚且懼。况唐虞舊域，風俗淳儉，獄無積訟，亭鮮過客。棲遲偃仰，何以報國！然嘗試思之，似有所補，敢不冒黷而言之。

夫善國者，莫先育材。育材之方，莫先勸學。勸學之要〔二〕，莫尚宗經。宗經則道大，道大則才大，才大則功大。蓋聖人法度之言存乎《書》，安危之幾存乎《易》，得失之鑑存乎《詩》，是非之辨存乎《春秋》，天下之制存乎《禮》，萬物之情存乎《樂》。故俊哲之人，入乎六經，則能服法度之言，察安危之幾，陳得失之鑑，析是非之辨，明天下之制，盡萬物之情。

使斯人之徒輔成王道，復何求哉！至於扣諸子，獵群史，所以觀異同，質成敗，非求道於斯也。有能理其書而不深其旨者，雖朴愚之心未可與適道，然必顧瞻禮義，執守規矩，不猶愈於學非而博者乎！

今文庠不振，師道久缺，爲學者不根乎經籍，從政者罕議乎教化，故文章柔靡，風俗巧僞，選用之際，常患才難。某聞前代盛衰，與文消息。觀虞夏之純，則可見王道之正；觀南朝之麗，則知國風之衰。惟聖人質文相救，變而無窮。前代之季，不能自救，則有來者起而救之。是故文章以薄，則爲君子之憂；風俗其壞，則爲來者之資。

今朝廷思救其弊，興復制科，不獨振舉滯淹，詢訪得失，有以勸天下之學，育天下之才，是將復小爲大，抑薄歸厚之時也。斯文丕變，在此一舉。然恐朝廷命試之際，謂所舉之士，皆能熟經籍之大義，知王霸之要略，則反屏而弗問；或將訪以不急之務，雜以非聖之書，辨二十八將之功勳，陳七十二賢之德行。如此之類，何所補益！蓋欲伺其所未至，誤其所常習，不以教育爲意，而以去留爲功。若如所量，恐非朝廷勸學育才之道也。何哉？國家勸學育材，必求爲我器用，輔我風教。設使皆明經籍之旨，並練王霸之術，問十得十，亦朝廷教育之本意也。況文有精麤，理有優劣，明試之下，得失尚多，何患去留之難乎？今或伺其所未至，誤其所常習，則天下賢俊，莫知所守，將博習非聖，旁攻異端，聖人之門，無復啓發。逮于後舉，差之益遠。如此則制科之設，足以誤多士之心，不足以救斯文之弊。

恭惟前聖之文之道，昭昭乎爲神器於天下，得之者昌，失之者亡。後世聖人開學校，設科等，率賢俊以趨之，各使盡其心，就其器，將以共理于天下。故《書》曰「咸有一德」，斯之謂矣。願相府爲此一舉。儻昌言于兩制，如能命試之際，先之以六經，次之以正史，該之以方略，濟之以時務，使天下賢俊，翕然修經濟之業，以教化爲心，趨聖人之門，成王佐之器。十數年間，異人傑士必穆穆于王庭矣，何患俊乂不充，風化不興乎！救文之弊，自相公之造也，當有吉甫輩頌吾君之德，吾相之功，登于金石，永于天地者矣。四海幸甚！千載幸甚！干犯台嚴，無任僭越戰汗之至。某再拜。（又見《五百家播芳大全文粹》卷五四，《聖宋文選》卷六，《文章辨體彙選》卷二二三。）

【校勘記】

〔一〕天聖八年五月日：原作「年月日」，據天曆本、《叢刊》本、康熙本、《四庫》本改。

〔二〕要：康熙本、《四庫》本作「道」。

與歐静書

七月十二日〔一〕，高平范某，謹復書于伯起足下：近滕從事子京編李唐制誥之文，成三十卷，各於文首序其所以，而善惡昭焉。足下命爲《唐典》，以僕觀之，似所未安。典之名，其道甚大。夫子删《書》，斷自唐虞已下，今之存者五十九篇，惟堯舜二篇爲《典》，謂二帝之道，可爲百代常行之則。其次夏商之書，則有訓誥誓命之文，皆隨事名篇，無復爲典。以其或非帝道，則未足爲百代常行之典。乃知聖人筆削之際，優劣存焉，如《詩》有《國風》《雅》《頌》之别也。李唐之世三百年，治亂相半，如貞觀、開元有霸王之略，每下詔命，多有警策。失之者蓋亦有矣，如則天、中宗昏亂之朝，誅害宗室，戮辱忠良，制書之下，欺天蔽民，人到于今冤之。儻亦以「典」爲名，躋于唐虞之列，不亦助欺天之醜乎？是聖狂不分，治亂一致，百代之下，堯舜何足尚，桀紂何足愧也？

僕不忍天下君子將切齒於子京，乃請以《統制》之名易之。而足下大爲不可，貽書見尤。僕謂制者，天子命令之文，無他優劣，庶幾不損大義爾。足下謂册、制之類有七，何特以制名焉？七者之名，有則有矣，然近代以來，暨于今朝，王言之司，謂之兩制，是制之一名，統諸詔命。又有待制、承制之官，皆承奉王言之義也。又今詔、誥、宣敕、聖旨之類，違者皆得違制之坐，亦足見制之一名，而統諸命令也。故以《統制》爲名，以明備載其文，不復優劣。觀其文者，使自求之，而治亂之源在矣。

足下又謂呂不韋輩著「春秋」，賈誼之徒著「書」，文中子著「六經」，而無譏其僭者。非也。蓋「春秋」以時記事而爲名也，優劣不在乎「春秋」二字，而有凡例、變例之文。「書」者載言之名，而優劣不在乎「書」之一字，而有典、謨、誓、命之殊。「詩」者言志之名，而優劣不在乎「詩」之一字，而有國風、雅、頌之議。諸儒擬「春秋」「詩」「書」之名，蓋不在乎優劣之地也，未有亂典、謨、訓、誥、國風、雅、頌之名者。足下若以唐之制書，咸可爲典，則唐人之詩，咸可爲頌乎？

足下又謂唐有《六典》，杜佑著《通典》，以此二書爲證。亦未也。《六典》者，唐之官局，可爲令式，尊之爲典者，亦唐人一時自高爾。又《通典》之書，敘六代沿革禮樂制度，復折中而論其可者，以爲典要，尚庶幾乎！矧二書之作，非經聖人筆削，又何足仰爲大範哉！

足下博識之士，當於六經之中，專師聖人之意。後之諸儒，異端百起，不足繫以自取。或足下必以「統制」爲非，則請別爲其目。「典」之爲名，孰敢聞命？某再拜。

【校勘記】

〔一〕七月十二日：原作「月日」，據天曆本、《叢刊》本、康熙本、《四庫》本改。

與周騤推官書

六月十五日〔一〕，同年弟范某，再拜奉書于周兄：去年秋，滕子京集李唐制書，得一千首，歐伯起請目之曰《唐典》，僕始未閲其本，而酌以重輕，請避堯舜二《典》，曰《有唐統制》。伯起以書見讓，謂「典」爲是，謂「制」爲非，僕亦辯而言焉。而伯起不釋，今復貽書云：「中有册文，詎可統而爲制？」僕乃求而閲之，果千首中，有册文十五，或因其舊名，可曰《有唐册制》。僕前書云：「必以『統制』爲非，則請别爲之目。以『典』爲名，孰敢聞命？」伯起謂典謨訓誥，其來遠矣，夫子因其舊史，優劣不存焉。僕謂舊史之文，亦不苟作。聖人筆削經史，皆因其舊，可者從而明之，其不可者從而正之，未嘗無登降之意也。是故言《易》則因先王之卦，從而贊之，有「聖人」，有「后」，有「君子」之辭焉。刊《詩》則因前人之作，從而次之，有《國風》《雅》《頌》之倫焉。修《春秋》則因舊史之文，從而明之，有褒貶之例焉。《書》亦史也，從而序之，豈獨因其舊篇，無優劣之意？僕謂典謨訓誥之文，或因其舊而次之，亦聖人之優劣也。伯起謂夏有政典，周有六典。僕謂政典者，果夏書耶？虞書耶？夏或有之，何不列之于《書》，或見删於聖人，此又不足稱矣。周之六典者，《周禮》云「天官掌建邦之六典」，乃周之法度，書于典册，非記言之例也。夫子删《書》之際，六典不預焉。伯起又謂有漢典、魏典、晉典、梁典。僕謂此四典者，必文人苟作，或佞之於前，或失之於後，非其正史，君子不取也。自堯舜而後，歷代之史，無以「典」爲名者，何哉？蓋尊避堯舜爲萬世之師，使後之明王有所稽仰，豈丘明、班、馬之流咸不到伯起之心耶？伯起又謂元結有《皇謨》，柳宗元有《平淮夷雅》。元、柳，唐人也，而深於文，不曰典而曰謨，不曰頌而曰雅，二君誠不佞歟！伯起非唐人也，反爲佞乎？以其册制，特謂之典，豈有優劣之心乎！如有優劣之心，則不當以錯綜治亂之文，躋于三代之上，炳堯舜之光明；如無優劣之心，唐三百年册制之文，一旦易其名，則何以哉！進退無所據。而序引滋繁，枝葉之云，不復詳釋。豈莠言亂正、學非而博者乎？將固有所激而極其理要乎？周兄積學于書，得道于心，覽聖人之旨，如日星之昭昭。願質其疑，使來者不敢竊亂於斯文，甚善甚善！不宣。某再拜。

【校勘記】

〔一〕六月十五日：原作「月日」，據《叢刊》本、康熙本、《四庫》本改。

與唐處士書

十二月日〔一〕，高平范某，謹再拜致書于處士唐君：蓋聞聖人之作琴也，鼓天地之和而和天下。琴之道，大乎哉！秦作之後，禮樂失馭，于嗟乎，琴散久矣！後之傳者，妙指美聲，巧以相尚，喪其大，矜其細，人以藝觀焉。

皇宋文明之運，宜建大雅，東宮故諭德崔公其人也。得琴之道，志於斯，樂於斯，垂五十年，清静平和，性與琴會，著《琴箋》，而自然之義在矣。某嘗遊於門下，一日請曰：「琴何爲是？」公曰：「清厲而静，和潤而遠。」某拜而退，思而釋曰：清厲而弗静，其失也躁；和潤而弗遠，其失也佞。弗躁弗佞，然後君子，其中和之道歟！

一日又請曰：「今之能琴，誰可與先生和者？」曰：「唐處士可矣。」某拜而退，美而歌曰：「有人焉！有人焉！」且將師其一二。屬遠仕千里，未獲所存。今復還于上京。崔公既没，琴不在於君乎？君將憐其意，授之一二，使得操堯舜之音，遊羲黄之域，其賜也豈不大哉！又先王之琴傳傳而無窮，上聖之風存乎盛時，其旨也豈不遠矣！誠不敢助《南薰》之詩，以爲天下富壽〔二〕，庶幾宣三樂之情，以美生平而可乎！某狂愚之咎，亦冀捨旃。不宣。某再拜。

【校勘記】

〔一〕十二月日：原作「年月日」，據天曆本、《叢刊》本、康熙本、《四庫》本改。

〔二〕富：原無，據天曆本、《叢刊》本、康熙本、《四庫》本補。

答趙元昊書

正月日，具位某，謹修誠意，奉書于夏國大王〔一〕：伏以先大王歸嚮朝廷，心如金石。我真宗皇帝命爲同姓，待以骨肉之親，封爲夏王。履此山河之大，旌旗車服，降天子一等，恩信隆厚，始終如一，齊桓、晉文之盛，無以過此。朝聘之使，往來如家。牛馬駝羊之産，金銀繒帛之貨，交受其利，不可勝紀。塞垣之下，逾三十年，有耕無戰。禾黍雲合，甲冑塵委。養生葬死，各終天年。使蕃漢之民，爲堯舜之俗，此真宗皇帝之至化，亦先大王之大功也。

自先大王薨背，今皇震悼，累日嘻吁，遣使行弔賻之禮，以大王嗣守其國，爵命崇重，一如先大王。昨者大王以本國衆多之情，推立大位，誠不獲讓，理有未安，而遣行人告于天子，又遣行人歸其旌節。朝廷中外，莫不驚憤，請收行人，戮於都市。皇帝詔曰：「非不能以四海之力，支其一方，念先帝歲寒之本意，故夏王忠順之大功，豈一朝之失，而驟絶之？」乃不殺而還。假有本國諸蕃之長，抗禮於大王，而能含容之若此乎！省初念終，天子何負於大王哉！

二年以來，疆事紛起，耕者廢耒，織者廢杼，邊界蕭然，豈獨漢民之勞弊耶！使戰守之人，日夜豺虎，競爲吞噬，死傷相枕，哭泣相聞，仁人爲之流涕，智士爲之扼腕。天子遣某經度西事，而命之曰：「有征無戰，不殺非辜，王者之兵也，汝往欽哉！」某拜手稽首，敢不夙夜于懷。至邊之日，見諸將帥多務小功，不爲大略，甚未副天子之意。某與大王雖未嘗高會，嚮者同事朝廷，於天子則父母也，於大王則兄弟也，豈有孝於父母而欲害于兄弟哉！可不爲大王一二而陳之。

傳曰：「名不正則言不順，言不順則事不成。」大王世居西土，衣冠語言皆從本國之俗，何獨名稱與中朝天子侔擬，名豈正而言豈順乎？如衆情莫奪，亦有漢唐故事。單于、可汗，皆本國極尊之稱，具在方册。某料大王必以契丹爲比，故自謂可行。且契丹自石晉朝有援立之功，時已稱帝。今大王世受天子建國封王之恩，如諸蕃中有叛朝廷者，大王當爲霸主，率諸侯以伐之，則世世有功，王王不絕。乃欲擬契丹之稱，究其體勢，昭然不同。徒使瘡痍萬民，拒朝廷之禮，傷天地之仁。

《易》曰：「天地之大德曰生，聖人之大寶曰位，何以守位曰仁。」是以天地養萬物，故其道不窮。聖人養萬民〔二〕，故其位不傾。又傳曰：國家以仁獲之，以仁守之者百世。昔在唐末，天下恟恟，群雄咆哮，日尋干戈，血我生靈，腥我天地，滅我禮樂，絶我稼穡。皇天震怒，罰其不仁，五代王侯，覆亡相續。老氏曰：「樂殺人者，不可如志於天下。」誠不誣矣。後唐顯宗祈於上天曰：「願早生聖人，以救天下。」是年，我太祖皇帝應祈而生。及歷試諸難，中外忻戴，不血一刃，受禪于周。廣南、江南、荆湖、西川，有九江萬里之阻，一舉而下，豈非應天順人之至乎！由是罷諸侯之兵，革五代之暴，垂八十年，天下無禍亂之憂。太宗皇帝聖文神武，表正萬邦，吴越納疆，并晉就縛。真宗皇帝奉天體道，清净無爲，與契丹通好，受先大王貢禮，自兹四海熙然同春。今皇帝坐朝至晏，從諫如流，有忤雷霆，雖死必赦。故四海之心，望如父母。此所謂以仁獲之，以仁守之，百世之朝也。

某料大王建議之初，人有離間，妄言邊城無備，士心不齊，長驅而來，所嚮必下。今以彊人猛馬，奔衝漢地，二年于兹，漢之兵民固有血戰而死者〔三〕，無一城一將願歸大王者。此可見聖宋仁及天下，邦本不摇之驗也，與夫間者之説，無乃異乎！

今天下久平，人人泰然，不習戰鬬，不熟紀律。劉平之徒，忠敢而進，不顧衆寡，自取其困。餘則或勝或負，殺傷俱多。大王國人，必以獲劉平爲賀。昔鄭人侵蔡，獲司馬公子燮，鄭人皆喜，唯子産曰：「小國無文治而有武功，禍莫大焉。」而後鄭國之禍，皆如子産之言。

今邊上訓練漸精，恩威以立，有功必賞，敗事必誅，將帥而下，大知紀律，莫不各思奮力效命，争議進兵。如其不然，何時可了？今招討司統兵四十萬，約五路入界，著其律曰：生降者賞，殺降者斬；獲精彊者賞，害老幼婦女者斬；遇堅必戰，遇險必奪；可取則取，可城則城。縱未能入賀蘭之居，彼之兵民降者、死者，所失多矣。是大王自禍其民，官軍之勢不獲而已也。

某又念皇帝有征無戰，不殺非辜之訓，夙夜于懷。雖師帥之行，君命有所不受。奈何鋒刃之交，相傷必衆。且蕃兵戰死，非有罪也，忠於主耳〔四〕；漢兵戰死，非有罪也，忠於天子耳。使忠孝之人，肝腦塗地，積累怨魄，爲妖爲災，大王其可忽諸！

朝廷以王者無外，有生之民，皆爲赤子，何蕃漢之限哉！何勝負之言哉！某與招討太尉夏公、經略密學韓公嘗議其事，莫若通問於大王，計而决之，重人命也，其美利甚衆。大王如能以愛民爲意，禮下朝廷，復其王爵，承先大王之志，天下孰不稱其賢哉！一也。如衆多之情，三讓不獲，前所謂漢唐故事，如單于、可汗之稱，尚有可稽，於本國語言爲便，復不失其尊大，二也。但臣貢上國，存中外之體，不召天下之怨，不速天下之兵，使蕃漢邊人，復見康樂，無死傷相枕、哭泣相聞之醜，三也。又大王之國，府用或闕，朝廷每歲必有物帛之厚賜，爲大王助，四也。又從來入貢，使人止稱蕃吏之職，以避中朝之尊。按漢諸侯王相皆出真拜，又吴越王錢氏有承制補官故事，功高者受朝廷之命，亦足隆大王之體，五也。昨有邊臣上言，乞招致蕃部首領，某亦已請罷。大王告諭諸蕃首領不須去父母之邦，但回意中朝，則太平之樂，遐邇同之，六也。國家以四海之廣，豈無遺才？有在大王之國者，朝廷不戮其家，安全如故，宜善事主，以報國士之知。惟同心嚮順，自不失其富貴。而宗族之人，必更優恤，七也。又馬牛駝羊之産，金銀繒帛之貨，有無交易，各得其所，八也。

大王從之，則上下同其美利，生民之患，幾乎息矣；不從，則上下失其美利，生民之患，何時而息哉！某今日之言，非獨利於大王，蓋以奉君親之訓，救生民之患，合天地之仁而已乎！惟大王擇焉。不宣。某再拜。（又見《續資治通鑑長編》卷一三〇，《東都事略》卷一二七，《皇朝文鑑》卷一一三，《國朝二百家名賢文粹》卷一一四，《崇古文訣》卷一六。）

【校勘記】

〔一〕《續資治通鑑長編》卷一三〇載此書，首段爲本集所無，兹録於下：「高延德至，傳大王之言，以休兵息民之意請於中國，甚善。又爲前者行人不達而歸，故未遣親信，不爲書翰，然詞意昭昭，有足信矣。惟君子爲能道天下之志，固當盡誠奉答。曩者景德初，兩河休兵，中外上言，以靈、夏數州本爲内地，請移河朔之兵，合關中之力，以圖收復。我真宗皇帝文德柔遠，而先大王請嚮朝廷，心如金石……」云云。以下文字亦多互有異同。

〔二〕萬：原無，據天曆本、《叢刊》本、康熙本、《四庫》本補。

〔三〕固：原無，據天曆本、《叢刊》本、康熙本、《四庫》本補。

〔四〕主：天曆本、《叢刊》本、康熙本、《四庫》本作「大王」。

答安撫王内翰書

某諮目上安撫内翰學士：某處事疎略，忤朝廷意。既去職任，而尚懷國家之憂。如卞生獻璧，不知其止，足雖可刖，而璧猶自貴。奈何有昏眩之疾，舉止少力，不堪王事，豈當預聞賢大夫之末議？閣下此行，采西北士庶之言，欲下情之無壅。又詢及猥陋，某敢不罄其所見，誠無取焉。

昨者西戎僭中朝之號，四海憤怒。雖困天下，義當討伐。今肯稱兀卒〔一〕，以避中朝，取漢唐故事，如單于、可汗之類，此理頗順。其餘須索，尚有議論與奪。或失此機會，卒無休兵之期。如更有沮敗，則用何道卻行招納？國威愈屈，爲禍轉深。儻朝廷欲雪邊將之恥，必加討伐，苟得良帥如漢之段紀明、唐之李靖，誠可行焉。其下如今朝曹瑋之材，尚堪委以大事。不然，則重爲國家之羞。

昔秦漢威加四夷，限長城，勒燕山，困弊中國，終成大悔。至如西晉之衰，群胡亂華。五代以來，屢有侵侮。累朝欲刷大恥，終無成功。真宗皇帝取漢文之策，結和通使，休寧北陲，爲天下景福四十年矣。今按《史記·律書》有漢文之議，言高旨遠，可謂明主矣。致天下和樂，通于律吕，故馬遷著于八《書》，有旨哉！

其備邊之議，雖復納好，固不可懈也。陝西沿邊二千里，州軍城寨，以兵勢分守，皆不得已。賊每全軍而來，此則以寡擊衆，必將發奇謀，出死力，然後可禦也。不必大決勝負，但觀釁而攻，使來不厚獲，去不全勝。縱邊患未息，而無長驅之害，亦足爲禦邊之策。

奈何將佐之中，少精方略。或因門地，巧於結託，以取虚名；或出軍班，昧於韜鈐，以致敗事。須鑑覆轍，速於更張。宜於沿邊及諸處使臣軍員中，搜訪智勇之人。如資地至淺，勳勞未著，即使權領職任，令手下各有兵甲，俟其有立，即時進擢。庶可用之才，早補將帥之乏。如弓箭手殿侍姚貴、劉延光輩〔二〕，可觀其效。

又涇原地平少險，奇兵難用，傷殘之後，人心憂怯。將來賊之入寇，恐多由此路，須益兵五萬，大爲之防。不然，或有所不支，乘虚而進，關中一擾，衆必大潰，天下有危事矣。惟閣下以衆説參取，爲國家圖之。不宣。某再拜。

【校勘記】

〔一〕肯：《叢刊》本、康熙本、《四庫》本作「肯」。

〔二〕延：《叢刊》本、康熙本、《四庫》本作「廷」。

范文正公文集卷第十一

書

上吕相公書

某啓：仲秋漸涼，伏惟相公台候萬福。某奉命此行，至重至憂。初欲道中上記，以未到邊隅，無可述者。或有屑屑之見，奏牘具焉。

初至長安見九江太尉，首傳台旨，頗言開釋。尋來鄜延路巡按，北視金明之役，止數日復還延安。極邊之情，指掌可見。金明一邑，舊寨三十六，人馬數萬，一旦蕩去。後來招安到蕃部三百來户，不足爲用。又塞門寨圍逼十旬，諸將逗留，無敢救者。軍民數千，一時覆没。及廢承平、南安、長寧、白草四寨，弃爲虜境，延安之北，東西僅四百里，藩籬殆盡。近修金明，聊支一路。將修寬州，以禦東北，非多屯軍馬，亦不能守，必須建軍。其利害具於奏中。所奏劄子，方永興軍繫署，今有圖子，先具呈上。

今延安兵馬二萬六千，患訓練未精，將帥無謀。問以數路賊來之勢，何策以待，皆不知所爲，但言出兵而已。此不可不爲憂也。或得其人，精練士卒，山川險惡，據以待寇，俟有斬獲，乘勝深入。賊勢一破，烏散窮沙，復舊漢疆，宜有日矣。如未克勝，賊勢不衰，縱入討除，豈肯逃散？或天有風雨之變，人在山川之險，糧盡路窮，進退有患，此宜慎重之秋也。自延州至金明四十里，一河屈曲，涉者十三度，此言山川之惡也。或遇風雨，不敵自困。

某今與延安當職議定約束，急於訓練。俟其精彊，可禦可伐。亦令録奏，乞朝廷特賜威命，則邊鄙可定，廟堂無憂。别路兵馬少處，臨時制置，不必仿此。

又張龍圖吏道精彊，但親年八十，寓於他郡，復言不練兵律。延安重鎮，數郡仰賴，若不主戎政，所失則大。段待制西人所望，明鎬亦細知邊事，惟相府裁之。某惶恐再拜。

又

十一月四日〔一〕，具官范某，謹東望再拜上書于昭文僕射相公閤下：竊以文武之道一，而文武之用異。然則經天下，定禍亂，同歸于治者也。傳曰：「天下安，注意相；天下危，注意將。」斯則將相之設，文武之殊久矣。後世多故，中外不恬，二道相高，二權相軋，至有大將軍而居三司之上，蓋時不得已也。五代衰亂，專上武力，諸侯握兵，外重內輕，血肉生靈，王室如綴，此武之弊也。皇朝罷節侯，署文吏，以大救其弊，立太平之基。既而四夷咸賓，忘戰日久，内外武帥，無復以方略爲言。惟文法錢穀之吏，馳騁于郡國，以尅民進身爲事業，不復有四方之志。一旦戎狄叛常，爰及征討，朝廷渴用將帥，大患乏人，此文之弊也。

前則劉平陷没，范資政去官，次則韓琦與某貳于元帥，不能成績，以罪失職。復以夏、陳分處二道，期于平定。近以師老罷去，而更張之。三委文帥，一無武功，得不爲和門之笑且議耶？今歸之四路，復皆用儒，彼謂相輔大臣朋獎文吏，他日四路之中一不任事，則豈止於笑，當尤而怒之。用儒無功，勢必移于武帥。彼或專而失謀，又敗國事。況急而用之，必驕且怨，重權厚賞，不足厭其心。外寇未平，而萌内患，此前代之可鑑。故裴度淮西之行，不落韓洪都統，蓋爲此也。

某不避近名之嫌，有表陳讓，願相公與兩府大臣因而圖之。如鄜延、環慶二帥，一路以文，一路以武。涇原、秦鳳二帥亦如之。使諸將帥高者得色，下者增氣。如寡策略，則擇俊乂爲之參佐。仍使鄜延、環慶二路，如舊通其軍政，涇原、秦鳳亦如舊制，則謀可相濟，兵可相援矣。今王仲寶是環慶部署，兼管鄜延兵馬；許懷德是鄜延部署，兼管環慶兵馬。涇原、秦鳳副都部署於今亦然。惟新命都部署，則未有處分，固不煩更改詔敕，唯續降宣旨以兼之，乃舊制也。既文武參用，二路兼資，均其事任，同其休戚，足以息今日之謗議，平他時之驕怨，使文武之道，協和爲一，何憂乎邊患矣。

某復慮朝廷以逐路部署爲經略、招討之貳，謂之參用。則此使權雜伍于下，不足爲重，僅之虚設。或以文换武，謂之參用，則前日换者，人皆以儒視之。或以新帥難動，則某願避此路，以待武帥，請主外計，仍領安撫舊名，亦足救生民之困弊，復可按邊陲之利病，咸得聞于朝廷，不爲輕矣。

區區之意，附記注梁學士達于台聽。恐道涂雨雪之阻〔二〕，故復拜此，不任懇切憂惶之至。不宣。某再拜。

【校勘記】

〔一〕十一月四日：原作「年月日」，據天曆本、《叢刊》本、康熙本、《四庫》本改。

〔二〕恐：天曆本、《叢刊》本、康熙本、《四庫》本作「愁」。

又

六月日，具位范某，謹齋沐上書于昭文僕射相公：某近者伏奉制命，就除邠州觀察使。祗膺睿渥，且榮且憂，三上讓章，未獲俞旨。竊念某幼孤且賤，始求五斗禄，爲養親計，怔忪進退，懼不可得。今朝廷以方面之重，受兹寵異，爲某之福可謂大矣，豈敢忽千鍾之重哉！蓋聞福者禍之所伏，故循牆而走，思以避之。何則？居諸將諸軍之上，責人死效，而自以無功，受國重賞，於己安乎？其他利害，具在封奏。復有大懼，不敢聞於天聽，而敢陳之於相府。

今西北聳動，在北爲大。雖遣使修好，或可暫弭，奈何積年之謀，一朝而發，以數十萬之賄，便能充無厭之心，息舉國之衆乎？必先困我，而終於用兵。萬一某輩移帥朔方，居大使節度之下，見利而舉，則加以擅興之誅；持重而謀，則誣以逗留之咎。堅城深池之内，自擁其精甲；救危赴難之際，而授以羸兵。利害不得言，進退不得專。大敵在前，重典在後。當此之時，儒臣文吏何以措手足於其間哉！劉平之勇，猶不克濟，此相公之所覽也[一]。是則繫國家之安危，生民之性命，某豈可不自量力，而輒當之？遠慮近憂，先聖之明訓，何敢苟寵禄之福，忘喪敗之禍耶！某謂朝廷用儒之要，莫若異其品流，隆其委注，衆皆望風凜畏，以濟邊事。比夫改爲武帥，與之參用，功相萬也。

某謂相公弼諧於内，在天下安危之事，不得而讓也；某輩奔走於外，經畫百事，亦不得而讓也。某今日避此命者，豈偷安之人哉？誠有所存爾。爲國家先重其身，而安其心，賴相公坐籌於内，某輩竭力於外，内外協一，奉安宗廟社稷，以報君親，以庇生靈，豈小節之謂乎！

恭惟相公與二府大臣同憂天下之時，必能恕狂者之多言，采愚者之一得。某胸中甚白，無愧於日月，無隱於廊廟，惟相公神明其照，某豈得而昧之。干冒台嚴，卑情無任危切之至。不宣。某惶恐再拜。

【校勘記】

〔一〕覽：《叢刊》本、康熙本、《四庫》本作「鑒」。

上樞密尚書書

某啓：秋凉〔一〕，伏惟樞密尚書台候起居萬福。某奔走道途，疲困以甚。加應答文移，中夕不寐，無暇撰修謝啓，伏增惶懼。

某久在江外，職業無可，唯望廢退，以遂麋鹿之趣。而朝廷過聽，越次寄任，拳拳負荷，不能無憂。今至延安，北入金明，視城壘之役，且欲深見邊事。戎馬之後，原野蕭條。金明北百里之間，元有塞門、栲栳二寨，并李士彬下蕃部寨三十六所〔二〕，悉已蕩去，盡没蕃境，人不敢詣。又此間隨川取路，夾以峻山，暑雨之期，湍走大石，秋冬之流，屈曲如繞，一舍之程，渡涉十數。山川之惡，諸處鮮並，兵馬出入，所宜慎重。又將帥無謀，不務訓練，坐困糧道，唯請益兵。兵聚城中，無舍可泊，人馬暴露，時苦寒凛。庫緡空虚，不議營構，守禦之術，寂寥無聞。張龍圖言，累陳乞只願領郡，求免軍馬之務，諸將何禀焉。某已有奏章，乞别選人。段待制西人所望，無出右者；明鎬亦知邊事，頗見疚心。如僉議未諧，即某不敢避。儒生之筭，豈能決成，但一方之憂未有當者，此夙夜切切不得已也。

秋霖弗止，禾穗未收，斯民之心，在憂如割。近分擘延安兵馬，作六將教習，由鄜州之始。其於利害，奏牘具焉。

某卯翼門下，雖竭心力，常懼貽知己之羞。此所以罄其短拙，而不知朝廷可否之意，惟待罪而已。不宣，某再拜〔三〕。

【校勘記】

〔一〕秋凉：天曆本、《叢刊》本、康熙本、《四庫》本作「云云」。

〔二〕三十六：康熙本、《四庫》本作「二十六」。

〔三〕不宣某再拜：天曆本、《叢刊》本、康熙本、《四庫》本作「尚遠台座云云」。

與省主葉内翰書

某頓首。竊惟皇上念天下之計至大至重，思得良大夫主之，故寤寐閣下之賢，復有此拜，而人莫得間之，憂國者可不相慶！

然天下之計，其難久矣。自李唐中微，天下多事，諸節度各聚州兵，據征賦以自支，故有尾大不掉之釁起矣。此非唐之本謀，但四方縱横，撲滅不暇，故因其有功而分裂之，蓋不得已也。皇朝開造天下，特革其弊，重兵聚于京師，至于諸節度之兵，亦皆贍于度支，誠長世之策也。然祖宗之初，約天下之入，以周其用，則倍有餘矣。而八九十年間，朝廷全盛，用度日滋，增兵頗廣，吏員加冗。府庫之災，土木之蠹，夷狄之貪，水旱之患，又先王食貨之政，霸王之略，變通之術，不得行於君子，而常梲於群吏，則天下之計宜其難矣。

某出於孤平，感遇非淺，亦嘗面陳君天下之計，而應和者寡，故不得行。及其居外，固當不復爲言。今閣下再領大計，必欲盡心爲國家遠圖，是君子可行之時，非群吏之可梲也。某欲筆削于左右，請公自行之，則慮搢紳多言，謂閣下力革前數君子之爲，以結上意；又欲言于朝廷，俟當閣下主議之，亦懼獲晚節躁言之謗，以故遲遲而莫能發。但媿致身有餘，報國無狀爾。願閣下熟念天下長久之計，考前賢至至之論〔一〕，則必變而通之，非俟某之云云也。殘暑，惟自重爲禱。不宣。某上。

【校勘記】

〔一〕至至：天曆本、《叢刊》本、康熙本、《四庫》本作「至當」。

又

某啓。近辱真誨，答以報之。自信之心，弗改于舊。此金石其誠，對明神而無愧。天下識者，所以重道卿之高，正爲此矣。然國之安危存亡，繫于其人。正人安則王室隆，正人危則天下憂。故君子安其身而後動，易其心而後語。所以身安而國家可保，豈特厚于己耶！漢李膺之徒，黑白太明〔一〕，而禁錮戮辱。雖一身潔清，千古不昧，奈何邪正相激，速天下之禍，漢室亦從而亡之。僕以爲與國同憂之人，宜弗爲也。如與國存亡，則有視死於鴻毛者，豈特輕其己耶！今上睿聖至仁，惟股肱協德，則堯舜同功，天下爲壽。前者數君子感遇激發，而高議直指，不恤怨謗；及群毁交作，一一斥去。雖自信於心，未足爲恥，使太上用忠之意，謂吾道無可信者，此不爲重乎！道卿能不鑑此？宜其與國同憂，無專尚名節，而忘邦家之大，則天下幸甚幸甚！不宣。某頓首。

【校勘記】

〔一〕明：康熙本、《四庫》本作「清」。

上吕相公并呈中丞諮目〔一〕知蘇州時

某諮目，再拜上僕射相公：伏蒙回賜鈞翰，又訪以疏導積水之事，何巖廊之上而意及畎畝？是伊尹耻一物不獲之心也，天下幸甚！

某連蹇之人，常欲省事，及觀民患，不忍自安。去年姑蘇之水，踰秋不退。計司議之於上，窮俗語之於下，某爲民之長，豈敢曲沮焉？然初未甚曉，惑於群説；及按而視之，究而思之，則了然可照。今得一二以陳焉，願垂鈞造審而勿倦，則浮議自破，斯民之福也。

姑蘇四郊略平窊，而爲湖者十之二三。西南之澤尤大，謂之太湖，納數郡之水。湖東一派，濬入于河，謂之松江。積雨之時，湖溢而江壅，横没諸邑，雖北壓揚子江，而東抵巨浸，河渠至多，堙塞已久，莫能分其勢矣。惟松江退落，漫流始下。或一歲大水，久而未耗，來年暑雨，復爲沴焉，人必薦饑，可不經畫！今疏導者，不惟使東南入于松江，又使西北入于揚子之與海也，其利在此。夫水之爲物，蓄而停之，何爲而不害？决而流之，何爲而不利？

或曰，江水已高，不納此流。某謂不然。江海所以爲百谷王者，以其善下之，豈獨不下於此邪！江流或高，則必滔滔旁來，豈復姑蘇之有乎？矧今開畎之處，下流不息，亦明驗矣。

或曰，日有潮來，水安得下？某謂不然。大江長淮無不潮也，來之時刻少，而退之時刻多，故大江長淮會天下之水，畢能歸于海也。

或曰，沙因潮至，數年復塞，豈人力之可支？某謂不然。新導之河，必設諸閘，常時扃之，禦其來潮，沙不能塞也。每春理其閘外，工減數倍矣。旱歲亦扃之，駐水溉田，可救熯涸之災。潦歲則啓之，疏積水之患。

或謂開畎之役，重勞民力。某謂不然。東南之田，所植惟稻，大水一至，秋無他望。災沴之後，必有疾疫乘其羸，十不救一。謂之天災，實由飢耳。如能使民以時，導達溝瀆，保其稼穡，俾百姓不飢而死，曷爲其勞哉？民勤而生，不亦愈於惰而死者乎！

或謂力役之際，大費軍食。某謂不然。姑蘇歲納苗米三十四萬斛，官私之糴，又不下數百萬斛。去秋蠲放者三十萬，官私之糴無復有焉。如豐穰之歲，春役萬人，人食三升，一月而罷，用米九千石耳。荒歉之歲，日以五升，召民爲役，因而賑濟，一月而罷，用米萬五千石耳。量此之出，較彼之入，孰爲費軍食哉！

或謂陂澤之田，動成渺瀰，導川而無益也。某謂不然。吴中之田，非水不殖。減之使淺，則可播種，非必決而涸之，然後爲功也。昨開五河，洩去積水，今歲平和，秋望七八。積而未去者，猶有二三，未能播殖，復請增理數道，以分其流，使不停壅。縱遇大水，其去必速，而無來歲之患矣。又松江一曲，號曰盤龍港。父老傳云，出水尤利。如總數道而開之，災必大減。蘇、秀間有秋之半，利已大矣〔二〕。

畎澮之事，職在郡縣，不時開導，刺史、縣令之職也。然今之世，有所興作，横議先至，非朝廷主之，則無功而有毁。守土之人，恐無建事之意矣。蘇、常、湖、秀，膏腴千里，國之倉庾也。浙漕之任及數郡之守，宜擇精心盡力之吏，不可以尋常資格而授，恐功利不至，重爲朝廷之憂，且失東南之利也。

某已具此聞于相府，仰惟中丞有憂天下之心，爲亦留意於此焉。干冒威重，卑情不任惶懼之至。（又見《吴中水利通志》卷一〇，《三吴水利考》卷八，《（正德）姑蘇志》卷一一，《（嘉靖）南畿志》卷一五，《（康熙）松江府志》卷一五。）

【校勘記】

〔一〕原無此篇，據康熙本補。

〔二〕利：康熙本作「秋」，據天曆本、《叢刊》本改。

祭文

祭謝賓客文

維景祐二年八月日，具位某，謹致祭于故賓客謝公之靈。嗚呼！南有諸謝兮，風流不衰；金玉嗣音兮，非公而誰。大儒之文兮，醇醇而弗醨；君子之器兮，安安而弗欹。升百里之堂兮，仗千里之麾；載循良之吏兮，形愷悌之詩。踐瀛州之華兮，弗驅弗馳；立憲臺之端兮，有威有儀。士患其薄兮，公持重以厚之；士病其躁兮，公恬退以静之。歸去來兮賢哉，遂偃仰以舒遲。坐西臺而甚泰，參東朝而非卑。嗚呼！悵日月兮不留，訴天地兮胡爲？仁者以壽兮，我懷安悲。老成以往兮，我僚何師。賴堂搆之隆兮，天弗我欺。臧孫之後兮，蓋相繼而丕丕。想雲山之秀兮，神實有知。嚴子之鄰兮，可相與而熙熙。國人不得而見兮，望秋光而淚滋。伏惟尚饗！

祭胡侍郎文

維寶元二年六月日，具官范某〔一〕，謹致祭于故侍郎安定公之靈。惟公出處三朝，始終一德。或雍容於近侍，或偃息于外邦。動惟至誠，言有名理。卓茂以禮樂率下，黄憲以度量過人。靡尚威刑，積有陰德。安車以謝，正寢而終。老成云亡，薦紳興慕。某辱知深厚，聞訃驚哀。官守所縻，不皇躬事。嗚呼悲哉，伏惟尚饗！（又見《龍井顯應胡公墓誌》。）

【校勘記】

〔一〕具官范某：天曆本、《叢刊》本、康熙本作「具位某」。以下祭文並同。

祭蔡侍郎文

維寶元二年六月日，具官范某，謹致祭于故參知政事、户部侍郎蔡公之靈。天生鉅公，泰山之東。初矯首於王庭，冠天下之英雄。孤標孑孑，美聲隆隆。顧幽陋之何階，亦卑飛於牓中。瞻公青雲，日大月崇。出處二府，心醇道充。進惟兢兢，退無忡忡。端人之徒，莫不望公。近年京師，密仰清風。立朝禮隔，報國心通。憂愚之直，憫愚之忠。愚貶未還，公出而終。嗚呼！邦之善人，胡福不蒙！欲一問於蒼天，天杳杳而誰窮？尚饗！

祭石學士文

維慶曆三年九月日，具官范某，謹致祭于故友曼卿學士之靈。嗚呼！曼卿之才，大而無媒，不登公卿，善人爲哀。曼卿之筆，顔精柳骨，散落人間，寶爲神物。曼卿之詩，氣雄而奇，大愛杜甫，獨能嗣之。曼卿之心，浩然無機，天地一醉，萬物同歸。不見曼卿，憶兮如生。希闊之人，必爲神明。尚饗！（又見《八代文鈔》。）

祭吴龍圖文

維慶曆三年九月日，具官范某，謹致祭于故龍圖學士兄之靈。嗚呼！與兄相知，積有年矣。行可師法，言皆名理。日重一日，人望公起。憂國憂民，早衰而死。嗚呼！天有五行，播于群靈。惟純惟粹，哲人乃生。厥生不易，厥道未行。一朝往矣，天地何情！嗚呼！我不得知，泣而懷之。又失此人，寧莫我悲。魂兮有生，來休盛時。尚饗！（又見《永樂大典》卷一四〇四六。）

祭吕相公文

維慶曆四年十一月日，具官范某，謹致祭于故相、贈太師令公吕公之靈。嗚呼！富貴之位，進退惟艱。君臣之際，始終尤難。公覿昌辰，宰於庶揆。保輔兩宫，訏謀二紀。雲龍協心，股肱同體。萬國久寧，雍容道行。四鄙多故，憂勞疾生。辭去台衡，命登公衮。以養高年，如處嘉遁。嗚呼！日月迭來，數不可回。兩楹告兆，萬乘興哀。某素游大鈞，猥居近輔。得公遺書，適在邊土。就哭不逮，追想無窮。心存目斷，千里悲風。尚饗！

祭陳相公文

維慶曆四年十一月日，具官范某，謹致祭于故相、太子太師、贈司空、侍中陳公之靈。惟公挺生聖時，素懷偉志。高文醇醇，得聖賢之粹；大節落落，鍾公輔之器。出處三朝，周旋五紀。入調鼎鼐，叶太平之治；出仗旄鉞，當夾輔之寄。忠勞罄宣，踐揚備至。念始終兮覆簣，謝崇高兮脱屣。冠東朝之極品，訪《南華》之深旨。百辟所瞻，五福具美。大數奄終，高風不墜。搢紳仰其遺範，子孫光其餘懿。某行役邊隅，阻趨哀次。望音徽而斷絶，想老成而感涕。尚饗！

祭韓少傅文

維慶曆五年正月日，具官范某，謹致祭于故太子少傅、贈太保韓公之靈。惟公寒苦而立，平直以進。賢材一伸，淑聲大振。天子乃知，命鎮坤維。兩川父老，含哺而嬉。入領中司，進陟二府。邦憲以清，衮職斯補。一德一心，弗愧弗負。偃息近藩，旨酒盈樽。可以卧理，不廢清言。功成名遂，揖讓而退。爲國元老，望高中外。子孫詵詵，禮樂簪紳。積善之報，集于仁人。嗚呼！厥生有涯，終焉惟命。柱石之哀，邦國不幸。尚饗！（又見《文章辨體彙選》卷六八七，《八代文鈔》。）

祭知環州种染院文

維慶曆五年閏五月日，具官范某，謹致祭于故環慶鈐轄、知環州、東染院使种君之靈。惟君少負氣岸兮，聲蓋關輔。青春多難兮，白髮始遇。西戎入寇兮，邊臣共沮。君從邊事兮，獨立不懼。甞故寬州兮，一日百堵。鑿山出泉兮，兵民鼓舞。叛我者攻兮，服我者撫。延安東北兮，俗康財阜。伊余知君兮，屢以才舉。改環之麾兮，禦彼外侮。萬餘族落兮，貪豺狡鼠。畏如明神兮，愛如慈父。朝廷倚之兮，一方柱礎。忽焉長往兮，葬于鄠杜。君子憂邊兮，尚有胡虜。伊余追念兮，心之酸苦。焉得邊帥之盡如君兮，守此西土。尚饗！

祭陜府王待制文

維慶曆五年八月日，具官范某，謹致祭于故天章待制子野親家王公之靈。嗚呼！自古皆有死，公死特可悲。生相門而不驕，幼矻矻而從師。纔十五而器成，獻雄藻于丹墀。天子愛而召試，摛亹亹之英辭。拜登瀛之妙選，與先生而並馳。起風采於臺閣，久優遊於歲時。三借麾以出守，民所至而熙熙。性清方以自處，政坦白而莫欺。往按察於荆楚，方澄清於一陲。惟韓、富之二公，屢密啓於黼帷。乃脩撰於史局，尚未足以施爲。遽侍從於天閣，聳内朝之表儀。俄西鎮於陝郊，懷周召之風規。惟孜孜於生民，將富庶之可期。每布政於畎畝，不飾名於路歧。君子愛之而心醉，小人畏之以神離。凡有志於時者，皆望公於雲逵。矧伊余之相知，懷金石而弗移。曩余謫於江南，靡貴賤而見嗤。公慷慨而不顧，日拳拳以追隨。何交道之斯篤，曾不易於險夷。仰萬石之家聲，結絲蘿以相維。庶子子與孫孫，保歲寒之不衰。嗚呼！叔寶多病兮，一朝已而。顔子不壽兮，厥靈何之！神茫茫兮安問，天杳杳兮曷司。不見子野兮，窮此生而長思。尚饗！

祭謝舍人文

維慶曆六年二月日，具官范某，謹致祭于故紫微舍人希深謝公之靈。惟公雅識懿文〔一〕，發于誠性。著國之史，掌邦之命。臺閣徊翔，搢紳輝映。德業素充，聲猷日盛。賢哉云亡，顔淵不幸。某同年之中，切瑳游泳。今此于藩，復仰前政。不見故人，惄焉如病。尚饗！

【校勘記】

〔一〕「惟公雅」三字原作「雅公推」，據天曆本、《叢刊》本、康熙本、《四庫》本改。

祭同年滕待制文

維慶曆七年三月日，具官范某，謹致祭于故天章待制滕侯同年子京之靈。嗚呼子京，吾人之英。文詞高妙，志意坦明。自登朝闥〔一〕，翕然風聲。言動兩宫，上嘉其誠。乃升諫曹，心膂益傾。謫去江徼，暄凉屢更。曾不齎咨，奉親爲榮。西夏猖獗，僉曰當行。乃藩于涇，有城無兵。渭帥敗覆，戎馬縱横。征夫不復，哭聲連營。弔之綏之，與治其生。復率編民，易服乘城。完此生聚，而不奔驚。援兵四來，擾攘攙搶。犒以牛酒，萬夫豐盈。衆稱其才，達於朝廷。既允公論，俄加寵靈。經略一路，環、慶、邠、寧。愛民之力，彊兵之形。機謀若織，邊陲如扃。御史風言，用度非經。投杼之際，遷于巴陵。巴陵政修，百廢具興。雖小必治，非賢孰能！往臨姑蘇，人喜其升。至未踰月，美聲四騰。遘疾不起，福善何憑！我固當悲，同年之朋。忠孝相勖，悔吝相懲。聞其凋落，痛極填膺。生平意義，忽如弗曾。獨有令嗣，堂構可承。我其撫之，必教而稱。子京勿恤，魂兮高昇。嗚呼哀哉，尚饗！

【校勘記】

〔一〕闥：原作「闈」，據天曆本、《叢刊》本、康熙本、《四庫》本改。

祭龍圖楊給事文

維慶曆七年三月日，具官范某，謹致祭于故龍圖給事楊公之靈。嗚呼！余歲三十兮，從事於譙。獨棲難安兮，孤植易摇。公方監郡兮，風采翹翹。一顧而厚兮，甚乎神交。議必以直兮，中無藏韜。法必在平兮，下無冤號。政事以和兮，不理而調。志議以合兮，不結而牢。公徙宛丘兮，彼豈無僚。獨不我忘兮，且薦且褒。羽翼有漸兮，階于雲霄。二紀之餘兮，恩榮屢叨。公還自蜀兮，勳望益高。余貳國政兮，得其風謡。相目於庭兮，中心昭昭。曾未密啓兮，余出豳郊。謂公將享兮，用于鈞陶。天不輔善兮，公殁于朝。大器未充兮，非夕非朝。思欲報兮，光塵寂寥。子孫有善兮，余撫而招。公之不見兮，惟余心之忉忉。嗚呼哀哉，尚饗！

祭尹師魯舍人文

維慶曆七年四月十一日〔一〕，具官范某，謹致祭于故龍圖舍人師魯之靈。嗚呼！天生師魯，有益當世。爲學之初，時文方麗。子師何人，獨有古意。韓柳宗經，班馬序事。衆莫子知，子特弗移。是非乃定，英俊乃隨。聖朝之文，與唐等夷。繄子之功，多士所推。

堂堂沂公，延於幕中。矯矯文康，薦于四聰。自兹登瀛，坐揚清風。舉止甚直，議論必公。人事多故，遷謫羈旅。子行其志，曾不爲苦。才弗可掩，起于貶所。往貳經略，屢典藩府。自謂功名，如芥可取。黑白太明，吏議横生。斥於散地，頽然不争。惟曰我咎，匪由人傾。天意已回，吉宜大來。于何感疾，益重其災。隱几澄神，而已焉哉！嗚呼！人皆有死，子死特異。神不惑亂，言皆名理。能齊死生，信有人矣。嗚呼！與子往還，抑亦有年。今見其終，益知子賢。故友門人，對泣漣漣。哀哉，尚饗！（又見《河南先生文集》附録。）

【校勘記】

〔一〕四月十一日：原作「四月日」，據天曆本、《叢刊》本、康熙本、《四庫》本改。

祭故相太傅李侍中文

維慶曆七年十一月日，具官范某，謹致祭于故太傅侍中之靈。惟公生于東魯，早游聖門。育文若豹，就志如鯤。巍巍章聖，仄席臨軒。天下英雄，雲翔駿奔。公冠其首，光華帝閽。嘉猷日沃，威顔日温。十數年間，秉持大鈞。言必讜直，道惟忠純。或出或處，有屈有伸。兩朝真宰，一德良臣。白髮仗鉞，氣猶過人。青宫作傅，禮能退身。優游養壽，静默含真。人仰如仙，上待如賓。門館憧憧，子孫詵詵。咸聞詩禮，並列簪紳。人間之盛，公無不臻。嗚呼！天地之數，聖賢一均〔一〕。高明而終，精爽必神。念昔登門，遇厚情親。曾莫之報，是寧不仁。東嚮何爲，歎惋悲辛。嗚呼哀哉，尚饗！

【校勘記】

〔一〕一：天曆本、《叢刊》本作「惟」。

祭葉翰林文

維皇祐元年十月日〔一〕，具官范某，謹致祭于故内翰、侍讀學士、諫議葉公之靈。嗚呼！賢哉道卿，鍾乎粹靈。秀格峨峨，英采熒熒。濬學偉文，發於少齡〔二〕。決策三篇，萬儒竦聽。闊視霄路，直步雲庭。天然清流，不雜渭涇。西垣北門，大筆未停。爲藩爲翰，于澶于青。乃牧京兆，關輔以寧。再主大計，寔營寔經。慷慨國論，冒于雷霆。出守河橋，期歸闕庭。一夕奄去，天地冥冥。

嗚呼！遘時甚盛，得主惟聖。謂道必行，謂事必正。高節莫屈，直言屢諍。朝廷風采，搢紳輝映。天子知人，期以輔政。弗諧而去，能不曰命！

嗚呼！僕與公知，則相知心。蓬瀛共舍，切瑳規箴。蘇秀鄰邦，唱酬謳吟。相許道大，交薦言深。久要之意，不爲浮沉。今也云亡，絶絃于琴。白髮相失，清淚難禁。音問一斷，憂愁百侵。古之遺直，千載猶欽。生平之交，情何以任！哀哉，尚饗！（又見《中吴紀聞》卷三。）

【校勘記】

〔一〕十月日：天曆本、《叢刊》本、康熙本、《四庫》本作「己丑十月庚申朔日」。

〔二〕少：天曆本、《叢刊》本、康熙本、《四庫》本作「妙」。

祭杜待制文

維皇祐三年正月日，具官范某，謹致祭于故環慶經略、待制杜君之靈。嗚呼！大儒之門，生此令人。學深如海，文敏若神。群經衆史，精微悉臻。長疏大議，慷慨屢陳。藹然風采，出乎搢紳。寇發嶺南，猖狂不臣。通彼鬼夷，毒我天民。妻子以驅，室廬以焚。降之則變，撫之不馴。一方瘡痍，嗷嗷呼冤。朝廷軫憂，擇使在人。命君以往，萬里其勤。去惡務本，豈曰不仁。數百就擒，戮於逡巡。賊怨我當，民枉我伸。于今幾年，一邊無塵。君之剛果，温造其倫。聖獎休烈，屏諸讒言。擢爲侍從，寄以藩垣。邠寧一道，制于中軍。忽焉疾至，不起以聞。天子震悼，惜其忠純。嗚呼！既鐘其才，弗以壽存。一舉之功，亦已不泯。我實知君，嘗以表論。今也云亡，痛楚悲辛。尚饗！

祭英烈王文

年月日，具官范某，謹昭告于英烈王之神〔一〕。惟王孝於其親，可以訓天下之爲人子者；忠於其君，可以訓天下之爲人臣者。惟忠孝之至誠，與天地而不泯。宜乎廟食兹土，仰之如在。某嘗叨近輔，來守是邦，憂國愛民，此其職也。今春稼方立，霪雨大至。川源奔注，田畝浸溢。生民之命，實繫於斯。人將不堪，神豈無意！救兹億兆，非王而誰？尚饗！（又見《皇朝文鑑》卷七六，《歷代名賢確論》卷七三。）

【校勘記】

〔一〕昭告：天曆本、《叢刊》本、康熙本、《四庫》本作「致祭」。

范文正公文集卷第十二

碑

唐狄梁公碑

天地閉，孰將闢焉？日月蝕，孰將廓焉？大厦仆，孰將起焉？神器墜，孰將舉焉？巖巖乎克當其任者，唯梁公之偉歟！

公諱仁傑，字懷英，太原人也。祖宗高烈，本傳在矣。公爲子極于孝，爲臣極于忠。忠孝之外，揭如日月者，敢歌于廟中。公嘗赴并州掾，過太行山，反瞻河陽，見白雲孤飛，曰：「吾親在其下。」久而不能去，左右爲之感動。《詩》有陟岵陟屺，傷君子于役，弗忘其親，此公之謂歟！于嗟乎，孝之至也，忠之所繇生乎！

公嘗以同府掾當使絶域，其母老疾，公謂之曰：「奈何重太夫人萬里之憂？」詣長史府請代行。時長史、司馬方眦睚不協，感公之義，歡如平生。于嗟乎，與人交而先其憂，况君臣之際乎！

公爲大理寺丞，決諸道滯獄萬七千人，天下服其平。武衛將軍權善才坐伐昭陵柏，高宗命戮之，公抗奏不卻。上怒曰：「彼致我不孝。」左右築公令出。公前曰：「陛下以一樹而殺一將軍，張釋之所謂假有盜長陵一抔土，則將何法以加之？臣豈敢奉詔，陷陛下於不道？」帝意解，善才得恕死。于嗟乎，執法之官，患在少恩，公獨愛君以仁，何所存之遠乎！

高宗幸汾陽宫，道出妬女祠下。彼俗謂盛服過者，必有風雷之災。并州發數萬人別開御道。公爲知頓使，曰：「天子之行，風伯清塵，雨師灑道，彼何害哉！」遽命罷其役。又公爲江南巡撫使，奏毁淫祠千七百所，所存惟夏禹、太伯、季子、伍員四廟。曰：「安使無功血食，以亂明哲之祠乎？」于嗟乎，神猶正之，而况於人乎！

公爲寧州刺史，能撫戎夏，郡人紀之碑。及還豫州，會越王亂後，緣坐者七百人，籍没者五千口。有使促行刑，公緩之，密表以聞曰：「臣言似理逆人，不言則辜陛下好生之意。表成復毁，意不能定。彼咸非本心，唯陛下矜焉。」敕貸之，流于九原郡。道出寧州舊治，父老迎而勞之曰：「我狄使君活汝輩耶？」相攜哭于碑下，齋三日而去。于嗟乎，古謂民之父母，如公則過焉。斯人也，死而生之，豈父母之能乎！

時宰相張光輔率師平越王之亂，將士貪暴，公拒之不應。光輔怒曰：「州將忽元帥耶？」對曰：「公以三十萬衆除一亂臣，彼脅從輩聞王師來，乘城而降者萬計，公縱暴兵殺降以爲功，使無辜之人肝腦塗地。如得尚方斬馬劍加於君頸，雖死無恨。」光輔不能屈，奏公不遜，左遷復州刺史。于嗟乎，孟軻有言，威武不能屈，是爲大丈夫，其公之謂乎！

爲地官侍郎、同鳳閣鸞臺平章事，爲來俊臣誣搆下獄。公曰：「大周革命，萬物惟新。唐朝舊臣，甘從誅戮。」因家人告變，得免死，貶彭澤令。獄吏嘗抑公誣引楊執柔，公曰：「天乎，吾何能爲！」以首觸柱，流血被面，彼懼而謝焉。于嗟乎，陷穽之中，不義不爲，況廟堂之上乎！

契丹陷冀州，起公爲魏州刺史以禦焉。時河朔震動，咸驅民保郛郭。公至，下令曰：「百姓復爾業，寇來吾自當之。」狄聞風而退，魏人爲之立碑。未幾入相，請罷戍疏勒等四鎮，以肥中國。又請罷安東，以息江南之饋輸。識者韙之。北狄再寇趙、定間，出公爲河北道元帥。狄退，就命公爲安撫大使。前爲突厥所脅從者，咸逃散山谷。公請曲赦河北諸州，以安反側。朝廷從之。于嗟乎，四方之事，知無不爲，豈虚尚清談而已乎！

公在相日，中宗幽房陵，則天欲立武三思爲儲嗣。一日問群臣可否，衆皆稱賀，公退而不答。則天曰：「無乃有異議乎？」對曰：「有之。昨陛下命三思募武士，歲時之間數百人。及命廬陵王代之，數日之間應者十倍。臣知人心未厭唐德。」則天怒，令策出。

又一日，則天謂公曰：「我夢雙陸不勝者何？」對曰：「雙陸不勝，宫中無子也。」復命策出。又一日，則天有疾，公入問閤中。則天曰：「我夢鸚鵡雙翅折者何？」對曰：「武者陛下之姓，相王、廬陵王則陛下之羽翼也，是可折乎？」時三思在側，怒發赤色。則天以公屢言不奪，一旦感悟，遣中使密召廬陵王矯衣而入，人無知者。乃召公坐于簾外而問曰：「我欲立三思，群臣無不可者，惟俟公一言。從之則與卿長保富貴，不從則無復得與卿相見矣。」公從容對曰：「太子天下之本，本一摇而天下動。陛下豈以一心之欲，輕天下之動哉！太宗百戰取天下，授之子孫，三思何與焉？昔高宗寢疾，令陛下權親軍國。陛下奄有神器數十年，又將以三思爲後，如天下何？且姑與母孰親，子與姪孰近？立廬陵王，則陛下萬歲後享唐之血食，立三思則宗廟無祔姑之禮。臣不敢愛死以奉制，陛下其圖焉。」則天感泣，命褰簾使廬陵王拜公曰：「今日國老與汝天子。」公哭于地，則天命左右起之，拊公背曰：「豈朕之臣，社稷之臣耶！」已而奏曰：「還宫無儀，孰爲太子？」於是復置廬陵王於龍門，備禮以迎，中外大悦。于嗟乎，定天下之業，斷天下之疑，其至誠如神。雷霆之威，不得而變乎！

則天嘗命公擇人，公曰：「欲何爲？」曰：「可將相者。」公曰：「如求文章，則今宰相李嶠、蘇味道足矣。豈文士齷齪，思得奇才以成天下之務乎？荆州長史張柬之，真宰相才，誠老矣，一朝用之，尚能竭其心。」乃召拜洛州司馬。他日又問人於公。對曰：「臣前言張柬之，雖遷洛州，猶未用焉。」改秋官侍郎。及召爲相，果能誅張易之輩，返正中宗，復則天爲皇太后。于嗟乎，薄文華，重才實，其知人之深乎！又嘗引拔桓彦範、敬暉、姚元崇等至公卿者數十人。

公之勳德，不可彈言。有論議數十萬言，李邕載之别傳。論者謂松柏不夭，金石不柔，受於天焉。公爲大理丞，抗天子而不屈；在豫州日，拒元帥而不下；及居相位，而能復廢主，以正天下之本。豈非剛正之氣出乎誠性，見于事業？當時優游薦紳之中，顛而不扶、危而不持者，亦何以哉！

某貶守鄱陽，移丹徒郡，道過彭澤，謁公之祠而述焉。又系之云：

商有三仁，弗救其滅。漢有四皓，正於未奪。嗚呼！武暴如火，李寒如灰。何心不隨，何力可回？我公哀傷，拯天之亡。逆長風而孤騫，愬大川以獨航。金可革，公不可革，孰爲乎剛？地可動，公不可動，孰爲乎方？一朝感通，群陰披攘。天子既臣而皇，天下既周而唐。七世發靈，萬年垂光。噫！非天下之至誠，其孰能當！（又見《隴右金石録》卷三，《雍大記》卷三二，《唐宋名賢確論》卷八，《永樂大典》卷六七〇〇。）

宋故乾州刺史張公神道碑〔一〕

舜，天下知其德也，惟歷試諸難。禹，天下知其功也，惟盡力溝洫。聖人率天下以勤，故能成其務。逮夫王道缺漓，坐飾話言，六代之風，亡實而落，君子弗觀也。我朝用舜禹之道，平成萬邦，風化天下，於諸使莫敢不勞，而有清河張公爲之最焉。天貽厥心，則明則粹，拳拳四方，老於王盬，爲舜禹之臣至矣。

公諱綸，字昌言。其先因職命氏，源流蓋遠。孝友之基，自仲而大。五世食韓，並爲正卿。厥生帝師，首造大漢。唐失公謹，文皇以慟。暨安史亂華，衣冠喪緒。降及五代，不可以禄。幽芳密照，需于遠郊。今爲汝陰人也。皇考諱震，王考諱元，皆含仁竦義，映于一鄉。考諱煦，累贈尚書都官郎中。太夫人翟氏，累封高平縣太君。

都官端修有大識，謂時否之傾，家可起也，與夫人諄諄蚤暮，篤子以文。公刻景鍛志，鏗然有就。既而慷慨與人語方略，郡國異之。以造秀再送于春官，所尚弗合，退居于易。時太祖既定大業，太宗乃輯群瑞，經營天下。使旌交路，復署士三班，以走命于四方。公曰：「抱關擊柝，昔賢或爲之。」部以名聞，首充其選。自兹周旋，至于光大。其進秩也，四命至東頭供奉官、閤門祗候。歷崇班，承制于内殿，改禮賓、六宅副使。遷文思使、昭州刺史。荐拜西上、東上閤門使，除乾州刺史。其更任也，淳化中，主榷酤于大名之屬邑。及王鈞亂蜀，方行天討，公使于軍中。賊平，監慶州兵馬。西戎方豪，我摧其鋒，遷益簡路都巡檢使。真宗皇帝思清天下之刑，命公按荆湖諸州獄。還，乃刺舉畿赤，制權右，振綱目也。俄以邊略典辰溪郡。又平凉、鎮戎二城，西陲之機鍵，公歷專之。南夷再亂，持節安撫辰、鼎、澧三州溪洞。事定，朝廷以東南諸路鹽鐵饋運之重，命使孔艱，及公而諧，六年有大績。遷領天水郡，實提重兵，以壓庶羌，蓋西諸侯之長焉。及朝廷有均勞之議，徙横海軍，又徙瀛州，充高陽關兵馬鈐轄，重北門也。歲餘請老，不獲命，復莅清池郡。已而露章至于再三，今上念功不廢，詔以本郡寵之，爵命如故，時景祐紀號之二載也。明年孟春庚寅，啓手足于正寢，享年七十有五。上聞而悼之，舉延世之典，命二子進級。即以仲月庚申，葬于汝陰縣之懷音鄉，從先域也。

公初娶富春孫氏，再娶彭城劉氏。生子曰孝竭，與夫人皆亡。今夫人江夏黄氏，出大夫之宗，能循法度，封本邑君。生子曰孝標、孝孫，皆早世；曰紹宗，今爲侍禁；曰紹先，爲殿直，並幼。公位登二千石，權嘗亞大總管，階至光禄，爵爲郡公，考終于鄉邦，國人榮之。君子謂不充其器。

初，蜀師之役，中軍雷侯有終，辟公以行，如左右手。平定坤維，公有力焉。時降寇八百人叛，據巖險，中軍督公追斬，戒無遺類。公往視之，曰：「此窮寇也，急之生患。」乃諭其向背，寇莫不誠聽，束手歸公，以見中軍，而全活焉。《詩》云：「正直是與，神之聽之。」而況於人乎！

公再至益、簡，屬寇戎之後，民求息肩。新軍復驕，且敢肆暴。公曰：「兵猶火也，將不可嚮邇。」磔數輩麾下，其衆乃戢，蜀人賴之。《詩》云：「民亦勞止，汔可小休。式遏寇虐，無俾民憂。」

公之典辰溪也，彼夷人中彭姓一族，稱其彊黠。溪洞數州，署兄弟以爲守，國家因其請焉。後乃驕叛邊鄙，既襲城邑，朝廷患之。公至，築蓬山館，理新興栅，以要其夷道，且省戍兵。條舉十事，不及四五，而有平凉之行。夷又侵我，帝復召公曰：「僉謂彼可殲焉，朕惟弗忍，汝往圖之。」公再拜稽首曰：「惡草雖微，天地不能絶其類，先王敺之，無猾夏爾。」帝曰：「俞，惟康厥民居。」公馳傳以臨。謂彼夷者，不威不懲，不見利不勸，乃以諜夫駭其族曰：「天家使且至，方檄兵四道，焚若山林，毁若巢穴，弗滅弗已。」夷乃大懼，請命。公曰：「納爾爵秩，歸我老孺，天子聖且仁，吾爲若請[二]。」夷如其教，乃疾置以聞。詔原之，復其命數，貢賜如平日。生齒之還者，對以刀布，作石柱，刻夷人之誓，揭于疆首。自茲威懷，迄今將二十年，蔑復爲患。《詩》云：「式固爾猷，淮夷卒獲。翩彼飛鴞，集于泮林。食我桑黮，懷我好音。」謂夷如惡禽，亦感而化。

然公之使東南也，鹺利方剩，議者咸峻文重禁〔三〕，以籠其民。公曰：「天與之，我取之，又可戕乎！」奏通、泰、楚三州亭民，除其宿逋，佑以熬波之具，貨入于縣官，而增與之直，民力遂振。復創杭、秀、海三郡鹽亭，自是鹽筴大充于諸路。信乎，「百姓足，君孰與不足？」

時江東大水，民胥艱食，公請治五渠以洩于海。議者謂：「澤國下流，江海與平，彼潮者通夜不息，沙從而塞，欲導焉而何極？」公曰：「不然，江海善下，故能爲百谷王。彼日之潮，有損與盈。三分其時，損居二焉。衆川乘其損而趨之，曾莫禦哉！彼沙者，歲月而積，闢以農隙，豈安於災而恡乎力？」僉從我謀，而蘇、秀蒙其利。又淮南漕河界湖之東偏，歲時決溢，汩我農畝，涸我糧道。公請增長堤二百里，旁錮巨石，爲十闥以疏其橫流。舍役伍于堤上，不力一民而日廣月高。復樹以美木，今山陽郡東歷高郵，抵廣陵，塗無畏日，南北人歌焉。《詩》云：「蔽芾甘棠，勿剪勿伐，召伯所茇。」謂思其人，愛其樹也。

又海陵郡有古堰，亘百有五十里，厥廢曠久，秋濤爲患。公請修復，議者難之，謂將有蓄潦之憂。公曰：「濤之患，歲十而九；潦之災，歲十而一。護九而亡一，不亦可乎！」且請自爲郡而圖焉。詔以本使兼領之。堰成，復逋户二千有六百。郡民建生祠以報公，于今祠之。《詩》云：「樂只君子，民之父母。樂只君子，德音不已。」謂利及生民，則樹無窮之名焉。

公嘗使于夏臺，時納款惟初，見公之儀，知朝廷禮樂，始盡其心焉。復三使于北疆，聽公之言，知天子神聖，永懷其好焉。《詩》云：「四國于蕃，四方于宣。」謂夷狄爲患，則往蕃屏之；恩澤弗暨，則往宣暢之。其公之謂乎！

逮于貳膳之年，聖倚彌重，歷雄武、河間、横海三大鎮。時天下無事，公謹其法制，安以清浄，如叔子之在襄陽，仁信著于疆外。

公長七尺，氣勇過人。昔在西北，歷戰十二，大弓長甲，操擐自若，諸將伏其彊力。公性剛不遠仁，故無暴；明不深物，故無怨。孝親之心，皓首如孤時，言必涕下，感動左右。復常好施，與宗族同其有亡。中外孤藐，一養于家。雖享禄不薄，屢膺蕃庶之賞，徹樂之日，門中索然。舊淮汴間運卒凍殍，歲常比比。及公爲使，每冬以俸泉市絮襦千數，衣其不自存者，且飼而休之，使得卒歲，曰：「此有司之過，那使僵仆道途，以累上仁？」其愛君勤人如此而深也。

今文武班有考績之制，率當自表，公曰：「國家廉讓之風未衰，則吾豈敢？」終身不爲言。其階于通顯，並天子疇其勳異，不得而謝焉。公祇事三朝，幾五十年，無一銖之罰。

又景德而降，權寄不絶，保任官材僅三百人，一無累者。其明哲於人如此而博也。公發身如班定遠，事邊如馬伏波，修水利如邵南陽，議食貨如耿大農。有一于兹，名聳後世，公實兼之，宜其被金石而不朽矣。

將終，召掾曹沛國朱寀草理命於牀下，且謂某嘗從事于使部，僅知所存。「在甲令，五品而上，立神道碑。如不得已，宜爲我請。」孝子致其詞，某不敢讓。惟公雄謀偉行，布于四方，非耳目可涯；又多陰德，於人無能名焉。敢言其略，以顯我國家君子之休。

其銘曰：

天生張侯，維潁之濱。星萃于上，炳爲哲人，儀兹聖辰。維侯之德，柔文剛武。弗無矜寡，弗有彊禦，猶仲山甫。維侯之言，乃宣聖謨，于彼西北。西北有孚，邦家之樞。維侯之功，克顯克大。攘彼戎寇，禦彼災害，吾民是賴。我生既勤，我年斯臻。乃懷故園，乃謀嘉賓。鼓缶而嬉，以休厥身。帝錫我侯，歸牧于鄉。錦裘煌煌，鸞衡鏘鏘。故老飲歌，吾閭之光。我侯爲何？四方是力。誠加於物，心竭于國，始終一德。侯斯往焉，帝用惻然。遺烈在人，史其舍旃，垂千萬年。（又見《名臣碑傳琬琰集·上集》卷一八，《續資治通鑑長編》卷九四原注。）

【校勘記】

〔一〕康熙本、《四庫》本「碑」下有「銘」字。下兩篇皆同。

〔二〕若：原作「君」，據《續資治通鑑長編》卷九四原注改。

〔三〕峻：原作「浚」，據天曆本、《叢刊》本、康熙本改。

宋故衛尉少卿分司西京胡公神道碑

公諱令儀，字某，開封陳留人也。曾祖瑜，祖紹，屬唐季五代之否，嘉遁不顯。父弼，累贈尚書刑部侍郎。妣某氏，贈滎陽縣太君。

初，侍郎覩皇家之興，乃以儒行教子曰：「可仕矣。」公夙夜簡編，絶而復續。雍熙中，以明經中第，解褐涇州良原尉。丁太夫人憂，服除，補潁川郡法掾。又居侍郎之喪，皆哀毁過人，鄉閭志之。既練，朝廷以前公在潁川，辨析冤獄，嘗活人於死，特令陛見。拜大理評事，知泰州海陵縣。時江淮内屬未久，吏姦民嚚，凌弱暴寡，視宰政如兒戲。公至，則先令後刑，必行無回，人皆凜然憚之，始服事于官上，蓋有西門豹之風焉。遷光禄丞，充刑部詳覆官。閲天下案牘，駁議無隱，一切以正。

真宗嗣位，改大理丞。會三門發運判官以不職聞，朝廷銓其材，以公代之。秩滿，守巴漢郡，賜五品服。天子升岱宗，慶均内外，遷太子贊善大夫。歸朝，進殿中丞，領高密郡。徙治定襄，遷國子博士，拜虞部員外郎，典歷城郡。郡數萬户，多用豪力，二千石鮮不受侮。公正色直心，視之無難。會河決白馬，爲朝廷憂，詔發數十州兵民塞之。科賦暴急，後期者，官吏有不測之咎。諸道皆奔走，民負敲扑。公於部中擇其挾貴人勢力、州縣不敢動者一二家，薄責于庭，衆皆大懼，曰：「是家不可緩，況吾屬耶？」咸輦其薪，晝夜以西，比諸州率先以濟。由是民不被楚，吏不坐責。其幹力如此。

徙隴城郡，歷比、駕二部外郎。在郡未幾，破姦發伏，有神明之號。朝廷諒其公，命提點河北諸州刑獄事。諸州望風以畏，莫有冤者。拜主客郎中，充淮南轉運使，賜服三品。改陝西轉運使，且許入覲。進金部郎中。西陲宿兵，食貨爲大。公視民豐儉，斂收以時。邊廩始充焉。除河北轉運使，未踰月，朝廷以河東方窘財用，改河東轉運使。公請借民飛輓，以實邊郡。人或媒孽，以爲非便。朝廷惑其説，徙守回中郡。既而代公者復行前議，公得辯。

改知鳳翔府，且有錫勞。部中每歲造舟六百艘，供大河饋運，必借民操篙，沿渭而下，以達于河，凡有覆溺，破産而償。吏私諸豪，專擾下户。公重爲立法，使得均一，于今民道之。明道初，旱蝗西飛，關中被其害，獨不入岐下，人咸異之。寮屬請以上聞，公曰：「昔劉琨爲郡而虎渡河，及帝問之，琨曰：『偶然爾。』此劉公所不敢當，於吾何有？」聞者謂公質厚，有古人之心焉。遷司勳郎中，亟召還臺。公歎曰：「吾年七十有五，精力猶彊，恩獎未衰，豈不自知其止耶？」遂告老于朝，有詔嘉之，拜衛尉少卿，分司西京。

公既退，即家于長安。聚書數千卷，教子孫，樂林泉，每誦白傅歌詩，以怡性情。凡十二年而終，實某年某月也。享年八十有七。以某年某月，歸葬于開封之某鄉某里，附先侍郎之塋。

公少尚嚴毅，老益精明，斥惡與善，始終一節，古所謂老成人者歟！夫人張氏，封内鄉縣君，先公而亡。有三子，長曰遠，大理寺丞；次曰規，耀州三原主簿；次曰拱辰，成州團練推官。女七人，長適進士蘇贄；次早亡；次適閤門祇候陳惟一；次適臨濮主簿劉淑；次適太子中舍邢保雍；次適大理評事韓仁哲；次適將作監主簿趙士安。孫男七人，並登仕籍。

初，天聖中，余掌泰州西溪之鹽局，目秋潮之患，浸淫于海陵、興化二邑間，五穀不能生，百姓餒而逋者三千餘户。舊有大防，廢而不治。余乃白制置發運使張侯綸，張侯表余知興化縣，以復厥防。會雨雪大至，潮洶洶驚人，而兵夫散走，旋濘而死者百餘人。道路飛語，謂死者數千，而防不可復。朝廷遣中使按視，將有中罷之議。遽命公爲淮南轉運使，以究其可否。公急馳而至，觀厥民，相厥地，歎曰：「昔余爲海陵宰，知兹邑之田特爲膏腴，春耕秋穫，笑歌滿野，民多富實，往往重門擊柝，擬於公府。今葭葦蒼茫，無復遺民，良可哀耶！」乃抗章請必行前議。張侯亦請兼領海陵郡，朝廷從之。公與張侯共董其役，始成大防，亘一百五十里，潮不能害，而二邑逋民悉復其業。余始謀之，以母憂去職，二公實成之。今二十餘載，防果不壞，非公之同心，豈及於民哉！其子以余知公所存，懇請爲銘而不讓。辭曰：

胡公之生，皇朝之始。覯文斯興，執經以起。自邇而遐，幹于王家。法以持姦，政以塞邪。七守列藩，四當外計。曰勤曰恭，克威克惠。告老于君，以休吾身。鼓缶而歌，十有二春。子子孫孫，詵詵濟濟。九十其幾，手足云啓。福歟壽歟，有終有初。豐碑巖巖，我得而書。

宋故太子賓客分司西京謝公神道碑

皇家起五代之季，破大昏，削群雄，廓視四表，周被萬國，乃建禮立法，與天下畫一。而億兆之心帖然承之，弗暴弗悖，無復鬭兵于中原者登九十載。蓋祖宗遠筭善樹於前，累聖求賢，多得循良廉讓之士布于中外，而致兹善俗歟！如陳留謝公，可謂循良廉讓之君子矣。

公諱濤，字濟之。幼而奇敏，十四歲講《左氏春秋》，先生咸器之。及冠，居姑蘇郡。

時翰林王公禹偁、拾遺羅君處約並宰蘇之屬邑。二人相謂曰：「與濟之揚榷天人，蓋吾曹敵也。」自兹名重於時。

淳化三年春，擢進士第，除梓州榷鹽院判官。會盜據成都，發其徒攻郡縣，公白二千石曰：「梓大而近，彼畏我梗，必先圖得我，則小於梓者可傳呼而下，願急爲之防。近郊多林木，可先伐之，以置樓櫓，且備樵爨，爲久守之具。」二千石從之。寇果圍我，我備既堅，十旬弗破。賊沮而留，勢未大克。以及王師之來，遂用撲滅。

事平，就遷梓州觀察推官，賜器幣，外臺遣權知益之華陽縣。時寇亂之餘，民多散亡，未復厥居。上言者請募人占田，可倍其租，朝廷從之，於是有力者得并其田。公曰：「奪民世産，以資富人，復將召其怨辭，豈朝廷之意耶！」乃盡取其田，以歸于民。還拜著作佐郎。太宗面詔通判大藩，得壽春郡，後移高安郡，改知興國軍，就除太常博士。

真宗即位，鋭意任人。一日，中出朝士姓名有治狀者凡二十四人，付中書門下，令驛召至闕。公在召中，得對于長春殿，上説，賜五品服，即呼通事舍人送試學士院。明日，邊有急奏，上議北征。又京東有彊寇驚郡縣，而曹南闕守。朝廷慮之，遂命公往。改屯田員外郎。至郡稱治，寇不敢犯。有兇人趙諫者，冒鄉薦名與諸弟出入都下，交權勢，結豪俠，乘人之弊，用以告訐。或任威詐，而大致富彊，人畏如豺虎。公即圖之，患僚佐不一其力，俄會故御史中丞李公及始來倅曹。李公，時之端人也。與公協心發其家，盡得兇狀，奏之朝廷。命御史府案覆，諫之兄弟皆斬于都市。乃下詔曰：凡民非干己事，無得告言。遂著于令。自是天下訟息而刑清矣。

朝廷以西蜀僅寧，細民猶或搖之，俾公安撫兩川。用天子恩意，諭其父老，皆從而按堵。復命之日，舉兩川能吏三十餘人。執政疑其多，公請連坐，事遂行，後皆至臺省。又别詔委公與益牧張公詠議造大鐵錢，乃窮其利害，使盜鑄息而物估平，蜀人于今便之。

歷三司度支判官，出守海陵、新安二郡，就遷度支、司封員外郎。公在三司日，嘗舉榷茶官，至是坐所舉不職免。尋以度支員外郎起倅河南府。馮魏公薦公文行，真宗簡在既久，即命召試，除兵部員外郎、直史館、判三司理欠憑由司，出爲兩浙轉運使。公大雅之器，恥尚文法，雖任在按察，而誠意坦然。且曰：「吾欲吏樂其職，民安其俗爾，士人黑白豈不明乎？安用伺於毫髮，使惴惴如虺蜴然，取詩人之譏耶？」還臺，進禮部郎中，判司農寺，拜以本官兼侍御史知雜事。清静端介，百辟望其風采。

乾興初，進户部郎中。先帝大行，有司治靈駕象物，其制高大，請自京至陵，凡郭門民舍有妨其往者毁之。公上言曰：「先帝封泰山，祀汾脽〔一〕，儀衛至盛，不聞有所毁去。今遺詔丁寧，正如漢文帝專務儉薄，豈以攸司奪先帝意？願陛下裁損。」搢紳韙之。俄求東歸，除吏部郎中、直昭文館、知會稽郡。還拜太常少卿、判登聞檢院。又得請權西京留守司御史臺，就拜秘書監，遂分務洛下。朝廷嘉其恬退，遷太子賓客。嗣子迎侍于京師。以景祐元年十月三十日薨，享年七十有五。以明年八月二十一日歸葬于富陽。寶元元年，贈禮部尚書。

謝氏之先，出黄帝後。始爲十姓，謝居一焉。三代以還，不顯其大，至晉宋乃爲盛族。公之七世祖汾，居河南之緱氏。五世祖希圖，卒于衢州刺史。時唐季喪亂，乃葬于江東嘉興郡。子孫三世，禄于吴越。曾祖諱廷徽，處州麗水縣主簿。祖諱懿文，杭州鹽官縣令，葬于富陽，遂爲富陽人。父諱崇禮，從錢氏歸朝，爲泰寧軍節度掌書記、檢校左散騎常侍，累贈尚書户部侍郎。母崔氏，贈博陵縣太君。公之弟四人：曰炎，有文於時，與盧稹齊名，時人謂之「盧謝」，國史有傳，終于公安令；鍇〔二〕，爲某官；杲〔三〕，從方外學，號安隱師；坦，爲某官。公娶夫人許氏，先公而終。生男三人：長曰絳，至兵部員外郎、知制誥，後公幾年而亡。次曰約，將作監主簿，以敏才稱；次曰綺，太廟齋郎，俱早世。女四人：長適前進士周盤，次適殿中丞梅堯臣，次適太常博士傅瑩，次適大理寺丞楊士彦。孫四人：景初，大理評事，宰越之餘姚縣；景温，太常寺太祝，宰越之會稽縣；景平，將作監主簿；景回，尚幼。

公姿格竦異，不事修飾，天然有雅遠之範，未嘗阿於貴勢。見賤士，必温禮接之。知人之善，稱道弗舍；聞人之過，懼弗克掩。故終身不聞怨言。公始以文學中進士上第，而長子長孫，世踐其科。又父子更直館殿，出處僅二十年，皆衣冠之盛事。

厥孫以公善狀請文于碑。某於公有家世之舊，又與舍人爲同年交，愛公治有循良之狀，退得廉讓之體，足以佑風化而厚禮俗，敢拳拳以銘云：

巍巍我宋，宅天而君。恢遠以威，革暴以文。濟濟吾儒，多良大夫。中外共治，休寧八區。猗哉謝公，周旋其中。在梓禦寇，至曹除兇。天子念蜀，猖狂始復。命公撫之，鼓歌其俗。偃仰藩屏，雅和其政。徊翔臺閣，清修其行。人尚刻明，我質而平，厥民以寧。人必夸競，我休而静，其道乃勝。于嗟乎！壽以仁至，名繇德全。有子與孫，相繼而賢。誠乎誠乎，聖人積善之誨，不吾欺焉。（又見《名臣碑傳琬琰集·中集》卷四〇。）

【校勘記】

〔一〕脽：原作「睢」。按汾脽即汾陰脽，見《漢書·武帝紀》元鼎四年。據改。

〔二〕鍇：天曆本、《叢刊》本、康熙本、《四庫》本作「鎬」。

〔三〕杲：天曆本、《叢刊》本、康熙本、《四庫》本作「果」。《名臣碑傳琬琰集·中集》卷四〇亦作「果」。

范文正公文集卷第十三

碑

宋故同州觀察使李公神道碑〔一〕

聖王之教萬民也，資天地之生以爲食，藉山海之出以爲貨。食均于上下，貨通于遠邇，則可以供郊廟，廩卿士，聚兵以征伐，振民於災害。然非得絶代能臣，持變通之數於天下，則孰與成當世之務哉！故夷吾作輕重之權以霸齊，桑羊行均輸之法以助漢。近則隋有高熲〔二〕，唐有劉晏，皇朝有左丞陳公恕，是皆善天下之計者也。爾後朝廷雖重此任，而常難其才。天禧三年七月甲戌，制曰：樞密直學士、刑部侍郎士衡可三司使。告謝之日，天子面褒其能，屬以大計，賜内帑錢二百萬緡以助經費，復親製《寬財利論》以賜之。公當職五年間，天子有事于南郊，又御端門，既今上即位，並大賚天下。至于真宗山陵，再塞大河之決，其供億不可勝紀。公皆優游以辦，霈然有餘力。蓋周知天下之利，使流而不竭，中外服其通焉。

公字天均，隴西成紀人也。曾祖渙，贈尚書屯田郎中。祖徹，贈左諫議大夫。父益，贈吏部尚書。尚書娶惠氏，贈扶風郡太君。生子五人，公居其仲。

幼負氣節，從鄉先生學，即有聲于西州。太平興國八年春，天子親策天下士，公中第，釋褐爲京兆鄠縣主簿。府知其才，俾權領獄掾。咸陽縣有民殺人，具辭以送府，父子五人皆伏加功之坐。公告于尹曰：「嘗試辨之，蓋殺人者一，餘四人掩其骸爾，安可盡辟乎？」尹覆之，卒從公議，即謂公曰：一是四人者，非子之明，則冤于地下矣。子有陰施，後當貴乎？」移知眉州彭山縣，就除大理評事，以父憂去職。服除，由寇萊公薦，領京兆渭橋輦運，改司農丞，除著作佐郎，通判邠州。

真宗即位，遷秘書丞、知劍州。咸平三年春，益州兵亂，推王均爲首。既破漢州，急來趨劍，欲絶王師之路。公告于衆曰：「賊來方鋭，孰可與鬬？吾城無守具，而有芻糧之積，使賊能得之，非徒肉吾一州，必據險以阻大兵，則兩川諸城無援以守，盡下於賊矣。不如焚其儲蓄，擁州民，輦庫帛，退守劍門，與劍門之兵合以拒戰，賊可圖焉。」衆從之。既而賊至，得吾空壘，無資與糧，險不可據，遂大沮其謀。公知其窮，手署牓以示寇曰：「爾等得無父母妻子之愛？蓋脅從而來，何不歸我，復爲王人？」得降卒千有九百。乃與劍門鈐轄裴臻併兵擊賊，斬首數千級。賊敗走，保成都。公即馳驛入奏，自引棄城守關之咎，且言平賊利害。帝深加獎歎，擢拜度支員外郎，賜五品服。俄而大兵得出劍門，兩川諸城聞王師來，無復摇動，均賊遂平，如公始謀焉。會帥臣言公不當棄城，朝廷方任帥，不得已，謫監虔州關征。尋召還，判三司鹽鐵勾院。

時度支使梁鼎上言：陝西舊制，許人入粟塞下，卒高其估，以池鹽償之，人得賈于邊市。今請借民力轉粟以備塞，復轉鹽于邊，官自鬻之，歲得緡錢三十萬，以給西兵。朝廷可其奏，命鼎爲陝西制置使。公上言非便，復與執政諍於帝前曰：「邊路阻險，舟車不能通。每歲轉粟與鹽，民力可支乎？徒能奪農時，沮商利。異日農商失業，財力俱屈，後復變法，人將安信？又官自鬻鹽則價重，價重則邊人市虜中青鹽食之，虜爲利矣。臣請通鹽商如前，使人入粟塞下，則農不奪時，商不易業，外不爲虜利。苟能寬民力，沮虜計，雖緡錢不足，陛下以諸路之羨助之，有何不可？」帝然之。公謝以忠憤而言，不覺切直。帝曰：「爲臣當如此，宜無改焉。」鼎至陝西，果無效而罷，卒如公言。

領荆湖北路轉運使，歲餘徙陝西，進司封員外郎，賜金紫。即保任能吏數十，分掌榷酤，獲遺利蓋億計，乃奏罷朝廷助邊錢帛歲三十萬。天子朝陵，幸西洛，進兵糧五十萬石。京西路乏粟，又進三十萬石助之。

入拜祠部郎中、度支副使。朝廷以兩河屯兵之計，擇使爲難，輟公以司封郎中領河北轉運使。建言民乏泉貨，每春取絹直於豪力〔三〕，其息必倍。本道歲給諸軍帛七十萬匹，不足則市於民。請使民預受其直，則公私交濟。制從之，今行于諸道。天子東封，詔公駐澶州，同幹供億事。慶成，擢拜右諫議大夫，領使如故。

及祀汾陰，又以公提舉京西、陝西轉運使司事〔四〕。車駕既行，以長安爲關輔之要，命公鎮安之。祀事畢，召還，進給事中。朝廷謂坤維之奥，宜得巨人，拜樞密直學士、知益州。期月詔還，有圖任意。會河朔闕須，帝曰：「河朔未可無卿。」除都轉運使，恩數廩禄加常制一等。

公再至兩河，夙夜其職。積穀郡邑，率如京坻。議者謂所積太廣，必將腐敗。朝廷遣使視之。公奏曰：「豈不爲九年之意耶？」帝悟，遽命罷其使。明年大蝗，民多阻飢，公悉發倉廩以賑之，仍輦濟京西路，君子謂公知政矣。大河決于無棣，將圮其城。時以數州丁力，晝夜營護，役死者相枕藉，而水不降。公奏曰：「是不可以州矣，請亟遷以避患。」朝廷從之。後數月，大水出舊城丈餘，民不爲魚，公之力也。就遷工部侍郎。相州繫囚十四人，盜瓜傷其主，吏以極法論。公曰：「餓夫何至此？」皆貸死以聞。朝廷閱其奏，即日下密詔，民有歲凶爲盜，長吏得屈法以全之。

公兩使河朔凡數年，天子封泰山，祀汾陰，幸亳社，進緡錢、繒纊、糧芻鉅萬數，又請罷内帑錢帛歲百萬，屢詔褒之。

魏人飢，命公知天雄軍。又東齊大歉，盜寇充斥，進刑部侍郎、知青州。盜有聚山林出爲郡邑之患者，先是係其妻子，棘環于通衢。公至，遽出之，戒曰：「虐爾何贖？爾惟從賊所之，俟其自新，則復爾閭井。」賊聞之少懈。又下教曰：「賊輩爲魁所制，爾能伺而梟之，吾將以功論。」旬浹間，盜有梟二魁之首獻者，餘皆散亡。或來請命，公録之如教，齊人遂安。天子遣中使奬勞之。

及爲三司使，陝西舊科吏人采木送京師，度三門之險，破散者太半，又每歲市羊，亦遣吏送，而羊多斃于道，二者吏皆破産以償，西人苦兹五十年矣。公請募商旅送木于京師，如入粟法，售以池鹽。又請許其吏私市羊以副之，免關征筭，得補其亡失。自是西人鮮復破産。視天下之弊如此比者，日更月除，不可殫書矣。

遷吏部侍郎，以足疾求罷，優詔不允，而許五日一至便殿奏事，拜則以通事舍人掖之。今上即位，拜尚書左丞，復求解職。朝廷優寵老成，遂得請除同州觀察使，知陳州。時大水侵城，人有言水入城以誑衆者，公命立斬之，人心始寧。乃築大防以完其州。改潁州，復莅陳州。會曹襄悼公得罪，公以親累，授左龍武軍大將軍，分司西京。未幾，進左衛大將軍，還長安故居。

後二年遘疾，以天聖十年五月二十六日薨，享年七十有四。以其年八月二十七日，葬于京兆萬年縣白鹿鄉之原。景祐元年，其子詣闕，理公有勞於國，非意左遷。天子憫然，降制追復同州觀察使。

娶太原王氏，封平晉縣君，早亡。又娶馮翊雷氏，封延安郡君，後公十六年而終。男六人：丕顯，不仕；丕績，同學究出身，並早世；丕諒，太常博士、集賢校理，由方略改崇儀使，邠寧環慶路兵馬鈐轄，後公十一年而亡；丕緒，尚書水部郎中；丕遠，殿中丞；丕旦，國子博士。女三人：長適益州郫縣主簿宋肩遠，次適曹襄悼公利用，次適定國軍節度觀察留後曹琮。孫男若干人。

公性慷慨，善辯論，明於知人，凡保任才吏數百員。嘗力薦吕文靖公、陳文惠公，又嘗薦太傅張鄧公。公服官五十二載，專尚寬恕，政刑之下，活人多矣。自古能臣言邦國之利，鮮不斂怨於下而傷其手者。公則疏通利源，取而不奪，允所謂善天下之計者也。

銘曰：

舜歌《南風》兮，阜時之財。何以聚人兮，《易》不云哉。富國彊兵兮，孰謂霸才。弗富弗彊兮，王基其摧。巍巍先帝兮，法道法天。大烹之盛兮，包羅俊賢。拔公之才兮，屬諸利權。公之感遇兮，惟力是宣。封乎泰山兮，祀于汾脽〔五〕。千乘萬騎兮，雲駕波馳。公常景從兮，朝詢夕咨。供億何筭兮，無一不宜。入司邦賦兮，帝曰汝通。屢行大賚兮，如泉不窮。太上繼明兮，遇之愈隆。公則請老兮，命以觀風。久於貨政兮，人將無徒。公常寬之兮，民易以趨。曾不加賦兮，抑有羨餘。全歸故廬兮，其樂只且。安安而壽兮，高枕以終。門閥不圮兮，表于關中。峨峨之碑兮，章章厥功。映于國史兮，千古不空。（又見《名臣碑傳琬琰集·上集》卷一八。）

【校勘記】

〔一〕天曆本、《叢刊》本、康熙本、《四庫》本「碑」下有「銘」字。

〔二〕熲：原作「頴」，據天曆本、康熙本、《四庫》本及《隋書》卷四一《高熲傳》改。

〔三〕豪力：《續資治通鑑長編》卷四四原注引作「豪户」。

〔四〕使：原無，據天曆本、《叢刊》本、康熙本、《四庫》本補。

〔五〕雎：原作「睢」，説見前《謝公神道碑》篇校記〔一〕。

墓誌

贈户部郎中許公墓誌銘

公諱袞，字公儀，世爲燕人。皇考諱某，王考諱某，並隱君子也。避五代之難，不榮以禄。考諱某，汶陽之廬令，累贈光禄少卿。妣清河張氏，贈河内縣太君。皆積德深長，慶著來嗣。

公英秀而文，與時會亨。開寶八年，太宗之尹開封也，龍德日彰，髦傑之士，其嚮如雲。是歲秋賦，公卿送名者比比焉。及試藝，公爲之首；覆策于庭，復在高等。時登甲乙科者，必更州縣，有唐之遺風。釋褐，除江寧府獄曹掾，本路八使言聽決詳明。

上既御大器，北伐太原，促召至行在，曰：「我姑試之。」除均州防禦判官。郡將表其能狀，乃拜太子右贊善大夫，通判姑蘇郡事。時二浙之地始歸朝廷，宿政如繩，公善解之。就進殿中丞。俄拜奉常博士，領曹南郡。樹善屏惡，新民耳目。以前均権浙右，坐聯職之累，降品一等，領饒陽錢監。未幾辯之，移倅弋陽郡。復官曲臺。在郡七陳諫章，上愛其忠，就遷本郡守。受代至闕下，復上策議并所著文四十卷。翌日，召試禁庭，上覽而嘉之曰：「南府才冠，吾不失人。」即以本官直昭文館，賜服五品，判登聞鼓院，由是四方之訟清而不壅。以奉安先塋，請理覃懷郡。出奉公家，入敦孝事，河内人歌焉。又西陲文州，扼其戎險，命公往刺，遠人便之。

真宗即位，一日，謂執政曰：「人君之言行也，動乎天地，不可以誣。」命公修注記。以先君之諱，固請不獲，須正人也。公在館，三進秩至于職方員外郎。因論邊事，慷慨動上心，面改兵部。方將圖任，遘疾求解，不得去。以景德二年四月二十九日，終于京師武成坊之私第，享年五十七。

娶朱氏，封永城縣君。有子四人：伯曰珂，祁州深澤尉；仲曰琰，有文與行，擢進士第，今爲太常博士、奉朝請；叔曰琦，恭謹有立，今爲右侍禁、衛州兵馬監押；季曰瑱，早亡。一女，適進士張濤。朝廷贈公尚書户部郎中，進封夫人河南縣太君。

子登朝也，以某年月日，歸葬于懷之河内縣某鄉某里。

銘曰：

燕趙之英，邦家之寶。親逢聖神，首冠俊造。翹翹入彀，郁郁登瀛。榮滯六曹，淹恤百城。晚歸内朝，端立右史。直道始行，怒飛爰止。嗚呼！遇豈不奇，進豈不時。賢者弗達，天乎可疑。葬于善地兮，保以令嗣兮，亦公之意兮。

滕公夫人刁氏墓誌銘

序曰：葬者，藏也，欲人不得而見之也。君子之思也遠，故復卜于山，坎于泉，又刻名與行，從而秘之。意百代之下，治亂之變，觀其銘，思其人，而不敢廢其墓。斯孝子之心，取諸《大過》。

初，夫人之長子、今祠部外郎宗諒作諫官，以抗章，黜知玉山郡。再貶，莅池陽之榷酤。俄而起倅江寧府事。常謂池之九華山，上凌紫霄，下盤洪流，千巖白雲，萬壑清風，草木多靈，民人一熙，書契已降，不知干戈，居者得其壽，藏者得其朽。乃歎曰：「是可隱志焉，是可宅先焉。」即奉先公太傅之靈，葬于此山之金鷄原。斯又《大過》之意，至矣哉！時景祐之三載。明年，夫人無疾而終，春秋七十有二。閏四月，舉而祔之，禮也。

夫人姓刁氏，其先譜史存焉。皇考諱晃，後唐天平軍節度判官。王考諱傑，梁泰寧軍節度判官。考諱允成，皇朝贈太子右贊善大夫。夫人歸滕氏，服勤婦道。自先太博之遺世也，二子尚幼，夫人夙夜誨導，内惟節儉，外豐禮於賓客，俾令人是親，以就厥文行。而祠部君克承善志，鴻軒鳳翥，有風采于朝廷。夫人累封渤海縣太君。次子宗元，就養于家，未登禄仕。二女適名族，稱其禮範。

夫人之性柔而明，端而慈，曉文翰，通名理，事長如不克，撫下如不及。居大族餘五十載，門中無間言。及子以言貶，顛沛於江湖間，夫人從之，未嘗出憂語，知事君之然也，難哉！故生享德於慶閭，没反真於福地。

某於祠部，同年之執也，嘗入拜于堂上，知夫人之賢而敢述焉。

其銘曰：

九江之上，九華之中。孝子宅親，厥思無窮。茫茫萬年，高岸可遷。尚有人焉，來此拳拳，曰：「賢哉！滕公夫人之墓。」再拜而去。

都官員外郎元公墓誌銘

公諱奉宗，字知禮，其先臨川大姓危氏也。皇考諱仔倡，唐信州刺史，避楊渥之亂，東依錢氏。時朝廷命討淮南，未行而終，因家於餘杭。王考諱德照，爲吴越王相僅三十年，賜姓元氏，累贈太保。考諱秀文，典吴越書命，累贈太僕少卿。妣陳氏，贈馮翊縣太君。少卿子五人，曰興宗、象宗、宜宗、道宗，公即幼子也。三人事忠懿王，有儒術，皆補爲郎。象宗，忠懿之婿也，從而還朝，以文召試，拜光禄寺丞。

公精於詞律，景德中，天子臨軒試天下士，公中甲科。初命歙州績溪縣事，再命常州武進令，皆以廉愛稱。遷漳州從事。故鎮牧錢公惟濟，洎數朝賢，交章保任，除忠正軍掌書記，俄改淮南幕。本道按刑使采公理行以聞，擢拜太子中允，領淝川榷酤。朝廷以西蜀天下之富，昔者吏巉民膏，怨所由生，階之爲亂，宜清舉者往焉，公例改知蜀州晉原縣。今上即位，遷太常丞，賜服五品。還，知通州海門縣，遷博士。入拜尚書屯田外郎，有監郡之行。公以思事松楸，願得餘杭一閑局莅之。詔從其請。再期，求分務南都。尋告老，歸姑蘇郡。朝廷恤之，補一子官。又以籍田之慶，進都官外郎。景祐戊寅歲十月丙戌，考終于永定里第之寢，享年七十有八。

始娶吴氏，再娶李氏，封壽安縣君。公三子：昞、曄、暕，皆舉進士。昞從其補，今爲歙縣簿。曄、暕並策名。曄不赴調，暕解官，俱就養左右。及公之喪，勺水不入口者三日。公孝悌之性，不避禍難。初，江浙始下，關譏甚嚴，衣冠之族咸促赴闕下，無敢私歸。公聞太夫人之憂，晝匿夜馳，以及於葬。兄道宗，有才名，不就世禄，舉天府進士，爲搢紳先生所推諾。公友事之，如在膝下，易衣并食，不改其樂。有兄子翼，幼依於公，愛之如傷，教之若不及，以至于成，宗黨稱焉。

相國潁川公曩司漕，公在武進，諸郡有難獄，多命公决之。在海門日，患斥鹵之澤，民無甘飲。及卜良地，鑿大池，廣方百步，積泉袤丈。自是雖甚旱暵，人常賴之。又邑有大瀆，亘數十里，堙而不治。公抗議，籍力導至于海，人咸利焉。

公退十餘年，創竹亭花圃，逍遥其間。多素食清居，非有道者不接。晚年制歛服葬器，而命諸子曰：「吾死之日，必歸我于父兄之側，魂如有知，得事親於地下。」諸子如其教，以其年十二月甲申，葬于錢塘履孝鄉峴陁嶺之先塋，禮也。

某以公年德，嘗修鄉丈之禮，而敢銘焉：

榮華之衢，奔者無極。公乎何心，卻焉而息。孝友之風，樹者無幾。公乎何心，没焉不已。遷惠于民，抱道于身。于嗟君子，吾不知夫古人！（又見《（雍正）西湖志》卷二六。）

贈兵部尚書田公墓誌銘

公諱錫，字表聖，世爲京兆人。唐德之衰，徙家于蜀。昔武王封舜之後於陳，春秋時，公子完如齊，子孫遂大食采於田而命氏焉。厥後將有穰苴，相有千秋，斯可謂之著矣。大王父易直，王父成，皆隱君子也，文而不耀。父懿，因公之貴，累贈尚書左司郎中。善教于家，嘗命公曰：「汝讀聖人之書，而學其道，慎無速爲，期二十年，可以從政矣。」公服其訓拳拳然，博通群書。東游長安，與昌黎韓丕復居驪山白鹿觀數年〔一〕，器志大成。拔王府薦，有聲于京師。

太宗皇帝親策天下進士，擢公第二人，時太平興國三年秋也。釋褐，除將作監丞、通判宣城郡。召還，改著作佐郎。俄拜右拾遺、直史館，賜五品服。出爲河北轉運使，改知相州，就除左補闕。移桐廬郡，遷起居舍人。還，判登聞鼓院。尋以本官知制誥，進兵部員外郎，充職。以直言，改户部郎中，出守淮陽。以留獄之謗，左降海州團練副使。起爲工部員外郎，直集賢院。復户部郎中。真宗皇帝即位，遷吏部郎中，判審官院，兼通進銀臺封駁司，賜金紫。求出典海陵郡。還臺，兼御史知雜，拜右諫議大夫、史館修撰。以咸平六年十二月十一日，終于私第，享年六十四。

公自白衣，已有意於風化。上書闕下，請復鄉飲禮。又請修籍田禮。及在朝廷，知無不言。太宗初，既取太原，范陽未下。帝怒，不賞平晉之功，中外囂然，而莫敢言者。獨公上書論諫，理意深切。帝感寤，璽書褒答，賜内帑錢五十萬。僚友謂公曰：「今日之事鮮矣，宜少晦，以遠讒忌。」公曰：「事君之誠，惟恐不竭，矧天植其性，豈一賞之奪耶！」在河朔暨相州，累章論邊事。至桐廬郡，以吴越之邦歸朝廷未久，人阻禮教，貊如也〔二〕。公下車，建孔子廟，教之詩書，天子賜九經以佑之。自是睦人舉孝秀、登搢紳者比比焉。在郡，聞禁中火，拜章極言，上嘉之。及還，眷遇愈隆。會乾明節，館閣多進詩歌，帝獨喜公之辭，乃依韻和賜，令宰相宣付公。又上封禪書，謂五代之亂，人如豺虎，不圖復見太平，宜崇檢玉之禮，以答天意。公在西掖，會京畿大旱，禱祠無應，遂抗言切於時政，故有宛丘之行。咸平初，出使秦隴回，上三章，言陝西數十州苦于靈夏之役，朝廷爲之戚然。出海陵之初，以星文示變，拜疏請降詔責躬，上奉天誡。真宗皇帝嘉其意，屢召對便殿。及行，降中使撫安，仍加寵賚。爰有翰林學士承旨宋公白，舉公賢良方正，以副天下之望。一日，召對久之，且曰：「陛下以皇王之道爲心，臣請采經史中切於治體者上資聖覽。」帝深然之。乃具草以進。手詔答曰：「卿能演皇王清浄之風，述理亂興亡之本，備觀鑑戒，朕心渙然。」所撰三十篇，皆隱其目。

公奉事兩朝，由遺補歷御史，至諫議大夫，前後章疏凡五十有二。嘗謂諸子曰：「吾每言國家事，天子聽納，則人臣之幸；不然，禍且至矣，亦吾之分也。」及終，有遺表，陳邦國安不忘危之意，其家弗預焉。天子怛然，命中使賻之，有制痛悼，贈工部侍郎。二子改大理評事，持喪中並給月俸，哀榮之禮，可謂至矣。後以二子登朝，累贈兵部尚書。寶元二年四月二十四日〔三〕，與夫人合葬于泗州臨淮縣某鄉之某原，禮也。

公娶楊氏，再娶奚氏，封江陵縣君，能循法度，以配君子。二子：長曰慶遠，今爲駕部員外郎；次曰慶餘，今爲比部郎中。並克奉堂構，有能政于四方。女三人：長適王氏，次適龐氏，季適張氏，皆以婦道稱。

公動必以禮，言必有法，賢不肖咸憚伏之。出處二十年，未嘗趨權貴之門。在貶廢中，樂得其正，晏如也。著文章成五十卷，目之曰《咸平集》，行於世。

論者曰：在大禹時，皋陶矢厥謨；在湯武時，伊尹、周公爲之訓誥。故教化紀綱，莫盛於三代，而子孫有天下，皆數百年。秦滅詩書，其風不紹。至西漢得賈誼、董仲舒，其言可以追先王之烈，而弗克施，使後世王者無復起三代之心，由漢始也。聖宋定天下，太宗鋭意太平。真宗之初，復親擢俊乂，如田公之徒，並見獎用。惜乎不終其才，豈皇天之意特厚於古歟！

某幼聞高風，未嘗游於其門。今駕部書先君之履業，索文於江外。某敢約而修之，又采舊老之言而作銘云：

嗚呼田公，天下之正人也。言甚危，命甚奇，盡心而弗疑，終身而無違。嗚呼賢哉！吾不得而見之。（又見《咸平集》附録，《名臣碑傳琬琰集·中集》卷二，《（嘉靖）洪雅志》卷五。）

【校勘記】

〔一〕與：原脱，據明祁氏澹生堂鈔本《咸平集》卷首附《田司徒墓誌銘》補。

〔二〕貊：天曆本、《叢刊》本、康熙本、《四庫》本作「邈」。

〔三〕四月二十四日：原作「某月某日」，據《咸平集》附録改。

兵部侍郎致仕胡公墓誌銘

寶元二年六月十八日，尚書兵部侍郎致仕胡公薨于餘杭郡之私第。明年二月十有一日，葬于杭之錢塘縣南山履泰鄉龍井源，以夫人潁川郡君陳氏祔焉，禮也。孤子楷泣血言于友人范某：「《禮》經謂稱揚先祖之美，以明著于後世，此孝子孝孫之心也。然而言之不文，行而不遠，處喪之言，烏乎能文？今得浙東簽署寺丞俞君狀先人之事，而敢請誌焉。」某曰：「孔子見齊衰者必作，重其孝於親也，敢不唯命！」

公諱則，字子正，婺之永康人也。昔虞舜之後有胡公，武王封於陳，蓋族望之來遠矣。皇考諱彭，王考諱瀫，皆隱於唐季，其道不顯。考諱承師，在鄉閭間以積善稱。因公而貴，官至尚書比部員外郎，贈吏部郎中。妣應氏，封永樂縣太君，贈普寧郡太君。

公少而倜儻，負氣格。錢氏爲國百年，士用補廕，不設貢舉，吴越間儒風幾息。公能購經史，屬文辭。及歸皇朝，端拱二年，御前登進士第。釋褐爲許州許田尉。以幹自聞，補蘄州廣濟宰，又補憲州録曹。以本道計使諫大夫索公湘之舉，改祕書省著作佐郎，簽署貝州節度觀察判官公事。升本省丞，知潯州。拜太常博士，提舉二浙榷茶事，兼知桐廬郡。丁太夫人憂。服除，以本官知永嘉郡。遷屯田員外郎，提舉江南路銀銅場鑄錢監。擢任江淮制置發運使，轉户部員外郎。入爲三司度支副使，賜金紫。除禮部郎中、京西轉運使。又移廣南西路轉運使。以户部郎中復充江淮制置發運使，轉吏部郎中，改太常少卿。丁先君憂。終制，知玉山郡，移福唐郡。拜右諫議大夫、知杭州。入判流内銓。以舉官累，責授少常、知池州。未行，復諫議大夫、知永興軍，領河北都轉運使、給事中，入權三司使。拜工部侍郎、集賢院學士、知陳州。進刑部，再牧餘杭郡。踐更中外凡四十七年，得請加兵部侍郎致仕，朝廷命長子通判錢塘以就養。又六年而終，享齡七十有七。天子聞而悼之，進一子官。

初，至道中，公在憲州時，西寇梗邊，朝廷命師五路入討，詔具三十日糧以從之。索公方引公督隨軍糧草事，公曰：「爲百日計，猶或不支，奈何？」索公乃遣公入奏，召對逾刻。公陳邊事，如指之掌。上顧左右曰：「州縣中有如此人！」遂可其奏，且示甄拔之意。後大帥李繼隆果與寇遇，十旬不解。索公曰：「微子，幾敗吾事！」一日，其帥移文曰：「兵將深入，糧可繼乎？」公曰：「師老矣，矯問我糧，爲歸師之名耳，請以有備報之。」索從其議，彼即自還，無以咎我。其先見如此。及索公主河北計，又奏辟之，遂以貝州之行。朝廷遣使省天下冗役，就命公行河北道。凡去籍者僅十萬數，民用休息。在潯州，人有虎患，公齋戒禱城隍神，翌朝得死虎于廟中，其誠之效歟！按池州永豐監，得匿銅數萬斤，吏懼當死，公思之曰：「昔馬伏波哀重囚而縱之，前史義焉。今銅尚在，吾忍重其貨而輕數人之生耶？」咸以羨餘籍之，不復爲坐。在江淮制置日，會真宗皇帝奉祀景亳，公實主其供億。千乘萬騎，至于禮成，無一毫之闕。帝深愛其才，面加獎勞，遂進秩登于計相之貳。在廣南西路，有大舶困風于遠海，食匱資竭，久不能進，夷人告窮于公。公命瓊州出公帑錢三百萬以貸之，吏曰：「夷本亡信，又海舶乘風，無所不之。」公曰：「遠人之來，不恤其窮，豈國家之意耶！」後夷人卒至，輸上之貨，十倍其貸。朝廷省奏而嘉焉。又宜州繫重辟十九人，時有大水，公不慮患而特往辨之，活者九人焉。在福唐，有官田數百頃，民輸租食利舊矣。至是計臣上言，請就鬻之，責其估二十萬貫，民不勝弊。公奏之，未報。章三上，且曰：「百姓疾苦，刺史當言之而弗從，刺史可廢矣。」乃有俞詔，減其直之半，而民始安。公領三司使，寬於財利，不以刻下爲功。時上方以兩京、陝西官鹽歲久，民鮮得食，而日以犯法，命通商。有司重其改作，公首請奉詔，其事遂行。

公性至孝，自曲臺丁太夫人憂，廬于墓側，以終喪紀。有草木之祥，本郡表之。及京西之行，以家君朱紱爲請。上曰：「胡某爲孝，雖非其例，與以明勸也。」搢紳先生榮之。又天禧中，尚居郎署，朝廷擬公諫議大夫、知廣州。公以家君八十歲，懇辭於政府，乃復有制置之行，尋以哀去職，得盡心於喪葬。

公富宇量，篤風義，往往臨事得文法外意，人或譏之，公亦無悔焉。其輕財尚施，不爲私積，士大夫又稱之。福唐前郡將被訟去官，嘗延蜀儒龍昌期與郡人講《易》，率錢十萬，遺之以歸，事在訟中。及公下車，昌期自益部械至。公曰：「斯何罪耶？」遽命釋之，見以賓禮。法當償其所遺，公代以俸金，仍厚遺而還〔一〕。又濟陽丁公爲舉子時，與孫漢公客許田，公待之甚厚。及其執政，而雅故之情不絶，若休戚士人而未嘗預。暨丁有朱崖之行，昔之賓客無敢顧其家，公實被議出玉山郡，尚屢遣介夫不遠萬里而往遺焉，此又人之難矣。及退居西湖，乘畫舡，擊清波，深樽雅絃，左子右孫，與交親笑歌於時歲之間，浩如也，人不謂之賢乎！

夫人潁川郡君，有慈和之德，先以壽終。令子四人：長曰楷，都官員外郎，前知睦州，祥符七年秋，登服勤詞學科，所至政能，有先君風度；次曰湘，好學有志識，朋友多之；次曰桂，俊異，居喪而亡；次曰淮，孝謹有成人之風。二女：長適泉州德化縣尉蘇璠；次適御史臺主簿華參而亡。其閨門之範，見其潁川之誌。

某非特爲重齊衰之情，嘗倅宛丘郡，會公爲二千石，以國士見遇，且與都官布素之游，誠可代孝子而言焉。

銘曰：

進以功，退以壽。義可書，石不朽。百年之爲兮千載後。（又見《名臣碑傳琬琰集·中集》卷一一，《（雍正）西湖志》卷二五。）

【校勘記】

〔一〕遺：天曆本、《叢刊》本、康熙本、《四庫》本作「遣」。

范文正公文集卷第十四

墓誌

胡公夫人陳氏墓誌銘

《詩》稱「《采蘩》，夫人不失職也」。夫人之職，莫先乎舅姑。甘旨以事居，蘋蘩以事往，故可以配君子、正家道也。

夫人姓陳氏，金華郡之令族。曾祖諱晦，祖諱資，父諱文諭，皆樂善于家，不從仕宦。夫人幼賢，父母篤愛，擇公而妻之。及公中科第，累調遠方，二親樂閭里，與姻族游，夫人願侍左右，不從公行。凡二十年，縫衣爨飧，必躬親之。至舅姑之終，與公執喪三年，然後就公官所。此夫人大節，無愧天下之爲人婦者，有聲詩之義焉。又性好禮，自少至老，對公如賓客。加以純儉而仁，笄服之餘，皆均于親之貧者。

夫人自公登朝，封上黨縣君。公爲諫議大夫，進封潁川郡君〔一〕。寶元元年秋九月，寢疾，乃齋沐易衣，怡然而終〔二〕，享年七十有九。以三年二月十一日，與公合葬于履泰鄉龍井源，禮也。

子四人：長曰楷，都官員外郎；次曰湘，曰桂，曰淮，並太常寺太祝。二女習夫人之教，柔淑有禮，宗黨稱焉。長適蘇氏，次適華氏。

銘曰：

惟孝惟禮，作配君子，伊夫人兮至矣！

【校勘記】

〔一〕潁川：天曆本、《叢刊》本、康熙本、《四庫》本作「本」。

〔二〕怡然：天曆本、《叢刊》本、康熙本、《四庫》本作「怡怡」。

寧海軍節度掌書記沈君墓誌銘

吴興郡太守滕侯，下車求故同年沈兄之家，得諸孤，問其墳墓，曰：「貧，未之葬。」滕侯傷之，乃謀于僚屬，卜善地，揀良日，其禮悉備。以寶元三年二月某日，葬于德清縣之永和鄉大壯嶺。

君諱嚴，字叔寬，世爲本郡人。其先食邑於郲，後子孫失國而爲沈氏。漢晉而下，代有其人。曾祖諱規，祖諱廷誨，父諱延岫，皆隱而不仕。

叔寬幼負器識，服親之教，宗經屬文，有聲于江表。大中祥符七年秋，郡國敦遣，首送于禮部。明年春，禮部較天下之才，奏叔寬第四人。天子命試于庭，中甲科，除南康軍判官。三載有善績，改宣城節度掌書記。國家興山澤之利，主計等薦君洪州武寧之茗局，外臺上請兼領本邑事，朝廷從之。既而吏畏其廉，民愛其慈，君子謂之善政。餘杭郡榷酤，歲金二十萬貫，爲諸郡之劇。主計又奏君尸之，三年而還。會故參政蔡公居守南都，以同年之游，惜其沉俊，辟爲留守推官。其年秋七月，以疾終于官所，享年五十。

叔寬孝悌于家，事其親未嘗違顔色，視兄之孤，必先於己子。與人交，篤於義信，善人君子無不樂見之。及聞其亡，皆相弔云：「天與其才也，又賦其行也，而不及其顯以壽也，悲夫！」

三子：曰祁，曰郃〔一〕，曰郁，並從儒學，必有立者。二女：長適前進士陳經，次女未笄。長女之嫁，蔡公不遠千里命齎金以送之。及君之葬，又滕侯極意以營之，有以見叔寬感人之深也如此。

某同年之列，最相知心，故書之。

銘曰：

叔寬叔寬，生兮可愛，歿兮可傷。友朋之望兮，子孫其昌。〔又見《八代文鈔》第二十七册，《吴興掌故集》卷七。）

【校勘記】

〔一〕部：天曆本、《叢刊》本、康熙本、《四庫》本作「部」。

户部侍郎贈兵部尚書蔡公墓誌銘〔一〕

寶元二年，歲次己卯，四月，前參知政事、户部侍郎蔡公薨，天子悼之，卿大夫憂之，國人傷之。上命三公舉行典禮，贈兵部尚書，謚曰文忠。以康定二年，歲次辛巳，十一月某日，葬于許州陽翟之某山。

公諱齊，字子思。其先周之子孫，累封于蔡，因以著姓。秦漢以降，代生偉人。曾祖綰，贈太保，洛陽人也。嘗宰萊之膠水，居官九年，民愛以深，遂家焉。祖諱鄰，贈太傅，隱居丘園，以墳素爲樂。考諱夢臣，累贈中書令，博通經史，善詩筆〔二〕，與宗族居，鄉黨稱其孝友。娶楚國太夫人張氏而生公，教之親仁，賓來如歸。

公幼而神秀，眉目廣聳，見者異之。嘗依外舅劉氏學于彭城，今相國隴西公迪時爲監郡，得公詩語，嘆曰：「渠有大志，宜善視之。」大中祥符八年春，真宗皇帝臨軒，以文考天下之士，公中第一。及引對文陛，堂堂英偉，進退有法。上大悦，顧謂寇萊公曰：「得人矣！」特下詔俾金吾給七人清道，自公始也。釋褐除將作監丞，通守兖海郡，移北海郡。召還，以大著直集賢院、主判三司開拆司，賜服五品。今上即位，拜右司諫、同修起居注。改禮部員外郎兼侍御史知雜事，賜金紫。歷户部、度支二副使，遷起居舍人、知制誥、同知審官院。既而召入翰林爲學士，兼侍讀學士。轉禮部郎中、龍圖閣學士，守西京。以便親，求爲高密郡，徙南京。入除左諫議大夫、權御史中丞。尋改給事中，復充龍圖閣學士、權三司使，拜樞密副使。進禮部侍郎、參知政事。以户部侍郎罷。終于汝陰郡，享年若干。楚國在堂，君子哀之。公之弟祕書丞稟，甥著作佐郎寇平幹公襄事。中山郡夫人劉氏哭泣三年，至于疾廢。

二子尚幼，曰延慶，太常寺太祝；曰延嗣，祕書省正字。長女適試將作監主簿劉庠，次女在室。

而某自布素從公之遊，見公出處語默，無一不善。門中奉親，日視其親色。諸公昆弟，愛之如傷。先朝采拔，以輔相器之。當遺弓之初，公懷哀慕，不能食者數日。家人視其衾衣，涕泗霑濕。公病汝陰，聞拓拔僭稱，嘻吁感慨，教弟稟言西事甚詳，蓋忠孝之性，發之天也。

公於親舊間，雖死生不易。彼有孤遺，則必爲之備嫁娶。又好學無倦，未嘗不以名教爲急。孔子之後，世襲文宣公，而宰曲阜。乾興中，四十九代孫承祐卒，遂廢十餘年。公聞承祐有母弟在，抗章請復其嗣，有詔從之。

其立朝也，能清其心，高其行，未嘗取於人。明肅太后時用事，中貴人董修景德寺。時公在翰林，詔爲之記。中人求公善辭，許以不次。公遲之不進，故被誣而出。至高密，會歲飢，公請蠲諸州税，又力請放海利以救，東人于今賴之。

公兩居憲臺，方嚴不動，百辟畏其風。權戚有過，則彈劾不隱，未嘗求其下也。明肅之終，莊惠復立，閤門促百僚賀，公毅然正色，目臺吏不得追，班前白執政，遂罷。自是莊惠損抑禮數，公有力焉。

在樞密院，海南奏：交趾八百餘人避本國之虐以歸我。議者謂不如還之，恐生邊患。公曰：「當内之荆湖間，活以閑田。奈何求生而來，委之兕虎？蠻亦人也，義必不還，苟散爲民盜，從而戮之，酷又甚焉。」争之不能得。後果爲亂，捕之歲餘，宜、桂以西皆警，朝廷患之，公猶有愧色。

在政府，浩然示至公於中外，以進賢爲樂，以天下爲憂，見佞色則嫉，聞善言必謝，孜孜論道，以致君堯舜爲心。與大臣居，和而不倚，正而不訐，無親疏之間，有方大之量，朝廷爲之重，刑賞爲之平。及其出也，未踰歲時，而天子思之，公遽不起。

嗚呼！公之生也，天有意也；公之亡也，天無意乎！使在位而壽，則道德功名非竹帛之可勝矣。

銘曰：

泰山之東，齊魯同風，厥生我公。我公堂堂，觀國之光，亨于真皇。真皇上僊，隕血漣漣，欲報昊天。今上聖神，乃眷正人，參于國鈞。純德坦坦，平心浩浩，進退惟道。恕以待物，誠以報國，仁人之德。天乎天乎，豈不有心。奪此令人，我懷憂深。箕山峨峨，潁川悠悠。山爲陂兮川爲丘，公之名兮與日月留。（又見《名臣碑傳琬琰集·中集》卷三。）

【校勘記】

〔一〕「户部侍郎」四字原無，據天曆本、《叢刊》本、康熙本、《四庫》本補。

〔二〕詩：天曆本、《叢刊》本、康熙本、《四庫》本作「時」。

尚書度支郎中充天章閣待制知陝州軍府事王公墓誌銘

孔子曰：「善人，吾不得而見之矣。」噫！先聖謂善人之難得也如此。世有德之清，行之方，政之平，斯不謂之善人乎！余見之於子野王公矣。

公諱質，字子野，其先太原人，曾、高占籍大名。皇考諱徹，以文行顯，至左拾遺，累贈太師、尚書令兼中書令、魯國公。王考諱祜[一]，雄文直道，名重海内，掌太祖誥命，至兵部侍郎，累贈太師、尚書令兼中書令、晉國公。考諱旭，以公正果敢，屢當藩寄，爲時之良二千石，累贈兵部尚書。妣虞氏，贈某郡君。

公稟嚴君之教，幼而有文。伯父文正公，爲真宗朝賢相，重德大器，人莫可動。一日覽公之業，喜甚，作詩以奬之，謂吾門未衰矣。用文正廕補太常寺奉禮郎，三遷至大理丞。文正既薨，公年尚未冠，進所著文，真宗嘉之，召試學士院，辭入優等，賜進士及第，名動京師。嘗師事楊文公，文公器之。每謂朝中名公曰：「是子英妙，加於人遠矣。」時翰林劉公筠，風岸高峻，搢紳仰望，不得其門而進，乃與禁中諸公共薦公之才敏，天子命公校文于館中。歷殿中省丞，爲博士於太常。加集賢校理，拜祠部外郎。丁兵部憂，服除，以前官充職，同判姑蘇郡。以公心公言正二千石之政，二千石初不平之，終服其義，而加禮焉。還朝，賜五品服章。改度支外郎，同判尚書刑部，又判吏部南曹。

進司封外郎，出領淮西郡。部中十邑，素多盜與訟，號爲難治。公至，斷獄必以情，按吏必有禮，横者繩之，弱者持之，州人大服，謂往之史君莫公若也。蔡俗舊祠吳元濟，公曰：「豈有逆醜而當廟食耶？吾爲州長，不能正民之視聽，俾民何從哉！狄梁公、李太尉皆唐之忠烈，又德加蔡人，胡爲不祠？」命工徹元濟廟，建二公之祠，率吏民拜祭，蔡人從之，于今號爲雙廟。秩滿，拜祠部郎中。朝廷除公開封府推官，除兄雍三司判官。公曰：「皆是要職，吾兄弟同日除拜，朝廷豈乏人哉！」乃堅請外補，願留兄京師，以奉家廟，士大夫聞而賢之。

往守壽春郡。期月，改合肥郡。盜有殺其徒以并其財者，吏擒之，公令處死。法寺議當貸死，遂劾之。公上疏曰：「盜以彊力而又殺人，吏追而擒之，非自露而俊者，胡爲而貸焉？如法寺所論，能害其類者，皆無罪名，民將競爲盜，盜已而殺一夫，其黨咸赦之，盜可止乎？」疏上，不報。凡斷獄出入，以下吏爲首，長官爲從。公曰：「吾不勝法吏矣。」上言請爲之首，朝廷從之。左降監舒州靈仙觀。後一年，今資政殿學士昌黎韓公琦知審刑院，議盜殺其徒，非自首而悛惡者，宜勿原之，朝廷始頒示天下，且知公前所斷獄不爲失矣。又今資政殿學士鄭公戩、翰林學士葉公清臣，皆論公奇才未大用，而非辜坐黜，豈朝廷之意耶？詔起公知海陵郡。

代還，除度支郎中、荆湖北路轉運使。時西陲宿兵，財用爲重。諸道轉運使競進羨餘幾千萬，蘄助軍之獎，實瘠瘼細民以爲己績。公至而歎曰：「西兵，天子不得已而用之，然須于財賦，豈如是而迫耶！吾不當爲。」由是荆湖之民賴公少休焉。

會資政殿學士富公弼拜職，尚帶史館修撰，與公未嘗識面，聞其風義，舉公以代修撰，朝廷從而除之，兼掌選事。及韓、富二公在樞府，又交薦公清方，爲搢紳之冠，天子俞其奏，擢以本官充天章閣待制，依前掌選事。公再讓不允。既而客有扣公曰：「銓衡至重，利病多矣，公無建明者何？」公曰：「綱紀盡在，如權衡然，但持者輒高下其手爾，何必易其器耶？」公居之歲時，選士賴其平。其間人物清濁，公必辯之上前，量有進抑，振天官久墜之職也。

天子以西北數藩鎮皆須巨人，乃擇近列而褒遣之，公得領陝州。州當四達之會，又用兵而來，吏民疲苦。公至，則緩征賦，薄迎勞，屏兇寇，拯孤弱，人乃息肩。

幾一載而感疾，以慶曆五年七月二十六日終于黄堂，享年四十五。靈柩歸東都，州人哭送于道。朝廷加賵賻焉。

公生相門，而弗驕弗華，以貧爲寶。文正作舍人時，家甚虚，嘗貸人金以贍昆弟，過期不入，輟所乘馬以償之。公因閲家藏書而得其券，召家人示之曰：「此前人清風，吾輩當奉而不墜，宜秘藏之。」又得顔魯公爲尚書時乞米于李大夫墨帖，刻石以摹之，遍遺親友間。其雅尚如此。故終身不貪，所至有冰蘖聲，此公之秉德，不亦清乎！

公充職館殿二十餘年，同舍皆顯官，公介然不動，惟求外補。當國者非戚必舊，公未嘗折顔色，屈語論，以合其意。嘗有交游以言事被謫，朝之貴人皆切齒，公特率昆弟祖宴都門，讁者拒之曰：「無爲子之累乎！」公曰：「吾願爲黨人，從而貶之，光矣。」此公之執行，不亦方乎！

公爲數郡，皆清心以思治，行己以率下，必首崇學校而風化之。人有犯法，非害于物者，必緩其獄，未始深文焉。求民之疾，雖處幽不遺；去民之梗，雖負勢不避。此仁人之政，不亦平乎！故每去一州，則百姓號慟，如赤子之慕慈母也。

公性純孝，與家人道先君事，必感激泣下。故厚於宗族，每拳拳焉，憂樂同之。弟素，文正之子也，自淮南外計改涇原經略使。公食不甘，寢不安，曰：「弟有母，老且疾，吾無親憂。」因入對，請代行。既而弗許。命其愛子規曰：「彼窮塞也，得無危事？汝可侍行而左右之，以均吾憂。」又少弟端，嘗不利于春官，處徒勞者久之。公爲郎，以歲課當遷〔二〕，願移厥恩，召端一試。朝廷許之，賜端進士出身。其友愛之心有如此者。公不治生業，惟畜書僅萬卷，遠近從之。兼通佛老微旨，撰《寶元總録》一百卷，皆聖賢窮理盡性之說。

公樂稱人之善，必曰吾不及矣。在士大夫，非風義高遠，弗與之游。及其逝矣，四方交友書問相吊云：「前年吴安道死，今年王子野卒，賢大夫之清者何其衰歟！」

公娶周氏，故禮部侍郎起之女，封褒信縣君，生子男三人：曰毖，將作監主簿；曰規，前明州奉化縣主簿；曰復，太廟室長。女二人：長適太常寺太祝范純仁，次女尚幼。

余走塵土時，公一接如舊，以道義淡交者有年矣，結二姓之好，以親仁人。余常期公以青雲之器，大有立於國朝，今不幸乃爲公之墓銘。

銘曰：

嗚呼！人之清者曰賢，國得而治焉；性之仁者曰壽，民得以庇焉。何子野之善人兮，逝矣如川。惟清方而平正兮，居人之先。在聲詩之有言兮，胡不萬年。忍送之于野兮，葬之于泉。徒切切於辭兮，勒石之堅。期子野之令名兮，與白日而長然。（又見《名臣碑傳琬琰集·中集》卷七。）

【校勘記】

〔一〕祜：原作「祐」，據天曆本、《叢刊》本、康熙本、《四庫》本改。此人諸書多訛作「王祐」，《宋史》卷二六九本傳亦作「祐」。按石介《徂徠石先生文集》卷二《過魏東郊》詩：「下唐二百年，先生固獨步。投篇動范杲，落筆驚王祜。」知作「祜」是，作「祐」則不叶韻。

〔二〕當：原作「嘗」，據天曆本、《叢刊》本、康熙本、《四庫》本改。

太常少卿直昭文館知廣州軍州事賈公墓誌銘

公諱昌齡，字延年，其先鎮陽人。以仕宦遷徙，今爲開封人也。曾祖諱某，唐末起家，備嘗險阻。屬文之外，長於撰述，以唐武宗而下至僖、昭皆無實録，乃以傳聞并諸家之説，著《唐年補録》六十五卷，識者稱之。居石晉朝，知制誥；至周，爲給事中，史有本傳。祖諱琰，有才識宇量，太宗在藩邸，相得有素，領開封尹，辟爲推官。及即位，擢拜正諫大夫、樞密直學士，期以輔相。將討河東，與大臣議將帥，上曰：「非琰不可。」會寢疾不起，上軫悼之，憂形于色，贈尚書左丞，國史有傳。父諱汾，以氣義稱，位不充量，終于殿中丞。

公少孤，太夫人愛之，以待其成。公天然好學，甘於清苦。時翰林李公宗諤有望於朝，名實之士多出其門，公依之有年，以文行自立，門下士咸推重之。一上登進士第，釋褐爲饒州浮梁尉。彼俗陰狡，與人有怨，往往食毒草而後鬭，即時斃仆，以誣其怨者。公至，必反覆省視，自此被誣之人多昭雪焉。秩滿，除開封府功曹參軍。在職修舉，府中常推委之。會太夫人寢疾，公執藥餌，不斯須去左右者數月。以憂解官，哀毁之過，宗黨稱嗟。服除，爲許州郾城主簿，本郡牧與外計使皆以文學政事交薦于朝廷。

改大理丞，宰蜀之江源縣。人繁地狹，積多田訟。公曰：「聽訟之明，曷若使無訟乎？」及正其疆，條其弊，以示於民，自兹無争焉。時天下學校未興，公修本邑孔子廟，起學舍，俾邑之秀民群居焉，公旦暮往勸導之。自此江源始有舉進士者，邑人于今稱之。

皇上即位，升殿中丞，知宣州宣城縣。未至，有江淮制置使舉公監海州榷貨務，疏達利路，商賈便之。朝廷獎其勞，改太常博士。又遷屯田員外郎。既而三司使以公可通天下之利，薦之領京師榷貨務。三年稱職，特除都官員外郎，賜五品服。往倅泉州，遠人賴之。

遷職方員外郎。俄拜屯田郎中，知衛州。會州長不利，繼亡者數人，人無敢往。士大夫惜公之行，或教以易其府署。公曰：「吉凶人乎，死生天乎！」於是弗辭厥命，弗易厥居，而終亦無咎。郡之共城有稻田，以供尚食，水利有餘，而民不與焉。公使歲溉之外，與百姓共之。

天子以欽恤之懷，憂及萬邦，復先朝提點刑獄使。兩省近臣交上封奏，舉公充職。朝廷從之，命提點京西路刑獄事。公性仁恕，小大之獄必盡心以聽，郡邑之幽遠，使車所不至者，躬親焉，不事風威。州縣九品，必延見與語，得其善，則畫一以聞；見其過，則教之使悛。雖職居按察，而不忍摘人之惡，搢紳稱其長者。

改度支郎中、荆湖北路轉運使。下車，訪能吏，徹冗官。部中諸郡例以公用饋遺者，一切不受。西南夷人下溪州刺史彭仕義，隸于辰州，而驕蹇狙詐[一]。嘗因入貢，訴州官于登聞，辭皆不實。朝廷弗欲較之，責吏而已。仕義益横，求割近邊士民。公遣吏直告之曰：「天子恩信及爾，爾狡而無厭，我當擇於衆族，求其可代汝者，請之于朝，汝其圖之！」

仕義始知懼，盟不復敢訟。

改知潭州。潭，荆湖之劇府，人物繁會，素爲難治。以公神明之照，雖千百其訟，無毫髪之隱，吏服民愛，歌于道路。朝廷知公之重，拜太常少卿、直昭文館，就鎮南海。始登舟，感疾，召諸子授以治命，神思不亂。以康定元年八月二十三日不起。

公長厚之性，資以明達。顛沛造次，弗離中道。寬而不懈，直而不訐。與人交，久而能恭。當官而行，未嘗違其正，士大夫無不愛其風度。居家有節，與親族同其有無。常謂諸子曰：「吾家清白可傳，何生業之爲？」啓手足之日，門中索然。君子謂公之踐言矣。

娶三夫人：高陽許氏；中山劉氏，封長安縣君；廣平宋氏，封某縣君。生八男：長曰寅，有文學，履業，登進士第，爲絳州防禦推官，與次子廉俱不幸早世；次曰蕃，開封府封丘縣主簿；次曰常，將作監主簿；次曰當、堂、京、岡，並幼。女五人：長適大理寺丞李競；次適廬州舒城縣主簿王宗慤；次適河中府萬泉縣令高良佐；次適孟州河陰縣主簿、州學教授蓋沂；一女尚幼。

以某年月日，葬于鄭州新鄭縣抱章山之東南，三夫人祔焉。某既交而親，從其孝子之請而作銘云：

邦之令人，道醇德懿。芝蘭之室，瑚璉之器。稟孝含忠，播仁殖義。位於一方，未博其施。弗遐厥壽，蒼蒼曷意。君子惜賢，小人奪惠。葬于鄭國，卜云善地。子産在焉，魂兮相慰。

【校勘記】

〔一〕詐：原作「許」，據天曆本、《叢刊》本、康熙本改。

太子右衛率府率田公墓誌銘

古稱陰有德於人者，必享厥祥，大厥後。《易》不云乎：「積善之家，必有餘慶。」所謂不在其身，在其子孫者，信矣！

公諱紹方，其先鴈門人。曾、高家于冀。自耶律氏熾，得石晉山後八郡，又歲侵兩河間，王考諱某，被遷于盧龍，署之以官，復治産雲中，而貨殖焉。考諱某，能幹父之蠱，其家益顯，娶王氏而生公。

公少稱才武，抱氣重諾，有燕趙之風。義事耶律，得親信左右，常從而南牧。帳下多掠獲漢家士民，俾公尸之，公默計之曰：「漢人吾曹也，驅之如犬羊，非有罪辜，將孥戮于虜中。」乃縱之，夜亡者千計。此德於人多矣。公亦自負，謂：「大丈夫胡能老于異域哉！考妣既葬，吾其歸歟。」乃匿身草莽，會夜則負斗而奔。既達朝廷，真宗憫然嘉之，補職于三班。以其勇果，屢委軍甲，捕外方寇，所謂巡檢者。至則盜息，民得按堵。

公祥符中，主邵之峽口寨，時龍水郡蠻寇大擾，戍兵屢屈。峽口溪洞，亦乘聲嘯聚。一日迫寨，圍而譟之。公戒軍士曰：「我露其勇，彼將整而難破，不如示之怯。士敢先動者，吾以軍法從事。」衆皆肅然聽命。既夜，公自率驍果，突而擊之，斬十餘級。蠻雖衆，曾不能措手足，大駭而奔。自是終公之任，不敢内寇。州將害其功，不以上聞。公曰：「吾自虜還漢，獲從王事足矣，烏敢爲功哉！」

又嘗誨督諸子曰：「吾以漢有聖人之風，故脱身以歸。今教汝詩書，趨聖人之道，使汝輩有立，吾將鼓歌以終天年，豈病其不達耶！」子況舉進士高第，又舉賢良方正，天子親問當世治亂祥咎，以對策第一，乃速進用，四五年間掌西掖書命，爲陜西道宣撫副使。還朝，敷奏稱旨，乃詔寵公以太子右衛率府率，監瓊林苑金明池，以便子養，士大夫榮之。天子以尚憂西陲，命況龍圖閣直學士，出領秦鳳路經略使。公在疾，經略屢求省侍，有詔敦勉，遣中人尚醫診視。公以慶曆五年乙酉孟秋月壬子不起，享年七十有四。上嗟惻之，加賵賻焉。經略累章哀訴，得告奉公之喪。以某年月日，葬於許州陽翟縣某原，禮也。

公性剛直，未嘗曲於人，然明恕少怒。嘗官于閩中，有愛馬，使一卒乘習，遇危橋不下，馬折足而斃。公曰：「卒豈欲是耶？」不復以一言詰之，人皆服其度。

公娶李氏，贈福昌郡君，前十五年而亡。生八男：經略即長子也；次曰淵，有詞業，舉進士，以兄廕補試祕書省校書郎，許州郾城主簿；次曰天護〔一〕，幼亡；次曰洵，頴上主簿；次曰浹，登進士第，唐州團練推官；次曰洸，太廟齋郎；次曰泳，皆業進士；次小字寶哥，尚幼。三女：長適海州東海令張震，次適辰州理掾高燾，次適鄂州咸寧令張子方，皆以婦道稱于宗族。

某嘗與公會于丹陽，見公氣貌話言，剛而質，毅而恭，使人信而愛之；又與經略之游舊矣，俾序而銘云：

公復其家，去狄而華。公教其嗣，挺國之器。厥後既隆，又壽而終。天子賵焉，大夫弔焉，非積德而胡然！（又見《名臣碑傳琬琰集·中集》卷三九。）

【校勘記】

〔一〕天護：《名臣碑傳琬琰集·中集》卷三九亦作「天護」。《叢刊》本、康熙本、《四庫》本並作「沃、濩」，國家圖書館藏北宋本某氏校亦改爲「沃、濩」，蓋以田紹方諸子名俱從「氵」旁。然上文云「生八男」，若以沃、濩爲二人，則爲九男，不合。蓋「天護」爲此子小字，以其幼亡，尚未有名。

資政殿大學士禮部尚書贈太子太師謚忠獻范公墓誌銘〔一〕

慶曆紀號之六載，春正月丁亥，資政殿大學士、禮部尚書、知河南府、兼西京留守司范公，以疾薨聞。上悼之，爲不視朝，制贈太子太師，賵賻加等，子孫遷官者五人。有司議行，謚曰忠獻。以來年某月日〔二〕，葬于洛陽之某原某里，附先塋也。

公諱雍，字伯純，其先太原人。皇考諱某，後唐初爲校書郎。并帥孟公器之，嘗辟居幕中。後又從孟公入蜀，霸業既成，遂爲國相。久之，一日告老，蜀主寵以太子太保就第，以疾終。及公之貴，累贈太保。王考諱某，在蜀爲刑部侍郎，後歸朝，終于左屯衛將軍，累贈太傅。考諱某，以太傅廕爲供奉官，終于合肥郡之監軍，累贈太師、尚書令。妣韓氏，封安康郡太夫人，追進京兆郡。實生三子，公處其季。

十歲而孤，家甚貧，太夫人遣公就學，常質衣以爲資。公警悟過人，挺然國器。舉進士，咸平三年春，御前釋褐，補洛陽主簿，再調錢塘尉。知己薦公廉敏，改筠州從事。秩滿，以績用除大理丞，宰建之崇安縣。遷殿中丞，知端州。還朝，獻所著文二十卷，進太常博士。

初，公爲洛陽主簿，實典廩納，而邑多權要，公必先細民而後形勢。時尚書張公詠道過洛陽，聞其事，乃記公姓名，署之于屏，常指以示人曰：「識斯人否？」至是張公鎮淮陽，致書于寇萊公，道公之才，復奏公爲淮陽倅。成命未行，會萊公出守西洛，辟公貳留守司，朝廷俞之。張公曰：「奪我賢倅耶！」公自兹名重朝廷。改田曹外郎，主判三司開拆，賜五品服。

天禧中，河决滑臺，齊魯承其弊。朝廷遣兵數萬人塞其横流，千里之民皆奔走負薪芻，邑官荷校以督其事，民不堪命。天子患之，命丞相暨主計擇人以往，僉以公爲允，除京東轉運副使。至則度河之勢，量工集材，邑官皆釋之，與民緩期，不煩而濟。

河防既就，進度支外郎、河北轉運使。列塞積兵，計糧爲大。民租不能給，須重其穀價，募商以内之，縣官苦其費。公視德、博間地惟沃饒，菽粟易斂。又河渠通于塞下，大可致之。乃輦諸州緡錢，就以平糴，方舟順流，集于邊廩。自是河朔財用，周于供億。朝廷患陝西兵食不足，困于轉饋，命公充本路轉運使，賜三品服。公至，則先寛其民，不使遠輸。募人入粟塞下，給以池鹽。商嗜其息，而農得以休。上即位，就遷兵部外郎，召拜户部副使，尋改度支副使。未幾，拜工部郎中、龍圖閣待制，充陝西轉運使。踰年，召還，提舉京百司。會環、原州屬羌叛起，大爲邊患，遣公安撫。乃見其酋長，諭以恩威，即時嚮順。還朝，拜右諫議大夫、權三司使。旋奉使契丹國，以專對有體，加龍圖閣直學士，主計如故。

公好訪問，善開納，天下金穀之利病，灼然居目中。上知其才，拜樞密副使。歲餘，丁太夫人憂，制以給事中起復視事。籍田禮畢，遷禮部侍郎。時玉清昭應宮災，兩府簾對，章獻太后泣曰：「先帝崇奉此宮，一旦至此，賴東北隅猶存一二小殿。」公揣知有復興之意，因抗言曰：「先朝極土木而成此宮，一夕爲燼，豈天意耶！如因其所存，復欲興之，民將弗堪，不如焚之之盡也。」諸公協其對。章獻意解，曰：「不復勞人矣。」上説，翌日下詔以諭中外焉。又嘗繪尚書四代圖進之，以備中覽。居密府六載，參掌機務，知無不爲。

明道二年，以户部侍郎知陝州。踰月，移京兆府。其年諸道旱蝗，人復疾疫，於關中爲甚，百姓轉于溝壑。公先減廩禄，復損民有餘以振之，活數萬人。每人躬自撫視，至染癘氣，卧疾者久。徙鎮河陽，暇日念國家禦戎之備率多弛廢，西羌狡狠，必有窺邊之心，恩不克威，豈久安之勢。乃感激上言，而得入覲，陳安邊六策，上深加采納。

進吏部侍郎、資政殿學士，出守西京。既而西戎果叛，上咨歎之，授公振武軍節度使，鎮延安。時守備未完，屯戍尚寡，公累章乞師。朝議小其寇，不甚爲意。一日，元昊驅衆十餘萬圍延安城，會大將石元孫領兵出境上，城中守卒纔數百人。公身被甲冑，復呼民登陴，日夜嚴守，遣使召統帥劉平于慶州。平領軍來援，合元孫兵與賊夜戰，王師不利，二帥陷殁，城中大恐，無可守之勢。公曰：「延安，西夏之咽喉也。如將不守，則關輔皆危。今人力窮矣，奈何？」郡南有嘉嶺山，其神素靈，乃望而禱之曰：「我死王事足矣，生靈何辜，爲虜魚肉。神享廟食于兹土，其無意乎？」厥暮陰晦，雨雪大下，寇兵暴露，不知所爲，乃晝夜引去，延安遂完。朝廷聞之，封其神曰威顯公。斯又至誠之感，爲不誣矣。

然二帥既殁，累公左遷户部侍郎、知安州。延安吏民百數，詣闕號訴，謂城當陷而存，民將殞而生，皆公之力也。天子惻然，故一歲間起公吏部侍郎、知河中府。未行，改京兆府，且許朝覲。上優遇之，加資政殿學士赴鎮。歲餘，以撫安關輔之勞，改尚書左丞，進大學士。

俄而復守西京。有群盜集于穰、鄧〔三〕，浸淫汝、洛間，朝廷委公營之。公夙夜乃事，遣兵驅遏，兼示恩貸，故其寇歸者半，戮者半，民用樂業，歲乃大登。朝廷有詔褒之。又言事者以西事而來，收兵大冗，宜遣使擇去，以寬其費，朝廷從之，軍中往往偶語。公密疏，謂急而用之，緩而弃之，不可。上乃止。

公保釐三歲，拜禮部尚書。時已抱疾，至終之日，洛人悲焉。公常志在補益，奏藁累篋。及其沉痾，聞朝廷有事于田狩，猶拜疏忠切，以盡其心。

公性恭和，有風鑑，門下所舉，多至貴顯，爲時名卿。藏書僅萬卷，惟小書五經則常提攜左右，不可一日無此。與岷山處士龍昌期論《易》，深達微奧。以昌期所著書奏御，遂行於時。公著《明道集》三十卷，後集十卷；《彌綸集》十卷。雖高年貴位，而造次不忘于學。

初娶魏氏，追封鉅鹿郡夫人。再娶臧氏，始封遂寧郡夫人，改仁壽郡。男六人：長曰宗傑，兵部員外郎、直史館、陝西轉運使、三路制置解鹽使，先公一年而亡；次宗良、宗衍，並守將作監主簿；次宗古，皆早亡；宗師、宗賢，今並太常寺太祝。女十人：一適眉州防禦使高繼宣，三人在室，六人早亡。孫男六人：子開、子明，並大理評事；子儀，太常寺奉禮郎；子諒、子奇、子淵，將作監主簿。孫女七人，曾孫女二人。

公約于身，勞于國，周旋四方，始終一節。又政惟慈恕，不任威罰。今二子六孫，秀異簪紳，豈陰德之在歟！

某素爲公之所知，又諸孤以公善狀求爲之銘。

銘曰：

邦之偉人，念德不怠。勤勞王家，四十七載。入輔樞軸，作爲股肱。皇猷克贊，天眷是膺。出臨藩宣，允專節制。蹈乎憂患，濟以忠義。政本乎仁，行執乎恭。夙興夜寐，則善之從。歲月靡靡，終于壽紀。典禮具舉，神靈以喜。葬于先塋，舊柏青青。子孫尚蕃，承祭祀兮惟寧。（又見《名臣碑傳琬琰集·中集》卷一〇。）

【校勘記】

〔一〕原無「禮部尚書」四字，據天曆本、《叢刊》本、康熙本、《四庫》本補。

〔二〕來：天曆本、《叢刊》本、康熙本、《四庫》本作「其」。

〔三〕穰：天曆本、《叢刊》本、康熙本、《四庫》本作「襄」。

范文正公文集卷第十五

墓誌

東染院使种君墓誌銘

君諱世衡，字仲平，國之勞臣也，不幸云亡，其子泣血請銘於予。予嘗經略陝西，知君最爲詳，懼遺其善，不可不從而書之。

初，康定元年春，夏戎犯延安，我師不利。朝廷以堡障衆多，有分兵之患，其間遠不足守者，即命罷之。寇驕而貪，益侵吾疆，百姓被其毒。君時爲大理丞，任鄜州從事，建言延安東北二百里，有故寬州，請因其廢壘而興之，以當寇衝，左可致河東之粟，右可固延安之勢，北可圖銀夏之舊，有是三利。朝廷從之，以君董役事。君膽勇過人，雖俯逼戎落，曾不畏憚，與兵民暴露數月，且戰且城。然處險無泉，議不可守。鑿地百有五十尺，始至于石，工徒拱手曰：「是不可井矣。」君曰：「過石而下，將無泉耶？爾攻其石，屑而出之，凡一畚，償爾百金。」工復致其力，過石數重，泉果沛發，飲甘而不耗。萬人歡呼曰：「神乎！雖虜兵重圍，吾無困渴之患矣！」用是復作數井，兵民馬牛皆大足。自兹西陲堡障患無泉者悉倣此，大蒙利焉。既而朝廷署故寬州爲青澗城，授君内殿承制、知城事。復就遷供備庫副使，旌其勞也。

塞下多屬羌，向時漢官不能恩信，羌皆持兩端。君乃親入部落中，勞問如家人意，多所周給，常自解佩帶與其酋豪可語者。有得虜中事來告於我，君方與客飲，即取坐中金器以獎之。屬羌愛服，皆願效死。

青澗東北一舍而遠距無定河，河之北有虜寨，虜常濟河爲患。君屢使屬羌擊之，往必破走，前後取首級數百，牛羊萬計，未嘗勞士卒也，故功多而費寡。建營田二千頃，歲取其利。募商賈使通其貨，或先貸之本，速其流轉，歲時間其息十倍。乃建白凡城中芻糧錢幣暨軍須城守之具，不煩外計，一請自給。使一子專視士卒之疾，調其湯餌。常戒以笞責，期于必瘳，士卒無不感泣。

今翰林承旨王公堯臣安撫陝西，言君治狀。上悦，降詔褒之曰：「邊臣若此，朕復何憂！」二年，就兼鄜延路駐泊兵馬都監，制置本路糧草。遷洛苑副使。

慶曆二年春，予按巡環州，患屬羌之多而素不爲用，與夏戎潛連，助爲邊患。乃召蕃官慕恩與諸族酋長僅八百人，犒于麾下，與之衣物繒綵，以悦其意。又采忠順者，增銀帶馬紱以旌之，然後諭以好惡，立約束四，俾之遵向。然悍猾之性，久失其馭，非智者處之，慮復爲變。時青澗既完，人可循守，乃請于朝，願易君理環。朝廷方以青澗倚君，又延帥上言，人重其去，命予更擇之。予謂夏戎日夜誘吾屬羌，羌愛其類，易以外向〔一〕，非斯人親之，不能革其心。朝廷始如其請。

君既至環，按邊之利害，大要在屬羌難制，懼合夏戎爲暴發之患；又地瘠穀貴，屯師爲難，聚糧則力屈，損兵則勢危，斯急病也。君乃周行境内，入屬羌聚落，撫以恩意，如青澗焉。有牛家族首奴訛者，倔强自處，未嘗出見官長。聞君之聲，始來郊迎。君戒曰：「吾詰朝行勞爾族。」奴訛曰：「諾。」是夕大雪三尺，左右曰：「此羌兇詐，嘗與高使君繼嵩挑戰。又所處險惡，冰雪非可前。」君曰：「吾方與諸羌樹信，其可失諸。」遂與士衆緣險而進。奴訛初不之信，復會大雪，謂君必不來。方坦卧帳中，君已至，蹴而起之。奴訛大驚曰：「我世居此山，漢官無敢至者，公了不疑我耶？」乃與族衆拜伏讙呼曰：「今而後惟父所使。」自是屬羌咸信於君。有兀二族，受夏戎僞署，君遣人招之不聽，即使慕恩出兵誅之，死者半，歸者半，盡以其地暨牛羊賞諸有功。其僭受僞署如兀二族者百餘帳，咸股慄請命，納其所得文券袍帶，由是羌屬無復敢貳。君戒諸族各置烽火，夏戎時來抄掠，則舉烽相告，衆必介馬而待之，破賊者數四。涇原帥葛懷敏定川之敗，戎馬入縱于渭，予領慶州蕃漢兵往扼邠城，又召君分援涇原。君即時而赴，羌兵從者數千人。屬羌爲吾用，自此始。

君曰：「羌兵既可用矣。」乃復教土人習弧矢以佐官軍。吏民有請某事辭某事者，君咸使之射，從其中否而與奪之。坐過失者，亦用此得贖。吏農工商，無不樂射焉。繇是緣邊諸城，獨環不求增兵，不煩益糧，而武力自振。夏戎聞屬羌不可誘，土人皆善射，烽火相望，無日不備，乃不復以環爲意。前後經略使交薦君之才能。朝廷益知可倚。明年，遷東染院使，充環慶路兵馬鈐轄，仍領環州。

惟環西南占原州之疆，有明珠、滅臧、康奴三種，居屬羌之大，素號彊梗，在原爲孽，寖及于環。撫之，很不我信；伐之，險不可入。北有二川，交通于夏戎，朝廷患焉。其二川之間，有古細腰城，復之可斷其交路。又明年，予爲宣撫使，乃諭君與原守蔣偕共幹其事。君久悉利病，即日起兵會偕于細腰，使甲士晝夜築之。夏戎固忌此城，君遣人入虜中，以計款之，兵遂不至。又召明珠等三族酋長犒撫之，俾以禦寇。彼既出其不意，又亡外援，因而服從，君之謀也。

君處細腰月餘，逼以苦寒，城成而疾作，以慶曆五年正月七日甲子啓手足，神志不亂，享年六十一。葬于京兆萬年縣之神和原。

君之先，河南洛陽人也。曾祖存啓，河南壽安令。祖仁詡，京兆長安令，贈太常博士。父昭衍，登進士第，累贈職方員外郎。季父放，字明逸，初隱于終南山。君少孤依之，服勤左右，以力學稱。明逸道高德純，太宗朝再詔，以事親不起。真宗復加聘禮，起拜左司諫、直昭文館，累遷尚書工部侍郎。

大中祥符五年，君用工部廕，得將作監主簿，五遷至太子中舍。初監秦州太平監，以母老求養。又監京兆府渭橋倉、邛州惠民監，知涇之保定、京兆之武功、涇陽三邑。在武功毁淫祠，崇夫子廟，以來學者。在涇陽，有里胥王知謙者，姦利事露，逃之，遇郊禮乃出。君曰：「送府則會恩，益以長惡。」從所坐杖脊于縣庭，而請待罪。府君李公諮奏釋之。自是豪黠莫不斂手。其嫉惡如此。又邑有三白渠，比年浚疏，用數邑力。主者非其才，而勞逸弗等，功利日削。君使勤墮齊其力，故功倍；貧富均其流，故利廣。至今民能言之。

歷通判鎮戎軍、環、鳳二州。鳳之守王蒙正，託章憲外姻，以私于君，復欲以賄污君，君正色不納。蒙正大怨之，乃使人諭王知謙訟君，蒙正内爲之助。獄成，流竇州。上親政，量移汝州。君之弟世材以一官讓君，乃除孟州司馬。龍圖閣直學士李公紘雪于朝，授衛尉丞，主隨州榷酤。又禮部尚書宋公綬、工部侍郎狄公棐，皆言君非辜，改知虔州贛縣。君辭，得監京兆軍資庫。以同、鄜交辟，改簽署同州判官事。又移鄜州。因從軍延安，乃有故寬州之請。

君少尚氣節，昆弟有欲析其家者，君推資産與之，惟取季父圖書而已。莅官能擿惡庇民。青澗與環人，皆畫君之像而享事之。及終，吏民暨屬羌酋長朝夕臨柩前者數日。朝廷深惜之，賜三子恩。

君娶劉氏，封萬年縣君。男八人：長曰古，文雅純篤，養志不仕，有叔祖明逸之風；次曰診，試將作監主簿；曰詠，同州澄城尉；曰諮，郊社齋郎；曰諤，三班奉職，皆有立人也；訢、記、誼三子尚幼。一女，適西頭供奉官田守政。

君在邊數年，聚貨食，教弧矢，撫養士伍，牢籠羌夷，無賢不肖皆稱之。又出奇以濟幾事，嘗遣諜者入虜中，凡半歲間而虜誅握兵用事者二三人。諜者還言其謀得行，會君已没，又天子方懷來，故其績不顯。

銘曰：

嗚呼种君，出于賢門。吾志必立，吾力是陳。寧以剛折，果由直伸。還自瘴海，試于塞垣。權以從事，意其出人。捍虜之患，乂邊之民。夙夜乃職，星霜厥身。生則有涯，死宜不泯。邊俗祀之，子子孫孫。（又見《皇朝文鑑》卷一三九，《名臣碑傳琬琰集·上集》卷二五。）

【校勘記】

〔一〕易：天曆本、《叢刊》本、康熙本、《四庫》本作「益」。

天章閣待制滕君墓誌銘

君諱宗諒，字子京。大中祥符八年春，與予同登進士第，始從之游，然未篤知其爲人。及君歷濰、連、泰三州從事，在泰日，予爲鹽官於郡下，見君職事外，孜孜聚書作文章，愛賓客。又與予同護海堰之役，遇大風至，即夕潮上，兵民驚逸，吏皆蒼惶不能止，君獨神色不變，緩談其利害，衆意乃定。予始知君必非常之才而心愛焉。

君去海陵，得召試學士院，改大理寺丞、知太平州當塗縣，移知邵武軍邵武縣。遷殿中丞。還臺，會禁中災，下御史府窮究，君與秘書丞劉越並上疏論災異，明非人之所能爲，朝廷貸其獄。時明肅太后晚年未還政間，君又與越嘗有鯁議。暨明肅厭代，朝廷擢當時敢言者，越既卒，贈右司諫，君拜左正言，遷左司諫。俄以言得罪，换祠部員外郎、知信州，又監郇陽郡榷酤，就九華山以葬先君。既而起通判江寧府。丁太夫人憂，服除，知湖州，賜五品服。

西戎犯塞，邊牧難其人，朝廷進君刑部員外郎、直集賢院、知涇州，就賜金紫。及葛懷敏敗績于定川，寇兵大入，諸郡震駭，君以城中乏兵，呼農民數千，皆戎服登城，州人始安。又以金繒募敢捷之士，晝夜探伺，知寇遠近及其形勢。君手操簡檄，關白諸郡，日二三次，諸郡莫不感服。予時爲環慶路經略部署，聞懷敏之敗，引蕃漢兵爲三道以助涇原之虚。時定川事後，陰翳僅十日，士皆沮怯，君咸用牛酒迎勞，霈然霑足，士衆莫不增氣。又涇州士兵多没于定川，君悉籍其姓名，列于佛寺，哭而祭之，復撫其妻孥，各從其欲，無一失所者。

予目此數事，乃知君果非常之才，始請君自代。朝廷命韓公琦與予充陝西四路馬步軍都部署、經略安撫招討使，復命君守本官，充天章閣待制、環慶路經略安撫招討使，兼知慶州。君奏言：今既置四路經略安撫招討使，而諸路經略亦帶招討之號，稱呼無别，非統制所宜，請去「招討」二字。朝廷以其知體，詔從之。君去涇之日，其戰卒妻孥數百口，環其亭館而號送之，觀者爲之流涕。君至慶，處置戎事，甚得機要，邊人咸稱之。

會御史梁堅奏劾君用度不節，至本路費庫錢十六萬緡。及遣中使檢察，乃君受署之始，諸部屬羌之長千餘人皆來謁見，悉遺勞之，其費僅三千緡，蓋故事也。堅以諸軍月給并而言之，誣其數爾。予時待罪政府，嘗力辯之。堅既死，臺諫官執堅之説，猶以爲言。朝廷不得已，坐君前守回中日，饋遺往來踰制，降一官，仍充天章閣待制、知虢州，又移知岳州。君知命樂職，庶務畢葺。遷知蘇州，未踰月，人歌其能政。俄感疾，以某年月日，薨于郡之黄堂，享年五十七〔一〕。天子加賵賻禮，進一子官。

嗚呼！予實知君之才，而嘗薦之於朝。及聞其終，泣而誄之。惜其才有餘而命不足，不得盡其術于生民。諸子奉君之喪，以某年月日，葬于池州青陽縣九華山金龜原，而乞銘於予，忍復讓哉！

君河南人也。曾祖裔，贈將作少監。祖嶼，不仕。父感，雅州軍事推官，累贈尚書屯田郎中。母刁氏，渤海縣太君，追封仙遊縣太君。君娶李氏，封同安縣君。子四人：希仲，以方略進前渭州軍事推官；希魯，登進士第；希德，舉進士；希雅，尚幼，並守將作監主簿。女二人：長適池州軍事推官王栩，次適進士劉君軻〔二〕。

君少孤，性至孝。居母喪，以哀毁屢病，廬墓側踰年，手植松柏數萬株。生平好學，爲文長於奏議，尤工古律詩。積書數千卷以遺子孫。中外宗族，無不盡其歡心，其育人之孤、急人之難多矣。君政尚寬易，孜孜風化。在玉山、雩上、回中、岳陽四郡，並建學校。紫微王舍人琪、翰林張諫議方平、太常尹博士源、弟起居舍人洙次爲之記。重興岳陽樓，刻唐賢今人歌詩于其上，予又爲之記。君樂於爲善，士大夫亦樂其善而願書之也，可不謂之君子乎！

銘曰：

嗟嗟子京，天植其才。精爽高出，誠意一開。抗職諫曹，辯論弗摧。主略邊方，智謀橫來。嗟嗟子京，爲臣不易。名以召毁，才以速累。江海不還，鬼神何意。君昔有言，愛彼九華。書契以降，干戈弗加。樹之松楸，蔽于雲霞。君今已矣，復藏于此。魂其依歟，神其樂只。壽夭窮通，一歸乎至理。（又見《名臣碑傳琬琰集·中集》卷二，《（光緒）青陽縣志》卷一二。）

【校勘記】

〔一〕五十七：《（光緒）青陽縣志》卷一二作「五十八」。

〔二〕「曾祖裔」至「劉君軻」：《（光緒）青陽縣志》卷三作：「曾祖某。祖某。父某，贈刑部侍郎。母刁氏，贈渤海郡太君。娶李氏，封同安郡君，累贈榮國夫人。子四人：希仲，以方略進渭州推官；希魯，進士及第，太常博士、通判衢州；希仁，朝請大夫、知永州軍，并亡；希靖，朝散大夫、通判定州。女二人：長適池州推官王栩，次適進士劉仲甫。孫伯英，連州楊山縣主簿；伯雄，司理參軍；伯彦、伯特，並舉進士業；伯武，冀州冀都縣令；伯文，江寧府司理參軍；伯振，江州湖口縣尉。」按以上文字當是後人所添改，附此供參考。

試秘書省校書郎知耀州華原縣事張君墓誌銘

孔子門人七十子之徒，天下皆知其賢焉。或爲邑宰，或爲家臣，或不願仕，蓋顯於諸侯者寡矣。然則七十子之徒與孔子語而未嘗及怨，何哉？君子之道充乎己，加乎人，窮與達外也。彼戰國豪士不由孔子之門者，則有脱賤貧，逐貴高，弗奪弗厭，滅身覆宗而不悔，何哉？不循聖人之道，挾數以進，求行其欲，得與失重也。吾乃知夫由孔子之道者，雖困窮以死，不害其爲賢矣。

君諱問，字道卿，陳留人也。天聖七年秋，廣文館、開封府所薦士，有與主試官親嫌者，别試太常寺。予始在秘閣，命往尸之，得君策論，有漢儒風采，乃薦以高等。明年，不利于春官。退居景陵郡，研經講道，弦歌終日，遠近學者多歸之。既而獻文論百首，應茂才異等科第一人召。會丁家難，不赴。

寶元初，西羌犯延安，君慨然有憂邊之意，述平戎策以進。慶曆初，故禮部尚書范公雍言君著《萬機濟理書》十篇，皆國之大議，朝廷召試學士院。初命試將作監主簿，未調而歸，搢紳惜其不稱。時予經略陕西，因表薦之，除試秘書省校書郎、知耀州華原縣。决滯訟數十，吏民服其明。屬西陲積兵，民苦於遠輸，俗吏急之，以奉上官，民率多流亡。君獨與民緩期，使得措其手足，復流亡者千餘户。陜西都轉運使吴公遵路、孫公沔，皆以善狀上聞，宣撫副使田公況復稱薦之。又本道經略使鄭公戩，顧京兆屬邑有不治者，必遣君治之，以慰其民。鄜延路經略使龐公籍思廣議論之助，權署君幕中，仍主州庠，以教育人材。累表請改官，未報。會樞密直學士梁公適來代龐，奏君以本官監延州軍資庫，詔從之。

未幾寢疾，以慶曆六年十一月三日，終于延安之官舍，享年五十二。以某年某月某日，葬于某鄉里。

曾祖洪，隱德不仕。祖令釗，開封府太康縣主簿。父允，河中府觀察推官。母夫人宋氏。君娶歐陽氏，生一子曰徽，登進士第，鎮安軍節度推官，知延州甘泉縣。二女：長適安州安陸縣主簿朱師德，次適進士方琪。

君力于學，志于道，直言直躬，自信而不惑，有孔子門人之業，而不挾戰國豪士之數，雖命與道違，又何愧哉！其子遠來乞銘，故書之曰：

君子之道，恥於弗立，立而無所施，命也；君子之命，患於弗知，知而無可奈何，天也。張君其斯人之徒歟！吾思孔子之門，則當旌其人而不暇哀其人，故昭以銘云。

太子中舍致仕上官君墓誌銘

君諱融，字仲川，其先蜀人也。曾祖諱琛，不仕。祖諱遜，贈禮部侍郎。父諱佖，兵部員外郎、京東轉運使，贈光禄少卿。妣袁氏，彭城縣太君。

君幼專詞學，秀出流輩。天聖二年秋，廣文館舉進士，公卿大夫之子咸在焉，君中第一人。明年春，禮部較天下之才，君别試于太常寺，又首薦之。由是名動京師，士大夫願識其面。未第間，丁光禄憂。朝廷録光禄之後，賜君同學究出身。服除，授信州貴溪縣主簿。君不辭小官，而恪其職。今樞密直學士蔣希魯、故龍圖閣直學士吴安道時並任江南東路轉運使，聯章薦君，就遷蔡州平輿縣令。吴移使淮南，奏掌真州鹽倉。又故龍圖閣直學士段希逸與時賢七人舉君于朝。旋以疾聞，除太子中舍致仕，居于曹南郡。以慶曆三年三月五日不起，年四十有九。

君始娶任氏；再娶辛氏，封金城縣君。子二人：長曰延賞，郊社齋郎；次曰延德。

君之弟太子中舍隆與其孤，以皇祐三年四月六日，葬君于濟陰縣沛郡鄉崇儒里，請銘於余。余天禧初爲譙之從事，光禄公方典是郡，君時侍行，而余始識君。見君文雅有議論，不敢以子弟器之。後數年，與君會於京師，與之遊皆當世異才，以文學風義相許，余益愛焉。君既禄仕，而大夫之賢者多薦之，斯可謂之聞人矣。惜乎命之不修，弗克樹勳於時，可永歎焉。或者曰，儒生多薄命，天豈不與善也？余謂不然，君子之爲善也，必享其吉，有窮且夭者，世皆重而傷之，雖一二人猶以爲多焉。小人之爲不善也，必罹其凶，其禍且死者，世皆忽而忘之，雖千百人若無焉。如仲川之亡，可謂重而傷之者矣。故作銘云：

惟人之才而無命兮，猶物之秀而不實。品彙紛其自然兮，非化工之能一。仲川之亡兮可奈何，如川之去兮無還波。彭殤至此兮，孰少孰多？君子之思兮，徒爲乎悲歌。

太子中舍致仕范府君墓誌銘

府君諱仲温，字伯玉。四代祖諱某，幽州人也，唐末爲處州麗水縣丞。中原亂離，遂家于蘇臺。曾祖諱某，事錢氏，爲中吴軍節度判官，贈太保。祖諱某，以神童補官，終于秘書監，贈太傅。考諱某，歸皇朝，歷真定府武信軍掌書記，贈太師兼中書令。

府君即太師仲子也，生于京師。幼孤，還蘇臺，與諸從兄弟居。服勤素業，孝悌于門中。景祐二年，以某遇乾元節恩，例補試將作監主簿。赴調，除越州新昌尉。以誠接物，民用知勸。在邑三年，盜不及境。外計舉監杭州餘杭縣市征，能寬其利，商旅便之。三載以績聞，按察使洎牧守咸有表薦，除寧海軍節度推官，知台州黄巖縣。

慶曆七年，海潮大至，壞州城，人皆逃散，没溺者甚衆。府君教民爲桴，晝夜救之，全活數千人。既而上官知其所存，請董衆以治城。府君雅喜利人，長於慮事。衆議築土爲城，用甓以傅之。府君獨不然，謂人築且勞，又捍水之衝，甓何能久？乃集民累土，以牛數百蹂之，堅而後增，至於成城〔一〕。復表以長石互相銜枕，勢莫得動。其城八門皆設之閘，遇水暴至則障之。衆伏其善，台人遂安。時又歲饑，州命邑官率富人出穀，俾輕其價，以助窮民，而窮民乏資，無以得穀。府君諭之曰：「汝糴之十，不若與之二三，則富人易辦，而貧人易及。」衆皆悦從，饑者獲濟焉。永嘉郡禁盗十四人，獄具，皆當極法。外臺請府君慮問，府君原盗之情而重其行法，固請覆奏，朝廷悉恕其死。黄巖大邑，民數萬户，訟争盈庭。府君專尚仁愛，多以理遣。至有犯徒刑而情非巨蠹者，府君必爲解其仇訟而决平之，民自愛服。制置、按察等使交章薦之。

府君秩滿還家，與鄉舊游曰：「吾樂矣，何用官爲？」遂請老。朝廷嘉之，遷太子中舍致仕。皇祐初，某來守錢塘，與府君議，置上田十頃於里中，以歲給宗族。雖至貧者，不復有寒餒之憂。府君退居四年，賓親盈門。以東皋所入，日爲鷄黍之具，故貧而常樂。顧鄰里鄉黨有急難，則竭力以濟之。皇祐二年九月十三日，以疾不起，享年六十有六。中外宗親莫不過哀，里人無老少皆涕下。其遺愛感人如是之深。

娶丁氏夫人。男五人：長曰純義，守將作監主簿；四子尚幼。女四人：長適進士李沿，次適進士沈充，二女在室。以其年十一月十三日，葬于吴縣天平山三讓原。

嗟夫！某從事四方，與府君别，動逾千里。及餘杭得請，一獲其願。相會未幾，而有死生之訣。泣血灑毫，不能成文。

銘曰：

嗚呼！先公五子，其三早亡。惟兄與我，爲家棟梁。兄又逝焉，我獨徨徨。諸稚在前，未知否臧。我其教之，俾從義方。積善不誣，厥後其昌。（又見《吴都文粹續集》卷四五，《（雍正）浙江通志》卷一五四。）

【校勘記】

〔一〕成城：天曆本、《叢刊》本無「成」字，康熙本無「城」字。

墓表

太府少卿知處州事孫公墓表

論者曰：《春秋》無賢臣，罪其不尊王室也。噫！春秋二百四十年，天地五行之秀，生生不息，何嘗無賢乎？當東周之微，不能用賢以復張文武之功，故四方英才皆見屈於諸侯與霸者之爲，而王道不興，與無賢同，故論者傷之甚矣。

公諱鶚，字齊賢，富春人也。按舊誌，公以奇文遠策見吴武肅王，署越州大都督府文學。歷郡縣幕府，改臺憲，爲郎官，判鹽鐵院。持禮入貢，授少監。終于太府少監，領縉雲郡。享年八十，葬于會稽之南山。

今山陽守沔，即公之曾孫也，在御史府，無所回避，有聲朝廷。近過閭里掃墳墓，求故老，索遺文，得太府之清芬，訪余郡齋以道之。既而歎曰：「唐季海内支裂，卿材國士不爲時王之用者，民鮮得而稱焉。皇朝以來，士君子工一詞，明一經，無遠近，直趨天王之庭，爲邦家光。吾搢紳先生宜樂斯時，寶斯時，則深於《春秋》者無所譏焉。」因追惜太府公奇文遠策，而終於霸臣。丁彼時也，豈徒一人而已乎！故弔而表之。（又見《八代文鈔》。）

鄠郊友人王君墓表

五行之秀見乎人，有清而賢，有蔽而愚。五行之數著乎命，或修而壽，或速而夭，顔子其猶病諸！吾友人王君，賢而夭之，其不幸矣夫！

君諱鎬，字周翰，其先澶淵人也。曾祖鼎，邢臺之督郵。祖楷，尚書兵部員外郎。考衮，太子右贊善大夫。妣秦氏，封太原縣君。

贊善公慷慨有英氣，善爲唐律詩，歷著作佐郎，通判彭州。會太守不法，憤而辱之，失官。居長安中，與豪士遊，縱飲浩歌，有嵇、阮之風，人特駭之。公不安其高，復起家就禄，得請監終南山上清太平宫，從吏隱也。時祥符紀號之初載，某薄遊至止，及公之門，因與君交執，復得二道士汝南周德寶、臨海屈元應者，蚤暮過從。周精於篆，屈深於《易》，且皆善琴。君常戴小冠，衣白紵，跨白驢，相與嘯傲於鄠、杜之間，開樽鳴絃，或醉或歌，未嘗有榮利之語。

一日，會君之别墅，當圭峰之下，山姿秀整，雲意閒暇，紫翠萬疊，横絶天表。及月高露下，群動一息，有笛聲自西南依山而起，上拂寥漢，下滿林壑，清風自發，長煙不生。時也，天地人物洒然在冰壺之中。客大異之。君曰：「此一書生，既老且貧，每風月之夕，則操長笛奏數曲而罷，凡四十年矣。」嗟乎，隱君子之樂也，豈待乎外哉！

暨予東歸長白山，以親之故，就禄養者僅十五秋，君猶隱而未出。今殿中丞致仕毋君隨居鄠郊，善談名理，見君之賢而語之曰：「子美田百頃，枕琴藉書，釀醇酒，養靈藥，優游雲泉，踰二十年。人生此世中，安得獨善自樂如此之久耶？不若俯就鄉老書，少勞于人間。」又長安秀造皆推引之。君不得已，天聖四年秋，起冠京兆之薦。明年，春官氏較天下之士，第君于甲等。忽焉構疾，以三月九日，不起于京師之建隆觀。時周道士在焉，親視藥食，而至于終。乃齋其柩，行哭道中，歸於鄠郊。

又數年，予倅河中府，因王事至長安傳舍中，會周道士，夜話平昔，及君之始末。道士涕泗交下，終夕不止。君善與人交也如此。又十年，予經略西事，遇君之長子以葬期來告。嗚呼！君幼而奇敏，能歌詩筆札，有聲于關中，長安人惟呼小秀才。長而有文，著書樂道，不願榮禄，有肥遁之節。後感毋君之言，僶俛一進，遽以不壽。

妻譙氏，生子五人：長曰規，謹厚克家，奉父母之喪，藏于鄠縣某山某原，禮也；次曰溉〔一〕，景祐元年，登明經第，除臨晉主簿而亡；次曰覽，曰覬，曰觀，尚幼，俱嗣其業。一女，適孫周道，早卒。

噫！予與君别三十七載，風波南北，區區百狀。今兹方面，賓客滿坐，鍾鼓在廷，白髮憂邊，對酒鮮樂。豈如圭峰月下，倚高松，聽長笛，忘天下萬物之際乎！追念故人，乃揭石而表之。書曰：

有君子焉，生兮雲山，葬兮雲山，始終不垢兮，其清而賢。（又見《文章辨體彙選》卷六八七，《八代文鈔》。）

【校勘記】

〔一〕溉：天曆本、《叢刊》本、康熙本作「慨」。

龍圖閣直學士工部郎中段君墓表

皇祐二年春，某月日，葬故龍圖閣直學士段君于陳州某縣某鄉之某原。

君諱少連，字希逸，開封人也。曾祖諱知遇，祖諱驤，隱于五代。父諱子昂，端拱中，登進士第，終于陳州録事參軍，累贈吏部郎中。母夫人樂氏，追封福昌縣太君。

君幼孤，好學。大中祥符七年秋，登服勤詞學科。釋褐，試秘書省校書郎、知鄂州崇陽縣，有治狀。改權杭州觀察判官。時樞密直學士李公及領餘杭郡，當世清德，於人少許可，大愛君之才，與本道轉運使薦之，改著作佐郎、知亳州蒙城縣，移雅州名山縣。還，改秘書丞、知婺州金華縣。未行，除審刑院詳議官，執法至平，搢紳多之。張文懿罷相，知江寧府，辟君通判府事。還，授御史臺推直官，改太常博士。時章獻太后聽朝，君與知雜御史曹修古等上言：外戚劉從德家恩幸太過，臺隸輩皆得禄仕。責授秘書丞、監漣水軍酒税務。復太常博士、通判天雄軍。上臨軒親政，擢拜殿中侍御史。尋除開封府判官，改刑部員外郎、直集賢院。充三司度支判官，使契丹國。還，爲兩浙轉運使。君以二浙財賦爲天下之最，孜孜利病，無弊不革，朝廷獎之，進兵部員外郎，充職。改淮南轉運使兼發運司事。移陝西轉運使，奏劾判陝府駙馬都尉同平章事柴崇慶不法，朝議直之。俄命以本官兼御史知雜。踰月，除三司度支副使。定、襄地震，壞閭舍，壓人盈萬數。天子怵然，命君爲河東安撫使。君恤殘民，無一不至。遷工部郎中，充天章閣待制、知廣州。

康定初，西戎叛兵交塞下，近塞藩牧實難其任，朝廷以君爲龍圖閣直學士、知涇州。未行感疾，以寶元二年八月初四日，終于廣州之黄堂，年四十六。娶樂氏，封京兆郡君。生三男，俱幼亡。五女：長適張氏，次適孫氏，次適譚氏，次適明氏，次適張氏。

君風神秀特，人皆望而欽之。臨事無大小，無難易，決發如流。明而不苛，和而不隨。在御史府，無所回避。謫去踰年，及還，又與孔中丞道輔等伏閤論事，見端人之風焉。三爲轉運使，特有風采，善人君子皆得信用而推擢之，小人則畏而少過。君在南海，予方經略陝西，嘗薦君可任邊要，朝廷纔有涇州之命，而君不起，搢紳先生咸嗟惜焉。予知君之深者，故表其墓云：

希逸之生，神粹而明。朝端正色，天下公聲。顔子非壽，清德自久。伯道何嗣，令名爲後。表墓以文，希逸不朽。

范文正公文集卷第十六

墓表

贈大理寺丞蔡君墓表

經曰:「君子之道,闇然而日章。」嘗試觀之,士果有文與行,不必據高亨大而後顯。雖林壑之幽,逝而不泯者,蓋有稱焉。

君諱元卿,字某,其先洛陽人。祖諱某,爲萊之膠水令。有惠愛,君官九載不得去〔一〕。既終,邑人留葬之,子孫遂家焉。父諱某,克己好學,以疾不仕。

君幼不爲戲,長而好學。一日,歎曰:「男子生而有四方之志,吾從事於文,豈跼身環堵,而能通天下之志乎?」乃軒然遠游。至江西胡氏之義學,與群士居,非禮不由,非道不談,君子願交焉。五年業成,復歸于齊,鄉老請薦之。時方尚雕蟲技,君以好古,不合于有司,退居淄川郡之北郊。有田數十頃,而衣食之,以貧爲樂,未嘗屈于人。有豪士至門,願輸錢五十萬,請爲陶朱之事,以肥其家。君謝之曰:「吾伏臘之餘尚可爲酒醴,詠歌之音足以悅情性。吾之仁義不得施于生民，忍以貨殖而取之乎！」豪士慙而引去。君退於斯，終於斯，享年四十七。

君體貌魁梧，偉其衣冠，人皆望而畏之，而性本慈孝。故參知政事文忠公視君諸父也，君親愛之，過于己子。每得文忠所著，則喜盈顏面，示于識者曰：「起吾家者耶！」君娶故駕部員外郎王允己之女，贈某縣君，以孝和聞。生四子：曰弈，曰稟，曰亶，曰交，皆由文忠廕補，報君之德也。弈早終於乾寧主簿。稟既仕而學，再舉進士出身，夙夜刻志，富于學問。嘗應賢良方正科，雖失于有司，以是著聞於時，至監察御史而終。君與夫人因稟叙郊祀恩，俱被贈告。亶與交今並爲大理寺丞，克孝于親，奉君與夫人之喪，以某年月日，合葬于青州某縣某原，禮也。

子孫游宦，誠南北之人也，故表而識之云：

君屈其身，不屈其道。愛及文忠，文忠以報。子孫乃昌，相與爲孝。墓而表之，如立廟貌。

【校勘記】

〔一〕君：疑當作「居」。

權三司鹽鐵判官尚書兵部員外郎王君墓表

君諱絲，字敦素，會稽人也，晉右將軍逸少之後，世居蕭山。曾祖諱慶，祖諱安，皆不仕。父諱扆，有鄉曲之行，好施與，而里人喜之曰：「厥後其昌。」娶沈氏夫人而生君。及君登朝，累贈尚書屯田員外郎，夫人追封德清縣太君。後夫人謝氏，追封會稽縣太君。

君幼禀親訓，未嘗釋卷，復游學京師。大中祥符八年春，擢進士第。釋褐，除興國軍司理參軍。精意獄事，無不得其情。前後劾重辟而昭雪者凡十一人，郡中稱之神明。秩滿，除台州軍事判官。州城據山，病其少井。君白州長，一舍之外有泉焉，請陶土爲筒，導入于城。復五里一穴，以濟行路之渴，于今人賴之。移潮州軍事判官。秩滿，權杭州觀推官。丁父母憂。服除，赴集吏部選，充開封府兵曹參軍。歲餘，大理寺舉爲詳斷官。改本寺丞。凡奏獄之疑者，必持寬典，全活甚衆。改殿中丞。故龍圖段學士少連，時爲兩浙轉運使，舉君撥發本路漕船，乃革其弊本，大增上供之數。以考績聞，改太常博士、通判衢州。州人子弟多習詩書而未有學校，士望缺然。而君募郡中高貲，始建學舍。其堂室僅百楹，朝廷賜州學額。又營資糧之具，最於諸郡。時金華郡守闕，外臺假君領之。衢之父老遮道于境上，謂婺民曰：「我州一鑑，何奪之爲！」有詣外臺乞還者。婺人薛惟簡，先有冤狀，父徒子黥，君雪除之。其家德君，以紫檀肖其象而祠之。故翰林聶學士冠卿應詔舉知深州，不就。改屯田員外郎、通判袁州。故翰林葉學士清臣舉拜殿中侍御史。

慶曆中，湖南蠻人亂，攻劫郡縣，言事者或請夷滅，或議招納，歲時未決，生民甚苦之。朝廷選御史往究其事，以君爲湖南安撫，至則察訪利病。而前之主者立重賞以誅蠻人，一級萬錢，士卒貪之，往往害樵餉之人以爲功。君下令曰：「得賊之首者，必指其鬬地以爲質。其可擒者，當生致之。」自是無枉戮者。君居軍中凡十月，戎服葛屨，與士卒同。惟石硋、鈴景二洞，聚黨數千，君促官軍力破之，斬首數百級，招安三千人，餘皆竄匿英、連、韶間，自是衰息。

朝廷奬君之勞，遷侍御史，賜金紫，充廣南東路轉運按察使、兼本路安撫、提舉市舶司。凡蕃貨之來，十税其一，必擇諸精者，夷人苦之。公令精麤兼取，夷人大悅，謂之曰「金珠御史」，意貴之也。時交趾有變，朝廷命君經度。而廣州當交趾之衝，無城守備，君議陶塼爲城，造大艦十數，日習水戰，以待其來，彼不復動。歲餘，君以瘴疾，求領小郡，遷兵部員外郎、知通州。通人歲苦海潮，流亡者衆。君作長堤以捍之，復民田業。量其肥瘠，奏免五年至十年之租。朝廷召權三司鹽鐵判官。

以皇祐元年四月，疾終于京師，享年六十一。二年三月十日，歸葬于蕭山之先域，禮也。

君娶裴氏，生一女。再娶杜氏，生四男一女。其子霽，登進士第；震，試秘書省校書郎；露，三班借職；霈，修進士業。女文慧，適泉州永春主簿陸琪；文淑，適皇祐元年進士第一人馮京。

予於君同年之交也〔一〕，見君苦志清節，不渝於素，稱薦者皆當世名臣，朝廷一用之而克樹風績。惜哉，位未大、道未顯而終焉，其命矣夫！故表其墓云：

稽山之陰，右軍之後。生此淑人，終身無咎。既及于民，復歸於神。葬之家山，雲氣氤氲，宜昌乎子孫。（又見《續資治通鑑長編》卷一五二原注，《（雍正）浙江通志》卷一六九。）

【校勘記】

〔一〕於：康熙本、《四庫》本作「與」。

書碑陰

書環州馬嶺鎮夫子廟碑陰

慶曆二年春正月，予領環慶之師，出按邊部，過馬嶺鎮。四望族落，皆鎮之屬羌，而戍城之中有夫子廟貌。觀其記石，乃故兵馬監押、殿直、贈某官張公藴之所建也。已而思之，昔咸平二年冬，契丹以舉國之衆入高陽關，縱横大掠，南至于河，乘冰之堅，侵于淄齊。時河南州郡未嘗治城，且無戰卒，四郊之民，驅戮向盡，城中大懼。公方爲淄州兵馬監押，與刺史議其事，刺史暨官屬、州人咸欲弃城，奔于南山。公按劍作色曰：「奈何去城隍，委府庫？大衆一潰，更相剿奪，彼狄未至，吾民已殘矣。刺史果出，我當殺之以徇。」繇是衆無敢動。公乃呼民登城，夙夜以守。數日狄退，而州人相賀曰：「向非張公英識獨斷，則我輩父母妻子魚肉於人矣。」朝廷賞不及公，人咸嗟咨。

公生二子：長曰揆，今爲度支員外郎、直史館、荆王府記室參軍；次曰揆，今爲秘書丞、通判京兆府事。並以文學節行，自樹風采，搢紳先生稱之。議者謂公有陰德於人，宜其有後焉。

予幼居淄川郡，又與記室爲同年生。稔聞公之事，及觀馬嶺之跡，雖極塞窮壘，猶復立聖人之祠以尚風教，乃知張公信道有素，固能訓子義方，昌厥世而大其門。蓋未可量也，豈止陰德之助哉！故書之。

代胡侍郎乞朝見表

臣則言：今月日，奉敕就差臣知杭州，仍放朝辭，取便路發赴本任者。祇膺寵命，伏積震兢。臣則中謝。

竊以寧海鉅邦，生聚十萬，牧守之重，豈臣克堪！矧爲晝繡之行，再領宵衣之寄，始終極幸，進退甚榮。臣方理輕裝，即趨便道，敢有再三之瀆，庶傾萬一之誠。

竊念臣才不逮人，遭逢有素，束帶從事，四十餘年。荷三朝之獎知，歷二省之清要，職參仙殿，位亞秋卿。禄賞被于子孫，名級顯於中外。報國無狀，殺身何成。今復還父母之鄉邦，逼桑榆之晷刻，解冠告老，决在此行。久事朝廷，乍越江海，無復瞻望咫尺，對敭清光。雖小人之心，固多懷土；而疲馬之志，寧莫戀軒？臣欲于京城就兩浙舟船，載家赴任。伏望聖慈暫許臣入謝雲天，少叙平生之感；退歸鄉里，永爲萬足之心。賴君父之推恩，庶人臣之畢願。干冒宸極，臣無任〔一〕。（又見《龍井顯應胡公墓録》。）

【校勘記】

〔一〕「臣無任」後天曆本、《叢刊》本、康熙本、《四庫》本有「云云」二小字。以下各篇類此者均不再出校。

睦州謝上表

臣某言：臣昨奉敕差知睦州軍州事，已到任交割勾當者。獻言罪大，輒效命於鴻毛；宥過恩寬，迥回光於白日。事君無遠，爲郡甚榮。臣某中謝。恭惟皇帝陛下，天德清明，海度淵默。撫群龍而宅吉，念六馬而懷驚。臨軒以來，仄席不暇。思啓心沃心之道，獎危言危行之臣。萬宇咸歡，九門無壅。臣腐儒多昧，立誠本孤。謂古人之道可行，謂明主之恩必報。而況首膺聖選，擢預諫司，時招折足之憂，介立犯顔之地。當念補過，豈堪循默！

昨聞中宮摇動，外議喧騰。以禁庭德教之尊，非小故可廢；以宗廟祭祀之主，非大過不移。初傳入道之言，則臣遽上封章，乞寢誕告；次聞降妃之説，則臣相率伏閤，冀回上心。議方變更，言亦翻覆。臣非不知逆龍鱗者掇齏粉之患，忤天威者負雷霆之誅，理或當言，死無所避。蓋以前古廢后之朝，未嘗致福。漢武帝以巫蠱事起，遽廢陳后，宫中殺戮三百餘人。後及巫蠱之災，延及儲貳。至宣帝時，有霍光妻者，殺許后而立其女，霍氏之釁，遽爲赤族。又成帝廢許后呪詛之罪，乃立飛鷰，飛鷰姊妹妬甚於前〔一〕，六宫嗣息，盡爲屠害。至哀帝時理之，即皆自殺。西漢之祚，由此傾微。魏文帝寵立郭妃，譖殺甄后，被髪塞口而葬，終有反報之殃。後周以虜庭不典，累后爲尼，危辱之朝，不復可法。唐高宗以王皇后無子而廢，武昭儀有子而立。既而摧毁宗室，成竊號之妖。是皆寵衰則易摇，寵深則易立。後來之禍，一一不差。臣慮及幾微，詞乃切直。乞存皇后位號，安於别宫，暫絶朝請。選有年德夫人數員，朝夕勸導，左右輔翼，俟其遷悔，復于宫闈。杜中外覬望之心，全聖明終始之德。

且黔首億萬戴陛下如天，皇族千百倚陛下如山，莫不雖休勿休，日慎一日。外采納於五諫，内彌縫於萬機。而况有犯無隱，人臣之常，面折庭諍，國朝之盛。有闕即補，何用不臧！然後上下同心，致君親如堯舜；中外有道，躋民俗於羲黄。將安可久之基，必杜未然之釁。

上方虚受，下敢曲從？既竭一心，豈逃三黜。伏蒙陛下皇明委照，洪覆兼包，贖以嚴誅，授以優寄。郡部雖小，風土未殊。静臨水木之華，甘處江湖之上。但以肺疾綿舊，藥術鮮功。喘息奔衝，精意牢落。惟賴高明之鑑，不投遐遠之方。抱疾于兹，爲醫尚可。苟天命之勿損，實聖造之無窮。樂道忘憂，雅對江山之助；含忠履潔，敢移金石之心。仰戴生成〔二〕，臣無任。（又見《皇朝文鑑》卷六三，《文章辨體彙選》卷一三六。）

【校勘記】

〔一〕飛騫：《叢刊》本、康熙本、《四庫》本無。

〔二〕仰戴生成：原無，據天曆本、《叢刊》本、康熙本、《四庫》本補。

蘇州謝就除禮部員外郎充天章閣待制表

臣某言：伏蒙聖恩特授臣前件官充職者。涣渥自天，震惶無地。改中臺之華序，進内閣之清班，盡出高明，殊登祕近。臣中謝。

竊念臣發自顔巷，賓于舜門，一第爲榮，四方無效。爰自書林預選，閨籍升華。恥汩没以懷安，或感激而論事。惟慕古人之節，詎希英主之知。伏惟皇帝陛下，稟帝堯之聰明，加漢高之豁達。坦聖懷而虚受，期鴻化以咸孚。念三聖之艱難，而成丕業；求七人之蹇諤，以補大猷。臣獨愧非才，首當清問。危言多犯，孤立自持。斧鉞居前，雷霆在上，敢避樞機之禍，終乖藥石之良。陛下日月垂光，江海敦量，恕其萬死，假之一麾。望已絶於青雲，咎未更於鴻霈。俄易藩宣之寄，寧分旰昃之憂。忽降綸章，荐加寵數。而況闞圖書之府，切處於深嚴；踐雲龍之庭，當備于顧問。非名儒而不稱，豈曲士之能堪。矧簉清曹，仍居舊治。輝榮大集，志願何求。敢不内守朴忠，外修景行。進退惟道，尊聖賢視履之方；始終一心，副君父育材之造。臣無任。（又見《皇朝文鑑》卷六三，《吴都文粹續集》卷四六，《文翰類選大成》卷一四二。）

饒州謝上表

臣某言：昨奉敕命，落天章閣待制，守本官差知饒州，已到任禮上訖。狂愚之誠，進多冒死；仁聖之造，退亦推恩。守土非輕，報天無所。臣中謝。

竊念臣出自畎畝，階于搢紳。驟升天閣之游，親委王畿之政。臣至孤難立，屢請弗諧。眷寵既隆，補報宜異，必將危墜，猶或建明。處事未精，發言多率。智者千慮而有失，愚臣一心而豈周。情雖匪他，罪實由己。然而有犯無隱，惟上則知；許國忘家，亦臣自信。伏蒙皇帝陛下惟天爲量，無大不容；與日垂光，何微弗照。止削内朝之職，仍分外補之符。當死而生，自勞以逸。君恩彌重，臣命愈輕。敢不動静三思，始終一志。此而爲郡，陳優優布政之方；必也入朝，增蹇蹇匪躬之節。庶從師訓，無負天心〔一〕。臣無任。

【校勘記】

〔一〕「無負天心」後天曆本、《叢刊》本、康熙本、四車本有「瞻望闕庭」四字。

潤州謝上表

臣某言：奉敕移知潤州，已赴禮上者。幽遠之誠，未嘗聞達；高明之鑑，俄復昭臨。臣中謝。

伏念臣起家孤平，蒙上奬拔，置於清近之列，授以浩穰之權。聖惟知人，臣則辱命。徒竭誠而報國，弗鉗口以安身。言涉大臣，議當深典。可無退省，抑有所聞。汲黯漢之直臣，嘗疏公孫之短；裴度唐之名相，亦陳元稹之非。斯實忠良，豈無讒毁。臣聞孔子曰：「天下有道，政不在大夫。」前代國家，或進退群臣，聽決大事，若出於君上，則中外自無朋黨，左右皆爲腹心；若委於臣下，則威福集於私門，禍舋積於王室。故三桓興而魯弊，六卿作而晉分。往古興亡，鮮莫由此，孔子之論，昭昭不誣。是以君道宜彊，臣道宜弱。四瀆雖大，不可受百川之歸；五星雖明，不可代太陽之照。

臣按大《易》之義，《坤》者柔順之卦，臣之象也，而有履霜堅冰之防，以其陰不可長也。《豐》者光大之卦，君之象也，而有日中見斗之戒，以其明不可微也。臣考兹前訓，慮於未萌。當危言危行之秋，有寖昌寖微之説。謂大臣久次，在進退而得宜；謂王者萬機，必躬親而無倦。總學綱柄，博延俊髦。議治亂之本根，求祖宗之故事。政慘舒而自我，物榮悴而如天。人心不在於權門，時論盡歸於公道。朝廷惟一，宗廟乃長。

臣之所言，殊未盡意。重煩上聽，再貶遠方。削天閣之班資，奪神州之寄任。重江險惡，盡室顛危。人皆爲之寒心，臣獨安於苦節。蕭望之口陳災異，蓋無負於本朝；公子牟身處江湖，徒不忘於魏闕。未知死所，敢望生還。伏蒙陛下九日垂光，八風回力，察臣有犬馬之志，恕臣無塵露之勞，特出聖衷，稍遷便郡。茁如行葦，保於勿踐之仁；鏗若鳴桐，脱彼在焚之患。敢不長懷霜潔，至效葵傾。進則持堅正之方，冒雷霆而不變；退則守恬虚之趣，淪草澤以忘憂。上副聖知，下逃群責。臣無任。

延州謝上表

臣某言：伏奉敕命，就差臣兼知延州軍州事，已到任交割管勾訖。討伐之秋，委寄方重，豈繫懦品，可副聖憂。臣中謝。

竊以延水極邊，東夏雄屏。控黠虜之衝要，歷大臣之鎮臨。范廷召出師於塞門，向敏中移節於京兆。斯爲劇任，曷在匪人。況經侵軼之虞，彌藉緝綏之政。宿兵既盛，爲地可知。臣職貳統戎，志存殄寇。所宜盡瘁，敢昧請行。自薦老臣〔二〕，固慙於漢將；誓平此賊，詎擬於唐賢。伏蒙皇帝陛下曲徇微忠，亟頒成命，寬其無狀，用之弗疑。臣夙夜敢寧，奔馳罔暇，刻時莅事，翌日興師。庶牽制於戎心，仍掩襲於邊落。大軍已出，中使聿臨。不謂孱謀，偶符睿筭。所期克勝，少慰焦勞。重念百姓屢驚，體當招撫；五兵久戢，務在訓齊。如治亂繩，必期於耐事；先除害馬，亦假於行權。仰賴聖威，即紓邊患。臣無任。

【校勘記】

〔二〕臣：《叢刊》本、康熙本、《四庫》本作「成」。

謝降官知耀州表

臣某言：蒙恩降授臣尚書户部員外郎，依前充龍圖閣直學士、知耀州者。實負大尤，尚從寬宥。雲天之覆，頂踵何酬。臣中謝〔一〕。

竊念臣才本迂疎，識非機敏，屢由狂率，自取貶放。朝廷以邊有擾動，是使愚使過之秋；微臣以國有急難，當忘家忘身之報。自膺寄委，罔敢遜避。而力少任重，智小謀大，勞心已竭，處事逾乖。苟利國家，不恤典憲，宜及於禍，以貽厥羞。伏蒙皇帝陛下，日月照微，天地包廣。謂千慮之智，猶有一失，萬物之材，固無全用。軫兹孤弱，播于生造。削其官足使明大戒，存其職足使思後圖。臣敢不更勵疲駑，愈加修省。庶陳纖芥之效，上答高明之私。臣無任。

【校勘記】

〔一〕「臣中謝」三字原無，據天曆本、《叢刊》本、康熙本、《四庫》本補。

耀州謝上表

臣某言：伏奉敕命降授户部員外郎〔一〕。依前充職知耀州，已到任禮上訖。雷霆之威，足加死責；天地之造，曲致生全。臣中謝。

竊念臣運偶文明，世專儒素。靡學孫吴之法，恥道桓文之事。國家以西陲搔動之際，起臣貶所，特加奬用。臣自知甚明，豈堪其任；但國家之急，不敢不行。自兼守延安，莫遑寢食。城寨未謹，兵馬未精，日有事宜，處置不暇。而復虞内應之患，發於邊城；或反間之言，行於中國。百憂具在，數月于兹。

而方修完諸栅，訓齊六將，相山川，利器械，爲將來之大備。不幸昨者高延德來自賊庭，求通中國之好，其僭僞之稱，即未削去。臣以朝廷方命入討，豈以未順之款，送于闕下。此不可一也。或送于闕下，請朝廷處置，又恐答以詔旨，則降禮太甚；若屏而不答，則阻絶來意。此不可二也。兼慮詐爲款好，以殆諸路之兵，苟輕信而納之，賊爲得計。此不可三也。又寶元三年正月八日，曾有宣旨：今後賊界差人賫到文字，如依前僭僞，立便發遣出界，不得收接。臣所以卻令高延德回去，仍諭與本人，須候禮意遜順，方可聞于朝廷，亦已一面密奏。臣又别奉朝旨，依臣所奏，留鄜延一路，未加討伐，容臣示以恩意，歲時之間，或可招納。臣方令韓周等在邊上探伺，彼或有進奉之意，即遣深入曉諭。適會高延德到來，堅請使介同行；況奉朝旨，許臣示以恩意，乃遣韓周等送高延德過界，以系其意。或未禀承，則於臣爲恥，於朝廷無損。及韓周等回，且言初入界時，見迎接之人，叩頭爲賀。無何前行兩程，便聞任福等有山外之敗。去人沮氣，無以爲辭，賊乃益驕，勢使然矣。其回來文字，臣始不敢開封，便欲進上。都鈐轄張亢懇言曾有朝旨，若得外界章表，須先開視；及僭僞文字，應有辭涉悖慢者，並須隨處焚毁，勿使騰布。臣相度事機，誠合如此。章表尚令先開，況是與臣文字，遂同張亢開封視之。見其挾山外事後辭頗驕易，亦有怨尤，與賀九言賫來文字，意度頗同，非戎狄之能言，皆漢家叛人所爲枝葉之辭也。恐上黷聖聰，或傳聞于外，爲輕薄輩增飾而談，有損無益。臣尋便焚毁，只存書後所求通好之言；及韓周等别有劄到邀求數事，並已納赴樞密院。今於涇原路取得寶元二年七月十四日聖旨劄子一道，並如張亢之言。其所來文字，果合焚毁，則臣前之措置，皆應得朝廷處分。唐相李德裕與將帥王宰書，爲游弈將收得劉稹章表，悖慢無禮，不便毁除。令向後得賊中文字所在焚之，亦與今來意合。其剳到數事，内一事如臣所論，取單于、可汗故事，故稱兀卒，以避中朝之號。此大事稍順，餘皆可與損益。

儻朝廷欲雪邊將之耻，當振皇威，大加討伐，亦繫朝廷熟議，必持重緩而圖之〔二〕。或朝廷欲息生民之弊，屈一介之使，重諭利害，苟能聽服，亦天下之幸也。臣前所措置，於此二道並未有妨。然以臣之愚，處兹寄任，豈得無咎，何敢自欺？伏蒙皇帝陛下至仁廣度，不欲彰臣子之惡，特因此量行薄責，斯天之造也，臣之幸也。臣敢不夙夜思省，進退惕厲。犬馬有志，曾未施爲；日月無私，尚兹臨照。臣無任。（又見《（乾隆）耀州志》卷九。）

【校勘記】

〔一〕敕命：天曆本、《叢刊》本、康熙本、《四庫》本作「制命」。

〔二〕緩而：康熙本、《四庫》本作「而緩」。又《叢刊》本無「而」字。

乞小郡表

臣某言：臣聞先民有言曰「陳力就列，不能者止」，臣下之通規也；「進人以禮」，君親之盛德也。臣仰逢明聖，俯念拙艱，撫此病軀，敢期生造。臣中謝。

竊念臣前在饒州日，因學行氣，而有差失，遽得眩轉之疾，對賓客忽倒，不知人事，尋醫救得退。自後久坐則頭運，多務則心煩。昨在延安，數曾發動。戎事方急，雖死難言。及降罷之後，猶乞專領邊城，蓋欲竭心，豈敢避事。無何赴任耀州，以炎熱之期，歷涉山險，舊疾遂作，近日頗加。頭目昏沉，食物減少，舉動無力，勉彊稍難。見於永興軍請醫官看治次，其本州公事，權交割通判發遣。

臣賦性本蒙，處心至狹。國家擢於清要，有遇事輒發之尤；寄以重難，無思患預防之智。言必取悔，舉則敗官，未踰數年，實經三黜。頻招物議，屢黷宸聰。費天力之主張，由臣命之奇蹇。矧今抱病，何可貪榮。處於善藩，已多優幸；帶茲近職，深未遑寧。伏望皇帝陛下，推至仁之恩，施曲成之化。念其理歷，出自遭逢，特發聖衷，不循朝例，以臣學士之職，改一庶官，或且在當郡，或於隨、郢、均、汝之間守一小州，庶獲安静，尚圖痊痛。雖貪冒微禄，詎逃識者之譏；而遜避清班，少緩有司之責。儻形骸未頓，藥餌有功，則當再就驅馳，上酬亭育。臣無任。（又見《八代文鈔》。）

代胡侍郎奏乞餘杭州學名額表〔一〕

竊以三代右文，四郊立學。尊嚴師道，教育賢材。被服禮樂之風，準繩仁義之行。功磨國器，標率人倫。式致用於薦紳，乃助成於聲教。俊造以之富盛，基業由是綿昌。至于唐家，中外建學，文物之盛，三代比隆。國家徇鐸敷文，舞干布化。四方庠序，比比而興；萬國英翹，拳拳以勸。

臣伏見餘杭郡素爲善地，蔚有秀民，宜恢正始之風，丕變輕揚之俗。前知州李諮在任日，重修宣聖廟，建置學舍數十廈。面勢顯敞，允爲儒宫。足容絃誦之流，迥處雲山之勝。臣自出守此郡，延見諸生，據衆狀舉請曾到御前進士楊希堂領文會。有二十餘人，日課藝業；其來不已，所益居多。臣欲乞朝廷依天雄軍、江寧府特賜州學名額，用明勸導，庶獲修長。歲時不隳，方俗可厚。顔閔德行，遠侔洙泗之間；唐虞文章，廣及江湖之上。臣無任祈天俟命激切屏營之至。（又見《古今圖書集成·選舉典》卷二一，《龍井顯應胡公墓録》。）

【校勘記】

〔一〕此篇原無，據康熙本補。

范文正公文集卷第十七

表

讓觀察使第一表

臣某言：馬遞降到誥敕各一道，特授臣邠州管内觀察使，仍依前邠寧環慶路馬步軍都部署兼經略招討安撫等使。非常之命，既出於絲綸；未盡之誠，敢逃於斧鉞。臣中謝。

臣聞先王爵以尚德，禄以報功。諸侯之失德者降其爵，諸侯之有功者增其禄，此百代不易之典也。臣又聞貴貴者，爲其近於君也。漢遣御史繡衣持斧出按二千石；唐御史之出，節度使以軍禮見，所以表朝廷之重也。學士丞郎，出則居廉察刺史之任，入則復其位。自五代之亂，措置乖失，廉察刺史之位，遂爲武官。學士丞郎一出爲之，謂之換過，入朝則不復其位。故士大夫寧甘薄禄，而不樂換之者久矣。況今用兵之際，事繫安危。今日之命，理有利害。臣儻默默而受，一則失朝廷之重勢，二則減議論之風采，三則發將佐之怒，四則鼓軍旅之怨，五則取夷狄之輕，六則貽國家之患。

何以言之？臣與韓琦並命陝西，初爲經略安撫副使，次則分領秦、慶二州，兼本路都部署司兵馬公事，次則進秩爲本路都部署、兼領經略安撫招討等使，皆以學士之職，行都統之權。是用内朝近臣，出臨戎閫，以節制諸將，孰不以朝廷之勢，而望風稟律？臣輩亦以内朝之職，每覩詔令之下，或有非便，必極力議論，覆奏不已，期於必正，自以近臣當彌縫其闕而無嫌矣。今一旦落内朝之職而補外帥，前在左右丞、諸行侍郎、節度留後之上，今降於知制誥、待制之下，使居方榮、劉興之下列，以外官而行都統之權。此則失朝廷之重勢，一也。

又既爲外帥，則今而後朝廷詔令之出，或不便於軍中，或有害於邊事，豈敢區別是非，與朝廷抗論！自非近臣，無彌縫其闕之理。縱降詔丁寧，須命奏覆，而臣輩豈不鑑前代將帥驕亢之禍，存國家内外指蹤之體？此則減議論之風采，二也。

臣又自至邊上，常責將佐當圖實效，上報國家，勿樹虚聲，妄求恩獎。故得歲年以來，所奏邊效，稍稍得實，不至矯誣。臣方經制補葺，以救邊防之闕。而西賊猖熾，枝葉愈大。臣則一年之中，三換寵數，將何面目責諸將之實效？此則發將佐之怒，三也。

又，臣聞自古將帥與士旅同其安樂，則可共其憂患，而爲國家之用。故士未飲而不敢言渴，士未食而不敢言飢。今邊兵請給粗供樵爨醋鹽之費，食必麤糲，經逾歲年，不霑肉味。至有軍行之時，羸不勝甲，弃而埋之；負罪以逋，未能遠去，皆捕而斬之。臣雖痛而不忍，豈敢慢法！或有危逼，欲使此等之心同其憂患，爲國家之用，不亦難哉！昔禄山之亂，河北三十餘城俱歸於賊者，非皆攻而下之，由衆心無恩。當未危之時，勉以從事，及既危之後，翻然改圖，劫長吏以應賊，皆此類也。臣每思之，則常寒心。古之方侯，獲其厚禄，養敢死之士，以備寇患。今之戰士，養有常廩，賞有常格。臣得千鍾之禄，千金之賜，豈敢私與死士哉！徒聚之於家，使彼目而銜之，以待其釁爾。臣恐此輩一日倉卒乘怒而發，劫長吏以應賊，不能爲國家之用，而能爲國家之患矣。此則鼓軍旅之怨，四也。

又，臣聞内列三公九卿，外分五侯九伯，所以安天下、威四夷也。臣自到邊上，其熟户蕃部皆呼臣爲「龍圖老子」。至於賊界，亦傳而呼之，且不測其品位之高下也。今賊界沿邊小可首領，並僞署觀察、團練使之名。臣若受兹新命，使蕃部聞之，適足取夷狄之輕，五也。

臣謂國家此舉，使四路首帥失朝廷之重勢，減議論之風采，發將佐之怨，鼓軍旅之怨，取夷狄之輕。由斯以往，必敗乃事，寧不貽國家之後患哉！此六者，臣上爲國體而辭之也。

再念臣世專儒素，遭逢盛時，以文藝登科。陛下擢於秘館，處之諫司，歷天章、龍圖之職，可謂清切矣。寒士至此，大逾本望。儒者報國，以言爲先。如臣曩者不能練事，效賈生慟哭長太息之説，黷于聖聰，以中外共弃，屢經貶放，亦已塞朝廷之薄責矣。然今之狂士，效唐人肆言朝市，往往甚於臣者，而朝廷容之。直以臣於無事之秋，先爲之言，故天下指之爲狂矣。而臣自追其咎，未嘗怏怏，此搢紳之所諒也。前春延安之戰，主將不利，大挫國威，朝廷有使愚使過之議，遂及於臣。逮臣至于延安，竭心悉力，而處置之間，不合朝廷之意，既廢復用，無所逃遁。

臣顛沛十載，灰而又燃者數四矣。臣自知孑孑惴惴，非將相之才，豈了大事？但國家急難之際，邊鄙乏人。臣以事君之心，雖知屢困，日勉一日，俟將帥得人，臣即引退丘園，詠歌太平。雖多難之夫，有全歸之樂，此臣之所期也。臣粗守廉隅，朝廷豈以貪夫畜臣，落近職而增厚禄，將令長，居邊鄙，永謝丘園，非臣之所期也。臣本有風眩之疾，聞命以來，心墮氣索，不知其涯。緣臣夙夜乃事，精爽已乏，量臣之力，豈堪武帥，長爲荷戈之事乎？此臣下爲私心而辭之也。

伏望皇帝陛下垂日月之明〔一〕，發於於獨斷，追還新恩，許存舊職，則是以内朝近臣經略邊事，節制諸將，其體重矣。而況儒臣武士，所習不同，所志亦異。臣輩不願去清列而就廉察之厚禄者，如方榮、劉興輩必不願減厚禄以就學士之清列矣。如使四路之帥，上失其勢，下撓其志，沮喪不樂，意衰神瘁，則事有隳墮，豈復能振謀發策，爲國家長城之倚哉！恐非陛下推委，使人人盡心之意也。

一昨宰臣堅讓三公，雖已行之命，蒙陛下特俞其請。臣今冒犯天威，爲國體而辭之者六，爲私心而辭之者一。苟不獲命，臣當繫身慶州之獄，自劾無功冒賞之咎，又劾違制不受之罪，以聽于朝廷。假使朝廷極怒，臣得死於君父之命，猶勝貪此厚禄，敗名速禍，死於寇亂之手。此臣之所以知其退而不知進也，惟天鑑處之。臣無任。（又見《儒林公議》卷上，《宋史》卷三一四《范仲淹傳》。）

【校勘記】

〔一〕皇帝：天曆本、《叢刊》本、康熙本、《四庫》本作「體天法道欽文聰武聖神孝德皇帝」。

第二表

臣某言：馬遞降到詔書一道，伏蒙聖慈，諭臣所除觀察使，且從廪秩之優，益慰戎行之望者。祗膺寵異，載被孱愚。心戴雲天，足臨淵谷。臣中謝。

竊念臣器業無取，誤荷聖知。國有急難，固宜自效。臣奔走塞下，首尾三年，曾無寸功，以稱上意。伏蒙體天法道欽文聰武聖神孝德皇帝陛下，曲敦寬宥，未即嚴誅。今又擢居廉察，享千鍾之厚禄，加千金之重賜，於臣何少哉！臣固上表陳讓者，蓋爲於國家未便。何則？落内朝之職，改爲外官，使節制諸將，頓失體勢；又無功進禄，發將佐之怒；積貨于家，鼓軍旅之怨。況慶州與賊界相接，其逐族首領管三五百人者，便僞署觀察、團練之名。本司常時行移邊上文字，及招安牓示，若署臣新銜，彼則相輕，此皆未便之端也。又四路文帥，自來帶内朝之職而行節制，凡百將佐，無不稟服。方且力修邊備，堅禦賊鋒，賴其協心，將圖成效。一旦遷改，人情大惑，知者謂去此近職，改爲外官，非美也；其不知者，謂有何奇功，加此厚禄，非宜也。經略使既無功遷改，則經略副使豈得無望！兼鈐轄、都監等出入暴露，衝冒矢石。比臣處任，尤更重難，見此遷改，必有不平之意。若朝廷不待有功，例皆進秩，則諸將驕墮，誰復自奮？國家邊事，爲之奈何？此又未便之大也。

伏望陛下發於獨斷，追還此恩。臣得帶内朝職名節制邊事，其體且重。副使、鈐轄、都監等即無不平之意，各思自奮，以求功名。又得經略招討銜位，與僞署蕃部之名不相交錯，免生輕易。此事體大，乞垂聖鑑，特降中旨。如不獲命，臣當踐言，繫獄上請，不敢逃罪。

臣亦知本朝李維、陳堯咨俱自學士换觀察使，當時四方無事，非領節制，但享厚禄，爲優賢之命，與今事體不同。臣昨罷陝西經略安撫副使日，便乞落職守員外郎，知一小郡，而朝廷不從。今卻堅辭廉察之位，請存學士之職者，蓋居節制之任，藉朝廷之勢，以重其體也。且儒生後進，换入武帥，或居於上，則多憎憤，必有怨言；或處於下，則多見抑，亦無成功。惟異其品流，隆其委注，彼則望風懷畏，靡敢不從，此爲得其體也。

況臣孤立明時，無結託之跡；遠居極塞，非進用之地。如朝廷疑臣不就右職，别懷過望，即乞聖慈依楊偕、張存例，特許解去邊任，仍乞落學士之職，换一刺史；或守郎官，於隨、郢間知一小郡。臣死生幸甚，死生幸甚！非領重寄，固不敢借内朝之職矣。如受命之日，卻有翻言，甘俟鼎鑊。惟聖鑒裁之〔一〕。臣無任。

【校勘記】

〔一〕「惟聖鑒裁之」後天曆本、《叢刊》本、康熙本、《四庫》本有「干犯天威」四字。

第三表

臣某言：馬遞降到御前劄子，伏奉聖旨，以臣上表陳讓，就除邠州觀察使事，當體深衷，勿循小節，前來成命，即宜祇受者。天語重臨，莫非敦獎；臣心再剖，合盡懇私。臣中謝。

臣聞虞舜以舍己從人，而稱至德，此聖人感人之要也。又聞「陳力就列，不能者止」，此人臣事君之分也。竊念臣世爲文吏，拳拳素風。國家以西事之急，用臣過次，俾預經略，三年于兹。進不能行討伐之威，非勇也；退不能宣懷柔之化，非智也。非智非勇，豈主帥之材！固當自劾，聽于有司。豈期睿恩，驟進寵禄。臣退省無狀，深所未安。

況臣前表所陳，謂落内朝之職，則失朝廷之重勢；既爲外帥，則減議論之風采；獨受寵名，發將佐之怒；積貨于私，鼓軍旅之怨；與僞署蕃部同其官號，取夷狄之輕。述斯以往，必有敗事，以貽國家之患。此物情可見，朝廷必已照之，非臣之敢誣也。況臣懦尪之質，宿患風眩，近加疾毒，復多鼻衄，膚髮衰變，精力減竭，豈堪專爲武帥，以圖矢石之功？此臣量力之所不能也明矣。且如劉平，本是文臣，衆推忠勇，尚不能當將帥之任。朝廷察臣之材，能如劉平之武力乎？昔唐用房琯虚名，將兵拒賊，一戰而潰，危困社稷。此前人之明驗，微臣之深戒也。

重念臣出處窮困，憂思深遠，民之疾苦，物之情僞，臣粗知之。而天賦褊心，遇事輒發，故居其外則寡悔，處於内則多咎。臣自知非朝廷進用之器，如未獲退，則願久守一藩，奉行條詔，庶幾爲聖朝之循吏，亦足託青史之末光，垂於來代。

今以邊鄙方艱，承乏於此，禦寇之力，賴諸將佐。臣則日夜思省，救其闕漏而已。衆知儒臣，固不責其勇力；及改武帥，則取笑於三軍。其諸路有不辭者，或當壯歲，或負雄才，非臣之所及也。如裴德輿、張可久並命閤門使，一受一免，朝廷各從其志，斯有以見虞舜舍己從人，足以感群下之心矣。臣久荷聖知，叨居近列，何獨未獲其請？臣竊自疑。

今邊上新有事宜，已發走馬承受張翔赴闕敷奏。本州全闕部署、鈐轄，臣未敢下獄待罪。再瀝肝膽，上冒斧鉞，伏望皇帝陛下垂至明之察〔一〕，推廣生之造，許臣依舊帶内朝之職，經畫邊方，節制諸將，小事行之，大事言之，爲朝廷之耳目。其體甚重，臣尚可力疾爲國盡心。其武帥之難，寵禄之過，臣敢不揆度，固以死請。干冒天憲，臣無任。

【校勘記】

〔一〕皇帝：天曆本、《叢刊》本、康熙本、《四庫》本作「體天法道欽文聰武聖神孝德皇帝」。

謝許讓觀察使守舊官表

臣某言：准樞密院劄子，奉聖旨，令臣卻守舊官者。寵禄固辭，涉邀君之大咎；聖言惟允，推舍己之至仁。臣中謝。

臣聞進人以禮，退人以禮，哲王之體也；大讓如慢，小讓如僞，儒臣之行也。上得其體，足以寧家邦；下興其行，可以導風俗。臣親逢盛美，得不手之舞之，足之蹈之，與天下稱慶哉！

竊念臣少游庠序，長登科級，周旋孤宦，了無聞達。伏遇皇帝陛下金鑑臨御〔一〕，多士駿奔，於千官百辟之中，擢臣諫諍之列，置臣圖書之府，揚歷中外，恩常異等。自西陲用兵，朝廷旰食，遣臣經略邊事，歲月無狀。亦嘗得請示以招納之意，期于平定。而物議喧然，禍在不測，上賴日月垂照，保全微生。暨再委方面，專此一路，又無出奇之策，惟知守禦而已。日常自訟，以待來者。陛下濬發宸謀，思欲崇諸路之寄，例改廉車，且從廩禄之優，兼貴稱呼之重，霈然渥澤，被于弱質。臣以今之觀察使列爲武帥，書生何力，可堪此任？幸以内朝之職，爲國家心腹耳目，權節制之任，其體甚重，不煩改作，願回寵異，少寬憂慄。三黷天聽，義不容誅。伏蒙陛下念進人退人之禮，察如慢如僞之情，特降俞旨，許存舊秩。臣且懼且喜，不知所爲。懼者，有不即從制之罪，而尚屈彝典；喜者，以不奪稽古之志，而復被儒紳。臣敢不竭力悉心，夙宵乃職，謹疆場之細事，佇干羽之大猷，退作頌聲，仰答聖造。臣無任。

【校勘記】

〔一〕皇帝：天曆本、《叢刊》本、康熙本、《四庫》本作「體天法道欽文聰武聖神孝德皇帝」。

謝傳宣表

臣某言：入内内侍省高班陳舜封至，伏蒙聖慈傳宣：「爲日近差除兩地臣僚，未差除間，已指揮中書劄記，候將來邊事稱寧，詔卿用在兩地。非出擬議，亦非臣僚奏舉，特出朕意，宣諭卿知。」兼令臣密舉臣僚，代臣邊任奏聞。聖言天意，非臣敢當。仰戴光靈，伏增戰汗。臣中謝。

竊念臣素乏才策，誤膺獎寄，經制西事，三年于兹，曾微毫髮之功，方俟雷霆之罰。伏蒙皇帝陛下特降密旨〔一〕，許以重用。豈兹無狀之跡，可承不次之命！況羌戎素詐，邊鄙多虞。若以社稷之靈，自然嚮化，則臣當自揆，以請便安，抱病之軀，假一近郡，静臨民政，退保天年。如朝廷未議解兵，臣願奔走塞下，再竭心膂，少贖過尤，何敢輒舉他人代己邊任？惟期自效，上答聖知。臣無任。

【校勘記】

〔一〕皇帝：天曆本、《叢刊》本、康熙本、《四庫》本作「體天法道欽文聰武聖神孝德皇帝」。

范文正公文集卷第十八

表

讓樞密直學士右諫議大夫表

臣某言：三班借職劉仲顔齎降官誥一通、敕牒一道，伏蒙聖恩，特授臣右諫議大夫，充樞密直學士，差遣依舊者。在物之情，向榮必喜；自天之命，過寵則驚。臣中謝。

竊念臣齊魯諸生，本無榮望。素乏佐王之術，豈期遇主之知。伏蒙皇帝陛下采自孤平，擢于侍從，無似之跡，每玷聖造。前年以羌戎負德，官軍失利，朝廷特命韓琦與臣同貳經略。歲時之間，琦以節制不行而免，臣以招納非宜而罷。尋分四路，復領中權，二年于兹，一功未立，屢叨進改，深負愧羞。雖朝廷憂勞，且務姑息，而其下將佐，覩臣忝冒，必思僥倖，豈復有實效之心，臣亦何面目以責率其下！今邊略未固，兵力未彊，威令不揚，戰鬭多覆，因循以甚，平定無期。一昨寇逼三川，其勢可困，而葛懷敏等入賊伏中，一戰大潰，殺傷滿野，驅掠無筭。臣以本路多虞，救援不早，臣方痛心疾首，日夜悲憂，髮變成絲，血化爲淚，殞歿無地，榮耀何心！今日之恩，非臣所望。臣昨蒙朝廷特除邠州觀察使，累章獲讓，已煩聖聰，三黷之誅，豈當再冒！然臣有愚心不敢不盡，有謬策不敢不陳。雖屬邊臣，實叨近職，敢不議論，少裨聖明。傳曰「事君如事親」，又曰「君臣同體」。當此安危之際，豈敢事形迹，避嫌疑，而不盡心於君親乎！魏玄成曰「隋以事形迹而亡」，唐太宗深然之。今願陛下恕臣萬死，采臣一言，天下幸甚！天下幸甚！

臣觀《易·震卦》曰：「震，亨。」謂聖人因震恐而致亨大也。禹湯罪己，其興也勃焉。是皆得《易》之旨，畏天之威，而致其亨矣，陛下其捨諸？昨者鎮戎兵敗之後，天色陰晦，十日不解，木冰地震，群心憂傷。此將帥失人，生靈致陷，天地震怒之意也。冬至後一日申時，慶州又地震，此陰陽戰而致動。占書曰：「四夷爲中國之陰。是夷夏交爭，未寧之象也。」

自西事以來，延安東路、北路，官軍傷折萬餘人；并金明、承平諸寨殺虜過蕃部萬餘户，約四五萬口；及麟府喪陷，鎮戎三敗，殺者傷者前後僅二十萬人矣。死者爲魚肉，生者爲犬羊，臣仰測陛下之心，必大震動。而天下莫知，但見爵賞頒行，疑朝廷高枕，負兹生靈。願陛下因其震動，過崇謙讓，以柔遠未至，選將有差之辭，告謝於皇天后土、五岳四瀆，以哀痛之旨，誕告多方，下感人心，上答天戒。陛下既已罪己，兩府大臣必有遜謝之請，小損勳爵，而復其位。臣等則宿兵困民，討伐未效，罪之大者，請落近職，左降一官，帶「責授」二字，仍削除經略招討等使名，衹管勾部署司公事，以謝邊陲，以警將佐，以勵軍旅。如此則天下聞朝廷罪己，知陛下之心不負生靈。將佐軍旅等見主帥負責，知天子必欲破賊，即皆震懼，甘爲艱辛，更無僥倖之望。臣等得以嚴率其下，日夜聚謀，上賴威靈，可期平定。仍請詔下部署以下非大功不録，鈐轄、都監非奇功不賞。其班行將校軍士等所得功勞，依舊量大小酬獎。此救弊之端也。

今西賊漸熾，恐謀深入，陛下誠能與大臣密議，行臣之策，天下幸甚。如失此機會，行恐後時。儻朝廷不取臣言，則邊上終無大功，寖有大患，其勢然矣。願陛下以大《易》之旨，取古聖人之用心，則震而後亨，受景福於無窮，庇蒼生於大賚。臣之愚心謬策，盡於此矣。所降到誥敕等，臣有此一策，未敢拜受。臣無任。

謝授知邠州表

臣某言：伏蒙聖慈特授臣依前行右諫議大夫、充資政殿學士、知邠州軍州事及管内勸農使、兼陝西四路沿邊安撫使，改賜推誠保德功臣者。陟降秘殿，爲寵甚隆；撫按邊庭，所寄至重。臣中謝。

竊念臣涉道尚淺，立身本孤。偶緣英主之知，獲厠邇臣之列。進登二府，參預萬幾。議刑賞，則不避上疑；革僥倖，則多招衆怨。心雖無愧，跡已難安。而況親奉德音，遠憂邊患；既此問命，誠合請行。始塵宣慰之名，來撫凋疲之俗。纔周晉地，將適秦關。屬府庫之已虚，積兵旅之尚衆。動費萬計，理當三思。願假一麾，就兼四路。亦可處其疆事，庶不傷於國財。詔旨弗從，留居丞弼之位；表章再露〔一〕，請陳戎狄之機。伏蒙皇帝陛下俯照臣心，特回天聽，罷政府之重責，加仙殿之寵名，往守要藩，遥按諸部。存兹國體，簡于聖心。臣敢不即日首途，奉詔行事，生民疾苦，可得詢求，邊塞機宜，更當籌慮。用罄臣節，以酬聖知。臣無任。

【校勘記】

〔一〕露：原作「路」，據天曆本、《叢刊》本、康熙本、《四庫》本改。

邠州謝上表

臣某言：伏奉制命，授臣資政殿學士，守本官知邠州、兼陝西四路沿邊安撫使，已到任訖。祕殿清華，舊藩要劇。祇膺涣渥，伏切震驚。臣中謝。

竊念臣生遘文明，幼蹈聲教，登于造秀之級，涉彼州縣之勞。寖遷榮途，過被宸眷。

擢居近府，參對大猷。詎有興邦之言，曾無經國之效。自惟三省，必匪久安。願解貳於黄樞，請分憂於紫塞。庶供麤使，聊謝輿言。伏蒙皇帝陛下舜聰弗違，堯言斯布。假禁庭之要職，居郡國之長人，兼領使名，復重邊寄。進退以禮，足爲儒者之榮；本末可言，盡出大人之造。敢不砥礪風節，佩服訓謀。不以毁譽累其心，不以寵辱更其守。副委遇之本意，酬保全之大恩。臣無任。

謝轉給事中移知鄧州表

臣某言：伏蒙聖恩，特授臣給事中、依前資政殿學士、知鄧州者。洊進榮階，往臨善壤。允爲兑渥，彌集震驚。臣中謝。

竊念臣立跡本孤，逢辰甚盛。以芻言罔避，擢登侍從之班；以睿獎素隆，選預弼諧之列。乏增君之善道，寡措國之令謀。無補當時，自安何地？遽上借麾之懇，實畏在梁之譏。俄奉明恩，曲加異數。假職名於秘殿，領使範於邊藩。由朝廷之威靈，屬羌戎之款順。方露便安之請，忽頒霶霈之私。青瑣是登，朱轓載啓。臣績未著，合陳三讓之封；君命已行，懼致再言之黷。進退惶惑，不知所裁。此蓋伏蒙皇帝陛下，天造曲成，皇暉久照。敦川澤并包之量，法山雷善養之經。憫其勤勞，致諸安逸。示中外之一體，保君臣之至懼。臣敢不寅奉朝經，躬修民政。孜孜共理，少望於前賢；蹇蹇一心，無忘於大節。臣無任〔一〕。

【校勘記】

〔一〕臣無任：天曆本、《叢刊》本、康熙本、《四庫》本作「已一面起發赴任次，無任云云」。

謝在中書日行遣公事不當放罪表

臣某言：近准中書劄子，伏蒙聖慈以臣等在中書日，行遣李曇男公事不當，特放罪者。具位之材，早虧於國論；大明之照，終示於天慈。爰霽震霆，允爲涣汗。臣中謝。向以昧陋，參于幾微。心則首公，智非周物。日視四方之奏，類多庶獄之疑。而有告訐以言，情僞未究；妖兇既斃，證左弗完。上開三面之仁，在刑惟恤；僉重一成之議，至失不經。多歷歲時，尚騰牒訴。伏蒙皇帝陛下，川澤廣納，日月委臨，察其無他，恕兹不及。天地之私至大，丘山之戴何勝！敢不再省前尤，一心後效，少贖失中之咎，用敷報上之誠。臣無任〔一〕。（又見《八代文鈔》。）

【校勘記】

〔一〕「臣無任」後天曆本、《叢刊》本、康熙本、《四庫》本有「感恩荷聖激切屏營之至」十字。

鄧州謝上表

臣某言：伏奉敕命，授臣給事中，依前資政殿學士、知鄧州軍州事，已禮上訖。瑣闈清品，穰都善地。處之甚重，惴然若驚。臣中謝。

竊念臣志意本微，才力素寡。始干及親之禄，俄有得君之遇。啓沃無隱，出處惟命。持一節以自信，歷三黜而無悔。頃以氐羌犯塞，朝廷旰食，起臣思過之地，授臣禦戎之策。往罄死力，敢圖生還。夙夜一心，首尾四載，僅免輿尸之禍，終無克敵之勳。一旦召還，五章陳讓，惟求守塞，不敢入朝。再煩詔音，促登樞右，改參大政，俾竭微才。革姑息之風，則謀身者切齒；尚循默之體，則憂國者寒心〔一〕。退孤上恩，進歛群怨。誠難處於要路，復請行於邊鄙。方陳豫備之策，俄覩綏懷之事。乃宣霈澤，以安黎元。臣以患肺久深，每秋必發，求去沍寒之地，以就便安之所，庶近醫藥，存養晚年。伏蒙皇帝陛下，天覆地生，雲濡雨濯，進以清近之秩，付以偃息之藩。風俗舊淳，政事絶簡，心方少泰，病宜有瘳。實繫寬大之朝，將幸康寧之福。敢不孜孜于善，戰戰厥心，求民疾於一方，分國憂於千里。上酬聖造，少罄臣誠。臣無任〔二〕。（又見《古今圖書集成·職方典》卷四六〇。）

【校勘記】

〔一〕憂：天曆本、《叢刊》本、康熙本、《四庫》本作「愛」。

〔二〕無任：天曆本、《叢刊》本、康熙本、《四庫》本作「云云」二小字。

謝依所乞依舊知鄧州表

臣某言：奉敕就差知荆南府，續准中書劄子，奉聖旨允所乞，依舊知鄧州者。明命已行，輒希改易；危誠既露，俄遂便安。臣志獲宣，天慈何報！臣中謝。臣涉道素淺，立身最孤。早由睿哲之知，荐更繁劇之任。頃升近弼，思副上心，以道直前，雖危不避，竭肝膂以論事，犯雷霆而進忠。未酬天地之恩，已掇風波之議。尚蒙聖渥，俾守善藩。忽此就遷，實隆倚任。臣以本朝盛德，優禮近臣。多處京輔之間，以存國體之重。而又子有疾恙，日常憂虞。復困道途，仍遠醫藥。遂至再三之瀆，庶通萬一之情。伏蒙皇帝陛下，曲軫洪私，特回中旨。許留舊治，免涉長川。蓋推體貌之恩，曷副照臨之意。敢不拳拳民政，戰戰官箴。誓堅介石之心，仰答高穹之造。臣無任〔一〕。

【校勘記】

〔一〕無任：天曆本、康熙本作「云云」二小字。

杭州謝上表

臣某言：昨奉敕就差知杭州軍州事，已到任禮上訖。江海上游，東南巨屏，所寄至重，爲榮極深。臣中謝。

竊念臣生禀迂疎，親逢明盛，居常苦節，動必危言。踐揚諫諍之曹，傾盡諮詢之地。至於往司戎事，屬當元帥之權；入奉聖謨〔一〕，爰厠大臣之列。有致君之素志，乏代天之懿功。魏相之數陳便宜，頗蒙納用；汲黯之多犯顔色，敢憚見疎。雖遼隔於明天，亦荐分於善壤。共理吴會之域，奉揚唐虞之風。跡雖遠而獲安，年已高而就逸。此蓋皇帝陛下天施廣育，海務兼包，寵優舊臣，恩全晚歲。臣敢不抱公忠之節，始終弗回；體旰昃之憂，遠邇咸一。又兹方面，副于宸心。臣無任〔二〕。（又見《（萬曆）杭州府志》卷一八。）

【校勘記】

〔一〕謨：天曆本、《叢刊》本、康熙本作「謀」。

〔二〕無任：天曆本、《叢刊》本、康熙本、《四庫》本作「云云」二小字。

謝賜鳳茶表

臣某言：入内西頭供奉官麥知微至，傳宣旨撫問臣，并賜臣鳳茶一合者。久離帝右，曷測天衷。異恩一臨，群疑盡決。臣中謝。

竊念臣至誠許國，孤立事君。屢觸雷霆之威，數蹈風波之險。一心自信，三黜寧逃。方安江海之情，敢覬雲天之問。伏蒙皇帝陛下仁存舊物，澤被遠臣。聖訓丁寧，皇慈委曲。念犬馬之微志，錫龍鳳之上珍。馨掩靈芝，味滋甘醴。濯五神之精爽，袪百疾之冥煩。允彰仁壽之恩，特出聖神之眷。謹當餌爲良藥，飲代凝冰。思苦口以進言，勵清心而守道。上酬君父，旁質神明。臣無任〔一〕。

【校勘記】

〔一〕無任：天曆本、《叢刊》本、康熙本、《四庫》本作「云云」二小字。

謝轉禮部侍郎表

臣某言：伏蒙聖慈特授臣尚書禮部侍郎，依前充職者。涣渥自天，震惶無地，循牆弗獲，致寇是虞。臣中謝。

伏念臣布素寒姿，斗筲微器。初縻下士之禄，忽塵上聖之知。歷升近班，嘗預大政。深自感激，詎爲因循？仰祖宗之謀，請行故事；懷社稷之計，動發危言。雖欲必盡其心，奚能久安於位。遽彰無狀，誠合有誅。而聖意始終，天慈曠蕩，尚寘名於祕殿，復蒙幸於善藩。大拙云藏，人言用息。莫聞課最，敢覬龍光。伏蒙皇帝陛下雷霆霽威，日月還照。未忘圖舊，不次推恩。擢登宗伯之曹，上應文昌之緯。職命如故，爵數甚隆。徒執讓以弗諧，止服榮而爲懼。臣敢不夕惕三省，寅恭一心。進則盡憂國憂民之誠，退則處樂天樂道之分。上酬聖遇，用竭愚衷。臣無任〔一〕。（又見《古今事文類聚·新集》卷一三。）

【校勘記】

〔一〕無任：天曆本、《叢刊》本、康熙本、《四庫》本作「云云」二小字。

乞召杜衍等備明堂老更表

臣某言：伏覩朝廷行明堂宗祀之禮，誕告天下。臣守在遠方，不獲榮觀大慶，思有補益，輒兹狂易。臣中謝。

臣聞《易》曰：「大觀在上。」言天下所觀在國家之爲也。自古國家興行風教，使天下觀之，必先乎廟。周人祀文王於明堂，以配上帝，所以示天下尊親之道。漢顯宗永平二年春正月，祀光武於明堂；其年冬十月，養三老五更於辟雍。三老五更以二千石禄養終厥身，前史紀之，爲令王之盛節。伏惟皇帝陛下稽古奉先，行明堂大禮，尊奉三聖，配帝而饗，普天率土，咸知舞抃。至於三老五更之典，最爲盛德，宜可兼而行之。

如前兩府老臣，惟太子太保杜衍、太子少傅任布在焉。衍直清忠藎，勤勞弼亮；布廉潔不渝，止足知退，皆可備三老五更之選。儻朝廷以禮大數煩，難於並舉，亦可召至，俾陪觀大禮。及覃慶之際，特加恩獎，是亦兼行養老之典也。臣又覩工部侍郎致仕郎簡執節清素，處心雅尚，優游泉石，樂於吟詠。今八十三歲，精明不衰，月俸之餘，不治生業，此則臣所目見之也。而歸老十餘年，不曾遷改，亦無錫賜。況天下似此近上老臣甚少，不難旌獎。如郎簡則去京遥遠，難行召命，可遥均三老五更之慶。伏望聖慈，稽考舊章，特加恩禮。自餘致仕官，亦乞朝廷別賜推恩，寔當尊親之朝，兼行養老之典。足以表大禮之盛，彰上聖之仁，興天下之孝悌，光搢紳之耆舊。史官書之，爲陛下之至德，曄曄于千古。干冒天威，臣無任〔一〕。

【校勘記】

〔一〕臣無任：天曆本、《叢刊》本、康熙本、《四庫》本作「臣不任大願戰汗云云」。

青州謝上表

臣某言：奉敕就差臣知青州，充青、淄等州軍安撫使，已到任交割勾當者。海岱之區，地望攸重；岳牧之任，邦選甚隆。拜命以還，戴榮而懼。臣某中謝。

竊念臣賦才寡薄，抱節孤危。會遇不倫，進擢無狀。發言多忤，非輕去明主之恩；觸事爲憂，所重在太平之業。涓塵未補，覆載何酬！尚玷鴻私，屢加優寄。漸兹衰朽，期以退藏。伏蒙皇帝陛下天量庇全，聖衷收采，改此劇藩之守，謹諸連帥之權〔一〕。臣敢不逾勵夙宵，虔分旰昃。體九重之深造，安千里之含生。上副聖求，少圖忠效。臣無任〔二〕。（又見《（嘉靖）青州府志》卷一八。）

【校勘記】

〔一〕謹：原作「僅」。據天曆本、《叢刊》本、康熙本、《四庫》本改。

〔二〕無任：天曆本、《叢刊》本、康熙本、《四庫》本作「云云」二小字。

遺表〔一〕

臣聞生必盡忠，乃臣節之常守；没猶有戀，蓋主恩之難忘。輒忍須臾之期，少舒迫切之懇。痛靡自覺，辭皆不倫。

伏念臣生而遂孤，少乃從學。游心儒術，決知聖道之可行；結綬仕塗，不信賤官之能屈。纔脱中銓之宂，遽參麗正之榮。恥爲倖人，竊論國體。昨自明肅厭代之後，陛下奮權之初，首承德音，占預諫列。念昔執卷，惟虞無位之可行；況今得君，安敢惜身而少避。間斥江湖之遠，旋塵侍從之班。大忤貴權，幾成廢放。屬羌臣之負險，顧將列以難裁。乃副帥權，仍峻使任。亦嘗周旋戰備，指目地形。力援定川之師，始期遇敵；誓復横山之壤，亟逼講和。雖微必取之功，多弭未然之患。預中樞之密勿，曾不獲辭；參大政之幾微，益難勝責。自念驟膺於寵遇，固當勉副於倚毗。然而事久弊則人憚於更張，功未驗則俗稱於迂闊。以進賢援能爲樹黨，以敦本抑末爲近名。洎忝二華之行，愈增百種之謗。上繫天聽，終辨衆讒。因懇避於鈞衡，爰就班於符竹。一違近署，五易名城。雖聖恩曲示於便安，奈神道常惡其盈滿。請麾上潁，蓋遭拙疹之未平；息鞍東徐，益覺靈醫之不效。唯積疴之見困，非晚歲之能支。神不在形，氣將去幹。冥冥幽壤，倏爲長往之期；穆穆清光，永絶再瞻之望。肝膽摧落，精魄飛揚。

然臣起于諸生，歷此華貫。雨露澤於數世，圭組焕於一門。有如臣焉，足爲榮矣。當瞑目以無憾，尚貪生而有云？蓋念所惜者盛時，所眷者明主。雖性命之際，已能自通；然君臣之間，豈易忘報！但無怛化，以竭遺忠。敢憚陳於緒言，庶無負於没齒。伏望陛下調和六氣，會聚百祥。上承天心，下徇人欲。明慎刑賞，而使之必當；精審號令，而期於必行。尊崇賢良，裁抑僥倖。制治於未亂，納民於大中。如此，則不獨微臣甘從於異物，庶令率土永寝於淳風。

言逐涕零，命隨疏殞。臣無任惶懼戰惕之至。（又見《八代文鈔》。）

【校勘記】

〔一〕原無此篇，據康熙本補。

范文正公文集卷第十九

狀

代人奏乞王洙充南京講書狀

右，臣聞三代盛王，致治天下，必先崇學校，立師資，聚群材，陳正道。使其服禮樂之風，樂名教之地，精治人之術，藴致君之方。然後命之以爵〔一〕，授之以政。濟濟多士，咸有一德。列于朝，則有制禮作樂之盛；布於外，則有移風易俗之善。故聲詩之作，美上之長育人材，正在此矣。

國家崇儒敦古，右文致化，三京五府，多建庠序。當州近輔之郡，宜崇治本。兼至聖文宣王廟，已有學舍三十餘間，有修學進士二十餘人，非有講貫，何以發明？臣竊見賀州富川縣主簿、充應天府書院説書王洙，於天聖二年御前進士及第，素負文藻，深明經義，在彼講説，已滿三年。伏望聖慈特與除授當州職事官、兼州學講説。所貴國家教育之道，風布於邦畿；進修之人，日聞於典籍。士務稽古，人知嚮方。干冒聖威，臣無任。

【校勘記】

〔一〕爵：《叢刊》本作「官」。

求追贈考妣狀

右，臣竊露微衷，仰干睿聽，霆威匪遠，淵懼斯深。伏覩編敕節文：一應京朝官在任未滿，不因公事，朝廷非時移替，在任不曾磨勘轉官者，後來同計及三周年，不以到闕在任，並與磨勘者。伏念臣自蒙恩改授京官，到今七年，除持服月日外，亦以四年餘兩箇月，不敢僥求磨勘。今爲遷奉在近，未曾封贈父母。竊念臣襁褓之中，已丁何怙，鞠養在母，慈愛過人。恤臣幼孤，憫臣多病，夜扣星象，食斷葷茹，逾二十載，至于其終。又臣游學之初，違離者久，率常殞泣，幾至喪明。而臣仕未及榮，親已不待，既育之仁則重，罔極之報曾無，夙夜永懷，死生何及！今又俯臨葬禮，尚闕褒封。祭奠之間，誌述之際，乏兹恩數，逼於哀誠。身厠登瀛之華，親無漏泉之澤，矧遇孝理，若爲子心！今欲將磨勘改轉官恩澤，乞先移贈考妣，所冀遷厝之日，得及追榮。況臣尚在壯年，序進未晚。伏望皇太后陛下、皇帝陛下深軫至仁，俯從危素，特降曲成之造，更覃廣愛之風。則人子至榮，獲顯親於不次；君父大賜，必捐軀而是圖。臣無任。（又見《范文正公年譜》。）

奏致仕分司官乞與折支全俸狀

右，臣伏覩先降敕命指揮，乞致仕官三丞以上與一子身事。後來甚有朝官因此陳乞，自贊善大夫以下文武官即未有殊恩，鮮聞致政。臣切見外處勾當文武臣僚、幕職州縣，每有疾患昏耄之人，百姓無告。本路轉運使、長吏欲行體量，或聞貧虛，不忍廢罷。臣聞先王養老，莫不推仁，在於公朝，宜行懋典。伏望聖慈，應致仕分司官，今後每遇郊禋，各與進秩。耆耄蓋寡，優渥何傷！内致仕官并乞與折支全俸。況國家折支物色朽腐無筭，又所估太高，久宜制置，庶能周濟，以養衰殘。其文資未有朝散階者，仍乞就加，庶明尚齒之恩，異於班列。其三班使臣、判司簿尉，以其非大夫之等，未有致仕條例，亦乞與南班上佐等第，别降指揮。所貴休官之人，不甚失所。勸臣下廉退之節，彰君親存覆之仁。遂其優閒，免於窮困。如允臣所奏，即乞特出聖恩指揮。

舉歐陽脩充經略掌書記狀

右，臣叨膺聖寄，充前件職任，即日沿邊巡按。其有將帥之能否，軍旅之勇怯，人民之憂樂，財利之通塞，戎狄之情僞，皆須廣接人以訪問，復盡心以思度，其於翰墨，無暇可爲。

而或奏議上聞，軍書叢委，情須可達，辭貴得宜，當藉俊僚，以濟機事。臣訪於士大夫，皆言非歐陽脩不可。文學才識，爲衆所伏。往者緣臣之罪，有黷朝聽，蓋本人素好議論，聞于搢紳。只如臣爲諫官之初，杜衍任中丞之日，脩皆曾移書責臣等緘默無執，非獨有高若訥之讓也。以此明之，實非朋黨。若訥知其無他，亦常追悔。臣切於集事，不敢避嫌。其人見權滑州節度判官，伏望聖慈特差充經略安撫司掌書記，隨逐巡按所典書奏。並國家之事，非臣下之私。若不如舉狀，臣甘欺罔之罪〔一〕。（又見《古今圖書集成·選舉典》卷五二。）

【校勘記】

〔一〕「之罪」後天曆本、《叢刊》本、康熙本、《四庫》本有「云云」二小字。

舉張方平充經略掌書記狀

右，臣今分經略安撫都部署司職任在延州，又發遣延州兵民公事。其應答諸路文字，動涉機宜，日不暇給。凡有奏報朝廷，事須精密，臣獨力當之，必有謬誤。經略司雖有判官三員，多在本司及別路勾當。臣昨舉歐陽脩充本路掌書記，尋以召歸館閣，更不赴任。臣竊見著作佐郎、通判天雄軍張方平，富於文學，復有才用，乞朝廷改除充本司掌書記。

（又見《古今圖書集成·選舉典》卷五二。）

舉彭乘自代狀

准敕：應係兩省臺官、尚書省六品已上、諸司四品已上授訖，具表讓一人自代者。右，謹具如前〔一〕。臣奉敕就轉尚書户部郎中，依前充職。臣伏見京西提點刑獄、尚書祠部員外郎、充集賢校理彭乘，博學不倦，孤立無徒，館殿之中，獨爲淹久，臣今舉自代。

【校勘記】

〔一〕此上一節文字，原只作一「右」字，據天曆本、《叢刊》本、康熙本補。

舉許渤簽署陝府判官事狀

右，臣竊見權潤州觀察推官許渤，在鄉曲時，衆推孝行；登仕宦後，自守静節。天禧三年，進士及第。授初等職官數任，别無過犯，至今猶是初等。清心至行，不求聞達。復通經術，長於論議，苟非叩擊，似不能言。伏望聖慈特與改轉京官，簽署陝府判官廳公事。庶旌廉退之士，以抑僥競之風。如後犯正入己贓，臣甘當同罪〔一〕。

【校勘記】

〔一〕末二句原無，據天曆本、《叢刊》本、康熙本、《四庫》本補。

舉滕宗諒狀

右，臣竊見知涇州、刑部員外郎、直集賢院滕宗諒，詞才公器，周於致用。曾出聖選，擢在諫司。當時同列之人，並已清顯。今涇原已有帥臣，本州不屯軍馬，别無劇務，欲乞朝廷改除於繁重處任使。如無稱效，及有所犯，臣甘當同罪〔一〕。

【校勘記】

〔一〕「如無」以下原無，據天曆本、《叢刊》本、康熙本、《四庫》本補。

舉丘良孫應制科狀

右，臣伏覩先降敕節文，今後應京朝官、幕職州縣官，不曾犯贓，私罪情輕，並許應賢良方正科目者〔一〕。竊以國家下賢良之詔，求補益之言，非止掄材，將以致治。先王坐以待旦，旁求俊乂，必以得士爲昌，不以限年爲重。臣竊見權耀州觀察推官丘良孫，學術稽古，文辭貫道，求之多士，宜奉大對。臣今舉本人堪應上件科目〔二〕，伏乞朝廷特賜召試。若不如舉狀，甘俟朝典〔三〕。

【校勘記】

〔一〕「伏覩」以下原無，據天曆本、《叢刊》本、康熙本、《四庫》本補。

〔二〕「臣今」句原無，據天曆本、《叢刊》本、康熙本、《四庫》本補。

〔三〕「若不」二句原無，據天曆本、《叢刊》本、康熙本、《四庫》本補。

舉張昪自代狀〔一〕

右，臣伏蒙聖慈特授尚書禮部侍郎。臣伏見工部郎中、集賢殿修撰、知潤州張昪，筮仕以來，清介自立。精思劇論，有憂天下之心；純誠直道，無讓古人之節。朝野推重，臣所不如。乞回臣所授，以允公議。

【校勘記】

〔一〕張昪：《叢刊》本、康熙本、《四庫》本作「張昇」。下同。按此人，諸書或作「張昪」，或作「張昇」。司馬光《涑水紀聞》卷三「張昪」條注云「昪音更」，一本作「音便」，正是「昪」字之音。

舉張伯玉應制科狀

右，謹具如前〔一〕。臣竊見秘書丞、知并州太谷縣事張伯玉，天賦才敏，學窮閫奥。善言皇王之治，博達今古之宜。素藴甚充，清節自處。嘗應科舉，未親册對。如今仰被清問，罄陳大略，必能竭前人之正論，副大君之虚懷。擇而行之，有補聖政。臣今保舉其人，堪充應賢良方正能直言極諫科。若不如所舉，臣甘俟朝典〔二〕。（又見《中吴紀聞》卷二。）

【校勘記】

〔一〕謹具如前：原無，據天曆本、《叢刊》本、康熙本、《四庫》本補。

〔二〕「若不」二句原無，據天曆本、《叢刊》本補。

舉張問孫復狀

右，臣伏覩赦書節文：應天下懷材抱器，或淹下位，或滯草萊，委逐處具事由聞奏。臣觀國家居安思危，搜羅賢俊，以充庶位，使民受賜，此安邦之正體也。臣竊見試將作監主簿張問，文學履行，有名於時。前應茂材異等科，再考中式，以父喪不得就試。近上封事，始霑國恩，職不稱才，衆知沉俊。臣又見兖州仙源縣寄居孫復，元是開封府進士，曾到御前，素負詞業，深明經術。今退隱泰山，著書不仕。心通聖奥，跡在窮谷。伏望朝廷依赦文採擢。張問乞除一陝西藩鎮職事官；孫復乞賜召試，特加甄奬。庶幾聖朝涣汗，被于幽滯。（又見《春秋尊王發微》卷末附。）

除樞密副使召赴闕陳讓第一狀韓公同上

右，臣等各准中書劄子，奉聖旨，令臣等交割本職公事與鄭戩管勾訖，乘遞馬疾速發來赴闕者。臣等未立邊功，忽承召命，必慮別有進擢，實不遑寧。伏緣臣等自領經略之任，竭心戎事，其於邊上利害，軍中情僞，年歲之後，方能諳悉。至若倉卒之際，賊謀百端，熟於見聞，始可料度。且朝廷舉天下之力應副西事，于今累年。賊氣尚驕，屢爲邊患，是朝廷責臣等立效之秋，臣等盡節報國之日。況賊界雖來請和，或恐盟約未合，近復卻有點集事宜，將來倍須禦備。今去防秋，只是百餘日間，夙夜經營，猶恐闕漏。臣等若更離去，或致疎虞，不惟上悞朝廷，愈長寇孽，顯是臣等自貪寵異，移過後人，雖當萬死，何以塞責！兼近蒙差降中使宣諭臣等，候邊事稍寧，用在兩地。臣等尋具奏聞，且乞依舊陳力。此由衷之請，天鑑可明，即非今來虛有陳讓。伏望聖慈念邊事至大，不可差失，特降中旨，允兹至誠，許臣等且在本任，庶竭疲駑，得裨萬一。臣等無任。

第二狀

右，臣等奉聖旨，令疾速赴闕，臣等爲邊事未寧，防秋在近，已具奏聞，乞且在本任去訖。竊念臣等自臨邊鄙，久阻闕廷，入對清光，人臣所願，忽承召命，豈合稽留！然事有可憂，須當陳列。

伏自西事以來，邊上帥臣數有改易，天下知其不便，朝廷每以曠官承乏，不得已而行之。臣等四年之中，三換邊任，不聞成效，固當坐責。昨以涇原師敗之後，朝廷命臣等兼領四路，以禦劇寇。臣等夙夜議論，思有報效。奏選將佐，促治城寨，閱習軍馬，完補器械，爲向秋之備。但西人詣闕，方議納和，臣等不敢出入塞下，恐涉生事。然常防慮詐計，未嘗懈心。且西賊前來誓書甚明，以四十年之恩信，一旦翻覆。況今情僞未知，復有點集之説，此大可憂防之日也。臣等於此處置，纔似諳練〔一〕，上下之情，方且稟信，節制進退，庶無大衂。若貪冒寵榮，輒便舍去，則是復有帥臣數易之弊。如寇患再作，臣等躬親邊事，猶懼不濟；或遠料賊情，則多失機會。且臣等自膺寄任，蒙朝廷推信，日重一日，凡百陳請，如在帷幄，無不施行，是臣等遭遇盛明，盡節立事之時也。所以感激剖述，願留歲年。或寇患必息，則修固邊備，爲他時之防。如其未寧，則與將佐合心，持重禦捍，宜無深入之憂。如賊志倔强，終難調伏，則臣等選練兵將，於三二年間，仗朝廷威靈，討服横山近蕃〔二〕，以遏外患。臣等志在分憂，非敢飾讓近名，頻煩天聽，乞聖慈深照。臣等不任〔三〕。

【校勘記】

〔一〕似：天曆本、《叢刊》本、康熙本、《四庫》本作「以」。

〔二〕「横山」下天曆本、《叢刊》本、康熙本、《四庫》本有「界」字。

〔三〕不任：《叢刊》本、康熙本作「無任云云」。天曆本作「不任云云」。

第三狀

右，臣等近以邊事未寧，忽承召命，兩陳奏牘，且乞在任。誠愨斯至，利害甚明。尚慮朝廷未垂照悉，謂臣等以禮爲讓，務取虚名，俟及再三，即當上道。是以重煩天聽，終期得請。

竊以處勞而思逸，重内而輕外，人之常情也。今臣等勤勤懇懇，且願竭力塞下，豈置身艱苦，違人情之所樂，以矯時干譽者哉！誠以經畫西陲，于今累歲，雖無毫髮之效，上副委遇，其如軍中之事，粗已諳詳。況西賊父祖以來，蓄養奸謀。一旦叛命，乘累勝之氣，而遣人納和，此固苞藏禍心，别營兇計。今防秋急備，都無數月之期。臣等若貪冒寵榮，便離職任，向去或有侵軼，害及生靈，使朝廷重憂，後人當患，則有識之人，孰不責咎，何施面目，以對威顔！雖伏顯誅，亦無所救。故臣等披瀝肝膈，屢有奏述，且乞在任，以盡疲駑，持重保邊，庶少敗事。或且許其盟約，未解防虞，則願更留歲月之間，補完闕漏，縱其翻覆，不失支梧。萬一寸功有立，寇患稍平，則朝廷進用有名，臣等歸朝未晚。愚衷感切，天地可明。唯君知臣，必當鑑諒。伏望聖慈開納，早賜允俞。臣等無任。

第四狀

右，臣等自承召命，累上封章，乞且留本任。聖明之照，必察愚衷。然慮朝廷謂成命已行，不許改易；或謂三讓爲禮，未賜允可。臣等莫遑啓處，重煩天聰。

竊念臣等本以書生，昧於兵術。朝廷委兹邊事，不獲固辭，三數年間，勉心强力，徒懷憂患，罔敢暇逸。至於勳績，絶無稱道。雖天心至仁，尚賜全宥，臣等當自循省，更思報效，豈復舍邊陲之患，冒朝廷之寵，以取重悔哉！所乞且在本任者，非敢自謂必能銷殄兇寇，以安西鄙。蓋臣等受國重委，久於戎政。或才力不足，終坐重責，是臣等之分也。若不能畢事，移患後人，而得謂之忠乎？況自來帥臣初至，則衆多之言，争陳利害，於軍民蕃部之中，號令處置，頻有更改。是以邊塞衆情，皆安於習舊，而憚於新規。又將佐勇怯，未能盡知。倉卒之時，指蹤或誤，則其害不細。故未平定間，忌在數易，此朝廷之所明知。況今國家急務，在於西陲，臣等於此用之，不爲不重。乞聖慈特回天鑑，使得盡臣子之心。

臣等無任。

第五狀

右，臣等近者忽承詔旨，俾赴闕廷，繼上奏封，且乞在任，未量聖慈果悉愚誠？夙夜震遑，若無所措。

伏念臣等自西寇猖獗，久當戎事，雖才不逮志，未有成績，若其裁處軍政，審料敵情，既踰歲年，粗亦詳練。故邊防憂患之急，臣等去就之分，前奏備列，不敢煩陳。今所切者，昊賊累次盜邊，必先僞達誠款，伺我少懈，隨即奔衝。今又遣人請和，往復遷延，即過夏月，其或盟約未合，必是又圖侵軼。而朝廷當經營防秋之際，動易帥臣，送故迎新，衆情自擾。則於禦扞之事，不無廢闕。賊如乘我不備，適足遂其奸謀，則是朝廷以西事爲輕，而以進擢微臣爲重。或因此有誤大計，更滋寇孽，則臣等貪冒寵異，情何以安！

臣等所以知遠在朝廷，不若親臨疆埸。蓋耳目所接，指蹤爲便，庶於倉卒，不失事機。況今干戈未寧，民力漸屈，忠義思奮，聖宸重憂。宜拔非常之才，待以不次之位，使其恢宣賢業，講求廟筭。臣等自當奔走塞下，奉行勝略。如此則內資帷幄之議，外期節制之行，用以相須，冀乎必濟。伏望聖慈察臣等忠藎之悃，素有本末，實不以內外之職，輕重於心，早賜允俞，使盡臣子之節。臣等無任〔一〕。

【校勘記】

〔一〕無任：天曆本、《叢刊》本、康熙本作「云云」二小字。

范文正公文集卷第二十

狀

陳乞邠州狀

右，臣聞臣之事君也，貴先勞而後禄；朝之命官也，患重内而輕外。重内輕外，何以收藩翰之功？先勞後禄，所以勵搢紳之志。臣雖無似，輒慕前修。臣昨在朝日，曾與韓琦同進陝西攻守策。又覩手詔云，今用何人，鎮彼西方。又去年秋，曾有聖旨，令韓琦與臣互换，往邊上照管。臣遂面奏，乞罷參知政事，知陝西一郡，兼沿邊安撫使，乞不轉官，及不帶招討、部署之名。尋蒙聖恩，差充陝西宣撫使。又以契丹舉兵西征，元昊在河東接近，復差臣兼河東宣撫使。臣自至河東，體量得邊上利害，各已奏陳。今余靖自北既回，必見契丹無南牧之意。臣久住州軍，亦慮煩擾。欲過陝西，即又宣撫使所行、諸軍須望特支恩澤。緣南郊均賜之後，陝西府庫已虚，或更行特支，又須費十數萬貫。如不往陝西，則前所上攻守之策，復成空言。伏望聖慈依臣前來面奏，罷參知政事并宣撫使，只差臣於邠、涇間知一州，帶沿邊安撫使，乞不轉官，仍不帶招討、部署之名。如此，則不銷更散特支，自可就近處置邊事。臣此直誠，並守前奏。俟三二年間，邊事寧息，攻守有備，儻聖恩未移，用臣不晚。庶朝廷無内重外輕之失，臣亦有先勞後禄之效。進退始終，良得其宜。臣無任。

陳乞鄧州狀

右，臣聞理之安危，固當殊體；官之廢置，孰可冒居。竊念臣昨厠台司，日瞻宸扆。親承睿詔，俯念邊防，思得邇臣，往分重寄。臣既獲聞命，因敢請行，遽將宣慰之恩，來安屯戍之旅。臣以戎情未測，備預當嚴，願領一藩，兼按四路，欲將臣與韓琦所上邊策，躬親施行。尚蒙朝廷付兹職任。臣自到豳土，已逾半年，復以前策奏陳，庶逃尸素。朝廷以彼戎款順，方用柔懷，不欲修威，恐成生事。臣之所上，必可寢停。今又覩朝旨，據鄜延路奏，所定疆界，並已了當，仰保安軍、鎮戎軍榷務通行博易者。事或寧静，理當改更。其陜西邊事，自有逐路經略使處置。惟此四路安撫司，今後别無事務，欲乞朝廷指揮廢罷。臣則宿患肺疾，每至秋冬發動，若當國有急難之時，臣不敢自求便安，且當勠力。今朝廷宣示，西事已定。况邠州元係武臣知州，伏望聖慈恕臣之無功，察臣之多病，許從善地，就訪良醫，於河中府、同州或京西襄、鄧之間就移一知州，取便路赴任，示君親之至仁，從臣子之所望，實繄聖造，得養天年。臣無任〔一〕。

【校勘記】

〔一〕「臣無任」後天曆本、《叢刊》本、康熙本、《四庫》本有「瞻天仰聖云云」六字。

舉李宗易向約堪任清要狀

准御史臺牒：「准慶曆八年五月十四日敕節文：於内外升朝官，曾任通判成資以上人内堪任清要任使者，各同罪保舉貳名。并須歷任無公私過犯，及不是見任兩府并自己親情，方得奏舉。或雖公罪，杖以下，情理輕，亦許論薦」者。右，謹具如前〔一〕。臣伏見知絳州、職方員外郎向約，生相輔之家，而能專儒學，謹官業，廉貧苦節，愼静寡過。臣前知潤州日，約爲通判，備見操守。後來累次爲郡，皆有理績，推舉甚衆，未蒙獎擢。知光化軍、屯田員外郎李宗易，天禧三年進士第九人及第，素負詞雅，居常清愼，有静理之才，無躁進之跡。今在鄰屬，稔聞治狀，人憂其去，吏不敢苟。此二人者，久於揚歷，各有行實，並堪充清要任使。如朝廷擢用後，犯入己贓，臣甘當同罪。即不是見任兩府并自己親情，歷任并無私罪，内有公罪者，亦係杖已下，情理不重。謹具狀奏聞〔二〕，伏候敕旨〔三〕。

【校勘記】

〔一〕自此以上原無，據天曆本、《叢刊》本、康熙本、《四庫》本補。

〔二〕「如朝廷」以下原無，據天曆本、《叢刊》本、康熙本、《四庫》本補。

〔三〕伏：原無，據天曆本、《叢刊》本、康熙本、《四庫》本補。

舉張諷李厚充青州職官狀

伏奉敕命，就差知青州兼安撫使，已到任訖。今具合奏辟官二員如後：一、前御史臺主簿張諷，文學懿贍，履行純雅，未升科進，的有才稱。欲乞朝廷采於清議，推以異恩，特賜召試，授一出身，差簽署青州觀察判官廳公事。新注下正官王嘉祥即今未到，乞勘會京東路節鎮别除一處〔一〕。一、鄧州南陽縣主簿李厚，進士出身，素有文行，涉道且深，到任已成一考，見權鄧州職官。欲乞朝廷特除權青州兩使推官，兼管勾安撫司機宜文字。節度推官近新到任，乞移側近州郡。如難得闕，即乞許令安撫司差權見闕官處勾當。所貴不住俸給，況本路見闕官數員。

右，謹具如前。臣受國寄任，日憂曠闕，或得此二人助其不逮，庶無敗事。如朝廷擢任後，犯入己贓，及不如舉狀，臣并甘當同罪。謹具狀奏聞〔二〕，伏候敕旨〔三〕。

【校勘記】

〔一〕「新注」二句原無，據天曆本、《叢刊》本、康熙本、《四庫》本補。

〔二〕自上段「節度推官」至本段「具狀奏聞」原無，據天曆本、《叢刊》本、康熙本、《四庫》本補。

〔三〕伏：原無，據天曆本、《叢刊》本、康熙本、《四庫》本補。

薦李覯并録進禮論等狀

右，臣聞古之明王，坐以待旦，旁求俊乂，蓋將盡天下之才，成天下之務。故爲臣者以舉善爲忠，亦將竭知人之明，副待旦之意也。臣親逢聖旦，嘗忝輔臣，輒慕前修之爲，少答非常之遇。臣伏見建昌軍草澤李覯，前應制科，首被召試。有司失之，遂退而隱，竭力養親，不復干禄，鄉曲俊異，從而師之。善講論六經，辯博明達，釋然見聖人之旨。著書立言，有孟軻、揚雄之風義，實無愧於天下之士。而朝廷未賜采收，識者嗟惜，可謂遺逸者矣。臣竊見往年處州草澤周啓明，工於詞藻；又江寧府草澤張元用，及近年益州草澤龍昌期，並老於經術。此三人者，皆蒙朝廷特除京官，以示獎勸。臣觀李覯於經術文章，實能兼富，今草澤中未見其比，非獨臣知此人，朝廷士大夫亦多知之。

臣今取到本人所業《禮論》七篇，《明堂定制圖序》一篇，《平土書》三篇，《易論》十三篇，共二十四篇，編爲十卷，謹繕寫上進。伏望聖慈當乙夜之勤，一賜御覽，則知斯人之才之學，非常儒也。其人以母老，不願仕宦，伏乞朝廷優賜，就除一官，許令侍養，亦可光其道業，榮於閭里，以明聖人在上，下無遺才。若不如舉狀，臣甘重受朝典。謹具狀奏聞。伏候敕旨〔一〕。皇祐元年十一月二十日〔二〕。（又見《直講李先生文集》附録，《雲卧紀譚》卷上。）

【校勘記】

〔一〕「若不如」至「伏」十七字原無，據天曆本、《叢刊》本、康熙本、《四庫》本補。

〔二〕原無年月日，據《直講李先生文集》附録補。

進故朱寀所撰春秋文字及乞推恩與弟寘狀

右，臣伏見故秘書丞、集賢校理朱寀，幼有俊材，服膺儒術，研精道訓，務究本源。越自經庠，擢升文館。力學方起，美志未伸，不幸夭喪，深可嗟悼。寀《春秋》之學，爲士林所稱。有唐陸淳，始傳此義。學者以爲《春秋》之道久隱，而近乃出焉。寀苦心探賾，多所發揮。其所著《春秋指歸》等若干卷，謹繕寫上進，乞下兩制詳定。如實可收采，則乞宣付崇文院。

又念其人家道貧窶，妻息孤窮，有親弟寘，亦習儒業，未登禄仕。伏望聖慈，特霑一命。況寀曾任府界提點，偶緣病罷，别無過犯。中前監察御史梁堅、蔡禀等亡後，亦蒙録用子孫，體例頗同，不爲僥倖。以彰聖朝旌録儒學，使其孤幼不墜丘壑，亦天地之造也。候敕旨〔一〕。（又見《經義考》卷一七九。）

【校勘記】

〔一〕候敕旨：天曆本、《叢刊》本、康熙本、《四庫》本作「干冒宸嚴，臣云云」。

陳乞潁亳一郡狀

右，臣輒陳危悃，上黷高聰，遜仰雷霆，不任淵谷。切念臣涉道至淺，賦材本下，爰從孤宦，首被聖知。自謂得君，未嘗避事，險易一志，周旋四方。今守東齊，方面亦重，救災禦寇，敢不盡心。而年高氣衰，日增疾恙，去冬已來，頓成羸老，精神減耗，形體尪弱，事多遺忘，力不支持。其青州常程公事，已牒通判職官發遣。其安撫一路九州軍兵馬公事繁多，至於郡縣利害，鄉川寇盜，皆禀本司指蹤。自臣抱病，勾管不前。上無以分宵旰之憂，下無以逃尸素之誚。惟是奏報文字，臣則竭心勉率，亦多稽緩。揣己量力，實不自安。伏望聖慈於潁、亳二州，就差臣一處。所貴閑慢少事，可以養疾，庶安朽質，少保殘年。仰祈洪造之私，惟誓丹衷之報。臣無任。

劄子

論西京事宜劄子

臣近親奉德音，以孔道輔曾言遷都西洛，臣謂未可也。國家太平，豈可有遷都之議？但西洛帝王之宅，負關河之固，邊方不寧，則可退守。然彼空虛已久，絕無儲積，急難之時，將何以備？宜以將有朝陵之名，漸營廪食。陝西有餘，可運而下，東路有餘，可運而上，數年之間，庶幾有備。太平則居東京通濟之地，以便天下；急難則居西洛險固之宅，以守中原。《易》曰：「天險不可升，地險山川丘陵。王公設險，以守其國。」此之謂也。先王修德，以服遠人，然安不忘危，故不敢去兵以恃德也。陛下內惟修德，使天下不聞其過，外亦設險，使四夷不敢生心，此長世之策也。伏望聖慈，未煩下議，且留聖意，可俟臣口對不備。謹再具狀奏聞。（又見《續資治通鑑長編》卷一一八，《范文正公年譜》。）

論復併縣劄子

臣伏覩敕書節文，西京河陽管界諸縣近經併廢，頗聞人民不便，並特令依舊。臣去年秋纔入中書，蒙聖慈差中使催臣言事。臣首陳七事，内一事爲天下民困，由吏役煩重。如西京在後漢時三十七萬户，置二十縣；唐會昌中十七萬户，置十九縣；今有五萬六千户，尚置十九縣。是户口十分去七，而縣額如舊，吏役不減，安得百姓不困哉！後漢光武詔天下，併減四百餘縣，此治世之規，可舉爲法。臣請先於西京減併縣分，以省吏役。奉聖旨下范雍并本路轉運使，密切相度聞奏。尋據范雍、夏安期等奏，相度西京縣邑衆多，人户差役頻併，今來減縣邑爲鎮，實亦利便。除山險空迴，地里闊遠，及陵寢所安，難爲廢罷外，乞併作十三縣，委得允當，别無妨礙。尋蒙朝廷依奏降敕施行訖。約計減役人一千五六百户，已放歸農，官員亦已省罷訖。

竊聞後來有臣僚上言，或稱縣尉檢覆地遠。且逐縣界分，俱不及百里，如南方縣分有三二百里者，亦只一員縣尉，以此方之，甚不遥遠。或稱卻費軍人守把。其守把軍人，即非旋有招置，並是本府宣毅兵士，在本府中亦須請受。或稱酒税虧額。今體問得，逐鎮比舊日卻有增盈。其所上言，皆非害民之事，況無實狀。只是坊郭物力之人，恐産業閑慢；或逐縣公人中，有巢穴已成，不願更改者，因兹妄説不便，扇摇人情，致臣僚誤有採聞，形于奏牘。朝廷未深窮究，便以爲然，改已行之命，特作霈恩，而不知一千五六百户免役之家，重加勞擾，殊非霈恩之意。只是坊郭物力之人，縣邑狡猾之吏，遂其志願，僥倖歡呼，必有作感聖恩道場，以惑朝聽者。其鄉川之民，弃農就役，復爲愁苦，是害其本而徇其末也。

且光武之朝，詔下併四百縣，何號令之行無敢沮者？今朝廷止併六縣，而號令已出，敢有沮言，是國家命令不行於外，恩澤不逮於民矣〔一〕。國政如此，則天下無事可行，皆欲守因循之弊。弊不可救，亂所由生。且西京在漢時三十七萬户，置二十縣；今五萬六千户，置十九縣，其吏役勞擾，亦甚明白，非隱昧之事。

臣爲近輔請行此令者，蓋欲蘇息窮民，且非利己。緣親奉德音，并降中使，促令論列時事，非臣輒有改易，況典故甚明，非出自胸臆。如上言不當，乞朝廷直行黜罷，不銷重擾生民，而沮此一議。若轉運使等定奪不當，亦乞朝廷駁下不當事件，特行勘問，明示責降，自然利害分別，中外無疑。臣本上言之人，如不黜罷，其元定奪之官，又不勘問，卻將重擾生民之事，作恩宥施行，於體不便。不知令諸縣仍舊，惠及何人？臣爲朝廷惜此一舉，使天下無復有省役息民之望。伏望聖慈指揮西京，未得追擾放役之人，別候朝廷指揮。更年歲間，利害既明，謗議自息。所以懇懇上言者，忝爲輔臣，知利害不能執守，則國家之惠必不能行，生民之弊亦不能去。儻朝廷以臣僚上言爲是，以臣所言爲非，即乞依臣所奏，早加勘劾，速行降黜，臣即方敢伏罪，不復論列。取進止。

【校勘記】

〔一〕原「矣」字與下句「國」字互倒，據《叢刊》本、康熙本、《四庫》本乙。

乞修京城劄子

臣危言孤立，久荷聖知。當此旰昃之憂，豈可循默自守！雖言而無取，亦以盡臣子之心。臣先於景祐三年五月初在開封府，曾有劄子〔一〕，言西洛帝王之宅，絶無儲蓄〔二〕，乞聖慈以將有朝陵爲名，使東道有餘，則運而西上，西道有餘，則運而東下，數年之間，庶幾有備。太平則居東京舟車輻湊之地，以便天下；急難則守西洛山河之宅，以保中原。當時臣言西洛可營者，以備急難也。今北事既動，營洛已晚，臣今別有愚見，請一二以陳之。

臣竊聞修建北京，以禦大敵。以臣料之，可張虛聲，未可爲倚。何哉？河朔地平，去邊千里，胡馬豪健，晝夜兼馳，不十數日可及澶淵。陛下乘輿一動，千乘萬騎，非數日可辦。倉卒之間，胡馬已近，欲進北京，其可及乎？此未可一也。又承平已久，人不知戰，聞寇大至，群情憂恐。陛下引憂恐之師，進涉危地，或有驚潰，在爪牙之臣，誰能制之？此未可二也。又北京四面盡平，絶無險扼之地，儻乘輿安然到彼，而胡馬旁過，直趨河南，於澶淵四向乘凍而渡〔三〕，京師無備，將何以支？宗廟社稷，宫禁府庫，皇宗戚里之屬，千官百辟之家，六軍萬民，血屬盡在，無金城湯池可倚，無堅甲利兵可禦，陛下行在河朔，心存京師，豈無迴顧之大憂乎？此未可三也。假使大河未凍，寇不得渡，而直圍守澶淵，聲言向闕，以割地會盟爲請，當此之時，京師無備，胡塵俯逼，陛下能堅守不動，而拒其請乎？

唐明皇時，禄山爲亂，舊將哥舒翰引四十萬兵屯守潼關，請不出戰，且以困賊。楊國忠促令討賊〔四〕，一戰大敗〔五〕，遂陷長安。今京師無備，寇或南牧，朝廷必促河朔諸將出兵截戰，萬一不勝，則有天寶之患，朝廷將安往乎？昔煬帝盤遊淮甸，違遠關中。唐祖據之，隋室遂傾。明皇出幸西蜀，非肅宗立於朔方，天下豈復爲唐矣？德宗欲幸益部〔六〕，李晟累表乞且幸山南〔七〕，以係人心。乃知朝廷，萬邦之根本。今陝西河北聚天下之重兵，如京師摇動，違遠重兵，則姦雄奮飛，禍患四起。

臣聞天有九關〔八〕，帝居九重，是王者法天設險，以安萬國也。《易》曰：「天險不可升，地險山川丘陵。王公設險，以守其國。」正在今日矣。臣請陛下速修東京，高城深池，軍民百萬，足以爲九重之備。乘輿不出，則聖人坐鎮四海，而無順動之勞〔九〕；鑾輿或出，則大臣居守九重，而無迴顧之憂矣。彼或謀曰：邊城堅牢，不可卒攻；京師坦平，而可深犯。我若修完京師，使不可犯，則是伐彼之謀，而沮南牧之志矣。寇入之淺，則邊壘已堅；寇入之深，則都城已固。彼請割地，我可弗許也；彼請决戰，我可勿出也。進不能爲患，退不能急歸，然後困而撓之〔一〇〕，返則追之，縱有抄掠，可邀可奪，彼衰我振，未必不大勝也。此陛下保社稷、安四海之全策矣。

或曰：京師王者之居，高城深池，恐失其體。臣聞後唐末，契丹以四十萬衆送石高祖入朝，而京城無備，閔宗遂亡。石晉時，叛臣張彦澤引契丹犯闕，而京城無備，少主乃陷。此皆無備而亡，何言其體哉〔一一〕！臣但憂國家之患，而不暇顧其體也〔一二〕。若以修完城隍爲失體，不猶愈於播遷之禍哉！

朝廷大臣百辟必曉此事，但懼議者謂其失體而不敢言。臣任在西陲，非當清問，而輒言此事，誠罪人也。然臣子之心，豈敢忘君親之憂！況臣素來愚拙，惟知報國，而不知其受謗矣。昔奉春君負販之夫，勸高祖都關中，而張良贊之，翌日命駕。臣叨預近列，而輒建言，比之奉春之僭，未甚爲過。

至於西洛帝王之宅，太祖營修，蓋意在子孫表裏山河，接應東京之事勢，連屬關陝之形勝。又河陽據大川之險，當河朔、河東會要，爲西洛之北門；又長安自古興王之都，天下勝地，皆願朝廷留意，常委才謀重臣〔一三〕，預爲大備，天下幸甚。干犯聖威，臣無任云云。

（又見《續資治通鑑長編》卷一三六、《國朝諸臣奏議》卷一二六、《歷代名臣奏議》卷一〇三、《右編》卷七。）

【校勘記】

〔一〕有：天曆本、《叢刊》本、康熙本、《四庫》本作「進」。

〔二〕蓄：康熙本、《四庫》本作「備」。

〔三〕向：康熙本、《四庫》本作「面」。

〔四〕討賊：康熙本、《四庫》本作「進討」。

〔五〕一：原無，據康熙本、《四庫》本補。

〔六〕部：康熙本、《四庫》本作「都」。

〔七〕表：康熙本、《四庫》本作「奏」。

〔八〕關：康熙本、《四庫》本作「闇」。

〔九〕順：康熙本、《四庫》本作「煩」。

〔一〇〕困：康熙本、《四庫》本作「因」。

〔一一〕體：康熙本、《四庫》本作「失體」。

〔一二〕暇：原作「下」，據天曆本、《叢刊》本、康熙本、《四庫》本改。又「其」字後康熙本、《四庫》本有「失」字。

〔一三〕謀：原作「某」，據康熙本、《四庫》本改。

又

臣近覩邸報，有北使到闕，遠近稱慶。及見逐處關報事宜，卻言西北兩界，各大點集。比疑北使之來，未甚誠實。以四十年之恩信，無故動摇，恐非有限之貨，能足無厭之心，此可大爲之防〔一〕，盟誓不足倚也。戎情翻覆，自古非一。臣竊覩朝廷未修東京，而先修北都。臣謂東京根本也，北都枝葉也。雖先朝曾有北都之行，當時有宿將舊兵，嘗經大敵，然猶上下憂疑，盤桓而進。今太平已久，人情易動，又無宿將舊兵，不可不過慮也。臣見邊上將佐軍旅，恥言不武，争乞效命，及其臨敵，十無一勇。臣恐駕前諸班武士，務誇膽勇，有悮陛下。昔漢樊噲對上曰：「臣願得十萬衆，横行匈奴中。」季布叱曰：「噲可斬也！昔匈奴圍高帝於平城，漢兵三十二萬，噲時爲上將軍，不能解圍，今言以十萬横行，是面謾也。」今陛下自顧左右將軍有如樊噲者乎？臣昨上言，請修京城，宜持重而不動者，蓋爲此也。若將巡幸北都，臣謂有可慮之事者五，願陛下思之。臣三四年來，聞人所傳，契丹造舟安輪，遇陸可載，遇川可濟。如南牧而來，於滄、德之間，先渡黄河，取鄆、濮而襲我京城。陛下虚往北京，而寇入東路，此可慮之一也。又宗廟社稷，皇宫戚里，千官百辟，六軍萬民之家，盡在京師。而城池無備，寇或大至，將何保守？此可慮之二也。若巡幸北京，六軍盡出，迴顧京師，億萬之中，或有姦兇竊發爲亂，陛下之心能安於外乎？此可慮之三也。假使鑾輿未出，寇逼澶淵，聲言向闕，有割地之請，既京師無備，朝廷能拒其請乎？此可慮之四也。又胡馬之來，必數十萬，其河朔之兵，當須持重。如京城無備，畏彼深入，必促重兵與之決戰，萬一有哥舒之敗，則社稷爲憂。此可慮之五也。願陛下必修京城，可禦大患。況天子之城，古有九重之號，未聞以不嚴不固而爲國體也。能嚴且固，則上自宗廟社稷，下及百萬之衆，可安堵矣；陛下乘輿，不煩順動矣；雖寇入東路，不得而襲矣；彼扣澶淵，有割地之請，可拒而弗許矣；彼求決戰，可戒諸將持重而勿出矣；彼知京師有備，大軍持重，則南牧之志不得而縱，足以伐其謀矣。而復鋭則避之，困則擾之，夜則驚之，去則躡之，因其隙而圖焉。皆須京師大固，然後能行其策。近代戎狄爲京師之禍者數四矣，不可不大爲之防。《易》曰：「王公設險，以守其國。」此先聖之訓，非臣之所能言也，惟聖鑑裁之。（又見《續資治通鑑長編》卷一三六。）

【校勘記】

〔一〕之：原無，據天曆本、《叢刊》本、康熙本補。

乞召還王洙及就遷職任事劄子

臣聞國家求治，莫先於擢才；臣之納忠，無重於舉善。臣竊見工部員外郎、直龍圖閣、新差知徐州王洙，文詞精贍，學術通博，國朝典故，無不練達，搢紳之中，未見其比。以唐之虞世南、先朝之杜鎬方之，不甚過也。臣在中書日，洙曾求知越州，時章得象以下並言朝廷每有典禮之疑，則問此人，必見本末。豈當許就外任？遂不行所請。尋以撰成《國朝會要》一百五十卷，蒙恩進直龍圖閣，依舊天章閣侍講，仍賜金紫，以旌稽古之能也。後以赴進奏院筵會，乃在京諸司常例，得從一日之休。徒以横議中傷，例讁居外，三經赦宥，未蒙召還，恐非聖朝棄瑕采善之意。臣近見此人來知襄州，復能精勤政治，庶務修舉，清簡和恕，吏民樂康，乃知其才内外可用。自任工部員外郎，已及六考，不求磨勘。直龍圖閣亦又四年，未曾遷改。伏望聖慈，不以人之小累而廢其大善。如朝廷采鴻儒碩學以備詢訪，則斯人之選，爲中外所服。矧有懿文，可以發明議論，潤色訓謨。欲乞特賜召還，儀表臺閣。儻朝廷意切生民，重其外補，則乞就遷近職，别領大藩。使搢紳之列，知稽古有勸，爲善弗掩，實聖政之端也。臣嘗叨近輔，知無不言，况襄、鄧鄰封，稔聞善治。或不如舉狀，臣受上書詐不實之罪。如朝廷擢用後犯入己贓，臣甘當同罪。取進止〔一〕。

【校勘記】

〔一〕「如朝廷」以下三句原無，據天曆本、《叢刊》本、康熙本補。

中國歷史文集叢刊

范仲淹全集

二

〔宋〕范仲淹 撰

李勇先 劉琳 王蓉貴 點校

中華書局

第二册目録

范文正公别集卷第一

古詩

律詩

范文正公别集卷第二

賦

范文正公别集卷第三

賦

范文正公別集卷第四

序

啓

劄子

贊

范文正公政府奏議卷上

治體

范文正公政府奏議卷下

邊事

薦舉

雜奏

范文正公尺牘卷上

范文正公尺牘卷中

范文正公尺牘卷下

范文正公集補編

奏議

序

尺牘

詩餘

范文正公集續補卷第一

古詩

律詩

絶句

聯句

詩餘

賦

奏疏

范文正公集續補卷第二

表

牒

范文正公别集卷第一

古詩

寄石學士

家有清白志，所寶甑中塵。休去無生涯，老來猶苦辛。一麾了婚嫁，萬事蠹精神。與君嘗大言，定作青山鄰。蹭蹬未攜手，得無羞故人。

江樓寄希元上人

清言一以遥，默默江樓上。安得如白雲，無心兩相忘。

酬和黄太博〔一〕

古籍東南美，蔚蔚幕中議。懿行希聖賢，尚文粲游賜〔二〕。伊余髪已秃，偶繼立朝士。何以宣王政，甘爲時所棄。酌以廣州泉，不易伯夷志。直哉心如弦，安慮道邊斃。竊嘗力於古，秉筆庶幾至。孰爲未聞達，聊以道幽祕。夫君鏘以名，尤爲世之器。贈我百餘言，升堂出而示。土木朽且陋，黼黻謬增賁。毋鹽煩刻畫〔三〕，返朴吾所愧。華勛愛士心，蓬壺延才地。何人薦於子，當彼得言位。吐以胸中寄，落落金玉繼。九虚高可游，凌厲垂天翅。吾將退而隱，尚得榮其視。

【校勘記】

〔一〕《全宋詩》卷一六八《范仲淹五》按：此詩疑爲卷一《謝黄總太博見示文集》之答詩，似黄總作，俟考。

〔二〕尚：《叢刊》本作「高」。

〔三〕毋：原作「母」，據天曆本、《叢刊》本、《四庫》本改。宣統本作「無」。

滕子京以真録相示因以贈之

泰山采芝人，吏隱清淮濱。金函祕寶録，奉之如高真。謂予有仙志〔一〕，興言一相示。叩頭鳴天鼓，玉書粲然異。白雲引輕素，朱絲聞靈篇。題云天寶歲，傳於任鳳仙。兵火换九州，于兹三百年。非有靈物持，此書安得全。緑字起龍蛇，丹文挂星斗。六甲當奉行，百神乃奔走。密密天上語，忽忽人間有。與君置青山，解冠松桂間。服此上清録，上清庶可攀。無爲塵土中，草草凋朱顔。

【校勘記】

〔一〕予：《叢刊》本、《四庫》本作「子」。

送徐登山人〔一〕

重君愛後作樂詩書，孜孜不知老。白髮未理後作治生，惟談後作設聖人道。愛君妙山水，所得是神氣。尺素寫林巒，邈有千里意。今日江南行，孤雲無繫程。直指九華峰，去掃先君塋。卻來華陽川，與後作邀我溪上盟。行歌紫芝秀，坐嘯清風生。綀真變金骨，飄飄朝玉京。結成物外游，忘此天下情。

【校勘記】

〔一〕原本題下注：「原本後四卷（按：指《别集》卷四）有《送徐允升歸九華》詩，與同，止易五字，今附注于下。」

匣劍

靈劍經年匣，决雲誰爲高。報人如有道，何認問吹毛。

南園

南園萬樹花，極目春芳麗。林下老成人，相招植松桂。（又見《御選宋金元明四朝詩·御選宋詩》卷六一。）

行歌

行歌春滿路，坐歌春滿園。花前人自樂，桃李豈須言。（又見《御選宋金元明四朝詩·御選宋詩》卷六一。）

明月

明月照前墀，朱絃奏流水。清風如未回，敢望無雲起。（又見《御選宋金元明四朝詩·御選宋詩》卷六一。）

南樓

南樓百尺餘，清夜微埃歇。天會詩人情，遺此高高月。

送陳環秀才遊金陵

君有江南行，爲君歌以喜。龍盤山萬曲，練静江千里。江山不可空，台星照吴中。相國隴西公時鎮金陵。古來王謝地，今有周召風。而間楊諮與鄭戬，萬丈光相映。煌煌聚宰府，金陵一何盛。此去知已賢，雅客情無邊。白雲起江樹，明月逐江船。雲月共徘徊，優哉如游仙。歸來笑春風，白日登青天。（又見《（景定）建康志》卷三七。）

律詩

送歐伯起

天與神交忽解攜，一溪風月更同誰。自慙瀟灑如猿鶴，卻向周郎怨别離。（又見《御選宋金元明四朝詩·御選宋詩》卷六四。）

九日

欲賦前賢九日詩，茱萸相鬬一枝枝。可憐宋玉情無限，争似陶潛醉不知。緑鬢愛隨風景變，黄華能與歲寒期。登高迴處狂多少，笑殺襄陽拍手兒。

送虎丘長老

暫向天台參衆真，虎丘風月遠隨身。瓊臺肯便長棲去，無限人間未度人。

寄潤州龐籍〔一〕

北固高樓海氣寒，使君應此凭闌干。春山雨後青無限，借與淮南洗眼看。（又見《御選宋金元明四朝詩·御選宋詩》卷六四，《宋詩紀事》卷八。）

【校勘記】

〔一〕《全宋詩》卷一六八《范仲淹五》按：龐籍非潤州人，仲淹則於寶元間知潤州，此詩與後《和龐醇之見寄》詩同韻，疑此首爲龐作，後一詩乃仲淹和韻，俟考。方健《范仲淹評傳》第一章《生平述略》云：「龐籍曾知潤州，解『寄潤州』爲潤州人，誤。此詩爲仲淹作無疑。」

送湛公歸四明講席

滿面南風指四明，山長水曲不勝情。自言此去雲林下，惟講華嚴報太平。（又見《（延祐）

四明志》卷一、卷二〇。）

和龐醇之見寄

北樓千尺午猶寒，冉冉飛塵不可干。横望滄溟了無際，貴人休向畫圖看。

依韻和胡使君書事

都督再臨横海鎮，集仙遥輟内朝班。清風又振東南美，好夢多親咫尺顔。坐嘯樓臺凌皓月，行春鼓吹入青山。太平天子尊耆舊，八十王祥未賜閒。

贈吴秀才

萬户侯家幾葉孫，弟兄紅旆獨烏巾。攜琴又入廬山去，誰信朱門有逸人。

依韻和魏介之同遊玉仙壇

雲壇共上百神清，碧塢紅霞相照明。幽草欲迷丹井處，亂峰依舊白雲生。亭亭翠纛高杉矗，險險狂雷落石轟。待得九霄鸞鶴馭，玉書應改地仙名。本傳云玉作遼地仙也。（又見《宋元詩會》卷八。）

依韻和介之未開菊

本非桃李色，佳節敢先開。席上無言晚，霜前幸未摧。芳心應有待，真賞直須催。願上金樽壽，何傷蝶不來。

依韻酬池州錢綺翁

天涯彼此勿冲冲，内樂何須位更崇。白髮監州身各健，青山繞郭景多同。日高窗外眠方起，月到樽前宴未終。況在江南佳麗地，重陽猶見牡丹紅。鄱陽牡丹有四時開者。

寄題溪口廣慈院

越中山水絶纖塵，溪口風光步步新。若得會稽藏拙去，白雲深處亦行春。

釣臺詩〔一〕

漢包六合罔英豪，一箇冥鴻惜羽毛。世祖功臣三十六，雲臺争似釣臺高。（又見《嚴陵集》卷三。）

【校勘記】

〔一〕按此首天曆本、《叢刊》本在《范文正公别集》卷第四。《嚴陵集》以爲此首乃張保雝作。

送饒州董博士〔一〕諱淵，點鹿鳴燕之後舉送詩

番國英豪富魯儒，同時舉送起鄉閭。文章恥學揚雄賦，議論羞談賈誼書。喜得明珠三十六，恨遺壯士二千餘。送君直上青霄去，行看歸乘駟馬車。

【校勘記】

〔一〕按此首天曆本、《叢刊》本在《范文正公别集》卷四。

范文正公别集卷第二

賦

堯舜帥天下以仁賦堯舜仁化，天下從矣

穆穆虞舜，巍巍帝堯。伊二聖之仁化，致四海之富饒。協和萬邦，蓋安人而爲理；肆覲群后，但復禮以居朝。當其如天者堯，繼堯者舜，守位而時既相接，行仁而性亦相近。内睦九族，善鄰之志咸和；外黜四凶，有勇之風遐振。聰明作聖，濬哲如神。一則命羲和而欽曆象，一則舉稷契而演絲綸。孰謂各行其道，但見同致於仁。謗木設時，惻隱之情旁達；薰絃奏處，生成之惠皆臻。民保淳和，政無譎詐。實博施而可大，亦無爲而多暇。茅茨何恥，方不富以爲心；璿璣有倫，惟罕言而自化。故得兆民就日，萬國慕羶。誠同心而同德，又何後而何先。水沴久憂，曷三月而違也；朝綱歷試，非一日而用焉。然則帝者民之宗焉，仁者教之大也。帝居大於域内，仁爲表於天下。諮詢四岳，何異樂山之情；統御八元，允謂長人之者。美夫五帝之最，百王之宗。物無不遂，賢無不從。于以見昭德於文

思，于以見播美於温恭。殊途同歸，皆得其垂衣而治；上行下效，終聞乎比屋可封。大哉！光宅無私，文明由己。稽陶唐之道，法有虞之理。是則萬彙熙熙，咸頌聲而作矣。（又見《優古堂詩話》，《歷代賦彙》卷四一，《古今圖書集成·皇極典》卷二四六。）

君以民爲體賦 君育黎庶，如彼身體

聖人居域中之大，爲天下之君，育黎庶而是切，喻肌體而可分。正四民而似正四支，每防怠墮；調百姓而如調百脈，何患糾紛。先哲格言，明王佩服。愛民則因其根本，爲體則厚其養育。勝殘去殺，見遠害而在斯；勸農勉人，戒不勤而是速。善喻非遠，嘉猷可稽。謂民之愛也，莫先乎四體；謂國之保也，莫大乎群黎。使必以時，豈有嗟於盡瘁；治當未亂，寧有悔於噬臍。莫不被以仁慈，躋於富庶。教禮讓而表其脩飾，立刑政而防其逸豫。蒸人有罪，諒責己之情深；慶澤無私，訝潤身之德著。豈不以君也者舒慘自我，體也者屈伸在予。心和則體儼若，君惠則其民晏如。永賀休戈，攸若息肩之際；乍聞擊壤，樂如鼓腹之初。彼以芻狗可方，草芥爲比。一則强名於老氏，一則見譏於孟子。曷若我如屬辭而比事，終去此而取彼。觀其可設，猶指掌以何疑；視之如傷，豈髮膚而敢毁。大哉！一人養民，四海咸賓。求瘼而膏肓曷有，采善而股肱必臻。脩兆人之紀綱，何殊脩己；觀萬民之風俗，豈異觀身。今我后化洽風行，道光天啓。每視民而如子，復使臣而以禮。故能以六合而爲家，齊萬物於一體。（又見《歷代賦彙》卷四一，《古今圖書集成·皇極典》卷二五四。）

六官賦 分職無曠，王道行矣

伊六官之設也，所以經綸庶政，輔弼大君。治四方而公共，宅百揆而職分。克勤于邦，同致皇王之道；各揚其職，以成社稷之勳。王者富有八紘，君臨萬國。何以致熙熙之化？何以崇巍巍之德？欲行其教，必舉賢而授能；將致其功，故列官而分職。乃立冢宰，爰命司徒。一則執掄衡之柄，一則掌土地之圖。總其庶官，位定而上下皆正；敷于五教，民成而怨惡曾無。至若宗伯執事而惟和，司馬論功而無曠。典三禮而稽古，統六師而安上。俎豆之事，登降而不失其宜；軍旅之容，征伐而無有不當。又若司寇之治可畏，司空之政惟常。主憲綱而有典有則，勸農功而無怠無荒。御百姓於五刑，罔敢作亂；宅兆人於九土，孰不來王。惟兹六官，邦國是保。叶贊王業，恢張聖造。所以均天地之化，所以全君臣之道。軒皇六相，稽其義而弗違；舜帝五臣，比其功而可考。夫如是，則六官之任也，司二儀之理，法四時之名。于以平天下之政，于以安天下之情。得其人則聖政咸若，失其人則王化不行。雖乃武而乃文，各從其理體；亦同心而同德，共輔於文明。今國家博采遺賢，陟明多士，將五帝以齊邁，命六官而共理。有以見萬國一家，頌聲作矣。（又見《歷代賦彙》卷四三，《古今圖書集成·銓衡典》卷六八。）

鑄劍戟爲農器賦 天下無事，兵器銷偃

兵者凶器，食惟民天。出劍戟而鑄矣，爲稼穡之用焉。我武不施，當四海和平之後；公田盡闢，啓兆民富庶之先。蓋以理定區中，文經天下。知無用於利器，俾改作於良冶。以謂前王鋒鏑，不得已而用之；此日鎡錤，有以多爲貴者。於是施巨橐，發洪鑪，索矛盾，斂干殳。鏌耶之鋒，冰銷於倏忽；轅門之器，金鑠於斯須。露穎者惟變所適，餘刃者復歸於無。務材訓農，假工人之鼓鑄；備物致用，取田畯之規模。不知我者謂我前功偕棄，故知我者謂我欲善其事。繇是星陳畎畝之具，日新錢鎛之類。好戰者隨之而挫鋭，力穡者因之而受賜。器非求舊，委六師征伐之資；日用不知，增百姓耕耘之利。足使上敦淳朴，下無戰争。三農以之勸，萬國以之平。去故從新，茂百穀而寧同百戰；深耕易耨，闢五土而何愧五兵。況乎清净是崇，聲教遐被。任甲冑於忠信，施干櫓於禮義。去彼取此，息南征北伐之勞；小往大來，變東作西成之器。是知偃武者除其禍亂，勸農者臻乎庶饒。五

野之豐登時至，四方之戰鬭聲銷。與世作程，鄙黄帝弦弧之智；去惡務本，笑夏王鑄鼎之朝。大哉！聖政惟新，文德來遠。務三時而倉箱日益，卻十德而華夷草偃。有以見我后易俗移風，敦天下之大本者也。（又見《歷代賦彙》卷四四，《古今圖書集成·考工典》卷二四六。）

任官惟賢材賦分職求理，當任賢者

官也者，名器所守；賢也者，才謀不群。當建官而公共，惟任賢而職分。大則論道經邦，帝賚之猷允著；小則陳力就列，家食之歎無聞。王者臨萬邦之民，列百揆之職。將政理而有截，故掄材而不忒。示以好爵，惟皇之士攸臻；致于周行，命世之才盡得。始其精選不貳，明揚勿休。察其言之所謂，觀其行之所修。苟進者不可不慎，待用者予取予求。勸農勉人，咸委循良之德；處繁理劇〔一〕，悉咨濬哲之謀。豈不以官者一人之股肱，兆民之綱紀。厥用也雖各司其局，厥功也蓋同歸於理。非其人則貽民之憂，得其人則致君之美。是故每孜孜於仄席，憂在進焉；俾濟濟以盈庭，野無遺矣。蓋以非賢不乂，得士則昌。度其才而後用，授其政而必當。上以見知人之道，下以見稱職之方。亦如大厦搆興，惟美材而是取；良工制作，得利器而允臧。自然讒邪知禁，惟君子之是任；政教昭宣，致王業之不愆。庶績咸若，群方晏然。其或未精黜陟，弗辯媸妍。素飡之誚必作，嘉魚之詠莫傳。

曷若我命以鈞衡，乃負鼎之明哲；升乎諫諍，必及霤之忠賢。大哉！考古典之訓謨，觀前王之取捨。巍巍堯帝，得五臣而洽域中；赫赫軒皇，用六相而光天下。故我后法二帝之垂衣，舉多賢者。（又見《歷代賦彙》卷四三，《古今圖書集成·皇極典》卷二五九。）

【校勘記】

〔一〕繁：天曆本、《叢刊》本作「煩」。

從諫如流賦王者從諫，如彼流水

聖人以治歷乾綱，思邁前王，從忠諫而弗逆，觀流水以堪方。每行補過之言，曾無凝滯；或得興邦之議，寧昧激揚。矧夫内守宗社，外臨華夏。臣不興諫則君道有虧，君不從諫則臣心莫寫。所以遵啓沃之致理，若汪洋之就下。設樽以進，似使其狎而玩之；折檻弗誅，寧見其蹈而死者。豈不以君之德也，貴納諫而温恭；水之性也，美隨流而順從。故周旋而納善，如蕩漾而朝宗。詢彼芻蕘，豈愧束薪之詠；聽諸藥石，更疑浮磬之容。莫不洞達四聰，旁求五諫。上既資於獻替，下寧生於謗訕。聞善必信，不爭之勢何殊；擇善以從，就濕之情無間。于以見萬乘之主，納賢以虚；七人之職，竭節而居。又何煩於斷鞅，豈有悔於觀魚。由是忠讜咸臻，信智者之所樂；俊賢是效，見臣心之亦如。又何必博聞取規，從繩爲軌。但見弗違於啓乃，自可偕行於泂彼。所以明虚受之功，所以得上善之旨。及霤之士，雖濡首而何傷；補衮之臣，思澣衣而可美。夫如是，則咸聞不諱，但見寡尤。上下莫聞於闕政，大小皆罄於嘉謀。威王之三賞屢行，恩波下施；晏子之一言見用，德澤旁流。我后光被群方，柔懷多士。陳謗木而聽政，建善旌而求理。所以彰從諫之心，率疏通而如水。

聖人大寶曰位賦仁德之守，光大君位

聖人以正兹盛位，御彼兆民，故稱之於大寶，實守之於至仁。保于域中，既永綏於南面；貴乎天下，自可象於北辰。當其穆穆承乾，巍巍立極，必先安之於位，然後崇之以德。闡兹神化，既天啓於一人；固此鴻基，方君臨於萬國。念兹在兹，高而不危。于以見大人之造，于以見王化之基。是謂國之寶也，故得人皆仰之。九五之尊，求忠信而爲助；億兆之上，與慈儉以同施。故能上配三無，下安九有。且無反以無側，誠可大而可久。慎終如始，若難得以爲思；持盈守成，契不貪而是守。則知稟其聖者，於焉位昌。寶其位者，於焉化光。斯位也既首出於庶物，其化也乃日聞於四方。亦如位於高明者，天故生成而莫極；位於博厚者，地則養育於無疆。夫如是，則遐邇具瞻，上下交泰。言其寶則非常之寶，謂其大則强名之大。寧慚希代，間千載以居尊；豈止連城，鎮萬邦而攸賴。大哉！君以守位，位以居君。能辯方而是處，則行教而有聞。聖域旁連，想善鄰而是比；皇圖斯啓，覩王度以爰分。我后執契嗣文，垂衣有位。並光華於日月，齊長久於天地。赫赫鴻猷，萬斯年兮光被。（又見《歷代賦彙》卷四一，《古今圖書集成·皇極典》卷一。）

賢不家食賦尊尚賢者，寧有家食

國家廣闢四門，推賢可尊。俾進身於禄位，寧退食於丘園。出仕文明，萬鍾之榮自足；不居側陋，一簞之樂奚論。當其王道勃興，聖人在上，納忠良而罔怠，庶弼諧而無曠。敦三接而何善不臻，達四聰而無遠弗訪。思舉之士，效明試於勳庸；崇德之人，恥素飡而高尚。莫不濯纓交進，束帶相先。上既諧於輔聖，下絶見於遺賢。克勤于邦，自重茵而列鼎；不出其位，寧鑿井而耕田。遂使獻替無虧，經綸是假。外兼濟於黔首，内盡忠於王者。行爵出禄，但見其聖人養賢；論道經邦，詎聞乎君子在野。豈不以天下之政也，惟賢是經；天下之情也，得賢而寧。所以宅兹百揆，所以康彼萬靈。靡吟皎皎之駒，已縻好爵；宜詠呦呦之鹿，盡宴明庭。彼茹藜而隱者，亦士之醜；飲泉而居者，何樂之有！曷若我美禄是干，良時是偶。如蛟龍兮得雲雨，異麟鳳兮在郊藪。是以子牙就聘，求魚豈戀於水潰；伊尹逢時，執耒寧思於田畝。美夫聖主斯在，明賢不遐。咸簪纓而奉國，豈菲薄而在家。端冕之前，既協鹽梅之用；衡茅之下，誰興葵藿之嗟。士有學禀素風，運逢皇極。方勵入官之業，獲頌養賢之德。幸奏藝於堯階，庶無慙於家食。（又見《歷代賦彙》卷四三，《古今圖書集成·選舉典》卷五。）

窮神知化賦窮彼神道，然後知化

惟神也感而遂通，惟化也變在其中。究明神而未昧，知至化而無窮。通幽洞微，極萬物盛衰之變；鈎深致遠，明二儀生育之功。大《易》格言，先聖微旨。神則不知不識，化則無終無始。在乎窮之於此，得之於彼。苟精義而入焉，如至誠而感矣。原其不測，識陰陽舒慘之權；察彼無方，得寒暑往來之理。莫不廣生之謂化，妙用之謂神。視其體則歸於無物，得其理則謂之聖人。必先賾其真宰，然後識其鴻鈞。載審聰明，見日居月諸之象；寧迷肸蠁，合春生夏長之仁。仰止天倪，探諸神造。扣寂之情斯至，觀妙之言可考。不疾而速，思左旋右動之機；不怒而威，悟福善禍淫之道。豈不以化之布也，無黨無偏；神之理也，自然而然。亦猶究彼靈蓍，審萬象而無失；推兹妙律，測四時而罔愆。若然，則眇覿虛無，遐觀妙有。知微妙而斯在，欲擬議而何後。所以虞舜運璇璣之日，不爽昭回；仲尼窮《易》象之年，自明休咎。念兹在兹，不可不知。稽惡盈而是則，將應變以何疑。以此觀天，通乾道而明矣；以斯設教，助人文而用之。是以聖人德合乾坤，道通晝夜，法至神而有要，臻大道而多暇。有以見秉堯智以無爲，而民自化。

乾爲金賦剛健純粹，其象金也

大哉乾陽，禀乎至剛。統於天而不息，取諸金而可方。外著元亨，想有英而可覩；中含變化，知從革之靡常。原夫聖人之作《易》也，八卦成文，百代爲憲。索隱而神道可極，取象而物形何遁。立夫《乾》也，所以體乎高明；爲彼金焉，所以尚乎剛健。觀其爻繫斯著，擬議有倫。此則端四德而成象，彼則列五行而效珍。非同體於焕耀，實比德於貞純。畫而成三，三品之容可玩；統而用九〔一〕，九牧之貢斯陳。況乎運太始之極，履至陽之位。冠三才而中正，秉一氣而純粹。萬物自我而資始，四時自我而下施。其動也直，誰觀躍冶之姿；其静也專，更想藏山之義。豈不以《乾》之德也，至健於斯；金之性也，純剛在兹。察之則宛若，配之則宜其。我道易知，喻披沙而既得；我功不拔，如在礦以焉虧。則知爲冰未良，喻馬安仰。一則消釋而可待，一則老瘠而何往。曷若我取難得之寶，匹始亨之象。《乾》之運矣，蓋造物而罔愆；金之鑄焉，亦制器而不爽。有以見確然成務，昭乎若金。首萬化而道廣，方百鍊而旨深。始終不雜於陰爻，寧虞衆口；上下皆稟於剛德，若遇同心。美矣哉！《易》之取舍，有如此者。仰運行之在上，荷生成之親下。故我后法乾元而居尊，致王度之如也〔二〕。（又見《歷代賦彙》卷四五。）

【校勘記】

〔一〕用：原作「容」，據天曆本、《叢刊》本、《四庫》本改。

〔二〕致：原無，據天曆本、《叢刊》本、《四庫》本補。

王者無外賦 王者天下，何外之有

穆穆皇皇，爲天下王。宅六合而化何有外，育兆民而道本無疆。廣若乾坤，曷有能踰之者；明借日月，曾無不照之方。當其保安宗社，混同夷夏，運德車而無不至焉，闢義路而何其遠也。普天率土，盡關宵旰之憂；九夷八蠻，無非臣妾之者。其仁蕩蕩，其道平平。視之不見，尋之無邊。誠厚載之象地，亦洪覆之配天。令出惟行，寧分乎遠者近者；德廣所及，但見乎無黨無偏。若然，則包括八紘，牢籠九野。惟善守於域内，乃化成于天下。萬邦同式，孰謂乎限蠻隔夷；四海爲家，莫聞其彼衆我寡。故得五兵不試，四國是訛。于以見上下交泰，于以見遠近咸和。九霄之皇澤下施，無遠弗届；萬國之黔黎受賜，如春之德，廣育而萬物咸亨；若海之容，處下而百川交會。大矣哉！自南自北，覆之育之。見兆民咸賴，信一人不遺。五霸何知，據山河而一戰；三王有道，流聲教於四夷。今我后寅奉三無，光宅九有。播皇風於無際，守鴻圖而可久。夫如是，四海九州，咸獻無疆之壽。其樂如何。故知覃及鬼方，守在海外。書同文而車同軌，地爲輿而天爲蓋。（又見《歷代賦彙》卷四一，《古今圖書集成·皇極典》卷一。）

范文正公别集卷第三

賦

易兼三材賦通彼天地人謂之易

大哉！《易》以象設，象由意通。兼三材而窮理盡性，重六畫而原始要終。二氣分儀，著高卑於卦内；五行降秀，形動静於爻中。所以明乾坤之化育，見天人之會同者也。昔者有聖人之生，建大《易》之旨。觀天之道，察地之紀。取人於斯，成卦於彼。將以盡變化云爲之義，將以存潔静精微之理。極其數也，必在乎兼而兩之；定其位焉，由是乎三者備矣。若乃高處物先，取法乎天，所以顯不息之義，所以軫行健之權。保合太和，純粹之源顯著；首出庶物，高明之象昭宣。此立天之道也，御陰陽而德全。又若卑而得位，下蟠於地。所以取沉潛之體，所以擬廣博之義。寂然不動〔一〕，既侔厚載之容；感而遂通，益見資生之利。此立地之道也，自剛柔而功備。於是卑高以陳，中列乎人。剛而上者宜乎主，柔而下者宜乎臣。慎時行時止之間，寧迷進退；察道長道消之際，自見屈伸。此立人之道也，敦仁乂而有倫。既而明三極之端，知八象之謂。存擬議而無爽，周變通而曷既。君子用之而消息，聖人執之而經緯。亦由璇璣測象，括運動於七辰；玉琯候時，含慘舒於四氣。豈不以《易》之爲書也，範彼二儀；《易》之爲教也，達乎四維。觀其象則區以别矣，思其道則變而通之。上以統百王之業，下以斷萬物之疑。變動不居，適内外而無滯；廣大悉備，包上下而弗遺。至矣哉！無幽不通，唯變所適。準天地而容日月，畜風雷而列山澤。鼓之舞之以盡神，統三才而成《易》。（又見《歷代賦彙》卷六〇，《古今圖書集成·經籍典》卷八九。）

【校勘記】

〔一〕寂：《叢刊》本作「宛」。

淡交若水賦 君子求友，恬淡爲上

伊淡交之相愛，諭柔水於前聞。惟久要之情不瀆，而靈長之德爰分。如通潤下之功，同行其道；似得朝宗之便，相薦於君。原夫大禮立言，後賢是擬。將敦切切之契，必察湯湯之理。非敢乎狎而翫之，蓋懼乎數斯疏矣。彼以甘而壞者，允謂小人；此以淡而成焉，實惟君子。莫不就乂若渴，從善如流。甘言者不可不畏，澡行者予取予求。冀獲有終之美，免貽中輟之羞。義協斷金，髣髴淘金之利；譽稱連璧，依俙沉璧之秋。惟德是依，因心而友。游泳而學海同濟，兢慎而禮防共守。寶其忠信，懷珠之象寧睽；志在琢磨，穿石之功自有。則知甘而交者，何能别嫌；淡而交者，常如養恬。進弗違於泛愛，退不失於流謙。同氣相求，將益潤身之德；見利而讓，必揚絜己之廉。故得久而不渝，誠然可覽。論心而曷有凝滯，投分而每存澄淡。情深結綬，遠思誓帶之流；志在彈冠，潛動濯纓之感。念兹在兹，恬爲淡爲。舍己類不争之勢，親仁浮就濕之基。如切如瑳，自契激揚之義；同心同德，孰分清濁之姿。士有遠慕前脩，聿希令望。每定交而不雜，必推義而爲上。考人於《易》象，見賢必親；法上善於禮文，書紳無妄。

養老乞言賦求善言以資國之用

年高者不可不養，言善者予取予求。奉黄髮以無怠，垂清問而弗休。主善爲師，尊縱心之耆舊；既飽以德，咨逆耳之謀猷。仰彼前王，垂兹令典。謂仁者所以能受，則言也於斯可選。肆筵授几，聿修尚齒之宜；論道經邦，必採無瑕之善。莫不崇其盛禮，納以明恩。登上庠而有則，躋太學以居尊。待以常珍，用貴皓然之士；裨其闕政，是詢髣矣之言。養老之美，於斯有以。一則崇孝悌之本，一則求善教之旨。式宴且喜，蔑聞大耋之嗟；切問近思，屢逆聖人之耳。豈不以老者倍年之長，言者善人之資。養其老則惟賢是擇，乞其言則患己不知。識君臨之所重，見父事之攸宜。不素飧兮，實舉燕毛之禮；善待問者，當陳補衮之詞。是知捨此則無以尊德，遵此則足以守國。大禮載之而爲美，前王行之而不忒。漢朝定嗣，延四皓以咨謀；周伯興邦，奉太公而取則。恩斯勤斯，故舊不遺。孰侮桑榆之暮景，每求藥石之良規。祝餼無虧，何患乎老夫耄矣；沃心有取，但見乎聖人則之。今國家治歷萬邦，緝熙庶政。納老成之嘉話，闡誕敷之休命。於以見至道勃興，與唐虞而比盛。（又見《歷代賦彙》卷五二，《古今圖書集成·禮儀典》卷三〇六。）

得地千里不如一賢賦 賢實邦寶[一]，何地能及

地廣千里，功虧一賢。故開基之大矣，寧命世以生焉。附益我疆，雖有邦畿之遠；發揮王業，難居家食之先。得不載考謨猷，旁稽士實。延袤之境以雖衆，挺特之才難可失。彊吞是戒，豈一千乘之多爲；禮聘斯行，在五百年之間出。又何取險包絕壑，深控澄江。非形勝於十二，貴國士之無雙。尋師之道路咸歸，何能翼聖；展驥之途程盡入，詎可經邦。是以攻掠無聞，束求可考。匪煩開拓之力，唯取弼諧之道。秦商於而齊即墨，非我之求；傅巖野而渭水濱，是吾所寶。唯賢也其功莫料，唯地也於用如何。自欲得人之盛，豈須拓地之多。爵舉之流，可進之而授賞；目極之所，難獻之而請和。斯蓋意切求賢，事非

避地。雖沃野之咸在，諒奇才之足懿。任附庸之國衆，胡比盡忠；縱兵賦之數多，罔加餘智。豈不以賢之得雖少必貴，地之有雖多曷能！捨地得賢兮，邦基以立；失賢有地兮，國難隨興。是故治亂咸繫，古先足徵。鴻溝割而楚亡，惟賢不用；昌國去而燕奪，何地堪矜。在乎啓土罔資，虚襟是急。皇明由是以彌遠，鴻業於焉而允緝。若然則議賢者之深功，何百城而能及。（又見《歷代賦彙》卷四三。）

【校勘記】

〔一〕賢實邦寶：原作「賢實邦本」，據《四庫》本改。按近體賦之例，題下之字即爲所限之韻，此賦第二韻爲「實」韻，第四韻爲「寶」韻，可知作「賢實邦寶」是。

體仁足以長人賦 君體仁道，隨彼尊仰

聖人受天命，體乾文。既克仁而是務，遂長人而不群。法元善之功，可處域中之大；奉博施之德，宜爲天下之君。原夫《易》象洞分，乾元光啓。謂元之德也，莫大乎始生之道；生之善也，莫若夫至仁之體。所以法而用也，既不由幹事之貞；體以長焉，又不預亨嘉之禮。君子乃時法斯道，力行乎仁。俾剛健之克著，致惻隱以昭陳。敦惠愛以爲心，首出庶物；得慈和而示化，利見大人。莫不與合化權，潛符天造。蓋本生成之禮，益見尊崇

之道。安仁爲念，我則俯視於黎氓；克己存誠，我則上居於大寶。豈不以體其仁則物皆尊戴，居其長則民咸悦隨。君非仁則曷享於推戴，人非長則寧致於淳熙。詎三月之違焉，道之行也；致一國之興矣，人皆仰之。足可以首四德以居斯，冠兆人而在彼。不曰仁何以見爲生之妙，不曰長何以見居上之美。故得萬民以濟，咸承煦育之恩；百姓不知，盡荷發生之理。不然，何以握圖在上，御宇居尊。侔乾道之罔息，酌仁恩而不煩。念兹爲器之人，未足與議；審彼樂山之士，始可與言。方今道化惟微，神功至廣。用乾剛而不紊，奉仁道而無爽。所以吾皇體斯道而御寰中，故是尊而是仰。（又見《歷代賦彙》卷四一，《古今圖書集成·皇極典》卷二四六。）

陽禮教讓賦 脩射崇飲，民不争矣

先王制陽禮於百姓，興民讓於九州。覩射飲之斯在，知政教之所由。我弓既張，觀德之風遐被；朋酒斯饗，序賓之義咸脩。觀其司徒之職既揚，王者之教云下。使穆穆而鄉飲，俾濟濟而燕射。將以弧矢之利，習彼威儀；復於罇俎之間，宣其教化。至若洞啓澤宫，射夫來同。内叶和平之志，外敦廉順之風。揖讓而升，非尚六鈞之勇；進退可庶，不矜五善之功。此射之讓也，邦教攸崇。又若以年以品，會於鄉飲。在獻酬之無謬，居長幼而必審。貴賤位矣，三賓之象不踰；和樂興焉，百拜之容弗寢。此飲之讓也，國人是稟。則知邦禮循循，以教萬民。所以安天下於不競，所以教域中之有倫。射不主皮，息争心於君子；酒以成禮，導和氣於鄉人。是知用之而在化可久，廢之而其化則不。斯射也，可以止其暴亂；斯飲也，可以樂其富壽。所以反當仁之義，以勸四方；遵成魄之規，用寧九有。然則謂其陽也，取其吉而爲名；謂其讓也，取其和而不争。于以見莫善於禮，于以見與世作程。俟以明之，罔替君臣之義；禮無違者，遂諧賓主之情。遂使德藝可觀，忿肆遄已。知沿事以興教，蓋因時而立紀。故聖人務焉，則違之者寡矣。（又見《歷代賦彙》卷四三，《古今圖書集成·禮儀典》卷一一。）

天驥呈才賦 君德通遠，天馬斯見

天産神驥，瑞符大君。偶昌運以斯出，呈良才而必分。眸迴紫電，鬛妥紅雲。星精效祥，聿歸三五之聖；龍姿挺異，不溺三千之群。是何降靈霄極，薦夢中國。啓天之命，光帝之德。包羞兮御閑之十二，屏跡兮駑駘之萬億。曳吳門之練，不足以比容；竭燕市之金，不足以爲直。徒觀夫汗血流赭，連錢拂驄。鮫瘦筋路，鸞肥臆豐。矯矯焉鯨躍乎滄海，昂昂焉鶴出乎樊籠〔一〕。契瑞圖之表述，昭神化之感通。卒使伯樂居前，駭千載之有得；王良處右，悲一旦之無功。得以馴致皇家，駿奔帝苑。厥生也足比乎房駟之異，其來也寧憚乎渥洼之遠。雖稱德於絶群，豈代勞而一混。首登華厩，嘶風休憶於窮邊；高騁康衢，逐日詎思於長坂。豈徒矜半漢銜連乾。必也瑞乎聖，通乎天，騰志千里，飛聲八埏。歷金埒以腰褭，奉玉勒以周旋。日馭如親，合亞六龍之列；瑶池若去，請登八駿之先。異乎哉！神物來宜，天意純嘏。掩逸足於千駟，萃嘉祥於一馬〔二〕。方馳六轡，且殊歸岳之流；儻駕皇輿，曷如負圖之者。是知造化之奇，鍾焉在斯。祥麟生而奚匹，馴犀至而曷爲。寶於大邦，寧徇晉臣之請；出於有道，豈惟漢帝之時。客有感而歎曰：「馬有俊靈，士有秀彦。偶聖斯作，爲時而見。方今吾道亨而帝道昌，敢昧呈才之便。」（又見《歷代賦彙》卷五六，《古今圖書集成·庶徵典》卷一七二。）

【校勘記】

〔一〕樊：原作「煩」，據宣統本改。

〔二〕萃：原作「革」，據宣統本改。

稼穡惟寶賦王者崇本，民食爲貴

資時者稼穡，務本者惟王。顧民食而可貴，爲國寶而允臧。田疇播殖之時，豈慙種玉；倉廩豐登之際，寧讓滿堂。稽彼前賢，垂諸大雅。謂養民而可取，必重穀而無捨。惟農是務，誠天下之本歟；以寶爲名，表物中之貴者。耒耜無廢，黍稷是崇。每訓耕耘之績，如敦追琢之功。闢五土之時，披沙豈異；載千箱之處，照乘攸同。蓋以順彼天時，美兹政本。觀艱難而有獲，稱瓌奇而何損。年多膏澤，連城之價可期；瑞有嘉禾，希代之姿奚遠。是知寶金璧者，見棄於聖人；寶稼穡者，克濟於生民。得之則九年利用，闕之則百姓食貧。多既如雲，寧愧白虹之氣；析於元日，似求赤水之珍。某或剖巨蚌以勞心，攻他山而竭力。在寒暑則非民之服，在饑饉則非民之食。徒聞賈禍之辱，莫見作甘之德。曷若我東作可嘉，西成不忒。既堅既好，亞父欲碎而何能；如京如坻，季子比多而莫得。念兹在兹，百王不移。此盈疇而是貴，彼韞櫝而何爲。見三時之有倫，如分三品；與四民之共給，胡畏四知。今國家崇后稷之功，廣神農之道。既豐年以爲瑞，蓋惟穀而是寶。故能富庶之風，告成穹昊。（又見《歷代賦彙》卷七一，《古今圖書集成·食貨典》卷三七。）

天道益謙賦 天道常益，謙損之義

士有探造化之真筌，察盈虛於上天。雖秉陽之功不宰，而益謙之道昭宣。萬物仰生，否者由斯而泰矣；四時下濟，屯者自我而亨焉。原夫杳杳天樞，恢恢神造。損有餘而必信，補不足而可考。是故君子法而爲政，敦稱物平施之心；聖人象以養民，行裒多益寡之道。豈不以謙者物之自損，益者時之與昌。龍蛇蟄而後震，草木落而還芳。于以見其物理，于以見其天常。月既虧而中盈，於時不昧；陽盡剥而求復，其義爰彰。然則高明之運也，善行無迹；盛衰之應也，惟變所適。苟守之以謙，必受之以益。有中之士，我則錫元吉而弗違；罪己之君，我則助勃興而無斁。雅契姬文之述，何煩太史之占。處幽晦者，日星必照；在焦枯者，雨露必霑。取類而言〔一〕，如江海之潤下；殊塗同致，若鬼神之福謙。得不觀庶物之情，究至理之本。貴必始之於賤，益乃生之於損。既人事之在斯，又天道之奚遠。高者抑而下者舉，一氣無私；往者屈而來者伸，萬靈何遁。大哉！覆受無遺，神之聽之。執虚者不言而應，用壯者雖猛何爲。卑以自牧之人，實受其福；貴而能降之者，不失其宜。我后上德不矜，至仁博施。實兆民之是賴，無一物之不遂。貴退讓而黜驕盈，得天道益謙之義。（又見《歷代賦彙》卷六七。）

【校勘記】

〔一〕言：《叢刊》本作「信」。

聖人抱一爲天下式賦淳一敷教，爲天下式

巍巍聖人，其教如神。抱一而萬機無事，爲式而庶彙有倫。秉乎天得之樞，群氓作則；立乃道生之化，八表還淳。老氏有云，聖皇無失。保環中而可久，率天下而守一。蓋以一之妙也，冠四大而强名；式之用焉，正萬靈而咸秩，莫不冥符妙有，吻合虚無。察察之機悉去，淳淳之理誕敷。于以見清浄而不擾，于以見易簡而不踰。遵黄帝之求珠，我真未喪；契莊生之齊物，我化皆乎。無臭無聲，是則是效。包自然之禮樂，畜無親之仁孝。去奢去泰，惟存至道之精；自西自東，咸被不言之教。豈不以一者道之本，式者治之筌。苟能持於罔象，自可制於普天。亦若大衍攸虚，爲四營之本也；太陽無二，作七政之首焉。豈比夫昧於希夷，煩其用捨。滋彰之法著矣，冲寂之猷遠也。曷若我静守權輿，克寧華夏。執此惟精之旨，得自窈冥；俾諸咸有之風，播於上下。大矣哉！上德不德，無爲而爲。保谷神而不宰，育芻狗以何私。政復結繩，罔有二三之令；理敦執契，自爲億兆之規。我后超五帝之功，邁三王之德。化育而四時爲柄，恭默而萬邦承式。故得兆人熙熙，登春臺而躋壽域。（又見《歷代賦彙》卷四一，《古今圖書集成·皇極典》卷二四六。）

政在順民心賦明主施政，能順民欲

王者廣育黔首，誕布皇明。闡邦政而攸叙，順民心而和平。振窮恤貧，必俯從於衆望；發號施令，實允協於群情。昔管子以祖述大猷，發揮明主。垂教之言斯著，爲政之方可覩。以謂逆其民而理者，雖令不從；順於民而化焉，其德乃普。是以究其所病，察其所宜。禮應時而沿襲，教隨俗以彰施。欲求乎廣所及也，必在乎俯而就之。彼患困窮，我則躋之於富庶；彼憂苛虐，我則撫之以仁慈。于以見百姓爲心，萬邦惟慶。無一物不得其所，無一夫不遂其性。所以感其和氣，所以謂之善政。故得上下欣合，莫聞不協之謀；遐邇悦隨，每覩易從之命。豈不以政者爲民而設，民者惟政是平。違之則事悖，順之則教興。乃古今之必重，實聖賢之所能。亦猶梓匠任材，因曲直而制作；化工造物，隨大小而陶蒸。是以布政從民者，黎元克信；驅民從政者，群心不徇。思柔遠而能邇，必去逆而效順。舉刑罰罪，因衆棄而方行；列爵養賢，由僉諧而後進。懿夫施此彝倫，洽彼生民〔一〕。在上者弗私其欲，居下者孰敢不遵。務材訓農，皆因民之所利；布德行惠，常捨己以從人。今我后稽古省方，順時察俗。上克承於天道，下弗違於民欲。有以見善與物之咸亨，實無幽而不燭。（又見《歷代賦彙》卷四三。）

【校勘記】

〔一〕彼：原作「此」，據天曆本、《叢刊》本改。

水火不相入而相資賦其性相反，同濟於用

水火之性也，偏其反而；水火之利也，一以貫之。居惟異處，動必相資。始則無自入焉，受諸睽而已矣；中則往有功也，取既濟以宜其。原夫兩儀肇生，五行並命。水以流而順，火以明而盛。其數六者柔而勝，其數七者熾而昌。六以陰而習乎《坎》位，七以陽而配彼《離》方。曰陰曰陽。其數六者柔而勝，其數七者熾而昌。一彼一此，自分燥濕之情；知和而和，匪間炎涼之性。烈烈湯湯，曰陰曰陽。《離》《坎》誠非其一致，陰陽安得而兩忘。雖天生之材，本四象而區別；蓋日用之利，合二體以交相。道非獨善，功不相遠。翻疑乎方以類聚，何患乎體與情反。作鹹作苦，始殊同氣之求；曰潤曰炎，豈宜相得之晚。施之無窮，和而不同。亦猶天地分而其德合，山澤乖而其氣通。日月殊行，在照臨而相望；寒暑異數，於化育以同功。則知質本相違，義常兼濟。六府辯盛德之美，九鼎洽大亨之惠。分而爲二，曲直相入。以誠難會之有元，胡越異心而自契。象則遠爾，理則依於〔一〕。當異位而有別，終同功而靡疎。從政者寬猛相須，體茲至矣；爲道者恬智交養，觀此行諸。是故躁以靜爲君，有以無爲用。相薄類風雷之

《益》，違行殊天水之《訟》。我道也不相入而相資，與天下之公共者也。（又見《歷代賦彙》卷六七。）

【校勘記】

〔一〕則：《叢刊》本作「必」。

范文正公別集卷第四

序

十六羅漢因果識見頌序

余嘗覽釋教《大藏經》，究諸善之理，見諸佛菩薩施廣大慈悲力，啓利益方便門，自天地山河，細及昆蟲草木，種種善諭，開悟迷徒。奈何業結障蔽深高，著惡昧善者多，見性識心者少。故佛佛留訓，祖祖垂言，以濟群生，以成大願。所以隨函類衆聖之詮，總爲《大藏》，凡四百八十函，計五千四十八卷，録而記之，俾無流墜。

余慶曆初任知政事，時西虜背惠，侵擾邊隅，勞師困民，以殄兇醜。聖人愛民恤士，命余宣撫河東沿邊居民將士。塗中寓宿保德水谷之傳舍，偶於堂簷罅間得故經一卷，名曰《因果識見頌》。其字皆古隸書，乃《藏經》所未録，而世所希聞者也。余頗異之，啓軸而觀，乃十六國大阿羅漢爲摩拏羅多等誦佛説因果識見悟本成佛大法之頌也。一尊七頌，總一百一十二頌，皆直指死生之源，深陳心性之法，開定慧真明之宗，除煩惱障毒之苦。

濟生戒殺，誘善祛邪。立漸法，序四等功德；説頓教，陳不二法門。分頓漸雖殊，合利鈍無異。使群魔三惡，不起於心；萬法諸緣，同歸於善。余一句一歎，一頌一悟，以至卷終，胸臆豁然，頓覺世緣大有所悟。儻非世尊以六通萬行圓明慧鑒之聖，則無以至此。方知塵世之中有無邊聖法，《大藏》之内有遺落寶文。謹於府州承天寺命僧歸依别録藏之。厥後示諸講説高僧，通證耆達，皆未見聞，莫不欽信。

後於戊子歲，有江陵老僧慧喆見訪，因話此頌諸聖祕密，世所希聞。喆傳之於武陵僧普焕處，寶之三十餘年，未逢别本。余因求副本，正其舛駁，以示善知。故直序其事，以紀其因。

時戊子仲春，高平范仲淹序。（又見《十六羅漢因果識見頌》，《佛法金湯編》卷一一。）

賦林衡鑑序〔一〕

人之心也，發而爲聲；聲之出也，形而爲言。聲成文而音宣，言成文而詩作。聖人稽四始之正，筆而爲經；考五聲之和，鼓以爲樂。是故言依聲而成象，詩依樂以宣心，感于人神，穆乎風俗，昭昭六義，賦實在焉。及乎大醇既醨，旁流斯激，風雅條散，故態屢遷，律吕脈分，新聲間作。而士衡名之體物，聊舉於一端；子雲語以雕蟲，蓋尊其六籍。降及近世，尤尚斯文。律體之興，盛于唐室。貽于代者，雅有存焉。可歌可謡，以條以貫。或祖述王道，或褒贊國風，或研究物情，或規戒人事，焕然可警，鏘乎在聞。

國家取士之科，緣於此道。九等斯辨，寸長必收。其如好高者鄙而弗攻，幾有肴而不食；務近者攻而弗至，若以莛而撞鐘。作者幾稀，有司大患。雖炎炎其火，玉石可分；而滔滔者流，涇渭難見。曷嘗求備，且務廣收。故進者豈盡其才，而退者愈惑於命。臨川者鮮克結網，入林者謂可無虞。士斯不勤，文何以至。撰述者既昧於向趣，題品者復異其好尚。繩墨不進，曲直終非。

仲淹少遊文場，嘗禀詞律。惜其未獲，竊以成名。近因餘閒，載加研玩，頗見規格，敢告友朋。其於句讀聲病，有今禮部之式焉。別析二十門，以分其體勢：叙昔人之事者，謂之叙事；頌聖人之德者，謂之頌德；書聖賢之勳者，謂之紀功；陳邦國之體者，謂之贊序；緣古人之意者，謂之緣情；明虚無之理者〔二〕，謂之明道；發揮源流者，謂之祖述；商搉指義者，謂之論理；指其物而詠者，謂之詠物；述其理而詠者，謂之述詠；類可以廣者，謂之引類；事非有隱者，謂之指事；究精微者，謂之析微；取比象者，謂之體物；强名之體者，謂之假象；兼舉其義者，謂之旁喻；叙其事而體者，謂之叙體；總其數而述者，謂之總數；兼明二物者，謂之雙關；詞有不羈者，謂之變態。區而辯之，律體大備。

然古今之作，莫能盡見，復當旅次，無所檢索，聊取其可舉者，類之于門。門各有序，蓋詳其指。古不足者，以今人之作者附焉。略百餘首，以示一隅，使自求之，思過半矣。雖不能貽人之巧，亦庶幾辯惑之端，命之曰《賦林衡鑑》，謂可權人之輕重，辨己之妍媸也。所舉之賦，多在唐人，豈貴耳而賤目哉？庶乎文人之作，由有唐而復兩漢，由兩漢而復三代。斯文也，既格乎雅頌之致；斯樂也，亦達乎韶夏之和。臣子之心，豈徒然耳！若國家千載特見，取人易方，登孝廉，舉方正，聘以伊尹之道，策以仲舒之文，求制禮作樂之才，尚經天緯地之業，於斯述也，委而不論，亦吾道之志歟！

時天聖五年正月日，高平范仲淹序。

【校勘記】

〔一〕《叢刊》本此篇係於本卷《上大名府主王侍郎啓》之後。

〔二〕理：原作「禮」，據《叢刊》本改。

竇諫議録〔一〕

竇禹鈞，范陽人，爲左諫議大夫致仕。諸子進士登第，義風家法，爲一時標表。馮道贈禹鈞詩云：「燕山竇十郎，教子以義方。靈椿一株老，仙桂五枝芳。」人多傳誦。禹鈞生五子：長曰儀，次曰儼、侃、偁、僖。儀至禮部尚書，儼禮部侍郎，皆爲翰林學士；侃左補闕，偁左諫議大夫、參知政事，僖起居郎。

初，父禹鈞家甚豐，年三十無子，夜夢亡祖亡父聚謂之曰：「汝早修行，緣汝無子，又壽算不永。」禹鈞唯諾。禹鈞爲人素長者。先，家有僕者，盜用過房廊錢二百千，僕慮事覺，有一女年十二三，自寫券繫於臂上云：「永賣此女，與本宅償所負錢。」自是遠逃。禹鈞見女子券，甚哀憐之，即時焚券，收留此女，祝付妻曰：「養育此女，及事日，當求良匹嫁之。」及女笄，以二百千擇良匹，得所歸。後舊僕聞之歸，感泣訴以前罪，禹鈞不問。由是父子圖禹鈞像，日夕供養，晨興祝壽。公嘗因元夕往延慶寺燒香像前，忽於後殿階側拾得銀二百兩、金三十兩，遂持歸。明旦侵晨，詣寺守候失物主。須臾，見一人泣涕至，公問所因，其人具以實告曰：「父犯刑至大辟，徧懇至親，貸得金銀若干，將贖父罪。昨暮以一相知置酒，酒昏，忽失去。今父罪已不復贖矣。」公驗其實，遂與同歸，以舊物還之，加以惻憫，復有贈賂。其同宗及外姻甚多貧困者，有喪不能自舉，公爲出金葬之。由公葬者，凡二十七喪。親戚故舊孤遺有女未能嫁者，公爲出金嫁之。由公嫁者，孤女凡二十八人。故舊相知與公有一日之雅，遇其窘困，則必擇其子弟可委以財者，隨多寡貸以金帛，俾之興販，自後由公而活族者數十家。以至四方賢士，賴公舉火者不可勝數。

公每量歲之所入，除伏臘供給外，皆以濟人之急。家惟素儉，器無金玉之飾，室無衣帛之妾。於宅南構一書院四十間，聚書數千卷，禮文行之儒，延置師席。凡四方孤寒之士，貧無供須者，公咸爲出之，無問識不識。有志於學者，聽其自至。故其子見聞益博。凡四方之士，由公之門登貴顯者，前後接踵來拜公之門，必命左右扶公坐受其禮。及公之亡，蒙恩深者，有持心喪三年，以報其遺德。

先是，公之亡祖亡父夢中告以無子及壽數不永。後十年，復夢其亡祖亡父告之曰：「汝三十年前實無子分，又壽促，我嘗告汝。今汝自數年以來，名掛天曹陰府，以汝有陰德，延算三紀，賜五子，各榮顯，仍以福壽而終，死後當留洞天，充真人位。」言訖，復祝禹鈞曰：「陰陽之理，大抵不異。善惡之報，或發於見世，或報於來世，天網恢恢，疏而不漏，此無疑也。」禹鈞愈積陰功。年八十二，沐浴別親戚，談笑而卒。五子八孫，皆貴顯於朝廷。後之稱教子者，必曰燕山竇十郎云。

某祖與竇公故人，祖嘗録於書册，以示子孫爲法。惜其不傳天下，故録以示好善者，庶見陰陽報應之理〔二〕，使惡者知所戒焉。參知政事范仲淹述〔三〕。（又見《善誘文》卷一，《古今圖書集成·人事典》卷八三，《（乾隆）易州志》卷一六。）

【校勘記】

〔一〕樓鑰等編《范文正公年譜》慶曆三年條引此篇之題爲《述竇諫議陰德録》。

〔二〕庶：原作「始」，據天曆本、《叢刊》本改。

〔三〕范仲淹：天曆本、《叢刊》本作「范某」。

啓

上張侍郎啓

某啓：聞漢相出守，遽彰集鳳之仁；蜀客寓言，適起攀鴻之志。是則感深者惠來而熟間，希遠者景附以誠宜。矧嘗赫赫之瞻，敢昧菁菁之樂。

恭惟留守侍郎，崇宣古道，茂冠人彝。濬雅量於玉淵，耀華勳於金册。經緯抗魯雲之作，論思傾丹石之衷。仁助南薰，下解吾民之慍；道侔東易，旁洗庶物之心。由是仙貫日升，天姿晝接。皇墳帝典，奉國府之諮詢；周紀漢綱，振憲司之風議。臺霜載厲，心水彌清。故得穆穆顧懷，師師屬望。參萬微之景業，升九序之康歌。象先以清净加人，元崇以應變成務。梓人之政，大斲於周邦；金鑑之功，景鏘於唐室。翊宣帝問，欽叙疇倫。羲鼎載羹，既觀於烹養；魯卮在廟，俄鑒於欹盈。不盡君子之餘，乃起達人之觀。劇言黼扆，牢讓台衡。天章開均逸之慈，國論仰知榮之躅。今則倚毗載重，名教薦登。鳴玉北門，寔奉觀書之座；分珪南闕，崇司受籙之都。彌重國威，益嚴廟寄。蕭侯關内，欝隆炎漢之基；旦相陝東，雅布崇周之化。一人爲之安撫，四國爲之承流。莫不凝養粹靈，惠綏美俗。東陽之扇，動揖清風；武昌之樓，静延明月。儀刑乎仁壽之域，嘯歌乎逍遥之墟。浩氣載盈，仁聲允塞。然而三輔之陝，適賀帶安；庶邦之懷，未忘高仰。佇見日圍迅命，星駕嚴歸。兔苑風移，愛甘棠而益茂；龍池天近，著温樹之重芳。浹麗澤於百靈，藹英聲於億載。

如某者藝疏芳潤，行愧直清。蜉蝣之術未充，蝘蜓之嘲奚解。依經敏學，恥讀非聖之書；約史徇名，勉附青雲之士。實偶登三之盛，獲從旅百之先。洽呦呦之鳴，誤膺於宸選；循婉婉之書，謬厠於賓榮。詎興沈後之嗟，尚冀騰夷之遇。伏遇留守侍郎燕金募秀，蔡屣延才。鐸宣百世之文，旌集四方之善。遠者近者，鼓之舞之。某顒若望風，惠然入國。六經之教，郁郁成文；三月之韶，洋洋在耳。而况某將趨列鎮，實附宏都。弗違雞犬之音，密奉馬牛之境。小國之仰大國，亹亹誠敦；先知之覺後知，循循豈倦。竊效封人之請，顧觀魏相之威。雖才異唐英，未入晉公之幕；而時同漢秀，庶登梁孝之園。如此則慕孤飛之雲，或爲霖而有助；效百年之幹，幸構厦以無遺。跡預洪鈞，惠聞函夏。某卑情無任俟恩激切知歸之至。（又見《文章辨體彙選》卷二七〇，《八代文鈔》。）

上大名府主王侍郎啓

某啓：聞樂府宏開，金石有發揮之望；靈臺峻立，風雲無隱晦之姿。延群奏以咸宣，俯多祥而益辯。其況當具瞻之際，凝真覽之明。激揚駕説之音，妍醜思皇之俊。咸歌樂育，熟議密藏。

恭惟知府侍郎聲盈天湍，道潤金璧。儼神鋒而不耀，藴寶器以難名。禀自誠之德之純，賦將聖之才之美。明明詔下，諸侯修北海之書；穆穆賓來，天子得平津之策。自是蹈揚仙室，遷歷帝闈。青簡婉微，謹周孔之垂法；王書雅奥，含虞夏之遺風。故能輔翊天家，參修皇極。沃心必符於舜好，論思豈止於曹隨。萬化景彰，諸華砥定〔一〕。一元是問，屬博陽之有憂；六府既瞻，異延平之不懼。密辭岩座，遜請藩庭。周人詎有於流言，魯哲曾無於愠色。今則屏臨三輔，岳鎮萬封。輟妙算於廟中，抗雅歌於閫外。束兵之伍，樂壽域以何長；含哺之氓，賞春臺之不足。佇見下從僉論，上迪宸謀。金堤啓途，黄樞正位。大明禮樂，不貽唐相之慚；盡養聖賢，更廣周文之意。神明百揆，舞蹈萬邦。

如某者善遠芝蘭，言疏黼黻。静忘窺圃，顧玉器之未成；進異括囊，愧金聲之不振。景高山而詎至，騰夷路以何稽。幸以亨會景炎，賁搜寒俊。方領矩步，入拜侍郎之庭；載纚垂纓，出預將軍之幕。當瓜期之未及，猶蓬累之斯行。伏遇侍郎啓闢聖門，儀形俊域。實斯文之東道，乃吾黨之南車。是興請見之辭，稍露盍歸之志。雖拳拳希聖，曾無日月之階；而肅肅景賢，當有神仙之歎。庶乎韓宣此日，得言在魯之文；吉甫異時，願上維嵩之頌。冀親黄閣，永戴洪鈞。下情無任。

【校勘記】

〔一〕定：原作「屬」，據《叢刊》本改。天曆本作「定屬」。

賀胡侍郎致仕啓〔一〕

伏審侍郎進清崇之爵，諧高尚之風，耆德尊隆，睿恩深厚，榮映之下，慶仰居多。恭以侍郎誠明自天，進退由道。宣三德於夙夜，被四紀於龍光。赫有華名，密多陰施。艱難險阻，盡力乎三朝；富貴崇高，致身乎五福。而乃起達人之觀，引大夫之年，聰明不衰，止足自處。國家興廉讓之節，疏涣汗之仁，寵數優賢，休聲載路。耀錦南國，邑子榮太守之歸；掛冠東門，都人藹丈夫之歎。爲儒及此，其樂何涯！伏惟上爲聖朝，倍保崇重。舜好清問，方體貌於宿賢；國有老成，尚彌縫於顯道。某久荷鈞録，卑情無任榮觀景仰之至〔二〕。（又見《龍井顯應胡公幕録》。）

【校勘記】

〔一〕按此篇《叢刊》本又重複繫於《范文正公集》第十八卷之末，題云《賀胡侍郎致政狀》。

〔二〕《叢刊》本《范文正公集》第十八卷所收此篇「景仰」後有「抃躍」二字。

知杭州謝兩地啓

某啓：三月二十一日，敕差知杭州軍州事。東南得請，夙夕趨程。地重寄優，感深愧集。竊念某生禀迂拙，進當盛明。術不臻於聖門〔一〕，迹久塵於榮路。領出師之重任，曾莫有功；參論道之近司，亦惟無狀。清光旋遠，晦昧所宜。爰假會藩，即從便道。過于桑梓，見故老以相榮；處兹江湖，與嘉魚而共樂。允爲天幸，出自陶成。兹蓋集賢相公權衡以誠，神明其照。俾蒲柳之微質，被霖雨之大私。惟寅奉於官箴，庶欽崇於鈞造。感懼激切依歸之至。

【校勘記】

〔一〕術：天曆本、《叢刊》本、《四庫》本作「述」。

移蘇州謝兩府啓

罪布四方，大不可掩。寵分千騎，得之若驚。仰雷霆之霽威，加霖雨而蒙潤。報君何道，殺身有宜。竊念某生於唐虞，學於鄒魯。一簞之樂，素伏於丘園；四庫之遊，濫升於臺閣。而自踐揚諫列，對越清光。允出遭逢，誠當感慨。事君無隱，必罄狂夫之言；涉道未深，終乖智者之慮。俟竄居於楚澤，尚假守於桐廬。風俗未殊，足張條教；江山爲助，寧慕笑歌。鶴在陰而亦鳴，魚相忘而還樂。優游吏隱，謝絶人倫。豈謂蒙而克亨，幽而致顯。屢改劇藩之寄，莫非名部之行。宗族相榮，搢紳改觀。此蓋相公仁鈞大播，量澤兼包。示噩噩之公朝，存坦坦之言路。道兹優渥，屈彼典彝。茂揚天子之休，純被幽人之吉。某敢不黽勉王事，寤寐政經。佩黄裳之文，庶揚於《易》教；詠朱繩之直，無忝於詩人。上酬乃聖之知，旁答具瞻之造。過此以往，不知所裁。

謝夏太尉啓

某蒙恩授前件官者。金石之言，方形於清舉；絲綸之命，遽被於鴻私。深惟山野之材，曷副英豪之薦。斯蓋某官棟梁王室，簧鼓天聲〔一〕。痛么麽之戎夷，敢虔劉於封鄙。是求參贊，將肆殄夷〔二〕。謂某經術粗通，可以識國家之體；謂某愚衷素慤，可以盡兵民之心。奏達九清，增輝多士。敢不竭其素藴，輔之至誠，震耀我國威，張皇我帝算。晉公之幕，力希唐士之謀能；虞帝之庭，誓獻有苗之俘馘。英儀所激，狂言不誣。

【校勘記】

〔一〕簀：原作「篁」，據天曆本、《叢刊》本、《四庫》本、宣統本改。

〔二〕肆：原作「賜」，據《叢刊》本改。

謝賀正啓

某啓：伏以青祇布職，珠緯窮天。授歲律以端時，建斗杓而首序。賀牘未馳於便置，繁文遽枉於圜封。荷勤懇之相先，輒佩藏而無斁。履兹令旦，倍納殊休。

劄子

論西事劄子

臣聞兵家之用，在先觀虚實之勢，實則避之，虚則攻之。今緣邊城寨有五七分之備，而關中之備無三二分。若昊賊知我虛實，必先脅邊城，不出戰則深入，乘關中之虛，小城可破，大城可圍。或東阻潼關，隔兩川貢賦。緣邊懦將不能堅守，則朝廷不得高枕矣。爲今之計，莫若且嚴邊城，使之久可守；實關内，使無虛可乘。西則邠州、鳳翔爲環、慶、儀、渭之聲援，北則同州、河中府扼鄜、延之要害，東則陝府、華州據黄河、潼關之險，中則永興爲都會之府，各須屯兵三二萬人。若寇至，使邊城清野，不與大戰。關中稍實，豈敢深入！復命五路脩攻取之備，張其軍聲，分彼賊勢，使弓馬之勁無所施，牛羊之貨無所集。三二年間，彼自困弱。待其衆心離叛，自有間隙，則行天討，此朝廷之上策也。

又聞邊臣多請五路入討，臣竊計之，恐未可以輕舉也。太宗朝以宿將精兵北伐西討，艱難歲月，終未收復。緣大軍之行，糧車甲乘，動彌百里。虜騎輕捷，邀擊前後，乘風揚砂，一日數出。進不可前，退不可息，水泉不得飲，沙漠無所獲，此所以無功而有患也。況今承平歲久，中原無宿將精兵，一旦興深入之謀，係難制之虜，臣以謂國之安危未可知也。

然則唐漢之時，能拓疆萬里者，蓋當時授任，與今不同。既委之以兵，又與之稅賦，而不求速效，故養猛士，延謀客，日練月計，以待其隙。進不俟朝廷之命，退不關有司之責，觀變乘勝。如李牧之守邊，可謂善破虜矣。惟陛下深計而緩圖之。（又見《續資治通鑑長編》卷一二七，《國朝諸臣奏議》卷一三二，《歷代名臣奏議》卷三二四，《雍大記》卷三二。）

贊

道服贊

平海書記許兄製道服，所以清其意而潔其身也。同年范仲淹請爲贊云：

道家者流，衣裳楚楚。君子服之，逍遥是與。虚白之室，可以居處。華胥之庭，可以步武。豈無青紫，寵爲辱主。豈無狐貉，驕爲禍府。重此數師，畏彼如虎。旌陽之孫，無忝於祖。（又見《鐵網珊瑚》卷二，《停雲館帖》卷六，《大玉烟堂帖》卷二〇，《仁聚堂帖》卷三，《大觀帖》卷三，《三希堂法帖》。）

范文正公政府奏議卷上

治體

答手詔條陳十事

伏奉手詔「今來用韓琦、范仲淹、富弼，皆是中外人望，不次拔擢。韓琦暫往陝西，范仲淹、富弼皆在兩地，所宜盡心爲國家，諸事建明，不得顧避。兼章得象等同心憂國，足得商量。如有當世急務可以施行者，並須條列聞奏，副朕拔擢之意」者。臣智不逮人，術不通古，豈足以奉大對。然臣蒙陛下不次之擢，預聞政事，又詔意丁寧，臣戰汗惶怖，曾不獲讓。

臣聞歷代之政，久皆有弊。弊而不救，禍亂必生。何哉？綱紀寖隳，制度日削，恩賞不節，賦歛無度，人情慘怨，天禍暴起。惟堯舜能通其變，使民不倦。《易》曰：「窮則變，變則通，通則久。」此言天下之理有所窮塞，則思變通之道。既能變通，則成長久之業。我國家革五代之亂，富有四海，垂八十年，綱紀制度，日削月侵，官壅于下，民困于外，夷狄驕盛，寇盗横熾，不可不更張以救之。然則欲正其末，必端其本；欲清其流，必澄其源。臣敢約前代帝王之道，求今朝祖宗之烈，采其可行者條奏。願陛下順天下之心，力行此事，庶幾法制有立，綱紀再振，則宗社靈長，天下蒙福。

一曰明黜陟。臣觀《書》曰：「三載考績，三考黜陟幽明。」然則堯舜之朝，建官至少，尚乃九載一遷，必求成績，而天下大化，百世之後，仰爲帝範。我祖宗朝，文武百官皆無磨勘之例，惟政能可旌者，擢以不次；無所稱者，至老不遷。故人人自勵，以求績效。今文資三年一遷，武職五年一遷，謂之磨勘。不限内外，不問勞逸，賢不肖並進，此豈堯舜黜陟幽明之意耶！假如庶僚中有一賢於衆者，理一郡縣，領一務局，思興利去害而有爲也，衆皆指爲生事，必嫉之沮之，非之笑之，稍有差失，隨而擠陷。故不肖者素餐尸禄，安然而莫有爲也。雖愚暗鄙猥，人莫齒之。而三年一遷，坐至卿監丞郎者，歷歷皆是，誰肯爲陛下興公家之利，救生民之病，去政事之弊，葺紀綱之壞哉！利而不興則國虚，病而不救則民怨，弊而不去則小人得志，壞而不葺則王者失。賢不肖混淆，請託僥倖，遷易不已，中外苟且，百事廢墮，生民久苦，群盗漸起。勞陛下旰昃之憂者，豈非官失其正而致其危耶！至若在京百司，金穀浩瀚，權勢子弟長爲占據，有虚食稟禄，待闕一二年者。暨臨事局，挾以勢力，豈肯恪恭其職？使祖宗根本之地，綱紀日隳。故在京官司，有一員闕，則争奪者數人。其外任京朝官，則有私居待闕，動踰歲時，往往到職之初，便該磨勘，一無勤效，例蒙遷改。此則人人因循，不復奮勵之由也。

臣請特降詔書，今後兩地臣僚，有大功大善，則特加爵命；無大功大善，更不非時進秩。其理狀尋常而出者，祇守本官，不得更帶美職。應京朝官在臺省、館閣職任，及在審刑、大理寺、開封府、兩赤縣、國子監、諸王府，并因保舉及選差監在京重難庫務者，並須在任三周年，即與磨勘。若因陳乞，并於中書、審官院願在京差遣者，與保舉選差不同，並須勾當通計及五周年，方得磨勘。如此則權勢子弟，肯就外任，各知艱難。亦有俊明之人，因此樹立，可以進用。如今日已前受在京差遣已勾當者，且依舊日年限磨勘。其未曾交割勾當，卻求外任者，並聽其外任。在京朝官到職勾當及三年者與磨勘，內前任勾當年月日及公程日限，并非因陳乞而移任在道月日，及陞朝官在京朝請月日，並令通計。其遠官近地，勞逸不同，并在假待闕及公程外住滯，或因公事，非時移替，在道月日委有司別行定奪聞奏。如任內有私罪并公罪徒以上者，至該磨勘日，具情理輕重，別取進止。其庶寮中有高才異行，多所薦論，或異略嘉謀，爲上信納者，自有特恩改遷，非磨勘之可滯也。又外任善政著聞，有補風化；或累訟之獄，能辨冤沈；或五次推勘，人無翻訟；或勸課農桑，大獲美利；或京城庫務，能革大弊，惜費鉅萬者，仰本轄保明聞奏，下尚書省集議。爲衆所許，則列狀上聞，並與改官，不隔磨勘。或有異同，各以所執取旨，出於聖斷。仍請詔下審官院、流内銓、尚書考功，應京朝官選人逐任得替，明具較定考績、結罪聞奏。内有事狀猥濫，并老疾愚昧之人不堪理民者，别取進止。已上磨勘考績條件，該説不盡者，有司比類上聞。如此，則因循者拘考績之限，特達者加不次之賞，然後天下公家之利必興，生民之病必救，政事之弊必去，綱紀之壞必葺，人人自勸，天下興治，則前王之業，祖宗之權，復振於陛下之手矣。其武臣磨勘年限，委樞密院比附文資定奪聞奏。

二曰抑僥倖。臣聞先王賞延于世，諸侯有世子襲國，公卿以德而任，有襲爵者，《春秋》譏之。及漢之公卿，有封爵而殁，立一子爲後者，未聞餘子皆有爵命。其次寵待大臣，賜一子官者有之，未聞每歲有自薦其子弟者。祖宗之朝，亦不過此。自真宗皇帝以太平之樂，與臣下共慶，恩意漸廣。大兩省至知雜御史以上，每遇南郊并聖節，各奏一子充京官〔一〕，少卿、監奏一子充試銜。其正郎、帶職員外郎，并諸路提點刑獄以上差遣者，每遇南郊，奏一子充齋郎。其大兩省等官，既奏得子充京官，明異於庶僚，大示區别，復更每歲奏薦，積成冗官。假有任學士以上官經二十年者，則一家兄弟子孫出京官二十人，仍接次陞朝，此濫進之極也。今百姓貧困，冗官至多。授任既輕，政事不舉。俸禄既廣，刻剥不暇。審官院常患充塞，無闕可補。臣請特降詔書，今後兩府并兩省官等，遇大禮許奏一子充京官，如奏弟姪骨肉，即與試銜外，每年聖節更不得陳乞。如别有勳勞著聞於外〔二〕，非時賜一子官者，繫自聖恩。其轉運使及邊任文臣初除授後，合奏得子弟身事者〔三〕，並候到任二年無遺闕，方許陳乞。如二年内非次移改者，即許通計三年陳乞。三司副使、知雜御史、少卿、監以上，並同兩省，遇大禮各奏薦子孫。其正郎、帶館職員外郎，并省府推判官、外任提點刑獄以上，遇大禮合該奏薦子孫者，須是在任及二周年，方得陳乞。已上有該説不盡者，委有司比類聞奏。如此則内外朝臣，各務久於其職，不爲苟且之政，兼抑躁動之心。亦免子弟充塞銓曹，與孤寒争路，輕忽郡縣，使生民受弊。其武臣入邊上差遣，并大禮合奏薦子弟者，乞下樞密院詳定比類聞奏。

又國家開文館，延天下英才，使之直祕庭，覽群書，以待顧問，以養器業，爲大用之備。今乃登進士高等者，一任纔罷，不以能否，例得召試而補之。兩府、兩省子弟親戚，不以賢不肖，輒自陳乞館閣職事者，亦得進補。太宗皇帝建崇文院、祕閣，自書碑文，重天下賢才也。陛下當思祖宗之意，不宜甚輕之。臣請特降詔書，今後進士三人内及第者，一任回日，許進于教化經術文字十軸，下兩制看詳，作五等品第。中第一第二等者，即賜召試；試又優等，即補館閣職事。兩府、兩省子弟，並不得陳乞館閣職事及讀書之類。御史臺晝時彈劾，并諫院論奏。如館閣闕人，即委兩地舉文有古道、才堪大用之士，進名同舉，并兩制列署表章，仍上殿稱薦，以充其職。如此，則館閣職事更不輕授，足以起朝廷之風采，紹祖宗之本意，副陛下慎選矣。

三曰精貢舉。臣謹按《周禮》卿大夫之職，各教其所治，三年一大比，考其德行道藝，乃獻賢能之書于王。賢爲有德行，能爲有道藝。王再拜受之，登于天府。天府，太廟之寶藏也。蓋言王者舉賢能，所以上安宗社，故拜受其名，藏于廟中，以重其事也。卿大夫之職，廢既久矣。今諸道學校，如得明師，尚可教人六經，傳治國治人之道。而國家乃專以辭賦取進士，以墨義取諸科，士皆捨大方而趨小道，雖濟濟盈庭，求有才有識者十無一二。況天下危困，乏人如此，將何以救？在乎教以經濟之業，取以經濟之才，庶可救其不逮。或謂救弊之術無乃後時，臣謂四海尚完，朝謀而夕行，庶乎可濟，安得晏然不救，坐俟其亂哉！

臣請諸路州郡有學校處，奏舉通經有道之士，專於教授，務在興行。其取士之科，即依賈昌朝等起請，進士先策論而後詩賦；諸科墨義之外，更通經旨。使人不專辭藻，必明理道，則天下講學必興，浮薄知勸，最爲至要。內歐陽脩、蔡襄更乞逐場去留，貴文卷少而考校精。臣謂盡令逐場去留，則恐舊人扞格，不能創習策論，亦不能旋通經旨，皆憂棄遺，別無進路。臣請進士舊人三舉以上者，先策論而後詩賦。許將三場文卷通考，互取其長。兩舉、初舉者，皆是少年，足以進學，請逐場去留。諸科中有通經旨者，至終場，別問經旨十道，如不能命辭而對，則於知舉官員前，講説七通者爲合格。不會經旨者，三舉已上即逐場所對墨義，依自來通粗施行。兩舉、初舉者，至於終場日，須八通者爲合格。

又外郡解發進士、諸科人，本鄉舉里選之式〔四〕，必先考其履行，然後取以藝業。今乃不求履行，惟以詞藻、墨義取之，加用封彌，不見姓字，實非鄉里舉選之本意也。又南省考試舉人，一場試詩賦，一場試策，人皆精意，盡其所能。復考校日久，實少舛謬。及御試之日，詩賦文論共爲一場，既聲病所拘，意思不遠，或音韻中一字有差，雖生平苦辛，即時擯逐。如音韻不失，雖末學淺近，俯拾科級。既鄉舉之處不考履行，又御試之日更拘聲病，以此士之進退，多言命運而不言行業。明君在上，固當使人以行業而進，而乃言命運者，是善惡不辨而歸諸天也，豈國家之美事哉！臣請重定外郡發解條約，須是履行無惡、藝業及等者，方得解薦，更不封彌試卷。其南省考試之人，已經本鄉詢考履行，卻須封彌試卷，精考藝業，定奪等第，進入御前。選官覆考，重定等第訖，然後開看南省所定等第，内合同姓名偶有高下者，更不移改。若等第不同者，人數必少，卻加封彌，更宣兩地參校，然後御前放榜，此爲至當。内三人已上〔五〕，即於高等人中選擇，聖意宣放。其考校進士，以策論高、詞賦次者爲優等，策論平、詞賦優者爲次等。諸科經旨通者爲優等，墨義通者爲次等。已上進士、諸科，並以優等及第者放選注官，次等及第者守本科選限。自唐以來，及第人皆守選限。國家以收復諸國，郡邑乏官，其新及第人，權與放選注官。今來選人壅塞，宜有改革，又足以勸學，使其知聖人治身之道，則國家得人，百姓受賜。

四曰擇官長。臣聞先王建侯，以共理天下。今之刺史、縣令，即古之諸侯。一方舒慘，百姓休戚，實繫其人。故歷代盛明之時，必重此任。今乃不問賢愚，不較能否，累以資考，陞爲方面。懦弱者不能檢吏，得以蠹民；强幹者惟是近名，率多害物。邦國之本，由此凋殘。朝廷雖至憂勤，天下何以蘇息！其轉運使并提點刑獄按察列城，當得賢於乘者。臣請特降詔書，委中書、樞密院且各選轉運使、提點刑獄共十人，大藩知州十人；委兩制共舉知州十人；三司副使、判官同舉知州五人；御史臺中丞、知雜、三院共舉知州五人；開封知府、推官共舉知州五人；逐路轉運使、提點刑獄各同舉知州五人，知縣、縣令共十人；逐州知州、通判同舉知縣、縣令共二人。得前件所舉之人，舉主多者先次差補。仍指揮審官院、流内銓今日以後所差知州、知縣、縣令並具合入人歷任功過、舉主人數聞奏，委中書看詳。委得允當，然後引對。如此舉擇，則諸道官吏庶幾得人，爲陛下愛惜百姓，均其徭役，寬於賦斂，各獲安寧，不召禍亂，天下幸甚。

五曰均公田。臣聞《易》曰：「天地養萬物，聖人養賢以及萬民。」此言聖人養民之時，必先養賢。養賢之方，必先厚禄。厚禄然後可以責廉隅，安職業也。皇朝之初，承五代亂離之後，民庶凋弊，時物至賤。暨諸國收復，天下郡縣之官少人除補，至有經五七年不替罷者。或纔罷去，便入見闕。當物價至賤之時，俸禄不輟，士人之家無不自足。咸平已後，民庶漸繁，時物遂貴。入仕門多，得官者衆，至有得替守選一二年，又授官待闕一二年者。在天下物貴之後，而俸禄不繼，士人家鮮不窮窘，男不得婚，女不得嫁，喪不得葬者，比比有之。復於守選、待闕之日，衣食不足，貸債以苟朝夕。到官之後，必來見逼，至有冒法受贓，賒貸度日〔六〕，或不恥賈販，與民争利。既爲負罪之人，不守名節，吏有姦贓而不敢發，民有豪猾而不敢制。姦吏豪民得以侵暴，於是貧弱百姓理不得直，寃不得訴，徭役不均，刑罰不正，比屋受弊，無可奈何，由乎制禄之方有所未至。

真宗皇帝思深慮遠，復前代職田之制，使中常之士自可守節，婚嫁以時，喪葬以禮，皆國恩也。能守節者，始可制姦贓之吏，鎮豪猾之人，法乃不私，民則無枉。近日屢有臣僚乞罷職田，以其有不均之謗，有侵民之害。臣謂職田本欲養賢，緣而侵民者有矣，比之衣食不足，壞其名節，不能奉法，以直爲枉，以枉爲直，衆怨思亂而天下受弊，豈止職田之害耶！又自古常患百官重内而輕外，唐外官月俸尤更豐足〔七〕，簿尉俸錢尚一二十貫。今窘於財用，未暇增復。臣請兩地同議外官職田，有不均者均之，有未給者給之，使其衣食得足，婚嫁喪葬之禮不廢，然後可以責其廉節，督其善政。有不法者，可廢可誅。且使英俊之流，樂於爲郡爲邑之任，則百姓受賜。又將來陞擢，多得曾經郡縣之人，深悉民隱，亦致化之本也。惟聖慈深察，天下幸甚。

六曰厚農桑。臣觀《書》曰：「德惟善政，政在養民。」此言聖人之德，惟在善政。善政之要，惟在養民；養民之政，必先務農；農政既修，則衣食足；衣食足，則愛膚體；愛膚體，則畏刑罰；畏刑罰，則寇盜自息，禍亂不興。是聖人之德，發於善政；天下之化，起於農畝。故《詩》有《七月》之篇，陳王業也。今國家不務農桑，粟帛常貴。浙江諸路歲糴米六百萬石〔八〕，其所糴之價與輦運之費，每歲共用錢三百餘萬貫文。又貧弱之民，困於賦斂，歲伐桑棗，鬻而爲薪。勸課之方，有名無實。故粟帛常貴，府庫日虛。此而不謀，將何以濟！

臣於天下農利之中，粗舉二三以言之。且如五代群雄争霸之時，本國歲饑，則乞糴於鄰國，故各興農利，自至豐足。江南舊有圩田，每一圩方數十里，如大城。中有河渠，外有門閘。旱則開閘引江水之利，潦則閉閘拒江水之害，旱潦不及，爲農美利。又浙西地卑，常苦水沴。雖有溝河，可以通海，惟時開導，則潮泥不得而堙之。雖有堤塘，可以禦患，惟時脩固，則無摧壞。臣知蘇州日，點檢簿書，一州之田，係出稅者三萬四千頃。中稔之利，每畝得米二石至三石，計出米七百餘萬石。東南每歲上供之數六百萬石，乃一州所出。

臣詢訪高年，則云曩時兩浙未歸朝廷，蘇州有營田軍四都，共七八千人，專爲田事，導河築堤，以減水患。于時民間錢五十文糴白米一石。自皇朝一統，江南不稔則取之浙右，浙右不稔則取之淮南，故慢於農政，不復脩舉。江南圩田、浙西河塘，大半隳廢，失東南之大利。今江浙之米，石不下六七百文足，至一貫文省，比於當時，其貴十倍，而民不得不困，國不得不虛矣。

又京東西路有卑濕積潦之地，早年國家特令開決之後，水患大減。今罷役數年，漸已堙塞，復將爲患。臣請每歲之秋，降敕下諸路轉運司，令轄下州軍吏民各言農桑之間可興之利、可去之害。或合開河渠，或築堤堰陂塘之類，並委本州軍選官計定工料，每歲於二月間興役，半月而罷，仍具功績聞奏。如此不絶，數年之間，農利大興，下少饑歲，上無貴糴，則東南歲糴輦運之費大可減省。其勸課之法，宜選官討論古制，取其簡約易從之術，頒賜諸路轉運使，及面賜一本，付新授知州、知縣、縣令等。此養民之政、富國之本也。

七曰修武備。臣聞古者天子六軍，以寧邦國。唐初京師置十六將軍官屬，亦六軍之義也。諸道則開折衝、果毅府五百七十四，以儲兵伍。每歲三時耕稼，一時習武。自貞觀至于開元，百三十年，戎臣兵伍，無一逆亂。至開元末，聽匪人之言，遂罷府兵。唐衰，兵伍皆市井之徒，無禮義之教，無忠信之心，驕蹇凶逆，至于喪亡。我祖宗以來，罷諸侯權，聚兵京師，衣糧賞賜豐足，經八十年矣。雖已困生靈、虚府庫，而難於改作者，所以重京師也。今西北强梗，邊備未足，京師衛兵多遠戍，或有倉卒，輦轂無備，此大可憂也。遠戍者防邊陲之患，或緩急抽還，則外禦不嚴，戎狄進奔，便可直趨關輔。新招者聚市井之輩，而輕嚻易動，或財力一屈，請給不充，則必散爲群盜。今生民已困，無可誅求，或連年凶饑，將何以濟！贍軍之策，可不預圖？若因循過時，臣恐急難之際，宗社可憂。

臣請密委兩地，以京畿見在軍馬，同議有無闕數。如六軍未整，須議置兵，則請約唐之法，先於畿内并近輔州府召募强壯之人，充京畿衛士。得五萬人以助正兵，足爲强盛。使三時務農，大省給贍之費；一時教戰，自可防虞外患。其召募之法，并將校次第，並先密切定奪聞奏。此實强兵節財之要也。候京畿近輔召募衛兵已成次第，然後諸道放此〔九〕，漸可施行。惟聖慈留意。

八曰減徭役。臣聞漢光武建武六年六月詔曰：「夫張官置吏，所以爲人也。今户口耗少，而縣官吏職，所置尚繁。令司隸州牧各實所部。」二府於是條奏并省四百餘縣，天下至治。臣又觀西京圖經，唐會昌中，河南府有户一十九萬四千七百餘户，置二十縣。今河南府主客户七萬五千九百餘户，仍置一十九縣。主户五萬七百，客户二萬五千二百〔一〇〕。今河南府鞏縣七百户，偃師一千一百户，逐縣三等而堪役者，不過百家，而所供役人不下二百數。

新舊循環，非鰥寡孤獨，不能無役。西洛之民，最爲窮困。臣請依後漢故事，遣使先往西京併省諸邑爲十縣。其所廢之邑，並改爲鎮，令本路舉文資一員，董榷酤、關征之利兼人煙公事。所廢公人，除歸農外，有願居公門者，送所存之邑。其所在邑中役人，卻可減省歸農，則兩不失所。候西京併省稍成倫序，則行於大名府，然後遣使諸道，依此施行。仍先指揮諸道防團州已下，有使、州兩院者，皆爲一院，公人願去者，各放歸農。職官廳可給本城兵士七人至十人，替人力歸農。其鄉村耆保地里近者，亦令併合。能併一耆保管〔二〕，亦減役十餘户。但少徭役，人自耕作，可期富庶。

九曰覃恩信。臣竊覩國家三年一郊，天子齋戒衮冕，謁見宗廟，乃祀上帝。大禮既成，還御端門，肆赦天下，曰：赦書日行五百里，敢以赦前事言者，以其罪罪之，欲其王澤及物之速也如此。今大赦每降，天下歡呼。一兩月間，錢穀司存督責如舊，桎梏老幼，籍没家産。至于寬賦斂，減徭役，存恤孤貧，振舉滯淹之事，未嘗施行，使天子及民之意，盡成空言，有負聖心，損傷和氣。臣請特降詔書，今後赦書内宣布恩澤，有所施行，而三司、轉運司、州縣不切遵禀者，并從違制，徒二年斷，情重者，當行刺配。應天禧年以前天下欠負，不問有無侵欺盜用，並與除放，違者仰御史臺、提點刑獄司常切覺察糾劾，無令壅遏。臣又聞《易》曰：「先王以省方觀民設教。」故有巡狩之禮，察諸侯善惡，觀風俗厚薄，此聖人順動之意。今巡狩之禮不可復行，民隱無窮，天聽甚遠。臣請降詔中書，今後每遇南郊赦後，精選臣僚往諸路安撫，察官吏能否，求百姓疾苦，使赦書中及民之事，一一施行，天下百姓莫不幸甚。

十曰重命令。臣聞《書》曰：「慎乃出令，令出惟行。」準律文，諸被制書有所施行而違者，徒二年；失錯者，杖一百。又監臨主司受財而枉法者，十五疋，絞。蓋先王重其法令，使無敢動摇，將以行天下之政也。今覩國家每降宣敕條貫，煩而無信，輕而弗稟，上失其威，下受其弊。蓋由朝廷采百官起請，率爾頒行，既昧經常，即時更改，此煩而無信之驗矣。又海行條貫，雖是故違，皆從失坐，全乖律意，致壞大法，此輕而弗稟之甚矣。臣請特降詔書，今後百官起請條貫，令中書、樞密院看詳會議，必可經久，方得施行。如事干刑名者，更於審刑、大理寺勾明會法律官員參詳起請之詞，删去繁冗，裁爲制敕，然後頒行天下，必期遵守。其衝改條貫，並令繳納，免致錯亂，誤有施行。仍望别降敕命，今後逐處當職官吏親被制書，及到職後所受條貫，敢故違者，不以海行，並從違制，徒二年。未到職已前所降條貫，失於檢用，情非故違者，並從本條失錯科斷，杖一百。餘人犯海行條貫，不指定違制刑名者，並從失坐。若條貫差失，於事有害，逐處長吏，别見機會，須至便宜而行者，並須具緣由聞奏，委中書、樞密院詳察，如合理道，即與放罪。仍便相度，别從更改。

（又見《續資治通鑑長編》卷一四三，《皇朝文鑑》卷四三，《國朝諸臣奏議》卷一四七，《歷代名臣奏議》卷二九、卷二四九，《宋史》卷三一四《范仲淹傳》，《經濟類編》卷九，《右編》卷三。）

【校勘記】

〔一〕一：原脱，據《續資治通鑑長編》卷一四三補。

〔二〕於：《續資治通鑑長編》卷一四三作「中」。

〔三〕身：《續資治通鑑長編》卷一四三作「職」。

〔四〕式：《叢刊》本作「試」。

〔五〕内：《叢刊》本作「在」。

〔六〕貸：原作「舉」，據《續資治通鑑長編》卷一四三改。

〔七〕唐：原作「且」，據《續資治通鑑長編》卷一四三改。

〔八〕六百：《叢刊》本作「二百」。

〔九〕放：《叢刊》本作「效」。

〔一〇〕「主户」至「二百」句《叢刊》本作小字。

〔一一〕耆保：原作「保耆」，據《續資治通鑑長編》卷一四三乙。

再進前所陳十事

臣前兩次所上共十事，曾奉聖旨更進一本，今寫録進納。一曰明黜陟，爲重定文武百官磨勘，將以約濫進，責實效，使天下政事無不舉也。二曰抑僥倖，爲重定文武百官奏蔭，及不得陳乞館閣職事，將以革濫賞，省冗官也。三曰精貢舉，爲天下舉人先取履行，次取藝業，將以正教化之本，育卿士之材也。四曰擇官長，爲舉轉運使、提點刑獄并州縣長吏，將以正綱紀，去疾苦，救生民也。五曰均公田，爲天下官吏不廉則曲法，曲法則害民，請更賜均給公田，既使豐足，然後可以責士大夫之廉節，庶天下政平，百姓受賜也。六曰厚農桑，爲責諸道溝河并脩江南野田及諸路陂塘，仍行勸課之法，將以救水旱，豐稼穡，强國力也。七曰脩武備，爲四方無事，京師少備，因循過日，天下可憂。請密定規制，相時而行，以衛宗社，以寧邦國也。八曰減徭役，爲天下徭役至繁，請依漢光武故事，併合縣邑，以省徭役，庶寬民力也。九曰覃恩信，爲赦書内宣布恩澤未嘗施行，并請放先朝欠負，以感天下之心也。十曰重命令，爲制書忽而行違者，請重其法，以行天子之命也。臣之所陳，蓋欲周悉，故言辭之間，有涉細碎，而於國體甚大。乞聖慈再加詳覽，一一行之，則天下之幸，非臣之幸也。

奏乞下審官院等處應官員陳訴定奪進呈

臣竊見京朝官、使臣、選人等進狀，或理會勞績，或訴説過犯，或陳乞差遣，其事理分明可行可罷者，則朝廷便有指揮。內中書、樞密院未見根原文字，及恐審官、三班院、流內銓别有條例難便與奪者，多批送逐司。其逐司爲見批送文字，别無與奪，便不施行，號爲送煞。以此官員使臣三五度進狀，不能結絶，轉成住滯。臣欲乞特降聖旨，今後京朝官、使臣、選人等進狀，理會勞績，訴雪過犯，陳乞差遣，朝廷未有與奪指揮，只批送審官、三班院、流內銓者，仰逐司主判子細看詳。如內有合施行者，即與勘會，具條例情理定奪進呈，送中書、樞密院再行相度，别取進止。如不可施行，亦仰逐司告諭本人知悉。所貴逐司主判各揚其職，事無漏落，亦免官員、使臣、選人等重疊進狀，紊煩聖聽。（又見《續資治通鑑長編》卷一四四。）

奏乞定奪在京百司差遣等第

臣竊見內諸司并百司，顯有緊慢高下，事體不同。今來臣僚不拘官職大小，各取便乞勾當，紊亂綱紀，深屬未便。欲乞特降指揮，令入內內侍省定奪內中諸司高下等第，令三司定奪在京百司高下等第。各合係何等官職，及合入何差遣人勾當，既定高下等第，則陳乞之人不敢踰越。所貴百司有倫，不至輕授。

奏乞差官看詳投進利見文字

臣竊見天下官員使臣諸色人，日有投進并奏到利見文字，中書、樞密院以公事文字至多，不暇子細看詳。其中須有民間利病及干邊機可行之事，恐有漏落。雖自來曾差兩制臣僚各有主判，去處不得精專，動經歲時，不能與奪。臣欲乞特降聖旨，權於館閣選差官二員，就近置局，看詳官員使臣諸色人所投進及奏到利見文字。內有合行事件，兩府臣僚更加詳酌，逐旋取旨施行。所貴下情盡達，庶政有補。其看詳官每季或半年一替，所看文字，須旋旋了當，不得交割後人。所有機密文字，即兩府依舊自行，更不送看詳官處。

奏乞救濟陝西飢民

臣等竊見陝西永興軍，同、耀、華州，陝府等處，今夏災旱，得雨最晚，民間秋稼，甚無所望，官中倉廩，亦無積貯。若不作擘畫，即百姓大段流移，殍亡者衆。兼軍食闕絶，臨時轉漕不及。臣等欲乞朝廷速降指揮，委本路都轉運使孫沔，速相度上件州軍向去救濟飢民及辦給軍食有何次第。如難爲擘畫，即便於黄河内搬輦自京以來斛斗往彼應副。仍速行相度沿路如何計綱，即不至艱阻。事狀聞奏，候到，乞朝廷早賜施行。慶曆三年七月四日，臣范仲淹，臣韓琦。（又見《續資治通鑑長編》卷一四二。）

奏乞罷陝西近裏州軍營田

臣等竊見陝西昨來興置營田，本欲助邊，以寬民力。除沿邊有空閒膏腴地土處可以開墾外，其近裏州縣官吏不能體朝廷之意，將遠年瘠薄無人請佃逃田，抑勒近鄰人户分種，或令送納租課。又自來人户租佃官莊地土，每畝出課不過一二斗，今亦勒令分種，每畝須收數斗，致貧户輸納不前，州縣追擾，無時暫暇。緣人户自用兵以來，科率勞弊，至於己業，尚多荒廢，實無餘力更及營田。其所出租課，多是抱虚送納。切覩編敕指揮，不得將逃户田土，抑勒親鄰佃蒔，蓋恐害民。况今歲災旱尤甚，理當優恤，不可非理煩擾，使之重困。臣等欲乞特降指揮，應陝西近裏州軍營田，一切廢罷。如元係租佃，即令依舊額出課。如元係遠年瘠薄逃田，舊税額重，無人請佃者，即與減定税額，召人請佃。所貴疲民受賜，歸感睿仁。臣范仲淹，臣韓琦。（又見《續資治通鑑長編》卷一四二，《歷代名臣奏議》卷二六〇。）

奏乞擇臣僚令舉差知州通判

臣等竊以天下郡邑，牧宰爲重。得其人則致化，失其人則召亂。推擇之際，不可不慎。國家承平以來，不無輕授。應知州、通判、縣令，因舉薦擢任者少，以資考序進者多。才與不才，一塗并進。故能政者十無二三，謬政者十有七八。國家詔令程式，天下一體。何則？能政之處，民必蒙福；謬政之下，民常受弊。非國家法令之殊，蓋牧宰賢愚之異也。今四方多事，民日以困窮，將思爲盜。復使不才之吏臨之，賦役不均，刑罰不當，科率無度，疲乏不恤，上下相怨，亂所由生。若不急於求人，釐革其弊，誠國家之深憂也。然自來雖曾詔臣僚各舉所知，或舉主非賢，則多謬薦。臣等欲乞聖慈特降詔書，委中書、樞密院臣僚各於朝臣中薦堪充舉主者三人，候奏到姓名，即逐人各賜敕一道，令於通判内舉成資已上一員充知州，知縣内舉成資已上一員充通判，簿尉中舉有出身三考已上、無出身四考一員充職官知縣，或於職官令録中舉五考已上之人充京官知縣。仍於敕明言，所薦之人，若將來顯有善政，其舉主當議旌賞；若贓污不理，苛刻害民，並與同罪。所貴生民受賜，寇盜自息。臣范仲淹，臣韓琦。（又見《皇朝文鑑》卷四四，《續資治通鑑長編》卷一四一，《歷代名臣奏議》卷一三二。）

奏乞將先減省諸州公用錢卻令依舊

臣竊見朝旨下陝西，省罷同、解、乾、耀等九州軍公使錢共一千八百貫文。切以國家逐處置公使錢者，蓋爲士大夫出入及使命往還有行役之勞，故令郡國饋以酒食，或加宴勞，蓋養賢之禮，不可廢也。謹按《周禮·地官》有遺人掌郊里之委積，以待賓客；野鄙之委積，以待羈旅。凡國野之道，十里有廬，廬有飲食；三十里有宿，宿有路室，路室有委；五十里有市，市有候館，候館有積。凡委積之事，巡而比之，以時頒之。此則三王之世，已有廚傳之禮，何獨聖朝顧小利而亡大體？且今贍民兵一名，歲不下百貫。今減省得公用錢一千八百貫，只養得兵士一十八人。以一十八人之資，廢十餘郡之禮，是朝廷未思之甚也。況今來逐州使命之外，各有軍營。每年春後，邊兵歇泊，動經半年，軍中人員並無宴犒之具。雖條貫有旬設之名，逐州每月一次舉行，軍員各給得錢壹佰文已來〔一〕，官務薄酒二升。既無公用，更不赴筵，亦不張樂，豈朝廷宴饗將校之意？州郡削弱，道路咨嗟，當全盛之朝，豈宜如此？或謂有公使錢處，收買食物，搔擾户民。殊不知郡守得人，自能約束；如非其人，更出己俸買物，虧民愈甚。是見其小而不思其大也。伏望聖慈速降指揮下陝西、河北、河東路轉運司，昨來經減廢公用錢處，並令依舊，庶協典禮，稍息物論。況朝廷用武之際，於此一事，尤宜照管。臣等久在邊任，深知此事，近貳樞庭，豈當緘默？臣范仲淹，臣韓琦。（又見《皇朝文鑑》卷四四，《續資治通鑑長編》卷一四一，《歷代名臣奏議》卷二六四、卷二八五，《文翰類選大成》卷一二六。）

【校勘記】

〔一〕得：《皇朝文鑑》卷四四無。

奏乞差官陝西祈雨

臣今月五日至華州華陰縣，入西嶽廟燒香，切見本廟有老醫官一員監當。其廟廷闊遠，舍屋甚多，只有剩員一十四人，盡是老年病患，供應灑掃不前。在國家崇奉五嶽之意，似非嚴謹。今來關中大旱，永興、同、華、陜、虢以來，無二三分秋苗，粟米每斗一百五十文足，兼鄉村無可收糴，人心嗷嗷，賊盜不少。欲乞聖慈選精謹使命至西嶽廟專行祭告，并於陝西靈湫等處祈雨澤，以救生民。仍乞委轉運使一員赴西嶽廟，點檢廟貌祭器法物，并添差兵士洒埽防護。所貴崇奉之禮，不至廢墜。（又見《歷代名臣奏議》卷二四三。）

奏爲災異後合行疎決刑獄等六事

臣今早親聞德音，謂復有災異，當脩德以及民，并詔臣等謹省刑法，此實見聖人憂畏之心，合於天意。臣今條奏數事，皆陛下增脩明德之要。一、齋誠發誠，特降詔命，明言災變屢見，敢不罪己祗畏，以告中外群臣，同心脩省。二、遣使四方，疎決刑獄，非害人者，悉從減降。三、詔天下州縣長吏，訪問民間孤獨不能存活者，特行賑恤。四、詔逐處籍出陣亡之家，察其寡弱，别加存養。五、邊陲之民被戎狄驅虜者，量支官物，贖還本家。六、詔諸處欠負已該赦恩除放者，官司更不得催理。違者，官吏科違制之罪，遇赦不原。仍差近臣置司與奪。陛下力行此數事，下悦民心，上答天戒。昔商中宗桑穀共生於朝，懼而脩德，撫綏百姓，三年而歸者十六國，號爲中興。陛下今日因災脩德，則福及兆人，道光千載，天下幸甚。（又見《續資治通鑑長編》卷一四一，《歷代名臣奏議》卷三〇〇。）

答手詔五事

臣等伏奉六月一日手詔云云。臣等各蒙奬用，待罪二府，不能燮理彌縫，致化天下，過煩聖慮，特降德音，上以宗廟爲憂，下以生靈爲念，臣等不任慚恐戰汗死罪。

詔旨謂合用何人鎮彼西方。臣等思之，今元昊遣人到闕，名體稍順，其如戎人難信，止可權宜。如翻覆未寧，則當擇節制之帥；若和好且合，亦須藉鎮撫之才，經度邊陲，以防來患。見選人具名聞奏次。

詔旨謂民之困弊，財賦未强。臣等議之，國家革五代諸侯之暴，奪其威權，以度支財用自贍天下之兵。歲月既深，賦斂日重，邊事一聳，調率百端，民力愈窮，農功愈削，水旱無備，税斂不登，減放之數，動踰百萬。今方選舉良吏，務本安民，脩水旱之防，收天地之利，而更嚴著勉農之令，使天下官吏專於勸課，百姓勤於稼穡，數年之間，大利可見。又山海之貨，本無窮竭，但國家輕變其法，深取於人，商賈不通，財用自困。今須朝廷集議，從長改革，使天下之財通濟無滯。又減省冗兵，量入以出，則富强之期，庶有望矣。

詔旨謂軍馬尚多，何得精當。近韓琦、范仲淹所上備邊文字，内有河北五六事，陝西七事，精擇兵馬及攻守之策，已在其中。臣等見商量施行次。

詔旨謂將臣不和，如何制。樞密院先因許懷德、張亢不協，曾指揮戒勵。然將佐之中，性情不類，愛惡相攻，全在主帥别白撫遏，隨才任用，使各得其所，則怨惡不生。故長帥之才，不敢輕易選用。

詔旨謂躁進之徒，宜塞奔競。臣等謂躁進懷貪之人，何代無之？由朝廷辨明而進退之。如責人實效，旌人静節，貪冒者廢之，趨附者抑之，如此則多士知勸，各生廉讓之心。

（又見《歷代名臣奏議》卷八一。）

奏乞重定三班審官院流内銓條貫

臣竊見審官、三班院并銓曹，自祖宗以來，條貫極多，逐旋衝改，久不删定。主判臣僚，卒難詳悉；官員使臣，莫知涯涘。故司屬高下，頗害至公。欲乞聖慈特降指揮，選差臣僚，就審官、三班院并銓曹取索前後條例，與主判官員同共看詳，重行删定，畫一聞奏，付中書、樞密參酌進呈，别降敕命，各令編成例策施行。（又見《續資治通鑑長編》卷一四六。）

奏議尹洙轉官

臣竊見尹洙才業操行，搢紳所推。由臺閣進用，便可直入兩制；若邊城驟遷，則有未便。緣去年春是太常丞，在路分都監許遷、張肇之下。去年秋轉司諫、管勾經略司公事，遷在鈐轄安俊之上。才方半年，若就除待制，又遷在部署狄青之上。既不因功勞，又不改路分，偏受寵擢，衆情非便，於體未安。如須合進擢，即令將入夏，邊上無事，且乞召尹洙赴闕，令條奏邊事，觀其陳述可采，即與改職，卻令馳往邊上，亦未爲晚。既因啓沃，面受殊恩，邊臣聞之，不爲越次。（又見《續資治通鑑長編》卷一四七。）

續奏乞於職官令録中舉充京官知縣

臣近與韓琦上言，乞擇舉主，令逐人於通判中舉知州一員，於知縣中舉通判一員，於簿尉中舉職官知縣一員。官蒙降敕，至密院入遞次，臣看詳敕頭名署臣等上言，於理未便。欲乞只作朝廷憂勞之意，特選臣僚舉官，其體甚重。仍乞於「簿尉中舉職官知縣一員」下添入「或於職官令録中舉五考以上之人充京官知縣」，計添一十九字，庶無遺才。（又見《歷代名臣奏議》卷一三二。）

奏爲赦後乞除放祖宗朝欠負

臣伏覩國家每一降赦，萬人歡呼。一兩月間，錢穀司存將欠負之人依舊督責，桎梏老幼，籍没家産，既失大信，且虧至仁。蒙聖恩已差楊日嚴、王質與三司詳定不係侵欺盗用該赦欠負次。臣舊曾在三司定放欠負，見滑州酒務有少欠雜物，係專副四十餘界計八十來年登載少數，又不顯侵欺。其勾當人亡歿年深，只追貧弱子孫理納，並不知祖父如何少欠。似此刻剥傷民，豈陛下愛育生靈之德！臣欲特出聖意，應祖宗朝天下欠負，更不問侵欺盗用，並與除放。如省司更不舉行，許三司知次第人陳告干繫人吏，並坐違制決停，告事人與轉一資，諸處承受施行官吏，並科違制之罪。（又見《歷代名臣奏議》卷二一八。）

奏乞指揮國子監保明武學生令經略部署司講説兵書

臣竊聞國家興置武學以來，苦未有人習藝。或恐英豪隱晦，恥就學生之列。儻久設此學，無人可教，則慮外人窺覘，謂無英材，於體未便。欲乞指揮國子監，不須别立武學之名〔一〕。如學生中有好習兵書者，令本監官員保明委是忠良之人，即密令聽讀。臣切見邊上甚有弓馬精强、諳知邊事之人，即未曾習學兵書〔二〕，不知爲將之體，所以未堪拔擢。欲乞指揮陜西路〔三〕、河東逐路經略司，於將佐及使臣軍員中，揀選識文字、的有機智武勇、久遠可以爲將者，取三五人，令經略、部署司參謀官員等密與講説兵書，討論勝策。所貴邊上武勇已著之人，更知將略。或因而立功，則將來有人可任。即不得虚張，多放人數。（又見《國朝諸臣奏議》卷八二，《歷代名臣奏議》卷二二三七。）

【校勘記】

〔一〕别：《叢刊》本作「明」。

〔二〕即：《叢刊》本作「則」。

〔三〕路：《國朝諸臣奏議》卷八二無。

奏爲置官專管每年上供軍須雜物

臣竊見兵興以來，天下科率，如牛皮、筋角、弓弩、材料、箭幹、鎗幹、膠鰾、翎毛、漆蠟，一切之物，皆出於民，謂之和買。多非土產之處，素已難得。既稱軍須，動加刑憲。物價十倍，吏辱百端，輸納未前，如負重罪。一年之中，或至數四，官中雖給價直，豈能補其瘡痍？蓋是國家不能素備，禍及生民。伏望聖慈委三司選差官并有行止心力司屬三五人，別置一司，專管天下科率應副，每年合要上供并軍須雜物，先勘會諸處見在數目，置簿拘管。如朝廷取索并外處奏乞之時，即先點檢見在物色，支撥應副外，將少數下諸處和買，亦大段減得分數。仍於土產處，許將二稅沿納錢并場務課利，依市價取人户情願折納，不得抑勒。據納到數目，如尚少闕，亦只就土產處置場收買。如此，百物有備，更無非時科率，其非土產之處，自無煩擾。國家大計，須爲經久，豈可逐度須索，旋行誅求？蘇息萬民，無切於此。如允臣所奏，即乞特降敕命指揮。

奏乞兩府兼判

臣謹按：三代之制，皆立三公，建六卿。太公、周公、召公，周之三公也，以論道經邦爲師傅。又天官冢宰掌邦治，地官司徒掌邦教，春官宗伯掌邦禮，夏官司馬掌邦政，秋官司寇掌邦禁，冬官司空掌邦土，此周之六卿也。各帥其屬，以佐王理邦國。大事從其長，小事則專達。亦以三公兼六卿之職，取其重也。周用此制，而王道大興，世祚綿久，至八百年。我國家有周之天下，未能行周之制，亦當約而申之，以治天下，則可卜長世之業矣。今中書乃天官冢宰之任，樞密院乃古夏官司馬之任。其地官、春官、秋官、冬官之職，各散於群有司，皆無六卿之正，又無三公兼領之重。而兩府閒惟進擬差除，多循資級，評論賞罰，各遵條例之外，上不專三公論道之職，下不專六卿佐王之業，雖庶政不脩，天下不理，咎將安歸？臣請朝廷於百職中選其務之重者，命輔臣兼領其綱要，體周之三公下兼其六卿，法周之六卿各帥其屬，以佐理邦國。唐貞元中，詔宰相齊映判兵部，李勉判刑部，劉滋判吏部，崔造判户部、工部。又嘗命宰相兼諸路鹽鐵、轉運使。是宰相下兼其職，以重其事也。其不脩舉者，朝廷得以責之。輔臣任責，則庶政之弊可救，天下之治可期，惟陛下裁擇。

一、審官是京朝官所集之府，固當區别善惡，黜陟幽明，使賢者知勸。歲終，書其一歲黜陟之數，以何等功而進者幾人，以何等罪而退者幾人，各分其類，具目進呈。

一、吏部流内銓條詔程式，頗聞煩碎。權勢之與孤寒，優便之與遠惡，在乎均平惻隱，方協至公。况群材所聚，倚在銓品，亦天官冢宰之任也。臣請命輔臣兼判。每至歲終，書其一歲之黜陟，以何等功而進者幾人，以何等罪而退者幾人，各分其類，具目進呈。

一、國子監及諸道郡學，聚天下之士，講議詩書，服習禮樂，長養賢俊，爲國器用。此地官司徒之職也。臣請命輔臣兼判，以總天下郡學。每過科場開日，或有德行文學之士鄉里所推重者，不以應舉不應舉，許郡學士衆舉履行善狀，詣所屬薦舉。逐處官員更體量名實相副者，保明聞奏，當議別行敦遣，以勸天下之士。

一、三司天下金穀之府。今窘於財用，經費以艱，刻剥既深，生靈重困。宜疏通利源，以救天下之弊。此地官司徒之政也。臣請命輔臣兼判，此當今之急務。每至歲終，盡其減省冗費之數，增息財利之數，蠲放困窮之數，具目進呈。

一、司農寺管天下常平倉，本欲凶歲用濟生民，今逐處弛慢，不爲急務。倉廩漸虚，災傷無備，赤子之命，委於溝壑。又勸農之政，新頒詔令，其天下官員勸課勞績，並合委本寺考校以聞。此亦地官司徒之政也。臣請命輔臣兼判。每歲終以諸道常平倉增損之數，并親民官勸課功狀之優者，具目進呈。

一、太常禮院用歷代之禮，或不謹於典法，隨時綿蕝，綱紀寖壞，制度日隳。太常寺用歷代之樂，或八音失序，慢於大祀，則神祇不享，禍罰可召。此春官宗伯之職，朝廷之所重也。臣請命輔臣兼判。至歲終具禮樂有所損益，或廢墜有所脩舉，畫一進呈。

一、三班院使臣數千人，其品流至雜，難於區別，磨勘差遣，日有榮悴。臣請命輔臣兼判。常選可用於邊陲，或可委以錢穀，或可付以親民，或可任以殄寇，至歲終以所選人數，具目進呈。

一、殿前馬步軍司總轄諸軍，其體最大。更戍邊鄙，要在均平。揀擢材勇，責其精當。至於戰陣之法，號令之要，皆須服習。此夏官司馬之政也。臣請命輔臣兼判。至每歲終，以將校選擢之數，軍旅服習之效，具目進呈。

一、審刑、大理寺評天下之法，生死榮辱，繫於筆下。禍及非辜，怨動天地，故五帝三王盡心此道，即秋官司寇之政也。臣請命輔臣兼判。每至歲終，具天下斷案中大辟、流罪以特恩減放并法寺辨明出入人數進呈〔一〕。

一、刑部一司，詳覆天下已斷文案。凡天下訴冤之奏，盡委刑部辯之，此亦秋官司寇之政也。今官屬寡弱，與審刑、大理寺勢不相敵，豈敢盡行駁正？故沈冤之人，十無一雪。臣請命輔臣兼判。至每歲終，具天下斷案詳覆到差失公事并辯雪過負冤人數進呈。

右，伏望聖慈各委輔臣兼判前件職司。其創置新規、更改前弊、官吏黜陟、刑法輕重、事有利害者，並令兼判輔臣與奪。其大體者，別具奏呈，令中書、樞密院更從僉議，然後奏取敕裁。其逐司常務，即主判官員依舊施行。（又見《續資治通鑑長編》卷一五一，《宋史》卷三一四《范仲淹傳》，《歷代名臣奏議》卷一六〇。）

【校勘記】

〔一〕《叢刊》本無「人」字。

再奏乞兩府兼判

臣昨上愚見，乞詔兩地輔臣兼領要務。蓋欲朝廷綱紀並舉，以救因循之弊。伏以三代命官，以三公論道，六卿分職。按於書傳，則三公兼卿事。又漢以三公分部九卿，唐以六尚書分部二十四司，亦嘗命宰相兼領事任，著於方册。我國家承五代破散之弊，未能復三代漢唐之制，事多權宜。今中書是冢宰之任，而四人或五人共司一職。樞密院是大司馬之任，亦四人或五人共司一職。上不專三公論道之事，下不兼六卿分職之業。其六尚書、九卿之位，皆無正官，並是權假。如三司、審刑、大理寺、審官院、流内銓、司農寺之類，是朝廷六官九卿之職，而皆用人權知權判，無一正官，莫安其職。臣到闕數月間，見審刑院梁適、宋祁、丁度三人權判，其審官院經富弼、王拱辰、孫抃三人權判，本曹盡非正官，數易無定，大臣又不任責，豈是永圖！今二虜至强，四方多事，兵戈未息，財利已乏，生民久困，苛政未寬。設有饑饉相仍，盜寇競起，將何以定，天下可憂。國家當令大臣各竭其力，以持危墜之勢。如欲復三公九卿六尚書之位，則體大難舉，卒不可定。願陛下從臣前議，且詔兩地輔臣兼領要務，庶幾可濟。陛下既能責兩地之職業，大臣必能振百司之綱紀；綱紀備用，則政令既行；政令既行，則天下自理。使吏安其職，民樂其業，雖有夷狄，而中國明盛，彼不我輕；雖有水旱，而百姓富庶，自不爲亂。然後社稷可久，生靈無禍。臣非才多難，分甘遠棄，蒙陛下擢居輔列，夙夜思報，臣願爲百司中領一最重難處。如朝廷不以職業責於輔臣，而伺其私有過咎，然後廢黜，臣恐人人自全，但求免過，無補國家之政，不爲社稷之福。臣無任再三冒昧懇切之至。

進呈周朝三公六卿漢朝宰臣兼判事：

周官：

三公

太師。天子所師法。太傅。傅相天子。太保。保安天子。

茲惟三公，論道經邦，燮理陰陽，官不必備，惟其人。三公之官，不必備員，惟其人有德乃處之。

六卿

天官卿冢宰，掌邦治，統百官，均四海。今中書之任也。

地官卿司徒，掌邦教，敷五典，擾兆民。

春官卿宗伯，掌邦禮，治神人，和上下。

夏官卿司馬，掌邦政，統六師，平邦國。今樞密院之任也。

秋官卿司寇，掌邦禁，詰姦慝，刑暴亂。

冬官卿司空，掌邦土，居四民，時地利。

六卿分職，各率其屬，屬謂大夫也，每卿之屬六十官。以倡九牧，阜成兆民。以倡導九州牧伯，大成兆民之性命。歲終，天子齋戒受諫。諫當有所改爲。六卿以百官之成，質於天子。質猶平，平其計。百官齋戒受質。受平報。然後休老勞農，饗食之。成歲事，斷計要。制國用。

《周禮·大司徒職》云：二卿則公一人。鄭注云：三公者，内與王詢道，中參六官之事，外與六卿之教。

《周禮正義》云：三公下兼六卿。

《尚書》孔安國注曰：冢宰第一，召公領之。司徒第二，芮伯爲之。宗伯第三，彤伯爲之。司馬第四，畢公領之。此周時三公各兼一卿之職。

漢制三公分部九卿：

太尉所部：太常、衛尉、光禄三卿。

司徒所部：太僕、鴻臚、廷尉三卿。

司空所部：宗正、少府、司農三卿。

唐太宗朝，宰臣兼職事：

蕭瑀内外考績委之司會。唐之尚書省，今之三司。

高士廉攝太子少師，特令掌選。

杜如晦知選事。

馬周爲中書令兼右庶子。

戴胄專掌選事。

中宗朝，宰臣崔湜與鄭愔同知選事。

代宗朝，宰臣元載領度支轉運使，劉晏充度支鹽鐵諸道鑄錢等事使。

德宗朝，宰臣喬琳兼京畿觀察使，竇參兼轉運使，齊映兼判兵部，李勉判刑部，劉滋判吏部，崔造判户部、工部。

文宗朝，宰臣楊嗣復，李珏同領諸道鹽鐵轉運使，李珏依舊判户部，鄭覃判國子祭酒。

武宗朝，宰臣杜琮判度支鹽鐵轉運使，曹確充延資庫使。

皇朝開寶中，宰臣薛居正領淮南、嶺南、湖南等路都提舉三司水陸發運使〔一〕，同列沈義倫兼荆南、劍南等道都提舉三司水陸發運使。

開拓輔臣兼領職任條目：

三司司農寺：

今戎事未息，三司主天下大計，而財力已困。又司農寺管天下常平倉，以備水旱，賑救生民，亦可督天下勸農之政。今委輔臣一員兼掌，重爲經制，取天下歲入之利，并歲給之數較之。有所不足，則須專置農官，以廣天地之利。大變商法，以行山海之貨。每至歲終，具天下減省冗費之目，增息財用之法，蠲放困窮之數，并常平倉增收賑發之數，及取天下官吏勸農課績之優者，畫一進呈。

群牧司：

今諸路騎兵絶未精强，諸軍闕馬，人多相與咨怨。今委輔臣一員兼領，專脩馬政，較之漢唐增葺苑監，庶於多中選擇，可得精强。每至歲終，具括買并滋息之數，及揀選格盡筋骨必可帶甲衝突者，方得均與諸軍。

三班院：

今三班使臣數千人，品流至多，難於區别。今委輔臣一員兼領，常切選擇可任邊陲，或可擒寇盜，或可幹錢穀，或可委親民，每歲具所選到人數進呈〔二〕，則人品自分，用無不當。

太常寺、國子監：

太常寺掌歷代禮樂，上以奉天地宗廟，次則正朝廷，序人倫也。國子監并天下學校，是國家育材之府。今委輔臣一員兼領，以重其事。每至歲終，具禮樂損益之事，并天下教育之數進呈。

審官院、流内銓：

審官院、流内銓，是天下掄材之府。今委輔臣一員兼領，每至歲終，具旌擢過京朝官若干，黜陟過選人若干進呈。

審刑、大理寺、刑部：

經曰：刑者，成也。一成而不可變，故君子盡心焉。天下之人生死榮辱，繫於筆下，禍及非辜，怨動天地。刑部覆較天下已斷文案，并天下訴冤之奏，盡得辯正。今委輔臣一員兼領，以重其事。每至歲終，具天下斷過大辟徒流若干人，并特恩寬減及法寺辯雪人數，并刑部覆校過公案若干道、辯正冤訟若干件進呈。

【校勘記】

〔一〕使：《叢刊》本作「司」。

〔二〕歲：《叢刊》本作「季」。

奏乞令兩府詳議百官起請條貫如可經久即令施行等事係用前所陳十事内重命令一門，再作劄子進呈

臣聞《書》曰：「慎乃出令，令出惟行。」准律文，諸被制書有所施行而違者，徒二年；失錯者，杖一百。又監臨主司受財而枉法者，十五疋，絞。蓋先王重其法令，使無敢動摇，將以行天下之政也。今覩國家每降宣敕條貫，煩而無信，輕而弗禀，上失其威，下受其弊。蓋由朝廷近來百官起請〔一〕，率爾頒行，既昧經常，即時更改，此煩而無信之驗矣。又海行條貫，雖是故違，皆從失坐，全乖律意，致壞大法，此輕而弗禀之甚矣。

臣請特降詔書，今後百官起請條貫，令中書、樞密院看詳會議，必可經久，方得施行。如事干刑名者，更於審刑、大理寺勾明會法律官員參詳其起請，内有能合律意、可以久行者，委中書將起請之詞，删去繁冗，裁爲制敕，然後頒行天下，必期遵守。其衝改條貫，並令繳納，免致錯亂，誤有施行。仍望别降敕命，今後逐處當職官吏，親被制書，及到職後所

受條貫，敢故違者，不以海行，並從違制，徒二年。未到職以前所降條貫，失於檢用，情非故違者，並從本條失錯斷決，杖一百。餘人犯海行條貫不指定違制刑名者，並從失坐。若條貫差失，於事有害，逐處長吏，別有機會，須至便宜而行者，並須具緣由聞奏，委中書、樞密院詳酌。如合理道，即與放罪，仍便相度，別從改更。

【校勘記】

〔一〕來：前《答手詔條陳十事》作「采」，當是。

奏議葬荆王

昨日奉聖旨，令中書熟議荆王葬事者。臣謂此議有三：其一曰年歲不利，此陰陽之説也；其二曰財用方困，此有司之憂也；其三曰京西寇盗之後，不可更有騷擾，此憂民之故也。臣又别有四議，乞陛下擇之。其一曰，諸侯五月而葬，是自古不易之典。今年歲不利之説，非聖人之法言也。其二曰，天下財利雖困，豈不能葬一皇叔耶？陛下常以荆王爲太宗愛子，真宗愛弟，雖讒惑多端，陛下仁孝，力能保全，使得令終，豈忍送葬之際，卻惜財利，而廢典禮，使不得及時而葬？恐未副太宗、真宗之意。臣爲陛下惜之，豈不防天下之竊議哉？更乞檢會先朝諸王之薨，有無權厝之者。其三曰，自來敕葬，多是旋生事節，呼索無算。臣請特降聖旨，令宋祁、王守忠與三司使副并禮官聚議，合要物色，務從簡儉，畫一聞奏，與降敕命，依所定事件應副，更不得於敕外旋生事節，枉費官物。仍出聖意，特賜内藏庫錢帛若干備葬事，使有司易爲應副。如此則陛下孝德無虧，光於史册。其四曰，自來敕葬，枉費太半，道路供應，民不聊生。臣請特降嚴旨，荆王二子并左右五七人送葬外，其餘婦人合存合放，便與處分，更不令前去，自然道路易爲供頓，大減冗費。既減得費耗，又存得典禮，此國家之正體也。乞聖慈從長處分。臣待罪政府，不敢不盡。（又見《續資治通鑑長編》卷一四六，《國朝諸臣奏議》卷九三，《歷代名臣奏議》卷一二三。）

奏議許懷德等差遣

臣竊見許懷德在延州，爲不進兵擊賊，及軍民虚驚，抛棄隨軍糧草，遂送永興勘劾。該赦釋放，授秦州部署。近又西賊侵邊，破蕩卻熟户一千帳，不能保護，即合重行朝典。以其在邊無效，降充永興部署。郭承佑降知相州，爲轉運使糾奏，充北京都部署。此二人一面責降，一面遷轉，天下聞之，是朝廷賞罰顛倒，取笑四方，何以激勸勳臣？何以鑒戒惰將？如王信、狄青實有武勇，堪任管軍，亦恐未有大功，遷轉太速。祖宗朝任用邊將，賞賜至厚，使用度充足；委信至重，使生殺在己。惟惜官職，不令滿志，恐有懈惰，不思立功，實前王馭將之術也。又朝廷曾降詔，所闕都虞候等更不循轉，候有邊功除授。今卻不因功勞，衝改此詔。而今而後國家之命，全無信矣。惟用兵命將之令，尤要取信，繫國安危，與其他號令不同。如須合轉起，亦候過郊禮，使作該恩，方可進爵。願陛下再三思之，仍乞丁寧指揮兩府，今後議論賞罰，不可輕易，須是有所激勸，不招旁議，方可施行。臣謂國家承五代之弊，賴祖宗威德，陛下仁聖，保守四海，久無禍難。今四夷已動，百姓已困，倉庫已虛，兵旅已驕，國家安危，實未可保。惟賞罰之柄，駕馭天下。如賞罰頻失，將何以保太平之業？臣切懼之，願陛下裁擇。（又見《皇朝文鑑》卷四四，《國朝諸臣奏議》卷九七，《歷代名臣奏議》卷一八七。）

奏重定臣僚奏薦子弟親戚恩澤事

宰相、使相：舊制，子除將作監丞，弟兄孫姪並授太祝奉禮。今後親弟兄孫姪并期親尊屬，依舊制。其餘親屬，並等第與試銜。

樞密使、參知政事、樞密副使：舊制，子除太祝奉禮，弟兄孫姪並授守祕校。今後子孫并期親尊屬，並依舊制。其餘親屬，並與試銜。

僕射、尚書：舊制，子除守祕校，弟兄孫姪並授京主簿。

今後子孫并期親尊屬，依舊制。其餘親屬，並與試銜。

三司使、翰林學士、侍讀、侍講學士、龍圖閣、樞密直學士、丞郎：舊制，子除正字，弟兄孫姪並授京主簿。

今後子依舊制。期親尊屬，授主簿。其餘親屬，並等第與試銜并齋郎。

給、諫、舍人、龍圖閣直學士、知制誥、大卿監、龍圖、天章閣待制、三司副使、知雜：舊制，子與京主簿，弟兄孫姪並授試銜。

今後長子除京主簿，其餘親屬，並與試銜并齋郎。

正郎至帶館職員外郎，過南郊大禮，合奏薦親屬者，若降在監當，不得陳乞。曾犯正入贓罪至追官，該恩敘用，後來累官正郎者，只得奏蔭子孫一名。諸路轉運使、提點刑獄，遇南郊大禮，内有正郎、帶館職員外郎，自合奏薦外，餘並須於郊禮日前到任一年者，方得奏薦親屬。

一、已上臣僚奏薦子孫親屬，内長子長孫，皆不拘年甲。雖本非長子長孫，見在居長者，亦是。諸子諸孫須年十五以上，弟姪等並須二十以上，方得奏薦。所奏親屬，並須在五服内者。如虛增年甲，并妄冒服紀，並以上書詐不實論。其合奏異姓之時，即不問服紀。應曾奏得子孫恩澤後，其子孫亡歿，本官别無孫食禄者，並許再奏子孫親屬一名，更不拘年甲。

一、應奏蔭選人，年二十五以上，過南郊大禮，限半年内，許令赴銓投狀。差兩制以上官三員，於尚書省鎖院置封彌謄録司考試。内習辭業試一場，或論一首，或詩賦各一首。詞理可采，不犯不考式者爲及格，與放選注官。習經業者，《春秋》《禮記》《毛詩》《周易》《尚書》，逐人各專一經，並兼習律文，試一場，墨義十道，只問正文，不問注疏，五通者爲及格，與放選注官。剥落者，且守選限，經三度試不中者，選限滿日，與司士參軍。内有京朝官三人同罪保舉，有行止堪守官者，注遠地判司簿尉。如不赴試，又無上件舉主，并雖曾三度就試，詞業紕繆，對義不及格，更不理選限。

一、奏蔭京官，候年及二十五，每年春一度赴國子監投狀。差兩制已上官三員，於太學鎖院，依選人考試。内及格者，方與差遣。候兩任無私罪，有本路轉運、提刑、知州、通判三人同罪保舉，即入親民。經三度試不及格者，如有三人朝臣同罪保舉，有行止可以差任者，與小處監當。候兩任無私罪，本路轉運、提刑、知州、通判五人同罪保舉，方得親民。其不赴程試，又無上件官舉，并雖曾三度就試，詞業紕繆，對義不及格者，未得差使。如卻願班行者，與等第安排。

奏重定職田頃畝

州職田：

長吏

大藩府二十頃。　節鎮十五頃。

防團以下州軍十頃。　京軍監七頃。

通判

大藩府八頃。　節鎮七頃。

防團以下州軍六頃。

幕職官

大藩府。判官五頃，餘並四頃。　節鎮。判官四頃，餘並三頃五十畝。

防團以下州軍監。判官三頃五十畝，餘並二頃。

縣職田：

令

萬户以上六頃。　五千户以上各五頃。

不滿五千户並四頃。

簿尉

萬户以上三頃。　五千户以上各二頃五十畝。

不滿五千户並兩頃。

發運轉運使比節鎮長吏。

武官職田：

部署頃畝比節鎮長吏；

鈐轄比防團州長吏；

路分都監比節鎮通判；

都監比大藩府判官；

監押比節鎮判官。

州軍監當官員、使臣，職田不得過本處職官之數。在縣鎮監當，不得過簿尉之數。

録事參軍比本州判官；判司比倚郭縣簿尉。

一、無職田處及有職田而頃畝少處，并元摽得山石積澇之地，不可耕植者，限三年内檢括官荒田，并户絶地土及五年以上逃田，支撥添換。其係官莊田，見有人户出納租課者，不得一例支撥。如逐縣職田，比今來所定頃畝數目不足，即據見在重與上下衆官等第均分。如地内有桑棗蔬果之利者，即以所收宜利，約度比附逐處地利，折充職田頃畝。其田許逐廳自差公人勾當，并招置客户。每頃占客不得過三户，即不得令州縣差人勾當及招客户。或遇災傷，並令檢災傷官員依例檢覆的實，分數減放子利。如逐處官員爲恐減下職田子利，卻一例不肯收接人户災傷詞狀者，並從違制定斷。其本官職田上見收子利，盡底納官。如將地土影庇令免，卻合入差徭及抑配虚作租佃，令出課利入己者，並以受所監臨財物贓罪論，所差勾當人，亦行嚴斷。仍令提點刑獄司專切覺察轄下官員職田，欺弊犯者，晝時勘鞫施行。内情理頗重，失於覺察者，本司官員當議勘劾，各降差遣。或有該説不盡事理，仰逐處起請聞奏。

奏重定臣僚轉官及差遣體例

一、今後兩地臣僚，非有勳德善狀，即不得非時進秩。或非次罷免者，仍不以轉官帶職爲例。

一、兩省以上，自來四年勘會轉官。今後並具履歷取旨。

一、舊制，京朝官三周年磨勘，私罪并曾降差遣者四周年，贓罪者五周年。今後内外差遣京朝官無贓私罪者，依舊三周年磨勘。磨勘年限内犯私罪并公罪曾降差遣者四周年。有入己贓罪者五周年。每過磨勘，仰審官院先具元犯情理入己不入己因依輕重，并令度磨勘年限内有無勞績，及舉主人數進呈取旨。如經兩度取旨磨勘，各有勞績，及有同罪舉主三人以上，又無私過者，即依常例三周年磨勘，更不先取旨。其到闕守候差遣人，於指射路分内未有闕以前并受差遣以後待闕，及得替赴任公程月日，水計網路程。並許通計磨勘。如守候差遣人，於元指射合入路分内有闕不就，則將守候差遣半年後月日，并假限外及得替赴任公程外住滯日數，並不得理入磨勘之限。

一、今後京朝官上章陳乞，并於中書、審官院求就在京差遣者，此後各須投狀。並五周年磨勘。所有前後資考，即許通計。如因省府等處保舉及准條貫差入在京勾當者，依舊三周年磨勘。即不得保舉及選差見任兩地并大兩省以上及省府臺諫官有服紀親屬入在京差遣。

一、已上差遣京朝官并陳乞在京勾當，京朝官自降敕以前轉官及一周年者，將來且依舊制年限磨勘一次。其已得在京差遣，未曾勾當，卻求外任者，並聽。

一、今後文武臣僚，善政異績，可爲衆範；或勸課農耕，厚獲美利；或差鞫獄，累雪冤枉；或在京監當庫務，能革大弊，因省得錢物萬數多者，委所屬保明聞奏，量事跡大小，特與改官，不隔磨勘，或陞陟差遣。其幕職州縣官未該磨勘，而有上項勞政者，亦與比類升擢。如保明不實，以上書詐不實論。

一、朝官轉至員外郎，須自任陞朝官後，有安撫、轉運使、提點刑獄或清望官共五人同罪保舉，并三周年内無私罪者，方得磨勘。員外郎轉至正郎，須自任員外郎後，有上項官五人同罪保舉，并三周年内無私罪，方得磨勘。已上如舉主不足，五周年無公私過犯者，亦與磨勘。郎中轉少卿監，亦依此施行。少卿監轉大卿監并轉諫議大夫，並取聖選指揮。

一、今後京朝官、幕職州縣官到審官院、流内銓差注日，仰銓院體量。如有事狀猥濫、老疾愚昧之人，不稱事任，並別取旨。本司不舉，仰御史臺彈劾。

奏乞於陝西河東沿邊行贖法

臣竊見陝西、河東邊計不足，遂鑄鐵錢以助軍費，而民多盜鑄，日犯極典，爲法之弊，久將不堪。臣觀《舜典》曰：「金作贖刑。」又《吕刑》曰：「五刑不簡，正于五罰。」注謂不應五刑，當正五罰〔一〕，出金贖罪。是虞、舜、周公，皆用贖法。孔子删《書》，垂于後世，明其可行之法也。歷代嘗行，今久不用，人或疑之。臣欲乞且於陝西、河東沿邊、次邊州軍行之，候戎事稍息，官不闕用，則别從朝旨。今具條如後：

《舜典》曰：「金作贖刑。」金，黄金。誤而入刑，出金以贖罪。

《吕刑》曰：「五刑不簡，正於五罰。不簡核，謂不應五刑，當正五罰，出金贖罪。五罰不服，正於五過。不服，不成罰也。正於五過，從赦免。墨辟疑赦，其罰百鍰。劓辟疑赦，其罰惟倍。剕辟疑赦，其罰倍差。宫辟疑赦，其罰六百鍰。大辟疑赦，其罰千鍰。」

漢惠帝：民得買爵三十級，以免死罪。令民出買爵之錢，一級直錢二千，凡爲六萬。

文帝：輸粟縣官，得以除罪。

武帝：令死罪入贖錢五十萬，減死一等。

梁高祖：詔依周漢舊典，有罪入贖外，詳爲條格，以時奏聞。

梁武時〔二〕，以尚書令王亮、侍中王瑩、僕射沈約等參定刑書，其制刑爲十五等之差。棄市以上爲死罪，大罪梟其首〔三〕，其次棄市〔四〕。刑二歲已上爲耐罪，言各隨伎能而任使之也。有髡鉗歲五歲刑，笞二百〔五〕，收贖絹，男子六十疋〔六〕。又有四歲刑，男子四十八疋。又有三歲刑，男子三十六疋。又有二歲刑，男子二十四疋。罰金一兩已上爲贖罪。贖死者，金二斤，男子十六疋。贖髡鉗五歲刑笞二百者，金一斤十二兩，男子十四疋。贖四歲刑者，金一斤八兩，男子十二疋。贖三歲刑者，金一斤四兩，男子十疋。贖二歲刑者，金一斤，男子八疋。罰金十二兩者，男子六疋。罰金八兩者，男子四疋。罰金四兩者，男子二疋。罰金二兩者，男子一疋。罰金一兩者，男子二丈。女子各半之。五刑不簡，正于五罰。五罰不服，正于五過。以贖論，故爲此十五等之差。

一、徒以上罪不贖。

一、杖以下罪依下項。

一、侵損於人者，皆不贖。侵謂侵財物，損謂傷折於人。

一、兵士、公人不贖。内公人不因公事，私自失誤者，亦聽贖。

一、爲盜并造作詐僞及誣告論不干己事者，皆不贖。

一、捕捉賊盜公人違限等罪不贖。

一、興販私茶鹽醞，賣私酒并賭博人，並不贖。

一、所犯罪新條該贖，至第三犯者，不贖。

一、衆人共犯一事，合贖。富貴不均者，不贖。内有物力願與衆人納罰錢者，即皆聽贖。造意人不以貧富，不贖。

一、軍人百姓同犯一事者，不贖。

一、應有蔭并老小疾患之類，但舊條合贖者，並依舊法，每斤納錢一百二十文足。

一、舊條不該贖，而今得贖者，並取情願之人，其銅每斤納錢一貫二百文足，亦許以粟帛依時價折納其錢。無物贖納者，自依常法區分。

一、逐縣典押保舉有行止、會筆札曹司一名，赴本州法司習學法律。委本州長吏以下聚廳試驗，稍通刑名義理，即放歸本縣充法司。候三周年檢斷無失者，與轉一資。有失誤無贓私者，五年與轉一資。

一、所斷贖刑失錯者，官吏各準其罪，不以失減官典受贓者，並以枉法贓論。（又見《續資治通鑑長編》卷一四三。）

【校勘記】

〔一〕正：原作「止」，據《尚書·吕刑》僞孔傳改。

〔二〕梁：原作「齊」，據《隋書》卷二五《刑法志》改。

〔三〕大罪：原脱，據《隋書》卷二五《刑法志》補。

〔四〕市：原脱，據《隋書》卷二五《刑法志》補。

〔五〕二百：原作「三百」，據宣統本改。

〔六〕六十：原作「六百」，據宣統本改。

奏災異後合行四事

臣近日屢聞德音，以災異數見，畏天罪己，此實聖帝明王至仁之體也，天下幸甚幸甚！昨日宰臣等再奉聖旨，不須謝過，但自行事，此又濟時責實之要也。臣等敢不惶恐，思竭誠志，以副宵旰之意。臣觀自古國家，皆有災異。但盛德善政，及於天下，人不敢怨叛，則雖有災異，而無禍變也。如其德衰政暴，兆民怨叛，故災異之出，多成禍變也。陛下今既畏天之戒，上憂宗社，下憂生靈，固已得堯湯之心矣。如更行堯湯之事，使天下受賜，其有災異，適足增陛下之盛德。臣待罪輔臣，經年無狀，四方多事，未敢引退，恐負君親擢用之意。臣竊觀自祥符年後，以至今日，火不炎上之災已十數度，又累有地震之異。今夏蝗秋澇，人多妖言，雖陛下脩德罪己，自可以動天地，感鬼神，而念及生民，若不遑處。臣請行此數事，少助陛下救生民之萬一，惟聖心裁擇。

一、委天下按察使省視官吏，老耄者罷之，貪濁者劾之，昏懦者逐之，是能去謬吏而糾慢政也。至於激勸善政之術，即未著明。其官吏中有畏上位之威，希意望進；或矯脩廉節，而争爲猛政。求集事之名者，務爲暴斂；求盡公之稱者，專用深文。政尚虛聲，人受實弊。資産竭於科率，舉動觸於刑憲。生民困苦，善人嗟痛。此天下怨叛之本也。秦以天下怨叛而亡，漢以救秦之弊而興。臣請詔諸路按察官，除常程糾察舉薦外，於轄下知州、知縣、縣令中別選潔己愛民、顯有善政，得百姓心如倚父母者，各具有的實事狀，舉三兩人，特與改官再任，或陞陟委用。如此，則天下官吏知陛下憂赤子之心，各務愛民求理，不爲苛政，足以息生民之怨叛也。如所舉不實，仰御史臺彈奏，當議重行貶黜。今別進呈唐時選刺史縣令條目，便乞約附施行。

一、天下官吏明賢者絶少，愚暗者至多。民訟不能辨，吏姦不能防，聽斷十事，差失者五六。轉運使、提點刑獄，但采其虛聲，豈能徧閲其實！故刑罰不中，日有枉濫。其奏按于朝廷者，千百事中一二事耳。其奏到案牘，下審刑、大理寺，又只據案文，不察情實，惟務盡法，豈恤非辜！或無正條，則引謬例，一斷之後，雖冤莫伸。或能理雪，百無一二。其間死生榮辱，傷人之情，實損和氣者多矣。古者一刑不當，而三年大旱，著於史策，以戒來代，非虛言也。况天下枉濫之法，寧不召災沴之應耶！臣請詔天下按察官，專切體量州縣長吏及刑獄法官，有用法枉曲，侵害良善者，具事狀奏聞，候到朝廷詳其情理，别行降黜。其審刑、大理寺，乞選輔臣一員兼領，以慎重天下之法。令檢尋自來斷案及舊例，削其謬誤，可存留者，著爲例册。

一、今諸道常平倉，司農寺管轄。官小權輕，主張不逮。逐處提點刑獄，多不舉職，盡被州府借出常平倉錢本使用，致不能及時聚糴。每有災沴，及其遣使安撫，雖民委溝壑，而倉廩空虚，無所賑發，徒有安撫之名，且無救恤之實。又國家養民之政，本尚務農，因民之利而利之，則朝廷不勞心而民自養之矣。臣請選輔臣一員兼領司農寺，力主天下常平倉，使時聚糴，以防災沴。并詔諸路提點刑獄，今後得替上殿，並先進呈本路常平倉斛㪷數目，方得别奏公事。移任者，亦須依此發奏後，方得起離。仰司農寺常切糾舉，及委輔臣等速定勸農賞罰條約，頒行天下。

一、天下茶鹽，出於山海，是天地之利，以養萬民也。近古以來，官禁其源，人多犯法。今又絶商旅之路，官自行販，困于運置。其民庶私販者徒流，兵稍盗取者絞配，歲有千萬人罹此刑禍。是有司與民争利，作爲此制，皆非先王之法也。及以官販之利，較其商旅，則增息非多，而固護之弊，未能革者，俟陛下之睿斷爾。臣請詔天下茶鹽之法，盡使行商，以去苛刻之刑，以息運置之勞，以取長久之利，此亦助陛下脩德省刑之萬一也。（又見《續資治通鑑長編》卷一五一，《國朝諸臣奏議》卷三九，《歷代名臣奏議》卷三〇〇。）

奏贖法等三事

臣數日前面奏：三代帝王，子孫綿遠，蓋由積德之深。臣請陛下日脩至仁之德，下及民庶，以感動天地，此聖嗣無疆之本也。今有劄子三道進呈，内一道爲議贖法事，即乞降出。

臣近覩詔旨，令御史臺、審刑院、大理寺、脩編敕所同議贖刑，此陛下至德深仁，被于億姓，天下幸甚！今諫官孫甫上言，乞令大臣定奪施行。臣欲乞特降聖旨，令中書、樞密院同與諫議官員疾速定奪聞奏〔一〕。仍乞且贖杖罪已下情理輕者〔二〕，所貴易行。取進止。

臣聞唐武德九年八月十八日詔曰：「觀省宮掖，其數實多。憫兹深閉，久離親族，一時減省，各從娶聘。」自是宮中前後所出三千餘人。又貞觀二年十月二日，太宗謂侍臣曰：「婦人幽閉深宮，情實可憫。隋氏末年，求採無已，此皆竭人財力，朕所不取。掃灑之餘，更何所用？」於是命尚書右丞戴胄、給事中杜正倫於掖庭西門揀出之。臣不知今來宮中人數幾多，或供使有餘，宜降詔旨，特令減放，以遂物性，又省冗費。亦人君盛德之事，可以感動天意。（又見《續資治通鑑長編》卷一四三，《歷代名臣奏議》卷七四、卷二一〇。）

【校勘記】

〔一〕諫：原作「見」，據《續資治通鑑長編》卷一四三改。

〔二〕且：《續資治通鑑長編》卷一四三作「具」。

范文正公政府奏議卷下

邊事

奏陝西河北和守攻備四策〔一〕

臣等蒙聖恩非次獎擢，待罪兩府。日夜憂迫，恐負陛下委用之意。臣等誠無所長，但塞下初還，粗知邊事，不敢有隱。

臣等聞三代以還，皆有戎狄之患，以至侵陵中國，被于渭洛。齊晉逐之於前，秦漢驅之於後，中原始清，人倫乃叙。逮於西晉之弱，群胡猾夏；天寶之末，石晉之際，中國不幸皆罹其害。自周世宗北征之後，雖疆土未復，夷夏稍分。我祖宗奕世脩備，大庇生民。今西北二方，復相交搆，夾困中國。元昊率先叛命，兵犯延安，次犯鎮戎，殺傷軍民，曾無虛歲。中國之兵，討伐未利。而北虜舉十萬衆，謂元昊是甥舅之邦，責中國不當稱兵。此交搆之跡，更何疑哉？國家以生民之故，增物帛以續盟好，彼既獲利，方肯旋師。今乘西夏通順之議，又欲主盟邀功，以自尊大。元昊屢戰屢勝，且倚北戎事勢，雖求通順，實欲息肩，亦如北戎大獲厚利。候其物力稍豐，可以舉衆，則必長驅深入，有吞併關輔之志。何以知之？昨定川之戰，我師不利。彼作僞詔，誘脅邊人，欲定關中，其謀不細。蓋漢多叛人，陷於窮漠，衣食嗜好，皆不如意，必以苻堅、劉元海、元魏故事，日夜游説元昊，使其侵取漢地，而以漢人守之，則富貴功名衣食嗜好得如其意。乃知非獨元昊志在侵漢，實漢之叛人，日夜爲賊之謀也。朝廷若從其通順，則北戎邀功，自爲主盟，下視中國，要求無厭，多方困我，而終於用兵矣。若拒絶其意，則元昊今秋必復大舉，北虜亦必遣使問我拒絶元昊之故。或便稱兵塞外，張勢脅我。國家至時，寧不疑懼？必於陝西選將抽兵移于河北，未戰而西陲已虚。元昊乘虚而來，必得志於關輔。此二虜交搆之勢，何以禦之？臣等思度，是和與不和，俱爲大患，然則爲今之謀者，莫若擇師練兵，處置邊事，日夜計略，爲用武之策。以和好爲權宜，以戰守爲實事。彼知我有謀有備，不敢輕舉，則盟約可久矣。如不我知，輕負盟約，我則乘彼之驕，可困可擊，未必能爲中國患也。臣等請畫一言之。

一、陝西和策

臣觀西戎蓄禍，積有歲年。德明在時，已聞僭擬；元昊方壯，遂肆凶驕。外倚北戎，内凌中國，屢戰屢勝，未嘗挫衂。而乃輒求通順，實圖休息。所獲者大利，所屈者虚稱。然猶干請多端，姦謀未測。國家以生靈爲念，不可不納。如唐高祖、太宗應天順人，百戰百勝，猶屈於突厥。當戎王始亡，爲之舉哀，廢朝三日，遣百寮詣館弔其來使，其屈禮之甚也。又太宗馳六騎於渭上〔二〕，見頡利與語，復親與之盟。頡利既退，左右勸擊之，太宗謂我擊彼敗，懼而脩德，後患必深。乃周旋俯就，使之驕怠，一旦遣李靖擒之，威振四極，此盛王之謀也。陛下如唐高祖、太宗隆禮敦信，以盟好爲權宜；選將練兵，以攻守爲實事。彼不背盟，我則撫納無倦；彼將負德，我則攻守皆宜。如此，則結好之策，未有失也。

二、陝西守策

元昊自來通順之時，歲受恩賜。朝廷撫納甚厚，未嘗有失。尚猶時擾邊境，殺戮將吏。暨叛命以來，累次大舉，曾無沮敗，乃求通順，實蓄陰謀，非屈伏之志也。朝廷若以權宜許之，更當嚴作守備。然陝西久屯大兵，供費殫竭，減兵則守備不足，不減則物力已困。臣等請緣邊城寨，愈加繕完，使戎虜之心無所窺伺。

又久守之計，須用土兵，各諳山川，多習戰鬭，比之東兵，戰守功倍。然緣邊次邊，土兵數少，分守不足，更當於要便城寨招置土兵。若近裏土兵願改隸邊寨者，即遷其家而團集之。況昨來慶州創起大順城，欲置振武、保捷兵兩指揮，仍於永興、華、耀土兵中召其願守寨者，而應募甚衆。何則？關内諸州土兵多在邊上，或得代歸營，而數月之間，復出遠戍。豈徒星霜之苦，極傷骨肉之恩，征夫不保其家，離婦頗多犯法，人情不免，久則怨起。

如得併遷其家於緣邊住營，更免出軍，父母妻子，樂於完聚，戰則相救，守則相安。或謂若土兵攜家居于塞下，則全分請給，其費尤多。不然。土兵月給差少，又素號精强，使之戍邊，於東兵數復可減，然於逐路漸爲增益。二年以來，方能整習，固非一朝可驟改也。

又陝西新刺保捷土兵，其中尫弱不堪戰陣者，宜沙汰之，使歸于田畝，既省軍費，復增農力。然後東兵三分中一分屯邊，以助土兵之勢；一分移入次邊，或屯關輔，以息饋餉之困；一分歸京師，以嚴禁衛之防。彼如納款未變，則東兵三分中更可減退。

又緣邊無税之地，所招弓箭手，必使聚居險要，每一兩指揮共脩一堡，以完其家，與城寨相應。彼戎小至，則使屬户蕃兵暨弓箭手與諸寨土兵共力禦捍。彼戎大舉，則二旬之前，必聞舉集，我之次邊軍馬盡可勾呼，駐於堅城，以待敵之進退。緣邊山岅重複，彼之重兵必循大川而行，先求疾速，俟其得勝，使我師沮而不出，方敢散兵虜掠，過越險阻，更無顧慮。我若持重不戰，則彼之重兵行川路中，糧草無所給，牛羊無所獲，不數日人馬困敝。彼之重兵更不敢越險，又未能決勝，必不得已而散兵虜掠。我於山谷村落中伏精鋭以待之，彼散掠之兵輕而寡弱，可擊可逐，使散無所掠，聚不得戰。欲長驅深入，我則使諸將出奇以躡其後；欲全師以歸，我則使諸城出兵以乘其敝。彼將進而有禍，不三兩舉，勢必敗亡，此守策之要也。

三、陝西攻策

元昊巢穴，實在河外。河外之兵，懦而罕戰。惟横山一帶蕃部，東至麟、府，西至原、渭，二千餘里，人馬精勁，慣習戰鬬，與漢界相附，每大舉入寇，必爲前鋒。故西戎以山界蕃部爲强兵，漢家以山界屬户及弓箭手爲善戰。以此觀之，各以邊人爲强，理固明矣。所以秦漢驅逐西戎，必先得山界之城。彼則遠遁，然後以河爲限，寇不深入。儻元昊歸款，則請假和策以待之；如未通順，或順而翻覆，則有可攻之策。非窮兵黷武，角勝於絶漠之外也。

臣等嘗計陝西四路之兵，總數幾三十萬，非不多也。然各分守城寨，故每歲戰兵，大率不過二萬餘人。坐食芻糧，不敢舉動，歲歲設備，常如寇至，不知賊人之謀，果犯何路。以賊界則不然，種落散居，衣食自給，忽爾點集，併攻一路。故犬羊之衆，動號十餘萬人。以我分散之兵，拒彼專一之勢，衆寡不敵，遂及於敗。且彼爲客，當勞而返逸；我爲主，當逸而返勞。我若復用此計，彼勞我逸，則取勝必矣。

臣等請於鄜延、環慶、涇原路各選將佐三五人，使臣一二十人，步兵二萬，騎兵三千，以爲三軍。以新定陣法，訓練歲餘，候其精勇，然後觀賊之隙，使三軍互掠於横山，更進兵。降者，納質厚賞，各令安土；拒者，併兵急擊，必破其族。假若鄜延一軍先出，賊必大舉來應，我則退守邊寨，或據險要，不與大戰。不越旬日，彼自困敝，勢將潰歸，則我環慶之軍復出焉。彼若再圖點集，來拒王師，則又有涇原之師乘間而入，使賊奔命不暇，部落攜怨，則我兵勢自振。如宥州、綏州金湯、白豹、折薑等寨，皆可就而城之。其山界蕃部，去元昊且遠，求援不及。又我以堅城據之，以精兵臨之。彼既樂其土，復逼以威，必須歸附，以圖安全。三五年間，山界可以盡取。此春秋時吳用三師破楚之策也。元昊若失横山之勢，可謂斷其右臂矣。矧漢唐之舊疆，豈今日之生事也。

四、河北備策

臣等於陝西緣邊頗究利害，所陳三策，必可施用。而國家禦戎之計，在北爲大，臣等敢不經心。且北戎久强，在後唐日，以兵四十萬送石高祖至洛陽，立爲天子而還，遂與石晉爲父子之邦，邀求無厭，晉不能支。一旦釁起，長驅南牧，直抵京師，虜石少主及當時公卿盡室而去，幽燕遂陷，爲中原千古之耻，尚未能雪。國家以生靈之故，與之結和，將休兵養民有所待也。及天下無事，人人懷安，不復有征戰之議。前年北虜驟變詭謀，稱兵燕薊，有背盟之虞，割地之請。國家倉卒無備，難於用兵，遂增重賂，以續前好，彼既獲利，方肯旋師。今乘元昊通順之議，又欲邀主盟之功，其勢愈重。苟不大爲之備，禍未可量。臣等固請朝廷力行七事，以防大患。一、密爲經略；二、再議兵屯；三、專於選將；四、急於教戰；五、訓練義勇；六、脩京師外城；七、密定討伐之謀。

一、密爲經略者，自河朔罷兵以來，幾四十年，州郡因循，武事廢弛，凡謀興葺，則罪其引惹。昨朝廷選差轉運使，蓋欲革去舊弊，預爲之防。然既有本職，則日爲冗事所嬰，未暇周慮。請選有材識近臣，假以都轉運使之名，暫往經畫，使親視邊壘，精究利害，凡邊計未備者，皆條上而更置之。不出半年，歸奏闕下，更令中書、樞密院子細詢訪，熟議經久之計。若虜情驟變，則我有以待之矣。

二、再議兵屯者，自來真定府、定州、高陽關分爲三路，其所轄兵馬未甚整齊，及有一州兵馬卻屬兩路之處；又未曉本路將來於何處控扼，合用重兵若干；又甚處只宜固守，合屯兵若干，及三路互相應援次第。須差近臣往彼，密爲經略，方可預定法制，臨時不至差失。或事宜未動，亦當相度軍馬合那減於何處駐泊，使就芻糧，以省邊費，庶免先自匱乏，至用兵之日，重困生民。

三、專於選將者，委樞密院於閤門祗候使臣已上選人，三班院於使臣中選人，殿前馬步軍司於軍旅中選人。或有智略，或有材武，堪邊上試用者，逐旋進呈，據選到人數，以籍記之，候本路有闕，則從而差授。如此則三二年間，得人多矣。

四、急於教戰者，於陝西四路抽取曾經押戰隊使臣十數人，更授以新議八陣之法，遣往河北，閲習諸軍，使各知奇正循環之術，應敵無窮。

五、訓練義勇者，今河北所籍義勇，雖約唐之府兵法制，三時農務，一時教戰，然未建府衛之官，而法制不行，號令不一。須别選知州、知縣、縣令可治兵者，并增置將校，使人人各知軍中之法，應敵可用，斯則强兵制勝之本矣。

六、脩京師外城者，後唐無備，契丹一舉，直陷洛陽；石晉無備，契丹一舉，直陷京師。故契丹之心于今驕慢，必謂邊城堅而難攻，京師坦而無備，一朝稱兵，必謀深入。我以京師無備，必促河朔重兵與之力戰。戰或不勝，則胡馬益驕，更無顧慮，直叩澶淵，張犯闕之勢。至時遣使邀求〔三〕，欲以大河爲界。我既無備，將何以禦？從之不可，拒之必難，又振逼京師，何以爲計？若京城堅完，則戒河朔重兵勿與之戰。彼不能戰，則無乘勢之氣，欲謀深入，則前有堅城，後有重兵，必將沮而自退。退而不整，則邀之可也。是則脩京城者，非徒禦寇，誠以伐深入之謀也。漢惠帝時，起六百里内男女城長安，二年而畢。唐明皇時，城長安九十日畢。考法於古，擇利於今，京城之脩，蓋無疑矣。然須二年成之，則民不勞苦，人不驚駭矣。

七、密定討伐之謀者，彼幽燕數州，人本漢俗，思漢之意，子孫不忘。太宗皇帝既克河東，乘勝北討，數州吏民，望風請命，惟幽州未破，我軍虚驚。班師以來，歲月綿遠，如天限其北，無復輕議。一昨盟好已摇，安保其往？當訓兵養馬，密爲方略，以待其變。未變則我不先舉，變則我有後圖〔四〕。指彼數州，決其收復，使彼思漢之俗，復爲我民〔五〕，成太宗皇帝赫怒之志，雪石晉千古之恥，則陛下之功如天如日，著於無窮矣。（又見《韓魏公集》卷一七，《續資治通鑑長編》卷一四九，《國朝諸臣奏議》卷一三四，《歷代名臣奏議》卷三二四，《大學衍義補》卷一四九。）

【校勘記】

〔一〕此奏乃與韓琦同上，互見《韓魏公集》。

〔二〕馳：原作「騎」，據《續資治通鑑長編》卷一四九、《國朝諸臣奏議》卷一三四改。

〔三〕求：《叢刊》本作「我」。

〔四〕有：原作「不」，據《叢刊》本改。

〔五〕我：《叢刊》本作「吾」。

奏陝西河北畫一利害事

陝西八事

一、相度緣邊城寨未堅牢處，更加脩完。

二、陝西諸州土兵内招顧守寨者，移爲邊兵。

三、新刺保捷土兵，内有尪弱不堪戰陣者，減放歸農。
四、移減東兵入次邊州軍駐泊，以就糧草，有事宜則勾赴邊上。
五、緣邊弓箭手逐一兩指揮，各築堡子居住。
六、逐路差人密切先相度下山川要害可控扼處，并可伏兵之處。
七、逐路各選將佐三五人，使臣一二十人，步兵二萬，騎兵三千，以備攻戰。
八、相度下横山一帶要害之地，如進兵攻討，則據險脩寨以奪其地，就降其衆。

河北五事

一、遣才臣權領河北轉運使，密令經度邊事。
二、再議河北三路合屯兵去處。
三、委樞密院於閤門祇候以上選人，三班院於使臣中選人，逐十日或一月具選人數進呈。
四、於陝西抽揀戰隊使臣十數人，授以新議八陣之法，教習諸軍。
五、河北州縣專選知州、知縣、縣令可以治兵者，教習義勇，并增置將校。（又見《續資治通鑑長編》卷一五〇。）

奏元昊求和所争疆界乞更不問

臣竊觀史籍，見前代帝王與戎狄結和通好，禮意甚重，非志不高而力不足也，蓋懼邊事不息，困耗生民，用兵久之，必生他變，而爲社稷之憂。如漢高帝、唐太宗身經百戰，大服天下，不敢黷武而屈事戎狄者，正爲此也。及其國力强盛，將帥得人，則長驅破虜，以雪天下之恥。今北虜西戎，合謀併力，夾困中原。西兵數年未能平定，近方遣使往復，以議通順。而延州塞門并河東豐州之地，舊有屬户居之，則爲我利。自元昊驅掠西去，遂爲隙地。中國利害，不繫於此。今衆議須欲復得塞門，以全疆土，借如祖宗朝北陷易州，西失靈夏，及其和好，皆略而不言，恥以前失之醜，而求無用之地也。今西戎慭，不足與争，但名體已順，餘可假借，以成和好。然後重議邊事，退移兵馬，減省糧草，安我生民，勤我稼穡，選將練士，使國富民强，以待四夷之變。此帝王有道之術，社稷無窮之慶也。如欲與戎狄理曲直，決勝負，以耗兆民，以危天下，語之則易，行之實難。臣備位二府，當思安危大計，不敢避人謗議，上下其説，累陛下包荒之德，以重增宵旰之憂。臣不勝懇迫惶恐之至。（又見《續資治通鑑長編》卷一五一，《群書考索·後集》卷四六，《歷代名臣奏議》卷三二四。）

奏爲陜西四路入中糧草及支移二税

臣竊見陜西四路各屯重兵，所入中糧草，又無定數，並支卻京師錢帛，久而行之，府庫須竭。又支移關輔二税，往邊上送納，道路險阻，百姓勞費，亦已凋弊。至於轉運司經畫財利，應副邊上，每年亦無定額。縱使元昊納款，未能頓解，邊兵悠久，何以支濟？自來朝廷已差逐路經略兼計置糧草，即未責事任。伏望聖慈指揮，更選差朝臣四人，充陜西四路經略計置判官，專管本路税賦課利，及圖回營田等事。仍令三司將逐路軍馬并見在糧草數目，約度今後每年各計入中若干石，於京師支給見錢，比舊日十分中減下三分，各令陜西轉運司約度逐路税賦課利數目外，每年各令支助錢帛若干。既糧草錢帛皆是定額，自然各務省節，須揀精鋭養贍，及將蕃部弓箭手相兼使用，不更占冗兵。既沿邊入中有數，必自那移軍馬入次邊及近裏州軍駐劄。其四路經略計置判官，便當知州差遣與本路經略使及知州軍等。如能依此減省入中萬數，及圖回財用不致虧誤，即加獎擢。此軍國之大計，乞聖慈留意。（又見《歷代名臣奏議》卷二六四。）

奏論陝西兵馬利害

臣竊知陝西禁軍、廂軍不下二十萬衆，防秋在近，必須養育訓練，以期成功。在乎豐以衣食，使壯其力；積以金帛，示有厚賞。牛酒以悦之，律罰以威之。如此，則兵有鬬志，將以增氣。雖二十萬衆，合爲一心，有守必堅，有戰必强，平寇之期，臣可卜也；若飢不足其食，寒不足其衣，出無壯力，入無厚賞，軍有退志，將必喪氣。雖二十萬衆，或有二心，守則不堅，戰則不强，平寇之期，未可卜也。於弓箭手民兵肯戰守之時，事須賞勸，所用金帛，誠須大備。

今陝西百姓已虚，三軍未振，或聞三説之法，可以備邊。以臣所見，今榷貨務商客纔有一百來名，縱許於陝西、河東路以三説入中，即緣商客未多，且可少助糧草而已。若金銀錢帛，則歲時之内，必難充足。臣所以請放行向南鹽客，使客旅入納糧草并金銀錢帛數。更有逐處富實之家，不爲商旅者，必須以利勸之。臣請逐處勸誘入納上件物色一件，納及得萬數，除給與向南末鹽交鈔外，更與恩澤。一萬貫者，與上佐官；三萬貫者，京官致仕。如曾應舉到省，與本科出身，除家便官。願班行安排，或不就差遣者，亦聽。所貴防秋之期頗有邊備。乞朝廷速爲大計，使百姓樂輸，三軍樂戰，則夷狄不利，中外無憂，山海之利，何足以吝？國家安危之計，在聖心英斷，天下幸甚！（又見《續資治通鑑長編》卷一四一，《歷代名臣奏議》卷二三〇）。

奏乞陝西主帥帶押蕃部使〔一〕

臣竊見環慶路熟户蕃部約及二萬人，内只蕃官一千餘人，各有請受。每人惟有料錢，亦無月糧，衣賜所費，少於養贍長行兵士。皆能辛苦，熟於戰鬭。如撫馭之間，恩威得所，大可防托邊界，減得兵馬。今來環州种世衡，原州蔣偕，撫馭蕃部，最有畏愛，緩急可以呼集使唤。欲乞朝廷先授此二人兼管轄蕃部使，所貴激勸邊臣，於熟户用心，專加統領，緩急使唤，漸可減得戍兵萬數。其四路主帥，亦令依舊時節度，並帶押蕃部使。（又見《國朝諸臣奏議》卷一二五，《歷代名臣奏議》卷二三七，《右編》卷九。）

【校勘記】

〔一〕蕃部：《叢刊》本作「蕃落」。

奏乞宣諭大臣定河東捍禦策

臣竊見契丹遣使來朝廷，言欲西征。今邊上探報，皆稱契丹大發兵馬，討伐呆家族并夾山部落，及稱亦與元昊兵馬相殺。又報元昊亦已點集左厢軍馬。既是二國舉動大兵，必有大事。以臣料之，夾山等蕃部小族，豈二國盡舉大兵攻討？此可疑一也。又元昊自來惟倚契丹侵凌中原，今無大故，何敢便與契丹相絶，而舉兵相持？此可疑二也。自古聖賢議論，皆稱夷狄無信，今朝廷便欲倚憑，此可疑三也。前來契丹邀中國進納物帛，欲屈伏朝廷；元昊僭號擾邊，屢擒將帥，如盟信可保，何至有今日之舉？又可疑四也。河東地震數年，占書亦主城陷，今二國之兵萃於彼方，此又大可疑五也。又邊上探得契丹遣使二道，至南山寧化軍、岢嵐軍後面覷步谷口道路，此又大可疑六也。

設或二國不守盟信，卒然奔衝，以數十萬衆，乘不備而來，河東兵馬不多，名將極少，衆寡不敵，誰敢決戰？此大可憂一也。契丹素善攻城，今探得點集床子弩并砲手，皆攻城之具，與昔時不同。況元昊界無城可攻，如卻入漢界，併攻三兩城，破而屠之，則其餘城，乘風可下，此大可憂二也。萬一此度卻未奔衝，以取中國之信，使安於疑，爲後舉之策，此大可憂三也。

今乞聖慈顧問大臣，如契丹可以保信，必不入寇，亦不與元昊連衡，則乞今日同署一奏，納於御前，使中外安静，不更憂疑。他日或誤大事，責有所歸。如大臣不敢保信，則乞指揮大臣今日更不歸廳，便畫禦捍之策，抽何路軍馬，用何人將帥，添若干錢帛，據何處要害。如此定策，猶恐後時，不能當二虜之勢。或更因循度日，直候大寇入境，然後爲謀，則河東一傾，危逼宗社。臣待罪兩府，義當極論，不敢有隱，繫聖斷處之。（又見《續資治通鑑長編》卷一五〇，《永樂大典》卷一四四六四，《歷代名臣奏議》卷三二四。）

奏乞拒契丹所請絶元昊和約

臣竊見契丹來書，謀事在邀功，勢將搆難，還答之際，尤宜慎重。

一、書中言元昊於中國名體未順，特爲朝廷行征討，其邀功之意，又大於前。若許他此舉，將來何以禮報？此一難也。

一、書中次言請朝廷絶元昊。竊觀元昊所上書，削號稱臣，名體頗順，雖未爲誠信，苟遣人來納誓書，朝廷何辭拒之？元昊昨來納款，尚不肯言契丹指蹤，朝廷豈可言契丹之意以拒其和？如無名而拒，則我自失信而從契丹之請，此二難也。

一、元昊於契丹從來未聞有不臣之狀，或實於他邊界曾有相傷，況是三二百户，彼亦自可問罪，何故便要朝廷絶元昊進貢？若朝廷因而從之，苟元昊不日卻謝過於契丹，又納其請，則與元昊依舊相連，我與元昊怨隙轉大。朝廷一失其守，長四夷輕中國之心，此三難也。

一、契丹今來逼朝廷絕元昊之款，我若不敢違拒而遽從之，將來契丹卻稱元昊已謝過設盟，更不討伐，卻逼朝廷與元昊通和，是朝廷已失所守，豈能更抗契丹之辭？此四難也。

一、朝廷若以契丹之故阻絕元昊，大信一失，將來卻以何辭與他和約？縱巧能設辭，元昊豈肯以前來所許屈伏於朝廷？必乘我之失，大有呼索，此五難也。

一、元昊或納誓書，既不可阻今契丹所請。或即阻之，誠朝廷之所重也。然契丹、元昊本來連謀，今日之情未可憑信。臣請朝廷建禦捍之謀，以待二虜，不必求二虜真僞之情。邊事如此，恐誤大計，不敢不言。（又見《續資治通鑑長編》卷一五一。）

奏爲契丹請絕元昊進貢利害

臣竊見契丹來書，稱朝廷曾請契丹止遏元昊，今聞名體未順，遂舉兵討伐，又請朝廷絕元昊進貢。契丹安肯爲朝廷特舉大兵以討元昊？此不可信一也。若自與元昊有隙，必行討伐，其人使即合堅請阻絕元昊，何卻只問楊守素往來次第？是無必討之意，此不可信二也。余靖等今有見虜主親信，須指揮夏州，令楊守素入南朝勾當，必是動有關報；今來虜使卻言北朝並不知子細，此不可信三也。萬一契丹必有深隙，須行討伐，必堅要阻絕元昊，豈暇問於南朝名體順不順？顯是契丹虛稱爲朝廷西征，駐重兵於雲朔。如元昊以誓書未立，入寇河東，亦足相爲聲援，得至則享厚利；如元昊更不入寇，納誓書於朝廷，則契丹自爲因行討伐，使元昊入貢，以此爲功，而駐兵雲朔，以邀重報。是契丹進退有利，而俱爲我害也。臣謂朝廷今日答書則易，將報必難。而專於致賂，欲滿虜志，則契丹大兵豈肯虛舉而善退？願朝廷熟慮此是，先且大議備邊之策，然後遣使往來，使虜知我有備，無必勝之理，則亦可以遏其邀功求報之心。縱背盟好，亦有以待之，少減生靈之禍。（又見《續資治通鑑長編》卷一五一，《歷代名臣奏議》卷三二四。）

奏乞將邊任官員三年滿日乞特轉一資

臣等竊見陝西、河東沿邊州軍城寨主兵武臣并都監、巡檢、寨主、監押等，自來與諸處武臣班行一例，五年磨勘。既勞逸不均，又遷轉無別。是致各圖優穩，不就邊任，以此將佐而下常患乏人。況戰守之地，責其死節，苟循常規，將何以勸？臣等欲乞朝廷別立條制，應陝西、河東沿邊州軍滿三周年者，並與特轉一資〔一〕，不隔磨勘。所貴邊上例各得人，爲經久之備。（又見《續資治通鑑長編》卷一四二，《宋會要輯稿・職官》一一之一三。）

【校勘記】

〔一〕《續資治通鑑長編》卷一四二、《宋會要輯稿・職官》一一之一三此下有「如經改官而舉留再任者，滿日更與轉一資」十七字。

奏乞重定戰功賞格

臣等竊見用兵以來，戰陣行賞，逐處起請，所見各異。或謂須要首級，或謂當録陣前得力之人。至於使臣軍員，並不許手下人所獲分數亦與士卒一般校功，是以人無適從，最害邊事。臣等欲乞朝廷將元定賞格并諸處起請條貫，重行定奪，頒下諸路，所貴軍中知信，第賞無差。臣范仲淹、臣韓琦。

奏乞編録緣邊部署司條貫宣敕事

臣等竊聞朝廷已議差官删定《天聖編敕》。所有諸路沿邊部署司前後承受宣敕、條貫不少，當用兵之際，再合參詳，兼慮諸處多有漏落。臣等欲乞朝廷指揮諸路沿邊部署司，令具録前後宣敕條貫，候到亦令相度編録，如一司一務編敕之例，須下逐處〔一〕，各令遵守。臣范仲淹、臣韓琦。

【校勘記】

〔一〕須：疑當作「頒」。

奏乞差新轉京官人充沿邊知縣事

臣等竊見陝西、河東、河北沿邊次邊州軍，當用兵備寇之際，逐縣令長尤要得人。自來除合差京朝官外，其餘並從銓司擬注，別無選擇之法。臣等欲乞特降指揮，今後陝西、河東、河北沿邊次邊州軍，三千户已上縣令員闕，並差奏舉磨勘新轉京官人充填，與當西川差遣。所貴邊遠之地，人受其賜，亦使才俊之流，諳練邊事，他日選用不乏人。臣范仲淹、臣韓琦。

奏乞免關中支移二税却乞於次邊入中斛㪷

臣竊見陝西數年以來，科率百端，民力大困，州縣督責，不能存濟。兵間最爲民患者，是支移税賦，轉般斛㪷。赴延州保安軍，山坡險惡，一路食物、草料常時踴貴，人户往彼輸納，比别路所貴三倍，比本處州縣送納所費五倍。害民若此，實非久計。臣等欲乞朝廷指揮都轉運司體量關輔今來災旱，民力困乏。如邊儲有備，其二税與免支移，并邊上入中斛㪷，大段價高出却京師見錢銀絹，萬數浩瀚，亦令相度，權於次邊州軍入中，所貴減得官中貴價。既次邊有備，則每遇事宜稍慢，可以退那軍馬於次邊就食糧草。既稍蘇民瘵，又不誤軍期。如此守邊，庶爲得策。（又見《歷代名臣奏議》卷二六一。）

奏乞許陝西四路經略司回易錢帛

臣等竊以西陲用兵以來，沿邊所費錢帛，萬數浩瀚，官司屈乏，未能充用。其鄜延等四路帥臣，雖有管本路糧草之名，然轉運司終是本職，故不敢專行計置。若不委之經度，即邊計常是不足。臣等欲乞特降指揮，下鄜延、環慶、涇原、秦鳳路經略使司，應本路州軍所管錢帛，並許選差除廉幹使臣公人等任便回易。其收到利錢，明入省帳收附。所有勾當人等，如能大段回易得利息，委本司具數保明聞奏，特與相度酬賞。所貴有助軍費，少紓民力。（又見《續資治通鑑長編》卷一四一，《歷代名臣奏議》卷二六四。）

奏策試方略等人各與緣邊差遣事

臣等竊見河北、陝西、河東自來策試方略，并南省特奏名受恩澤人，或未該放選，及不理選限者，雖程試之下，偶不及等，或曉習邊事，經歷艱苦，或鄉曲有譽，年未衰退，若只假以虛名，實恐多有遺滯。況沿邊次邊小處判司簿尉，并鎮寨中務場，常是闕官。或於近裏差官往彼勾當，到本處卻闕官員，甚有廢事。臣等欲乞特降指揮，下河北、陝西、河東轉運司，應本路策試方略并南省特奏名人得雜出身、試銜、齋郎等，未該放選，及長司馬、司士、文學、助教等並不理選限者，如願入邊遠，即相度年未衰老，有心力行止勾當得事之人，具保明申奏，與注陝西沿邊次邊小處判司簿尉。内監榷新置酒税等場務者，只與驛券，更不支本官料錢。臣范仲淹、臣韓琦。

奏乞減武臣充提刑及令樞密院三班選人進呈

今西北二方，交困中原，驍盛如此，國家禦捍，實在三邊。不惟戰將乏人，其知州、知軍并駐泊都監、大寨寨主，常要有心力人勾當，方可主兵馬，安緝蕃部，嚴治城寨，體探事機。今來諸路提點刑獄多占卻心力使臣，或邊上倉卒要人，終是怯懼，不堪任使。欲乞特降聖旨，諸路提點刑獄，除川、廣、福建路依舊差文臣武職相兼外，其餘路分只令文資勾當，卻留武職，揀選少壯有精神者，並與三路邊上差遣，令慣習邊事。或年甲雖高，素有心力，未至衰老者，亦可充邊上知州軍、駐泊都監勾當，頗濟事務。如無精神心力，則是不材之人，豈堪爲按察之官，澄清部下？因此便可退入閑慢差使，庶免取笑四方。仍乞委樞密院，除選揀上項提點刑獄使臣外，更常切於武臣中選人，及令三班院亦常選人，逐月一度，具選到人姓名聞奏引見，與沿邊次邊差遣。所貴邊上多得有精神心力之人，既久於其事，乞重選知州軍、都巡檢等，以鎮撫邊界，存活生民。（又見《歷代名臣奏議》卷二三七。）

則漸增膽勇，緩急可用。此乃養育將材，禦備戎寇之要也。至於川、廣、荆湖近蠻之處，亦

奏乞揀選往邊上屯駐兵士

臣竊見去年以來，自京差撥禁軍往陜西邊上屯戍，内有諸處鄉軍，顧到經販之人，并向南諸處廂軍揀上添填，逐指揮内有小弱怯懦之人，道路指笑。及到邊上，不堪披帶教閱，虚破禁軍諸般請受支賜。今來又差發兵士五千人往秦州添屯，并續有諸軍發往邊上替换。欲乞指揮下殿前馬步軍司，應在京及畿内諸軍今來并向去合起發往邊上兵士，並須逐指揮依次勾來本司，子細揀選下小弱不堪披帶之人，更不令發往邊上。其揀下小弱人數内，元係在京諸司庫務并外路廂軍，如卻願歸本處舊指揮者，並令送還。内有身材比舊等樣小三兩指，卻少壯得力者，即不得揀下。所有年老病患之人，即等第與剩員安排。其逐指揮人員，年老疾患不得力者，亦便揀選，别與安排。卻於本指揮向下人員十將内揀選得功并武藝高强人，升一兩資，權管勾當，候轉員日，依本資施行。如本指揮人員十將内無可選揀，即於以次指揮内選揀，令權管補填勾當。所貴在路便有幹了軍員部轄各得齊整，不至依前作過。其所差兵士，本營在外州軍府者，即委逐處長吏、都監、監押，依此

揀選起發。仍乞指揮諸路部署司，將去年秋後差到屯駐駐泊并今後差到兵士，並依此揀選施行訖，逐旋開坐聞奏。所定武藝高强，須以弓弩别定才力及射騎格式〔一〕。（又見《續資治通鑑長編》卷一四二，《歷代名臣奏議》卷二二四。）

【校勘記】

〔一〕此句《叢刊》本「才」作「斗」，「騎」作「親」。

奏乞揀沿邊年高病患軍員

臣等竊見用兵之處，諸軍内若有指揮使員寮得力，則不唯訓練齊整，兼臨陣之時，各能將領其下，士卒方肯用命。若人員不甚得力，則向下兵士例各驕墮，不受指蹤，多致退敗。顯是軍氣强弱，繫於將校。今來邊上諸軍人員甚有年老病患，全不得力之人，兼更有見闕人數不少，若不早行選擇，則恐將來依前誤事。臣等欲乞朝廷，於都知、押班及近上内臣内，選差諳歷邊事者三員，内二員往陝西路，一員往河東路，計會逐處經略部署司，勾集管下屯駐、駐泊、就糧諸軍人員司共揀選。如内有年高、腳手沉重，并疾患尪弱、不堪披帶，及愚戇、全無精神、不堪部轄者，並開坐申奏。内屯駐、駐泊人員，一面發遣赴闕，别與安排。所有就糧指揮人員，即更於逐人名下各令指射願管廂軍去處聞奏，仍勒在本營聽候朝旨。候揀選畢，即據指揮見闕人數，便於諸軍十將以上揀選曾有功勞者，并武藝高强得力之人，升一兩資，給帖權管。候將來轉員，卻依本資叙遷。所貴將校得人，士卒增氣。臣范仲淹、臣韓琦。（又見《歷代名臣奏議》卷二三七。）

奏乞於散直等處揀有武勇心力人

臣竊知散直并下班殿侍内，甚有經歷、喫得辛苦之人，可以邊上使喚。乞特降指揮下殿前司，於散直、下班殿侍内揀選或有心力，並具姓名聞奏，當議再行揀選。内曾有過犯人，如武勇出倫，亦别具姓名聞奏。本班人員不得抑遏漏落，當行勘斷。其揀到人數，别分等第。内上等人及識文字者，差在闕人員處，權管勾當。三周年無過犯得力者，令逐處保明奏取旨，使與轉三班差遣權管，與依轉員例，遞遷安排。有功勞者，特行升擢。大段勝於年老轉員之人，有誤戰敵。緣西北事大，常須先選人在軍中使喚，以備邊事。（又見《歷代名臣奏議》卷二二四。）

薦舉

奏爲薦胡瑗李覯充學官

臣聞臣之至忠，莫先於舉士；君之盛德，莫大於求賢。泰通之朝，豈敢隱默！臣竊見前密州觀察推官胡瑗，志窮墳典，力行禮義。見在湖州郡學教授，聚徒百餘人，不惟講論經旨，著撰詞業，而常教以孝弟，習以禮法，人人嚮善，閭里歎伏。此實助陛下之聲教，爲一代美事。伏望聖慈特加恩獎，升之太學，可爲師法。又建昌軍應茂才異等李覯，丘園之秀，實負文學，著《平土書》《明堂圖》，鴻儒碩學，見之欽愛，講貫六經，莫不贍通，求於多士，頗出倫輩。搜賢之日，可遺於草澤，無補風化。伏望聖慈特令敦遣，延於庠序，仍索所著文字進呈，則見非常儒之學。取進止。（又見《歷代名臣奏議》卷一三二。）

奏邊上得力材武將佐等第姓名事

臣等在邊上體量得材武可用將佐人數如後：

第一等：

涇原路部署狄青，有度量勇果，能識機變。

鄜延部署王信，忠勇敢戰，身先士卒。

環慶路權鈐轄、知環州种世衡，足機略，善撫馭，得蕃漢人情。

環慶路鈐轄范全，武力過人，臨戰有勇。

第二等：

鄜延路都監周美，諳練邊情，及有武勇。其人累有功勞，欲乞特加遥郡刺史。

知保安州軍劉拯，有機智膽勇，性亦沉審。

秦鳳路都監謝雲行，勇力有機，今之驍將。

延州西路巡檢使葛宗古，弓馬精强，復有膽勇。其人近聞本路有賊私事發，斷遣日，乞别取聖旨。

鄜延路都監譚嘉震，勇而有知，戰守可用。

涇原路都監黄士寧，剛而有勇，可當一隊。

鄜延路鈐轄任守信，能訓練，有機智。

涇原路都監許遷，訓練嚴整，能得衆情。

秦鳳路鈐轄安俊，勇而有辯，倉卒可使。

環慶路都監張建侯，知書戢下，可當軍陣。

鄜延路都監張宗武，精於訓練，可備偏裨。數内劉拯、張建侯、張宗武，雖曾改轉一資，比諸將未至優異。臣等今同罪舉保此三人，乞各轉兩資及移易差遣。

再奏乞蔣偕轉官知原州

臣等竊見涇原路西北有鎮戎軍并山外城寨，及東北有原州，最逼賊界。又原州管下有明珠、滅臧、康奴等蕃部，常與西賊相連作過，最爲强惡。若原州一面鎮静，則本路只禦捍西北一路[一]，易爲兵力，所以原州須要用心官員在彼。昨來臣某爲覩朝廷降敕，差北作坊副使蔣偕知涇州，遂乞與本人轉一正使，改知原州，照管上項一面蕃部。尋奉敕，就差知原州，即不蒙改轉官資。緣本人自祕書丞制置青白鹽使，相次該磨勘。又差遣合入提點刑獄，兼是准詔敕舉換右職，即與近下差遣祕書丞自乞换右職人不同。况涇州是近裏節鎮，原州是極邊小郡，比爲藉其才幹，非有過犯虚降卻本人差遣。兼本官到任已過半年，州界蕃族，别無騷動。伏望聖慈特與轉一正使，依舊本路駐泊都監、知原州。臣范仲淹、臣韓琦。兼在環慶州界點集，添得蕃部一萬八千餘人。

【校勘記】

〔一〕捍：原作「得」。據《叢刊》本改。

奏舉雷簡夫充邊上通判

臣等竊見秘書省校書郎、僉書泰州觀察判官廳公事雷簡夫，昨蒙朝廷敦遣，起於草澤。佐幕以來，備見通敏，求之多士，得爲異才。欲乞聖慈特加獎擢，與轉一官，就差充邊郡通判，庶觀能效，可進榮階。若不如所舉，臣等甘當同罪。臣范仲淹、臣韓琦。

奏舉姚嗣宗充學官

臣等竊見環州軍事判官、監慶州糧料院姚嗣宗，策試方略，考在優等，效官邊郡，不避險阻。文筆奇峭，有古人風格，兼通經術，宜置國庠，欲乞聖慈特授一學官，候通前任成四考日，與轉原官。若不如舉狀，臣等甘當同罪。臣范仲淹、臣韓琦。

奏馬懷德乞轉閤門祗候青澗城都監

臣等竊見延州青澗城兵馬監押、侍禁馬懷德，曾爲透漏蕃賊，降差監當本路。體量得前人有武勇心力，卻奏留在邊上使唤。自後掩殺蕃賊，破蕩族帳，累度得功，只是轉一資酬獎。其人實堪充將佐，部領軍馬，禦捍邊方。兼种世衡曾乞納所轉官資，卻與本人升擢。伏乞聖慈特與轉閤門祗候，充延州青澗城都監。臣范仲淹、臣韓琦。

奏乞酬獎張信

臣等竊見環慶教押軍陣、奉職張信，自殿侍在邊上，累次與西賊鬬敵。前在延州趙瑜等手下作前隊，殺退蕃賊，得趙瑜等銀盌衣服。後來趙瑜等並轉三資，張信即未曾酬獎。其人氣豪膽勇，武力過人，爲一時之猛士，在指使中少見其比。欲乞朝廷特與改轉一侍禁，送种世衡手下管押軍隊，分擘與禁軍一兩指揮，專切教習，獨作一隊，爲奇兵使唤，必能身先士卒，以立勝功。臣范仲淹、臣韓琦。（又見《歷代名臣奏議》卷一三二。）

奏乞差宣撫副使

臣奉敕差充陝西路宣撫使，續奉朝旨，體量於次邊入中糧草事。臣既蒙朝廷重寄，須體量逐處將帥勇弱，官吏能否，那移軍馬，并相度錢穀利害，求訪民間疾苦，照管緣邊蕃部，料度寇情，經畫勝勢，以分朝廷萬一之憂。非臣之愚，可能獨幹衆務。臣昨日入對，乞聖慈更選臣寮一員，與臣同往，每事議而後行，庶少差失。伏乞早降指揮。兼臣已奏乞免罷御筵錫賚，雖添差一員，不至勞費。

再奏乞召試前所舉館職王益柔章岷蘇舜欽等

臣昨在樞密院日，舉文行有名之士十人，堪充館閣職事，乞取聲稱著聞者，先次召試。自臣過中書後，商量謂所舉人多，不可一齊召試，欲候其中更有清望官舉者，即先次施行。今所舉人内，殿中丞王益柔，已有杜衍先曾舉奏；太常丞章岷，又有王堯臣、蔣鎧舉奏；大理評事蘇舜欽，亦有王拱辰舉奏。此三人并有清望官舉薦，又見已到京及待闕未赴任。欲乞降聖旨，便與一試。仍乞指揮學士院各試文論二首，足以觀其才識。不令更試詩賦，恐詞藝小巧，無補大猷。況朝廷擢才之際，寧使滯淹？不同尋常陳乞之人，更延資考。

奏殿直王貴等

臣有隨行指使右班殿直王貴，殿前指揮使出職在邊上三年有餘；右班殿直徐正，殿前指揮使出職，在邊上二年半。各好人材弓馬，累度隨軍出入。勾當兵馬，須得幹辦。三班奉職郭慶宗，曾經戰鬭得功，及有心計，緩急使喚得力。上件三人，並堪邊上任使。欲乞朝廷各轉一資，充沿邊寨主、監押。如未有員闕，即自令隨行指使，候到邊上遇有闕處，即具奏差。取進止。

奏杜曾張沔

臣竊聞朝廷欲差杜曾判大理寺、張沔河北路轉運使。杜曾詳明法令，必能稱職。張沔廉謹精懃，搢紳所許，錢穀重難，實所諳練，兼本官自可三司副使、發運使之任。緣河朔屯師，右武之地，當選人經營一面，爲用兵之備。伏望聖慈委大臣再加銓擇，庶免頗有改更。杜曾自梓州遠回，又河北轉運使自有，今來留住判寺，是在京重難職任，乞與别議恩澤。張沔自到陝府，累有人舉奏，乞别與差遣。

奏舉張去惑許元

臣竊覩國家用兵以來，急於財利。雖百姓大困，更難刻剥；三軍不足，又須經營。莫若求通敏之才，省枉費之用，庶幾下不生怨，上不乏須。臣竊見殿中丞、監在京榷貨務許元，才力精幹，達於時務。伏望聖慈指揮取索榷貨務勾當，過有勞績，特與超轉一官，差充江淮制置發運判官。必能減省冗費，疏通利源，不害生民，胥助軍國。又臣切見寧州通判、著作佐郎張去惑，素有時材，不避艱苦。昨慶州脩大順城，建事之初，日有寇至，人情畏懼，卻求中輟。遂差張去惑往彼，勸諭將佐，晝夜興功，衆乃同心，方能集事。兼於寧州專管脩城，或創脩山城，功料浩翰，並以了畢，防城戰具皆精辦。臣昨同罪舉本人，乞改一官，充陝西轉運判官，已奉朝旨依奏，候有闕即差。今來陝西省罷轉運判官，其張去惑自合別與差遣。伏望聖慈差監在京榷貨務，替許元勾當。臣所舉此二人，若不能辦濟，臣甘失舉之罪。（又見《歷代名臣奏議》卷一三二。）

奏杜杞等充館職

臣聞《書》曰：「先王坐以待旦，旁求俊乂。」蓋天下治亂，繫之於人，得人則治，失人則亂，故先王盡心焉。臣伏覩朝廷兩府任人多擢於兩制，詞臣必由於館殿。是館殿爲育材之要府，豈宜賢俊不充，至于衰索？唐太宗置文館，延天下賢良文學之士，令更宿直，聽朝之暇，引入内殿，講論政事，至夜久方罷。今館閣臣寮，率多清貧，僑居桂玉之地，皆求省府諸司職任。或聞在館供職者，惟三兩人，甚未稱陛下長養群材之意。臣切見虞部員外郎杜杞、太常丞章岷、祕書丞尹源、祕書丞張掞、殿中丞王益柔、殿中丞呂士昌、大理寺丞蘇舜欽、大理寺丞楚建中、環州軍事判官姚嗣宗、國子監直講孫復，或文詞雅遠，可潤皇猷，或經術精通，能發聖藴。伏望聖慈委中書相度。其間聲實已著者，乞不限資任，先次召試，各補館職。或有未協公議者，乞加詢采，更候悉其才行，即賜施行。今後館閣臣寮、供職經二年，不就諸司職任者，乞特與恩例差遣，庶令英俊之游，日玩典籍，不親米鹽之務，專脩經緯之業。長育人材，無尚於此。臣竊聞太宗皇帝慕唐文皇之英風，特建祕閣，與三館並崇，聽朝之餘，時或遊幸。此祖宗盛事，不爲不重。今館閣供職員數至少，臣方敢上言。所舉雖多，皆搢紳有聞之士，更在朝廷取擇。臣謂天下至大，聖人其難之。綱紀或隳，雖治必亂；俊哲所聚，雖危必安。今邊鄙尚虞，旰昃未暇，正宜廣搜時彦，大脩王度，以固其本之時也。惟聖慈留意。（又見《歷代名臣奏議》卷一三二。）

奏乞將所舉許元張去惑下三司相度任使

臣近與宰臣上殿，因議財用不足，蒙賜德音，謂宜選諸路轉運使。臣尋面對云，轉運司得平和之人則可，得刻剥之人則百姓受弊。尋奉聖旨，民惟邦本，不可侵擾。臣退而思之，以江淮制置發運司爲財賦之要地，最宜得人，使二員互换上京，所轄諸州，不暇巡歷。臣切見監在京榷貨務内殿中丞許元，智識通敏，可幹財賦，復能愛民，不爲侵刻，遂舉充江淮制置發運判官。又著作佐郎、通判寧州張去惑，昨在邊陲，實經煩使，遂舉監在京榷貨務，替許元。此二人臣曾舉充陜西轉運判官，已奉聖旨依奏，候有闕日與差。既是轉運判官資地，今來舉充上件職任，未至過越。切見朝臣宋緘、陳執禮，爲因王欽若妻并宋綬妻陳乞在京監當，有臺臣上言不當，已奉聖旨改差。臣在樞密院日，所舉許元、張去惑勾當錢穀，雖與前人陳乞事體不同，亦慮三司别有長才可舉，伏望聖慈指揮三司副使，相度此二人之才，如不堪上件任使，即别舉朝臣，庶協公議。（又見《歷代名臣奏議》卷一三二。）

奏雪滕宗諒張亢

臣昨日面奏滕宗諒事，當天威震怒之際，臣言不能盡。又章得象等不知彼中事理虚實，皆不敢向前。惟臣知從初子細，又只獨自陳説，顯涉黨庇。宗諒雖已行勘鞫，必能辯明虚實。然有未達之情，須至上煩聖德。今具畫一如後。

一、梁堅元奏滕宗諒於涇州賤買人户牛驢，犒設軍士。臣切見去年葛懷敏軍敗之後，向西州軍官員驚憂，計無所出，涇州無兵，賊馬已到渭州，只是一百二十里，滕宗諒起遣人户强壯數千人入城防守。其時兵威已沮，又水冰寒苦約十日，軍情愁慘。得滕宗諒管設環慶路，節次策應軍馬四頭項一萬五千餘人，酒食柴薪並足，衆心大喜。當倉卒之時，有此才力，雖未有大功，顯是急難可用之人，所以舉知慶州。緣其時賊馬逼近，收買牛驢犒軍，縱有虧價，情亦可恕。

一、梁堅奏滕宗諒在邠州聲樂數日，樂人弟子得銀楪子三二十片者。臣與韓琦到邠州筵會一日，其時衆官射弓，各將射中楪子散與過弓箭軍人及妓樂，即非宗諒所散與人，而罪歸於滕宗諒。又云「士卒怨嗟」，况邊上筵會是常，當直軍人更番祇候，因何得其日便有怨嗟？

一、梁堅奏稱滕宗諒到任後，使錢十六萬貫，其間有數萬貫不明。今來中使體量，卻稱只是使過三千貫入公用，已有十五萬貫是加誣。錢數料是諸軍請受，在十六萬貫之内。豈可諸軍請受，亦作宗諒使過？臣在慶州日，亦借隨軍庫錢回易，得利息二萬餘貫，充隨軍公用支使外，卻納足官本。今來宗諒所用錢數物料，必亦是借官本回易，所得將充公用。

一、環慶一路四州二十六寨，將佐數十人，兵馬五萬。自宗諒勾當，已及八九個月，並無曠闕；邊將軍民，亦無詞訟；處置蕃部軍馬公事，又無不了。若不才之人，豈能當此一路？

一、邊上主帥，若不仗朝廷威勢，何以彈壓將佐軍民，使人出死力，禦捍强敵？宗諒是都部署、經略使，一旦逐之如一小吏，後來主帥，豈敢便宜行事？亦無以立威，人皆知其自不可保。且將帥樹威者，是國家爪牙之威也，須假借勢力，方能集事。

一、防秋是時，主帥未有顯過，而奪其事任，將令下獄，若遇賊兵寇境，未知令何人卒然處置此路？又差王元權之，况王元在河東沮法，已曾責降，今且在邊上備員，豈可便當一路委寄？恐更誤事。

一、宗諒舊日疎散，及好榮進，所以招人謗議，易爲取信。

一、臺諫官風聞未實，朝廷即便施行。臣目擊非虚，而未蒙朝廷聽納。臣若是誑妄之人，不當用在兩府。既有目覩之事，豈可危人自安，誤陛下賞罰？兼西北未寧，見搜求稍可邊上任用之人，即加奬擢，豈宜逐旋破壞，使邊臣憂惕，不敢作事？雖國家威令不可不行，須候見得實情，方可黜辱。

臣欲乞朝廷指揮宗諒且在任勾當，委范宗傑在邠州一面勘鞫干連人，并將已取到慶州錢帛文帳磨勘。如宗諒顯有欺隱入己，及乖違大過，即勾宗諒勘鞫。如無乖違大過，又無欺隱入己，即差人取問，分析緣由，入急遞聞奏，别取進止。

所有張亢，亦奉聖旨，令便勘鞫。臣體量得張亢不能重慎，爲事率易，昨在渭州亦無大段過犯。乞委范宗傑一就勘鞫干連人，依勘滕宗諒事，行遣聞奏。

仍乞以臣此奏宣示臺諫官，候勘得滕宗諒、張亢卻有大段乖違過犯，及欺隱入己，仰臺諫官便是彈劾，臣甘與二人同行貶黜。臣所以極言者，蓋陛下委寄邊臣，使一向外禦，而無外憂之禍，則邊上諸路，人人用心，不至解體，有誤大事。（又見《續資治通鑑長編》卷一四三。）

再奏辯滕宗諒張亢

臣聞議論太切，必取犯顔之誅；保任不明，豈逃累己之坐？彝典斯在，具寮式瞻，臣自邊陲誤膺奬擢，授任不次，遇事必陳。切見故監察御史梁堅彈奏滕宗諒於慶州用過官錢十六萬貫，有數萬貫不明，必是侵欺入己；及邠州宴會，并涇州犒設諸軍，乖越不公。至聖慈赫怒，便欲罷去。臣緣在彼目擊，雖似過當，别無切害，不曾有一兵一民詞訟。至於處置邊事，亦無疎虞。臣遂進諫，乞聖慈差官勘逐具與辯明〔一〕，未銷挫辱，恐誤朝廷賞罰。又有上言張亢驕僭不公，臣亦乞根勘辯明，或無深過。如有大段乖越，侵欺入己，臣甘同受貶黜。

臣所以激切而言者，非滕宗諒、張亢勢力能使臣如此竭力也，蓋爲國家邊上將帥中未有曾立大功可以威衆者。且遣儒臣以經略部署之名重之，又借以生殺之權，使彈壓諸軍，禦捍大寇，不使知其乏人也。若一旦以小過動摇，則諸軍皆知帥臣非朝廷腹心之人，不足可畏，則是國家失此機事，自去爪牙之威矣。唐末藩鎮多殺害、逐去節度使，於軍中自立帥臣，而當時不能治者，由帥臣望輕，易於摇動之故也。今燕度勘到滕宗諒慶州一界所用錢數分明，並無侵欺。其毁卻涇州前任公用，磨勘到干連人，只稱有送官員等錢物，亦不顯入己，又是元彈奏狀外事件。所有張亢借公用錢買物，事未發前已還納訖。又因移任借卻公用銀，卻留錢物准還，皆無欺隱之情。其餘罪狀，多未摭實。其干連人黨，盛寒之月，久在禁繫，皆是非辜。若令燕度勘問二人，既事非確實，必難伏辯。或逼令認罪，又是陛下近臣，不可辱於獄吏。或至録問有辭，即須差官再勘。其合干人黨，轉不聊生，兼邊上臣寮見此深文，謂朝廷待將帥少恩，於支過公用錢内搜求罪戾，欲陷邊臣。且塞下州郡，風沙甚惡，觸目愁人，非公用豐濃，何以度日？豈同他處臣寮，優游安穩，坐享榮禄。陛下深居九重，當須察此物情，知其艱苦，豈可使獄吏爲功，而勞臣抱怨？

臣欲乞聖慈據燕度奏到事節，特降朝旨，差使臣二人，賫去取問滕宗諒、張亢，如實是已犯，便仰承認，當議量情親斷。如别有緣由，亦具分析聞奏。候到見得别無枉抑，便可取旨斷遣。如有異同，即乞朝廷别選官勘鞫，免致冤滯。其干連人，且乞指揮放出。如在臣則已有不合保此二人罪狀，乞聖慈先次貶黜，免令臣包羞於朝，受人指笑。儻聖慈念臣不避艱辛，尚留驅使，即於河東、河北、陝西乞補一郡，臣得經畫邊事，一一奏論；或補二輔近州，臣得爲朝廷建置府兵，作諸郡之式，以輔安京師。

臣之此請，出於至誠，願陛下不奪不疑。況臣久爲外官，不知輔弼之體，本是麤材，祇堪犬馬之用，若令臣待罪兩府，必辱君命，且畏人言。臣無任祈天望聖請命，激切屏營之至。（又見《皇朝文鑑》卷四四，《續資治通鑑長編》卷一四六，《歷代名臣奏議》卷一五四。）

【校勘記】

〔一〕勘逐：《皇朝文鑑》卷四四作「根勘逐一」。

再奏雪張亢

臣昨日見樞密院進呈張亢所奏，曾將公用錢回易到利息買馬及交鈔，乞與呈索之人，自甘伏罪，乞不追究遊索之人，取旨下燕度結案聞奏。臣伏覩編敕指揮，若將公使錢回易到別物公用，但不入己，更不坐罪。其張亢所奏二事，若未有發露，乃是自首；縱已發露，亦不入己，合該上項編敕指揮。臣昨與韓琦在涇州同使公用錢，曾爲慶州簽判、祕書丞馬倩身亡，本人家貧親老，與錢一百貫文。又涇州保定知縣、大理寺丞劉襲禮丁父憂，家貧，起發不得，與錢一百貫文。又虢州推官、監環州入中陳叔度丁父憂，家貧無依，與錢五十貫文。又進士黄通來涇州相看，與錢五十貫文。並是一面將公使庫錢回易到利息，相兼使用，即不曾親使著係省官錢。自來邊上有公使錢處，爲有前項條貫，及有回易利息，但不入己，各是從便使用。今來若依編敕施行，則張亢自首與遊索人錢，不曾入己，又是燕度元勘外事節，朝廷自可指揮，不須卻送入案。兼恐追尋元游索之人，或在遠方，何時結絶？若不用上件編敕指揮，則臣與韓琦亦有上件與人錢物罪狀，須至自劾。昔人有言曰：法者，聖人爲天下畫一，不以貴賤親疏而輕重也。伏望聖旨送樞密院依詳編敕，及將臣與韓琦用錢事狀并張亢所奏二事，一處定斷，以正典刑。（又見《續資治通鑑長編》卷一四六，《歷代名臣奏議》卷一五四。）

奏辯陳留移橋

臣前日與章得象以下親奉德音，謂近知左右臣寮恐上不能主張，不敢盡心言事，今後不得更事形跡，避涉朋黨，須是論列，必無所疑。臣等千載遭逢，得陛下聖言及此，不勝慶幸！不勝慶幸！臣日夜發憤，願盡其心，以副陛下待輔弼之意，雖犯雷霆，豈敢回避？今切見審刑大理寺奏斷王堯臣以下公案，内有情理不圓，刑名未審之處，如便降敕，恐外議紛紜，傳播天下。臣忝參預大政，豈當緘默，負陛下前日之訓，爲天下罪人？今略指陳事節，奏列如後〔一〕。

一、陳留橋是真宗皇帝親詔爲損舟船，遂遣使經度而遷之前來。姚仲孫在三司日，杜衍乞移此橋，仲孫不行。王拱辰知開封府日，又乞移之，拱辰亦是不行。昨又令催綱使臣乞移此橋，本府前來官員，只差一主簿相度，便具申奏。朝廷不知先朝有詔，失於檢詳，遂許移之。三司爲去年新曾添脩，今又破材料，遂奏乞差官相度，乃是舉職，今卻以不應奏而奏坐罪，惟聖慈深察，方可見情。

一、據案申照，勘得三司手分已先檢尋移橋文字，於初九日納在王堯臣處，要行遣申奏。次日方見王溟爲本人自陳留替回，堯臣遂先發言，問當移橋利害，溟方對荅，即非因王溟請託而後行也，望聖慈察此一節。

一、經曰：「貴貴爲其近於君也，貴老爲其近於親也。」又堂高則陛高。蓋言重公卿者，所以尊天子也。今三司使主天下大計，在天子股肱之列，有大罪則陛下自行貶廢，不可使法吏以小過而辱之。投鼠忌器，正在此矣。陛下縱有輕近臣之意，不可外示於人。何哉？近臣輕則減天子之重矣。今法寺坐堯臣杖七十公罪，其過至小。伏望聖慈特遣中使傳宣安撫，釋放贖法，便令入謝，以存國體，群臣幸甚幸甚。

一、王溟得替賃盧家宅子，稱每月饒減得房錢一貫文。其人已移辰州通判，只是暫時守官，即非久住宅子之時，又未曾言請託橋事，量人情只是爲王溟曾在本縣守官，遂欲借宅子與住。其王溟尚不肯，須用錢賃居，只饒減得錢一貫文。今因王礪奏王溟受盧家請託，入獄之後，須至虛有招認。豈可一兩貫錢，便使得一員外郎請託此事？兼案内照勘得因堯臣問及，遂説利害，又無不移橋之言，豈是請託之情？今獨追官勒停，衆議未允，望聖慈深察，可見其情。或與罰銅監當，亦減得外邊怨謗，又免本人頻來理雪，紊煩朝廷。

一、陳榮古定奪橋事，據案帳上開説，所損舟船五十五隻。内五十隻因風并相磕撞致損，只有五隻因橋致損。又根究得元乞移橋狀内所説，損卻人命及陷没財物，並是虛誑。所以榮古定奪，更不移橋。今來雖依王礪所奏，移歸舊處，一則違先朝詔命，二則未及月餘，已聞新橋不利，損卻舟船。撞折橋柱，及水勢稍惡，重船過往不易。若再差人體量，必是先朝不錯移改。以此知陳榮古所定，未必不當。雖三度取狀，不全招認罪名。蓋有此情理，須至分疎，本因公事，别無私曲。今法寺坐爲私罪，伏望聖慈特與改作公罪，免令過後頻來理雪。

一、慎鉞是三司判官，本案管移橋公事，既聞差王礪重行定奪，遂令人探問，移與不移。今來勘得，别無情弊，伏望聖慈特與改作公罪，庶免非辜。

一、王礪與堯臣祖同姓名，素不相喜，因此定奪，遂誣奏乞勘三司情弊。又奏慎鉞是堯臣所舉，必有奸謀。今有勘劾，别無情弊，亦無奸謀。王礪親自定奪此事，當以實言，且非風聞之失也。

右，前件王堯臣罪名，乞特出聖意，差中使傳宣放罪，令依舊起居。并乞特降聖旨，王溟免追官罰銅與監當，陳榮古、慎鉞並與改作公罪。如此施行，則衆情稍安，群議自息。王礪初奏王堯臣必有情弊，及有奸謀，滿朝公卿憂堯臣禍有不測，賴陛下仁聖，特與辯明，不陷深文。群臣又近奉德音，令不避嫌疑，而况陛下越次擢用，敢不盡心助陛下之明德？臣至誠激切，絲髮不隱，望天鑒照臨。（又見《續資治通鑑長編》卷一四八。）

【校勘記】

〔一〕列：《叢刊》本作「陳」。

奏爲劉滬董士廉脩水洛城乞委魚周詢等勘鞫〔一〕

涇原路走馬承受趙正奏，内殿崇班劉滬、著作佐郎董士廉，被狄青枷送司理院次。竊緣此二人元稟四路都部署節制，往脩水洛城，即非是二人擅興。及四路罷後，本路部署司抽下軍馬，其人即合依稟罷脩，不合堅執拒抗。臣料其情，蓋本人在彼相殺得功，降下周回蕃部，又已下手脩築城寨，懼見中輟之後，本路責其經畫不當，故以死拒抗，一面興脩，意望成功，亦求免罪。始末可見，非有他意。况劉滬是沿邊有名將佐，最有戰功，國家且須愛惜，不可輕棄。恐狄青因怒，輒行軍法，則邊上將佐必皆銜怨，謂國家負此有勞之臣，人人解體，誰肯竭力邊事？其董士廉是朝廷京官，即非將佐，亦將一例枷勘，蓋狄青麤人，未知朝廷事理。萬一二人被戮，逐家骨肉必來訴之闕下，亦更多有臣寮上言，紊煩聖聽。雖知將帥行得軍法，即非用兵進退之際，有違節制，自是因争利害，致犯帥威。昔陳湯矯詔命以破虜，王濬違節制以下吴，皆釋罪封侯，以勸將列。伏望聖慈特遣中使乘驛往彼，委魚周詢、周惟德取勘劉滬所犯因依情罪聞奏，仍送邠州拘管，聽候朝旨。一則惜得二人不致因公被戮，二則惜得狄青、尹洙免被二家骨肉稱寃致訟。儻允臣所奏，事可兩全，彰陛下保庇邊將之恩，使武臣效死，以報聖慈。（又見《續資治通鑑長編》卷一四七，《太平治迹統類》卷一〇，《永樂大典》卷八〇九〇。）

【校勘記】

〔一〕水洛：原作「永洛」，據《宋史》卷三二四《劉滬傳》改。下同。

奏葛宗古

臣竊知延州西路都巡檢使葛宗古，爲侵用公使錢入己，奏案已上朝廷。臣昨奏陳邊上得力將佐，葛宗古實在其數。今恐審刑、大理寺斷入極典，縱蒙朝廷寬貸，亦須降充近下班行，必然挫屈，更無勇戰之氣。臣伏覩《刑統節文》：「諸監臨主守以官物私自貸人及貸之者，無文記以盗論，有文記准盗論，立判案減二等。即充公廨及用公廨物，若出付市易而私用者，各減一等坐之。議曰：「即充公廨，謂以官物迴充公廨。」今朝廷支賜臣寮公使錢，既已支付，逐處更不係省帳拘管，不收出剩，亦無磨勘。其公使錢顯是迴充公廨之物，私用者自有上項正條。兼元無條貫，今將私用公使錢入己，爲監主自盗之法，只是法寺近例斷遣，不敢從輕，遂至入罪。切慮今後有公使錢處，官員因循之間，爲人捃拾，多陷除名死罪之坐，誠爲法之一弊，公朝固當正之。伏望聖慈宣喚新判大理寺杜曾，令上殿指陳侵用公使錢正條，付中書參酌，免有枉濫。其葛宗古弓馬精强，復有膽勇，在鄜延路中最爲驍果。今來朝廷選將之際，此人實恐難得，乞從正條定罪，然後議其末減。（又見《歷代名臣奏議》卷一三二。）

雜奏

奏乞罷參知政事知邊郡

臣近與韓琦上言陝西邊畫，略陳八事，須朝廷遣使，便宜處置，方可辦集。又近覩手詔下問合用何人鎮彼西方，兩府已奏見選人進呈次。今西人議和，變詐難信，成與不成，大須防將來之患。臣久居邊塞下，誠無寸功，如言鎮彼西方，保於無事，則臣不敢當。但稍知邊情，願在驅策，雖無奇效可平大患，惟期夙夜經畫，措置兵馬財賦，及指蹤諸將，同心協力，以禦深入之虞。今防秋事近，恐失於後時，願聖慈早賜指揮，罷臣參知政事，知邊上一郡，帶安撫之名，足以照管邊事，乞更不帶招討部署職任。（又見《續資治通鑑長編》卷一五〇，《歷代名臣奏議》卷三二四。）

奏乞互換巡邊

臣等奉聖旨，商量互换往陝西邊上照管。臣等今商量，欲乞今秋差臣韓琦先往邊上勾當，候將來春初，即臣仲淹卻往替换。所有逐人舊例御筵并錫賚等，並乞免。取進止。

奏乞免參知政事錫賚

臣蒙恩擢授參知政事，今日入朝，竊知例有錫賚。緣臣昨拜樞密副使，已蒙恩賜，虛薄之才，涓勞未立，不可再有貪冒，貽譏搢紳。伏望聖慈特賜寢罷，庶寬憂懼，實賴照臨。

再奏乞免錫賚

臣今月二十三日，蒙聖恩差到中使，賜臣銀絹者，伏念臣偶以非才，誤膺柬拔，備位樞府，僅方踰月，改參大政，不可復賚。今早已具奏陳，乞賜罷回聖澤，庶安愚悃。謹具奏聞。

奏避蔡稟嫌

臣一女子嫁得監察御史蔡稟之弟，今來稟爲糾彈之官，臣在政府，恐有妨礙，須合上言，乞聖慈特降指揮。取進止。

奏乞在京并諸道醫學教授生徒

臣觀《周禮》有醫師掌醫之政令，歲終考其醫事，以制其禄〔一〕。是先王以醫事爲大，著于典册。我祖宗朝，置天下醫學博士，亦其意也，即未曾教授生徒。今京師生人百萬，醫者千數，率多道聽，不經師授，其誤傷人命者日日有之。臣欲乞出自聖意，特降敕命，委宣徽院選能講説醫書三五人爲醫師，於武成王廟講説《素問》《難經》等文字，召京城習醫生徒聽學，并教脈候及脩合藥餌，其鍼灸亦别立科教授。經三年後，方可選試。高等者入翰林院〔二〕，充學生祗應。仍指揮今後不由師學，不得入翰林院。如在外面私習得醫道精通，有近上朝臣三人奏舉者，亦送武成王廟比試，更委宣徽院覆試。取醫道精深高等者，方得入翰林院祗應。如内中及諸宫院使，不經官學百姓醫人，有功效者，只與支賜。如祗應十年以上，累有效者，即與助教或殿侍、三司軍大將安排，即不得入翰林院。

所有諸道州府，已有醫學博士，亦令逐處習生徒，并各選官專管，仍指揮轉運使、提點刑獄、轉運判官所到點檢其學醫生徒，候念得兩部醫書精熟，即與免户下諸般差配。如祗應州府，累有功效者，即保明聞奏，與助教安排。所貴天下醫道各有原流，不致枉人性命，所濟甚廣，爲聖人美利之一也。（又見《續資治通鑑長編》卷一四七，《國朝諸臣奏議》卷八四，《右編》卷三六。）

【校勘記】

〔一〕制：原作「振」，據《周禮·天官冢宰下》改。

〔二〕等：《叢刊》本作「第」。

奏乞選差河北州縣官員

臣謹按：唐初内開十六衛以聚武臣，外開折衝果毅府五百七十四以屯兵伍，使三時農務，一時習武，無事則武臣居内以奉宿衛，有事則武臣居外以統軍旅。自武德至開元百三十年，天下府兵無逆亂者。及開元末，倚安忘危，仍廢府兵，天下遂亂。其後兵伍皆市井徒，驕蹇怨叛，終喪唐室。國家今於河北點得義勇鄉兵二十萬，亦如唐之有府兵也。然所置官屬及揀點法制，即與唐末類。且逐處官非其人，不能以恩撫綏，以威制服，臣恐一旦倉卒，不爲國家之用。既教以弓矢，馭之失道，則寇亂之資已先成矣。

今河北州縣部内各管義勇，其長吏中才可馭衆，或智可防亂，或威懾衆望者，有幾人哉？臣料按察使奏黜者，不過老昧貪猥之人，存留者不過勤謹畏懼之士，其馭衆防亂，恩威得所者，必未多也。由此觀之，是陛下河北二十萬之衆，未有統領，而無所倚賴也。今北戎方盛，河朔千里，無陝西關山之險。又官軍數少，難當大敵。或更增置官軍，即財力已困，無以供億。如此則陛下將何爲必安之計？不可不思也。豈易百十員官吏爲難，而不以統二十萬兵伍爲重？

然國家恐北戎之疑，必未欲多置兵伍。臣請且選逐處州縣長吏，須命一二才臣專往河北，與轉運使、安撫使令行按察逐處知州、知縣、縣令，内有才智不長，非可統理兵衆者，雖無過犯，並等第列名聞奏。内近成資者，差人承替；未近成資者，與移諸路州縣。卻將諸處舉到知州、知縣、縣令人内，揀選有材幹者，先差往河北填替，仍授以訓兵之要。其知州並别授宣命，專管勾義勇兵甲公事，知縣並帶都監、監押。其縣令中有願换班行充知縣兼監押者，並聽。亦乞於武臣中選堪知縣者前去。如此則得人稍多，必能統領教習，使行軍陣之序，金鼓之節，賞罰之約，緩急遣就統領，可戰可守，不誤大事。又良吏撫馭，恩威得所，雖有饑饉，不爲寇亂。

其河東路，即乞續次依此施行。此國家大計，非臣之敢輕言也。（又見《歷代名臣奏議》卷一六〇。）

奏乞召募兵士捉殺張海等賊人事

臣竊見鄧州奏，賊人張海等一行已及六十餘人，各騎鞍馬，有弓弩器械，驚劫縣鎮，恣取金帛，强掠士女，不懼朝廷。凶虐如此，百姓被害，不堪其憂。臣恐逐處窮民見其豪盛，各生健羨，聚成徒黨，脅取州縣，事勢漸次張大，不早殄滅，必生它患。漢唐之末，皆因群盜而天下大亂，朝廷豈得安然？伏乞聖慈來日便差中使計會殿前馬步軍司，於七百料錢已下軍分内召募情願捉殺强賊人員兵士三百。其人須是勇壯，喫得辛苦，或曾經使唤之人，限一兩日内引見，面賜盤纏錢，并冬寒綿衣，及大與逐月添支。選差有心路使臣部押，與謝雲行同去，分布掩殺，不以遠近粘趁，直候捉殺静盡，即等第優與酬奬。（又見《歷代名臣奏議》卷三一七。）

奏乞指揮管設捉賊兵士

近奉聖旨，召募到兵士三百人，又於三班院取到使臣部領，前去金、商州捉殺賊徒。雖蒙支賜綿絹及傳宣戒訖，切緣彼中賊徒方盛，劫取財物，虜掠士女，烹宰牛羊，恣行意氣，致諸處軍民中强惡之人，往往生心。其差去兵士，支賜不多，又是七百已下料錢，每日計得錢二十餘文，在路只供得火隊柴薪鹽醋歛掠，或遇天寒路遠，不免飢凍，豈有勇氣向前力戰？更恐差去使臣，無別心計，不能撫恤，爲宣命緊切，連夜拖拽，更致怨憤，逃走入賊中，其患愈大。

欲乞特降聖旨，更選差近上有心力使臣一員，星夜前去，同共部押，逐程宿處官破柴薪鹽醋，不令歛掠。仍密切別降指揮，下捉賊兵馬，到有賊地分，州軍只作長吏意度，逐人辦肉一斤，麪一斤，酒一升，管設所有使臣軍員別破酒食。如遇大段雨雪，兵士單寒，向前不得，即更令製造紬綿被襖支散。所貴各得飽暖，則有勇氣可以擒賊，亦上感聖恩，不致怨叛。仍令差去使臣，常切體量，兵士内有結構逃走，或出怨言扇摇軍衆者，明立照證，處斬訖奏。臣在邊上，體當軍情，須是如此恩威兩立，纔能使喚，方保無事。今來兵士不多，易爲豐足。大都防於未萌，若待叛怨之後，旋行招撫，則深損國威，亦不懷感。賊大之後，所費無窮。其餘處捉賊兵士，到有賊地分，州軍亦令依此體量施行。候賊平日，各歸地分，自然不更管設，乞垂聖斷。

奏乞發兵往荆南捉賊

荆門軍奏，賊人張海等已到彼中，人數漸多，荆湖少兵，大可憂慮。似此一路殺人放火，驚劫郡縣，朝廷若只行遣文書，將何以濟？空發使命前去，別無兵馬，彼中賊無所畏，取便屯結，一路州郡無兵之援，何以守禦？伏望特出聖意，於在京發兵三千人，作三節起發。如賊已銷滅，即以上件兵士於荆南府、潭州分屯，以鎮遠方。如尚猖獗，聞京師兵來，則一路州郡望風增氣，賊勢自然窮蹙，易爲翦除，不成大患。

奏乞差人部送吴遵路家屬

知永興軍兼經略安撫使、龍圖閣直學士吴遵路身亡。緣本家只有一子，全未歷事，家眷幼碎，兼陝府界賊盜頗多，伏望聖慈指揮，下陝西轉運司，多差公人兵士津置，仍選官一員部送至京，及指揮逐州多差人防送，免致疎虞。取進止。

范文正公尺牘卷上

家書

中舍

某拜上三哥監簿：伏惟尊體起居萬福。某近蒙制恩，擢貳樞府，此蓋祖宗之慶，下及家世。累讓不允，今月二日已簽署勾當。至十二日，蒙恩改參大政，尋面陳利害，已得旨依讓，且在西府。相次必出巡邊，不知甚日入京相見。小三郎已就聖節奏得試監簿。諸骨肉各安吉，相次專差人去存問也。互相戒約，勿煩州縣。如輒興詞訟，必奏乞深行。請三哥指揮兒姪知委。保重保重！（又見《范文正公年譜》。）

某再拜中舍三哥：今日得張祠部書，言二十九日，曾相看三哥來，見精神不耗。其日晚喫粥數匙，并下藥兩服，必然是實。緣三哥此病因被二壻煩惱，遂成咽塞，更多酒傷著脾胃，復可喫食，致此吐逆。今既病深，又憂家及顧兒女，轉更生氣，何由得安？但請思之，千古聖賢，不能免生死，不能管後事，一身從無中來，卻歸無中去，誰是親疏？誰能主宰？既無奈何，即放心逍遥，任委來往。如此斷了，既心氣漸順，五臟亦和，藥方有效，食方有味也。只如安樂人，忽有憂事，便喫食不下，何况久病，更憂生死，更憂身後，乃在大怖中，飲食安可得下？請寬心將息將息。今送關都官服火丹砂并橘皮散去，切宜服之服之。

某再拜中舍三哥：近想尊候萬福。此中如常。六屯田宅上哀苦，切與照燭。又有襄邑李殿直家，是馬太博家表親，言被火災後，飢寒所逼，更無所歸。人在患難中，又須與救。今許伊且往蘇州居住，一子讀書，可教小兒學。在此逐月支錢一貫，就彼課米月支一石。或親戚官員令教小兒，亦可養三五口也。如子弟不調，或在襄邑作過逃來，即發遣他去，恐相負累。請子細相度，保重保重。

某拜聞中舍三哥：急足還，領書，承尊候已安，只是少力。宜調飲食，不得喫濕麵，脾惡濕。亦少喫羹湯，宜食焦餅蒸餅軟飯。道書云宜食輕乾物，蓋益脾也。今送米三石，酒十缾去，每事寬心。在此公田不損，盡將置義田，請選好者典買取，更託陳六一哥用心。

此事難成而易因循，切切！屯田言須是開春，請更相度相度。

某再拜。人回領書，知尊候萬福。水災人疫，奈何奈何！家中用朮入井中或水甕中浸之，充日用，其水辟瘟。以竹籃子盛之，以篾釣卻，貴不沉也。但傳與人，甚妙。所置田如何？若置得一莊，須是高田，則久遠易爲照管。若在木瀆側近，則只典買田段亦得。影堂在此已買好木事造，只三小間，但貴堅久也。彼中有屋賣時，請商量要修起一位宅，上作式樣，亦須看木色，要得堅牢。純義堅要歸，如未來，即送州學，恐歇卻則又無成。時寒，保重保重！

某再拜中舍三哥：昨晚見與小監簿書，知體候不安，不知因何也？但氣海著灸三百壯即安。某在南陽，灸得五百，至今得力。水災無可奈何，杭州只是衝注，別無積水，請省憂。在此須得分數公田，可以接助，但寬心將息。秋凉，減骨肉來此，更削去人力，即漸累輕易爲過也，乞保重保重！或來此就醫亦好。朱七漸安，累曾危困，要知之。

某再拜中舍三哥：得書，知尊候已安。脾氣曾傷，宜加意將息也。某風氣已退有一二分，見用藥不止，即無所妨，請不憂。醫人看候，皆言客風在表耳。所言冗僕已去，惟船子留三兩人勾當。其船子若日有所資，又不宜破貨也。秋氣漸涼，乞保重保重！

某再拜中舍三哥：昨日領書，承常州四哥監簿、六哥屯田併亡，伏增悲苦痛切之至，奈何奈何！切勸二屯田少哭泣，進粥食，不易不易！純仁才到，今卻令七郎與純禮同去致祭，在此亦齋祭。次諸不及言，乞保重保重！

七郎便令到常州，請遣人同去。恐常州房頭不易時，待支俸錢兩貫去。常州二子名并弟幾與劄來。

某再拜節推三哥：伏想起居萬福。近得運使李同年書，知彼平善，三嫂必已安好也。諸兒子長進，在此如常。十九郎雖未復舊，亦漸減退。餘各修學。南陽清簡，極好養性，幸甚幸甚！浙中諸親各安。不知舉主幾人？更在慎末防微，如今易得謗議，但固窮而前，不銷預圖。須過得，惟省儉是妙。乞保重。

某再拜中舍三哥：前時純仁來〔一〕，不及寫書。今日錢主簿來，領書，知尊候安和。不委六哥屯田所患進退，憂心憂心！須是多灸，仍服好藥，方可圖安。請切切勸他，恐氣血極微，則灸亦不及也。純仁等勿令飲酒，大底已被酒成狂疾，餘者宜戒之戒之！置田起屋事，已令純仁上聞。時寒，乞保重。

某再拜。昨日屈德來，領書，知爲季家孩兒病，卻總未來。亦曾思寒食上墳，三月半葬事，須合照管，亦當奔波，卻去即費力也。事畢卻請早來，到熱時轉難爲。今令魏祐押職田錢并影堂材植去，及帶匠人。惟石碇，未知彼中易得否？必然便可了當。仍請三月半葬事，夜作水陸齋一會，别書牌子，供養自家祖宗先亡。并陳家墳塋切近，亦召伯陽到寺排供養。及六屯田家祖先，並同。其餘合供養神明，并依水陸本法也。更有合支用處，并令魏祐應副。更知諸親屬，歲荒不易，旋糴米二十石去，請便俵散。其逐月供米者，卻不銷得。杜大家曾供米否？亦每月與一石。酒亦送去，隨米支送。知尊候已安。更請倍加將息將息，慎勿動臟腑也。

二屯田不及書，只請將此呈他。陳家是兩世外家，因水陸之會，又墳塋鄰，並供養不妨。陳長官必已行，更不寫書。

某再拜節推三哥：得書，知尊候萬福，兼知九姐出適，深喜深喜！得李郎書，甚有事業，不知在彼，或已省覲？馬祕丞亦有書來。鄉中多不熟，地卑使然。或回换得數頃高田常熟者，則婚嫁可以指望〔二〕。待於天平墳頭立一碑誌〔三〕，請尋訪祖宗文字，及於老人處訪問〔四〕，且於諸房更求先代官告文書，并三哥自傳聞事，亦旋旋抄來。或聞祖先元是藍田人，不知記否？此一事切在心尋去。訪十二姑，亦必有記得事。保重保重！

某再拜節推三哥：近領親教，伏承起居萬福，兼知已納二壻，尤增慶喜。津送不易，必是有債也。候稍那得，即去奉助，寬心寬心！在此幼累如常，只是十九郎久病已減八九，猶未復舊。二郎、三郎，並勤修學，日立功課。彼中兒男，切須令苦學，勿使因循。須候有事業成人，方與恩澤文字。兼今後不亂奏人，逐房各已有恩澤，須是有事業，可以入官，方與奏薦也，請告諭之。末由拜覲，乞加保重。

某再拜中舍三哥：夜來王興至，得書，知尊候已安，甚解憂心。卻聞杜大病亡，苦痛苦痛！不幸不幸！所支錢與了當喪事，甚是甚是！孤幼如何安存？更請多方用心苦苦！莊契恐又出限，餘錢且據數税卻。自家置少義田，不可卻令漏税。所退絹，已换得好者，今將去。聞夏税倚閣，如户等該得，即將絹賣來納田契税錢；如不該得，即且納税。田契確實用多少錢，請細劄取來。今令人去，候所印契便與了卻，付去人來。酷熱，乞保重保重！

某再拜。急足回，領書，承起居萬福，骨肉並安。此中如常，且勉力爲之，過毁過譽，無以防也。知蘇湖水患，奈何奈何！三兩日來稍晴，彼中還晴否？晚稻雖可種，亦須水退，方能施功。見使命自江南來，一例大水，饒州市中行船，睦州樓居，猶不能免。向去民力必困，憂心憂心！純義以下並脩學，純禮又受正字，媿幸媿幸！酷暑，乞保重保重！

某再拜監簿三哥：近已有書去。純佑到，領得急足回來書，並知動止。又承在明州權邑，骨肉並安。在此如常。遇發兵次，不及云云，乞保重。

七新婦親情，請聞於鄭資政宅上，他姝女也。今年郊天，且奏常州四哥，老兄弟中別無人，又長善。

【校勘記】

〔一〕來：《叢刊》本作「去」。

〔二〕可以：《叢刊》本作「有所」。
〔三〕待：《叢刊》本作「特」。
〔四〕老人：《叢刊》本作「他人」。

忠宣公

純仁：書來，知家中平善。我病多日，近來減退，不用憂也。六伯已下，三郎、四郎、朱十二郎各傳語，李監簿累得書，當時特舉薦受恩澤，不是蔭人。今須奏去理會，乞特注官也。鄭資政書來云，今年奏李七郎作李通名字，所以卻奏聶舅。今田居安去本房問，如鄭資政不曾奏李通，或奏不得，即改聶升。熟狀作奏妻姪李通，仍速報來。南郊恩例，但勘下曆子，未要請出。先算欠多少馬價，并來年聖節進奉，並當在官庫准備外〔二〕，更有鄭資政諸大官先借過錢物，要還他。純仁程試長進，更學書札，不具。吾報張祕丞傳語，頻得書，三郎不得慢易，勤學勤學！李八九秀才照管，王秀才計安。

【校勘記】

〔一〕在：《叢刊》本作「進」。

九國博

九國博與純仁著分析事，《易》所謂憂悔吝者，存乎介是也。雖纖微，亦能使人憂悔。今更有文字，發遣祁正歸尉氏，及屈德歸州。恐偶然作過，入府又索分析也，請曉之。白魚十五斤，漢江所出，請檢收。七哥更不敢留。

中舍二子三監簿四太祝

三郎、四郎諸骨肉必安吉。莊上如何？各宜節儉，頻照管西山墳塋。不知十叔受得甚處官？汝等但小心，有鄉曲之譽，可以理民，可以守廉者，方敢奏薦。須陪涉鄉中有行止人。九師計安。五嫂房下并諸親，一一伸意，各相照燭照燭！不具。叔押報。

三郎官人：昨得書，知在官平善。此中亦如常，只是純佑未全安。汝守官處小心，不得欺事；與同官和睦多禮，有事即與同官議，莫與公人商量。莫縱鄉親來部下興販，自家且一向清心做官，莫營私利。汝看老叔自來如何，還曾營私否？自家好家門，各爲好事，以光祖宗。頻寄書來，言彼動静。將息將息〔一〕！不具。叔押報，十五日〔二〕。

新婦孩兒各安吉？十叔房下如何？弟兄還漸識好惡否？（又見《戒子通録》卷六，《古今事文類聚・後集》卷七，《古今圖書集成・家範典》卷七六。）

【校勘記】

〔一〕「將息」二字原不重，據《古今圖書集成・家範典》卷七六補。

〔二〕十五日：原無，據《古今圖書集成・家範典》卷七六補。

朱氏〔一〕

秀才三哥：久不得信，計想平善。刑部誌文已撰得，請星夜差人先賫去上石亦可。及得其間增減簽出處，子細填入，仍請與呂君秀才商量。所示及行狀，必呂公之筆，大好詳備，仰之仰之！某相次受外任差遣，必徑去與足下同送五娘兒往杜宅。近屯田移得知廣濟軍。五娘子衣裝不要典賣。永城莊已丁寧王郎，他或要得。十四郎將來且依王宅姐姐處，足下則須有脩學處也。寬心寬心！某正月末必出京，或往永城，亦須早去。凝寒，好將息。五學究並乞伸懇，不及書。人回，子細示及。

下處並起居宅上，并五哥、大娘宅中骨肉、劉師姨計安〔二〕。

某頓首秀才三哥：自别，並不領書札。曾因石十人力行有書，必然可達。八員外、五學究、大郎宅上各計安吉，不及一一。脩染賢子莊上如何？還有歸着否？韓員外歸來未？在此甚好脩學，見有講席并文會，久望不至，未知厥由，亦甚憂。彼中十四郎長進，切好看承。杜宅五娘子、王郎在陳州，曾相見否？因人無吝示字。好將息將息！

若欲來脩學，請進奏院遞中惠書相報，即因便人去相接。

某蒙恩改郡〔三〕，今月十七日至丹陽禮上，一行平善。六嬸神櫬且安瓜洲寺中，悲感悲感！七哥骨肉上下各計安，甚時來得相見？骨肉聚會，此最幸也幸也！山東九郎得解在京，願伊有成有成。書言翁翁葬事，只要就長山，候見議之。嚴評事、石道正、法華各伸意。許家弟兄多在京，乍到不及云云。將息將息！七哥官人大郎來，領書，知公外安寧，甚慰思渴。此中無事，只被純佑久病未安，不住請醫人調理，心悶可知。大郎來此，既不脩學，又無事與他勾當，必難久住。異姓恩澤，卒難得便次陳乞。兼山東復州並未曾奏得，想悉之也。親事不易，且勉旃勉旃。近有書與許運判，問彼中動静。居官臨滿，直須小心廉潔，稍有點污，則晚年飢寒可憂也。更防兒男不識好惡，多愛多愛。

三郎秀才：前日專到寧陵，奉謁不遇，爲某暫來南京，便欲與賢同送五娘子往廣濟杜宅。星夜候賢歸，千萬千萬！諸事候卻回勾當，且如今了卻此事，兼要奉見商量向去次第，千萬星夜速來，切切！今專差人去，不宣。某咨上三哥秀才。

三哥秀才：自别，傾渴傾渴！雅况何如？永城莊田暨寧陵家計作何擘畫？八叔員外、五哥應相助也。大郎宅上安吉？王郎家應往陳州襄邑卜居，亦甚相近，還照管得否？足下本約來此脩學，還遂志否？如果起得，但見本府進奏官即知在此公人。客旅便次八九程可達，更宜從長。吕秀才託仲意。或起離未得，即師問吕君，亦可日新。衰門如此，寧不憂懼！永城誌文立碣，亦可向西屢見也。秋凉，希多愛多愛。四郎看恤伊早令讀書。因人千萬示信。不宣。某咨於朱姪秀才台座。（又見《（民國）寧陵縣志》卷一二）

某啓：自别，累得書，知動止清勝，又審向秋召試，前賀前賀！門户再起，獨在吾仁。京師交遊，慎於高議不同，當言責之地也。且温習文字，清心潔行，以自樹立。平生之稱，當見大節，不必竊論曲直，取小名招大悔矣。希多愛多愛，不宣。某上直講三哥之右。（又見《戒子通録》卷六，《項氏家説》卷一〇。）

宅眷賢弟各計安。京師少往還，凡見利處便須思患。老夫屢經風波，惟能忍窮，故得免禍。孫先生、蔡十四，見希致懇。爲他在官邸，不欲發書，悉之悉之！時請惠字以慰，傾企傾企！兒子亦漸安。某上。（又見《戒子通録》卷六。）

大參到郡，必受知也，惟勤學奉公，勿憂前路。慎無好書札，有文性，勿小其志也。如長者出麾，豈不能安一弟，使專於學耶？或來脩學亦好，一如在陳州時，常有學徒三五人，日有功課。凝寒，多愛多愛〔四〕。不宣。某上集賢學士。

王郎房下，倍加存卹，勿以婦人之言，漸生離隔，此人家之常患也。吴郎在此，已轉殿省。（又見《戒子通録》卷六。）

純佑尚未安，純仁得解猶未歸。賢弟計安，請寬心將息。雖清貧，但身安爲重。家間苦淡，士之常也，省去冗口可矣。足下或未能發得書，請賢弟寫書相報相報。

請多著工夫〔五〕，看道書，見壽而康者，問其所以，則有所得矣。（又見《戒子通録》卷六。）

某啓：近遞中得書，備悉雅意。朝請外杜門著書，何大於此？此中亦如常，但有答書之苦。時或有相干作碑誌，由某不受潤筆，引惹故也。或是相知，不能違阻。今有故胡少卿家來求作碑，已勉强撰得，恐更被人寫壞。三哥無事時，與寫取并篆額可也。秋冷，多愛多愛，不宣。某白學士仁姪。

裏面有不是處便與改正，空缺處更消息。凡言公處，請與只空最先一個，其後公字，莫不銷空否？請相度。時希惠字，以慰傾企。

承旨應時相見，弟兄俱與致意，無事不欲奉書也。吾知青春試期在近，少出入，動筆硯，勿預議論，且繼續衰構。力微不足以助國家之急，相勉。苟有心襟，待之非晚。

某諮。久不致懇，得兒子書，知體理爽和。云曾詣問，即不見賓客。或聞神思驚悸，近日調攝，漸安否？屢曾咨聞，以足下起發衰門，宜愛重，以副先德之心，何致多疾？極奉憂得，萬萬自愛。不宣。某致于學士族家之右。

某到忻、代病嗽，醫藥過凉，傷及下臟。淋痔併作，日夜苦楚，於今稍間而未止。遠承誨問，爲慰極多。所議南郊異姓之恩已發卻多日，爲妻舅聶升十口，日有溝壑之憂，且逐急處行也。吾仁青春，已在館殿，三五年間，必有異恩，於一第不足爲憂，此必然之説。相國下車，賴長者博文多識，可日奉談燕。多愛多愛。不宣。某上頴倅學士三姪。

貴眷郎娘各萬福，切寬中自愛。人生憂多樂少，惟自適爲好。此間疎懶成性，日在池塘或至歡醉，亦依舊行氣不廢，且遣疾耳。

滕七有事，方得蘇臺好處，爲伊增喜，遽聞哀訃，苦事苦事！同年中又失一相愛者，悲涕悲涕！已差人去照管。南京王倅同年希伸意。報著提刑司體量，不知如何？

【校勘記】

〔一〕據原目録，與朱氏書共十五帖，而各帖均未標題，中有數帖分合不明，兹以意分之。

〔二〕姨：《叢刊》本作「郎」。

〔三〕此句以下原與前帖末段相連，審書意當是另一帖，今分。

〔四〕多愛多愛：原僅「多愛」二字，據《叢刊》本補。

〔五〕工夫：原作「灸」，據《戒子通録》卷六改。

指使魏佑

偃師七郎抛卻母，必是大段不易。西京莊課并梨錢內，且速那錢十貫去。如得工夫，即暫到偃師看伊。要知次第，彼中如無存濟，即開春教來此脩學。如且要守墳持孝，即待支莊課，供贍一切，取伊穩便。莊上多覓下桑栽，開春便令人勾當栽植。尹家宅上計平善，到彼已支料錢兩貫去。正月起請傳語尹家兄弟，不及寫書，將此呈他無妨。汝到陽翟了早回，寒冷不易。

范文正公尺牘卷中

交游

韓魏公

某頓首再拜。遞中并黄通來，疊降真誨，以多故，脩答後時，至悚至悚！近惟起居萬福。師魯去赴均州時，已覺疾作。至均，寢食或進或退，僅百餘日。得提刑司文字，舁疾來鄧，以存没見託，至五日而啓手足。苦痛苦痛！至終不亂，初相見時，卻且著灸，不談後事。疾勢漸危，遂中夜詣驛看他，告伊云：「足下平生節行用心，待與韓公、歐陽公各做文字，垂于不朽。」他舉手叩頭。又告伊云：「待與諸公分俸贍家，不令失所。」他又舉手云：「渭州有二兒子。」即就枕，更不他語。來日與趙學士看他，云：「夜來示諭，並記得，已相别矣。」顧家人則云：「我自了當，不復管汝。」略無憂戚。又兩日，猶能扶行，忽索灌漱訖，憑案而化。衆人無不悲泣，無不欽服其明也。别趙學士云「不怛化」；别韓倅云「少年樹德」；别賈狀元云「亦無鬼神，亦無煩惱」。官員又問以家事，答云：「參以人事，則不樂也。」終更無言。莊老釋氏齊死生之説，師魯盡得之，奇異奇異！尋常見他於兒女多愛，不謂能了了如此。初九日夜四更有事，十日晚殯於西禪，送終之禮甚備，官員舉人無不至者。家且寄此，候秋凉歸洛。已去安州之翰處作行狀，待送永叔作墓誌，某不敢作，恐知他當年事不備故也。却待作文集序，此中士人多收得他文字。明公可與他作墓表也。看他永訣時，實無不足意。今録衆人祭文挽詩上呈。草草。（又見《范文正公年譜》。）

某再拜。伏蒙特賜手教，以之翰所撰師魯行狀未精，更須修改，然後送永叔作誌。足見大君子金石其心，使死者全名，生者服義，敢不欽佩風旨，益盡其意！然始以之翰知師魯最深，又少與之游，盡見其行事，故衆謂之翰宜書其善狀。及觀尹材所辨，亦不可忽，故録之於後，庶幾明公與永叔詳之，自可增損。今明公欲之翰脩定而後作誌，已致書之翰，必更盡心。衆謂之翰醇儒，本無他腸，但思之未精，筆力未至爾。明公以爲如何？幸恕而寬之。

某再拜資政侍郎：近遞中發狀，必已上呈，李學士應亦到府。昨日得邸報，知仲儀爲人攻之不已，至于奪職，奈何奈何！雖本無害善之心，緣而及此，多愧多愧！然事非醜惡，法外行之，不久當須辯明，書去必多勉之。今有進士潘起，才筆俊健，言行温粹，長安有户籍，今去就鄉薦，有投獻，必賜垂覽，得失即繫他程試也。殘暑，乞自重自重。

某再拜資政侍郎仁兄：近辱回教，承起居萬福。前日得長葛李宅書，六郎有事，何門衰之若此，苦事苦事！伊又受卻恩澤，諸弟必不敢當。某罷參并邊任，未曾奏人，今卻欲奏七郎，不知允否？更乞裁之。元秘丞已得請，必便般家來也，鄙拙得他爲助。盛暑，伏惟自重。

某啓：兩捧真問，恭承台候萬福。旱天酷暑，加迎送不暇，想煩襟靈。邠郡數日來亦甚熱，但夜深則涼，有休息也。李大相過，昨晚已發，堅留不住。保安申報，寇戎甚不律，已移文延安，只指定地界，牒與宥州，不可令人去，必起戰鬭也，不知聽從否？亦已奏訖。河朔亦有侵疆之説，不知是否？自重自重。

某再拜。近復手啓，言蔣偕事，必已通呈。今有環慶替回虎翼三人，蚤行被强賊劫奪衣物，斫傷甚困。重問之，言賊著褐衫，作陝西人語。此中少劫路賊，衆疑同行神虎一指揮歸營，恐其中有作過者。今差指使党武詣府，試與指揮緝逐。情甚兇惡，乞照之。

家屬一兩日必到府，勿令住也，在路久矣。元秘丞正旦可來否？四向文字亦漸多，州署中有凉廳一位，可以待他。

某啓：党武回，領鈞誨，承台候萬福。捕寇事，曲煩聰聽。鎮戎事宜已奉報，今卻稍款，不知何謀也。又來秦亭打卻蕃部，今日報到三千餘人騎入來。此昭然無可倚信，今秋必又大作，如何如何！亦已具奏訖。昨日有旨體量安俊，亦已回奏如前，安可儀隴試之也。並乞密之。元秘丞適已到郡，文字漸多，甚賴他也。知牙痛未已，請用硫黄好者爲末揩之，疼即止。或是風壅，即用搜風藥宣過。乞自重自重。

某再拜資政侍郎十兄：伏自違遠門牆，以道塗之勞，久疎上記，伏想台候萬福。某已至穰下度日，無客，公事絶稀，甚閑適也，不謂勞生亦有此遇。明公久於衝要，嚴召非晚，更望勉之。因風無吝枉教。夫人體候萬福，諸郎君英秀並安。邠人回，草草。

某啓：遞中累辱榮問，承經武外，起居休寧云。承有微恙，尋已平復。人之生也，分天地之氣，不調則其氣不平，氣不平則疾作，此理之必然矣。今人於十二時中，寢食之外，皆徇外事，無一時調氣治身，安得而不爲疾耶？請挪十日之功，看《素問》一遍，則知人之生可貴也，氣須甚平也。和自此養，疾自此去矣。愛重愛重！《素問》奇書，其精妙處三五篇，恐非醫者所能言也。《書序》云，「三墳言大道也」，此必三墳之書。宜少服藥，專於惜氣養和，此大概養生之説也。道書云「積氣成真」是也。惟節慎補氣咽津之術可行之，餘皆迂怪。貪慕神僊，心未灰而意必亂，宜無信矣。兒子致疾，由此也，近卻肯服藥，有差望耳，亦未醒。（又見《八代文鈔》、《古今尺牘清裁》卷五二。）

某再拜稚圭觀察：三日前遞中奉書，倉卒不周。前時寵示第三，文字極切當，頗爲孤生之助，幸甚！某第二削有壯歲雄才之説，乞矜恕。蓋無可説，劄子中云，緣别路已有不辭免者。渭州已謝延第四削，而心已不固來相勸也。某多病，獨願一貶。量力實不可當，或有威罰。死生惟命，幸無傷軫。

某再拜稚圭太傅：近遞中捧教，至荷勤重之旨，不任悚仄。邸報云，某有恩命，改職增秩。貧儒至此，誠爲光寵，奈何朝廷本欲吾輩來了邊事，今涇原全師敗歿，鄰道無應援之效，而特進爵，天下豈無深議耶？又今將佐不思報國，惟望僥恩，吾輩頻時進改，豈能伏其心？何言責他實效？候文字到，須以此削章，乞朝廷裁酌。今日聞閣下復舊職，改大諫職可復矣。官莫須陳讓，使諸將知吾輩無僥倖之意。當此之際，如得朝廷責怒，則吾輩可以責將佐之功矣。某昨赴邠州，設禦捍之勢，實懼自己路分内放過寇馬，入撓關中，其責如何。誠以避罪，豈足爲功，以邀渥澤也。惶恐惶恐！寇謀漸熾，皆由將帥無謀，入賊策中。吾輩須日夜營營，以備將來。時乞數字。苦寒，愛重爲祝。

某啓：今月二十九日，受敕往涇州，當時上狀。次日邸報與明公並領此命。又一日有旨不允前讓，亦已拜受訖。一削甚激切，以廉察之讓，屢煩天聽，不敢再瀆，但媿將佐何以責率，悚仄悚仄！今蚤離慶州，更三程至涇。明公應不候文龍圖到，亦知已過永興。某卻遣人齋往河府接，必是未達。師魯近有書去，願夙駕爲曾。春事已迫，乞留意留意！

運判入奏，只且帶常程邊事。别有一削，俟面聞，恐遞中疎失。某上。

西人將至，群議復作。或不知將略，不顧民力，惟高論於朝，不管成敗，如楊國忠逼哥舒翰速戰而陷長安，如盧携不許黄巢節制而亂天下。須慮禍之速也。或俯仰從衆，苟安一時，不管稔禍長惡，則患之深也。西事之責，在公與走。或各上文字，則慮微有不同，便爲人攻擊，無以取信。或隨衆上下，他日誰咎？願公思之。或奏乞密議數日，又恐衆疑。或假元均往來三兩次，議定後同上文字，先假以通和，兼未必能合。一面畫取横山策，舉可用之將，仍速教新陣法，日夜爲謀。彼便通順，必亦不久早來。略陳事端，衆必不曉不信，明公試爲詳酌。

某再拜。承寵示科場文字中瑕病，不勝降服，大是大是！非公精識，取笑天下。初兩制定上已一二十度修寫，犯他衆怒，思慮太過，凝滯久之。及公指之，一一中病。如廣南等小處，須令轉運司相度，有介潔之士，無明師不肯就群居者，有親老家貧日營衣食者，故開此門也。開封國學取行實，止可嚴其保，恐難察也，卻未敢寫敕，須更議之，幸甚幸甚！

某啓：遞中捧台誨，至荷勤切。河東今歲俱罷支移，邊上糧草，中糴自辦。西北勒兵久之，於今未戰，亦報和解。次幸其不來，來則可憂處多。憲州岢嵐，城小而低，矢石可交，火山孤絶，城中無水。今冬無事，來春須力脩川原控扼處，所濟來路極多。舊聞麟州當移，兼曾上言，及往視之，知前言之失。始謂無民，今問得當時西賊急攻府州，謂麟可自下，而不甚虜掠，百姓屬户皆東渡，多免。今存八分，在河内旅寄，惟俟脩城寨，即來復業。本州已抄到一千四百户，續陳奏次，乞留意再造此方。自重自重。

宣撫河東日，見岢嵐軍米光濬，知軍勾當幹集。杜公曾舉，尋卒，妻子無歸，今依親戚居青州。其子得殿侍左班，養母未得。此中又無指使闕，曾申腳色狀來，今上呈，如有指使安排處，乞留意。

某再拜資政諫議：某至豳，兩曾上狀，遞中一次領鈞誨。又兵子來，復枉真筆，不任慰喜。竊承起居安寧，樂於偃息，甚善甚善！某居此甚宜，但西戎今秋不聞大舉，且運歲取之物。早時同上章，近又録本奏陳，爲向去之備，不報，過此無所爲。已乞罷使名，改蒲、同、襄、鄧一郡，必有俞旨。孤平蹇剥，所得已多，須求便安，以全衰晚。未期再會，日加引領，惟自重加餐是望。

某再拜資政諫議：近走介自浙中回，復枉鈞翰，伏承起居萬福。府當衝會，久煩重德，天將授任，必拂亂之，增益所能爾。蒙喆以念念其退之非，蓋年向衰晚，風波屢涉，不自知止，禍亦未涯，此誠懼於中矣。瞻望風采，伏惟倍加自重。

某啓：自至南陽，兩捧鈞誨。遞中一次上記，必達聰覽。涉夏以來，起居何似？每想松柏之情，金石之論，則心醉神驁，坐越千里，翹望翹望！某孤平有素，因備國家驫使，得預班列。今庶事逾涯，復得善郡。每自循揣，曷報上恩？愧幸愧幸！公與彦國，青春壯圖，宜精意遠略，行復大用，乞自重自重。

某啓：近專人來，辱教周密，已遣走介上狀拜謝。孔官人至，又枉鈞翰，不任感慰。首冬以來，起居何似？天平大鎮，風物中和，鉅公處之，誠養賢之所也。未期會遇，至於翹想之極，謹奉此起居。

某再拜。中間伏承有真定之命，以甘陵未平，不敢郵中奉書，恐有遺墜。其瞻渴之誠，斯須不去。恭想鎮臨多暇，神志安和。某近改荆南，尋乞留鄧，俞音已下，盡室獲安，實至幸也。春物方盛，伏惟宴喜外，倍保崇重，祝望祝望！

某再拜真定資政給事：近遞中奉教，伏承鎮安北道，初勞心慮，風化既孚，足爲恬養。河朔數郡被水，今春如何？惟明公早正柄坐，可福斯人也。暑中，乞加自重。

某河朔災沴非常，大煩憂軫也。麥苗不立，向去如何？此中亦有北來流民，見行救濟，多過隨郢去。某已陳乞再任，或移浙中一郡，雖於國無濟，但一方州庶事由己，吏民可安，自且恬泰。吾道進退，無固必也，惟保得明公、彦國與此老無攀緣進取之階，可不愧於天下。又自省寒士，遭逢至此，得選善藩以自處，何以報國厚恩？感切感切！尹師魯家甚不失所。近永叔寄到師魯墓誌，詞意高妙，固可傳於來代。然後書事實處，亦恐不滿人意，請明公更指出，少脩之。永叔書意，不許人改也。然他人爲之雖備，卻恐其文不傳於後。或有未盡事，請明公於墓表中書之，亦不遺其美。又不可太高，恐爲人攻剥，則反有損師魯之名也。乞審之。人事如此，台候與貴屬並萬福。

真定名藩，生身在彼，自識别以來，卻未得一到，諒多勝賞也。此中如常，夏田豐稔，所轄金、均、房相去各五七百里，山川險隔。自冬至春，三州各有小小結構，幸而告敗，豈刑殺不能勝其驕耶？此一弊如何可救，使得久安？憂思。西寇天誅，此又與而不取之時也。横山一帶，正可行前策，衰老不敢言。明公雄望，誠可建白，但慮不從耳，可惜可惜！

某頓首再拜資政稚圭給事：至節，遠蒙回問，研誦未已。新正先辱榮誨，不任愧荷。明公天禀忠義，進退以吾道，所以伏膺也。今鎮静北面，練兵養民，是亦爲政矣。君子之道如陽春白日，於照臨生育之意，豈擇其小大之限哉？但天下中外望在明公耳，惟自重，以副瞻祝。

某再拜大資給事：近奉鈞問，伏承起居萬福。兼審寵拜，益增喜抃。某自春入夏，久在道途。餘杭酷熱，多在江樓。因病月餘，以故久不奏記，日負媿仄。及領教筆，但感金石之意未相遺也。銘著銘著！某亦叨恩命，何功可稱？矧兹衰晚，未知所報，惶恐惶恐！惟祝正人早歸柄任，以副天下之心，吾道之望。乞自重自重。

某拜。來示諭在鎮三期，必朝夕有命，惟安仁樂道，無所陳請，此爲高也。如今便乞閑郡，必不以爲誠。或言避權，亦不見信。但委順静處爲妙，天下自有公議。未大用間，亦處處有仁義可行，言拙亦不出度内也。貴愛並計萬福。頒惠磁器多品，不勝珍荷，留到致仕時使用，必傳上《九老圖》也。近老者多罷去也，已森森不遑也，呵呵。

某頓首再拜大資侍郎：專人來，蒙賜教，極荷恩意之厚。自顧衰晚，何足當大君子之高義，至幸至媿！恭審起居安勝，此社稷生靈之望，會有施設也。河朔久困，今春少雨，後來聞已霶霈，應有稔意。此中蠶麥大獲，秋稼亦盛，甚釋憂懼，可偃息以從事矣。兼時有餘暇，可以温習筆硯。曾示《閲古堂記》，將呈與孫之翰，不曾取得。命作詩，敢再乞記一本并諸公詩，俟即賦之。又頒示《北嶽碑》，真雄文健筆，高古相稱，爲不朽矣，欽服欽服！門仞尚遠，日增企望。伏冀倍加自重，以膺大拜，真禱真禱！

某再拜大資侍郎：專人復至，蒙賜教并示中山新作，有以見大君子存誠風教，未嘗空言，惟感服欽慕，老而不知其止。謹觀《閲古堂詩》并記，仰歎無已。又窺諸公所賦，何以措手！然旨命丁寧，亦勉優成篇，并自寫上呈。所謂將勤補拙，更乞斤斧，免貽衆誚，幸望幸望！諭及師魯序，且得無大過。□□□□「風雅」字唐賢多用。梁肅作《李翰集序》云：「陳子昂以風雅革浮侈，張燕公以宏茂廣波瀾。」又李貽孫序《歐陽詹集》：「公宜其掌代文柄，以變風雅爲古道。」亦更明白。又「相見無一言」處，改作「無一言及後事」，亦似曉白。的是不言後事，直至某先言二三事，他心安而不憂。其後它方叩頭云：「公言已盡矣。」明日舁疾而來，却無一言。是相知之深，不暇言也。此外必更有未當處，但先喻及，不同永叔，寧作數千字，紜紛不肯輒改也。呵呵！未曾敢寫出別處。其間言永叔從而振之，又莫見寫否？實是紜紛不肯。北望雄府，惟祝自重，以福四海。《閲古》之作，蓋出古人也，豈勝仰服！俟息肩，則勉力賦詩。今且和得近賜高什，不避見笑。蓋仰答厚意，慚荷慚荷！

某再拜大資侍郎：在餘杭捧閏首賜教，過垂周厚。私念去人必至麾下，以改郡邁行，未遑脩謝。及山陽遇回介，併受鈞翰，及示奇章，感歎榮抃，爲生平美事，甚幸甚幸！退省虚陋，曷稱重獎，惟思砥礪名節，以副知己，惶恐惶恐！某上巳日方至青社，繼富公之後，庶事有倫，守之弗墜。但歲饑物貴，河朔流民尚在村落，因須救濟。數日間入城者六七千人，無非饑窮。其來未已，二麥須稔，方可復蘇。四向亦有寇盜，齊博間稍熾。三兩日來，時有雨澤，但未霑足，亦有望也。憂責非輕，豈衰老可當？受國重恩，不忍辭避。拜遇未卜，日深瞻望，仰祝大拜，爲天下福，吾道之至願。謹奉此上謝。

某頓首再拜大資侍郎：伏惟純德至誠，天下倚望，神靈所護〔一〕，起居其寧。某居此憧憧之地，固已少暇。復歲時以來，家多憂苦，以致闕於奏記，徒念念於知己，惶悚惶悚！惟天意在公，早正鈞軸，天下之幸，吾道爲光也，不任區區之願。

某頓首再拜觀文侍郎：恭惟台候萬福。中間人回，蒙賜教，備荷恩意。《閲古堂詩》，仰副來命，不敢不勉。過辱褒許，且愧且懼。明公拜命，初以賢輔留滯，不敢脩賀。先賜榮問，復稽裁謝，爲安撫提轉相繼而來，後又腹疾作，遂成懶慢。亦恃公見愛之深，必未譴咎，皇恐皇恐！今歲早寒，關塞應甚，伏冀倍加自重，以副具瞻之情。謹此。

某皇恐再拜觀文侍郎：某病中捧書，過賜憂軫勤厚之意，何以勝戴？即今尚未痊差，扶病上道赴潁州。益遠風問，但深瞻戀之劇。初暑，伏惟爲國倍加自重，至禱至禱！

某再拜資政諫議：伏想鎮臨大屏，頤養至和，與神道游，誠將物感，正人之望日重。若某衰晚之期，休息甚稱，田園未立，告老猶稽，此可愧於人也。然念念其退，不作妄動事，爲知己之羞。拜會未期，萬萬自重。

某再拜資政稚圭給事：向蒙遞中垂教，以公移鎮，必迂迴川路，未便脩報問。忽有專人遠致鈞翰，伏讀再四，若奉符采。兼示先公太師并司封諸誌，感歎辭義，足以風化搢紳，光大門閥，不任拳拳伏膺之至〔二〕。披對未期，惟日引領。伏冀倍加自重，以副天下之望。

【校勘記】

〔一〕護：原作「讓」，據《叢刊》本改。

〔二〕伏：宣統本作「服」。

范文正公尺牘卷下

交游

晏尚書

伏自春初至項城，因使人回，草草上謝。由潁淮而下，越茲重江，四月幾望，至於桐廬。回首大亳，忽數千里，日思奏記，夐於無階。恭惟蕃宣之居，鈞體惟寧；赫赫之瞻，日以增重。某罪有餘責，尚叨一麾，敢不盡心，以求疾苦。二浙之俗，躁而無剛。豪者如虎，示之以文；弱者如鼠，存之以仁。吞奪之害，稍稍而息。乃延見諸生，以博以約，非某所能，蓋師門之禮訓也〔一〕。又郡之山川，接于新定，誰謂幽遐，滿目奇勝。衢、歙二水，合于城隅，一濁一清，衢江濁，歙江清。如濟如河。百里而東，遂爲浙江。漁釣相望，鳧鷖交下。有嚴子陵之釣石，方干之隱茅。又群峰四來，翠盈軒窗。東北曰烏龍，崔嵬如岱；西南曰馬目，秀狀如嵩。白雲徘徊，終日不去。巖泉一支，潺湲齋中。春之晝，秋之夕，既清且幽，大得隱者之樂，惟恐逢恩，一日移去。且有章、阮二從事，俱富文能琴，夙宵爲會，迭唱交和，忘其形體。鄭聲之娱，斯實未暇。往往林僧野客，惠然投詩。其爲郡之樂，有如此者。於君親之恩，知己之賜，宜何報焉？今有郡齋歌詩一軸拜獻，庶明前言之不誣爾。干瀆台嚴，伏增戰懼。尚遠門下，伏惟尊崇，爲國自重。（又見《嚴陵集》卷八，《范文正公年譜》，《文章辨體彙選》卷二五六，《八代文鈔》，《古今尺牘清裁》卷五二，《古今圖書集成・職方典》卷一〇一六。）

某啓：伏惟參政尚書台候起居萬福。某伏自睦改蘇〔二〕，首捧鈞翰。屬董役海上，至還郡中，災困之氓，其室十萬。疾苦紛沓，夙夜營救，智小謀大，厥心惶惶。久而未濟，上答斯晚，死罪死罪！早以桐廬鄙述之作，仰黷台光，伏蒙尚書不以隆墀之高，而應諸遠壑；不以洪鐘之大，而納兹纖筳。謂宣父聖師，嘗稱弟子之善；邴吉真相，或矜小吏之狂。緩其嚴誅，寵以鈞什。霈江海之宏潤，被虹蜺之垂光。夫何猥孱，當此褒賜！某謂葛覃、芣苢，微物也，託于周召則不朽矣。又蒙以新著《神御殿頌》《游渦賦》《青社州學記》示於謏聞，俾閲大範。孰量童觀之明，得預宗廟之美。但當金口木舌，以駕説至道之萬一爾。如覩大禮，閲廣樂，豈能形容於造次哉！遥瞻台屏，伏惟尊崇，爲國自重，卑情不任榮懼感戴激切之至。（又見《范文正公年譜》。）

某再拜上覆參政尚書〔三〕：恭惟台候起居萬福。某十七日至京，諸公並未敢請見。蒙賜誨言，敢不佩戴。瞻仰恩館，伏惟爲國自重，卑情祝頌之至。謹奉手狀起居〔四〕。（又見傅增湘校本《五百家播芳大全文粹》卷六三。）

【校勘記】

〔一〕「師門」上，《嚴陵集》卷八有「朝家之教條」一句。

〔二〕睦：原作「恩」，據《范文正公年譜》引改。

〔三〕上覆：原無，據《五百家播芳大全文粹》卷六三補。

〔四〕「謹奉」句原無，據《五百家播芳大全文粹》卷六三補。

邵餗先生

十月日，右司諫、祕閣校理、知蘇州范某，謹奉短書于先生邵公足下。某今春與張侍御過丹陽，約詣先生，見維舟水邊，聞先生歸山。所謂其室則邇，其人甚遠，惘然愧薄宦之不高矣。暨抵桐廬郡，郡有嚴陵釣臺，思其人，詠其風，毅然知肥遯之可尚矣。能使貪夫廉，懦夫立，則是有大功於名教也。搆堂而祠之，又爲之記，聊以辨嚴子之心，决千古之疑。又念非託之以奇人，則不足傳之後世。今先生篆高四海，或能枉神筆於片石，則嚴子之風復千百年未泯，其高尚之爲教也，亦大矣哉！謹遣郡校奉此，恭俟雅命。（又見《嚴陵集》卷八，《負暄野録》卷上，《六藝之一録》卷二九七，《宋史翼》卷二六。）

諫院郭舍人

某再拜舍人：遞中得兄金玉之問，情致雅遠，如見古人。恭惟遷諫司，奉衮職，忘雷霆之恐以報主，蹈湯火之急以救時，端人之言，固有中矣。某謂志於道者，皆欲殺身成君。及其少屏，則信起獨善之□。又嘉江山滿前，風月有舊，真賞之際，使人愉然，曾不知通塞之如何耶？惟兄自重，勿至相念。

王狀元

某再拜狀元正言學士：郵中得來教，喜可知也。某四月半到郡，重江亂山，目不可際，懷想朋戚，寧莫依依。而水石琴書，日有雅味，時得佳客，相與詠歌。古人謂道可樂者，今始信然！惟閣下居喪食貧，聚數百指，前望高遠，宜無動懷？善愛善愛！

石曼卿

某再拜。去冬以攜家之計，駐驘東郊，朋來相歡，積飲傷肺，賴此閑處，可以偃息。書問盈机，修答蓋稀。足下亦復懶發，絶無惠問，非求存慰，欲知起居之好爾。近詩一軸，寄於足下與滕正言。達於諸公，必笑我也。

曹都官

某再拜。伏念天涯之遠，聲應自接，使介一至，手筆爛然，金石其辭，雪霜見志，斯足以使吾道拳拳矣。其進之狂者，無明哲以保身，交游之恩，尚不爲輕，况君父之知，死而當報。暨守桐廬郡，大爲拙者之福，朝廷念其無他，移守姑蘇。以祖禰之邦，别乞一郡，乃得四明。以計司言，蘇有水災，俄命仍舊。鄙陋之才，未飽世務，惟日夜謹事，與衆協力，庶幾萬一可濟耳。願兄歸闕，道出此郡，按舊□，又所得將多，至望！惟以道自愛，慰此善頌。

孫元規

待制吾兄：某伏自東南之役，不復奏記于諸公，誠以久勞之人，且欲晏息爾。吾兄由簡在之知，登于清近，薦紳畢賀，吾道相榮。首枉華音，足慰素望，何青雲之上，亦莫我遺，感抃感抃！肺疾未愈，賴此幽棲。江山照人，本無他望，以此爲多。未拜覿間，伏覬爲國自愛。

孫明復

某啓：正初奉邀東門之别，翌日大寒未起，舟人輒移，足下之來，固不可見。至桐廬，聞足下失意，愕乎其且憂矣。足下直方而孤，非求榮之人，嘗言二代未葬，勉身以進也。天與其時，一何吝歟！此交友之情，大鬱鬱然。及得足下河朔二書，且依天章公，猶免屈於不知己者，甚善甚善！某至新定，江山清絶，落魄以歌，自謂得計。及來姑蘇，卻脩人事，斯亦勞矣。今在海上部役開決積水，俟寒而罷。足下未嘗遊浙中，或能枉駕，與吴中講貫經籍，教育人材，是亦先生之爲政，買山之圖，其在中矣。以來者衆，未易他謀也。之武、公綽二君子皆持服在此。冬景向嚴，萬萬自愛。（又見《范文正公年譜》。）

滕子京

某再拜。遞中捧來記云，出省後兩賜榮問，一未嘗至，請究之。執事入侍清光，退奉慈聖，可謂美矣。某肺疾尚留，酒量大減，水邊林下，略能清吟。聊書一軸上寄，并簡呈諫院門館諸公，善知我之素爾。

李泰伯

某白秀才李君：在鄱陽勞惠訪，尋以改郡，不敢奉邀。今潤州初建郡學，可能屈節教授。又慮遠来，難爲將家。蘇州掌學胡瑗祕校見《明堂圖》，亦甚奉仰。或能挈家，必有經晝，請先示音爲幸。保愛保愛！不宣。仲淹上李君奇士足下，八月十九日〔一〕。（又見《直講李先生文集·外集》卷二，《范文正公年譜》。）

某頓首秀才仁弟：别來傾渴無已，想至僊鄉，拜慶外無恙。此中佳山水，府學中有三十餘人，闕講貫〔二〕，與監郡諸官議，無如請先生之來，必不奉誤，誠於禮中大有請益處。至願！至願！不宣。仲淹上秀才仁弟，十月十九日〔三〕。

此地比丹陽又似閒暇，可以卜居，請一來講説，因以圖之。誠衆望也！誠衆望也〔四〕！兒子在蘇州，足下可能早來？今冬欲行鄉飲，俟先生講求也。仲淹上〔五〕。（又見《直講李先生文集·外集》卷二，《范文正公年譜》。）

某白：中間辱教，承已拜恩命。雖德業雅遠，未稱人望，而朝廷獎善，鴻漸于時，惟聰明精至曉之深矣。未相會間，千萬自愛自愛！不宣。仲淹上太學先生。閏十一月二十八日〔六〕。

某已受敕改青州，見理舟行次，希善侍加愛。（又見《直講李先生文集·外集》卷二。）

【校勘記】

〔一〕「不宣」至「十九日」：原無，據《直講李先生文集·外集》卷二補。

〔二〕闕：原無，據《直講李先生文集·外集》卷二補。

〔三〕「不宣」至「十九日」：原無，據《直講李先生文集·外集》卷二補。

〔四〕誠衆望也：原不重，據《直講李先生文集·外集》卷二補。

〔五〕仲淹上：原無，據《直講李先生文集·外集》卷二補。

〔六〕「不宣」至「二十八日」：原無，據《直講李先生文集·外集》卷二補。

張文定

某再拜端明安道諫議：專使至，特辱緘問，以示恩意，喜慰無量。兼承居易以道，處順而樂，真賢者養浩之宜矣。某此中差煩，亦且勉力。未披覿間，萬萬自重。

頒惠醇醞，感刻感刻！公人云，到湖州陸行歸府，别無以致，慶州酥五斤，封記全，乞檢至。韋老昨日鄧州同來宛丘，因且在彼勾當，深懼入川。今得晏公辟，在許田知録，甚得所也，極清健可愛。運使錢刑部已起。韓學士應未到。見提憲望致意。或要此中物，希示及。

陳水部

某啓：兒子歸。知山陽禮上有少違和。某亦爲風氣發動，不得馳染，人來，特辱真誨，承體候安好，至慰至慰！彼此當路守任，疲于煩擾，惟勉旃自愛。

謝安定屯田

范某謹齋意西嚮，復書于先生安定公執事：某自筮仕之初，聞先生在諸侯幕中，高風遠度，已與人異。能禦彊族，又嘗正大夫見東夷人之禮，國朝稱之。自是籍籍有清議於四方，咸曰，斯人立天子之庭，其風義如何哉！司命不仁，乃病于□。先生胸中之奇，屈盤虹蜺，然猶不忘國家天下，屢有抗奏。天子嘉其意，進以爲郎。先生謂生平所存，不得著行事，而以言受爵，非吾之心，復卷而懷焉。君子謂之有道。某嘗與先生接，而見貽之書，意愛甚隆，非某之可堪也。某早以孤賤，荷國家不次之遇，夙夜不遑，思所以報，故竭其誠心，自謂無隱爾，非有出入於人也。今被罪而來，尚有民人，是亦爲政，豈敢怠哉！餘則閲書思道，希古人萬一，將無用於今，則庶幾不忝下大夫之後而已。尚阻奇論，惟善奉天倪爲禱。

胡安定屯田〔一〕

屯田長者：某攝行尹事日，捧執事濮陽之書，以困於聽決，未遑脩報。既出江表，杳如天外。近改丹徒，又併獲雅問，豈君子之心不易改棄而然也〔二〕？某念入朝以來，思報人主，言事太急，貶放非一。然僕觀《大過》之象，患守常經。九四以陽處陰〔三〕，越位救時，則王室有棟隆之吉。九三以陽處陽，固位安時，則天下有棟撓之凶。非如艮止之時，思不出位者也。吾儒之職，去先王之經，則茫乎無從矣，又豈暇學人之巧，失其故步？但惟精惟一，死生以之。閣下以良相之門，瑚璉命器，與國同其休戚，自當觀群賢以經大運，無孜孜一夫，以隘其守焉，甚善甚善！未拜會間，千萬保愛。

【校勘記】

〔一〕原無此題，似爲《與謝定安屯田》之另一書，而《范文正公年譜》寶元元年、《宋元學案補遺》卷三、《（乾隆）鎮江府志》卷四八、《（光緒）丹徒縣志》卷五四引此書均題作《與胡安定屯田書》，據補。按此「胡安定屯田」非胡瑗，瑗未嘗官屯田。

〔二〕易改：原作「改易」，據《范文正公年譜》乙。

〔三〕九四：《叢刊》本作「九二」。

睢陽戚寺丞

某啓知宰寺丞：昨軒車之來，誠喜奉見。以困匱之日，致禮不遠，未能忘情，徒自愧耳。洎于回轅，又失拜餞。自至琴署，諒敦清適。有孫復秀才者，一志于學，方之古人。

不知歲寒，何以爲褐？非吾長者，其能濟乎！擬請伊三五日蹔詣門館，惟明公與丁侯裁之。造次造次！慚悚慚悚！

小兒藥已服兩日，未應。乞與差人問伊久服得否？以何爲候？又恐此藥宣取，多則不勝其羸。

某再拜寺丞：久違清素之範，頗增鄙吝之懷。京塵多端，驛音鮮寓，慚悚慚悚！伏想監守之外，動履惟寧，其如縻才，識者奉惜。某在館供職，無所爲效。嵇曰知已東行，所寄物必已分明交付，亦乞示諭。貴眷各計萬福。凝寒，倍加保衛，别期光寵。虞縣中舍，不及上狀，望言達。

某白：人來，領書問，知孝履無恙。端居不易，秋望如何？許相次見訪，更不云云，惟多愛爲祝。

某再拜寺丞：久闕至誠，頗多渴義。庠序之會，漸有倫次。見講《春秋》，聽衆四十人，試會亦僅三十人矣。公之志也，敢不恭乎？今張兄員外，素爲交遊，亦張知判之同年，蓋丁憂累重，不堪其憂。前日清河云隨後便來，故專投刺。長者之性，不能矯取，惟執事禮之。部夫將迴，勞頓不易，乞保重是望。

知府大卿

某再拜知府大卿仁兄：近辱真誨，伏承下車兗海，起居休泰。吾兄長厚仁政，東魯民淳，比之越上，可偃息矣。未期披會，惟冀自重，以符瞻禱。

某累患腹肚，不早上記，至悚至悚！東道稍稔，晚田微旱，穀價向春亦應不下。二浙、淮南俱旱，惟蘇、湖有望，而亦有旱處。東山惟寇盜可虞，常索用心，與南中不侔。鄭下今日得書，甚安。元規改徐州，辭之不允，他有餘力，徐可治矣。自家三人，聚於杭越，今俱來京東。人事何定，卻時得通問也。李倅希伸意，不及書。

蔡欽聖殿丞

某啓：近辱手筆，承動止安固。示諭賢叔學士被楊儀牽累，衆知無他。昨日聞有袁州之命，何至於此？蓋衆被重譴然也。人事難可擬議，惟君子知命委時，則可致遠而無悶。他或歸許下般家，即專差人賫書去。如即遣人來挈家，則望書中再三致意勉之。未離京間，不敢致書，難爲辭也，悉之悉之。多愛。

某啓：昨日至許下，行次領真誨，承動止無恙。兼示及省榜，兒子與李教授、謝家弟兄、王七俱過省，親識中得失相半，更三五日必見春榜也。漸遠風音，黯黯爲戀，惟多愛多愛。不宣。仲淹上欽聖殿丞左右，三月十一日〔一〕。

今日相國筵會，不暇子細，保愛保愛！或有書入京，遞中即易達也〔二〕。（又見《鐵網珊瑚》卷二。）

【校勘記】

〔一〕「不宣」至「十一日」原無，據《鐵網珊瑚》卷二補。

〔二〕此節《范文正公文集補編》別作一篇，題《與蔡欽聖殿丞》，并注云「皇祐元年三月十一日」。據《鐵網珊瑚》卷二，此實爲同帖之另一節，今移於此。

工部同年

某啓：至西洛，見蔡郎，得工部同年書，承在闕下，起居康寧。三二年中，不易爲懷，必能知命自遣。雖有交親，無益於事。同年聰明，涉道不淺，且隨緣就一差遣，卻學道養性，所得必多。某謫宦中，未嘗動念，此公之所諒。今雖叨竊過量，其風波恐畏，無異當年。賴朝廷寬厚，未至顛覆。樂天守道，亦如鄱陽日。未相見間，萬萬自愛。

工部同年：近日况味如何？須是以道自樂。榮利無窮，千古困人。章郇公非不稱意，今奈之何？兒息未辦事，又無中饋，大可傷痛傷痛！已差人去致祭。明參復然，以此不如知足樂道，浮榮豈足道哉！宅眷郎娘各計安，每每瞻渴瞻渴。王源叔並知此中事，更不煩云。加愛加愛！

南陽著作

某白：辱手筆，並悉雅意。所留兵士，已于四月三日奏訖，未有指揮。前請聖節，因勾當到州，不至必脩造了，可來相會也。多愛多愛！

知郡職方

某諮上知郡職方：特辱緘誨，備見用心救濟，甚善甚善！一則朝廷重人性命，二則恐奸惡輩誘而聚盗，須賴州長焦勞，使民感惠，則無他慮也，照悉照悉！漸有暑候，保重保重！明贊善請他來，要見青社的有飢民，自四向鄉下萃來，自春亦不得知也。

某再拜職方知郡仁兄：遠辱誨音，過形恩意，承已禮上，實慰瞻言。某雖屬謫宦，幸得善地，聽決之外，琴籍在焉，無見念也。盛暑，希保重。邢推官已替，如寄家彼中，乞照燭。

切少煩躁，損氣傷神，益爲災矣。然人事多端，其實由命，天假手於人爾。奉憂之心，公必悉之。其如參差，無以爲力，奈何奈何！窮達榮辱，人事分別，至終豈復異哉？惟信道養性，浩然大同，斯爲得矣。貴眷上下各安。齋郎應未出官？多愛多愛！

麞羓二箇，紅薑四罐子，聊表信意。

安撫内翰

某再拜安撫内翰：伏惟清重勞頓，克臻萬福。某昨日誥敕到，降户外，帶職知耀州。方當急難，豈忍安逸！今有謝表本并劄子稿上呈，無他。恐將來未免邊任，不如便且在塞上，所貴葺整不斷絶也。猶恐不濟，奈何罷去？至秋冬危時，又卻臨邊，何以處置？此所以憂。官榮即素無心，豈以高下爲意！乞諒之諒之。

翰長學士

某再拜翰長學士：伏惟起居萬福。昨張去惑著作來，捧真誨，備荷勤意。欲其委順保全，不宜擇處也。某非不思之，寒儒之家，世守廉素，恐門户一變，有勃入勃出之禍。况邊上乏人，且勉於從事。或稍寧息，或得將帥。即有丘園之請，以全苦節，養生俟死，此其志也。俞旨一下，魂神來復，久而無營，知非他望，明公諒之。近以北事，渴見賢者。今聞彦國之耗，不復言之，亦甚減憂。未拜奉聞，惟乞自重。不宣。仲淹拜上翰長學士座前，仲秋日〔一〕。（又見《鐵網珊瑚》卷二。）

某再拜翰長學士：伏惟起居萬福。近乾州祕丞至此，言十三殿丞過，備知風旨。某守邊如式，但關輔之民，被虐無際，國本如此，孰爲固之！環慶籬落，稍有倫序，願得外計，以救瘡痍。或朝廷疑其欲解邊務，則尚可兼之經略，皆得施行，但去都部署招討之名耳。爲國活民，以植根本，又不敢陳乞，恐廟堂不悉其志。復聞北事已萌，不勝憂。蔡推官甚渴伊分減心力，只爲舉辟一二人，已許一員，不敢更煩朝議。或且就一陝幕，必祝計使請伊，况知己甚多，應不久次。少年從事，但輸忠力，且勿以資級爲意，即遠大也。

【校勘記】

〔二〕「不宣」至「仲秋日」原無，據《鐵網珊瑚》卷二補。

安撫太保

某諮上安撫太保：遠勞書問，深荷意愛。至節别膺寵異。未言會間，惟希保重。示及，並悉雅意，甚善甚善！凡有事務，只請手字，所貴易得還答，亦便於事也。示及。即日過郡，不更多云。寒澀，道中多愛。

李節推

某白：近領手筆，知十一月離穰下，今想在道中。寒雪奉親，至是不易，更令此番人去，以備乏使。千萬勉旃，善愛善愛！

通理虞部

某啓：近辱書示，承動止安康。咫尺未由奉謁，徒深渴想。長安近有書來，甚樂彼也。初寒，自愛爲祝。

仲儀待制

某啓：昨日使臣回，已奉手削。賢姪自陜來，速於拜覲，不敢駐留。庶事必可上聞。蔣口得甚處，希早示及。保重保重。

某啓：前日遣急足齎書并酒去，必未達。昨日邸報，有人奉攻閣親，不言再有責降，不知何人之爲也。臺刻頗深，豈涉親黨。或須理會，亦當款曲，勿令悖戾。昨來謝章，有事觸權貴，力排姦邪之語，此必招怨，濟箇甚事事！所云投鼠傷器，此實詣理而無害也。愚曾落職南行，當時滿朝見怒，惟責己樂道，未始動懷。君子皆有通塞，孔孟不能逃，况吾輩耶！寬中自愛自愛！某於閣下爲罪人，但長者深察本心，乃敢奉勉，悚悵悚恨！專此，不宣。

七郎去，欲南中置少屋業耳。禮制中更不遷居也，走知之矣。昔年持服，欲歸姑蘇卜葬，見其風俗太薄，因思曾高本北人，子孫幸預搢紳，宜構堂，乃改卜于洛，思遠圖也。吴中松楸，有數房照管，又與奏官，似兩不失志，仲儀以謂如何？雖立賢無妨豪傑之謂也，中人則不能逃其俗，其聞見然矣。

文鑒大師

某頓首：僕於僧，萬千中得師之雅，心期他年作金石遊。師豈知我耶？而遠書加勤。願保清懿，以副所懷。

某啓：在饒日，一殿侍來，領問，卻令代還者奉書，以道接千萬僧，得師之意，不知達否？李道士、聶支使來，又得書并詩。與有文者觀，莫不賞其難得，尚未知師之經術儒行。然詩意幽遠，如山中人，已可見其清矣。某赴越上，不似謫宦味，多幸多幸！未良聚間，保愛保愛。

惠酒并藥劑，多荷。急足行，未有奉答。在維城間出入，數年清吉，得不有江湖之興否？

朱校理

某啓：領問，知雅意。十六日被旨赴闕，至二十二日與韓公同上五章，爲邊事未寧，防秋在近，乞且留任，必得俞旨。入則功遠而未濟，後有邊患，咎歸何人？軍民億萬，生死一戰，得爲小事耶？俟其平定，歸朝未晚。如某則多病健忘，無益於事。如得一閑郡，時復研慮，陳述補益之事，猶庶幾萬一。或處急流，顛沛可待，識者當憫之矣。奈何奈何！翰長必已安好，近已有書。

石先生芒角太高，常宜寬之。孫必已回，致意致意！上缺當時奉贊汝陰之請，令一任清滿，足爲基址。曾勸他，余就洪守，石就汶倅，俱不聽，直至惹禍。亦勸力就小郡守，不然須得一藩。尋亦被桂、王中，諸事難爲。今穰下□活，心閑耳静，幸事。

田元均正月十八日

某啓：至郟縣，見王助教，領元均龍圖所賜教墨并誌文三本，不任感刻！且承得請終制，非大孝之節不奪，孰能堅立持於雷霆之際耶！仰服仰服！端居蕭索，惟道可依，日扣聖門，所得多矣。某此去南陽，亦且讀書。涉道貴深，退即自樂，非升沉之可摇也。拜見未期，萬萬加愛。

尹師魯七月十四日

某啓：熱中得回問，知漢東尤甚，然西洛、上京皆苦熱，宣下開井救暍者，此可知矣。三兩日來因雨微涼，彼亦然矣。折支已差人許州般取，到即走報，不易不易！請見錢者猶煎熬不足，蓋日給外，月月有横費處，家家如之。邠酒四缾，近寄來，請收檢。鄧醖已竭，候新者送去。合得花蛇散，空心可日一服，甚有功。恐疑之，和方寄上。希多愛多愛！不宣。仲淹上師魯舍人左右，七月十四日〔一〕。

新牧舊識，候到即有書去，兼是棋侣也，先託致意〔二〕。（又見《鐵網珊瑚》卷二，《古今法書苑》卷四一，《江邨消夏録》卷一，《范仲淹魏了翁法書》。）

【校勘記】

〔一〕「仲淹」至「十四日」原無，據《鐵網珊瑚》卷二、《古今法書苑》卷四一、《江邨消夏録》卷一、《范仲淹魏了翁法書》補。

〔二〕致：《鐵網珊瑚》卷二、《古今法書苑》卷四一、《江邨消夏録》卷一、《范仲淹魏了翁法書》并作「伸」。

又四月二十七日〔一〕

某頓首。季寺丞行〔二〕，曾奉手削，遞中亦領來教，承動止休勝。某此中無事，但兒子病未得全愈，亦漸退減。田元均書來，專送上。近得揚州書，甚問師魯，亦已報他貧且安也。暑中且得未動，亦佳。惟君子爲能樂道，正在此日矣。加愛加愛！不宣。仲淹上師魯舍人左右，四月二十七日〔三〕。（又見《鐵網珊瑚》卷二、《古今法書苑》卷四一，《江邨消夏録》卷一、《范仲淹魏了翁法書》。）

【校勘記】

〔一〕原注：「舊本作《與季寺丞》，誤，文正公墨蹟尚存，可考，今爲正之。」

〔二〕季：《鐵網珊瑚》卷二、《古今法書苑》卷四一、《江邨消夏録》卷一、《范仲淹魏了翁法書》册諸書并作「李」，疑此誤。

〔三〕「仲淹」至「二十七日」：原無，據《鐵網珊瑚》卷二、《古今法書苑》卷四一、《江邨消夏録》卷一、《范仲淹魏了翁法書》補。

與知府刑部

某再拜知府刑部仁兄：伏惟起居萬福，施鄉曲之惠，占江山之勝，優哉樂乎！此間邊之事，夙夜勞苦，仗朝廷威靈，即自寧息，亦漸有倫序。鄉中交親俱荷大庇，幸甚！師道、奇尤近教育，乞自重自重，不宣。仲淹拜上。

范文正公集補編

奏議

論職田不可罷天聖八年

真宗初賜職田，實遵古制，蓋大賚於多士，俾無蠹於生民。無厭之徒，或冒典憲，由濫官之咎，非職田之過。若從而廢罷，則吏困於廉；收而均給，則民受其弊。天下幕職、州縣官、三班使臣俸禄微薄，全藉職田濟贍，其無職田處，持廉之人例皆貧窘。曩時士員尚少，凡得一任，必五六年方有交替，到闕即日差除，復便請給。當時條例未密，士寡廉隅，雖無職田，自可優足。今物貴，與昔不同，替罷之後，守選待闕，動踰二年。官吏衣食不足，廉者復濁，何以治化？天下受弊，必如臣言。乞深加詳軫，不以一時之論，廢經遠之制，天下幸甚。（又見《范文正公年譜》。）

奏減郡邑以平差役天聖八年七月

天下郡縣至密，吏役至繁，奪其農時，遺彼地利，是以邊廩或窘，民財未豐。臣觀漢光武朝併合四百餘縣，吏職減損，十置其一。今欲去煩苛之吏，致富壽之俗，當施此令，以寬兆民。如河中府倚郭二縣，惟河東縣主户四千，不致逼迫。河西縣主户一千九百，内八百餘户屬鄉村；本縣尚差公吏三百四十人，内一百九十五人於鄉村差到。緣鄉村中等户只有一百三十户，更於以下抽差，是使堪役之家無所休息。以臣管見，其河西縣宜併入河東。及大名府縣分極多，甚可省去。或謂縣邑之中有榷酤關征之和，臣謂所廢之縣，止可爲鎮，而坊市仍舊，所貴吏役稍減，農時不奪，地利無遺，民財可阜也。（又見《范文正公年譜》。）

封進草子乞抑奢侈明道二年七月〔一〕

臣昨到太平州界體量安撫，本處檢會廣德軍判官錢中孚、當塗縣主簿兼嘉祥縣尉温宗賢等狀稱：往諸鄉檢旱，竊見貧民多食草子，名曰烏昧；並取蝗蟲曝乾，摘去翅足，和野菜合煮食，别無虚妄者。臣竊思之，東南上供糧米每歲六百萬石，至於府庫物帛皆出於民。民於饑年艱食如此，國家若不節儉，生靈何以昭蘇？臣今取前件草子封進，伏望宣示六宫、藩戚，庶抑奢侈，以济艱難。仍乞密下裁造務、後苑、文思院、糧料院，檢祖宗之朝每歲用度之費數目，比於今時，則奢儉自見。伏望聖慈特降進止，則天下幸甚。（又見《國朝諸臣奏議》卷一一，《歷代名臣奏議》卷一九一。）

【校勘記】

〔一〕原題下注：「公時爲右司諫、江淮體量安撫。」按《國朝諸臣奏議》卷一一，此奏次於龐籍另一奏後，未署名，《歷代名臣奏議》卷一九一徑作龐籍奏。考樓鑰《范文正公年譜》於明道二年七月載有范仲淹上此奏事。《諸臣奏議》於奏末注云：「明道二年七月，公時爲右司諫、江淮體量安撫。」與《年譜》合。此時龐籍任殿中侍御史，非右司諫，又無體量安撫江淮事，是《諸臣奏議》所謂「公」仍指范仲淹，惟題下偶脱署名耳，《歷代名臣奏議》誤。

奏乞督責管軍臣寮舉智勇之人康定元年九月〔一〕

臣竊見邊上將帥常患少人。今高繼嵩纔亡，人情頗駭，恐鎮戎不能守禦，卻須藉朱觀往彼。朱觀既去，則鄜延路又闕敢勇之將。國家奄有四海，未必乏才，豈天地生人，厚於古而薄於今？蓋選之未精，用之未至。今諸軍諸班必有勇智之人，多被管軍臣寮人員等遞互彈壓，不得進用，坐至衰老。只如朱觀，元是軍班出身，因歷邊任，方得將名。伏望聖慈專督管軍臣寮等，於諸班中搜羅智勇之人，各舉一名，不以將校長行，或試以武藝，或觀其膽略出衆，便可遷轉，於邊上任使。如將來頗立戰功，則明賞舉主；或屢敗軍事，亦當連坐。所貴諸路漸次得人，不致頻有那移，免使戎狄謂大國乏才，愈增驕氣。況西北二方，將帥之闕實非細事，乞國家常爲預備，早加遷擢。（又見《國朝諸臣奏議》卷六四，《歷代名臣奏議》卷一三二。）

【校勘記】

〔一〕原注：「公時知延州。」

論夏賊未宜進討慶曆元年正月〔一〕

臣聞昨賊界投來山遇，嘗在西界掌兵，言其精兵纔及八萬，餘皆老弱，不任戰鬬。始，賊衆深入，蓋爲官軍以分地自守，既不能獨禦賊鋒，又不能併力掩殺。彼得其便，繼爲邊患，其虜劫生口牛羊亦不曾追奪，故安然往來，如蹈無人之境。今延州東路合隄防之處，已令朱吉與東路巡檢駐軍延安寨；其西路亦委王信、張建侯、狄青、黄世寧在保安軍每日訓練；及令西路巡檢劉政在德青寨、張宗武在敷政縣〔二〕，密令分布兵馬，候賊奔衝，放令入界，會合掩擊。若數路並入，且併衆力禦敵，或破得一處，即便邀擊别路。其環慶路已遣通判馬端往報部署司〔三〕，令一如鄜延路設備。如此，則可以乘勝而破賊也。今須令正月内起兵，則軍馬糧草動踰萬計，入山川險阻之地，塞外雨雪，暴露僵仆，使賊乘之，所傷必衆。況鄜延路已有會合次第，不患賊先至也。賊界春暖，則馬瘦人飢，其勢則易制，及可擾其耕種之務，縱出師無大獲，亦不至有他虞。

自劉平陷没之後，脩城壘，運兵甲，積糧草，移士馬，大爲攻守全勝之策，非爲小利而動。如重兵輕舉，萬一有失，將何繼之？則必關朝廷安危之憂，非止邊患之謂也。苟自今賊至不擊，是臣之罪也。兵法曰：「戰道必勝，主曰無戰，必戰可也；戰道不勝，主曰必戰，不戰可也。」臣昨於九月末至鄜延路，便遣葛懷敏、朱觀入界掩襲族帳，蓋與今來時月不同，非前勇而後怯。今若承順朝旨，不能持重王師，爲後大患，雖加重責，不足以謝天下。苟俟春暖舉兵，猶未爲失策。

且元昊稔惡以來，欲自尊大，必被奸人所誤，謂國家太平日久，不知戰鬬之事，又謂邊城無備〔四〕，所向必破，所以恣桀慢之心，侵擾不已。今邊鄙漸飭，度其已失本望。況已下敕招攜族帳首領，臣亦遣人探問其情，欲通朝廷柔遠之意，使其不僭中國之號，而脩時貢之禮，亦可俯從。

今鄜延是舊日進貢之路，蕃漢之人頗相接近。願朝廷廣天地包荒之量，存此一路，令諸將勒兵嚴備，賊至則擊；但未行討伐，容臣示以恩意，歲時之間，或可招納。如先行攻掠，恐未能深據要害，徒爲鈔劫，損王師之體。縱能殘彼妻孥，焚彼聚落〔五〕，如白豹之功，官軍既退，戎類復居，狼心重報，增其怨毒，邊患愈滋，無時敢暇。若天兵屢動，不立大功，必爲夷狄所輕。臣又近召張亢到延州熟議，亦稱願與戎人相見於界上。臣所以乞存此一路者，一則懼春初盛寒，士氣愈怯；二則恐隔絶情意，偃兵未期。若施臣之鄙計，恐是平定之一端。苟歲月無效，遂舉重兵取綏、宥二州，擇其要害而舉之，屯兵營田〔六〕，作持久之計。如此，則茶山、横山一帶蕃漢人户去昊賊相遠〔七〕，懼漢兵威迫，可以招降，或即奔竄。則是去西賊之一臂，拓疆制寇，無輕舉之失也。（又見《續資治通鑑長編》卷一三〇、《國朝諸臣奏議》卷一三二，《宋史》卷三一四《范仲淹傳》，《歷代名臣奏議》卷三二四。）

【校勘記】

〔一〕原題下注：「公時爲陝西經略副使知延州。先是，康定元年閏十一月，朝廷詔鄜延、涇原兩路取正月上旬進兵入討西賊，故公上此奏。」

〔二〕敷：原脱，據《續資治通鑑長編》卷一三〇補。

〔三〕部署司：原作「總管司」，據《續資治通鑑長編》卷一三〇改。英宗時始避英宗諱改「部署」爲「總管」。

〔四〕城：原作「臣」，據《續資治通鑑長編》卷一三〇改。

〔五〕「深據」至「焚彼」二十一字原誤作「擒其」二字，據《續資治通鑑長編》卷一三〇改補。

〔六〕屯兵：原作「屯田」，據《續資治通鑑長編》卷一三〇改。

〔七〕茶山：原無，據《續資治通鑑長編》卷一三〇補。

乞先脩諸寨未宜進討慶曆元年二月

臣近准陝西都招討使夏竦牒，連到朝廷指揮，所有行軍所須，令三司與韓琦等商量，疾速擘畫應副者。臣今據鄜延路部管葛懷敏等申，所要軍須糧草共四狀，繳連進呈。臣相度前項軍須糧草萬數不少，必是一兩月辦集未得。如令辦搬運上項隨軍輜重糧草，又須用廂軍二三萬人，必慮諸處廂軍數少，起發不得。或使駱駝騾子一二萬頭，即山路險隘，與兵馬三二百里，轉難主管。若多差人夫，即恐有雨雪之變，崎嶇暴露，稍有驚危，便多逃散，抛棄糧草，爲賊之資。

臣切見延州廢卻承平、南安、長寧、安遠、塞門、栲栳六寨之後，自延州去賊界二程，斥堠漸遠，賊馬動息卒不可知。又退卻疆界，賊轉深入。又況延州東路廢卻諸寨歸明弓箭手盡皆流移，著業未得。又諸寨側近蕃部亦多驚起，在近裹與漢户雜居，今春未有土田耕種，若不脩復舊寨，其蕃部既無活路，恐糾率打劫近邊人户，走入横山賊界，則其患不細。臣又聞得横山蕃部散入巖谷，多設堡寨，控扼險處，入界之時，兵少則難追〔一〕，多則難行。

假使主將智勇，能奪其險，彼則遠遁，我無所獲，須過橫山後方到平沙，卻無族帳可取。其討伐之計，須是將帥出奇兵從天落，則有非常之功，似今重累而行，實憂不利。

臣雖密奏朝廷，留此一路，未速討伐，以示招來之意，其邊界舊寨不可不謀。乞作聖意指揮，遣近上使命急至鄜延路，令與臣催促諸將，於二月半後出兵萬餘人，於廢寨中揀有利處先次脩復。未須大段軍須，只以隨軍運糧兵夫，因便興工，候著次序，選驍捷將兵以守之。既逼近蕃界，彼或點集人馬，朝夕便知，大至則閉壘以待隙，小至則扼險以制勝。彼或放散人馬，亦朝夕便知，我則運致糧草，以實其備。彼若歸順，我已先復舊疆；彼未歸順，我已壓於賊境。橫山一帶，在我目中，强者可襲，弱者思附，此亦禦邊之一事。然脩復諸寨，亦動軍民，煩費不少，比之入界勞弊，則有經久之利，而無倉卒之患，且安存得東路熟户蕃部并歸明弓箭手。乞聖慈裁酌〔二〕。（又見《續資治通鑑長編》卷一三二，《（嘉靖）寧夏新志》卷六。）

【校勘記】

〔一〕追：原作「近」，據《續資治通鑑長編》卷一三〇改。

〔二〕原篇末注：「公繼此又言：『臣所以不敢更執前議，乞擇廢寨中有利者，先次脩復，一則安存得上項熟户弓箭手各著農畝，無畔離之患；二則遮障漢户，且爲籬落；三則耕作地廣，糧草易爲：四則城寨逼近蕃界之後，賊爲聚散，朝夕便知，易爲設備；五則將來委諸將在彼就近爲謀，大至則守，小至則擊，有間則攻，使居不得安，耕不得時，然後可以降集，可使逃遁。此固撓賊之一策。庶幾畏懼，早思款伏。』前後凡六奏事，城承平等十二寨，蕃漢之民相踵復集。」

再議攻守疏〔一〕

臣竊惟國家太平日久，而一旦西戎背德，陵犯邊鄙，公卿大夫争進計策，而未能副陛下憂邊之心。且議攻者謂守則示弱，議守者謂攻必速禍，是二議卒不能合也。臣前至延安，初請復諸寨爲守禦之備〔二〕，次則幸其休兵，輒遣一介，示招納之意。朝廷以群言之異，未垂采納。今臣領慶州，日夜思之，乃知攻有利害，守有安危。何則？蓋攻其遠者則害必至，攻其近者則利必隨；守以土兵則安，守以東兵則危。

臣謂攻遠而害者，如諸路深入，則將無素謀，士無素勇，或風沙失道，或雨雪彌旬，進則困大河絶漠之限，退則有乘危扼險之憂。臣謂攻近而利者，在延安、慶陽之間，有金湯、白豹之阻，本皆漢寨，陷爲賊境，隔延、慶兵馬之援，爲蕃漢交易之市，姦商往來，物貨叢聚，此誠要害之地。如别路入寇，數百里外應接不及〔三〕，則當遠爲牽制，金湯、白豹等寨可乘虚取之，因險設陣，布車横塹，不與馳突，擇其要地，作爲城壘，則我無不利之虞。至於合水、華池、鳳川一作風川、平戎、柔遠、德靖一作静六寨兵甲糧斛，可就屯泊，固非守備之煩也。環州定邊寨、鎮戎軍乾興寨相望八十餘里，二寨之間有胡蘆泉，今屬賊界〔四〕，爲義渠、朝那二郡之交。其南有明珠、滅臧之族，若進兵據胡蘆泉爲軍壁，北斷賊路，則二族自安，宜無異志。又朝那之西，秦亭之東，有水洛城一作永洛，亦爲之限。今策應之兵由儀、隴二州，十驛始至，如進脩水洛，斷賊入秦亭之路，其利甚大，非徒通四路之勢，因以張三軍之威也。

臣謂守以土兵則安者，以其習山川道路之利，懷父母妻子之戀，無久戍之苦，無數易之弊。臣謂守以東兵則危者，蓋費厚則困於財，戍久則聚其怨。財困則難用，怨聚則難保。民力日窮，士心日離，他變之生，出於不測。臣所謂攻宜取其近而兵勢不危，守宜圖其久而民力不匱，招納之策，可行於其間。

今奉詔，宜令嚴加捍禦，覸釁而動，與鄰道協心而共圖之。又覩赦文，謂彼無驕動，則我不侵掠。臣恐賊寇一隅，遠在數百里外，應援不及，須爲牽制之策，以沮賊氣，至時諸路重兵豈能安坐？如無素定之畫，又無行營之備，恐當牽制之時茫然無措，雖見利而莫敢進，覸釁而莫敢動，寇至愈盛，邊患愈深，叛亡之人日助賊算，不可不大爲之謀也。願朝廷於守策之外，更備攻術。彼寇其西，我圖其東；彼寇其東，我圖其西。寧有備而不行，豈當行而無備也？所謂備者，必先得密旨，許抽將帥便宜從事，並先降空名宣頭之類〔五〕，恐可行之日奏請不及。

臣前曾遣人入界通往來之問，或更有人至，不可不答。如朝廷先降密旨，令往復議論，歲年之間，當有成事。若謂邊將之恥未雪，而不欲俯就，臣恐諸路更有不支，其恥益大。賊或潛結諸蕃，并勢合謀，則禦之必難。且兵馬精勁，西戎之所長也；金帛豐富，中國之所有也。禮義不可化，干戈不可取，則當任其所有，勝其所長，此霸王之道也。臣前知越州，每歲納税絹十二萬，和買絹二十萬，一郡之入凡三十萬，儻以啖戎，是費一郡之入，而息天下之弊也。（又見《續資治通鑑長編》卷一三五，《東都事略》卷五九，《國朝諸臣奏議》卷一三三，《歷代名臣奏議》卷三二四。）

【校勘記】

〔一〕原題下注：「先是，慶曆元年十一月，公知慶州，上攻守二策。詔答曰：『將帥累次挫衂，未甚勇果。若幸於獲勝，恐未爲良籌。假令克獲，又須守備。若且勤訓練，嚴加捍禦，遠設探候，制其奔衝，見利而進，觀釁而動，庶可養鋭持久。即宜深體此意，與鄰路互相應援，叶心畢力，有便宜密具以聞。』至二年正月，公再上此奏。」

〔二〕初請：原作「所謂」，據《續資治通鑑長編》卷一三五改。

〔三〕接：《續資治通鑑長編》卷一三五作「援」。

〔四〕界：原作「泉」，據《續資治通鑑長編》卷一三五改。

〔五〕宣頭：原作「宣敕」，據《續資治通鑑長編》卷一三五改。

答詔諭以文彦博涇原對徙〔一〕

涇原地重，第恐臣不足當此路。與韓琦同經略涇原，並駐涇州，琦兼秦鳳，臣兼環慶。涇原有警，臣與韓琦合秦鳳、環慶之兵犄角而進；若秦鳳、環慶有警，亦可率涇原之師爲援。臣當與琦練兵選將，漸復横山，以斷賊臂，不數年間，可期平定矣。願詔龐籍兼領環慶，以成首尾之勢；秦州委文彦博，慶州用滕宗諒總之，孫沔亦可辦集；渭州一武臣足矣。（又見《范文正公言行拾遺事録》卷二，《宋史》卷三一四《范仲淹傳》。）

【校勘記】

〔一〕原題下注：「慶曆二年時，文彦博經略涇原，帝以涇原傷夷，欲對徙公，遣王懷德諭之。公上此奏，帝采用其言。」

論元昊請和不可許者三大可防者〔一〕

臣等久分戎寄，未議策勳，上玷朝廷，俯慚鄙懷。心究利害，目擊勝負，三年於茲，備詳本末。今元昊遣人赴闕，將議納和。其來人已稱六宅使、伊州刺史，觀其命官之意，欲與朝廷抗禮。臣恐不改僭號，意朝廷開許，爲鼎峙之國；又慮尚懷陰謀，卑辭厚禮，請稱兀卒，以緩國家之計。臣等敢不爲朝廷思經久之策，防生靈之患哉！

臣等謂繼遷當時用計脱身，竊弄凶器；德明外示納款，内實養謀；至元昊則悖慢侮常，大爲邊患。以累世姦雄之志，而屢戰屢勝，未有挫屈，何故乞和？雖朝廷示納款之意，契丹邀通好之功，以臣等料之，實因累年用兵，蕃界勞擾，交鋒之下，傷折亦多。所獲器械鞍馬皆歸元昊，其下胥怨，無所厚獲。其横山蕃部，點集最苦，但漢兵未勝，戎人重土，不敢背賊，勉爲驅馳爾。今元昊知衆之疲，聞下之怨，乃求息肩養鋭，以逞兇志，非心服中國而來也。

臣等謂元昊如大言過望，爲不改僭號之請，則有不可許者三；如卑辭厚禮，從兀卒之稱，亦有大可防者三。

何謂不可許者三？自古四夷在荒服之外，聖帝明王恤其邊患，柔而格之，不吝賜與，未有假天王之號者也。何則？與之金帛，可節儉而補也；鴻名大號，天下之神器，豈私假於人哉！唯石晉藉契丹援立之功，又中國逼小，纔數十州，偷生一時，無卜世卜年之意，故薦號於彼，壞中國大法。而終不能厭其心，遂爲吞噬，遽成亡國，一代君臣，爲千古之罪人。自契丹稱帝滅晉之後，參用漢之禮樂，故事勢强盛，常有輕中國之心。我國家富有四海，非石晉逼小偷生之時；元昊世受朝廷爵命，非有契丹開晉之功。此不可許者一也。今又諸處公家文字并軍民語言，皆呼「昊賊」，人知逆順去就之分，尚或逋亡，未由禁止。今元昊於天都山營造所居，已逼漢界，如更許以大號，此後公家文字并軍民語言當有「西帝」「西朝」之稱，天都山必有建都郊祀之僭，其陝西戎兵邊人負過，必逃其地，蓋有歸矣。至於四方豪士，稍不得志，則攘臂而去，無有逆順去就之分。彼多得漢人，則禮樂事勢與契丹并立，夾困中國，豈復有太平之望耶？此不可許者二也。又議者皆謂元昊胡人也，無居中國之心，欲自尊於諸蕃爾。臣等謂拓拔珪、石勒、劉聰、苻堅、赫連勃勃之徒，皆胡人也，并居中原；近則李克用父子，沙陀人也，進據太原，後都西洛，皆漢人進謀誘而致之。昨定川事後，元昊有僞詔諭鎮戎兵民，有定關輔之言，此其驗。蓋漢家之叛人不樂處夷狄中，心謀侵據漢地，所得城壘必使漢人守之，如契丹得山後諸州，皆令漢人爲之官守。或朝廷假元昊僭號，是將啓之，斯爲叛人之助甚矣。此不可許者三也。

何謂大可防者三？元昊以累世姦雄之資，一旦僭逆，初遣人至，猶稱臣奉表。及劉平之陷，賊氣乃驕，再遣賀九言至，上書朝廷便不稱臣，其辭頓慢；而復屢勝，當有大言過望，乃人情之常也。若卑辭厚禮，便肯從兀卒之稱，皆陰謀也。是果以山界之困，暫求息肩，使中國解兵。三四年間，將帥懈慢，士卒驕惰，邊備不嚴，戎政漸弛，卻如前暴發，則中國不能支梧。此大可防者一也。又從德明納款之後，經謀不息，西擊吐蕃、回鶻，拓疆數千里。至元昊，事勢稍盛，乃稱尊悖禮，背負朝廷，結連北戎，情跡盡見，大爲邊患，偶未深入。今復起詐端以款我兵，而休息其衆；又欲併力專志，併吞唃厮囉等諸蕃，去秦州一帶籬落，爲將來再舉之利。緣元昊初叛之時，親攻延州，是本有侵陷郡國之志，今復强盛，豈便息心？且朝廷四十年恩信所被，一朝反側，豈有發既叛之謀，蓄未挫之鋭，而能久守盟信者乎？此大可防者二也。又從德明納款，後來使蕃漢之人入京師賈販，憧憧道路，百貨所歸，獲中國之利，充乎窟穴，賊因其事力，乃興兵爲亂。今兹五年，用度必困，乃卑辭厚禮，迎合我意，欲復圖中國之利；待其給用既畢，卻求釁興兵，以快本意。狼子野心，固難馴伏，今若通和，或再許靈夏，蕃漢之人依前出入京師，深爲不便。緣自前往來，叛狀未彰，情無蠹害。今既爲强敵之虜，稔禍未已，必窺伺國家，及夾帶亡命入蕃，或與姦人别有結連，或使刺客竊發，驚擾朝廷。又此類必所在恣縱，甚於昔時，有事何以處置？此大可防者三也。

臣等乞朝廷俟元昊所遣人至，觀其所請。彼如大言過望，堅求僭稱，則乞朝廷答云：上畏天地宗廟，不可私許大號，壞中國之法。彼卑辭厚禮，止是求兀卒之稱，則按唐單于、可汗故事，有許之之理，亦預防其陰謀，嚴飭邊臣修葺城寨，訓練軍馬，儲蓄糧草，以備虚詐。俟一二年間，見其表裹，及邊備牢固，方可那減戍兵於近裹屯泊。緣西戎自古翻覆，朝廷不可休兵，以啓不虞之變。如求割熟户，則乞答云：靈夏甚有漢户，能割歸朝廷否？况横山蕃部安於内附，一旦驅之，則驚擾生事，必不爲西界之用。彼如求至京師，依前來出入賈販，則乞答云：昨來戰鬬之後，甚有軍民没陣，其子孫骨肉銜怨至深，必恐道塗之中多有讎殺，致西界相疑，更卻生事；只於邊上建置榷場，交易有無，各得其所。彼如邀我自今而後罷修城寨，則乞答云：邊界熟户、生户多有讎怨〔二〕，常相侵害，須藉城寨駐兵，方能鎮静，使各安居爾。

若自餘更有非禮之求，朝廷或難應副，即且拒之，不必從也。但厚遣來人，善詞回答，使還延往來，即逾四月，賊不能舉矣，至秋則無足畏也。何以言之？臣等觀朝廷信賞必罰，今已明白，帥臣奉詔，得以便宜。又舊將漸升，前弊稍除，將責實效，約束將佐，不令輕出，訓練軍馬，率多變法。但今極邊城寨或未堅全，新集之兵未可大戰，若賊今春便來，以臣等計之，尚可憂慮；然大軍持重，奇兵襲擊，宜無定川之負也。如候秋而來，則城寨多固，軍馬已練，或堅壁而守，或據險而戰，無足畏矣。

臣等已議，一二年間訓兵三四萬，使號令齊一，陣伍精熟，又能使熟户蕃兵與正軍參用，則橫山一帶族帳可以圖之。降我者使之納質，厚其官賞，各令安居，籍爲熟户；拒我者以精兵加之，不從則戮〔三〕。我軍鼓行山界，不爲朝去暮還之計。元昊聞之，若舉國而來，則我退守邊寨，足以困彼之衆；若遣偏師而來，我則據險以待之。蕃兵無糧，不能久聚，退散之後，我兵復進，使彼復集，每歲三五出。元昊諸厢之兵多在河外，頻來應敵，疲於奔命，則山界蕃部勢窮援弱，且近於我，自求内附，因選酋豪以鎮之〔四〕，足以斷元昊之手足矣。

然乞朝廷以平定大計爲意，當軍行之時，不以小勝小衄黜陟將帥，則三五年間可集大功。仍詔中國臣寮，不得輒言邊事〔五〕，以沮永圖。我太祖、太宗統闢四海，創萬世之基業，今以三五年之勞，再定西陲，豈爲晚耶？契丹聞國家深長之謀，必懼而保盟，不復輕動，然後中國有太平之期矣。臣等所以言彼賊非禮之求不必從者，蓋有此議也。

或曰：今王師不利者數四，而未思戢兵，何也？臣等謂不然。國家太平日久，將不知兵，兵不習戰，以致不利。非中國事力不敵四夷，非今之軍士不逮古昔，蓋太平忘戰之弊爾。今邊臣中有心力之人，鑒其覆轍，各思更張，將有勝賊之計。昔漢楚之戰，不以多負罷兵，而終有天下；安禄山之亂，所向無前，郭子儀日夜謀慮，王師復振，而終滅大盗。今國家以天下全盛之勢，豈有偶勝偶負，而自謂中國不可振，而夷狄不可禦耶？斯惑之甚矣！

或曰：兵不可久，久則民因而財匱。臣等謂不然。争勝逐利之師，則有巧遲拙速之異。如其外禦四夷，則自古未嘗廢兵，是以山海之利皆歸邊用，抑爲此也。況即日邊上城壘，經今春修葺，漸以險固，兵民力役自當減罷。又每歲春夏之交〔六〕，軍馬甚可抽退於數百里間就食，芻糧亦足，省入中之費，減饋運之勞，庶乎民不困而財不匱。非如西事之初，人人畏懼，未測虜情，所屯軍馬，不敢少退。臣等更思興利減費之算，以爲之助。

臣等早蒙聖奬，擢貳清班，西事以來，供國麄使，三年塞下，日勞月憂，豈不願聞納和，少圖休息？非樂職矢石之間，蓋見西賊强梗未衰，挾以變詐，若朝廷處置失宜，他時悖亂，爲中原大禍，豈止今日邊患哉！臣等是以不敢念身世之安，忘國家之憂，須罄芻蕘，少期補助。其元昊來人到闕，伏望聖慈於納和禦侮之間，審其處置，爲聖朝長久之慮，天下幸甚。（又見《韓魏公集》卷一六，《續資治通鑑長編》卷一三九，《國朝諸臣奏議》卷一三三，《范文正公言行拾遺事録》卷三，《歷代名臣奏議》卷一二四。）

【校勘記】

〔一〕原題下注：「慶曆三年正月，元昊遣僞六宅使、伊州刺史賀從勉來納款，持書至保安軍。知延州龐籍令保安軍簽書判官公事邵良佐視其書，元昊自稱號『邦泥定國兀卒曩霄上書父大宋皇帝』。從勉又言：契丹使人至本國，稱南朝遣梁適侍郎來，言南北修好已如舊，況西界未寧，知此界與彼爲婚姻，請喻令早議通和，故本國遣從勉上書。緣本國自有國號，無奉表體式，其稱兀卒，蓋如古單于、可汗之類。從勉亦請詣闕，籍具以聞。二月，始許從勉赴闕。公等上此疏，時爲陝西西路安撫使。」按此奏與韓琦同上，在慶曆三年二月十七日，互見《韓魏公集》。

〔二〕户多：原無，據《續資治通鑑長編》卷一三九補。

〔三〕戮：原作「戰」，據《續資治通鑑長編》卷一三九改。

〔四〕因：原作「内」，據《續資治通鑑長編》卷一三九改。

〔五〕輒：原作「諿」，據《續資治通鑑長編》卷一三九改。

〔六〕春夏：《續資治通鑑長編》卷一三九作「夏秋」。

論轉運得人許自擇知州奏〔一〕

臣竊見古者内置公卿士大夫，助天子司察天下之政；外置岳牧、方伯、刺史、觀察使、採訪使，統領諸侯守宰以分理之。内外皆得人，未有不大治者也。今轉運、按察使，古之岳牧、方伯、刺史、觀察、採訪使之職也；知州、知縣，古之諸侯守宰之任也。内官雖多，然與陛下共理天下者唯守宰最要耳。比年以來，不知選擇，非才貪濁老懦者一切以例除之。是使以一縣觀一州，一州觀一路，一路觀天下，則率皆如此；其間縱有良吏，百無一二。

天下賦税不得均，獄訟不得平，水旱不得救，盗賊不得除。民既無所告訴，必生愁怨，而不思叛者未之有也。民既怨叛，姦雄起而收攬之，則天下必將危矣。今民方怨，而未甚叛去，宜急救之；救之之術，莫若守宰得人；欲守宰得人，請詔二府通選轉運使，如不足，許權擢知州人。既得人，即委逐路自擇知州，不任事者奏罷之，仍令權擢幕職官。如是行之，必舉皆得人。凡權入者，必俟政績有聞，一二年方真授之。雖以精擇，尚慮有不稱職者，必有降黜，直俟人稱職而後已。仍令久其官守，勿復數易。其有異政者，宜就與升擢之。若然，官修政舉，則天下自無事矣，朝廷唯總其大綱而振舉之可也。（又見《續資治通鑑長編》卷一四四、《國朝諸臣奏議》卷六七、《歷代名臣奏議》卷一三二。）

【校勘記】

〔一〕原題下注：「慶曆三年二月，公時參知政事。」

奏乞出内帑物帛收贖陷蕃漢户劄子〔一〕

臣聞淳化中，太宗皇帝以邊户饑荒，多賣人口入蕃，頗憫惻之，特遣使以物貨收贖，各還父母，此人君之盛德也。近年緣邊漢户被西戎虜不少。今既通人使，乞出聖意，以内帑物帛，委邊臣漸次收贖陷蕃漢户人口，各還其家，使父母子孫再得完聚。則不惟邊上生民恩淪骨髓，必也至德動天，降祐王室，書之史策，光於後代。乞不降出。（又見《續資治通鑑長編》卷一四三，《歷代名臣奏議》卷一〇五。）

【校勘記】

〔一〕原題下注：「慶曆三年，公爲參知政事。」

序

續家譜序

吾祖唐相履冰之後，舊有家譜。咸通十一年庚寅，一枝渡江，爲處州麗水縣丞，諱隋。中原亂離，不克歸，子孫爲中吴人。皇宋太平興國三年，曾孫堅、坰、墉、埙、埴、昌言六人從錢氏歸朝，仕宦四方，終於他邦，子孫流離，遺失前譜。至仲淹蒙竊國恩，皇祐中來守錢塘，遂過姑蘇，與親族會。追思祖宗既失前譜未獲，復懼後來昭穆不明，乃於族中索所藏誥書、家集考之，自麗水府君而下四代祖考及今子孫，支派盡在。乃創義田，計族人口數而月給之；又理祖第，使復其居，以永依庇。故作《續家譜》而次序之。皇祐三年正月八日〔一〕，資政殿學士、金紫光禄大夫、行尚書户部侍郎、知青州軍事兼管内勸農事、充青州淄

濰登萊沂密徐州淮陽軍安撫使、護軍仲淹述。（又見《水東日記》卷八）

【校勘記】

〔一〕三年正月八日：原作「二年正月人日」，據《水東日記》卷八改。

尺牘

蘇才翁轉運〔一〕皇祐三年十一月

示諭寫黄素，爲《乾》卦字多，眼力不逮，且寫《伯夷頌》上呈。此中寒甚，前面筆凍，欲重寫，又恐因循。書札亦要切磋，未是處無惜見教。書《伯夷頌》後。

【校勘記】

〔一〕此篇之前原尚有《（與）蔡欽聖殿丞（書）》一篇，已移併入《范文正公尺牘》卷下與同人之書簡。

憶王孫秋思〔一〕

颼颼風冷荻花秋。明月斜侵獨倚樓。十二珠簾不上鈎。黯凝眸，一點漁燈古渡頭。

（又見《花菴詞選》卷七，《花草粹編》卷一，《御選歷代詩餘》卷二。）

【校勘記】

〔一〕按《花菴詞選》卷七以爲李重元作，《花草粹編》卷一以爲李重光作，《御選歷代詩餘》卷二以爲李甲作，《唐宋諸賢絶妙詞選》卷七據唐圭璋先生考證亦認爲李重元作。

蘇幕遮懷舊〔一〕

碧雲天，黄葉地。秋色連波，波上寒烟翠。山映斜陽天接水。芳草無情，更在斜陽外。

黯鄉魂，追旅思。夜夜除非，好夢留人睡。明月樓高休獨倚，酒入愁腸，化作相思淚。（又見《花菴詞選》卷七，《樂府雅詞拾遺》卷上，《草堂詩餘》卷二，《花草粹編》卷一，《詞綜》卷四，《御選歷代詩餘》卷二，《欽定詞譜》卷一四。）

【校勘記】

〔一〕按《樂府雅詞拾遺》卷上以爲趙閱道作。

漁家傲 秋思

塞下秋來風景異，衡陽雁去無留意。四面邊聲連角起。千嶂裏，長烟落日孤城閉。
濁酒一杯家萬里，燕然未勒歸無計。羌管悠悠霜滿地。人不寐，將軍白髮征夫淚。（又見《花菴詞選》卷三，《草堂詩餘》卷二，《花草粹編》卷一三，《水東日記》卷一〇，《陝西通志》卷九七，《詞綜》卷四，《詞苑叢談》卷一、卷三，《御選歷代詩餘》卷四二。）

御街行 秋日懷舊

紛紛墜葉飄香砌。夜寂靜、寒聲碎。真珠簾捲玉樓空，天淡銀河垂地。年年今夜，月華如練，長是人千里。　愁腸已斷無由醉。酒未到、先成淚。殘燈明滅枕頭攲。諳盡孤眠滋味。都來此事，眉間心上，無計相違避。（又見《草堂詩餘》卷二，《花草粹編》卷一五，《詞綜》卷四，《詞苑叢談》卷三，《詞律》卷一一，《御選歷代詩餘》卷四九，《欽定詞譜》卷一八。）

范文正公集續補卷第一

古詩

賀梅龜兒生詩

遥望瑞氣縈彩霓，上天誕降騏麟兒。麟兒瑞物離鳳邊，不事蒼鷹乳虎威。聖俞次第五兒育，此兒良擬馬白眉。眉宇秀整頭角聳，容光一脈通天犀。今朝抱洗蘭盆中，英物試啼蚤占知。世家學業有源委，聖俞才學家得之。我朝文盛殊堪喜，才學楊梅動帝里。此兒而家千里駒，當復見奇於天子。（《宛陵先生年譜》。）

律詩

寄鄉人

長白一寒儒，登榮三紀餘〔一〕。百花春滿地〔二〕，二麥雨隨車。鼓吹前迎道〔三〕，煙霞指

舊廬。鄉人莫相羨〔四〕，教子讀詩書〔五〕。（《澠水燕談録》卷四。又見《事實類苑》卷三四，《山東通志》卷三五之一下）

【校勘記】

〔一〕登榮：《山東通志》作「榮歸」。

〔二〕地：《山東通志》作「路」。

〔三〕前迎道：《事實類苑》作「迎前導」，《山東通志》作「羅前郡」。

〔四〕鄉人：《山東通志》作「郡人」。

〔五〕讀：《山東通志》作「苦」。

咏蚊

飽去櫻桃重〔一〕，饑來柳絮輕〔二〕。但知離此去〔三〕，不用問前程〔四〕。（《冷齋夜話》卷五。又見《齊東野語》卷一〇，《類説》卷一六，《記纂淵海》卷一〇〇，《古今事文類聚·後集》卷四九，《孫公談圃》卷上，《苕溪漁隱叢話·後集》卷二七，《詩話總龜》卷三八，《詩林廣記》卷一〇，《説郛》卷一五下、卷二一上。）

【校勘記】

〔一〕飽去：《類説》卷一六作「飽侶」，《齊東野語》卷一〇，《説郛》卷一五下、卷二一上等作「飽似」。

〔二〕饑來：《類説》卷一六，《説郛》卷一五下、卷二一上等作「饑如」。

〔三〕離此去：《類説》卷一六作「從此去」，《古今事文類聚·後集》卷四九作「求旦暮」。

〔四〕不用：《齊東野語》卷一〇作「不要」，《古今事文類聚·後集》卷四九作「休更」。

留題雲門山雍熙院

一路入嵐堆，還驚禹鑿開。林無惡獸住，巖有好泉來。雲陣藏雷去，山根到海回。莫辭登絶頂，南望即天台。（《會稽掇英總集》卷七。）

留題小隱山書室

小徑小桃深，紅光隱翠陰。是非不到耳，名利本無心。筍迸饒當户，雲歸半在林。何須聽絲竹，山水有清音。（《（咸淳）臨安志》卷二七。又見《明一統志》卷三八。）

絶句

卓筆峰

笠澤研池小，穹窿架石峨。仰憑天作紙，寫出太平歌。（《復齋日記》上卷。又見《水東日記》

卷六。）

題西溪聖果院

千年人已化，三昧語空傳。唐世碑猶在，高麗鼓半穿。（《方輿勝覽》卷四五《淮南東路·泰州》。又見《記纂淵海》卷一一，《輿地紀勝》卷四〇《淮南東路·泰州》。）

孤兒扶喪

十口相將泛巨川〔一〕，來時暖熱去凄然〔二〕。關津若要知名姓〔三〕，定是孤兒寡婦船〔四〕。（《范文正公言行拾遺事録》卷一。又見《古今事文類聚·後集》卷一五，《古今合璧事類備要》卷二八，《詩林廣記·後集》卷一〇，《説郛》卷八一，《雙橋隨筆》卷七，《錢通》卷二九，《淵鑑類函》卷二四七。）

【校勘記】

〔一〕十口相將：《雙橋隨筆》卷七作「一葉輕帆」。又「相將」《錢通》卷二九作「相攜」。

〔二〕暖熱：《詩林廣記·後集》卷一〇作「煖熱」，《淵鑑類函》卷二四七作「烘熱」。又「凄然」《雙橋隨筆》卷七作「凉天」。

〔三〕關津：《古今合璧事類備要》卷二八作「關防」。

〔四〕定是：《古今合璧事類備要》卷二八作「乃是」，《錢通》作「便是」。

以綿臙脂贈樂人

江南有美人，别後長相憶〔一〕。何以慰相思〔二〕，贈汝好顔色。（《西溪叢語》卷下。又見《雨航雜録》卷上，《居易録》卷一五，《宋詩紀事》卷八。）

【校勘記】

〔一〕長：《雨航雜録》卷上作「常」。

〔二〕慰：《雨航雜録》卷上作「寄」。

風水洞

神仙一去幾千年，自遣秦人不得還。春盡桃花無處覓，空餘流水到人間。（《（咸淳）臨安志》卷二九。又見《海塘録》卷七。）

桐廬方正父家藏唐翰林畫白芍藥予來領郡事因獲一見感嘆久之題二十八字景祐元年十月七日

治亂興衰甚可嗟，徒憐水調寫榮華〔一〕。開元盛事今何在，尚有霓裳寄此花。（《困學齋雜録》。又見《宋詩紀事》卷八。）

【校勘記】

〔一〕寫：《宋詩紀事》引《困學齋雜録》作「訴」。

書酒家壁

當罏一曲竹枝歌，腸斷江南奈爾何。遊子未歸春又老，夜來風雨落花多。（《詩淵》。）

春日遊湖〔一〕

湖邊多少遊湖者〔二〕，半在斷橋煙雨間。盡逐春風看歌舞〔三〕，幾人着眼到青山。（《永樂大典》卷二二六三。又見《西湖遊覽志餘》卷二〇，《御選宋金元明四朝詩·御選元詩》卷六九。）

【校勘記】

〔一〕此詩《西湖遊覽志餘》卷二〇以爲宋范景文作，《御選宋金元明四朝詩·御選元詩》卷六九題作《湖上詩》，亦以此詩作者爲范晞文。按范晞文，字景文，號藥莊，錢塘人。南宋末人，後入元。

〔二〕遊湖者：《西湖遊覽志餘》卷二〇作「遊觀者」。

〔三〕春：《御選宋金元明四朝詩·御選元詩》卷六九作「東」。

答梅聖俞靈烏賦

危言遷謫向江湖，放意雲山道豈孤。忠信平生心自許，吉凶何卹賦靈烏。（《永樂大典》卷二三四六。）

書扇示門人〔一〕

一派青山景色幽〔二〕，前人田地後人收〔三〕。後人收得休歡喜，還有收人在後頭〔四〕。（《小學弦歌》卷七。又見《説郛》卷四七下。）

【校勘記】

〔一〕《説郛》卷四七下以爲此詩爲北宋末流傳的讖語，非范仲淹所作。

〔二〕一派青山景色幽：《説郛》卷四七下作「百尺竿頭望九州」。

〔三〕地：《説郛》卷四七下作「土」。

〔四〕還：《説郛》卷四七下作「更」。

聯句

劍聯句

聖人作神兵，以定天下厄。范　蚩尤發靈機，干將構雄績。歐　槖籥天地開，鑪冶陰陽闢。滕　南帝輸火精，西皇降金液。歐　炎炎崑岡焚，洶洶洪河擘。范　雷霆助意氣，日月淪精魄。滕　神氣不在大，錯落就三尺。直淬靈溪泉，横磨太行石。歐　雄雌威並立，晝夜光相射。范　提攜風雲生，指顧烟霞寂。滕　堅剛正人心，耿介志士跡。歐　初疑成夏鼎，魑魅世所適。滕　又若引吴刀，犀象謂無隔〔一〕。范　截波虬尾滑，脱浪鯨牙直。頑冰挂陰霤，皓月乘孤隙。歐　河角起彗氣，雲鏄露秋碧。曉鐔星斗爛，夜匣飛龍宅。范　舞酣霰雪回，彈俊球琳擊。歐　鮮摇雪水光，膩刮湘山色。滕　青蛟濕雨瘦，素虺蟠霜瘠。歐　清音鏘以鳴，寒姿堅且澤。范　鬼類喪影響，佞黨摧肝膈。歐　一旦會神武，四海屠兇逆。范　周王奉天討，商郊千里赤。歐　楚子揚軍聲，秦師萬首白。祥輝冠吴楚，殺氣横燕易。范　與君斬鼇足，八極停震虩。歐　與君制鵬翼，三辰增焕赫。莫使化猿翁，辱我爲幻惑。范　莫使暴虎人，屈我執仇敵。滕　尊嚴侯冠冕，左右舞干戚。歐　功成不可留，延平空霹靂。（《歐陽文忠公集》卷五四。又見《宋文鑑》卷二九，《御選宋金元明四朝詩·御選宋詩》卷七八。）

【校勘記】

〔一〕謂：原校：「疑。」

鶴聯句

上霄降靈氣，鍾此千年禽。范　幽閒靖節性，孤高伯夷心。歐　頡頏紫霄垠，飄飖滄浪潯。歐　岳湛有仙姿，鈞韶無俗音。范　毛滋月華淡，頂粹霞光深。歐　目流泉客淚，翅垂羽人襟。滕　騰漢雪千丈，點溪霜半尋。范　纖喙礪青鐵，修脛雕碧林。歐　巖棲干溪樹，澤飲卑蹄涔。滕　鸞皇自塤篪，燕雀徒商參。范　獨翅聳瓊枝，群舞傾瑶林。歐　病餘霞雲段，夢回松吹吟。滕　静嫌鸚鵡言，高笑鴛鴦淫。范　金精冷澄澈，玉格寒蕭森。歐　潔白不我恃，腥羶非所任。滕　稻粱不得已，蟣虱胡爲侵。范　天池憶鵬遊，雲羅傷鳳沈。滕　風流超縞素〔一〕，雅淡絶規箴。歐　相親長道情，偶見銷煩襟。范　西漢惜馮唐，華皓欲投簪。歐　南朝仰衛玠，清羸疑不禁。滕　端如方直臣，處群良足欽。范　介如廉退士，驚秋猶在陰。范　幾誚鷹隼鷙，羈鞲俄見臨。歐　還嗤鳧鷖貪，弋繳終就擒。歐　乘軒乃一芥，空籠仍萬金。滕　片雲伴遥影，冥冥越烟岑。范　長飈送逸響，亭亭出霜砧〔二〕。歐　蓬瀛忽往來，桑田成古今。歐　願下八佾庭，鼓舞薰風琴。滕（《歐陽文忠公集》卷五四。又見《宋文鑑》卷二九，《御選宋金元明四朝詩·御選宋詩》卷七八。）

【校勘記】

〔一〕超縞：原校：「一作起積。」

〔二〕原校：「『亭』疑。『出』一作『幽』。」

詩餘

剔銀鐙與歐陽公席上分題

昨夜因看《蜀志》，笑曹操孫權劉備。用盡機關，徒勞心力，只得三分天地。屈指細尋思，争如共劉伶一醉。　人世都無百歲，少癡騃，老成尪悴。只有中間，些子少年，忍把浮名牽繫。一品與千金，問白髮如何回避。（《中吴紀聞》卷五。又見《花草粹編》卷一五，《詞譜》卷一七，《彊村叢書·范文正公詩餘》。）

定風波自前二府鎮穰下營百花洲親製

羅綺滿城春欲暮，百花洲上尋芳去。浦映口花花映浦。無盡處，恍然身入桃源路。

莫怪山翁聊逸豫，功名得喪歸時數。鶯解新聲蝗解舞。天賦與，争教我輩無歡緒。（《敬齋古今黈》卷八。）

賦

大禮與天地同節賦

惟大禮之有節，同二儀而可詳。其大也，通庶彙之倫理；其節也，著萬化之紀綱。貴賤洞分，列高卑而不爽；弛張冥契，制舒慘而有常。稽彼前經，察兹大禮，其始則生乎太一，其極則至乎無體。能長且久，定上下而不踰；原始要終，與剛柔而并啓。觀乎施爲，人紀張，作國維。協五常而有序，齊萬物而無私。陰陽節之於消長，日月節之於盈虧。同異之儀，向清濁而别矣；往來之則，於寒暑而知之。於是各執其中，咸約其泰。父子正之於内，君臣明之於外。從無入有，統乾道而長存；自古及今，配坤元而可大。則知節者禮之本，禮者節之筌。節假禮而其用斯顯，禮能節而其功乃全。所以下蟠乎地，上極於天。是謂治之本也，抑亦出乎自然。誰正北辰之居，衆星拱矣；孰定東溟之位，百谷朝焉。彼以籩豆相參，玉帛交致，誠非禮之節，是皆禮之器。必也變化從宜，廣大悉備。施於祀事而不黷，布於人倫而有次。務於大者，可安上而治民；引而伸之，則規天而矩地。大哉！覆載之中，其禮周通。龍泳而鱗蟲咸附，鳳翔而羽族來同。制作從時，賦群形而有度；周旋在我，運四序而無窮。國家樂導至和，禮崇大節。統今古而咸備，與乾坤而并列。有以見聖人節，而天下寧知大禮之攸設。（《歷代賦彙》卷四四。又見《古今圖書集成·禮儀典》卷一一。）

制器尚象賦

器乃適時之用，象惟見意之筌。當制器而何本，實尚象以爲先。審彼規模，雖因民而利也；取諸法則，必設卦而觀焉。究大《易》之指歸，見上古之仁聖。備其器，則所以足用；存乎象，則不失其正。制皆有度，爲後世之準繩；用各從人，遂群生之情性。當其備物之始，立意之端，茹毛血者憫疾傷之易及，居巢穴者嗟燥濕之未安。我乃臼杵授時，《小過》之文是則；棟宇易俗，《大壯》之法可觀。其用不窮，觸類而長。鼎鼐稽火風之義，衣裳著乾坤之象。弧矢之作，遇其《睽》而必施；舟楫之功，取諸《涣》而有往。由是樸斲之姿日益，陶鎔之質星陳。施於田疇，則兆民所賴；設於禮樂，則百代相因。創自三皇，誠利濟而可久；體諸八物，故制作而有倫。然則器之未興也，民愚而俗弊；器之既興也，人滋而事濟。終成乎百代之利，勿謂乎一時之制。登降有數，取資於大衍之中；追琢其章，觀理於六爻之際。異哉，有生於無，不其然乎！樸未散而器象一致，樸既散而器象萬殊。有方有圓，俄成形於梓匠；無小無大，咸得意於羲圖。於以見制器之方，於以見尚象之義。必審有益之象，豈陳虛設之器。故曰，聖人立成器，以爲天下利。（《歷代賦彙》卷四四。又見《古今圖書集成·考工典》卷一四〇。）

奏疏

諫仁宗率百官上皇太后壽奏〔一〕天聖七年十一月

臣聞王者尊稱，儀法配天，故所以齒輅馬、踐廐芻尚皆有諫，况屈萬乘之重，冕旒行北面之禮乎？此乃開後世弱人主以强母后之漸也。陛下果欲爲大宫履長之賀，於閨掖以家人承顏之禮，行之可也；抑又慈慶之容御軒陛，使百官瞻奉，於禮不順。（《續湘山野録》。）

【校勘記】

〔一〕《續資治通鑑長編》卷一〇八載此疏，意同而文異，兹附録於下：「天子有事親之道，無爲臣之禮；有南面之位，無北面之儀。若奉親於内，行家人禮可也；今顧與百官同列，虧君體，損主威，不可爲後世法。」《歷代名臣奏議》卷一一九文字亦稍異，云：『奉親於内，自有家人禮；顧與百官同列，南面而朝之，不可爲後世法。」《東都事略》卷五九、《太平治跡統類》卷一〇、《范文正公年譜》、《趙宋五太后臨朝事略》等俱同。

乞太后還政奏天聖八年

陛下擁扶聖躬，聽斷大政，日月持久。今上皇帝春秋已盛，睿哲明發，握乾綱而歸坤紐，非黄裳之吉象也。豈若保慶壽於長樂，卷收大權，還上真主，以享天下之養？（《續湘山野録》。又見《東都事略》卷五九，《范文正公年譜》，《趙宋五太后臨朝事略》。）

諫買木修昭應壽寧宫奏天聖八年三月

昭應、壽寧，天戒不遠，今復侈土木，破民産，非所以順人心、合天意也。宜罷修寺觀，減定常歲市木之數，蠲除積負，以彰聖治。（《續資治通鑑長編》卷一〇九。又見《范文正公年譜》，《宋史》卷三一四《范仲淹傳》。）

諫以太妃爲太后奏明道二年四月

太后，母號也，未聞因保育而代立者。今一太后崩，又立一太后，天下且疑陛下不可一日無母后之助矣！（《續資治通鑑長編》卷一一二。又見《東都事略》卷五九，《范文正公年譜》，《宋史》卷三一四《范仲淹傳》。）

陳八事疏明道二年八月

其一曰，祖宗時，江、淮饋運至少，而養六軍又取天下。今東南漕米歲六百萬石，至於府庫財帛，皆出於民，加之饑年，艱食如此。願下裁造務、後苑作坊、文思院、糧料院，取祖宗歲用之成數校之，則奢儉可見矣。

其二曰，爵不尚德則仁者遠，賞不以功則勞臣怨。國家太平垂三十年，暴斂未除，濫賞未革，近年赦宥既頻，賞給復厚，聚於艱難，散於容易，國無遠備，非社稷之福。願陛下無數赦，必欲肆赦推賞，求典禮而後行之，一則不壞於法，二則不傷於財。且祖宗欲復幽薊，故謹内藏，務先豐財，庶於行師之時不擾於下。今横爲隳費，或有急難，將何以濟？

其三曰，天之生物有時，而國家用之無度，天下安得不困！江、淮諸路，歲以饋糧，於租税之外，復又入糴，兩浙一路七十萬石，以東南數路計之，不下三二百萬石，故雖豐年，穀價亦高，官已傷財，民且乏食。至於造舟之費，並以正税折充。又饋運兵夫，給受賞與，每歲又五七百萬緡。故郡國之民，率不暇給，商賈轉徙，度歲無還，裨販之人，淹遲失業，在京榷務，課程日削。國家以饋運數廣，謂之有備，然冗兵冗吏，游惰工作，充塞京都。臣至淮南，道逢羸兵六人，自言三十人自潭州挽新船至無爲軍，在道逃死，止存六人，去湖南猶四千餘里，六人比還本州，尚未知全活。乃知饋運之患，不止傷財，其害人如此！今宜銷冗兵，削冗吏，禁游惰，省工作，既省京師用度，然後減江、淮饋運，以租稅上供之外，可羅高價入糴，則東南歲省官錢數百萬緡，或上京實府庫，或就在所給還商旅。商旅通行，則榷貨務入數漸廣，國用不乏；東南羅糴，則米價不起；商人既通，則入中之法可以兼行矣。

其四曰，國家重兵悉在京師，而軍食仰於度支，則所養之兵，不可不精也。禁軍代回，五十以上不任披帶者，降爲畿内及陳、許等處近下禁軍。一卒之費，歲不下百千，萬人則百萬緡矣。七十歲乃放停，且人方五十之時，或有鄉園骨肉懷土之情，猶樂舊里，及七十後，鄉園改易，骨肉淪謝，羸老者歸復何託？是未停之前，大蠹國用，既廢之後，復傷物情。咸平中揀鄉兵，人無歸望，號怨之聲，動於四野。祥符中選退冗兵，無歸之人，大至失所。此近事之鑑也。請下殿前、馬、步軍司，禁軍選不堪披帶者，與本鄉州軍別立就糧指揮，至彼有田園骨肉者，許之歸農，則羸老之人，亦不至失所矣。

其五曰，沿邊市馬，歲幾百萬緡，罷之則絶戎人，行之則困中國。然自古騎兵未必爲利，開元、天寶間，牧馬數十萬匹，禄山爲亂，王師敗於函谷，曾何救焉？且騎兵之費，錢糧、芻粟、衣縑之類，每一指揮，歲費數萬緡。其間老弱者尚艱於乘跨，況戰鬬乎？然西北戎馬，不可不收，既至京師，宜多鬻於民間，假其芻牧，或有邊用，一呼可集。又重税以禁江、淮小馬，勿使至近裏州軍，則西北之馬可行，外慰戎心，内爲武備，且減芻秣以億萬計。

其六曰，江、淮發運司歲漕六百餘綱，省員殿侍，並以歲勞改班行。若國家稍節用度，則可減綱運。酬奬之人，其押汴綱歲改職者，欲止賞以緡錢。諸州軍都知兵馬使歲滿，攝長史、司馬，如實廉幹，須令知州、通判同罪保舉，方與班行。武臣薦子弟善弓馬可任邊防、明書算可幹錢穀者，並令引見，試驗其能否，若無取及年幼者，止與奉職、殿侍而已。

其七曰，百司流外，日以增冗。崇文院、祕閣、龍圖閣皆本朝所置，又有昭文館、集賢院，各補書吏；尚書省六官二十四司，加以九寺，又增三司；禮部、太常寺典禮樂，又置禮儀院、太常禮院；刑部、大理寺典刑法，又有審刑院。假如常帶文館職事者，並以直崇文院及本院檢討、校理爲名，其諸館書吏，一歸於崇文院而罷招置，三五年可去其半。舊二百人者，今以一百人爲額，其餘並移補諸司。

其八曰，真州建長蘆寺，役兵之糧已四萬斛，棟宇像塑金碧之資又三十萬緡。施之於民，可以寬重斂；施之於士，可以增厚禄；施之於兵，可以拓舊疆矣。自今願常以土木之勞爲戒。（《續資治通鑑長編》卷一一二。又見《隆平集》卷八，《范文正公言行拾遺事録》卷一。）

上元五縣鹽錢事奏明道二年十二月

當司看詳江寧府上元等五縣主客户遞年送納丁口鹽錢，即不曾請鹽食用。據本府分析及體問得，始屬江南僞命之時，有通、泰鹽貨給散，計口納錢入官。後來淮南通、泰歸屬朝廷之後，江南自此無鹽給散，所以百姓至今虚納錢，併更折納綿絹，未曾起請。今江寧府有新舊逃亡七千三百，宣州五千五百，太平州四千四百。緣江南東路諸邑租税甚多，地薄民貧，欲乞朝廷調度指揮江南東路：主户所納税賦内丁口鹽錢，以本處見賣鹽價上納，定升合數目，逐春更與米鹽喫用。隨夏税送納，一色見錢，更不折納，不賜納絹，可減去疾苦，招攜逃亡。所有客户名下鹽錢，蓋是浮浪之人，起移不定，每到春初，被鄉司、里正、户長抄劄浮户，配納鹽錢，逐旋走移。其客户鹽錢不多，望朝廷特與除放。（《（景定）建康志》卷四〇。又見《范文正公年譜補遺》。）

諫廢郭后奏明道二年十二月

后者，所以掌陰教而母萬國，不宜以過失輕廢之。且人孰無過？陛下當諭后失，置之別館，擇嬪妃老者勸道之，俟其悔而復宫。（《豫章文集》卷五《遵堯録》。）

指陳時政奏景祐三年

漢成帝信張禹，不疑舅家，故有王莽之亂。臣恐今日朝廷亦有張禹壞陛下家法，以大爲小，以易爲難，以未成爲已成，以急務爲閑務者，不可不早辨也。（《續資治通鑑長編》卷一〇八。又見《范文正公年譜》，《宋史》卷三一四《范仲淹傳》，《姑蘇志》卷四八。）

答詔陳不宜出兵掩襲塞門寨奏康定元年正月

延州去塞門寨並無人煙，又行川路之中，一水屈曲，五七十處涉渡，恐傷兵士脚手。周迴又無舊日熟户，縱得此寨，其勢孤絶，亦恐難爲駐兵。以此，不如訓練兵士，候春煖可以涉水，或輕兵掩襲，或大軍攻賊。縱被棄去，自家兵士不致有損。（《范文正公年譜補遺》。）

乞興修廢寨奏康定元年二月八日

延州熟户見今饑餓，若春深無田可耕，别思作過，或虜劫漢户，北入横山，則延州東界大有憂事。乞興修廢寨。（《范文正公年譜補遺》。）

舉何白權知解州勾當鹽池事奏康定元年六月十四日

都官員外郎何白素有材力，今舉權知解州勾當鹽池事。（《宋會要輯稿·食貨》二三之三八。）

乞別選人知延州奏康定元年八月

體量延州西北被西賊破蕩，兼知延州張存母年八十，寄泊他郡，人子之心，宜不獲安。伏乞別選人知延州。如未選得間，即令臣知延州。所貴依得約束，訓練兵馬。（《范文正公年譜補遺》。）

任福等破白豹城奏康定元年九月

環慶路副都總管任福等破賊白豹城，燒廬舍、酒稅務、倉、草場、僞李太尉衙，及破蕩骨咩四十一族帳，兼燒死土埪中所藏蕃賊不知人數，又擒僞張團練及蕃官四人、麻魁七人，殺首領七人，獲頭級二百五十、馬牛羊橐駝七千一百八十、器械三百三、印記六。官軍死者一人，傷者六十四人。初，賊大領兵寇保安鎮戎軍，福等自慶州東路華池、鳳川等鎮聲言巡邊，召都巡檢任政、寨主胡永錫、鳳川監押劉世卿、淮安鎮都監劉政，監押張立同議入界以牽制賊勢。九月十八日軍行至柔遠寨，犒設熟户蕃官，且戒以不得離席。遂與諸將分布地分：以駐泊都監王懷正圍白豹城西面，攻李太尉衙，守神林都路北；洛都巡檢范全圍城東面，守金湯路；柔遠寨主譚嘉震、監押張顯圍城北面，守葉市族路；走馬承受石全正圍城南面；駐泊都監武英入城；任福押大陣居城南。又遣別將部領所犒蕃官行馬前。自柔遠至白豹七十里，夜漏未盡至城下，四面合擊。平明城破，縱蕃部、軍人等大掠，焚其巢穴委聚方四十餘里。是日晚還軍。（《宋會要輯稿·兵》一四之一七。）

乞勾還韓周張宗永量加恩澤奏康定元年九月

臣在延州，差韓周、張宗永賫送文字直到昊賊處，二人不期爲臣所累，皆竄遠方。今雖奉聖旨，令臣募人入賊界，以何面目更可使人？伏乞勾還韓周、張宗永，量加恩澤。（《范文正公年譜補遺》。）

乞舉充縣令人限期移陝西路奏康定元年十月二十九日

乞朝廷念及邊遠之人，率多無告，特告朝旨〔一〕，應舉充縣令人，限一季内並與移陝西路。如在沿邊州軍，即便乞與除職官知縣。如人數不足，即乞委清望官於三舉已上進士有行止文學者，具事狀連坐，各薦一兩人，不致闕官辨集邊事。（《范文正公年譜補遺》。）

【校勘記】

〔一〕特告：「告」字疑誤，或當作「降」。

陝西奏薦官員乞催發赴任奏康定元年十月

陝西軍州自西事以來，應副軍期，科率百出。如官員得人，稍能均濟，或知寬猛，則不致於殘民。其不得人處，政在胥吏，因其急速，得恣貪暴，既屬軍期，民無所訴。臣自膺寄任，奏薦頗多，乞朝廷深加照察，知非請托。其所奏之人，多是僥倖優穩之處，永祝辭免，不來赴任。朝廷遂一夫之私情，忘百姓之深患，滿目疾苦，將何以濟！伏望聖慈特賜愛軫，應陝西所奏官員曾經免者，除別有擢用外，卻乞盡底催發前來赴任。（《范文正公年譜補遺》。）

乞賞賜熟户蕃部首領奏康定元年十二月二十八日

乞暫出延州賞給熟户、蕃部首領，給與文帖，並散茶綵。內有功勞異於衆者，等第支給襖子、腰帶。係蕃部巡檢者，給與紅纓、交椅。仍與別立約束，令遞相鈐轄，准備點集。（《范文正公年譜補遺》。）

乞建鄜州鄜城縣爲軍奏康定元年十二月

關中諸郡支移百姓苗税，配納糧草往邊上州軍送納，惟鄜延一路最是辛苦，糜費數倍。蓋是山陵道路，不可通大車，只是小車並驢子般運。或遇晴明，則一月僅可往還；或值雨雪，艱難寸進。至有離家四五十日，裹纏乾糧並盡，卻更那人歸取盤纏。今延州稈草每束一百七十文，其關中百姓秋税入邊上送納，每束稈草只折三十文。若據在市價，頗甚虧民〔一〕。相度得鄜州鄜城縣，後魏時爲鄜城郡，隋爲僖州。南至同州、河中府各是四程，至鄜州兩程，至延州五程，物價稍賤。乞朝廷建鄜州爲軍，令建營房、倉廒、廨舍。所有同、華、河中府以來州軍近下等第苗税，只於此處送納，且減得一半惡路。至春卻那減鄜延軍馬於此屯泊，就得賤價糧草，減得百姓勞弊辛苦，亦且近便往復。（《范文正公年譜補遺》。）

【校勘記】

〔一〕以上一段原未標明爲奏文，然據《年譜補遺》之體例，并參《范文正公言行拾遺事録》卷三引此奏，應是原奏之文。

請修復城寨奏慶曆元年正月

鄜延路入界，比諸路最遠。若先修復城寨，卻是遠圖。請以二月半合兵萬人，自永平寨進築承平寨，俟承平寨畢功，又擇利進築，因以牽制元昊東界軍馬，使不得並力西禦環慶、涇原之師，亦與三路俱出無異。（《續資治通鑑長編》卷一三〇。又見《范文正公言行拾遺録》卷二。）

諫深入討伐西夏奏慶曆元年正月

去秋遣朱觀等六道掩襲，所費不貲，皆一宿而還。近者密詔復遣王仲寶等，幾至潰敗。或更深入，事實可憂。臣與夏竦、韓琦皆一心速望平定，但戰者危事，或有差失，則平定之間，轉延歲月，所以再三執議，非不協同。（《續資治通鑑長編》卷一三〇。）

乞於沿邊諸寨置榷場奏慶曆元年二月四日

乞於諸寨置榷場，用疋帛等博買熟户將到青鹽。只於慶、環二州添起一倍價錢出賣，收得一色見錢，糴買糧草，及支諸軍請受。大段減得近理見錢應副邊上〔一〕。（《范文正公年譜補遺》。）

【校勘記】

〔一〕理：似當作「裏」。

答元昊復書奏慶曆元年三月

臣仲淹奏：臣始聞虜有悔過之意，故以書誘諭之。會任福敗，虜勢益振，故復書悖慢。臣以爲使朝廷見之而不能討，則辱在朝廷，乃對官屬焚之，使若朝廷初不知者，則辱在臣矣，故不敢以聞也。（《（嘉靖）寧夏新志》卷六。）

論不可乘盛怒進兵奏慶曆元年三月

任福已下，勇於戰鬬，賊退便追，不依韓琦指蹤，因致陷没。此皆邊上有名之將，尚不能料賊，今之所選，往往不及，更令深入，禍未可量。大凡勝則乘時鼓勇，敗則望風喪氣，不須體量，理之常也。但邊臣之情，務誇敢勇，恥言畏怯，假使真有敢勇，則任福等數人是也，而無濟於國家。孫子曰：「勝兵先勝而後求戰，敗兵先戰而後求勝。」今欲以重兵密行，軍須糧草，動數萬人，呼索百端，非一日可舉。如延州入賊界二百餘里，營陣之進，須是四程。況賊界常有探候，兼扼險隘，徒言密切可無喧鬧。其行營名目，切恐虛有廢罷。

自古敗而復勝者，蓋將帥一時之謀，我既退衄，彼必懈慢，乘機進戰，或可圖之。昨山外賊退之時，本處兵少，兼闕將帥，所以不能舉動。近據慶州申，郝仁禹等領兵入界，亦多輸折，蓋賊扼險要，以寡擊衆而致也。臣愚以爲報國之仇，不可倉卒。昔孟明之敗，三年而後報殽之役。孫子曰：「主不可以怒而興兵，將不可以愠而致戰。合於利而動，不合於利而止。故明主謹之，良將警之，安國之道也。」又曰：「利而誘之，怒而撓之，引而勞之。」今賊用此策，不可不知。若乘盛怒進兵，爲小利所誘，勞敝我師，則其落賊策中，患有不測，或更差失，憂豈不大？自古用兵之術，無出孫子，此皆孫子之深戒，非臣之能言也。以臣所見，延州路乞依前奏，且修南安等處三兩廢寨，安存熟户并弓箭手，以固藩籬，俯彼巢穴。他日賊大至則守，小至則擊，有間則攻，方可就近以擾之，出奇以討之。然復寨之初，猶慮須有戰鬭，比之入界，其勢稍安。其諸路并乞且務持重，訓練奇兵。先乞相度德靖寨西至慶州界，環州西至鎮戎軍界，擇要害之地堪爲營寨之處，必可久守則進兵據之。其側近蕃族，既難耕作，且懼殺戮，又見漢兵久駐可倚，賊不能害，則去就之間，宜肯降附，庶可奪其地而取其民也。若只鈔掠而回，不能久守，側近蕃族，必無降附之理。今乞且未進兵，必恐虚有勞敝，守猶慮患，豈可深入？臣非不知，不從衆議則得罪必速，奈何成敗安危之機，國之大事，臣豈敢避罪於其間哉！臣非不能督主兵官員，須令討擊，不管疎虞，敗事之後，誅之何濟！惟聖慈念之。鄜延路罷行營文字，臣且令部署許懷德收掌，别聽朝旨。臣一面依此關報夏竦、韓琦，商量申奏。如所議未合，乞朝廷取捨。臣方待罪，不敢久冒此職，妨誤大事。（《續資治通鑑長編》卷一三二。又見《范文正公言行拾遺事録》卷三。）

論牽制夏兵奏慶曆元年十月

臣奉詔議牽制賊兵，毋令併出河東路。今環州永和寨西北一百二十里有折薑會，慶州東北百五十里有金湯、白豹寨，皆賊界和市處也。鎮戎兵馬可以攻折薑，鄜延可以侵金湯、白豹。環慶路出兵牽制，唯此兩處。賊如寇河東，更令逐路分兵趨要害，則牽制横山一帶賊馬不敢出别路。賊若發河外，近裏兵馬趨河東，則環慶相去差遠，恐不足以牽制也。（《續資治通鑑長編》卷一三四。）

論入界牽綴夏兵奏慶曆元年十一月

臣近奉朝旨，令多方擘畫，牽綴西賊，不令往河東作過。臣因塞外時寒，且令將佐於邊上張勢。續爲延州已出兵打金湯寨，計會本路同進。本路將佐恐賊界併力禦敵。延州軍馬，所以須至入界内。環州都監郝緒，於安塞入界，輸折人馬。由臣不能節制，甘俟典憲。然理有利害，不敢不言。臣竊見西事以來，每遇賊馬併來一路作過，則朝廷指揮諸路入界牽制賊勢，所獲甚微，所損頗大。只如山外事宜，諸處入界牽制，内慶州折卻使臣、軍員、兵士一千餘人，衣甲器械不少。今來河東事宜，諸處亦擘畫入界牽制，内環慶又折卻使臣、軍員、兵士四百五十餘人，器械未知數目。緣軍陣出入，前後左右，須藉得力將佐。分在諸路，每出軍陣，前後左右强弱不副，遂致誤事。臣自慶州已覩朝廷兩度差除中使督促，令擘畫入界牽制。臣雖稱未利，其如鄰道出兵，遞相計會，諸將上畏朝旨，不敢不進。亦有將佐貪僥倖之功，惟務劫掠。朝去暮還，十度得功，不補一敗，徒費恩賞，邊事何涯！望朝廷深察，更不差中使督促諸路輕易入界。臣已附粱適上奏，如賊馬大入，須至令牽制，必於鄰道抽選得力將帥軍馬，聚攻一處，庶少敗事。仍起寨城，據其要害，如此牽制，或可成功。如賊不至大入，則各務静守，養勇持重，以待寇至。臣之愚見，不出此謀，更自朝廷詳酌。（《續資治通鑑長編》卷一三四。）

舉种世衡知環州奏慶曆元年十一月二十六日（一）

環州勾當一郡十三寨，當此危地，須在得人。朝廷以臣不才，而輕此一路，臣恐將有麟府之禍，雖加罪於臣，無益邊事。臣今乞將新授左司郎中一官迴授种世衡，轉諸司使、知環州、權鈐轄司。或朝廷臣所請，使邊臣知推讓之風，亦非細事。如終不允從，則乞差臣帶本從路一將軍馬，權知環州支備。如朝廷體量臣稍涉虚妄，甘受上書詐佞不實之罪。（《范文正公言行拾遺事録》卷三。）

【校勘記】

〔一〕年月日據《范文正公年譜補遺》。

機密文字乞只下經略招討司奏慶曆元年十一月二十九日

朝廷每有機密文字下都部署司，緣本司官員數多，難以衆議，乞止下經略招討司，貴不漏洩。（《續資治通鑑長編》卷一三五。）

請令部署司保舉沿邊寨主等奏慶曆元年十二月

沿邊寨主、兵馬監押等，自今請令部署司保舉。舉非其人，致城寨不守者，雖經恩及代去，毋得原罪。（《續資治通鑑長編》卷一三四。）

乞寬貸高延德與近邊任使奏慶曆元年

漢家將率有數人陷在賊庭，俱是苦戰力屈，爲賊所擒，即非背叛。如朝廷貸高延德，被以寛恩，仍與近邊任使，使陷蕃將率聞之，必願昊賊歸順，望再見其家；或即懷本朝之恩，不助賊計。如朝廷責其不死，來者遠竄，其陷蕃將率更無歸路，必懷怨望，其中或有助賊爲孽，其患不細。昔漢中行説傅公主入匈奴，説不欲行，怨漢，乃教單于大爲漢患，此人情之可見也。乞朝廷留意。（《范文正公言行拾遺事録》卷二。）

論樞密院指揮諸砦出擊未可施行奏慶曆二年二月二十五日

自古用兵本無常勢〔一〕，非可畫一而制也。相度本路諸砦之兵，多者千人，少者五七百人，或三二百人，只令防守城池，尚慮不足。若有蕃賊入寇，其寨主、監押等縱有勇敢，往往見小利便出兵與之追逐。如西賊以羸兵誘致，離砦稍遠，别出精兵斷其歸路，砦中無兵，即見危陷。假有一將在外，去州或遠，應援未至，如遇賊衆大至，多選精鋭并攻一處，謂之奪險，非有驍將血戰，勢不能支。若外兵先敗，則州城之兵望風挫氣，必難爲用。臣謂應變之機，拘以條貫，非其利也。其所降指揮不敢行下〔二〕。（《范文正公言行拾遺事録》卷二。又見《范文正公年譜補遺》。）

【校勘記】

〔一〕《范文正公年譜補遺》此句上有「將有勇怯，師有衆寡」二句。

〔二〕末段《范文正公年譜補遺》作：「乞朝廷指揮逐路主帥，近雖降此指揮，仰更體量將之强弱，敵之衆寡，地勢險易，天時明晦，臨事處分，以保民安邊事爲重，庶少敗事。其樞密院指揮，未敢施行。」

差弓箭手防邊利害奏慶曆二年二月

相度所差弓手，并是人户三丁内破一丁充役。若是撥於極邊州軍屯戍，緣邊上食物踴貴，亦少營舍。官中請受至薄，難裹纏，必於本家骨肉處頻有呼索，動是數百里。本家更破一名往來供送，即是一户三丁之内，二丁防邊，徒使破壞家産。伏乞朝廷更請相度。（《范文正公年譜補遺》。）

乞照管劉平奏慶曆二年二月

前年西賊圍閉之時，山城未曾修築，微有牆壘，未能禦捍，惟劉平星夜前來救濟，得延州不至陷破，此實劉平忠勇之力。今來子弟復在邊任，其跡孤危，未能雪耻。竊聞劉平尚在，恐邊臣有所憎愛，别造飛語。乞朝廷倍賜照管。（《范文正公年譜補遺》。）

論熟户不可倚爲正兵奏慶曆二年三月

熟户戀土田，護老弱、牛羊，遇賊力鬭，可以藩蔽漢户，而不可倚爲正兵。大率蕃情黠詐，畏强凌弱，常有以制之，則服從可用，如去正兵，必至驕蹇。又今蕃部都虞候至副兵馬使奉錢止七百、三百，悉無衣廩。若長行遽得禁軍奉給，則蕃兵必生邀望。況歲罕見敵，何用長與廩給？且錢入熟户，部族資市牛馬、青鹽，轉入河西，亦非策也。以臣所見，不若遇有警，旋以金帛募令禦賊爲便。（《續資治通鑑長編》卷一三五。又見《文獻通考》卷一五六，《宋史》卷一九一《兵志五》。）

寧州草場失火乞釋免有關官吏奏慶曆二年五月

逐處異物蟄藏之處，多致雷火，合依邊敕指揮，只令陪納入官。若更須令根勘官吏不切防慎罪狀，卻慮今後沿邊倉場作過，要得負累官員，爲害轉大。願乞朝廷特賜釋免。（《范文正公年譜補遺》。）

論明珠滅臧二族不可攻奏慶曆二年十月己巳

二族道險，不可攻，前日高繼嵩嘗已喪師。平時猶懷反側，今討之，必與賊爲表裏，南入原州，西擾鎮戎，東侵環州，邊患未艾也。宜因昊賊別路大入之際，即并兵北取細腰、蘆泉爲堡鄣，以斷賊路，則二族自安，而環州、鎮戎徑道通徹，則可亡憂矣。（《續資治通鑑長編》卷一三八。又見《范文正公言行拾遺事録》卷二，《宋史》卷三一四《范仲淹傳》。）

使用負犯人奏慶曆二年

懷才抱藝之人，一落散地，終身不齒。獸窮則變，人窮則詐，古人之所慎也。况今邊事未寧，尤宜使過。欲乞朝廷催促逐處，依赦文分析聞奏。乞差近上臣寮就中書定奪元犯情理，分作等第。又委長吏密切體量上件人，或有材質，或有節行，亦具申奏。所貴負犯之人各期自新，不懷幽憤。唐張説薦負犯之人充將帥之用，其表云：「活人於死者，必舍生而報恩；榮人於辱者，必盡節而雪耻。」古猶今也，乞朝廷留意。（《范文正公言行拾遺事録》卷二。）

議弛茶鹽之禁疏慶曆三年

茶鹽商税之入，但分减商賈之利爾，於商賈未甚有害也。今國用未省，歲入不可闕，既不取之於山澤及商賈，必取之於農。與其害農，孰若取之於商賈？今爲計，莫若先省國用；國用有餘，當先寬賦役，然後及商賈，弛禁非所當先也。（《續資治通鑑長編》卷一四一。又見《范文正公言行拾遺事録》卷一，《（嘉靖）惟揚志》卷三二，《古今圖書集成·食貨典》卷二一三。）

薦張挺補三班差使奏慶曆四年八月丁酉

知延州日，見進士張挺有武力膽略，乞補三班差使、殿侍，爲隨行指使。（《續資治通鑑長編》卷一五一。）

城郭等第簿不宜五年始造奏慶曆四年八月十八日

體量得河東陝西自西事以來，甚有人户因差配破卻家産。州縣不能矜恤減放，第候五年造簿，方行定奪，必是破盡家産，多爲失所之人。（《范文正公年譜補遺》。）

沿邊兵士人員乞賜特支奏慶曆四年八月二十一日

臣今往陝西、河東宣撫，其沿邊駐泊諸州軍及就戰兵，并人員兵士，欲乞朝廷等第各賜特支。（《范文正公年譜補遺》。）

乞招納嘉舒等七族奏慶曆四年十月壬子

據麟府路兵馬都監張旨狀，西界唐龍鎮嘉舒、克順等七族去漢界不遠，可因西北交争之際，量援以兵馬，而預爲招納之。兼體問得七族蕃部舊屬府州，比因邊臣不能存恤，逃入西界，在今府州東北緣黄河西住坐，其地面與火山軍界對岸。昨西賊大掠麟府界，人户悉居於彼，遂分爲十四族。近有内附首領香布言：「契丹領兵在寧仁静寇鎮，待河凍即過唐龍鎮劫之。」若契丹遂取七族，則府州河外又生一契丹。兼七族既有驚疑之心，必逃入火山界，契丹因而襲逐入漢地，則一帶蕃、漢人户，必定遭驅虜。又麟府殘破，難以守禦。今若因此機會，先行招誘，使七族率其所掠麟府屬户，復自來歸，納之不爲無名。已令張旨與府州部署王凱、折繼閔等商議，密行招引。今先次畫到七族地圖以聞。（《續資治通鑑長編》卷一五二。）

乞於麟府修起城寨招蕃漢人户安居奏慶曆四年十月

麟、府二州，山川回環五六百里，皆蕃、漢人舊耕耘之地，自爲西賊所掠，今尚有三千餘户散處黄河東涯。自來所修堡寨，只是通得麟、府道路，其四面别無城寨防守，使邊户至今不敢復業。地土既荒，故糧草湧貴，官中大費錢帛糴買，河東百姓又苦饋運之役。今重屯不解，久則自難供億，此實西賊困中原之策，謂如靈武，必須棄之。今二州之人皆願修起城寨，若只以河西兵馬糧草般移應用，自可辦事。況折氏强盛之時，府州只屯漢兵二千，今雖殘破，兵馬常及萬餘。如向去招輯蕃、漢人户，從而安居，强人壯馬又可得數千，卻減屯漢兵，兹誠守禦之長計也。（《續資治通鑑長編》卷一五二。）

陳邊上設備奏慶曆四年十二月十九日〔一〕

見各訓練，選奇兵，准備戰敵，惟難得經歷將帥。如北戎兵馬未放散間，臣不敢便離河東。北邊或有緩急，與明鎬商量，指揮將佐，料敵使人，庶幾分朝廷萬一之憂。（《范文正公言行拾遺事録》卷三。）

【校勘記】

〔一〕十九日：此據《范文正公年譜補遺》。

舉趙拯等充陝西河東大郡通判奏慶曆四年十二月二十三日

切見太常博士趙拯、秘書丞劉奕、馮浩、殿中丞范寬之、馬仲甫、徐執中、杜樞、太子中允王復、太子中舍王孝和、大理寺丞張謨，并有才稱，宜處要務，俾臨邊事，可濟軍期。伏乞望朝廷速差上件官充陝西、河東大郡通判。

〔貼黄〕自來兩府臣僚無同罪舉官條例。臣出使，應所舉過官員，恐朝廷未賜施行，如任用後犯正入己贓，臣并行同罪。（《范文正公年譜補遺》。）

乞差替萬勝指揮招到雜色人奏慶曆四年十二月

訪問得萬勝指揮招到雜色人，多有邊上已滿三年。其間輕狂之人，不奈辛苦，或亂出語，扇摇人衆，於邊上不便。乞早降指揮差替。（《范文正公年譜補遺》。）

言北界事宜奏慶曆四年十二月

自古兵家每有挫衄，恐其下離叛，即别舉事，圖其復振，以攝衆心。今契丹西征無功，愧見其下，或謀起事，欲振兵威，此朝廷不可不防。（《范文正公年譜補遺》。）

乞賜白雲寺額劄子慶曆四年

蘇州天平山有白雲泉，南有寺，寺中有刺史白居易《詠白雲泉》詩，明古寺也。臣本家松楸實在其側，常令此寺照管。准先降條貫：應寺院及五十間以上，至乾元節并得賜額。二件古寺屋宇已應得條貫〔一〕，伏望特賜一名額，取進止。（《范文正公褒賢集》卷二。又見《范文正公集》附録。）

【校勘記】

〔一〕二件：疑當作「上件」。

乞以所授功臣勳階回贈繼父官奏 慶曆五年四月四日

念臣遭家不造，有生而孤，惟母之從，依之以立。繼父故淄州長山縣令朱文翰既加養育，復勤訓導，此而或忘，己將安處？伏遇禮成郊廟，澤被蟲魚，伏望以臣所授功臣階勳恩命回贈繼父一官。（《宋會要輯稿·儀制》一〇之一六。）

乞篤疾廢疾弓手兵士不問年甲揀停歸農奏 慶曆五年四月十七日

似此篤疾廢疾之類，非可許僞者，爲年未五十已上，有礙上項宣命，諸處不敢替放。官中前來許顧人承替之時，内有事力之家，即可顧人；其下等第無錢顧人，多是恐脅家間骨肉，令典賣莊田顧人，深屬不便。乞指揮轉運司看驗，如委實是篤疾廢疾之類，并依諸軍類，更不問年甲，便與揀停歸農，不須要家人并顧人充替。又令疾苦之人各歸田園，所以不致失所。（《范文正公年譜補遺》。）

軍頭失去文帖免勒充長行奏 慶曆五年六月十四日〔一〕

軍頭失了文帖，降充長行。其中甚有能部轄勾當人，因累次功勞，方得遷補，被手下軍士憎嫌，多方窺算，藏毀文帖，便降充長行，情實可閔。以此苟且和同，不敢鈐轄覺察手下兵士違犯作過，成弊愈深。乞朝廷特降宣命指揮：今後失去補署文帖，有因故事失去，勘驗不虛，即依舊職名重給公據收掌。別無因依，稱去失者，如勘會得委不因酒醉，及不是典解錢物，即於舊職名止降一等，別給文帖安排。所貴兵級安心，無致誤犯。（《范文正公言行拾遺事録》卷三。）

【校勘記】

〔一〕年月日據《范文正公年譜補遺》。

禁秦州博易奏 慶曆五年八月二十三日

體量得秦州自來客旅，收買川貨物帛等入蕃博易券馬，入官中賣，兼販蕃馬回訖。百姓所買馬錢，亦收買匹帛入蕃興販。今來若將秦州界西蕃博買一例止絶，必是一路蕃情怨望，兼大段隔卻興販券馬，及阻節客旅興販川貨，則一路草糧少人入中，必是誤事。伏乞朝廷下秦州，依舊降條貫施行。（《范文正公年譜補遺》。）

論陜西守備奏慶曆五年八月

夏國一面稱大段點集軍馬，待與契丹相殺，一面卻與漢家争些小疆界。臣謂契丹、元昊，除是天亡時則有戰争，不顧利害；如顧利害，則無戰争之理。或二蕃連謀窺伺中原，則今後契丹先起事端，候朝廷抽減陜西軍馬往河北，然後元昊入寇，則陜西四路皆可憂虞。乞朝廷察此情狀，不可信憑，大爲之備，免致臨時敗事。再録與韓琦所上攻守策録呈，乞賜親覽。（《范文正公年譜補遺》。）

乞於麟州創置榷場奏慶曆五年九月四日

河西麟府田野空荒，城市窮困，使河東一路供饋糧草錢帛，未有休期。若置一榷務，一則招誘蕃部牛羊鞍馬行貨，供河東一路官税要用；二則麟府路收得客旅税錢，大段出得貨利，就近供軍；三則止絶得私下與外界交易，免犯令。（《范文正公年譜補遺》。）

乞寬宥石元孫奏慶曆五年九月

素不與元孫相識，亦不知本人善惡。臣在延州，但聞劉平、石元孫部領軍馬救護延州，同戰拒賊，日夜血戰，兵少食盡，力屈被擒，即不曾退走，亦非不戰而降，但有不死於王事之罪。又累該大赦，卻有救存延州之勞，縱不堪任用，亦且免其戮辱，少加存恤，當授一南班近下名目，於近州安置。使陷蕃將校等聞之，未絶向漢之心，不怨朝廷，不助夷狄，此禦戎之一策也。（《范文正公年譜補遺》。）

乞復孫用張忠官資奏慶曆五年十二月甲戌

前涇原都巡檢、禮賓副使孫用借公使錢，瓦亭寨主、左班殿直、閤門祗候張忠過取職田課入，并坐法勒停。其人頗有武勇，乞稍復官資，責其效用。（《續資治通鑑長編》卷一五七。）

沿邊逐寨堅守無益奏

沿邊逐寨雖有險固，只有三二百人，何以施爲？又城池中多無井水，若不量事勢，但令堅守，徒陷一城軍民性命，自挫軍威，無益邊事。其在環慶路相度二十三寨，内有美泥、虐泥、大拔城等小砦，但只量兵士，差百十人把截道路。如探得賊馬大段入寇，便令歸側近大城砦内一處防守。所貴不致枉陷軍民。（《范文正公言行拾遺事録》卷二。）

兵士買鹽入衆嗽用不可盡法奏

竊見諸軍常令聲樂，蓋欲悦其衆心，不至愁苦。今兵士處於窮邊，冒矢石，負星霜，若飲食失所，更禁絶鹽味，何以聊生？未能困賊，先困我師。其買鹽兵士是本部衆人之罪，實不敢盡法，恐傷士心，只決二人杖二十，押送本部。（《范文正公言行拾遺事録》卷三。）

論新附蕃部嗽移不宜遣住海州安泊奏

嗽移歸投新來，其心未安。若必遣住海州安泊，不惟遠去鄉土，全失蕃情，又其人不測朝廷意旨，卻自刑害。今來西事未寧，邊上蕃部聞之，絶其向化之意，則皆爲怨敵，邊害愈深。（《范文正公言行拾遺事録》卷三。）

范文正公集續補卷第二

表

進李覯明堂圖序表皇祐二年八月

臣伏見建昌軍草澤李覯，十餘年前曾撰《明堂圖》并序一首，大約言周家之制，見於《月令》及《考工記》、《大戴禮》，而三家之説少異，古今惑之。覯能研精其書，會同大義，按而視之，可以制作。臣於去年十一月録進前人所業十卷，其《明堂圖序》爲一卷，必在兩制看詳。今朝廷行此大禮，千載一時，何斯人學古之心上契聖作。臣今再録其《圖》并序上進，伏望特賜聖覽，於朝廷討論之際，庶有所補。仍乞詳臣前奏，殊加天獎，以勸儒林。取進止。六月日。（《直講李先生文集·外集》卷一。又見《續資治通鑑長編》卷一六九。）

牒

牒江淮災傷州軍明道二年十一月

應實因災傷逃移，抛下税産，已曾申報州縣，後來雖是未差官檢覆，今卻歸業者，并放免税賦。及有已曾歸業，爲官中令納税，存濟不得，又逃移者，亦許歸業，依此減放税科。（《范文正公年譜補遺》。）

牒環慶路出軍馬入賊界攻討康定元年正月十二日

今後如有報到賊馬深入鄜延路，更請相度，一面部領軍馬入賊界，攻討要害城寨。須管大段殺獲，分張賊勢，不得只在界首，及打虜些少族帳，便爲策應之名。若環慶有賊馬，亦令鄜延路分擘諸頭，出軍馬深入賊界攻討。（《范文正公年譜補遺》。）

牒陝府拘管逃移税户康定元年正月十五日

逐縣鄉村拘管上件逃移人户，屋業桑産不得燒毀斫伐。其逃走人户，權與倚閣去年秋稅。其見在第五等，秋稅只於本處送納；其第四等户亦於鄜州送納。免致逃移，毁卻桑産，將來歸業不得，即大段虧失省稅〔一〕。所有諸州軍人户，慮恐亦有似此逃移，并牒逐州，亦請相度安恤。（《范文正公言行拾遺事録》卷三。又見《范文正公年譜補遺》。）

【校勘記】

〔一〕「即大段」句：原無，據《范文正公年譜補遺》補。

牒青澗城种世衡永平寨郭延珍等康定元年三月初一日

接此春煖耕農之時，速勘會上件驚移熟户、蕃部，如内有未敢歸業，依舊耕種，即便相度鄜近有無官司空閑地土，或遠年逃田，權撥與耕種。如無牛具者，官與量借錢收買。常切安存，無令失所。（《范文正公年譜補遺》。又見《范文正公言行拾遺事録》卷三。）

再牒种世衡郭延珍等康定元年四月十一日

據的是見闕乏糧草蕃部，相度逐户口數目，每十口已上，官中量支借貸糧粟各一石；十口已下各借五斗。仍常切照管安存，無令失所。（《范文正公年譜補遺》。又見《范文正公言行拾遺事録》卷三。）

牒鄜同華州河中府康定元年十一月十九日

如軍馬經過，相度使臣稍有生疏，不能鈐轄，便請那差都監、監押一員，或差得力使臣，支與驛券，同共管押，逐州交割。不得縱令不著次第，及攪擾縣鎮施行。（《范文正公年譜補遺》。）

牒寧州通判張玄感慶曆二年閏九月

暫往邠州計會點檢城上防城戰具，家事安排整齊。如聞西賊大入漢界，即起遣鄉村人户入州。其人户多是少得柴草，不願入城，即官中擘畫，揀損稈草支借。（《范文正公年譜補遺》。）

牒涇原路安撫司將靖邊隆德寨壕外弓箭手逐家老小般入壕裏居住慶曆五年十二月二十一日

各令將老小人口等般入壕裏居住，只量留少壯人在壕外堡子安泊防守，管勾耕種。若遇大段賊馬，難以禦捍，亦須入壕裏回避，免枉遭虜掠。（《范文正公年譜補遺》。）

牒知原州景泰等慶曆二年十二月〔一〕

令六頭項下軍馬會合相度，揀選精兵三二千人，夜擊蕃砦。探候山外賊馬迴時，即多出奇兵，夜間或侵曉伏截衝擊，收救人民。仍戒約不得脱剥被虜人户人物。（《范文正公言行拾遺事録》卷二。）

【校勘記】

〔一〕年月據《范文正公年譜補遺》。

再牒知原州景泰等慶曆二年十二月

火急多差人搜山探候，如探得西賊先有伏兵，即便就高駐劄。别選敢死之士多作頭項，先去掩擊。只以收救人民，不得貪小功小利，再有疎虞，以副朝廷之意。（《范文正公言行拾遺事録》卷二。）

牒邠州令支還王昭璋等屋舍價錢

諸州自來修造營房，只是踏逐官地，不許毁人户見宅邸舍物業。其邠州便將人户見住物業毀拆，逐起人户，無處存活。既無官地兑還，即合給還價錢買屋。當司支與錢物，其人户當已破費。雖准轉運司指揮，今將空閑官地兑還，既無官地，即合回申轉運司，豈得便卻例行催納已支價錢，侵害人户？（《范文正公言行拾遺事録》卷三。）

爲新兵蓋屋舍事牒諸州

相度新兵未有營房，欲配買木植，則大費官錢，兼搔擾人户，又卒難了當。其自來等第户各有莊園宅舍，及將家入營，僅得一間營房，難爲存濟。新兵内貧窮之家，即給與係官木植。其稍有家力，情願自於本家般到材植，要蓋舍屋者聽。如中等已下，若無事力，除自有舊材料情願將來蓋造外，或買到新瓦木者，估價給與解鹽交引，大省官錢。又逐家自蓋屋宇，早得了當。并等第之家乍住營房，不致迫窄，可以存濟。（《范文正公言行拾遺事録》卷三。）

榜約

與諸羌約慶曆元年五月

讎已和斷，輒私報之及傷人者，罰羊百、馬二，已殺者斬。負債争訟，聽告官爲理，輒質縳平人者，罰羊五十、馬一。賊馬入界，追集不起，隨本族每户罰羊二，質其首領。賊大入，老幼入保本寨，官爲給食，即不入寨，本家罰羊二，全族不至者，質其首領。（《續資治通鑑長編》卷一三二。又見《宋史》卷三一四《范仲淹傳》。）

榜喻諸州軍令逃移人户歸業慶曆四年九月〔一〕

應坊郭村鄉人户，今日以前帶卻配賣物色，或抱二税逃移者，并令與放罪，各令歸業。其元抛下産業，不得納官，疾速差能幹官吏，比附見在人户物産，定奪合該減放等第。招誘歸業者不得更依元本等第，其元欠二税并與放除。（《范文正公言行拾遺事録》卷三。）

【校勘記】

〔一〕年月據《范文正公年譜補遺》。

榜示陝西州軍禁新刺保捷兵典賣本家贍軍田土及己分物業

應新刺保捷兵士，如今後乞將本家贍軍田土、己分物業典賣破貨者，不得施行。其典賣人嚴行斷遣。如將來殘患，不堪征役，及有年高不任披帶，放令歸農者，即給與己分莊田養種。（《范文正公言行拾遺事録》卷二。）

書斷

虎翼軍指揮王瓊奪戎士斫到人頭爲己功書斷康定元年十一月

奪戎士死戰之功，誤朝廷重賞之意，其王瓊集軍員等處斬。（《范文正公年譜補遺》。）

義莊規矩皇祐二年十月

一、逐房計口給米，每口一升，并支白米；如支糙米，即臨時加折。支糙米每斗折白八升，逐月實支每口白米三斗。

一、男女五歲以上入數。

一、女使有兒女在家及十五年，年五十歲以上，聽給米。

一、冬衣每口一疋，十歲以下、五歲以上各半疋。

一、每房許給奴婢米一口，即不支衣。

一、有吉凶增減口數，畫時上簿。

一、逐房各置請米曆子一道，每月末於掌管人處批請，不得預先隔跨月分支請。掌管人亦置簿拘轄，簿頭録諸房口數爲額。掌管人自行破用或探支與人，許諸房覺察，勒陪填。

一、嫁女支錢三十貫，七十七陌，下并准此。再嫁二十貫。

一、娶婦支錢二十貫，再娶不支。

一、子弟出官人每還家待闕、守選、丁憂，或任川、廣、福建官留家鄉里者，并依諸房例給米、絹并吉凶錢數。雖近官，實有故留家者，亦依此例支給。

一、逐房喪葬：尊長有喪，先支一十貫，至葬事又支一十五貫。次長五貫，葬事支十貫。卑幼十九歲以下喪葬通支七貫；十五歲以下支三貫；十歲以下支二貫；七歲以下及婢僕皆不支。

一、鄉里、外姻親戚，如貧窘中非次急難，或遇年飢不能度日，諸房同共相度詣實，即於義田米内量行濟助。

一、所管逐年米斛，自皇祐二年十月支給逐月餱糧并冬衣絹。約自皇祐三年以後，每一年豐熟，樁留二年之糧。若遇凶荒，除給餱糧外，一切不支。或二年外糧有餘，卻先支喪葬，次及嫁娶。如更有餘，方支冬衣。或所餘不多，即凶吉等事衆議分數均匀支給。或又不給，即先凶後吉；或凶事同時，即先尊口後卑口；如尊卑又同，即以所亡、所葬先後支給。如支上件餱糧吉凶事外，更有餘羨數目，不得糧貨，樁充三年以上糧儲。或慮陳損，即至秋成日方得糶貨，回换新米樁管。

右，仰諸房院依此同共遵守。皇祐二年十月日，資政殿學士、尚書禮部侍郎、知杭州事范押。（《義莊規矩》。）

書簡

上吕相公書

伏蒙台慈疊賜鈞翰，而褒許之意，重如金石，不任榮懼！不任榮懼！竊念仲淹草萊經生，服習古訓，所學者惟脩身治民而已。一日登朝，輒不知忌諱，效賈生慟哭太息之説，爲報國安危之計。而朝廷方屬太平，不喜生事，仲淹於搢紳中獨如妖言，情既齟齬，詞乃睽戾，至有忤天子大臣之威。賴至仁之朝，不下獄以死，而天下指之爲狂士。然則忤之之情無他焉，正如陸龜蒙《怪松圖贊》謂草木之性，其本不怪，乘陽而生，小已遏，不伸不直，而大醜彰於形質，天下指之爲怪木，豈天性之然哉？今擢處方面，非朝廷委曲照臨，則敗辱久矣。昔郭汾陽與李臨淮有隙，不交一言；及討禄山之亂，則執手泣别，勉以忠義，終平劇盜，實二公之力。今相公有汾陽之心之言，仲淹無臨淮之才之力，夙夜盡瘁，恐不副朝廷委之之意。重負泰山，未知所釋之地，不任惶恐戰慄之極。不宣。仲淹惶恐再拜。（《皇朝文鑑》卷一一三。又見《四續古文奇賞》卷三四，《八代文鈔》。）

與人論吴中水利書

天造澤國，衆流所聚，或淫雨，不能無災。而江海之涯，地勢頗高，溝瀆雖多，不決不節，如無所壅，良可減害。若其濬深，江潮乃來，愆亢之時，萬户畎澮，此所以旱潦皆爲利矣。（《吴郡圖經續記》卷下。又見《姑蘇志》卷一一。）

與賢良書

將就大對，誠吾道之風采。宜謙下兢畏，以副士望。（《戒子通録》卷六。）

與提點書

青春何苦多病，豈不以攝生爲意耶？門户才起立，宗族未受賜；有文學稱，亦未爲國家用。豈肯循常人之情，輕其身、汩其志哉！（《戒子通録》卷六。又見《項氏家説》卷一〇。）

告諸子書

吾貧時與汝母養吾親，汝母躬執爨，而吾親甘旨未嘗充也。今而得厚禄，欲以養親，親不在矣，汝母亦已早世。吾所最恨者，忍令若曹享富貴之樂也。（《范文正公言行拾遺事録》卷一。又見《戒子通録》卷六，《古今圖書集成·家範典》卷一〇二。）

告子弟書

吾吴中宗族甚衆，於吾固有親疎，然吾祖宗視之，則均是子孫，固無親疎也。苟祖宗之意無親疎，則飢寒者吾安得不恤也？自祖宗來，積德百餘年，而始發於吾，得至大官。若獨享富貴而不恤宗族，異日何以見祖宗於地下，今何顔入家廟乎？（《言行龜鑑》卷四。又見《范文正公言行拾遺事録》卷一。）

問醫帖

仲淹啓：人回，領誨字，喜慰喜慰！目疾尤不可急治，須漸漸退，急則傷之也。補藥不可熱，熱則損目，亦要和之也。卻須惜真氣以補之。或要出外勾當，亦足以就醫。更請相度，多愛！承所要藥并醋，今送去。醋大熱損眼，患人吃之立有效。且學吃淡食，不能，即以水和之，庶減毒力。請問醫者。不宣。仲淹上師魯舍人左右。二月三日。（《寶真齋法書贊》卷九。）

秀才帖

仲淹頓首秀才仁弟：昨日領問，承雅候清休。仲淹奉命移知丹陽郡，即日上道，不果話別，惟珍愛爲祝爲祝！走此諮聞，不宣。仲淹頓首秀才仁弟足下。正月十五日。（《三希堂法帖》。）

序跋

題褚摹蘭亭序

高平范仲淹嘗守會稽郡，遊蘭亭曲水。今復觀斯文於才翁東齋，足爲佳遇。慶曆八年十二月二十六日題。（《珊瑚木難》卷三。又見《式古堂書畫彙考》卷五。）

題蘇才翁所藏蘭亭序帖

才翁東齋所藏圖書，嘗盡覽焉。高平范仲淹題。（《鬱岡齋墨妙》卷三。又見《滋惠堂墨寶》卷一，《渤海藏真帖》卷二。）

記

景祐重建至聖文宣王廟記

吾夫子之道也，用則行，而天下治；舍則藏，而天下亂。得其門者若登其泰山，涉其流者若示諸泗瀆。鑽仰何待，隆汙以時，得者得之，失者失之。譬覆載之仁，無待於報；照臨之明，不求其助。蕩蕩乎惟道爲大，如斯而已者也。若夫衮其服，廟其神，豈吾聖之心哉！蓋後之明王尊道貴德而不敢臣，故奉之以王禮，享之於大學，昭斯文之宗焉，仍命五等，咸得祀之。成均博士范公宗古之守江陰也，謹明命，挺至誠，黥豺狼之兇，禮芻蕘之善，廢典皆舉，積訴咸辨。清風之下，人則笑歌；陽春之浹，物自鼓舞。居一日，命諸秀前席而言曰：「吾之斯來，職在共理，綱紀之設，胡取廢墜？至若嚴戟署，崇使館，維城之門，維川之梁，百貨之藏，九年之廩，諸寮之局，浮民之宇，刑訊之室，關榷之會，皆增其制度，以取新焉。而富有之家繼請輸緡五百萬爲公材之助，賴斯民之知勸，以濟厥功。惟先師之堂，前制未顯，切於郡獄，黷斯甚矣，豈奉嚴之意也？然重於改作，子大夫謂之何哉？」諸生拜而謝曰：「惟公之言，惟士之望，盍請遷焉？」乃命司禁陳公蒙吉奉成其事，於軍前南隅，藉高明，審面勢，擇工之善，揀材之良，登登丁丁，不月而成。堂焉巍奂，廊焉徘徊，大厦斯清，高門有閌。乃聖乃賢，儼乎其位。阼階以進，依然金石之音；彝器以新，燦乎俎豆之事。既嚴既翼，以享以時。禮樂行乎廟中，風教行乎化下。乃歌乃訟，以樂其成。公又命曰：「二三子服斯文，履斯道，存誠顔閔之際，致化唐虞之上，協吾聖之教也，豈徒廟爲哉！」諸生復拜而謝曰：「請事斯語矣。」命仲淹書之以識其實。景祐三年五月二十日，高平范仲淹記。（《（康熙）常州府志》卷三四。又見《（嘉靖）江陰縣志》卷七，《（光緒）江陰縣志》卷五，《常郡八邑藝文志》卷二。）

眉壽堂記

公劉以農事開國，邠風葵棗之化流浹至今。鑿井耕田，野無惰農，歲有高廩。爲此春酒，以介眉壽。斯民熙熙然躋和氣之域，因以名堂。（《陝西通志》卷七三。）

銘

遠祖師塔銘

嗚呼遠公，釋子之雄。禪林百澤，法海真龍。壽齡有限，慧命無窮。寒巖瘞骨，千載清風。（《浮山志》卷四。）

零句

呈慧覺師偈

連朝共話釋疑團，豈謂浮世半日閑。直欲與師閑到老，盡收識性入玄關。（《居士分燈録》卷上。）

思鄱陽

半雨黄花秋賞早，去年此日在鄱陽。（《梅溪王先生文集·後集》卷一一《九日陪諸公登高》「半雨花思范」句下自注。）

贈胡瑗教授〔一〕

吴興先生富道德，誂誂弟子皆賢才。（《梅溪王先生文集·後集》卷一六《仲冬釋奠於學同諸公登稽古閣觀弁山望太湖閲壁上題名誦范文正公詩》。）

【校勘記】

〔一〕按《宋名臣言行録·前集》卷一〇、《文獻通考》卷四六、《古今事文類聚·前集》卷二三、《群書考索·後集》卷三〇、《古今源流至論·續集》卷一〇、《翰苑新書·前集》卷五五皆以爲此二句歐陽脩作。歐陽脩《文忠集》卷二《送章先生東歸》詩云：「窮山荒僻人罕至，子以一身千里來。問子之勤何所欲，自慚報子無瓊瑰。非徒多難學久廢，世事漸懶由心衰。吴興先生富道德，侁侁弟子皆賢材。鄉閭禮讓已成俗，餘風漸被來江淮。子年方少力可勉，往與夫子爲顔回。」

憶潤州葛使君〔一〕

金山寺近塵埃絶，鐵甕城高氣象雄。（《輿地紀勝》卷七《兩浙西路·鎮江府》。又見《廣陵集》卷一四，《記纂淵海》卷九，《御選宋金元明四朝詩·御選宋詩》卷四七，《宋詩鈔》卷二四。）

【校勘記】

〔一〕按《記纂淵海》卷九、《明一統志》亦載此詩，以爲范仲淹作。而《廣陵集》卷一四、《御選宋金元明四朝詩·御選宋詩》、《宋詩鈔》卷二四以爲宋王令作。《廣陵集》此詩云：「六朝游觀委蒿蓬，想像當時事已空（一本作『清談事竟空』）。半夜樓臺横海日，萬家簫鼓過江風。金山寺近塵埃絶，鐵甕城濵（一本作『爲』）氣象雄。欲放船隨明月去，應（一本作『當』）留閒暇待詩翁。」

書海陵滕從事文會堂

一學許周查〔一〕，三仙周陳唐〔二〕。（《方輿勝覽》卷四五《淮東路·泰州》。又見《輿地紀勝》卷四〇《淮東路·泰州》）

【校勘記】

〔一〕《輿地紀勝》卷四〇《淮東路·泰州》注云：「許氏與周、查氏俱爲海陵望族，以三家子弟多游鄉校，故有『一學許周查』之諺。」

〔二〕《輿地紀勝》卷四〇《淮東路·泰州》注云：「郡人王禹錫作徐神翁及三仙周、陳、唐傳甚詳。」

送客

勸君莫過南充路，恐被馮休笑一番。（《輿地紀勝》卷一五六《潼川府路·順慶府》）

贈范惠方

當門巴字分流水，去路難歌轉曲巖。（《輿地紀勝》卷一八七《利東路·巴州》）

虀賦

陶家甕内，淹成碧緑青黄；措大口中，嚼出宫商角徵。（《誠齋集》卷一一四《詩話》下。又見《賦話》卷一〇。）

乞歸姓表天禧二年

志在投秦〔一〕，入境遂稱於張禄；名非伯越〔二〕，乘舟乃效於陶朱〔三〕。（《青箱雜記》卷五。又見《四六話》卷上，《中吴紀聞》卷二，《耆舊續聞》卷六，《清波雜志》卷一二。）

【校勘記】

〔一〕投：《耆舊續聞》卷六作「逃」。

〔二〕伯：《四六話》卷上作「霸」。

〔三〕乃：《四六話》卷上、《中吴紀聞》卷二、《耆舊續聞》卷六作「偶」。

中國歷史文集叢刊

范仲淹全集

三

〔宋〕范仲淹 撰
李勇先 劉琳 王蓉貴 點校

中華書局

第三冊目録

附録四　歷代制敕公文

附録五　歷代祠廟記

附録六　歷代義莊義田記…………　一〇一九

附録七　歷代學記書院記…………　一〇三九

附録一　傳記

資政殿學士户部侍郎文正范公神道碑銘并序

（宋）歐陽脩

皇祐四年五月甲子，資政殿學士、尚書户部侍郎、汝南文正公薨於徐州，以其年十有二月壬申，葬於河南尹樊里之萬安山下。

公諱仲淹，字希文。五代之際，世家蘇州，事吴越。太宗皇帝時，吴越獻其地，公之皇考從錢俶朝京師，後爲武寧軍掌書記以卒。公生二歲而孤，母夫人貧無依，再適長山朱氏。既長，知其世家，感泣去之南都。入學舍，掃一室，晝夜講誦，其起居飲食，人所不堪，而公自刻益苦。居五年，大通六經之旨，爲文章論説必本於仁義。祥符八年舉進士，禮部選第一，遂中乙科，爲廣德軍司理參軍，始歸迎其母以養。及公既貴，天子贈公曾祖蘇州糧料判官諱夢齡爲太保，祖秘書監諱贊時爲太傅，考諱墉爲太師，妣謝氏爲吴國夫人。

公少有大節，於富貴、貧賤、毁譽、歡戚，不一動其心，而慨然有志於天下，常自誦曰「士當先天下之憂而憂，後天下之樂而樂」也。其事上遇人，一以自信，不擇利害爲趨捨。其所有爲，必盡其方，曰：「爲之自我者當如是，其成與否，有不在我者，雖聖賢不能必，吾豈苟哉！」天聖中，晏丞相薦公文學，以大理寺丞爲秘閣校理。以言事忤章獻太后旨，通判河中府、陳州。久之，上記其忠，召拜右司諫。當太后臨朝聽政，時以至日大會前殿，上將率百官爲壽。有司已具，公上疏言天子無北面，且開後世弱人主以彊母后之漸，其事遂已。又上書請還政，天子不報。及太后崩，言事者希旨，多求太后時事，欲深治之。公獨以謂太后受託先帝，保佑聖躬，始終十年，未見過失，宜掩其小故以全大德。初，太后有遺命，立楊太妃代爲太后。公諫曰：「太后，母號也，自古無代立者。」由是罷其册命。是歲，大旱蝗，奉使安撫東南。使還，會郭皇后廢，率諫官、御史伏閤争，不能得，貶知睦州，又徙蘇州，歲餘，即拜禮部員外郎、天章閣待制，召還，益論時政闕失，而大臣權倖多忌惡之。居數月，以公知開封府。開封素號難治，公治有聲，事日益簡。暇則益取古今治亂安危爲上開説，又爲《百官圖》以獻，曰：「任人各以其材而百職修，堯、舜之治不過此也。」因指其遷進遲速次序曰：「如此而可以爲公，可以爲私，亦不可以不察。」由是吕丞相怒，至交論上前，公求對，辨語切，坐落職，知饒州。明年，吕公亦罷。公徙潤州，又徙越州。而趙元昊反河西，上復召相吕公。乃以公爲陜西經略安撫副使，遷龍圖閣直學士。是時，新失大將，延州危。公請自守鄜延扞賊，乃知延州。元昊遣人遺書以求和，公以謂無事請和，難信，且書有僭號，不可以聞，乃自爲書，告以逆順成敗之説，甚辯。坐擅復書，奪一官，知耀州。未逾月，徙知慶州。既而四路置帥，以公爲環慶路經略安撫招討使、兵馬都部署，累遷諫議大夫、樞密直學士。公爲將，務持重，不急近功小利。於延州築青澗城，墾營田，復承平、永平廢寨，熟羌歸業者數萬户。於慶州城大順以據要害，又城細腰、胡蘆，於是明珠、滅臧等大族，皆去賊爲中國用。自邊制久隳，至兵與將常不相識。公始分延州兵爲六將，訓練齊整，諸路皆用以爲法。公之所在，賊不敢犯。人或疑公見敵應變爲如何。至其城大順也，一旦引兵出，諸將不知所向，軍至柔遠，始號令告其地處，使往築城。至於版築之用，大小畢具，而軍中初不知。賊以騎三萬來争，公戒諸將：「戰而賊走，追勿過河。」已而賊果走，追者不渡，而河外果有伏。賊失計，乃引去。於是諸將皆服公爲不可及。公待將吏，必使畏法而愛己。所得賜賚，皆以上意分賜諸將，使自爲謝。諸蕃質子，縱其出入，無一人逃者。蕃酋來見，召之卧内，屏人徹衛，與語不疑。公居三歲，士勇邊實，恩信大洽，乃決策謀取横山，復靈武，而元昊數遣使稱臣請和，上亦召公歸矣。初，西人籍爲鄉兵者十數萬，既而黥以爲軍，惟公所部，但刺其手，公去兵罷，獨得復爲民。其於兩路，既得熟羌爲用，使以守邊，因徙屯兵就食内地，而紓西人饋輓之勞。其所設施，去而人德之，與守其法不敢變者，至今尤多。自公坐吕公貶，群士大夫各持二公曲直，吕公患之，凡直公者，皆指爲黨，或坐竄逐。及吕公復相，公亦再起被用，於是二公驩然相約戮力平賊，天下之士皆以此多二公，然朋黨之論遂起而不能止。上既賢公可大用，故卒置群議而用之。慶曆三年春，召爲樞密副使，五讓不許，乃就道。既至數月，以爲參知政事，每進見，必以太平責之。公歎曰：「上之用我者至矣，然事有先後，而革弊於久安，非朝夕可也。」既而上再賜手詔，趣使條天下事，又開天章閣，召見賜坐，授以紙筆，使疏於前。公惶恐避席，始退而條列時所宜先者十數事上之。其詔天下興學，取士先德行不專文辭，革磨勘例遷以别能否，減任子之數而除濫官，用農桑、考課、守宰等事方施行，而磨勘、任子之法，僥倖之人皆不便，因相與騰口，而嫉公者亦幸外有言，喜爲之佐佑。會邊奏有警，公即請行，乃以公爲河東、陝西宣撫使。至則上書願復守邊，即拜資政殿學士、知邠州，兼陝西四路安撫使。其知政事，纔一歲而罷，有司悉奏罷公前所施行而復其故。言者遂以危事中之，賴上察其忠，不聽。是時，夏人已稱臣，公因以疾請鄧州。守鄧三歲，求知杭州，又徙青州。公益病，又求知潁州，肩舁至徐，遂不起，享年六十有四。

方公之病，上賜藥存問。既薨，輟朝一日，以其遺表無所請，使就問其家所欲，贈以兵部尚書，所以哀卹之甚厚。公爲人外和内剛，樂善泛愛。喪其母時尚貧，終身非賓客食不重肉。臨財好施，意豁如也，及退而視其私，妻子僅給衣食。其爲政，所至民多立祠畫像。其行己臨事，自山林處士、里閭田野之人，外至夷狄，莫不知其名字，而樂道其事者甚衆。

及其世次、官爵，誌於墓、譜於家、藏於有司者，皆不論著，著其繫天下國家之大者，亦公之志也歟！銘曰：

范於吳越，世實陪臣。俶納山川，及其士民。范始來北，中間幾息。公奮自躬，與時偕逢。事有罪功，言有違從。豈公必能，天子用公。其艱其勞，一其初終。夏童跳邊，乘吏怠安。帝命公往，問彼驕頑。有不聽順，鋤其穴根。公居三年，怯勇隳完。兒憐獸擾，卒俾來臣。夏人在廷，其事方議。帝趣公來，以就予治。公拜稽首，兹惟難哉！初匪其難，在其終之。群言營營，卒壞於成。匪惡其成，惟公是傾。不傾不危，天子之明。存有顯榮，殁有贈謚。藏其子孫，寵及後世。惟百有位，可勸無怠。（《歐陽文忠公集》卷二〇。）

范文正公仲淹墓誌銘

（宋）富　弼

皇祐四年夏五月二十日甲子，資政殿學士、户部侍郎范公以疾薨於徐。吏走驛馬，以公喪聞，天子感慨，一不御垂拱殿朝，特贈兵部尚書。太常考行，謚文正。録孤賻物，悉用加等。中外士大夫駭然相弔以泣，至於巖壑處逸，無不痛惜之。其孤護帷幘還洛，卜以是年十二月一日壬申，葬於河南縣萬安山尹樊里先壠之側。孤馳使來求銘，將納於竄。曰：

公之先，始居河南，後徙於長安。唐垂拱中，履冰相則天，以文章稱，實公之遠祖也。四代祖隨，唐末嘗爲幽州良鄉主簿，遭亂奔二浙，家於蘇之吴縣，自爾遂爲吴人。時中原多故，王澤不能逮遠，於是世食錢氏之禄。蘇州糧料判官夢齡，以才德雄江右，即公之曾王父也。判官生贊時，（初）〔幼〕聰警，嘗舉神童，位祕書監，集《春秋》洎歷朝史爲《資談録》六十卷行於時。祕監生墉，博學善屬文，累佐諸王幕府。（端拱）〔太平興國〕初，隨錢俶納國，終武寧軍節度掌書記。公即掌記之第（三）〔五〕子也。朝廷以公貴，用太保、太傅、太師追贈三代，又擇徐、許、越、吴四大國追封王妣陳氏、妣陳氏、謝氏爲太夫人。

公諱仲淹，字希文。不幸二歲而孤，吴國太夫人以北歸之初，亡親戚故舊，貧而無依，遂再適朱氏。公既長，未欲與朱氏子異姓，懼傷吴國之心，姑姓朱。後從事於亳，吴國命，始奏而復焉。

公少舉進士，祥符八年中第，調廣德軍司理掾，權集慶軍節度推官。制置使舉榷泰州西溪鹽廩，以勞進大理丞。又舉知興化縣、建州關隸，以吴國老疾辭，監楚州糧料院。丁憂去官。服除，晏丞相以文學薦公於朝，試可，署祕閣校理。時章獻皇太后臨政，己巳歲冬至，上欲率百僚爲壽，詔下草儀注，搢紳失色相視，雖切切口語而畏憚，無一敢論者。上又專欲躬孝德以勵天下，而未遑餘卹。公獨抗疏曰：「人主北面是首，顧居下。矧爲后族强偪之階，不可以爲法。或宮中用是爲家人禮，權而卒於正，斯亦庶乎其可也。」疏奏，遂罷上壽儀，然后頗不懌。尋出爲河中府通判，轉殿中丞。謀葬吴國，再請通判陳州，遷太常博士。聞京師多不關有司而署官賞者，訪焉，出於中旨，迺附驛奏，疏甚懇至，願以上官、賀婁事爲戒。明年章后棄長樂，擢爲右司諫。屬朝廷用章后遺令，策太妃楊氏爲皇太后，預政。制出，都下詾詾。公上疏，極陳：「王者立太后，所以尊親也，不容冀幸於其間。未聞武武相躡，一二而數，况復稱制以取惑天下耶？臣恐後世有以窺之者。」上悟，第存后位號而止。公彈補闕失，無所阿忌，貴倖仄目，不欲久留諫職。因江淮饑，以才命公體量安撫。雖別領走外，亦懇懇不忘憂國，途中上《時弊十事》，皆政教之大者。

累月還朝，適議廢郭后，公上書曰：「后者君稱，以天子之配至尊，故稱后。后所以長養陰教而母萬國也。故繫如此之重，未宜以過失輕廢立。且人孰無過，陛下當面諭后失，放之別館，揀妃嬪老而仁者朝夕勸導，俟其悔而復其宮，則上有常尊而下無輕議矣。」書奏不納。明日又率其屬及群御史，伏閤門論列如前日語。上遣中貴人揮之，令詣中書省。宰相窘，取漢唐廢后事爲解。時吕夷簡爲相。公曰：「陛下天姿如堯舜，公宜因而輔成之，奈何欲以前世弊法累盛德耶？」中丞孔道輔名骨鯁，亦扶公，論議甚切直。又明日晨，率道輔將留百辟班，掊宰相庭辯，抵漏舍。會降知睦州，臺吏促上道。在郡歲餘，知蘇州。朝廷知清議屬公，就拜禮部員外郎、天章閣待制，召還。有入内都知閻文應者，專恣不恪，事多矯旨以付外，執政知而不敢違。公聞之，不食，將入辯，謂若不勝，必不與之俱生。即以家事屬長子，明日盡條其罪惡聞於上。上始知，遽命竄文應嶺南，尋死於道。

公自還闕，論事益急。宰相陰使人諷公：「待制主侍從，非口舌任也。」公曰：「論思者，正侍臣之事，予敢不勉？」宰相知不可誘，乃命知開封府，欲撓以劇煩而不暇他議，亦幸其有失即罷去。公處之冞月，威斷如神，吏縮手不敢舞其姦，京邑肅然稱治。於時官方無紀，每對未嘗不爲上力陳治亂之道，皆由用人得失。此實宰相之職也，天子日擁萬幾，非所宜專，然不可以不察。因取職局官品，以類撰次，至於超遷序進，附見其下，爲圖以獻，庶上易覽。宰相益不悦，嗾其黨短公於上前。公亦連詆宰相不道，不行不肯已，坐是去閣職，貶知饒州。是日上封移書論公以忠義獲譴，極道所不可者，皆當世英豪。宰相指爲朋，相繼謫去。治饒未久，徙潤，又徙越。

寶元初，羌人壓境叛，間歲悉衆寇延州，大將戰没，關中警嚴。於是還公舊職，移知永興軍，道授陝西都轉運使。議者謂將漕之任，不預戎事，遂改充經略安撫副使，仍遷龍圖閣直學士、吏部員外郎以寵之。至部，首按鄜延。時延安始困兵火，障戍掃地，城外即寇壤，巋然孤壘，人心危恐，廢食待竄。凡朝廷遣守，皆以事避免，遷延不時往。公遂留不行，騎奏願兼領延州事，以待寇之復來，上嘉而從之。屬亡戰日久，兵無紀律，猝有外警，蕩然不支。公於是大閱州兵，得萬八千人，析爲六將，分命裨佐訓飭。不數月，舉爲精鋭，士氣大振，莫不思戰。而寇知我有備，即引去。朝廷推其畫諸路，諸路皆以爲法。力城青澗，復散亡屬羌萬餘帳，開營田數千頃以收軍實。人視延塞，其完固如山立，不可動，謂宜討賊，不可坐守老吾師。朝廷下其議，將從之，公執猶以爲未也。無幾，涇源師出，敗於好水川，天子由是益信公智謀過人遠甚。前此賊以書署僭號遺公請和，公不忍俾朝廷報賊，乃自占答，黜其僭署，爲陳逆順禍福，立遣使者還。未出境，聞好水敗，始悟賊書譎而非誠，益自信立報。爲是執政以公擅報罪當誅，上知亡其責，止命削一官，降知耀州。幾月，拜户部郎中，起知慶州，尋遷左司郎中、本路經略安撫招討使，兼兵馬都部署。

有馬鋪砦者，素爲賊衝，然地與賊境相衝，久不能城。公至，自領牙兵，出不意駐柔遠砦，別遣蕃將取其地。得之，先命長子入據以率衆，公亦親往勞士。有頃，賊三萬騎叩城下，公麾兵血戰，則遽北，戒諸將勿追，已而果有伏，夜遁。城既立，詔名大順。徐又城細腰，復胡盧等砦，招明珠、滅臧二强族各萬餘人及并環千餘帳内附。自此環慶屬羌，悉爲吾用。

先是，卒驕難使，主將咸務姑息。公築延慶諸城堡，募民不足，乃雜使禁旅，蓋素服公威惠，勞苦雖且死不怨。久之，涇源師再喪定川，關輔復震，而虞變生。公知，親率戲下兵連夜赴援，且將邀賊歸路擊之。會已出塞，遂班師，因移其兵糴於關輔，人心於是大定。初，定川事聞，上頗駭，謂侍臣曰：「得范某出援，吾無憂矣。」數日公奏至，上大喜，懷其章示執政曰：「吾知范某可用。」加樞密直學士、右諫議大夫。時朝廷以戍卒屢衄，議黥鄉人爲軍，人懼甚，竄匿不願黥。公改命涅刺其手，非校戰，請農於家。後罷兵，獨環慶路鄉軍得復爲民，民德公至於今不忘。朝廷尋盡以西路委公，置府於涇州，授陝西四路安撫經略招討使。方謀取横山故地，漸復靈、夏，然後可以誅賊。賊知亡無日，懼不克當，因遣使講和。明年春，召公爲樞密副使，凡五讓不從，乃拜之。輿議謂公有經綸才，不當踞於兵府，是秋改參知政事。上倚公右於諸臣，公亦務盡所藴以圖報。然天下久安則政必有弊者，三王所不能免。公將劘以歲月而人不知驚，悠久之道也。上方鋭於求治，間數命公條當世急務來。公始未奉詔，每辭以事大不可忽致。於是露薰，降手詔者再，遣内臣就政事堂督取，開龍圖閣給筆札，令立疏者各一，日日面詰者不可數。退曰：「吾君求治如此之切，其暇歲月待耶？」即以十策上之，蓋取士、課吏、減任子、更衛兵、擇守宰，謹赦令、厚農桑之類者。又先時别上法度之説甚多，皆所以抑邪佞、振綱紀、扶道經世，一一可行。上覽奏褒納，益信公忠耿，不爲身謀衈也，遽下二府促行。論者漸齟齬不合，作謗害事。公知之如不聞，持之愈堅。

明年秋，邊奏疑若有警者，公慮帥臣恃和而懈，因懇請按邊，即命爲河東陝西宣撫使。麟州向者亦被寇掠，邈然在賊腹中，本道帥病無供餉，奏欲棄之。公曰：「麟棄，疆埸日蹙，不可。」請復廢障，使民耕於鄙，於是得不棄。又代郡西四州軍附邊，有廢地尤廣，著令禁不得耕，郡縣以敵嫌不敢正視。前歐陽脩來使，盡籍其利害，請弛禁，許人耕以輸，可代轉輓之勞，以帥議不協罷。公至，知其利大且亡所嫌者，屢奏如脩議便，後止耕岢嵐一境，而塞粟已充矣。公既度陝，以西羌好難保而邊計尚缺，疏手奏願解政事，復領四路以總護諸將，即除授資政殿學士、知邠州、兼陝西四路安撫使。以疾請鄧，許，遷給事中。三年，又請浙郡，因得展先臣之墓。移杭州，加禮部侍郎。祀明堂，汎遷户部，又移青州，兼東路安撫使。幾歲，疾病，又請潁。肩舁至彭門，遂不起，年六十四。

公爲學好明經術，每道聖賢事業，輒跂聳勉慕，皆欲行之於己。自始仕，慨然已有康濟之志。凡所設施，必本仁義而將之以剛決，未嘗爲人屈撓。歷補外職，以嚴明馭吏，使不得欺，於是民皆受其賜。立朝益務勁雅，事有不安者，極意論辯，不畏權倖，不蹙憂患。故屢亦見用，然每用必黜之。黜則欣然而去，人未始見其有悔色。或唁之，公曰：「我道則然，苟尚未遂棄，假百用百黜，亦不悔。」噫！如公，乃韓愈所謂信道篤而自知明者也。在陝西尤爲宣力。以儒者奉武事，又邊備久廢忽，而王師新敗，剥喪破漏，莽乎無所取濟。公周旋安集，坐可守禦，蓄鋭觀釁，適圖進討。會羌人復修貢，朝廷姑議息兵而從其請，於是不能成殄滅之功。然其閲武練將可以震敵，城要害、屬雜羌可以扼寇，此後世能者未易過也。至於墾田阜財，立法著信，愛民全國體，赫赫在人耳目，皆可爲破敵之地者，又可道哉！其歷二府，纔歲餘而罷。若夫天下至重，久安之弊至深，而欲以一二歲臨之而望治，雖愚者知其不可得，况所奏議阻而不行者十八九，行者又即改廢不用，兹所以重主憂而生民未得安也。宣撫之初，讒者乘間蜂起，益以奇中造端飛語，亡所不及，甚者必欲擠之，死而後已。賴上寛度明照，知公無他，始終保全，獲没牖下。嗚呼，道之難行也，而至是乎！憸人苟欲伸己志而不志乎邦家，此先民所以甘藜藿而蹈江海也。

公天性喜施與，人有急必濟之，不計家用有無。既顯，門中如賤貧時，家人不識富貴之樂。每撫邊，賜金良厚，而悉以遺將佐。在杭，盡餘俸買田於蘇州，號義莊，以聚疏屬。而斂無新衣，友人醵貲以奉葬。諸孤亡所處，官爲假屋韓城以居之。遺奏不干私澤，此益見其始卒志於道，不爲禄位出也。作文章尤以傳道名世，不爲空文，有文集二十卷，奏議若干卷，兩府論事若干卷。娶李氏，故參知政事昌齡之姪，封金華縣君，卒於鄱陽，今舉而祔焉。四子：純佑，守將作監主簿，少有氣節，以疾廢於家；純仁，進士第，光禄寺丞；純禮，太常寺太祝。皆温厚而文，識者曰范氏有子矣。三女，長適殿中丞蔡交，次適封丘主簿賈蕃。諸孫三，長正臣，守將作監主簿。一男純粹、一女二孫并幼。銘曰：

公之世系，源於陶唐。晉會食范，厥姓始彰。睢、瘞、蠡、增，滂、寧、雲、質，茲惟聞人，間代而出。或霸或季，所有何述。粤自得姓，千五百年，獨公挺生，爲天下賢。涉聖之餘，揭厲洄沿。道尊德融，事公實繁。人獲一善，已謂其難，公實百之，如無有然。遭時得君，位亦顯焉。罹此讒慝，志莫究宣。元元卒艱，噫嘻乎天！（《名臣碑傳琬琰集·中集》卷一二。）

范仲淹傳

（宋）張唐英

范仲淹，字希文，蘇州人，武甯軍掌書記、贈太師墉之子。幼孤，母適朱氏。祥符八年，登進士第，曰朱説者是也。累遷大理寺丞。上相府書，極陳天下之利害，當時皆以王佐許之。宰相晏殊薦其文，召試秘閣校理。上欲以冬至率百僚上太后壽，抗疏言不可，遂罷，出通判河中府。遷陳州。屢上疏言内降之弊，引韋后爲戒。章獻厭世，擢爲右司諫，言楊妃不當稱太后，郭后不當廢降。知睦州，遷蘇州，召爲禮部員外郎、天章閣待制，論事益切。執政忌之，命知開封府，欲處以煩劇而不暇他議。仲淹明敏通照，決事如神，京師謡曰：「朝廷無憂有范君，京師無事有希文。」每上殿奏事，多陳治亂，以開悟人主，歷詆人臣不法。言者以仲淹離間君臣，落職知饒州事。司諫高若訥言貶黜太輕，歐陽脩上書責之，亦得罪。余靖、尹洙皆坐朋黨被黜，蔡襄作《四賢一不肖》詩以詳其事，不肖指若訥也。

寶元初，元昊叛，上知其才兼文武，復職知永興軍，道授陝西都轉運，遷龍圖閣直學士。時延安新被圍，朝廷擇帥，皆畏不行。仲淹奏請兼領延安軍以待寇至，上嘉而從之。閱兵得萬八千，選六將俾領之，日夕訓練，號爲精兵焉。賊聞之，第戒曰：「無以延州爲意，今小范老子腹中自有數萬兵甲，不比大范老子可欺。」戎人呼知州爲「老子」，「大范」謂范雍也。城青澗，開營田，招屬羌，及請戒諸路養兵蓄鋭，不宜輕動。賊詐以書請和，仲淹以元昊國之叛賊，不可俾朝廷報賊，乃自作書與陳逆順。賊尋陷好水，仲淹益信報賊書爲是。而執政以其擅報當誅，上以爲閫外之事專之，不足罪，止移知耀州，尋起知慶州，兼經略招討。未幾，賊兵三萬叩城，仲淹鏖兵血戰，賊兵奔北，遂戒諸將無追奔，既而果有伏兵。又奪賊馬鋪砦爲大順城，乃築細腰，復胡蘆等砦，招明珠、滅臧二强族萬餘人，及命環州种世衡招千餘人，自是屬羌皆爲用。久之，王師再喪於定川，仲淹晝夜領兵赴援。初，關輔人心動摇。及見仲淹耀兵，號令嚴明，威震戎落，人心遂安，第相賀曰：「邊上自有龍圖公爲長城，我屬何憂？」初，上聞定川之敗，頗以關中爲憂，曰：「若得仲淹出援，可無慮。」及聞仲淹出師，甚喜。時議黥鄉軍，仲淹惟令刺其手。及兵罷，環慶路皆復得爲農。上尋以四路都招討委之，開府於涇。仲淹與韓琦協謀，必欲收復靈夏、横山之地。元昊大懼，稱臣。明年春，召爲樞密副使，以鄭戩代之。秋，拜參知政事，乃上取士、課吏、減任子、更衛兵、擇守宰、謹赦令、厚農桑之策，塞僥倖之塗，開公正之路，天下側耳以聽太平。凡所措置十未行一，而權勢者大惡之。

明年，契丹與元昊争銀甕，旋而麟府奏警，仲淹自請出爲河東、陝西宣撫，二虜聞之，皆不敢動。懇以邊事爲請，以資政殿學士復總四路之師，開府邠州。以疾，請鄧州，移杭州、青州，遷户部侍郎。又請汝陰，至徐州而薨，年六十四。奏至，上嗟悼泣下曰：「朕方將大用，不謂其早死。」贈兵部尚書，謚文正。子純佑，有才識，以疾廢於家。次純仁，登進士第，有父風，今爲都官員外郎。（《范文正公褒賢集》卷一。）

范仲淹傳

（宋）曾　鞏

范仲淹，字希文，唐相履冰之後。其先邠州人，後徙居蘇州。祖贊時，仕錢氏爲秘書監。仲淹二歲喪父，而母改適長山朱氏，故從繼父姓。大中祥符八年登進士第，曰朱説。後喪母，服除，始復其姓，而改今名。初以憂去官，晏殊知應天府，表掌府學，上書執政萬餘言，皆時之先務。及終喪，殊又薦之，除秘閣校理。明道初，召爲右司諫。累擢天章閣待制，落職知饒州。元昊叛，復待制，知永興軍。夏竦爲陝西招討使，進仲淹龍圖閣直學士以副之。改知延州，降官知耀州，職如故。徙慶州，復舊官。爲環慶路經略安撫、沿邊招討使。時始分陝西爲四路也。慶曆二年，除邠州觀察使，辭不拜。遷樞密直學士，爲陝西路招討使。三年，樞密副使。是秋改參知政事。四年，出爲陝西、河東宣撫使。五年，罷爲資政殿學士、知邠州。以疾請知鄧州。加給事中、知杭州。遷禮部侍郎。祀明堂恩，進户部。徙青州。疾甚，請潁州，未至卒，年六十四。贈兵部尚書，謚文正。子純佑、純仁、純禮、純粹。御篆其神道碑額曰「褒賢」。所著《丹陽集》二十卷、奏議十七卷。

仲淹事母至孝，以母在時家甚貧，及既貴，非賓客不食肉，妻孥膳服僅足而已。姑蘇之范皆疎屬，而置義莊以賙給之。天下想聞其風采，賢士大夫以不獲登其門爲耻。下至里巷，遠及夷狄，皆知其名字，衆莫知其所以然也。初，章獻太后欲以冬至御會慶殿，太常具儀，請天子率百官獻壽。仲淹在祕閣，上疏言：「王者奉親於内，則有家人禮；若稱觴殿下，是以天子北面行人臣事，抑尊損威，不可爲後世法。」不報。又請太后復辟，遂出通判河中府。又章獻太后遺詔，以太妃楊氏爲皇太后，參決軍國事。仲淹上疏言：「太后，母之名號也，未聞因保育而代立者。今一太后崩，又立一太后，天下疑陛下不可一日無母后之助也。」太妃雖受太后册，遂不復同聽政。郭皇后廢，上書諫，不報。與御史中丞孔道輔合諫官、御史伏闕諫，遣中貴人諭令詣中書，宰相曰：「漢唐廢后久矣。」仲淹曰：「何爲援前世衰政，以累聖朝？」明日將留百官班，揖宰相廷争，至待漏院，有詔出知睦州。即日就道。明道末，言事者多摘太后時事以暴於朝，仲淹諫曰：「太后受遺詔保佑聖躬者十年，宜掩其小故，以全大德。」上感悟，始抑言者。歲饑，出使江淮體量安撫。所至除淫祀，賑乏絶。民有食烏昧草者，擷草以進，示六宫貴戚，戒其侈心。因陳八事以諫，其一曰：「祖宗時江淮饋運至少，而養六軍，取天下。今東南歲漕米六百餘萬石，府庫財帛又皆出於民，而饑年艱食如此。願下裁造務、後苑作、文思院、糧料院，取祖宗歲用之數，則奢儉可見矣。」其二曰：「國家太平垂三十年，暴斂未除，濫賞未革。近年赦宥既頻，賞給復厚，聚於艱難，散於容易，國無遠備，非社稷之福也。願無數赦推賞。且祖宗欲復幽薊，故謹内藏，庶行師之時不擾於下。」其三曰：「江淮諸路歲已餽糧，於租税之外，復又入糴兩浙七十萬，以諸路計之，不下二三百萬，雖豐年穀價亦高。官以傷財，民且乏食。今宜銷冗兵，削冗吏，禁游惰，省工作。既損京師用度，然後減江淮饋運。以租税上供外，可罷高價入糴，則歲省數百萬緡錢。或上京師實府庫，或以給還商旅。商人即通，則搉貨務入便漸廣，而入中之法可以兼行矣。」其四曰：「國家重兵悉在京師，仰給度支，則所養之兵不得不精也。一卒之費，歲不下百千；卒萬人，則百萬緡矣。至七十歲放停，是未停之前，大蠹國用。及其羸老，歸復何託。咸平中，揀鄉兵，人無歸望，號怨之聲動於四野；大中祥符間，選退冗兵，無歸之人大至失所。此近事之鑒也。請下殿前馬軍司，禁軍選不堪披帶者，别立本鄉州軍就糧指揮。至彼有田園、骨肉者，許之歸，則不至失所矣。」其五曰：「緣邊市馬，歲費不貲。罷之則絶戎人，行之則困中國。自古騎兵，未必爲利。開元、天寶間，牧馬數十萬匹，禄山爲亂，王師敗績於函谷，曾何救焉。然西北戎馬不可牧，既至京師，宜多鬻於民間，或有邊用，一呼可集。重税以禁江淮小馬，使不至近里州軍，則西北之馬可行，外慰戎心，内減芻秣以億萬計。」其六曰：「發運司歲漕六百餘綱，省員殿侍以歲勞改班行。若綱運可減，則歲改職者止賞以緡錢。諸州都知兵馬使滿歲，如實廉幹，須知州、通判同罪保舉，方與班行。武臣薦子弟，并令引見試驗，若無所取及年幼者，止與奉職至殿侍而已。」其七曰：「百司流外，日以增冗，請罷招置，三五年可去其半。舊二百人者，以百人爲額，餘並移補諸司。」其八曰：「真州建長蘆寺，役兵糧已四萬斛，棟宇塑像，金碧之資，又三十萬緡。施之於民，可以寬重斂；施之於士，可以增厚禄；施之於兵，可以拓舊疆矣。」上嘉納之。及在從班，言事益無避。因言古之治亂繇用人得失，此宰相之職也。獻《百官圖》，指其遷轉次序遲速，曰：「如此可以爲法，陛下不可不察。」又獻四論，一曰

《帝王好尚》，二曰《選賢任能》，三曰《近名》，四曰《推變》（按：范仲淹作《推委臣下論》，故此處「變」字誤，應作「委」字。），其大指言治亂繫所任，區別而進退左右，人主之權也，不可以委臣下。上因面質於宰相呂夷簡，夷簡以爲仲淹離間君臣，至交論上前，出知饒州。殿中侍御史韓瀆希旨，請榜仲淹朋黨於朝。祕書丞余靖上疏言：「仲淹嘗言陛下母子夫婦之間尚加優容，今以一言觸大臣，遽至黜逐，非朝廷福。」太子中允、館閣校勘尹洙自幼與仲淹善，兼師友，且嘗被論薦，請從降黜。館閣校勘歐陽脩移書左司諫高若訥，責其依違。若訥繳奏之，靖等悉貶。其後延州諸寨失守，東西四百里無藩籬，人心危恐，知州張存辭不知兵且老，乃以仲淹代之。析州兵馬爲六將，將三千人，隨部分教之，使更禦賊。朝廷推其法諸路。又築青澗城以阨寇衝，復屬羌數千落，墾田二千頃，許互市，通有無。又建康定軍，積蒲充民租，春則徙兵就糧，減饋運之費三之一。時議諸路討賊，獨仲淹固守鄜延不從。及元昊僞請和，仲淹答書令去僭號。元昊復有書不遜，仲淹焚其書不以聞。執政以爲不當輒通書，而又擅焚之。參知政事宋庠請論以軍法，上不從。降員外郎、知耀州，職如故。未逾月，徙慶州，而復其官。州之西北有寨，據後橋川，南通鳳（州）〔川〕、華（州）池，北扼白豹、金湯，種落彊悍而善耕，久不能城。仲淹一日擁兵城之，賊騎三萬薄關城下，佯北，仲淹戒諸將持重，勿過河。既而果設伏河外。城成，詔賜名曰「大順城」。環州屬羌明珠、滅臧二族各萬餘人，皆附賊，仲淹又請復細腰城、胡蘆泉諸寨，招致二族以扼賊。又復近羌千三百餘帳。葛懷敏之敗，關中民皆竄匿山谷，乃率部下兵赴援，而募兵關下，人心始安。仁宗初按圖示左右曰：「若得仲淹出援，涇原可勿憂矣。」或以爲恐道遠不能至。後數日，上出其章謂宰相曰：「仲淹果出援，如所料。」在政府，欲仿《周官》以六卿事分委輔臣，而自領兵刑之任。上方鋭意政事，數於天章閣詢執政世務，仲淹言：「天下之治，莫若守宰得人。欲得人，先擇轉運、按察使。」又云：「取士不可以不根行實，而先詞華。圭田不均，則不足以養廉吏；農桑不課，則民失業；詔令屢更，則下不信。」又請復府兵以宿衛京師，併縣邑以寬徭役，又欲減五品以上任子例。明年，與韓琦列上禦邊四策。既欲改制，故忌之者衆，而僥倖者不便，因出宣撫，遂罷政事焉。王倫之叛，州縣官吏有不能守者。朝廷議欲盡誅之。仲淹曰：「平時諱言武備，盜賊之至責守臣死事，不可。」故守令皆得不誅。仲淹所至，恩威并行，鄧、慶之民并西陲屬羌皆繪像生祠之。其卒也，上尤嗟嘆焉。（《隆平集》卷八。）

范仲淹傳

（宋）王　稱

范仲淹，字希文，唐相履冰之後。其先邠州人也，後徙蘇州。祖贊時，仕錢氏爲祕書監。父墉，從錢俶歸京師，後爲武寧軍掌書記以卒。仲淹二歲而孤，母貧無依，改適長山朱氏，故冒朱姓，名説。舉進士，爲廣德軍司理參軍，始歸迎其母以養。仲淹少有大志，於富貴、貧賤、毁譽、歡戚一不動其心，而慨然有志於天下。嘗自誦曰：「士當先天下之憂而憂，後天下之樂而樂。」此其志也。爲楚州糧料院，母喪，去官。自言不敢以一身之戚而忘天下之憂，乃上書宰相，極論天下事，所言皆執政時所施行者也。宰相王曾見而奇之。晏殊知應天府，表掌府學。及終喪，乃歸宗，易今名。時晏殊在京師，薦一士爲館職，曾謂殊曰：「公知范仲淹，捨不薦而他薦乎？公宜更薦范仲淹也。」殊從之，遂用爲祕閣校理。

章獻明肅皇后欲以元日御會慶殿，太常具儀，請天子率百官獻壽。仲淹上疏言：「王者父天母地。若奉親於內，則有家人禮。今稱觴殿下，是以天子北面行人臣事，抑尊損威，不可爲後世法。」殊謂仲淹曰：「此豈君所當言邪？」仲淹抗言曰：「仲淹受公誤知，常懼不稱，爲知己羞。仲淹所言，正論也，公反以爲罪乎？」殊慙，無以應。仲淹又上疏請太后復辟，以爲：「陛下擁扶聖躬，聽斷大政，日月持久。今皇帝春秋已盛，睿哲明發，臣願陛下保慶壽於長樂，卷收大權，還上真主，以享天下之養。」遂出通判河中府。

久之，仁宗記其忠，召爲右司諫。章獻崩，言事者希旨，多言章獻時事。仲淹諫曰：「太后受託先帝，保佑聖躬，始終十年，未見過失。宜掩其小故，以全大德。」章獻有遺命，以太妃楊氏爲皇太后，參決軍國事。仲淹上疏言：「太后，母之名號也，未聞因保育而代立者。今一太后崩，又立一太后，天下且疑陛下不可一日無母后之助。」由是罷其册命。歲饑，出使安撫東南，所至除淫祀，賑乏絶。民有食烏昧草者，擷草以進，請示六宫貴戚，戒其侈心，因陳八事以諫。會郭皇后廢，仲淹上書諫，不報。與御史中丞孔道輔合諫官、御史伏閤諫，仁宗遣中貴人諭令詣中書，宰相吕夷簡曰：「廢后自有典故。」仲淹曰：「相公不過引漢光武勸上耳，此乃光武失德，何足法？自餘廢后，皆前世昏君所爲，主上躬堯舜之資，而相公奈何更勸之效昏君所爲，豈不爲聖明之累乎？」明日，留百官揖宰相廷争，至待漏院，有詔出知睦州。徙蘇州。歲餘，拜天章閣待制，召還。益論事無所避。知開封府。仲淹明敏通照，決事如神，京師謡曰：「朝廷無憂有范君，京師無事有希文。」仲淹言：「洛陽險固，而汴州四戰之郊。急難則居洛，太平乃都汴。今洛宫本備巡幸，可漸廣儲蓄，繕脩之。」又言：「古之治亂繇用人得失，此宰相之職也。」爲《百官圖》以獻，曰：「任人各以其材，而百職脩，堯舜之治不過此也。」因指其進退遲速次序，曰：「如此可以爲公，可以爲私。陛下不可以不察。」又獻四論，一曰《帝王好尚》，二曰《選賢任能》，三曰《近名》，四曰《推變》（按：應作「推委」，説見上篇。）。其大指言治亂繫所任，區别而進退左右，人主之權也，不可以委臣下。仁宗因而質於宰相吕夷簡，夷簡以爲仲淹離間君臣，至交論上前。坐落職，出知饒州。余靖上疏言：「仲淹嘗言陛下母子夫婦之間尚加優容，今以一言觸大臣，遽至黜逐，非朝廷福。」尹洙亦自訟與仲淹義兼師友，且嘗被論薦，請從降黜。歐陽脩移書諫官高若訥，責其不言。若訥繳奏之，靖等悉坐貶。當時謂之「四賢一不肖」，一不肖，指若訥也。

後徙潤、越二州。趙元昊反，仁宗知仲淹材兼文武，復天章閣待制、知永興軍。夏竦爲陝西招討使，進仲淹龍圖閣直學士以副之。是時延州諸砦失守，東西四百里無藩籬，人心危恐。乃以仲淹知延州。仲淹析州兵爲六將，將三千人，訓練齊整，使更禦賊，諸路皆用以爲法。賊聞之，第戒曰：「無以延州爲意，今小范老子腹中自有數萬兵甲，不比大范老子可欺也。」大范老子，謂雍也。又築青澗城以阨寇衝，墾田二千頃，復承平、永平廢砦。屬羌歸業者數萬户。時議諸路進討，獨仲淹固守鄜延不從。及元昊遣人遺書以求和，仲淹以謂無事請和，難信，且書有僭號，不可以聞，乃自爲書令去僭號，告以逆順成敗之説，甚辯，見西夏事中。元昊復有書不遜，仲淹焚其書，不以聞。坐奪一官，知耀州。未踰月，徙慶州。分陝西爲四路，以仲淹爲環慶路經略安撫招討使。仲淹上攻守二策，仁宗報之曰：「閲所奏二策，思慮精密矣。然將帥士卒累衄，氣未甚振，若幸於或勝，恐非良謀。備有克獲，又煩守備。若乃勤於訓練，嚴加捍禦，遠設斥堠，制其奔衝，俟時而動，庶以養鋭持久。卿宜深體朕意，與諸帥協心并力，互相應援。或有便宜，密奏。」仲淹又言：「西戎背德，卿大夫争進計策，而未能副陛下憂邊之心。且議攻者謂守則示弱，議守者謂攻必速禍。是二者之議，卒不能合也。臣前在延安，初則請復諸砦爲守禦之備，次則幸其休兵，輒遣一介示招納之意。朝廷以群言之異，未垂采納。今臣領慶州，日夜思之，乃知攻有利害，守有安危。何則？攻其遠則害必至，攻其近則利亦隨。守以土兵則安，守以東兵則危。臣所謂攻宜取其近，而兵勢不危；守宜圖其久，而民力不匱。招納之策，可行於其間。今奉詔俾嚴加捍禦，候時而動，與鄰道協心而共圖之。又覩赦文，謂彼無騷動，我不侵掠。臣恐賊寇一隔，遠在數百里外，應援不及，須爲牽制之策，以沮賊氣。願朝廷於守策之外，更備攻術，有備而不行，豈當行而無備也？臣前嘗遣人入界通往來之問，或更有人至，不可不答。朝廷先降密旨，令往復論議，歲年之間，當有成事。且自古兵馬精勁，西戎之所長也；金帛富庶，中國之所有也。禮義不可化，干戈不可取，則當任其所有，勝其所長，此霸王之術也。」仁宗嘉其議。慶曆二年，改邠州觀察使，不拜。州之西北有砦，據後橋川，南通鳳（州）〔川〕、華（州）池，北接白豹、金湯，種落强悍而善耕，久不能城。仲淹一日擁兵出，諸將不知所向。軍至柔遠，始號令，告其地處所，往築城。至於板築之用，大小畢具，而軍中初不知。賊以騎三萬來争。仲淹戒諸將，戰而賊走，追勿過河。已而賊果走，追者不度，而河外果有伏。賊失計，乃引去。於是諸將皆服，以爲不可及。詔賜名曰「大順城」。環州屬羌明珠、滅臧二族，兵各萬餘人，皆附賊。仲淹又請復細腰城、葫盧泉諸砦，招致二族，以扼賊。又復近羌千三百餘帳。葛懷敏之敗定川也，關中民竄匿山谷，乃率部下兵赴援，而募兵關中，人心始安。仁宗聞定川之敗，頗以西方爲憂，謂近臣曰：「若得仲淹出援涇原，可無慮矣。」及聞其出師，甚喜。進樞密直學士、右諫議大夫。尋拜陝西四路安撫、緣邊招討使。

仲淹待諸吏，必使畏法而愛己，所得賜賚，皆以上意分賜諸將，使自爲謝。諸蕃質子，縱其出入，無一人逃者。蕃酋來，召之臥内，屏人徹衛，與語不疑。仲淹與韓琦俱有威名，軍中爲之語曰：「軍中有一韓，西賊聞之心骨寒；軍中有一范，西賊聞之驚破膽。」居三歲，士勇邊實，恩信大洽。乃决策謀取横山，復靈武，而元昊數遣使來請和。初，西人籍爲鄉兵者十數萬，既而黥以爲軍，惟仲淹所部刺其手。仲淹去，兵罷，獨得復爲民。仲淹在邊，其所施設，去而人德之，與守其法，不敢變也。自仲淹坐吕夷簡貶，群士大夫各持二人曲直。夷簡患之，凡直仲淹者皆指爲黨，或坐竄逐。及夷簡復相，仲淹再起被用，於是懽然相得，戮力平賊，天下兩賢之。召拜樞密副使。頃之，與韓琦出巡邊，爲陝西宣撫使。未行，改參知政事，而以琦代使陝西。會盜起淮南，知高郵軍晁仲約度不能禦，諭軍中富民出金帛，具牛酒，使人迎勞，且厚遺之。賊悦，徑去。事聞，富弼時在樞府，議欲誅仲約，以正軍法。仲淹欲宥之。弼曰：「盜賊公行，守臣不能戰，又不能守，而使民醵錢遺之，法所當誅也。」仲淹曰：「郡縣兵械足以戰守，遇賊不禦而又賂之，此法所當誅也。今高郵無兵無械，雖仲約之義當勉力戰守，然事有可恕，戮之恐非法意也。」仁宗從之，仲約由此免死。

仲淹在政府，欲仿《周官》以六卿事分委輔相，而自領兵刑之任。仁宗方鋭意政事，仲淹每進見，仁宗必以太平責之。仲淹歎曰：「上之用我者至矣，然事有先後，而革弊於久安，非朝夕可也。」既而再賜手詔，趣使條天下事，又開天章閣召見，賜坐，詢以世務。仲淹言天下之治莫若守宰得人，欲守宰得人，先擇轉運、按察使。又云：「取士不可以不根行實，而先詞華。圭田不均，則不足以養廉吏；農桑不課，則民失業；詔令屢更，則下不信。」又請復府兵以宿衛京師，併縣邑以寬徭役。又欲減五品以上任子例。明年，與韓琦列上禦邊四策。既欲改制，故忌之者衆，而僥倖者不悦。因出爲河東、陝西宣撫使，而富弼亦出按治河北，道改資政殿學士、知邠州。以疾請知鄧州。加給事中、知杭州。再遷户部侍郎，徙青州。疾甚，請潁州，未至卒，年六十四。贈兵部尚書，謚曰文正。所著《丹陽集》二十卷，奏議十七卷。

仲淹爲人外和内剛，樂善泛愛。喪其母，時尚貧，終身非賓客，食不重味。臨財好施，意豁如也。及退而視其私，妻子僅給衣食。姑蘇之范，皆疎屬，而置義莊以周急之。天下想聞其風采，賢士大夫以不獲登其門爲耻。下至里巷及夷狄，皆知其名字，(鄧)〔邠〕、慶之民與屬羌皆繪像生祀之。其卒也，仁宗甚悼惜之。子純佑、純仁、純禮、純粹。純佑有行義，以疾廢於家。

臣稱曰：仲淹之語憂樂，信所謂有一言而可以終身行之者。雖聖人復起，不易斯言矣。方其爲書以遺宰相，慨然有興王道、致太平之意，故其治民、馭軍、執政，皆無易此書者，得非致君謀國之略，素已定於胸中與！石介頌之曰：「維仲淹、弼，一夔一契。」是誠知言哉！（《東都事略》卷五九上。）

范仲淹傳

（元）脱脱

范仲淹，字希文，唐宰相履冰之後。其先邠州人也，後徙家江南，遂爲蘇州吴縣人。仲淹二歲而孤，母更適長山朱氏，從其姓，名説。少有志操，既長，知其世家，迺感泣辭母，去之應天府，依戚同文學。晝夜不息，冬月憊甚，以水沃面；食不給，至以糜粥繼之，人不能堪，仲淹不苦也。舉進士第，爲廣德軍司理參軍，迎其母歸養。改集慶軍節度推官，始還姓，更其名。

監泰州西溪鹽税，遷大理寺丞，徙監楚州糧料院，母喪去官。晏殊知應天府，聞仲淹名，召寘府學。上書請擇郡守，舉縣令，斥游惰，去冗僭，慎選舉，撫將帥，凡萬餘言。服除，以殊薦，爲祕閣校理。仲淹汎通《六經》，長於《易》，學者多從質問，爲執經講解，亡所倦。嘗推其奉以食四方遊士，諸子至易衣而出，仲淹晏如也。每感激論天下事，奮不顧身，一時士大夫矯厲尚風節，自仲淹倡之。

天聖七年，章獻太后將以冬至受朝，天子率百官上壽。仲淹極言之，且曰：「奉親於内，自有家人禮，顧與百官同列，南面而朝之，不可爲後世法。」且上疏請太后還政，不報。尋通判河中府，徙陳州。時方建太一宫及洪福院，市材木陝西。仲淹言：「昭應、壽寧，天戒不遠。今又侈土木，破民産，非所以順人心、合天意也。宜罷修寺觀，減常歲市木之數，以蠲除積負。」又言：「恩倖多以内降除官，非太平之政。」事雖不行，仁宗以爲忠。

太后崩，召爲右司諫。言事者多暴太后時事，仲淹曰：「太后受遺先帝，調護陛下者十餘年，宜掩其小故，以全后德。」帝爲詔中外，毋輒論太后時事。初，太后遺誥以太妃楊氏爲皇太后，參決軍國事。仲淹曰：「太后，母號也，自古無因保育而代立者。今一太后崩，又立一太后，天下且疑陛下不可一日無母后之助矣。」

歲大蝗旱，江、淮、京東滋甚。仲淹請遣使循行，未報。乃請間曰：「宫掖中半日不食，當何如？」帝惻然，廼命仲淹安撫江、淮，所至開倉振之，且禁民淫祀，奏蠲廬舒折役茶、江東丁口鹽錢，且條上救敝十事。

會郭皇后廢，率諫官、御史伏閤争之，不能得。明日，將留百官揖宰相廷争，方至待漏院，有詔出知睦州。歲餘，徙蘇州。州大水，民田不得耕，仲淹疏五河，導太湖注之海，募人興作。未就，尋徙明州，轉運使奏留仲淹以畢其役，許之。拜尚書禮部員外郎、天章閣待制，召還，判國子監，遷吏部員外郎、權知開封府。

時吕夷簡執政，進用者多出其門。仲淹上《百官圖》，指其次第曰：「如此爲序遷，如此爲不次，如此則公，如此則私。况進退近臣，凡超格者，不宜全委之宰相。」夷簡不悦。他日，論建都之事，仲淹曰：「洛陽險固，而汴爲四戰之地，太平宜居汴，即有事必居洛陽。當漸廣儲蓄，繕宫室。」帝問夷簡，夷簡曰：「此仲淹迂闊之論也。」仲淹廼爲四論以獻，大抵譏切時政。且曰：「漢成帝信張禹，不疑舅家，故有新莽之禍。臣恐今日亦有張禹，壞陛下家法。」夷簡怒訴曰：「仲淹離間陛下君臣，所引用，皆朋黨也。」仲淹對益切，由是罷知饒州。

殿中侍御史韓瀆希宰相旨，請書仲淹朋黨，揭之朝堂。於是祕書丞余靖上言曰：「仲淹以一言忤宰相，遽加貶竄，况前所言者在陛下母子夫婦之間乎？陛下既優容之矣，臣請追改前命。」太子中允尹洙自訟與仲淹師友，且嘗薦己，願從降黜。館閣校勘歐陽脩以高若訥在諫官，坐視而不言，移書責之。由是，三人者偕坐貶。明年，夷簡亦罷，自是朋黨之論興矣。仲淹既去，士大夫爲論薦者不已。仁宗謂宰相張士遜曰：「向貶仲淹，爲其密請建立皇太弟故也。今朋黨稱薦如此，奈何？」再下詔戒敕。仲淹在饒州歲餘，徙潤州，又徙越州。元昊反，召爲天章閣待制、知永興軍、改陝西都轉運使。會夏竦爲陝西經略安撫、招討使，進仲淹龍圖閣直學士以副之。夷簡再入相，帝諭仲淹使釋前憾。仲淹頓首謝曰：「臣鄉論蓋國家事，於夷簡無憾也。」

延州諸砦多失守，仲淹自請行，遷户部郎中兼知延州。先是，詔分邊兵：總管領萬人，鈐轄領五千人，都監領三千人。寇至禦之，則官卑者先出。仲淹曰：「將不擇人，以官爲先後，取敗之道也。」於是大閲州兵，得萬八千人，分爲六，各將三千人，分部教之，量賊衆寡，使更出禦賊。時塞門、承平諸砦既廢，用种世衡策，城青澗以據賊衝，大興營田，且聽民得互市，以通有無。又以民遠輸勞苦，請建鄜城爲軍，以河中、同、華中下户税租就輸之。春夏徙兵就食，可省糴十之三，他所減不與。詔以爲康定軍。

明年正月，詔諸路入討，仲淹曰：「正月塞外大寒，我師暴露，不如俟春深入，賊馬瘦人饑，勢易制也。況邊備漸修，師出有紀，賊雖猖獗，固已懾其氣矣。鄜、延密邇靈、夏，西羌必由之地也。第按兵不動，以觀其釁，許臣稍以恩信招來之。不然，情意阻絶，臣恐偃兵無期矣。若臣策不效，當舉兵先取綏、宥，據要害，屯兵營田，爲持久計，則茶山、横山之民，必挈族來歸矣。拓疆禦寇，策之上也。」帝皆用其議。仲淹又請修承平、永平等砦，稍招還流亡，定堡障，通斥候，城十二砦，於是羌漢之民，相踵歸業。

久之，元昊歸陷將高延德，因與仲淹約和，仲淹爲書戒喻之。會任福敗於好水川，元昊答書語不遜，仲淹對來使焚之。大臣以爲不當輒通書，又不當輒焚之，宋庠請斬仲淹，帝不聽。降本曹員外郎、知耀州，徙慶州，遷左司郎中，爲環慶路經略安撫、緣邊招討使。初，元昊反，陰誘屬羌爲助，而環慶酋長六百餘人，約爲鄉道，事尋露。仲淹以其反復不常也，至部即奏行邊，以詔書犒賞諸羌，閱其人馬，爲立條約：「若讎已和斷，輒私報之及傷人者，罰羊百、馬二；已殺者斬。負債争訟，聽告官爲理，輒質縛平人者，罰羊五十、馬一。賊馬入界，追集不赴隨本族，每户罰羊二，質其首領。賊大入，老幼入保本砦，官爲給食，即不入砦，本家罰羊二；全族不至，質其首領。」諸羌皆受命，自是始爲漢用矣。

改邠州觀察使，仲淹表言：「觀察使班待制下，臣守邊數年，羌人頗親愛臣，呼臣爲「龍圖老子」。今退而與王興、朱觀爲伍，第恐爲賊輕矣。」辭不拜。慶之西北馬鋪砦，當後橋川口，在賊腹中。仲淹欲城之，度賊必争，密遣子純祐與蕃將趙明先據其地，引兵隨之。諸將不知所向，行至柔遠，始號令之，版築皆具，旬日而城成，即大順城是也。賊覺，以騎三萬來戰，佯北，仲淹戒勿追，已而果有伏。大順既城，而白豹、金湯皆不敢犯，環慶自此寇益少。

明珠、滅臧勁兵數萬，仲淹聞涇原欲襲討之，上言曰：「二族道險，不可攻，前日高繼嵩已喪師。平時且懷反側，今討之，必與賊表裏，南入原州，西擾鎮戎，東侵環州，邊患未艾也。若北取細腰、胡蘆衆泉爲堡障，以斷賊路，則二族安，而環州、鎮戎徑道通徹，可無憂矣。」其後，遂築細腰、胡蘆諸砦。

葛懷敏敗於定川，賊大掠至潘原，關中震恐，民多竄山谷間。仲淹率衆六千，由邠、涇援之，聞賊已出塞，乃還。始，定川事聞，帝按圖謂左右曰：「若仲淹出援，吾無憂矣。」奏至，帝大喜曰：「吾固知仲淹可用也。」進樞密直學士、右諫議大夫。仲淹以軍出無功，辭不敢受命，詔不聽。

時已命文彦博經略涇原，帝以涇原傷夷，欲對徙仲淹，遣王懷德喻之。仲淹謝曰：「涇原地重，第恐臣不足當此路。與韓琦同經略涇原，並駐涇州，琦兼秦鳳，臣兼環慶。涇原有警，臣與韓琦合秦鳳、環慶之兵，犄角而進；若秦鳳、環慶有警，亦可率涇原之師爲援。臣當與琦練兵選將，漸復横山，以斷賊臂，不數年間，可期平定矣。願詔龐籍兼領環慶，以成首尾之勢。秦州委文彦博，慶州用滕宗諒總之。孫沔亦可辦集。渭州，一武臣足矣。」帝采用其言，復置陝西路安撫、經略、招討使，以仲淹、韓琦、龐籍分領之。仲淹與琦開府涇州，而徙彦博帥秦，宗諒帥慶，張亢帥渭。

仲淹爲將，號令明白，愛撫士卒，諸羌來者，推心接之不疑，故賊亦不敢輒犯其境。元昊請和，召拜樞密副使。王舉正懦默不任事，諫官歐陽脩等言仲淹有相材，請罷舉正用仲淹，遂改參知政事。仲淹曰：「執政可由諫官而得乎？」固辭不拜，願與韓琦出行邊。命爲陝西宣撫使，未行，復除參知政事。會王倫寇淮南，州縣官有不能守者，朝廷欲按誅之。仲淹曰：「平時諱言武備，寇至而專責守臣死事，可乎？」守令皆得不誅。

帝方鋭意太平，數問當世事，仲淹語人曰：「上用我至矣，事有先後，久安之弊，非朝夕可革也。」帝再賜手詔，又爲之開天章閣，召二府條對。仲淹皇恐，退而上十事：

一曰明黜陟。二府非有大功大善者不遷，内外須在職滿三年，在京百司非選舉而授，須通滿五年，乃得磨勘，庶幾考績之法矣。二曰抑僥倖。罷少卿、監以上乾元節恩澤；正郎以下若監司、邊任，須在職滿二年，始得蔭子；大臣不得薦子弟任館閣職，任子之法無冗濫矣。三曰精貢舉。進士、諸科請罷糊名法，參考履行無闕者，以名聞。進士先策論，後詩賦，諸科取兼通經義者。賜第以上，皆取詔裁。餘優等免選注官，次第人守本科選。進士之法，可以循名而責實矣。四曰擇長官。委中書、樞密院先選轉運使、提點刑獄、大藩知州；次委兩制、三司、御史臺、開封府官、諸路監司舉知州、通判；知州通判舉知縣、令。限其人數，以舉主多者從中書選除。刺史、縣令，可以得人矣。五曰均公田。外官廩給不均，何以求其爲善耶？請均其入，第給之，使有以自養，然後可以責廉節，而不法者可誅廢矣。六曰厚農桑。每歲預下諸路，風吏民言農田利害，堤堰渠塘，州縣選官治之。定勸課之法以興農利，減漕運。江南之圩田，浙西之河塘，隳廢者可興矣。七曰修武備。約府兵法，募畿輔彊壯爲衛士，以助正兵。三時務農，一時教戰，省給贍之費。畿輔有成法，則諸道皆可舉行矣。八曰推恩信。赦令有所施行，主司稽違者，重置於法；别遣使按視其所當行者，所在無廢格上恩者矣。九曰重命令。法度所以示信也，行之未幾，旋即釐改。請政事之臣參議可以久行者，删去煩冗，裁爲制敕行下，命令不至於數變更矣。十曰減徭役。户口耗少而供億滋多，省縣邑户少者爲鎮，併使、州兩院爲一，職官白直，給以州兵，其不應受役者悉歸之農，民無重困之憂矣。

天子方信嚮仲淹，悉采用之，宜著令者，皆以詔書畫一頒下；獨府兵法，衆以爲不可而止。

又建言：「周制，三公分兼六官之職，漢以三公分部六卿，唐以宰相分判六曹。今中書，古天官冢宰也；樞密院，古夏官司馬也；四官散於群有司，無三公兼領之重。而二府惟進擬差除，循資級，議賞罰，檢用條例而已。上非三公論道之任，下無六卿佐王之職，非治法也。臣請仿前代，以三司、司農、審官、流内銓、三班院、國子監、太常、刑部、審刑、大理、群牧、殿前馬步軍司，各委輔臣兼判其事。凡官吏黜陟、刑法重輕、事有利害者，並從輔臣予奪；其體大者，二府僉議奏裁。臣請自領兵賦之職，如其無補，請先黜降。」章得象等皆曰不可。久之，乃命參知政事賈昌朝領農田，仲淹領刑法，然卒不果行。

初，仲淹以忤吕夷簡，放逐者數年，士大夫持二人曲直，交指爲朋黨。及陝西用兵，天子以仲淹士望所屬，拔用之。及夷簡罷，召還，倚以爲治，中外想望其功業。而仲淹以天下爲己任，裁削倖濫，考覈官吏，日夜謀慮興致太平。然更張無漸，規摹闊大，論者以爲不可行。及按察使出，多所舉劾，人心不悦。自任子之恩薄，磨勘之法密，僥倖者不便，於是謗毁稍行，而朋黨之論浸聞上矣。

會邊陲有警，因與樞密副使富弼請行邊。於是，以仲淹爲河東、陝西宣撫使，賜黄金百兩，悉分遺邊將。麟州新罹大寇，言者多請棄之，仲淹爲修故砦，招還流亡三千餘户，蠲其税，罷榷酤予民。又奏免府州商税，河外遂安。比去，攻者益急，仲淹亦自請罷政事，迺以爲資政殿學士、陝西四路安撫使、知邠州。其在中書所施爲，亦稍稍沮罷。

以疾請鄧州，進給事中。徙荆南，鄧人遮使者請留，仲淹亦願留鄧，許之。尋徙杭州，再遷户部侍郎，徙青州。會病甚，請潁州，未至而卒，年六十四。贈兵部尚書，謚文正。初，仲淹病，帝常遣使賜藥存問，既卒，嗟悼久之。又遣使就問其家，既葬，帝親書其碑曰「褒賢之碑」。

仲淹内剛外和，性至孝，以母在時方貧，其後雖貴，非賓客不重肉。妻子衣食，僅能自充。而好施予，置義莊里中，以贍族人。汎愛樂善，士多出其門下，雖里巷之人，皆能道其名字。死之日，四方聞者，皆爲歎息。爲政尚忠厚，所至有恩，邠、慶二州之民與屬羌，皆畫像立生祠事之。及其卒也，羌酋數百人哭之如父，齋三日而去。四子：純祐、純仁、純禮、純粹。

論曰：自古一代帝王之興，必有一代名世之臣。宋有仲淹諸賢，無愧乎此。仲淹初在制中，遺宰相書，極論天下事，他日爲政，盡行其言。諸葛孔明草廬始見昭烈數語，生平事業備見於是。豪傑自知之審，類如是乎！攷其當朝，雖不能久，然先憂後樂之志，海内固已信其有弘毅之器，足任斯責，使究其所欲爲，豈讓古人哉！（《宋史》卷三一四。）

宋太師中書令兼尚書令魏國公文正公傳

公諱仲淹，字希文，唐宰相履冰十世孫。其先邠州人也。濬按唐宰相懷州河内人，麗水丞幽州人，今云邠州人，當是麗水丞之先世復遷居於此。高祖隋，唐懿宗時調官處州麗水縣丞，因徙家江南，遂世爲蘇州吴縣人。曾祖夢齡，祖贊時，父墉，俱仕吴越。後父隨錢俶歸宋，終徐州節度掌書記。後以公及諸孫貴，皆贈太師，以徐、唐、周三大國追封三代祖考。

公爲周國第三子。太宗端拱二年己丑，生於徐州官舍。二歲而孤，母謝夫人貧無依，更適池州長山朱氏，濬按周國公卒時，中舍最長，方六歲。次鎡，亦不過四五齡。考宋官制，掌書記秩列三班之末。周國從錢氏歸朝，十餘年間，自冀而蜀，而徐，僶僶以就微禄。一旦捐館，去鄉千里，三稚幼弱，此太夫人所以貧而無依也。厥後中舍二兄歸吴，而文正未離襁褓，遂隨育於朱氏。從其姓，名説。既長，知其家世，感泣辭母，去之應天府，今河南歸德府。依戚同文學。晝夜不息，冬月憊甚，以水沃面。食不給，以糜粥繼之。人不能堪，公不苦也。

真宗大中祥符五年，禮部舉第一。八年，登蔡齊榜進士第，爲廣德軍司理參軍，迎其母歸養。改集慶軍節度推官，始還姓，更今名。監泰州西溪鹽税。仁宗天聖元年，徙監楚州糧料院。遷大理寺丞，以母喪去官。晏殊知應天府，聞公名，召寘府學。上書請擇郡守，舉縣令，斥游惰，去冗僭，慎選舉，撫將帥，凡萬餘言。服除，以殊薦爲秘閣校理。公汎通六經，長於《易》，學者多從質問，爲執經講解亡所倦。嘗推其俸以食四方遊士，諸子至易衣而出，公宴如也。每感激論天下事，奮不顧身，一時士大夫矯厲尚風節，自公倡之。

天聖七年，章獻太后將以冬至受朝，天子率百官上壽，公極言之，且曰：「奉親於内，自有家人禮。顧與百官同列，北面而朝之，不可爲後世法。」且上疏請太后還政，不報。尋通判河中府，徙陳州。時方建太一宫及洪福院，市材木陝西，公言：「昭應、壽寧，天戒不遠。今又侈土木，破民産，非所以順人心、合天意也。宜罷脩寺觀，減常歲市木之數，以蠲除積負。」又言：「恩倖多以内降除官，非太平之政事。」雖不行，仁宗以爲忠。

太后崩，召爲右司諫。言事者多暴太后時事，公曰：「太后受遺先帝，調護陛下者十餘年，宜掩其小過，以全后德。」帝爲詔中外，毋輒論太后時事。初，太后遺誥以太妃楊氏爲皇太后，參決軍國事。公曰：「太后，母號也，自古無因保育而代立者。今一太后崩，又立一太后，天下且疑陛下不可一日無母后之助矣。」

歲大蝗旱，江淮、京東滋甚。公請遣使循行，未報，乃請間，曰：「宫掖中半日不食當何如？」帝惻然，乃命公安撫江淮，所至開倉賑之，且禁民淫祀，奏蠲廬、舒折役茶、江東丁口鹽錢，且條上救弊十事。會郭皇后廢，率諫官、御史伏閤争之，不能得。明日，將留百官揖宰相廷争，方至待漏院，有詔出知睦州。

歲餘，徙蘇州。首興學校，延安定胡瑗爲之師。州大水，民田不得耕，公疏五河，導太湖注之海，募人興作。未就，尋徙明州，轉運使奏留公以畢其役，許之。拜尚書禮部員外郎、天章閣待制。召還，判國子監，遷吏部員外郎、權知開封府。時吕夷簡執政，進用者多出其門。公上《百官圖》，指其次第曰：「如此爲序遷，如此爲不次，如此則公，如此則私。况進退近臣，凡超格者不宜全委之。」宰相夷簡不悦。他日論建都之事，公曰：「洛陽險固，而汴爲四戰之地，太平宜居汴，即有事必居洛陽，當漸廣儲蓄，繕宫室。」帝問夷簡，夷簡曰：「此仲淹迂闊之論也。」公乃爲四論以獻，大抵譏切時政，且曰：「漢成帝信張禹，不疑舅家，故有新莽之禍，臣恐今日亦有張禹壞陛下家法。」夷簡怒，訴曰：「仲淹離間陛下君臣，所引用皆朋黨也。」公對益切，由是罷知饒州。殿中侍御史韓瀆希宰相旨，請書仲淹朋黨，揭之朝堂。於是秘書丞余靖上言曰：「仲淹以一言忤宰相，遽加貶竄，况前所言者在陛下母子夫婦之間乎？陛下既優容之矣，臣請追改前命。」太子中允尹洙自訟與仲淹師友，且嘗薦己，愿從降黜。館閣校勘歐陽脩以高若訥在諫官，坐視而不言，移書責之。由是三人者皆坐貶。明年，夷簡亦罷。自是朋黨之論興矣。公既去，士大夫爲論薦者不已。

仁宗謂宰相張士遜曰：「向貶仲淹，爲其密請立皇太弟故也。今朋黨稱薦如此，奈何？」再下詔戒敕。

公在饒州歲餘，徙潤州，又徙越州。元昊反，召爲天章閣待制、知永興軍，改陝西都轉運使。會夏竦爲陝西經略安撫招討使，進公龍圖閣直學士以副之。夷簡再入相，帝諭公使釋前憾。公頓首謝曰：「臣鄉論蓋國家事，於夷簡無憾也。」

延州諸砦多失守，公自請行。遷户部郎中，兼知延州。先是，詔分邊兵，總管領萬人，鈐轄領五千人，都監領三千人，寇至禦之，則官卑者先出。公曰：「將不擇人，以官爲先後，取敗之道也。」於是大閱州兵，得萬八千人，分爲六，各將三千人，分部教之，量賊衆寡使更出禦賊。時塞門、承平諸砦既廢，用种世衡策，城青澗以據賊衝，大興營田，且聽民得互市以通有無。又以民遠輸勞苦，請建鄜城爲軍，以河中、同、華中下户税租就輸之，春夏徙兵就食，可省糴十之三，他所減不與。詔以爲康定軍。明年正月，詔諸路入討，公曰：「正月塞外大寒，我師暴露，不如俟春深入，賊馬瘦人饑，勢易制也。况邊備漸脩，師出有紀，賊雖猖獗，固已懾其氣矣。鄜延密邇靈、夏，西羌必由之地也，第按兵不動，以觀其釁，許臣稍以恩信招來之。不然情意阻絶，臣恐偃兵無期矣。若臣策不效，當舉兵先取綏、宥，據要害，屯兵營田，爲持久計，則茶山、横山之民必挈族來歸矣。拓疆禦寇，策之上也。」帝皆用其議。公又請脩承平、永平等砦，稍招還流亡，定保障，通斥候，城十二砦，於是羌漢之民相踵歸業。

久之，元昊歸陷將高延德，因與公約和，公爲書戒諭之。會任福敗於好水川，元昊答書不遜，公對來使焚之。大臣以爲不當輒通書，又不當輒焚之。宋庠請斬公，帝不聽。降本曹員外郎、知耀州，徙慶州。遷左司郎中，爲環慶路經略安撫、緣邊招討使。初，元昊反，陰誘屬羌爲助，而環慶酋長六百餘人約爲鄉道。公以其反覆不常也，至部，即奏行邊，以詔書犒賞諸羌，閱其人馬，爲立條約：「若讎已和斷，輒私報之及傷人者，罰羊百、馬二；已殺者，斬。負債爭訟，聽告官爲理，輒質縛平人者，罰羊五十，馬一。賊馬入界追集，不赴隨本族，每户罰羊二，質其首領；賊大入，老幼入保，本砦官爲給食，即不入砦，本家罰羊二；全族不至，質其首領。」諸羌皆受命，自是始爲漢用矣。改邠州觀察使，公表言：「觀察使班待制下，臣守邊數年，羌人頗親愛臣，呼臣爲『龍圖老子』。今退而與王興、朱觀爲伍，第恐爲賊輕矣。」辭不拜。

慶之西北馬鋪砦，當後橋川口，在賊腹中，公欲城之，度賊必爭，密遣子純佑與蕃將趙明先據其地，引兵隨之。諸將不知所向，行至柔遠，始號令之，版築皆具，旬日而城成，即大順城是也。賊覺，以騎三萬來戰，佯北，公戒勿追，已而果有伏。大順既成，而白豹、金湯皆不敢犯，環慶自此寇益少。明珠、滅臧勁兵數萬，公聞涇原欲襲討之，上言曰：「二族道險，不可攻，前日高繼嵩已喪師。平時且懷反側，今討之，必與賊表裏，南入原州，西擾鎮戎，東侵環州，邊患未艾也。若北取細腰、胡蘆衆泉爲堡障，以斷賊路，則二族安，而環州、鎮戎徑道通徹，可無憂矣。」其後遂築細腰、胡蘆諸砦。

葛懷敏敗於定川，賊大掠，至潘原，關中震恐，民多竄山谷間。公率衆六千由邠、涇援之，聞賊已出塞，乃還。始定川事聞，帝按圖謂左右曰：「若仲淹出援，吾無憂矣。」奏至，帝大喜，曰：「吾固知仲淹可用也。」進樞密直學士、右諫議大夫。公以軍出無功，辭不敢受命，詔不聽。時已命文彦博經略涇原，帝以涇原傷夷，欲對徙公，遣王懷德諭之。公謝曰：「涇原地重，第恐臣不足當此路。與韓琦同經略涇原，並駐涇州，琦兼秦鳳，臣兼環慶。涇原有警，臣與韓琦合秦鳳、環慶之兵犄角而進；若秦鳳、環慶有警，亦可率涇原之師爲援。臣當與琦練兵選將，漸復横山，以斷賊臂，不數年間，可期平定矣。願詔龐籍兼領環慶，以成首尾之勢。秦州委文彦博，慶州用滕宗諒總之，孫沔亦可辦集。渭州一武臣足矣。」帝采用其言，復置陝西路安撫、經略、招討使，以公與韓琦、龐籍分領之。公與琦開府涇州，而徙彦博帥秦，宗諒帥慶，張亢帥渭。

公爲將，號令明白，愛撫士卒，諸羌來者推心接之不疑，故賊亦不敢輒犯其境。元昊請和，召拜樞密副使。王舉正懦默不任事，諫官歐陽脩等言：「仲淹有相才，請罷舉正用仲淹。」遂改參知政事。公曰：「執政可由諫官而得乎？」固辭不拜，願與韓琦出行邊，命爲陝西宣撫使，未行，除參知政事。會王倫寇淮南，州縣官有不能守者，朝廷欲按誅之，公曰：「平時諱言武備，寇至而專責守臣死事，可乎？」守令皆得不誅。

帝方鋭意太平，數問當世事，公語人曰：「上用我至矣，事有先後，久安之弊非朝夕可革也。」帝再賜手詔，又爲之開天章閣，召二府條對。公皇恐退，而上十事：「一曰明黜陟。二府非有大功大善者不遷，内外須在職滿三年，在京百司非選舉而授，須通滿五年乃得磨勘，庶幾考績之法矣。二曰抑僥倖。罷少卿、監以上乾元節恩澤；正郎以下若監司、邊任，須在職滿三年，始得蔭子；大臣不得薦子弟任館閣職，任子之法無冗濫矣。三曰精貢舉。進士、諸科請罷糊名法，參考履行無闕者以名聞。進士先策論，〔後〕詩賦，諸科取兼通經義者。賜第以上，皆取詔裁，餘優等免選注官，次第人守本科選。進士之法可以循名而責實矣。四曰擇長官。委中書、樞密院先選轉運使、提點刑獄、大藩知州；次委兩制、三司、御史臺、開封府官、諸路監司舉知州、通判；知州、通判舉知縣、令。限其人數，以舉主多者從中書選除。刺史、縣令可以得人矣。五曰均公田。外官廩給不均，何以求其爲善耶？請均其入第給之，使有以自養，然後可以責廉節，而不法者可誅廢矣。六曰厚農桑。每歲預下諸路，風吏民言農田利害，堤堰渠塘，州縣選官治之，定勸課之法，以興農利，減漕運。江南之圩田、浙西之河塘，隳廢者可興矣。七曰脩武備。約府兵法，募畿輔强壯爲衛士，以助正兵。三時務農，一時教戰，省給贍之費。畿輔有成法，則諸道皆可舉行矣。八曰推恩信。赦令有所施行，主司稽違者重寘於法，別遣使按視其所當行者，所在無廢格上恩者矣。九曰重命令。法度所以示信也，行之未幾，旋即釐改。請政事之臣參議可以久行者，删去煩冗，裁爲制敕行下，命令不至於數變更矣。十曰減徭役。户口耗少，而供億滋多，省縣邑户少者爲鎮，併使、州兩院爲一，職官白直，給以州兵，其不應受役者悉歸之農，民無重困之憂矣。」天子方信嚮公，悉采用之，宜著令者皆以詔書畫一頒下；獨府兵法，衆以爲不可而止。

又建言：「周制，三公分兼六官之職，漢以三公分部六卿，唐以宰相分判六曹。今中書古天官冢宰也，樞密院古夏官司馬也。四官散於群有司，無三公兼領之重。而二府惟進（擢）〔擬〕差除，循資級，議賞罰，檢用條例而已。上非三公論道之任，下無六卿佐王之職，非治法也。臣請仿前代，以三司、司農、審官、流内銓、三班院、國子監、太常、刑部、審刑、大理、群牧、殿前馬步軍司，各委輔臣兼判其事。凡官吏黜陟，刑罰重輕，事有利害者，並從輔臣予奪。其體大者，二府僉議奏裁。臣請自領兵賦之職，如其無補，請先黜降。」章得象等皆曰不可。久之，乃命參知政事賈昌朝領農田，公領刑法，然卒不果行。

初，公以忤吕夷簡，放逐者數年，士大夫持二人曲直，交指爲朋黨。及陝西用兵，天子以公士望所屬，拔用之。及夷簡罷，召還，倚以爲治，中外想望其功業。而公以天下爲己任，裁削倖濫，考覈官吏，日夜謀慮興致太平。然更張無漸，規模闊大，論者以爲不可行。及按察使出，多所舉劾，人心不悦。自任子之恩薄，磨勘之法密，僥倖者不便，於是謗毁稍行，而朋黨之論浸聞上矣。會邊陲有警，因與樞密副使富弼請行邊。於是以公爲河東、陝西宣撫使，賜黄金百兩，悉分遺邊將。麟州新罹大寇，言者多請棄之，公爲脩故砦，招還流亡三千餘户，蠲其税，罷榷酤予民，又奏免府州商税，河外遂安。比去，攻者益急，公亦自請罷政事，乃以爲資政殿學士、陝西四路(宣)〔安〕撫使、知邠州。其在中書，所施爲亦稍稍沮罷。

以疾請鄧州，進給事中。徙荆南，鄧人遮使者請留，公亦愿留鄧，許之。尋徙杭州，再遷户部侍郎，徙知青州。會病甚，請潁州，肩輿至徐州而薨，年六十有四，時皇祐四年壬辰五月二十日甲子也。贈兵部尚書，謚文正。初，公病，帝嘗遣使賜藥存問。既卒，嗟悼久之，又遣使就問其家。既葬，帝親書其碑曰「褒賢之碑」。

公内剛外和，其於富貴、貧賤、毁譽、歡戚一不動其心，而慨然有志於天下，嘗曰：「士當先天下之憂而憂，後天下之樂而樂。」初，仁宗以前，天下州縣未嘗立學。公自始筮仕，以迄參大政，其間歷守諸州郡，所在必開設學校，率先訓督，教育多士，首以吴郡所卜居之宅奏請立郡學。至慶曆四年詔州縣皆立學，從公請也。康定用兵時，鳳翔張載方年十八，慨然以功名自許，上書謁公。公知其遠器，乃抑之曰：「儒者自有名教可樂，何事於兵？」因勸其讀《中庸》，又授太山孫明復以《春秋》，其後皆成名儒。公之好明經術，有功理學者如此。性至孝，以母在時方貧，後雖貴，非賓客不重肉，妻子衣食僅能自充。身殁之後，諸子家貧無歸，日借官屋以居，僅蔽風雨。而獨好施予，置義莊里中，以贍族人，創立規法，以垂永久。汎愛樂善，士多出其門，雖里巷之人皆能道其名字。卒之日，四方聞者，皆爲歎息。爲西帥時，所得朝廷賜賚，悉以給將士，故人樂爲用。又爲政尚忠厚，所至有恩，諸蕃質子縱其出入，無一人逃者。蕃曾來見，召之卧内，徹衛與語，邠、慶二州之民與屬羌皆畫像立生祠事之。及卒，羌酋數百人哭之如父，齋三日而去。元祐中，贈太師、中書令，兼尚書令，追封楚國公。靖康初，復追封魏國公，後賜廟號曰忠烈。所著有《文集》二十卷，《奏議》十七卷，《政府論事》三卷，《别集》五卷，行於世。四子：純佑，純仁，純禮，純粹。别有傳。史臣論曰：自古一代帝王之興，必有一代名世之臣。宋有仲淹諸賢，無愧乎此。仲淹初在制中，遺宰相書，極論天下事。他日爲政，盡行其言。諸葛孔明草廬始見昭烈數語，生平事業，備見於是。豪傑自知之審，類如是乎。考其當朝，雖不能久，然先憂後樂之志，海内固已信其有弘毅之器，足任斯責，使究其所欲爲，豈讓古人哉！（康熙本《范文正公集·補編》卷二《傳》。）

附録二 年譜

范文正公年譜

（宋）樓鑰

公昔遠祖博士范滂爲清詔使，裔孫履冰爲唐丞相鸞臺鳳閣平章事，世居河内。四世祖上柱國隋，懿宗朝咸通二年任幽州良鄉主簿，誥書猶存。至十一年，遷處州麗水縣丞，一支渡江。中原亂離，不克歸，子孫遂爲中吴人。曾祖夢齡，仕吴越，中吴節度判官，宋贈太師、徐國公。祖贊時，仕吴越，九歲童子出身，終秘書監，宋贈太師、唐國公。父墉，從錢俶歸宋，任武寧軍節度掌書記，武寧軍即徐州。封太師、周國公。文正公即書記第三子也，諱仲淹，字希文。端拱二年己丑八月（癸）〔己〕酉〔朔〕二〔十九〕日丁丑，以辛丑時生。二歲而孤，母夫人謝氏貧無依，再適淄州長山朱氏，亦以朱爲姓，名説。上長白山僧舍修學。醴泉寺内有祠。後居南都郡庠五年，大通《六經》之旨，爲文章論説必本於仁義孝弟忠信。祥符八年，年二十七歲，舉進士禮部選第一，遂中乙科，初任廣德軍司理。後迎侍母夫人至姑蘇，欲還范姓，而族人有難之者，公堅請云：「止欲歸本姓，他無所覬。」始許焉。至天禧元年，爲亳州節度推官，始奏復范姓。其後名益大，位益顯，嘗語諸子弟曰：「吾吴中宗族甚衆，於吾固有親疏。然以吾祖宗視之，則均是子孫，固無親疏也。吾安得不恤其饑寒哉？且自祖宗來，積德百餘年而始發於吾，得至大官，若獨享富貴而不恤宗族，異日何以見祖宗於地下，亦何以入家廟乎？」故恩例俸賜嘗均族人，盡以俸餘買田於蘇州，號曰義莊。贍養宗族，無間親疏，日有食，歲有衣，嫁娶凶葬咸有贍給。錢公輔爲撰《義田記》，趙雍書石，在本祠。

公爲人外和内剛，樂善汎愛。喪母時尚貧，終身非賓客食不重肉。臨財樂施，意豁如也，及退而視其私，妻子僅給衣食。其於富貴、貧賤、毁譽、歡戚，不一動其心，而慨然有志於天下。常自誦曰：「士當先天下之憂而憂，後天下之樂而樂也。」其事上遇人，一以自信，不擇利害爲趨捨。凡有所爲，必盡其方，曰：「爲之自我者當如是，其成與否，有不在我者，雖聖賢不能必，吾豈苟哉！」公爲政所至，民多立祠畫像。其行己臨事，自山林處士、里閭田野之人，外至夷狄，莫不知其名字而樂道其事。仕至參知政事，謚文正。道德博洽曰文，經天緯地曰文，内外賓服曰正。有《文集》二十卷，《别集》五卷，蘇軾作序；《政府論事》三卷；《奏議》十七卷，韓琦作序。

娶李氏，參政昌齡女也。公有四子。長曰純祐，歷守將作監主簿。自幼讀書爲文章，籍籍可稱。嘗侍公城馬鋪寨，率兵馳據其地，西戎兵衆大至，且戰且督，不數日而成其城，一路恃以爲安。次曰純仁，字堯夫，皇祐元年進士，相哲宗，謚忠宣，御書「世濟忠直之碑」。高宗朝贈太師，追封許國公。次曰純禮，字彝叟，仕至尚書右丞。次曰純粹，字德孺，仕至龍圖閣學士，户部侍郎，知河南府。

太宗皇帝端拱二年己丑。

秋八月丁丑，公生於徐州節度掌書記官舍。按：公《神道碑》及國史皆云年六十四，薨於皇祐四年也。

淳化元年庚寅。

丁父太師憂，年二歲。

真宗皇帝大中祥符元年戊申，年二十歲。

按公譔《鄠郊友人王鎬墓表》云：君之父贊善公衮，慷慨有英氣，善爲唐律詩，歷著作、通判。會太守不法，憤而辱之，失官。居長安中，與豪士游，縱飲浩歌，有嵇、阮之風，人特駭之。公不安其高，復起家就禄，得請監終南山上清太平宫，從吏隱也，時祥符紀號之初載。某薄游至止，及公之門，因與君交，相與嘯咏於鄠、杜之間。

二年己酉，年二十一歲。

讀書長白山。醴泉寺。是歲改科舉取士。按《言行録》載《涑水記聞》曰：范公少冒朱姓，舉學究，嘗同衆客見姜諫議遵。遵素以剛嚴著名，與人不款曲。衆客退，獨留范公，引入中堂，謂其夫人曰：「朱學究年雖少，奇士也。他日不惟爲顯官，當立盛名於世。」參坐置酒，待之如骨肉，人莫測其何以知之也。

三年庚戌，年二十二。

讀書長白山。按《東軒筆録》：公與劉某同在長白山醴泉寺僧舍讀書，日作粥一器，分爲四塊，早暮取二塊，斷虀數莖，入少鹽以啗之，如此者三年。

四年辛亥，年二十三。

詢知世家，感泣去，之南都，入學舍，掃一室，晝夜講誦。其起居飲食，人所不堪，而公自刻益苦。按《家録》云：公以朱氏兄弟浪費不節，數勸止之。朱兄弟不樂，曰：「吾自用朱氏錢，何預汝事？」公聞此疑駭，有告者曰，公乃姑蘇范氏子也，太夫人攜公適朱氏。公感憤自立，决欲自樹立門户。佩琴劍，徑趨南都。謝夫人亟使人追之，既及，公語之故，期十年登第來迎親。

五年壬子，年二十四。

以朱説名舉進士，禮部第一。

七年甲寅，年二十六。

有《睢陽學舍書懷》詩。在南都學舍。《家録》云：真宗謁太清宫，幸亳，駕次南京。皆往觀之，獨公不出，或以問公，公曰：「異日見之未晚。」留守有子居學，見公食粥及不出觀駕，歸告其父，以公厨食饋公。既而悉已敗矣，留守子曰：「大人聞公清苦，故遺以食物。而不下箸，得非以相浼爲罪乎？」公謝曰：「非不感厚意，蓋食粥安之已久，今遽享盛饌，後日豈能啗此粥乎？」又按《遺事》云：公處南都學舍，晝夜苦學，五年未嘗解衣就枕。夜或昏怠，輒以水沃面。往往饘粥不充，日昃始食。

八年乙卯，年二十七。

登蔡齊榜，中乙科秦刻作「二十八」，誤。又無「登蔡齊榜」四字。第九十七名。試《置天下如置器賦》、《君子以恐懼修省》詩、《順時知微何先論》。登第後，有詩云：「長白一寒儒，名登二紀餘。百花春滿路，二月雨隨車。鼓吹迎前道，煙霞指舊廬。鄉人莫相羡，教子讀詩書。」調廣德軍司理參軍。按張唐英撰公傳云：「祥符八年登進士第，朱説者是也。」又按汪藻撰《祠堂記》云：公以進士釋褐，爲廣德軍司理參軍，日抱具獄與太守争是非。守數以盛怒臨之，公不爲屈。歸必記其往復辯論之語於屏上，比去，字無所容。貧止一馬，鬻馬徒步而歸。非明於所養者能如是乎？獄官有亭，以公名之者舊矣。公既登仕版，始迎其母以養。初，廣德人未知學，公得名士三人爲之師，於是郡人之擢進士第者相繼於時。

天禧元年丁巳，年二十九。

遷文林郎，權集慶軍按《九域志》，亳州也。節度推官，始復范姓。其表略云：「名非霸越，乘舟偶效於陶朱；志在投秦，入境遂稱於張禄。」用事最爲親切。

二年戊午，年三十歲。

爲譙郡從事。亳州也。《祭龍圖楊給事文》曰：「余歲三十兮從事於譙，獨棲難安兮孤植易摇。公方監郡兮風采翹翹，一顧而厚兮甚乎神交。」又《太子中舍上官融墓銘》云：余天禧中爲譙之從事。

秋八月，進《皇儲資聖頌》。

三年己未，年三十一。

除秘書省校書郎。

四年庚申，年三十二。

是歲校書芸省，守官集慶。

五年辛酉，年三十三。

監泰州西溪鎮鹽倉。有《西溪見牡丹》詩，《西溪書事》。按《皇朝類苑》云：初，吕文靖嘗官於此，手植牡丹，有詩刻。後公復題一絶。後人以二公詩故，題咏極多，而花亦爲人重，護以朱闌，歲久益茂，爲西陵奇觀。

乾興元年壬戌，年三十四歲。

按《文集》，冬十二月有《上張知白右丞書》，稱文林郎、試秘書省校書郎、權集慶軍推官、監泰州西溪鎮鹽倉。

仁宗皇帝天聖元年癸亥，年三十五。

公在西溪上言寇準被誣事，除興化令。時富鄭公弱冠來謁，公識其遠大，力教戒而激勸之，故其祭文略云：「昔弱初冠，識公海陵，顧我譽我，謂必有成。我稔公德，知己服膺。自是相知，莫我公比。一氣殊息，同心異體。始未聞道，公實告之。未知學文，公實教之。肇復制舉，我憚大科，公實激之。既舉而仕，政則未諭，公實飭之。」

徙楚州糧料院。

二年甲子，年三十六。

遷大理寺丞。

子純祐生。

三年乙丑，年三十七。

夏四月二十日，上書請救文弊，復武舉，重三館之選，賞直諫之臣，及革賞延之弊。

四年丙寅，年三十八。

丁母夫人憂。

有書與發運使張綸，言復海堰之利。按李燾《通鑑長編》：泰州海堰久廢不治，歲患海濤，冒民田疇。公言於發運副使張綸，請修復之。綸遂奏以公知興化縣，總其役。難者謂濤患不息，則積潦必爲災，綸曰：「濤之患十九，而潦之患十一，獲多亡少，豈不可乎！」役遂興。會大雨雪，驚濤洶湧，役夫散走，旋濘而死者百餘人。衆讙言曰：「堰不可成。」復詔遣中使按視，將罷之。又詔淮南轉運使胡令儀同公度其可否，令儀力主公議，而公尋以憂去。綸表請身自督役。踰年堰成，民至今享其利。又按《記聞》：通、泰、海州皆濱海，舊日潮水皆至城下，田土斥鹵，不可稼穡。文正公監西溪鹽倉，建白於朝，請築捍海堤於三州之境，長數百里，以衛民田。朝廷從之，以公爲興化令掌斯役，發通、泰、楚、海四州民夫治之。既成，民享其利，興化之民往往以范爲姓。

夏六月丁亥，子純仁生。時公寓南京應天府。按公《言行録》云：時晏丞相殊爲留守，遂請公掌府學。公嘗宿學中，訓督學者皆有法度，勤勞恭謹，以身先之。由是四方從學者輻湊，其後以文學有聲名於場屋、朝廷者，多其所教也。

五年丁卯，年三十九。

是年有《上執政書》，略云：「蓋聞忠孝者，天下之大本也。其孝不逮，忠可忘乎？所以冒哀上書言國家事，不以一心之戚而忘天下之憂。請擇郡守，舉縣令，斥游惰，去冗僭，遴選舉，敦教育，養將材，保直臣，斥佞臣，使朝廷無過，生靈無怨，以杜姦雄。」凡萬餘言。

《東軒筆録》云：公在睢陽按《九域志》，南京應天府睢陽郡。掌學，有孫秀才者索游上謁，公贈一千。明年，孫生復謁，公又贈一千。因問何爲汲汲於道路，孫生戚然動色，曰：「母老無以養，若日得百錢，則甘旨足矣。」公曰：「吾觀子辭氣非乞客，二年僕僕，所得幾何，而廢學多矣。吾今補子爲學職，月可得三千以供養，子能安於學乎？」孫生大喜。於是授以《春秋》，而孫生篤學，不舍晝夜，行復修謹，公甚愛之。明年，公去睢陽，孫亦辭歸。後十年間，泰山下有孫明復先生，以《春秋》教授學者，道德高邁。朝廷召至，乃昔日索游孫秀才也。

有《送李纮殿院赴闕》詩。

六年戊辰，年四十歲。

上書言朝政得失、民間利病。宰相王曾見而偉之。時晏殊在樞府，薦一士爲館職，曾諭之曰：「公知范仲淹，舍而他薦乎？」晏公遂以狀舉公，其略云：「臣伏以先聖御朝，群才效用，惟小大之畢力，協天人之統和。凡有位於中朝，願薦能於丹扆，不虞進越，用廣詢求。臣伏見大理寺丞范仲淹爲學精勤，屬文典雅。略分吏局，亦著清聲。前曾任泰州興化縣，興海堰之利。昨因服制，退處睢陽，日於府學之中觀書肄業，敦勸徒衆，講習藝文。不出户庭，獨守貧素，儒者之行，實有可稱云云。欲望試其詞學，奬以職名，庶參多士之林，允洽崇丘之詠。」

是歲服除。冬十二月甲子，以公爲祕閣校理，晏丞相殊之薦也。

又《文集》有《南京府學生朱從道名述》，有《南京書院題名記》，又《奏乞王洙充南京講書狀》。

七年己巳，年四十一歲。

按《長編》：是年十一月癸亥冬至，上率百官上皇太后壽於會慶殿，乃御天安殿受朝。公上疏言：「天子有事親之道，無爲臣之禮；有南面之位，無北面之儀。若奉親於内，以行家人禮可也。今顧與百官同列，虧君體，損主威，不可爲後世法。」疏入，不報。《東坡志林》云：先君奉詔修《太常因革禮》，求之故府，朝正案牘具在，考其始末，無諫止之事，而有已行之明驗。質之於文忠公，公曰：「范公實諫而卒不從，墓碑誤也，當以案牘爲正。」今按：《涑水記聞》亦但云奏以爲不可，而不言見從與否。則蘇公所記，疑若可信。但諸書皆云冬至，而蘇公獨云朝正，則誤也。

晏公所薦公爲館職，聞之大懼，召公詰以狂率邀名，且將累朝薦者。公正色抗言曰：「某緣屬公舉，每懼不稱，爲知己羞。不意今日反以忠直獲罪門下。」殊不能答。公退又作書遺殊，申理前奏，不少屈，殊卒媿謝焉。

又奏疏請皇太后還政，亦不報。遂乞補外，尋出爲河中府通判。

八年庚午，年四十二歲。

按《長編》：上疏論職田不可罷，其略曰：「真宗初賜職田，實遵古制，蓋大賚於多士，俾無蠹於生民。無厭之徒，或冒典憲，由濫官之咎，非職田之過。若從而廢罷，則吏困於廉；收而均給，則民受其弊。天下幕職、州縣官、三班使臣俸禄微薄，全藉職田濟贍。其無職田處，持廉之人例皆貧窘。曩時士員尚少，凡得一任，必五六年方有交替，到闕即日差除，復便請給。當時條例未密，士寡廉隅，雖無職田，自可優足。今物貴與昔不同，替罷之後，守選待闕，動踰二年，官吏衣食不足，廉者復濁，何以致化？天下受弊，必如臣言。乞深加詳軫，不以一時之論廢經遠之制，天下幸甚。」

上疏論士人寄貫開封府。上疏論太后復辟，其略云：「陛下擁扶聖躬，聽斷大政，日月持久。今皇帝春秋已盛，睿哲明聖，握乾綱而歸坤紐，非黄裳之吉象也。豈若保慶壽於長樂，卷收大權，還上真主，以享天下之養。」疏入，不報。

是歲三月，三司言方建太乙宫等處，乞下陝西市材，詔可。公在河中府上言：「昭應、壽寧，天戒不遠，今復侈土木，破民産，非所以順人心、合天意也。宜罷修宫觀，減定常歲市木之數，蠲除積負，以彰聖治。」

夏四月，轉殿中丞。

五月，有《上時相議制舉書》。

六月十五日，有《與周騤推官書》。

七月十二日，有《與歐静書》。

上疏言減郡邑以平差役，其略云：「天下郡縣至密，吏役至繁，奪其農時，遺彼地利，是以邊廩或窘，民財未豐。臣觀漢光武朝併合四百餘縣，吏職減損，十置其一。今欲去煩苛之役，致富壽之俗，當施此令，以寬兆民。如河中府倚郭二縣，惟河東縣主户四千，不至逼迫。河西縣主户一千九百，内八百餘户屬鄉村。本縣尚差公吏三百四十人，内一百九十五人於鄉村差到。緣鄉村中等户只有一百三十户，更於已下抽差，是使堪役之家無所休息。以臣管見，其河西縣宜併入河東。及大名府縣分極多，甚可省去。或謂縣邑之中有榷酤關征之利，臣謂所廢之縣，止可爲鎮，而坊市仍舊。所貴吏役稍減，農時不奪，地利無遺，民財可阜也。」

有《上資政晏侍郎書》。

十二月，《與唐處士書》。

《邵氏聞見録》云：富鄭公初游場屋，穆修伯長謂之曰：「進士不足以盡子之才，當以大科名世。」公果禮部試下。時太師公官耀州，公西歸，次陝，范文正公遣人追公曰：「有旨以大科取士，可亟還。」公復還見文正，辭以未嘗爲此學，文正曰：「已同諸公薦君矣。久爲君闢一室，皆大科文字，可往就館。」時晏元獻公判南京，公以大理寺丞丁憂，權西監。一日，晏謂范曰：「吾一女及笄，仗君爲我擇婿。」范曰：「監中有二舉子，富臯、張爲善，皆有文行，他日皆至卿輔，并可婿也。」晏曰：「然則孰優？」范曰：「富修謹，張疏俊。」晏曰：「唯。」即取富臯爲婿，後改名，即富公弼也。爲善後亦更名方平云。

按《登科記》，天聖八年，富弼中制科。然按國史，范文正公是時當在陳州，薦舉求婚之事未詳。

九年辛未，年四十三歲。

春三月辛巳，子純禮生。

公遷太常博士，移通判陳州。上疏乞將磨勘轉官恩澤移贈考妣，其略曰：「臣自蒙恩改授京官，到今七年，不敢僥求磨勘。今爲遷奉在邇，未曾封贈父母。竊念臣襁褓之中，已丁何怙。鞠養在母，慈愛過人，卹臣幼孤，憫臣多病，夜叩星象，食斷葷血，踰二十載，至於其終。又臣遊學之初，違離者久，率嘗殞血，幾至喪明。而臣仕未及榮，親已不逮。既育之恩則重，罔極之報曾無。今欲將磨勘轉官恩澤，乞先移贈考妣，所貴安厝之日，得及追榮。臣在壯年，序進未晚。伏望特降曲成之造，用覃廣愛之風。」

奏《致仕分司官乞與折支全俸狀》。

明道元年壬申，年四十四歲。

在宛丘。聞京師多不關有司而署官賞者，乃附驛奏疏甚懇至，願以唐中宗朝上官婕妤、賀婁氏賣墨敕斜封官爲戒。又屢上疏言内降之弊，引韋后爲戒。

二年癸酉，年四十五歲。

是年三月甲子，太后崩，帝始親政，裁抑僥倖，中外大悦。時公爲陳州通判、太常博士。

四月，公被召赴闕，除右司諫。公初聞遺誥以楊太妃爲皇太后，參决國事，亟上疏言：「太后，母號也，未嘗因保育而代立者。今一太后崩，又立一太后，天下且疑陛下不可一日無母后之助也。」時已删去參决等語，然太后之號訖不改，止罷其册命而已。時太后既崩，言者多追斥垂簾時事。公言於上曰：「太后受遺先帝，保佑聖躬十餘年矣。宜掩其小故，以全其大德。」上大感悟。五月，降詔曰：「大行皇太后保佑冲人十有二年，恩勤至矣。而言者罔識大體，務詆訐一時之事，非所以慰朕孝思也。其垂簾日詔命，中外毋輒以言。」行公之言也。

六月，同審刑院、大理寺詳定天下當配隸罪人刑名。

秋七月甲子，以公同管勾國子監。是歲以江淮京東災傷，公奏請遣使巡行，未報。公請間曰：「宫掖中半日不食，當何如？今數路艱食，安可置而不恤？」

八月甲申，遂命公安撫江淮。所至開倉廪，賑乏絶，禁淫祀，奏蠲廬、舒折役茶，江東丁口鹽錢。饑民有食烏昧草者，擷草進御，請示六宫貴戚，以戒侈心。又陳救弊八事，上嘉納之。又薦知崇州吴遵路爲郡得古人風，乞以遵路救災事迹頒諸州，并付史館。

十二月，奏請天下諸郡縣弓手七週年者，聽歸農，從之。

時郭皇后廢，率諫官、御史伏閤諫。先是，美人尚氏於上前有侵皇后語，后不勝忿，批其頰。上自起救之，誤批上頰，上大怒。内侍閻文應因與上謀廢后，且勸上以爪痕示執政。上乃示宰臣吕夷簡，且告之故。夷簡以前罷相故怨后，而范諷方與夷簡相結，乘間言后九年無子當廢，夷簡贊其言。上意未決，外人籍籍，頗有聞者。公因對，極言不可，且曰：「宜早息此議，不可聞於外也。」居久之，乃定議廢后。夷簡先敕有司無得受臺諫章疏。詔稱皇后以無子願入道，特封净妃、玉京冲妙仙師，賜名清悟，别居長寧宫。臺諫章疏果不得入。公即與中丞孔道輔率知諫院孫祖德等詣垂拱殿門，伏奏皇后不當廢，願賜對以盡其言。守殿門者闔扉不爲通，道輔撫銅環大呼曰：「皇后被廢，奈何不聽臺諫入言？」尋有詔，宰相召臺諫，諭以當廢狀。道輔等悉詣中書，語夷簡曰：「人臣於帝后，猶子事父母也。父母不和，固宜諫止，奈何順父出母乎？」夷簡曰：「廢后自有故事。」道輔及公曰：「公不過引漢光武勸上耳。是乃光武失德，何足法也！自餘廢后，皆前世昏君所爲。上堯舜之資，而公顧勸之效昏君所爲，可乎？」夷簡不能答，拱立曰：「諸君更自見上力陳之。」道輔與公等遂退，將以明日留百官揖宰相廷争，而夷簡即奏臺諫伏閤請對，非太平之美事。遂詔出道輔知泰州、公知睦州，祖德等罰金，詔諫官、御史自今毋得相率請對。於是御史楊偕請與道輔等俱貶，御史郭勸復言廢后及不許請對之説爲非是。河陽簽判富弼亦言：「朝廷一舉而二失，縱不能復后，宜還范仲淹，以來言路。」疏入，不報。

景祐元年甲戌，年四十六。

是歲春正月，出守睦州。有《睦州謝上表》及《出守睦州》詩，《赴桐廬淮上遇風三首》，《出守桐廬道中十絶》。

公在桐廬，與晏尚書書，略云：「罪有餘責，尚叨一麾，敢不盡心，以求疾苦。二浙之俗，躁而無剛。豪者如虎，示之以文；弱者如鼠，示之以仁。吞奪之害，稍稍而息。乃延見諸生，以博以約。非某所能，蓋師門之禮訓也。」又云：「郡之山川，滿目奇勝。且有章、阮二從事，俱富文能琴，夙宵爲會，交迭唱和。爲郡之樂有如此者，於君親之恩，知己之賜，宜何報焉！」

在郡有《瀟灑桐廬郡十絶》，《新定感興五首》，《遊烏龍山寺》詩，《桐廬郡齋書事一首》，《依韻酬周騤太博同年》詩。

建嚴先生祠堂，復其子孫四家而奉祠焉。以從事章岷往構堂，召會稽僧悦躬圖其像於堂，自爲文以記之，與邵餗先生求篆額。又圖唐處士方干像於堂之東壁。洎移守姑蘇，道出嚴祠下，見東嶽絶壁，白雲徐生，云方干處士之舊隱，遂訪焉。其家子孫尚多儒服，有楷者新策名而歸。因留二十八言，又圖處士像於嚴堂之東壁，楷請刊詩於其左。

夏六月壬申，徙蘇州。蘇爲公鄉郡，地濱震澤，田多水患。募游手疏五河，導積水入海。有《上吕相公并呈中丞諮目》，言水利事。

秋八月，徙明州。轉運使上言公治水有緒，願留以畢其役。

九月，詔復知蘇州。有《與曹都官書》。

《與孫明復書》，略云：「某至新定，江山清絶，自謂得計。及來姑蘇，卻修人事，斯亦勞矣。今在海上部役開決積水，俟寒而罷之。足下未嘗游浙，或能枉駕與吴中講貫經籍，教育人材，是亦先生之爲政，買山之圖，其在中矣。以來者衆，未易他謀也。」

《與晏尚書書》云：「某自睦改蘇，首捧鈞翰，屬董役海上。至還郡中，災困之氓，其室十萬，疾苦紛沓，夙夜營救。智小謀大，厥心惶惶，久而未濟。」

在郡有《蘇州十詠》，《用韻謝晏尚書近著示及》詩，又有《奉酬晏尚書見寄》詩、《天平山白雲泉》詩、《題常熟頂山上方院僧居》詩。

二年乙亥，年四十七歲。

是年公在蘇州，奏請立郡學。先是，公得南園之地，既卜築而將居焉，陰陽家謂當踵生公卿，公曰：「吾家有其貴，孰若天下之士咸教育於此，貴將無已焉。」遂即地建學。既成，或以爲太廣，公曰：「吾恐異時患其隘耳。」今學明倫堂東西有公手栽樹二株，郡縣各建一石坊樹下，題曰：「范文正公手植。」元祐四年，公之子純禮出自奉常，制置江淮六路漕事，持節過鄉郡，即學拜公像。睹學之弊，復請於朝，新而廣之。吴學至今甲於東南。

五月八日，有《朝賢送定惠大師詩序》。

八月，有《祭謝賓客文》。

冬十月，除尚書禮部員外郎、天章閣待制，有謝表，見《文集》。召還，判國子監。時朝廷更定雅樂，詔求知音，公薦白衣胡瑗，對崇政殿，授校書郎。

公進除吏部員外郎，權知開封府。公自還朝，論事益急。宰相陰使人諷公：「待制侍臣，非口舌任也。」公曰：「論思正侍臣事，余敢不勉？」宰相知不可誘，乃命知開封府，欲撓以繁劇，使不暇他議，亦幸其有失，即罷去。公決事如神，京邑肅然稱治。都下謡曰：「朝廷無憂有范君，京師無事有希文。」

十二月，郭皇后暴薨，中外疑内侍閻文應置毒。公劾奏其事，即不食，悉以家事屬其長子曰：「吾不勝，必死之。」上卒聽其言，竄文應嶺南，尋死於道。案舊《年譜》：

「竄閻文應嶺南，尋死於道。」此據富鄭公所作《墓誌》。案：閻文應景祐二年十二月辛亥落入内都知，以昭宣使領嘉州防禦使，爲秦州鈐轄。後兩日，改郓州鈐轄，《百官表》同。景祐四年四月乙丑，文應徙潞州鈐轄，《百官表》同。寶元二年九月癸卯，文應卒，此據《百官表》。贈邠州觀察使，此據《實録》。未嘗有竄嶺南指揮及死於道事迹，不知鄭公何據也。今姑從鄭公《墓誌》，俟考。

三年丙子，年四十八歲。

春正月，公上太宗尹京日所判案牘，遂命崇政殿説書賈昌朝、王宗道同編次。

三月，《應制賞花釣魚》詩。

夏五月戊寅朔，公論建都事，其略謂：「洛陽險固，而汴爲四戰之地。西洛帝王之宅，絶無儲備，宜以將有朝陵爲名，漸營廪食。陝西有餘，可運而下；東路有餘，可運而上。數年之間，庶幾有備。太平則居東京通濟之地，以便天下；急難則居西洛險固之宅，以守中原。陛下内惟修德，使天下不聞其過；外亦設險，使四夷不敢生心，此長世之策也。」上嘗以遷都事訪諸夷簡，夷簡謂公迂闊，務名無實。公聞之，又上四論以獻，一曰帝王好尚，二曰選賢任能，三曰近名，四曰推委，大抵譏指時政。

又爲《百官圖》以獻，因指其遷進遲速次序，曰某爲超遷，某爲左遷，如是爲公，如是爲私，意在丞相。又言：「漢成帝信張禹，不疑舅家，故有王莽之亂。臣恐今日朝廷亦有張禹壞陛下家法，以大爲小，以易爲難，以未成爲已成，以急務爲閒務者，不可不蚤辯。」夷簡大怒，以公語辯於上前，且訴公越職言事，薦引朋黨，離間君臣。公亦交章辯析，辭益切，遂罷黜，落職知饒州。

時朝士畏宰相，無敢過公者，獨龍圖閣直學士李紘、集賢校理王質出郊餞飲之。時質以病在告，扶病祖宴都門，獨留語累夕。大臣謂之曰：「子有疾可辭，何爲自陷朋黨？」質曰：「范公天下賢者，質何敢忘之？若得爲其黨人，公之賜質厚矣。」聞者爲之縮頸。

公既貶，諫官、御史莫敢言，祕書丞、集賢校理余靖上言，謂公「所言事在陛下母子夫婦之間，猶以合典禮，故加優獎；今坐刺譏大臣，重加譴謫。倘其言未協聖慮，在陛下聽不聽耳，安可以爲罪乎？陛下自專政以來，三逐言事者，恐非太平之政也。請速改前命。」靖遂落職，監均州酒税。

太子中允、館閣校勘尹洙言：「臣常以范仲淹直諒不回，義兼師友。自其被罪，朝中多云臣亦被薦論，范某既以朋黨得罪，臣固當從坐。況余靖素與范某分疏，猶以朋黨被罪。臣不可苟免，願從降黜，以昭明憲。」（按：「被罪」至「明憲」原闕，據尹洙《河南先生集》卷一八

《乞坐范天章貶狀》補。）〔貶〕洙爲崇信軍節度掌書記、監郢州酒税。

館閣校勘歐陽脩移書責右司諫高若訥曰：「范希文平生剛正，好學通古，今班行中無與比者。其立朝有本末，天下所共知。今以言事觸宰相得罪，足下既不能爲辯其非辜，又畏有識者之責己，遂隨而詆之，以爲當黜，是可怪也。今皇帝即位以來，進用諫臣，容納言論。足下幸生此時，遇納諫之聖主如此，猶不敢一言，何也？前日又聞御史臺牓朝堂，戒百官不得越職言事，是可言者惟諫臣爾。若足下又遂不言，是天下無得言者也。足下在其位而不言，便當去之，無妨他人之堪其任者也。《春秋》之法，責賢者備。今脩區區，猶望足下之能一言，不忍便絶足下而以不賢者責。若猶以希文不賢而當逐，則予今所言如此，乃是朋邪之人爾。願足下直攜此書於朝，使正予罪而誅之，亦諫臣之一效也。」若訥得書，忿，乃言：「范某貶職之後，臣諸處察訪端由，參驗所聞，與敕牓中意頗同，固不敢妄有營救。今歐陽脩移書詆臣，言范某平生剛直，好學通古，今班行中無與比者。責臣不能辯其非辜，猶能以面目見士大夫，出入朝中，稱諫官，及謂臣不復知人間有羞恥事。仍言今日天子與宰臣以迕意逐賢人，責臣不言。臣謂賢臣者，國家恃以爲治也，若陛下以迕意逐之，臣合諫；宰相以迕意逐之，臣合争。臣愚以范某頃以論事切直，亟加遷用；今兹狂言，自取譴辱，豈得謂之非辜？恐中外聞之，謂天子以迕意逐賢人，所損不細。請令有司召脩戒諭。」脩坐罪貶爲夷陵令。西京留守推官仙游蔡襄作《四賢一不肖詩》傳於時，四賢指公、靖、洙、脩，不肖指若訥也。是時契丹使至，密市以歸。張中庸使虜，過幽州，見燕山館中已有書永叔書於壁者。

秋八月，饒州有《謝上表》，略曰：「守土非輕，報天無所。臣出自畎畝，階於縉紳。驟陞天閣之游，親委王畿之政。至孤難立，屢請弗諧。眷寵既渥，補報宜異。必將危墜，猶或建明。情雖匪他，罪實由己。然而有犯無隱，惟上則知；許國忘家，亦臣自信。此時爲郡，陳優優布政之方；必也立朝，增蹇蹇匪躬之節。」

公又遷建饒之郡學。饒之山水大率秀拔，公識其形勝，曰妙果院，一塔高峙，當城之東南，屹起千餘尺，城之下枕瞰數湖，水脈連秀，於是名之曰文筆峰、硯池。學既建而生徒浸盛，由公遷指學基而興建也。且曰：「二十載後，當有魁天下者。」逮治平乙巳，彭汝礪果第一人及第。公沈幾遠識如此。其《題芝山院》詩有「偶臨西閣坐，五老夕陽開」之句。五老峰有亭，饒人踏青而至，必曰范公五老亭。又饒有九賢堂，自開寳迄紹聖，郡守六十八人，而在九賢之序者，公一人而已。饒人爲立祠頌春堂、天慶觀、州學之講堂，凡三所，由景祐距此六十載，牲牢日盛，凡禱晴雨及州官之到罷，皆致禮焉。講堂每上丁具禮祝。

有《滕公夫人刁氏墓誌銘》，有《靈烏賦》，《和謝希深學士見寄》詩。在郡有《依韻酬黄灝秀才》詩，《鄱陽酬泉州曹使君見寄》詩。《郡齋即事》詩云「三出專城鬢似絲」，蓋公先歷睦、蘇二郡也。

四年丁丑，年四十九歲。

十二月壬辰，公徙知潤州，上諭執政令移近地故也。先是京師地震，直史館葉清臣上疏，因言：「公與余靖以言事被黜，天下之人齚舌不敢議朝政者行將二年。願陛下深自咎責，詳延忠直敢言之士，庶幾明威降鑒而善應來集也。」書奏數日，公等皆得近徙。公既徙潤州，讒者恐其復用，遽誣以事。語入，上怒，亟命置之嶺南。參政程琳辯其不然，公訖得免。自公貶而朋黨之論起，朝士牽連出語及公者，皆指爲黨人。琳獨爲上開説，上意解，乃已。

有《潤州謝上表》，《移丹陽郡先游茅山》詩、《京口即事》詩、《滕子京魏介之二同年相訪丹陽郡》詩。

寶元元年戊寅，年五十歲。

春正月十三日，赴潤州。道由彭澤，謁狄梁公廟，慨慕名節，爲之作記立碑。至郡，謁甘露寺李衛公祠，以其湫隘，遷於南樓，并以本傳刻之祠下。《與李泰伯書》云：「今潤州初建郡學，可能屈節教授？又慮遠來，難爲將家。蘇州掌學胡瑗祕閣校理見《明堂圖》，亦甚奉仰。或能挈家，必有經畫，請先示音爲幸。」《與胡安定屯田書》略云：「近改丹徒，併獲雅問，豈君之心不易改棄而然耶？某念入朝以來，思報人主，言事太急，貶放非一。然僕觀《大過》之象，患守常經。九四以陽處陰，越位救時，則王室有棟隆之吉；九三以陽處陽，固位安時，則天下有棟撓之凶。非如艮止之時，思不出位者也。吾儒之職，去先王之經，則茫乎無從矣，又豈暇學人之巧，失其故步？但惟精惟一，死生以之。」

冬十一月，徒知越州。按公《文集》有《刻唐祖先生墓誌於賀監祠堂序》，題曰：「寶元元年，知越州范某序。」係元年知越州。《長編》卻稱二年三月丁未，當考。

是冬，元昊僭號。元昊性兇鷙猜忌，通漢文字，嘗諫父德明毋臣中國，德明曰：「吾族三十年衣錦綺，此聖宋天子恩，不可負也。」元昊曰：「英雄之生，當霸王耳，何錦綺爲？」明道元年，德明死，朝廷遂命元昊襲父爵。元昊雖嘗奉貢，然居國中益僭侈。景祐元年春，始寇邊，犯府州。秋七月，又寇環慶，因下詔約束之。元昊既悉有夏、銀、綏、静、宥、靈、鹽、會、勝、甘、凉、瓜、肅之地，仍居興州，阻河，依賀蘭山爲固。始大補僞官，創十六司以統衆務。又置十八監軍司，委酋豪分統其衆，總十五萬。又選豪族善弓馬三千人迭直，僞號六班直。至是用其黨楊守素之謀，築壇受册僭號，始受英武興法建禮仁孝皇帝，國稱大夏，改天授禮法延祚元年。點兵蓬子山，遣使奉表來告僭號，納旌節敕告。鄜州通判富弼請斬其使。尋詔削元昊官爵，除屬籍，絶互市，牓沿邊有能擒元昊，除定難節度使。

寶元二年己卯，公年五十一歲。

在越。有《諸暨道中》詩、《越上聞子規》詩。

春二月，有《兵部侍郎胡公墓誌銘》，有《贈兵部尚書田公墓誌銘》，有《題翠峰院》詩。有《與李泰伯書》，其略云：「此地比丹陽又似閒暇，可以卜居，請一來講説，因而圖之，誠衆望也。兒子在蘇州，今年欲行鄉飲酒，俟先生講求也。」公在越有《清白堂記》。

六月，有《祭胡侍郎文》，又有《祭蔡侍郎文》。

康定元年庚辰，年五十二歲。

春二月，有《胡公夫人陳氏墓誌銘》，《節度掌書記沈君墓誌銘》。

三月，公復天章閣待制，知永興軍，用陝西安撫使韓琦之言也。未至永興，又改陝西都轉運使。

五月甲戌，西方用兵，公上疏言守邊城、實關中之計：「近邊城砦有五七分之備，而關中之備無二三分者。昊賊深入，乘關中之虚，或東阻潼關，隔兩川貢賦，則朝廷不得安枕矣。爲今之計，莫若且嚴戒邊城，使持久可守；實關内，使無虚可乘。若寇至，使邊城清野，不與大戰，關中稍實，豈敢深入。既不得大戰，又不能深入，二三年間，彼自困弱，此上策也。又聞邊臣多請五路入討，臣恐未可輕舉。太宗朝以宿將精兵，而西討艱難，終未收復。況今承平歲久，無宿將精兵，一旦興深入之謀，臣謂國之安危未可知也。惟陛下緩而圖之。」

七月己卯，公除龍圖閣直學士，與韓琦並爲陕西經略安撫副使，同管句都部署司事。初，公與吕夷簡有隙，及議加職，夷簡請超遷之，上悦，以夷簡爲長者。既而公入謝，上諭公使釋前憾，公頓首曰：「臣向所論蓋國事，於夷簡何憾也。」

八月庚戌，兼知延州，有《延州謝上表》。先是，詔分邊兵，部署領萬人，鈐轄領五千人，都監領三千人，有寇則官卑者先出。公曰：「不量賊衆寡而出戰以官爲先後，取敗之道也。」乃分州兵爲六將，將三千人，分部教之，量賊衆寡，使更出禦賊，賊不敢犯，既而諸路皆取法焉。賊相戒曰：「無以延州爲意，今小范老子腹中有數萬甲兵，不比大范老子可欺也。」大范蓋指雍也。

是歲横渠先生張載來謁，勸讀《中庸》。吕與叔作《横渠先生行狀》云：「康定用兵時，先生方年十八，慨然以功名自許，上書謁范文正公。公知其遠器，欲成就之，反責之曰：『儒者自有名教，何事於兵？』因勸讀《中庸》。」即是年也。

築青澗城，復承平、永平廢砦。《神道碑》云：公爲將務持重，不急近功小利，於延州築青澗城，墾營田，復承平、永平廢寨，屬羌歸業者數萬户。牒种世衡等：無牛具者，官與量借糧收買；缺乏糧食者，計户口數目量支借貸禄粟。

有《舉張問孫明復狀》《乞修京城》二劄子。

慶曆元年辛巳，年五十三歲。

朝命以正月出兵討元昊，公上疏，其略云：「正月起兵，塞外雨雪大寒，暴露僵仆，我師可憂。萬一有失，噬臍何及！春深漸暖，方賊馬瘦人饑，其勢易制，此得天時之便，又可以擾其耕作。且元昊謂國家太平忘戰，邊城無備，是以桀驁。今邊鄙漸飭，賊至則争。願許臣稍以恩信示之，或可招納。不然，臣恐情意阻絶，偃兵無期。若用臣（等）〔策〕歲月無效，徐圖舉兵，先取綏、宥，據其要害，屯兵營田，爲持久之計，則横山人户挈族來歸。拓疆禦寇，莫此之利。」上用其議，於是公固守鄜延。

有《答趙元昊書》。是年元昊遣塞門寨主高延（慶）〔德〕還延州，令見公約和。公不聞之朝廷，乃自爲書遺元昊，諭以禍福。

二月，元昊寇渭州。始朝廷既從陝西都部署司所上攻守策，經略安撫判官尹洙以正月丙子至延州，與公謀出兵。越三日，公徐言已得旨聽兵勿出。洙留延州幾兩旬，公堅持不可。辛丑，洙還至慶州，乃知任福等敗績，賊侵劉璠堡未退。因遣權環慶路都監劉政將鋭卒數千來援，未至，賊引去。夏竦尋劾奏洙擅發兵，降通判濠州。始韓周等持公書入西界，逆者禮意殊善。行兩日，聞山外諸將敗亡。周等抵夏州，留四十餘日。元昊俾其親信野利旺榮爲書報公，别遣使與周俱還，且言不敢以聞兀卒，書辭益慢。公對使者焚其書，而潛録副本以聞。書凡二十六紙，其不可以聞者二十紙，公悉焚之，餘又略删改。書既達，大臣皆（爲）〔謂〕公不當輒與元昊通書，又不當輒焚其報。宋庠因言於上，謂公可斬。杜衍謂公本志蓋忠朝廷，欲招納叛羌爾，何可深罪。夷簡亦徐助衍言，知諫院孫沔又上疏爲公辯，上悟，乃薄其責。

夏四月癸未，公以陝西經略副使兼知延州、龍圖閣直學士、户部郎中降爲户部員外郎、知耀州，職如故。有《謝降官知耀州表》及《耀州謝上表》。

五月壬申，公徙知慶州，兼管句環慶路都部署司事。初，元昊反，陰誘屬羌爲助。環慶酋長六百人約與賊爲鄉導，後雖首露，猶懷去就。公至部，即奏行邊，以詔書犒賞諸羌，閱其人馬，立條約，明賞罰。諸羌受命悦服，始爲漢用。

九月辛酉，公復户部郎中。

十月，公以龍圖閣直學士、户部郎中、管句環慶路部署司事、兼知慶州，爲左司郎中。是月，梁適自陝西還，公附奏攻守二議。

是歲有《舉滑州節度判官歐陽脩充經略安撫司掌書記狀》，又《舉天雄軍通判張方平充經略安撫司掌書記狀》。

是歲築大順城。《神道碑》云：於慶州城大順以據要害，又城細腰、胡盧，於是明珠、滅臧等大族皆去賊，爲中國用。又曰：其城大順也，一旦引兵出，將不知所嚮。軍至柔遠，始號令告其地處所往築城。至於版築之用，大小畢具，而軍中初不知。賊以三萬騎來争，公戒諸將，戰而敗走者追勿過河。已而賊果走，追者不渡，而河外果有伏。賊失計，乃引去。於是諸將服公爲不可及。

有《兵部尚書蔡公墓誌銘》，《太常少卿賈公墓誌銘》，《舉丘良孫應制科狀》。

二年壬午，年五十四歲。

三月癸丑，公請給樞密院空名宣及宣徽院頭子各百道，以備賞功，從之。巡邊至環州，州屬羌陰連虜，爲患邊上。公謂种世衡素得屬羌心，而青澗城已堅固，乃奏世衡知環州以鎮撫之，詔從其請。

四月癸亥，除(鄜)〔邠〕州管内觀察使，辭不受。其讓表略云：「觀察使班待制下，臣守邊數年，羌胡頗親愛臣，呼臣爲『龍圖老子』。今改觀察使，則與諸族首領名號相亂，恐爲賊所輕。且無功不應更增厚禄。」辭甚切，表三上，乃命復爲龍圖閣直學士、左司郎中。有《謝守舊官表》。傳宣：「候將來邊事稍甯，詔卿用在兩地。非出擬議，亦非臣僚奏舉，特出朕意，宣諭卿知。」兼令密舉臣僚代邊任奏聞，先差入内内侍省高班陳舜封至傳宣，又差入内西頭供奉官麥知微至傳宣旨撫問，賜鳳茶一合。

有《上吕相公》三書。

十月辛亥，以公爲樞密直學士、右諫議大夫、鄜延路都部署、經略安撫招討使，有讓表。

元昊寇邊，葛懷敏戰死，賊大掠至潘原，關中震恐。公自將兵由邠涇援之，知賊已出塞，乃還。上始聞定川事，按圖謂左右曰：「若仲淹出援，吾無慮矣。」奏至，上大喜曰：「吾固知仲淹可用。」亟加職進官。公以西(帥)〔師〕久無功，密疏乞賜貶降，以謝邊陲。辭不受命，不聽。

十一月，復置陝西四路都部署、經略安撫兼沿邊招討使，命公及韓琦、龐籍分領之。

公與琦開府涇州，而徙文彦博帥秦，滕宗諒帥慶，皆從公之請也。

十二月壬戌，詔韓琦、范仲淹、龐籍已帶四路都招討使，其諸路招討使副並罷，從知慶州滕宗諒請也。有《舉滕宗諒狀》。

是歲有《書環州馬嶺鎮夫子廟碑陰》，乃正月書也。

三年癸未，年五十五歲。

正月辛卯，詔陝西沿邊招討使韓琦、范仲淹、龐籍，凡軍期申覆不及，皆便宜從事，用安撫使王堯臣議也。上親擢公與富、韓諸賢而黜夏竦，國子監直講石介作《慶曆聖德詩》以美之，指夏竦爲大姦。公聞之不樂，蓋恐其召禍於後日也。

二月乙卯，公與韓琦上疏，言元昊如大言過望，爲不改僭號之請，則有不可許者三；如卑辭厚禮，從兀卒之稱，亦有大可防者三。《神道碑》云：公待將吏，必使畏法而愛己。所得賜賚，皆以上意分賜諸將，使自爲謝。諸蕃質子縱其出入，無一人逃者。蕃酋來見者，召之卧内，屏人徹衛，與語不疑。公居三歲，士勇邊實，恩信大洽。乃決策謀取横山，復靈武，而元昊數遣使稱臣請和，上亦召公歸矣。按《名臣傳》曰：公與韓琦協謀，必欲收復靈、夏、横山之地，邊上謡曰：「軍中有一韓，西賊聞之心膽寒；軍中有一范，西賊聞之驚破膽。」元昊大懼，遂稱臣。

四月甲辰，公與韓琦並除樞密副使，皆以西事未寧，凡五辭不許而後就道。有《除樞密副使召赴闕陳讓》五表。有《與朱校理書》云：「十六日被旨赴闕，至二十五日，與韓公同上五章，爲邊事未寧，防秋在近，乞且留任，必得俞允。入則功遠而未濟，後有邊患，咎歸何人？軍民億萬，生死一戰，得爲小事耶？」諫官歐陽脩言公與韓琦久在陝西，備諳邊事，才識不類常人，宜時御便殿訪問，使其盡陳西邊事宜合如何措置。

是歲自春至夏不雨，上言六事，其略云：「臣親聞德音，謂屢有災異，當修德以及民，并詔臣等謹省刑法，此實見聖人憂畏之心，合於天意。今條奏數事：一，降詔罪己；二，遣使決獄；三，詔州縣賑卹；四，存養陣亡之家；五，邊民被戎狄驅虜者，量支官物贖還；六，已該赦除放欠負，官司不得催理。」

諫官歐陽脩、余靖、蔡襄咸言公有宰輔才，不宜局在兵府，願罷王舉正，以公代之。舉正亦自求罷，上從其請。

（六）〔七〕月丁丑，除參知政事，固辭不拜。甲申，以公爲陝西宣撫使。公既辭參政，願與韓琦迭出行邊。上因付以西事，而公又言河東亦當爲備，任師中常守并州，上即命使河東。兩人留京師，第先移文兩路。公又請近臣同使，每事議而後行，詔命田況爲副使。按公《尺牘》載《與中舍家書》略云：「某近蒙恩擢貳樞府，此蓋祖宗之慶下及家世，累讓不允。今月二日，已簽署句當。至十二日，蒙恩改參大政。尋面陳利害，已得旨依讓，且在西府，相次必出巡邊。諸骨肉各安吉，互相戒約，勿煩州縣。如輒興詞訟，必奏乞深行。請旨揮兒姪知委。」

八月丁未，公自樞密副使、右諫議大夫復除參知政事。知諫院蔡襄言已差公宣撫陝西，又除參政，未有巡邊之日。切以西賊遣使入朝，其言驕慢，必無可從之理。原其狡心，本無欲和之意。朝廷既罷遣之，其勢必須用兵。邊將雖多，莫如朝廷輟柄臣以臨之。又謂柄臣之中莫如公自行，望於西人未行之前，早遣巡邊，無使後時，以失大計。先是，公與任師中分路宣撫，踰月皆未行。韓琦言：「賊恐乘忿盜邊，當速遣某河東。臣方壯年，可備奔走。師中宿舊大臣，毋勞往」。乃詔琦宣撫陝西，師中卒不行。

九月庚辰，命同修中書時政記。有《述竇諫議陰德録》，《祭石曼卿學士文》，《祭吴龍圖文》。

上擢任公與韓琦、富弼，每進見，必以太平責之，數令條奏當世之務。公語人曰：「上用我至矣。然事有先後，且革弊於久安，非朝夕可能也。」上再賜手詔督促曰：「比以中外人望，不次用卿等。今琦暫往陝西，仲淹、弼與宰臣章得象盡心國事，毋或有所顧避。其當世急務有可建明者，悉爲朕陳之。」既又開天章閣，召對賜坐，給筆劄，使疏於前。公與弼皆皇恐避席，退而列奏十事，一曰明黜陟，二曰抑僥倖，三曰精貢舉，四曰擇官長，五曰均公田，六曰厚農桑，七曰修武備，八曰减徭役，九曰覃恩信，十曰重命令。上方信嚮公等，悉用公説，當著爲令者，皆以諸事畫一次第頒下，獨府兵，輔臣共以爲不可而止。

十月丙午，詔中外有陳叙勞績或訴雪罪狀，中書批送有司者，謂之送殺，更不施行。自宜令主判官詳其可行者，别奏聽裁。行公之奏也。

是歲，劫盗張海（按：似應作「王倫」。）横行數路，剽劫淮南，將過高郵。知軍晁仲約度不能禦，諭富民出金帛牛酒，使人迎勞。盗悦，徑去，不爲暴。事聞，朝廷大怒。樞副富弼議欲誅仲約，公時爲參政，欲宥之，争於上前。弼曰：「盗賊公行，守臣不能戰，不能守，而使民醵錢遺之，法所當誅也。不誅，則郡縣無復肯守者矣。聞高郵之民疾之，欲食其肉，不可釋也。」公曰：「郡縣兵械足以戰守，遇賊不禦，而又賂之，此法所當誅也。今高郵無兵與械，雖仲約之義當勉力戰守，然事有可恕，戮之恐非法意也。小民之情，醵出錢物而得免於殺掠，或喜之，而云欲食其肉，傳者過也。」上釋然，從之，仲約由此免死。既而弼愠甚，謂公曰：「方今患法不舉，舉法而多方沮之，何以整衆？」公密告之曰：「祖宗以來，未嘗輕殺一臣下，此盛德之事，奈何欲輕壞之？且吾與公在此，同僚之間同心者有幾？雖上意亦未知所定，而輕導人主以誅戮臣下，他日手滑，雖吾輩亦未敢自保也。」弼終不以爲然。其後兩人不安於朝，相繼出使。弼還自河北，及國門，不許入，未測上意。比夜，彷徨不能寐，遶牀歎曰：「范六丈，聖人也。」又《遺事》亦載此事，但云淮南盜王倫，與此不同。又載公與富公争於上前之語曰：「寇至無備，若守臣死之，則民盡塗炭。今吏雖不死節，而民之完者數萬家，誠國家實事，所存不細。乃與有備而縱賊者例行誅罰，恐非陛下寧失不經之意。」退至政事堂，昌言曰：「朝廷異時以四方無事，不肯爲郡縣設備，吏敢以治城隍、閲兵卒爲請者，以狂妄坐之。一旦事生不虞，吾輩不自引咎，專以死責外臣，誠有愧於青史也。」

按《言行録》載遺事曰：公爲參政，與韓、富二樞并命，鋭意天下之事，患諸路監司不才，更用杜杞、張昷之輩。公取班簿，視不才監司，每見一人姓名，一筆句之，以次更易。富公素以丈事公，謂公曰：「范六丈公則是一筆，焉知一家哭矣。」公曰：「一家哭，何如一路哭耶！」遂爲罷之。

四年甲申，年五十六歲。

四月，上與執政論及朋黨事，公對曰：「方以類聚，物以群分。自古以來，邪正在朝，未嘗不各爲一黨，不可禁也，在聖上鑒辨之耳。誠使君子相朋爲善，其於國家何害？」

五月壬戌朔，公与韓琦對於崇政殿，上四策：一曰和，二曰守，三曰戰，四曰備。請朝廷力行七事：一，密爲經略；二，再議兵屯；三，專於遣將；四，急於教戰；五，訓練義勇；六，修京師外城；七，密定討伐之謀。是日公與琦指陳於上前，數刻乃罷。

六月，公與琦又奏陝西八事，河北五事。已而公又奏：「今防秋事近，願賜罷臣參政，知邊上一郡，帶安撫之名，足以照管邊事。乞更不帶招討、都部署職任。」遂以公爲陝西、河東宣撫使。

先是，公嘗言契丹、元昊事可疑者六，可憂者三。始公以忤吕夷簡放逐數年，士大夫持二人曲直，交指爲黨。及陝西用兵，天子以公士望所屬，拔用護邊。及夷簡罷，召還，倚以爲治，中外屬望，公亦感激眷遇，以天下爲己任。遂與富弼日夜謀慮興致太平，然規模闊大，論者以爲難行。及按察使多所舉劾，人心不自安；任子恩薄，磨勘法密，僥倖者不便。於是謗毀浸盛，而朋黨之論滋不可解，然公與弼等所議不變。先是，石介奏記於弼，責以伊、周之事。夏竦怨介斥己，又欲因是傾弼等，乃使女奴陰習介書。久之習成，遂改伊、周曰伊、霍，而僞作介爲弼撰《廢立詔草》，飛語上聞。上雖不信，而公與弼恐懼，不敢自安於朝，皆請出按西北邊，未許。適有邊奏，公因固請行，乃有是命。

初，公之出也，過鄭州，因見吕夷簡，問何事遽出，公對以暫往經撫兩路，事畢即還。夷簡曰：「君此行正蹈危機，豈復再入！」又《龍川志》云：范公以參知政事出使，吕公已老居鄭，范公往見之。吕公欣然，相與語終日，問曰：「何爲亟去朝廷？」范公言：「欲經制西事耳。」吕公曰：「經制西事，莫如在朝廷之爲便。」范公爲之愕然。公遂去。自公出使，讒者益深。而王益柔者，亦公所薦，王拱辰因其作《傲歌》事劾奏之，力言其罪當誅，蓋欲因益柔以累公也。時賈昌朝陰主拱辰等議，及輔臣進白，琦獨言：「益柔少年狂語，何足深治。天下大事固不少，近臣同國休戚，置此不言，而攻一王益柔，此其意有所在，不特爲《傲歌》事可見也。」上悟，乃寬之。

夏六月，有《上吕相公書》。

八月辛卯，命公領刑法事，賈昌朝（頒）〔領〕天下農田，有利害，其悉條上之。初，公援唐故事，請以輔臣分總其務。雖嘗降敕，然其後弗果行。有《上吕相公書》。

冬十月丙申，命公提舉三館祕閣寫書籍。上疏乞罷政事，知邠州，詔不許。

十一月四日，又有《上吕相公書》，有《舉許渤簽署陝府判官事狀》。

十二月，公議築古細腰城，檄知環州种世衡與知原州蔣偕共幹其事，又檄偕築大蟲堡。

是歲有《陳乞邠州狀》。十二月，有《祭呂相公文》、《祭陳相公文》，有《舉張伯玉應制科狀》。

五年乙酉，年五十七歲。

正月乙酉，公自右諫議大夫、參知政事除資政殿學士、知邠州，兼陝西四路緣邊安撫使，可賜推誠保德功臣。有《謝授邠州表》《邠州謝上表》，有《祭韓少傅文》。

二月癸卯，公請以新建細腰城隸原州，從之。有《邠州建學記》，有《論復併縣劄子》。

閏五月，有《祭環州种染院文》。

八月，有《祭陝府王待制文》。

自公與韓琦出使，讒者益甚，兩人在朝所施爲亦稍沮止，獨杜衍左右之，上頗惑焉。公愈不自安，因奏乞罷政事。上欲聽其請，章得象謂公素有虛名，今一請遽罷，恐天下謂陛下輕黜賢臣，不若且賜不允。若即有謝表，則是挾詐要君，乃可罷也。上從之。公果奏表謝，上愈信得象言。於是富弼自河北還，將及國門，右正言錢明逸希得象等意，言弼過，又言公「去年受命宣撫河東、陝西，聞有詔戒勵朋黨，心懼彰露，稱疾乞醫。纔見朝廷別無行遣，遂拜章乞罷政事知邠州，欲固己位，以弭人言。欺詐之迹甚明，乞早廢黜，以安天下之心，使姦詐不敢效尤，忠實得以自立。」明逸疏奏，即降詔罷公及弼，并鎖學士院草制罷衍。

十一月，詔以邊事寧息，盜賊衰止，罷公陝西四路安撫使，并罷富弼安撫。其實讒者謂石介謀亂，弼將舉一路兵應之故也。公先引疾求解邊任，遂改知鄧州。有《陳乞鄧州表》。

是月乙未，轉給事中、資政殿學士、知鄧州。〔有〕《謝轉給事中知鄧州表》，《鄧州謝上表》。

六年丙戌，年五十八歲。

秋七月丙戌，子純粹生。

公在鄧。是年鄧人賈内翰黯以狀元及第，歸鄉謁公，願受教。公曰：「君不憂不顯，惟不欺二字可終身行之。」内翰不忘其言，每語人曰：「吾得於范文正者，平生用之不盡也。」

二月，有《祭謝希深舍人文》。

九月十五日，作《岳陽樓記》，中有「先天下之憂而憂，後天下之樂而樂」之句，蓋公平日允蹈之言也。

有《依韻酬答邠州通判王稷》詩，《依韻酬太傅張相公見贈》詩，《依韻酬李光化見寄》詩，《依韻答王源叔億百花洲》詩，《中元夜百花洲》詩，《覽秀亭》詩，《答提刑張太博嘗新醖》詩，《喜雪》詩，《資政殿學士謚忠獻范公雍墓誌銘》，《依韻和安陸孫司諫《送河東提刑張太博》詩，《种世衡墓誌銘》。

七年丁亥，年五十九歲。

公在鄧。二月，有《祭龍圖楊給事中文》，有《祭尹師魯舍人文》。按《尺牘》載《與韓魏公書》略云：「師魯去赴均州時，已覺疾作。至均，寢食或進或退，僅百餘日，得提刑司文字，舁疾來鄧，以存殁見託。至五日而啓手足，苦痛苦痛！至終不亂，初相見時，卻且著灸，不談後事。疾勢漸危，遂中夜詣驛看他，告伊云：『足下平生節行用心，待與韓公、歐陽公各做文字，垂於不朽。』他舉手叩頭。又告伊云：『待與諸公分俸贍家，不令失所。』他舉手云：『渭州有二兒子。』即就枕，更不語。來日與趙學士看他，云：『夜來示諭，並記得，已相別矣。』顧家人云：『我自了當，不復管汝。』略無憂戚。又兩日，猶能扶行，忽索灌漱訖，憑案而化。衆人無不悲泣，無不欽服其明也。別趙學士云『不怛化』，別韓倅云『少年樹德』，別賈狀元云『亦無鬼神，亦無煩惱』。尋常於兒女多愛，不謂能了了如此。」又云：「已去安州孫之翰處作行狀，待送永叔作墓誌。某不敢作，恐知當年事不備故也。卻待作文集序，明公可與他作墓表也。」

十一月，有《祭故相太傅李侍中文》，有《乞召還王洙及就遷職任事劄子》。

八年戊子，年六十歲。

春正月丙寅，徙知荆南府。鄧人愛之，遮使者請留，公亦願留，從其請也。有《謝依舊知鄧州表》。公守鄧凡三歲，求知杭州。

二月，有《十六羅漢因果識見頌序》。

皇祐元年己丑，年六十一歲。

正月乙卯，公知杭州。有《杭州謝上表》。

公守杭日，林逋隱孤山，公過其廬，贈詩曰：「巢由不願仕，堯舜豈遺人。風俗因君厚，文章到老醇。」其激賞如此。《與人約訪林處士阻雨見寄》詩，《和沈書記同訪林處士》詩。

時孫甫爲兩浙轉運，公以大臣或便宜行事，孫曰：「范公，貴人也。吾屈於此，不得不伸於彼。」由是一切繩以法，而常以監司自處。范公遇之無倦色，公遇范公不少下，退而未嘗不稱其賢也。

按《文集》，《天竺山日觀大師塔記》云：皇祐元年，余至錢塘。

正月，帝御便殿，訪近臣以備禦之策。權三司使葉清臣言詔問輔弼之能，今爲社稷之固者莫如公，又謂公深練軍政。

公在杭有《過餘杭白塔寺》詩，《西湖筵上贈胡侍郎》詩，《和僧湖居五絶》，《和運使舍人觀湖二首》，《和蘇州蔣密學》詩并《謝賜鳳茶表》，《和孫之翰對雪》詩，《和并州鄭宣徽見寄二首》。

秋七月癸卯，除尚書禮部侍郎。《舉張昇自代》云：「伏見工部郎中、集賢殿脩撰、知潤州張昇，筮仕以來，清介自立。精思劇論，有憂天下之心；純誠直道，無讓古人之節。朝野推服，臣所不如。乞回臣所授，以允公論。」

十月庚申朔，有《祭葉翰林文》。置義莊於蘇州。

按《言行録》云：公在杭，子弟以公有退志，乘間請治第洛陽，樹園圃以爲逸老之地。公曰：「人苟有道義之樂，形骸可外，況居室乎？吾今年踰六十，生且無幾，乃謀治第樹園圃，顧何待而居乎？吾之所患在位高而艱退，不患退而無居也。且西都士大夫園林相望，爲主人者莫得常游，而誰獨障吾游者？豈必有諸己而後爲樂耶？俸賜之餘，宜以賙宗族。若曹遵吾言，毋以爲慮。」又按《程氏遺書》云：横渠張先生言，有欲爲公買緑野堂，公不肯，曰：「在唐如晉公者，誰可尊也，一旦取其物而有之，如何得安？寧使耕壞及他人有之，已則不可取也。」

二年庚寅，年六十二歲。

春，有《段君墓表》、《兵部員外郎王君墓表》。公在杭，轉尚書户部侍郎，依前職任，有謝表。

按沈存中《筆談》云：皇祐二年，吴中大饑，殍殣枕路。是時公領浙西，發粟募民存餉，爲術甚備。吴民喜競渡，好爲佛事。乃縱民競渡，太守日出宴於湖上，自春至夏，居民空巷出游。又召諸寺主首，諭以饑歲工價至賤，可大興土木，於是諸寺工作鼎興。又新倉廒吏舍，日役千夫。監司奏劾杭州不恤荒政，嬉游不節，及公私興造，傷耗民力。公乃自條叙所以宴游興造，皆欲以有餘之財以惠貧者。貿易飲食、工技服力之人，仰食於公私者，日毋慮數萬人，荒政之施，莫此爲大。是歲兩浙惟杭州晏然，民不流徙，皆公之惠也。歲饑，發司農之粟募民興利，近歲遂著爲令。既已恤饑，因之以成就民利，此先王之美澤也。

八月，建昌軍草澤李觀撰《明堂圖議》，公奏之，授試太學助教。「觀能研精經訓，會同大義，按而視之，可以興制。今朝廷行此盛禮，千載一辰。斯人之學，上契聖作。謹具録以進，庶討論之際，有所補助。」詔送兩制看詳，稱其學業優博。

有《舉李宗易向約堪任清要狀》，有《乞召杜衍等備明堂老更表》，《進故朱寀所撰春秋文字狀》。

冬十一月，有《兄中舍墓銘》。

三年辛卯，年六十三歲。

是歲，公以户部侍郎知青州，兖、淄、濰等州安撫使。有《青州謝上表》。正月八日，有《續家譜序》。

按《尺牘》載《與韓魏公書》云：「某上巳日方至青社，繼富公之後，庶事有倫，守之弗墜。但歲饑物貴，河朔流民尚在村落，因須救濟。」又按《言行録》載《東齋記事》云：公鎮青社，會河朔艱食，青之輿賦，博州置納場，青民大患輦置之苦。公戎民納價每斗三鍰，納鈔與之。以書與博守，遣官輓金詣博坐倉，以倍價招之。賁巨牓數道，介其境則張之，且戒曰：「郡不假廩，寄僧舍可也。」至則貿者山積，不五日遂足，而博斛亦衍。斛金尚餘數千緡，按等差給還之，青民因立像祠焉。

有《舉彭乘自代狀》，《舉張諷李厚充青州職官狀》。正月有《祭杜待制文》。三月有《太子中舍上官君墓銘》，有《陳乞潁亳一郡狀》。

冬十有一月戊申，有《寫黄素伯夷頌寄京西轉運蘇才翁》，文潞公、杜祁公、富鄭公等一時名人題跋。

上書言：「古者内置大夫、士助天子司察天下之政，外置岳牧、方伯、刺史、觀察使、採訪使、統領、諸侯、守宰以分理之。今轉運、按察使，古之岳牧、方伯；知州、知縣，古之諸侯、守宰之任也。與陛下共理天下者，惟守宰最要耳。比年以來，不知擇選，一切以例除之。以一縣觀一州，一州觀一路，一路觀天下，率皆如此。其間縱有良吏，百無一二。使天下賦税不得均，獄訟不得平，水旱不得救，盗賊不得除，民既無告訴，必生愁怨。救之之術，莫若守宰得人。若守宰政舉，則天下自無事矣。」

四年壬辰，年六十四。

春正月戊午，徙知潁州。

夏五月二十日，至徐州，薨。

先是，公在青未盈歲，以疾徙知潁州，詔自青州徙，行於徐州，〔卒〕，有《遺表》。歷官推誠保德功臣、資政殿學士、金紫光禄大夫、尚書户部侍郎、護軍、汝南郡開國公，食邑二千三百户，食實封六百户，贈兵部尚書，謚文正，累贈太師、中書令、兼尚書令，追封楚國公。

十二月壬申，葬於河南洛陽縣尹樊里之萬安山下。初，公病，上嘗遣使賜藥存問。

既卒，嗟悼者久之，輟朝一日。以其《遺表》無所請，遣使就問其家所欲。既葬，上親篆其碑曰「褒賢之碑」，敕賜西京褒賢顯忠禪寺、蘇州天平山白雲禪寺奉公香火，賜忠烈廟額。

爲政忠厚，所至有恩，邠、慶二州之民與羌屬皆畫像立生祠。及其卒也，羌酋人數百爲舉哀佛寺，哭之如父，三日而去。

宣和五年，慶帥宇文虛中奏請賜忠烈廟額。慶陽、平江府凡一十九處、成都府學以上并有公祠，朝旨所在監司、郡守、學官歲時詣祭祀。

欽宗皇帝靖康元年丙午二月壬寅，詔褒贈近世名臣，故任資政殿學士、贈太師、追封楚國公、謚文正范某，可特追封魏國公。五世孫之柔校正。（康熙歲寒堂本《范文正公年譜》。）

范文正公年譜補遺

（宋）范之柔

前譜所載公事多有闕遺，今取其未載者，見之逐年之下。

明道二年八月

公時爲江淮安撫。勘會真、楚、泗州有發運司轉般斛斗，差撥綱運，於三處裝發粳米、大小麥、豌豆等共五十萬石，救濟沂、密、徐、兖等州。

九月，體量淮南州軍賒糴人民二麥并賒買亭民鹽貨，未有見錢支給，并向春逐處缺乏軍儲，亦無錢和糴，奏乞借賜錢五十萬貫，并匹帛香藥三五十萬，下淮南軍州應副前項支贍。又體問得諸軍州自來和糴，當農民出糴，被行人抑壓價，例收糴不前。直候冬深，斛斗已入商賈之家，方始添價出糴。是以大段虚費官錢，又不濟得農民。奏乞許農民作保申乞先請價錢，限一月内入納，免被經販人隔截，農民不得抑勒令請領。

十月，奏爲蘇、常、秀、潤旱蝗，乞依吴遵路所奏，權罷配糴斛斗。又自江寧府乘遞馬到潤州，起發楚州等處斛斗，往廬、壽、登、萊等州。時江、淮州軍有因疾疫死亡人口，種蒔不敷田段甚多。公牒逐官依災傷一例體量放減，并孤貧老幼不濟人户多無田苗，除減放外，移税數不多者，虚煩催科，無可送納，即與全放。

十一月，牒江淮災傷州軍，應實因災傷逃移拋下税産，已曾申報州縣，後來雖是未差官檢覈，今卻歸業者，并放免税賦。及有已曾歸業，爲官中令納税，存濟不得，又逃移者，亦許歸業，依此減放税科。

十二月，奏乞免放舒、廬等州折役茶。又看詳江寧府上元縣等處所管主客户口遞年送納鹽錢，即不曾請鹽食用，其客户鹽錢數不多，欲乞朝廷特與除放。

景祐元年

正月，薦丁鈞、鄧資、徐執中、衛齊、盧革、李碩、張昇并公廉文雅，爲衆所稱，堪充京官。如擢用後犯入己贓，甘當同罪。時黎德潤無辜獄死，公奏乞訪求本家骨肉，量與支賜，令其收瘞。仍乞指揮，今後命官使臣犯公罪流以下，贓罪徒以下，并不禁繫，許責保出外聽敕。

康定元年

正月十二日，牒環慶路：「今後如有報到賊馬深入鄜延路，更請相度，一面部領軍馬，入賊界攻討要害城寨。須管大段殺獲，分張賊勢，不得只在界首及打虜些少族帳，便爲策應之名。若環慶有賊馬，亦令鄜延路分擘諸頭出軍馬，深入賊界攻討。」

十五日，陝府申税户朱大成等八百九户各於送納秋税不前，抛下税額，全家逃走。公牒陝府指揮逐縣鄉村拘管上件逃移人户屋業生産，不得燒燬斫伐。其逃移人口，即與倚閣去年秋税，招誘歸業，免致逃移，毁卻桑産，將來歸業不得，即大段虧失省税。所有諸州軍人户，慮恐亦有似此逃移，并牒逐州，亦請相度安恤。

樞密院劄子：「奉聖旨，西界首領約遇、没兀等二人，部領蕃賊七百餘人，在塞門寨駐泊，其部署司爲何不差人馬掩殺？」公言：「延州去塞門寨並無人煙，又行川路之中，一水屈曲五七十處，涉渡恐傷兵士腳手，周迴又無舊日熟户。縱得此寨，其勢孤絶，亦恐難爲駐兵。以此不如訓練兵士，候春暖可以涉水，或輕兵掩襲，或大軍攻賊。縱被棄去，自家兵士不致有損。」

二月八日，奏上廷州熟户見今饑餓，若春深無田可耕，别思作過，或虜劫漢户北入横山，則延州東界大有憂事。乞興修廢寨。御前劄子付夏竦，仰一面與范仲淹計會商量，但應機乘便，可以出師，即同謀進取。又聖旨令范仲淹於鄜州與夏竦、韓琦商議邊事。十二日，奏乞相度禁放青鹽利害事。十四日，公有疏奏答朝旨，論攻討西賊利害。十七日，奏張建侯、狄青等與西賊戰於保安軍有功，乞重加錫賜。公嘗舉歐陽公充本路掌書記，尋詔除館閣，不赴任。十七日，公上言：「竊見著作佐郎、通判天雄軍張方平富於文學，復有才用，乞朝廷改除充本司掌書記。取進止。」是月二十四日，牒張亢修豐林城及萬安寨，又牒朱吉、任守信、种世衡、高良夫相度東路承平、南安兩寨，如久遠可守，即進兵前去修復。是月二十五日，又奏乞修廢寨。

三月初一日，牒青澗城种世衡、永平寨郭延珍等：「接此春暖耕農之時，速勘會上件驚移熟户蕃部，如内有未敢歸業，依舊耕種，即便相度鄰近有無官司空閒地土，或遠年逃田，權撥與耕種。如無牛具者，官與量借錢收買。常切安存，無令失所。」初二日，又奏那兵馬五萬，防託秦州。時知保安軍王信、西路巡檢狄青自來入陣勇猛，公恐其爲賊所誘，二十八日，奏乞指揮二人，令持重，不須身自鬬敵。

四月五日，差周美、楊麟、陳永圖等修復萬安寨、豐林城、甘泉城已畢。公又相度將興修承平、南安新寨等。十一日，牒种世衡、郭延珍等：「據的是見闕乏糧草蕃部，相度逐户口數目。每十口已上，官中量支借貸糧粟各一石；十口已下，各借五斗。仍常切照管安存，無令失所。」

六月，奏乞指揮逐路，將諸軍弓弩手教習短兵，又乞揀選武士充節級。

七月十五日，舉孫沔、田況充經略判官，又舉胡翼之充本司催驅公事。

八月一日，舉劉牧、錢中孚等十七人充陝西差遣。時延州金明寨招到殘破蕃部三百二十八户，雖給與田土，無力耕種，缺少糧食。公奏：「體量延州西北被西賊破蕩，兼知延州張存母年八十，寄泊他郡，人子之心宜不獲安。伏乞別選人知延州，如未選得間，即令臣知延州。所貴依得約束訓練兵馬。」十八日，公牒延州通判、大理寺丞高良夫，將本寨見管熟户蕃部等，每家十口已下，各支斛斗二石，其十口以上，支三石。公巡邊到延州，據左侍禁王聰狀，陳弟、王繼元差在塞門寨權兵軍監押，被蕃賊打破寨門，相殺身死。二十日，爲奏聞朝廷，乞特賜獎録，以勸死節之士。

初，鄜州至延州一百六十里，元是三程，於新店、牢山各有館驛，後減廢。九月，公與轉運使明鎬巡歷，自鄜州至延州兩程，遇晴明，皆昏黄後方到。驛程太遠，山坂至多。及巡歷回來，卻值泥雨，崖路險滑，三十餘度涉河。自甘泉縣早發，至晚只到得皇甫店，去鄜州尚更兩鋪。所有隨行軍馬已各疲乏，便無喫食，須用回買。其軍馬既不到驛，即無支請草料去處。兼是山居，無可收買。遂牒延州，將牢山、新店館驛量行修補，又存留甘泉新置驛。每有過往使命軍馬，或遇晴明直中路，甘泉縣即支給一日口食糧草；或遇雨雪并山河水漲，即於新店、牢山勘請止宿。十六日，奏乞放免張亢斬軍不當罪名。是月，奉聖旨節文，令公密切厚支與金帛召募敢死之士，深入賊境探候等事。公言：「臣在延州差韓周、張宗永賫送文字直到昊賊處，二人不期爲臣所累，皆竄遠方。今雖奉聖旨令臣募人入賊界，以何面目更可使人？伏乞句還韓周、張宗永，量加恩澤。」

十月初一日，巡檢李惟希下兵士王羲等四人作鬧扇摇軍人，公到延州，據司理院勘到，並斷送葛懷敏軍前要斬。初五日，公牒朱觀將領兵軍，計會王達、朱吉、王守琪、張宗武自鄜州西北入德静寨，進兵討掠族帳。又牒葛懷敏將帶周英、鄭從政部領兵馬離延州，往保安軍逼逐蕃賊。仍差劉政充先鋒，取路深入，破蕩部署。初九日，又奏乞逐路部署已下，出入進退、處置軍馬公事，並聽經略安撫、都部署司諸使處分。時西賊大將剛浪唆兵馬最爲强勁，在夏州東彌陀洞居止。又次東七十里，有鐵冶務，即是賊界出鐵製造兵器之處，去河東麟府界黄河西約七八十里。可出麟、府并石、隰州兵馬，與延州兵馬會合掩襲，以分賊勢。惟朱觀久在麟州，知得次第，已曾密議，奏乞令朱觀計會河東軍馬以幹此事。鄜州曹司馬勳、張式、黄貴減尅兵士請受，公言當此軍期之際，兵士多是饑寒逃亡，若更減尅，轉難存濟。遂牒鄜州將馬勳等三人對諸軍處斬。又奏修城及般運糧草工役辛苦，地又惡寒，日有逃亡，乞每月支醬菜錢。是月十二日，公上言：「陝西軍州自西事以來，應副軍期，科率百出。如官員得人，稍能均濟，或知寛猛，則不致於殘民。其不得人處，政在胥吏，因其急速，得恣貪暴，既屬軍期，民無所訴。臣自膺寄任，奏薦頗多，乞朝廷深加照察，知非請託。其所奏之人，多是僥倖優穩之處，永祝辭免，不來赴任。朝廷遂一夫之私情，忘百姓之深患，滿目疾苦，將何以濟？伏望聖慈特賜愛軫，應陝西所奏官員曾經免者，除別有擢用外，卻乞盡底催發前來赴任。」十七日，公具諸將所獲生口、鞍馬、畜産、器械并首級，具聞於朝。十八日，保安軍奏乞早降宣命下本路轉運使司并經略安撫使副，火急於近裏州軍人户秋稅内科撥赴本軍。公體量得延州至保安軍山路一百五十餘里，昨因西賊侵擾，燒卻人户田土，則各逃散，沿路不住有蓄賊出來打劫。若令近裏州軍人户就保安軍輸納，轉見苛虐，於民不便。公遂擘畫，只將鄜延兩路界近保安軍送納。公將部將任福打破白豹城，蕩四十餘里，狄青、黄世寧到盧子平捉到西賊婦女，朱觀打破洪州一十餘寨并族帳二十餘處。二十八日，奏乞不禁青鹽。二十九日，奏乞朝廷念及邊遠之人率多無告，特告朝旨，應舉充縣令人，限一季内並與移陝西路。如在沿邊州軍，即便乞與除職官知縣。如人數不足，即乞委清望官於三舉已上進士有行止文學者，具事狀連坐，各薦一兩人，不致闕官辦集邊事。

是歲十一月，虎翼軍第九指揮王瓊奪長行於興斫到人頭作自己功，劄上名字申奏宣、轉，充下名正指揮使。後於興告訴，問訖，招伏，公書斷云：「奪戎士死戰之功，誤朝廷重賞之意。其王瓊，集軍員等處斬。」又奏乞建故寬州爲青澗城。十三日，奏狄青、黄世寧頗勇氣，乞早加獎用。十六日，奏張繼勳破賊於歸娘谷，乞賜酬獎。十七日，時陝西軍州每年夏税支移在邊上送納，民疲於役。公又上言，乞令於陝西近裏州軍送納，則惜得百姓。時自京起發兵馬來陝西邊上軍州駐劄，訪知押軍使臣内有懦弱生疏，不能鈐轄，致兵士在路作過，攪擾縣鎮。十九日，公牒鄜、同、華州、河中府：如軍馬經過，相度使臣稍有生疏，不能鈐轄，便請那差都監、監押一員，或差得力使臣，支與驛券，同共管押。逐州交割，不得縱令不著次第及攪擾縣鎮施行。十一月，差張建侯與狄青、黄世寧、劉政在保安軍，差鄭從政在萬安鎮。又牒鄜州，令張宗武往敷政縣，且令探候。如近邊寨無備，則便行討擊。二十六日，奏舉种世衡知環州。

十二月初二日，乞陞擢滕宗諒，差赴陝西，必可濟辦邊事。時清邊弩手新到，州司不敢依例給錢。公言：沿邊苦寒之地，所有晉州清邊弩手指揮人員、兵士已到延州，例各單寒，闕少衣裝。初四日，遂牒延州一例支給。十二月十二日，奏乞朝廷特降指揮下京西、陝西嚴切鈐束，如有兇惡，即行軍法。十六日，牒同州抽差北縣分弓手二千人，并牒河中府抽差弓手一千人，並差使臣押送鄜城縣駐劄，把隘防託。又牒耀州郡兵士兩指揮赴坊州防託。時關中諸郡支移百姓苗税，配納糧草，往邊上州軍送納。惟鄜延一路最是辛苦，糜費數倍。蓋是山陵道路不可通大車，只是小車并驢子般運。或遇晴明，則一月程僅可往還；或值雨雪，艱難寸進，至有離家四五十日，裹纏乾糧並盡，卻更那人歸取盤纏。今延州稈草每束一百七十文，其關中百姓秋税入邊上送納，每束稈草只折三十文。若據在市價，頗甚虧民。公相度得鄜州鄜城縣，後魏時爲鄜城郡，隋爲僖州，南至同州、河中府各是四程，北至鄜州兩程，至延州五程，物價稍賤。奏乞朝廷建鄜州爲軍，令建營房、倉廒、廨舍。所有同、華、河中府以來州軍近下等第苗税，只於此處送納，且減得一半惡路。至春卻那減鄜延軍馬於此處屯泊，就得賤價糧草，稍減得百姓勞敝辛苦，亦且近便往復。□□□□十二月二十八日，奏乞暫出延州賞給熟户蕃部首領，給與文帖并散茶綵。內有功勞異於衆者，等第支給襖子、腰帶；係蕃部巡檢者，給與紅纓、交椅。仍與別立約束，令遞相鈐轄，準備點集。時聖旨令公與梁適商量邊機事，公奏乞指揮涇原路招安明珠、滅臧二族。時邊上臣僚陳乞買馬，纔得宣頭，便令人於熟户及百姓、公人之家覷步收買。其差去人接便起動熟户取奉，虧價强買。邊上新舊官員各稱准宣買馬，無時了絕。往往一道宣頭，應帶數匹。公乞朝廷降指揮，將買馬宣頭並乞句收繳納。

慶曆元年

是歲春正月，公在延州。朝廷既用韓琦等所畫攻策，先戒師期。公言：「正月内起兵，塞外雨雪大寒，暴露僵仆，使賊乘之，必有所傷。願朝廷存此一路，未行討伐，容臣示以恩信，或可招納。」戊午，詔從公所請。時公前凡六奏，卒城承平等十二寨，蕃漢之民相踵復業。

二月四日，奏乞於諸寨置榷場，用匹帛等博買熟户將到青鹽，只於慶、環二州添起一倍價錢出賣，收得一色見錢，糴買糧草及支諸軍請受，大段減得近(理)〔裏〕見錢，應副邊上。

三月，任福等既敗，朝議因欲悉罷諸路行營之號，明示招納，使賊驕怠，仍密收兵深入討擊。詔范仲淹體量士氣勇怯。公言：「任福已下皆邊上有名之將，尚不能料賊。今之所選，往往不及，更令深入，禍未可量。」於是行營之號卒不罷，兵亦不復出。

四月，徙知慶州，兼管句環慶路部署司事。初，元昊陰誘屬羌爲助，環慶酋長六百人約與賊爲鄉道。後雖首露，猶懷去就。公至部即奏行邊，以詔書犒賞諸羌，閱其人馬，立條約。諸羌受命悦服，自是始爲漢用。初，曹瑋於環慶添置六寨，差田敏部轄軍馬，在彼防託，至今熟户倚此城寨。四月，公奏乞聖慈以曹瑋、田敏前後戰功并建寨託邊之利，特加贈典。其直下子孫，量行恩澤，以奬勸邊士。

六月，陝西體量使王堯臣言：「范仲淹、韓琦皆天下選，其忠義智勇，名動夷狄，不宜以小故置散地。」

先是一月，聖旨令擘畫牽制西賊，不令往河東作過。公牒本路主兵官員，盡底部領戰兵往沿邊入界牽制，併擘畫合行事件，指揮逐路主兵官員施行。

十月初五日，將所行事件畫一具奏。

十一月二十一日，舉劉貽孫及葛宗古。二十六日，乞將以所授左司郎中一官回授种世衡，與轉諸司使、知環州。是月，梁適自陝西還，公附奏攻守二議。是月，奉聖旨體量鈐轄、都監。

十二月初七日，奏乞改移張明、郝緒。

慶曆二年

時蕃部巡檢趙明句招到賊界僞署團練使訛乞并手下蕃官等共二十三户，公定奪賞賜銀椀、頭巾、角茶、交椅、銀帶、錦襖等物，那與繫官房舍居住。

正月初二日，公奏乞爲蕃官訛乞等補官。十一日，到環州管設蕃官，支與銀、綵等物，與立約束，蕃部喜躍。二十九日，再舉种世衡知環州。時牒各寨，逐月一度句集蕃官管設。又恐公用錢物使用不足，又牒環州簽判陰諒臣往逐寨標撥官地，種蒔蔬菜貨賣，并諸蕃部贓罰添助公用去訖，所貴不破省錢。是月，公到邠州排揀新兵，據人户王昭瑋等陳告，稱官中修營，占卻園林地土，拆了屋舍，乞估計合支價錢。公牒委邠州，請依上項條貫，支給逐人價錢，及除放隨地錢税。後邠州準轉運司牒，句收已支價錢。公言：「雖準都轉運司指揮，令將空閑官地兑還。既無官地，即合回申都轉運司。豈得故違條貫，並不回申，便卻例行催納已支價錢，侵害人户。」句到本州元行典級王益等，取勘招伏上項有違條貫情罪，於杖一百上斷遣，差人押送本州收管。所有上件人户地土價錢，卻牒邠州依條支遣。

二月四日，太子中舍、通判延州高良夫奏乞下陝西四路，令銷兵士防託州軍，一依范仲淹擘畫，先定下守城人數，於近裹州軍輪差弓箭手充數。次邊州軍弓箭手，卻輪差在極邊城寨。奉聖旨，且令邠寧、環慶路諸都部署司相度，又無妨礙且利害，疾速聞奏。公言：「相度所差弓手，並是人户三丁内破一丁充役，若是撥於極邊州軍屯戍，緣邊上食物踊貴，亦少營舍，官中請受至薄，難裹纏，必於本家骨肉處頻有呼索，動是數百里。本家更破一名往來供送，即是一户三丁之内，二丁防邊，徒使破壞家産。伏乞朝廷更請相度。」二月奏言：「延州陷破前年，西賊圍閉之時，山城未曾修築，微有牆壘，未能禦捍。惟劉平星夜前來救濟，得延州不至陷破，此實劉平忠勇之力。今來子弟復在邊任，其跡孤危，未能雪恥。竊聞劉平尚在，恐邊臣有所憎愛，別造飛語，乞朝廷倍賜照管。」又言計用章無不順之意，乞與叙用。初五日，有《看詳趙珣所奏畫一奏疏》。時樞密院劄付經略司，諸將在外者，若賊寇大至，並須領兵覓便攻擊。二十五日，公言：「將有勇怯，師有衆寡，用兵無常勢，非可畫一而制者也。乞朝廷指揮逐路主帥，近雖降此指揮，仰更體量將之强弱，敵之衆寡，地勢險易，天時明晦，臨事處分，以保民安邊事爲重，庶少敗事。其樞密院指揮，未敢施行。」

三月七日，奏陝西不可行用鐵錢。

四月，令李丕諒、宋良移風川寨於烽火臺山上，尋令弓箭手、兵士等寅夜興工。山上只築女牆，四面削壁。近下低處，築城圍入水泉。續又牒本州通判、太常博士范祥與李丕諒等同相度新修寨城已了，見分擘街巷，修蓋軍營，倉草場，廨署，及城上置敵樓，般運糧儲兵甲入新寨。二十八日，奏舉高端、高良夫、楊畋。

寧州狀申稱，於五月五日申時以後，忽降猛雨、風雹、雷電，有大霹靂一聲，於草場火發，燒卻稈草四千餘束。轉運司令觀察推官劉銑置院取勘。公言：「逐處異物蟄藏之處，多致雷火，合依邊敕指揮，只令陪納入官。若更須令根勘官吏不切防慎罪狀，卻慮今後沿邊倉、場作過，要得負累官員，爲害轉大。願乞朝廷特賜釋免。」二十四日，奏舉焦遂卿、李顯、張忠、張信等，乞與轉官。二十九日，體量得環州界肅遠、馬（領）〔嶺〕、定邊、安和、安塞等寨軍馬、糧草、人户不少，並各城牆低下，濠塹淺狹，未得牢固。遂牒環州，立便刷那廂軍兵士，修築開淘。

六月初六日，石昌鎮申，梁家族蕃官屈都等并小遇族蕃官薛娘等爲讎，其梁家族點集一千餘人騎，待報讎相殺。公又差指揮使郭慶宗齎銀椀、綵絹，走馬往本鎮體量，各且和斷之。

閏九月初九日，慶州北路都巡檢司狀申，探得昊賊親領八萬人騎，奔往鎮戎軍去。遂牒寧州通判張去惑著作暫往邠州，計會點檢城上防城戰具家事，安排整齊。如聞西賊大入漢界，即起遣鄉村人户入州。其人户多是少得柴草，不願入城，即官中擘畫，揀損稈草支借。十九日，諸處申，探到西界點集蕃賊馬，大段緊急。公差焦遂卿、种世衡等點集蕃兵防託，所有老小、牛羊，並發遣入寨城迴避。其候看族帳、田苗蕃部，即令於高險上空處，權時就藏避。其入寨城人口，並依先降條貫，支與口食并鞍馬草料。牛、羊即令於側放牧。如遇閉圍，三五日間，亦借與稈草。准涇原路經略招討司牒，今月十日夜一更時，准副使葛懷敏公文及鎮戎軍號紙申，蕃賊不知數目，奔充圍繞三川、定川寨。公牒張建侯策應。探事軍人張遇分析狀稱，今月二十二日早辰，到鎮戎軍西南蓮花堡、德勝堡，見自家軍馬與蕃賊相殺。又見向太保、劉太保手下軍馬被蕃賊殺散。所有自家軍馬總在定川寨，與蕃相殺。公令鈐轄李丕諒領軍馬於二十日起發，計會張建侯，同往原州會合策應。

十月二十八日，入内内侍省西頭供奉官王懷德齎降御前劄子問：「當欲移卿往涇原路，爲本路近經賊馬鈔掠，藉招緝，與文彦博對換。」公乞依舊領環慶路職任，同涇原路經略並於涇州駐劄，與韓琦日夜聚首，三二年間，可期平定。

時渭州鎮戎軍寨主職田，有每歲獲千餘貫，延州、慶州諸寨多無職田。十月廿八日，奏乞均定諸寨官員職田。

十一月初六日，公上言：涇原土兵有在慶州者，慶州土兵有在涇原路者，山川道路既不諳練，又是邊上土兵，請受微薄，抛離本營，裹纏不易。公欲朝廷指揮，逐處土兵，各令撥歸本路使喚，公私俱便。

是月，復置陝西四路都部署、經略安撫兼沿邊招討使，命韓公與公及龐公分領之。公與韓公開府涇州，而徙文彦博帥秦，宗諒帥慶，皆從公之請也。甲申，以處士孫復爲國子監直講，從公與富公之薦也。

十二月，西賊入山外打并，原州打虜。公牒知原州景（奏）〔泰〕與當路鈐轄李丕諒等六人，部領軍馬，計會節次向前，於鎮戎軍以來會合，出奇伏截山外回來賊馬，收救人民。公又到邠州，示以兵勢。出榜永興軍諸州，以安衆心。又與都監張肇部領諸兵馬，於初三日發離邠州，取長武路往涇州策應。

慶曆三年

正月辛卯，詔陝西沿邊招討使韓琦，凡軍期中覆不及者，皆便宜從事。宣命指揮召募沿邊少壯人爲護塞指揮。公言其不便。

二月己卯，保安軍狀申，鄜延經略司牒報，西人請和。公上言有不可許者三，有大可防者三。

三月甲午，上令内侍宣諭韓琦、范仲淹等：「候邊上稍寧，當用卿等在兩地。」又令琦等密奏可代處邊任者。琦等言元昊雖約和，誠僞未可知，願盡力塞下，不敢擬他人爲代。

四月庚申，諫官蔡襄言：伏見陝西路招討使范仲淹、韓琦各除樞密院副使，并以西寇未寧懇辭。乞朝廷不聽辭讓，各授恩命。二十四日，公起發往邠州，提舉并就近句抽乾、耀州新兵，請知州、通判内一員押赴。一依宣命指揮，重行揀選。并排連人員及指畫閲教次第，并商量定奪，蓋造營房。

五月，江淮歲漕不給，京師乏軍儲，發運非人，公言國子博士許元可獨倚辦。辛未，擢元江淮、兩浙、荆湖制置發運判官，京師足食。辛卯，公與韓公又言：「臣等竊以天下郡邑牧宰爲重，得其人則致化，失其人則召亂。推擇之際，不可不謹。雖曾詔臣寮各舉所知，或舉主非賢，則多謬薦。臣等欲乞聖慈特降詔書，令中書、樞密院臣僚各於朝臣中薦堪充舉主者三人，候奏到姓名，即逐人各賜敕一道。若將來顯有善政，其舉主當議旌賞；若贓汙不理，苛刻害民，并與同罪。所貴生民受賜，寇盜自息。」從之。

十月初五日，用張昷之爲河北都轉按察使，王素爲淮南都轉運按察使，沈邈爲京東轉運按察使，從公與富公之言也。

慶曆四年

二月，竊見審官三班院并銓曹，自祖宗以來條貫極多，乞選差臣僚就審官三班院并銓曹取索前後條例，與主判官員同共看詳，重行删定，畫一聞奏，付中書、樞密院參酌進呈。別降敕命，各令編成例策施行。是時，公意欲復古勸學，數言興學校，本行實。詔近臣議。於是宋祁、王拱辰、張方平、歐陽脩、曾公亮、王洙、孫甫、劉湜等合奏：「謹參考衆説，擇其便於今者，莫若使士皆土著而教之於學校，則學者修飭矣。先策論，則文辭者留心於治亂矣；簡程式，則閎博者得以馳騁矣；問以大義，則執經者不專於記誦矣。」乙亥，詔州縣皆立學。

五月壬戌朔，公與韓琦並對於崇政殿，上四策。

六月十二日，舉元積中管句機宜文字。

七月丙戌，詔諸路轉運使副、提點刑獄察所部知州軍、知縣、縣令有治狀者，以名聞，議旌擢之。其或不如所舉，令御史臺劾奏，並坐不實之罪。從公奏請也。十三日，舉葛宗古、楊麟充閤門祗候。是月，勘會河東邊上所闕弓弩并衣甲、器械、刀槍等，自來從京支撥，多是沿路損失，枉費腳乘般載，邊事不逮。二十七日，公上言：「伏乞朝廷指揮下河東轉運司，取要便出産炭鐵州軍，置都作院，舉差官員專監。其人匠於本路諸州軍揀選抽差。」

八月辛卯，命參知政事賈昌朝領天下農田，公領刑法，事有利害，其悉條上。初四日，昊賊差使臣一道姓金不得名往北界契丹處去，不知事意。公慮兩國計會與謀，十五日，奏乞那撥陝西兵三萬來赴(江)〔河〕東，乞朝廷更不遷延。十三日，舉張子奭、張壽、張去惑、蘇舜元、陳榮古堪充刑獄、錢穀重難任使。十五日，舉夏安期充河東轉運使。又舉向約，乞差知陝西、河東煩難大郡。十六日，又舉張子奭等五人赴河東任使。初，諸州、軍、縣每五年一造城郭等第簿。公體量得河東、陝西自西事以來，甚有人户因差配破卻家産，州縣不能矜恤減放，第候五年造簿，方行定奪，必是破盡家産，多爲失所之人。十八日，奏言：八月出榜曉示逐處人户，并劄與逐州軍及都轉運司，及三年便造簿，重定等第。其因差配破落，更不候三年，便於簿内注鑿減下。其有即今淪落，應役不得者，即與免放。先是除宣撫韓琦到邊上散卻特支後，至是已是一年，不曾支付。二十一日，公奏：「臣今往陝西、河東宣撫，其沿邊駐泊諸州軍及就戰兵并人員兵士，欲乞朝廷等第各賜特支。」

九月，公在并州，見都轉運司指揮諸州軍場務更不得收納大鐵錢，要得止絕欺弊。纔方行下文字，便有百姓經并州告訴，各是交易到大鐵錢，無處使用。公遂出榜并州街市，且令依舊行用。據嵐州申：「本州九月一日支料錢并銀鞋錢二百萬，准運司上項指揮，尋行告示。其軍人例各高聲言道：『官中支賜與我，因何卻不得行用？』其轉運司牒，本州更不敢施行。」公又恐諸處軍民疑惑，發下榜示，逐處曉示軍民，其官鑄大鐵錢，並依舊行使。時河東諸軍州創新收刈白草，降下萬數不少。逐處官吏不能體量利害，例各差兵士，或探斫不前，即便逃走。公人等即出錢官買，或於人户係税草地内强行採打，引惹争競，即令逐處搔擾。公出榜曉示諸軍州，自榜到日，以前拋下兵士、公人收刈白草數目，並與放免。體量得逐處賊盗多是逃軍，兼近南郊，恐成群黨，驚劫人户，州縣不能禁止，指揮河東州軍，令逐處出榜招召，今日以前逃走厢禁軍人，與限一月，許於官司首身，更不問罪，並令依舊收管。十六日，西夏楊守素赴闕。公奏乞所有封册之禮，須候西北收兵(只)〔方〕行，於體稍便，乞朝廷再三詳審。二十日，樞密院劄子：奉旨令公就近差人知麟州。公與明鎬商量，舉閤門祇候張繼勳。是月，出榜曉示諸州軍，應坊郭鄉村人户，今日已前帶即配賣物色或包二税移逃者，並令與放罪，各令歸業。其元欠二税，並與除免。仍劄都轉運司。公到憲州，體量憲州城池窄小，奏乞增修。

十月九日，余靖奏乞劄付河東，令彼處差人佯作葺豐州，所貴契丹不敢占據。奉聖旨令公相度。公言：「豐州至河東一百二十餘里，并無人煙，道路不通，今來難便去管興修。」初，麟州無酒務，不榷酒利，寬假邊民。自慶曆二年十二月，榷起酒利。公恐居民貧困，出榜并劄與麟州，令百姓依舊任便開沽。十日，公到麟州，體量二州四面邊疆，並無城寨防護，人户不敢復業。遂與明鎬商量申奏，乞修復城寨。是月，發遣散移往府州，與土田耕種。十三日，奏乞收贖麟、府陷破蕃界熟户百姓，依舊住坐耕作，出得糧草，方可卻減下正兵，大段省得國家錢帛。是月，體量得火山、岢嵐、保德軍三處各屯兵馬，所入軍儲，皆是商旅人户將銅錢接糴北界斛斗入倉中糴。每日計出卻銅錢數百貫過往北界，每歲計置，河東銅錢不日將盡，此邊防之大弊也。十九日，奏乞朝廷支絹五萬匹，送下河東轉運司，俵與岢嵐等三處，博糴軍儲，急止銅錢出界之弊。二十七日，張亢奏：准經略司牒，岢嵐軍等處有閒地萬頃，乞先於要路安置堡子兩三箇，然後將上件地土擘畫。奉聖旨令公相度。公恐置堡子，代州與北界相接，引惹言語，只令作社户名目。三五十家靠險居住，高築牆院，防備盜賊。

十一月初五日，知原州蔣偕狀申，細腰城修築已完，須藉土兵守禦。公劄與涇原路，土兵充細腰城就糧振武蕃落指揮。

十二月，經略司管句何涉有母在蜀中，迎侍不得，切於孝養。初一日，公舉涉充益梓路通判，以便奉親，俾全孝道。時蔣偕出兵至佛空平，燒蕩族帳，种世衡領環州蕃漢兵燒蕩大小羊族帳。十四日，奏乞酬獎諸將功勞。是月，劄付陝府，據諸縣逃官田地勒令地分鄰人空納租錢者，并見欠見錢數，並與除放。劄付與河東轉運，可將麟、府等州色役公人支與係官閒田，仍免送二税。時契丹與元昊戰不利，奉聖旨指揮，令公體探北界事宜。公言：「自古兵家每有挫衄，恐其下離叛，即別舉事，圖其復振，以攝衆心。今契丹西征無功，愧見其下，或謀起事，欲振兵威，此朝廷不可不防。」是月，明鎬奏募民請射禁地。奉聖旨令公詳明鎬所奏，相度經久利害聞奏。臣僚又奏焦太師來天池打量事，又奉聖旨令公計會相度穩審，從長指揮。又奏相度到開耕禁地利害事。十六日，公自麟府路回到岢嵐軍。次日，有鈐轄孟元并岢嵐軍使米元溍來言，有萬勝指揮兵顏和告稱有本指揮軍人結集背叛。司理院勘得本人不著次第，多欠人債，所告只聞人説，並無照據，欲令顏和赴營處斬。公尋指揮，令與逐官更子細勘鞫實情，如委實誣告，亦且決配，况未曾刑害著被告之人，恐今後更不敢告事。至十八日，孟元等來言，審勘得别無實情，更不敢枝蔓追究。公又奏：「訪問得萬勝指揮招到雜色人，多有邊上已滿三年，其間輕狂之人，不禁辛苦，或亂出語扇摇人衆，於邊上不便，乞早降指揮差替。」十九日，奉聖旨差入内供〔奉〕官衛克勤押賜醫藥至公處，并傳宣命公探候北界事宜及邊上設備者。公言見各訓練，選奇兵，備戰敵，以分朝廷萬一之憂。二十日，西賊點集壯人壯馬往環州界，公劄經略司起發軍馬赴乾興寨駐劄防託，及令環、（元）〔原〕州多方安撫前來蕃部蕃官。二十三日，奏言：「竊見太常博士趙拯，祕書丞劉奕、馮浩，殿中丞范寬之、馬仲甫、徐執中、杜樞，太子中允王復，太子中舍王孝和，大理寺丞張謨，并有才稱，宜處要務。俾臨邊事，可濟軍期。伏乞望朝廷速差上件官充陜西、河東大郡通判。」貼黄：「自來兩府臣僚無同罪舉官條例，臣出使應所舉過官員，恐朝廷未賜施行。如任用後犯正入己贓，臣並行同罪。」

慶曆五年

正月十四日，奏撥細腰城屬環州。二十七日，河東轉運司申，諸縣尚顯等陳狀，爲老小殘疾及年六十已上至七十，年老除外，别無人丁，見今單身，乞放免。公劄下磁州疾速體量，尚顯等如有人户可以指射充替，即依條貫施行。如别無人户指射，即與免放施行。

二月，劄下并、代等路經略司、〔河〕東都轉運司，遍行指揮逐處，疾速出榜曉示諸義勇軍習學弓弩。是月，翰林學士吴育爲諫議大夫。育初尹開封府時，公在政府，因白事數與公有迕。既而公出安撫河東，有奏請，多爲當國者所沮，育取可行者，固執行之。

三月十八日，西賊部領三千餘人打劫箪築城等。四月十四日，公奏乞下部署司，揀選得力將佐嚴行禁約，至時與漢兵會，免致疏虞。

四月三日，新邊壕外欆柵至葫蘆河一帶，稱有西賊人馬約二萬餘人劄寨，及逐川内各有煙火五里至七里，蕃漢人户一例驚移。及差人探問，卻稱來放牧牛羊。其驚移蕃漢人户，尋卻歸復本處住坐。公言：「昨往河西，體問得鄜州路前來被西賊破蕩之時，其初西賊用謀亦是如此。其人户爲前來無事，便各安心，更不驚移，遂遭虜殺。今來亦恐如打鄜州時，設此計謀。」遂牒涇原路經略司：「今後如得知西賊點集人馬，即將蕃漢人户多差人起遣回避，不得慢緩，免致驅虜。」初四日，奏留蔣偕知原州。新降宣命，應係弓手、兵士年及五十已上，或疾病久遠不堪醫治者，許本户人填替。如本户無人，即許召人充替施行。公十七日奏言：似此篤疾廢疾之類，非可詐僞者，爲年未五十已上，有礙上項宣命，諸處不敢替放。官中前來許雇人承替之時，内有事力之家即可雇人，其下等第無錢雇人，多是恐脅家間骨肉，令典賣莊田雇人，深屬不便。乞指揮轉運司看驗，如委實是篤疾廢疾之類，並依諸軍類，更不問年甲，便與揀停歸農，不須要家人并雇人充替。又令疾苦之人各歸田園，所以不致失所。

五月，歐陽脩上疏：「伏見杜衍、韓琦、范仲淹、富弼等皆是陛下素委任之臣，一旦相繼而罷，天下士皆素知其可用之賢，而不聞其可罷之罪。陛下於千官百辟之中，親選得此數人，一旦罷去，而使群邪相賀於内，四夷相賀於外，此臣所以爲陛下惜也。」十五日，奏乞指揮麟、府二州勘會歸業蕃漢人户，約量人口數目，支與貸糧。乞更賜指揮，與逐户買牛具錢本。選差朝臣一員照管撫恤，各令安歸復業。

閏五月，涇原部署司所奏抽減年深上京東兵，那官部押赴近裏永興等處駐劄，候今秋管押歸營次。奉聖旨令公相度。公相度上件兵士已各年深過滿，又知别路並減那歸營，秋間縱有事宜，亦難句回邊上。恐遞相扇摇，别有言詞。尋涇原路差使臣管押歸營。二十四日，具狀申奏。

六月十四日，奏諸軍頭失墜補署文帖，免勒充長行，只於舊職名上降一等，所貴兵級安心。十七日，舉劉貽孫知鎮戎軍。二十九日，舉譚嘉震知德順軍。時慶州東路巡檢竹昺公勤膽勇，狄青、許遷等皆推許此人可用，舉昺充慶州駐泊都監。

八月十三日，聞朝廷差國子博士高良夫往延州，計會夏國差人，定立疆界。又據高良夫申，商量立界，未定其西界，楊守素回宥州取覆曩霄去。公言：「夏國一面稱大段點集軍馬，待與契丹相殺，一面卻與漢家争些小疆界。臣謂契丹、元昊除是天亡時則有戰争，不顧利害；如顧利害，則無戰争之理。或二蕃連謀，窺伺中原，則今後契丹先起事端，候朝廷抽減陝西軍馬往河北，然後元昊入寇，則陝西四路皆可憂虞。乞朝廷察此情狀不可信憑，大爲之備，免致臨時敗事。再録與韓琦所上《攻守策》録呈，乞賜親覽。」是月，與韓魏公奏舉李顯，授閤門祇候。二十三日，禁秦州博易，奏：「體量得秦州自來客旅收買川貨物帛等，入蕃博易券馬，入官中賣，兼販蕃馬回訖。百姓所買馬錢，亦收買匹帛入蕃興販。今來若將秦州界西蕃博買一例止絶，必是一路蕃情怨望。兼大段隔卻興販券馬及阻節客旅興販川貨，則一路糧草少人入中，必是誤事。伏望朝廷下秦州，依舊降條貫施行。」二十九日，舉李顯充邠州都監。

九月，舉張肇知寧州。公以河西麟、府田野空荒，城市窮困，使河東一路供饋糧草錢帛，未有休期。若置一榷務，一則招誘蕃部牛羊鞍馬行貨，供河東一路官税要用；二則麟、府路收得客旅税錢，大段出得貨利，就近供軍；三則止絶得私下與外界交易，免犯令。初四日，奏乞於麟州創置榷場。二十日，西界送石元孫歸漢，配全州編管。公言：「素不與元孫相識，亦不知本人善惡。臣在延州，但聞劉平、石元孫部領軍馬救護延州，同戰拒賊，日夜血戰，兵少食盡，力屈被擒。即不曾退走，亦非不戰而降，但有不死於王事之罪；又累該大赦，卻有救存延州之勞，縱不堪任用，亦且免其戮辱，少加存恤。當授一南班近下名目，於近州安置。使陷蕃將校等聞之，未絶向漢之心，不怨朝廷，不助夷狄，此禦戎之一策也。」

十一月十一日，准樞密院劄子節文：臣僚劄子，秦鳳路部署已下，自來各破親兵逐月支破添支錢。乞今後所差親兵，揀選知武藝慣熟人數，不得替換，逐月更支破添支錢。候巡邊及駐劄出戰時，即乞一例量支盤纏錢三百文。所貴均平，免有虚破官錢。奉聖旨令陝西四路安撫司相度。公相度：若是揀卻知武藝慣熟人數，久占在逐官手，不得替換，卻恐不切閲習，因兹生疏，有誤使唤。已牒秦鳳路都部署司，據部署(手)〔司〕親兵輪差替換，依其餘路分，更不逐月支添支錢。

十二月二十一日，山外德順軍界靖邊、隆德寨壕外，各有新招弓箭手共八百餘人，請射地土耕種，修築堡子把截，并逐家老小在彼居住，自來累遭虜掠。公牒涇原路安撫司，各令將老小人口等般入壕裏居住，只量留少壯人在壕外堡子安泊防守，管句耕種。若遇大段賊馬，難以禦捍，亦須入壕裏回避，免枉遭虜掠。（康熙歲寒堂本《范文正公年譜補遺》。）

附録三　范仲淹著作歷代序跋

范文正公集序

（宋）蘇　軾

慶曆三年，軾始總角，入鄉校。士有自京師來者，以魯人石守道所作《慶曆聖德詩》示鄉先生。軾從旁竊觀，則能誦習其詞。問先生以所頌十一人者何人也，先生曰：「童子何用知之？」軾曰：「此天人也耶，則不敢知；若亦人耳，何爲其不可！」先生奇軾言，盡以告之，且曰：「韓、范、富、歐陽，此四人者，人傑也。」時雖未盡了，則已私識之矣。嘉祐二年，始舉進士，至京師，則范公殁。既葬，而墓碑出，讀之至流涕，曰：「吾得其爲人蓋十有五年，而不一見其面，豈非命也歟！」是歲登第，始見知於歐陽公，因公以識韓、富，皆以國士待軾，曰：「恨不識范文正公。」其後三年，過許，始識公之仲子，今丞相堯夫。又六年，始見其叔彝叟京師。又十一年，遂與其季德孺同僚於徐。皆一見如舊，且以公遺藁見屬爲叙。又十三年，乃克爲之。

嗚呼，公之功德，蓋不待文而顯，其文亦不待叙而傳。然不敢辭者，自以八歲知敬愛公，今四十七年矣。彼三傑者，皆得從之游，而公獨不識，以爲平生之恨。若獲挂名其文字中，以自托於門下士之末，豈非疇昔之願也哉！古之君子，如伊尹、太公、管仲、樂毅之流，其王霸之略，皆定於畎畝中，非仕而後學者也。淮陰侯見高帝於漢中，論劉、項短長，畫取三秦，如指諸掌。及佐帝定天下，漢中之言，無一不酬者；諸葛孔明卧草廬中，與先主策曹操、孫權，規取劉璋，因蜀之資，以争天下，終身不易其言。此豈口傳耳受，嘗試爲之而僥倖其或成者哉！公在天聖中，居太夫人憂，已有憂天下、致太平之意，故爲萬言書以遺宰相，天下傳誦。至用爲將，擢爲執政，考其平生所爲，無出此書者。今其集二十卷，爲詩賦二百六十八，爲文一百六十五。其於仁義禮樂，忠信孝悌，蓋如饑渴之於飲食，欲須臾忘而不可得。如火之熱，如水之濕，蓋其天性有不得不然者。雖弄翰戲語，率然而作，必歸於此。故天下信其誠，争師尊之。孔子曰：「有德者必有言。」非有言也，德之發於口者也。又曰：「我戰則克，祭則受福。」非能戰也，德之見於怒者也。元祐四年四月二十一日，龍圖閣學士、朝奉郎、新知杭州軍州事蘇軾叙。（《四部叢刊初編》本《范文正公集》卷首。）

乾道饒州刊范文正公文集跋

（宋）俞　翊

鄱陽在江左號古郡，昔之爲守者固多，以賢稱者僅九人；而傑出於九賢之中，又止唐之顔魯公、本朝之范文正公，可謂難得也已。二公名氏在史官，大節在天下，至於文章，散落人間，雖筆端游戲之餘，而典雅純實，可以經世而出治，垂久而行遠。蓋其所養得天地之正氣，故文亦如之。然是邦實二公舊治，獨無墨本，而間見於他處，誠闕典也。翊攝乏來此，首訪而得之，鳩工鏤板，以傳不朽。斯人之眷眷二公，雖不繫於文集之有無，然使學士大夫家有其書，如潮人之於退之，柳人之於子厚，因書以致其師仰敬慕之意，不猶愈於《甘棠》之思乎？乾道丁亥五月既望，邵武俞翊謹識。（《四部叢刊初編》本《范文正公集·別集》卷四末附。）

淳熙重修饒州本范文正公文集跋

（宋）綦　焕

鄱陽郡齋州學有《文正范公文集》、《奏議》，歲久板多漫滅，殆不可讀。判府太中先生嘗謂此郡太守名德如日月之照、終古不泯者，在唐則顔魯公，本朝則范文正公。文正之集，士大夫過郡者莫不欲見，其可不整治乎？於是委屬寮以舊京本《丹陽集》參校，且捐公帑刊補之。又得詩文三十七篇爲《遺集》，附於後。其間尚有舛誤，更俟後之君子訪善本訂正焉。淳熙丙午十二月日，郡從事北海綦焕謹識。（《四部叢刊初編》本《范文正公集·別集》卷四末附。）

續刊范文正公集跋

（元）范文英

先文正公集，在昔板行於世者，何啻數十本，歲久皆不存矣。比得舊本，仿其字畫，刻置吴門家塾之歲寒堂，期與子孫世傳之。近幸獲鄱陽别本，乃知猶有闕失，因續刊以補集後。後之人儻遇善本，更加參訂而傳焉。元統三年五月甲辰日，八世孫文英謹識。（康熙本《范文正公褒賢集》卷末附。）

萬曆本范文正公集序

（明）周孔教

域中有三大，曰德、曰功、曰言，蓋鼎立不朽矣，而功與德又待竹帛金石而後傳，則言爲重。昔者文正公之在宋也，宦轍所至，多立祠畫像，自山林處士、里閭田野之人，外至夷狄，莫不震其姓名而樂道其事，而公之文流傳海内者，獨岳陽樓、嚴子陵祠堂二記，此功德掩之也。自古大臣經世之文與文人墨士不同，文人墨士以襞積磐帨爲巧，以粉澤香萿爲工，雖字挾千金，筆扛九鼎，而施之廟堂軍國之間，如衣褐見天子、介胄見仲尼，適以來草野倨侮之誚耳。若夫大臣經世之文，其矩矱從律令中來，其精神從肺肝中流出，敷宣陳告，動合典謨，旁引曲喻，必依名教，張弘文武，惟所用之，獨范文正一人而已！公爲相則相，爲將則將，出入郡邑、諫官，或再起再躓，再躓再起。其間制册典令，羽檄軍符，以至飛書騰牒之類，皆驟發倉卒，迫得窾會。能使甘苦中調，良楛中器，彊敵讋膽，英主解頤，則皆公辭令敏洽裁練之力也。其它感時賦物，弔古問奇，發爲詩詞，温潤和雅，藹然仁人之言，粹然治世之音，即公不自知，而當時作者已信公爲一代斯文之主盟矣。宋稱名相，推韓、范、富、歐。歐之頌公曰：「剛正好學，博通古今。」韓之頌公曰：「多知本朝故實，善决大事。」富之頌公曰：「始未聞道，公實告之；未知學文，公實教之。」三公皆一時名世偉人，而推轂公如此，此寧獨以功德遜公耶？余嘗讀《鄱陽遺事》，每歎公守饒僅十有八月，而愷悌惠澤，風流文采，吾鄉士民至今俎豆而詠歌之。及予持節撫吴中，非公桑梓鄉，則甘棠故治所在，間嘗按公集而覆之。公於蘇募遊手疏五河，導積水入海；吴大饑，自浙西發粟賑之，與吕中丞諮水利甚悉；於潤州建郡學；於江淮開倉廩，禁淫祀；於廬、舒奏蠲折役茶、江東丁口鹽錢；饑民有食烏脈草者，擷草進御，請示六宫，以戒侈心；於興、泰築隄三州之境，長數百里，興化之民往往以范爲姓。是皆史書郡志所不載也。吴人第習公義學、義田，而不知公利濟江南者方三千里有餘，即公口不言功，心不市德，要使百世而下如余之不敏，猶有後事之師，非以公集不泯泯哉！此集再出，非獨公經世之文不爲功德所掩，而其生平攘安夷夏、輝光日月者，且待文而益傳。余喜司理毛君之善成公志也，樂爲之序，以附公不朽云。賜進士第、中憲大夫、督撫應天等處、都察院右僉都御史臨川周孔教撰。（萬曆松江毛氏刊二范全集本《范文正公集》卷首。）

萬曆本范文正公集序

（明）楊廷筠

夫左氏所稱三不朽，道德尚矣，而功業、文章兩者蓋亦並重云。然天下未有立德之士而功不著旂常、文不垂金石者。古今修詞家研精副墨，代豈乏人哉？究其潤色大業，流光後世者，則百不一二，何也？采春華而捐秋實，昔人謂不關世教，雖工無益也。余嘗以是揚搉千載，鴻裁鼎藻，後世奉以模楷不朽者，非文正范公也耶？公集歲久漫漶，訪之無善本矣，雲間司理毛君乃割俸授梓以傳。蓋公嘗出守睦州，而毛君固古睦産也，習公遺愛，依然有甘棠蔽芾之思乎，余重嘉之，爲之助厥費。工竣，虚首簡問序。余不佞，一再奉璽書按部三吴，兹且以督學使者竭蹷鉛槧。間入公之里，懽然興景行心；讀公之遺編，咨嗟擊節，願爲之執鞭。乃三吴人士，又皆公之遺教漸涵而孚翼之者也。要以攻苦力學，風節自矜，自爲諸生，即慨然慮先天下，以至立朝，較然不欺其素志如公者，疇其人歟？《詩》曰：「雖無老成人，尚有典刑。」三復斯集，典刑具在也，余竊有慨於衷焉。夫仁宗豈不稱名主？吕夷簡諸執政豈皆憸與壬哉？而公以王佐才，意在大有爲於天下，即廬居上書天章閣，條對侃侃，矢心石畫，剖幾析微，動中時弊，何啻如灸輠。藉令畢致之行，揆文奮武，膏澤函夏，國勢不日振耶？而萋菲横興，屢進屢退，竟不能一日安於朝廷之上，良可慨已！然再列諫垣，五典名郡，三遏西虜，一入參大政，其德業聞望著華夷而裨社稷者，班班載籍，不亦可酬公志萬分一耶？史稱公一代名世之臣，信矣。而余不佞，更有進焉者。當康定、慶曆間，西鄙多故，投戈講藝，遠謝漢光，而復古立學行制科，則自公倡議始。既而明經造士，嚴師弟子禮，則自公門下孫復、胡瑗始。既而濂洛諸儒臯比輩出，則又孰非自公條教始？説者謂培植國本，振起道脈而弼成有宋，爲守文令主，伊誰力歟？此其功在道術，維持名教，亘百世而爲烈。以此摛辭掞藻，回昭日星，故吾以爲非詞人之文，而楷模不朽之文也。舉以質之穆叔所稱，夫何間焉？集凡若干卷，而忠宣公集亦次第附入。公嘗曰：「純仁得吾忠。」忠宣曰：「先天下之憂，期不負聖人之學，此先臣畜以教子，而微臣資以事君者。」然則公父子生平自信何如也耶？鄭人有買珠者，愛其櫝之美而還其珠。公父子淵源，述作各成一家，退可善俗，進可匡國，非區區采華遺實者。余懼夫讀者愛其文或掩其意，而猥以墨卿詞客櫝視之也，則無煩剞劂氏矣。萬曆戊申仲春，賜進士第、文林郎、湖廣道監察御史、奉敕提督南畿學校武林楊廷筠撰。（萬曆松江毛氏刊二范全集本《范文正公集》卷首。）

萬曆本范文正公集序

（明）蔡增譽

嚴州孺初毛公爲松司理，平恕廉明，政成之暇，訪異書刻之。曰：「范文正生於吴，宦於嚴；予宦於吴，生於嚴。請梓《文正集》以爲吴人士師，可乎？」於是謀之各臺，皆欣然報可，余亦樂觀厥成。因閲全書，莊讀而歎曰：文正非特文章不可及，其浩然之氣不可及也！

公少孤，讀書蕭寺中，虀鹽風雨，講讀不輟。刻苦六年，大通《六經》之旨。其議論根本仁義，其經濟兼資文武，當時識者皆以三代王佐許之。而公每道古先聖賢事業，輒跂聳勉慕，恨不以身當之。蓋自起官秘閣校書以至宰執，如振饑浙西，建學江淮，經略陝右，參伍兩府，非指斥宫闈乘輿，則論列戰守兵事。其餘安民諭俗，感時賦詩，平和温洽，如父子家人；及其慷慨振洩，浩浩混混，真有怒流出峽、峻嶺摩霄之勢。蓋公非得之煅煉組織，得之浩然之氣全耳！大抵浩然之氣，非真狂真狷，其氣必撓。公不憚權貴，不蹙憂患，屢出屢遷，論事益急，甚有指爲好名、爲迂闊、爲朋黨，而公自信堅挺無少避，此公之狂也。既成進士，鬻馬徒步而歸。將相俸入，非散邊士，則散族人，公之身衣敝袍，而婦妾目不識珠玉，此公之狷也。狂狷合，而文品基之矣。故詞篇或類元、白，而《塞上》一詩直可與武侯《出師》一表相表裏。奏牘取法董江都、陸敬輿，而體要典確，辭旨精粹，即羽翼伊《訓》周《誥》，何愧色哉？

嗟乎！士大夫不患無文，患無養。有文正之蕭寺虀鹽，而後有文正之文章功業。公固百代師，而於三吴尤膏肓良藥也。故序公末簡，而以養氣之説廣之，且以申吾僚友獨刻此集之意。萬曆戊申春仲，松江府知府蔡增譽撰。（萬曆松江毛氏刊二范全集本《范文正公集》卷首。）

萬曆刊范文正公集序

（明）毛一鷺

今天下學士大夫於宋好誦説廬陵、眉山、臨川、南豐，其文最膾炙人口，而其集亦廣行人間，獨《范文正集》罕有讀而傳之者。當建德丁卯初，五星如珠，聚於奎壁之間，説者於文苑以歐、蘇、曾、王應之，於儒林以濂、洛、關、閩應之，余獨謂有宋三百年文明之運，實自公始。

公少孤，讀書長白山，刻苦五年，大通六經之旨，文章論説，必本於仁義。退居南京，宿學中，與四方名士講習不輟。晏丞相奏公爲秘閣校理，以文學薦也。五代以來，夷狄干戈日沸，中不復講求俎豆絃誦之事。公請郡州悉建學宫，而以吴爲創，蓋卓然已見文章之標本矣。又以文體衰颯關係氣化，官大理丞時，上書再三言之，公何嘗一日不以文章自任哉？

今公集具在，凡歐之温潤，蘇之豪邁，曾之篤雅，王之嚴潔，亡所不有，特公未嘗分妍蚩、竞短長於筆墨間耳。公之文以理爲主，其教人以《六經》、六官爲師。張横渠則授之《中庸》，孫明復、狄武襄則授之《春秋》，與胡安定定禮樂明堂，與李泰伯論屯田，與子純仁講行鄉飲酒禮，諸如此類，臚載集中。當是時，四大家皆晚進未出，濂、洛、關、閩之傳亦未顯行於西北，而公能洗發眼目於諸子之前，疏通道脈於語言文字之外，宋氏文明實肇基於此。公不欲與文苑、儒林傳争名，又不喜師友僚類鼓作氣勢，互相推挽，以尊其名於天下，故其集闇然獨傳，而世亦不能推究公文章之所自始，譬之祀瀆而忘祭河，豈知本之論哉？

公守嚴州，百姓愛慕公，有思范亭，鷺束髮輒徘徊亭下，不忍去。近以司理出入公故鄉，因訪公故實於陳隱君。隱君爲道公集甚津津有味，且慨此集無善本行於世，因出其素所校閲者相示，又指示訪各遺佚於公十八代孫必溶，得備極詳至。遂屬洪、王二博士爲都校，請之當路，謀之寅僚，俱欣然捐俸，得襄此役。因歎公釋褐爲司理日，抱具獄上長吏，歸必記其往復辨論之語於屏上，比去，字無所容。公之用心如此，姑就一事相校鷺，不啻天淵，而況勳名道德之敻絶百代乎！其梓公集者，竊不揣附名簡末，以志高山仰止之私，亦嚴父老思范亭意也。萬曆戊申春仲，松江府推官嚴陵後學毛一鷺謹拜撰。（萬曆松江毛氏刊二范全集本《范文正公集》卷首。）

范文正公集補遺跋

（明）李維禎

范文正公嘗監泰州西溪鹽倉，時海堰久廢，鹵浸浮田中，不可耕。公上書發運使張綸，綸奏公爲興化令修之，通、泰、海三州民祠祀公。其後江淮旱蝗，命公安撫，奏蠲江東丁口鹽錢。以故今巡鹽使者行公集於維揚，蓋高山景行之思云。集造次取辨，多脱誤，侍御史彭公屬顧所建小侯，小侯就家藏書相參伍，自嫌未備，且不欲掩前人，别爲《補遺》一卷以復公。

余謂校書猶掃落葉，隨掃隨有，昔人固已難之。夫書，公物也，吾補其所知，以俟後之君子補吾所未知，何足爲嫌？張南軒稱范公本朝第一人，其表章《中庸》，實開濂、洛、關、閩諸儒之先，文學政事，卓爾不群，然其時已有《言行拾遺録》。今去公六百年，寧無脱誤？余嘗見禆官家謂公知慶州，作人碑銘，諱一貴人陰事，夜夢貴人吐實，第請更之，公謝曰：「隱君此事，則某受惡名。」貴人怒曰：「不更，當奪公子。」公笑曰：「死生有天命。」卒不更，子亦無恙。又公謫饒州時，於州圃北創慶朔堂，手植花卉，欄爲二壇。既移潤州，題詩其上，有「年年憶得成離恨，只託春風勾管來」之句，後人和者數十家，亦云「主人當日留真賞，魂夢還應屢到來」，所指皆所植花卉耳。而誣公於樂籍有所屬意，不根甚矣。凡書人事實，校人遺集，當鑒此兩則。

彭公按揚州日，復書院，修鹽志，持正論，正大光明，不愧希文。因識《補遺》之故，而併及之。（《明文海》卷二五〇。）

康熙重刻范文正公忠宣公全集後序

（清）范時崇

康熙戊申之歲，先大人忠貞公奉命撫浙，時崇方在幼齡，侍行過吴，得謁始祖文正公書院。先公顧而言曰：「我父文肅公尊祖敬宗，而於水源木本之地，尤所留意。顧以身秉國鈞，不獲南來一省祠墓，未遂厥志。今余幸官越中，屬在接壤，庶有以匡扶祖澤，上體文肅公之心，亦即文正公、忠宣公之心也。」時崇退而識之，不敢忘。既而三年政成，入都陛見，旋擢制閩，凡三過蘇，必瞻拜祠下。見棟宇傾圮日甚，特捐清俸修葺。鳩工庀材，什成五六，乃遭逆藩構亂，盡忠以歿。閱二十餘年，而三叔父總制兩江，始克竟其事，因撰《世德源流》文詳述始末，以鑱諸石，迄今讀之，有餘悲焉。時崇幸邀餘蔭，屢受國恩，洊歷閩臬，痛念先公殉節斯土，既感且泣，誓矢冰蘗，上報君親。五年之中，重膺聖眷，於宣山左，晉撫粵東，往來道里之所經，於文正書院，又獲再至焉。堂寢輪奐，規模宏敞，迥非昔比，益慨然歎先公之遺澤爲甚長也。昔始祖置義田，立義莊，建義學，定規矩，教養備至，貽謀克臧，數百年後用能謹守其法。而我祖父復相爲維持經理之，義澤振興，自兹可勿替已。惟是文正公、忠宣公文集，刻本漫漶殘缺，不可傳久，實爲闕如。詢之主奉能濬，云：「歲寒堂舊本，歲久板俱不存，今惟有明熹宗時雲間所刻板，不特刓缺，且字句多脱落，實非善本。思欲遵舊本重鋟，而物力有待，因循未果。」時崇仰承先志，敢不以尊祖敬宗爲務？因命工重鏤板於先憂閣下，而校讎之役，即以屬之主奉，上體忠貞公之心，亦即文肅公之心，文正公、忠宣公之心也。工始於乙酉仲秋，至丁亥暮春告竣。其間采輯遺漏，增補完善，以垂不朽之業，實主奉有力焉。時崇樂觀厥成，因爲識數語於卷末云。若夫祖宗之道德功業，具載國史家乘，爲子孫者無容贅一辭也，故不復贅。康熙丁亥暮春中澣，巡撫廣東等處地方、提督軍務兼理鹽法糧餉、兼都察院右副都御史、加二級、文正二十一世、忠宣房孫時崇謹識。（康熙歲寒堂刊本《文正忠宣公全集》卷末。）

康熙重刻范文正忠宣公全集序

（清）范能濬

先文正公集，家存舊本凡三：一本止有文集一十卷，已闕而弗完；一本有《别集》及《忠宣公集》二十卷俱全；一本則元天曆戊辰重刻於吴門義塾之歲寒堂。按《别集》北海綦焕跋云：鄱陽郡齋舊有《文正公文集》《奏議》，孝宗淳熙十三年丙午以舊京本《丹陽集》參校刊補，又得詩文三十七首爲《遺集》附焉。《尺牘》，則淳熙三年刻於桂林郡齋者也。元天曆中，世孫國雋始刻《年譜》，而《褒賢祠記》《碑傳》《規矩》《言行拾遺》《遺跡》《忠宣遺文》諸種，則元統中世孫文英又得鄱陽別本，續刊以補集後。今考《文正公文集》全本二十卷中，已增四十餘首，意不全舊本，當猶是淳熙以前所刻也。《忠宣公集》二十卷，始刻於嘉定中，樓鑰序云：「少讀《忠宣公言行録》，如《奏議》《國論》等書，皆當終身誦之。」而陳宗道亦云：「范公出處大節，見於《國論》《奏議》《言行録》。今侍讀、修史紫微先生以家藏文集二十卷屬零陵史君鋟板郡庠。」紫微先生謂清憲公之柔，史君則零陵守沈圻也。是則《忠宣公文集》在宋時惟永州始有刻本。明初，王賓序云：「文正公十世孫天倪言，《忠宣公文集》前朝已刊十卷，今吴縣主簿、三衢清之江公特爲刊之以完焉。」今按舊本《忠宣公文集》二十卷具存，未嘗缺其半也。惟《忠宣奏議》舊本獨無，而《國論》《言行録》亦佚而弗傳，意江君所補刊别有一本，不可復覩已。明嘉靖中，又重刻於書院，亦缺《忠宣奏議》。是時世孫惟一視學兩浙，復續編文正、忠宣《奏議》《書牘》，命嚴州守韓叔陽梓行。板久俱不存，今惟存天啓中雲間司理所刻板，官府程督，取材匪良，身其事者大都苟簡塞責，故不數十年，而漸即於蠹壞。且其間舛錯遺落字句甚多，較諸舊本又復遺去

《西夏堡寨遺迹》《諸賢論贊》數帙，殆將什之一焉。濬主祠事，數年以來，有志剞劂，而力未逮，弗克舉也。辛巳之冬，瀋陽忠貞公子時崇方膺廉察之寄，出按八閩。未幾晉藩山左，旋擢開府粤東，往來吴中，再謁祠下，詢知先集藏板殘缺，遂捐貲重梓，屬濬董其役，深幸素志克酬。乃合家藏諸本，細加校勘，正其謬訛。文集悉遵舊本摹刻，而《忠宣奏議》，則考趙忠定《奏議》標目而次第其年月，分爲二卷。其前此續刻附録中有前後簡編斷續錯亂者，稍爲序次而條分諸目，以便稽考。復搜輯國史、家乘、手澤所載，又得文正、忠宣、恭獻侍郎諸公遺文若干首，并制詞、傳記、名人題跋手跡及忠宣公墓誌、祭文之未刻者，分《補編》六卷，以附於後。雖見聞未廣，尚有所遺，而閲是編者，或不至如雲間本之遺憾於闕略也已。工竣之日，撫軍自叙始末，以紀其成。濬卒讀之下，竊歎忠貞公父子暨弟祖孫有造於吴中祖澤也深矣。今吾郡子孫聚處者不下數千指，大半食貧自力者居多，曾不得一二人致身公朝，克紹先烈，爲義澤、慮久遠者。昔鼎新書院，忠貞公任之於前，司馬公成之於後。《文正公忠宣公全集》，又得撫軍鏤板，以永其傳。濬不材，再得勷事，而厠名於文字間，以垂不朽，蓋有厚幸焉，然益滋愧已。是役也，贊成之力，會稽右丞房裔孫嗣恕暨子龍威；而録是編者，郎中房裔孫君植也，并附識之。康熙丁亥三月，文正書院主奉、文正十九世、監簿房孫能濬謹識。裔孫彌隆、彌勳、能濂、興禾、興校同校。（康熙歲寒堂刊本《文正忠宣公全集》卷末。）

宣統重刻范文正忠宣二公全集序

（清）鄒福保

曩在癸巳之歲，余典試江右，撤棘後，書賈以舊籍來售，購得《范文正集》，視之乃吾鄉范祠中歲寒堂刊本，惜未有《忠宣集》，爲悵然者久之。越三歲丙申冬，在京師琉璃廠書肆架上瞥見《忠宣集》名，亟抽視，亦歲寒堂本。狂喜，問其價，昂於前書。以心欲得之，遂如值而予。攜歸，夜篝鐙披讀，作而嘆曰：此兩集一得之於贛，一得之於燕，南北異途，時經數稔，竟如延津之劍，合浦之珠，薈萃一隅，何其巧也！豈有英靈呵護於其間耶？又作而嘆曰：此吾吴鄉先賢之遺箸，刊於康熙年間。經亂以來，板片無存，印本亦不多覯。郡中置書局數十年，刊書數百種，獨此鄉邦文獻竟無有起而表章者，不可謂非缺憾之事，豈時會未至耶？耿耿此心，寤寐難釋。洎余丁未解組還里，己酉春，當事延余主存古學堂詞章一科。開館之日，大府長沙陳中丞啓泰、署藩司平湖朱方伯之榛皆在座，余譚及此事，咸韙余言，且詢曰：「書可得乎？」余謂有家藏本在。即慨然曰：「既有書，當籌款開雕，玉成其事。景行前哲，嘉惠士林，亦吾輩官斯土者區區之責也。」余聞之，心益狂喜。明日，遂檢出藏本，送當事。

及經畫粗定，而朱方伯即作古。未幾，中丞陳公復薨於位。不數月間，提倡刊刻之兩公相繼淪殂，余乃又作而嘆曰：異哉！是書之若隱若見者數十年於兹，今梨棗之役甫有端緒，而兩公皆去。設令數月前無此一席之譚，則他日此書之刊不刊，未可知矣，殆冥冥中實有陰相之者耶？且夫自古賢人君子之名言緒論，雖無甚關於經世之大，而好學之儒猶欲其一卷不殘，一字不蠹，如吉光片羽，留在人間。况乎此炳若日星者，皆道德經濟之精華，實足以垂示不朽，而可使其無傳耶？顧文之所以傳，非人之所能爲也，其中有天意焉。方今世衰道微，正學漸廢，雖海内磊落奇偉之士大夫，未嘗不盱衡扼腕，惄焉以憂。而德望不如古人，則用心苦而救弊難，世變棼如，其曷以濟？非得古大賢之岸然有志行與巋然有勳業者，爲之樹標幟於寰區，恐終不足以範人心而維風俗。文正、忠宣二公，非但吾吴一鄉之大賢，實乃天下之大賢也。其可師可法，悉載於其文字，是書之存亡，與當世學術之興替，風俗之隆汙，國運之消長，極有關繫。今之蒐遺訂墜，而槧本重新者，不可謂非天意也。天殆未欲喪斯文，而特使之流傳於天下乎！天殆欲使讀是書者廉頑立懦，扶翼綱常，人人存文正、忠宣之心，人人行文正、忠宣之事乎！庶幾國有人焉，以輔相我聖清，繼繼繩繩，貽澤至於千百祀之久，而未有艾也乎！然則是書之刊，乃天爲世道計，爲人才計，時局之轉移，將於是乎在，豈僅備吾鄉掌故而已哉！惜乎書甫告成，而倡始之中丞、方伯已不及見，則又未免爲之悄然而悲已。

是書宋、元、明皆有刻本，宋本不獲見，偶得元天曆殘本略校一過，而以國朝康熙本爲主。明刻之《忠宣集》中，有文數首未入康熙本者，今亦采補刊入，并以文正《崇祀孔廟》節略附刻《襃賢集》後，俾臻完備。康熙本剞劂精工，俗謂之軟體字，今求之梓人，蓋無復有能書能刻者矣，故此本概作宋體字。工既竣，請於官，以其板仍歸於范氏裔孫厚甫、主𨛰端信，使之寶藏祠中歲寒堂，以復其舊。余特書重刊之緣起，以爲之序。宣統二年庚戌春，鄉後學元和鄒福保謹撰於可園存古學堂。（宣統本《重刻范文正忠宣公全集》卷首。）

宣統重雕二范集跋

（清）范端信

予家《二范集》一書，歷千百載風霜兵燹之遭，剥蝕消磨，幾迄於盡。曩元和侍講鄒世丈典試閩中，幸而得之，如獲拱璧。嗣以世局日棘，學術變遷，世丈瞿然曰：「今日而欲維持名教，其是書乎！」因謀之平湖朱方伯竹垞先生按：此指朱之榛，號竹石，原文「垞」字當誤。乞梓以惠世，慨然曰「諾」，無難色。開雕甫始，方伯遽騎箕去，良可悲也。越年餘，工竣，統七百四十版，謹遵父執命珍藏家廟。噫！忝爲主祀，手澤飄零，不孝孰甚？何幸簡册有靈，幽光重發，於斯道絶續之交，天特留以責諸兩公者，豈偶然哉！特謹誌重刊緣起，既感方伯之高誼，益稱頌我世丈之德不衰。宣統三年辛亥三月穀旦，二十六世孫、文正書院主奉端信謹跋。（宣統本《重刻范文正忠宣公全集》卷末。）

宋板范文正集跋

（清）陸心源

《范文正公集》二十卷，《别集》四卷，每葉二十四行，每行二十字，板心有字數及刊匠姓名。《文集》前有元祐二年蘇軾序，《别集》後有乾道丁亥邵武俞翊跋、淳熙丙午郡從事北海綦焕跋，跋後有「嘉定壬申仲夏重修」一行，「朝奉郎、通判饒州軍州兼管内勸農營田事宋鈞，朝請大夫、知饒州軍州兼管内勸農營田事趙檝」兩行。焕跋云「文正范公《文集》《奏議》，歲久板多漫滅，殆不可讀。判府太中先生嘗謂文正之集士大夫過郡者莫不欲見，其可不整治乎？於是委屬寮以舊京本《丹陽集》參校，且捐公帑刊補之，又得詩文三十七篇爲遺集附於後」云云，則是書乃乾道中饒州刊本，淳熙、嘉定兩次重修者也。原本字兼歐、柳，重修之葉字體較圓，已開元板之先聲矣。（《儀顧堂集》卷一六。）

北宋本范文正公文集跋

傅增湘

世傳宋槧《文正集》，有乾道饒州刊，淳熙、嘉定遞修之本，元天曆戊辰歲寒堂重刊，即從此出。半葉十二行，行二十字。繆藝風嘗見一本，半葉十行，行二十字，字體方整，類唐石經，疑是北宋本。此本則半葉九行，行十八字，與前二本異，諸家多未著録。結體方勁，而行字疏朗，參差銜貫，猶有古人寫書遺意。版心題卷幾，無字數、刊工姓名，「樹」、「煦」、「勖」字闕筆謹嚴，洵爲北宋佳刊。按東坡序作於元祐四年新知杭州時，意即當日初刻之本。後此坡文遭禁，未能鋟傳矣。原缺序目及卷第一，屬爨君頌生依乾道本按行格字數補録。然以葉數推之，尚差十六番，疑東坡序後尚有他文或年譜之類，無從臆補，故葉數不能吻合也。原本各卷葉數爲長號，卷一至四通八十三葉，卷五至卷八通八十三葉，卷九至十二通一百十葉，卷十三至十六通一百葉，卷十七至二十通六十二葉。意當時刻書，合訂數卷爲一册，故其葉數通連而計之也。余取明嘉靖黄姬水刊本校之，卷第迥然不同。詩如《閱古堂詩》《和孫學士》五首《贈方秀才》《和龐殿院》，文如《上攻守二策》《唐異詩序》《四德説》《春秋序》《上李中丞書》《遺表》，北宋本皆無之。其第二十全卷賦十首亦不載，蓋後刻者增入之。而卷三末《落星寺詩》一首，則又乾道以下各本所無。各篇奪文，如《上執政書》「我太祖皇帝」句下奪「太宗皇帝」四字；《與周騤書》「中有册文」句下奪「詎可統而爲制，僕乃求而閲之，果千首，中有册文」十九字；《狄梁公碑》「弗忘其親」下奪「此公之謂歟」五字；「其知人之深乎」下奪「又嘗引拔桓彦範、敬暉、姚元崇等，至公卿者數十人」二十字。《王質墓志銘》「曰毖，將作監主簿」下奪「曰規，前明州奉化縣主簿」十字。《賈昌齡墓志》「弗易其居」上奪「弗辭厥命」四字。《書環州夫子廟碑陰》「公方」下奪「爲淄川兵馬」五字。其他單詞隻字，校改又數百事。頃聞内府藏書有宋本《范集》，其行款與此不同，何由得取而勘之，以彌此本缺耶？歲在乙丑七月初七日開校，十九日畢，因記其梗概如右。藏園居士書於龍龕精舍。（《藏園群書題記》卷一三。）

范文正公奏議序

（宋）韓　琦

琦嘗謂自古國家之治否，生民之休戚，在人不在天。人或不然之。今於文正范公，然後知其説之勝，或者不足疑，而於教之有補也。公以王佐之才，遇不世出之主，竭忠盡瘁，知無不爲，故由小官擢諫任，危言鯁論，建明規益，身雖可絀，義則難奪，天下正人之路，始公闢之。其後恤災南方，扞寇西垂，貳機政，陪宰席，宏謀大策，出入仁義，朝思夕慮，條疏深切，志欲膏澤中夏，鞭笞四夷，使我宋之基，萬世不拔。不幸經遠而責近，識大而合寡，故其言格而未行、或行而復沮者，幾十四五。逮公之亡也，聞聽所及，莫不咨嗟感動，惜公所藴，不克盡施於世，甚則推諸天，謂人謀之不足爲也。嗚呼！公之所陳，用於時者，大則恢永圖，小則革衆弊，爲不少矣。其未用者，今副藁所存，爛然可究。一旦朝廷舉而行之，興致太平，如指掌之易耳，此天乎哉？必在乎人而已矣！次子寺丞君緝公遺文，得《奏議》十七卷，《政府論事》二卷，以琦昔帥西兵，翊内樞，與公并任，而出處之與公同也，俾序以冠其首。夫以公之文武兼備，乃靖王室，朝野所論，謂道之亨塞，時之重輕，率繫之用不用，則其德業之著於天下也久矣，惡假鄙文而後知哉！但以忝緣僚舊，飫公盛美，義不敢讓，且慰賢嗣之意云。具位韓琦序。（《安陽集》卷二二。）

歲寒堂刊政府奏議跋

（元）范文英

先文正公《奏議》十七卷，韓魏公爲序。在昔板行於世，雖不復存，其《政府奏議》二帙，卷中不載，兹得舊本，惜多漫滅。將繕寫鋟梓，而鄉士錢翼之見焉，樂爲之書。於是命工刊置於家塾，期世傳之。元統二年甲戌九月，八世孫文英謹識。（《吴都文粹續集》卷五五。）

四庫全書范文正忠宣公奏議書牘提要

《范文正公奏議》二卷，《書牘》一卷，《范忠宣公奏牘》二卷，浙江巡撫採進本。明范惟一編。惟一爲仲淹十六世孫，官湖廣察司僉事。卷首題朱希、周孫、文徵明、陸師道同校。前後無序跋，止於文正《奏議》前載韓琦舊序一篇。國朝康熙中，范時崇巡撫廣東，往來吴中，再謁祠宇，因捐資命主奉孫能濬校刊。能濬後序云：「舊本《忠宣集》二十卷，獨闕《奏議》。明嘉靖中，世孫惟一視學兩浙，復續編文正、忠宣《奏議》《書牘》，命嚴州守韓叔陽梓行。」即此本也。案此本忠宣《奏議》，其目録、標題、編次前後與時崇本不合。能濬後序中又云「合家藏舊本，細加校勘，正其訛謬。《文集》悉遵舊本摹刻，而忠宣《奏議》則考趙忠定奏議標目，而次第其年月，分爲二卷。其前此續刻《附録》中有前後簡編斷續錯亂者，稍爲次序，而條分諸目，以便稽考」云云，是重刻之本已多所校定。然忠宣奏議實賴此爲初刻，故别存其目，以不没經始之勤焉。（《四庫全書總目提要》卷五六《史部·詔令奏議類存目》。）

歲寒堂刊文正公尺牘跋

（元）范文英

先文正公《尺牘》，舊刊於郡庠，歲久漫漶。今重命工鋟梓，刊置家塾之歲寒堂，期與子孫世傳之。至元再元丁丑正月甲子日，八世孫文英百拜謹識。（《四部叢刊初編》本《范文正公尺牘》卷下末附。）

四庫全書范文正公尺牘提要

《范文正公尺牘》三卷，浙江巡撫採進本。宋范仲淹撰。仲淹有《范文正集》，已著録。是編皆其平生手簡，爲家書三十六首，交游八十一首，蓋其家子孫所輯。宋時已於集外别行，後有張栻及朱子所作文正書帖跋語二則，當亦後人所附入。原本五卷，今止三卷，則陳振孫所改編也。（《四庫全書總目提要》卷一七四《集部·别集類存目一》。）

范文正公詩餘跋

曹元忠

吾郡《范文正公文集》、《别集》皆無詩餘，此從歲寒堂本《補編》録出，乃後人據《花菴詞選》等掇輯，非全帙也。故《苕溪漁隱叢話前集》引《東軒筆録》云：「范希文守邊日，作《漁家傲》樂歌數闋，皆以『塞下秋來』爲首句，頗述邊鎮之勞苦，今衹存『衡陽雁去』一調。」《敬齋古今黈》云「《本事曲子》載，范文正自前二府鎮穰下營百花洲，親製《定風波》五詞，其第一首『羅綺滿城』」云云，今且并此無之。然則公詞散佚多矣。因合《中吴紀聞》所載《與歐陽公席上分題剔銀燈》爲補遺，而以《忠宣公集》和韓持國《鷓鴣天》詞附其後，子統於父，我彊村當亦以爲然也。吴曹元忠。（《彊村叢書》本《范文正公詩餘》卷末。）

四庫全書言行拾遺事録提要

《言行拾遺事録》四卷，編修程晉芳家藏本，不著撰人名氏。記范仲淹言行事蹟，爲行狀、墓誌所未載者，故曰「拾遺」。大抵取諸《實録》《長編》《東都事略》《九朝通略》諸書。而説部之可採者，亦附列焉。其第四卷所録，則仲淹子純祐、純仁、純禮、純粹四人遺事也。（《四庫全書總目提要》卷五九《史部·傳記類存目一》。）

范文正公鄱陽遺事録序

（宋）陳貽範

漢孝宣帝常曰：「與我共治者，其惟良二千石乎！」天下之廣，郡有太守，能用良稱者幾人哉！且鄱陽《禹貢》揚州之域，春秋時爲楚東境，後屬吴。《史記》言：昭王十二年，吴伐楚，取番，蓋其事也。秦并天下，曰番陽縣，屬九江。漢更爲鄱陽縣，係豫章。後漢建安十五年，吴大帝時，張昭等議以豫章土廣人夥，請分置廬陵、番陽二郡。初治部故城，後徙吴芮，即今之所治也。梁天監中，置吴州。陳廢爲郡。隋平陳，罷郡，爲饒州。大業仍爲郡。唐武德四年，平江左，乃復置州。則饒之爲州，殆四五百年矣。推諸牧守，無慮近千人，然摭於《廳壁記》，自開寶八年僞唐歸朝，有鐵林軍主張仁忠權知焉，迄元祐壬申朝奉大夫鄒軻，凡六十有八人。而比閲《州圖經序》，賢牧内史者止吴周魴、晉虞溥，隋梁文謙、柳莊，梁陸襄、唐馬植、李復七人焉。求之州圃，間有周、虞、梁、柳、陸、馬、李七公與顔魯公并文正公畫像。以千百歲而守者近千人，而其著於圖記繪像者，陸、虞二内史、梁周二太守、柳儀同、馬常侍、李刺史、顔、范二公九人云，二千石之良不幾於難有耶？余倅於饒，見魯公雪程小娘被寇事，特道其始末而圖其像，以附文正公之祠堂，是賢太守不可得而多也。噫！鄱陽之守近千人，著於圖記繪像九人，而公之德尤不泯。饒人爲之立祠班春堂、天慶觀、州學之講堂凡三所，由景祐距此僅六十載，香火不絶，牲牢日盛，較以千人間，流澤之遠，惠愛之被，獨公一人而已矣。然公之遺風餘美，實浹於物，每於民之去思，又豈止夫祠堂而已乎！公視政日，所以制作修創之跡，游賞吟咏之舊，莫不敬而念之。余因采其所敬念者，命曰《范公鄱陽遺事録》，非敢徼名於世，庶其垂(話)〔訓〕於後，而不事於召棠之歌詠也。且公始通判河中府，徙宛丘，歷延、慶、杭、越、蘇、潤、青、潁、邠、耀、鄧、永興一十二郡，純猷茂蹟，燦在國史、家集、奏議間，何假於是歟！如公所至有恩，(鄧)〔邠〕、慶二州民與屬羌畫像而生祠之。御篆以褒賢碑額，青史傳載四方，千載固已聞之矣。竊疑饒之遺事或有所未聞者，安得而棄乎！紹聖乙亥六月丁卯，天台陳貽範序。（康熙本《范文正公鄱陽遺事録》卷首。）

四庫全書鄱陽遺事録提要

《鄱陽遺事録》一卷，浙江巡撫採進本。宋陳貽範撰。貽範，天台人。初，范仲淹嘗守鄱陽，有善政，饒人爲之立祠。紹聖乙亥，貽範爲通判，因取仲淹在饒日所修創堂亭遺蹟及其游賞吟咏之地採而輯之，以志遺愛。自《慶朔堂》至《長沙王廟記》，凡十有三目。前有貽範自序。（《四庫全書總目提要》卷五九《史部·傳記類存目一》。）

范文正公遺蹟序

《詩》曰：「蔽芾甘棠，勿翦勿伐，召伯所茇。」是雖召公之德教明於南國，亦足見人心天理之所在，盛德至善，果能使民之不能忘也。文正公之勳德被於海宇，凡平生所至之地，後人皆爲立名號，建祠宇，以示不忘。迄今三百餘載，敬慕猶昔，是豈人力之所致哉！於此見窮天地，亘萬古，斯民好善之心猶一日，第患在上者不能以善政感發之耳。是故勢力非所以服人，富貴不足以傳久，惟盛德大業可以服人心而垂後世，觀者其亦有省於斯。

（康熙本《范文正公遺蹟》卷首。）

四庫全書范文正遺蹟提要

《范文正遺蹟》一卷，浙江巡撫採進本。不著撰人名氏。輯范仲淹生平遊歷，自其出於吳中，長於山東，以及洛陽、陝西、睦、池、饒、潤諸地分，仕宦所經，後人傳爲遺蹟者，採其名目，共爲一編，間附以前人題咏、碑刻。至於西夏堡寨，亦并載之。中有文正書院等六圖，爲仲淹裔孫安崧所繪，蓋亦其後人所編也。（《四庫全書總目提要》卷五九《史部·傳記類存目一》。）

四庫全書范文正公褒賢集提要

《褒賢集》五卷，浙江巡撫採進本。不題撰人名氏。取宋、元人著作有關范仲淹者及朝廷所降文牒等類合爲一書。一卷爲傳，碑銘、祭文，二卷爲優崇典禮，三、四卷爲碑記，五卷爲諸賢贊、頌、論、疏。中間載「至元順帝至正間」，則明初人所編也。（《四庫全書總目提要》卷六〇《史部·傳記類存目二》。）

范文正公年譜跋

（元）范國儁

先公生汴宋端拱，薨於皇祐，始終際極盛之時，明良康乂，克展忠藎。勳業在朝廷，威望在邊徼，惠澤流子孫。太史有傳，墓道有碑，鉅公名賢論贊稱述，焯示不朽。惟《年譜》未刻，非缺典歟？國儁忝奉祠事，謹命工刊梓，與《文集》、《奏議》並行，覽者庶有考焉。天曆三年庚午春正月望日，八世孫范國儁百拜謹識。（康熙本《范文正公年譜補遺》末附。）

范文正公年譜序

（明）劉武臣

君子之道常得以行於天下後世者，以君子扶樹之也。何也？舉朝皆君子焉，則朝無異道；舉國皆君子焉，則國無異道；舉天下後世皆君子焉，則天下後世無異道。奈之何不能皆君子也，則其道異，其道異則其心異，其心異則其趨不能以相一矣，而可望其道之行哉！兹其所以不能不待君子之扶樹也。然而君子論道，生乎前也，率俟後之君子；生乎後也，率仰前之君子。不前後而異揆焉，則亦此心之相感乎爾。

吾友無錫秦公國聲，以御史中丞經略全楚，入澧境，謁文正公祠，即復道士所侵祭田。已乃屬州刺史葉君邦彦、州倅歐陽君崇珍録公《年譜》，刻梓藏之祠，俾論公之世者考焉。美哉乎，其爲君子之道謀也！顧公之道，非後學所能窺測。然其在臺諫，則爲天下靖大奸；在邊徼，則爲天下禦大敵；在宰物之地，則爲天下恢張大治理。而表裏始終，粹然一出於正。譬則晴空不雲，澄江不波，人人得而知也。伊洛、横渠、安定諸儒皆有稱述，而考亭尤極其尊仰，其荅周益公之言曰：「范公心量廣大高明，可爲百世師表。」由是觀之，公於諸儒，雖其造詣淺深不敢妄議，然公卓然爲有道君子，則不當復疑矣。中丞公所以拳拳講求公之道者，詎容已哉！

梓刻既成，邦彦輩求予爲序。大中丞公之於范公，亦猶范公之於狄、李二公也。公嘗謁狄梁公仁傑祠，退而論撰其行業，刻石立之。又嘗謁李衛公德裕祠，病其湫隘，遷於南樓，且求其本傳，刻梓藏之。二公皆唐純臣，衆口畢詞以爲君子，故公究心焉。公而有神，其不喟然曰：鄉也吾爲狄、李二公究心，今秦公乃爲我究心乎！是可見君子之道同，則其心也趨也無或間然也。范公非爲二公謀也，爲二公之道謀也；秦公亦非爲范公謀也，爲范公之道謀也。秦公非循范公之故事也，君子之心，曠百世而相感，無非扶樹此道，使其常得以行於天下後世也。於戲！君子之道一而已矣，其不能以相一者，道不同也；道不同者，邪正之所由分也。如是而爲正，如是而爲邪，如是而爲君子，如是而非君子，不迷其途，不爽其趨，君子之道，不在兹乎？君子哉，君子哉！人病不爲耳。公之道具《年譜》中，其行之己者可則而效，施之人者可訓而行。後進之士論公之世，仰公之風而興起焉，則公之道常在天下後世而無恙矣。兹刻裨益，可勝既乎哉！秦公領兹雄鎮，惠洽威行，合境華夷，翕然率俾，故能以其餘閒尚友前哲，究心雅道如此。論者謂其安攘方略，得於景行文正之功，吾固以文正公之道望之。則邦彦輩之求吾序也，其奚宜辭。正德十二年丁丑夏四月甲子，後學西蜀劉武臣序。（《四明叢書》本《范文正公年譜》卷首。）

四庫全書范文正公年譜提要

《范文正公年譜》一卷，《補遺》一卷，附《義莊規矩》一卷。《年譜》一卷，宋樓鑰撰。鑰字大防，鄞縣人。隆興元年進士，官至參知政事，除資政殿大學士、提舉萬壽觀，卒，謚宣獻。事蹟具《宋史》本傳。《補遺》一卷，不知何人所作。前有自識一條，謂取舊譜所未載者，見之各年之下。所摭前譜闕遺頗多，亦足以互相考證。元天曆三年，仲淹八世孫國儁與《文正奏議》同刊行之。其《義莊規矩》一卷，則仲淹嘗買田置義莊於蘇州，以贍其族，創立規矩，刻之版牓。後其法漸墮，治平中，其子純仁知襄邑縣，奏乞降指揮下本州許官司受理，遂得不廢。南渡後，其五世孫左司諫之柔復爲整理，續添規式。其本爲范氏後人所録，凡皇祐二年仲淹初定規矩十條，又熙寧、元豐、紹聖、元祐、崇寧、大觀間純仁兄弟續增規矩二十八條，其慶元二年十二條，則之柔所增定。書中稱二相公者謂純仁，三右丞者謂純禮，五侍郎者謂純粹，皆其子孫之詞也。（《四庫全書總目提要》卷五九《史部·傳記類存目一》）。

范文正公年譜序

張壽鏞

有宋一代，通儒輩出。吾鄉諸先生以道學文章傳者，往往而有。若攻媿樓先生之博洽，其尤也。然宋初文章，實原自穆參軍，道學氣節則文正范公爲之魁。參軍之傳，其後有歐、曾。文正之學，則明復孫先生、横渠張先生首傳之。孫先生始以索游秀才謁公，公哀其遇，爲補學職，資餼廩，畀使竟學，且授以《春秋》。異日，孫先生果以《春秋》教授泰山，爲北宋大儒。康定初，公治兵延州，横渠先生年猶少，上書謁公，論軍事。公語之曰：「儒者自有名教，何事於兵！」因勸讀《中庸》。横渠之學，實基於此。然則公之學蓋可知矣。且吾聞之，公作《嚴先生祠堂記》，其歌之三章，原作「先生之德」，以示李泰伯。泰伯易「德」字爲「風」字。公凝視頷首，殆欲下拜，所謂一字師也。則公之於文事，其矜嚴又如此。公事業之見於天下者，率能道其彷彿。至於公之學術文章，真能知者蓋寡。攻媿先生爲公年譜，頗詳密。公迮吕夷簡事，歐公作墓誌，述記最真。今傳本已逸，蓋出堯夫删節。而此譜記之殊詳，則亦宋代黨禁之史實也。余既取此譜校刊之，復刺取公軼行，載之篇端，以見事功必原於學術，學術必原於師承也。至《年譜補遺》，稽諸清《四庫存目》，謂不知何人所作。而元天曆戊辰范氏歲寒堂刻本已著之，且有八世孫國儁識於《年譜補遺》之後，是爲天曆以前之作可無疑也。明萬曆戊申毛一鷺刊范集，竟題曰毛一鷺彙編，其冒焉可知。且毛一鷺魏閹黨也，張溥作《五人墓碑記》所謂「大中丞撫吴」者，又曰「吴之民方痛心焉」，即斯人也，何得以其名污文正公乎！讎校所及，並發其覆。民國二十四年四月，後學張壽鏞序。（《四明叢書》本《范文正公年譜》卷首。）

范文正公年譜案

張壽鏞

壽鏞案：元天曆三年本《文正公集》已將年譜刻入。《郘亭知見傳本書目》僅言《年譜補遺》一卷，實誤。（《四明叢書》本《范文正公年譜》卷首。）

范文正公年譜跋

張壽鏞

《范文正公别集》四卷，宋刊本，左右雙綫，白口兼有黑綫口，第一魚尾下標書名卷數，第二魚尾下標頁數、刊工姓名，半頁十二行，行二十字。第四卷末有題記，云：「鄱陽在江左號古郡，昔之爲守者固多，以賢稱者僅九人，而傑出於九賢之中，又止唐之顔魯公、本朝之范文正公，可謂難得也已。二公名氏在史官，大節在天下，至於文章，散落人間，雖筆端游戲之餘，而典雅純實，可以經世而出治，垂久而行遠，蓋其所養得天地之正氣，故文亦如之。然是邦實二公舊治，獨無墨本，而間見於他處，誠闕典也。翊攝乏此來，首訪而得之，鳩工鏤板，以傳不朽。斯人之眷眷二公，雖不繫於文集之有無，然使學士大夫家有其書，如潮人之於退之、柳人之於子厚，因書以致其師仰敬慕之意，不猶愈於《甘棠》之思乎？乾道丁亥五月既望，邵武俞翊謹識。」案，此爲江西第一刻本，當時蓋與《魯公集》同刻者。今《魯公集》北宋宋敏求本、南宋留元剛本皆不可得見，推明嘉靖錫山安氏本爲最善。而《文正集》尚存宋本，未始非幸事也。《天禄後目》有乾道本。第二跋云：「番陽郡齋州學有《文正范公集》、《奏議》，歲久板多漫滅，殆不可讀。判府太中先生嘗謂此郡太守名德如日月之照，終古不泯者，在唐則顏魯公，本朝則范文正公。文正之集，士大夫過郡者莫不欲見，其可不整治乎？於是委屬寮以舊京本《丹陽集》參校，且捐公帑刊補之。又得詩文三十七篇，爲遺集，附於後。其間尚有錯誤，更俟後之君（按：原脱一字，當是「子」字。）訪善本訂正焉。淳熙丙午十二月□日，郡從事北海綦焕謹識。」案此爲淳熙本，江西第二次修刊之本也。《文正集》原名《丹陽》，前有蘇軾序文。至江西刻行，始改名《文正集》，凡正集二十卷，别集四卷。考綦跋有「刊補」之語，則行款仍乾道之舊可知。然綦刻僅有遺集，即所云詩文三十七篇也。别集之名，更在三次重修之後。綦跋後復有三行，一行云「嘉定壬申仲夏重修」，二行云「朝奉郎、通判饒州軍州兼管内勸農營田事宋鈞」，三行云「朝請大夫、知饒州軍州兼管内勸農營田事趙檝」。案此爲第三次嘉定重修本，即此本也。後元天曆戊辰，歲寒堂范氏家塾即依此本重刊。其裔孫能濬復輯補編五卷附之，亦名《二范集》，蓋與《忠宣文集》范純仁。合刻，而歲寒堂則范氏家塾之名也。由此觀之，自乾道而淳熙而嘉定，實一刻而再修，天曆亦從此出，故行款未變。《文正集》宋刻傳世者，自《丹陽集》之外，蓋皆江西刻矣。余於己巳冬得宋刻《范文正公集》，蓋第三次嘉定重修本也。其别集四卷，取與張泠僧贈我影寫清宫舊藏宋刻本校對，斷板爛字，一一符合，殊可寶也。天曆戊辰歲寒堂原刻本，余未之見，攷《邵亭知見傳本書目》云「天曆本《文正集》二十卷、《别集》四卷、《年譜補遺》一卷、《遺文》一卷，半頁十二行，行二十字」云云。邵亭雖未將《年譜》與《年譜補遺》二種分别言之，然證以康熙丁未歲寒堂重刻本總目：《文集》二十卷、《别集》四卷、《政府奏議》二卷、《尺牘》三卷、《年譜》一卷、註宋樓鑰編次。《年譜補遺》一卷、未註編次人姓氏。《言行拾遺事録》四卷、《鄱陽遺事録》一卷、《遺蹟》一卷、《義莊規矩》一卷、《褒賢集》五卷、《補編》五卷。其《年譜補遺》既未註編次人姓氏，而《年譜》之後，有「五世孫之柔校正」七字，《年譜補遺》之後，有天曆三年庚午春正月望日八世孫國儁識語，則天曆刻時已有《年譜補遺》，可以概見矣。毛一鷺於萬曆戊申爲松江府推官時，曾編刊《范集》。伏跗室所藏《年譜》及《年譜補遺》爲毛刻全集之零種。毛刻於《年譜》第二行題「重校」，而重校云者，即謬誤百出。於《年譜補遺》第一行竟題曰「彙編」，且直冒他人著述爲己有。余刻《文正公年譜》，先見者爲毛刻本。嗣取康熙歲寒堂本勘比之，錯訛甚多，一一校正。而《年譜補遺》一卷，定爲天曆以前人士所作，抑或即爲攻媿所補，未可知也。何物一鷺，敢冒而取！余因序《文正年譜》，既發其覆，復就《范文正公集》刊刻之先後，及余得宋刻之可寶，與夫部亭所攷者，更詳言之，以見欺世盗名者日久必敗，而讎校之學不能不盡心焉耳。乙亥春，張壽鏞跋。（《四明叢書》本《范文正公年譜》末附。）

范文正公年譜補遺案

張壽鏞

壽鏞案：清《四庫存目》，《年譜補遺》一卷，不知何人所作。歲寒堂刻本《年譜補遺》，後有八世孫國儁識語。（《四明叢書》本《范文正公年譜補遺》卷首。）

跋文正公手書伯夷頌墨蹟

文彦博跋

書從北海寄西豪，開卷裁窺竦髮毛。范墨韓文傳不朽，首陽風節轉孤高。戊申後三十有七日，許昌郡齋中題，平陽文彦博寬夫。（康熙本《范文正公集·補編》卷三。）

富弼跋

夷清韓頌古皆無，更得高平小楷書。舊相嘉篇題卷後，蘇家能事復何如。壬辰歲正月，才翁按察。富弼題。（同上。）

蘇舜元跋

青州資政寄示小楷《伯夷頌》，許昌相公以詩跋尾，因作詩謝二公，兼呈永興觀文相公。舜元上。法書遥逐使車還，嘉句新從相府頒。牢落二賢天地外，孤竹之二賢，風流三絶古今間。台文競耀高逾麗，化筆交揮老更閒。不用悲吟恐飛去，豈無神物護重關。（同上。）

晏殊跋

轉運度支得青州資政黄素書韓吏部《伯夷頌》，許昌相公以詩跋尾，遂爲七言，因而寄及。謹用拙篇紀咏。殊上。首陽垂範遠，吏部屬辭深。染翰著嘉尚，系言光德音。褒崇亘千禩，精妙極雙金。題詠益珍秘，用昭賢彦心。（同上。）

杜衍跋

遠蒙運使度支以資政范公所寄黄素小字韓文公《伯夷頌》，請許昌文公、淮西富公題詩於後，才翁復綴雅什，兼寄長安晏公，公亦有作。衍久兹休退，人事僅廢，不意雅故未移，悉以副本爲貺，俾愚繼之。對此怔忪，既感且媿，輒爾牽强課成拙句奉呈。敢言亦驥之乘，聊爲續貂之比耳。衍上。希文健筆鈔韓文，文爲首陽山下人。寧止一言旌義士，欲教萬古勸忠臣。頌聲益與英聲遠，事蹟還隨墨蹟新。當世宗工復題咏，尤宜率土盡書紳。（同上。）

陳執中跋

壬辰歲孟春月，使車按部獲一觀焉。執中題。（同上。）

賈昌朝跋

范希文好談古賢人節義，老而彌篤。書此頌時，年六十有三矣。癸巳歲夏四月，昌朝書。（同上。）

蔡襄跋

此書皆謗毁艱難者讀之，益以自信，故退之、希文尤慇懃耳。治平二年五月六日，襄題。（同上。）

薛嗣昌跋

河東薛嗣昌亢宗觀。（同上。）

邵亢跋

丹陽邵亢獲觀。熙寧庚戌二月庚寅記。時領滎陽，舟次泗上。（同上。）

韓絳跋

覽才翁家希文手筆《伯夷頌》，輒書短篇於紙尾。熙寧庚戌歲初伏日，潁川韓絳子華題。高賢忠義古今同，手筆遺篇法甚工。寶軸傳家當不朽，追懷餘思凛生風。（同上。）

程頤跋

許昌題後及今二紀，乃熙寧甲寅之歲仲冬中澣之日。念往懷賢，不覺悢悢。伊川逸老再題。（同上。）

劉定等跋

番陽劉定、金陵陳祐甫同觀，元豐四年三月廿八日。（同上。）

當世跋

辛酉季冬九日，當世題。（同上。）

韓縝跋

潁昌韓縝玉汝屢嘗觀之。元豐甲子歲仲冬社日，又從安國借看，西府東廳書。（按：今墨蹟佚。）（同上。）

黄庭堅跋

范文正公書《伯夷頌》，極得前人筆意。蓋正書易爲俗，而小楷難於清勁有精神。如斯人，不必以書立名於來世也，然翰墨乃工如此。蓋喜多能，雖大賢不免焉。（同上。）

楊傑跋

元祐二年臘日，靖恭楊傑、京兆慎宗觀。（同上。）

伯夷避位孤竹，責仁於周，義不食粟，死於首陽，可謂聖人之清已。其於時也，不亦難哉！文正公書《伯夷頌》時，今中書丞相侍行青社，三十年間繼登宰輔，澤被四海，有若伊尹格於皇天，有若伊尹陟格於上帝，蓋千載一時也。元祐四年四月四日，權發遣兩浙路提點刑獄公事楊傑謹題。（《無爲集》卷九。）

范純仁跋

皇祐三年侍行於青社時，先公書此頌以寄京西轉運使蘇公。今再見手澤，不勝悲慕。元祐三年六月七日，嗣子守尚書右僕射、兼中書侍郎純仁謹題。（康熙本《范文正公集·補編》卷三。）

林种等跋

林种、賈公望獲觀。戊寅冬十月廿九日記。（同上。）

郭彭年等跋

汾陽郭彭年、建安陳昱同觀。宣和壬寅夏六月二十有六日。（同上。）

范純粹跋

崇寧五年，純粹得見先公、先兄遺墨於潁昌，伏讀久之，涕落紙上。七月八日謹題。（同上。）

李孝彦跋

范文正高風表表，文采云爲，天下後世之仰服，蓋不獨其書也。此卷皆元老真儒翰墨，使人竦然欽賞。政和四年正月六日，濮陽李孝彦跋。今墨蹟佚。（同上。）

趙子琥跋

政和丙申孟秋二十八日，趙子琥、王孝迪同觀於高平三瑞堂。（同上。）

李開等跋

清江李開、晉陵胡唐老同觀。（同上。）

秦檜跋

高賢邈已遠，凛凛生氣存。韓范不時有，此心誰與論？紹興甲寅八月望，建康秦檜謹題。（同上。）

馬紹跋

伯夷古賢人，昌黎追作頌。文正小楷書，尊仰世所共。李侯吾故人，收藏萬金重。適來尹平江，范氏暫陪從。一日拜祠下，歸諸子孫用。三賢固自佳，侯德亦堪誦。再拜書五賢，心薌辦清供。大德己亥四月十五日，曹南馬紹書於平江旅次舟中。（同上。）

泰不華跋

魏國文正范公，在宋朝爲名臣稱首，當時論者，或直以爲聖人，或方之以夔、卨，是豈泛然而爲之言哉？觀魏國出處始終大節，一合乎道。其豐功盛德，焕乎簡册，若日星之不可掩，山嶽之不可齊，與天地相爲悠久，其窮理盡性以至於命者與！今觀魏國所書《伯夷頌》，筆法森嚴，真可與《黄庭》、《樂毅》等書相頡頏。是則魏公非特於德行功業超然傑出，其於書法亦造乎其極者也。然公不他書，而書韓子《伯夷頌》者，尤見公切切於綱常世教，未嘗一日而忘也。披玩再三，令人歛衽起敬。至元三年後丁丑歲秋九月望，後學泰不華謹書。(《六藝之一録》卷四〇四。)

牟巘跋

皇祐三年十有一月,文正范公在青社用黄素小楷書韓子《伯夷頌》,遺京西轉運使蘇公舜元。

蓋天下萬世大綱常、大議論,扶植天地,不可一日以無者。昔文王三分天下有其二,以服事殷。伯夷固知其將終身西伯,故辟紂而歸之,其心豈遂忘殷哉?一旦武王之師載木主而以王號於其衆,非文王意也,兄弟奮然以身爲天下萬世争綱常,繼之以死。其事誠卓絶,然人乃或非之。至孔子時,猶有以爲怨者,而孔子獨曰:「求仁而得仁,又何怨?」至唐時,猶有以爲偏而不通者,而韓子獨曰:「伯夷者,特立獨行,窮天地、亘萬世而不顧。」韓子之言上繼孔子,而公乎天下萬世,有功於綱常甚大。時無韓子,議論廢,則綱常泯,吾爲此懼。而幸獲睹范公之所書,義士仁人,壯顔毅色,凛在心目間。使頑者懦者一見,且泚汗破膽,知畏議論,是范公亦與有功於綱常也。

公平生自許忠義,前後緣論諫得罪,至被以誣謗,目以朋黨,擯斥遠外。而公信道之篤,躓而愈奮,老而愈厲。《伯夷頌》固其中素所蓄積者。嗚呼!皇祐盛明時,公之書此,猶義形於色。設不幸處綱常之變,當何如?若公者,真可畏而仰哉!

大興李侯戡丁丑歲得此本於燕，揭來守姑蘇，偕濟南陳君祥、汴梁焦君德明首詣公祠下，訪問其子孫，而以畀之。尊賢尚義有如此。公之孫邦瑞、士貴敬受而藏，不啻拱璧。始其家嘗以摹本刻於義莊歲寒堂，至是，乃得真蹟於二百四十八年之後，若有神物護持，以待其子孫而後付，殆匪偶然。二君議勒石傳不朽，輒具論顛末，俾以刻。晏元獻、杜正獻、文忠烈、富文忠、蔡忠惠諸賢與公忠義相期，各有題賦，而蘇公詞翰氣概又公所重，宜併刻於後。若昌朝、執中輩雖素有牴牾，亦不以人廢焉。

抑予觀忠宣公兄弟，有感手澤，言泯意外，志念深矣，尤後人所當取節。二君皆有典刑，文學能亢其宗，族黨所共推尚，帥其族之人與其弟子，謹守此寶，圖繼前志，用衍忠義之傳，其永永無斁。大德四年二月初吉，陵陽牟巘識。（康熙本《范文正公集·補編》卷三。）

張伯淳跋

長白山中名相出，首陽山下若人賢。古今如此能多少？歲月相望越二千。遺墨來從新畫戟，故家復取舊青氈。偉哉君子無窮澤，留得餘芳奕世傳。嘉興張伯淳敬題。（同上。）

方回跋

班固人表吾嘗疑，第一武王二伯夷。我謂伯夷可第一，武未盡美宜二之。退之第一唐文人，希文第一宋輔臣。韓爲夷頌范爲寫，三絶誰歟十襲珍。星奎運餘三百年，皇祐慶曆諸鉅賢。逮至渡江乾淳後，珠題玉跋盈長編。名士題跋不一。范氏衮衮饒公侯，丞相忠宣公純仁以下，幽州括州至蘇州。范氏本幽州良鄉人，遷括蒼，今江湘提學君澤居處州，是文正始居姑蘇。行軍元昊驚破膽，義莊睦族春復秋。子子孫孫居吴中，族長王祭，今八世孫邦瑞也。指李後人今黄龔。謂平江使君李公信之逸齋。錦囊偶貯此三絶，燕香夜寒吐長虹。衮衣繡衣觀且誇，衮衣謂右丞馬公性齋，繡衣謂陳廉訪君祥、完顔廉訪正卿。故國喬木興咨嗟。大尹不吝歸趙璧，祠以少牢復其家。提學翰林索我詩，謂君澤自玉堂外補。肯捐此寶真復奇。授者良難受者易，即此可刊遺愛碑。大德庚子春上丁之明日，紫陽方回萬里。（同上。）

柯謙跋

企清風兮薇山之陽，寶芳帖兮薇露之香。意人世不可以久留兮，雷霆下而取將。幸鄰侯之巾襲兮，儼墨蹟之未亡。把一麾而東來兮，文正之鄉。喬木蒼蒼兮，蘭菲菲其彌芳。嘉先正之有後兮，偉德澤之長。出此帖而歸之兮，甚魏笏之輝煌。時不可兮再得，勉世世兮珍藏。天台柯謙。（同上。）

仇遠跋

小楷青州三絶碑，復還范氏事尤奇。不知百世聞風者，更有何人似伯夷。古今一理是綱常，范筆韓文妙發揚。公餓首陽元不死，春風歲歲蕨薇香。錢塘仇遠再拜。（同上。）

湯炳龍跋

退之（常）〔嘗〕作《伯夷頌》，綱常更爲文章重。小范老子翰墨香，唤醒首陽千古夢。爾來宇宙三百年，刼灰不壞寧非天。姑蘇李侯賢太守，爲將手澤歸雲玄。因憶右軍修禊叙，智永藏之固其所。今比蕭翼誰賢愚，豪奪何如能樂與。君子於物不留意，好德終然勝好古。劍許徐君自有心，書還孔子非無故。粟可不食國可辭，較之一紙真豪釐。聞風廉立遽如許，信哉聖人百世師。西山之薇何獨美？向微二子一草耳。東海魯連死猶生，中書馮道生猶死。承平文獻傳至今，品題先後如盍簪。就中何人合媿死，九錫不是夷齊心。楚北村民湯炳龍題。（同上。）

龔璛跋

逸齋總管相公，以所藏文正公書《伯夷頌》歸於范氏，懷賢尚德之心，士大夫皆樂道之，爲詩若文盈軸，甚盛事也。不揣蕪陋，僭賦小詩。高沙龔璛拜手。一時端合拯斯民，萬世寧無啓不臣。此意聖賢非二致，誰令今古共彜倫。墨胎事遠頌聲在，青社人鈔楷法新。尺素郡侯還范氏，先憂天下亦同仁。大德庚子二月廿一日，書於義宅之西序。（同上。）

趙孟頫等跋

吴興趙孟頫子昂、高郵龔璛子敬同觀。（同上。）

史孝祥跋

海濱二老本同歸，末路殊途孰是非。叩馬匆匆扶義士，憐渠未識首陽薇。韓辭范筆照千齡，扶植綱常似六經。日月争光宜下拜，莫將此眼對蘭亭。眉山史孝祥。（同上。）

羅志仁跋

豫章先生集有此帖跋云：「范文正公書《伯夷頌》，極得前人筆意，蓋正書易爲俗，而小楷難於清勁有精神。如斯人，不必以書立名於來世，然翰墨乃工如此，蓋喜多能，雖大賢不免焉。」志仁伏讀諸名公所題大篇短章，於伯夷之清風、昌黎之偉詞、文正公之寶墨、賢侯歸帖之美聞、孫承家之懿藻繪盡矣，尚何辭之措？敬書山谷此跋，以補闕遺。又山谷嘗跋公真蹟云：「范文正公書，落筆痛快沈著，極近晉宋人書法。往時蘇才翁筆法妙天下，不肯一世，人惟稱文正公書與《樂毅論》同法。」老年觀此書，乃知用筆實處是其最工，書，以歸之竹趣先生。晚學清江羅志仁拜手。（同上。）

想其鉤指回腕，皆優入古人法度中。此跋首述才翁所云，於寫《伯夷頌》亦相關涉，因牽聯

牟應龍跋

文正公所以師表百世者，固不在書，然筆法之妙，自足追媲古人。故蘇公號稱能書者亦從公求之，以爲珍玩焉。書此頌時，已六十有三，距公薨，財一年耳。而楷法謹嚴，一筆不苟如此，真可敬而仰哉！夫書雖細事，而最足以觀人。公書如是，中之所存可知已。同時如文、富、韓、歐諸公，書之工拙雖或不同，而其渾厚端莊則亡以異。此四五公者坐廟堂，邦其有弗乂、俗其有弗醇者乎？世稱王荆公書如斜風急雨，其胸中躁擾可以想見。一旦當國，遂盡取成憲而紛更之，天下騷然，而風俗亦一變而趨於薄矣。厥後温公復古而國再安，章、蔡崇新而世遂亂。其正與邪皆莫逃於筆墨之間，益信心畫之説不誣。然究其大歸，則熙寧以前之書多重厚而少輕浮，熙寧以後之書多輕浮而少重厚，玆蓋世道之所以升降者。予嘗從故家盡得宋南渡前墨蹟觀之，而竊爲之説如此，故并識之，俾來者有攷焉。大德庚子六月乙巳朔，陵陽牟應龍敬書。（同上。）

李衎跋

文正公爲蘇舜元書《伯夷頌》，名公題贊甚富。二百年間，不知凡幾傳，至於賈秋壑。宋亡，北流於燕，逸齋李侯時爲部侍郎，得之寶藏文府。大德戊戌，侯自兩淮都轉運使來守是邦，謁公祠下，求公之後人以與之，侯盛德也。衎奉檄來姑蘇理海舟之獄，范氏之族長竹趣先生出示，幸獲觀焉。大德庚子秋七月，小子李衎再拜謹識。（同上。）

盛彪跋

文正范公細書昌黎公《伯夷頌》石刻，在建業玉麟堂。墨蹟傳流，大德己亥復歸於范氏。庚子歲九月，過吴中獲觀，拜手敬贊。餘杭盛彪。百世之師，維孤竹氏。六經之文，維子韓子。不有斯文，孰繪厥懺。維高平公，高山仰止。素書銛鋒，羲獻是似。匪翰匪墨，爲綱爲紀。去珠斯還，良玉不毁。有物護持，復歸於是。庶幾寶之，有永千祀。（同上。）

郭隚跋

夷齊之論，至夫子而定，或謂得夫子而名益彰。二子求仁得仁，名之彰與否，不暇爲身後計也。退之之頌，賢於司馬遷附青雲之見遠矣。按文正公在青社，皇祐三年十一月書此。未幾，以病請汝陰。明年五月，薨於徐。其平生特立獨行之志，夷險一節，老且死不變，而見於心畫者如此，與守桐廬日祠嚴子陵祠同意，清風凛乎其相劘也。時文潞公罷相知許昌，杜祁公爲賈昌朝所抑致仕去，富鄭公淮西，晏元獻京兆，諸賢在外，詞翰往返，蕭灑高潔，語出意表，視夷齊異世同調。所恨者，公方向用而即世矣。後三年，文、富並相，使公而無死，天章一疏盡行，豈有熙寧之禍哉？蔡忠惠治平二年五月之題，謂「此書皆謗毁艱難者讀之，益以自信」。是年忠惠爲三司使給事，以讒出守杭，故云爾。意謂公屢遭擯沮，蓋夷齊其行而世或有非之者，遂借此以自見。然公知有直道而行而已，豈自必於夷齊哉？自必於夷齊，亦未免有所利而爲之矣。天荒地老，崑玉不燼，宛其復歸，與義田並傳，君子之澤通乎盈虚之運、幽明之故，正不偶然也。片紙三百年，承平碩輔，姓字皦皦如日月，見之束袵盤辟。若檜若似道，亦蝨其間，使人指畫唾駡。然則士不以夷齊自厲，其不爲文正公之罪人者幾希。雖然，亦豈願其爲夷齊哉？大德庚子日長（王）〔至〕，長樂郭隚拜手謹書。（同上。）

董章跋

伯夷之行，昌黎頌之，文正書之，真三絶也，子孫其寶之哉！真定董章。（同上。）

王簡等跋

汲郡王簡、漢東孟淳同觀。大德乙巳夏五十日。（同上。）

王亢宗跋

文正范公手澤獲見於二百六十三年之後，扶植綱常，流傳是寶。濟南王文羽、保定孫杲同觀。時皇慶二年，歲在癸丑暮春，大名王亢宗識。（同上。）

胡助跋

翰墨嘗託文章傳，文章益重節義全。使無節義照今古，文章翰墨空嬋娟。特立獨行不顧衆，萬世標準權亦用。吏部雄文破鬼膽，爲渠喚醒西山夢。范公相望餘千齡，人物自與皋夔并。黄素細書《伯夷頌》，白頭不草《太玄經》。一字千金價無讓，虹光夜徹星斗上。夷清韓頌高平書，再拜莫作文翰想。奸臣襲藏猶畏仰，面無生色泚流顙。珠還氈復子孫賢，我信斯文天未喪。佳辭善書常有餘，嗚呼，節義不可一日無！致和元年中秋日，金華後學胡助再拜謹書。（同上。）

楊敬悳跋

先正范公，文武忠孝、親親仁民之德充周穹壤。是以尺素寸楮，觀者斂衽。曹操、王敦、桓温，未嘗書不佳也，至今見者唾之。公所書《伯夷頌》流入秦檜、賈似道家，緜賈遂没入官。宋亡，出於燕趙間，復歸吴范氏，世所共貴重者有在也。熙寧以來，見者必著姓名，豈欲託以不朽耶？苟不知觀感興起之微求公之心，希公之德，徒珍玩是誇，亦秦、賈耳，不幾於狎大人乎？凡我同志，相與勉焉。泰定丙寅七月十九日，天台後學楊敬悳書。（同上。）

曹鑑跋

古人尚友，以其類也。伯夷之心，惟孔子爲能知之。千載而下，惟文正范公有以似之。文正之心，惟朱文公爲能知之。千載而下，其亦有似之者乎？嗚呼希矣！至順壬申夏五月，宛平曹鑑拜手謹書。（同上。）

柳貫跋

文正公以寶元元年赴潤，道謁狄梁公廟，爲之作記立碑。又十三年，皇祐三年鎮青社，用黄素小楷書《伯夷頌》寄蘇才翁，蓋去公薨半歲耳。於是，公屢以言事忤旨，出殿外服，知其道之莫可行也，將以仰晞古人，而於伯夷之清風、梁公之大節竊深慕焉。攬公之迹，可以諒公之心矣。所謂百世以俟聖人而不惑者，兹非其徵乎？東陽柳貫謹題。（同上。）

柯九思跋

右宋推誠保德功臣、贈太師、中書令、魏國范文正公書唐韓子《伯夷頌》真蹟，筆意精嚴，動合法度，有晉人之遺風。熙寧以後，名公題識具存，誠寶玩也。按公書此頌，遺武功蘇舜元。南渡後，歸秦檜氏，又歸賈似道氏。宋亡，流入北方，李侯戡得之京師。來守吴，實魏公之鄉，因謁公遺像，以其書歸其後之人。今藏於范氏義莊，子孫世守之。竊嘗謂時有代謝，世有盛衰，至於天理民彝，則越萬世而不可泯者，必有人焉。王侯之貴，晉楚之富，死生之大，舉不能以動其心，始足與有爲也。太史公纂史傳，思可以厲節義、維綱常者，許由、務光之倫，其事不經，得孤竹之子，遂爲數千載人物稱首，遷之志念深矣。唐韓子探其微旨，著《伯夷頌》。文正公復得韓子之志，而爲之書。蓋公屢以忠讜不容於時，遭誣擯斥，守道彌篤，所謂不動心以有爲者，其在斯人歟！其在斯人歟！夫聖賢所遭之時雖異，至於厲節義，維綱常，而天理民彝賴之而不泯者，則一而已。故觀此書者，莫不興起，書云乎哉！

贊曰：於昭民彝，不億而泯。肅肅元夫，厥德孔純。弗移弗屈，執中允固。思皇九有，克寧無斁。民不可乏主，我不隕厥清。匪茲元夫，日離亂争。此何人斯？孤竹之子。非其君不事，非其民不使。韓侯作頌，郁郁其章。魏公書之，翼翼其相。死生弗渝，是式是似。曠代同心，惟予與爾。人獲遺書，如圭如璠。懷德不替，來歸其孫。維魏公孫子，永保勿失。惇我風化，尚胙皇國。後學柯九思拜手謹書。（同上。）

虞集跋

伏承主奉范君出示先世書詔及文正公手書《伯夷頌》，令集題識。仰惟前賢，争光日月，不敢妄有贊述，輒以鄙句奉謝，用表惓惓景慕之意云耳。蜀郡虞集頓首。慶曆元臣細字書，清風真與伯夷俱。潞韓並識何春應，秦賈争藏實巇汙。神物護持天愛寶，子孫驚喜海還珠。敢以微塵贊喬岳，願推餘論砭頑夫。企仰前賢歲月深，阿衡事業伯夷心。義田猶是當時禄，遺像能令百世欽。竊頌詩書求仿佛，默嗟人物轉銷沈。誰人浪漫矜家世，看取天平萬石林。（同上。）

湯彌昌跋

敬題文正公所書《伯夷頌》卷尾，長沙湯彌昌頓首再拜。頌文遥附青雲傳，楷法獨推黄素書。百世清風元不泯，兩公高志更誰如？珠遺舊入權臣槖，璧返今逢刺史車。一卷寶藏同魏笏，虹光清夜燭寒虚。（同上。）

偰玉立跋

文正千年士，精忠凛不亡。勳名山嶽重，翰墨日星光。喬木參天古，幽蘭疊砌芳。我來拜祠下，端欲濯滄浪。高昌偰玉立再拜。（同上。）

干文傳跋

孤竹身爲百世師，范公手染退之辭。不知青社揮毫日，得似天章論道時。鐵畫銀鉤黄素帖，珠還璧返歲寒堂。須知此事關風教，子子孫孫盍寶藏。吴後學干文傳載拜。（同上。）

汪澤民跋

青青首陽薇，皎皎孤竹子。求仁亦何怨？清風千萬祀。昌黎述玄聖，雄文劇頌美。偉哉青社書，感激有深旨。列宿麗寒旻，群鴻戲秋水。李侯信卓犖，不惜百金市。分符守吴會，開緘授雲耳。故物傳衛公，遺璧歸孔氏。一玩三嘆息，當思繼前軌。元統乙亥三月壬寅，新安汪澤民再拜。（同上。）

杜本跋

古之君子之於學也，至於成己成物，其於天下國家則曰功成治定。所謂言之必可行也，行之必可言也。蓋物格知至，而至於國治天下平者如此，非苟以爲言而已。世之君子何其言之詳，而卒不見其成功耶？若文正范公，則所謂能言之而能行之者也。觀其所書韓子《伯夷頌》，豈特筆墨之妙，其爲萬世之慮也深矣。後學京兆杜本敬觀。（同上。）

韓嶼跋

首陽高節，退之頌之，吏部文章，文正書之，時稱爲「三絶」，趙宋諸賢及有元之材大夫士題咏之不少置。其八世孫静翁裝潢而珍襲之，求名筆以發其光華，信可寶已。余嘗私竊論之：伯夷以特立獨行之節，不待退之頌之而始顯，惟得退之頌之，則其節爲益顯；吏部以日光玉潔之文，不待文正書之而可傳，惟得文正書之，則其文爲益傳。故伯夷之節，唯知適於義而已，初不計後之頌與否也；退之之頌，深以爲亂臣賊子不守名節者之戒，初不計後之書與否也。三者無心，會而爲一，虹光渥彩，昭如日星之垂天。使世之亂臣賊子，未爲者而觀此書此頌，則神駭心悸，而不敢肆其惡；已爲者而觀此書此頌，則膽落魄喪，而無所逃其罪。其有功於世教大矣！且文正以清才茂行，爲時名臣，先哲稱其事業滿邊陲，忠義滿朝廷，聲名滿天下，則字畫乃其餘事；然猶莊楷遒麗，過人如此，真趙宋第一流人物也。余適以事過吴，伏謁祠下，静翁持成卷示余，故欣然書之，以俟夫知言者得焉。薊丘韓嶼載拜。（同上。）

鄭僖跋

《伯夷頌》首云：「士之特立獨行，適於義而已，不顧人之是非，皆豪傑之士，信道篤而自知明者也。」此數語，已足盡伯夷之心。文正公親書此頌，匪惟知之，亦久蹈之。觀其立身大節，亦不顧人之是非，信道篤而自知明者，豈非豪傑之士哉？其裔孫静翁先生恬愉樂道，獨能保有斯文而珍藏之。觀此者，千載清風俱(廩)〔凜〕然矣。後學永嘉鄭僖再拜書。(同上。)

黄溍跋

范文正公所書《伯夷頌》，後有秦會之太師、賈師憲太傅兩人圖記。宋南渡後，此卷必流落江左而嘗入其家。至李侯戩得之於燕，則宋亡之明年也。范氏所居近在吴中，兩人不能舉而歸之，卒有待於李侯，而公之子孫乃獲敬受寶藏焉，豈偶然哉？蓋自西方兵寢不用，公歸而均逸外藩，因得以暇日遊心於藝事。才翁善書，而深服公楷法之妙，求公寫《乾卦》，而公以字數多，眼力不逮故，爲寫此頌。卷末第云「書法亦要切瑳，未是處，無惜賜教」而已，後來一二大老又推廣其説，謂公書此，實爲天下萬世綱常計，至哉言乎，不容復贊一辭也！至正七年春正月甲子，後學黄溍敬觀。(同上。)

篤列圖跋

韓文稱頌伯夷賢，黄素真書慶曆年。月照明珠還合浦，春風長共義莊田。至正甲申六月辛未，燕山篤列圖再拜。（同上。）

胡長孺跋

名並日星真細事，義參天地在彝倫。寥寥千古空遺跡，薇滿西山意自春。伯夷清節韓公頌，范老銀鈎韓子傳。屋辟遺書還孔氏，誰人得似使君賢。金華胡長孺。（《六藝之一録》卷四〇四。）

戴表元跋

范文正公黄素小楷昌黎《伯夷頌》，蓋在青社時所書，以遺京西轉運使舜元蘇公者也。後二百年，大興李侯戡得此本於燕。及南來守吴，乃文正公鄉里，即訪公子孫以畀之，范氏喜而求書，爲賦。有耳不聽《下里巴人》，有手不寫《劇秦美新》。天生靈物寄我體，可惜穢棄同埃塵。清風百世希文老，一字傳流今是寶。誰知堂堂《伯夷頌》，曾借春暉發枯槁。韓子也復英雄姿，水寒斗峻餘文詞。吹嘘自起北海隱，膾炙聊慰西山飢。天荒地老英靈在，處處江湖虹散彩。書離孔氏忽自歸，金遇龔侯如有待。世情愛古兼愛奇，奴書滿眼非吾師。請君焚香盥手拜此帖，歸洗人間兒女癡。剡源戴表元再拜。（同上。）

鄧文原跋

先哲吾師表，斯文古鼎銘。義形扣馬諫，書勝换鵝經。故事徵皇祐，鄉祠謁仲丁。登堂覩遺墨，山雨颯英靈。心田垂世遠，手澤歷年殊。誰購山陰序，真還合浦珠。身惟名不朽，書與道同符。諸老珍題在，猶堪立懦夫。蜀後學鄧文原頓首。（《式古堂書畫彙考》卷九。）

王雝跋

宋范文正公書唐韓文公殷伯夷《頌》，想其清風勁節、德行文章，真希世之三絶也。元初，平江太守李侯戡得之中原，歸之范氏子孫，可謂劍出豐城，珠還合浦。李侯其亦仁人之心歟。展玩之頃，頓覺忠義之氣凛然在天地間，令人毛髪竦立。宋朝十相景仰之忱，藹然見於言辭之表。秦、賈二公猶加企敬而珍藏之，度其心，寧無所愧？大明兵至，義莊祠宇俱爲灰燼，此卷同罹此患，覬必不存，大宗孫廷珍、十世孫天倪復覯之於軍砦中。嗚呼！公之靈在天，天祐其忠，俾公之手澤不泯於世，是知公之遺澤未艾也。雝生二百載後而獲觀覽，猶天青白日覩景星鳳凰，快平生之心目也。河東後學王雝拜書。（同上。）

夏原吉跋

文正公文章政事載諸簡册者，竊嘗觀誦感仰，至於遺墨，罕獲見焉。癸未秋，予督餉至東吴，憩公書院，其十代孫天倪持公手澤一軸示予，盥手拜閲，且羡且慄，何也？蓋所書者非他文，乃韓吏部《伯夷頌》。伯夷特立獨行，聖之清者也，後世孰加焉？公書其頌，所以寓儆者深矣。矧公之書法，遒勁嚴整，妙絶前代，而予也敢不起敬起慕！永樂癸未仲秋，資善大夫、户部尚書夏原吉拜手書於姑蘇文正書院。（康熙本《范文正公集·補編》卷三。）

劉良跋

右魏國文正公書韓昌黎《伯夷頌》一通，筆意精妙，清古入神，雖鍾、王、顔、柳不過也。余聞書藝也，君子貴之，藝之美也，况大賢之手澤傳於後，與世俱存。公之在盛宋，而其名天下重之，不特文章翰墨也。而學問淵源、立朝大節，世未必盡知之。當時公之書與蘇才翁，范氏子孫復得而珍惜之。十一世孫、主奉元理出以相示。余生也晚，恭覩遺墨，肅然起敬，悚然汗下，凛然如公之在前也，其真有感發也夫，其真有興起也夫！時宣德戊申仲春上澣，奉政大夫、户部郎中、零陵劉良拜手謹書。（同上。）

戴仁跋

伯夷，聖之清者也，韓昌黎頌之，范文正書之。頌之者固尚其節義之清，書之者亦尚其節義之清。書之以遺蘇才翁，豈惟欲尚書法之古，亦欲其尚節義之清也。是書也，曾幾何年復歸范氏，非世有賢子孫，惡能珍藏之若是耶？巡按劉同年葺文正祠堂，偕余往觀焉。頃見主奉從規能善言厥祖，不謂之賢矣乎？且見其二子，其幼者歧嶷不凡，而知范氏又將有興者矣。然則公之遺墨不亦留芳於千古不磨者乎？成化辛丑秋八月八日，句曲戴仁敬題。（同上。）

楊澤跋

拜觀是卷，是韓富諸公之詞翰，以秦賈二人之圖書，一善一惡，而勸戒具焉。有志者得不凛然而敬慕，惕然而警懼乎？時成化甲辰二月朔旦，天台楊澤書。同上。

司馬亜跋

亜評訂宋之名臣，謂范希文質性氣局可比伊尹。當有真知亜者信斯言矣。兹拜觀所書《伯夷頌》，因用識此。大明成化甲辰九月，蘭亭司馬亜書於鶴山書院。（同上。）

周景跋

弘治元年夏四月廿四日，掌宗人府事、駙馬都尉、相人周景同兄蘇州府同知周冕拜觀。（同上。）

程敏政跋

廣庭端拜一塵無，門外清谿點緑蕪。三代偉人生慶曆，千年遺廟託姑蘇。淺夫敢竊先憂號，盛德還徵後樂圖。徽國陋儒空仰止，海峰高絶倚雲孤。范家園腳步春風，皎日英標在眼中。銀杏十圍家廟古，玉粳千頃義莊豐。身當文正無雙士，手授中庸第一功。卻走畫廊看翠碣，朱絃三嘆憶歐公。走奉詔北上，道吴門，伏謁文正祠下，得閲忠宣、恭獻諸遺像，緬想高風，敬賦二律，寫貽公世孫從規，用致鄉仰之萬一云。時弘治六年，歲次癸丑春二月廿七日，新安後學程敏政謹誌。（同上。）

吴寬跋

西望天平萬笏林，凛然生氣到於今。名文有託幽光顯，餘事能傳楷法深。義士若微真接跡，高賢雖有莫論心。歲寒堂裏千年物，敢作尋常翰墨臨！先正范魏公楷書韓子《伯夷頌》，宋元以來題詠甚多。然奸檜亦厠其間，有「韓范不時有，此心誰與論」之句，是可笑也。舊嘗獲觀此卷，今再從公裔孫從規主奉借觀，焚香再拜，謹題其後。鄉學生吴寬。（同上。）

徐貫跋

右宋范文正公書唐韓文公《伯夷頌》，以貽西京轉運使蘇舜元。蘇之後，不知何代失之，而畢竟歸於文正公之子孫，豈偶然哉！豈偶然哉！今其嗣孫從規持以示予，且請題。古今人題咏多矣，予何容贅。嗟夫！文正公，宋名臣也，道德功業，烺烺炳炳，當以三代以上人物論之。其片紙隻字流落人間者，雖三尺之童皆知寶之，况其子孫乎？噫！先天下之憂而憂，後天下之樂而樂，安得復見斯人也耶！高山仰止，景行行止，又當於書法之外求之。若檜與似道，乃宋之賊臣，公視之宜不啻犬彘，其墨蹟豈可厠於其間？當削去，勿爲此卷之汙。大明弘治乙卯歲春二月之吉，後學淳安徐貫謹識。（同上。）

王鼎跋

此卷首乃宋魏國范文正公遺墨也，後世珍襲或咏嘆之，無間善惡，豈真所謂柳骨顔筋而作祖書法耶？抑惟其人而已矣。况其所書又韓昌黎之文，頌伯夷之清哉！於乎！觀其書而究其心，誦其文而論其世，千載之下，流風猶襲人襟懷。范氏子姓其永寶之勿替。賤子以弘治丁巳來按吴，謁公祠，而主奉汝륍出此卷徵題，遂忘其僭陋而贅此於末簡云。長

至日，古閩王鼎書於蘇臺之冰玉堂。（同上。）

胡文静跋

君臣大經，猶天高地下，非可以人力移易者。是以武王八百國精兵，可以滅商家六百年社稷，而不可滅二子扶植綱常、違衆自是之論。觀吾夫子謂「武未盡善」，可見矣。世降戰國，生民塗炭已極，孟軻氏始以仁義之師諷諭當時，蓋不得已而救世之大權耳。後世以争戰定天下，往往援以自濟，遂至篡竊相仍。衆亦視以爲常，不復以爲變，二子之論幾滅。此昌黎韓公又違衆自是，特爲之頌；文正范公又違衆自是，特爲之書。今考韓公入淮蔡，范公在西夏，君臣之義，死生以之。是二公者，附美於二子，不止於頌與書也。二公既遠，頌與書存，范氏子孫世守若大訓。然得之復失，失之復得，若有以冥護之者。人得而閱之，如商彝周鼎，大爲奇遇，輒有題識，用從不朽，是又欲附美於公者也。嗚呼！附公之美謂可止於斯耶？正德七年壬申三月朔旦，賜進士、吴縣知縣山陰胡文静題。（同上。）

朱彦昌跋

文正公筆蹟之重，重人也。觀者輒有題跋，以識景仰之私，且欲託名於不朽耳。檜何人斯，亦有詠焉，斯亦可見秉彝好德之心，無間於忠佞矣。嗚呼！韓范之不同時，於檜亦幸耳；使不幸而同焉，抑豈爲檜所容哉？檜爲此言，又將舉天下後世而欺之矣。愚欲其子孫割去之，使無污此卷可也。雖然，若檜者，世亦有之，毁程朱之道，以立異議廟祀之禮以阿世，得無似耶？范氏之象賢者其韜此卷，使無重污哉！嘉靖七年乙酉季冬，高安鶴坡朱彦昌書。（同上。）

陳鳳梧跋

鳳梧以巡撫之暇，謁范文正公書院，捧閲公手書《伯夷頌》真蹟，肅然起敬，因奉次宋諸名公題韻，以致景仰之私云。

范公千載一人豪，小楷精分穎上毛。真蹟至今傳不朽，泰山北斗並争高。右次文潞公韻。

首陽特立古今無，韓頌還兼范老書。三絶世間真罕見，商彝周鼎可能如。右次富鄭公韻。

昌黎辭爾雅，文正字精深。峻節清風頌，高山流水音。聲華尊北斗，詞翰重南金。千載神交地，先憂後樂心。右次晏公殊韻。

青天白日仰希文，自是先朝第一人。西賊膽寒真大將，東垣望重此名臣。青編已載聲華舊，黄素猶傳手澤新。應有鬼神爲拱護，雲礽百世尚冠紳。右次杜公衍韻。

嘉靖丙戌春三月中旬，後學廬陵陳鳳梧謹書於鶴山書院。（同上。）

王世貞跋

范文正手書《伯夷頌》，端雅有好致，第不能作開天章、帥延慶風骨耳，書家者流以爲得《樂毅論》遺意。吾不識《樂毅論》，未敢附和。然伯夷聖清，與昌黎、高平皆斯道楩梓，不應於翰墨中論輕重也。跋内文、富、晏、杜四名相與文正相伯仲，純仁昆玉不忝象賢，而君謨、才翁輩皆臨池老手，尤可寶愛。别一卷皆元人跋。蓋元有平江路李總管者，嘗得之以歸於范氏之子孫，一時諸公高其誼，争爲其詩歌題識，其間極多名筆。不佞獲一寓目焉，不勝高山仰止之感。乃至秦繆醜欲與韓范論心，爲之失笑。庚午春日，鄉後學王世貞頓首書。（同上。）

此帖與忠宣公《告身》跋之月餘，而其後人主奉者不能守，作余質庫中物者十年矣。余聞之，數責其以原價取贖，不得。今年初夏，悉理散帙，分授兒輩，因舉此二卷以歸主奉，且不取價。嗟夫！余豈敢以百金市義名，顧滿吾甘棠勿翦之願云耳。爲范氏後者，時時念文正之手澤；爲他人者，遠則念伯夷，近則念李總管，庶幾其常爲魏公家有哉！庚辰初夏世貞又題。（同上。）

范惟一跋

先文正公手書《伯夷頌》，自李總管戡歸吾范氏，迄今將三百年而復得。王大理世貞不索質鏹而歸之，誠是義事。夫當吾世，而爲不肖子孫所質，且久而不知其事，何能無罪？因識數語卷尾以歸掌守者，併示後人世寶藏焉。倘後有不肖子孫仍以質人，請其人勿與質。質而如王大理之捐鏹以還，無益也。即子孫不能贖而竟留不歸，或因而貨有之，則又爲大理君之罪人矣。吾不能保後之子孫，而所可信者，好德尚義如大理君，士君子孰無是心乎？萬曆庚辰六月，十六世孫南京太僕寺卿致仕惟一謹識，時年七十有一。（同上。）

朱勳跋

曩時，於弇州王先生所，獲覩先賢范文正公手書《伯夷頌》，字畫楷秀，令人肅然起高山之仰。卷後題跋甚富，多名賢擅臨池者。即秦繆醜論心一語，不妨並存，以備勸戒，真范氏世寶也。後人弗能守，并忠宣《告身》質弇州庫鏹，後捐以歸與范，與李總管先後一轍，稱盛德事。萬曆庚戌，不佞叨貳雲間，其主奉者不戒，二卷并元祐間所賜忠宣御詩落拾遺手，諸搢紳謂可同裴丞相失印事處分，虞投水火。不佞竊計，印以用，用訖無所復用，故可緩；得此卷無論用不用，人人共珍，緩將流匿旁邑，無復出理。竟以急追得之。乃知緩急隨宜，顧用之何如耳。爲識諸卷末，授公十八世孫必溶什襲藏之，毋再落他人手，詭冀李總管、王弇州復遇也。甬東朱勳謹識。（同上。）

彭而述跋

先生曾爲吾鄉守，遺澤在人，甘棠猶思，矧惟奕世也。百花洲雖復湊墟，而過化贔屭之石屹屹矣。五六百年間，桐鄉裔氓得覩手澤，愴然先世之感何如！明後學彭而述觀於姑蘇廿世孫安柱之鳳來堂。（同上。）

王心一跋

世有兵火，而古物之遭其劫者，不獨名人遺蹟。而名人遺蹟尤易消毁，其獲存於世者，皆神物也。然世存之，而未有子孫世守之者。其世存之，而即爲子孫世守之者，則惟范文正公之後而已。文正德業文章爲有宋以來第一人，書法其小技也，而爲世所寶愛。余從公二十世孫安柱者備觀於其鳳來堂，并諸名公手跋，洞心刮目，應接不暇。内有《伯夷頌》卷，書獨精楷，當時秦、賈二賊皆有題識，故論者恨之。余謂白璧明珠，知其寶者，奚分善惡？古來遺蹟不有藏者，何以能存？造化自不得不有所借以護持神物，而與其人原不相掩也。嗟嗟！滄桑遞變，一消一息，宇宙間何物長爲人有？此之筆墨淋漓，六百年來聚散得失，不知幾經人手，獨見超然刧外，至今日而范氏之物還歸於范。家藏無恙，余因幸見先賢典型，斯奇遇矣。後學王心一謹題。（同上。）

宋犖跋

余再宦遊吴，獲謁范公祠屢矣。每瞻拜文正、忠宣遺像，令人肅然起敬。今年春，從公十九世孫、主奉能濬得觀祠中所藏墨蹟九種，其一乃文正公楷書《伯夷頌》貽京西轉運使蘇公舜元者。文正公爲有宋第一流人，固不以書名，而此書謹嚴有法度，一筆不苟，世之善書者或莫及焉。虞道園有云「仰惟前賢，争光日月，不敢妄有贊述」，良然。按跋中文、富、晏、杜四名相，實與文正相伯仲，忠宣昴弟不忝象賢，君謨、才翁及元明諸鉅公一一具在，真巨觀也。秦繆醜題句欲與韓范論心，得毋顙有泚耶？此卷南渡後歸繆醜，又歸賈似道。宋亡，流入北方，元李侯戡得之，因來守吴，舉而歸之范氏義莊。明神宗時，曾入王弇州質庫，後仍歸范氏，不取直。未久，主奉者不戒，復失去，爲雲間貳守朱勳追得，復歸祠中。今巋然無恙，信有神物呵護其間也。其餘八種，一爲唐懿宗賜文正公四世祖柱國誥；一爲宋哲宗賜恭獻公拜給事中誥，恭獻公，純禮也；一爲哲宗賜忠宣公御書；一爲文正公與尹師魯二帖；一爲文正公道服贊；一爲忠宣公劄子；一爲忠烈傳芳卷，忠烈，徽宗賜文正祠額，卷中載詩文甚夥；一爲東谿書舍卷，東谿爲唐以安氏讀書處，唐正統間人，因其地鄰范祠，不知何時歸祠中。展閲諸卷，定當以《伯夷頌》爲第一。余承乏此地，幸覩鴻寶，敬綴不文之辭於卷末。尚有忠宣誥未及見，在今兩江制府蘇公先生，即忠宣二十世孫也。康熙丙子花朝後二日，商丘後學宋犖識，男至敬書。（同上。）

范承勳跋

承勳於甲戌歲荷蒙聖恩，自滇黔召總臺綱。甫就道，又蒙調制兩江。季秋履任金陵，即受命閲視太湖暨吴淞水利，以孟冬抵姑蘇。公事既竣，因得謁祀先祠。翌日，往天平省視賜廟，不勝水木霜露之感。因念先文肅公平生每心憶東吴，冀一親到，而緣會未偶，厥志莫遂。先兄忠貞公撫越制閩，三過吴門，數行祭告之禮，又爲捐俸葺祠，至今賴弗圮墜，兄之力也。因思我父兄德業事功，幾與文正、忠宣争光媲美。承勳無似，雖忝竊是土，其於祖功宗德何能增益毫末。但矢志斤斤，恪守先訓，不敢遺羞於我列祖父兄之靈，斯爲幸矣。主奉能濬出文正公諸手澤見示，真吾宗世寶也。卷帙零落，因請歸署内，命工裝潢新之，還納祠中。附語卷末，以誌歲月，且鈐記制篆，以示鄭重，俾子孫寶藏，世世勿替，毋再歸他氏，庶先澤藉以長存，是所望於吾族之賢後人云。大清康熙歲次乙亥清和月穀旦，兩江制使、忠宣房第二十代裔孫承勳謹題，時年五十有五。（同上。）

高士奇跋

文正公忠貞貫日月，事功炳史册。其正書《伯夷頌》，筆力清挺，世所罕覯，又有文、富、杜、晏諸公及忠宣昆仲跋尾，聿爲巨觀。康熙庚辰三月廿有六日，舟至中吴，擬拜公祠下，天雨未果。曉過芝蘭堂，請觀墨本，展閲再四，想見公之豐神。其源流贊頌，宋元以來衆君子言之詳矣，士奇後學無文，何敢多述，謹附名卷末，誠爲厚幸。錢塘高士奇拜書。（同上。）

范能濂等跋

芝蘭堂爲余同年友秋濤讀書處，其叔子能濂、孫興校在家應接，足慰故人之思。是日同觀者，顧上舍崧暨余從子不騫，并記之。（同上。）

王澍跋

雍正十有二年秋九月十九日，瑯邪王澍拜觀文正范公《伯夷頌》墨寶於二十世孫安璉之妙香堂，同觀者錫山袁生泓。（一九八九年瀋陽出版社《范仲淹史料新編》文物圖版。）

覺羅雅爾哈善等跋

范公所書《伯夷頌》，滄桑遞變，手澤猶新，豈非以其人乎？展閲，不勝欽慕。覺羅雅爾哈善同金匱浦起龍敬觀。（同上。）

沈德潛跋

吾吴人物，自言子遊後，斷推范文正公。言以學道傳，范以功業傳也。生平文集常留人世間，而手書韓子《伯夷頌》，後裔世守於祠。以伯夷之清節，昌黎之正學，文正之鞠躬盡瘁，若天地正大光明之氣萃於三人者，合而一之，可稱三絶矣。乾隆甲戌臘月，請於范氏之子孫，啓笥拜觀，字畫端莊秀挺，如其爲人。《頌》後有晏元獻、富鄭公、文潞公、蔡忠惠諸公題詠。遞及國朝，凡正人君子景仰前哲者俱題識焉。而中間秦會之檜亦有吟詠，欲與韓范論心；賈秋壑似道有收藏印記，或謂當割棄之。予意忠姦並列，使閲者當下猛醒，是亦法戒之一。且見彼二姦者，遇天民大人，亦知敬禮珍重，益知正人可爲，而正大光明之氣不淪没於昏濁之餘也。昔范喬之研、魏鄭公之笏，後人不忘手澤，傳爲美談。况文正公手書，視研與笏輕重何如，而敢不倍加珍護乎？此可必之於范氏之賢裔者也。閲畢再拜，仍返之笥。後學沈德潛謹撰。（同上。）

清高宗跋

韓辭范楷伯夷躅，俱是千秋第一流。必自卓標天地節，方堪坐解廟堂憂。富文題者真同道，秦賈當之豈不羞。高義園誠賴有此，勖哉何以繼箕裘。乙酉春南巡，閲此卷，因題一律，御筆。（同上。）

聖之清乃伯夷也，小范原爲任者流。可識頌書聊寓意，應知記作未忘憂。重看真蹟惟增快，世守家聲信弗羞。秦賈富文胥鑒賞，今思未足集狐裘。庚子仲春下浣御題。（同上。）

昨年親炙夷齊廟，臺陟清風灤繞流。傲世惟希巢父樂，弔民未韙武王憂。衣冠不羡千秋史，薇蕨還勝五鼎羞。同志後來應誰氏，依稀釣者有羊裘。甲辰季春上浣御題。（同上。）

尹繼善跋

子孫世世守青山，正氣猶存翰墨間。從此應添丁甲護，數行睿藻又新頒。震世勳名史册中，天平每過仰高風。後來多少留題者，試問何人不愧公。臣尹繼善奉敕敬題。

（同上。）

莊有恭跋

名賢手蹟展如新，天筆褒題重大倫。遊藝聞風猶感聖，印心易地若交神。摩挲昔詡成三絶，什襲今應駕百珍。奉敕更深垂示意，先憂後樂勖臣鄰。　臣莊有恭奉敕敬題。（同上。）

于敏中跋

戲鴻曾見搨摹精，此本董其昌曾摹入《戲鴻堂貼》中。真蹟欣披慰景行。儼若思存公所志，穆如風合聖之清。四家北宋誰齊軌，北宋四大家書法雖未及范，然文正德行事叢，蘇、黄且猶不逮，何論襄、芾。三絶東方漫擅名。山東陵縣有颜真卿大書《東方朔像贊碑》，昔人目爲三绝，謂曼倩滑稽，猶非傑出，此卷庶足當之。高義珍藏重題品，常留寶墨耀天平。　臣于敏中奉敕敬題。（同上。）

范宜賓跋

乾隆三十年春二月，恭逢聖駕南巡，駐蹕於姑蘇之靈巖山，命禮部侍郎臣富德致祭文正祠，欽題先公所書《伯夷頌》，並命督臣尹繼善、撫臣莊有恭、户部侍郎臣于敏中賦詩記事。憶先公在皇祐時，言論卓卓，光諸史册，越今七百餘年，子孫世守宗祀。我祖我父更爲建置祠宇山莊，踵事增華，以期弗替，非甚盛德，孰能臻此哉？賓也奉命來江，已越一載，思識先公之故園。而舒與蘇相距千里，以職守所羈，終未獲往展拜，心甚歉焉。庚寅秋，主奉儀掞來皖，出先公手書，再拜展閲，水源木本之思，僾乎如聞，愾乎如見。惟我皇上冠以御製制一章，龍章寵錫，睿藻褒揚，崇善黜邪，教忠起孝，不獨先公榮被泉壤，實有以破萬世奸回之膽，恢宏志士之氣。叩誦再三，感激無地，願我子孫世世寶之，光垂奕祀云爾。乾隆三十五年九月朔日，二十二世裔孫宜賓恭紀。（同上。）

汪志伊跋

曩於《戲鴻堂帖》中見文正公書韓昌黎《伯夷頌》，凛凛忠義之氣盎然在筆墨間。乾隆戊申秋，來守姑蘇，范君儀炯出家藏示余，獲覩真蹟。自文、富、杜、晏四良相跋，尾後代有題者，而檜與似道亦𤰞其間，論者欲削之，無爲污此卷也。余謂不然，即此可見人心之不死，何妨並存之，以昭炯鑒。爲題一絶：孤竹風維百世臣，韓文范楷爲傳真。奸如秦檜猶知寶，可識難逃是大倫。桐城汪志伊謹跋。（同上。）

胡季堂跋

范文正公爲有宋理學名臣，功業文章載在史册，彪炳人間，固與日月争光，原不以善書稱，而所書亦不多見。季堂奉命按察三吴，至即拜公祠於學宫之側，申景仰之忱。惟謬膺繁劇，未遑詣義莊一視公贍族之良規，心常怦怦焉。

越明歲，公廿一代孫、義莊主奉儀掞偕執事、諸生君實等議增義莊規條四則，呈請示禁，並勒之家乘，以垂永久：一禁開採，謂天平、支硎二山，族衆多採石覓利；一條飭習氣，謂子姓多囂凌生事；一禁聚食，謂族衆每於冬季不遵舊規，支領月米，輒食宿莊中，致多靡費；一清理宿債，謂自廿五年至今，積欠四千餘金，每年所入，償債則不能贍族，贍族則不能償債，願減俸節費，期漸清理。季堂閲而異之。竊念公創置義田，贍給族人，法良意美，昭示無窮，又得繼志諸君子善體先意而培植之，何至今日而有此弊端也？爰先爲之示禁開採山石，而聚食囂凌之習氣並嚴飭焉。獨是義田既有歲入租息，何須借項，且至數千之多？若日復一日，積累更深，則先賢之義舉不至今日而或廢乎？是官斯土者急當爲之清理也。乃率蘇州守孔傳炣、吴縣令楊宜崙至義莊拜公遺像，並傳集主奉及執事各生詳詢之。緣乾隆廿五年，義莊祠宇及墓舍多傾圮，前主奉儀照冀圖保護，借項興修，本思節義莊租息償之。歲入有常，用不可少，一年之後，借本還利，本日增而利日重。初則千餘金，積至今應還本利四千六百餘金。統計義田歲入額租銀米支給贍族各項，尚有不敷，借項實無可抵。即如主奉儀掞及執事各生所請自減應得年俸，及節繁費並裁汰聚食一項，歲只得八百餘金，不足償借欠五分之一，而利息仍不能不日增也。因諭楊君必須傳示債户，先停其息，再爲分年帶還，庶幾可乎。楊君固勇果有爲士也，即集各債户剴切曉諭，各債户咸以先賢義舉爲重，無異説。並又節其歲用可減者一二項，計一歲實得九百餘金。將所欠按年分別歸還，明立案卷。是節費無妨贍族，而償債不用他籌，五年之後，宿累一清，義莊之澤，庶可勿替於今矣。

事竣，主奉儀掞出此卷索題，敬一展閲。自宋迄今，正人君子多跋識於其後，又得宸翰標之於首。誠以善書不足爲公重，而公之書爲可重耳，永爲鎮祠之寶，不亦宜乎？至筆力之清挺，此卷之屢失屢得，信有神物呵護。而秦、賈醜類不應存名，前賢已言之詳矣，何敢再贅一詞。第此番清理宿逋，主奉及各執事咸能仰體先人遺意，而楊君又勇於爲義，各債户亦知先賢之義舉，是可記也。惟願主奉及執事各生永保義田，亦如保護此卷之不至弊壞，是則堂之厚望也夫！乾隆癸巳嘉平中浣，後學光山胡季堂識。（同上。）

沈初跋

乾隆甲午清明後一日，平湖沈初獲觀於江蘇縣署有竹簃中。謹記。（同上。）

顧宗泰跋

是卷爲范氏家藏墨寶。雲坡先生因清理義莊，其主奉持卷乞題。泰在座，獲敬觀焉，謹綴名卷末。時乾隆甲午重陽前一日，元和顧宗泰識。（同上。）

蔣士銓跋

託興寫前文，希賢寄知己。堅持獨立心，古人已如此。懸腕見筋骨，引錐畫沙似。垂老示勁力，何怯衆人毁。諸賢尚同朝，懷哉數君子。遺墨歸子孫，清風被閭里。惟演删題名，蔡京書黨此。公道存千秋，姦賊自棄耳。新法積禍亂，南渡不可已。世無中興碑，顔公幸先死。誰採西山薇，文謝殿青史。　甲午九日，鉛山蔣士銓在三吴縣司官署獲觀敬題。（同上。）

平聖臺跋

舊聞范文正公《伯夷頌》，諸賢題跋衍及四朝，爲海内墨林鉅觀。其子孫寶惜，不輕示人。屢過吴中，欲觀之，未暇也。今年春，在雲坡先生署齋，剪燭焚香設長案，與先生封閲，至漏盡三十刻而止。因知其義莊逋負甚多，賴先生爲之清釐，並損益舊法，使可世守無弊，而大賢之澤於是益長矣。嘆慕久之，欲署一名於楮末，輒泚筆不敢下。頃先生内遷少司寇，鉛山蔣定甫太史拿舟來送，先生囑題一詩，復以命余，乃率書數語於後，亦以慶余之遭也。乾隆甲午仲秋，山陰平聖臺盥手書。（同上。）

岑鼎跋

昔時誦公文，韓柳相頡頏。今喜見公書，珍重逾珪璋。手書《伯夷頌》，深心懷孤芳。遠追百世師，非矜一藝長。書必藉人重，名豈以字揚。緬維清聖風，採薇首陽岡。不顧舉世非，特立扶綱常。賴有昌黎頌，獨行名益彰。文正不朽業，功德誠煒煌。惟德書可寶，什襲名山藏。秦賈彼何人，附名不自量。觀者欲削去，奸佞懲無將。乃知秉彝好，咸識欽賢良。苟或非其人，雖工詎足方。韓文與范筆，並峙重廟堂。巍巍足壯觀，千載傳縹緗。乾隆甲午重陽後二日，姚江岑鼎敬題於江蘇縣司署中琴月山房。（同上。）

范時紀跋

工部左侍郎兼襄紅旗漢軍副都統、臣范時紀謹奏，爲恭謝天恩事。竊臣二十一世祖、宋臣范仲淹手書韓愈《伯夷頌》一篇，數百年來，子孫世守者。恭遇皇上南巡，經陞任撫臣莊有恭奏呈御覽，仰荷賜題，發還奉祀，監生、臣范儀掞叩領。宸章寵錫，九天宣韶護之音；御筆榮褒，尺素焕苞符之綵。灑風雲於字裏，褒賢及千載以前；吐珠玉於行間，教忠垂萬年而下。香花迎供，日月輝光。卷軸收藏，雲龍擁護。先蒙諭祭俎豆，歆於宗祠；復荷親題琬琰，珍爲世寶。臣現隨清蹕，叨沐龍光，謹領族衆，泥首叩謝，不勝感切歡忭之至！（按：上十八字，原帖闕，據《范氏家乘》左編卷十三補。）臣謹奏。乾隆三十年閏二月初二日。乾隆四十五年二月二十四日，二十二世孫、刑部筆帖式、臣范宜勔恭録。（同上。）

范君求跋

今皇帝御題宋先臣范仲淹手書《伯夷頌》卷真蹟，並歷代題跋，共四册成，誌殊恩也。此卷舊藏宗子家，始以未曾檢及，繼以裝潢未竟，故先臣瑶亟欲進御而不果。逮皇上三次南巡，時臣君求以丁艱在籍，雖於山園跪迎聖駕，而未敢率呈。至乙酉年，始得請於撫臣莊有恭代奏恭呈御覽。即荷聖恩，親灑宸翰，並敕臣繼善、臣敏中、臣有恭咸題詠焉。夫以數百年之遺墨，得邀寵賚於賡歌，此固聖天子褒獎儒臣之盛恩，實先臣曠代難期之榮遇也。庚子年，皇上五巡江浙，臨幸山園，敬謹陳設。又蒙叠韻再題，且賜題籤，敕爲世寶。遭逢至此，誠千古史册所罕覯，爲子孫者宜何如感激奮勉，思所以報稱寵眷而善守先澤哉！夫君恩不可不彰，而請觀者衆，頻以示人則又褻於褻，兹得族孫、臣徵謙倩善手恭摹勒石，庶幾士林得共遂瞻仰，而墨寶亦可以永藏矣。自辛丑開雕伊始，越歲而功乃竣。於其成，君求乃恭述緣起於後，使觀者於攬古之餘，得以識聖天子重道崇儒之至意云。世孫、臣君求恭紀，時年七十，俾子聓陳元基敬書。（同上。）

潘奕雋跋

亮節西山孰比崇，藍關雪擁仰孤忠。平生憂樂關天下，一種高風異代同。數行遺墨寫清襟，薇蕨虀鹽共此心。長腳何人工誤國，漫從翰墨附知音。伊川逸老鬢如霜，杜富齊名日月光。千載巖廊慶遭際，幾人能不愧遺芳。乾隆五十五年歲次庚戌二月初吉，吴郡後學潘奕雋謹題。（同上。）

范來宗跋

文正公手書《伯夷頌》，元大德年間，李侯戡來守吴，歸還義莊，令子孫世守，甚盛事也。主奉邦瑞、提管士貴刻石□文正書院，並刻宋諸賢跋語於後。今祠之儀門左，穹碑屹立，完善如初。迨後跋語日增，分爲三卷。前明再刻於建業玉麟堂，見之卷中盛彪跋，不知刻者何人，石亦旋失，無可考。乾隆乙酉至甲辰，三届南巡，墨本進呈御覽，叠荷褒題，益增寶重。時義莊公費不足，無暇壽之貞珉。宗歸田後，漸次清理，歲有贏餘，爰積日鈎摹，全行勒石。庶幾傳播藝林，共得瞻仰。因鈎已畢事，上石伊始，爲誌其略如此。乾隆五十九年甲寅仲秋，翰林院編修、文正二十四世孫來宗敬記並書。（同上。）

是卷嚮歸宗子收藏，即吾族所稱主奉是也。乾隆六十年春二月，主奉儀炯家壁鄰延燒，先世手澤、祭器爲之一空，此卷亦爲灰燼矣。報縣詳憲，中丞奇公以儀炯不能救護，有應得之咎。第災出倉猝，老憊不支，姑存案免議。然千年墨寶毁於一旦，聞者無不痛心也。賴鈎摹在先，今刻石始竣，又附誌其事於後。嘉慶三年歲次戊午季冬，來宗書。（同上。）

阮元跋

主奉來宗、執事章晟、章積、宏遇、學詩、來成、顯福、用銓同監刻。嘉慶五年，阮元敬觀於杭州節院。（同上。）

范學炳跋

我莊自遭粤匪之亂，祠宇全毁，墳山被擾，所有珍藏御賜墨寶亦經損缺。其餘始祖全集、宗支譜板等件，盡歸烏有。即家傳《伯夷頌》碑僅剩數段，蔓草荒煙，深爲感嘆。炳統族後，偕各執事將祠宇湖山漸圖興復，而殘碑斷簡終難獲全，惓惓於心，無時或釋。同治二年冬，得譜牒全部於鄉間。三年秋，復得始祖全集於濆川。至文正公手書《伯夷頌》墨刻，宸翰親灑，歷來名公鉅卿題詠繽紛，誠爲吾家世守之寶，搆求殆遍，迄難歸趙。兹偶偕提管顯灝訪張君子瑜，悉有坊間某氏珍藏此帖。隨同往觀，見其裝綴四册，卷頁全璧，係是乾隆年間原搨，遂出價搆之，以歸義莊，真有神靈默佑、合浦珠還之喜。待他年祖祠畢興，重將此帖補勒貞珉，實爲炳之素願也夫。時同治五年歲次丙寅仲冬下浣，二十五世孫、主奉學炳謹識，二十七世孫、主計承豐謹書。（同上。）

范端信跋

《伯夷頌》墨蹟毁於乾隆乙卯。迄遘赭亂，碑碣斷殘，而拓本亦散佚無存矣。事平歸里，先君子多方搜羅，幸獲原拓於瀆川，思泐諸石。時祠宇經營，艱難草創，因之未遑。戊申之春，重建歲寒堂落成，族人請刊於石。乃出是拓，校對舊碑，計遺失百餘字，缺損數十字，付鐫民手，鈎摹補泐，砌諸堂壁。於是斷者斯續，殘者斯全，以存文正公手澤，並慰先君子未竟之志。工即竣，附誌顛末，諗吾後人。光緒三十四年清和月，二十六世孫、文正書院主奉端信謹跋，吴縣後學尤先甲敬書。（同上。）

跋文正公手書道服贊墨蹟

文與可跋

希道比部借示文正詞筆，觀之若侍其人之左右，令人既喜而且凛然也。熙寧壬子孟夏丙寅，陵陽守居平雲閣題，石室文同與可。（康熙本《范文正公集·補編》卷三。）

戴蒙跋

竊觀文正公《道服贊》，文醇筆勁，既美且箴，以盡明契之義，有以見高陽公之德矣。傳曰：不知其人視其友，諒哉！熙寧壬子年十一月甲子，吴興戴蒙正仲題。（同上。）

黄庭堅跋

范文正公當時文武第一人，至今文經武略，衣被諸儒，譬如蓍龜，而吉凶成敗不可變更也。故片紙隻字，士大夫家藏之，世以爲寶。至其小楷，筆精而瘦勁，自得古法，未易言也。黄庭堅書。（同上。）

柳貫跋

魏文正公，祥符八年進士也。其爲同年許比部作《道服贊》，辭莊義舒，懿乎有德之言哉！南北分合餘二百年，而幅員疆理，復混爲一區，公之孫曾嗣守先業不懈。益恭得公書遺蘇才翁韓文公《伯夷頌》真蹟，而寶蓄之，且摹刻於石。今年至正元年，益都宗人復自北攜此贊併公侍祠像來南而歸之。合浦之珠，曲阜之履，得於既失，所以委重宗祊，藩飾世緒者，夫豈偶然之故，有相之矣。熙寧間，文公與可題識云「希道比部」，而不著其名，《宋登科記》當自可考也。卷中有「東漢太尉祭酒家學」印，「高陽」及「仙系」小印，皆緣許氏，則是贊之爲許氏物蓋已久矣，不知何時而遂失之也耶？作贊時許公爲平海掌書記耳，熙寧始轉至比部，其恬於進取如此，於以見許公亦盛德之士。不然，公豈肯輕以「清其意，潔其身」者而許之哉？昔公書《伯夷頌》以遺才翁，今復見公爲希道撰書此贊，則希道亦才翁一等人哉！宋三百年文運休明，泰治熙洽，自景德、祥符而始盛。觀公此贊，則公與許公之聯芳科甲，信人才與時升降者爲不誣矣。元年冬十有一月二十七日，東陽柳貫書。（一九八九年瀋陽出版社《范仲淹史料新編》文物圖版。）

吳立禮跋

獲觀文正公之詞翰，淳重清勁，如其爲人。每展卷諷誦，未嘗不想見風采，何名德之重使人愛慕如此其深也！富川吳立禮題。（康熙本《范文正公集·補編》卷三。）

胡助跋

文正公爲同年友許書記作《道服贊》，言皆至理，書特清勁，至今觀之，悚然增敬。所謂「寵爲辱主，驕爲禍府，重此如師，畏彼如虎」，是又美不忘規，益可玩味。乃知異時丞相堯夫《布衾銘》實權輿於此歟？然是贊不載文正集中，則公之文之遺者有矣；抑亦盛年之作，而或失於編次也耶？因綴廿字以寓景行之意云。 文正《道服贊》，忠宣《布衾銘》。

家乘揆一德，名言符六經。　至正癸未春月廿日，金華胡助書。（同上。）

戴仁跋

范文正公《道服贊》，其書有法，而詞有氣，前人題跋盡之矣，余復何言。敢僭用公韻，敬作遺墨贊，欲范氏後裔益知所寶重云。　式觀遺墨，端嚴濟楚。柳骨顏筋，微公孰與。龜文龍鱗，或翔或處。烈士忠臣，兼文兼武。畫見諸形，曰心爲主。詞發諸口，曰學爲府。石抉怒猊，章成繡虎。百世彌藏，弗替厥祖。　成化辛丑八月八日，句曲戴仁題贊。（同上。）

吴寬跋

右范文正公爲同年許書記作《道服贊》真跡，道服之制不可考，許公爲此，其意蕭然物外，必非不臧之服也。不然，文正公豈率易爲人下筆者哉！此贊今藏范氏義莊。贊後又有文與可諸賢跋語，亦不可得者也。延陵吴寬謹題。（同上。）

孫克弘跋

萬曆己酉夏，漢陽守華亭孫克弘獲觀。（同上。）

陳繼儒跋

范必溶秀才出文正、忠宣宋板集示余。余請之郡司理毛公孺初，捐俸梓藏松之郡閣，天下士大夫得覩范氏一家言。至是必溶重裝《道服贊》真蹟，能護世寶，如護頭目，不愧義澤子孫矣，是可重也。陳繼儒謹題。（同上。）

姚士慎等跋

崇禎二年己巳春，正太常卿長水姚士慎、同弟進士士恒、文學士恪拜觀於文正公十八世孫主奉必謨家支硎山之暉發堂。（同上。）

陳宗之等跋

崇禎十有七年春二月十日，盛王贊、陳宗之同張采拜展於鳳來堂。（同上。）

王心一跋

丙戌中秋十九日，王心一拜觀於文正二十世孫安柱即公柱之鳳來堂。（同上。）

司馬亜跋

予嘗謂士君子能爲光明俊偉之事業，必先有高潔灑落之胸次爲之地也。范文正《道服贊》所見如此，其心固若蕭然在風埃之外者，則其所立之卓越千古者有以哉！成化甲辰鞠月，蘭亭司馬亜題。（《石渠寶笈》卷二九。）

盧濬跋

嗚呼！道服非儒也，而文正有取焉，其自清自潔之謂豈誣也耶？然則紆青曳紫，而自蒙不潔者，誦此多芒刺矣。弘治十年夏四月朔後二日，刑部郎中赤城盧濬拜題於姑蘇公館。（同上。）

王世貞跋

范文正楷書《道服贊》，遒勁中有真韻，直可作散僧入聖評。贊詞亦古雅，所謂「寵爲辱主，驕爲禍府」，是歷後得之，非漫語也。跋者皆名賢大夫，而獨文與可、黄魯直、柳道傳、吴原博最著。魯直結法端雅，了不作生平險側，而過姸媚，極類元人筆，如揭伯防、陳文東輩亦能辨之，恐魯直真蹟已亡佚，爲元人所補耳。成化中御史戴仁贊書，頗得吴興意，而名不琅琅，故拈出之。己卯，王世貞識。（同上。）

范承勳跋

先魏國所書《道服贊》，結構謹嚴，有龍跳虎卧之勢，筆力之最勁者。搢笏垂裳，德容如可想見。康熙甲戌歲清和六日雨中觀。二十世裔孫承勳謹題。（同上。）

跋范文正公與蔡欽聖手啓墨蹟

湯彌昌跋

尺楮逾二百載，魏公手筆如新，語不繁而意足，可以想見其人。湯彌昌謹題。（康熙本《范文正公集·補編》卷三。）

楊敬悳跋

右文正公聞子弟過省，答友人書，若固有之，視利達爲何如哉？與常人外飾遜避之辭，中懷僥倖之意，不可同日語。覽者默識於辭意之表，亦足以感發矣。天台楊敬悳拜觀謹識。時至順壬申人日。（同上。）

柳貫跋

此《行次許下答欽聖》帖，中云：「示及省牓，兒子與謝家兄弟俱過省。」兒子即忠宣，忠宣皇祐元年進士。公以慶曆八年由鄧州求守杭，明年三月十一日次許，得書，正南省放進士時也。欽聖不著姓，今亦莫可考，而籤題蔡欽聖，必有據哉！東陽後學柳貫書。

（同上。）

李祁跋

祁留吴郡城中，每從范静翁先生閲其家藏文正公手帖，凡若干卷。今又得《許下帖》讀之，富哉范氏之藏也！静翁先生力承宗緒，至老彌篤。凡遇其先公片紙隻字，即購藏之，以爲家寶。嗟乎！公之翰墨留天地間，如精金美玉，人咸知愛重，而况公之子孫孫子哉！是宜先生之寶之也。使子孫之來者皆如先生之用心焉，則公之遺澤將百世不泯矣，盍相與懋戒之！至正十年歲在庚寅夏五月，後學茶陵李祁謹題。（同上。）

跋范文正公與尹師魯手啓墨蹟

尤袤跋

方范文正因與吕文靖争論上前，貶饒州，時尹舍人實上書，願得俱貶，監郢州酒税。此一卷帖，情義諄諄，不啻兄弟，蓋二公愛君憂國，道合志同，其相與之厚，自應爾耳。淳熙乙巳清明日，梁谿尤袤敬觀。（同上。）

洪邁跋

范公二帖皆是師魯謫漢東時書。後一帖卻當在前，或是自均過鄧託范公以死時問訊之書，「與衆云云」之戒可見也。賢者困厄至此，人到於今傷之。「藏之深，固之密。石可朽，名不滅。」歐公銘文盡之矣。淳熙丙午四月，洪邁書。（同上。）

楊萬里跋

「佳客千山得得來，主人雙眼爲渠開。逢人莫説當時事，且泊南亭把一杯。」右第二紙當是尹自均來訪范於南陽時也。范戒尹以「不須與衆云云」，此意最深。淳熙戊申三月廿八日，廬陵楊萬里敬書。（同上。）

周必大跋

尹師魯素爲韓忠獻王所重，此帖可見。又於范文正公義兼師友，及論陝西攻守，乃與范異，是豈以水濟水哉？（《平園續稿》卷二）

樓鑰跋

師魯自均州輿疾，至南陽託范公以死，蓋平日之相與者如此。四明樓鑰書，紹熙三年十月晦。（康熙本《范文正公集·補編》卷三。）

胡助跋

静翁近又收得此二帖，乃文正公與尹師魯書也。交情古誼，百世之下尚可想見，視它帖尤當珍愛，學士大夫所願見而不可得者，况尤、樓、洪、楊四公之題識亦豈復可得哉！賢子孫永宜寶之。至順四年五月五日，後學東陽胡助謹書。（同上。）

汪澤民跋

范公與尹舍人往還書一卷，當有「與衆云云」帖，而逸之，觀洪、楊二公跋語可知也。後人不見此帖，乃改跋中「三」字作「二」字耳，覽者當能辨之。元統乙亥春三月壬寅，新安後學汪澤民謹書。（同上。）

柳貫跋

景祐二年，公上論遷都事，與吕文靖異議，黜知饒州。秘書丞、集賢校理余靖言：「加罪言者，非太平之政。」坐落職，監筠州酒税。而太子中允、館閣校勘尹洙又言：「范某義兼師友，乞從降黜。」亦坐貶崇信軍節度掌書記，監郢州酒税。此二帖皆尹公在郢時所遣問，若曰：「日給外，月月有横費，家家如之。」至於收檢郊酒，候送鄧醖，合花蛇散和方送上，見朋友有救衄通財之義，而惟君子樂道爲能盡之也。其後公鎮鄧，尹公再貶監均州酒税，昪疾來鄧，以存歿託公，則公與尹公可謂死生不易其諒矣。然楊、洪二公跋語以第二帖是自均來南陽時，且有「不須與衆云云」之戒，今帖中乃無此語。然以「動止休佳」及「報他貧且安也」等言證之，則非疾矣，恐此跋非此帖也。前帖銜縫有「王厚之順伯」陰文十六字印，知爲順伯所藏。順伯臨川王和之孫，好古博物，爲中興第一。徽文公與之友善，集中載其書問可考也。田元均諱況，蓋謚宣簡云。東陽後學柳貫謹識。（同上。）

泰不華跋

范文正公以論事忤執政，遂落職知饒州。於時直范公者相屬於朝，尹師魯亦自請同黜，可以見一時賢才之盛矣。師魯既貶監郢州税，觀魏公二書中語，略不及當時事，亦不以師魯因己被黜而加存問，蓋范公所論爲國也，而師魯之請以義也。是豈有一毫私意於其間哉！書末云「惟君子爲能樂道前賢之用心」，於此可見矣。二帖筆力遒勁，有晉人遺意，尤非泛泛於書者，范氏其世寶之。至正三年後丁丑歲秋九月望，後學泰不華書。（《式古堂書畫彙考》卷九。）

黄溍跋

尹公自謂與范公義兼師友，而其言談罕及於性命。至尹公處生死之變，尤人所難及，非知道者不足以與於此。蓋是時風俗醇篤，士大夫多不言而躬行，未至立名字以相高。

此宋三百年極盛之際也。伏觀范公遺帖，安得不爲之撫卷而三歎乎！至正七年春正月甲子，後學黄溍敬觀。（同上。）

鄭僖跋

景祐四年，文正公既以言吕夷簡出知饒州，尹公師魯亦貶監郢州酒税。慶曆四年，尹爲涇原經略，以争城永洛事爲董士廉所訟，再貶均州監税。時文正公在政府也，逾年公出知邠州，又改鄧州，此二帖蓋在鄧與尹者。夫以尹公之賢，文正公於其存也，通以書而盡其慰問之誠，歐陽公又於其没也，爲之銘以致其痛惜之意。好賢樂善，固如此哉！至元四年後戊寅十有一月望，後學鄭僖書。（同上。）

戴仁跋

尹師魯何如人，而克致范文正公之敬愛若是耶！余嘗考之，師魯以静退爲樂，以古文矯俗，其行高學古可知已。及觀文正黜知饒州，師魯請同降黜，其臣節友誼又可知已，宜其爲文正之所敬愛。帖簡往還，契之若金蘭，而友之若兄弟也。噫！觀文正遺翰，留芳千載，一日師魯之名得與同垂不朽，亦何幸哉！成化辛丑秋八月八日，句曲戴仁敬題。（康熙本《范文正公集·補編》卷三。）

吴寬跋

宋盛時有西夏之擾，范公與尹師魯合謀戮力以抗之，相得甚深，蓋以道義事功爲友者也。此二帖，公與師魯者。其一帖已刻於《文正尺牘》中，寬嘗閲之，何幸今日復獲見此真跡哉！然二帖不藏於尹氏，顧歸於文正子孫，則其後世之盛衰亦可知矣。鄉後學吴寬謹書。（同上。）

張采跋

師魯貧，公語以樂道，惟樂道則貧安，此絶難。問恒人，則又得曰「先天下之樂而樂」矣。公生平極辨朋黨，與師魯患難交，且屬生死。其密劄一言，近勢利否。及投贈，僅邠酒四瓶、花蛇散。若此，誠安得有黨？觀者念之哉！時崇禎十有七年春二月十日，鄉後學張采敬沐手拜題。題意與盛子王贊陳子宗之商語也。（同上。）

劉魁跋

文正公與尹師魯帖，詞翰俱不易得，名公題跋又盡美，愚何幸身親見之！成化辛丑六月廿日，高唐劉魁拜識。（同上。）

王世貞跋

范文正公與尹師魯舍人二劄，蓋家人寒暄語耳。未幾而爲師魯經紀身後，志其遺行，至今爲士林所稱。則君臣、父子、朋友之道，此實基之，故不當以書家論也。跋者如宋洪文敏邁之博學，樓宣獻鑰、楊文節萬里、〔明〕吴文定寬之學行，元柳待制貫、黄文獻溍之詞藝，汪文節澤民、泰不華忠介之死節，皆卓然名縉紳，與二公風猷節概固有相感異代者。敬爲識之。（《式古堂書畫彙考》卷九。）

跋范文正公與翰長帖

柳貫跋

此答翰長學士帖，不知爲誰。言「近以此事謁見，今聞彦國之好，不復言之，亦甚減憂」。其先憂後樂之意何如哉！蓋慶曆中鄭公再使契丹，和好始定，中國於是息兵，垂五十年。彦國，鄭公字也，所云「邊上乏人，且勉從事，或稍寧息，即有丘園之請」，則公爲西帥時耳。至「恐門户一變，有悖出悖入之禍」，不惟公家子孫所當服膺，而凡士大夫皆當寫置座右，以比盤盂几杖之戒也。（《待制集》卷一九。）

胡助跋

文正公作此帖，以復翰長學士，雖莫詳其姓氏，要是一達官無疑。若張去惑著作則嘗游公門，從事幕府，公薨背時爲淮南轉運使，見於祭文，可考也。公之片言隻字流落人間者，學士大夫咸以爲法，況其辭旨及於家國者乎！嗚呼，邊上乏人，西北之憂後世卒不免，此又志士仁人之所爲深唧者也。元統二年春正月九日，後學金華胡助敬題。（《六藝之一録》卷四〇五。）

鄭僖跋

慶曆間，契丹乘中國有西警，議入寇。遂命富鄭公使遼，卒定和議。時文正公以西事知慶州，此書與翰長所謂「聞彦國之好，亦甚減憂」者，即其時也。書中又言「有丘園之請，以全苦節」，然其後與韓公並安撫鄜延，又除副樞密，拜參知政事。以讒媢出使河東，知邠州，復知鄧，而杭、而青、而潁，「丘園之請」竟不獲遂其志而薨，獨所謂「全苦節」者貫始終，歷夷險而不渝也。嗚呼！大忠皋、夔，元功方、召。炳然大節，照映今古，又何其盛哉！至元四年後戊寅十有一月望日，後學永嘉鄭僖敬題。（同上。）

跋范文正公帖

黄庭堅跋

范文正公書，落筆痛快沈著，極近晉宋人書。往時蘇才翁筆法妙天下，不肯一世人，惟稱文正公書與《樂毅論》同法。余少時得此評，初不謂然，以謂才翁傲睨萬物，衆人皆側目，無王法，必見殺也，而文正待之甚厚，愛其才而忘其短也，故才翁評書少曲董狐之筆耳。老年觀此書，乃知用筆實處是其最工。大概文正妙於世故，想其鉤指回腕，皆優入古人法度中。今士大夫喜書，當不但學其筆法，觀其所以教戒故舊親戚，皆天下長者之言也。深愛其書，則深味其義，推而涉世，不爲吉人志士，吾不信也。（《宋黄文節公集·正集》卷二六。）

張栻跋

先公舊藏文正范公與朱校理手帖墨刻一卷，某以示汶上劉君子駒，一見咨歎，不忍去手，即摹本寘之篋笥，且屬某志其後。某竊惟文正公平生事業光明偉特如此，及觀此帖，味其辭意，而有以知公處事之周密；玩其書畫，而有以見公日用之謹嚴。此豈非其事業淵源所自耶？晚生何足以形容萬一。然嘗反復於此，而復有感焉。公蓋生二歲而孤，隨其母育於長山朱氏，既第，始歸姓范氏。今所與書者，即其朱姓時從子行也。公雖以義還本宗，而待朱氏備極恩意。既貴，則用南郊恩贈朱氏父，以及其諸子之喪，皆爲之收葬，歲時奉祀，則別爲饗。朱氏以公廕爲官者三人，此載在《遺事》，世所知也。詳觀是帖，其親愛惇篤之意發於自然，蓋與待其本族何異，其於天理人情可謂得其厚矣。只此一事，表而出之，聞其風者蓋可使鄙夫寬、薄夫敦也，誠盛德哉！淳熙元年六月既望，張某謹題。（《南軒集》卷三四）

文正范公德業之盛，借使字畫不工，猶當寶藏，況清勁有法度如此哉！至於温然仁義之言，使人誦歎之不足也。（同上。）

右文正范公帖，某得之文定胡公之家，以刻於桂林郡齋。某聞君子言有教，動有法，某於文正公見之矣。觀此雖一時書帖之間，亦足以扶世教、垂後法，非德盛者其能然乎？故敬志之，以詔來世。淳熙三年元日，廣漢張栻書。（同上。）

跋農詩

邵幹跋

援古箴今，不過百字，而轉折開合，法老機清，良不易到。後學邵幹敬識。（《歷代詩發》卷二三。）

范大士跋

先文正公做秀才時，便以天下爲己任，讀此詩，已見先憂後樂之志。二十世裔孫大士謹識。（同上。）

跋宋儒遺墨

豐熙跋

范文正公、司馬温公二帖，林文安所藏，傳少司馬儀部郎三世，什襲猶新。熙燥髮知慕二賢，今獲覩手墨，如承顔色。後學四明豐熙謹識。（《石渠寶笈》卷二九。）

宋犖跋

右《宋儒遺墨》一卷，卷首篆書四字，大逕五寸，爲明中憲大夫致太僕少卿、前直文淵閣經筵國史官陳綱題。綱，成化朝進士，篆法與程南雲相伯仲。第一：范文正公與秀才仁弟札，昔人評公書以爲得《樂毅論》筆意，清勁中有法度，當時善書者如蘇才翁、子美、蔡君謨咸推重之。曩從吴門范公祠見公楷書《伯夷頌》，誠烜赫名迹，其他多贋本。此札正符「清勁」二字，爲真跡無疑。（同上。）

跋范文正公書韋深道諸帖

（宋）黄庭堅

范文正公書殊有古氣，往時蘇才翁於書少所許可，獨論文正公書得《樂毅論》筆意。以予考之，誠然，但骨氣勁而少肉耳。（《宋黄文節公集·正集》卷二三。）

跋范文正公詩

（宋）黄庭堅

范文正公在當時諸公間第一品人，故余每於人家見尺牘寸紙，未嘗不愛賞彌日，想見其人。所謂「先天下之憂而憂，後天下之樂而樂」，此文正公飲食起居之間先行之，而後載於言者也。（同上，卷二六。）

題文正公條畫沿邊弓箭手稿後

（宋）張　栻

右文正公《條畫約束沿邊弓箭手事》，蓋公在并州佐龐潁公時所具稿也。其察微慮遠、固本防患之意具備。觀諸此，非獨可以窺公制事之權度，抑可得爲國禦邊之良法也。

（《南軒集》卷三四。）

跋范文正公墨迹

（宋）許　翰

范文正公天下英豪，而論詩精微反復，謹一字之低昂，知前賢於事無所苟也。此帖久益艱得，世當共保護之，使後生猶睹老成典刑，惇薄鎮浮，豈小補哉。紹興元年冬十一月己巳，襄陵許某謹跋。（《襄陵文集》卷一〇。）

爲陸伯思跋韓魏公范文正公書後

（宋）鄒　浩

某生晚，不及識公。元符末，公之長子嗣爲大丞相，某始獲登公門，想見垂紳正笏，不動聲氣，措天下於泰山之安。今嗣丞相亦亡矣，覽觀遺帖，秖益悵然。公嘗云：「先天下之憂而憂，後天下之樂而樂。」以其言考其行事，信乎能踐之也。宜其廢牋遺墨，爲志於古者寶藏如此。（《道鄉集》卷三二。）

文正范公書札跋

（宋）陸　游

觀文正范公書札，如欲與韓魏公同薦李泰伯，見其進賢之誠；誡余安道、石守道避禍，見其愛惜人才之意。於虖賢哉！然泰伯卒棄不用，安道、守道俱陷患難，或至死不解，志士仁人至今以爲歎，信乎明哲保身之難也！慶元庚申九月二十九日，笠澤病叟陸某書。（《渭南文集》卷二九。）

跋范文正公五帖

（宋）廖行之

右范文正公五帖，四世孫之柔所藏也。其前家書四通，皆遺兄仲温者。以文正集考之，嘗歷寧海節度推官，遷太子中舍致仕。後一帖字仲儀，即王懿敏公也。范氏自忠宣公擢第皇祐之初，至乾道八年而之柔乃復登科，中間寥寥，蓋百二十有四載矣。世濟其美，尚知勉哉！淳熙十二年二月六日。（《省齋文稿》卷一八。）

跋陳君章所藏諸公帖

（宋）許景衡

范文正公啓齒弄筆，不忘忠義，此帖有「終日爲善，以報己知」之語，凡謝人，不當如是耶？前輩風流日遠，使人嘆息。（《横塘集》卷二〇。）

題杜范歐公帖

（宋）程　俱

月正獻公之全德元老，文正公之宏才偉望，文忠公之端亮文學，端委廟堂，不動聲氣，而可使夷夏乂安，風俗清美矣。時非不逢，而不既其用，仁人志士未嘗不歎息於斯焉。紹興六年十一月旦，信安程俱獲觀於西安長壽僧舍，謹題。（《北山小集》卷一五。）

跋范文正公帖

（宋）王庭珪

范文正公待客，意不在酒食。客方入朝爲諫院官，折節呼爲長者，蓋臨别贈言，使以直道侍天子之側，勿阿諛權貴，私其喜怒爾。此長者之道也。（《盧溪文集》卷四九。）

書范文正公書竇諫議事跡後

（宋）周紫芝

范陽人竇禹鈞近世號稱長者，觀其嫁孤女八十二，舉貧不能葬者二十七喪，此非强勉而能者，則它不難也。至於身享長年，五子皆至達官，天所以報之，驗若符契矣。夫有陰德者必有陽報，而世鮮爲之，甚者引張湯、杜周以謂慘毒者猶皆累世貴顯，而安世、延年輩又有賢德以傳後世，獨不知天之報施固有常理，不可一概論也。（《太倉梯米集》卷六六。）

題范文正公帖

（宋）周必大

右范文正公前一帖，慶曆六年正月自邠赴鄧時，與龍圖閣直學士田況書也。況知泰州，丁父憂，仁宗詔起復，又遣内使持手敕起之，不得已乞歸葬訖託邊事求見，泣請終制。上惻然許之。帥臣得終喪自此始，詳載正史。今公既以「依道扣聖」告元均，復欲讀書涉道而自樂。前賢書問類如此，可與識者道，難與泛泛不情者言也。後一帖呼提點，疑部使者或内外主判，差遣學士則帶館閣無疑。族家乃同姓，考《仁宗實録》及《百官表》必可得，吴氏兄弟少年向學，試爲披尋，此非八十老翁事也。嘉泰甲子三月甲戌。（《平園續稿》卷一一。）

范文正公陰德記跋

（宋）趙善括

竊觀范文正公作《燕山竇十郎陰德記》，首舉其遺金還主而已，後乃有一格五丹桂之詩。（《應齋雜著》卷四。）

范文正與兄子書跋

（宋）朱　熹

右范文正公與其兄子之書也。其言近而易知，凡今之仕者，得其説而謹守之，亦足以檢身而及物矣。然所謂自未嘗營私者，必若公之「先天下之憂而憂，後天下之樂而樂」，事上遇人，一以自信，不擇利害爲趨舍，然後足以充其名。而其所論親僚友以絶壅蔽之萌，明禁防以杜奸私之漸者，引而伸之，亦非獨效一官者所當知也。友人陳君明仲爲侯官宰，得公此帖，刻置坐隅，以自觀省，而以其墨本見寄。熹蓋三復焉，而深贊其言之近，指之遠，敢書其説於左方，庶幾覽者有以發焉。淳熙戊戌季夏閏月，新安朱熹謹書。（《晦庵先生朱文公文集》卷八一。）

跋范文正公環慶帖

（宋）袁　燮

范文正公以英邁宏傑之才，震耀當世。區置西事，其有方略，觀此一帖可推而知矣。夫人物偉特如是，而形於字事乃爾精謹，何也？志氣要當恢張，保養務在兢業，闕一焉不可。兢業而不恢張，則所志者狹矣；恢張而不兢業，則所養者亡矣。古人有言：膽欲大，心欲小。公兼斯二者，兹所以爲一代之傑也歟。（《絜齋集》卷八。）

跋范文正公與楊處士帖

（元）柳　貫

汝南文正公之守越，在落職守饒、徙潤之後，於時楊公適隱慈溪大隱山中，聞公涖郡，款門納謁，是將進夫「薤水」之規，而非欲要其區區解榻之勤也。闇隸抑不爲報，公聞而遺書，厚謝其過，鴻冥鳳縹，其企想爲何如！自古君子之相與，固有欲見而不能，求之而不應者，則夫一時會面輸心之益，未必果能貸夫終身尊德慕義之誠，所以先憂後樂而繫天下國家之重者，楊公不爲無助哉。（《待制集》卷一九。）

跋三哥節推手簡

（元）柳　貫

歐陽公撰公神道碑，言五代之際，世家蘇州，而富鄭公誌墓，叙公之先始居河内，後徙長安。公此帖乃云「或聞祖先元是藍田人」，藍田在長安西，則五代以上，譜亡久矣。其謂「天平立碑，欲訪祖宗文字及先代官告，并三哥自傳聞事」，今集中不載。蓋公有此志，而未及爲耶？三哥者，其尊屬也。又謂「鄉中多不熟，地卑使然，或回换得數頃高田，則婚嫁可以指望」，於以見公尊祖敬宗，出於真誠，而他日買田收族之意，實權輿於是。然則出當盛際，而屹爲一代宗臣，子孫百世，其由來遠矣。（同上。）

跋范文正忠宣公與朱氏帖

（元）柳　貫

右文正二帖、忠宣一帖，皆與長山朱氏。文正前帖末題明道二年表姪延之領，後帖題慶曆五年延之領。公景祐四年十二月自蘇徙知潤州，明年寶元元年正月十三日赴潤。前帖首云「今月十七日至丹陽禮上」，月日似矣，而年與譜頗不合。慶曆五年，公自右諫議大夫參知政事，除資政殿學士、知邠州。後帖云：「大郎來此既不修學，又無事與他勾當，兼異姓恩澤卒難得，便次陳乞。」語出真誠，不爲矯飾，知爲公言無疑。蓋公幼孤，隨母適淄州朱氏，登祥符八年進士第，時猶以朱爲姓，後乃復范氏。及貴，乞用南郊恩贈朱氏太常博士，而以蔭官其子弟三人。此所謂七哥，豈公同母弟耶？前帖稱秀才，後帖遂稱官人，則補官後書也。朱氏於公有長育恩，宜於死喪患難極意料理，動静休戚必置懷抱。至於「居官臨滿，直須小心廉潔，稍有點汙，則晚節饑寒可憂，更妨兒姪不識好惡」之戒，此其忠厚惻怛之意溢於言間，雖子孫世守之可也。忠宣帖緘題云「尚書右僕射范某」，外封且識以「高平郡公」印，必晚歲在相府所遺。公之父子以忠義傳心，一筆一畫皆謹厚有法度，視夫躁急如飄風驟雨者爲何如哉！（同上。）

范仲淹與中舍書題跋

吴寬跋

文正書院所刻公《尺牘》，有此二帖，爲公家書。書中皆言及義田事。夫義田贍族，見於錢公輔《記》，後人未必能爲此舉。使能體公之心，隨其力而爲之，則亦莫非義田，而爲范氏賢子孫矣。延陵吴寬書。（一九八九年瀋陽出版社《范仲淹史料新編》三《遺蹟録》。）

費寀跋

錢君綺記文正公義田事，予讀而慕之久矣。頃公裔孫彦奎出公與族子商度義田小帖相示，予益信公貴顯後，未始一日而忘宗族也。夫卿士大夫之於宗族，孰無是心？惟其始也，恒無給諸，已而有餘，及其終也，計令子孫而恐其不足，瞻前顧後，竟爾違心而弗之遂。《記》所謂卿士大夫奉養之厚，而族之人不免爲溝中瘠者，豈其固然哉？公性好施予，自未貴顯時已有此志，而其子忠宣又能順而承之，故公克傾其俸餘如税敝屣，以成此舉。觀諸麥舟之濟石曼卿，人謂義子同心者，可見矣。於戲！當時公卿如公之貴顯者何限限，皆聲消影滅。惟此田與此帖獨存，豈非義之重於物耶？彦奎之愛此帖，不啻愛田，可謂知所重者。予既展玩數過，敬書此歸之，偶藏之以施於後世。嘉靖甲午十月望日，賜進士出身、朝列大夫、南京國子監祭酒、前右春坊右庶子兼翰林侍講、掌南京翰林院事、同修國史、經筵講官鐘石費寀書。（同上。）

附録四　歷代制敕公文

尚書禮部員外郎天章閣待制范仲淹可尚書吏部員外郎權知開封府制

敕：内史列郡之首，邦風所繫；天官一臺之妙，郎選實先。歷求諸朝，我得良士。以爾具官范仲淹，才給而肅，行介而通。早繇雋科，洊質勞閥。逮育書林之秀，兼責諫蒲之言，確然忠規，稔厥時論。再臨州甸，咸結民思。歸旌雅猷，進陟嚴署。甫從宣室之召，仍兼京劇之司。往攝煩政，永終爾譽。可。（《元憲集》卷二一。）

除參知政事敕

敕曰：《詩》云：「樂只君子，邦家之基。」言人君樂得賢者，兹爲邦家之本。肆朕夙夜疇咨峻德，共圖大政，以綏四方。具官范仲淹挺然卿材，居爲國器。敷爾謨猷，可以光贊大業；惟厥職守，可以裁成萬務。入更要近，出領藩垣，蹇蹇匪躬，彰彰有跡。嚮以戎人失馭，疆埸多虞，得於僉諧，付之帥節，輯和卒乘，懋著恩威。登爾樞廷，屬之機柄。佇矢陳於遠略，期允迪於大猷。副予倚毗，無俟煩訓。端聽徽命，往惟欽哉。（康熙本《范文正公集·補編》卷二。）

復除參知政事敕

敕曰：帝舜嘗命禹曰：「鄰哉臣哉！臣哉鄰哉！」蓋歎君臣道合，相須而濟。今夫與我守祖宗之業，成天下之務者，大柄所付，不在貳府？茲其用命，惟厥艱哉！具官范仲淹，道匪一方，材周諸用。近雅不流，合清廟之琴瑟；任重無撓，中明堂之柱石。景祐初載，予始親政。懼明敏之不至，求畯良而自助。得爾疏遠之地，非由左右之先。擢置諫垣，彌縫袞職。庶政得失，皆我家事。凡爾感憤，豈躬之故。風雨如晦，不爽先晨之期；雪霜既零，益見後凋之節。比戎羌不若，疆候爲虞，斧鉞在前，罔知攸付，思集吾事，無易汝者。三年鄜上，一心勞止。卒乘輯睦，物械繕完。居不暇於雅歌，退不寧於蓐寢。雖閫外之事賴其臨護，而幄中之要先乎密勿。故馳召傳舍，命登樞廷。茲屬宰司，則有虛位。俾爾旬浹，踐歷兩地。夫大恩之下難於報，大名之下難爲處。矧兼二者，可無勉哉！爾尚朝夕以交修予，允迪前人勤教。邦其允孚於休，無俾多方議爾於始終之際也。（同上。）

賜參知政事范仲淹生日詔

蔚有雅才，生此王國。參幹萬務，朕與嘉之。載誕及辰，糾族胥慶。宜有優禮，以重邇臣。既昭名世之顯，兼資式喜之具。中續難老，滋奮大猷。（《景文集》卷三二。）

拜資政殿學士知邠州兼陝西四路沿邊安撫使敕

敕曰：夏寇之爲邊患，七年於兹矣。朕爲生靈之思，庶幾堯舜湯文之事，懷之以德，綏之斯和。乃眷疆陲，方兹安輯，當得重任，以稱此行。具官范仲淹，早富藝文，素著名節。歛歷通顯，周旋委遇。比當闖寄，實立事功。召還本朝，更踐柄府。兹昆戎之初附，顧西土之粗安，深練機宜，揣無爾比。惟是新平之路，居當四路之衝，爲吾撫綏，抑爾誠請。增華秘殿，以寵於藩。祇服恩榮，無易忠義。（康熙本《范文正公集·補編》卷二。）

秘書丞范純仁父仲淹贈吏部尚書制

朕親執圭瓚，昭見祖考，還御端門，發號施慶，昭天漏泉，恩靡不逮。誠欲慰士大夫立身揚名、奉先追遠之思，况王室舊德，功名盟府者乎！某英亮特達，宏正深雅。文學自奮，忠義事上。故入贊機政，出董邊師，朝廷以尊，戎狄畏之，可謂股肱心膂，大臣之表矣。不幸早世，棟折梁壞，畫然傷之，至今不忘。聞其有後，庶能濟美。夫積善必報，顯親無遠，追命之典，自春秋固行矣。苟可以旌忠臣之節，申孝子之感，豈非崇勵風教，通於神明者乎！其以天官冢卿，告其封禭。（《公是集》卷三〇。）

贈太師楚國公衛國夫人誥

誥曰：昔我皇祖仁宗，博求多士，以綏靖四方。天惟眷祐，賚之正人。既以克和羌戎，又以燮治區夏。出入中外，實兼文武之烈。今予嗣守丕業，選任大吏，亦拔西帥，以臨中樞。匪伊異人，惟父惟子，得人之盛，朕無愧焉。具官范純仁父范仲淹，秉德不貳，好謀而成。始任諫諍，知無不言。中爲將帥，靖而能勇。卒以功業，股肱先聖。茲予懷想風烈，用建爾仲子，嘉其緇衣之德，錫以召祖之命。惟師保之貴既無以加，故河漳之封益大其寵，可特贈太師，追封楚國公。

誥曰：士大夫義隆於顯親，恩深於念母。追劬勞之罔極，悼寵禄之無施。茲予毖祀於總章，大霈龐恩於海宇。思廣吾孝，以慰爾心。具官范純仁母李氏，山河之容，江海其行。其君子正直，有羔羊之德；其後世信厚，有麟趾之風。宜錫褒榮，以慰存殁。乃祖唐相，實啓衛國之封；眷我樞臣，願爲密章之贈。賁於幽壤，尚克嘉之。元祐元年三月日下。（康熙本《范文正公集·補編》卷二。）

追封魏國公誥

誥曰：庇民尊主，緊賢哲之遠猷；崇德報功，實帝王之先務。昭揭群倫之丕範，遠旌希世之偉人。爰錫恤章，式孚衆聽。故具官范仲淹，清明而直諒，博大而剛方。早以名世之才，出贊寖昌之運。危言讋世，高義薄乎天地；直道立朝，勁氣貫乎金石。入議大政，有功斯人。需膏澤之下民，緊嘉猷之告后。山有伏猛，則藜藿至於不採；朝知强本，則精神爲之折衝。當夏賊之跳梁，總師干而捍禦。料敵制勝，智機若神。弭變消萌，酋渠褫魄。聲名暴於夷貊，功烈著於鼎彝。故斂衽朝堂，奮庸乎帝載；運籌帷幄，震張乎天威。文武惟憲萬邦，風采想見天下。泰山北斗，學者仰其高明；景星鳳皇，人皆快於瞻覩。當規皇基億載之業，首建金城萬雉之謀。功成於元豐，效見於今日。屬纂臨於初政，彌難想於宏模，思有褒揚，聳茲遐邇。命圭華衮，已位上公之槐；胙土分茅，載賜全魏之履。豈特賞當賢而臣下勸，庶幾褒有德而萬方懷。英爽如存，寵靈斯享。可特追封魏國公，餘如故。靖康元年月日。（同上。）

置功德寺蘇州白雲寺賜額中書門下牒

中書門下牒蘇州白雲寺：右諫議大夫、參知政事范仲淹劄子奏：「蘇州天平山有白雲泉，南有寺。寺中有刺史白居易《詠白雲泉》詩，明古寺也。臣本家松楸實在其側，常令此寺照管。準先降條貫，應寺院及五十間已上，至乾元節並得賜額。上件古寺屋宇，已應得條貫，伏望特賜一名額。取進止。」牒：奉敕宜賜白雲寺爲額。牒至，準敕，故牒。慶曆四年四月二十五日牒。右諫議大夫、參知政事范，右諫議大夫、參知政事賈，刑部尚書、平章事晏，工部尚書、平章事章。觀察推官夏有章，權節度推官汪仲權，節度掌書記蔡抗，殿中丞、通判軍州事朱壽隆，著作郎、直集賢院、知軍州事呂溱。原武鄭方平篆，臨安錢德範書，山門住持僧擇梧立。皇祐元年夏四月初一日，當寺講僧遇明。（同上。）

河南褒賢院尚書禮部牒

尚書禮部牒：準元祐三年月日辰時到部，門下省送下、中書禮部奏準、都省批下大中大夫、尚書右僕射、兼中書侍郎、上柱國范純仁狀：「近奉旨授尚書右僕射，合依例置度僧追薦先祖。純仁先祖母及父葬在河南府河南縣，有功德褒賢禪院。今欲乞兩遇節，於本院添剃度行者一名。先祖以上，並葬蘇州天平山白雲寺，亦乞兩遇節添度行者一名。其兩處每一年度一名，申尚書省，伏乞依例施行。」狀前批送禮部，奉乞請一依指揮施行者。右下褒賢院，仰一依前項禮部牒内旨指揮施行。元祐三年七月初三日。（《范文正公褒賢集》卷二。）

與免科糴提領浙西和糴所帖

提領浙西和糴所據吴縣申：具致范令公義莊田八百九十七畝，每畝勸米三斗，計米二百九十二石一斗。呈奉台判：范文正公義莊迺風化之所關，與免科糴。仍帖報兩縣收册拘錢，須至行遣。右，今帖吴縣勸糴官，仰照所判速便拘收范令公青册并糴本錢，具狀一併差人解發赴所支納，不得違滯。嘉熙四年閏月日，帖吴縣勸糴官。

提領浙西和糴所據長洲縣申：具范令公義莊田二千二百七十一畝三角，每畝勸米三斗，計米六百八十一石五斗二升。呈奉台判：范文正公義莊迺風化之所關，與免科糴。仍帖報兩縣收册拘錢，須至行遣。右，今帖長洲縣勸糴官，仰照所判速便拘收范令公青册并糴本錢，具狀一併差人解發赴所支納，不得違滯。嘉熙四年閏月日，帖長洲縣勸糴官。（同上。）

建置祠堂平江府照會尚書省劄

浙西提舉司申：照會：「説友蒙恩守吴，懼無補報。竊見先賢文正范公，本郡人也，道德文章，功名事業，載在國史，實爲我朝第一流人物。身没之後，近二百年，凡公過化之地，無不尸而祝之，獨本府未有專祠，附庸學宫而已，其於崇祀勵賢，見謂缺典。郡雖窘乏，而事關風化，曷敢弗力。乃卜范氏義莊之東義宅隙土，鳩工度材，爲屋六十楹，以奉公祠。仍撥没官田土拘收租米，充春秋二祀之費。其祠密邇學道書院，春秋二祀，太守率其屬親涖。及遇月朔，則山長率諸生往拜焉。先擇公之後賢者一人爲掌祠。若郡計稍舒，别圖收教其子弟，并以附於書院。已涓九月十一日立木，候成舍釆奉安外，所合具申朝省照會，仍乞劄下本府照應，伏候指揮。」省劄：照得知平江府潛提舉申：先賢文正范公，本郡人也，獨未有專祠。今卜范氏義莊、義宅之東隙土，爲屋六十楹，以奉公祠。仍撥没官田畝，拘收租米，充春秋二祀之費。已涓日立木，候成奉安外，申乞劄下本府照應，合議行下。右劄付平江府照應，仍具所撥田畝數目〔申〕尚書省。準此。咸淳十年九月日。

（同上。）

祠設教諭平江府中書省帖

省府范文正公祠照會：本祠見闕訓導小學教諭一員。今帖請李前職夢文充本祠教諭，請照應日下供職，具遵禀狀申。至元十三年閏月日帖。中書省劄差充平江府儒學教授、兼學道書院山長提督范祠袁，中書省劄差充平江府儒學副教授、兼學道書院山長、提督范祠石。（同上。）

蠲免科役江浙行中書省文據

江浙等處行中書省據范士貴狀告：「年壯無疾，係先賢范文正公嫡孫，充平江路學職，兼管本族義莊、義學勾當，即目在天平山住坐。先世文正公捨宅爲路學，作養人材；置買義莊田，養贍宗族；及創義學，以教子孫。有墳山梯已田地，並隸本路屬縣。亡宋時及歸附後，俱蒙軫念先賢後代，本處官司會驗舊例，除納稅石外，一切差役科折並行蠲免。後因吳縣及長洲縣司吏朦朧科折糯苗，士貴狀告本縣，次經本路，俱蒙受理行下，合屬改正，止納一色糙粳。又於至元十七年六月内，有各鄉里正人等，欲將義莊與民田一例科助役米。遂經本道宣慰司并按察司陳告，蒙追索本路文卷。檢照得范文正公置買上項田土，初非私己，正欲永遠養贍宗族子孫，義所難及。自前至今，既不曾設着科役，難同民田一例施行，牒本路行下合屬除免。間再具狀，經行中書省陳告，蒙受理行下。本路照勘是實，依上蠲免，毋得科率違錯。總府除已遍榜合屬外，又於二十年三月内經省府陳告，給蠲免文據。奉省府鈞旨，送浙西道宣慰司照勘，依例施行，毋得違錯。奉此，蒙宣慰司照勘是實，劄付本路行下合屬依例施行。除免一應科役，就便出給文憑，付士貴收執照驗外，近欽奉聖旨節〔文〕：『該在籍秀才做買賣納商税，種田納地税，其餘一切雜泛差役並行蠲免，所在官司常可存恤，仍禁約使臣人等毋得於廟學安下，非理騷擾。欽此。』凡是儒人，既例蒙存恤蠲免，况本家裔忝先賢，世居吴郡。先文正置立義莊義學，以教養宗族，凡冠婚喪葬，咸有所助。迄今三百年，流傳不朽，人皆慕之。本處官司尚以義關風化，每歲舉行祀典，實與其他儒户不同。但士貴雖已經行省陳告行下，合屬蠲免，止是本路備舉出給文憑，付士貴收執。切慮歲月深遠，官吏更易，仍不準行雷例，科率騷擾。告乞出給公憑」事。得此，省府除已行下平江路依例除免本户雜泛差役外，合行出給者。右付范士貴收執。準此。至元二十七年月日。（同上。）

江浙行中書省禁治科擾榜文

江浙等處行中書省近據平江路申，準本路總管董嘉議關：「伏見先賢范文正公世家吴郡，勳德事業著在青史。以地建學，撥田養士，實其創始，吴士德之。其三世祖父墳墓俱在本路管下，皆封太師、國公，曾賜忠烈廟額，每歲本路致祭甚虔。置立義莊義學，至今三百餘年，規模如故。若加旌表，實爲砥礪風俗之本。」移準江南浙西道肅政廉訪分司牒，如準所言，允當申乞照詳。得此，移咨中書省。照詳去後，今準回咨送。據禮部呈：照得至元三十一年四月準集賢院關備國子監呈范士貴狀告：先賢范文正公六世孫提管本族義莊義學，養贍宗族垂三百年，世守弗墜。歸附以來，蒙官司軫念先賢之後，除納税石外，依例與免差役。後因司縣官吏更替不常，其間不無動摇，雖蒙江浙行省行下合屬欽依聖旨事意，蠲免一切差役，及出給公據付士貴收執，有長洲縣司吏仍復以和買爲由，攪擾不安，終未有都省存恤明文，司縣得以玩視，告乞優加存恤施行。本監參詳：范文正公以文武全材，實爲當時之名相，置買田宅，養贍宗族，足爲後世之良規。三百年來，子孫猶在，若加存恤，實爲聖元仁政。伏乞照依先降聖旨，除商税、地税，其餘一切雜泛禁止相應。得此，本院議得范文正公古之名相，置買義田，子孫世守不墜。如準國子監所擬，實爲相應。準此，本部議得范文正公前代名臣，置田贍族，垂教後世，不爲無補。如準集賢院所擬，移咨行省照勘，如委係范文正公親族，欽依聖旨，作免雜泛相應，具呈都省照詳去訖。今奉前因，本部議得宋相范文正公致君澤民之術，具載方册。所設義莊義學，資給宗人，教育後裔，至今規模不墜，其於世教，不爲無補。宜咨行省，禁治諸人無得煩擾，所司常加優恤外，據旌表一節既有忠烈廟額，似難别議。具呈照詳。得此，都省咨請，依上施行。準此，省府劄付平江路總管府，依上禁治令所司常加優恤外，合行出榜，禁治諸人毋得煩擾，所有榜文須議出給者。右榜曉諭諸人通知。大德年月日。（同上。）

泰州西溪書院禁約榜

泰州據前安慶路儒學正朱景新謹呈：「切見西溪范文正公祠堂，係是宋時天聖年間文正公監西溪鎮買納鹽倉之日，因見瀕海田土被海水侵鹹，有妨耕種，乃相度此地，宜創捍海堰，以救護良田。遂作程度計料文書，申覆上司，達知朝省。就任遷范監倉、知興化縣，監督人夫創築捍海堰於西溪之東。計長一百四十六里零六丈六尺，其高一丈，其闊二丈爲則。用磚包砌，截海水於外，護良田於内。自後海陵、興化、鹽城等縣田土皆得種蒔，不特百姓有糧，及諸鹽場亦賴以培養煎燒氣力者。今三百餘年矣。亡宋年，時鄉人告於官，而立文正公祠堂於西溪，以報范公之德，已經年深。至歸附後，毁廢祠堂。大德四年間，前任海陵縣丞白將仕等收買屋料，興復起蓋祠堂，重新裝塑賢像。彼時蒙海陵縣曾出榜文，禁約諸人毋得沮壞祠堂一節。今爲年深，前榜不在，一等不畏公法之人在祠堂毁壞牆壁，蹇潑糞草，地上掘取泥地，多端侵損。即日再行脩整，若不呈乞出給榜文，付祠堂張挂，省諭諸人毋得似前沮壞，誠恐日漸毁壞前代名賢遺迹不便。」據此，合行具呈。（同上。）

泰州西溪書院榜文

據前真州儒學學録朱景新狀呈：「切見泰州西溪范文正公書院，昔因通、泰兩州之地東臨大海，每遇風濤大作，直抵城下，人被其苦。亡宋天聖間，公監西溪鹽倉之日，遂築捍海堰，横截潮水。自後鹽農俱受其賜，爲此立祠於西溪，歲時致祭，積有年矣。自歸附後，廟貌頹圮，迨今未整。若不重爲脩理，恐負上司美意。今欲興工，慮有一等不知禮法之人攪擾沮壞未便，乞出榜禁約施行。」得此，使州合行出榜。如有違犯之人，仰指名告官，取問是實，痛行斷罪。所有榜文須至出給者。大德五年二月日。（同上。）

泰州重設書院中書省咨附教諭范文英跋

中書省準河南省咨言，泰州海陵縣西溪鎮前宋范文正公仲淹所建書院在焉。當其還朝，民爲立祠，以報其德。經二百餘年，至元歸附，學遂廢弛。大德間，姜國英以己財重建祠宇，乞令本儒主領相應。中書送禮部議，既經本道廉訪司體察，舊有祠堂，委係前賢，合設書院，宜從所請。延祐二年月日。

古者一代帝王之興，必尊禮昔賢，以獎勸風俗。文正公之勳德，其在宋時，固宜優禮。至於皇元，歲命郡守致祭，省部諸司每有優恤范氏子孫之文，於此見大朝之盛治，所以培植風俗教化之意遠矣。然則仕於是邦者，盍亦體朝廷之意而加之優禮。蓋所以爲風俗教化之楷範，而豈私於范氏？元統六年，八世孫文英謹識。（同上。）

范仲淹從祀議

禮部題，爲聖世祀典，聿昭先儒，表揚有待，特請從祀，以光文治事，禮科抄出江南學政余正健題前事，康熙五十四年八月十五日題。九月十三日奉旨，該部議奏，欽此，欽遵。該臣等議得：江南學政余正健疏，稱「宋儒范仲淹學術精醇，行誼卓絶，如延胡瑗入郡學以闡聖經，勉張載讀《中庸》以明道學。會變通於《大易》，著褒貶於《春秋》，俾所在州縣各立學校，以紀先聖、先師。朱子稱宋朝道學皆因范仲淹作興，實有功於聖道。謹按祀法，有功於聖道則祀之。今宋儒横渠、明復、涑水諸賢皆得配享，而范仲淹僅祀專祠，於典似乎未備。敬順輿情，冒昧陳請，伏祈皇上大沛隆恩，敕部議覆，特予從祀，以昭文治」等因，具題前來。查康熙三十六年，原任御史荆元實將宋儒范仲淹從祀孔廟一疏，經臣部前任尚書佛倫等覆議，「從祀事關大典，相沿已久，無庸議」等因，題覆在案。今復據該學政余正健以「范仲淹講明易理，表著《春秋》，將范仲淹從祀」等語，查從祀先聖廟廷，事關鉅典，該學政余正健所請之處，伏候聖裁，臣等未敢擅便，謹題。十月十三日奉旨：九卿詹事科道會同定議，具奏禮部等衙門，尚書臣赫色等題前事。該臣等會議得：學臣余正健以聖世祀典等事具題，經禮部議覆，奉旨九卿詹事科道會同定議具奏，欽此。仰見我皇上重道崇儒，尊經稽古，升朱子於十哲之列，纂諸經爲萬世之法。以前哲之楷模爲至重，以學宫之從祀爲匪輕。因學臣有范仲淹從祀之請，敕臣等定議具奏。臣等議得宋參知政事范仲淹學問精純，經綸卓越。少而純孝，長益公忠。存先憂後樂之懷，樹政府邊陲之績。尤留心於庠序，實有裨於儒宗。延胡瑗入郡學，有闡明聖教之功；勉張載讀《中庸》，兆啓發理脈之助。會變通於《周易》，著《説序》於《春秋》。故朱子推爲第一流人物，又謂振作士大夫之功居多。凡史册所載，我皇上莫不洞鑒。從祀事關大典，伏候皇上聖裁。臣等未敢擅便，謹題。十月二十六日，奉旨：九卿詹事科道定議，具奏禮部等衙門，覆題前事。該臣等再會議得：宋參知政事范仲淹雖學問功業爲有宋名臣，與專心理學者不同，應將該學政余正健所請之處無庸議。臣等不敢擅便，謹題。十一月初五日，議覆范仲淹從祀，一本大學士松柱、蕭永藻、王掞，學士查弼納、敦拜、渣克旦勒什布、星格特常壽、蔡升元、王之樞、彭始搏、鄒士璁折奏，奉旨著問。九卿具奏，本月初九日奉旨，范仲淹準從祀。禮部爲聖世祀典聿昭等事，儀制清吏司案呈奉本部，送禮科抄出本部題前事，内開：該臣等議得江南學政余正健題請宋儒范仲淹從祀文廟一疏，九卿議覆，無庸議。奉旨：范仲淹準從祀，欽此，欽遵。隨將范仲淹木主入文廟吉日交與欽天監選擇，得康熙五十五年正月二十四日卯時吉。查宋先賢朱子升配大成殿十哲之次，祭告供獻，遣官行禮，交與太常寺辦理，祝文係翰林院撰擬，木主字樣内閣撰寫，木主陳設等項工部備辦在案。又查《會典》内先賢先儒位次，俱照時代位次相應，將范仲淹從祀聖廟木主設於宋儒司馬光之上，以下挨次移換。凡應備辦等項，俱照例交與各該處備辦，俟命下之日，通行直隸各省一體遵行可也。康熙五十四年十一月二十九日題。十二月十三日奉旨依議，欽此。到部相應移咨該撫查照，奉旨内事理轉行所屬各官一體欽遵施行。諭祭文，康熙五十五年正月二十四日，皇帝遣翰林院編修俞兆晟致祭於先儒范仲淹曰：「維爾范仲淹，精研義易，闡《河》《洛》之微言，纘述麟經，識尼山之大旨。既有功於正學，宜從祀於頖宫。兹擇吉於正月二十四日，進木主於聖廟之西廡。綸綍宏宣，馨香用薦。永垂禋禩，尚克歆承。（《范文正公褒賢集》卷二。）

附録五　歷代祠廟記

范文正公祠堂記

（宋）家安國

周漢之興，天下爲福爲壽數百年，當時致君者功可知矣；周漢之衰，天下爲血爲肉數百年，當時致君者罪可知矣。考公之時，朝廷致君之人，喜功畏罪者尤多。惟公之望節若南山貴名之起，揭如日月，亘諸夏之廣，盡九夷之陋，凡有舌者皆恥不談希文，何耶？好善優於天下而已矣。善人，天地之紀也，政教之本也。其所以優於天下者，能思天下之所不思，能爲天下之所不爲，先天下之憂而憂，後天下之樂而樂也。然知爲可憂，則先王之澤無不備於世矣；知爲可樂，則一夫之生無不獲其所矣。公之憂如是而竟無以解其憂，公之樂如是而竟不得享其樂，豈成功則天歟！

公叩上壽儀以正君，諫楊太妃不可稱制以立母儀，述張華事西晉以諷宰相，此天下所不能思也；公參大政，首請天下興學，取士先德行，不專文詞，減任子以除冗官，此天下所不能爲也。上《百官圖》以任人材，舉縣令、擇郡守以固邦本，保直臣、斥佞人以明國聽，復游散、去冗僭以厚民力，此天下之憂而公先之也。西民禍兵，公在龍圖閣直學士帥延慶。

横山靈武，勢如腐槁，朝廷乃以邠州管内觀察使授公。公曰：「漢御史出案二千石。唐御史，節度使以軍禮見。本朝學士、丞、郎，出臨戎閫，節度諸將，望風禀律，皆由朝廷之重也。居内朝近侍之職，有彌縫闕失之道，若貪厚禄，换此外帥，體當承迎朝廷指縱，無復議論廟筭得失矣。况西華之人，知有龍圖老子，不知有太尉也。」竟辭。元昊以書窺伺朝廷，公惡其僭號，斥不爲奏，自答其説，諭以逆順禍福之理。元昊卒伏公言，稱臣請和。此國强民息，天下知其樂也。然則所謂優於天下者舉是耶！於事則顯功也，於善則粗迹也。人臣之善，莫大於禮樂，世有不得其門而入，雖房、杜之美，其如不能。何？庠序者，禮樂之門也。得其門，知其文矣；知其文，達其情矣。情文備，則致君挈國之功，言不下帶而禮化行如神矣。吾宋聖治，迨慶曆僅百年，太平之效，以文致實。景德、祥符之風，不減三代，而功成治定，未暇制作，天下之人望禮樂之門，不得而入。公闢其門，使天下由之。雍泮之水，洗天下之心，後進之君子，先進之野人，參軌結轍，可以論述制作者，與時輩出。然考積德之年，天實有所興也。成都學宫，西南觀教之地，二漢以降，非善人之迹不存。近世宏堂列像，迨逾百人，皆所遵德景行。

熙寧初，公仲子丞相純仁漕蜀，西南之人始請公像圖之經史閣西廡，諸生歲時謁欵於前。以筵卮未稱，積愧甚久，元祐戊辰，寶文閣直學士李公尹蜀，誠於應物，樂於爲善，凡可以成法者皆欲舉之。客有告曰：「蜀有學自文公始，本朝郡邑有學自范文正公始。天下之爲烈者，先王之所不遺；法施於民者，世主之所必報。不遺之所以顯仁，必報之所以立義，士有惻然之仁，孑然之義，一及於蟲魚草木，雖曠代異古且猶不忘，况赫赫耳目之前，明德輔世，及於士民乎？顧正公祠，使天下爲善者勸。」李公樂其請，命工成之於禮殿之東，與石室對峙焉。客喜而歌曰：「岷山之靈，會公之英。千歲之聲，非雷非霆。道德之澤，以保我後生。明哲之誠，禮義之經。百世之廟，如日如星。教化之功，地平而天成。」

（《成都文類》卷三四。）

河南褒賢院記

（宋）范純粹

先文正公既葬，而墓隧之碑乃立。嘉祐元年，仲兄右丞相時爲著作郎，以國朝故事，大臣塋所恩許置寺度僧，遂請於朝，願以彭婆鎮舊法會院改賜名額，間歲聽度一僧，以嚴崇奉，朝廷從之。元祐元年，仲兄進貳樞府，三年乃登相位，兩以例恩，皆得增度僧數。它日院之度僧道因請以始末詔旨刻諸石。予既許之，又爲書其所以然者。元祐四年□月六日，左朝請郎、充寶文閣待制、環慶路經略安撫使、兼馬步軍都總管、兼知慶州軍州事范純粹記。（康熙本《范文正公褒賢集》卷二。）

范公慶州祠堂碑陰記

（宋）蹇周輔

范公之名與其施設，天下之人無智愚稚耄皆所以想聞，而懼一不得知者垂四十年。既薨，則墓銘、神道表記公終始尤得其詳。今龍圖閣直學士汝南周公因慶民之思，又爲作祠堂，命屬僚書其實於廡下。然公之惠愛及民之多，有不爲士大夫所聞者，文亦不克究，日月之光，猶或晦焉。

昔西事初，慶以賊羌臣屬日久，忽於儲備，一旦重兵宿野，亡所取濟。鳳翔府天興令持監司符檄來攝州事，以芻糧數百萬計暴加於民，促圖己功，沸若羹鼎，至有力不堪弊，群竄他邦，甚者斷吭絶脰，死以期免。公是時方經略四路，請留延安。民聞之，亟相提挈，馳告麾下。公即日走符，檄放天興令者還任，凡百苛斂，一切罷去。未幾，公即受命專本路之師，竄者還，危者安，里巷相保，卒如平時之樂。及朝廷欲驅邊人而戰，先墨以著軍籍。獨公所部之衆改涅其手，非講習攻鬭，各聽處田野，故上不糜廩食而得其用，下不失爲良農，此略從三代之法，較之他路，歡慼斯可計矣。

先是，賊錟狂熾日虞，竊增屯士馬殆十數倍，民坊佛廟皆得而止之。公恤其非便，乃圜視内外，得州之北隅，拓城樹宇，分列營校。工興之日，有畚鍤發及枯骸者，詢之，即昔之廢壠焉。公命索其所餘，以俸金買近阜民田，聚而葬之，喪具祭品必親視而後給。是歲久旱，已而復雨，僉謂公之陰德，故天報之。郡以處高，艱於井飲舊矣。公至，乃以地勢迹之，命匠氏直城之西北鑿及甘泉，凡百餘井，人無一金之費，日用以足。前此戍守，多關輔之卒，往往三數歲不能得其歸。公謂人久勞則怨且惰，將何以因衆心而取完力也？自爾更相戍役，止一歲爲限。推此五事，實公始未至與既至而所爲者。雖體有小大，蓋不獨善士所悦，若庸夫悍兵皆骨髓其賜，迄今無忘。

公嘗出使江淮，守七州，歷四帥，爲開封内史，以至參預大政柄，率皆除大害，興大利，由一方訖四海，父荷子戴，固縷縷有條目，或薦紳先生暨太史氏未能盡其傳，諒亦然也。

汝南公方將博采遺烈，以盡立祠之意。會郡進士劉頌件右來獻，且曰：「此而不書，大懼舌語所傳不足以信後世。」因爾次其説，請刻於碑之陰。時嘉祐五年五月十一日，文林郎、試秘書省校書郎、權儀州軍事判官、監環州折博務蹇周輔記、内殿承制、慶州兵馬都監、兼在城巡檢蹇周輔書并題額。龍圖閣直學士、朝散大夫、尚書兵部郎中、環慶路馬步軍都部署、經略安撫使、兼知慶州軍州事及管内勸農使、護軍、永安縣開國伯、食邑八百户、賜紫金魚袋周沆，義渠荔菲彬刊。（同上，卷三。）

淄州長山縣建范文正公祠堂記

（宋）韓　澤

古之治天下，所謂不賞而民勸者，非謂絶而不賞之也。賞一善而百善進也，何哉？自京師至於郡縣，郡縣至於鄉黨，其間有德行節義可稱者取而旌之，爵於朝廷，死表其門閭，如此風俗莫不勉勵也。漢唐之間，雖不及於三代，而以號爲治者，此道素行也。且今之天下，何異乎古之天下，然而風俗未厚於古者，得非此道之廢歟？

故文正公范希文之于於陵也，豈特德行節義而已矣。夫公家世姑蘇，幼而孤弱，無父所怙，而後隨其母氏來居兹土，留而不出，遂爲邑人。及其長也，卓有所立，鄉人奇之。嘗廬於長白，日自諷誦，雖刻苦不暇，每患其寡友。一日，超然遐舉，四走方外，求老師巨儒，以成就其業。不數歲間，大通六籍，聲名傾動當世。祥符中，會明天子詔天下舉賢者能者，公素擅鄉閭之譽，爲卿大夫之所賓興，一上而中殊科。尋補職任，驟歷臺諫，丕功碩惠，加乎生民，鯁議讜言，許於當國。天下之人，無賢不肖，不謀而同辭曰：「范公如登輔相，太平可期。」及乎領邊郡，握兵權，談笑樽俎之間，折衝方面之難，威聲遠布，坐鎮獷俗，以致疆場塵清，投烽釋警，虜不敢犯邊，盜不敢入寇。天子倚之如金湯，視之如腹心，何患乎西戎，何憂乎北狄！

時以海内既安，邦國無事，乃擢貳樞府，參預機務。天下之人驩然相語曰：「范公用矣，但翹首跂足以俟太平爾。」公自是負上重責，以謂其功不可亟成也，必待馴致。故其所爲，志在遠大。移風易俗，鳌革頽弊。下輯臣儀，上裨衮職。欲行之以久，而冀效於後也。《大易》稱「漸以正邦」，公寔用之矣，惜乎其不能終之而薨。設使而終之，則周、召、伊、傅曷以加此。嗚呼！天之生公，將以輔世，功未及宣，何速奪之！《詩》云：「彼蒼者天，殲我良人！」此之謂也。

公没之後，邑里無傳焉。噫！古之人有德行節義，取而旌之，猶能以勵其風俗，况有功於天下者乎？治平中，澤出宰是邑，訪公之跡，得公之實，因謂邑中諸君子曰：「范公爵位如此其達，功烈如此其顯，豈非兹邑之勝事耶？何久而不爲之祠？」諸君從容而語曰：「今日之議，允符夙昔之願。」蓋邑素有是心，而患在位者未嘗注意。既聞澤言，翕然樂從。爰飭梓人構堂宇，命繪工圖儀形。一之日二之日經始，三之日四之日告成。財斂餘羨，用不漁民。既而脩虔誠，謁偉像，洋洋乎如在。使夫十室之民，朝夕耳傾而目屬，自非嵬瑣之類，得無（聲）〔聳〕激？薄者敦，懦者立，如是何患風俗不及古也？故曰「不賞而民勸」，謂此矣。愚之所以建公祠者，非止爲乎公也，爲民也；非止爲乎民也，爲天下也。澤竊邑兹久，慚無異政，聊述其美，以傳之後。公之能事，大參歐陽公褒賢之碑詳矣，此不覼縷舉其梗概而已。治平二年三月四日記，尚書虞部員外郎、知縣事、上騎都尉、賜緋魚袋韓澤述。將仕郎、守縣尉、兼主簿事劉鼎，三班奉職、監酒税徐士安，宣奉郎、守殿中丞、知縣事、兼兵馬都監郭槩同立石。鄉貢進士王特篆額，郊社齋郎韓敦仁書丹。刊者董選。

（同上。）

廣德軍范文正公祠堂記

（宋）汪 藻

孟子之言氣，曰至大至剛，以直養而無害，則塞乎天地之間。夫直之爲言，大公至正之道也。以大公至正之道，固守而力行之，不爲富貴貧賤威武之所摇奪，雖乘田委吏之卑，亦必盡吾誠，充吾職。卒而至於立國家，定社稷，安邊境，服羌戎，其功烈與日月争光，而精神折衝萬里之外，謂之氣塞乎天地之間可也。後世見古人功名之盛，以爲類出於偶然，不知蚤正素定於胸中者，未嘗無所從來，而其銘鼎彝、書竹帛者，非一日之積也。

文正范公未第時，已慨然有天下之志，不以死生禍福動其心。逮遭明天子，有爲於時，其立朝如史魚、汲直，其憂國如賈誼、劉向，其守邊如馬伏波、羊叔子，雖庸人孺子，莫不知之。獨筮仕之初，有卓然大過人者，國史失其傳，故不得而不紀也。

公以進士釋褐爲廣德軍司理參軍，日抱具獄，與太守争是非。守數以盛怒臨公，公未嘗少撓，歸必記其往復辯論之語於屏上，比去，至字無所容。貧止一馬，鬻馬徒步而歸。非明於所養者能如是乎！獄官有亭，以公名之者舊矣。公卒二十年，而高郵孫覺莘老爲廣德軍，始以詩志公之事，而刻之亭中。又六十九年，丹陽洪興祖慶善來守，讀莘老之詩而慕之。初，廣德人未知學，公得名士三人爲之師，於是郡人之擢進士第者相繼。於時慶善乃求公遺像，繪而置之學宫，使學者世祀之，而屬予記其事。嗚呼！公之盛德豈待文而後傳，而藻亦豈記公者哉！昔段秀實盡忠於唐，世徒以爲一時奮取功名之人，而不知居官必有可書之事，柳宗元爲摭其實，上之史官。今所以知段太尉逸事者，宗元發之也。秀實固不足以擬公，而余幸從慶善得公之詳，與夫徵夏無且，畫工爲無所媿，安知後世不采此以補史官之闕乎？然慶善爲政而首及公，可謂知所本矣。柔亦不茹，剛亦不吐，文正公有焉；好賢如緇衣，慶善有焉，其可以不書！紹興九年六月新安汪藻記。（同上。）

廣德軍重建范公祠記

（宋）樓　鑰

文正范公勳業在國史，其祠於廣德，則已具見於内相浮谿汪公之記。兹以祠宇久圮不修，從弟鏞以嘉定二年爲郡博士，撤而新之，求記於鑰。語之曰：文正公盛德絶識，才兼文武，非贊揚所能盡，然大要在立志不苟而已矣。方在貧約，則朝莫甘齏粟之味。既已富貴，而子弟均布帳之清。在海陵爲一倉官，而築海堤數百里。在桐川爲一獄掾，而所立已卓然如此。一馬微矣，居則鬻以養士，去又鬻之，徒步而歸。其跋《乞米帖》云：「顔魯公唐朝第一等人，而饘粥不繼，非所謂君子固窮者歟！」又有家書云：「老夫平生屢經風波，惟能忍窮，故能免禍。」公之所存類如此，此其所以大過人者。故曰：「志士不忘在溝壑，勇士不忘喪其元。」公之自處，直欲追古人而及之。故其見於行事，亦非今人所能及也。學既奉公之祠，則爲士者無徒慕公之名位，當求其所以致此者。鑰既爲推公之所以致此者而爲之記，又因以勉吾弟與同黨之士。鑰雖老，尚當相與思古人與稽之義云。三年仲夏望日，四明樓鑰記并書，鏞篆額。（同上。）

池州范文正公祠堂記

（宋）丁　黼

文正范公以勁節大志，盛德壯烈，卓然爲宋名臣，凡宦游，人懷其惠，莫不有祠。池陽雖非公所仕之地，而亦祠之學宫，蓋以其少長於長山朱氏也。《國史》本傳及歐陽公撰《神道碑》俱云，公生二歲而孤，母貧無依，改適長山朱氏。然人漫不知長山爲何地，朱氏爲何人，而公之寓於其家幾何時也。天台丁君木宰池之青陽，政成暇日，討究先賢遺事，慨然慕之。長山去縣僅十五里，朱之族故在，遂訪求其家，得公之續譜遺墨及公與母謝夫人之畫像，又從好古博雅之士根據其本末源流。既畢，委故人程君煸過黼而言曰：「將爲祠堂，願有述焉。」黼謝不敢，其請益堅，有不得辭。凡公之立言立功，具載方册，不必贅叙，獨以其在長山之事言之。謹稽諸記録，公之父墉從吴越錢氏入朝，歷成德、成信、武甯軍掌書記以卒。元妃陳氏，繼室以謝氏。其卒於徐也，歸葬於吴中之天平山，陳氏祔焉。謝氏無以爲生，改適朱君文翰。公生於端拱二年，猶在襁褓，而鞠於母朱氏云。族有在應天府者，故公以及冠，辭母，絶江逾淮，學於應天，蓋景德之末、祥符之初也。閲五六歲，登進士第，則在祥符之八年。欲便親養，授廣德軍司理參軍，迎母以往。攝集慶軍節度推官，辟泰州西溪鹽税。再辟興化縣令，徙楚州糧料院，母終於楚。天聖五年，公復如應天府。晏元獻公知之，表掌府學。服除，乃歸宗易名。越明年，晏公再薦，召試爲秘閣校理，始克請於朝，追贈父母，遷奉母喪，葬於河南尹樊里萬安山下。參考歲月，公之從朱姓幾四十年，登科記用今氏名，後人改之耳。朱氏之譜，則文翰以景德初嘗任淄州長史，後以公贈典行太常博士。公之手帖與博士之孫延之在明道二年，乃改郡至丹陽時猶稱延之爲秀才，而待以子姪禮。又一帖在慶曆五年者，則稱之爲官人，蓋已受公奏補，而帖中頗及延之兄之子求異姓恩澤事。由此觀之，公留止往來長山歷時最久，其親愛顧念朱氏情義最篤，皆以母故也。公之宦游，遠者三四歲，近者一二歲，猶皆立祠，長山獨無祠，可乎！此丁令君所以拳拳不能已也。攷禮諏經，法施於民，以死勤事，以勞定國，能禦大災，能捍大患，皆所宜祀。公於數者，殆無愧焉。其神氣精爽，如五行麗天，芒寒色正，不可晦蝕，中國夷狄所共瞻仰，豈特其平生經歷之處宜奉祠事，而猶區區於是邑之長山者！蓋祀，國之大節，邦政之所成，可以興起人心，可以扶持教化，此不特爲公設也。祠堂擇地之爽塏，且與朱氏附近，爲屋十楹，有室以奉遺像，有堂以嚴祭享，有東西廂以居守祠者、憩待祠者。固以門扃，繚以周垣。夾道以松杉，而直達於通衢。規模邃潔，不侈不陋。費從官給，役不民勞。委學職王震董其成，朱氏近族守其祀，是亦可矣。令君又云：去長山數里，有滕子京待制墓。公與滕爲同年進士，生嘗薦諸朝，死嘗銘其竁，欲以配祀。黼嘗聞公之守嚴，脩子陵祠，而以唐隱士方干配。况滕既奇才，而公與之同時共事，情好款密，以配公祠爲宜。遂并書以贊其決，且諗來者勿廢云。紹定二年九月二十有二日，朝請大夫丁黼記。

（同上。）

顔范祠堂記

（宋）王十朋

聖賢有不同時而生，得同時而祠者，勾龍、棄同祀於壇爲社稷之佐，周公、孔子同祀於學爲先聖先師，顔子、孟子同配食於文宣王之廟，功同道同，時不必同也。唐顔文忠公、國朝范文正公，時異道同者歟。忠孝之性，仁義之學，文武兼資之才，正色立朝，見危致命，毅然不可奪之大節，特書大書於史，如出一身。使其易地，范必能捐軀死難，如嚴霜烈日，可畏而仰；顔必能破强敵之膽，威而臣之，爲《慶曆頌》中夔、卨也。又皆以直道不容，出守於饒，遺愛在民，至今饒人語太守之賢者，必以二公爲首，歲時祠之不絶。

隆興甲申秋七月，某初至郡，訪二公之像。或卑居乎老氏之宫，或雜處乎九賢之堂，廟貌不稱，祀事弗虔，於典爲缺。郡圃有堂名慶朔，文正所建也，遂即堂以祠。堂之右有宇而虚，命工葺之，塑二像，合爲一祠，以時之先後爲左右焉，書二傳於壁。後十一月丙寅，帥同僚祀之。歌曰：宋唐相距三百年，堂堂顔范兩鉅賢。文武忠孝名節全，胡雛哮噬方無前。二十四郡惟平原，首唱大義扶危顛。朝廷草昧官鷹鸇，膽落邪佞驚梟鳶。鬼質下拜心矍然，殞身賊手命乃天。一門忠義有二難，凌煙閣上兄常山。英烈言言光簡編，銀鉤鐵畫餘剛堅。致君堯舜書萬言，樂後天下憂則先。立朝蹇蹇心惓惓，邪者我仇屢左遷。夏童擾邊躬櫜鞬，談笑爲國靖戈鋋。闔開天章策治安，誰吾與者杜富韓。風采稜稜四諫官，徂徠《頌》配《嵩高》篇。山高水長大名傳，吴頭楚尾番江邊。甘棠遺愛清芬聯，如秋桂菊春蘭荃。像而祠之敢不虔？黍稷蘋蘩羞豆籩。一杯薄薦清灣泉，公乎爲神爲飛仙。假令而在當執鞭，凡百君子宜勉旃。（《梅溪後集》卷二六。）

番陽顔范二公祠記

（宋）袁　甫

我先人絜齋先生讀史，見致忠盡義、爲世標準之偉人，如唐顔公，我朝范公，未嘗不感慨興嗟，指以勵諸子。且曰：國于天地，有綱常焉。二公，綱常之氣骨也，人以氣骨成，國以氣骨立，某識斯言不忘。將指江東臬司，署番。按圖志，二公作牧是邦，人祠之至今。然或附黌舍，或在郡圃，規制庳陋弗稱。一日，知州事林侯與某語，慨然有卜爽塏、侈祠宇意，曰：「祠成，子爲我記之。」某敬諾。每覽唐史，論顔公晚節偃蹇。及叙至德初元，公赴鳳翔事，不能明公赤心，反稱棄郡渡河。觀史至此，令人拂膺。夫元載、盧杞氣焰熏天下，公摧奸尊主，何謂偃蹇？捨平原，詣鳳翔，非怯也。當禄山初反，聲撼河北，公不于此時怯，顧怯靈武事定後耶？洎至拜御史，直道不阿，權奸膽落。兩京既復，平原并安，皆公力也，何謂棄郡？忠臣義士，雖盜賊夷狄猶憚之，而史忍誣之乎？顔公使希烈，范公抗元昊，皆盜賊夷狄之雄。希烈陷汝州，公以八十之年，挺身駡賊，始未敢害公。希烈忿唐殺弟希倩，乃致公死地。公死唐存，得死所矣。元昊僭帝請和，范公自爲書，力陳逆順成敗狀，昊謀大沮。時論猶誚公擅復書，坐奪官，此與史譏顔公偃蹇棄郡何異？曩令全軀保妻子之臣見義而不堅決，以昊書來上，則國體所繫，可勝悔耶？盜賊、夷狄不能折二公，折二公者，奸邪朋黨也。慶曆朋黨之論興，范公遠斥，斥復起，起復直言時事，已而又斥，迄不變。公歸然德望，碩大光明，無纖瑕可指，而中公者必曰朋黨。元載、盧杞陷顔公於唐主之朝，而朋黨之論擠范公於盛明之世。范全身名，而顔殞賊手。讒人交鬥，術無工拙，聽言者昏明固異也。我朝保全憂國之老臣，豈唐世敢彷彿萬分之一哉！

番爲二公遺愛之地，人心懷之，千古不泯，祠宇興廢，于二公何加損？而某獨感念先訓，著其致忠盡義，關節綱常之大節如此。林侯名清之，秩滿，除坑冶使者。崔侯端純代之。始至，聞見是祠，嘆慕不已，曰：「吾得守二公所守之邦，深自慶幸。」斯言亦可嘉矣。《小雅》云「高山仰止，景行行止」，行之實難。嗚呼！心顔范之心，是亦顔范而已矣，奚其難！（《蒙齋集》卷一三。）

高郵軍興化縣建范文正公祠堂記

（宋）葉大發

盛德必百世祀。文正范公天聖間嘗宰興化，遺德在民，永久弗忘。寶慶乙酉，邑令三山漫翁陳君垓始創祠堂，附於學之左。歲久弊漏，凜兮欲壓。淮東總官高沙陸君元齡攝令年餘，慨然捐錢，市木甓，撤而新之。以舊祠在大成殿東，兩廟并峙，未當於禮，乃徙堂基與齋堂並。郡太守姜公聞而嘉之，亦遺木材相其成。凡爲屋三楹，前序稱是，規模視昔頗高敞。立棟於良月旦日之乙未，工三旬而畢。堊飾俱備，邑庠士友舉酒慶成。大發時以簿職領學事，諗於衆曰：昔文正公爲士時，已有澤民之志，每謂「士當先天下之憂而憂，後天下之樂而樂」。初仕西溪鎮官，即請於朝，築捍海堰，爲(承)〔通〕、楚、泰三州民田無窮之利。作小官時志慮力量已如此，異時勳名滿宇宙，皆自此發之。觀大節必於細事，觀立朝必於平日。前輩謂士自一命以上苟存心於澤物，皆可有濟。吾儕學古入官，當志文正公之志。彼囊帛匱金，並與秩終，身寵而載高位，家榮而食厚禄，止自爲溫飽計，念不及吾民者盍少愧哉！維陸君暫爲攝承，又當邊事孔棘之時，象弭魚服，靡不日戒，而能景慕先賢，載立祠宇，爲前治邑者之所不暇爲，是可尚矣。今特取文正公《滄浪》三詠、《濯纓亭》兩詩刊諸石，兼以漫翁祀公詩列寘堂之東西，以補闕典，用成陸君之美。使後之登斯堂者，景先哲之高風以勵壯志，激滄浪之清波以滌塵襟，鼓金玉之遺音以發幽趣，廉貪立懦，則五詩昭揭，庶亦少補於世教云。時景定庚申長至日，九華葉大發記。（康熙本《范文正公褒賢集》卷三。）

吴郡建祠奉安文正公講義

（宋）潛説友

咸淳十年，平江府太守潛説友以公鄉郡建專祠，爲邦人式，得地於公義莊義宅之傍，祠宇數十楹，以奉公祀。奏請於朝，撥田以供春秋二丁祭祀。朝廷從其請。奉安日，潛公講魯穆叔答范宣子不朽之説。

「太上有立德，其次有立功，其次有立言，此之謂不朽」，春秋魯穆叔答范宣子不朽之説也，亦嘗因不朽之義，而溯古人之所自立者乎！《易》曰：「立天之道，曰陰與陽；立地之道，曰柔與剛；立人之道，曰仁與義。」人之所以與天地並而爲三者，以其能立於仁義故也。天之立，不根乎陰陽，則職覆若爲而不息？地之道，不因乎剛柔，則職載若爲而爲彊？人之立，不本乎仁義，則盛德至善若爲而民不能忘？何則？德以仁義而立，則德爲純德；功以仁義而立，則功爲宗功；言以仁義而立，則言爲格言。固未有無所立而能不朽者，亦未有外仁義而能卓然有立者。是故本諸身，證諸庶民，建諸天地而不悖者，仁義而已矣，富貴利達不與焉。夫子曰「君子疾没世而名不稱」，豈教人以好名哉！謂其不知所以立，而無善之可稱耳。君子而能立萬世不可忘之德業，則天下自有萬世不能忘之人心。夫舜以孝，禹以功，臯陶以謨，皆非有意於立而自爾立者，其仁至義盡弗可尚矣。後乎夷之清，惠之和，管仲之一正天下，史佚、周任之有言，亦皆隨其所立傳於來世。彼晉、楚之富，趙、孟之貴，非不自視哆然也，往往於榮華之飄風，不踰踵而莽爲遊塵矣。曾子曰：「彼以其富，我以吾仁；彼以其爵，我以吾義。」夫仁義，理也，萬形皆有敝，惟理獨不朽。

宣子乃以世禄爲不朽，不知物之至易朽者莫世禄若也。故穆叔之對，以立德爲上，立功次之，立言又次之。且證之曰：臧文仲既没矣，其言立。由是觀之，則德也，功也，言也，苟立其一，亦可不朽，而況三者俱立有如文正范公者乎！

公生我朝盛時，實鍾天地間氣，光明俊偉，二三百年後猶使人竦然起敬，況當時乎！考亭朱子論本朝人物，或歎其初，或議其小，獨於公而稱其傑出之才。夫才而謂之傑出，則必有參天地之化，關盛衰之運者矣。蓋公之於仁義，如饑渴之於飲食，須臾不置。其見於脩身齊家，處宗族，待閭里，居官行事，愛民利物，浩如也，此非富公所謂道大德具者乎！我是以知公之德之立，皆仁義之所充拓。陳宫壺之戒，弭朝廷之憂，腹中甲兵，西賊破膽。而天章一疏，實將振起我宋一代之治。若使盡見施行，則後來者無所用其紛更，而國家蒙福莫之與京矣，此非韓公所謂大忠偉節者乎！我是以知公之功之立，皆仁義之所成就。公在天聖中，遺宰相書無慮萬言，經濟規模，大抵略見。其後爲牧守，爲將帥，爲執政，平生所爲，無出於此，蓋言之必可行也。雄文大册，小篇短章，靡不燦然，一出於正，此非蘇子所謂有德有言者乎哉！我是以知公之言之立，皆仁義之布濩流衍。天地付公以不群之資，而公能自立，其與天地相爲不朽之事，而富貴利達固不足爲公輕重也。

嗟夫！孰不爲德，而立德難。若存若亡，德烏乎立？孰不爲功，而立功難。倏成倏墮，功烏乎立？孰不爲言，而立言難。可無可有，言烏乎立？惟立始能不朽，惟不朽始可立言。若公則言非徒言，而功皆酬其言；功非徒功，而功皆本於德。無他，仁義以爲之主也。德立，則功與言俱立矣。是又合穆叔之所謂三者而一之，此之謂不朽，信乎其爲不朽也。彼皇皇汲汲於富貴利達，而不知可大可久者之爲何事，卒於下同衆人，泯滅澌盡者，何可勝紀，其視公之所立，果何如哉？

凡公宦轍所至，皆祠而奉之。吴，父母國也，乃無專祠以慰里人不朽之思。説友景行高風久矣，濫兹分牧，亦且踰期。始克肇新斯堂，儼設公像，以補此邦之闕典。是役也，上而朝廷，中而士大夫，下而閭巷之耄倪，莫不謂宜。然則公之所以深服乎人心，而莫間於今古者，只是就仁義上立脚，做了天地間第一等人而已。做好官易，做好人難。「誰謂華高，企其齊而」，敢因穆叔不朽之説，試從諸君評之，庶相與立乎其大者。

幕官廬陵劉坦陪講：《孟子》曰：「聖人百世之師也，伯夷、柳下惠是也。故聞伯夷之風者，頑夫廉，懦夫有立志；聞柳下惠之風者，薄夫敦，鄙夫寬。奮乎百世之上，百世之下聞者莫不興起也，非聖人而能若是乎？而况於親炙之者乎？」蓋謂公兼此夷清惠和聖人之德，而可爲百世之師也。（同上。）

忠烈廟記

（元）牟巘

前朝奉大夫牟巘譔，集賢直學士、朝列大夫、前行江浙等處儒學提舉趙孟頫書，中奉大夫、浙東道宣慰使、都元帥李果篆額。

文正范公忠烈廟，今在姑蘇三讓里天平山。公自睦移守鄉郡，再省三世松楸，不但漢人過家上冢之榮而已。嘗即白雲庵奉香火，洎登政府，得追封三世，置墳寺，始奏改庵爲白雲寺，祀徐國公、唐國公、周國公。蓋慶曆時也，猶未有「忠烈廟」之名。

先是，元昊據靈武，納旌節，僭位號，威脅諸羌，肆爲邊患，朝議舉兵攻討，遂以邊事付公。首用种世衡築青澗城，扼衝要。大營屯田，聽民互市。鄜延乃異時西夏貢路，但嚴備不出，以示招納。又築大順城，以捍環慶。築細腰、胡盧十二寨，以制明珠、滅臧二族。元昊勢漸折，乃命公及諸號知兵者分領要害，爲持久計，以待其弊。已而昊卒，納款如公言。而公在廟堂以議論不同，均佚南陽，既遂謝事矣。公外剛内和，恩威迭用，當時邊人相語「此小范老子胸中有數萬甲兵，不比大范老子」，「大范」指雍也。或又以「龍圖老子」稱之，其爲人所畏愛如此。邠、慶諸郡與屬羌皆立生祠，繪像以事。其終也，屬羌酋數百舉哀僧舍，哭之如父，三日乃去。

宣和間，慶帥宇文虚中以郡人思公不忘，祠事甚謹，奏賜額「忠烈廟」。他有舊額，皆易新牓。紹興失秦隴，慶陽廟貌邈在他方，始改奉於天平山。每歲上巳，三司率僚屬，郡博士率前序，偕來致祭。廟久頽毁，至元乙酉，主祭邦瑞、提管士貴共議重建，取義學餘米歸之義莊，爲土木費。司計邦翰、宗遜等佐之。其年四月既望，新廟成。丙戌二月既望，率族奉安。前設文正公神像，内設三國公神儀。廟凡十楹，黝堊丹漆，備極壯麗，供具皆完好。大德甲辰，行省聞於朝，禁治煩擾，崇奉尤嚴。於是士貴以書抵巘，俾記闕成。謭焉末學，固辭弗獲。惟昔文正公在朝，聞延州危急，自請代張存，直欲委身不測之地，人以爲難。巘竊謂未若公上《百官圖》，詆宰相爲張禹，雖觸盛怒，坐以越職，曾不少沮爲尤難。蓋不顧其一身之利害禍福，故能内肅朝綱，外亢方面。謚曰文正，廟號忠烈，如是之偉也夫！士大夫則知尊祖矣，尊之者何？銘其德善也。是宜作爲銘詩，刻石列廡下。其辭曰：

南陽諸葛，蜀漢再造。志決身殲，民哭陌道。乃廟沔陽，成都夔子。號曰忠武，西人悲喜。相傳尚記，馘雙誅郃。於惟文正，異世同轍。雖老益壯，雖死不忘。精忠盛烈，夏日秋霜。昔討靈武，皇威遠加。聲勢震燀，摧其角牙。忠烈有廟，參錯西土。公像在堂，莫予敢侮。天平之山，白雲之泉。公歸自西，廟貌宛然。誰實新之，偉矣柱石。上公之服，揚休山立。内祀先公，爰備廟制。維垣啓宇，光榮三世。式濟世美，忠宣弟昆。粤至斯今，代有賢孫。迺厚義廩，迺廣義學。同志合慮，新廟攸作。潔我牲醪，率我宗黨。揭虔妥靈，默通肹蠁。公在帝旁，玉虬既駕。神遊逶迤，馭風來下。佑我後人，俾熾而昌。廟祐是保，千載奉常。（同上，卷四。）

四先生祠堂記

（元）梅應發

桐爲江左偏州，前代建邦，選侯若僚寀，率多偉特。文正范公聲氣振拂蓋壤。天聖初，解褐來參軍，剛直盡職，拔貧取費，聘名士淑學者，汲汲以文事爲己任。逮治平中，紫微舍人昆陵錢公輔字君倚出牧，尤篤教養。學在北，徙之東南，規制完美，且出《學諭》文一篇，諄復勸誘，使桐人父兄詔其子弟。於是士競於受教，精業成行，而陟儒級、冠禮闈、首銓選者班班有明效。中更宣、靖，黌宫燼於兵火，敷文中書洪公復興之，作《原學》以示諸生，衆心愈策勵。中興百餘年，大科異等，於斯爲盛，濟濟多士，克光廣德，皆數公培養激昂之力也。

學有浮溪汪内翰所爲《范公祠記》，謂公歿二十年，而高郵孫覺莘老爲廣德軍，始以詩誌公之事，刻之范公亭。又六十九年，丹陽洪興祖慶善來守，讀莘老之詩而慕之，乃求公遺像，繪而置之學宮，使學者世其祀。此祠之所由始也。其後，紹定二年，更作思賢范、錢、洪三先生祠於講堂之東，豐采如生，榘矱可度，士益知所原本。乙亥，師旅之餘，禮殿僅巋然獨存，他則非舊貫。至元二十一年，古博秦侯以府判提調學事，目擊心惻，慨然撤而新之。且謂范公亭一詩，發文正之幽光者，孫覺也。方荆公以新法毒天下，公在言垣，造膝切諫，力排王、吕，清風凛凛，終古不磨。今遺祠，衆芳所在，不宜獨遺孫公，於是匹三賢而並祠之。儀形莊正，冠佩肅然，思賢之舊迹燦然矣。

訖事，屬予爲之記。惟汪、樓二老珉刻如爝火日月之前，余曷敢僭？辭弗獲，則復之曰：學爲儒者之事也，儒道之大，爲天地立心，爲生民立極，爲前聖繼絶學，爲萬世開太平。自帝王以來，所以綿延國壽，措天下於安靖和平之域者，皆由此也，功利之學可並語哉！然必有先覺覺後覺，以《大學》之明德新民，《中庸》之修道立教，爲之範圍曲成，使家稷人臯，而疏附先後、奔走禦侮之臣參錯天下，皆足供一世之器使，則庶乎人不得以賢者無益於國藉口。惟四先生根柢經籍，模楷聖賢，正聲諧韶濩，勁氣沮金石，雖所就不同，而以道牖民，使成人有德，小子有造，蓋不特私桐邦而已也，則夫尸祝而社稷之也固宜。吁！秦侯之興廢補闕，揭前修之懿，則於禮義之地，豈直爲觀美哉？所以維持名教也。今而後，衿袖趨鏘於石室（朕）〔眹〕祀之傍，縉紳登降於益州張像之側，盍亦思前賢之尺度？

持身者如此，追琢前人者如此，功名節義上不負天子、下不負所學者如此。高山仰止，景行行止，豈徒朝夕裳爲之瞻、籩豆之薦而已乎？此則四賢所以祠之由，秦侯所以復祠之意。

祠既就，欲悠久勿壞，乃委郡人前教授韓起焱董祠事焉。侯贊郡五年，有治理效，凡民瘼必心誠求之，多所惠利，人懷遺愛，兩邑皆有碑。飾學政，補史板，於郡政尤致力。侯名德用，今秩承直郎。至元二十二年冬十一月朔，郡人前中奉大夫梅應發記。（《（光緒）廣德州志》卷五五。）

文正范公祠記

（元）徐　琰

中奉大夫、江南浙西道肅政廉訪使徐琰譔，朝列大夫、治書侍御史、行御史臺事李處巽書并篆額。

至元壬辰，予奉命廉訪浙西，涖吴中，是爲文正范公之鄉。尊賢勵俗，政所當先。既仰慕其餘烈，獎進其後人，仲秋次丁，有司以故事告，將舍采於公祠，予肅然起敬。日至，當偕僚吏拜祠下，與觀盛典。是日成禮，訪義莊，登歲寒堂，家園之碑，巋然獨存。祠正在其左，門堂寢室，嚴整合度，蓋宋郡守潛公説友所建。牲牢器幣，則撥田以給之，俾公之孫世守而歲祠焉。薦奠儀文皆當時所定。乃甲戌建祠，旋被兵，意有所增廣而不遂，亦未暇有所記也。

一日，主祠邦瑞踵予門求記，且曰：「祠雖建於前代，禮實存於今日。有一言而可以毋底荒墜者，毉我公之靈，實永賴之。」余固辭，弗獲辭。移治錢塘凡再歲，徵踐言益勤。謹按：釋奠必有合也，有國故則否。説者謂如唐虞有夔、伯夷，周有周公，魯有孔子，則各自奠之。近世則通祀孔子。向微通祀，公獨非故有之夔、夷乎？而石守道慶曆之詩，固已指公輩爲夔卨矣。又按：鄉先生殁而祭於社。社稷民以生，先師民所以生。師法公獨不祭於鄉乎？矧公爲政，所去見思，慶、鄧數州之民往往生祠畫像。既殁後，祠於長白，於海堰，於睢陽，於廣德，於鄱陽。公，蘇人也，郡學以建學祠公。天平山先壟僧寺舊有祠，然稽協古典，必專祠於此，而後愜於人心。夫亦何爲而然耶？致君之志，動物之誠，放諸四海而準，百世而下，聞者莫不興起也，是豈區區富貴利達以衒耀於須臾者可同年而語哉！

昔宋人定五代軍鎮之亂，以儒立國，儒而見用者何限。以公而不得相其君，展其憂天下致太平之略，彼一時也，非可爲之時乎！自其入館閣，爲諫官，諫則必黜，黜而益諫，陳善閉邪，甯以身蹈不測而不悔，非直以言語侍從爲職也。故雖當路不容，委之邊鎮，才兼文武。適受主知，正己而不求人，相與解仇戮力，卒臣夏人，以安中土。爲所當爲，一以自信。其屢爲守帥，又豈尋常多議論、少事功者哉！晚參大政，請仿周官六職分任輔相，漸復古制。開陳未終，權倖慕間，不得安於朝廷之上。雖其國家盛衰由此而分，而君子小人迭爲勝負，常使人躊躇鑒戒而未已也。嗚呼！尚論其世，不知其人可乎？或以爲王佐，或以爲傑出，要其平生，則以爲有德者，又公光明俊偉之本原歟！留心聖賢，弘毅力行，漢唐人材鮮克進於是矣。

初，公買田以贍族，而族滋大。立塾以教其人，而子孫類份份焉。遭聖朝仁恕，恤其科徭，祭前古忠烈。比有事於公，源深流長，天佑善人，於公蓋無爽者。昔晁仲約之款賊完城，公不肯加誅，文忠富公服其絶識。蔡確詩獄，公之子忠宣公謂責之太重，元祐諸賢亦以自悔。既其存至公，全大體，世之研幾成務不當如是耶？人有古今，道有顯晦，瞻相儀形，是豈一家一鄉所得私者？遠惟苟成人，宅心知訓，而予也曾何足以發之。至元三十一年正月廿日記。（《范文正公褒賢集》卷四。）

增修范文正公祠記

（元）張　臨

長白張臨撰，大中大夫、參議中書省事張養浩題額，奉訓大夫、僉燕南河北道廉訪司事劉從禮書。

古今仕，其貴同，何古人聲震天下，事業巍巍，而後世不能也？吁！能者未必得爲，得爲者未必能者也。雖然，能者不難其人，得爲者每難其時。文正公先生范公事業巍巍者，屢進屢黜，卒之擯斥，難其進如此。使先生終爲之，事業巍巍爲何如！嗚呼！俗因五季之後，廉耻道喪，士昧出處，賢不肖漫漶。先生以剛大毅决之資，拔出衆人之中，進退超邁，委靡之世爲變。尊王黜霸，明義去利，凜然有洙泗之風。其後真儒輩出，聖學復明，如發洙泗之堙，先生實指其處，其可不謂之有功於聖門乎！事業巍巍者，不足爲先生道。

長山視先生情比桑梓，宋治平二年，邑人韓澤知縣事，首率邑中祠祀先生，石刻無恙。金亡，祠燬。至元己卯，邑士故江南河北道廉訪僉事韓居仁兄居貞倡邑中新之。淫祠猖熾，祈氓悉往，先生祀爲之寂然。今膠州同知歷下莫侯文淵尹縣，始舉祀典，居貞洎今富甯庫同提舉王居敬偕邑中十餘鉅姓助牲醴費，距今三十餘年不輟。朱氏賴先生庇，猶奉灑掃，居其傍，縣爲之蠲泛賦。

延祐六年，甯夏子俊順昌監縣，濟陽楊侯僖爲尹，滕陽左侯俌句稽，俱慕先生者也，深以祠廢不治，縣甚恥。一日，同謁祠下，覩隊剥，俱曰盍葺之，各捐俸金若干，邑士皆以楮鏹助。忽楊侯遷西臺御史去，子俊亦瓜代。次年秋，左侯偕繼政燕山蒙古忽台汴梁梁侯至，始鳩匠，腐者易之，缺者補之，危者崇之，象服非者更之。增内門三楹，厨二楹，東西陬木，悉植柏。左侯詣余曰：「先生記之。」

惟先天下之憂而憂，後天下之樂而樂，孟子所謂樂以天下，憂以天下，先生志也。士大夫居相君之位，視天下赤子之樂，不以人理，待吮剥之，困苦之，乃曰：「吾能爲君實倉廩，充府庫。」聞先生之志如何？故讀《岳陽樓記》至此，未嘗不三復莊誦，久爲之感慨。承左侯之命，余雖老，不覺壯心如昔，是以不讓，樂爲之書云。至治元年八月己巳日記。（同上。）

長白山范文正公祠堂記

（元）張起巖

有際天人之學，斯可以服天下之望；有擴宇宙之量，斯可以成天下之務；有堅金石之操，斯可以任天下之重。隆然曄然，震耀於世者，則文正范公其人也。夫大聖大賢，必曠世而一見，天之降材不偶然也。唐虞之盛邈矣，孔孟之聖而不能得時以行其道，三代以來惟伊尹、周公之道能施於用。下此，則子房之於漢祖，不屑盡其用；孔明之於漢室，不克盡其用；魏鄭公、裴晉公之於唐，粗見於用。而公於宋慶曆、皇祐之間雖用之，猶未究也。然而公之精忠大節，正言直氣，固已昭三光而徹兩儀，亘千萬年，凜然然猶生，非學際天人、量擴宇宙、操堅金石者，其曷能與於此！

公諱仲淹，字希文，范氏，世爲蘇州人。早歲讀書長白山，祠於山之醴泉寺舊矣。惟公功業在世，名聲在人，與天壤爲不朽，固無待乎祠而存。而祠之屢壞屢葺，閱歷如一日，有以驗人之慕公之深，而其來游來歌者慨其風烈，有以興起，則是祠也，於名教風厲甚大。尚論公之平昔，俾來者有所法。

公服勤茹淡，篤行力學，堅彊刻礪。壁立初載，信道不屈，守職敢言，屢貶屢復，謇謇益勵，絶迹凡近。宅心高明，窮達無間，始終一致。其操其學爲如何！書條政務至萬餘言，迨其得位，舉見於用。立朝奏陳，皆可垂憲。崇化厚俗，敦尚風義。救荒惠貧，所部晏然。出帥西師，夷夏聳服，熟羌來歸，卒臣元昊。及參大政，請明黜陟，抑僥倖，精貢舉，擇守宰，均公田，厚農桑，脩武備，减徭役，蠲逋負，重命令，更蔭補之法，嚴監司之選，皆經國遠圖。嘗自誦曰：「士當先天下之憂而憂，後天下之樂而樂。」其自任以天下之重，而力於成天下之務者爲如何！

公輕財好施，尤厚宗族，恩例俸賜，常均及之。置義田宅，聚族以給。在邊恩賚，皆以上意分賜諸將。坐吕相貶，至其再起，驩然相約，戮力平賊，其量爲如何！民饗公利，以范爲姓。公所履歷，民多立祠。中國外夷，莫不喜稱公之姓字，而樂道其善。夏師之擾，關輔摇動，聞其出鎮，人心遂安。夏人謂公腹中自有甲兵數萬，至有破膽之謡。仁宗聞其往援定川，喜曰：「吾固知范某可用也。」及登政府，一以太平責之，降手詔，開天章閣賜坐，趣條具天下事，天下之人視其去留以驗治否。其所以繫天下之望者，又何如哉！

蓋嘗論之，公生於宋，仕於宋，而其人品器量風節則偉然三代之臣也。宋儒言本朝人材，以公爲第一，蓋確論之不可易者。

起巖齊西晚生，東瞻長白，不遠五舍，逕拜祠下，愓然興懷。既件其蹟，復繫以辭，俾歌以祠公。其辭曰：緊真材之間出兮，羌兩儀之效靈。在地則爲山嶽兮，在天則爲列星。膺半千之名世兮，必興運之是丁。開一王之盛治兮，示四海之儀刑。復隆古之泰道兮，措群生於敉甯。惟公之生允無愧於是兮，固已揭日月而奮雷霆。蹟效著於人心兮，劇金石之勒銘。震皇威於外夷兮，忠赤簡於大庭。不希世以詭隨兮，唯大猷之是經。上方軌於三代兮，下垂譽於千齡。没齒凛乎不亡兮，功烈賁乎汗青。復元氣於太虛兮，佐玄造於冥冥。尚斂福以錫民兮，驅疫癘而殄蝗螟。睠故山之陳迹兮，鑒醴泉之清泠。俯岫幌兮款巖扃，息風馬兮駐雲軿。薦松醪之醲郁兮，擷野蔌之芳馨。仰精爽之來下兮，庶肅然之一聆。儆鄙頑與貪懦兮，將如寤而如醒。恍神遊之無方兮，眄荒祠而涕零。耿英靈之如在兮，齊長白之亭亭。（同上。）

范氏復祖塋記

（元）陳　基

天台陳基譔，奉訓大夫、江南諸道行御史臺監察御史斡勒海壽書，中奉大夫、陝西諸道行御史臺侍御史丁元篆額。

故宋太師魏國范文正公以上三世墳墓在吴縣之天平山，至公之薨，始葬洛陽萬安山母夫人謝氏之兆，其子監簿、忠宣、恭獻、侍郎以下三世皆祔焉。中更靖康之亂，子孫之在吴者弗獲以時展墓，唯顧瞻山河北嚮流涕而已。我世祖皇帝混一四海，列聖相承，誕敷文德，而尤惓惓焉致意於古今忠臣烈士有功於名教者，故公克與天下之名山大川、前代之聖帝明王並登祀典。每歲仲丁，有司祗奉中牢，致祭惟謹，可謂盛矣，然亦不過即天平之白雲以寓其高山仰止之意，而萬安之原，至大中八世孫國俊僅一至其處。同知徐君景儒爲復侵地，亦存什一於千百。自是又三十九年，爲至正七年，國俊從弟將仕佐郎文英謂其子崑山州教授廷方曰：「嗚呼！自陵谷變遷以來，故家喬木，零落殆盡，吾子孫幸生聖明以孝治天下之時，憑藉餘澤，食有義田，居有義宅，教有義塾，凡養生送死，可以無憾。而祖宗二三百年之丘壠所恃以爲藏者，鞠爲芻牧之區。徐君所封，亦已侵削，尚安在其爲子孫哉！洛陽土風，號爲近古，豪民無知，可以德化，不可以力勝。吾聞御史斡勒君允常居里第，日以吾先文正公濟貧活族之仁自勉，而僉事李君公平分憲於洛，又嘗執筆而爲公之傳者，誠以狀白之，必有以矜吾之志也。」廷方即日具資糧扉屨，不遠數千里致其父之命。於是李君首出俸金爲之倡，斡勒君率鄉黨與同知郭君文鼐、判官董君鉉奉牲幣，爲文以祭於墓下，所謂豪民之無知者觀感而化，卒復徐君所封之舊，而其地以畝計者若干焉。既繚以周垣，益之樹壤，又築室六楹，俾其甥趙氏廬其上。甫竣事，以基嘗與觀籩豆玉帛之盛，使書之於石。

竊惟文正公以間生之氣，王佐之才，致位將相，爲宋宗臣，百世之下，誦其詩、讀其書者可以立忠信而尊君父，興王道而致太平。故其少而肄業，長而從政，所至之地遺愛不忘，率繪像以爲祠，刻銘以頌德。顧是窀是穸，在其父子平生宦居衣冠禮樂之鄉，而使斧斤耒耜日相尋於其中，豈國家尸而祝之以待先賢之意乎！繼自今兹，爲子孫者，如文英之不忘其本；處里閈者，如斡勒君之推尚古道；居風紀者，如李君之知所勸相；爲有司者，如郭君、董君之克恭所事，則萬安之松楸將人人爲之封殖，益久而不廢，尚何斧斤耒耜之患乎哉！公父子世濟忠直，太史有傳，神道有碑，家乘有載，兹不敢以瀆書，書其復塋歲月，以爲方來告云。是歲丁亥十月丙子謹記。嘉議大夫、河南府路總管、兼本路諸軍奥魯總管管内勸農事、知河防事張明遠，奉議大夫、同知河南府路總管府事郭文鼐，承直郎、河南府路總管府判官董鉉，將仕佐郎、河南府路總管府知事劉巨源，河南府路總管府照磨胡欽祖，昭勇大將軍、河南淮北蒙古軍都萬户府都萬户察罕帖穆爾，昭毅大將軍、河南淮北蒙古軍都萬户府副都萬户失里伯吉，從仕郎、河南淮北蒙古軍都萬户府經歷兀訥罕，知事郭仲禮，提控按牘趙璋，儒學教授丁士恒，學録蔡士貴等立石。（同上。）

蘇州郡學范文正公祠記

（元）汪澤民

承德郎、平江路總管□□官汪澤民爲文并書，中奉大夫、江南諸道行御史臺經歷泰不華篆額。

吴學之興，始於文正范公，此所以專祠公也。宋景祐初，天下郡縣未有學。公守吴，請而建焉。吴爲公父母之邦，向得錢氏南園地將居之。或謂是必世生公卿，即以其地爲學宫。公之子恭獻公持節過郡，益新學給田，由是立祠禮殿後，忠宣公、恭獻公從祀。尚賢報本，典禮宜備。至元再元春正月，鬱攸及，祠屋毁。明年，文學掾蔣君伯昇至，顧瞻摧圮，懼神弗居，告諸郡守，掄林木，陶甓瓦，撤故朽，完補缺，棟宇隆敞，像設儼肅。秋九月始事，冬十二月工迺告成。工爲日凡若干，錢爲緡凡若干。郡守通議道童公原闕爲署祠之扁，蔣君偕公八世孫文英來言曰：「公之祠於是也久矣，若稽歲月，紀載闕焉。不書之石，曷詒永圖，願記之。」澤民惟間氣哲人，問學本乎《六經》，蹈履合乎仁義，元勳鉅德，蔑以形容。方慶曆中召對天章閣，列奏十事，三曰精貢舉。既用其説，學校徧天下。矧嘗聘安定胡先生主教吴士。嗟乎！興學立師，羽翼斯道，豈淺淺哉！祭法，禦大菑，捍大患於一時，猶得祀之。若公之功，施於天下後世，豈惟吴學宜祠之，凡有學者皆可祠也。夫奉常固以致嚮往，隆報效，士之朝夕仰瞻，又豈無感發希賢之心者乎？

澤民夙仰公之高風，隨牒公之鄉，屢常拜公之像。今復以文字寓名祠下，何其幸耶！遂不辭而爲之記。又明年，歲在丁丑正月壬子記。（康熙本《范文正公集·補編》卷四。）

范文正公廟碑

（明）曾鶴齡

生有惠政及於民，則廟食其土，此自古以來守一州、令一縣苟以良稱者然也。若范文正公之在延州，則未止於此。

公爲宋仁宗朝名臣。康定初，趙元昊寇延州，兵抵城下，士女恟恟，安撫使范雍擁兵不能支，坐貶。公請自行，詔以公知延州。既至，選將閲軍，築城修寨，晝夜籌畫，爲戰守備。備既具，則招流亡，開營田，奏免榷酤商税，有利兵民，知無不爲。於是敵人聞之恐，至有無以延州爲意之戒，日益斂去，不敢肆侵掠，此其有功於民大矣。矧是時，元昊遣使詣五臺，窺河東道路，既還，遂與諸酋歃血約，先攻鄜、延，然後自靖德、塞門、赤城三道並入。及聞公至延，度不可攻，乃兩遣人詣公講和。公兩斥之，謂其必去僭號，盡臣節，以報累朝厚待之恩，始可言和。元昊雖未遽從，而志不得逞。久之，卒降。此其有功於國又非小也。計公有功於國與民，其大如此，則豈守一州、令一縣之良者可與比哉！於是廟食於延，更千百歲，益隆而弗替宜矣。其或廟圮祀缺，從而新之續之，夫豈不宜？知其宜而因循弗舉，殆非所以褒忠報德激勸方來意也。予嘗謂是實守土者之責。

今年延州守永豐陳公蚪上計將還，詣予言曰：「公廟歲久且壞，而復甚隘，無以竭虔。」副都御史陳公鑑奉命行邊，過而興慨，父老進曰：「此吾民事也，願即更而大之。」公曰：「雖然，須候請於朝。」父老曰：「吾民上世賴公多矣，今新公廟，以勸來者，子孫又賴焉。一廟材甓之費弗大，孰不樂用命乎？」於是不可以止。而落成有日矣，敢請文爲記，歸而劖諸石。予聞之遽喜，遂爲之記，併係之以詩曰：巍巍范公，儒而善兵。威卻西羌，功著延城。延人懷之，廟祀千載。遺風餘烈，凛然猶在。廟隘且卑，公功則崇。百姓耆老，願新公宫。誰其倡之，不日竣事。憲長郡侯，與公同志。有赫憲長，姑蘇之英。有偉郡侯，世出廬陵。二公德業，允媲公美。百世有慕，并三君子。（《范仲淹史料新編》三《遺蹟彙録·碑記》。）

重建范文正公廟碑

（明）馬中錫

去延安西北三百里，有營曰靖邊，其俗呼爲范將軍馬營，其隘題爲老范關，然莫考其所自也。或謂宋范仲淹知延州時，嘗駐馬於此，故營名云。然或又謂范雍亦嘗知延州，而當時呼爲老范老子，關之名固當本於此也。二説未知孰是。

弘治己酉，予來監邊儲，營將劉鋭白予曰：「范公嘗有祠於此，歲久湮廢，敢請復之。」予笑謂曰：「軍旅中乃欲理會俎豆事邪？雖然，爲之固甚□，但恐陵谷變遷，圖書莫考，廟貌成而大小范之鬼鬩也。」鋭亦笑。予復謂曰：「《記》有云『以勞定國則祀之』。仲淹昔在軍中，西賊破膽，卒成邊功，較之老范爲夏人所欺者，不亦有勞而能定國乎？可祀無疑矣，汝其從事。」鋭乃度地於城南之西偏，坐西向辰，面溝背阜，中衍可屋。遂集丁壯，具畚鍤，誅材於山，陶甓於冶，不旬月衆工咸舉，前闢大門，中爲正寢。既塑泥像，復設畫壁。右輔以厢，以居典守；周繚以垣，以嚴護衛。工既訖，謂廟無祭田，不足以供祀事而贍守者，乃移文於予，以其營田荒閑者，謂予白諸巡撫都憲黄公黻。公是之，札予檄鋭俾如所請。已而鋭復礱巨石，請予記之。顧予方改命督學以去，久弗克記。越五年甲寅，予爲大理少卿，鋭復走介入京趣之。

夫范公一代奇才也，嘗讀其《與夏國書》，不類宋人文字，其雄詞邁氣，直可與樂毅《報燕惠王》、李斯《上秦皇帝》兩書争雄長，其文如此，宜其見諸事爲者，彪炳轟烈，撐扶天地，與其文相稱也。然在慶曆間，擁强兵，據重鎮，僅足以支吾元昊而已，卒不能撐靈武而踐賀蘭者何哉？意者筆墨之詞易工，而殳矛之功難立也，抑别有其説歟？故嘗考之河外之事，一种世衡辦之有餘矣，尚須煩仲淹哉！觀其棗甌之諜甫入，而天都野利之首即授，夏人固已奪之氣矣。奈何當國者方事懷來，而种亦尋卒，使其績弗竟，然則咎將誰任乎？兵法不謂軍不由中御？今延州寇在几席，朝廷千里，乃以通一書奪一官，予不知其爲帥者將何以令於軍邪？此古今之通弊也。范公不泯，肸蠁之間，當必以予言爲然矣。於是乎記，并付其臺札於鋭，俾刻之碑陰云。弘治九年歲次丙辰夏六月丙子立石。（同上。）

重立范公祠碑

（明）范惟一

惟一謹按譜集，宋宣和間，慶帥宇文虛中奏建先文正公祠於慶陽，賜額忠烈廟，刻公像廟中。迨紹興失秦隴，慶地隔絶，因建廟吴邑天平山白雲寺右，仍名忠烈。曾孫開國男直方摹勒所藏慶陽碑本置白雲寺，即今天平山忠烈廟是也。咸淳十年，蘇守潛公説友復奏建專祠於郡城。八世孫文英又摹刻公像嵌祠壁，則在勝國至正間，迄今將三百年矣。

今年首夏，督學柱史虬峰謝公校士崑山，事竣，道吴門，上謁先師孔子於郡學，特造先文正祠禮焉。因見像列壁中，謂非嚴事之道，屬吴令高公應聘建亭奉像。兹已落成，惟一仰惟柱史崇重先賢，興舉曠典，蓋與文正同志合道，而高令庀治惟謹，誠亦知政所先矣。乃爲叙次其略，以詔後之子孫云。萬曆元年十一月長至日，十六世孫、大中大夫、南京太僕寺卿惟一謹識。萬曆十三年歲次乙酉閏九月吉旦，十六世守祠孫、諸生以益，十七世主奉、太學生允恒重督鐫。郡人吴應祁刻。（同上。）

建三公堂記

（明）皇甫汸

三公堂者，祀太師徐國公夢齡、唐國公贊時、周國公墉也。周爲文正公之考，而唐爲王考，徐爲皇考云。按《祭法》：有虞氏禘黄帝而郊嚳，祖顓頊而宗堯夏，遠殷周，更立而不變，三公堂所由始也。粤若我世宗嗣位之初，尊師重道，稽古禮文，首敕天下建啓聖祠於學宫，上祀孔子父叔梁紇。大哉，聖人之制作，炳越千古矣！夫爲子者，居以王者之庭，享以王者之祭，爲其父者曾不得妥以專祠，薦以一牢，豈人情乎！禮曰：「天尊而不親。」然人思事之者，以其有生物之功也。况毓靈蒼際，誕生玄聖，與斯民立命者乎！《范乘》載三公者，或仕爲節度判官，或檢校少府，或掌管書記，皆著有勞績，以曾孫之貴，追膺封典。

文正功德弘茂，獨盛當時，而宋室湛恩汪濊，報亦隆矣。范氏忠烈廟在吴縣德鄉讓原笏林之陽，墟墓在焉。而三公祔諸寢室，郡城義澤莊亦止及文正，而三公故缺也。迨侍御史洛陽温公如璋持節按吴，周爰展視，仁率義起，令於祠後創建三公之堂，檄下郡丞茶陵龍公慶雲經理其事。亡何，以瓜代去。繼爲董公堯封，亦洛陽人也，至則亟覈祠工，更議坊制矣。先是，邑司以時詘財殫，頗艱厥任。適鉅家徐姓者誤扞憲網，恥受汙名，請以金贖，聽輸工所，官第籍記之。梓材既集，匠作斯興。驅運之勞，不擾於鄉；呀呷之聲，無驚於市。地素窪塹，堿而平者。肅坻數級，筵堂三楹。峻而垣墉，翼而廊序，巍而綽楔。飾以丹堊，圖以雲藻。蜿蟺非革，煌煌奕奕。工若浩繁，再期而畢。兩侍御史之令，迅於風霆，丞一人之力，神於不日矣。三公者，肖像於中，旁以將作監簿純佑、許國忠宣公純仁、恭獻公資政學士純禮、龍圖直學士純粹配焉，濟美五世，禋祀一堂。由是衣冠之賓，虔奔式路，來躋其堂：爲父祖者，詒謀是思；爲子孫者，繩武是媿；過其門者，雖或細流，釋負弛擔，徘徊顧瞻，咨嗟歎息。乃知憂樂之遺，忠貞之報，百世不斬若此，范公可爲，而人顧不爲哉！此觀風者之績也。

司勳氏曰：余觀兹堂之成，而有感於大道之公，懿德之好矣。夫闡崇先賢，佑啓後人，激世範俗，非御史不能；仰承德意，恪供厥職，非有司不能。上或宣令，下或怠事，有舉之而中廢者矣。前人美意，後人惡其不出於己也，將有其始，而多不克終者矣。堂之成，亦幸而遇其人。雖文正功德之感人，協恭同好，而玄貺默啓，其三公在天之靈哉！

范氏乃更立主堂右，以祀温、董及龍，不忘報德，亦禮也。爲是舉者，會十六世守祠孫縣學生以益偕其兄主奉惟立請於當路，移書太僕卿惟一、祠部郎惟丕從外交贊云。落成之日，告於巡撫都御史莆陽林公潤。公嘉樂之，亦爲捐金，以畢餘工。時兵憲爲南皮湯公賓，郡守爲廣平蔡公國熙，郡丞爲上虞金公柱、涇陽張公雲鸞、浮梁吴公宗吉、節推長沙龍公光、吴邑令漳浦魏公體明。繼至者郡尉番禺招公夢賢、孝豐吴公維京、長洲令新昌吕公若愚也。敏以從事者蘇衛、經歷虞興舜、長洲縣丞楊榮也。並勒於石，用戢恩私，昭示來裔。隆慶二年戊辰春二月望日，賜進士第、奉政大夫、雲南按察僉事、前吏刑工三部郎官、國子五經博士長洲皇甫汸撰，賜進士第、前吏部文選清吏司員外郎、翰林院庶吉士太原王穀祥篆，蘇州府學生沈庭訓謹書，提管世孫善耘、主計世孫惟新督鐫。（康熙本《范文正公集·補編》卷四。）

重修忠烈廟記

（明）王　直

資善大夫、吏部尚書兼經筵官、前國史總裁泰和王直譔，奉政大夫、脩正庶尹、吏部郎中、賜食三品禄、直文淵閣永嘉黄養正書，中憲大夫、太常寺少卿、兼經筵侍書廣平程南雲篆。正統八年十一月，蘇州府重脩范文正公忠烈廟成，其十一世孫、都察院照磨子易，具事始末，屬直爲之記。

蓋公蘇人也，曾祖徐國公，祖唐國公，考周國公，皆葬蘇之天平山。公嘗請於朝，改天平山白雲庵爲白雲禪寺，世度僧守焉。作祠於寺之右，以奉祀事。至公之子孫，又作祠於是寺之南以祀公。然「忠烈」之名未有也。宋自元昊反，西鄙騷動，師出無功，仁宗乃命公經略。公選將練兵，築城塞，墾屯田，據其要害，示以形勢，招徠屬羌，恩信大洽。決策取横山，復靈武，元昊勢屈，乃請降。西人仰公之德，服公之化，皆爲公置生祠。公薨，相與哭於祠下者累日不絶。宣和間，宇文虚中爲慶帥，言公忠於朝廷，其功烈顯於西土，至今猶廟祀益虔，然廟未有額。徽宗命以「忠烈」名之，且爲題其榜，凡廟之在西者，皆易以新名，然蘇猶未有也。

紹興以來，西土皆陷，忠烈之廟，越在異邦，蘇之守令與其士大夫謀曰：「蘇，公故郡也，而天平山則公祠墳在焉，公之精神必往來乎此。」乃更作新廟，揭「忠烈」之榜於廟門，由是蘇始有忠烈廟。每歲上巳，郡縣長吏率其屬致祭。歲久廟壞。元至元乙酉，嗣孫邦瑞、士貴復新之。末世兵亂，毁焉，踰八十年未有能復之者。至是，工部侍郎廬陵周公忱巡撫至於蘇，而監察御史壽光劉君甄、武昌劉君仕昌、錢塘鄭君顒皆以事莅焉。郡守李侯從智來，會政事之暇，語及兹廟，因相與歎曰：「公之德業，著於當時，傳於天下後世，不繫乎廟之有無也。然表先正，以儀來今，使後生小子得瞻其廟貌，想其精忠偉烈，而興企慕之心，則廟亦不可無也。」乃各出貲，俾吴縣令永嘉葉錫圖其成。錫毅然以身任之，殫心盡力，規畫處置，凡鄰邑之令佐，皆以貲來助。市良材，命衆工，爲堂前後各三間，以奉公及三世先公像。東西厢如其數，以藏祭器，而齋宿寓焉。壯麗嚴整，有加於昔。中作石橋，橋南左右爲碑亭。前作大門，榜曰「敕賜范文正公忠烈廟」。經始於是年九月初九日，閲兩月而廟成。

直聞之，士之能任天下之重者，必以天下爲心。心之欣戚，主乎人而不私於己，是以天下爲心者也。以天下爲心，則人庶乎有濟矣。初，公未顯時，已欲任天下之重，嘗曰：「士當先天下之憂而憂，後天下之樂而樂。」夫憂人之憂而欲免其憂，使人皆樂，然後與之同其樂，此豈小丈夫然哉！孟子曰：「禹思天下有溺者，猶己溺之；稷思天下有饑者，猶己饑之。」公之心猶是也。故其德業之盛，不媿乎古人，豈特著於西土也哉！嗚呼，士不以天下之重自任者多矣。不以天下之重自任，則其所行，一主於爲己，人之利害不少槩於其心，而又悻悻然自以爲得，功烈之卑，無足怪也。而所以爲士者，固當如是耶？然則公之孫與邦之人士及四方之來者，拜公之廟，慕公之功業，必當思公之心，充之以仁義，而力行之，於公其殆庶幾乎！故爲之記，而道愚之所聞，使刻之石以告焉。凡以貲來助者，其姓氏皆載之碑陰。正統十年秋八月癸丑日立。郡人何淵鐫。（同上。）

重修河南范文正公祠堂記

（明）周　易

賜進士第、文林郎、河南府推官臨清周易譔，賜進士第、中憲大夫、山東按察使司副使郡人劉贄書，賜進士第、大中大夫、浙江布政使司左參政郡人劉衍祚篆。

洛中舊有文正公祠，其建置沿革，《志》悉之矣。余戊辰登第，初授河南府理刑。冬仲月朔莅任，越六日，宿汴城公署。中夜分時，夢戴幞頭、著紅袍者來詣。余詰守門者而問焉，其吏應曰：「范文正公也。」余忽覺而異之。己巳春，西塘、後峰二公祖枉駕寅賓館，告余曰：「文正祠之欲脩久矣，昔余輩未第時，曾共董李村，攜曹生玆、蔡生承珮、張生謳肄業於中。往歲呈守道澐泉董公祖、府中新所張公祖俱有捐，特因循未舉也。幸卒成之，何如？」余一聞其言，默然自驚曰：「前日之夢不偶哉！文正公其諒余之可寄以興斯役也而來歟？」迺首捐俸金數星，卜日飭材，委主簿董子鳩工而肯構焉。其令尹復新鮑子雅有同志，亦捐俸補助之。堂宇圮壞者隨即改築，後起仰止亭，俯睇龍門，遥瞻嵩少，河山形勝，畢收一覽之中，祠遂煥然一新矣。祠前有井，昔沖庵翁做秀才時所鑿，以便一方之用。鄉民日食寒泉之利，翁之陰德，泯然無聞。余復構亭於上，題其扁曰劉公井，俾知享其利者知所自云。

工俱告竣，西塘、後峰二公命余言記之。余辱舊治門下，知二公之家世獨詳，敢以不文辭乎！竊惟士君子立身於天地間，其建功樹業，當垂無疆之休。故天之報施善人，奕世顯榮，必有無窮之澤。沖庵公振鐸平順，雲巖公出宰真定，二公雖詘於下位，其學問淵源，行誼卓越，素推重於鄉評，視文正公何媿焉。故西塘、後峰聯登甲第，並司樞要。況二公之弟衍疇辛酉鶚薦，慎庚午發解，諸子之在黌宫者蜚英馳譽，詵詵然綿昌大之祚、膺福祉之慶者猶未艾也，視忠宣兄弟之貴顯又何讓焉。天人福善之機，余於二劉氏信之深矣，鄉人升斯堂而登斯亭者，寧不感發而興起乎！故茲舉也，在二公謂之顯其親，在小民謂之樂其利，在余謂之尚其賢，固一時之盛事也。若文正之德業文章著在史册者尤詳，余奚容贅，特紀今日之事，以見公之精神感召流行於宇宙者不朽，而祠之興廢恢弘，顧有所待而然也，故姑爲之記云。隆慶五年辛未孟春吉日立石。（同上。）

金山建范文正公祠記

（明）譚昌言

賜進士出身、文林郎、知常熟縣事長水譚昌言撰文，十七世孫允臨篆并書。

嘗稽往牘，若越王之念蠡，文公之念子推，伍子胥之念江一丈人，彼非有血脈淵源之派，則銜德慕義，精相注而神相馳也。以今睹於揮使范公允夫，念其先祖文正公於數百年之後，乃首倡議而創祠以祀，此其精神所嚮往至深遠已，古今人豈不相及哉！公之胤子揮使君必忠以治兵，與余共事海虞，恂恂惟謹且誠，不敢自戾於度，以速官謗，以辱我先文正，以負家大人之明訓，迺從容述尊君揮使公祠文正之始末，而祈余記。蓋公文正公十七代孫。國朝有高祖廷玉，以吴縣廩生教諭密雲，故於宦次，子天祐獲軍功，擢指揮同知。世官永清左衛，迄天順己卯始調金山。金山去蘇郡三百里而遥，文正祠堂向建於蘇郡學宫左，群族之子弟崇祀之。至今獨公以道阻故，每不得展謁奉蒸嘗，心實惻然，曰：「報本反始，自昔重之。高山仰止，情何能已。」遂具專祠之議，請於當路。當路以爲可，於是度廣基，聚材鳩工。始於癸卯歲孟秋，成於甲辰年季夏。廣靈延蔭，衡蘭擁衛，堂宇翔矯，牖户通潔，翼翼然寢廟聿新矣。

事既竣，公率其子暨族人拜而祭焉，海濱之人圜集而觀焉。斯時也，念先憂後樂之懷，則恢狹小爲廣大，可以勸志；念青天白日之心，則變闇沕爲光明，可以勸德；念破膽寒心之頌，則振巽懦爲威武，可以勸忠。章縫念之而檢不渝，編甿念之而樸不鑿。萃涣合離，移風易俗，厚之道也，教之始也，豈直脩祀禮伸孝思云哉！嗟乎，維水有源，其流斯遠；維木有本，其枝斯蕃，乃所以培植而疏瀹之者人也。周公肇封東魯，一以親親爲亟，喘喘追念文王，且上而追念后稷，無忘本始。以故開業傳世，侯封千載，視他國獨綿長不已。（輓）〔晚〕近士大夫紓朱懷金，勢雄閭里，以輿馬宅第相矜耀，而尊祖敬宗、周黨睦族之禮闕焉弗講，以希保世滋大，庸可冀乎！若公者，篤水木之忱，敦親愛之誼，迹邁流俗，躬持古道，其爲子孫衍餘慶可知也。固樂爲之記，俾勒於石，以俟後之人有所鏡而念焉。萬曆三十二年六月日。（同上。）

新建河南范文正公祠記

（清）武攀龍

賜進士第、知洛陽縣事太原古交武攀龍撰。

宋魏國范文正公葬伊闕萬安山下，其子忠宣公置祭田八百畝。熙寧間，創褒賢顯忠寺以奉香火，然而祀事未備也。自元守臣郭文鼐始請舉祀，遂循爲常典云。厥後修祠墓、禁牧樵者代不乏人。而兵革相尋，荒頽日甚，求其故蹟，胥委之寒烟蕪草之間。余既建程夫子之祠於中，邵先生之祠於左，復闢西偏之地爲公之祠堂，使天下知公之忠義在朝廷，勳猷在竹帛，世濟厥美在累朝，而祀事孔明在萬禩也。

祠既成，長平同年龐子太樸適過余，顧謂余曰：「公之建兹三祠也，其以表宋之大儒與宋之名臣也固矣，第四人者，時地既不同，出處亦各異，胡鼎峙而爲三，胡珠聯而若一，其有意爲之耶？抑無心合之耶？豈非道德事功可一以貫之耶？亦豈繼往開來、高譚名理之人，出將入相固不難耶？又豈非先憂後樂慨然以天下爲己任者，其於聖學淵源顧未嘗無所得耶？噫！是其作祠之意，寧無是耶？」余俛而笑，抵掌而應曰：「有是哉！」相與酹酒祠側，舉而記之石上。時順治八年六月吉日。縣丞傅夢祖，督工鄉約曹俊傑。（同上，卷五。）

重修先文正魏國公墓道饗堂碑記

（清）范文程

先文正宋太師魏國公薨於徐，從母氏謝太夫人兆葬於洛陽萬安山，并其子監簿公純佑、忠宣公純仁、恭獻公純禮、龍圖學士公純粹以下三世皆附焉。公做秀才時，即以天下爲己任，大通《六經》之旨，文章必本於仁義，先天下之憂而憂，後天下之樂而樂。以名世之才，致位將相，正色立朝，亟意尊主庇民，歷官過化，靡不繪像立祠，故有泰山北斗景星鳳皇之詔，第一流人物之稱，世濟忠直，有功名教，因與天下之名山大川、前代之聖帝明王並登祀典。每歲上巳，有司奉中牢祗祭。及世代沿革，子孫散處，望白雲而仰止，芳草萋萋。

至大中，八世孫國雋履其中，得同知徐公景儒爲復侵地。至正七年，國俊從弟文英命其子廷方致命李君公平，時分憲於洛，率所屬奉牲帛致祭，服豪猾以歸化，而復徐君所封之故土。繚以周垣，樹以松楸，又築室六楹，俾趙氏鄰民廬其上以守。熙寧間，創襃賢顯忠寺，爲立香火。正統戊午，都御史陳公鎰訪公墓於郡守袁公錠，按襃賢寺碑求其規制遺規，偕十三世孫曹縣令希正會祭葺脩。既而憲副尹公禮按部，率官僚奠拜墓下，新其牆垣，饗堂立，門植柏，令洛人一户免徭役守之。成化乙未，十三世孫從規詣都憲洛陽畢公，移檄河南都憲張公下令正其塋域，禁其樵牧。而一時大參孫公伯、少參蔡公克存、副憲王公廷秀、僉憲馮公景陽協力從脩，盱江何喬書其事，兼製迎饗送神之歌，遺子孫以侑牲醪。弘治四年，都御史徐公恪巡撫兹土，慨然太息，而藩臬守令封築一新。第文章事業炳後世之景行，故誦詩讀書勤千秋之向慕。惟是一抔之土，無嫡裔守丘，每致斧斤芻牧相尋，不無水源木本之痛。審處其間，乃復蒙公遺文，召取吴中後裔。迨明季鹿奔，潢池弄警，石麟卧於宿莽，松韻泣乎秋風。

大清定鼎，詔凡古昔帝王先聖前賢忠臣祠墓毋得毀棄。適余姪承祖特奉簡書分巡河洛，未幾，余姪承宗復膺寵命，出鎮兩河，掃墓登山，殷思先祧。時余掌事秘書院，輟政居家，調苓煎术。念先人體魄弓履瘞藏之地，乃走書千里，督諭兩比兒曰：「汝謂承祖、承宗矣，顧名思義，其亦何居？伊洛瀍澗之濱，祖宗之宅兆在焉。荆蓁草蕪，得無芟與？牛羊樵牧，得無禁與？斷橋破壁，得毋飭與？供祭土田，得毋清與？守丘支庶，得毋盻與？」於是乎革明堂之隘陋，袪斷水之湫汙。擴大厦而就澧陰，開缭垣而成直道。添設耳廡，昂軒星門。甃兩岸以駕虹，墾荒煙而培樹。更買六尺之花蹄，給八家之蘘薛。命勤於耜，庸潔蘋蘩。遥望蒼雲鬱嶺，明月印溪，依希夜雨青山矣。而分府大參朱公衣助、河南太守寧公之鳳、汝州刺史秦公耀名、洛陽令葉公琪各捐金助役，謀建華表。擎天石柱，以公無忝於雙槐；華衮標題，明德允馨於百世。亦既賁泉扃之光，而錫雲仍之福矣。家書報竣喜，溢滋惶切。余不肖叨承顧命，參政中書，未克繼先憂後樂之遺志，實自愧出將入相之家聲。乘六龍以御天，慢謂經綸天下；躋三公而媿位，甘齏粥之餘休。惟敦睦宗支，彌縫衮職，罔敢渝越，爲家法羞。或亦山靈之所鑒，而宗祊之所格也。極睇牛眠，蓊葱松柏，曷勝蒿之想。至其經濟文行，俱載文忠公勒石，非所敢及。惟記萬安山先後脩葺之由，以示子若孫世守之，而并誌諸君子之懿好如斯云。順治十有三年歲次丙申吉旦，内院掌内翰林秘書院事、纂修大總裁、太傅、兼太子太師、許陳國家重務、大學士、瀋陽後裔文程頓首撰文，欽差整飭河南等處分巡兵備道按察司僉事、陞山東布政司分守東兗兵備道左參議後裔承祖薰沐書丹，欽差經理河南等處軍務、鎮守河南開封歸德三府等處地方總兵官、都督府都督僉事後裔承宗薰沐篆額。（同上。）

重建天平山忠烈廟前堂及儀門記

（清）范必英

徵仕郎、翰林院檢討、充纂脩《明史》官、文正公十八世孫、文正書院主奉必英敬撰。

康熙二十有四年孟夏，賜山忠烈廟前堂及儀門告成。蓋庀材鳩工，已六年所。甚矣，兹堂與門之成之難也！粤自慶陽廟貌移建於天平之麓，宋宣和迄今，將六百載。考之家乘，重建者再矣。其始也，在元始祖之二十二年。主斯役者爲主奉諱邦瑞、提管諱士貴，而司計諱邦翰、宗遜等佐之。土木丹漆之費，咸取具於義學餘粟。廟成，而前朝奉大夫牟公巘爲之記，經營者固勞矣，未聞其難也。

其繼也，在明英宗正統之八年。是時，巡撫侍郎爲廬陵周公忱，巡按御史爲壽昌劉公甄、武昌劉公仕昌、錢塘鄭公顒，知府爲李公從智，以及鄰封之長，四方之人，先後佽助，且責成於吴縣知縣葉公錫。閲三載而廟成，而吏部尚書王公直爲之記。斯役也，出於衆力，尤知其非難也。

夫前者值元代輕賦之時，義學方興，興舉不墜。後者又當明盛時，宦兹土者，崇重儒先，百廢具舉，宜乎其廟之易成也。今則義學久廢，安從取粟？異代賜廟，亦何關於國事？況乎空山遠道，車騎罕有至焉。則兹一堂一門之成也，不較難於前人哉！

必英自十年前主祠事，時郡城書院門燬於火，且爲守祠者斥賣幾盡，浙江巡撫忠貞公諱承謨者蠲金贖之，復爲脩整其什之五，書院麤具規模。後英繫官京師，山祠復告將厭焉。於是以義田贍族之粟，委之提管可詢，主計彌隆、安上及子能洪、能濬等，令其鉤校畸贏，積纍錙銖，次第興工，猶苦不足逮。英請急歸里爲會計，稔知其難，復令監簿房世孫興巖監收新租，以充其費。先後五載，凡以粟易值，得白金五百有奇，遂撤前堂而新之。惟石柱仍其舊，較前爲樸壯。又以形家言，移儀門於石橋之南，建爲五楹，以兩夾室庥舊碑。而池北周以石欄，子孫瞻拜之地尤弘敞，爲費復百餘金許。是雖一堂與門，其成之之難如此，烏可以不記乎？或曰：記當及於廟之成，是舉不已遽乎？英應之曰：五年間義田再遘凶荒，子孫共蠲升斗，以襄厥成。且董之者興巖，勞苦爲多，尤不可没也。若夫竭其心力以竣厥工，實英之責。他日廟成，自有當代名公鉅卿豐碑深刻，如牟、王二公者，英也何足言記乎？惟是後人之覩斯堂者，勿視爲元、明兩代之易，而忘今日經營之苦，是則英之志也夫！賜山舊葬文正公高祖麗水府君、曾祖考徐國公、祖考唐國公、考周國公及孫子儀公并諸子姓有功義莊者。其墓道歲久漸淪於莽，因令興巖培土，立石以識之。會與廟工同時並舉，附勒於此。乙丑夏四月必英再記。（同上。）

重建支硎山文正公祠記

（清）范能濬

支硎山觀音寺者，天平白雲功德寺子院也。宋制：凡大臣塋所，恩許置寺度僧，追福祖先。先文正公葬河南，哲宗朝敕置功德寺，以舊法會院改，賜額褒賢顯忠禪院，以奉香火。今公祠及仁宗御篆墓碑俱在寺中。而蘇州天平山白雲寺，則公參知政事時以高、曾、祖、考四世松楸所在，藉此寺照管，準先降條貫，奏賜今額爲功德寺，間歲聽度一僧，以嚴崇奉。至公仲子忠宣公登相位，乞兩處遇節，各添剃度行者，每歲一名，申尚書省禮部施行。蓋前代優恤大臣，以綿孝思於不匱，恩意周渥，此功德香火院之所自來也。

先是，敕建忠烈廟，在白雲寺之右。明正德中，知吴縣事劉公恒以寺本爲公奏請，而祠反在旁，於義弗稱。乃於寺中復建堂祀公，名曰正本，俾守於僧，欲其不忘厥主焉。後寺經兵燬，而正本堂亦廢。

支硎爲天平支隴，兩山聯亘相望。明初，歸併天下寺觀，其屬於白雲者凡六，而支硎之觀音寺與焉，遂爲功德寺子院。信施所入，分供白雲常住，率以爲常。寺中亦崇祀公，以爲山主，故皆爲范氏香火院祠。歲久圮不治，神主移供僧舍，與釋像列坐，族姓聚處山下者不下數十家，歲時瞻拜無所，蓋兩寺香火僅有空名久矣。先君子檢討公主奉祠事，振興衰緒，謀重建祠，以存香火。壬申秋，以謝世弗果。

瀞仰承先志，與掌莊執事房長彌隆、彌勳、彌熹、興平、興似、興俊、君訥、君揆、儀則、儀秩等分董其役，材用一取於義莊儲粟，不以纖悉累僧人。重建文正公祠三楹，像甎如忠烈廟製。外爲大門，堂階欄楯，樸堅如度。自相基會作，凡閱八載而卒事。祠門南向，馮高面山，蒼翠異狀，遠而村墟藂落，樹陰晻曖，遊客篼輿隱見絶續者皆出於几席之下。以歲之春秋，躬率子孫至祠下脩報祀之禮。凡族人借端侵擾常住者，依祖規欺詐白雲功德寺例有罰。復上請於學院，批襲奉祀生一人，以司兩山祠廟奔走豆籩之職，而香火院始克復其舊。

以落成之明年，皇上南巡，駐蹕蘇州，念先公爲宋室名臣，特賜親書「濟時良相」扁額四大字，懸之祠宇，以墨本給瀞藏守。因摹勒奉於兩山祖祠，以示寵榮焉。方瀞之從事斯舉也，客有詰之者曰：「白雲功德之始也，捨彼圖此，毋亦以兩寺香火盛衰異勢，將與寺僧規尺寸之利與？」瀞應之曰：「非敢然也。白雲之爲功德寺，載之史册，人皆知之。今頽廢殆盡，用艱力鉅，未克輕復。且前此已鼎新忠烈廟矣，去寺不數武，報享有堂，登降有序，規制完善。正本堂雖未建，而香火固不患其湮滅也。支硎去闤闠甚近，惟藉春間匝月香火以供，終歲齋薰諷唄，而觀者朵頤饜食，僧人空乏。今祠既建，俾子孫入寺，慤然思祖宗，式憑在是，相與維持而保護之。亦欲使見之者念先賢香火所留，或生甘棠之愛，不至盡翦伐之而後已。在寺僧當亦不忘厥主，體劉公昔日立正本堂於白雲之遺意。則是役也，上有以妥先靈，下有以馭族姓，守僧蒙其休，遊人致其敬，蓋先君子之志，而濬之所樂觀厥成也。」客曰：「善夫！是不可以不記也。」遂書而刻之於石。康熙四十有四年歲次乙酉仲秋吉旦，文正書院主奉、十九世孫能濬謹記并篆額，二十世孫興禾書丹。（同上。）

范氏遷吳始祖唐柱國麗水府君墓門碑

（清）范興禾

唐柱國麗水府君，爲我范氏遷吳始祖，墓在天平山左麓，劍沙印石，山水明秀，形家謂祥之所鍾，宜子孫代出偉人，繁衍遍天下。四傳而生文正公，爲宋理學名臣，功在國史。父以上三世追贈國公，皆葬天平之右，世稱太師墳。

當文正公在政府時，奏言：「臣家四世松楸，俱在於吳，請以白雲庵爲功德香火院，敕賜寺額。」忠宣公復置祭田，又奏請歲度一僧守之。蓋兩公之廑懷祖墓，所以保護之者至慎也。

至明，而我曾大父少參公，傍山築室，常往來棲遲，惟以祖墓爲念。顧歷世既久，墓道漸湮，今國朝雍正己酉秋，世孫安瑶特碣於阡以表之，而神道未經修闢，子孫春秋展謁，於禮猶留餘憾。乾隆庚申歲，文登徐公撫吴，軫念先賢義澤，飭令後裔清釐。安瑶方身任義莊提管，相與申復遺規，節縮冗費，以儲修葺。兩年來，山城棹楔，祠宇廊房，次第具舉。今春，以府君神道亟宜修治，安瑶又出其捐貯義莊之粟，具石庀材，偕主計德相、典籍君濬相度鳩工，碣翼以亭，門樹以石，濬池闢道，凡五月而告竣。非敢飾爲觀美，亦仰承文正、忠宣以及少參尊祖追遠之意，惟恐弗及於萬一，蓋深以祖墓爲重也。

興禾惟文正公墓遠在洛陽，當明弘治中，以守墓乏人，檄取吴中後裔郎中房孫南昌教授公移家居守，今爲河南支祖。歷代以來，四遠之裔，赴豫省墓者絡繹於道。矧府君邱隴巍然在望，自唐迄今，千餘年來，保守無恙。而我子姓，庇府君之遺澤，在吴中者千有餘丁，亦惟秉府君之懿訓，敢不共將誠敬，以期綿延勿替。則繼此歷數千百年，繩繩繼繼，不更有如今日者哉！謹爲之記。文正書院主奉、二十四世孫興禾敬書並篆額。大清乾隆七年歲次壬戌仲秋穀旦。（《范仲淹史料新編》三《遺蹟彙録·碑記》。）

御賜祠堂扁額

康熙四十四年四月十六日，御書「濟時良相」，賜前宋推誠保德功臣、資政殿學士、金紫光禄大夫、尚書户部侍郎、護軍、汝南開國公、食邑二千三百户、食實封六百户、累贈兵部尚書、太師、中書令兼尚書令、歷追封楚國、魏國公、謚文正臣范仲淹。（康熙本《范文正公集·補編》卷二。）

履勘天平山採石記

陳去病

自來貪欲之念熾，則盜賊之心生。惟夫精純廉潔之士，毅然有以絶其萌，使奸無由逞，然後桴鼓不驚，而天下用寧。反是，則豪暴桀黠凌奪之徒興，而小人乃益恣爲奸利，略無所忌憚。於是虖龍蛇起陸，天地翻覆，則人類亦幾乎或息矣。

吾嘗准是以觀北宋之世，而有驗焉。夫宋室非以柔仁著稱者哉？獨范文正以矯厲特異之才，坐鎮西陲，使夏人相戒不敢犯，曰：「小范老子胸中自有數萬甲兵。」此其故何哉？蓋惟心無所偏私，用能絶人之貪，而宇宙亦以清寧。逮至道君昏闇，奸人倖進，創花石綱以起艮嶽，而卒蒙靖康之恥。烏乎！寧非貪之一念有以致之者哉！然而貪欲者恒人所不免，而防止其貪欲，使不得逞，則精純廉潔之士所當引爲己任者也。

若今者吴下奸民，以金山採石不足，思及天平。夫天平，固文正先世窀穸之所託也。七百年來，都人士女，清明上冢，秋末看楓，挹白雲之清醇，瞻笏林之森列，莫不深其景仰，至裴徊眷慕而不能走，寧忍傷其一抔土、一松檟哉？即金山者，亦吾吴之幽隱地也。疇曩名蹟，有石梁雲瀨，號稱最勝，今悉爲奸民毁滅盡矣。乃猶不悛，駸駸焉思啓其得隴望蜀之心。烏乎，此與夷狄盗賊又何異哉！夫夷狄之於中國，雖無不狡焉以圖逞其欲，然苟得如文正者控制其間，而盗心以戢，彼奸民者獨何恃哉？乃忠昧其錫類之仁，以甘冒不韙，使非豪暴桀黠淩奪之徒陰爲卵翼，亦何致貪黷無厭一至此邪！

予因是有感矣。夫先總理起布衣，盪平胡虜，建兹民國，功固不在禹下也。一旦山陵崩，攀號弓劍，亦吾人所同然。而或者乃因緣以爲奸，夫豈在天之靈所能容許哉？蓋總理以天下之心爲心，往往屈己以徇人，捨己以從民之欲。故一革命，而四海景從，如水赴壑，則際兹奉安之日，詎能任將事者之稍或失墜邪？用是奸民一構煽，而吴中耆舊即灼知其僞，憤然以作不平之鳴，卒之公道在人，是非用白，而鬼蜮之計終以沮遏，文正之詩曰：「靈泉在天半，狂波不能侵。神蛟穴其中，渴虎不敢臨。」殆今日之謂歟！既與雪其事，復從而爲之記，俾來者毋忘兹役云。其相與會勘者，爲國民政府政務委員張繼、吴縣長王納善、蘇州市公安局長殷組軍、古物保管委員會委員陶惟坻、陸兆鵾，洎文正裔孫恒、循繆、承過、敬豫若干人，例得併書。時中華民國十有七年四月三日，大學院古物保管委員會江蘇分會主任委員吴江陳去病記。錫山楊文卿刻。（《范仲淹史料新编》三《遺蹟彙録·碑記》。）

附録六　歷代義莊義田記

續定義莊規矩

知開封府襄邑縣范純仁奏:「切念臣父仲淹,先任資政殿學士日,於蘇州吴、長兩縣置田十餘頃。其所得租米,自遠祖而下諸房宗族計其口數,供給衣食及婚嫁喪葬之用,謂之『義莊』。見於諸房選擇子弟一名管勾,亦逐旋立定規矩,令諸房遵守。今諸房子弟有不遵規矩之人,州縣既無敕條,本家難爲申理,五七年間,漸至廢壞,遂使饑寒無依。伏望朝廷特降指揮下蘇州,應係諸房子弟有違犯規矩之人,許令官司受理。伏候敕旨。」

右,奉聖旨,宜令蘇州依所奏施行。劄付蘇州,準此。治平元年四月十一日押。

文正位勘會先文正公於平江府興置義莊,賙給宗族,德澤至厚。其始定規矩雖有版榜,不足久傳。及有治至元年所得朝旨,亦未揭示族人。兼有後來接續措置可爲永式者,未嘗刊定。深慮歲久,漸至隳廢。今盡以編類刻石,置于天平山白雲寺先公祠堂之側,子子孫孫遵承勿替。今具如後:

一、諸位子弟得貢赴大比試者,每人支錢一十貫文。七十七陌,下皆準此。再貢者減半。

並須實赴大比試乃給。即已給而無故不試者，追納。

一、諸位子弟縱人力採取近墳竹木，掌管人申官理斷。

一、諸位子弟内選曾得解或預貢有士行者二人，充諸位教授，月給糙米五石。若遇米價每石及一貫以上，即每石只支錢一貫文。雖不曾得解預貢，而文行爲衆所知者，亦聽選，仍諸位共議。本位無子弟入學者，不得與議。若生徒不及六人，止給三石；及八人，給四石；及十人，全給。諸房量力出錢，以助束脩者聽。

右三項以熙寧六年六月日二相公（按：即范純仁。）指揮修定。

一、掌管人侵欺，及諸位輒假貸義莊錢斛之類，並申官理斷償納，不得以月給米折除。

一、族人不得租佃義田。詐立名字同。

一、掌管子弟若年終當年諸位月給米不闕，支糙米二十石。雖闕而能支及半年以上無侵隱者，給一半。已上並令諸位保明後支。若不可保明，各具不可保明實狀申文正位。

一、義莊大勾當人催租米不足，隨所欠分數尅除請受。謂如欠米及一分，即只支九分請受之類。至納米足日全給。已尅數，更不支。有情弊者，申官決斷。

右四項以元豐六年七月十九日二相公指揮修定。

一、身不在平江府者，其米絹錢並勿給。

一、兄弟同居，雖衆，其奴婢月米通不得累過五人。謂如七人或八人同居，止共支奴婢米五人之類。

一、未娶，不給奴婢米。雖未娶，而有女使生子，在家及年，年五十歲以上者，自依規給米。

一、義莊不得典買族人田土。

一、義莊費用雖闕，不得取有利債負。

右四項以紹聖二年二月初八日二相公指揮脩定。

一、義莊事惟聽掌管人依規處置。其族人雖是尊長，不得侵擾干預，違者許掌管人申官理斷。即掌管人有欺弊者，聽諸位具實狀同申文正位。

一、義倉内族人不得占居會衆。非出納，勿開。

右二項以紹聖二年四月二十九日二相公指揮脩定。

一、因出外住支月米者，其歸在初五日以前，取諸位保明詣實，聽給當月米。

一、義宅有疎漏，惟聽居者自脩完。即拆移舍屋者禁之，違者掌管人申官理斷。若義宅地内自添脩者，聽之。本位實貧乏，無力脩完，而屋舍疏漏實不可居者，聽諸位同相視保明，實申文正位，量支錢完補，即不得乞添展舍屋。

一、諸位請米曆子，各令諸位簽字圓備，方許給。給訖，請人親書交領。即丟失曆子者住給，勒令根尋。候及一年，許諸位及掌管人保明，申文正位，候得報，別給曆頭起支。

一、積存月米併請者勿給。

一、諸位不得於規矩外妄乞特支，雖得文正位指揮與支，亦仰諸位及掌管人執守勿給。

一、義莊人力船車器用之類，諸位不得借用。

一、諸位子弟官已升朝，願不請米絹錢助贍衆者，聽。

一、諸位生男女，限兩月，其母或所生母姓氏及男女、行第、小名報義莊。義莊限當日再取諸位保明訖，註籍。即過限不報，後雖年長，不理爲口數給米。

一、遇有規矩所載不盡事理，掌管人與諸位共議定，保明同申文正位。本位有妨嫌者，不同申。雖已申而未得文正位報，不得止憑諸位文字施行。

右十項以元符元年六月日二相公、三右丞（按：即范純禮）、五侍郎（按：即范純粹）指揮參定。

一、諸位關報義莊事，雖尊長，並於文書内著名，仍不得竹紙及色箋。違者，義莊勿受。

右一項以元符二年正月十七日三右丞指揮脩定。

一、義莊遇有人贖田，其價錢不得支費，限當月内以元錢典買田土。輒將他用，勒掌管人償納。

右一項以崇寧五年十月十二日五侍郎指揮脩定。

一、諸位輒取外姓以爲己子，冒請月米者，勿給。許諸位覺察報義莊，義莊不爲受理，許諸位徑申文正位公議，移文平江府理斷。其大觀元年七月以前已收養給米者不得追訟。

右以大觀元年七月初十日五侍郎及二相公（按：「二相公」疑誤，時范純仁已卒。）指揮參定。

一、諸位子弟在外不檢生子，冒請月米，掌管人及諸位覺察，勿給。即不伏，掌管人及諸位申文正位，移文平江府理斷。

右以政和三年正月二十一日五侍郎指揮脩定。

一、族人不得以義宅舍屋私相兑賃質當。

右一項以政和五年正月二十九日五侍郎指揮脩定。

右仰義莊及諸位遵守施行。内文意前後相妨窒礙者，從後規。若有違犯，仰掌管或諸位備録治平元年中書劄子所坐聖旨，申官理斷，各令知委。

政和七年正月十三日，朝散大夫、充徽猷閣待制、提舉亳州太清宫范。（康熙本《義莊規矩》。）

清憲公續定規矩

朝散郎、左司諫、兼侍講范之柔奏：「臣不避誅夷，輒瀝誠悃，仰干天聽。伏念臣五世祖故參知政事謚文正臣仲淹，奮身孤藐，遭世休明，深念保族之難，欲爲傳遠之計，自慶曆、皇祐以來，節次於蘇州吴、長兩縣置田畝，立義莊，贍同姓，創定規矩，刻之版牓，以貽後人。已而臣高叔祖故尚書右僕射謚忠宣臣純仁，於治平元年知開封府襄邑縣，日慮版牓不足久傳，且諸房子弟有不遵規矩之人，州縣既無敕條，本家難爲申理，必將漸致廢壞，即嘗具奏，乞降聖旨下本州，許令官司受理。繼蒙朝廷依所奏施行，遂得憑藉保守。伏自南渡之後，雖田畝僅存，而莊宅焚毁，寄廩墳寺，遷寓民舍，蠹弊百出，盡失初意。慶元初，臣與兄弟始協謀同力，盡復故基，漸還舊觀，參定約束，加備於前。固嘗經本州鏤給版牓，揭示義宅，然非更得朝廷行下本州申明受理元降指揮，恐無以善後，懷此日久，無路自申。今臣幸蒙公朝軫念故家，擢綴班列。若不於此時控告君父，則何以副先人屬望子孫之意？用敢冒昧以聞，伏望聖慈俯鑒微衷，特頒睿旨，劄下平江府，令將續添規約常切照應治平元年已降指揮受理，庶幾足以敕勵來者，增固舊規，臣與闔族實均戴天地施生之造。所有治平元年指揮并慶元二年續添條約，謹繳連在前。瀆犯宸嚴，臣無任惶懼俯伏俟命之至。謹録奏聞，伏候敕旨。」前連治平元年已降規約指揮。十一月五日奉聖旨依右，併録連送范司諫。嘉定三年十一月七日。

一、文正公曾祖徐國公、祖唐國公、父周國公墳塋並在天平山坐落，間有族人輒敢於上牧羊及偷斫林木柴薪。近雖行下義莊，專一責令墓客看守外，今後如有違犯之人，諸房覺察，申文正位，罰全房月米一年。全房謂照本房請米曆内口數，並行住罰。下皆準此。義莊輒令墓客充他役者，罰掌莊子弟本名月米一季。

一、天平功德寺，乃文正公奏請追福祖先之地，爲子孫者所當相與扶持，不廢香火。今則不然，多有疎遠不肖子弟請過義米歸己，卻返蠶食於寺中。至有欺詐住持，逼逐僧行，假借舟船，役使人僕，亞托私酒，偷伐林木柴薪，强占常住田地布種或作園圃，不還租米，以致常住空虛，住持數易，日漸敗壞。今後探聞有違犯之人，罰全房月俸兩月；欺詐住持及占種田地者，罰全房月米一年；詐過錢物，經官乞行根究，從條施行，田地退還常住爲業，畢日申文正位，候回報起支。雖已退業，而故作阻障，不容常住耕種者，亦行罰。

一、義莊及白雲功德寺差役并應干非泛科敷，並蒙官司蠲免。近來縣道胥吏多因乞覓不從，故意騷擾。今後如有似此之人，許從本家經府陳理，嚴行斷理。

一、舊規，諸房不得租種義莊田土，詭名者同。近來有恃强公然於租記名下奪種者，及有壩捺義莊田渭涇浜車漕種菱，不容租户車水上下者，爲害甚大。今後探聞有違犯之人，罰全房月米半年。

一、義莊租户，所當優恤，使之安業。聞有無賴族人，將物貨高價亞賣，顯屬不便。今後輒有違犯，罰全房月米兩月，仍經官陳理。

一、舊規，義莊事務惟聽掌莊子弟自行處置，雖是尊長，不得侵擾干預。緣違犯者未曾有罰，是以近來多有族人專爲貨賂，不顧義莊利害；或爲攬户兜納苗米，必要多增貼耗；或主張不逞之徒，充應脚力及墓客之類；甚至鼓誘外郡族人挾長前來，擅開倉廒，妄用米斛，恣行侵擾，意在破壞。今後如有違犯，許掌莊指實，申文正位，自行體訪知覺，罰全房月米一年外，仍經官乞行根究懲治。内有乞覓過錢物之人，即合從條施行。

一、舊規，掌莊子弟侵欺，徑行申官理斷，勒令賠填。近自移建倉宇，遴選主計，此弊稍革。深慮日久玩習，合行關諸房：今後掌莊子弟如有違犯，許諸房覺察，申文正位，委請公當子弟對衆點算，取見實侵數目，以全房月米填還，足日起支。仍控告官府，乞行懲治，以爲掌莊侵欺者之戒。諸房子弟即不得專擅興訶，紊煩官府。

一、諸房聞有不肖子弟因犯私罪聽贖者，罰本名月米一年。再犯者，除籍，永不支米。姦盗、賭博、鬬毆、陪涉及欺騙善良之類，若户門不測者，非。除籍之後，長惡不悛，爲宗族鄉黨善良之害者，諸房具申文正位，當斟酌情理，控告官府，乞與移鄉，以爲子弟玷辱門户者之戒。

一、舊規，諸位輒取異姓以爲己子冒請月米者，勿給。今乃有將己子與人，破蕩他人家業，卻欲歸宗請米，如有似此之人，仰掌莊申文正位，不得支行。

一、義宅地基久爲外人占據，今來復業，甚爲艱難，宜體文正公之意，專爲聚族之地，即不許族人占造私宅等用。如有違，罰全房月米一年，仍勒還原地。

一、舊規，諸房子弟得貢大比者，義莊支裹足錢十千。今物價翔貴，難拘此數。如有子弟得解赴省，義莊支官會一百千，其錢於諸房月米内依時直均尅。其免舉人及補入太學者，支官會五十千。庶使諸房子弟知讀書之美，有以激勸。

一、歲寒堂除科舉年分，諸位子弟暫請肄業，餘時不得於内飲宴安泊。如違，罰全房月米一月。（同上。）

義田記附范直方記

（宋）錢公輔

范文正公，蘇人也，平生好施與，擇其親而貧、疏而賢者咸施之。方貴顯時，於其里中買負郭常稔之田千畝，號曰「義田」，以養濟群族。族之人日有食，歲有衣，嫁娶凶葬皆有贍。擇族之長而賢者一人主其計，而時其出納焉。日食人米一升，歲衣人衣一縑，嫁女者錢五十千，娶婦者二十千，再嫁者三十千，再娶者十五千，葬者如再嫁者之數，葬幼者十千。族之聚者九十口，歲入粳稻八百斛，以其所入，給其所聚，霈然有餘而無窮。仕而家居俟代者預焉。仕而之官者，罷其給。此其大較也。

初，公之未貴顯也，嘗有志於是矣，而力未之逮者二十年。既而爲西帥，以至於參大政，於是始有禄賜之入，而終其志。公既没，後世子孫至今脩其業，承其志，如公存也。公雖位充禄厚，而貧終其身。没之日，身無以爲斂，子無以爲喪，唯以施賢活族之仁遺其子而已。昔晏平仲敝車羸馬以朝，陳桓子觴之曰：「君位之上卿，禄之百萬，而敝車羸馬，是隱君之賜也。」晏子曰：「自臣之貴，父之族無不乘車者，母之族無不足於衣食者，妻之族無凍餒者。齊國之士，待臣而舉火者三百餘家，如此爲隱君之賜乎？彰君之賜乎？」於是齊侯以晏子之觴而觴桓子。予嘗愛晏子好仁，齊侯知賢，而桓子服義也。又愛晏子之仁有等級，而言有次序也。先父族，次母族，次妻族，而後及疏遠之賢。孟子曰：「親親而仁民，仁民而愛物。」晏子爲近之。今觀文正公之義，其與晏子比肩矣。然晏子之仁止於生前，而文正公之義垂於身後，其規模遠舉又疑其過之。嗚呼！世之都三公位，享萬鍾禄，其邸第之雄，輿馬之盛，聲色之侈，妻孥之富，止乎一己，而族之人弗得其門而入者豈少哉？况於施賢乎？其下爲卿，爲大夫，爲士，而廩稍之充，奉養之厚，止乎一己，而族之人操壺瓢、爲溝中瘠者又豈少哉？况於賙人乎？是皆文正公之罪人也。公之忠義滿朝廷，事業滿邊陲，功名滿天下，後必有良史書之者。予可無書也，獨書其義田以警世云。公諱某，字希文。

昔逮事忠宣公，親聞緒論，嘗云：「先文正置義田，非謂以斗粟疋縑始能飽煖族人，蓋有深意存焉。」時年尚少，未甚領略。綿歷三紀，當宣和末，避亂南渡。紹興乙卯，自嶺海被召至行闕。丙辰春，出使至淮上，始過平江。時義宅已焚毁，族人星居村落間。一旦會集於墳山，散亡之餘尚二千指，長幼聚拜，慈顔恭睦，皆若同居。近屬以家譜考之，自麗水府君下逮「良」字諸孫，蓋十餘矣，然後見文正之用心，悟忠宣之知言也。紹興己巳十月辛未，曾孫直方記。（《范文正公褒賢集》卷三。）

范氏復義宅記

（宋）樓　鑰

吴門范氏，自唐柱國麗水府君居於靈芝坊，今在雍熙寺之後。五世孫文正公，少長北地。皇祐中守杭，始至故鄉，訪求宗族，買田千畝，作義莊以贍之。宅有二松，名堂以歲寒，閣曰松風，因廣其居，以爲義宅，聚族其中，義莊之收亦在焉。中更兵燬，族黨星散，故基榛蕪，編民豪據爲居宇，爲場圃，僦直無幾，甚失遺意。粟無所儲，寓於天平山墳寺，倍有往來給散之勞。尋復圮廢，改寘城中，反寄他舍，病此久矣。

自公長子監簿而下，又五世而至良器。一日，謂二弟曰：「先君奉議，念此有年，齎志而殁，吾儕當有以振起之。」慨然自任，思圖其新。於是歷告居民，盡除僦直，約期而遺之。不服者，訴於郡、於監司，以至上達臺省。提刑臨川何公巽、太守四明鄭公若容咸義此舉，力爲主張，由是悉得故地，周一千四百四十八丈。首捐私帑，繚以垣牆，創建一堂，仍扁「歲寒」，以祠文正。結屋十楹，以處貧族。就立新倉，寖復舊觀。庀役於慶元二年之季夏，中秋告成，不愆於素，觀者無不歎息。親掌出納一年，以爲後式。選族子之廉謹者二人繼之，詳具要束，以補舊規，揭於堂上。田籍之傳遠者，俱刻之石，以爲永久之計。

介弟之柔，續世科於百二十有四載之後，尤勇於義，既力贊其兄謀之，屬鑰爲記始末。鑰不佞，先祖少師收卹宗族，有意於此，而歲不與。伯父楊州始爲之，雖不及文正公之盛，而寒宗之貧者賴以自給，亦四十餘年於兹。先工部欲附益之，清貧終身，猶未果也。見范氏家法，爲之媿歎。是舉也，衍文正公累世之遺澤，伸先奉議九原之餘恨，又以綿范氏無窮之休，豈不偉哉！

嗚呼，文正公奮身孤藐，未嘗賴宗人毫髮之力。既達，則闔族受解衣推食之恩。天佑范氏，三子鼎貴，皆以宏才高誼上繼父風。後人得維持馮藉，以保其家。良器一布衣，而決意興起，不惟義宅載新，義莊亦復整飭，剔蠹省費，又爲數世之利，用心如此，後其興乎！

嗚呼，文正公初立規矩，止具給予之目，僅設預先支請之禁。不數年，忠宣公已慮其廢壞，故治平奏請聖旨，違犯《義莊規矩》之人許令官司受理。又與右丞、侍郎自熙寧以至政和隨事立規，關防益密。今之規約又加密矣。一門同姓，爲此義事，其難如此，况天下之大，思所以爲億萬世之計者又可忽乎！

嗚呼，衣冠之族不免饑寒者甚衆，願如范氏之宗派而不可得。今坐享飽煖者幾人，若人人如良器用心，更相扶持，以永其志，則善矣。若曰「是我所當得者」，而不思自力，甚者反爲蠹於其間，則文正諸公實臨之。其聞於有司曰公元者，蓋今之族長云。三年立秋，顯謨閣直學士、大中大夫、提舉江州太平興國宮、奉化縣開國男、食邑三百户樓鑰記并書。

（同上。）

范氏義莊題名

（宋）孫應時

昔之貴富而能仁其族者，當其盛時而止耳，終其世而止耳，逮其子若孫而止耳。其間親疎、遠近、愛憎之不齊，固已或薄或厚，有及有不及；至於禄謝而力單，子若孫猶不自保，則於其族何有？嗚呼！若吳范氏之有義莊也，然後能仁其族於無窮，非文正公之新意歟？蓋公平生所立不待稱贊，此其一事已足爲百世師矣。近代士大夫稍或慕而爲之，皆未有如公家自皇祐以來百有五十年之久者。

初，公傾橐以爲義田，歲得八百斛，忠宣公與右丞、侍郎廣之爲二千斛，至今保之。惟故宅毁於兵，裂爲僦廛，芟據有年，頑不可遷，其廪庾因寄於天平墳寺，乃或顓利廢約，漁入蠹出，歲計大乏，邦族憤嘆。前數歲，五世孫良器伯璉獨奮然請於官，至聞於朝，爲盡逐僦者，以宅還范氏，則出私錢築垣百有八十尋。大起歲寒堂，峙廪其旁，且爲列屋芘其族之尤貧者焉，於是義莊巋然復興。乃更定約束，歲屬廉幹子弟二人掌其莊之事。通選六人，三年而一易。叶議并力，參覈明白，以相授受，而均節其贏益以市田。蓋公之時，所賦族九十口，今而五倍之矣。蕃衍未艾，惟繼是圖，固當然哉。伯璉没，母弟叔剛父主之。因刻石歲寒堂，列掌事者名次，自伯璉始，凡有功於義莊則併書之，示有勸焉。叔剛名之柔，踐世科，今奉議郎、新知富陽縣事。公之後爲不乏人矣，其於義莊又將多於前功爲無疑也，故樂爲之書。慶元六年閏二月望日，奉議郎孫應時序。（《范仲淹史料新編》三《遺蹟彙録·碑記》。）

范氏義莊申嚴規式記

（宋）劉 榘

中奉大夫、權尚書吏部侍郎、兼權給事中、兼侍講劉榘撰，朝議大夫、權尚書禮部侍郎、兼中書舍人、兼太子左諭德、兼同脩國史實録院同脩撰、兼國子祭酒曾從龍書并題蓋，朝散郎、左司諫、兼侍講范之柔立石。

物本天，人本祖。閭閻之人有視其祖之子孫如路人，相毁訾、相并兼如仇敵者，不知本爾。榘少讀文正范公遺事，公平居語子弟曰：「吾吴中宗族甚衆，於吾固有親疏，然吾祖宗視之，則均是子孫，固無親疏也，吾安得不恤其饑寒哉！且自祖宗來積德百餘年，始發於吾，得至大官。若貴富而不恤宗族，何顔以入家廟？」榘斂衽歎曰：「公之行，百世之標的；公之言，薄俗之鍼砭也。」吾鄉居家，遇有不如人意事，即因公言以自媿責，不敢有一毫恚心。官中都，獲與公之孫左司諫公之柔游，見其處己静而明，際物莊而和，雖資禀之懿，亦家法所自來。一日，於公几間得文正公與其兄推官帖，問以遺女乏資，共甘苦，通有無，不啻己子，使人歎玩不去手。司諫公因言先祖所創義田，今幾二百年，聚族數千百指，雖甚窶者，賴以無離散之患。義莊故址曩因兵火，爲居民侵據。之柔與吾兄良器極力經理，爲屋以棲義廪餘，以待族人之無家者，浸還吾祖之舊。惟是義莊規式，歲月易隳，請之朝，屬之鄉郡，勒之堅珉，俾世守而傳之無窮者，吾猶不敢懈也。幸備位諫垣，當具本末奏陳，乞申嚴行下，庶不負文正公所以責望子孫之意。暨得旨如請，屬槼以記，不容以不敏辭。

抑聞之，士尚志，志有小大，功業利澤亦如之。方文正未遇，讀書長白山，凍粟糜而食，人不堪其憂，而公貫通古今，經濟之略已具於此時。及牽言官叩閽争事，自請鎮靈、夏，迄破戎人之膽，功烈焜燿，則斂而惠宗族者抑餘事也。忠宣公致身台輔，忠賢是侶，想其捐所載麥歸亳時，文正公已心知其有子矣。嗚呼！有文正則有監簿、忠宣、右丞、侍郎數賢子，厥後不熾昌競爽，尚得爲有天理邪！諫垣所以立身承家，固已無愧於乃祖，願益以文正、忠宣之宏猷大節自勉。公之族人又當相與扶植，以成諫垣之志，則范氏之門益大，義廩之儲益闢，義居之族益貴達，富盛相望，將不止如今之所見云。嘉定四年三月一日，槼謹記。（《范文正公褒賢集》卷三。）

范文正祭田記

（明）劉武臣

祀事所以交神明也，故先王重之。予嘗求之祭法焉，而知有功德於民者不可不祀矣。又嘗求之祭義焉，而知奉祀者不可不誠敬矣。有宋范文正公，豐功碩德在當朝，而流風餘韻在來代，其不可不祀者乎！

公廟凡十有九。宣和中，周慶師、宇文虛中請賜額曰忠烈，朝旨所臨，歲時祭享。安鄉，公過化之邦也。公生纔踰（睟）〔晬〕，而其先贊善公見背，繼父朱朝散鞠之。朱宰安鄉，公年幾弱冠，亦在行讀書。邑治之西，祠其遺址也。祠且壞，慶元間，范侍御處義屬有司新之。擇道士主祠事，祠下置祭田十餘畝，贍焉。已而，有司增至七十餘畝。祠距興國觀二百武許，歷世既久，觀道士去其籍而私之。岳郡倅閭君謁祠，或以爲言，因廉得其實，逮捕道士下獄。白於中丞秦公，公立判所侵田歸之祠，論侵者罪如法，付有司，著爲令甲。歲聽佃徒耕，秋獲取其半，貯官廩供祀事，仍籍其羨充修祠費。於戲！祠歷年百餘，至范公而始復。

祭田又歷季三百餘，至秦公而始復。中間建置之氏名，雖其時掌故者逸之，然向往德義如兩公者不能人人而是也。祭田既復之明年，安鄉令汪君集以書抵予曰：「敝邑文正公祠，若祭田建置顛末皆無所攷，惟朱侍御新祠事，賴王教授仁記以傳。兹秦公舉祭田於既堕，乃可不之傳乎！請以記累吾子。」予無説爲解也。爰舉其槩，俾付之石。正德十一年歲次丙子夏五月吉，鎮遠府知府蜀人劉武臣撰。（《（康熙）安鄉縣志》卷一一。）

重修文正書院興復義莊記

（清）覺羅雅爾哈善

昔文正范公以忠君報國之餘，置義田於吴，以贍卹族人，子孫世守，垂七百餘年而不替。今公之世孫大同守瑶，能遠紹公志，增置義田，仍重修書院，興復義莊，叙其始末，屬記於予，曰：「始宋皇祐初，公守杭時，創置贍族義田，於義宅立義莊以貯田租。義莊之東爲文正書院。及宋咸淳中，郡守潛公説友奏建公祠，春秋奉祀。元至正中更今名者也。初，公置田千畝，歲收八百餘斛，以贍族人九十餘口。公子忠宣公等申明規制，復增其數。至明中叶，其田漸爲豪猾侵隱，郡守况鍾力勘復之。後十七世孫參議公允臨，復助千畝。本朝百年來，族姓益繁，田之所入，時患不足。雍正七年，瑶奉先人命，增置田十頃，並前總三千餘畝，此義田增廣之大略也。然公所置義莊，經宋、元、明，久廢莫復，書院自明宣德以來雖累次重修，歷年久遠，漸就傾圮。瑶不敢懈視，遂於乾隆二年與主奉世孫興禾等共議，出義田羡粟，相度書院、歲寒堂南隙地，鳩工庀材，興復義莊，而書院中各祖祠以及碑亭廊廡靡不修葺。重繼自今，對越吾祖，庶免隕越貽羞，敢請一言，以垂不朽。」

余惟文正公以有宋第一流人物，早具先憂後樂之志。遡公平生言行，建立事事，可爲百世師。而臨財好施，收卹宗族之念尤發於至誠。歷觀史傳所載，敦本睦族，時有其人，然多及身而止，未有時更四代、世歷數十、綿綿苗裔，猶被實惠如公在時者，苟非上天鑒公之德，時生賢子孫以維持之，能有是耶！今大同守之增廓義田於前，修復書院、義莊於後，孜孜紹述，力行不倦，可謂繩其祖武，爲范氏之象賢矣。予不敏，平日慨慕公之爲人。今忝守蘇郡，又樂觀兹事之有成，竊願海内聞之興起，豈獨爲范氏子孫、吴中人士屬望也哉！乾隆癸亥孟冬月。（《范文正公褒賢集》卷三。）

范氏賜山舊廬記

（清）蔣恭棐

范文正公世家蘇州，奮孤露爲宋賢相，蘇人仰止文正，猶斗之有杓也。史稱文正出唐宰相履冰後，其始家蘇州者，唐麗水丞諱隋。蘇州之范，由麗水別，尤如水木之有本源也。文正而上三世墓在天平山之右，麗水墓在天平山之左。文正登政府，奏請以白雲庵爲功德香火院，敕賜寺額。忠宣復請歲度一僧守之。故天平山范氏號賜山。明季，參議允臨依麗水墓構山莊。本朝康熙間，檢討必英即其地建參議祠。乾隆初元，前大同守瑶始表麗水之阡。七年秋，積義莊新增田所入餘儲闢治神道。會參議曾孫國子生興禾、會昌令興穀重葺參議祠。既成，相與循覽園池，愾想參議遺蹟，次第復修，於是咒鉢菴、寤言堂、聽鶯閣、芝房、魚樂國、來燕榭、翻經臺、宛轉橋諸勝，盡還舊觀。其明年工訖，改莊名賜山舊廬，以屬恭棐記其事。

惟文正相業著於有宋祥符、慶曆之間，而其道師表百世，其發祥鍾美之所自，豈惟范氏子子孫孫尊祖追遠之思，宜久勿忘，實吾蘇人所瞻慕而必恭敬止者也。又況范之後賢，克念祖德，世濟其美，過其廬者，望松楸之鬱然，挹清泉而攬白雲，亦將有所感發興起乎，其不徒如李衛公平泉草木冀佳子弟保有之而已也。是用謹而書之，以附於錢公輔《義田記》之後。乾隆八年癸亥中秋日，前史官長洲蔣恭棐撰，内閣中書舍人吴邑沈志祖書。吴門金元載鐫。（《范仲淹史料新編》三《遺蹟彙録·碑記》。）

附録七　歷代學記書院記

蘇州學記

（宋）朱長文

兩儀定位，禮義興矣；五教既敷，學校立矣。禮義不可一日忘，故學校不可一日廢也。昔唐虞三代之盛，未嘗不以建學嚴師爲先務。内則王庶子、群后、卿大夫、元士之適子，其入以齒；外則塾黨鄉遂之間，其教以時。下至于四方萬國之遠，皆命之爲庠序，其法詳矣。故始于直寬剛簡而防其失，次以歌詩音律而致其和者，此堯舜之典樂所以教也。以智、仁、聖、義、忠、和爲之德，孝、友、睦、婣、任、恤爲之行，禮、樂、射、御、書、數爲之藝，此周大司徒、鄉大夫所以教也。上之所以教于下，下之所以應于上，若置郵而傳命也，若決江河莫之能禦也。《書》美萬邦黎獻，可以共爲帝者之臣，《詩》稱成人有德，小子猶有所造，其材之可用如此。蓋當是時，風化行，習俗美，人人有士君子之器，雖畎畝之賤，山林之幽，亦爲仁義之所漸摩，禮樂之所陶染，咸入于善。罝免而不忘敬，敦葦而不忍踐，豈有暴亂萌于心，姦宄害于事者哉。此建學之效也。

王道衰，禮義廢，獨一魯侯能修泮宫，囚馘之獻，猶不離此，邦人頌焉。戰國之際，孟軻猶歷説時君謹庠序之教，申孝悌之義，終闊而不用，習大亂。迄于秦，棄儒任法，民不知學而疾視其君，蠭起而墟秦矣。漢方休息元元，未遑先王之教。世宗奕奕，首善于京，其臣有若董仲舒者爲大夫，文翁者爲守吏，皆尚儒術，乃詔置博士弟子之員，而立學校官于郡國。其課士必以經藝，蓋士不素養則德難遽考，使因學以知經，因經以會道，庶乎有成矣。東京内盛，三雍之儀不及于外，而鄭興、賈逵、馬融、鄭康成之徒繼爲人師，以經相授，囊括六典，六學寖明。是以時政雖亂于上，而義士交起于下，抗節濡足，用救陵夷，漢賴以不亡者百餘年。魏分晉弱，事不足道。唐之文物盛矣，而尚賦以取人，世薄經術，以文辭相夸。夫文所以宣志也，觀其文則志可度哉？故元臣碩老，多由詞科以出。

神宋受命，遏亂興治，乘輿嘗幸國庠，親臨講席。是時勳臣宿將並列藩鎮，庠序雖未興，而鴻儒碩生聞風以起。有若戚堅素在睢水，種明逸在終南，皆聚徒講授，髦俊歸之。其後陪京方面之守臣，稍請興學。自景祐中范文正公作學于吳，又創于潤，滕子京建于湖。慶曆之盛，文正公參豫機政，而石守道、孫明復首居太學。是時仁宗開天章閣，召輔臣八人，問以治要。文正公復以學校爲對，于是詔天下皆立學。神宗之時，立三舍法，置方郡教官，皆試可而後授。今上嗣位，申命近臣薦堪内外學官者。方聖朝承平之久而長育之勤，雖瀕海裔夷之邦，執耒垂髫之子，孰不抱籍綴辭以干榮禄？裒然而赴詔者，不知其幾萬數。蓋自昔未有盛于今也。

凡命教之法，以經術觀其學，以詞賦觀其文，以論策觀其智。所取兼于漢唐，而德行道藝之士參出乎其中矣。然欲合二帝三代之法，使人人有士君子之器，皆在吾君相之所潤色也。始，姑蘇郡城之東南有夫子廟，所處隘陋。及文正公以天章閣待制守是邦，欲遷之高顯，相地之勝，莫如南園。南園者，錢氏之所作也。高木清流，交陰環釃，乃割其巽隅以建學。廣殿在左，公堂在右，前有泮池，旁有齋室。是時學者才逾二十人，或言其太廣。文正曰：「吾恐異日以爲小也。」于是召安定先生首當師席，英才雜遝，自遠而至。厥後登科者逾百數，多致顯近。由景祐迄今五十餘載，學者倍蓰于當時，而居不加闢也。某適忝命掌學，周視黌舍，傾陊褊迫，寒薄暑煍，諸生病之，來者無所處，乃與同僚議請南園隙地以廣齋廬。屢諗于郡守、部刺史，病財用之不給。會文正之子兵部侍郎公純禮以厚德遠業見器朝廷，出自奉常，制置江淮六路漕事，擁使者節過鄉上冢，乃以學舍之微白公。公既即學，拜文正公遺像，延見諸生，感慨陳迹，即奏言：蘇、潤之學，皆先臣所建，後人久不葺，而齋室不庇風雨，講習無所，願給錢修廣。而今太守、諫議王公在潤，先以潤學爲請。有詔給以度牒十紙充其費，時元祐四年五月也。前守户部劉公珵選官治役，度用賦工。會王公自潤易蘇，下車三日，臨視興作，命之栽築，填汙立基，如請之素。益以關賦之財，助以亡命之卒，完舊創新，累工逾萬，期歲而告成，不以一分取于民。公堂廓如也，廊廡翼如也。齋室凡二十二，而始作者十。爲屋總百有五十楹，而初建者三之一。立文正公、安定先生祠宇，遷校試廳于公堂之陰，榜曰「傳道」。庖廚湢室，莫不嚴潔。窈然而深，曠然而明，其處也寬，其容也衆。南楹引愛日，北牖延清風，咸適其宜矣。凡學田之佃于人而隱没者，爲之括而實之；屋之僦于市而已壞者，爲之新而復之。養士之資，由此不匱，皆太守所命也。

夫儒者，蚤暮孜孜從事於典籍，苟居處之不佚，餱糧之不豐，而責其勤，難矣。故嚴其宫，足其餉，所以教也。且吴爲東南都會，自泰伯三遜天下，延陵脱屣千乘，言偃以學稱，嚴助以文著，朱、張、顧、陸，世多顯者。此誠禮義之區，儒雅之藪也。今夫興學以教者，豈徒貴其中程課、躐科等哉，必也爲文足以貫道，爲經足以通理，立于朝廷則謀王休、贊國論，仕于郡縣則宣惠澤、興事功。其餘風所扇，猶將使人老老而幼幼，夫夫而婦婦，室有忠信，俗有廉潔，然後知新學之作，豈專以棟宇爲哉。君子謂兵部公善述其先志，可謂之孝；正諫公樂成于教育，可謂之仁。唯孝與仁，于是著矣。正諫公以道立朝，忠貞不回。其治吴期月，吏民威其德而安其政。晝坐郡閤，事至即决。已而與賓客雍容笑語，沛然有餘裕。方學之成，吴人莫不欣悦鼓舞，望車馬之來而樂芹藻之采也。見命作記，確辭莫獲，輒系之聲詩，刻之隆碣，以告于後世云。詩曰：

惟帝光宅，錫民保極。曷以臻兹，惟孝之積。降漢迄唐，以經以文。元臣碩老，世偉其人。天保神宋，七聖繼德。右儒尚文，經緯九域。肇開雍庠，周設泮序。興賢舉能，歲幾千數。維吴有學，文正是興。師明友諒，俊傑紹登。歷載五紀，烝然髦士。將圮其隘，士罔能止。翼翼膚使，繼述其先。建言于朝，授牒易泉。邦牧承命，以新以廣。匪憚厥勤，資我教養。高堂邃廡，環闢群齋。潭潭其深，濟濟其來。孰居是堂，勿曠厥職。亶爾誠心，傳道解惑。凡處是齋，勿嬉勿息。道德淵源，辭章潤色。拱把之木，長而參雲。涓勺之水，滌而流坤。匪學之設，惟材之成。是明是翼，永賛丕平。（《樂圃餘稿》卷六。）

高郵軍興化縣重建縣學記

（宋）陳　垓

詔天下州縣皆立學，仁宗朝參知政事范公仲淹請也。然國初文治已盛，如周黨遂，有賢守令，學校必興。按《泰州圖經》，曾易占建如臯縣學，錢魯望記之，實祥符八年。時公爲西溪監，繼令興化，興化、如臯均泰邑也，要終而原其始，即彼而得於此，正使學不待公而創，非公所作成者耶！

垓後公二百載，當嘉定十六年九月辛丑朏，以祇事告夫子，一殿巋然，與重門峙立於水天莽蒼中。諸生謂垓：令鄭簿章以公濯纓、滄浪二亭故址爲學，學未備者十七八，先生尚嗣成之。垓謝不敏，意此學之興，必仁宗皇帝初政，公試民事之日也。文明之運，輔宰所臨，學重於天下，而士得師矣。垓雖愚，敢不力請，無煩民，無擾士。以令始至，供堂緡五百佐是役；新第吴君應酉辱主學，裒門殿餘緡千；縣累酤羡數月緡二萬有奇。合三者鳩材庀工。

十七年春，爲崇化堂五間，軒三挾二，右官位，左學職，東西廊二十二，前列從祀，若土祠、若祭器、若書籍、若錢穀皆有所。後分四齋，曰博文，曰敏行，曰貫忠，曰篤信。齋有爐亭，殿加兩挾，周以陛楯，植扉中門，列戟十二。東祠范公屋三，鑿方池，亭其對，復濯纓名。益東伉便門祠，亦廡二，總公廚湢溷創屋五十，合門殿共六十區。堂之崇二十尺，袤一百三十尺，翬棟沈沈，他率稱是。門納湖光，城築□之，閣道連複，清淑扶輿之氣萃焉。明年夏五月以成，增田架僦，月割酒量錢十四，補弟子員食日三十。歲元正、長至，縣載酒三行，闔耋艾與縣官序拜崇化堂，定爲比。於是吴君率諸生請記之石。

垓嘗謂講學，師友之職也，興學，守令之職也，幸不乏事，何記？然垓嘗爲學官永嘉，昔語人者不敢不以告。夫子曰：「十室之邑，必有忠信如丘者，不如丘之好學也。」孟子曰：「學則三代共之。」皆所以明人倫也。學非外求也，教非外立也。忠信夫人之天資，人倫夫人之天性，諸君以爲外乎？內乎？上以學明之，下以學成之，而天之所以予我，我之所以日用常行者豈能越於忠信？忠信又豈能越於君臣、父子、兄弟、夫婦、朋友之間哉？我國家學以明人倫，既同符於三代，文正公忠信而好學，又一本於夫子。垓謂諸君得師者此也。公刻苦而學成，以忠信大節受知仁宗。自西溪議海堰，請邑興化以成之，與京口之麥舟，吴郡之義莊，信也。争郭后，抗吕相，主西事而夏人款塞，登政路而身任太平，忠也。諸君拜公於鄉校，得公於詠游，不以公自期，得乎？垓濫宰於斯，勉焉不近，築城，浚河，振貸，捍禦，脩堤岸，立義阡，必賴諸君講行之，詎無意哉！《詩》曰：「高山仰止，景行行止。」必以范公之學爲學，斯無負國家教養天下之至恩，允蹈孔、孟垂世立訓之格言云。寶慶元年七月甲子，承議郎、知高郵軍興化縣、主管勸農營田公事、賜緋魚袋三山陳垓謹記。（《范文正公褒賢集》卷三。）

義學記

（元）牟巘

前朝奉大夫牟巘譔，集賢直學士、朝列大夫、前江浙等處儒學提舉、趙孟頫書并篆額。

古者二十五家爲閭，閭左右各設塾，鄉先生爲之師，褒衣博帶，晨坐閭門，教其民之出入田畝者，有教有養，誠爲良法。自井田廢，閭左發，古制盪除，漢以來或爲講堂，爲精舍，而養則未之聞也。

范文正公嘗建義宅，置義田、義莊，以收其宗族，又設義學以教，教養咸備，意最近古。夷考厥初，宋時天下有四書院，應天府書院爲首。先是，郡人戚同文聚徒講授，士不遠千里而至，文正公亦依之以學。同文爲人質直，尚信義，宗族貧乏則賙給之，喪則賑卹之，不積財，不營居室。或勉之，輒曰：「人生以行義爲貴，安用是？」義之一字，寔與公意合。暨公登第立朝，爲守爲帥，以至大用，名位日盛，禄賜日厚，遂成義莊、義學，爲其宗族者宅於斯，學於斯。所耕者義田，所由者義路，何適不宜？嘉遺後人，可謂篤至。繼繼承承，亦惟成規是守。粤乙亥兵戈俶擾，未遑兹事。

至元丁丑，主祭邦瑞，提管士貴，共議興學，卜地於吴縣三讓里，距祖塋二里所，涓日庀工，爲屋三十楹，祀文正公於其中。會講之堂扁曰清白，東齋曰知本，西齋曰敬身，外闢室爲教諭偃息之處，庖湢廩廥、蔬茹之圃咸在。外爲周垣，扁其大門曰義學，清溪松竹之間，昉聞弦誦聲。是役也，義莊掌計之勞爲多。提管又撙節助濟浮用，增田山僅百畝，備師資束脩之禮，子弟筆札之費，一有以勸。大德戊戌，朝旨以義莊、義學有補世教，申飭攸司，禁治煩擾，常加優卹，無復干吾藩者，可肆志於學矣。至大戊申，提管馳書來霅，俾爲之記。

昔錢公輔嘗記義田，巘也何敢與斯文。竊聞文正公早歲就學應天時，夜以繼旦，冬月憊甚，以水沃面，食糜度日，人不堪其憂，其苦心勞形者如此。博通六經，尤長於《易》。學者從之叩質，樂與往復，無微弗究，其難疑答問者又如此，用力何啻十倍今人耶！咨爾來學，書爾佩衿，盍亦追思先志，俛焉孳孳，毋以寒暑而爲作輟，庶幾他日業精行成，式克有立，得名爲儒，以應選用，以副二范君惓惓興學之意。其年七月旦日記。（《范文正公褒賢集》卷四。）

文正書院記

（元）李　祁

吴郡祀范文正公舊矣，自公貴顯時置義田義學，以淑其族之人。公殁，而子孫世守之不廢，然而未有專祠也。咸淳甲戌，郡守潛公説友始請建祠，而割田以供祀事，公之子孫亦世守之不廢，然而未有書院也。至正丙戌，郡守吴公秉彝建議，請以書院易祠。僉憲趙公承僖按行吴中，是其議，遂得請於行省，行省上之中書，中書議以兹事有關世道，有不設教官，而以其子孫之居嫡者世主之，於事便，乃下從其請。公八世孫文英適主祠事，竱力殫慮，改制增擴，亦既宏且遠矣。祁時佐領江浙儒學，以公事來謁祠下，式睹其成，衆謂不可以無紀，而祁也幸際其會，宜爲文，辭既不獲，則取其家傳而徵之。

公之生，當宋端拱己丑，其殁也，以皇祐壬辰，至潛公爲守時二百二十年，天下郡縣凡公之所至，蒙其澤而聞其風者，率爲公立祠，而於吴獨爲缺典。至吴公爲守時又七十年，他郡縣且有以祠爲書院者矣，而於吴尚仍舊規。蓋吴爲公父母之邦，公之父祖墳墓在焉，子孫居焉，族之人比屋而群處焉，所以表異而褒崇之者，宜有加於他郡，而反若不及者，是宜賢郡守之有請也，是宜廟堂之上之從之也。

昔公以正大之學卓冠群賢，以忠義之氣振厲天下，其功之被當時而澤後世者固不可徧舉，獨舉其切而近者，則公於所在開設學校，以教育多士。至吴郡，則以己地建學，規制崇廣。迨公之子恭獻公復割田以成公之志。當是時，天下郡縣未嘗皆置學也，而學校之徧天下自公始。若其察泰山孫氏於貧寠中使得以究其業，延安定胡公入太學爲學者師，卒之泰山以經術大鳴於時，安定之門人才輩出，而河南程叔子尤遇賞拔，公之造就人才已如此。其後横渠張子以盛氣自負，公復折之以儒者名教，且授之以《中庸》，卒之關陝之教與伊洛相表裏。蓋自《六經》晦蝕，聖人之道不傳，爲治者貿貿焉罔知適從，以至於公，而後開學校，隆師儒，誘掖獎勸，以成就天下之士，且以開萬世道統之傳，則公之有功名教夫豈少哉！夫以公之有功名教如此，則後世之宗而祀之，爲學校以廣之，固宜與夫子之道相爲無窮。蓋夫子之道與天地爲無窮，而公之功則與夫子之道爲無窮也。此書院之所以立也。雖然，祠則改矣，書院則既立矣，凡范氏之子弟與夫四方之來者宜何如，亦曰誦其詩、讀其書、爲其人之爲而已。公之爲，夫人之所能爲也。以公爲不可爲而不爲者，自棄也；爲之而弗力者，自畫也。高山仰止，遺貌凛然，必有痞寐我公於千百載之上者。承務郎、江浙等處儒學副提李祁撰，嘉議大夫、中書禮部尚書郡人干文傳書，翰林侍讀學士、中奉大夫、知制誥、同脩國史泰不華篆額。至正十年八月日立。（同上。）

文正書院記附范必英記

（元）鄭元祐

至正五年龍集乙酉夏六月吉，廉訪僉事趙公承僖分巡中吴，至則首謁范文正公祠下，拜瞻廟貌，起敬起慕，作而言曰：「文正公以德以功，既無忝伊、傅之爲輔相；以學以識，則有功於洙泗道統之傳。故其具文武全才，出將則安邊卻敵，入相則尊主庇民。其先憂後樂與先知覺覺後知覺者何以異？豈非聖之任者乎？其平生論諫，直道正言，剴切人主。至上《百官圖》詆宰執爲張禹，觸犯盛怒，雖坐摧抑，曾弗少阻，詎不猶木從繩則正而欲后之克聖者乎？當時天下郡縣未嘗皆置學，公至吴，首以己地建學，故學校徧天下者自公始。識泰山孫明復於貧賤中，授以《春秋》，遂大鳴聖道於時。延安定胡公入太學爲學者師，而河南程叔子實遇獎拔。其後横渠張子以盛氣自負，公折之，而授以《中庸》，卒之關陝之教，與伊洛相表裹。蓋自《六經》堙晦，聖人之道不傳，爲治者貿貿焉罔知適從，以至於公，而後開學校，隆師儒，造就士類，作成忠義之風，以致道統之傳，則公之學識，於名教豈小補哉！公之薨也，所在廟食，一以『忠烈』賜名。顧兹中吴，公父母之邦，所宜大建祠廟，萬世血食，如之何僅享之於私第？況今國朝崇德報功，在在有書院，以祠先賢，豈有豐功偉德、正學卓識如文正公而書院莫之建？則是缺典豈有大於此者乎？」

公八世孫文英具辭於趙公，以爲先公之功德學識誠如公所言，顧惟范宗仰食於義廪，食指幾千餘，使建書院，則官除山長，有山長則有廪稍之奉矣。今藐焉義廪不自給，使但建書院以祀公，慎選族人之賢者充主奉，斯足矣，官除山長，則乞免焉。於是公從其言。時總管古燕吴侯秉彝聞公之所建明，即叙公所言，請於行省上之。中書議有關世道，且不設教官，而以居嫡者世主祠而行教，於事便。由是二公商出公帑羨餘，命工益址而崇制，既宏且固。甫完，屬元祐記之。

祐以蕞爾膚謭，烏敢厠一喙於大賢之門？雖然，公之功德學識憲僉公知而言之，則凡天下之士皆知道之也。知其人而不思效之，可乎？子朱子謂人之立志，必當以公自期待，況遊於公之門乎！況郡人乎！若然，庶於公可無負，所謂尚友者此也。元祐言不腆，謹用復諸憲僉公，俾書之石焉。

康熙十七年閏三月九日，從友人太倉顧伊人湄借得元鄭明德先生《僑吴集》録之，應俱李提舉文並存家乘中，不可失也。世孫必英識。（康熙本《范文正公集·補編》卷四。）

重修文正書院記

（明）張　益

翰林院脩撰、承務郎郡人張益譔文，奉政大夫、脩正庶尹、吏部郎中、兼翰林侍書廣平程南雲篆額，郡人鄒胤書丹。

肆惟我國家敦崇教化，尊尚儒賢，其於前代良臣誼弼功德及人而廟祀於郡邑者，必命守臣嚴祀事，葺祠宇，示勸之意，不既深乎！顧在守臣之賢，乃克視此爲重而盡心焉。

蘇郡實宋太師魏國文正范公桑梓之里，而其先隴、義莊、義宅、義田、義學咸在，故公之祠堂久建於此，事詳舊刻。西江况侯伯律以奉政大夫、禮部郎中奉敕來守茲郡，政敷民安，百廢並舉。嘗有事於祠下，顧瞻棟宇，有圮撓者，因喟然曰：「茲責在我，弗急所圖，曷稱上意？」即請於朝，用加脩治。於是卜日鳩工度材築基，撤舊易新，拓小以大，爲祠堂前後各五楹。後以奉公神像，前置累朝碑刻。東西有廊廡，東祠宋郡守潛公，咸淳中始建是祠者也。堂東偏爲書院，構用舊材，以其尚堅好也。院亦有堂，前後各三楹，揭以「忠厚」舊扁。東西有廡，齋宿、閱牲以及庖湢，莫不有所。其西偏則范氏家廟，歲寒堂在焉，子孫歲祀公父子於其中。外爲門屋三間，亦仍以「文正書院」舊額揭之。垣墉周繚，規制宏壯，視昔有加。凡所用度,一皆出粟之羨貯於官者。經始於宣德甲寅六月三日,畢工於九月十日。况侯謹率僚屬暨學官、諸生,合范氏子孫以落其成。主奉元理及提管希賓爰與族人謀曰:「祠宇再新,既賴郡守,盍礱石鎸辭,用著不忘?」遂以屬余。余忝爲公郡人,於斯盛事,在所當述,故不敢辭以蕪陋。

惟公間氣所生,心與學術俱正,毅然有爲於世,奈何周旋中外,政府方登,讒慝已構,雖其才不盡展,乃若功德之及人者尚多,節義足以厲俗,進退綽綽,非古之所謂大臣者何能與於此乎!當時使能盡用,必將成就大業,以濟天下,此蓋君之所深惜也。然而公之自立於天地間者,百世不泯,祠當百世愈新。况侯爲郡賢守,克承上意,亟致脩治,宜乎在郡多善政也。《詩》云:「伐柯伐柯,其則不遠。」斯之謂歟!故余特爲之書。正統五年歲在庚申夏四月吉日,裔孫提管元英,掌計子惠、子寧、元靖、希歐,照磨子易,教諭從文、知縣希正、希瑊,義學師希鳳立石,何淵鎸。(同上。)

重建文正書院記

(明)徐有貞

詔賜章服閒居前太史、中執法、經筵講官、翰林學士、知制誥、奉天翊衛推誠宣力守正文臣、特進、光禄大夫、柱國、武功伯、兵部尚書、兼華蓋殿大學士東海徐有貞撰并書,賜進士及第、翰林國史脩撰、儒林郎、文華殿講讀官長洲陳鑑篆額。

宋有天下三百載，視漢唐疆域之廣不及，而人才之盛過之，此宋之所以爲宋者也。蓋自太祖而後，下有五君，君德莫盛於仁宗；前後輔政之臣幾百數十人，人才亦莫盛於仁宗之朝。就仁宗朝之人才論之，蓋莫盛於范文正公。

公之爲人，剛大清純，天資忠孝，而爲學得聖賢之心，庶乎所謂極高明而道中庸者。故其爲臣，表裏一誠，始終一正，而文武經緯備焉。公事仁宗，自秘閣登諫垣，出入侍從，守郡帥邊，多所涉歷，而不得久處於朝。及參大政，方將拯時復古，權倖間之，曾不期月而去。凡所建明，旋亦更革，公之所存，十不施其四五。然而勳業德望之盛，視彼久於其位者猶倍蓰焉。使其久且盡施，則宋之爲宋當不止是矣。於乎甚矣，直道之難行也！有君如仁宗，有臣如文正公，其猶若此，此有志於世者所深惜也。

公之同時名臣莫如韓魏公、富鄭公。魏公於公每事推重，而鄭公因事感歎，至擬公於聖。異時大儒莫如朱文公，文公謂公傑出之才，爲天下第一流。而吴澂氏亦謂公爲百代殊絶人物。之數公者，豈無所見而言哉！是以後之君子聞風而起者，未嘗不稱公之爲盛也。凡公所嘗過化之地皆有祠，吴中，公之故鄉，而文正書院，故義莊也，其祀事自宋元暨國朝列於常典，春秋享之。而其祠宇因故歲寒堂爲之，屢毁屢葺，規制未宏。

迺者今大司寇萬安劉公顯孜以都憲奉璽書巡撫南圻而臨是邦，因謁公祠，顧瞻興懷，爰諮所司，撤舊爲新，闢而宏焉。協議以贊其圖者，前郡守黄巖林侯一鶚、前郡守瓊臺邢侯克寬。承命以董其工者，吴邑主簿南昌李榮也。於是公之十二世孫主奉祠事從規來以記請。

有貞聞之，君子之於道也，其有所立也，必有所宗也。求乎今而不足，則尚友乎古之人，所謂世異而道同者也。今夫都憲公之巡撫於斯也，猶文正之經制於陝右、河東也；兩郡侯之繼守於斯也，亦猶文正之爲治於蘇、潤、饒、越也。事，文正之事也，心，文正之心也，是亦文正而已矣。然則三君子之於公，豈非所謂世異而道同者歟！有貞於公幸爲鄉之後學，固嘗寤寐乎公而思所企及者，其能自已乎哉！雖不文也，願執筆焉，附名於三君子之後，以庶幾夫高山景行之意云。成化二年歲次丙戌春三月望日立石。（同上。）

重修文正書院記

（明）祝　顥

書院在蘇城中吴縣西隅通衢之上，祀宋大賢范公之祠也。按范之先世自北徙南，而居於吴。公生於武寧官舍，長仕中朝，而薨於徐，子孫奉其柩葬河南萬安山。而祠於是者，以公父母之邦，且其地本范氏舊業，公嘗經理作義莊以贍宗族者也。當宋咸淳丙戌，太守濳説友始請於朝，立專祠祀公。元末至正甲戌，郡守吴秉彝又奏改爲書院，而以公之贈謚表其門閭，舉其族之嫡嗣主奉祠事，義莊田宅悉附天平山三太師墓所。逮際昌朝，大新禮制，遂以書院登諸祀典，春秋祭享，郡之官屬、師生與其族之子姓咸集祠下行禮，著爲定規，彰彰詳備，可謂盛矣。

然自國初至今，百有餘年，而祠宇室堂日入於壞，時雖脩治，而功費浩穰，卒未能完美如舊。今主奉從規與其族人屢欲經營，顧力弗逮，所賴郡守劉侯爲之規畫。又值歲侵，公私多故，未克就緒。適監察御史劉公持節按臨，爰自下車，洞燭幽隱，發姦擿伏，而下無遁情；洗冤滌滯，而犴無留獄。且不翕翕希同，矯矯附異，數加延訪，以革猜防，故政不迷而廢墜畢舉。於是郡守得以祠事白公，公曰：「事神治民，敦崇風化，郡邑首務。有或不然，非憲體所當究乎？夫事有經權，時有可否，貴在變通，使無偏廢可也。矧先賢祠宇，風化所關，宜亟行之勿怠，吾亦爲之處焉。」用是親詣祠中，纖悉畢視，默運冥思，酌量措置，悉會長洲令劉輝、典史張灝董之而責其成。令廉慎老成，謹於趨事。曾未逾時，凡祠之敝者一撤而新之，言言赫赫，加於舊觀，邦之士庶來瞻來仰，靡不驚歎，莫究所繇。蓋是圖也，材給於上，而官不知費；力役於下，而民不告勞；神享其成，而族賴以芘。一舉而衆美悉具，非善於謀、敏於事而公於心者未易臻此。

衆方落成，會監察御史戴公巡歷至郡，詣祠見之，極加稱賞，曰：「盛事也，不可無紀。」於是令與主奉數過丘園，以記爲請。

予惟文正公之高風大節彌兩間而冠百世者，登諸國史，載諸郡乘，而雜出於譜傳，紛播於品題者，不可勝書。至今庸人孺子一聞公名，皆知敬仰。故其平生所至，存有生祠、没有廟祀者不約而同，於以見秉彝好德之誠，不以古今彼此而有間也。况公父母之邦，精神手澤所在，則凡生於斯、仕於斯者有不加之意乎！是宜賢監司、良守令之用情於是也。第顓晚生末學，淺見寡聞，不能加毫末以光盛事爲歉。然嘗聞之，記者取記其事實，信今傳後，不失其真乃可。故敢原其始末，略其彌文，而爲之直書云。

侍御公名魁，字士元，高唐人；戴公名仁，字以德，句容人；郡侯名瑀，字汝器，蠡吾人。皆以進士歷顯融，所至有聲，不係諸此，不書。成化十七年歲次辛丑九月既望，大中大夫、山西等處承宣布政使司、右參政太原祝顓著，奉訓大夫、南京兵部武選清吏司員外郎長洲李應禎書篆，邑人陳俊刻。（同上。）

滸墅鎮宋文正公范先生書院記

（明）方　鵬

先生蘇人也，滸墅蘇地也，原非居里，書院祀焉，矯俗也。蘇之往哲多矣，獨虔者就人所知耳。前乎先生固有其人，後乎先生亦未嘗無人。先生去今四五百年，卓然之風青天白日，滸墅談者了了，如見先生，何所待而興其豪傑之士歟！予觀所爲之事，皆今人所當爲者。兹滸墅出風氣之表，躅遺芳而著聞者幾人耶！使先生所爲，矯情媚世，以大其美，則不可爲矣。惑於一時，隨後攻之矣；欺於無知者，難逃於具目矣，今猶能大理於口耶！使先生所爲戾於人情之常，亦不必爲矣。根乎天理之正，不奪於私，順乎人心之同，不牽於怪，今何憚而不爲耶！使先生所爲優入聖域，非衆人一蹴可到，而爲之不及，猶可諉也；人皆可以爲堯舜，奚先生之有哉！人自絶之，先生始孤高於前矣。能自奮者，肯曰我之形骸，欲役倫群類，聚靈於萬物，造化賦予無少虧欠，其志行獨不肖人道，誰其厄之，寧不負所生哉！企其懿，去其不懿；務去其媿，求至其企，企之弗至弗措焉。業儒也，豫天下事於胸中，擴良心以有爲。義理所在，礌礌落落，舉而措之，篤近舉遠。毋顧忌，毋退遜，毋戾，毋比，毋襲，毋俟，毋已，有隨所處，而惠澤流衍。不逐逐於虚聲，而寡實效，窮達一致，泰如也，先生之矩步的矣。身雖齊民，不死其良心。推平旦之好惡，達於膠擾之際，由家庭而宗族、鄰里、鄉黨，交與勉爲忠厚，而狡詐是恥。老窮不遺，强不犯弱，衆不暴寡，自拔鄙陋而惇爽矣。今滸墅也，誰其人歟？蓋有之矣。苦傳畏咻，莫孑其歸也，安得懿其俗哉！予固設義塾敦教事矣，見廣福庵右畔别墅一所，幽邃軒豁，林木蓊檝，日惟聚族賭博，蠹俗尤甚。令顧澤輩推餘工，葺頹益新，玲瓏户牖，堅甓屏壁，創重門，拓院落，充廣翼宇，完潔堦砌，(暨)〔塈〕艧焕然。邪塑盡徹，設先生木主於中堂，歲時特牲祀之。揭扁樹碑，以昭不朽。屏浮蕩之迹，寓諸生肄業。昕夕仰瞻，而企慕脩爲，誘之孔易矣。有來於堂，均得觀感，則勸弘矣。競力全好，則先生之懿不擅於一身，不止於一時，不拘於一方，受賜衍賜，沛然無既矣。猶或有無自待焉，得謂之學哉！得謂之人哉！唯肄業諸生，脱俗自强，爲民之先可也。或有過其齊民之望，不知予之初意也，風俗所以難振。鈞是人也，睎驥驥乘，睎顔顔徒，存乎其人，不甘自誣，何難哉！或謂非後學之極致，予恐作輟相勝，户庭難跂足也。行遠登高，此莫非發軔之地。尋向上去，自莫可禦，但戒自足耳。

先生事迹，六一碑悉，今人莫不知，不複具。仲尹之事，有投杼之疑，當闕之。書院成，仍令守於僧，毋仍傾圮焉。嘉靖辛卯歲仲夏，賜進士第、奉訓大夫、户部員外郎懷寧後學天池方鵬撰。（同上。）

重修文正書院記

（明）袁洪愈

賜進士、通議大夫、南京太常寺卿、前禮科給事中、山東提學副使、太僕寺少卿、南京鴻臚、太僕、光禄三寺卿、奏準致仕、奉詔進階正議大夫、資治尹長洲袁洪愈謹譔，鄉後學陳爾見謹書并篆額。

文正公祠，故義宅也。范氏自唐以來，世居此矣。公既置義田、義莊以贍其族之人，又葺故居而拓之，以出納其莊之所收，以居族之無家者，名曰義宅。推先世之德，詒永久之謀焉，子孫嗣守不廢。雖中更散亂，遺澤依然。

咸淳間，潛説友守平江，以公德業之盛，宜百世祀，請建專祠於宅之東。至正間，守吴秉彝奏改爲書院。迨我皇朝，開大明，神大化，勸學脩禮，崇古（上）〔尚〕賢，以風四方。祀典既定，又即書院爲祠，而公私時祭，子孫會食，因以爲常。祠久不無頹敝，敝則葺，葺者凡幾，而壯麗爲難。

今皇上萬曆二年，御史餘姚邵公選自館閣，代巡江南，所至咨諏政務攸先，民何以格心，俗何以返古。謁公祠下，慨焉廟貌之弗稱，無以樹之風聲，若痌瘝厥躬。乃謀之藩臬，檄郡庀工，一大脩治，資以罰鍰。郡守成安吴公承休毖事，命吴邑魏丞正參董厥工。經始迄落成，凡五閲月。先是，御史温公如璋按吴，議建三太師堂於公祠之北，樹綽楔於祠南。温公復命，奉行者急於苟完，地未堅平，材多觕瘠。無幾何時，鮠甋陊剥，黕昧弗莊，群情靡寧。至是重檻巨棟，高扉邃龕，神靈攸妥，罔不尊嚴。前後堂宇，門廡周垣，塈茨丹雘，罔不精整。徹舊而增新，則坊石堅貞，宫牆赫奕。建先憂閣於祠左，與歲寒堂對峙，蒼白相準，神氣固完。不煩府庫，不疲民力，而績效倍常矣。

三年七月癸卯，御史率司屬陳牲虔祀告於祠，文辭深厚，燦如也。洪愈密邇公祠，樂聞盛典，秉誠晨詣。佇公之門，怡然高望而遠志焉；拜公之像，黯然沈思而内愧焉。作而歎曰：嗟乎！自古傑士名流豈少哉，當時則榮，没則已焉。偉烈休聲，震耀千古，直與泰伯、子游相等埒，惟公一人而已，豈非禮義之宗盟、道學之師範邪！蓋嘗以先憂後樂揣公之心，公何好憂而惡樂如此哉？伊尹曰：「予弗克俾厥后惟堯舜，其心愧恥，若撻於市。一夫不獲，時予之辜。」夫曰愧恥，曰予辜，其能勿憂乎！公之心事固如此。或以公當盛世而常不忘憂，此不知公者也。世必時雍迓衡，然後可以言盛，真、仁時可遽許乎？即公所爲，不合於時者，皆不得已也。公所見惟理，所存惟理，所言所行惟理，公故不得大用於時，然當時君臣固已愧悔恨惜矣。後人之思慕景仰而崇奉久且益篤，豈不以理根於心，其天有不死者乎！吾儕讀聖賢書，餐君之粟，藉慶於前人，而樂利憂窮，懵然於理者，皆公之罪人也。公嘗有言：「吾儒之職，舍先王之經，則茫乎無從矣，奚暇學人之巧，失其故步？但惟精惟一，死生以之。」此公之學術，生平所以自立也。學不通經，無以致用，而立志者學之基也。讀書刻厲，數年長山，數年學舍，不解衣，不嘗肉，不窺寶藏，不觀法駕，大通《六經》，而後出而有爲。學者之志，能有如公者乎！希賢在我，可以深省矣。

夫善治者繩人以法，不若化人以道；喻人以言，不若感人以心。執樞要，（楊）〔揚〕芳風，因人心之自然而鼓舞之，不待户説以眇論而天下化，此知治之本者也，邵公此舉得之矣。時藩參臨川舒公督儲，憲副永嘉王公飭兵，協心同德，樂觀厥成。吴公奉職循理，治平稱最，夙辦於此無難也。魏丞雅敬先賢，奉公竣事，亦可嘉矣。文正公十六世孫太僕卿惟一念祖紹烈，創謨傑構；主奉御璺惟立、守祠庠生以益、十七世孫鄉進士允謙皆殫慮蒇材，共底厥績，不可以弗識也。邵公名陛，舒公名化，王公名叔杲，吴公名善言，皆以進士高第爲聖朝名臣，亦一時之隆際也。洪愈淺聞，不能究宣，受命吴公，辭之弗獲，謹書此以爲記。（同上。）

重修文正書院記

（明）范惟一

賜進士出身、中憲大夫、浙江提學副使文正十六世孫惟一謹撰。

先文正公在當時凡宦遊所至，各有祠。而吴爲公鄉郡，宋咸淳甲戌，潛公説友守郡，請於朝，即公義宅之左建祠祀公，而撥田以供祀事。至正丙戌，郡守吴公秉彝以書院易祠額，而承務郎李祁記之，大都謂公功被當年，澤流後世，未易殫舉，惟是首請天下郡縣建學，捐己地建郡學，授横渠《中庸》，延安定太學，有功名教，啓宋道學之源，蓋祖紫陽之論云。

入我明，宣德甲寅郡守况公鍾、成化丙戌巡撫劉公孜、辛丑巡按劉公魁先後葺脩之。歲久漸圮，且祠南岸地昂，林木聳鬱，堪輿家每言祠卑不稱，法宜可崇，以昌後胤。嘉靖甲子，侍御洛陽温公如璋按吴。是年冬，惟一以浙臬使入覲，謁公郡臺，言之，公忻然諾。行郡，於祠後築坻數級，建三公堂五楹，祠公皇考徐國、王考唐國、考周國，視公祠特峻起，以應堪輿家之言。而郡丞龍君慶雲經理其事，請以公四子將作監簿純佑、許國忠宣公純仁、資政殿學士恭獻公純禮、龍圖閣學士純粹配享左右，皆所謂禮以義起者也已。董公堯封代按至，與温公同邑合志，復樹綽楔於祠前，題曰「世濟忠貞」，丹堊赫奕，益舊觀矣。

方三公堂之初議建也，今兵憲永嘉王公叔杲時以海虞令治行高被召，未行，温院檄公覈之。公議工直若干，會吴尹秦君峥議與公不合，故縮其直，以苟完塞命。堂既崇敞，而梓材不勝任，以故不三四年堂且就傾。惟一與諸宗人方憂皇之，顧計未能舉也。今侍御餘姚邵公陛奉天之命，代巡江南，謁公祠而歎曰：「予責哉！」迺謀諸糧道大參舒公化、兵憲王公、郡守吴公善言，委吴邑丞魏正參督脩之。自祠徂堂，自門及廡，工材並飭。堂加四壁，甃以陶埴，轉傾爲堅，易故以新，先年武功伯徐公有貞所題祠左右文正、義澤二坊亦咸整治，采繪炳然。又於祠左建先憂閣三楹，森出雲漢之上。祠前臨河，圍以石闌。南岸列之照屏，以障林木。蓋自有祠以來，歷四五百年，而祠之制乃大備於今日。魏丞祇命，恒宿祠中，兩道暨郡侯時程省之。工凡四閱月而竣，直取贖金，工從傭役，廛市無驚，氓黎不擾，侍御之威令、道府之襄營豈非交相贊者哉！

七月癸卯，侍御自製文祭文正公以告成事，略曰：「陛也踐公之鄉，景行懿軌。新公之祠，敬陳奠饋。期與百僚，凖公爲標。各脩職業，以翊聖朝。」嗟乎，侍御固抱先憂之志，與文正曠世而相感者哉！乃惟一讀是文，不覺感而泣下。因對宗人諸長老言：「惟一向列士林，回翔且久，無所建立，竟免以歸，慚負先憂之訓多矣。今侍御功德我范甚大，當爲立主，與潛、況、温、董諸公並祀祠中，以無忘報德，且以詔後之子孫，庶幾聞而興起，不致如惟一之徒貽悔於噬臍也。」諸長老曰：「是！是！」因命叙記，以鑱於石。（同上。）

重修文正書院記

（明）陸樹聲

賜進士、資政大夫、太子少保、禮部尚書、兼翰林院學士、予告三賜存問華亭陸樹聲撰，時年九十六。皇明任子中憲大夫、知漢陽府華亭孫克弘書并篆。

萬曆甲辰，御史馬君奉命按視吴中，興賢軌俗，率先風化，乃首謁范文正公先生於故祠。仰視榱棟，旁周門廡，咸摧圮不治，乃喟然愾歎，與郡守李侯謀所以新公祠者。於是陶甓度材，不半期而告成。公十七代孫主奉太學生允觀、十八代孫諸生必溶率族之子姓再拜，徵予文爲記，用副御史馬君表章先賢鉅典。

予惟公事蹟載在《宋史》，若歐陽公《神道碑》、考亭《名臣録》，不啻詳矣。予耄，謝筆研久，則烏能記公？獨念公少而孤貧，塊處一室，饘粥不贍。進士釋褐，觷馬徒步而歸。及爲執政，焚黄姑蘇，僅搜庫絹，以散親戚閭里知舊。小有俸餘，捐置義田。南園數畝地，又推之以建郡學。度公平生，殆未嘗享有一日士大夫之奉者。夫同一吴耳，當時士大夫良田美宅與其人轉眄俱盡，即其人亡，其姓名存，誰復爲之禮一瓣香、薦一杯水者！而公之祠，至今獨存百世，而後御史又相與撤蠹而更新之，則士大夫不當以此易彼明矣。公爲將相時，邠、慶二州之民與屬羌皆畫像生祠祀公。及卒，羌酋數百哭如父，齋三日而去。祠滿海内，一祠又何足爲公重輕。特以吴故鄉，父老丘隴所在，子孫旅食於義田者歌哭祠下，公其賁然而來思乎，未可知也。吴中祀典最著者，泰伯、子游，暨公而三。公遜田贍族，舍宅建學，有泰伯之心；以《春秋》授孫明復，以《中庸》授張横渠，又延胡安定入太學爲諸生師，濬發道脈於濂、洛、關、陝之前，其功又與子游學道相表裏，豈若鄉先生没而祭於社者等乎！御史特新公祠，蓋推本公爲宋儒理學淵源之祖，使吴人以公重，吴俗亦以公厚。凡士大夫有意收恤其族人而加禮於學校者，過公之祠，或尚有興起焉，是不可以無記。

御史名從聘，靈壽人；郡侯名右諫，豐城人，並己丑進士。而贊成其事者，公十七代孫乙未進士、今滇中學憲允臨也，例得附書。萬曆甲辰八月吉立。（同上。）

重修滸墅文正書院記

（清）馮夢禎

宋范文正公，學術則爲純儒，立朝事業則爲純臣，垂範子孫則爲賢祖宗，而師表百世則爲殊絶人物。

公故吴人也，少遭閔凶，流移轉徙，以致顯達，故京、雒、齊、魯間皆有公名迹。既貴，復歸吴。故公廟祠遍於南北，吴中尤盛。公之一言一行，遺風餘烈，無論士大夫争爲傳述，即婦人女子具能言之。故其廟祀所在，即至衰歇，化爲荒烟野火，而士大夫好古嗜義者輒能飾而新之，以樹世教，蓋不獨愛人思樹。秉彝好德之心不可泯没，而公之風烈精神實有以鼓之矣。

公嘗讀書濟南之長白山中，其卧起游歷處至今遺踪彷彿可睹。民部郎榷關王公者，濟南之新城人也，少嘗挈子弟讀書其處，稟仰風流，追玩遺跡，依依不能釋去。既貴宦游，又得莅公之里，其於公似有夙緣，以故樂新公祠。滸墅隔水廣福庵之左，故有文正公祠。

王公初至脩謁，見其堂宇頽然，階下雜沓，心動而未敢言。會學使范長倩相見，語及祠之所以頽紊狀，詞色慘然，而以重脩爲託。王公唯唯。其明年乙巳，乃偕承祀范生允恒按行其處，則知爲守祠宗人彦倫者挈其内姻沈某同居，沈以挈其姻黨擅造私房，横塞神路，其他匹居群處者尚纍纍也。王公繩以三尺，逐之他徙，選耆民二董役，始新正堂，添造兩廡，繪公遺跡。又添儀門，以分内外。杜塞旁竇，外爲大門。門左右以居奉香火者，餘俱嚴禁。凡以工計者若干，爲費若干。祠既成，當樹之碑以識成功，詔不朽。而范生允恒者，故嘗與余有筆硯之舊，乃令爲介記請。

夫古之君子，先成民而後致力於神。以余所聞，王公初至，念近歲取民無藝，所征料額外例溢加一，亟令損之，及額而止。關南，蘇、松、杭、嘉、湖五郡興販小商船叩關者向入科税，今一切蠲除，商民咸德之。積有羨餘，以待公用。報之兩臺使者，不入私橐，蓋王公之所以成民者至矣。而後斥其餘力，以飾先賢祠宇。合萬姓之驩，以申馨香之薦，文正公在天之靈寧不亟享之！故吾謂惟有王公之稱職，而其崇祀先賢爲可稱也。若其職業之隳棄，民力之不存，私橐之是營，而欲以媚神瀆祀，託先賢以文其短，神之聰明正直寧不吐之，何以稱焉。

又嘗論之，君子之澤及子孫者雖至遠，不過五世、十世，而其風之被於下及後世者每至於無窮。即如文正之祠，圮之毁之，乃其典香火之子孫；而脩復飭新者，則風馬牛不相及之齊魯縉紳也。是故君子之脩身善世，亦慎所以風之者而已。至以先祠爲急，白之當道，以綿其世澤，如長倩學使及允恒者亦范氏之賢子孫也，因並記之。若長白山祠堂，則今少師申相國記之，其文高古典則，足光盛舉，又遠非鄙陋所及，姑以承王公雅意云爾。

（同上。）

文正書院世德源流碑記

（清）范承勳

康熙甲戌之春，承勳以滇黔制使召爲御史大夫，未幾，改制兩江，特敕馳郵之鎮。其秋涖止金陵，即奉命與浙江會視震澤暨吴淞水利。孟冬來吴，公務既竣，乃展謁在城先祠及省視諸墓道。族之父老子孫長幼畢集，獻酬飲畢，僉以脩祠請。承勳作而言曰：「是固先文肅公之志，而仲兄忠貞公未竟之事也。微父老言，固將竭蹷以從。今又以爲請，敢不敬諾。」

謹按《譜牒》，我遼瀋一支出自忠宣公子子儀公諱正國，累官荆湖漕運使。〔北〕宋末，扈從隆祐太后至江西，卜居臨川。三傳至恂儒公諱良儻者，仕爲迪功郎，自臨川遷樂平，因世爲樂平人。恂儒公傳六世至景申公諱岳者，明洪武時以通經授雲夢縣丞，失火延焚卷籍，謫戍遼東瀋陽中衛後所。建文初，遇赦還家。子匡十七公諱孝文者，留瀋陽。匡十七公三傳而至瀋溪公諱鏓者，登正德丁未進士，至兵部尚書。瀋溪公又三傳而至我父先文肅公諱文程，官至内秘書院大學士。溯厥源流，則文肅公爲文正公十九世孫，而實忠宣房之嫡裔也。

先是，瀋溪公筮仕水部，筦榷武林，始得詳樂平謫戍本末。後乃建大司馬坊於其邑，示不忘本云。至先文肅公，又得詳姑蘇至江西原委。自是水木本源，洞然明白。順治年，予告後，擬請命南歸謁祠上冢。初志未遂，諄諄以屬承勳兄弟。而仲兄忠貞公隨撫越制閩，凡三過吴門，必展祭先祠，見其摧圮幾盡，祖像不蔽風雨，亟捐貲，度材陶甓，鳩工改作。先葺正寢，以恪其典禮；嗣葺三公堂，以安三太師之神；鼎新歲寒堂，俾子孫報享有所；復建先憂閣於祠之左。門廡垣牆，方欲一切興舉，而逆藩告變，公遂殉節海疆，於是乎遺其責於後人。嗟夫！非承勳之任，而誰任哉！然又不敢先私而後公。以故甫履任，即出俸緡，倡脩聖宫之在省會者。工既成，乃從事於家祠，遵忠貞公之規畫而加毖焉。「世濟忠直」及「文正義澤」之坊，一郡之觀瞻也，工最亟，宜首；河以南大垣，一祠之屏蔽也，工亦亟，宜次。然後建後樂樓於祠之右，與先憂閣並峙稱雄，工又次之。又於巽地廢基特創新祠，以奉文肅公主，而以先兄忠貞公從祀焉，工又次之。忠宣公舊有官祭特祠，鞠爲茂草，春秋櫂祀於先憂閣下，心竊恫焉，乃重葺舊諸賢祠，改爲忠宣公祠，以爲專祠地，而以文肅公舊祠改爲諸賢祠，以報先賢之有功於義莊者。復於東南隅建祠，以祀土地之神，而明禋於是乎咸秩矣。歲寒堂饗亭廢久，陪祀子孫曝日承霤無所庇，乃復建立如其舊，又作門加扃鑰焉，於是乎屨進趨蹌而不失其度矣。至於四隅隙地有鬻於他姓者，盡償其直而還諸莊，於是乎經界正而侵牟無所容矣。凡此固承勳之所以述忠貞之事，而皆所以繼文肅公之志者也。

夫以我文正公之德澤，而又承以忠宣公之忠孝，父子事業，照耀天壤，似難乎其爲子若孫矣。今其苗裔散處四方者多有，唯我遼瀋，當有明中葉風會未開，乃篤生我瀋溪公，其歷官立朝，樹績不朽。相傳有「洛陽水月」及「范青天」之謡，士民謳思至今。又數傳而及我文肅公，爲開國翊運功臣。凡此皆祖宗積累深厚，是以代有偉人，應昌期而挺出，爲宇宙扶綱常、植名教，非特一家之俊傑也。今承勳待罪兹土，不能於祖功宗德有加毫髮，而但淵冰自懍，上報皇上眷顧寄託之深思，下副祖宗父兄期望責難之厚意。故於祭告時，矢諸几筵之前：「苟玷宗風，有如皦日！」唯欲令後人指而目之曰：「此真不媿清白吏子孫者也！」他何求焉？

癸酉之冬，承勳自滇來朝奏對，留浹月辭還。皇上親灑奎章，賜臣承勳四字，曰「世濟其美」。乙亥之歲，閩撫臣請特祀臣兄於閩，皇上宸翰重褒賜臣承謨四字，曰「忠貞炳日」。凡此，皆萬世難遇之恩榮，而可爲祖宗光寵者也。祗勒御額，恭揭祠楣，以昭示子孫於勿替云。後之觀者，步范家之園，撫十園之樹，俯仰今古，前人之流風餘韻有宛然如在者乎！儻由此醞釀栽培，元氣愈固，則根本愈深，而暢茂條達自不期然而然矣，安知不又篤生偉人如上數公乎！所望我後之感發而興起者無窮也。

工始於乙亥七月，以丙子五月落成。謹識其實於麗牲之石，如右所云。勷其事者，則有文正十九世孫監簿房孫主奉能濬，例得附書。康熙歲在丙子夏五月吉日，總督江南江西等處地方軍務兼理糧餉操江兵部尚書、兼都察院右都御史、加三級、文正二十世忠宣房孫承勳拜手謹記兼書。（同上，卷五。）

文正書院世德源流碑陰記

（清）范能濬

祠始建於宋咸淳甲戌，蓋四百二十餘年於兹矣。其中堂寢、廊廡、樓閣、垣屏、坊亭，綽楔之屬，則皆賴當時諸賢卿大夫涖兹土者相繼葺脩，日有以益其闕。至嘉靖間，凡歷三百餘年，而其制始備。其成之難如此！然規度既宏，繕完不繼，百餘年來，日即於圮。己酉之歲，瀋陽相國文肅公中子忠貞公撫浙道吴，謁祠下，慨然興水木之感。乃爲捐俸以營之，庀材鳩工，什居六七。未幾，而公以制閩殉節，遂弗克潰於成。又越二十餘年，而今制府駐節兩江，始得以竣其事。凡而祀飲、寢食、教肄、庖湢之所，無不畢具，前後所費不下數千緡，而祠之制復備於今。其成之難又如此！

昔文正公置義莊，立義學，以教養群族。而監簿、忠宣、右丞、侍郎諸公爲之詳明規式，指揮盡善，請於朝而勒之堅珉，俾子孫世守，至今不廢。今制府紹文肅之志，續忠貞之業，父子弟昆殫心祖澤，篤成烈而衍餘慶，何其盛也！此世德源流，制府述之詳矣。竊念先大父少參公當義澤中落，爲割膏腴田十頃助入之，以供脩祠贍族之費。蓋文正公當日義田至有明中葉僅存三之一，田故最下，而又困於賦，不足以支，而貧族仰給者且數千百指，實藉是而少沾升斗之惠也。暨先父檢討公早歲登賢書，即以清理義田爲己任，前後四十餘年間，凡三主祠事，興復舉廢，脩定規矩，凡族之貧且老者、嫠而處者、喪而無以爲葬者、子弟之能讀書者，必加意優卹，嘉矜激勸，無不曲至。

先是，天平山有忠烈祖廟，建於宋紹興中，於吴中祠爲最先，歲久頹廢益甚。乃倡勸子孫，共捐義米，更爲斥其制而新之。今閈閎階序嚴整合度，皆先君子之力也。當忠貞公之脩復先祠也，先君子實經理之，既以未竟厥工爲憂。而今制府方開府粤西，旋擢制滇黔，乃萬里家書往復，惟以脩祠相屬。今制府能踐其言，而先君子已不獲覩其成，亦可悲已。能濬濫主祠事，得挂名碑尾，藉以不朽，敢爲叙而綴之，以誌德於不忘，且以諗吾族之父老子弟共相維持，思所以善其後，則尤能濬之所厚望也已。康熙丙子八月，文正書院主奉、文正十九世監簿房孫能濬拜手謹記。（同上。）

重建滸墅文正書院記

（清）范能濬

先文正公祠宇遍海内，而吴中爲公鄉邦，得奉朝旨建專祠、立書院、載入國家祀典者，尤非一所，滸墅關武丘鄉文正書院其一也。

祠始建於明嘉靖中，懷寧方公鵬以户部員外郎來権關，設義塾，敦教化，揭祀公以示諸生典型，即古鄉先生殁而祭於社之義，詳華鑰《義學記》與陳大咸《諸賢祠記》中。又於廣福庵之左特建書院，以奉公祠。每歲春秋，部使者具牲牢謁祠下，祭典具編關志，其來久矣。先是，彭華鄉官署傍故有祠，相傳公嘗降靈，爲土人舊祀，既廢，而方公乃建於此。其後分司張公立愛葺脩之，而榜其門，繼爲族人佔居毁頓。既而户部王公之都與先大夫參議公同年相友善，屬之興復，馮夢禎爲之記。世孫守祠生可維復增建三太師祠，規制略備。興朝以來二十餘年，又盡頽廢。

滸墅爲南北莊馗，名賢往來輻輳，前賢建祠祀公，風厲來學，立意深遠。顧以去郡三十里而遥，子孫又復散處，其平日之繕完灑掃責在奉祀之人。守祠者賢否不等，既居其中，不一再傳，遂有視同私産，分析授受，姻黨雜處，甚或僦居取直，聽其傾圮而不惜，祠之廢壞大率由此。

康熙癸丑，瀋陽族孫忠貞公承謨制閩來吴，既捐資脩建城莊書院及郡學祠，時滸關僅存儀門一椽，以棲神主，痺逼破露，不堪屬目。會主事陳公於忠貞爲年家子，先君子檢討公因乞其一言爲勸，遂得倡助，市木五十緡。未幾，陳公瓜代去，而海疆不靖，忠貞殉節，工弗克舉，祠木久貯河干，復爲族人廢去。族孫生員安度與子君揆相繼爲義莊提管，矢志興建。提學贊善許公、督關馬公、巡撫宋公咸分清俸以助其役。於是首申理所售之木爲賈若干，繼請撤郡庠舊祠五楹得木瓦之材若干，積諸當事及族人所助金若干，不足，益之以義莊所存舊租餘粟若干。經始於壬申之夏，至壬午秋乃成。中建文正公祠，旁兩夾室，左崇德報功祠，右衣德象賢祠。後三太師祠，舊祇一室，今規而廣之，一如前之制。以及大門、儀門凡若干楹，周垣照屏，廣袤共計若干丈若干尺。門序正位，輪奂堅壯，遠過於昔。蓋工力艱鉅，時會有需，累三十年而始克告竣，實爲關中賢祠之冠。

龍在旃蒙，天子南巡至吴，特賜文正公祠御書扁額，因摹奉各祠，擇吉懸掛。於時子姓咸集，奉祀生安炎歷叙前此興廢之始末，而屬濬記之。濬忝主祠事，義不獲辭。

竊念書院之成，皆賴當世賢公卿大夫優崇贊襄之力，而尤念先君子與安度提管實始其事。今君揆善能繼述，經理督治，以迄於成，其功未可泯也，因括其大略而書之石。自兹以往，尤願闔居附近子孫交相保護，毋使隳廢，復蹈前轍，濬之志也。

陳公名常夏，陝西富平人，遷蘇州郡守。許公名汝霖，浙江海甯人，歷宫禮部侍郎。馬公名逸姿，陝西武功人，今任蘇松糧儲道參議。宋公名犖，河南商丘人，今任江南巡撫。皆以治行著聲於吴，士民食德，而在吾族之生祠而尸祝者尤不容已，此崇德報功之祠所由立也。謹並識其名，以著不朽云。康熙四十有四年乙酉仲秋穀旦，文正十九世孫、主奉能濬拜手謹記并篆額，二十世孫興禾書丹。（同上。）

重修滸墅鎮文正書院記

（清）范安瑶

文正書院之在滸墅者，前明嘉靖間榷使、户部郎方公鵬所創建也。去城一舍而遥，向爲附近子姓承祀典守。雖春秋榷部祀典如儀，而義莊不時祭，不歲修，以致摧敗零落者歷有年所。

乾隆癸亥，守祠世孫君璿來請曰：「本祠自康熙癸未修葺以來，迄今四十年。璿承灑掃之責，日見祠宇之梁木蠹矣，瓦甓溜矣，漸而圮者傾、裂者崩矣。失今不治，殆將廢乎？

瓚執事義莊，得見長者光大前烈，修廢舉墜，惟日不足。今日者滸墅之祠爲最亟，瓚以一年請受所入，稍佐厥工，長者其有意乎？」

嗚呼！是予之責也，微子言，固將舉而興之。於是罄廣義莊羡粟，即委君瓚董其役，而復以執事德相、章嘉佐之。量工命日，盡斥其舊而圖其新，費逾白金五百，六閲月而竣事。垣墉言言，堂皇翼翼，扆予靚深，丹堊完好，乃舉行告祭之禮，又舉前此賢裔有勞於闗祠者以附享，几筵俎豆，僾然肅然。退而譎於衆曰：「從來祠宇創建不易，保守更難。吾先公祠徧天下，而在吴中者山鄉城廓亦不下十餘處，義莊所入，賙給既繁，公費亦夥，司事者時時仰屋而嗟，而有志有力之子孫又不可多得，欲祠之在在重新也不亦難乎！廣義莊之設，實有鑒於此也。以故不惜工力，務期堅久，俾後人得以隨時修葺。若潦草粗略，苟完於一旦，其與漫視於平時而不加之意者相去爲幾何者！且有祠而不祭，與無祠等。自今祠宇重新，義莊主奉合族人歲一致祭以爲常，俾知祀事不可廢。」衆皆曰：「善。」請即書此以爲記。

余既懼保守之艱，而復嘉君瓚等能盡其勞，何敢以不文辭。至於二百餘年來，書院之廢興顛末，則載前賢碑記中，可考而鑒也，守祀者其勉之。（《范仲淹史料新編》三《遺蹟彙録·碑記》。）

附録八　歷代亭堂泉記

高郵軍興化縣重建濯纓亭記

（宋）吴　莘

天聖間，文正范公爲是邦作濯纓亭於南谿之上，賦詩曰：「笑解塵纓處，滄浪無限清。」公之意豈特挹滄浪之清以滌我塵垢而已邪？君子目擊而道存矣。中更兵燹，蕩爲莽區。後有重建於稅務之南者，尋亦圮廢。耆老云，鄉校前迺故址也。余既甃適學之路，即故址爲亭，而扁之以舊名。

亭並谿，當邑東西之中，眼界軒豁，荷汀蘋渚，鷗鷺翔集，風帆露檝，朝夕往來，景物互變而俱宜。草色際天，緑波瀰漫，則於春宜；冰輪浮空，商灝沆碭，則於秋宜。宜酷暑，南薰徐來，夐無鬲閡，凉徹肌骨；宜隆寒，黄蘆旅鴈，妝點雪意，如展畫圖。凡是諸景，昔也散漫而不屬，今皆萃列於斯亭之上，足以廣吾胸中之雲夢，而助筆下之波瀾。

夫名，所以詔是實也。斯名也，其義則夫子取之，孟子、屈子發明之，而文正范公昭揭之。青青子衿，藏脩之暇，於是而遊息焉，對景而自得，因名而心會，吾知是邦人物自今未易量矣。

紹興癸丑良月，承直郎、知高郵軍興化事苕溪吴莘記并書。冬至日，脩職郎、主簿眉山孫之奇立石。(《范文正公褒賢集》卷三。)

高郵軍興化縣滄浪清風記

(宋)陳　垓

文正范公先生，吾道之元氣也。蓋夫子之道，不行於春秋戰國，而爲萬世師；公之道，際運文明，措之華夏，而爲萬世法。興化最幸，涵濡於相業問津之始。嘉定十七年，垓既建學以祠，明年，築城，立四門，門祠縣望：南白馬將軍，北金吾將軍，東得勝龍母，西昭陽君。陰陽家之説，龍角宜伉，即城爲樓，樓獨軒偉。

公端冕學官，從夫子以詔多士矣。想其晝日垂簾，琴之清，堯舜之曲也；野渡横舟，纓之潔，莘渭之志也。清風徐來，吟情夷猶，滄浪之歌，童舞冠詠，瞻之仰之，斯道如存，其敢生一忽心乎！敬像公燕游，書《清風》《鳴琴》《馴鷗》三詩於壁，而以「滄浪清風」名之。

垓之城化，雜費取於酒蠹，役先於湖嚙，尺三杙而杵千，堵萬磚而匠百其能，築斯城而祠公與群望於門也，亦公與神陰賜。垓不敢忘，永矢堅珉。後之榷酤於斯，譏征於斯，栖旅於斯，攜妓於斯，不畏神，甯不畏公？神之不予，禍止一時；公之不予，愧垂千古。滄浪不足以洗其慼，清風不足以掃其鄙，可不戒哉！鑰於學以嚴啓閉，徑於學以杜游褻，邑士民與來者尚恪守之。於是賦迎享送神之章，誓以斯文而刻焉。詞曰：

學以用世何幽明，星斗千載炯所臨。我文正公世典刑，滄浪之水天與清。水哉水哉濯吾纓，衮衣赤舄同此心。堯舜之曲宓子琴，絃歌更入清風吟。冠童風雩詠至今，民懷吏聳神顧歆。後二百年築斯城，城高水闊峙孔庭。侑公舍奠春秋丁，公相我民金湯成。四墉之望中耆英，穹樓龍角甘棠陰。芒寒色正欄更横，群祠翼從森效靈。鷗翔南溪悦逢迎，月明滄洲冉雲乘。秋菊寒泉酹德馨，儼如侍公敢不欽。歌闔旅榻酤與征，環而殛之咨爾神。二三子兮同鑰扃，嚴以公道折未萌。公亦福汝邑里甯，峨冠曳履龍峥嶸。

三山陳垓撰。(同上。)

御書亭記

(清)范能濬

康熙四十有四年乙酉仲春，天子南巡閱河，臨幸江浙。翠華所至，問俗省方，樂育賢材，嘉惠臣民，優恤淹滯，布德施仁，罔弗周至，萬姓歡悦。四月十二日乙亥，自杭回蘇駐蹕。於時淑景清和，湖山明麗，萬幾休暇，鄉農野老群懷望幸之思。皇上軫念麥隴方秋，恐車駕所歷，有妨東作，惟静息行宫，從容翰墨之樂。聖學淵深，賡揚莫及，龍章揮灑，恩賚有差，而尤加意前賢，表章往哲。十五日戊寅，賜吴泰伯祠、言子祠二扁額。次蒙天語垂詢，有翰林臣查昇、臣蔣廷錫、鴻臚寺卿臣宋駿業等以宋先臣仲淹文正祠對，上俞允。翼日己卯，親書「濟時良相」四大字，與錢唐朱子祠、晉陵東坡書院各祠扁六軸，命南書房翰林臣查昇、臣陳壯履、臣勵廷儀、臣張廷玉、臣錢名世、臣蔣廷錫捧出。首宣賜先臣祠，傳諭云：「皇上崇重先代名臣，特賜扁額。御書墨本當給與嫡派長房子孫藏守。如後裔不在蘇州者，交與地方官。」有江甯巡撫臣宋犖啓奏：「范氏本家相傳，設有義莊，主奉係長房嫡裔范能濬所素職。」隨捧授臣祗受。臣率同宗族行在户部侍郎臣承烈、原任東平州知州臣溥、吴縣學訓導臣旦勳、監生臣濂、臣興禾等跪接恩旨，恭開瞻仰。四字褒揚，八法古勁，書盈二尺，大踰他幅，衆目聳觀，無不驚羨，以爲臣家榮遇。臣跪承之下，感恩無地，謹附奏云：「臣祖祠建在鄉邦，數百年來未邀玉音旌顯。臣父必英係丁酉科舉人，己未召試博學鴻词，欽授翰林院檢討，忝列侍從。恭覩御書精妙，以微員供職未久，不敢請給；欲求扁對，以爲祖祠光榮，因向無此例，亦不敢瀆奏，有志未伸。今蒙焕發奎章，輝煌祠宇，真亘古未有之曠典。臣家子孫散處四方者甚多，皇上追獎先臣，正所以勉勵後嗣。臣一介儒生，需次選人之末，於國家未有尺寸報效，乃荷聖慈賜臣祖祠扁額。頃分頒臣御書，臣濬、臣溥俱得與賜，一日之間，叠膺榮寵，雖捐糜頂踵，何以仰答隆恩，此不獨臣一家感戴，凡厥臣庶觀瞻者仰見我皇上推恩及數百年前之臣子，念其成績，錫以芳名，自莫不踴躍奮興，砥礪臣節，教忠教孝，聖德之生成無量。所有賜給墨寶除一面臨榜祠楣，臣原有先世誥敕、手澤及前人題跋相傳法守，謹當裝潢珍藏，昭示子孫，永沐皇仁於萬世。」侍郎臣承烈奏云：「臣潘陽分支，系同出先臣之後。上叨遺蔭，一家父子兄弟先後屢受國恩，拔置大僚。今臣隨駕至蘇，得拜先臣祠下，私心方爲慶幸。今奉欽賜先祠扁額，臣適躬逢異數，恩出非常，喜溢望外，敢不益矢恪恭，勉圖報稱。臣謹隨蘇屬子孫恭同接旨，理合奏謝。」奏畢，翰林臣昇等隨引至宮門前入内，一一代爲傳奏。出云：「爾等所奏，皇上俱知道了。」當即謝恩而出。臣等賫捧御扁，至文正書院祖像前，恭設香案，拜告望闕叩謝訖。

伏念先臣自筮仕至執政四十年中，歷知州郡，惠澤幾半天下，所在祠祀不啻百計。吴中爲父母之邦，昭揭璇題，未能遍及。謹擬建立碑亭，壽諸貞珉，摹奉直省各祠，俾處處子孫咸得恭瞻宸翰，庶不負皇上優崇先臣之至意。因出義田儲粟，臣承勳、臣承烈、臣時崇、臣溥、臣旦勳等復捐金以助其役。於是市材製榜，丹黄金碧，藻繪兼施，擇吉懸掛蘇城文正書院、天平山忠烈賜廟、郡學祠、支硎寺祠、滸墅關書院等處。别選石摹勒，供寘亭中，併將頒賜臣濬、臣溥御書列樹於壁。天文璀璨，榮光上燭於先祠；睿藻繽紛，鳳彩分輝於下士。臣不揣荒陋，援筆恭紀，以彰聖世之殊恩，小臣之奇遇。臣不勝感激悚惶之至。（康熙本《范文正公集·補編》卷二。）

澧州范文正公讀書堂記

（宋）任友龍

范文正公讀書堂，乃湖右常平使者兼澧守料院董侯所建也。初，文正公少孤且貧，從其母歸朱氏。朱宰澧之安鄉，公侍母偕來。嘗讀書於老氏之室，曰興國觀者，寒暑不倦。學成而仕，爲時名卿，邑之士咸知敬慕，築堂祠之。既燬於兵，慶元初，憲使范公處義復創於觀側，因陋就簡，將頽圮矣。侯謂問學精勤，立大志於窮約者，莫如范公；名節不屈，成大勳於顯用者，亦莫如范公，學者所宜宗師。將徙書堂於近城，庶使四邑之士仰其高風，而景其遺行。乃卜澧之陽，惟東食，彭山突兀其前，諸峰環列左右，旁挾雨水，東西來朝，氣象軒豁，勝景畢露，豈地靈顯晦自有時耶！於是度材鳩工，分畫經始。中建一堂，旁列兩廡，設四齋以育士，植五間以爲門。後創一樓，扁曰通經，蓋取文正公讀書十年大通《六經》之旨之意。立文正公祠於堂之東偏，外又闢一門。繚以周垣，克壯形勢，棟宇華麗，輪奐鼎新，實一郡偉觀也。斯堂之役，郡博士鄭自得、掌籍吴杰、直學張轍實董之，以底成績。

堂成，士未有養，乃括没官之田，得數百畝，拘而籍之。貳車馬公壬仲又助金千緡，增鬻田，爲不朽計。侯命友龍記之。

友龍嘗讀國史，見文正之勳名事業鏗鍧宇宙，蓋不特著見於參預大政之時，而實根本於窮居江湖之日。其言「先天下之憂而憂，後天下之樂而樂」，此志已定於素，故能入贊萬機，出破西賊，而致我仁祖四十二年之盛治者，公之力也。噫！以文正公之立身行己，視聖賢爲無慊；而建功立業，又書之青史而不愧。蓋其窮之養即達之施，幼之學即壯之行，猶火然泉達，有不容禦。澧之士其可不知取則哉！雖然，鳶飛戾天，魚躍於淵，氣使然也。士氣消長，亦在居民上者有以感發之耳。今文正公之遺躅懿範，既爲澧人所敬慕，然非侯振揚而尊顯之，其何以聳人心而激士氣，俾强於爲善，以振文正之絶響乎哉！侯之心亦勤矣。士登斯堂，苟篤志好學，切磋講貫，紹文正之事業，以副侯之所期，則可以無負。不然，安坐而食，既飽而嬉，不能克志厲行，追蹤前哲，得無媿乎！

堂建於寶慶丙戌之秋，成於是歲之冬。費於公帑撙節之餘，而無毫髮科斂之擾，是皆可書，故併記之，以諗來者。

侯名與幾，字叔存，番陽人。明年丁亥上元日，承直郎、澧州軍事推官任友龍記，朝奉郎、通判澧州軍州事、賜緋魚袋羅源書，朝請郎、大宗正丞兼金部郎官聶洙隸額。（《范文正公褒賢集》卷三○）

澧州重修范文正公書臺記

（宋）王　仁

上即位之明年，詔起殿中侍御史范公處義持節荆湖北道。環湖之十有五州，靡廢不舉。秋九月行縣，次安鄉，披而視之，則文正范公讀書堂在焉。相傳長山朱氏宰斯邑，以之而來，邑人即其讀書之堂而祠之。今二百年矣，堂據興國觀之東隅，俯（瞷）〔瞰〕澧水，梁山、藥山陳其前，大鯨、西湖匯其側，舉目數百里，軒豁宏爽，面執曠傑。御史公睇瞻徘徊，顧謂邑令劉愚曰：自有天地，便有此境，大抵地必待賢哲而後重，人亦寄山川而不朽。斯堂之設，無乃兩極其勝而儷美於無窮者乎！顧毁於兵，甲子一周，尺椽莫復。爰麾從吏，捐俸屬之令。踰冬堂戍，庭宇顯（廠）〔敞〕，丹臒明麗，又得耆老所藏遺像模而繪之。暨其（薌）〔香〕火之奉，則擇黄（寇）〔冠〕之慤愿者，割田十有餘畝贍焉。於是風教所繫，縫掖羡慕，谿家之塾至於郡邑之學，洋洋乎盈耳矣。

仁隨牒是邦，始立文正祠於學宫，以風勵後進，至於是而有感焉。一日，召諸生而誨之曰：「讀書爲學者，當以文正公爲師；奉使典部者，當以御史公爲法。高山仰止，景行行止，文正公有焉；載馳載驅，周爰咨諏，御史公有焉。小子識之。」會安鄉請記於郡，郡守霍公以屬仁。仁不獲辭，乃即郡君相與言者而書之。慶元丙辰四月既望，澧州〔州〕學教授王仁記。（《（康熙）安鄉縣志》卷一一。）

范文正公書堂記

（金）劉仲元

傍鄒邑山也，黌山處其東，長白峙其南，聖王諸山連峰委會於其西。聖王之南，有山曰會仙，其峰壁立特起，蒼翠可愛。其中有堂，故基曰書堂，世傳以爲文正范公之别墅也。公復有上書堂，在會仙之南黌堂山之上。黌堂之得名者，亦以公嘗讀書於其上故也。因爲之歎曰：自開闢以來，不知其幾千萬年矣，而山之名由公而得。自公而殁又幾三百年矣，聞公之名，其猶如生，其果何似而然哉？

嘗試推公之出處矣，憶昔公之始來居是山也，非爲棲身遁迹之舉必也，讀天下書，窮天下事，以爲天下之用耳。其出也，非爲肥身榮家之計必也，幼而學，壯而行，以伸平日之藴耳。惟公有是心也，故能一旦立於朝廷之上，忠犯天顔，恩流海内，巋然爲一代宗臣。及其殁也，復使斯人聞風而作，興慕義而感動者然歟。此公之德所以盛也。

仲元忝爲邑人，來游堂下，慨然有感於中，乃爲之歌曰：鄒邑之陽兮聳列群山，會仙特起兮秀色可餐。有峰兮峨峨，有水兮潺潺。松風兮蕭颯，白雲兮往還。公之游兮水曲，公之居兮山顛。人之誦兮林下，公之歌兮雲間。瞬千古兮易往，仰高風兮莫攀。德巍巍兮山之高，心休休兮雲之閒。凜兮姝松之操，淵兮巨浸之瀾。誰復繼此遐踪兮，躋斯民於壽域之安。金國翰林學士劉仲元記。（同上，卷四）

范文正公讀書臺銘

（元）危　素

宋資政殿學士、户部侍郎、累贈太師、開府儀同三司、楚國文正范公，幼孤貧，從其母適長山朱氏。朱氏宰安鄉，公讀書於太平興國觀。既擢進士第，入參大政，功名烜赫，著在竹帛。後人指其遺跡，而詠歌懷思者無已。會宋中書舍人廬陵劉公才邵八世孫珍依寓是邑，乃作祠宇，割良田以供祭祀。俾素述文刻諸臺下，乃爲之銘。其詞曰：

允顯范公，東南之英。出將入相，曄乎功名。睠兹安鄉，爲澧屬邑。出自北門，林阜孔岌。公有遺蹟，峨峨高臺。世變事移，過者興哀。仲璧氏劉，衣冠之裔。僑居此鄉，仰止異世。伐木甚良，爰樹高堂。俎豆載陳，靈其來享。陟彼崇丘，悽其延佇。江流滔滔，歲不我與。猗公之仕，載逢其辰。孰使荆揚，才傑沈淪。邈哉風旨，彌久彌新。篆銘貞石，公有鬼神。（《説學齋稿》卷一〇）

范文正讀書臺記

（明）孫繼魯

洞、澧黄虀之間，有曰書臺夜雨，爲安鄉一勝，乃文正范公束髮時依親讀書陳蹟也。至今數百年，臺與湖山若争高深、不磨宇宙者，以公故也。

公家世姑蘇，厥考爲武寧軍書記。公生二歲而孤。及長，知家世，泣别朱氏，之南郡，掃室讀書，起居飲食，人所不堪者，公能堪之，其自刻益苦，乃大通《六經》之旨。中乙科，除廣德司理參軍，始迎母夫人養。又進大理丞，爲秘閣校理，以晏丞相文學薦。尋通判河中府，以言事忤章獻太后旨。召拜右司諫，以上記其忠。貶之睦州，徙知蘇州，以率諫官御史伏閤争郭后廢。拜禮部員外郎、天章閣待制以召還，改知開封府，以論時政闕失，大臣多己忌惡。落職知饒州，徙潤州，徙越州，以獻《百官圖》激吕丞相怒，論上前語切。爲陝西經略安撫副使，遷龍圖閣直學士，以趙元昊反河西，與吕丞相並召用。改知延州，以自請守鄜延。知耀州，徙知慶州，以擅復元昊曉以順逆書累。遷諫議大夫、樞密直學士，爲樞密副使，拜參知政事，以上賢公，卒置群議，欲大用之。甫一歲，出爲河東陝西宣撫使，以天章閣條十數事，即請行。拜資政殿學士、知邠州、兼陝西路安撫使，以上書願守邊，時西賊畏公破膽，稱臣守邊無事。公疾，求守鄧州，求知杭州，守青州，求知潁州。疾亟，（有）〔乃〕舁至徐，遂不起，享年六十有四，終資政殿、禮部侍郎，贈兵部尚書，謚文正，葬河南萬安山。此皆公讀書大（都）〔節〕，蓋棺定事也。若長白窖金之掩，丹陽麥舟之濟，筵器之賻，寄金之遺，墨帳之藏，羅幔之火，妻子僅給衣食，親族仰贍義莊之類，歐陽公所謂「誌於墓，譜於家，藏於有司，皆不論著者也」，今亦不能盡述。若公讀書，其諸異乎人之讀書者矣！美哉書臺，固宜與湖山並爭高深，不磨宇宙矣。是用揭公本末於書臺，以慰人人仰高之心。

時知縣楊世亨、教諭許蟠、訓導包上大、李逢春率諸生劉（曰）〔日〕林、張貢、楊文輔輩謂余言簡明，人人易知，足彰公仁義之文，志節之正，足爲忠臣孝子、義士仁人勸。（來）〔乃〕采東陵石，因洞庭是來，勒之爲讀書臺記。嘉靖壬寅欽差提督學校湖廣按察司副使孫山孫繼魯撰。（《（康熙）安鄉縣志》卷一一。）

題讀書臺記碑陰

（明）陸　埛

安鄉讀書臺者，宋文正范公少時讀書云云。督學孫先生爲記，則又備舉公生平大（都）〔節〕而歸之。公讀書謂與今所謂讀書異，其言明切，足以警世，先生亦尚論古人而讀書者非耶？嗚呼！博如子雲，工如□州，且有大憾，（書）〔豈〕果負夫人之讀書耶？即又以宋言，乾德鑑文，奚取宰相；《論語》半部，衹識空疏。《霍光傳》語之謂亦既中矣，臯禹何書之難則有激焉。而熙豐流毒，信彼穿鑿好勝之誤也。嗚呼，豈易言哉！程學相傳，世知讀書爲切務。故考亭家法，復於真氏記見之，國朝文清薛公其著者，録中皆非虚語。然近日又有襲陸子緒餘，（真）〔直〕求心體，往往嘉舜孔而薄程朱，何高者未望象山，不免松山今日之慨，乃又回視文正公在當時何如，其得失較然矣。或謂《中庸》之授，文正鞭辟；横渠讀書之要，非自程朱也。雖然先憂後樂志已定於束髮時，豈俟備舉生平而後見哉！學者當於其志而終考之也。斯松山意云。嘉靖癸卯，岳州府知府陸垹書。（同上。）

范公泉記

（金）王　□

《洪範》五行一曰水。混混然利物，源泉爲本；養老愈病，醴泉爲上。昔宋皇祐中，范文正公常帥青社，有德於人，而州之乾方洋溪醴泉出焉，後人目之曰范公泉，其與戴公山、嚴公瀨、邵伯塘、鄭公渠埒美儷踪矣。以經兵革，遂致湮絶，鞠爲園蔬，踰五十載，耆老過之，靡不興歎。

迺者連帥完顔公思欲發前賢之跡，慰青人之意，乃按圖誌，詢故老，得其故處，畚鍤清泉復出。方池流溝，作亭藝木，巨壑層城，映帶左右，屈曲靖深，蕭然如屏。蒼巖翠阜間，又且築臺開軒。西崖缺處，招引西山，秀色可攬，朝煙夕霏，四時有之。物外勝絶，紛編坌集，邦人萃止，神明還觀，滋液甘寒，宜藥宜茶。

嗚呼！物有否而泰，物有塞而通。醴泉之瑞感而應，地不愛寶，是造物之無盡藏也。范公以善政致之於前，今公復以善政致之於後，前後相望，如蹈一軌，可謂異世同流者矣。他日芝封，趨公歸朝，後人思之，亦如思范公也。古者思其人，愛其樹，僕於斯泉云。任城王原缺。譔，南麓任詢書，營丘王樞篆。大定辛丑十一月朔，輔國上將軍山東統軍使。（同上。）

中國歷史文集叢刊

范仲淹全集

四

〔宋〕范仲淹 撰
李勇先 劉 琳 王蓉貴 點校

中華書局

第四册目録

附録十 歷代評論……一二一三

附録九　歷代祭祝贊文

祭文

祭范文正公文

（宋）富　弼

維年月日，具銜富某，謹遣左教練使陳節詣徐州，以清酌庶羞之奠，致祭於故資政殿學士、户部侍郎范公六丈之靈。

嗚呼公乎！天之生公，實將濟此下民乎。功乎未宣，何遽奪之而不踐其初乎！天乎忍爲是，而不自信之甚乎！不然，何賦公道大德具，而罔克終其施乎！某愚不文，而不能盡揚公之懿，聊書其概，以寓其悲。

公幼孤無依，零丁自生。徒步游學，至於成名。奔走銓選，益困於行。僅改一秩，卿寺之丞。有宗公晏，薦公文章。典校圖籍，館閣之光。獻后誕節，姦謀請皇，下率百辟，北面奉觴。公聞駭走，出疏於囊，雖示民孝，君入臣行，願得元宰，外行故常。帝首宗之，内宴是將。衆爲公慄，公膽益張。於時非公，大節幾忘。并悟獻姦，竄逋於外。獻既往矣，諫垣召拜。夙夜蹇蹇，益用不怠。帝怒椒掖，講從廢瘞。公率諸僚，御史協力。伏閤而諫，氣直寰域。坐是謫去，中外失色。累易郡璽，召尹上京。尹職非志，志安朝廷。連拄柄臣，又竄南征。忠亮信特，天下皆傾。有夏不軌，西鄙用兵。遽召起公，來撫方城。大將失律，關陝震驚。延是孤危，賊謂己物。命者必辭，公獨請之。人惜公去，公馬星馳。居未席暖，賊遁而歸。賊措無所，羽書見詒。公比尊君，不欲中報。手爲答書，禍福以告。既驛以聞，上覽而喜。耆明贊云，可附於史。昧者詆媒，嫉其出己。胡然守邊，宜賜以死。帝憂邇臣，勉徇所啓。徙公内藩，物論麻起。俄建帥旗，總護諸將。帝心思賢，天下是訪。擢貳樞筦，復參政鈞。二府交入，萬微日新。不設機械，不作崖岸。坦坦一心，惟道之踐。讒間得行，孤立誰辨？因其出撫，遂留幽方。穰下得請，旋易於杭。又易青社，曾未盈歲，恙起不測，又求潁水。及徐不行，託友以死。

嗚呼，公止於是而已乎！某昔初冠，識公海陵。顧我譽我，謂必有成。我稔公德，亦已服膺。自是相知，莫我公比。一氣殊息，同心異體。始未聞道，公實告之。未知學文，公實教之。肇復制舉，我憚大科，公實激之；既舉而仕，政則未諭，公實飭之。公在内史，我陪密幄，得同四輔之儀；公撫陝西，我撫河北，又分三面之寄。公既罷去，我亦隨逝。從古罪人，以干魑魅。公我明時，咸得善地。自此蠱孽，毀訾如沸。必寘其死，以快其志。

公云聖賢，鮮不如是。出處以道，俯仰無愧。彼姦伊何，其若天意？我聞公説，釋然以寧。既而呶呶，果不復行。於是相勖以忠，相勸以義。報主之心，死而後已。

嗚呼哀哉！公今死矣，忠義已矣。萬不伸一，賫恨多矣。世無哲人，吾道窮矣。我雖苟活，與死均矣。嗚呼哀哉！師友僚類，殆三十年。一日棄我，悲何可存！我守蔡印，公薨彭門。我去無所，公來已魂。我慟幾絶，公聞不聞？走使持奠，作文叙冤。嗚呼哀哉，尚饗！（《范文正公褒賢集》卷一。）

祭資政范公文

（宋）歐陽脩

月日，廬陵歐陽脩謹以清酌庶羞之奠，致祭於故資政殿學士、尚書户部侍郎范文正公之靈曰：嗚呼公乎！學古居今，持方入圓。丘軻之艱，其道則然。公曰彼惡，公爲好訐；公曰彼善，公爲樹朋。公所勇爲，公則躁進；公有退讓，公爲近名。讒人之言，其何可聽！先事而斥，群譏衆排。有事而思，雖仇謂材。毁不我傷，譽不我喜。進退有儀，夷行險止。嗚呼公乎！舉世之善，誰非公徒？讒人豈多，公志不舒。善不勝惡，豈其然乎？成難毁易，理又然歟？嗚呼公乎！欲壞其棟，先摧桷榱；傾巢破鷇，披折傍枝。害一損百，人誰不罹？誰爲黨論，是不仁哉。嗚呼公乎！易名謚行，君子之榮。生也何毁，没也何稱？好死惡生，殆非人情。豈其生有所嫉，而死無所争？自公云亡，謗不待辨。愈久愈明，由今可見。始屈終伸，公其無恨。寫懷平生，寓此薄奠。（同上。）

祭范侍郎文

（宋）蔡　襄

謹遣某人以清酌庶羞之奠，致祭於故資政侍郎高平范公之靈。

嗚呼！生死聚散，物理之宜，何公之亡，賢愚涕洟。人幸公年，非有愛私。幸公復用，庶幾有利於時。嗚呼！使公且存而復用，終有爲乎，其無有也？在天聖中，公當言責。時士大夫，依阿厚嘿。公乃言事，傾動天下。觸指權奸，開道諫諍。尹京之政，例爲寛大。借吏齒牙，光飾眉面。公政清明，卒以毀去。羌種窺邊，天兵議討。公云士伍，未可即用。投書叛酋，語之禍福。逮其款附，終若前料。登於政府，天子問狀。公拔根株，扳攝三代，不爲目前，苟且之計。勸農養士，塞窒僥進。衆訾成波，擠落在外。至死流離，惟道是賴。大航檝維，膠於泥沙。涉者罔濟，臨流齎嗟。公薨之初，衆悼以嘩。市利田宅，子女金犀。厚味入骨，老死營持。公薨之後，獨無餘資。君國以忠，親友以義。進退安危，不易其志。立身大節，明白如是。襄晚登公門，嘗辱知遇。公喪在東，欲弔無路。陳酹以文，千古斯慕。（《蔡忠惠集》卷三二。）

祭資政范侍郎文

（宋）張方平

維皇祐四年歲次壬辰七月甲辰朔，具官某謹以清酌果羞之奠，致祭於故資政殿學士、户部侍郎、贈兵部尚書范文正公之靈。

嗚呼！孔氏之門，四科高第。惟達者之十子，得聖人之一體。猗嗟乎公，德行則充。文學純深，政事閎通。風節是勉，名教是踐。玉氣千尋，金精百鍊。赤墀清規，正色讜辭。引義忼慨，主尊臣卑。夏戎不虔，文告弗悛。付公蕭斧，詩書在邊。公允文武，威行士附。革其鴟首，亂亦遄沮。復節還臺，皇皇泰階。縉紳謂言，股肱良哉。維直方大，熙帝之載。古訓是式，王猷亹邁。惟日孜孜，愛莫助之。時望去朝，識者曰咨。比釐南夏，爰徙東社。遘疾避劇，汝陰促駕。彌留泗濱，竟號車棼。精氣歸天，復其清純。死生去來，於達奚哀。渠渠大廈，怛此棟摧。公陪宰席，嘗僚右掖。炳然絲綸，賞有餘色。濤江湯湯，往襲遺芳。見公禾興，德音未忘。念言薄祜，遭家艱疚。莫適匍匐，殞涕如溜。平生素琴，已矣知音。寄衷一酹，髣髴垂臨。尚饗！（《樂全集》卷三五。）

祭范潁州文

（宋）王安石

嗚呼我公，一世之師。由初迄終，名節無疵。明肅之盛，身危志殖。瑶華失位，又隨以斥。治功亟聞，尹帝之都。閉姦興良，稚子歌呼。赫赫之家，萬首俯趨。獨繩其私，以走江湖。士争留公，蹈禍不慄。有危其辭，謁與俱出。風俗之衰，駭正怡邪。蹇蹇我初，人以疑嗟。力行不回，慕者興起。儒先酋酋，以節相侈。公之在貶，愈勇爲忠。稽前引古，誼不營躬。外更三州，施有餘澤。如釃河江，以灌尋尺。宿贓自解，不以刑加。猾盗涵仁，終老無邪。講藝弦歌，慕來千里。溝川障澤，田桑有喜。戎孽猘狂，敢齮我疆。鑄印刻符，公屏一方。取將於伍，後常名顯。收士至佐，維邦之彦。聲之所加，虜不敢瀕。以其餘威，走敵完鄰。昔也始至，瘡痍滿道。藥之養之，内外完好。既其無爲，飲酒笑歌。百城晏眠，吏士委蛇。上嘉曰材，以副樞密。稽首辭讓，至於六七。遂參宰相，釐我典常。扶賢贊傑，亂冗除荒。官更於朝，士變於鄉。百治具修，偷墮勉强。彼閼不遂，歸侍帝側。卒屏於外，身屯道塞。謂宜耉老，尚有以爲。神乎孰忍，使至於斯！蓋公之才，猶不盡試。肆其經綸，功孰與計？自公之貴，厩庫逾空。和其色辭，傲訐以容。化於婦妾，不靡珠玉。翼翼公子，敝綈惡粟。閔死憐窮，惟是之奢。孤女以嫁，男成厥家。孰堙於深？孰鍥乎厚？其傳甚詳，以法永久。碩人今亡，邦國之憂。矧鄙不肖，辱公知尤。承凶萬里，不往而留。涕哭馳辭，以贊繆羞。（《臨川先生文集》卷八五。）

祭范尚書文

（宋）司馬光

嗚呼！天生儁賢，爲國之紀。服休服采，以翼天子。冠帶立朝，正色巇巇。讜言直節，奮不顧己。乃率西師，氐荒率俾。乃贊公台，緝熙物軌。乃牧東夏，刑清政理。德實光大，才則茂美。宜其永齡，享有多祉。如何不淑，進塗中止。輴車過都，頓舍甚邇。莫不手觴，僭痌何已。靈底其衷，歆兹馨旨。尚饗！（《司馬公文集》卷八〇。）

代韓魏公祭范文正公文

（宋）司馬光

維某年某月某朔某日，具官某謹以清酌庶羞之奠，致祭于資政范公之靈。

嗚呼哀哉！上天生公，固爲吾宋。以堯舜佐吾君兮，既忘身而忠國。以成康期吾俗兮，又竭思而仁衆。升贊樞宰，孰云不用。殿撫藩服，孰云不重。何太平之策噤而不得施兮，委經綸於一夢。此一人所震嗟，而天下之所深痛。豈止乎平生之交，得訃音而長慟。

嗚呼哀哉！僕始立朝，接公尚疎。道同氣合，千里相符。忝帥於西，迺與公俱。協心畢力，誓翦兇渠。義切王室，情均友于。雖千艱而萬險，仗忠信而如無。僕之望公，公驥僕駑。十駕未逮，敢擬齊驅。人胡不辨，遂連公呼。自顧無有，愧常汗珠。繄公是託，終履夷途。叛羌來附，一節同趨。與公並命，參翊萬樞。凡有大事，爲國遠圖。争而後已，歡言如初。指之爲黨，豈如是乎？道卒與於時戾，謂公迂而僕愚。相緣補外，謗毁崎嶇。感公之知，謂死不渝。

嗚呼哀哉！定之去青，不遐驛置。自公之東，信問時至。愛顧日深，交朋莫二。蠅頭細書，以時爲寄。珠貝累幅，氣嚴法備。自云矍鑠，以將厚意。謂公康甯，曰保純粹。忽以疾聞，求醫往視。瞿然遣使，候公監寐。會公得潁，肩輿赴治。尚煩公答，親筆數字。意公少痊，粗以爲慰。方具書藥，詣公所憇。得元規報，云公永逝。讀之駭然，手足具廢。氣填滿膺，食不知味。惟公事君之大端，固始終而一致。有生即有死兮，雖聖智其安避。所惜者國家待賢而後乂，天胡不仁而不憖遺。

嗚呼哀哉！公之所存，包夔蹈卨。雄文奇謀，大忠偉節。充塞宇宙，照曜日月。前不愧於古人，後可師於來哲。固有良史直書，海内公説，亘億萬世，不可磨滅。此爲天而爲壽兮，信識者之能别。豈於一奠之間，可盡公之德烈。惟是冥然而思，默然而悲。此生未殞，曾無已時。公乎公乎，知乎不知！（《增廣司馬温公全集》卷一〇八。）

代張端明祭范資政文

（宋）蘇　頌

元問積粹，降爲賢智。華我王國，居然廟器。生都顯榮，殁有徽謚。全斯令名，在公無媿。公之處躬，挺特不群。倜儻大志，上干霓雲。策名從仕，英稱動人。人皆謂之，才宜致君。公爲文章，據經守道。時務華淫，我尚體要。論述古今，發明世教。非苟知之，亦思允蹈。公爲諫官，慷慨敢言。自下劘上，弗屈要權。帝用嘉之，擢寘禁聯。終靡悼害，三黜三遷。公殿西陲，歷更四帥。躬提成師，瞻威遐裔。羌人卒和，請降納質。我實尸之，時爲長利。公登廟堂，左右聖皇。更贊二府，弊革維張。肅將朝命，拊循邊疆。務在經遠，煖席未遑。公之出藩，時乃均逸。不詘下遷，首公如壹。詔條敷宣，民隱勤恤。身居江海，心存王室。公適逢辰，且更大用。疇不屬之，宜壽且寵。云胡靡諶，摧我時棟。人之云亡，士倫所痛。

某早歲之幸，辱公周旋。鄉閭相從，日接燕閒。自登禁闥，嘗從内班。昨麾武林，復踵於賢。朋好之篤，晚乃益堅。論議相直，中無間然。江干交臂，俯仰二年。何言此別，遂成終天。薄祜多難，家遭艱釁。廬居睢陽，咫尺徐鎮。聞公之喪，百感交進。欲往弔之，滯留爲恨。言念平生，聲容未忘。設位寢門，悲酸盈腸。遣使致奠，蔬肴絜觴。精誠不泯，歆此令芳。（《蘇魏公文集》卷七〇。）

代杜丞相祭范資政文

（宋）蘇　頌

嗟嗟希文，於是已乎！哲人已矣，孰不悲吁！吾失我友，天乎祝予。福善之報，意亦何如？我思若人，才質美粹。識通道廣，心和色毅。政事文學，聖門高第。蹇蹇匪躬，王臣之義。克全厥修，以輔天子。在天聖間，猶爲小官。屬時無事，法弛禁寬。論疏利病，書聞扆前。上察其忠，擢寘諫垣。國蠹民害，造膝極言。三黜無愠，天下稱賢。氐羌負固，抗吾王旅。召還遠邦，更帥西府。令肅而壹，士豫以附。書責渠帥，敵氣敗沮。果入請和，復期其故。告厥成功，登贊台輔。亦既遇時，知無不爲。修明百度，更張四維。銓度流品，經制邊陲。事靡不舉，政無闕遺。始進以勤，竭精宣力。俄罷而休，謂宜偃息。忠臣惓惓，遠不忘國。王事一埤，爲我心惻。寒暑交侵，中若結轖。東徂不歸，大病俄革。嗚呼！大名罕兼，五福難具。人得其薄，我享其厚。仕歷三公，不謂不偶。年過六十，不謂不壽。所可惜者，居位未久。經濟之謀，莫克盡究。今亡矣夫，餘慶在後。某也無似，處時寡與。辱爲交遊，聲氣相許。契闊晚途，南北修阻。不意一别，乃成今古。君喪在徐，我居於宋，欲往莫得，臨風愴慟。言念平生，奄忽如夢。薄奠寄誠，心焉茹痛。（同上。）

修文正祠堂祭文

（宋）范純仁

維熙寧八年歲次乙卯二月癸亥朔十日壬申，嗣子朝奉郎、守尚書工部郎中、直龍圖閣、知慶州軍州兼權發遣環慶路經略安撫使、兼馬步軍都總管、輕車都尉、賜紫金魚袋范某，謹以清酌時果之奠，敢昭告於先考太師令文正公之靈：某蒙賴貽謀，獲踐世職。瞻仰祠貌，哀榮交心。唯是塑繪弗工，群情未厭。爰加修繕，以傳無窮。彷彿慈顔，不任永慕。尚饗！（《范忠宣公集》卷一一。）

祭文正公文

（元）范邦瑞

元至大二年四月，七世孫邦瑞遣八世孫國雋、宗俊、宗是賫江浙行省咨河南行省，河南省劄付河南府路，委自同知徐景儒率屬僚詣墓加禮致祭。邦瑞等祭墓文：昔吾范氏，始於陶唐。根本深固，奕葉流芳。漢有清詔，郡國流行。唐有春官，鳳闕平章。世家河内，譜系甚詳。咸通以後，一枝渡江。爰居爰處，闔閭舊邦。麗水哦松，誥牒猶藏。子孫保之，爲今甘棠。四世而後，文正挺生。少長北地，即家潁昌。學問淵海，聞望珪璋。條奏十事，嘉謀孔彰。昭陵注倚，國之棟梁。四子顯貴，悉稱元良。監簿忠宣，恭獻侍郎。

封胡羯末，華萼相光。父子勳業，巍巍煌煌。具載信史，代曰無雙。化窮數盡，玉藏洛陽。佳城鬱鬱，拱水蒼蒼。炎運中微，紐解皇綱。地維云絶，南北異疆。市無甯居，後昆旁徨。離湯沐之故邑，不復敬止於梓桑。别祖父之先塋，不克時奉於烝嘗。狐兔得以出没，荆榛從而蕪荒。多歷年所，幾易星霜。丘壠寥闃，風悲白楊。瞻望弗及，念切羹牆。坤軸旋轉，咸歸職方。車同軌轍，衢出康莊。展敬松楸，匍匐踉蹡。恭拜墓下，我心則降。目想英靈，如侍其旁。有肴在俎，有酒在觴。幽冥感格，歆於馨香。福我後人，地久天長。（《范文正公褒賢集》卷一。）

歸拜辭墓文

（元）范邦瑞

某等自高祖、曾祖、祖父不獲拜省始祖祖禰墓域者又四世矣，抱恨終天，齎志而殁，勢使然也，時使然也，奈之何哉！今則天道好還，地軸旋轉。南北坦塗，離而復合。幾會之來，間不容髪。某等匍匐至此，恭拜墓下。翦其荆棘，上以慰祖宗屬望之靈，下以盡子孫追遠之責。先憂後樂，不墜成訓。至若徼福後人，悃愊已露，不敢再犯瀆告之戒。祀事告畢，言旋言歸。回塗甯止，不能無望吾祖宗之默相也。敢告。（同上。）

河南祭墓文

（元）也先不花等

至正七年八月辛未朔越四日甲戌，奉議大夫、河南府路達魯花赤也先不花，奉議大夫、河南府路同知郭文鼐，承直郎、河南府路判官董鉉，將仕佐郎、河南府路知事劉巨源，河南府路照磨胡欽祖，兹以故宋太師、魏國文正范公八世孫文英謹遣男廷方不遠數千里省墓洛陽，且復侵地。某等仰公德澤之深遠，感公裔孫子不忘其祖，而愧吾有司弗克戒約甿隸之無知者，因以潔牲清酌之奠，爲文以祭曰：

惟公學貫天人，材兼文武。濟貧活族，德澤過於晏嬰；出將入相，勳業擬於伊吕。惟昭代之尚賢，嘉不茹而不吐。爰肇崇於祀典，實名教之有補。何甿隸之無知，即丘墳而敢侮。壞樹暴於斧斤，域兆鞠爲禾黍。犯彝憲而不卹，徒昏頑之是怙。屬裔孫子來斯，增有司之媿負。認異代之松楸，復侵犯於彊禦。戒樵牧於晨昏，謹封藏於終古。倘彼甿之不悔，其斯言之是睹。致薄奠以陳詞，覺汗下之如雨。尚饗！（同上。）

祭范文正公文

（明）邵　陛

范公之祠於吴，蓋四百餘禩矣。今萬曆三年乙亥，餘姚邵陛以監察御史代天子按吴中，得拜公祠，而見其有頹圮者，謀諸參政舒化、副使王叔杲、知府吴善言等，亟命工葺之。事竣，乃諏得七月七日癸卯，寅率司屬，以清酌少牢之奠而昭祭於公之神位曰：

昔聞在宋，多賢大臣。厥賢伊何？公其一人。於惟范公，秉道踔卓。天下自任，先憂後樂。始居校理，風裁獨持。蘇州再徙，越有名師。四論迕時，三臣坐竄。爲國當然，於公奚憾。延中失守，忼慷巡行。纍纍羌漢，公有其城。經略中原，軍雄一范。富哉胸中，真時宰相。天章十事，咸仰徽猷。台星弗耀，遂隕徐州。於惟范公，學本忠孝。誠信所孚，焉往不造。矜賢嘉善，士多及門。義田之創，族有餘恩。公雖兼才，若無能耳。公位不盡，公德至矣。公之存也，屢擯殊方。朋黨之議，抑而彌揚。公之没也，《碧瑕狂訕》。白璧之輝，久而無間。遺範孔嚴，廟食萬年。以專奉公，法有合焉。陛也踐公之鄉，高山伊邇。懿軌𡁈然，於今猶古。顧斯簡命，期我百寮。盡法於公，以翊聖朝。棟宇重新，拜公廡下。先於蒸嘗，陛其奠者。一以自罄，仰止之私；一以自勖，儀刑在兹。時代有遷，祀公無斁。尚使雲仍，沾其世澤。南睇遺封，迢迢洛陽。靈其不爽，來乎故鄉。尚饗！鄉後學周天球謹書。（康熙本《范文正公集·補編》卷四。）

謁范文正公祠

（明）許　珏

貧儒困韋布，鬱鬱不可居。所見只利名，得志將何如？人生髮未燥，入塾誦詩書。道通天地人，識豈囿一隅。舉世病饑溺，拯之在吾徒。偉哉文正公，志量世所無。伏處懷廟堂，宦達憂江湖。立朝三十年，寒素如其初。禄入贍同宗，身外無羸餘。世儒不自奮，觀之徒嗟吁。我來謁公祠，再拜立斯須。願言式高風，永爲學士模。（《復齋先生集》卷六。）

祝文

番陽五賢祠祝文

（宋）袁　甫

謹以酒果之奠，敢昭告於文忠顔公、文正范公、詹事王公、忠宣洪公、忠定趙公。世有偉人，吾道棟梁。惟顔惟范，唐宋相望。鑿鑿其實，炯炯其光。百代聞風，首俛心降。梅溪王公，景行前哲，凛然清標，同一軌轍。忠宣之節，忠定之烈，照映今古，俱稱人傑。嗟哉晚生，不見典型。憫俗之頹，涕淚交横。祗拜五賢，想像芳馨。夙興夜寐，兢兢奉行。（《蒙齋集》卷一七。）

范文正公祠堂祝文

（元）唐　元

惟公秉忠孝，上契於天心；置義田，風厲於百世。先儒論宋朝人物，以公爲第一流。吴之士子廬焉食焉，祠而奉之，禮也。分教來此，敢不祗敬。（《筠軒集》卷一三。）

澧州文正公讀書堂祝辭

（元）申屠駉

維元統三年歲次乙亥，六月辛亥朔，越十有六日丙寅，後學東原申屠駉巡歷至澧州路安鄉縣，詣太平興國觀先師文正范公之讀書堂，諸以三牲酒饌雜果盤蔬，敬祭而昭告曰：

惟公有出將入相之才，則見諸事業；有致君澤民之志，則見乎文章。捍海濤而築巨堰，恤宗族而爲義莊。駉也昔嘗拜公之像於興化，今復拜公之像於安鄉。蓋非羨公之自寒微而至通顯，乃特慕公之秉方正而備賢良也。尚饗！與祭官敦武校尉、澧州路安鄉縣達魯花赤、兼勸農事馬合謀，承事郎、澧州路安鄉縣尹、兼勸農事吕袁友，進義校尉、澧州路安鄉縣主簿夏思德，縣尉楊宏，照略案牘鄧天祐，將仕郎、吉安路儒學教授致仕羅勉道，安鄉縣學教諭張巖，儒生李恒、周泰、劉浚、劉南昌、青陽賓，常德等處榷茶提舉司吏魯思明。（《范文正公褒賢集》卷一。）

耀州文正祠祝辭

（元）申屠駉

維大元至正七年歲次丁亥，八月辛未朔，越二十有一日辛卯，奉議大夫、奉元路耀州知州、兼管本州諸軍奥魯勸農事東平申屠駉謹以潔牲清酌、冥楮凈香，敬祭於文正范公而昭以告曰：公昔嘗寵知於耀，駉今忝知於耀。駉也黽勉焉惟前賢之是希，庶幾乎宜後人之所誚。謹告。與祭官雲南省臨安路建水州儒學正役翃蹇仲義、陝西省奉元路耀州同官縣儒學教諭韓城程好問，讀祝儒生汴梁李鼎。（同上。）

贊文

范文正公贊

（宋）蔡　襄

中朝鸞鶴何儀儀，慷慨大體能者誰。之人起家用儒業，馳騁古今無所遺。當年得從諫官列，天庭一露胸中奇。矢身受責甘如薺，沃然華實相葳蕤。漢文不見賈生久，詔書曉落東南涯。歸來俯首文石陛，尹以京兆天子毘。名都翼翼郡國首，里區百萬多占辭。豪宗貴倖矜意氣，半言主者承其頤。昂昂孤立中不倚，傳經決訟無牽羈。老姦黠吏束其手，衆口和附歌且怡。日朝黄幄邇天問，帝前大畫當今宜。文陳疏舉時密啓，此語多祕世莫知。傳者籍籍十得一，一者已足爲良醫。一麾出守番君國，惜此智慮無所施。吾君睿明廣視聽，四招邦俊隆邦基。廷臣諫列復鉗口，安得長喙號丹墀。晝歌夕寢心如疚，咄哉汝憂非汝爲。（《四賢一不肖詩·范仲淹》。）

范文正公贊

（宋）王十朋

堂堂范公，人中之龍。正色立朝，姦邪不容。材兼文武，永履仁義。出將入相，十纔一試。真王佐才，用之未至。（《梅溪前集》卷一一。）

范文正公畫像贊并序

（宋）朱　翌

文正范公名在天壤，功在社稷，國史書之，鐘鼎勒之，四夷百蠻傳之如神明，天下後世仰之如日月。山澤之儒嗟歎不足，仰瞻遺像，再拜而爲之之贊曰：乾綱回薄，妙燮四時。有大坤輿，載厚不移。其中哲人，千載一至。其至維何，天地則理。巍巍文正，國之蓍龜，民之父師，以天下之至重自任，故舉萬鈞而若無，以四海赤子爲心，故甘百謫而不悔。垂紳正笏，聳泰華衡嵩之表；活涸濡枯，傾江河淮濟之利。日月有時而食，而公之名不朽；

鐘鼎有時而盡，而公之功不磨。唐郭令公之武，漢周絳侯之氣，吾儕小人手舌俱廢，拜顙有泚求之夢寐。（《范文正公褒賢集》卷五。）

范文正公真贊

（宋）閻　灝

英英如神，巖巖如山。仁義道德，盎於顔間。大忠皋夔，元功方召。以贊中樞，以尊嚴廟。佑我仁祖，格於皇天。是肅是虔，不傾不騫。維慶有祠，邦民瞻思。慶山可夷，兹堂巍巍。（同上。）

范文正公畫像贊

（金）元好問

文正范公，在布衣爲名士，在州縣爲能吏，在邊境爲名將。其材、其量、其忠，一身而備數器。在朝廷，則又孔子所謂大臣者，求之千百年間蓋不一二見，非但爲一代宗臣而已。丁酉四月，獲拜公像於其孫圓曦，爲之贊云。以將則視管、樂爲不忝，以相則方韓、富爲有餘。其忠可以支傾朝而寄末命，其量可以際圓蓋而蟠方輿。朱衣玄冠，佩玉舒徐，見於丹青。英風凜如古之所謂垂紳正笏，不動聲氣，而措天下爲泰山之安者，其表固如是歟。（同上。）

題范文正公真像

（元）王　惲

岳記梁碑冠古今，當時文筆見忠忱。細思後樂先憂説，士子今誰抱此心。（《秋澗集》卷三二。）

范文正公畫像贊

（元）王　惲

堂堂范公，三代之佐。致君澤民，盡夫在我。曰義與仁，經綸之具。篤信力行，曾不易慮。受知裕陵，千載一遇。其施幾何？貞我百度。狺狺群言，激公而去。天下之事，匪材莫爲。遭時富材，中靳固之。治止斯耶，由數奇耶。再拜公像，涕洟咨嗟。（同上，卷六六。）

范文正公仲淹贊并序

（明）胡　直

范文正公卜一宅基，堪輿家稱最勝，當屢出公卿。公曰：「令吾一家世爲公卿，不如令一郡爲之。」遂捐宅基爲郡學，今蘇州府學是也。贊曰：人心最私，私在孫謀。雖有時賢，懷千歲憂。不營蓋藏，必營宅丘。矧言世卿，有如攜取。苟得以道，孰爲之去。矯矯希文，不取而與。視郡人士，猶己曾玄。堯舜遐矣，異世同詮。偉哉斯人，絶利一源。（《衡廬精舍藏稿》卷一六。）

范文正公贊

（明）方孝孺

古之至人，忘己狥民。一夫顛連，如疾在身。此義不明，貴我賤物。以民自奉，恬不加恤。孰若先生，惟民之憂。飲食夢寐，四海九州。先事而言，庸狡所忌。就其所成，允足經世。世之通患，溺於故常。聖法皇猷，訾以爲狂。誰能致遠，而舍車馬。敢謂先生，不在天下。（《遜志齋集》卷一九。）

范文正公詠

（明）方孝孺

布衣憂社稷，此義古亦然。桓桓高平忠，致主二帝前。時屯道難合，謗息名愈全。繼明有良胤，千載陋韋賢。（同上，卷二三。）

附録十　歷代評論

總評

晏殊《元獻遺文補編》卷一《舉范仲淹狀》　臣伏見大理寺丞范仲淹，爲學精勤，屬文典雅，略分吏局，亦著清聲。前曾任泰州興化縣，興海堰之利。昨因服制，退處睢陽，日於府學之中觀書肄業，敦勸徒衆，講習藝文，不出户庭，獨守貧素，儒者之行，實有可稱。欲望試其詞學，獎以職名，庶參多士之休，允洽崇丘之詠。

宋祁《景文集》卷二〇《送范希文》　日夕朋簪遠，空成咄咄嗟。危言猶在口，飛語已磨牙。室救鵾鶡毁，庭喧獬豸邪。青蒲空頓首，白簡遂爲瑕。身歷千金險，頭經一夕華。便應過楚澤，何異向長沙。簣土障河抇，園葵望日睎。盡焚温室草，尚得使君車。勝壤堪懷古，扁舟復載家。此時能痛飲，努力詠餘霞。

田況《儒林公議》卷下　（高若訥言）：御史范仲淹言事惑衆，離間君臣，自結朋黨，妄自薦引。及知開封府已來，區斷任情。免勘，落天章閣待制，知饒州，及諭中外臣寮執事。臣風聞臣以位備諫列，自仲淹落職之後，諸處察訪端由，參驗所聞，略與敕牓中事符合。臣既見朝廷行遣未至過當，本人謀事疏闊，及躁情狂肆，陷於險薄，遂有離間君臣之罪。固不敢妄有救解也。十六日，有館閣校勘歐陽脩，令人持書抵臣，言仲淹平生剛直，好學通古今，班行中無與比者。謂臣爲御史裏行，日俯仰默默，無異衆人。責臣今來不能辯仲淹所辜，乃庸人常情，作不才諫官，乃昂然自得，了無愧畏，不敢一言。在其任而不言，便當去之，無妨他人之堪其任者。言臣猶有面目見士大夫，出入朝中稱諫官，及謂臣不復知人間有羞恥事。……臣與歐陽脩友結素疏，未嘗失色，非意淩犯，固不可校。然本人謂范仲淹班行無比，稱其非辜，仍言今日天子宰相以迕意逐賢人，責臣不言。臣謂賢臣者，國家恃以爲治也，若陛下以迕意逐之，臣合諫諍；宰臣以迕意逐之，臣合論列。以臣愚見，范仲淹等頃以論事切直，比來亟加進用。知人之失，堯舜病諸。忽兹狂言，自取譴辱。寬大之典，固宜自當。脩乃謂之非辜，稱其無比，仍謂天子以迕意逐賢人，誠恐中外聞之，所損不細，臣所以徘徊切慮而不敢自隱也。

余靖《武溪集》卷二〇韓瑱《書余襄公集後》 景祐歲，范文正公貶不以罪，大臣肆忿，臺諫緘默。余公、歐公交章辯論，義氣所激，非爲利也。既連坐竄逐，後復中以奇禍。果有利心，肯爲是耶？

尹洙《河南先生文集》卷一八《乞坐范天章貶狀》　臣伏睹朝堂榜示，范仲淹落天章閣待制，知饒州，敕辭内有「自結朋黨，妄有薦引」之言。臣知慮闇短，嘗以其人忠亮有素，義兼師友。自其被罪，朝中口語藉藉，多云臣亦被薦論，未知虚實。仲淹若以他事被譴，臣固無預。今觀敕意，乃以朋比得罪。臣與仲淹，義分既厚，縱不被薦論，猶當從坐，況如衆論，臣則負罪實深。雖然國恩寬貸，無所指名，臣内省於心，有靦面目。況余靖自來與仲淹蹤迹比臣絶疏，今來止因上言，獲以朋黨被罪。臣不可苟免，願從降黜，以昭明憲。

石介《徂徠石先生全集》卷一《慶曆聖德頌》　古者，一雲氣之祥，一草木之異，一蹄角之怪，一羽毛之瑞，當時群臣猶且濃墨大字、金頭鈿軸，以稱述頌美時君功德，以爲無前之休，丕天之績。如仲淹、弼，實爲不世出之賢。求之於古，堯則夔、龍，舜則稷、契，周則閎、散，漢則蕭、曹，唐則房、魏，陛下有之。諸臣亦皆今天下之人望，爲宰相諫官者，陛下盡用之。……惟汝仲淹，汝誠予察。太后乘勢，湯沸火熱。汝時小臣，危言業業。爲予司諫，正予門闌。爲予京兆，塈予讒説。賊叛於夏，往予式遏。六月酷日，大冬積雪。汝暑汝寒，同於士卒。予聞辛酸，汝不告乏。予晚得弼，予心弼悦。弼每見予，無有私謁。以道輔予，弼言深切。予不堯舜，弼自笞罰。諫官一年，奏疏滿篋。侍從周歲，忠力盡竭。契丹亡義，檮杌饕餮。敢侮大國，其辭慢悖。弼將予命，不畏不懾。卒復舊好，民得食褐。沙磧萬里，死生一節。視弼之膚，霜剥風裂。觀弼之心，鍊金鍛鐵。寵名大官，以酬勞渴。弼辭不受，其志莫奪。惟仲淹弼，一夔一契。天實賚予，予其敢忽？并來弼予，民無瘥札。

《宋大詔令集》卷一九二宋仁宗《責范仲淹敕榜朝堂》　爲臣之方，憸言罔上者苟辟；行己之道，挾私立黨者必懲。質於舊章，敢廢公議？范仲淹比緣陞擢，驟委劇煩。罔畏官守之隳，專爲矯厲之趣。奏述狂肆，疑駭衆多。既妄露於薦稱，仍密行於離間。本於躁率，但恣詆欺。降守方州，尚寬彝憲。然念士操之美，蹈道是先；職局之分，出位爲責。爰從近歲，多悖此風。授仕者以宿業爲嗤，獻規者以服讒爲得，沽激名譽，協比朋儔，務騁譎辭，有玷醇治。昔周以百官箴闕，無越職之文；唐以判最辨材，無侵事之舉。咨爾多士，各儆攸司，勿捨己以營他，勿背公而稔釁。排根引重，奚習多岐；衒直奸私，寧或取悔。勉思中正之言，靡蹈婾薄之尤，咸自敦修，以稱朕意。

歐陽脩《歐陽文忠公集》卷八一《范仲温可台州黄巖縣尉制》 敕具官范仲温：爾弟仲淹參吾大政，方欲輔朕平賞罰，推至公，以修紀綱而正庶位。

又卷九七《論韓琦范仲淹乞賜召對事劄子》 今韓琦、范仲淹久在陝西，備諳邊事，是朝廷親信委任之人。况二臣才識不類常人，其所見所言之事，不同常式言事者，陛下最宜加意訪問。自二人到闕以來，只是逐日與兩府隨例上殿，呈奏尋常公事，外有機宜大處置事，并未聞有所建明，陛下亦未曾特賜召對，從容訪問。况今西事未和，邊陲必有警急，兼風聞北虜見在凉甸與大臣議事，外邊人心憂恐。伏望陛下因無事之時，出御便殿，特召琦等從容訪問，使其盡陳西邊事宜合如何處置。今琦等數年在外，一旦歸朝，必有所陳。但陛下未賜召問，此二人亦不敢自請獨見。至如兩府大臣，每有邊防急事，或令非時召見聚議，或各令互述所見，或只召一兩人對見商量，此乃帝王常事，祖宗之朝并亦如此，不必拘守常例也。

又《論禁止無名子傷毁近臣狀》 伏自陛下罷去吕夷簡、夏竦之後，進用韓琦、范仲淹以來，天下欣然，皆賀聖德。君子既蒙進用，小人自恐道消，故共喧然，務騰讒口，欲惑君聽，欲沮好人。不早絶之，恐終敗事。

又卷九八《論王舉正范仲淹等劄子》 臣伏見朝廷擢用韓琦、范仲淹爲樞密副使，萬口歡呼，皆謂陛下得人矣。然韓琦禀性忠鯁，遇事不避，若在樞府，必能舉職，不須更藉仲淹。如仲淹者，素有大材，天下之人皆許其有宰輔之業，外議皆謂在朝之臣忌仲淹材名者甚衆。陛下既能不惑衆説，出於獨斷而用之，是深知其可用矣，可惜不令大用。蓋樞府只掌兵戎，中書乃是天下根本，萬事無不總治。伏望陛下且令韓琦佐樞府，移仲淹於中書，使得參預大政。況今參知政事王舉正，最號不才，久居柄用，柔懦不能曉事，緘默無所建明，且可罷之，以避賢路。或未欲罷，亦可且令與仲淹對换。當今四方多事，二虜交侵，正是急於用人之際。凡不堪大用者去之，乃叶天下公論，不必待其作過，亦不須俟其自退也。況若令與仲淹對换，則於舉正不離兩府，全無所損。伏望陛下思國家安危大計，不必顧惜不材之人，使妨占賢路。

又卷九九《論西賊議和利害狀》　伏自西賊請和以來，衆議頗有異同，多謂朝廷若許賊不稱臣，則慮北戎别索中國名分，此誠大患。……今如遣范仲淹處置邊防，稍不失所，則賊之勝負尚未可知。以彼驕兵，當吾整旅，使我因而獲勝，則善不可加。但得兩不相傷，亦已挫賊鋭氣。縱仲淹不幸小敗，亦所失不至如前後之繆謀，是比於通和之後别有大患，則所損猶少。此善算之士、見遠之人，所以知不和害小，而不懼未和也。

又《論范仲淹宣慰陝西劄子》　伏睹朝旨，已差范仲淹、田況等爲宣撫使。今日風聞韓琦以仲淹已作參政，欲自請行，不知是否？以臣愚見，不若且遣仲淹速去。琦與仲淹，皆是國家委任之臣，材識俱堪信用。然仲淹於陝西軍民恩信，尤爲衆所推伏。今若仲淹外捍寇兵，而琦居中應副，必能共濟大事，庶免後艱。若陛下以新用仲淹，責其展效，則且令了此一事，俟邊防稍定，不兩三月自可還朝，既先弭於外虞，可漸修於闕政。今邊事是目下之急，不可遲緩，以失事機。伏望斷自宸衷，輟仲淹速去，以備不虞。取進止。

又卷一〇一《論乞主范仲淹富弼等行事劄子》 臣伏聞范仲淹、富弼等自被手詔之後，已有條陳事件，必須裁擇施行。臣聞自古帝王致治，須待同心叶力之人。而君臣相得，謂之千載一遇之難。今仲淹等遇陛下聖明，可謂難逢之會；陛下有仲淹等，亦可謂難得之臣。陛下既已傾心待之，仲淹等亦又各盡心思報。上下如此，臣謂事無不濟，但顧行之如何。伏況仲淹、弼是陛下特出聖意自選之人。初用之時，天下已皆相賀，然猶竊謂陛下既能選之，未知用之如何耳。及見近日特開天章，從容訪問，親寫手詔，督責丁寧，然後中外喧然，既驚且喜。此二盛事，固已朝報京師，暮傳四海，皆謂自來未曾如此責任大臣。天下之人延首拭目，以看陛下欲作何事，此二人所報陛下果有何能？是陛下得失，在此一舉；生民休戚，繫此一時。以此而言，則仲淹等不可不盡心展效，陛下不宜不力主而行，使上不玷知人之明，下不失四海之望。臣非不知陛下專心銳志，必不自怠；而中外大臣且憂國同心，必不相忌而沮難。然臣所慮者，仲淹等所言，必須先絶僥倖因循姑息之事，方能救數世之積弊。如此等事，皆外招小人之怨怒，不免浮議之紛紜，而姦邪未去之人亦須時有讒沮，若稍聽之，則事不成矣。臣謂當此事初，尤須上下叶力。凡小人怨怒，仲淹等自以身當；浮議姦讒，陛下亦須力拒。待其久而漸定，自可日見成功。

又卷一〇四《論内出手詔六條劄子》 臣伏聞近出手詔，條六事以賜兩府大臣，有以見陛下憂勤責任之意。然而天下紀綱隳壞，皆由上下因循。一旦陛下奮然，雖有責成之心，而大臣尚習因循之弊，不能力行改作，以副聖懷。自去年范仲淹、韓琦等特被選擢，陛下尋開天章閣召見，而大臣遞互相推，并不建明一事以救天下之弊。洎至内出手詔，范仲淹、富弼等方始各條數事。至今半年有餘，或寢而不行，或行而不盡，或雖行而未有明效。

又卷一〇五《再論水洛城事乞保全劉滬劄子》 自有西事以來，朝廷擢用邊將極多，能立功效者絶少，惟范仲淹築大順城，种世衡築青澗城，滬築水洛城耳。

又卷一〇七《論杜衍范仲淹等罷政事狀》 臣伏見杜衍、韓琦、范仲淹、富弼等，皆是陛下素所委任之臣，一旦相繼罷黜，天下之士皆素知其可用之賢，而不聞其可罷之罪。臣雖供職在外，事不盡知，然臣竊見自古小人讒害忠賢，其説不遠。欲廣陷良善，則不過指爲朋黨；欲動摇大臣，則必須誣以專權。其故何也？夫去一善人而衆善人尚在，則未爲小人之利；欲盡去之，則善人少過，難爲一二求瑕；惟有指以爲朋，則可一時盡逐。至如大臣已被知遇而蒙信任，則難以他事動摇，惟有專權，是上之所惡，故須此説，方可傾之。臣料衍等四人各無大過，而一時盡逐，弼與仲淹委任尤深，而忽遭離間，必有以朋黨、專權之説上惑聖聰。臣請試辨之。昔年仲淹初以忠言讜論聞於中外，天下賢士争相稱慕，當時奸臣誣作朋黨，猶難辨明。自近日陛下擢此數人，并在兩府，察其臨事，可以辨明也。蓋衍爲人清慎而謹守規矩，仲淹則恢廓自信而不疑，琦則純正而質直，弼則明敏而果鋭。四人爲性，既各不同，雖皆歸於盡忠，而其所見各異，故於議事，多不相從。至如杜衍欲深罪滕宗諒，仲淹則力争而寬之。仲淹謂契丹必攻河東，請急修邊備。富弼料以九事，力言契丹必不來。至如尹洙，亦號仲淹之黨，及争水洛城事，韓琦則是尹洙而非劉滬，仲淹則是劉滬而非尹洙。此數事尤彰著，陛下素已知者。此四人者，可謂天下至公之賢也。平日閑居，則相稱美之不暇；爲國議事，則公言廷諍而不私。以此而言，臣見衍等真得《漢史》所謂忠臣有不和之節，而小人讒爲朋黨，可謂誣矣。臣聞有國之權，誠非臣下之得專也。然臣竊思仲淹等自入兩府以來，不見其專權之迹，而但見其善避權也。夫權，得名位則可行，故好權之臣必貪名位。自陛下召琦與仲淹於陜西，琦等讓至五六，陛下亦五六召之。至如富弼三命學士，兩命樞密副使。每一命，未嘗不懇讓，懇讓之者愈切，而陛下用之愈堅。此天下之人所共知，但見其避讓太繁，不見其好權貪位也。及陛下堅不許辭，方敢受命，然猶未敢别有所爲。陛下見其皆未行事，乃開天章，召而賜坐，授以紙筆，使其條事。然衆人避讓，不敢下筆，弼等亦不敢獨有所述。因此又煩聖慈，特出手詔，指定姓名，專責其條列大事而行之。弼等遲回，近及一月，方敢略條數事。仲淹老練世事，必知凡事難遽更張，故其所陳，志在遠大而多若迂緩，但欲漸而行之以久，冀皆有效。弼性雖鋭，然亦不敢自出意見，但舉祖宗故事，請陛下擇而行之。自古君臣相得，一言道合，遇事便行，更無推避。臣方怪弼等蒙陛下如此堅意委任，督責丁寧，而猶遲緩自疑，作事不果，然小人巧譖已曰專權者，豈不誣哉！至如兩路宣撫，國朝常遣大臣。況自中國之威，近年不振，故元昊叛逆一方，而勞困及於天下。北虜乘釁，違盟而動，其書辭侮慢，至有貴國、祖宗之言。陛下憤耻雖深，但以邊防無備，未可與争，屈意買和，莫大之辱。弼等見中國累年侵凌之患，感陛下不次進用之恩，故各自請行，力思雪耻，縁山傍海，不憚勤勞，欲使武備再修，國威復振。臣見弼等用心，本欲尊陛下威權以禦四夷，未見其侵權而作過也。伏惟陛下睿哲聰明，有知人之聖，臣下能否，洞見不遺。故於千官百辟之中，親選得此數人，驟加擢用。夫正士在朝，群邪所忌；謀臣不用，敵國之福也。今此數人一旦罷去，而使群邪相賀於内，四夷相賀於外，此臣所以爲陛下惜之也。伏惟陛下聖德仁慈，保全忠善，退去之際，恩禮各優。今仲淹四路之任亦不輕矣，願陛下拒絶群謗，委信不疑，使盡其所爲，猶有裨補。方今西北二虜交争未已，正是天與陛下經營之時，如弼與琦，豈可置之閑處？伏望陛下早辨讒巧，特加圖任，則不勝幸甚。

又《論兩制以上罷舉轉運使副省府推判官等狀》 緣自去年陛下用范仲淹、富弼在兩府，值累年盜賊頻起，天下官吏多不得力，因此屢建舉官之議。然亦不是自出意見，皆先檢祖宗故事，請陛下擇而行之，所以元降敕文，首引國書爲言是也。當時臣寮，并不論議。近因仲淹等出外與朝廷經畫邊事，讒嫉之人幸其不在左右，百端攻擊。只此事，朝廷不暇審察，便與施行。

又卷一一三《奏議》 景祐中，范仲淹言宰相吕夷簡，貶知饒州。皇祐中，唐介言宰相文彦博，貶春州别駕。至和初，吴中復、吕景初、馬遵言宰相梁適，并罷職出外。……自范仲淹貶饒州後，至今凡二十年間，居臺諫者多矣，未聞有規諫人主而得罪者。

又卷一一四《言西邊事宜第一狀》 既而朝廷用韓琦、范仲淹等，付以西事，極力經營，而勇夫鋭將亦因戰陣稍稍而出。數年之間，人謀漸得，武備漸修，似可枝梧矣。然而天下已困也，所以屈意忍耻，復與之和，此慶曆之事爾。今則不然。

又卷一四四《與韓忠獻王書一五》 近范純仁寺丞見過，得睹所製《奏議集序》，豈勝榮幸。文正遺忠獲存於不朽，亦勸善之道也。某亦爲其子迫令作《神道碑》，不獲辭。然惟范公道大材閎，非拙辭所能述。富公墓刻直筆不隱，所紀已詳。而群賢各有撰述，實難措手於其間。近自服除，雖勉牽課，百不述一二。今遠馳以干視聽，惟公於文正契至深厚，出入同於盡瘁，竊慮有紀述未詳及所差誤，敢乞指諭教之。此繫國家天下公議，故敢以請，死罪死罪。

又卷一五〇《與澠池徐宰書四》 某啓：人至，辱書，承官下無恙，深慰深慰。所云進取之道，能具達其如此，夫復何患？諭及富公言《范文正公神道碑》事，當時在潁，已共詳定如此爲允。述吕公事，於范公見德量包宇宙，忠義先國家。於吕公事各紀實，則萬世取信。非如兩仇相訟，各過其實，使後世不信，以爲偏辭也。大抵某之碑，無情之語平；富之誌，嫉惡之心勝。後世得此二文雖不同，以此推之，亦不足怪也。其官序非差，但略爾，其後已自解云「居官之次第不書」，則後人不於此求官次也。幸爲一一白富公，如必要換，則請他别命人作爾。

張方平《樂全集》卷一《謁青州范天章》 劍横驢膊儒裝陋，戟列臺門霸府雄。喜似禰衡逢北海，直須雷焕辨南豐。謬悠爲説非今味，疏略言詩粗古風。更似賈生多歎息，聞公真賞勝吴公。

又《呈范天章》 詔起東山對紫庭，清風蕭灑動階蓂。讜言幾爲忠邪發，大用須憑廟社靈。武庫神兵羅斧戟，大宫禮器列籩鉶。願公早入當鈞軸，重演三篇相武丁。

又卷二《謝范天章薦應制科》 初闢明堂見帝軒，此時寧得戀丘園。程文懶謁春官氏，决策思干法扆尊。千古聲名傳鶚表，四方豪俊望龍門。若趨丹陛承清問，何以酬知或敢言。

又卷二五《請裁減資任恩例奏》 臣竊聞近有恩旨，將來聖節，自大卿監已上陳乞恩澤，并令依舊者。慶曆四年，范仲淹奏定臣寮任子弟之制，其間難行如國子監、尚書省鏁試等事，并已衝改，只是恩例見行。今自知雜御史以上，何勤於國，歲任京官一員，祖宗之時，未有此事。近歲積累僥倖，爲此弊法，范仲淹新請略從裁損，考之理道，已是過宜。

蘇舜欽《蘇學士文集》卷六《蘇子美聞京兆范希文謫鄱陽尹十二師魯以黨人貶郢中歐陽九永叔移書責諫官不論救而謫夷陵令因成此詩以寄且慰其遠邁也》 朝野蔚多士，裒然良可羞。伊人秉直節，許國有深謀。大議摇巖石，危言犯采旒。蒼黄出京府，憔悴謫南州。引黨俄嗟尹，移書遽竄歐。安慚言得罪，要避曲如鈎。郢路幾束馬，荆川還泝舟。傷心衆山集，舉目大江流。遠動家公念，師魯父作牧於東川。深貽壽母憂。歐陽永叔之母垂老。横身罹禍難，當路積仇讎。衛上寧無術，亢宗非所優。吾君思正士，莫賦畔牢愁。

又卷九《上范希文書》　某觀古之烈士，受人一言一顧之重，不計己之能否、事之重輕，殞命捐軀，無向而不入，或促其禍敗，累於所知者多矣。然史氏稗説，皆輒以之稱述其事，而警厲偷淺。某竊謂其勇敢敦氣節則有餘，至於成就大計，趣道與權，則不足矣。故某自少小迨於作官，所爲不敢妄，必審處己之才能而傅會於道，人雖不知，自信甚篤且久矣。昨者，朝廷以閣下才謀絶世，負天下之重望，倚之以究西事，故閣下開置幕府，收策志慮英犖之士以自廣。蓋以兵者重器，資群材以共舉，一失其任，則折衄報之。而閣下誤有聽采，將引猥瑣置於左右，委言垂意，發於顔色。某非不知依閣下之重，可以取光價而自振起，設臨幾事不能有所建弼，恥也；有所建弼而不合於義，不行焉，亦恥也，况於輕撓哉！反是，則不惟虧損閣下之望，某終身可廢，無所容焉，是以上犯盛意，懇激避辭者，蓋在此也。然某雖至冥愚，内荷閣下之顧，夙夕感慨，思有所報。昨聞閣下以張存不才，自求守延州，物論喧然，以閣下領經略之權，自可往來陜右，進退在己，延州逼近賊鋒，而能舍安逸以就危隘，雖古人不逮也。又或云閣下居長安，統二於人，不能明白立功名，將高舉遠去以自異。此二塗未必中閣下之度，以某觀之，既白張存，則不得不自請，但裁授之際，有所未安。何者？以閤下爲經略，則自陝西以至於邊徼，斥候皆可處置；在延則局守於一州，於他郡不接矣。他郡不接或可，不能仰制關中，事則可慮也。蓋關中之俗，大抵彊悍豪忍，又形勢險固，出於天下。今方盡取鄉民，籍之爲兵，得操弓兵以自肄習，往來道路，與寇賊不辨。小人少思慮，加之氣俗，又得此利器，幸而歲常豐，父兄家老聚居可約束，不幸少歉，父兄不能保有其子弟，必將人人依險以自快，則其將奈何邪？况朝廷前有意令其自衛，不率以戰，今條約煩細，又迫驅之以向敵，人頗失望，有天下而失人以信，後將何所恃焉？昨者延安、鎮戎殺害民畜，不可勝紀，死氣結戾不判，必能變亂陰陽之和。今雖少稔，恐來年宿麥不登，民必狼顧矣。弱者流轉，彊者化而爲貪賊，則心腹自有疾矣。閤下居延州，雖能制昊賊之命，係虜其種族，逐之絶漠而遁，亦何救關中之事邪？故某謂西羌不足憂於關中也。近日竊聞鄰郡數勝，頗得馬畜，屠其柵壘，火其聚積，朝廷即時越次以賞其勞，使人得自有其所得，軍聲稍振，士百其勇。以某觀之，古之善禦戎者，豈特是哉？蓋務訓撫吾民，使安其業，不以非義動。扼其衝塞，絶其互市，閉之沙漠之外，俟其隙且困則破散之。晨鈔夕盜，與競寸尺之地，非大國之體也。某反慮將佐不知此事，鋭而少思，狃毫髮之勝，中其詭譎，而所喪必大。蓋兵家之法，必以餌驕人而後取之。况羌虜常以伏奇包衆勝中國，當此之際，閤下能部勒諸將，分乘險阻，不使習小利以爲功，持重其體而死其姦謀，不憚曠日而使之内潰，此孫武所謂善之善者也。况夫體幽静則謀精而威，氣張鋭則令煩而墮，閣下立謀而首令者也，以身繫安危，可不慎哉！若能去延州之狹以自任，撫關中之人以示信，而又沈遠變動，則何敵之敢先哉？懸料古人所難，况某淺識，而欲上贊遠略？然區區之誠，腷臆於内，萬覬一得，以補高明，撫斷之餘，特賜省閲，幸甚。窮邊寒苦，乞加護練，不任懇激之至。

又《上范公參政書》　五月日，某頓首獻書於參政諫議閣下：某伏觀自唐至於本朝，賢者在下位，天下想望傾屬，期至公相，聲名烜赫，未有如閣下者。自閣下作諫官，天下之人引領數日，望閣下入兩府，使天下被其賜；及閣下受譴，天下之人識與不識，皆歎息怒駡，以謂宰相蔽君怙權，不容賢者在朝，將日衰弊，無復太平之期。當是時，無此言者，衆指以爲愚。惟是險姦凶殲之人，嫉閣下聲名出人，甚於讎寇，然騙於群議，喑嗚相次，伏毒不敢開口，但日日窺伺閣下之失，將以快意。羌賊不庭，西方用武，策畫顛倒，兵帥敗没，衆謂非閣下之才，不能了此事。天子采天下之議，用閣下於延州，果能使士卒奮厲，逆寇聞之，不敢窺境，有求和之請。時堂上有沮陷者，議者欲食其肉。某嘗静思，閣下功業未及天下，而天下之人愛而美之，非人之盡受惠也，由閣下藴至誠，以康濟斯民爲己任，故誠之感人，如四時之氣，鼓動萬物，遠近無不被也。去年天子又采天下之議，召閣下入政府，天下之人踴躍詠歌，若已得之，皆曰：「朝廷用人如此，萬事何足慮！」日傾耳拭目，望閣下之所爲。未及半年，時某自山陽還臺，已聞道路傳云：「閣下因循姑息，不肯建明大事。」時尚竊竊私語，未敢公然言也。某既絶不之信，必謂怨惡之人煽成此謗，談者好奇易傳耳。及至都下，言者稍衆，不復避人矣。某始疑之，是何知於前而昏於此邪？既而又爲辨之曰：「治久疾者不可速責以效，苟以悍劑暴藥攻之，死生未可知也。」談者或然之。已而某又當閣下之薦，不復可與衆辨矣。與之合倡，實不忍爲，但惻然媿羞，喑不敢言，而念慮終夕，不能去懷，乃知古之烈士爲知己死者以此也。某又竊觀閣下所爲，於時亦孜孜數有建白，未甚爲曠，是何毁之多也？豈誠之少衰，不鋭於當年乎？豈施設之事，未合群望乎？豈以有高世之名，未見爲高世之事乎？愚者不可曉，但聞論議之衆，皆云：「教訓醫工，更改磨勘，復職田，定贖刑之類，皆非當今至切之務。譬如倒懸者饋之以食，大餧者飲之以漿，徒益人之忿耳。」某受閣下非常之知，日思所報，欲閣下之譽復如當年，念之無他術焉，必取衆議而用之，則皆厭然而服，不復有所詆訾矣。今輒條數事，布於左右，非出於淺見寡識，蓋得之群言焉。若閣下擇其一二上聞而行之，於國甚利，人又甚樂，故非刻薄僥一時之利也。今議稍喧矣，閣下若更畏縮循默，顧望而不爲，則不唯國計漸隳，亦恐禍患及身矣。如此，則使姦孅之人得以藉口而快意，天下之人疑惑，有名之人天子不肯采群議而用人，是不爲來者之地，閣下其念之。今所建之事，不合指極，不過於免位，則天下之責不及；若不建事而無所爲，天子將采天下責而免閣下；若天子未免閣下，安能肆然久當天下之責乎？必因事求免，含胡而退，則人無後望，平生令名至此盡之矣。夫建事而免，絶異遠甚；苟建而得行，位自不免，於朝廷之利大，閣下之聲名復還，不亦美乎！所建之事，不必某之所陳，其術在衆論之長者，閣下納而行之，無憚其大且難也。嗚呼！歲月有去而無回，功名難成而易隳，此古人所以珍重寸陰，而皇皇於立事也。若蹉跌失時，則齎汨前志，則抱恨萬世，爲來者所笑戮，無復自明，亦已痛哉！亦可惜哉！幸閣下留意焉。

又卷一一《乞納諫書》　夫納善進賢，宰相之事，蔽君自任，未或不亡。今諫官、御史，又多出其門下，但務希旨，即取好官，多士盈庭，噤不得語，陛下拱深宫之内，何由得聞天下之務乎？臣前見陛下以孔道輔、范仲淹剛直不撓，致位諫臺，後雖改他官，不忘獻納。此二臣者，非不知緘口數年，坐得卿輔，蓋不敢負陛下委注之意，虧臣子忠藎之節，而皆罹中傷，竄謫不暇，使正臣奪氣，鯁士咋舌，目睹時弊，口不敢論。

韓琦《安陽集》卷六《與餘杭希文資政經時兩絶音問忽得訊正與近致書同日因以詩寄》　閏首郵音得到無，使來還喜發雙魚。卻思塞上經時問，恰是吴中當日書。人邈江山神自照，道存忠義信從疏。昔年元白慈恩事，詩意雖同志未如。

又卷一四《乞擇輔弼奏》 若杜衍、范仲淹、孔道輔、宋祁、胥偃，衆以爲忠正之臣，可備進擢。不然，嘗所用者王曾、吕夷簡、蔡齊、宋綬，亦人所屬望，何不圖任也？

强至《韓忠獻公遺事》 魏公謂：「挺然忠義，奮不顧身，師魯之所存也；身安，國家可保，明消息盈虚之理，希文之所存也。」敢問二公。曰：「立一節，則師魯可也，考其終身不免，終亦無所濟；若成就大事，以濟天下，則希文可也。」

沈括《夢溪筆談》卷二五 范文正常言：史稱諸葛亮能用度外人。用人者莫不欲盡天下之才，常患近己之好惡而不自知也，能用度外人，然後能周大事。

蘇洵《蘇老泉先生全集》卷一《上富丞相書》 及范文正公在相府，又欲以歲月盡治天下事，失於急與不忍小忿，故群小人亦急逐之，一去遂不復用，以歿其身。伏惟閣下以不世出之才，立於天子之下，百官之上，此其深謀遠慮必有所處，而天下之人猶未獲見。

蔡襄《端明殿學士蔡忠惠公文集》卷九《范仲淹男純粹等四人授守將作監主簿制》 仲淹素竭忠力，勤勞王家。不克永年，奄爾淪逝。嗟其材賢，不可見已，并録子姓，逮於族親。或列名京僚，或試秩監省。始終之典，予惟不忘；清白之訓，爾宜自勉。

又《范仲淹親外孫賈公直試將作監主簿制》 朕以仲淹勤勞王家，忠義一節，奄爾淪謝，悼於予衷。録其外姻，試秩監省。勉思所立，毋忝異恩。

又卷一四《乞罷王舉正用范仲淹奏》 臣伏以當今之務，至要至切者，莫若擇執政之臣；執政之臣苟容不材，欲百職修舉者，無有也。切見參知政事王舉正，材能最下，久忝大用，柔懦緘默，無補於時，天下之人指目。羌虜爲患，兵戈未寧，生民窮困，國賦貧蹙，陛下豈不念祖宗社稷之重，國家安危之計，而令舉正碌碌備員？自陛下擢用韓琦、范仲淹以來，人人日期大任。韓琦、仲淹見已到闕，若以處置邊事，韓琦足以當之。乞移仲淹參知政事，其舉正伏乞退罷，以叶公議。

又卷一五《乞用韓琦范仲淹奏》 臣伏見去月以來，陛下拔任諫官，都下翕然稱慶。又數日，罷夏竦樞密使，用韓琦、范仲淹作樞密副使。制命一出，士大夫賀於朝，庶人喜於路，至有飲酒叫號以爲樂者，謂陛下去邪任忠，可刻日以觀太平矣。

又卷二一《論范仲淹韓琦辭讓狀》 臣伏見陝西路招討使韓琦、范仲淹等各除樞密副使，并以西寇未寧，懇辭恩命。朝廷再賜手詔，督令赴闕。臣竊料琦等必再有陳論免讓。於未决之間，而異同之説有三焉：曰使琦、仲淹皆來也，曰一處乎內、一處乎外也，曰皆留在邊也。使之皆來者，此朝廷之本意。蓋陛下推獨斷之明，採至公之論，以二人久處邊陲，詳知本末，致之密宥，思有更變，將以求破賊之計耳。然論者之説曰：邊臣最苦者，奏報文字或有稽緩，或即裁損，動不如意，所以久無成功。今得邊臣而任之，細大可知，表裏相應也。用兵不勝，由軍制未立，無部分統轄之法，若不更變，未見可勝之期。今得邊臣而任之，可責以更變之術，所以宜一者處乎內也。西寇雖已請盟，而戎心不可倚信。琦等素習兵事，上下之情通浹。今盡還朝，新帥鄭戩，山川之險易未知，軍旅之部伍未練，若賊乘我機便，忽有奔突，必難制禦。此所以宜一者留於外也。曰皆留在邊者，此沮抑之論也。惡琦、仲淹者若於陛下前百般毁短之，陛下必不信矣；若稱其材德而言之，陛下不得不疑也。必謂仲淹等威名已著，羌戎甚畏，今將去邊，必有侵擾，臣謂不然。仲淹作招討使，羌戎既畏其威名，今在樞府，正議兵謀，其畏必甚矣。若謂關中民情素所倚賴，今既還朝，衆失所望，臣又謂不然。昔在陝西，民既倚賴，今在樞府，必陳利病而行之，所賴者愈大。以是校之，情僞甚明。然或者謂二人孰宜處於內外，臣以物議言之，二臣之忠勇，其心一也。若以才謀人望，則仲淹出韓琦之右。處內者謀之，而處外者行之，故仲淹宜來，琦當留邊，於理甚當也。其韓琦、范仲淹，伏乞朝廷不聽辭讓，各授恩命，上以明陛下任賢之堅意，下以協衆庶之公論也。

楊皐《范文正公畫像贊》　青衫下僚，名世高節。捍患御災，豈爲在余。

文同《丹淵集》卷三九《龍圖毋公（湜）墓誌銘》　嘗賜對便坐，公言：「帝王治國之本，職在專求公相。以自羽翼。杜衍、范仲淹不幸早去陛下左右，自後所得，如衍、仲淹者幾何人？雖有可用者，皆被散使在外。竊恐陛下風教，自此無如先時。」仁宗大悟，連復其所可用者，朝論翕然嘉之。

王珪《華陽集》卷二二《進故事三》　恭惟仁宗皇帝在位四十二年，所任執政皆極當世之選，如韓琦、范仲淹、富弼尤其彰彰者。方是時，百官效職，而人無棄材，庶功即叙，而事無遺策，所謂人主穆然無爲，坐視其成功者也。

張載《張子全書》卷一三《慶州大順城記》　慶曆二年某月日，經略元帥范公仲淹，鎮役總若干，建城於柔遠寨東北四十里故大順川，越某月日，城成。汴人張載謹次其事，爲之文以記其功。詞曰：兵久不用，文張武縱，天警我宋，羌蠢而動。恃地之彊，謂兵之衆，傲侮中原，如撫而弄。天子曰嘻！是不可捨。養奸縱殘，何以令下？講謨於朝，講士於野。鍖刑斧誅，選副能者。皇皇范侯，開府於慶。北方之師，坐立以聽。公曰彼羌，地武兵勁，我士未練，宜勿與競。當避其强，徐以計勝。吾視塞口，有田其中，賊騎未迹，卯横午縱。余欲連壁，以禦其衝，保兵儲糧，以俟其窮。將吏掾曹，軍師卒走，交口同辭，樂贊公命。月良吉日，將奮其旅。出卒於營，出器於府。出幣於帑，出糧於庾。公曰戒哉，勿敗我舉！汝礪汝戈，汝盪汝斧，汝干汝誅，汝勤汝與。既戒既言，遂及城所。索木箕土，編繩奮杵。胡虜之來，百千其至。自朝及辰，衆積我倍。公曰無譁，是亦何害。彼奸我乘，及我未備，勢雖不敵，吾有以恃。爰募强弩，其衆累百，依城而陣，以堅以格。戒曰謹之，無鬬以力。去則勿追，往終我役。賊之逼城，傷死無數。謨不我加，因潰而去。公曰可矣，我功汝全，無怠無遽，城之惟堅。勞不累日，池隍以完。深矣如泉，高焉如山。百萬雄師，莫可以前。公曰濟矣，吾議其旋。擇士以守，擇民而遷。書勞賞才，以飫以筵。圖到而止，薦聞於天。天子曰嗟！我嘉汝賢。錫號大順，因名其川。於金於湯，保之萬年。

劉敞《公是集》卷五《賀范龍圖兼知延安》　大兵昔摧傷，兩將折旗鼓。哀哉中國士，化作城下土。冤魂不得返，殺氣凌彼蒼。天亦爲之悲，白晝日無光。人言此城下，往往鬼神哭。此事天子憂，此心大夫辱。昔公守東越，人怨公不用。今日公在西，知公德持重。築城不必堅，解甲不可攻。何況保金城，弛張皆繫公。汲黯輔炎漢，淮南内聳懼。郅都守窮邊，匈奴爲之去。此事昔所聞，今日見所親。折衝樽俎間，震動旃裘民。國恥行且刷，寇讎不可保。斯人歎微管，願及太平老。

又卷二四《聞范饒州移疾》　汲黯廉平漢主知，淮陽移病苦清羸。偃藩政事應無及，伏閤精神定未衰。天欲期人身必乏，帝疑飛將數多奇。何當半夜開宣室，獨使雍容對受釐。

又卷二六《聞韓范移軍涇原兼督關中四路》　涇原非遠略，韓范各名卿。地盡三秦國，身當萬里城。指麾沙漠静，談笑鐵山輕。報國心如日，憂民病若酲。終軍材冠世，汲黯知直名。風雪隨車騎，鷹鸇起旆旌。年年戰頻衄，事事淚堪横。會刷蒼生恥，重看鑄劍耕。

蘇頌《蘇魏公文集》卷六〇《太中大夫陳公（繹）墓誌銘》　臣嘗預修《仁宗實録》，見康定、慶曆間論西事者，争言攻討之利，惟范仲淹獨異不合，自好水川之敗，方深懲艾。願以此戒邊臣無貪小利，使邊裔懷服恩信，天下幸甚。

蘇轍《欒城集》卷三〇《范純禮發運副使告詞》 慶曆名臣，莫如文正之賢者。

又卷三六《論臺諫封事留中不行狀》 仁宗皇帝仁厚淵嘿，不自可否，是非之論，一付臺諫。孔道輔、范仲淹、歐陽脩、余靖之流，以言事相高。此風既行，士恥以鉗口失職。當時執政大臣豈皆盡賢，然畏忌人言，不敢妄作。一有不善，言者即至，隨輒屏去。故雖人主寬厚，而朝廷之間無大過失。

又《欒城後集》卷二〇《祭范彝叟右丞文》 維昔先正，文正稱首。嗟我晚生，不識耆舊。從事南都，見其叔子。議論琅然，前人是似。

朱長文《樂圃餘稿》卷九《題丞相范純仁詩後》 范氏自文正公爲全德良弼，而貫之嗣稱名臣。及丞相以直道致臺輔，吏部以厚德儀中臺，寶文以籌策帥邊州，奕葉載德，爲邦家光，可謂世濟其美者也。

又《與諸弟書》 范文正公置義田、義宅，至今四十年，而丞相、侍郎兄弟繼成其志，近益增廣。九族之間，莫不被其惠。况汝諸弟皆同生，守其舊業，可以同處。《詩》云：「高山仰止，景行行止。」可不慎哉！

黄庭堅《山谷全書・續集》卷一九《與元勳不伐書八》 每承惠問輒累幅，似不必爾。頃收得尹師魯、范文正、歐陽文忠、謝希深數公，皆可寄千里者，細字一幅爾。

董棻《嚴陵集》卷四張伯玉《題思范軒二首》 英衮多年去竹軒，更思風節記山樊。抗言后坐遺忠美，見《爰盎傳》却遠慎夫人坐次故事。通使河源舊策存。文正嘗總西事。詩石欲留千古永，竹閣唱和數首，太守孝叔書丹。棠陰還對一樓繁。西湖有甘棠樓，亦旌德政。使君才望須相繼，莫厭林間駐畫轓。天下儒宗不世勳，履聲今絶豈重聞。空餘逸韻傳流水，猶喜清風在此君。山倚孔祠分積翠，文正初建孔祠於此山西。篆尋嚴瀨掛香雲。文正爲《嚴光廟記》，郡倅篆石。接花酬唱將三（記）〔紀〕，時拂塵篇見舊文。某嘗爲《接花歌》，文正得之於從事章君，因而和作，見《丹陽集》。

晁補之《濟北晁先生雞肋集》卷二九《慶州新修帥府記》 先是，文正范公與今右丞相父子帥慶，皆有恩德在慶人。……竊以謂文正公當康定初，元昊叛擾邊，中國應敵無寧歲，既城大順、胡盧，而役使其大族明珠、滅臧等，儲畜益充，士可用，故文正公欲遂弱賊，更有遠略之意。

阮閱《詩話總龜·前集》卷一引《古今詩話》 范文正公有勁節，知無不言，仁廟朝數出外補。梅聖俞作《啄木》詩以見意，曰：「啄盡林中蠹，未肯出林飛。不識黄金彈，雙翎墮落暉。」

晁説之《嵩山文集》卷一《元符三年應詔封事》 近如范仲淹，遠如褚遂良、長孫無忌，既不可得，如欲陳元達輩，又亦不可得邪？

又卷一九《宋故承議郎知楚州張公碩人范氏墓誌銘》 文正范公有子三人，重望在巖廊，威聲在疆埸，大夫學士因得以窺文正公之鋒穎，棣棣然如文正公之生不没也。或以實德經濟，或以雅量表儀，或以鴻才光輝。

謝逸《溪堂集》卷一〇《故朝奉大夫渠州使君季公行狀》 每論及前朝偉人鉅公，如韓忠獻、范文正、富文忠，未嘗不抵掌慨慕，想見其爲人。至於始終出處之際，又參究而詳考之，訂其行事，以爲楷式。

廖剛《高峰先生文集》卷六《十一月二十五日進故事》　臣竊以范仲淹、歐陽脩、司馬光皆本朝元臣，其所論朋黨之事，如出一口，大槩皆如臣所言。而修所著《朋黨論》《五代史·書六臣傳後》，尤爲深切著明。臣願陛下書於屏幕間，以爲鑒戒，實宗社萬年之福也。

呂頤浩《忠穆集》卷六《與張德遠書》　俾寶元、慶曆間韓忠獻、范文正忠厚之風今日復見，下情感佩，雖重番疊幅，不能道萬分之一也。

又卷七《跋范堯夫范彝叟范德孺墨迹》　范文正公幼孤，隨其母嫁長山朱氏。既長，知其家世，感泣而去，之京南，刻意苦學。富貴貧賤，毀譽歡戚，不動其心，而有志於天下。其立朝行己，忠言嘉謨，見於歐陽永叔所撰《神道碑》。其平生踐履，進退出處，具載國史。……崇寧初，爲邠州州學教授，學有三范祠堂，蓋邠州屬環慶路，而文正公、堯夫、德孺皆嘗爲環慶路帥，德澤在民，邦人懷之。

羅從彦《豫章文集》卷一一《議論要語》　立朝之士當愛君如愛父，愛國如愛家，愛民如愛子。然三者未嘗不相賴也，凡人愛君則必愛國，愛國則必愛民，未有以君爲心，而不以民爲心者。故范希文謂居廟堂之上則憂其民，處江湖之遠則憂其君，諒哉！

汪藻《浮溪集》卷二三、卷二四《奉議公行狀》 如文正范公、韓康公、王文公，雅相知友，年位皆不滿其德。

王庭珪《盧溪文集》卷二七《與胡待制書一》 昔者范文正公、富鄭公、歐陽永叔輩同時進用，又有司馬温公、吕正獻公等雜遝在廷，亦嘗爲小人讒沮以出。當是時，諫官列其非，御史執其不可出，否則數人者争相引而俱去。

孫覿《鴻慶居士文集》卷三九《宋故國子博士惠公墓表》 今日兩淮、荆控制南北，宜擇文武兼資，如仁宗用韓琦、范仲淹之賢。既得其人，又當如藝祖任郭進之流，久於其任。

李正民《大隱集》卷一《范直方直秘閣參議官制》 惟爾曾大父仲淹方未顯時，慨然已有憂天下之志。晚更大任，名重華夷。輔政臨戎，咸有成績，深謀讜議，人到於今稱之。

王明清《揮麈録》卷一《與中書舍人鄒浩書》　范希文爲祕閣校理，則言人主不宜北面爲壽；爲東南安撫，則言郭后不宜以小過廢；爲天章閣待制，則言時政所以得失；爲開封尹，則言遷進所以公私。後世之議希文者，必稱其愛君忠國，不聞罪其侵官也。今以職非臺諫而不言，是不以希文自處也。

李綱《梁谿集》卷首陳俊卿《李忠定公奏議序》　國朝祖宗以仁覆天下，而不右武事，然垂二百年，更夷狄之變者三，皆得人以任其事。景德契丹之變，寇萊公任之；康定元昊之變，范文正公、韓忠獻公任之；靖康金虜之禍尤鉅，而丞相隴西李公亦慨然以身當其變。蓋天之祐宋，不於其兵，而於其人；是數君子者之事君，不於其躬，而於其國。其事之濟否，則有命與數存焉，要之，皆忠烈英特士也。予既敬服數公之行事，因欲覽觀其遺文。萊公他文不甚見於世，獨其詩傳蓋百有餘篇，辭健而格高，旨深而思遠。文正、忠獻則家集具在，其文字奏議，或簡重而壯偉，或詳明而剴切，蓋與其謀謨勳業稱。

又卷六二《乞造戰船募水軍劄子》　嘉祐中，范仲淹上言，乞於河陽置戰艦水軍以防契丹，當時以爲迂闊，不果行。使用其説，創設至今，則大河備防，靖康初金人豈能遽濟渡哉！先事而言則近乎迂，事至而後圖之則無所及，其實今日之急務也。

又卷八一《論朋黨劄子》 嘉祐間，韓琦、范仲淹、富弼之流用於朝廷，其所薦引類多君子，小人不悦，指爲朋黨，欲盡斥去。賴仁宗皇帝有以察之，故小人之言不用，而韓琦、范仲淹、富弼之德業得以光明於時，此宗社無疆之福也。

又卷一五九《貴和》 近世韓魏公琦、富鄭公弼、范文正公仲淹，議論上前，未嘗不争可否。及退而相驩，則無纖芥之疑。嘗曰：「吾三人者，方議國事，正如駕車以行險，不得不争；及適乎安平，則了無一事，其驩自若也。」嗚呼，非以天下之至公而忘其私者，孰能如是！可否相濟之和，於是乎在。故曰：大臣之所貴者，以和爲本。

又卷一六〇《書范文正公事》 文正范公爲諫官時，以言事左遷者屢矣。方其在朝，自奉簡儉；及謫居於外，則務爲豐腆。或問其故，答曰：「吾以自適耳。」夫進退者士之常，而比年以來，士風頹靡，進則窮奢極侈以事富貴，退則愀然有憔悴可憐之色者，皆是也。觀公之所以自處者如此，可謂深達進退之理矣。夫進而簡儉，則無所戀著而去就輕；退而豐腆，則有以自適而志氣自若。公之高明，豈不知進退如一，而爲此不同哉？蓋將以其身爲中人法故也。予得此事於吴元中給事，因書之，使後進知前輩所爲，皆有深意。

張守《毗陵集》卷五《經筵上殿時務劄子》　本朝慶曆之間，韓琦、范仲淹、杜衍、富弼輩嘗以爲黨而盡逐之矣；以至元祐之間，又以司馬光等命之曰姦黨而禁錮之矣。大抵人指以爲黨者多賢士，凡進朋黨之論，亦必痛懲而申儆之，此破朋黨之策也。

歐陽澈《歐陽修撰集》卷三《上皇帝第三書》　臣觀祖宗朝以詩賦而取士，則士無一經之專，貫綜墳典，諸子百家之言靡不周覽，往古之存亡、用兵之得失、行事之成敗，雖夢寐亦能記録。况其醖藉瑰偉，則英風鋭氣無施不可。故鎮撫國家，則有司馬光、寇準、丁謂、韓琦輩；肅清邊境，則有王韶、鍾傳、舒亶、种諤輩。决策運謀，則范仲淹、章惇、富弼、吕惠卿之流是也；抗章直諫，則唐介、包拯、董敦逸、鄒浩之流是也。

蘇籀《雙溪集》卷八《庚申年擬裁此書》　自祖宗時不能制虜之死命，章聖皇帝澶淵之役，聚天下精鋭，寇萊公爲相，豈不知兵乎？竟用文德，不窮武事。自後名臣如范希文，豈不知兵乎？亦以皮幣講好爲言。天生驕子，騎射絶藝，禮義不可以速化，干戈未可以遏征。

胡寅《斐然集》卷二一《成都施氏義田記》　本朝文正范公置義莊於姑蘇，最爲縉紳所矜式。自家而國，則文正公先天下之憂而憂，後天下之樂而樂可知已。

又卷二五《先公行狀中》　仁宗皇帝信王曾之正，任吕夷簡之才，終以富弼、韓琦爲宰相，而余靖、蔡襄、賈黯、吕誨等迭居臺諫，此真僞所由核也。故丁謂雖以奸邪當國而終投四裔，寇準雖以忠正遠貶而終得辨明，范仲淹雖屢以危言獲罪，歐陽脩雖以譏斥佞人招難明之謗，而皆終聞政事。是邪説不得亂毁譽之真，而直道行也。邪説息，直道行，則惡人有所憚而不爲，善人有所恃而不恐，此所以致至和、嘉祐之治者也。

胡銓《胡澹庵先生文集》卷五《御試策》　自景德以來，北方無事，八十餘年於此矣，豈惟弼之力哉！於時宰相則晏殊，參政則范仲淹，樞密則杜衍、韓琦，諫官則余靖、歐陽脩，皆天下之所仰望，而北虜之所畏憚者。彼知朝廷有人，故弼之計得行而虜計不得逞。以今廟堂之上，宰相有如晏殊者乎？參政有如范仲淹者乎？樞密有如杜衍、韓琦者乎？諫臣有如余靖、歐陽脩者乎？

韓元吉《南澗甲乙稿》卷一三《上賀參政書》　然前輩如寇萊公、范文正公，皆以參預而行大政。當是之時，人主不疑，同列不忌，終於共濟國事。其後王安石、吕惠卿之爲參預，始以制置三司而侵宰相之權，惠卿復欲攘安石之位，故近者多以是爲嫌。夫如安石、惠卿之爲參預則不可，如萊公、文正之爲參預則亦何所不可哉？

陸游《渭南文集》卷一六《德勳廟碑》　欽宗皇帝下詔褒顯故老，而范文正實次司馬文正之下。司馬公之賢不肖，不過與范公等。范公輔政先數十年，聲詩所載，以配夔、卨，而顧乃居次，世豈以此爲有抑揚之意哉！

范成大《吴郡志》卷六　思賢堂舊名思賢亭，以祠韋應物、白居易、劉禹錫，後改曰三賢堂，紹興二十八年郡守蔣璨建。三十一年，郡守洪遵又益以王仲舒及范文正公二像，更名思賢。

楊萬里《誠齋集》卷六九《己酉自筠州赴行在奏事》　本朝仁宗之世，始於宰臣吕夷簡與諫官范仲淹交論上前，遂黜仲淹。而諫官高若訥盡指歐陽脩、尹洙之徒爲仲淹之黨，一切貶逐。未幾，仁宗感悟，大用仲淹而召用脩與洙。不惟黨禍遂息而已，至於與仁宗同致慶曆之治者，乃前日所謂黨人者也。

員興宗《九華集》卷六《議功賞疏》 先儒范仲淹嘗奏疏於仁宗皇帝曰：「冠蓋塞路，簪紱盈門。謂之賞延，無乃太甚！願與大臣，特新此議。」仲淹以任子之制不少加裁節，則吏源卒未可清也。臣願朝廷略稽仲淹之節任子，損其制可乎？此言行則一冗去矣。

朱熹《朱子語類》卷四七《論語二十九》 本朝范質，人謂其好宰相，只是欠爲世宗一死爾。如范質之徒，卻最敬馮道輩，雖蘇子由議論亦未免此。本朝忠義之風，卻是自范文正公作成起來也。

又卷五二《孟子二》 張安道說：「本朝風俗淳厚，自范文正公一變，遂爲崖異刻薄。」後來安道門人和其言者甚衆，至今士大夫莫能辨明，豈不可畏！

又卷七一《易七》 曰：温公忠厚，故稱荆公「無奸邪，只不曉事」。看來荆公亦有邪心夾雜，他卻將《周禮》來賣弄，有利底事便行之。意欲富國强兵，然後行禮義；不知未富强，人才風俗已先壞了！向見何一之有一小論，稱荆公所以辦得盡行許多事，緣李文靖爲相日，四方言利害者盡皆報罷，積得許多弊事，所以激得荆公出來一齊要整頓過。荆公此意便是慶曆范文正公諸人要做事底規模。然范文正公等行得尊重，其人才亦忠厚。荆公所用之人，一切相反。

又卷八一《詩二》　如本朝范文正公、富鄭公輩，是以剛德勝。

又卷一二八《本朝二》　且如仁宗時，淮南盗賊發，晁仲約知高郵軍，反以金帛牛酒使人買覓他去。富鄭公欲誅其人，范文正公謂他既無錢，又無兵，卻教他將甚去殺賊？得他和解得去，不殘破州郡，亦自好。只是介甫後來又甚。

又卷一二九《本朝三》　問：「本朝如王沂公，人品甚高，晚年乃求復相，何也？」曰：「便是前輩都不以此事爲非，所以至范文正方厲廉耻，振作士氣。」

又　問：「先生前日曾論本朝惟范文正公振作士大夫之功爲多，不知使范公處韓公受顧命之時，處事亦能如韓公否？」曰：「看范公才氣，亦須做得。」又曰：「祖宗以來名相如李文靖、王文正諸公，只恁地善，亦不得，至范文正時便大厲名節，振作士氣，故振作士大夫之功居多。」問：「范文正作《百官圖》以獻，其意如何？」曰：「他只説如此遷轉即是公，如此遷轉即是私。吕許公當國，有無故躐等用人處，故范公進此圖於仁宗。」因舉《詩》云「誨爾序爵」，「人主此事亦不可不知。假如有人已做侍御史，宰相驟擢作侍從，雖官品高，然侍御史卻緊要，爲人主者便須知把他擢作侍從，如何不把做諫議大夫之類？」

又　近得周益公書，論呂、范解仇事，曰：「初，范公在朝，大臣多忌之。及爲開封府，又爲《百官圖》以獻，因指其遷進遲速次序曰，某爲超遷，某爲左遷，如是而爲公，如是而爲私。公意頗在呂相。呂不樂，由是落職，出知饒州。未幾，呂亦罷相。後呂公再入，元昊方犯邊，乃以公經略西事。公亦樂爲之用，嘗奏記呂公云：『相公有汾陽之心之德，仲淹無臨淮之才之力。』後歐陽公爲《范公神道碑》，有『懽然相得，戮力平賊』之語，正爲是也。公之子堯夫乃以爲不然，遂刊去此語。前書今集中亦不載，疑亦堯夫所删。他如《叢談》所記，説得更乖。熹謂呂公方寸隱微，雖不可測，然其補過之功，使天下實被其賜，則有不可得而掩者。范公平日胸襟豁達，毅然以天下國家爲己任。既爲呂公而出，豈復更有匿怨之意？況公常自謂無惡於一人，此言尤可驗。忠宣固是賢者，然其規模廣狹，與乃翁不能無間。意謂前日既排申公，今日若與之解仇，前後似不相應，故諱言之，卻不知乃翁心事政不如此。歐陽公聞其刊去碑中數語，甚不樂也。」問：「後來正獻亦及識范公否？」曰：「正獻通判潁州時，時歐陽公爲守。范公知青州，過潁，謁之，因語正獻曰：『太博近朱者赤。歐陽永叔在此，宜頻近筆硯。』異時同薦三人，則王荆公、司馬温公及正獻公也，其知人如此。」又曰：「呂公所引如張方平、王拱辰、李淑之徒多非端士，終是不樂范公。張安道過失更多，但以東坡父子懷其汲引之恩，文字中十分説他好，今人又好看蘇文，所以例皆稱之。介甫文字中有説他不好處，人既不看，看亦不信。」

又 某嘗説，吕夷簡最是個無能底人。今人卻説他有相業，會處置事。不知何者爲相業？何者善處置？爲相正要以進退人才爲先，使四夷聞知，知所聳畏。方其爲相，其才德之大者，如范文正諸公既不用，下而豪俊跅馳之士，如石曼卿諸人，亦不能用。其所引援，皆是半間不界無狀之人，弄得天下之事日入於昏亂。及一旦不奈元昊何，遂盡挨與范文正公。若非范文正公，則西方之事決定弄得郎當無如之何矣。今人以他爲有相業，深所未曉。

又 德粹以明州士人所寄書納先生，因請問其書中所言。先生曰：「渠言漢之名節，魏晉之曠蕩，隋唐之辭章，皆懲其弊爲之。不然，此只是正理不明，相衮將去，遂成風俗。」……某問：「已前皆衮纏成風俗，本朝道學之盛豈是衮纏？」先生曰：「亦有其漸。自范文正以來已有好議論，如山東有孫明復，徂徠有石守道，湖州有胡安定。到後來遂有周子、程子、張子出。故程子平生不敢忘此數公，依舊尊他。」……因説：「前輩如李泰伯們議論，只説貴王賤伯，張大其説，欲以劫人之聽，卻是矯激，然猶有以使人奮起。今日須要作中和，將來只便委靡了。如范文正公作《子陵祠堂記》云：『先生之心，出乎日月之上；光武之器，包乎天地之外。微先生不能成光武之大，微光武豈能遂先生之高！』胡文定公父子極喜此語。大抵前輩議論粗而大，今日議論細而小，不可不理會。」某問：「此風俗如何可變？」曰：「如何可變，只且自立。」

又 觀仁宗用韓、范、富諸公，是甚次第！只爲小人所害。及韓、富再當國，前日事都忘了。

又 某嘗謂，天生人才，自足得用，豈可厚誣天下以無人？自是用不到耳。且如一個范文正公，自做秀才時便以天下爲己任，無一事不理會過。一旦仁宗大用之，便做出許多事業。

又卷一三〇《本朝四》 又云：「富韓公召來，只是要去，語人云：『入見上，坐亦不定，豈能做事？』」某云：「韓公當仁廟再用時，與韓魏公在政府十餘年，皆無所建明，不復如舊時。」曰：「此事看得極好，當記取。」又問：「使范文正公當此，定不肯回。」曰：「文正卻不肯回，須更精密似前日。」

又卷一三三《本朝七》 或問：「范文正公經理西事，看得多是收拾人才。」曰：「然。如滕子京、孫元規之徒，素無行節，范公皆羅致之幕下。後犯法，又極力救解之。如劉滬、張亢亦然。蓋此等人是有才底，做事時，須要他用，但要會用得他。」又云：「范公嘗立一軍爲龍猛軍，皆是招收前後作過黥配底人，後來甚得其用。時人目范公爲龍猛指揮使。」

又曰：「方范公起用事時，軍政全無統紀，從頭與他整頓一番。其後卻只務經理内地，養威持重，專行淺攻之策，以爲得寸則吾之寸，得尺則吾之尺，卒以此牽制夏人，遣使請和。」

又卷一三九《論文上》　范文正公好處，歐不及。

又《晦庵先生朱文公文集》卷三〇《與汪尚書書》　又蒙喻及二程之於濂溪，亦若横渠之於范文正耳。先覺相傳之祕，非後學所能窺測。誦其詩，讀其書，則周、范之造詣固殊，而程、張之契悟亦異。如曰仲尼、顔子所樂，吟風弄月以歸，皆是當時口傳心受，的當親切處。後來二先生舉似後學，亦不將作第二義看。然則《行狀》所謂反求之《六經》然後得之者，特語夫功用之大全耳。至其入處，則自濂溪不可誣也。若横渠之於文正，則異於是，蓋當時粗發其端而已。受學乃先生自言，此豈自誣者耶？

又卷三八《答周益公》　昨蒙寵喻范、歐議論，鄙意有所不能無疑。欲以請教，而亦未暇。今遇此便，似不可失，而病軀兩日覺得沉重，愈甚於前，勢不容詳細禀白。但竊以爲范、歐二公之心明白洞達，無纖芥可疑。吕公前過後功，瑕瑜自不相掩。若如尊喻，卻恐未爲得其情者，故願相公更熟思之也。向見范公與吕公書引汾陽、臨淮事者，語意尤明白，而集中卻不見之，恐亦爲忠宣所删也。忠宣固賢，然其規模氣象似與文正有未盡同者。深諱此事，雖不害爲守正，然未得爲可與權也。不審高明以爲如何？少日見徐五丈端立自言嘗見石林疑范、馬鍾律之辨乃故爲同異，以釋朋比之疑者，因告之曰：「此事信否未可知，然爲此論者亦可謂不占便宜矣。」石林爲之一笑而罷。今日之論恐或類此，故并及之。僭率皇恐，切望矜恕。

又　前者累蒙誨諭范碑曲折，考據精博，論議正平而措意深遠，尤非常情所及。又得吕子約録記所被教墨，參互開發，其辨益明。熹之孤陋，得與聞焉，幸已甚矣，復何敢措一詞於其間哉？然隱之於心，竊有所不能無疑者。蓋嘗竊謂吕公之心固非晚生所能窺度，然當其用事之時，舉措之不合衆心者蓋亦多矣。而又惡忠賢之異己，必力排之，使不能容於朝廷而後已。是則一世之正人端士莫不惡之。况范、歐二公或以諷議爲官，或以諫諍爲職，又安可置之而不論？且論之而合於天下之公議，則又豈可謂之太過也哉？逮其晚節，知天下之公議不可以終拂，亦以老病將歸而不復有所畏忌，又慮夫天下之事或終至於危亂，不可如何，而彼衆賢之排去者或將起而復用，則其罪必歸於我而并及於吾之子孫，是以寧損故怨，以爲收之桑榆之計。蓋其慮患之意雖未必盡出於至公，而其補過之善，天下實被其賜，則與世之遂非長惡，力戰天下之公議以貽患於國家者相去遠矣。

至若范公之心，則其正大光明固無宿怨，而惓惓之義實在國家。故承其善意，既起而樂爲之用。其自訟之書，所謂「相公有汾陽之心之德，仲淹無臨淮之才之力」者，亦不可不謂之傾倒而無餘矣。此書今不見於集中，恐亦以忠宣刊去而不傳也。此最爲范公之盛德而他人之難者，歐陽公亦識其意而特書之。

蓋吕公前日之貶范公自爲可罪，而今日之起范公自爲可書。二者各記其實而美惡初不相掩，則又可見歐公之心亦非淺之爲丈夫矣。今讀所賜之書而求其指要，則其言若曰：「吕公度量渾涵，心術精深，所以期於成務，而其用人才德兼取，不爲諸賢專取德望之偏，故范、歐諸公不足以知之，又未知其諸子之賢而攻之有太過者。後來范公雖爲之用，然其集中歸重之語亦甚平平，蓋特州郡之常禮，而實則終身未嘗解仇也。其後歐公乃悔前言之過，又知其諸子之賢，故因范碑託爲解仇之語以見意。而忠宣獨知其父之心，是以直於碑中刊去其語，雖以取怒於歐公而不憚也。」凡此曲折，指意微密，必有不苟然者。顧於愚見有所未安，不敢不詳布其説，以求是正，伏惟恕其僭易而垂聽焉。

夫吕公之度量心術，期以濟務則誠然矣。然有度量則宜有以容議論之異同，有心術則宜有以辨人才之邪正，欲成天下之務則必從善去惡，進賢退姦，然後可以有濟。今皆反之，而使天下之勢日入於昏亂，下而至於區區西事一方之病，非再起范公，幾有不能定者。則其前日之所爲，又惡在其有度量心術而能成務也哉？其用人也，欲才德之兼取，則亦信然矣。然范歐諸賢非徒有德而短於才者，其於用人，蓋亦兼收而並取。雖以孫元規、滕子京之流恃才自肆，不入規矩，亦皆將護容養，以盡其能，而未嘗有所廢棄，則固非專用德而遺才矣。而吕公所用，如張、李、二宋，姑論其才，亦決非能優於二公者。乃獨去此而取彼，至於一時豪俊跅弛之士，窮而在下者不爲無人，亦未聞其有以羅致而器使之也。且其初解相印而薦王隨、陳堯佐以自代，則未知其所取者爲才也耶？爲德也耶？是亦不足以自解矣。

若謂范歐不足以知吕公之心，又不料其子之賢而攻之太過，則其所攻事皆有迹，顯不可揜，安得爲過？且爲侍從諫諍之官，爲國論事，乃視宰相子弟之賢否以爲前卻，亦豈人臣之誼哉？若曰范、吕之仇初未嘗解，則范公既以吕公而再逐，及其起任西事而超進職秩，乃適在吕公三入之時。若范公果有怨於吕公而不釋，乃閔默受此而無一語以自明其前日之志，是乃内懷憤毒，不能以理自勝，而但以貪得美官之故，俛而受其籠絡，爲之驅使。未知范公之心其肯爲此否也。若曰歐公晚悔前言之失，又知其諸子之賢，故因范碑以自解，則是畏其諸子之賢，而欲陰爲自託之計，於是寧賣死友，以結新交，雖至以無爲有，愧負幽冥而不遑恤。又不知歐公之心其忍爲此否也。況其所書但記解仇之一事，而未嘗并譽其他美，則前日斥逐忠賢之罪，亦未免於所謂欲蓋而彰者，又何足以贖前言之過而媚其後人也哉？若論忠宣之賢，則雖亦未易輕議，然觀其事業規模，與文正之洪毅開豁終有未十分肖似處，蓋所謂可與立而未可與權者。乃翁解仇之事，度其心未必不深耻之，但不敢出之於口耳。故潛於墓碑刊去此事，有若避諱然者。歐公以此深不平之，至屢見於書疏，非但《墨莊》所記而已。況《龍川志》之於此，又以親聞張安道之言爲左驗。張實吕黨，尤足取信無疑也。若曰范公果無此事而直爲歐公所誣，則爲忠宣者正當沫血飲泣，貽書歐公，具道其所以然者，以白其父之心迹，而俟歐公之命以爲進退。若終不合，則引義告絶而更以屬人，或姑無刻石，而待後世之君子以定其論，其亦可也。乃不出此，而直於成文之中刊去數語，不知此爲何等舉措？若非實諱此事，故隱忍寢默而不敢誦言，則曷爲其不爲彼之明白而直爲此黯闇耶？

今不信范公出處文辭之實，歐公丁寧反復之論，而但取於忠宣進退無據之所爲以爲有無之決，則區區於此誠有不能識者。若摭實而言之，但曰吕公前日未免蔽賢之罪，而其後日誠有補過之功；范歐二公之心則其終始本末如青天白日，無纖毫之可議。若范公所謂平生無怨惡於一人者，尤足以見其心量之廣大高明，可爲百世之師表。至於忠宣，則所見雖狹，然亦不害其爲守正，則不費詞説而名正言順，無復可疑矣。不審尊意以爲如何？狂瞽之言，或未中理，得賜鐫曉，千萬幸甚！

後書誨諭又以《昭録》不書解仇之語而斷其無有，則熹以爲吕公拜罷、范公進退既直書其歲月，則二公前憾之釋然不待言而喻矣。不然，則《昭録》書成，歐公固已不爲史官，而正獻、忠宣又皆已爲時用，范固不以墓碑全文上史氏，而吕氏之意亦恐其有所未快於歐公之言也，是以姑欲置而不言，以泯其迹，而不知後世之公論有不可誣者，是以啓今日之紛紛耳。如又不然，則范公此舉雖其賢子尚不能識，彼爲史者知之必不能如歐公之深，或者過爲隱避，亦不足怪，恐亦未可以此而定其有無也。

《墨莊》之録出於張邦基者，不知其何人。其所記歐公四事，以爲得之公孫當世，而子約以爲紹興舍人所記，此固未知其孰是。但味其語意，實有後人道不到處，疑或有自來耳。若《談叢》之書，則其記事固有得於一時傳聞之誤者。然而此病在古雖遷、固之博，近世則温公之誠，皆所不免，況於後世，雖頗及見前輩，然其平生蹤跡多在田野，則其見聞之間不能盡得事實，宜必有之，恐亦未可以此便謂非其所著也。丹朱之云誠爲太過，然歐公此言嘗爲令狐父子文字繁簡而發，初亦無大美惡，但似一時語勢之適然，不暇擇其擬倫之輕重耳。故此言者雖未敢必其爲公之言，而亦未可定其非公之言也。此等數條，不足深論。然偶因餘誨之及而并講之，使得皆蒙裁正，則亦不爲無小補者。

又卷七五《王梅溪文集序》　君子小人之極既定於内，則其形於外者，雖言談舉止之微，無不發見。而況於事業文章之際，尤所謂粲然者，彼小人者雖曰難知，而亦豈得而逃哉？於是又嘗求之古人，以驗其説，則於漢得丞相諸葛忠武侯，於唐得工部杜先生、尚書顔文忠公、侍郎韓文公，於本朝得故參知政事范文正公。此五君子者，其所遭不同，所立亦異，然求其心，則皆所謂光明正大，疏暢洞達，磊磊落落而不可揜者也。其見於功業文章，下至字畫之微，蓋亦可以望之而得其爲。

又卷九五下《張公（浚）行狀》 公於本朝大臣最重李文靖公，謂近三代氣象。又以寇忠愍、富文忠、范文正之事爲可法，嘗曰：「……文正自西鄙入參大政，勸仁祖開天章閣，俾大臣條時務，大修政事。文正所具二十條，無非要切，然亦不克施。使三公獲盡其猷爲，則王業必不至二百年而中微也。……」豈三公所爲適有契於公心也與？

又《晦庵先生朱文公别集》卷一《魏元履》 吕許公謂范文正公言欲經略西事，不如且在朝廷，此言深有味。老兄以爲如何？

汪應辰《文定集》卷三《論總管鈐轄與帥守不相統臨》 臣伏見慶曆間西北二邊皆已和附，而韓琦、范仲淹同奏對，謂當以和好爲權宜，戰守爲實務。今敵方請和而陛下長慮卻顧，益修武備，仰見聖明所以思患豫防之意，天下幸甚。

又卷一五《與朱元晦書一〇》 范文正公一見横渠，奇之，授以《中庸》，謂横渠學文正則不可也，更乞裁酌。

洪邁《容齋續筆》卷三　人臣之遇明主，於始見之際，圖事揆策，必有一定之計，據以爲決，然後終身不易其言，則史策書之，足爲不朽。東坡序范文正公之文，蓋論文矣。

王十朋《梅溪先生文集》卷一四《策問一》　我國家累世以來，亦不免玆患，賴祖宗神聖，能分别邪正，雖間有牛李之交攻，而不蹈漢唐之覆轍，亦社稷之幸也。當時聖主賢臣固嘗講論之矣。謂「方以類聚，物以群分，邪正各爲一黨」者，范文正公仲淹告仁宗之言也。

又卷一九《靈烏説》　烏之爲禽，性靈而意忠，每預知吉凶而啞啞以告。小人聞其鳴則唾駡之，烏不以唾駡而廢鳴，可謂忠矣。范文正公謂「人有言兮是然，人無言兮是然」者也。

又卷二一《夔州到任謝表》　臣頃由御史，出守番陽，任甫及於期年，報蔑聞於五月。慕言言之烈於顔魯國，學優優之治於范仲淹。……况此楚東之故邦，實爲江左之奥壤，顔真卿英風如在，范仲淹遺愛猶存。

又卷二六《瀟灑齋記》　公初爲睦州，有《瀟灑桐廬郡》十詩，郡人嘗以「瀟灑」名亭矣。及爲是州，又有「齋中瀟灑過禪師」句。詩言志，公所至以瀟灑見於詩章，則胸中之瀟灑可知也。讀《郡齋》詩，至「半雨黄華，一江明月」之句，則知公之瀟灑於一齋矣。讀《桐廬》十詩，至「使君無一事，心共白雲空」，則知公之瀟灑於一郡矣。讀「區别妍媸，削平禍亂」之賦，及「先天下之憂而憂，後天下之樂而樂」之記與萬言書，則其正色立朝之風采、仗鉞分閫之威名、經世佐王之大略，是皆推胸中瀟灑之藴而見之於爲天下國家之大者也。讀《嚴陵祠堂記》，至「先生之風，山高水長」，又知公與子陵雖出處之迹不同，易地則皆然。山高水長，非特子陵之瀟灑，亦公之瀟灑也。噫，微斯人，吾誰與歸！是以名齋。

又卷二七《跋余襄公帖》　某自幼知慕四賢之爲人。頃守番陽，祠范文正公而記之；過夷陵，謁歐陽文忠公祠而賦詩，有「慶曆四賢今見兩」之句。兹至鄂渚，又獲觀余襄公之勁畫，如見其風采動朝端時，亦足以慰平生之所慕矣。

又《蔡端明文集序》　徂徠之氣則見於《慶曆聖德頌》，師魯之剛見於《願與范文正同貶》之書，君謨則見於《四賢一不肖詩》。嗚呼！使四君子者生於吾夫子時，則必無未見剛之歎，而乃同出於吾仁祖治平醇厚之世，何其盛歟！夫以臺諫之風采，朝士莫不畏其筆端，自侍從而下，奔走伺候其門者紛然也。文正鄱陽之貶，余、尹、歐既與之同罪矣，蔡公乃於四賢相繼黜謫之後，形於歌詩而斥爲不肖，羞其見搢紳之面，而辱其市朝之撻，則公之剛又可知也。

又《梅溪先生廷試策奏議》卷一《御試策》 先正大臣若范質、趙普之徒，相與造我宋之家法者也，在真宗時，有若李沆、王旦、寇準。在仁宗時，有若王曾、李迪、杜衍、韓琦、范仲淹、富弼之徒，相與守我宋之家法者也。

又卷二《輪對劄子一》 國家寶元、慶曆間，西夏叛命，仁宗以經略安撫之任付之韓琦、范仲淹，二人雅有時望，軍中有「一韓一范，西賊破膽」之謡，兵不大用而元昊臣服。……臣又聞范仲淹以言事得罪，尤爲宰相吕夷簡所惡，斥逐於外。及西方用兵，仁宗思用仲淹，夷簡薦之亦力，仲淹果能成功，夷簡不失爲賢相。

又卷四《論用兵事宜劄子》 國朝范仲淹、韓琦皆一代名臣，俱有材略。

又《自劾劄子》 國朝范仲淹、韓琦西夏喪師，亦嘗降官，但仁祖始終任之，卒收後效。

葉翥《愛日齋叢鈔》卷二《請以司馬光蘇軾等從祀疏》 范仲淹佐仁宗，謹庠序之教，始遍郡國立學，更取士法以作新人才。

周必大《書稿》卷一《與江陰李教授沐書》　本朝盛時，如文元晁氏、忠憲忠獻二韓氏、文正范氏、宣獻宋氏、申國吕氏，或文獻相承，或德業交著，因事立功，與國同休，至於今賴之。

又《承明集》卷八　仁宗時，吕夷簡爲宰相，范仲淹爲侍從。仲淹危言正論，多議朝廷得失，夷簡怒而逐之。士大夫往往直仲淹而罪夷簡，夷簡則指以爲黨，或坐竄逐，而朋黨之論遂伸。賴仁宗聖學高明，力排群議，擢仲淹參貳政事，於是黨論不攻而自破。當是時，歐陽脩蓋嘗爲夷簡指爲黨仲淹者。

吕中《類編皇朝大事記講議》卷一　自范文正天章閣一疏不盡行，所以激而爲熙寧之急政。吾觀范文正之於慶曆，亦猶王安石之於熙寧也。十事之奏，實慶曆三年九月也，始於明黜陟，終於重命令，當時之言稍稍見用，明黜陟之法，則以十月壬戌行；擇官長之法，以癸未行；均公田之法，以十二月壬戌行；貢舉之法，以明年三月行；減繇役之法，以明年五月行。其餘厚農桑、覃恩信、重命令，皆悉用其説，或著爲令。行之未及一年，而陳執中之徒已不悦矣。嗚呼，使慶曆之法盡行，則熙、豐、元祐之法不變；使仲淹之言得用，則安石之口可塞。今仲淹之志不盡行於慶曆，安石之學乃盡用於熙豐。神宗鋭然有志，不遇范仲淹，而遇王安石，世道升降之會，治體得失之幾，於是乎決矣。

又 自太祖以來，外權愈困，内法愈密，以陣法圖授諸將，而邊庭亦如内地，支郡各自達於京師，而列郡無復重鎮。加以河東之後，王師已罷，故雖以曹彬名將，而亦不能收一戰之功。自是而後，偃兵息民，天下稍知有太平之樂，嘉無事而畏生事，求無過而不求有功。而又文之以儒術，輔之以正論，人心日柔，人氣日惰，人才日弱，舉爲懦弛之行，以相與奉繁密之法。故雖以景德親政之後，天下以爲美談，而不能不納賂以爲盟。雖以仁宗慶曆之治，至今景仰以爲甚盛，而不能不屈己以講好。然景德之約盟，非寇準之志也；契丹之增幣，非富弼之志也；元昊之增歲賜，亦非韓、范之本心也。觀寇準數年後戎復生心之言，至慶曆而始驗。觀弼請備河北，琦請都洛陽，仲淹請修京城之計，至靖康而皆驗。諸公方慨然爲社稷遠慮，更理弊政，而不一二年間，其身已不能安於朝廷之上矣。嗚呼，使雍熙無輕動之舉，則中國有可畏之形，而景德之師必不敢寇於河北。使寇準得盡謀於景德，則外國必有稱藩之禮，尚敢議關南之地乎！使韓、富、范之計得盡行於慶曆，則中國必無增幣之耻，而宣和間必不召女真以雪憤矣。……吁，靖邊塞之烽，圖山後之郡，此藝祖皇帝之宏規也，而熙寧用之則疏。取熙河横山，剪西人手足，此韓、范之本謀也，而元豐、紹聖、宣和用之則舛。蓋祖宗之國勢外形雖羸弱，而元氣强壯於内，則外邪有所不能動。

又卷一二　元昊所以敢於憑陵者，人皆以爲寶元、康定積弱之故，而不知其志已萌於德明與中國易馬之時。元昊所以終於帖服者，人皆知其一韓一范之功，而不知其夷簡之功也。蓋當夷簡未入相之前，張士遜在政府，王鬷在密院，夏竦帥涇州，范雍帥延州。爲相則無補君務，而不免韓琦政府養病之譏；本兵則不習邊防，而忘曩日曹瑋元昊必反之言；爲帥則師無功，而徒以墮虜人詐和之計。當夷簡既入相之後，與仲淹釋憾於朝廷，而協國於西事，前日之蔽賢固可罪，今日之補過亦可書，此仲淹所以樂爲之用也。自夏竦未罷帥之前，師惟不出，出則致敗；寇惟不來，來則傷殘。劉平之敗，范雍奪節鉞；任福之敗，韓琦罷經略。而竦爲四路統帥二歲，擁握大師，未嘗身履行陳。自夏竦既罷帥之後，付秦鳳於韓琦，付涇原於王沿，付環慶於仲淹，付鄜延於龐籍，分爲四路，各任經略，聲勢相援，此元昊不復有深入之謀也。韓琦所上之攻守策，其意則主於攻，故不免有好水川之敗。至於仲淹所上攻守策，則言攻有利害，守有安危。攻宜築近邊城，取其近而兵勢不危；守宜開屯田，用土兵，圖其久而民力不匱。是則攻不至於輕戰，守不至於示弱，而舒徐待其斃也。然至於協謀以取靈夏之地，則韓、范同此心也。惜乎志未遂而二公歸矣！

薛季宣《浪語集》卷二五《答葉適書》 范文正公鎮陜右，孫泰山、張横渠初以遊客干之，公能資以讀書，告之名教之樂，二先生賴以有立，卒爲天下大儒。

又卷二七《書單鍔吴中水利書》 按《姑蘇圖經》，范文正恨不得導江入海，則吴中之水害，救之誠有道矣。

又卷二八《策問四》 文正范公守姑蘇，則欲盡通吴東入海之浦。一則言而未試，一則試而不卒，迨今百歲，弊云極矣。監司帥守，豈無愛民憂國若二公者，歷年之久，何寂寥之無聞也？

唐仲友《悦齋文鈔》卷二《館職策二》 契丹既不敢犯邊，太原則日新窮蹙，夏童愓息，自守不暇。厥後何承矩開塘泊，興稻田，而河朔爲之安富；范仲淹築城堡，據要害，而元昊爲之請命。梁門、遂城著於北，青澗、洛水名於西，此皆用得其人，故設險之利興，守國之謀固。

吕祖謙《皇朝文鑑》卷五一孫沔《請罪不管兵節使公用》 今范仲淹孤寒出身，忠誠報國，統兵邊鄙，終歲勤苦，未嘗有臣寮乞賜與千百緡，令助清貧之節。

又卷一二七龔鼎臣《述醫》　及慶曆中，范文正公建言，俾自京師以逮四方，學醫之人皆聚而講習，以精其術，其黜庸謬、救生靈，倬然爲治道之助。而世俗罔識朝廷仁愛之意如此，而徒惑邪誕而夭性命，愚實憫之。

又《東萊吕太史文集》卷三《淳熙四年輪對劄子二》　如西夏元昊之難，漢唐謀臣從容可辦，以范仲淹、韓琦之賢，皆一時選，曾莫能平殄，則事功不競可知矣。此所謂視前代猶未備者也。

葉適《水心文集》卷五《紀綱三》　天下之弱勢，歷數古人之爲國，無甚於本朝者。真宗之末，仁宗之初，契丹守和約者三十八年，趙德明亦三十年，文恬武嬉，舞蹈太平，不見其爲弱也。及元昊始叛，章得象之徒毅然忿其小醜，欲剪滅之，立論必於不赦。既而屢出屢敗，潼關以西，人無固志，而契丹遂聚兵境上以邀索周世宗故地，使富弼重爲解之，然後乃已。於是形勢大屈，而天下皆悟其爲弱證矣。仁宗亦慨然思欲整治，用弼與范仲淹、韓琦爲兩府，議論前卻，施行舛誤，小人交鬭其間，三人逐去，而前規故習遂不可破。當時議者以爲三人不能循致治功，而欲以歲月成天下之事，其意太鋭，故至於此。嗟乎，此三人者，正坐不能以歲月成天下之事耳。

又《習學記言序目》卷四七《呂氏文鑑》 國初宰相權重，臺諫侍從莫敢議，朝士不平，屢有攻擊。如盧多遜、雷德驤、翟馬周、趙昌言、王禹偁、宋湜、胡旦、李昌齡、范諷、孔道輔，更勝迭負，然終不能遜廟堂之勢。至范仲淹空一時所謂賢者而争之，天下議論相因而起，朝廷不能主令，而勢始輕矣。雖賢否邪正不同，要爲以下攻上，爲名節地可也，而未知爲國家計也。然韓、范既以此取勝，及其自得用，臺諫侍從方襲其迹。朝廷每立一事，則是非蜂起，嘩然不安。如滕宗諒、張亢因用公使錢過當，至爲置獄劾治。范始覺其非，以去就争之。雖幸而獄不竟，而小人窺伺間隙，外則尹洙貸部將，内則蘇舜欽賣故紙，方紛紛交作，諸人之身幾不能自保。且元昊反，敗軍殺將，殫困天下，曾不知所以爲謀，乃以公使錢數十百萬持英豪長短而陷之死地耶？……蓋韓、范之所以攻人者，卒其所以受攻而無以處此，是以雖有志而無成也。

陳傅良《止齋先生文集》卷一《讀范文正公神道碑有感佚事》 武侯不可致，玄德造其廬。公在衰絰中，乃上時政書。維時君臣定，事與草昧殊。出處千載同，豈必名迹如。行伍拔大將，寒饑得名儒。推轂天下士，百年用其餘。生平慕河汾，未許王魏俱。慇懃八司馬，意獨何區區。自古朋黨論，消復莽無期。誰令群疑亡，韓富及有爲。惜哉公不見，功名止西陲。

又卷二四《内引劄子》　在仁宗時，范仲淹、歐陽脩、余靖、尹洙之徒，嘗以論大臣除授不當去國矣，已而仲淹、脩等之賢，果信於天下，爲時名臣。向使當時不明諸臣去就之誼而苟留兩存之，則雖仲淹、脩不能暴白於世，而况不如仲淹、脩者乎？

廖行之《省齋文稿》卷一三《家塾策問一七》　問：古者文武無異轍，兵民爲一途，故戎器可除於平安之時，而軍儲自足於耕耘之日。粤自科舉分於漢，阡陌開於秦，衣短褐者待逢掖如深仇，隸尺籍者以南畝爲鄰壑，離而弗合，歷世病之。至於本朝，深鑒厥弊，陳堯咨、王嗣宗、韓琦、范仲淹皆以文儒迭授右列，是欲同文武之轍也。

又卷三〇《樞密使贈金紫光禄大夫汪公澈神道碑》　某嘗觀《國史》，天聖中，契丹講好已二十餘年，宿將無在，武備卑缺，范文正公方爲京官，奏疏乞命大臣舉忠義有謀之人，次命武臣舉壯勇出群之士，及復唐武舉，當世稱其有王佐才。由是入館閣，擢右司諫，言事鯁挺，爲仁宗所知。元昊僭竊，選帥西邊，盡瘁經營，昊竟納款。召拜二府，值西北交争，麟府奏警，自請宣撫河東、陜西，二虜卒不敢動。後歷數鎮而終。本朝言文武兼資可爲後世法，推以爲首。

羅大經《鶴林玉露》乙編卷二一 國朝人物，當以范文正爲第一，富、韓皆不及。

陳亮《陳亮集》卷二三《書歐陽文粹後》 初，吕文靖公、范文正公以議論不合，黨與遂分，而公實與焉。其後西師既興，吕公首薦范、富、韓三公，以靖天下之難。文正以書自咎，歡然與吕公戮力，而富公獨念之不置。夫左右相仇，非國家之福；而内外相關而不相沮，蓋治道之基也。公與范公之意蓋如此。當是時，雖范忠宣猶有疑於其間，則其用心於聖賢之學而成祖宗致治之美者，所從來遠矣。

又卷二九《與吴益恭安撫僞書二》 本朝以繩墨立國，自是文法世界，度外之士往往多不能自容。只如西事之興，滕宗諒、張亢小小放手，便爲文法所繩，惟范文正公力保庇之。

楊簡《慈湖先生遺書》卷一八《寶謨閣學士正奉大夫慈湖先生行狀》 昔先臣范仲淹、富弼亦言委路自擇知州，委州自擇知縣，仍久其官守，異政者就與陞擢。臣深念時務，莫先於擇賢久任。所任既賢，則餘不肖乃害民敗國之人，不足深恤。

蔡戡《定齋集》卷一一《廷對策》　仁宗時，元昊請和，范仲淹、韓琦言曰：「元昊屢勝，而求通順，實圖休息。國家以生靈爲念，不可不納。陛下當隆禮敦信，以盟好爲權宜；選將練兵，以攻守爲實務。彼不背盟，我則撫賜無倦；彼有負德，我則攻守有宜。此策之得也。」若夫今日之舉，復讎之師也，與仁宗之時大異矣。仁宗猶不忘於備敵，況於陛下，其可一日自安乎？

游九言《默齋遺稿》卷下《建陽麻沙劉氏義莊記》　獨有義莊一事，猶能稍合宗族而收其流散，是以前輩多留心焉，而范文正公家法最備。

袁燮《絜齋集》卷一《輪對陳人君宜達民隱劄子》　仁宗明道中，江淮旱蝗，命范仲淹安撫。時民有食烏昧草者，仲淹擷以進御，且請宣示六宮貴戚，以戒侈心。其言切矣，而不以爲忤，豈不曰民之艱食，固人主所欲急聞者歟？人主雖儉，而六宮貴戚或侈，亦足以傷財而害民，此仲淹所以併及之，而仁宗所以嘉納之也。

又《輪對陳人君宜納諫劄子》　孔道輔、范仲淹、包拯、韓琦、富弼、歐陽脩、余靖、王素、蔡襄、唐介、趙抃、范鎮、司馬光之流，皆以端亮切直相望於三四十年之間。以君德則修明，以朝綱則清肅，以深仁厚澤則結於人心而不可解。忠諫之有益於國，豈不明甚？

又卷二《論差役法疏》 當國家全盛之時，公私富給，驕冗之卒，容而養之，似未害也。而文彦博、韓琦、范仲淹、歐陽脩、司馬光、蘇轍，猶慮其蠹民耗國，其爲揀汰之説，如出一口。

《翰苑新書》卷三七洪平齋《贈醫者范安常》 昔文正公謂大丈夫不爲宰相必爲良醫，蓋活人之功相等耳。范氏子孫世爲宰相，未聞有以醫顯者。問君之世出，曰寓建安三世，或儒或醫，建安而上不能知也。人言君客永陽三十年，昏夜叩門，披衣偕往，不以貧富貴賤異其心。審如是，文正用心也，豈必其苗裔之是否耶？

衛涇《後樂集》卷四《宇文紹節辭免華文閣直學士知江陵府兼權宣撫使不允詔》 昔在先朝，若琦、仲淹，經理西事，或受任以出，或毅然請行，蓋大臣以身許國，罔間中外。然踐歷既久，望實益孚，華夏聳聞其風采，卒皆爲名宰輔。朕觀祖宗用人，於是有考焉。

又卷六《謝除參知政事表》 竊以立政造事，必資碩德之臣；前疑後丞，夫豈叙遷之位。名副其實，則有折衝銷萌之效；用非真材，則招括囊尸素之譏。歷考前猷，悉繇博選。范仲淹累更劇任，而後參預於慶曆之際；歐陽脩久養雅譽，而方弼諧於嘉祐之初。皆推衆正之宗，乃在同寅之列。

又卷一四《謝寶翰後樂二字》 伏念某才疏意廣，實淺名浮。然生長吴王闔閭之城，嘗習聞范公仲淹之語。謂不以物喜，此乃古仁人之心；故雖在里居，皆當後天下而樂。

又卷一六《謝田宗簿尤郎中李編修羅校書陳郎中啓》 景仁嘗耻於身獻，文正不矜於志盈。凡平生慷慨而聳聞，即始進雍容而槩見。

又《回嚴州趙知府啓》 山高水長，遠或想於子陵；道邁德融，近可宗於文正。

又卷一七《皇太子寶翰後樂二字跋文》 皇帝陛下既大書「友順」二字賜某，命揭于先人之廬，某又因暇日即所居葺成一堂，竊取文正范公之語，名曰「後樂」，而皇太子殿下復灑寶翰，俾勒爲華榜，以侈榮遇。於是兩宫筆墨之妙，重輝迭明，照映江湖，永爲山林一隅之鎮。惟范公起諸生，少有大節，每日誦曰：「士當先天下之憂而憂，後天下之樂而樂。」夫憂樂以天下，而先後在吾身，則其所謂憂樂亦異乎人之憂樂矣。其後參仁宗皇帝大政，爲宋名臣。某生晚陋，道德勳業不足仿佛萬一，然竊知師慕。

唐士耻《靈巖集》卷一《戒令文臣侍從以上武臣管軍都統制各舉將才不問親屬詔》

惟謝安石不遺於近戚，惟范仲淹一洗於罪夷，蔚爲在昔之良規，抑亦當今之善監。蓋可用者，要爲難得，而灼知者必務兼收。

周南《山房集》卷七《丁卯召試館職策》 元昊之役，范仲淹不欲出兵，韓公琦欲大出兵，於是大將違令而好水無功。是役也，范公仲淹固守觀釁，於計爲長，韓公琦不堪元昊之憑陵，獨決策以當之，於是勇過范仲淹矣。然韓公琦所以大過人者，乃在不求必勝以塞好水之責，而能翻然共守以就仲淹之持重，此其所以卒服夏人也。……本朝自西事起，夏竦在涇原，范雍在環慶，最號曉練疆事，皆不能當。已而韓、范始身任之。然當時吕公夷簡當國，歐、富、張公方平任論議，文公彦博、龎公籍皆有重望，尹公洙、田公況又佐翼其間，所謂本朝第一等人無不聚在西陲也，而僅克支吾。蓋武昭不素，文德有餘，積靡使然。向微諸公悉力共守，豈特關中驚震而已！

徐夢莘《三朝北盟會編》卷一七四 李邴奏對：由漢魏二主觀之，則人君欲超卓之才以濟大功，非闊略細謹不可也。曩在仁祖時，元昊背叛，西鄙用兵，范仲淹在政府，收天下之士，不拘其素，苟可用者，莫不咸在，雖狂獧無行之徒，亦自效於下風，而仲淹亦躬爲詭特之操以振起之。

李心傳《建炎以來繫年要録》卷七六　（辛炳言）：竊見祖宗朝宰相執政，員數稍多，每有所施設，必都堂聚議，參訂可否而行之。故仁宗皇帝時，雖有西夏元昊之叛，而晏然若無事者，以韓琦、范仲淹輩同心協濟也。

程珌《洺水集》卷一《丙子輪對》　恭惟國家萬世之業，自藝祖創之，太宗定之，真宗飾之，至仁宗則守之。方其紹述之初，悉用安静之政。然閲時寖久，人情不能無玩也，於是聖心加以振厲。若開天章閣命輔臣條具當行之事，又御資政殿召兩府侍從手詔問天下事，其勤求治道，責望太平，若不可以一日安者。而又擢端鯁以增諫員，則言路通而士氣伸矣，出内帑以廣邊儲，則財用公而國力裕矣；命范仲淹主西事，富弼主北事，則折衝制勝有其人矣。

又卷一五《朱惠州行狀》　我仁祖用范文正公帥陝西，西賊破膽。大抵人望所屬，遐邇具孚，雖不勞設施，人自悚畏，以其信服有素也。……仁宗時，元昊叛，范文正公知延州，點集鄉兵，令刺其手。此我朝用民兵故事也。

又卷一八《回崔侍郎書一》 范文正公嘗言：「幕府辟客，須可爲己師者。」蓋平時敬之爲師，則必用其言。而平時以朋友待之者，則言之用否未可必也。雖然，此亦其細者爾。古人所謂内外臂指，乃可成功。

釋居簡《北磵集》卷二《湖州寶雲彬文仲净業記》 昔范文正公嘗願達則爲賢相，窮則爲良醫。窮達者，士之常，而博施濟衆，易地則皆然。

曾丰《緣督集》卷一七《送布衣羅以寧上書不報歸鄉序》 横渠張公載少喜談兵，質於范文正公。公責以儒者自有名教，何事於兵？勉之讀《中庸》。横渠公退而變所習，卒爲河南學者宗師。自末言之，講學之功大於談兵固矣。自初言之，談兵非無益人國者，而遽責之，文正公豈沮人赴功者哉！

又卷一八《贈劉晋卿醫者序》 余惟范文正公得志爲相，不得志爲醫，爲皆可以活人故爾。

吴泳《鶴林集》卷一八《論曉事之臣與辦事之臣劄子》 范仲淹謂富弼曰：「彼無兵

與械，何能戰守？得使小民免於殺戮，事或可恕。」若以辦事者言之，則（王）式無一功可論，（晁）仲約有餘罪當議，而乃待之如此，蓋用人之道不以一途也。

又卷三一《答徐茂翁書》　王沂公嘗謂韓魏公曰：「向來臺諫官，如高若訥輩多是擇利，如范希文輩亦未免近名，近日頻見公章疏，只如此可矣。」「如此可矣」云者，某猶以爲未能窺司諫之所止也。官以諫名，立殿陛，與天子争是非，辨邪正，乃其職分。昔之小人嘗以「朋黨」二字傾忠良，今之君子多以「心事」二字被誣謗。國朝名臣如程天球、歐陽永叔、蘇子瞻、周子充，皆不免受此名，况他人哉！

又卷三二《答徐安禮書》　到得國朝范仲淹論時務十一事，蔡襄言國論十二事，渡江諸賢或七或八或九或十，大抵皆體宣公規模。

又卷三三《蜀師與夏人夾攻金人策問》　然涇原熟户，曹武惠曾用之以制蕃族；環慶族類，范文正曾用之以拓邊界。

徐度《却掃編》卷中　余頃見史院《神宗國史稿·富韓公傳》，稱少時范仲淹一見，以王佐期之。蔡太師大書其旁曰：「仲淹之言，何足道哉！」

洪咨夔《平齋集》卷一〇《范丞相謝表跋》 慶曆中，仁宗以中外人望，用韓、范、富共政，責治於期月間，遇合之盛如此。一朝欲止僥倖，退不肖，而小人始側目，相繼去位。

又卷一四《端明殿學士太中大夫簽書樞密院事鄭性之辭免除同知樞密院事恩命不允詔》 慶曆以韓琦、范仲淹爲樞密副使，士大夫酌酒相賀，朕思見其人若飢渴。

又卷一五《魏了翁再辭免依舊端明殿學士除簽書樞密院事令疾速赴行在奏事恩命不允詔》 國朝儒而知兵，莫加於范仲淹。慶曆中出經略西事，久之未獲要領，而召爲副樞，定廟謨於殿陛之間，震天聲於靈夏之表，卒揉服之。

又《謝制置崔閣學啓》 小范挾師魯以行邊，所期更遠。故雖公斯世而稱物，未免私其人而擇官。……竊以小范之帥環慶，舉張方平；大蘇之牧中山，進李端叔。兩公辟士之盛事，百世知人之美談。

又卷二一《趙範除龍圖閣學士京湖制置大使兼知襄陽府制》 仲淹守慶州而純粹踵其成規，世衡築青澗而种諤保其遺績，繄戟纛交輝之盛，實衣冠奕葉之榮。

黄震《黄氏日鈔》卷三九 范文正公本朝第一等人。《寄元均帖》云：「此去南陽，亦且讀書。涉道貴深，退即自樂，非升沉之可摇也。」忠宣公豈能及！

畝，材品雖不同，文正真無愧古人者也。

又卷六二 （蘇軾）引伊尹、太公、管、樂、淮陰、諸葛，證范文正公以事業之素定於畎

趙汝愚《國朝諸臣奏議》卷一三富弼《乞令韓琦范仲淹更任内外事奏》 臣伏聞近降勑命，除陝西四路招討經略使韓琦、范仲淹，并授樞密副使。仰認聖意，只從公論，不聽讒毁，擢用孤遠。天下之人，皆謂朝廷進用大臣常如此日，則太平不難致也。然議者惟云進用大臣雖則美矣，其如西寇未殄，亦須藉才，若二人俱來，或恐闕事。群論皆願一名召來，使處内，一名就授樞副之命，且令在邊，表裏相應，事無不集。以臣愚慮，亦謂群衆所説甚得允當。然近日或聞有異議者，謂樞密副使不可令帶出外任，恐他時武官援此爲例，深不穩便。此乃横生所見，巧爲其説，沮陛下獨斷之明，害天下至公之論。臣謂立此異議者，必知韓琦、范仲淹以西事方急，堅辭此職，既未肯從命而來，又不令帶出外任，是欲惑君聽，抑賢才，姦邪用心，一至於此！况先朝累曾有大臣帶兩府職任，應急出外，事畢還朝，不聞後來有武臣援以爲例。臣願陛下無信異説，專採公論，一名召來，使處於内，一名就授樞副之職，且令在邊。或許二人一歲一更，均其勞逸，亦甚穩便。内外協濟，無善於此。臣旦夕來聞韓琦、范仲淹已有奏報，西事未了，懇辭恩命，朝廷乘此處分，深合事宜。臣不

勝懇懇激切之至。

又卷一七陳師錫《上徽宗論任賢去邪在於果斷奏》 其後，不次擢用杜衍、范仲淹、富弼、韓琦，以致慶曆、嘉祐之治，爲本朝甚盛之時，遠過漢唐，幾有三代之風。若仁宗牽於偏聽，優柔不斷，臺諫備位，言不見用，賢善不進，朋姦不去，則安能饗四十有二年太平之福乎？

又卷二八段少連《上仁宗論廢郭皇后》 臣因義激心，以職獲譴，天地容載，蒙幸何深。然理有所未伸，情有所未達，鬱悒之志，敢不盡陳之。初聞非時召兩府大臣議皇后入道，一日之内，都下喧然，以爲皇后母儀天下，固無入道之理。翌日，又聞兩府列狀乞降后爲凈妃，臣與孔道輔、范仲淹等恐詔命一行，難於追復，是以群詣殿閤上疏，而執政進説，使臣等不獲面對，止令就中書商量。宰相雖知其誤，然猶責臣等翻覆率易，故道輔、仲淹斥守外郡，臣等例皆蒙罰。伏以陛下親政以來，進用直臣，開闢言路，天下無不歡欣。一旦以諫官御史伏閤，遽行黜責，中外皆以爲非陛下意，蓋執政大臣假天威以黜道輔、仲淹，而斷來者之説也。望熟思其事，使讒慝不行，忠邪有别，則天下幸甚。又伏睹戒諭，自今有封章，宜如故事密上，毋得群詣殿門對。且伏閤上疏，豈非故事？今遽絶之，則國家復有大事，誰敢旅進而言者。況道輔、仲淹端正敢言，素爲姦邪所忌，以言事而黜之，恐姦邪得志而翱翔，方正望風而竄伏矣。昔唐陽城王仲舒伏閤以雪陸贄之罪，崔元亮叩殿陛理宋申錫之冤，當時稱之。今陛下未忍廢出皇后，而兩府列狀議降爲妃，諫官、御史敢廢伏閤之事而默默乎！陛下深惟道輔等所言，爲阿黨乎？忠亮乎？幸財赦之。

又富弼《論廢嫡后逐諫臣奏》 臣聞右司諫、秘閣校理范仲淹，以上章諫廢后事貶睦州通判，仍差人押出門。臣不勝驚駭，伏恐陛下行於倉卒，未熟思慮，輒敢冒天威、犯斧鉞，一陳愚懇，惟陛下裁察之。……仲淹爲諫官，所以極諫者，乃其職也，陛下何故罪之？假使所諫不當，猶須含忍以招諫諍，況仲淹所諫，大愜億萬人之心。陛下又縱私忿，不顧公議，取笑四方，臣甚爲陛下不取也。……今仲淹所諫，又甚於修古等所陳。修古等追用而仲淹黜棄，陛下何所見前後之異也！況仲淹以忠直不撓，莊憲時論冬仗事，大正君臣之分，陛下以此自擢用之。既居諫列，或聞累曾宣諭，使小大之事必諫，無得有隱。是陛下欲聞過失，雖古先聖哲之主，亦無以過此。今仲淹聞過遂諫，上副宣諭之意，而反及於禍，是陛下誘而陷之，不知自今後何以使臣！雖日加宣諭，諫臣以仲淹爲戒，必不信矣。諫臣不諫，大非朝廷之福。今百執事所爲，皆一司一局，雖常才者皆能幹之，是易爲也。如仲淹者，乃爲臣之難能者也。今幹一司一局者，皆坐取遷陟，立居顯要。而仲淹不惜性命，爲陛下論事，而遠徙外郡。臣恐百辟以此皆務爲易者，而不爲難者也。陛下一旦有難爲之事，不知何人爲陛下爲之。居諫官者，務要訐直，乃號稱職，依違者曠職。今循默者已居顯要，而訐直者尚居散地。苟如是，不若廢諫官。如不欲廢，即循默者可黜，訐直者可用，請陛下急圖之。……廢后已行，雖未能悔過，臣願陛下急且追還仲淹，復其諫職，減二過之一，庶乎諫路不絶，朝綱復振，使姦雄不能窺陛下淺深，此社稷之慶也。臣近免父喪赴闕，途中聞此。今至京師，未及陛見，乃忘出位之責，而昧死有聞於陛下者，臣實不惜一仲淹，蓋惜陛下所舉措爾。

魏了翁《鶴山先生大全文集》卷二六《辭免督視軍馬乞以參贊軍事從丞相行奏劄》 苟不得乎上，則人誰信之？故無人乎宣王之側，則不能用吉甫；無人乎繆公之側，則不能安子思。是故有吕夷簡而後范仲淹得以宣威陝服，有趙鼎而後張浚得以督師諸路。

又卷四四《普州貢院記》 某爲人記貢院、記學宫多矣，然而考諸制度之詳略、風俗之薄厚，則未嘗不致疑焉。且國初天下未有學也，慶曆三年以後，雖用范文正公之議，詔州縣立學，然學未遍而詔旋寢矣。迨崇寧以蔡京之請，州縣無遠小咸得立學，學官之備乃昉乎此。

又卷六〇《跋晏元獻公帖》 至康定攻守之策，則韓忠獻主攻，范文正主守，而公與龐莊敏、田宣簡諸人亦每以未可輕動爲言，卒之涇原之師暴骸滿野，則公所不主攻策之爲得也。

又卷一〇三《進故事論儲蓄人才》　嘗觀仁祖之治體，所以汪洋洪大而與唐虞成周比隆者，雖自仁祖持平守正以扶植治本，而亦一時元老大臣，中正廣大而維持公道於上也。慶曆盛時，杜、富、韓、范相與主公道於上，而歐陽脩、蔡襄、王素、余靖等列居言路，相與維持正論以固治本。天章閣所條陳時事，富、范諸人身言之而身行之，初豈矜於爲異，惑一時之見聞，如陛下之所憂者哉！范仲淹以忤大臣去國，願與俱貶者相繼，初豈陰寓其私，規他日之進用，如陛下之所弗取者哉！

真德秀《西山先生真文忠公文集》卷三《直前奏事劄子》　昔范仲淹嘗謂時當用兵，不當諱言邊事。今朝廷若以張皇爲戒，臣下希指，雖有警急，不敢上聞，本惡張皇，乃成蒙蔽。

又卷四《直前奏劄》　若景祐中，范仲淹既坐言事黜，議者因請敕牓朝堂，有曰「憸邪罔上者有辟，挾私立黨者必懲」，自謂足以梗言路矣。而仁宗尋即悔悟，誕降明詔，敷求直言，召還仲淹，竟至大用，而慶曆之治以成。

又卷三七《上皇子書》 昔范文正公仲淹居其親之憂，上書政府凡數千言，識者以爲平生所藴盡在乎此。

又卷四一《上曾宣撫書》 往者范文正公宣撫陝西，必吕申公忘仇協濟，用能卒服夏羌。……元祐、紹聖之間，姑置勿論，止以仁廟時賈昌朝、范仲淹兩黨言之，其間固多君子，惟其一存偏陂，遂至黑白不分。賴神至仁如天，輔以韓琦之忠，品節扶持，融攝和會，兩黨之隙，帖然自消，故天下之才不卒至於毁傷破壞，而皆爲國家用。

王賓《范忠宣公文集序》 夫文正公之德之功之文，人當尚之矣。疊山謝文節公稱宋朝相臣以道治世，以誠動物，略不以智術參其間，惟范文正、司馬文正耳。據文節之稱，文正乃後代之伊尹、周公，使居商、周，與仲虺、召公、畢公比肩而無慊，豈直上與漢、唐良相並名耶！

蔡幼學《育德堂奏議》卷二《開禧上殿奏事劄子二》 昔寶元、康定間，西方用兵，韓忠獻公、范文正公任閫外之寄，皆以將不素選爲憂。葛懷敏，一時大將多薦其材略者，韓公獨謂懷敏未經偏伍，與一書生無異；范公亦疏其懦不知兵。而懷敏竟以取敗。至於狄青，僅一指使耳，二公深識其材，甄奬成就，如恐不及，一二年間，遂賴其用。夏人既請命，而青爲國虎臣，致身樞筦。然則天下豈患無其人哉！

方大琮《壺山四六》卷二九《策問延平人才》　晏元獻出判西京，范文正攝教西監。晏公問以人物，范以二舉子對，則富文忠、張文定也。問答之頃，四相萃焉，猗歟盛哉！

劉克莊《後村先生大全集》卷三六《三賢祠祝文》　惟三公（按：三公即顏魯公、范文正、王梅溪。）之孤忠大節，如日行天，有目咸仰。至於齟齬於中而不容，留落於外而甚安，此亦學士大夫之所當法也。某仕於是邦，瓣香致敬。

又卷一一六《謝臺官舉陞陟啓》　竊考宗祖之盛際，有如韓、范之鉅賢，皆著直聲，並居言責。雖是非褒貶，外存風憲之大綱；然涵養栽培，陰壽國家之元氣。故治爲本朝之冠，而人材被數世之餘。

又卷一一九《賀謝殿院啓》　自昔明目達聰之朝，必用犯顏敢諫之士。有希文、永叔，實開天聖、慶曆之太平；無元城、了翁，誰爲元祐、建中之命脈！

程公許《滄洲塵缶編》卷一三《送前益部漕寶謨寺丞范公赴召序》 文正公先天下之憂而憂，後天下之樂而樂，以終其身。

又《送軍器監丞秦侯入覲序》 韓、范以西事並命宣威陝西、河東之時，范議增兵，韓與之異。杜、富當國，主韓抑范，而范意亦不以爲忤也。

陽枋《字溪集》卷九《辨惑》 范文正遇夜就寢，即自計一日飲食奉養之費，及一日所爲事，相稱則鼾睡熟寢，否則終夕不安，明日必求所以稱之。余謂一日奉養，只以恭儉爲本，不必計事稱不稱。若做得十分好事，飲食奉養，元只儉約；若無事可做，則儉節亦無害。

林駉《古今源流至論》前集卷九 夫自宋興以來，名公鉅卿馳騁翰墨，固不可一二數，求其備政治、裨風教者，四君子有功焉。……異時范文正公因文而知其道，至躋之大雅大忠之列，可見矣。

《中興兩朝編年綱目》卷五 仁宗皇帝之時，祖宗之法誠有弊處，但當補緝，不當變更。當時大臣，如吕夷簡之徒，持之甚堅。范仲淹等，初不然之，議論不合，遂攻夷簡，仲淹坐此遷謫。其後，夷簡知仲淹之賢，卒擢用之。及仲淹執政，猶欲伸前志，久之自知其不可行，遂已。

鄭虎臣輯《吴都文粹》卷一陳耆卿《吴學復田記》 自景祐以來，言哲輔者，孰如文正；言明師者，孰如安定？二公光氣覆罩八表，豈以一州親沐嘉澤、親染餘誨，而可廢墜之乎！

又吴潛《重修吴學記》 學基堂於文正范公父子，中更南渡，歷紹興，閲乾道，至淳熙，涉賢守數人，經時數十載始大備，而其積累艱難亦可喟息矣。……諸生朝游而夕息，景行先哲，睹文正容貌而企慕其爲人。其未仕也，必如文正刻苦自厲，以《六經》爲師，文章論説，一本仁義而後可。其既仕也，必如文正有是非，無利害，與上官往復論辨，不以官職輕人性命而後可。

《國朝二百家名賢文粹》卷八一賢節先生《上范丞相論治體書》 某能言之，惟大賢則能聽之。苟以爲狂爲愚而弗從之，復將誦文正公之遺烈，以告於下執事。夫譽其父以悦其子，必求其聽己，又將以爲諂乎？亦非某之忍爲也。某聞長者道盛德之言曰：「吾當先天下之憂而憂。」使文正公獲當今日，則愛君爲國之心，其憂宜如之何也？誦其言，思其人而不得見，則將議其勳，以攷其行己之大方。切以謂文正公過唐裴度遠矣。當度之時，天下望之爲輕重，而文宗亦未辨牛、李之是非，惟念度之不衰也。而其晚節之計，皆出於自安，無經濟意，使時君復誰望耶？文正公則不然，始方貶黜而朋黨之論遂起，其後稍徙潤州，時造謗者復枉以事，上亟命置之嶺南，當時之士凜然寒心矣。自非我公不敢自絶於君，何能悟主如此？使今日之聖子神孫益隆太平者，皆賴仁祖聖明，速回日月之光，深照忠義之賜也。今主上聖德日躋，慨然願治。相公於斯時，其憂國之心，當任文正公之責而後可也。主上恩禮兼隆，可謂至矣，相公自視，孰與仁宗之於文正乎？是知往日君臣之間，猶疏於今也。文正以孤生進，不敢忘君如彼。相公以世德承大恩，乞身堅去如此，是豈有識之士所望於門下之意耶？

又卷八 一賢節先生《再上范丞相論事書》 去年相公鎮潁昌時，有蜀布衣萬里獻書者，即某也。其間言裴度晚計浮沉，有愧文正公終始之節，仰以勸執事者無速求去，如文正不敢忘君焉。……某嘗觀歐公永叔言杜、韓、富三公者，於文正公同心之人也，爲國議事未必相從，公言不私，至於廷諍；平居暇日，則更相稱譽不暇。彼無心於朋黨也，爲明天子故也。尹公師魯於文正公，師友也，方其上書自陳，力乞同貶，時亦豈有心於朋黨也？

又卷八九固窮先生《上吴中丞書》　某爲兒時，常戲先生長老間，竊聞慶曆中有古賢人曰范文正公，實乃心國家，得孟軻勇於義之道，蓋三仕三逐，其節益高，終致大用，顯名諸侯。縉紳士大夫借重引譽，想望風烈，以忠義自奮，迨嘉祐、治平間，以數十輩。是時文正公没已數十年，某兒戲未喻也。其後稍長，知讀書，思昔日之言，而不及見其人，乃退而求其文，伏而讀之，以考其終始大略。蓋嘗與晏丞相書，論天子率百官上壽東宫事非是，非所以尊人主而抑外家，且長外族强熾之漸，晏初不平之。是文正公爲小官時，已有此志。且夫上壽，小事也，爲天子禮，良不爲過，且於國政，似未有大利害，而必力争之，蓋忠臣義士憂國愛君，深謀遠慮，防微杜漸，信非鄙夫所能及此。故三仕三逐，終致大用，天下高之。自文正公後，正直之操或起或仆，迨今五六十年，學者汩於勢利，委靡偷惰，漸成黨同伐異之風，如是者又將二十年。……昔文正公之出也，門生皆去，而王質獨送，或人怪之，質曰：「使范公它日作宰相，以直道忤時而出，質當送之海上。」質於文正公無一日之舊識也，誠有所感激耳，亦以堅文正公之心。今閣下難進易退，已有文正公之風，其將自此大用，用而不肯少屈，以始終文正公之大略，則某雖不才，願附於質之義。伏惟加察，幸甚。

又卷一〇〇賢節先生《上東坡論君子小人進用書》 往昔仁宗皇帝有爲之時，天下殆於久安，孜孜求治。方欲盡革衆事以脩紀綱，而權倖小人皆所不便，遂乃造作姦惡，眩惑聖聰。卒相與辯白是非、啓心開悟者，賴范文正公與二三大臣有正直之德故也。方其始也，范相初貶饒州，稍徙於潤，而造謗者復枉以事，上亟命置之嶺南。自文正之貶，而朋黨之論遂起，杜公、富公、韓忠獻公相繼罷去，歐陽永叔、程天球亦以抗疏論列而逆上心，及子美受誣，都人有一網打盡之言。當是時，自非諸公不敢少衰其志，相與同心以圖扶持王室，則小人之衆，豈不將顛大厦乎？今日之盛，使聖子神孫益隆基業者，皆賴我仁祖聖明，俯回日月之光，深思忠義之賜也。今主上睿哲神聖，出自天縱，承六世之業，當春秋鼎盛之時，方將慨然願治，鋭意有爲。願治則急於用人，有爲則希旨者進。苟非正直之士，如范文正公之徒，以佐佑聖化，則安可得耶？

王象之《輿地紀勝》卷二三引李深《題范文正公祠堂二首》 危言遷謫向江湖，放意雲山道豈孤。忠信平生心自許，吉凶何卹賦靈烏。 一章奏免鳥銜茶，惠及饒民幾萬家。遺老至今懷德政，爲余談此屢咨嗟。

又卷二四引孫覺《題范公堂詩》　蕭蕭獄曹掾，有堂名范公。歲月益已久，父老傳清風。維時狴牢下，枉直情畢通。太守異趣舍，挺然不曲從。事事争救之，粉屏記其終。殆公三年歸，字滿無所容。官小俸禄薄，家居率窮空。賣馬以自給，徒行氣彌充。後公在朝廷，搢紳伏其忠。三黜坐正諫，流離成老翁。我欲繪公像，置祠獄官中。公名塞天壤，文字未易工。不若揭以榜，因之曉愚蒙。後來仰高山，相與傳無窮。

李曾伯《可齋雜稿》卷二一《重建岳陽樓記》　至我朝文正范公，惓惓以天下爲憂樂，斯文一出，斯樓之偉觀增重。去之今二百載，星回物轉，而江濤衮衮，與公風烈蓋巍然俱存也。

徐自明《宰輔編年録》卷首《宰輔編年録序》　觀慶曆之盛，則杜、富、韓、范之事業在所勉；觀熙、豐之事，則荆舒之學在所懲。

趙汸《題妙絶古今篇目後》　是編所録，如鄭子産、樂毅、諸葛武侯、范文正公，類非以文詞名世者。當宋之季世，内修不立，外攘無策，生民重困，疆埸日蹙，天下所願見者，四君子而已。……觀是編者，惟以其文取之可乎？

錢穀《吴都文粹續集》卷三陳仁玉《趙公生祠記》 吴人自言，子游氏北學于洙泗，以文學稱，千數百載間，碩大光明，卓然見者，若陸宣公、范文正公，至今凛凛生氣。文正公以景祐初守鄉國，始建吴學。公子純禮元祐中持節過家，奏請成之，邦人德焉，因並祀之，宜也。

又卷五趙與鑒《景文堂記》 吴郡立學，自范文正公始。……竊惟文正公宏勳鉅節，掀揭宇宙，文章特其餘事。方其《上宰相書》言朝政得失、民間利病，凡萬餘言，文正王公曾見偉之。及考其平生所爲，無出是書。……慶曆中，開天章閣，召問輔臣爲治之要，詔天下立學取士，先德行不專文詞，皆公所建請。然則文正之所謂文，豈特摘章演義云乎哉？

蔡杭《久軒公集·上殿輪對劄》 我朝慶曆之初，仁祖鋭意求治，登用諸賢，而韓琦、富弼、范仲淹亦皆同心體國，上前争事而下殿不失和氣。當時諸臣，有濟濟□遜□□，故卒致慶曆之治，庶幾泰和之鶻。

又《延和殿奏劄》　考之我朝慶曆初，仁祖登用范仲淹、韓琦于政府，一時士大夫莫不酌酒相慶。其後擢文彦博、富弼爲相，廷臣亦往往相賀。

吴潛《許國公奏議》卷三《内引第一劄論今日處時之難治功不可以易視及論大學治國平天下之道》　國朝自開基至於慶曆，積德百年矣，仁宗皇帝察天下之勢漸趨於弱，欲一起而新美之。時則有臣仲淹，慨然欲舉明主於三代之隆，然論建雖廣，異議乘之，終不獲展盡。

又卷四《十四日具奏論士大夫當純意圖事》　臣聞韓琦初除諫官，往謝王曾，曾語之云：「士大夫當純意國事，向來如高若訥輩惟知狥利，如范希文亦未免好名。」琦服行其言。

趙汝騰《庸齋集》卷四《内引第二劄》　范仲淹、韓琦、富弼於上前未嘗不争辯，下殿不失和氣，此二揆之所當法也。

王柏《魯齋集》卷六《范文正仲淹》　雪壓孤根，斷虀力學。危言正色，蹇蹇諤諤。靈府兵精，氈裘膽落。先天下憂，後天下樂。

陳著《本堂集》卷三八《送甥黄正孫入越序》 泰山孫明復遠遊睢陽，雖范文正公亦疑之詰之，知其有母老無以養，然後信其非乞客。王元之之子嘉祐，人皆目爲愚騃，唯寇萊公知其有深識遠慮。時無寇、范二大老，吾恐如明復、嘉祐亦難乎其爲遇。

又卷七一《賀劉帥冬至劄》 學問歐、曾，事功韓、范。

姚勉《雪坡舍人集》卷七《廷對策》 寇準器兼將相，非右科也；韓琦、范仲淹才兼文武，非武舉也。此猶文士也。……方慶曆諸賢之用事也，夏竦等輩結内侍藍元震，上疏謂仲淹、脩、洙、靖，前日蔡襄謂之四賢，四賢得時，遂引襄以爲同列，以國家爵禄爲私惠，膠固朋黨，以報謝當時歌詠之德。仁宗雖不之信，未幾諸賢相繼皆去。是仁宗之明如此，而小人亦得以行其動摇之術也。獨惟仁皇之天宇終定，浮雲暫蔽，白日即昭。……今之諫臣，心乎體國，則必如彦博之不憾唐介，夷簡之不憾仲淹，夫亦何嫌于此。……仁祖朝士氣最盛，直言最多，攻夏竦之樞密，十八疏上而竟行其言；攻陳執中之宰相，十九疏上而竟可其奏。叩銅鐶之呼，事關宫禁也；仁祖雖以是出仲淹，竟以是擢仲淹。

家鉉翁《則堂集》卷二《李氏敬聚堂記》 先正范公之言曰：「吾宗黨自始祖而下，諸父昆弟，猶子釋孫，常數十百人。自吾之身而言，雖有戚疎遠近之不同，然皆吾先祖一體之所分也。夫以一體之所分而癢疴疾痛不相知聞，貧富貴賤莫相收恤，是豈吾祖先垂澤裕後之意哉？」乃立義莊，聚族而居之。至今二百餘年，范氏裔孫猶列居文正坊中，義規炳然，海内視以爲則。

又《積慶堂記》 先正范公，天下第一流人也。

徐霖《精選皇宋策學繩尺》卷八《同治道彊弱因革難易遲速八條策》 蓋至於我仁宗之時，豐隆衍洽，培而益深，振而益窮，畏天愛民，敬宗廟，崇儒學，何其本仁之至也！當是時，閭閻耕鑿之赤子，尊之如天帝，慕之如父母，盎乎元氣之充塞也。然未嘗不厲精以養天下之神氣。一日，開天章閣，召輔弼大臣，賜筆札，條陳所以恢張太平者。俯伏頓首，震悸不敢言。天光如神，灼然帝堯吁咈之心，何其厲精之至也！當是時，韓、范數公日夜匪躬，刮摩以仰稱所以屬任倚毗、責天下治之意。其在大廷，則辯論如争，不肯含茹顧避，以苟和協寅恭之名，而爲尸禄叨榮據富貴之詩；其在退食，則又歡然如朋友。一時精采，讀國史者至於今歆艷興起，凛乎神氣之昭宣也。然未嘗紛然更張，斬然峻厲，以傷所謂本仁之說，而元氣略無恙。此平治之體，中和之極，所以獨盛於我仁宗也。

王應麟《深寧先生文抄摭餘編》卷一《赤城書堂記》 昔有正素戚先生，講道睢陽，始建學舍，文忠富公、文正范公皆游習於斯，爲一世偉人，家法之粹，延及後昆。

方逢辰《蛟峰文集》卷四《雲塔序》 妙果院造一塔，范文正公曰：「此番水文章之應」，因目曰「文筆山」。後二十年(趙)〔彭〕汝礪果魁天下。

又《問天文變異及中國夷狄君子小人德刑公私之異策》 迨我國朝，天聖之流星，慶曆之太白，誠可畏矣，惟杜、富、韓、范、歐、余、王、蔡諸君子如景星鳳凰，故在天之陰不能以勝在人之陽。

又《蛟峰外集》卷二《淳民以橫歛上方逢辰書》 某等嘗聞先正范文正公居母夫人憂日，上宰相書及民間利害凡萬餘言，仰見先正以天下爲心，以生民爲念，初不以大憂戚而暫忘也。

文天祥《文山全集》卷六《與陳直院維善書》 士者顒顒，歌仲淹、弼，一夔一卨。

又《賀蔹書樞密江端明古心書》　范〔仲淹〕自諫府以來，以言事傾動中外，後來出帥西邊，入班兩地，岩穴之士，慕下風而望餘光，蓋皆延頸企踵，以庶幾其一日之爲相。

又卷七《謝皮樞密龍榮啓》　晏殊之學問，楊億之文章，仲淹之聲名，器之之氣節，苟非其類，不在此科。

又卷九《送賴伯玉入贛序》　横渠早年縱觀四方，上書行都，超然有凌厲六合之意，范文正因勸讀《中庸》，遂與二程講學。異時德成道尊，卓然爲一世師表，其視韓公所爲，蓋益深遠矣。

何夢桂《潛齋集》卷九《吴氏壽慶樓記》　文忠富公年五十入中書，太夫人在堂，躬被寵命，婦爲元獻家女，敬事無斁，榮矣；及其存，見孫紹庭而已。文正范公微時，與婦躬奉母，至甘旨不常給。迨貴得厚禄，每憾諸子享富貴，而太夫人不待養。夫以二公位極人臣，而其事不齊猶若此，而况其凡乎！

劉祁《歸潛志》卷一三　余讀沈明遠《寓簡》，稱范文正公微時，慷慨語其友曰：「吾讀書學道，要爲宰輔，得時行道，可以活天下之命。時不我與，則當讀黄帝書，深究醫家奥旨，是亦可以活人也。」未嘗不三復其言而大其有濟世志。

《范文正公褒賢集》卷五《諸賢贊頌論疏》 韓公（韓琦）《與孫元規龍圖書》云：近方知希文留徐將治，已差下人致書藥詣徐及裁記爲慶。遽中忽領來教，且承希文疾遂不起，聞之驚慟數日，不能飲食。忠正大賢，天下屬望，平生素藴，未得紓盡，遂至於此，深可哀痛哀痛！所幸者到公治所，後事得仁者盡力幹辦，亦賢者之先識，希文瞑目無憾矣。今專差人致奠，如公未發告，令一幹吏同辦之，幸甚！

又 富鄭公稱之爲聖人。

又 石徂徠比之爲夔。

又 張横渠謂才氣老成。

又 朱文公曰：天地間氣，第一流人物。

又 論韓、范諸公不苟同，云：諸公平居相稱若尚同也，而議事則公言無私，不害其爲同。上前争事，若好異也，而下殿則如未嘗争，不害其爲異。仲淹欲宥滕宗諒，杜公曰不可也，非異仲淹也，恐紊人主之操柄也。富公欲罪晁仲約，范公曰不可，非異富公也，恐導人主以嗜殺也。韓公欲擊西夏，杜公曰不當擊。仲淹謂契丹必攻河東，請脩邊備；富弼料九事，且言契丹必不來。君實、景仁以兄弟自號者也，而鐘律之議終其身不相下；韓、范素號相得者也，而城水洛之議互争洙、滬之是非。是數公者，其《漢史》所謂忠臣有不和之節，而小人讒爲朋黨，可謂誣矣。

又 又論吕、范交隙云：且朋黨之倡，其萌於范、吕交隙之時乎。謂申公爲小人耶？争宸妃誕育之功，而喪於成禮；當宫庭避災之頃，而顧望清光。乃拜手疏八事，如正朝綱，塞邪徑，禁賄賂，辨佞士，真得大臣輔相之體。而其大者釋仲淹之宿怨，容孫沔之直言，是未可以小人訾之也。謂申公爲君子耶？敕有司不受臺諫，夷簡倡之；戒百官越職言事，夷簡主之。罷相之後，密表之頻奏，内侍之陰結，是失大臣進退之義。而其大者因私憾而預瑶華之議，因此事而忌富弼之能，是未純於君子也。仲淹之比肩聯事，豈能帖帖阿附而爲詭隨之態乎？方其姑蘇召還，正愜公議，待制之除，俾伸素藴，而處鈞衡之地者思有以陷之，以侍臣噤其口，以劇務撓其心。然百官之圖，四論之獻，凛然生言者之氣。大臣不堪，遂以朋黨目之，仲淹於是有鄱陽之行。是行也，李紘、王質往餞，而欲附黨以爲幸。歐陽脩、余靖、尹洙抗疏力争，而願同貶以爲榮，仲淹何慊哉！以至韓琦求蔡襄之詩，程琳議黨人之謗，若谷辨君子之類，此皆營救仲淹也。惜夷簡之黨勝，仲淹之黨不勝，至使受知薦主方爾從坐，同年進士又相繼出，諸賢皆以朋黨逐矣。

至仲淹陝西召還，稍愜公議，日夜謀畫，圖報主知。然按察之令嚴，磨勘之法密，未有愜僥倖之意，小人不悦，再以黨論之，仲淹於是復爲陝西之行。是行也，身再去國，讒者益甚。賈昌朝主王拱辰而逐益柔，益柔，仲淹所薦也；錢明逸論章得象而去富弼，富弼，仲淹所厚也；陳執中因孫甫而去杜衍，杜衍，嘗爲仲淹言也。邸獄之起，朋黨作仇，一網之打，私徒相慶。雖歐陽公以去國之身，懷不自已，抗疏力言，至謂群邪相賀於内，四夷相賀於外，未嘗不忠於國者，而大勢卒不可挽矣。方仲淹始爲夷簡黨目之，所斥諸賢尚有左袒。及仲淹再爲夏竦黨論之，所貶諸賢皆爲倒戈，蓋夏竦用心慘於夷簡，此元瑜所以初是仲淹而復希執中也。

然嘗反覆史傳，切謂黨禍之作固小人之罪，而希君子之風，附君子之名，不行盡辭其責。故嘗妄爲之説曰，黨論之始倡，蔡襄賢不肖之詩激之也；黨論之再作，石介一夔一契之詩激之也。其後諸賢相繼斥逐，又歐陽公邪正之論激之也，何者？負天下之令名，非惟人情不堪，造物亦不吾堪爾。吾而以賢自處，孰肯以不肖自名？吾而以夔、契自許，孰肯以大奸自辱？吾而以公正自褒，孰肯以邪曲自毀哉！如必過爲别白，私自尊尚，則人而不仁，疾之已甚，攻乎異端，斯害也已，安得不重爲君子之禍！孫復謂禍始於此，仲淹謂怪鬼壞事，韓琦亦謂天下事不可如此，其亦有先見云耳。唐自牛僧孺、李宗閔對策，至李德裕朱崖之貶，一報一復，凡四十二年而後息。我仁宗在位四十二年，待遇臣下恩亦至矣，夫豈無藥石以鍼砭之，湯沐以櫛治之？未幾，雲開日出，所廢之人尋即召用，所罷之官隨已復職。如范文正以忤申公而得貶，其始也，雖爲之下朋比之詔，及西事之興，不惟宥其過，而且大用。杜、富、歐、余以邸獄而盡去，始者所行之人雖盡廢黜，而陳執中既罷之後，諸賢復召，而或畀之鈞衡，或列於論思，氣類相感，竟不至傷吾保泰之和，諸賢何憾哉！

又　又論元昊所以臣服云：蓋自天聖中，曹寶臣嘗語王礪曰：「君異日當柄用，願留意邊防。」因以元昊桀悍語之。時德明尚無恙也，其言至寶元而驗。寶元以來，逆雛犯順，忘食肉衣綺之恩，肆猾夏亂華之虐。懷敏、福、平以將自詭，有先穀剛愎之態，無充國老成之慮。其勇而無謀，不能辨事，當時志者已預占之。矧如夏竦設心措慮，但欲進擊，一聞持重堅守之師，則枘鑿矣。自爲總帥，端坐長安，四路軍政，遥聽節制，其誤國債軍之罪自不能掩於張方平之一疏。由是好水之役，任福不能嬰其鋒；定川之役，劉平不能遏其勢。遣使至境，范雍不能明其詐；遣人納降，士彬不能察其欺。當其時也，天子不得怡，宰相不暇食，百官不敢退安於私第，中書置議事之廳，群策集經略之幙。韓公不肯袖手於大事當決之時，富公不肯結舌於虜使可斬之日，小范老子胸中數萬甲兵，略展布於代回國事之頃。請出兵者有吕夷簡，言官兵不如鄉兵者有田况，身爲體量使而知四路屯兵之數者有王堯臣。王守忠監軍之命不行，夏竦通唃厮囉蕃族之議復寢。絳、奎鑄錢之請既上，歐陽脩通漕運、擢商賈之策復施。我常有以破元昊，而元昊終不請降於我也。以鄜延一路觀之，狄青擊之於保安，許懷德破之於永平，入金明則見困於周美，至延州則見摧於王信。以涇原一路觀之，虜寇三川，王珪敗之，沮其兵；虜在白豹，任福克之，制其兵。以河東一路觀之，在麟州則張亢易旗幟以誤敵，其衆大潰；在府州，則張旨築城陴以堅守，其賊果遁。至環慶一路，所在自爲守備，相爲牽制者又非諸路之所能及。青澗既成，則以种世衡懷環州屬羌，自是人精於射，虜不敢近。大順未城，則以范純佑促慶州版築，自是城寨截然，虜不敢入。「一韓一范」之謡屹然爲天兩柱，蛇豕跪喪，犬羊屏息，有以也夫！於是議和之使至於境上者一，至於范仲淹者再，至於龐籍者亦再，然猶未敢保其無他而輕許之也。暨夫遣使納款者一，遣來奏事者四，然後賜贄之使不得已而出疆。嗚呼！羽檄交馳之間，勉於支撑拯救之圖；玉帛相尋之後，亦不廢惕厲憂虞之心。擇武勇於陜西，選武臣於諸路。諄諄然綸綍之明揚，以和好爲權宜，以戰守爲實務。骾然搢紳之論奏，募入粟以助邊，出内帑以助邊，撙節三司用度之數。蓋其持危益深，而防閑益密，救敗扶傷而經畫多。未嘗窮追遠討以强兵，而來懲去備，無大勝亦無大負；未嘗急征暴斂以豐財，而量入爲出，不至有餘亦不至不足。每觀夏竦、范雍經略西事之日，與韓琦、范仲淹經略西事之日，勝負利鈍，大略可考，信守備亦惟其人而已。不然，以跋扈之元昊，初而帝，中而男，終而臣者，又豈無所自耶？

又 劉漫塘先生論本朝人物曰：南渡前范文正公合居第一。

敖英《東谷贅言》卷上 文潞公處大事以嚴，韓魏公處大事以膽，范文正公處大事曲盡人情，三公皆社稷臣也。朱文公論本朝人物，以范文正公爲第一。

李賢《天順日録》 古之豪傑之士所見，未嘗不同。諸葛武侯曰：「臣鞠躬盡瘁，死而後已，至於成敗利鈍，非臣之明所能逆睹也。」范文正公曰：「爲之自我者當如是，其成與否有不在我者，雖聖賢不能必。」韓魏公曰：「人臣當盡力事君，死生以之。至於成敗，天也。豈可豫憂其不濟，遂輟不爲哉！」李忠定公曰：「吾知事君之道，不可，則全進退之節，禍患非所惜也。」由是觀之，則四公之心合而爲一者也。

《至元嘉禾志》卷一九胡修卿《記縣學序拜儀》 林卿昨典番學，聞范文正公出守時，政用名教，厚俗爲先，州人慕嚮，久之不變。後進於長者修慶朔之拜惟謹，彭公器資之言實然。侯今小試一邑，心惟范公是師，諸父兄弟盍世守之，以毋忘鄒魯是邦之意。

葉盛《水東日記》卷七 歐陽公撰《范文正神道碑》，富韓公以差叙官次爲言。公以爲此碑直叙事繫天下國家之大者耳，後人固不於此求范公官次也。

馮琦等《經濟類編》卷二 呂中曰：先儒論本朝人物，以仲淹爲第一。觀其所學，必忠孝爲本。其所志，則先天下之憂而憂，後天下之樂而樂。其有所爲，必盡其力，曰：「爲之自我者當如是，其成與否有不在我者，雖聖賢不能必。」此諸葛武侯不計成敗利鈍之誠心也。觀其論上壽之儀，雖晏殊有所不能曉；寬仲約之誅，雖富弼有所不能知；而十事之規模，雖張方平、余靖之諸賢有所不能識。仁宗晚年，欲大用之，而范公已即世矣，豈天未欲平治天下歟！

王錡《寓圃雜記》卷五 吾蘇學宫，制度宏壯，爲天下第一。人材輩出，歲奪魁首。近來尤尚古文，非他郡可及。自范文正公建學，將五百年，其氣愈盛，豈文正相地之術得其妙歟！

程敏政《新安文獻志》卷三程瑀《上欽宗乞内中置籍録臺諫章奏劄子》　本朝之盛，無踰仁宗，稽考治迹，蓋周成王、漢文帝不足擬焉。宰臣則前有王曾、李迪，後有韓琦、富弼；執政則有歐陽脩、范仲淹之徒。由今視之，其人何如哉！然當時諸臣深達治體，朝廷之上，既已務和而不務同，至於臺諫有所論列，不以人微而易之，不以意異而詘之，唯是之從，而不嫌議不出己，亦不難於改過從善。當時議宰執，以爲奉行臺諫文書，是不知此乃諸臣深達治道，用心過人者。

祝允明《前聞紀》　范文正公亦居吴，父子皆近世社稷臣，所當百世祠祀，歲時奉嘗之，反不若謂閭閻之見，固不足道，而通官顯人亦從而神之，誠可嘆也。

胡應麟《詩藪》雜編卷五　古今詩人，窮者莫過於唐，而達者亡甚於宋。……宋諸名公……范文正、歐文忠、王岐公、王文公、韓持國、胡文恭、吕忠穆、趙忠簡、陳去非、葉少藴、趙忠定、周益公、文信公，皆執政能詩者也。……司馬、范二文正並大儒，然涑水有《詩話》，而希文篇什時爲好事播傳。

張綸言《林泉隨筆》 臨川吴氏言：漢張良、三國諸葛亮、唐狄仁傑、宋范仲淹四公，出處雖不同，其爲百代殊絶之人物則一。或曰：范公之於孔明，若是班乎德則無愧，才則差不及耳。曰：朱子嘗稱范公傑出之才，《與周益公書》又言其才德兼備，而謂其不及孔明，何也？曰：趙元昊之才智孰與司馬懿？靈武五郡甲兵之强孰與曹魏？孔明舉數萬之衆往而伐之，而懿悉力御備之不暇，以區區之蜀抗衡天下十分之九。范公爲師，乃甘受元昊之侮慢，以中國全盛之力，而不能制其死命，復書中至以大王稱之，於此一事，而其才可見矣。朱子、吴氏之説，蓋特舉其大者耳。

劉元卿《賢弈編》附録 世君子談道者，類高韓、范、富諸名公之品，而惜其未知學云。以愚臆見殊不然。宋之名相似多知學，顧其得有淺深高下，其功業亦以是爲差矣。……范希文筮仕，初若尚矯勵未融。然即能識孫明復於貧窮時，又識張子厚於儻蕩時，可謂具只眼矣。且《中庸》篇時尚未經諸儒表章，而公即以此授子厚，非自有所見然耶？

屈大均《廣東新語》卷七 韓瑗，南海人。……廣人爲宰相自瑗始。……三百年而有張文獻，又宋三百年而有余襄公，其忠言大節，不一而足。而諫用牛仙客，安太子瑛，誅安禄山，留范希文，排張堯佐，尤爲治亂所關。三言不用而一言用，天寶之敗、慶曆之隆，夫豈適然而已哉。

《永樂大典》卷七二三七高斯得《尊賢堂記》 眉山宋仲可楚材主長洲縣學，既創邑庠，群百里之士而教之，復闢一堂，館先賢而祠焉。以書來曰：「昔者王元之令於斯，范文正生於斯，蘇内翰游於斯，魏鶴山寓於斯。四賢相望，三百年間，大節犖犖，交相輝映。吾欲合而祠之，使國人弟子想其高風，有所矜式，爲我記之。」……今自范公之外，三君子皆異邦之人也，於義何居？穆然以思，乃得其説。古者有道有德之人，祭于瞽宗，學校之尚賢也久矣。夫賢者在天地間，如景星鳳凰，無間遠近，莫不傾慕。而況嘗居是邦，遺風餘烈，耿其未沫，則社祠尸祝，以儀國人，其爲旌淑彰善也大矣。且四賢皆以正學直道，立人之朝，三尺之童知之，有不待論。予獨歎其離信之度，若合符節，其天之所爲邪？抑偶然而相似邪？元之賦三黜以見志，其窮甚矣。若文正之於夷簡，内翰之困於荆舒，鶴山之抑於權幸，凡皆棲遲十有餘年，而不得伸。其流落不耦，四人而一身也。元之遇太宗，得其時矣，其用少貶，竟以不用。然文正大用於慶曆而不能久，内翰被遇於元祐而不獲安，鶴山執政於端平而卒見逐，皆非不得時也，而終不得有所成就，其用之不盡，四人而一身也。

又卷二〇三〇八蓮峰先生《代兄伯振上秦相書》 吾宋二百年間，稱治者前慶曆而後元祐。慶曆之治，文正范公之力也。元祐之治，文正司馬公之力也。二公澤斯民之心，如水必寒，如火必熱，皆古之所謂一者也，而其所致之治又若此其盛。然則天下之士，捨是不歸而安歸哉？當是時，蘇子美、尹師魯、王子野、余安道、石曼卿、孫明復之徒，所以並列范公之門，而程正叔、范淳夫與蘇氏二仲，亦在司馬公之門，蓋不招而自來，不呼而自應。……何者？時之不可以失，而道之不可以忘也。

黄淮、楊士奇《歷代名臣奏議》卷四七胡安國《上時政書》 政事紀綱莫大於賞罰，賞罰福威必當於功罪，功罪善惡必審於毁譽，毁譽是非必要於真僞。……寇凖以忠正遭遠貶矣，范仲淹以危言屢獲罪矣，歐陽脩以譏斥佞人招難明之謗矣，或辨明誣枉，或擢陞侍從，或遂遷執政，是毁譽不得亂真而直道行也。邪説息，直道行，則惡人有所憚而不爲，善類有所恃而不恐，其致至和、嘉祐之治以此。

又卷五八李鳴復《論勤學致和疏》 昔仁宗皇帝享國最久，遇變最多，然衆賢聚於内而朝廷尊，按察使分布於外而郡國治，帥得一仲淹而西賊喪膽，使得一富弼而北虜降心，將得一狄青而南凶授首。四十二年之治，號爲太平，皆自得人始。

又卷六二牟子才《言六事疏》 昔慶曆中，仁宗既有范仲淹等，責治甚急。一日，開天章閣，給筆劄，使條上所宜。於是抑僥倖，罷冗官，減任子，端緒未竟而小人不便，譁然攻之，而朋黨之禍作矣。

又一四八楊簡《擇賢久任疏》 先正范仲淹、富弼亦言，委逐路自擇知州，委州自擇知縣，仍久其官守，其有異政者就與陞擢。臣自習舉子事業至於今，不知其幾思幾慮，深念時務條件雖多，皆莫先於擇賢久任，而後次第可行。欲弭寇盜，莫先擇賢久任。欲移風易俗，莫先擇賢久任。欲廣國祚，莫先擇賢久任。願陛下與大臣圖議，勿循舊例，自取禍亂。力行范、富之説，及下采臣言，以弭禍亂，以安社稷。若慮員多闕少，久任則無闕可處士大夫，則臣謂所任既賢，其餘不肖乃害民敗國之人，不足深恤。

又李鳴復《論擢仕二府之臣當責其實疏》 慶曆中，范仲淹、富弼歸自陝西，擢置二府，仁宗皇帝特開天章閣，從容賜問，凡所條奏，輒見施行，其傾心待遇如此。陛下之擢任數臣，將以有爲也，可不以是爲法乎？杜衍謹守規矩，仲淹自信不疑，韓琦純正而質直，富弼明敏而果鋭。平日閑居，則相稱美之不暇，爲國議事，則公言廷諍而不私。是四人者，當時賢之，後世頌之。二三大臣之得君，將以行其道也，可不視此爲勸乎？

又卷一五二牟子才《灾異進對劄子》 臣嘗肅容稽首，伏讀《國史》，至景祐中，京師地震，直史館葉清臣上疏，有曰：「頃范仲淹、余靖以言事被黜，天下之人箝舌，不敢議朝政者行將二年。顧陛下深自咎責，詳延正直敢言之士，庶幾明威降鑒而善應來集也。」書奏數日，仲淹輩得近徙。臣有以見仁宗皇帝祇畏天威，優容讜直，未嘗以遂非爲心也。又讀至范仲淹既徙潤州，讒者恐其復用，遽誣以事。語入，上怒，亟命置之嶺南。參知政事程琳獨爲上開説，明其誣枉，上意解，仲淹訖得免。臣又有以見仁宗皇帝照破姦讒，消平誣枉，未嘗以終始爲心也。夫人才，天下之元氣；公議，國家之精神。所恃以爲天下國家，此而已。今清臣一言而仲淹有近徙之命，程琳一言而仲淹破讒誣之疑，雖執政大臣如王隨、陳堯佐等輩，亦不能沮抑而齟齬之。此四十二年之治所以獨爲本朝之冠也。猗歟盛哉？

又卷一五六李光《乞辨君子小人劄子》 本朝仁宗皇帝專任韓琦、富弼、范仲淹，故四十二年之間，天下大治，夷夏乂安，海内生靈蒙福至今，蓋不使小人參其間也。

又卷一七七呂陶《乞早賜聖斷罷免韓縝張璪事疏》 在仁宗時則有呂夷簡、晏殊、杜衍、韓琦、富弼、蔡齊、薛奎、范仲淹、吴育、歐陽脩、明鎬、吴奎、張昪、王舉正、包拯、姜遵、魯宗道、田況。如此等人，或以經論成務，或以獻告極忠，或陳臺諫之規模，或知風化之原本，或通古今之變，或盡出處之致，或可潤色皇猷，或能裁決大事。是故三朝之治，號爲太平，卓冠前古。蓋輔相得人而朝廷重，政令純，生民安故也。今日之執政大異於此，無元勳重德，不足以服人；無高才偉望，不足以謀國。

又卷二二三李光《乞修京城守禦之備劄子》 臣恭聞仁宗皇帝以四方用兵無功，選用大臣，講求利害，召韓琦、范仲淹對於崇政殿。琦等深慮夏人一旦乘勝張犯闕之勢，求以河爲界，則宜堅守京城，詔河北之兵，按而不較，使進而嘗有反顧之憂。故修京城者，非徒禦寇，誠以伐深入之謀也。

又卷二三五袁燮《便民策三》 先朝西師之興，范仲淹、韓琦爲之統帥。仲淹深於知兵，未始接戰，惟築城以逼之，庶乎所謂不戰而屈人兵者。琦勇於集事，任福、葛懷敏之徒又皆輕敵，夏人誘之深入其中，腹背攻之，師徒撓敗，可以爲鑒矣。

又卷二四〇崔敦詩《論任邊臣疏》 臣伏見仁宗皇帝朝，韓琦、范仲淹建河北備邊之策，請遣近臣爲都轉運使，委以密爲經制。蓋方邊陲安靖之際，專命使臣則事體張皇，有所不宜；付責守臣則職任拘礙，有所未盡。

又崔敦詩《論選擇將官疏》 昔韓琦、范仲淹帥邊，條上將佐材勇姓名，分爲二等，如狄青、种世衡皆在其中。蓋帥臣守邊，日接將佐，最爲詳審。况宰執、侍從義同安危，必能公心爲國求材，此又一塗也。

又卷二八六張守《乞仍用圭田之制奏》 國家自真宗皇帝復圭田之制，養廉息貪，民用不擾。伏睹建炎元年六月之詔，並權住罷。議者之意必謂國步方艱，用度未給。然計其所得，數亦不多，無益邦儲，有傷國體。竊惟仁宗皇帝朝固嘗議罷，范仲淹歷陳其不可，慶曆之詔約爲等差，行之至今，未見其害。

又卷三二九王詔《平戎策》 臣體問得宣徽使曹瑋在西邊日，其用環慶兵，皆不及涇原、秦鳳，只因經略使范仲淹在慶州日與种世衡等處置，各盡其宜，故今四路之中，惟環慶路蕃兵號爲得力。是知教之在人，而不在其性分之相異也。

又卷三三六趙汝愚《論邊防奏》 祖宗西北邊面，凡所用之人，所守之地，所養之兵，累聖講畫，成法具備，自近及遠，節節皆有次第。如極邊要害去處，則有堡寨，其次有城守。堡寨則有巡檢，有寨主，城守則有守將。三路有大帥，如韓琦、范仲淹輩，皆極天下之選，其所辟寮佐如田況、孫沔、尹洙、張方平輩，亦無非一時名士，故士大夫習知邊鄙間事，其後往往盡爲時用。

《（正德）姑蘇志》卷二一范成大《思賢堂記》 吴郡治故有思賢亭，以祠韋、白、劉三太守，更兵燼久之，遂作新堂，名曰「三賢」。其四年，當紹興辛巳，鄱陽洪公始益以唐王常侍、本朝范文正之像，復其舊之名亭者榜焉。……於是，公又曰：「非文正范公之勤其民者乎？」退而參石記竹書之傳，詳兩賢行事，尚什百於此。……文正自郡召還，遂參永昭陵大政，德業光明，爲宋宗臣，通國之誦曰文正公，而不以姓氏行焉。

黄宗羲、全祖望《宋元學案》卷三《高平學案》　王梓材案：横渠之於高平，雖非從學，然論其學之所自，不能不追溯高平也。

又卷四《高平學案》　先生泛通六經，尤長於《易》，學者多從質問，爲執經講解亡所倦。并推其俸以食四方遊士，士多出其門下。嘗自誦其志曰：「先天下之憂而憂，後天下之樂而樂。」感論國事，時至泣下。一時士大夫矯厲尚風節，自先生倡之。史傳稱先生内剛外和，汎愛樂善。好施予，置義莊里中，以贍族人，里巷之人皆樂道其名字。死之日，聞者莫不嘆息。

王夫之《宋論》卷四《仁宗》　韓、范二公，憂國有情，謀國有志，而韜鈐之説未嫻，將士之情未浹。縱之而弛，操之而煩，慎則失時，勇則失算。吟希文「將軍白髮」之歌，知其有弗獲已之情，四顧無人，而不能不以身任，是豈足與狡詐凶横之元昊争死生者哉！……故韓、范二公之任此，良難矣。……乃以其時度其勢，要其後效，宋之得免於危亡也，二公謀異，而范公之策愈矣。任福之全軍覆没也，范公過信昊之可撫而墮其術中也。韓公力主進兵會討，策昊之詐，而自戒嚴以行邊，則失在范，而韓策爲長。然范之决於議撫者，度彼度此，得下策以自全者也。……

人之不能有全才也，唯其才之有所獨優也。……觀於韓、范二公可見矣。韓公之才，磊落而英多，任人之所不能任，爲人之所不敢爲，故秉正以臨險阻危疑之地，恢乎其無所疑，確乎其不可拔也。而於纖悉之條理，無曲體求詳之密用。是故其立朝之節，直以伊、周自任，而無所讓。……而范公異是。以天下爲己任，其志也。任之力，則憂之亟。故人之貞邪，法之疏密，窮簷之疾苦，寒士之升沉，風俗之醇薄，一繫於其心。是以内行修謹，友愛施於宗族，仁厚式於鄉閭，唯恐有傷於物，而惡人之傷物也獨切。故以之驅戎，無徼功之計，而致謹於繕修自固之中策。唯其短也，而善用之，乃以終保西陲而困元昊於一隅。若其執國柄以總庶務，則好善惡惡之性，不能以纖芥容，而亟議更張，裁倖濫，覈考課，抑詞賦，興策問，替任子，綜覈名實，繁立科條，一皆以其心計之有餘，樂用之而不倦。唯其長也而亟用之，乃使百年安静之天下，人挾懷來以求試，熙、豐、紹聖之紛紜，皆自此而啓，曾不如行邊静鎮之賴以安也。繇是觀之，二公者皆善用其短，而不善用其長。……

苟爲君子，則必知所敬矣。……以此而論二公，韓之蔽於所長者僅矣，而范公已甚矣。天章閣開之後，宋亂之始也。范公縝密之才，好善惡惡之量爲之也。是以縝密多知之才，尤君子之所慎用也。

科舉試士之法有三：詩賦也，策問也，經義也。宋皆用之，互相褒貶，而以時興廢。……詩賦之視經義弗若也，而賢於策問多矣。范希文奮起以改舊制，於是而浮薄之士爭起而習爲揣摩。蘇洵以孫、吴逞，王安石以申、商鳴，皆持之以進。而爲之和者，實繁有徒，以裂宋之綱維而速墜。希文之過，不可辭矣。若乃執政之黨人，摘策問之短，爲之辭曰：「詩賦聲病易考，策問汗漫難知。」此則卑陋已極，適足資希文之一笑而已。

顧炎武《日知録》卷一三　《宋史》言士大夫忠義之氣，至於五季變化殆盡。宋之初興，范質、王溥猶有餘憾。藝祖首褒韓通，次表衛融，以示意向。真、仁之世，田錫、王禹偁、范仲淹、歐陽脩、唐介諸賢，以直言讜論倡於朝。於是中外薦紳知以名節爲高，廉耻相尚，盡去五季之陋。

又卷一七　蓋昔之取士，雖程其一日之文，亦參之以平生之行，而鄉評士論一皆達於朝廷。……而范仲淹、蘇頌之議，并欲罷彌封、謄録之法，使有司考其素行，以漸復兩漢選舉之舊。

《三字經》 蘇武節，骨錚錚。直諫鏡，有魏徵。范仲淹，懷天下。宋包拯，鋤横霸。

蔡世遠《古文雅正》卷一一評王安石《祭范潁州文》 范公亦立法度以變易天下者，觀其所上十事，條目不少於介甫新法也，故荆公契合獨深，贊頌倍至。然范公所立法，皆爲天下人心風俗起見，養才黜奸，心事如白日青天。荆公所立法，多爲謀利富國起見，褊迫而用小人附己者。此其所以大不同也。祭文特雅峭，摹寫范公曲盡。余愛范公，故樂誦荆公此文。

又卷一二評蘇軾《范文正公集序》 余平生最喜諸葛公、范文正公，稱公之文，亦酣玩不置。

又評蘇軾《潮州韓文公神廟碑》 韓文公、范文正公、歐陽文忠公三大人物，其碑記序文得蘇文忠公以崇論閎議、精思浩氣構之，大人物得此大手筆，快哉！

《(雍正)浙江通志》卷二九《重建建德縣儒學記》 嚴陵負山帶江，爲東南佳郡。在漢則嚴先生居之，在本朝則范文正公、張宣公守之，吕成公教之，聲氣薰陶，士風日盛。

《御製樂善堂全集定本》卷六《讀范文正公神道碑用宋陳傅良原詠韻》　入夏南風薰，花木圍我廬。我廬何所有，插架古人書。希文古大臣，不與伊葛殊。特達圭璋器，心跡天日如。今讀《神道碑》，更識爲名儒。《中庸》賴公顯，程朱繼其餘。廟堂而江湖，憂樂與民俱。天章十條陳，忠懇豈區區。仁宗稱賢主，致理亦可期。參政僅九月，不及大有爲。徒令范老子，聲名播荒陲。

《四庫全書總目》卷一五二　《文正集》二十卷，《别集》四卷，《補編》五卷。……仲淹人品事業卓絶一時，本不借文章以傳，而貫通經術，明達政體，凡所論著，一一皆有本之言，固非虚飾詞藻者所能，亦非高談心性者所及。蘇軾稱其天聖中所上執政萬言書，天下傳誦，考其平生所爲，無出此者。蓋行求無愧於聖賢，學求有濟於天下，古之所謂大儒者，有體有用，不過如此，初不必説太極、衍先天而後謂之能聞聖道，亦不必講封建、議井田而後謂之不愧王佐也。觀仲淹之人與仲淹之文，可以知空言實效之分矣。

《蜀藻幽勝録》卷三閻蒼舒《將相堂記》　嘉祐、治平之間，風俗之美，人材之盛極矣。其間光明碩大、雄傑豪俊、以德業聞者，固不可勝記。若其資兼文武，出入將相，如富、韓、范、歐形於慶之詩者，可謂艱哉！

《張文襄公事略》　竊思古之致身事君者，苟其宅心忠正，致爲國用，則其一身之存亡，必關係於邦國。……獨是尚論古人，卓然稱爲賢臣者，如漢之賈山、汲黯，唐之李泌、郭子儀，宋之范仲淹、司馬光，彪炳史册，後先輝映。然迹其平生，各行其志：或以諍臣稱，或以能臣稱，或則以良臣稱，其遭際不同，操術亦異，固未可强而并論。

《評鑒闡要》卷七　西夏之役，韓琦主攻戰，而范仲淹主和守。議者徒見好水川之敗，遂多咎琦而韙仲淹者。不知任福不遵琦節制，其致敗非琦所能逆料，而仲淹之和，終亦奚能成哉？徒以通書獲罪，貽笑外敵，而無補於中國。蓋庸懦之流，畏事惡勞，一聞戰則咋舌蹙額，若恐矢石之及己；而一聞和則以爲保全生靈，爲國遠謀。彼其於國家之安危榮辱，固未嘗計及也。如是之人，而可與之策攻戰和守之議哉？

《范仲淹史料新編》三《遺蹟録·碑記》　《乾隆御題詩碑》：文正本蘇人，墳山寺宇新。千煉傳樹業，一節美敦倫。魏國真知己，夷維傳後塵。天平森翠笏，正色立朝身。

評詩

野色

吴子良《荆溪林下偶談》卷一　司馬池《行色》詩云「冷於陂水淡於秋，遠陌初窮見渡頭。猶賴丹青無處畫，畫成應遣一生愁」，前輩稱之。此詩惟第一句最有味。范文正公《野色》詩：「非烟亦非霧，冪冪映樓臺。白馬忽點破，夕陽還照開。肯隨芳草歇，疑逐遠帆來。誰謂山公意，登高醉始回。」第二聯亦豈下於池詩乎？此梅聖俞所謂狀難寫之景如在目前也。

《歷代詩發》卷二三　三詩如繪荆關妙手，古色在渲染之微。

翁方綱《石洲詩話》卷三　宋初司馬池《行色》詩，或謂范文正《野色》詩足以配之。

然二詩皆一時佇興，故佳，不比後人某聲某影連類成題也。

釣臺

趙與虤《娱書堂詩話》卷上 羅隱《嚴陵灘》詩，范文正公《釣臺》詩，俱押高字。范詩特高妙，至用雲臺事，尤非隱所及。羅云：「中都九鼎勒英髦，漁釣牛蓑且遁逃。世祖昇遐夫子死，原陵不及釣臺高。」范云：「漢包六合網英豪，一箇冥鴻惜羽毛。世祖功臣三十六，雲臺争似釣臺高。」

蔡正孫《詩林廣記·後集》卷一〇 子陵釣臺，賦者甚衆。如文正公此詩，真足以廉頑立懦。

詠蚊

釋惠洪《冷齋夜話》卷五 范仲淹少時，求爲(秦)〔泰〕州西溪監鹽，其志欲吞西夏，知用兵利病耳。而廨舍多蚊蚋，文正戲題其壁曰：「飽去櫻桃重，饑來柳絮輕。但知離此去，不用問前程。」雖戲笑之語，亦愷悌渾厚之氣逼人，況其大者乎。

陳善《捫蝨新話》上集卷一　章子厚嘗言：「饑時遇不相識亦須索飯，飯後見爺亦不拜。」此最害理。子厚寧以一飽而遂忘其父乎？不似范文正公善言饑飽。公嘗監泰州西溪鹽場，西溪素多蚊蚋，作詩曰：「飽去櫻桃重，饑來柳絮輕。但知求早替，不要問前程。」雖片言，亦自有忠厚之氣。

胡仔《苕溪漁隱叢話·後集》卷二七　苕溪漁隱曰：吴興，澤國也，春夏之交，地尤卑濕，仍多蚊蚋。子瞻作守日，有詩云：「風定軒窗飛豹腳，雨餘欄楯上蝸牛。」真紀實也。舊説泰州西溪濱海多蚊，范文正爲監鹽，題詩云：「飽去櫻桃重，饑來柳絮輕。但知離此去，不用問前程。」想與吴興同患也。

赴桐廬郡淮上過風三首

陳輔之《詩話》　范文正《淮上遇風》云：「一棹危於葉，旁觀欲損神。他年在平地，無忽險中人。」雖弄翰戲語，卒然而作，其濟險加澤之心未嘗忘也。

吴喬《圍爐詩話》卷五　范希文《過淮遇風》云：「一棹危於叶，旁觀亦損神。他年在平地，無忽險中人。」直是杜詩。余謂是子美之人，方可作子美之詩，於希文驗之矣。

薛雪《一瓢詩話》 可見正人君子，無處不具此心。

和章岷從事鬭茶歌

劉斧《青瑣高議・前集》卷九 范文正《採茶歌》爲天下傳誦。蔡君謨暇日與希文聚話，君謨謂公曰：「公《採茶歌》膾炙士人之口久矣，有少意未完，蓋公方氣豪俊，失於少思慮耳。」希文曰：「何以言之？」君謨曰：「公之句云：『黄金碾畔緑塵飛，碧玉甌中翠濤起。』今茶之絶品，其色甚白，翠緑乃茶之下者耳。」希文笑謝曰：「君善知茶者也，此中吾詩病也，君意何如？」君謨曰：「欲革公詩之二字，非敢有加焉。」公曰：「革何字？」君謨曰：「『緑』、『翠』二字也。」公曰：「可去。」曰：「黄金碾畔玉塵飛，碧玉甌中素濤起。」希文喜曰：「善哉！」又見君謨精於茶，希文服於義。議者曰：希文之詩爲天下之所共愛，公立意未嘗徒然，必存教化之理，他人不可及也。

胡仔《苕溪漁隱叢話・後集》卷一一 《藝苑雌黄》云：玉川子有《謝孟諫議惠茶

歌》，范希文亦有《鬭茶歌》。此二篇皆佳作也，殆未可以優劣論。然玉川歌云：「至尊之餘合王公，何事便到山人家。」而希文云：「北苑將期獻天子，林下雄豪先鬭美。」若論先後之序，則玉川之言差勝。雖然，如希文豈不知上下之分者哉，亦各賦一時之事耳。苕溪漁隱曰：……余謂玉川之詩，優於希文之歌。玉川自出胸臆，造語穩貼，得詩人句法；希文排比故實，巧欲形容，宛成有韻之文，是果無優劣邪？

江上漁者

蔡正孫《詩林廣記・後集》卷一〇　《翰府名談》云：「范希文《贈釣者》詩，實寓深意，不徒作也。」《文酒詩話》云：「希文《江上遇風》及《贈釣者》詩，語雖同而意各有寓也。」

吴喬《圍爐詩話》卷五　范希文《贈釣者》云：「江上往來人，盡愛鱸魚美。君看一葉舟，出没風濤裏。」寧讓子美？

寄贈林逋處士

吴處厚《青箱雜記》卷六　錢塘林逋亦著高節，以詩名當世，名公多與之游。天聖中，丞相王公隨以給事中知杭州，日與唱和，親訪其廬，見其頹陋，即爲出俸錢新之。……迨景祐初，逋尚無恙。范文正公亦過其廬，贈逋詩曰：「巢由不願仕，堯舜豈遺人？」又曰：「風俗因君厚，文章到老醇。」其激賞如此。

吴喬《圍爐詩話》卷五　范希文《贈林和靖》云：「巢由不願仕，堯舜豈遺人？風俗因君厚，文章到老醇。」庶幾子美矣，而終寄其廡下。山谷别開門徑矣，未免是殘山剩水。吾不知如何而後可以爲詩。

卓筆峰

葉盛《水東日記》卷六　或曰：楊文定公嘗云，范文正、高季迪皆出姑蘇，兩人氣象甚不同，蓋於其所賦《卓筆峰》見之。今按高詩見《姑蘇雜咏》，范詩則不見於集，不知何所據也，附記之。范云：「笠澤研池小，穹窿架石峨。仰憑天作紙，寫出太平歌。」高云：「雲來初似墨，雁過還成字。千載只書空，山靈恨何事。」

許浩《復齋日記》卷上 范仲淹、高季迪，皆姑蘇人，皆嘗詠卓筆峰。范詩曰：「笠澤研池小，穹窿架石峨。仰憑天作紙，寫出太平歌。」高詩曰：「雲來初潑墨，寫過還成字。千載只書空，山靈恨何事。」二人之氣象，於此蓋可見矣。

劍聯句、鶴聯句

郎瑛《七修類稿》卷三一《詩文類》 余幼時得抄本《劍鶴聯句》，因没前後，不知其名，乃云：「范文正公仲淹在海陵時與歐静、滕宗諒《劍鶴聯句》，皆屬對森嚴，造語雅健，當時已爲難得。寶元二年，石曼卿與滕集於闕下，始得其備，乃用唐楷法書，以附九華書堂，厥後代爲名人題跋。」近讀《歐文忠公外集》内載此詩，乃知歐非歐静也；參之范集，又無，意或范集失收耳。蓋滕、范之相好同年，二本俱曰仲淹；曼卿真宗時已死，何謂寶元年書？是知歐静則訛也。况詩比舊爲多，故特録於稿而注於下，句下人名一二不同，姑仍舊耳。

胡應麟《詩藪》外編卷五　范文正詩，世所傳二絶句，似非留意聲律者。而與滕宗諒、歐陽永叔作《劍》《鶴》聯句，精煉奇警，殊不在退之、東野下，信古人未易窺也。……二詩皆祖韓昌黎。前篇用《鬥鷄》體，後篇用《石鼎》體，豪勁偉麗，幾欲亂真，惜不入詩家正果。然工力斲模，固已至矣。歐古詩如此甚少。文正品格之高，其詩亡論工拙，皆當改觀，况若此耶！滕蓋巴陵守，亦俊快士也。

八月十四夜月

魏泰《臨漢隱居詩話》　詩豈獨言志，往往讖終身之事。范仲淹小官時，詠《十四夜月》詩云：「天意將圓夜，人心待滿時。已知千里共，猶訝一分虧。」希文久負人望，世期以爲相，而止於參知政事。

江城對月

吴曾《能改齋漫録》卷八　《吕氏詩事録》云：「郭祥正有句云『明月人隨渡流水』，王介甫愛之曰：『此言如有神助。』」余記范文正公詩云：「多情是明月，相逐過江來。」乃知郭本此。

廬山瀑布

陳輔之《詩話》 徐凝《瀑布》「一條界破青山色」，誠不如范文正公「白虹下澗飲，長劍倚天立」。有僧議徐詩不見布，輒自吟：「□軸卷不盡，天機長放來。」此得形而不得勢。何異三韓使人云「金山不見金」，意外過求之弊也。

靈巖寺

洪邁《容齋五筆》卷五 王荆公集古《胡笳詞》一章云：「欲問平安無使來，桃花依舊笑春風。」後章云：「春風似舊花仍笑，人生豈得長年少。」二者貼合，如出一手，每歎其精工。其上句蓋用崔護詩，後一句久不見其所出。近讀范文正公《靈巖寺》一篇云：「春風似舊花猶笑。」以「仍」爲「猶」，乃此也。

剔銀燈

龔明之《中吴紀聞》卷五 范文正與歐陽文忠公席上分題作《剔銀燈》，皆寓勸世之意。

寡婦船

劉斧《青瑣高議·前集》卷五　范文正公鎮越，民曹孫居中死於官，其家大窘，遺二子幼妻，長子方三歲。公乃以俸錢百緡賙之，其他郡官從而遺之，若有倍公數。公爲具舟，擇一老吏將轄其舟，且誡其吏曰：「過關防，汝以吾詩示之。」其詩曰：「一葉輕帆泛巨川，來時煖熱去凉天。關防若要知名姓，乃是孤兒寡婦船。」公之拯濟孤貧可見也。

出守桐廬道中十絶

黄徹《䂬溪詩話》卷七　范文正云：「雷霆日有犯，始可報君親。」誰謂臣子忠孝難於兩全也。涖官不敬，戰陣無勇，本非事親事，《禮記》以爲非孝，公之謂歟。

寄鄉人

王闢之《澠水燕談録》卷七　范文正公未免乳喪其父，隨母嫁淄川長白山朱氏。既冠，文章過人，一試爲南宫第一人，遂擢第。仕宦四十年，晚鎮青，西望故居，纔百餘里，以詩寄其鄉人曰：「長白一寒儒，榮登三紀餘。百花春滿地，二麥雨隨車。鼓吹前迎道，煙霞指舊廬。鄉人莫相羨，教子讀詩書。」

送鄞江竇尉

朱熹《朱文公文集》卷八二《跋范文正公送竇君詩》 「片帆飛去若輕鴻，一霎春潮過浙東。王謝江山久蕭索，子真今爲起清風。」右范文正公詩也。鄞尉廳無壁記，竇君不知何許人及居官歲月，然爲范公所與如此，必非常流矣。而卒泯滅，不少概見於世，何哉？新安滕璘德粹嗣守其官，以是詩爲不可無傳也，礱石治舍，請書而刻之。

寄林處士

韋居安《梅磵詩話》卷上 范文正公《寄林處士》詩云：「片心高與月徘徊，豈爲千金下釣臺。猶笑白雲多事在，等閑爲雨出山來。」僧顯萬詩云：「萬松嶺上一間屋，老僧半間雲半間。三更雲去逐行雨，回頭卻羨老僧閑。」二詩寫出山林真趣。

履霜

《萬首論詩絶句》謝啓昆《讀全宋詩仿元遺山論詩絶句兩百首·范仲淹》 《履霜》一

操寫朱絲，滿目詩情野望時。管領春風無限意，何妨別後寄臙脂。

評詞

沈雄《古今詞話·詞話》上卷 江尚質曰：賢如寇準、晏殊、范仲淹、趙鼎，勳名重臣，不少艷詞。即丁謂、賈昌朝、夏竦，亦有綺語流傳。以及蔡京、蔡攸，各有賞識，累辟大晟府職，當不以人廢言也。

朱彝尊《紫雲詞序》 自唐以後，工詩者每兼工於詞。宋之元老若韓、范、司馬，理學若朱仲晦、真希元，亦皆爲之，由是樂章卷帙幾與詩争富。

易順鼎《摩圍閣詞自序》 宋朝理學昌明，而范文正、司馬文正、朱文公諸大儒，皆嘗爲詞，其旨可見。宋詞音律今雖失傳，至於聲調之高下，節奏之疾徐，猶可按譜而得，是古人之發舒天籟，涵詠聖涯者，詞猶有其遺意焉。自後世填詞家以靡曼爲聲，以褻昵爲形，發乎情，止乎禮義者卒鮮。於是徒足以蕩心佚志，柔筋腐骨，而不復有同和之詞，此豈詞之罪哉？其弊然也。

丁紹儀《聽秋聲館詞話》卷一九 司馬温公《西江月》云：「寶髻鬆鬆綰就，鉛華淡淡妝成。紅雲翠霧罩輕盈。飛絮游絲無定。相見爭如不見，有情還似無情。笙歌散後酒微醒。深院月明人静。」極艷冶之致。或謂決非公作，此如歐陽文忠堂上簸錢詞，當時忌者托名以相浼耳。抑知靖節閒情，何傷盛德。同時范文正、韓忠獻均有麗詞，安知不别有寄託？若謂綺語不宜犯，以訓子弟則可，不應以律前賢。

謝章鋌《賭棋山莊詞話》卷一一 夫詞始於太白，盛於飛卿，何嘗是唐季？宋人亦何嘗不尚艷詞？功業如范文正，文章如歐陽文忠，檢其集，艷詞不少。蓋曼衍綺靡，詞之正宗，安能盡以鐵板銅琵相律？

周濟《宋四家詞選目録序論》 韓、范諸鉅公，偶一染翰，意盛足舉其文。雖是樹幟，故非專家，若歐公則當行矣。

譚獻《篋中詞序》 至於填詞，……將相大臣，范仲淹、辛棄疾爲之；文學侍從，蘇軾、周邦彦爲之，……皆作者也。

張德瀛《詞徵》卷五 范文正、岳武穆，名臣也；真西山、朱晦庵，大儒也，而皆工於詞。……蓋風會所趨，非必浸淫於此，乃能之也。

漁家傲

魏泰《東軒筆録》卷一一 范文正公守邊日，作《漁家傲》樂歌數闋，皆以「塞下秋來」爲首句，頗述邊鎮之勞苦。歐陽公曾呼爲窮塞主之詞。及王尚書素守平凉，文忠亦作《漁家傲》一詞以送之，其斷章曰：「戰勝歸來飛捷奏，傾賀酒。」顧謂王曰：「此真元帥之事也。」

瞿佑《歸田詩話》卷下 范文正公守延安，作《漁家傲》詞曰：「塞上秋來风景異，衡陽雁去無留意。四面邊聲連角起，千障裏，寒煙落日孤城閉。濁酒一杯家萬里，燕然未勒歸無計。羌管悠悠霜滿地，人不寐，將軍白髮征夫淚。」予久羈關外，每誦此詞，風景宛然在目，未嘗不爲之慨歎也。然句語雖工，而意殊衰颯，以總帥而所言若此，宜乎士氣之不振，所以卒無成功也。歐陽文忠呼爲窮塞主之詞，信哉！及王尚書守平凉，文忠亦作《漁家傲》詞送之，末云：「戰勝歸來飛捷奏，傾賀酒，玉階遥獻南山壽。」謂王曰：「此真元帥之事也。」

賀裳《皺水軒詞筌》 廬陵譏范希文《漁家傲》爲窮塞主詞，自矜「戰勝歸來飛捷奏，傾賀酒，玉階遥獻南山壽」，爲真元帥之事。按宋以小詞爲樂府，被之管弦，往往傳於宫掖。范詞如「長烟落日孤城閉」，「羌管悠悠霜滿地」，「將軍白髮征夫淚」，令「緑樹碧簾相掩映，無人知道外邊寒」者聽之，知邊庭之苦如是，庶有所警觸。此深得《采薇》出車、楊柳雨雪之意。若歐詞，止於諛耳，何所感耶！

沈雄《古今詞話·詞話》上卷 仁宗朝，范希文守邊，作《漁家傲》，歐陽永叔呼爲窮塞主之詞，每以「塞上秋來風景異」爲起句，故云。余考無名氏《水鼓子》，後衍爲《漁家傲》者，詩云：「雕弓白羽獵初回，薄夜牛羊復下來。青冢路邊荒草合，黑山峰外陣雲開。」窮塞主詞自有來處。

又《古今詞話·詞品》上卷 沈雄曰：……《花非花》，張子野衍之爲《御街行》；《水鼓子》，范希文衍之爲《漁家傲》。此以短句而衍爲長言也。

又《古今詞話·詞辨》下卷 沈雄曰：按《絶句衍義》，樂府《水鼓子》，即「千年一遇聖明君」也，後衍爲《漁家傲》。永叔蓮詞、希文塞上詞無異。

沈際飛《草堂詩餘・正集》卷二 希文道德未易窺，事業亦不可筆記。「燕然未勒」句，悲憤鬱勃，窮塞主安得有之？實歷苦語。昔宋儒有自翰林左遷，至任謁當轄，退而嘆曰：「今日廷參，始覺身是縣令。」蓋不左遷，不知縣令之苦也。

黄氏《蓼園詞評》 《東軒筆録》云：范希文守邊日，作《漁家傲》數闋，皆以「塞下秋來」爲首句，頗述邊鎮之苦。永叔嘗呼爲窮塞主之詞。及王尚書素守平凉，永叔亦作《漁家詞》送之。其斷章曰：「戰勝歸來飛捷奏，傾賀酒，玉階遥獻南山壽。」且謂曰：「此真元帥事也。」沈際飛曰：「希文道德未易窺，事業不可筆記。『燕然未勒』句，悲憤鬱勃，窮塞主安得有之？」按文正當西夏坐大，因自請出鎮以制之。所謂「軍中有一范，西賊聞之驚破膽」者也。至今讀之，猶凛凛有生氣。

程洪《詞潔輯評》卷二 一幅絶塞圖已包括於「長煙落日」十字中。唐人塞下詩最工最多，不意詞中復有此奇境。

吴衡照《蓮子居詞話》卷一　范公《漁家傲》，自得《東山》詩意。小序：「君子之於人，序其情而閔其勞，所以悦也。」必以《六月》《采芑》繩之，無乃非姬公之志與。瞿佑《歸田詩話》襲窮塞主之説，言公以總帥而出此語，宜乎士氣不振，而無成功。書生之見，真足噴飯。

沈謙《填詞雜説》　小令中調有排蕩之勢者，吴彦高之「南朝千古傷心事」、范希文之「塞下秋來風景異」是也。……於此足悟偷聲變律之妙。

馮金伯《詞苑萃編》卷四引《古今詞話》　范希文《漁家傲·邊愁》云：「塞下秋來風景異，衡陽雁去無留意。四面邊聲連角起，千障裏，長煙落日孤城閉。濁酒一杯家萬里，燕然未勒歸無計。羌管悠悠霜滿地，人不寐，將軍白髮征夫淚。」詞旨蒼涼，多道邊鎮之苦，歐陽永叔每呼爲窮塞主。詩非窮不工，乃於詞亦云。

謝章鋌《賭棋山莊詞話》卷一〇　昔范希文在塞下，嘗填《漁家傲》，有「將軍白髮征夫淚」句。歐陽六一譏爲窮塞主。及後送人守邊，乃特矯之曰「玉杯遥獻南山壽」。然論者謂范公真得《東山》詩人之意，而六一辭氣涉誇，感人已淺，是真善於品藻矣。

譚獻《復堂詞話》 沈雄似張巡五言。

王國維《人間詞話》 太白純以氣象勝。「西風殘照，漢家陵闕」，寥寥八字，遂關千古登臨之口。後世唯范文正之《漁家傲》，夏英公之《喜遷鶯》差足繼武，然氣象已不逮矣。

御街行

楊慎《詞品》卷三 韓魏公《點絳唇》詞云：「病起懨懨，庭前花樹添憔悴。亂紅飄砌，滴盡真珠淚。 惆悵前春，誰向花前醉。愁無際。武陵凝睇，人遠波空翠。」范文正公《御街行》云：「紛紛墜葉飄香砌。夜寂静，寒聲碎。珍珠廉卷玉樓空，天澹銀河垂地。年年今夜，月華如練，長是人千里。 愁腸已斷無由醉。酒未到，先成淚。殘燈明滅枕頭欹，諳盡孤眠滋味。都來此事，眉間心上，無計相迴避。」二公一時勳德重望，而詞亦情致如此。大抵人自情中生，焉能無情，但不過甚而已。……予友朱良規嘗云：「天之風月，地之花柳，與人之歌舞，無此不成三才。」雖戲語，亦有理也。

王世貞《藝苑巵言》　范希文「都來此事，眉間心上，無計相迴避」，類易安而小遜之。其「天淡銀河垂地」語卻自佳。

祁彪佳《遠山堂曲品·雅品》　試觀希文「都來此事，眉間心上」，則亦一往有深情者。

《續詞選批注》　希文、君實兩文正，尤宋名臣中極純正者，而詞筆婉麗如此。論者但以本意求之，性情深至者，文辭自悱惻，亦不必別生枝節，强立議論，謂其寓言某事也。

沈雄《古今詞話·詞話》上卷　楊慎曰：范文正公、韓魏公，一時勳德震世。范詞《御街行》「天澹銀河垂地」，韓詞《點絳唇》「人遠波空翠」，皆佳。

又　范希文守邊作詞，有窮塞主之稱，其《御街行》「天澹銀河垂地」一句自佳。

沈際飛《草堂詩餘》正集卷二　沈際飛評：「不讓鶯聲碎」句、「天淡」句空靈。朱良規曰：「天之風月、地之花柳、人之歌舞，缺一不成三才。」公勛德重望，不諱情致。「眉間」二句，類易安而少遜。柳永《過澗歇》（淮楚曠望極千里）忽然涼生。後段都似夜深中語，脈理極聯。揮汗冒暑，深拱大揖，誠不如散髮披襟之爲樂也。况乎昏夜乞哀，以此身爲桎梏者哉。

王士禛《花草蒙拾》「堂上簸錢堂下走」，小人以巇歐陽。「有情爭似無情」，忌者以誣司馬。至「諳盡孤眠滋味」及「落花流水别離多」，范、趙二鉅公作如許語，又非但廣平《梅花》之比矣。

又 俞仲茅小詞云：「輪到相思没處辭，眉間露一絲。」視易安「纔下眉頭，卻上心頭」，可謂此兒善盜。然易安亦從范希文「都來此事，眉間心上，無計相迴避」語脱胎，李特工耳。

毛先舒《詩辯坻》 范希文詞「天淡銀河垂地」，此語最佳。或作「天漢」，風味頓減。且銀河即漢，又不應叠用，當是「淡」字無疑。

陳廷焯《詞壇叢話》 詞雖不避艷冶，亦不可流於穢褻。……范文正詞，有「眉間心上，無計相迴避」之句；韓魏公詞，有「愁無際，武陵凝睇，人遠波空翠」之句。……數公勳德才望，昭昭千古，而所作小詞，非不盡態極妍，然不涉穢語，故不爲法秀道人師呵。後學每以之藉口，競作麗辭，不知惟立品如數公，乃可偶一爲之。

又《白雨齋詞話》卷五　閒情之作，雖屬詞中下乘，然亦不易工。蓋摹色繪聲，礙難著筆。第言姚冶，易近纖佻；兼寫幽貞，又病迂腐。然則何爲而可？曰：根柢於《風》《騷》，涵泳於温、韋，以之作正聲也可，以之作艷體亦無不可。古人詞如……范文正之「眉間心上，無計相迴避」，……不失爲風流酸楚。

又卷七　范文正《御街行》云：「愁腸已斷無由醉。酒未到，先成淚。殘燈明滅枕頭欹，諳盡孤眠滋味。都來此事，眉間心上，無計相迴避。」淋漓沉着。《西厢·長亭》襲之，骨力遠遜，且少味外味。此北宋所以爲高。小山、永叔後，此調不復彈矣。

王闓運《湘綺樓全集·湘綺樓詞鈔》　「今夜月華如練，長是人千里」句評：是壯語，不嫌不入律。「都來」即算來也，因此字宜平，故用都字，究嫌不醒。

馮金伯《詞苑萃編》卷四　《古今詞話》：范文正公、司馬温公、韓魏公，皆一時名德重望。范《御街行》曰：「紛紛墜叶飄香砌。夜寂静，寒聲碎。珍珠簾捲玉樓空，天澹銀河垂地。年年今夜，月華如練，長是人千里。愁腸已斷無由醉。酒未到，先成淚。殘燈明滅枕頭欹。諳盡孤眠滋味。都來此事，眉間心上，無計相迴避。」……人非太上，未免有情。

謝章鋌《賭棋山莊詞話》卷四　作情語勿作綺語。綺語設爲淫思，壞人心術。情語則熱血所鍾，纏綿惻悱，而即近知遠，即微知著，其人一生大節，可於此得其端倪。「笑問雙鴛鴦字怎生書」，出自歐陽文忠。「殘燈明滅枕頭欹，諳盡孤眠滋味」，出自范文正。是皆一代名德，慎勿謂曲子相公皆輕薄者。

蘇幕遮

沈謙《填詞雜説》　范希文「珍珠簾卷玉樓空，天淡銀河垂地」及「芳草無情，又在斜陽外」，雖是賦景，情已躍然。

《詞的》卷三　并麗無纖趨，是文正本色。

沈際飛《草堂詩餘·正集》卷二　沈際飛評：「芳草更在斜陽外」，「行人更在春山外」，兩句不厭百回讀。人但言睡不得爾，「除非好夢留人」，反言愈切。「欲解愁腸除是酒，奈酒至，愁還又似」，此注脚。

又《草堂詩餘·續集》卷上　沈際飛評：稠情密意注在句裏。有情似無情，輕薄子目之爲假道學，故姜君辨之，然則范希文、歐陽永叔諸君子品不亞温公，而小詞累牘，非歟？

黄氏《蓼園詞評·蘇幕遮》　沈際飛曰：「『芳草更在斜陽外』，『行人更在青山外』，兩句不厭百回讀。」又曰：「人但言睡不得爾，『除非好夢留人』，反言愈切。」按文正一生並非懷土之士，所爲鄉魂旅思以及愁腸思淚等語，似沾沾作兒女想，何也？觀前闋可以想其寄托。開首四句，不過借秋色蒼茫，以隱抒其憂國之意。「山映斜陽」三句，隱隱見世道不甚清明，而小人更爲得意之象。「芳草」喻小人，唐人已多用之也。第二闋，因心之憂愁，不自聊賴，始動其鄉魂旅思。而夢不安枕，酒皆化淚矣，其實憂愁非爲思家也。文正當宋仁宗之時，歇歷中外，身肩一國之安危。雖其時不無小人，究係隆盛之日。而文正乃憂愁若此，此其所以「先天下之憂而憂」矣。

許昂霄《詞綜偶評·宋詞》　鐵石心腸人，亦作此消魂語。

《張惠言論詞》　此去國之情。

馮金伯《詞苑萃編》卷四　范文正公《蘇幕遮》詞云：「碧雲天，紅葉地。秋色連波，波上寒烟翠。山映斜陽天接水，芳草無情，更在斜陽外。黯鄉魂，追旅思。夜夜除非，好夢留人睡。明月高樓休獨倚。酒入愁腸，化作相思淚。」公之正氣塞天地，而情語入妙至此。

李佳《左庵詞話》卷上　范希文賦《蘇幕遮》云：「碧雲天，黄葉地。秋色連波，波上寒烟翠。山映斜陽天接水，芳草無情，更在斜陽外。黯鄉魂，追旅思。夜夜除非，好夢留人睡。明月高樓休獨倚。酒入愁腸，化作相思淚。」希文，宋一代名臣，詞筆婉麗乃爾。比之宋廣平賦梅花，才人何所不可。不似世之頭巾氣重，無與風雅也。

丁紹儀《聽秋聲館詞話》卷一〇　韓忠獻、趙清獻、范文正、李忠定，爲有宋一代名臣，而詞采流傳，如「愁無際，武陵凝睇，人遠波空翠」，「明月高樓休獨倚，酒入愁腸，化作相思淚」……等語，足與勳業并昭千古。

王闓運《湘綺樓全集·湘綺樓詞鈔》　「外」字，嘲者以爲江西腔。今江西人去、佳卻分。且范是吴人，吴亦分真、泰也，已是宋朝官話耳。原鈔云「休獨倚」，則何處有酒。

譚獻《復堂詞話》　大筆振迅。

彭孫遹《金粟詞話》　范希文《蘇幕遮》一調，前段多入麗語，後段純寫柔情，遂成絶唱。「將軍白髮征夫淚」，亦復蒼涼悲壯，慷慨生哀。永叔欲以「玉階遥獻南山壽」敵之，終覺讓一頭地。「窮塞主」故是雅言，非實録也。

定風波

李冶《敬齋古今黈》卷八引《本事曲子》　范文正公自前二府鎮穰下，營百花洲，親製《定風波》五詞。其第一首……尋其聲律，乃與《漁家傲》正同。

評賦

李調元《賦話》卷五　宋初人之律賦最夥者，田、王、文、范、歐陽五公。黄州一往清洮，而諫議較琢鍊，文正游行自得，而潞公尤謹嚴。歐公佳處乃似箋表中語，難免於陳無己以古爲俳之誚。故論宋朝律賦當以表聖、寬夫爲正則，元之、希文次之，永叔而降皆横騖别趨，而偭唐人之規矩者矣。

金在鎔賦

吴處厚《青箱雜記》卷一〇　范文正公作《金在鎔賦》云：「儻令區别妍媸，願爲軒鑑；若使削平禍亂，請就干將。」則公負將相器業，文武全才，亦見於此賦矣。

葉適《習學記言序目》卷四七　諸律賦皆場屋之伎，於理道材品非有所關，惟王曾、范仲淹有以自見，故當時相傳，有「得我之小者，散而爲草木；得我之大者，聚而爲山川」。「如令區别妍媸，願爲軒鑒；倘使削平禍亂，請就干將」之句。

李調元《賦話》卷五　宋范仲淹《金在鎔賦》云：「如令區别妍媸，願爲軒鑒；儻使削平禍亂，請就干將。」文正生平實不負此四語。此等題須正寓夾寫。考江都本旨，言上之化下如良冶之鑄金；文正借題抒寫，躍冶求試之意居多，而正意只一點便過，所謂以我馭題，不爲題縛者也。

又卷一〇 又范希文未遇時，作《金在鎔賦》，人皆期其有將相器。

水車賦

吴處厚《青箱雜記》卷一〇 （范文正）公又爲《水車賦》，其末云：「方今聖人在上，五日一風，十日一雨，則斯車也，吾其不取。」意謂水車唯施於旱歲，歲不旱則無所施，則公之用捨進退亦見於此賦矣。蓋公在寶元、康定間，遇邊鄙震聳，則驟加進擢，及後晏静，則置而不用，斯亦與水車何異？

堯舜率天下以仁賦

吴曾《能改齋漫録》卷八 劉輝《堯舜性仁賦》，其警句曰：「静而延年，獨高五帝之壽；動而有勇，形爲四罪之誅。」蓋本於范文正公《堯舜率天下以仁賦》：「内睦九族，善鄰之志咸和；外黜四凶，有勇之風遐振。」

臨川羨魚賦

李調元《賦話》卷五 宋范仲淹《臨川羨魚賦》中幅云：「惜矣空拳，眷乎頒首。止疚懷而肆目，自朵頤而爽口。幾悔恨於庖無，徒諷詠於南有。心乎愛矣，愧疏破浪之能；敏以求之，愧速馮河之咎。」虚處傳神，句句欲活，唐人無以過之，而前後尚嫌平懈。

用天下心爲心賦

李調元《賦話》卷五 宋范仲淹《用天下心爲心賦》中一段云：「於是審民之好惡，察政之否臧，有疾苦必爲之去，有災害必爲之防。苟誠意從乎億姓，則風化行乎八荒。如天聽卑兮惟大，若水善下兮孰當？彼懼煩苛，我則崇簡易之道；彼患窮夭，我則脩富壽之方。」此中大有經濟，不知費幾許學問纔得到此境界，勿以爲平易而忽之。

天道益謙賦

李調元《賦話》卷五 仲淹《天道益謙賦》云：「高者抑而下者舉，一氣無私；往者屈而來者信，萬靈何遁？」取材《老》《易》，儷語頗工。

自誠而明謂之性賦

李調元《賦話》卷五 宋歐陽脩《魯秉周禮所以本賦》云：「雖周公之才之美不行於時，而文王之德之純盡在於魯。」此聯屬對，傳誦當時。然周公之才之美，申伯於蕃於宣，張燕公《宋廣平遺愛碑頌》已開之於前矣。范仲淹《自誠而明謂之性賦》云：「文王之德之純，既由天啓；周公之才之美，亦自生知。」施之此題，更爲親切有味，似勝歐公。

天驥呈才賦

李調元《賦話》卷五 宋人律賦大率以清便爲宗，流麗有餘而琢鍊不足，故意致平淺，遠遜唐人。田錫《曉鶯賦》云：「關關枝上，帶花露之清香；喋喋風前，入日簾之静影。」文彦博《雁字賦》云：「水宿近蒹葭露下，垂露勢全；雲飛經蝃蝀橋邊，題橋象著。」范仲淹《天驥呈才賦》云：「首登華厩，嘶風休憶於窮途；高騁康衢，逐日詎思於長坂。」唯此數公，猶有唐人遺意。

虀賦

李調元《賦話》卷一〇 《偶雋》：范希文仲淹少時作《虀賦》，其警句云：「陶家甕内，淹成碧緑青黄；措大口中，嚼出宮商角徵。」蓋親嘗世味，故得虀之妙處。

評文

趙孟堅《彝齋文編》卷三《凌愚谷集序》 皇朝文明代興，慶曆以前，六一公歐陽氏未變體之際，王黄州、范文正諸公，充然富贍，宛乎盛唐之製，亦其天姿之敻，已脱去五季瑣俗之陋。一陽動於黄鍾，厥維有本。伯長一倡，尹、歐、仲塗和之，南豐、三蘇又和之，元祐諸君又和之，轟然古雅，至淳、乾尚餘音韻。其風稜骨峭，擺落繁華，亦一代之體也。然夷清惠和，各隨極至，場屋習勝，視唐疏矣。

耶律楚材《湛然居士文集》附録李微《湛然居士文集後序》 夫文章以氣爲主，浩然之氣養於胸中，發爲文章，不期文而文有餘矣。古之君子，其文見於簡策，宏深渾厚，言近而旨遠，辭約而義深，非後世以雕篆爲工者所能比。蓋其浩然之氣貫於中也。諸葛孔明暨近代范文正公，懷王佐之才，有開物成務之略，自任天下之重，初不欲以文章名世。然《出師》一表，可與《伊訓》《説命》表裏；而「萬言」一書，議者亦比於管仲、樂毅。二子者，豈嘗學爲如此之文也哉！其忠義之氣形之於文，亦不自知其所以然也。嗚呼！世之作文者非不衆也。言語非不工也，及其建功定業，任大持重，不若昔之人者，其胸中所養者小也。

汪琬《堯峰文抄》卷三〇《拾瑶録序》　爲詩文者，要以義理經濟爲之原。……宋之韓魏公、范文正公之流，其勳名在朝廷，其聲望在天下後世，宜乎不屑於詩文矣。然而議論之卓犖，詞采之壯麗，五七言小詩之雍容爾雅，至今讀其片言隻句，猶莫不想見其風采，而企慕其人。然則區道學、儒林、藝苑爲三，此史家之陋，未可謂之通論也。

《四庫全書簡明目録》卷一五　仲淹之文，較（韓）琦加意於修詞，亦較有儒者氣象。

周濟《宋四家詞選目録序論》　論曰：韓、范諸鉅公，偶一染翰，意盛足舉。其文雖足樹幟，故非專家。

桐廬郡嚴先生祠堂記

洪邁《容齋五筆》卷五　范文正公守桐廬，始於釣臺建嚴先生祠堂，自爲記，用《屯》之初九，《蠱》之上九，極論漢光武之大，先生之高，財二百字。其歌詞云：「雲山蒼蒼，江水泱泱。先生之德，山高水長。」既成，以示南豐李泰伯。泰伯讀之，三歎味不已，起而言曰：「公之文一出，必將名世，某妄意輒易一字，以成盛美。」公瞿然握手扣之，答曰：「『雲山』、『江水』之語，於義甚大，於詞甚溥，而『德』字承之，乃似趢趚，擬换作『風』字，如何？」公凝坐頷首，殆欲下拜。

朱熹《朱文公文集》卷八四《書釣臺壁間何人所題後》　釣臺故有范公記文，詞義甚偉，後人不容復措手矣。

又《朱子語類》卷一二二《吕伯恭》　胡文定父子平生不服人，只服范文正公《嚴子陵祠記》云：「先生之心，出乎日月之上；光武之量，包乎天地之外。微先生不能成光武之大，微光武豈能遂先生之高？」直是説得好！其議論什麽正大！

又卷一二九《本朝三》　如范文正公作《子陵祠堂記》云：「先生之心出乎日月之上，

光武之器包乎天地之外。微先生不能成光武之大，微光武豈能遂先生之高？」胡文定父子極喜此語。大抵前輩議論粗而大，今日議論細而小，不可不理會。

吴泳《鶴林集》卷三一《答唐伯玉書三》 至若文正公《子陵祠堂記》，胡文定父子極所稱道，而文公獨疑「先生之心，出乎日月之上；光武之量，包乎天地之外」，未免傷粗而不密。欒城晚年作《待月軒記》，自以爲見理最高，而文公獨謂其「軒是人身，月是人性，未免假外而合内」。「東坡文字任氣，有疵病處最多，《安南學記》説古人於射時因觀者群聚遂行選士之法，却似因人之聚場命之以作角觝戲，無甚義理」。蘇、范尚爾，豈可以易心臨文哉！……又須觀文正公、東坡、欒城疵病生在甚處，養其膏而俟其光，耘其莠而望其實。雖然如此，猶不敢輕下筆。

李如篪《東園叢説》卷下 聞之前輩云：范文正公作《嚴子陵釣臺記》，其文已就，召人能爲改一字者，當有厚贈。有一士人乞改一字。《記》云：「雲山蒼蒼，江水泱泱，先生之德，山高水長。」乞改「德」字作「風」字。公大喜，遂改「風」字，因厚贈之。改「德」字作「風」字，雖只一字，其意深長，文益大增勝矣。

謝榛《四溟詩話》卷三　范希文作《嚴子陵祠堂記》云：「先生之德，山高水長。」李泰伯易「德」爲「風」，至今彰希文之服善。

蔡鑄《蔡氏古文評注補正全集》卷八　過珙評：題目只是嚴先生，卻以光武對講，正爲先生占地步。字少意多，筆力老健。昔人題釣臺詩云：「卓哉嚴子陵，可惜漢光武。子陵有釣臺，光武無寸土。」寄慨特遠。蔡鑄評：按朱晦庵曰：「胡文定父子最不輕下人，見文正此記，獨爲深服。」謝疊山曰：「字少意多，文簡理詳，有關於世教。」觀此則此文在宋時已爲諸賢所佩服。公不以文章見長，而文章自堪千古，所謂有德者必有言也，得不令人景慕。

章懋勳《古文析觀詳解》卷六　章懋勳評：篇雖無數行，且文簡理備，是大有關乎風俗人心。故始言相尚，繼言相成，末言有功於名教，總以「道」字爲貫脈。其餘韻結以「山高水長」，更覺文情峻麗，讀者當熟玩之。

余誠《古文釋義新編》卷八　（「先生光武之故人」句）起得賓主分明。「相尚以道」四字，就平素言，故下以「及」字、「既而」字接。「天下」句好，頓宕。「惟先生」句好筆力。「得聖人之清」句，比之伯夷，爲下「貪夫」二句伏脈。（「在《蠱》」二段）兩引《易》卦，以證其合道。（「蓋先生」四句）上形其高，下形其大，推其所以能相尚之由。（「雲山」四句）結得餘韻悠然。……金聖歎曰：「題目是嚴先生，卻以光武對講，説得光武大，愈見先生高矣。此文家陪襯之法也。」林西仲曰：「首言其相尚，繼言其相成，末言其有功名教，總以『道』字作線，持論不刊於古傑作。」合觀諸評，可以洞悉此文之妙矣。細玩通體神味，雖以光武對講，而意實側重先生，賓主元自分明，勿泥於對講之迹，而失其神味之輕重處也。至筆力之雄健而生動，結構之精嚴而自然，更覺直追秦、漢。立祠堂之意，本以風世，故首提「道」字説起，歸到「有功名教」，見相尚以道處，盡有功名教處也。末以「風」字作結，則維世之意并見矣。《方輿記》載公知嚴州，建子陵祠，風起士習，則公立祠堂而作記之意，不從可識歟？

《（道光）宜春縣志》卷三一《唐徵君彭公祠堂記》　昔文正公記嚴子陵之祠，謂其心出乎日月之上，故能泥塗軒冕，不事王侯，使貪夫廉，懦夫立，大有功於名教。豈非清節所重者道義，而寵榮聲利不以動其心，乃名教所當尚歟？

岳陽樓記

宋庠《楊文公談苑》 范文正公作《岳陽樓記》云：「春和景明，波瀾不驚。上下天光，一碧萬頃。」此奇語也。

陳師道《後山詩話》 文正爲《岳陽樓記》，用對語説時景，世以爲奇。尹師魯讀之，曰：「傳奇體耳！」

王闢之《澠水燕談録》卷六 慶曆中，滕子京謫守巴陵，治最爲天下第一。政成，重修岳陽樓，屬范文正公爲記，詞極清麗。蘇子美書石，邵餗篆額，亦皆一時精筆。世謂之「四絶」云。

陳善《捫蝨新話·上集》卷四 范文正公《岳陽樓記》，或者又曰：「此傳奇體也。」文人相譏，自古而然。

范公偁《過庭録》　滕子京負大才，爲衆忌嫉。自慶帥謫巴陵，憤鬱頗見辭色。文正與之同年友善，愛其才，恐後貽禍。然滕豪邁自負，罕受人言。正患無隙以規之，子京忽以書抵文正，求《岳陽樓記》。故《記》中云「不以物喜，不以己悲」，「先天下之憂而憂，後天下之樂而樂」。其意蓋有在矣。

樓鑰《崇古文訣》卷一六樓昉評　字少詞嚴，筆力老健。

王霆震《古文集成》卷一〇迂齋批　首尾布置與中間狀物之妙不可及矣。然最妙處在臨了斷遺一轉語。乃知此老胸襟宇量直與岳陽洞庭同其廣大。

周密《齊東野語》卷一　文正范公《岳陽樓記》有云：「先天下之憂而憂，後天下之樂而樂。」其後東坡行忠宣公《辭免批答》，徑用此語云：「吾聞之乃烈考曰：『君子先天下之憂而憂，後天下之樂而樂。』雖聖人復起，不易斯言。卿將書之紳，銘之盤盂，以爲一言而可以終身行之者歟！則今兹爰立之命，乃所以委重投艱而已，又何辭乎？」其後忠宣上《遺表》，亦用之云：「蓋嘗先天下之憂，期不負聖人之學。此先臣所以教子，而微臣所以事君。」此又述批答之意，亦前所未見也。

可曾伯《可齋雜稿》卷首尤焴《可齋雜稿序》 士君子生斯世，功業文章，其本雖一，而不能兩全者天也。本朝功業之盛，莫如韓、范。……文正《岳陽樓記》精切高古，而歐公猶不以文章許之。然要皆磊磊落落，確實典重，鑿鑿乎如五穀之療飢，與世之絺章繪句，不根事實者，不可同年而語也。

孫緒《無用閑談》 范文正公《岳陽樓記》，或謂其用賦體，殆未深考耳。此是學吕温《三堂記》，體製如出一軸。《三堂記》謂：「寒燠温凉，隨時異趣。而要之於不離軒冕而踐夷曠之域，不出户庭而獲江海之心。極而至於身既安，思所以安人；性既適，思所以適物。不以自樂而忽鰥寡之苦，不以自逸而忘稼穡之勤。」《岳陽樓記》謂晴陰憂樂，隨景異情，而要之於居廟廊則憂民，處江湖則憂君，極而至於「先天下之憂而憂，後天下之樂而樂」。但《樓記》閎遠超越，青出於藍矣。夫以文正千載人物，而乃肯學吕温，亦見君子不以人廢言之盛心也。

金人瑞《必讀才子書》　金人瑞評：中間悲喜二段，只是借來翻出後文憂樂耳。不然，便是賦體矣。　一肚皮聖賢心地，聖賢學問，發而爲才子文章。　一起一結，中間整整相對。有發揮，有證佐，有詠歎，有交互，此今日制義之所自出也。

蔡鑄《蔡氏古文評注補正》卷八　過珙評：首尾布置與中間狀物之妙，不可及矣。尤妙在入後憂樂一段，見得惟賢者而後有真憂，亦惟賢者而後有真樂。樂不以憂而廢，憂不以樂而忘，此雖文正自負之詞，而期望子京，隱然言外，必如是始得斯文本旨。　蔡鑄評：此文篇目是《岳陽樓記》，庸手必從增修説入，然後鋪述樓之景物，此常格也。篇中將套語削盡，以一己先憂後樂懷抱揭出，勉子京即以自勉，見地絶高，洵非常人所及。

章懋勳《古文析觀詳解》卷六　章懋勳評：范文正公之作《岳陽樓記》，總歸重「先憂」「後樂」句，寫出平素致君澤民、獨以天下爲己任之本領。所以借子京説法而平吐自己之懷抱，止借遷客騷人登樓異情。其中有無數點染，轉入古仁人之用心，已句句爲憂樂寫照。……命題擇詞，曲引旁達、横見側出者，皆運筆之宕折、文情之縱逸也。至其精神所注，神化萬狀，震動天下，固是一毫不走，所以高人一頭地。

浦起龍《古文眉詮》卷七三　浦起龍評：（「覽物之情，得無異乎」）揭出客情，開下文。（「若夫霪雨霏霏」至「其喜洋洋者矣」）兩段即景觸情，所謂以物以己之悲喜也。「悲」字逗「憂」。兩段大率用韻，得古意。「喜」字逗「樂」。（「嗟乎」以下）忽一掉，兩段實寫化作挑案。憂樂側逼，以起「先」「後」字。天下、己任，宗旨歸結。先憂、後樂兩言，先生平生所持誦也。緣情設景，借題引合，想見萬物一體胸襟。

余誠《古文釋義新編》卷八　通體俱在「謫守」上着筆，確是子京重修岳陽樓記。字不肯苟下。聖賢經濟，才子文章，於此可兼得之矣。

乞歸姓表

吴處厚《青箱雜記》卷五　范文正公幼孤，隨母適朱氏，因冒朱姓，名説。後復本姓，以啓謝時宰曰：「志在投秦，入境遂稱於張禄；名非霸越，乘舟乃效於陶朱。」以范睢、范蠡亦嘗改姓名故也。又僞蜀翰林學士范禹偁亦嘗冒張姓，謝啓云：「昔年上第，誤標張禄之名；今日故園，復作范睢之裔。」然不若文正公之精切。

王銍《四六話》卷上　唐鄭準爲荆南節度使成汭從事，汭本姓郭，代爲作《乞歸姓表》云：「居故國以狐疑，望鄰封而鼠竄。名非伯越，浮舟難效於陶朱；志在投秦，出境遂稱於張禄。未遑辨雪，尋涉艱危。」其後范文正公以隨母冒姓朱，以朱説既登第，後《乞還姓表》，遂全用之，云：「志在投秦，入境遂稱於張禄；名非伯越，乘舟偶效於陶朱。」議者謂文正公雖襲用古人全語，然實范氏當家故事，非攘竊也。

龔明之《中吴紀聞》卷二　范文正公幼孤，隨其母適朱氏，因從其姓。登第時，姓名乃朱説也。後請於朝，始復舊姓，表中改用鄭準一聯云：「志在投秦，入境遂稱於張禄；名非伯越，乘舟偶效於陶朱。」范蠡、范睢事，在文正用之，尤爲切當。今集中不載。

陳鵠《耆舊續聞》卷六　本朝名公四六，多稱王元之、楊文公、范文正公、晏元獻、夏文莊、二宋、王岐公、王荆公、元厚之、王履道。……文正公初隨母嫁朱氏，後復姓，謝表云：「志在逃秦，入境遂稱於張禄；名非霸越，乘舟乃效於陶朱。」

唐狄梁公碑

胡祗遹《紫山大全集》卷二六《語録》 碑誌既以散文序其人之平生，一事一言，無不詳盡。復以銘詩亂之，何也？此正猶《大學》《中庸》《語》《孟》《春秋》，先言其事，必引詩以歌詠之。蓋言之不足，嗟歎歌詠之，使人讀之，則吟詠之間，意味愈出。然善爲銘詩者，不犯散序之言，别出新意偉辭，音韻鏗鏘，褒譽激切，是之謂銘詩。近世范文正公作《狄公碑銘》，人莫能及，不然則重複贅旒，一韻語歌括爾。

孫承澤《庚子銷夏記》卷七 碑爲范文正公撰文，黄文節書，文載梁公事極悉，書極端謹，不類他書。以梁公之勳德，文正之文章，文節之妙筆，可稱三絶。

王世貞《山谷書狄梁公碑》 或者人謂狄梁公事，范文正公文之，黄文節公書之，爲海内三絶。然文篇法既俳，書勢亦傾側，未足絶也。

祭葉翰林文

龔明之《中吴紀聞》卷三　葉清臣，字道卿，……天聖二年劉筠知貢舉，得公所對策，奇之，擢爲第二。……皇祐初，復召入爲三司使。帝嘗訪以禦邊之策，公對曰：「陛下御天下二十八年，未嘗一日自暇逸，而叛羌黠虜，頻年爲患。詔問：『輔翼之能，方面之才，與夫帥領偏裨，當今孰可以任此者？』臣以爲不患無人，患有而不能用尔。今輔翼之臣，抱忠義之深者，莫如富弼；爲社稷之固者，莫如范仲淹；諳方今政事者，莫如夏竦；議論之敏者，莫如鄭戩；方面人才、嚴重有紀律者，莫如韓琦；臨大事能斷者，莫如田況；剛果無顧避者，莫如劉涣；宏遠有方略者，莫如孫沔。至于帥領偏裨，貴能坐運籌策，不必親當矢石。王德用素有威名，范仲淹深練軍政，龐籍久經邊任，皆其選也。狄青、范全頗能馭衆，蔣偕沈毅有術略，張亢倜儻有膽勇，劉貽孫材武剛斷，王德基純慤勁勇，此可補偏裨者也。」上用其言，皆見信任。未幾，出守河陽，卒。公識度奇拔，議論出人意表。其立朝也，數以忠言鯁論啓沃上心，而媢忌者衆，竟不果大用。范文正公嘗爲文祭之云：「濬學偉文，發於妙齡。天然清流，不雜渭涇。」又云：「高節莫屈，直言屢諍。朝廷風采，縉紳輝映。天子知人，期以輔政。弗諧而去，能不曰命？」數語盡之矣。

尹師魯河南集序

洪邁《容齋續筆》卷九 然則在國初（柳）開已得《昌黎集》而作古文，去穆伯長時數十年矣，蘇、歐陽更出其後。而歐陽略不及之，乃以爲天下未有道韓文者，何也？范文正公作《尹師魯集序》，亦云：「五代文體薄弱，皇朝柳仲塗起而麾之。洎楊大年專事藻飾，謂古道不適於用，廢而弗學者久之。師魯與穆伯長力爲古文，歐陽永叔從而振之，由是天下之文一變而古。」其論最爲至當。

程珌《洺水集》卷八《賜名清湘書院記》 范公仲淹作《尹公洙集序》，亦云：「五代文體薄弱，皇朝柳仲塗起而麾之。時人專事藻飾，謂古道不適于用，廢而弗學者久之。師魯與伯長、歐陽永叔從而振，由是天下之文一變而古。」讀范公此序，則韓之道始發於公，而尹公、穆公、歐陽公皆繼公之緒亡疑也。

答手詔條陳十事

葉適《習學記言序目》卷四八 范仲淹《應詔十事》，是趙綰、王臧、蕭望之、劉向以後一節次。蓋李固、陳蕃，直以人命爭消長，而房、魏值其君自定經制，故不得爲節次也。余嘗疑儒者不得志於時，非特道之難行，蓋其間亦自有考論不審處。如十事中自精貢舉以下，其八皆國家所常行，人情所同願，縱有排阻，易於消復，非利害之要也；惟明黜陟，抑僥幸，最爲庸人重害，而仲淹先行之。古者官職不分，自無職外遷敘之法。唐初急於用人，自小官預大政，其後兵亂，假内職以重外權。流弊及於五代，官職各行，於是有職外之官，敘遷遞進。真宗推恩優幸，三歲一磨勘。彼以爲此人主命令也，固非斜封墨敕之比。而聖節任子，人所歆羨，一朝革去，愠忿自深。故此二事既先行，鬭庸人重害之病，開邪諂讒間之門，此其所以非常行與同願者皆不得而伸也。歐陽脩云「聖賢相遭，萬世一過」；而蘇洵以爲「當是之時，毛髮絲粟之材紛然而起，合而爲一，惜哉！惜哉！」仲淹但言石介作頌爲怪，不知我爲其形，彼張其影，何足怪也！幸仁宗寬明，且善人之類已衆，故其遇禍不致如綰、臧、望之之酷；韓琦繼之於前，一事裁其太甚，人亦不以爲過，蓋勢必以漸也。按歐陽脩謂：「仲淹老練世故，必知凡百難猛更張，故其所陳，志在遠大而多若迂緩。」然觀此二事，不可謂不猛矣。若仲淹先國家之常行，後庸人之重害，庶幾讒間不大作，而基本亦可立矣。故審於考論者，平居師友講習之急務，孔子所謂「如或知爾，則何以哉」，若好行小慧，則固無益也。

答趙元昊書

樓昉《崇古文訣》卷一六樓昉評　反覆攻擊，既不失中國之體，亦不失夷狄之心，最宜玩味。

告子弟書

魏了翁《鶴山先生大全文集》卷六二《跋陳尚書宗召均贍宗族真蹟》　范文正公嘗謂其子弟曰：「吴中宗族固有親疏，吾祖先視之則均是子孫，吾安得不恤其飢寒哉？」又曰：「祖先積德百餘年而始發於吾，得至大官，若獨饗富貴而不恤余族，何顔以入家廟？」每味此語，使人孝敬忠愛之心油油翼翼，不能自已。

推委臣下論

《御製文第三集》卷三八　博求賢士，一篇大意。文最穆然可思。

奏上時務書

《御製文第三集》卷三八　不爲峭急之音，而意自深至。

附録十一　紀事

尹洙《河南先生文集》卷二〇《奏爲乞令環慶路與涇原路相應廣發兵馬牽制賊勢事》　臣近準都部署司牒，令臣赴延州與范仲淹同共計置行軍次第。尋於正月六日到延州，得范某牒，曾乞奏留此一路，未議攻討，已奉聖旨依。

石介《徂徠石先生全集》卷一四《上李雜端書》　今天子神明睿武，負羲、軒之姿，道德過堯、舜，雄毅似禹、湯。靜專而動闢，淵默而雷聲。一朝崛然立起於軒墀之上，獨任萬機，視前日政有紊綱紀者，一發號令，正七條事。越五日，又罷八御藥官，穨風掃焉，權臣屏焉，教化政令自天子出焉。又三日，引河陽舊相李公居廊廟以總大政，任元老也；取青州牧、天章閣范公領中司以執憲法，用正人也；召閣下自河北轉運使入憲臺以知雜事，求直臣也；留太常博士范仲淹爲諫官以司獻替，開言路也。偉哉！

余靖《武溪集》卷一九《宋故狄公墓誌銘》　公器度深遠，今相國韓公、故資政殿大學士范文正公之爲西帥也，公皆艀其節下，咸奇之曰：「此國器也。」文正嘗以《左氏春秋》授公曰：「熟此可以斷大事，將不知古今，匹夫之勇，不足爲也。」公於是晚節益喜書史，既明見時事成敗，尤好節義。

歐陽脩《歐陽文忠公集》卷首《廬陵歐陽文忠公年譜》　范文正范仲淹、韓忠獻韓琦、富文忠公富弼以黨論相繼去，公上書辨之。

又卷二一《尚書度支郎中天章閣待制王公神道碑銘》　初，范仲淹以言事貶饒州，方治黨人甚急，公獨扶病率子弟餞於東門，留連數日。大臣有以讓公曰：「長者亦爲此乎！何苦自陷朋黨？」公徐對曰：「范公天下賢者，顧某何敢望之！然若得爲黨人，公之賜某厚矣。」聞者爲公縮頸。

又《鎮安軍節度使同中書門下平章事贈太師中書令程公神道碑銘》　初，范仲淹以言事忤大臣，貶饒州。已而上悔悟，欲復用之，稍徙知潤州。而惡仲淹者遽誣以事。語入，上怒，亟命置之嶺南。自仲淹貶而朋黨之論起，朝士牽連，出語及仲淹者皆指爲黨人。

又卷二二《侍中晏公神道碑銘》　當公居相府時，范仲淹、韓琦、富弼皆進用，至於臺閣，多一時之賢。天子既厭西兵，閔天下困敝，奮然有意，遂欲因群材以更治，數詔大臣條天下事。方施行，而小人權倖皆不便。明年秋，會公以事罷，而仲淹等相次亦皆去，事遂已。

又卷二三《贈刑部尚書余襄公神道碑銘》 天章閣待制范公仲淹以言語觸宰相得罪，諫官、御史不敢言，公疏論之，坐貶監筠州酒税，稍徙泰州。已而天子感悟，亟復用范公，而因之以被斥者皆召還，惟公以便親乞知英州，遷太常博士。

又卷三〇《鎮安軍節度使同中書門下平章事贈中書令謚文簡程公墓誌銘》 范仲淹以言事忤大臣，貶饒州。已而上悔悟，欲復用之，稍徙知潤州，而惡仲淹者復誣以事。語入，上怒，亟命置之嶺南。自仲淹貶，而朋黨之論起，朝士牽連，出語及仲淹，皆指爲黨人。公獨爲上開説，明其誣枉，上意解而後已。

又卷三一《湖州長史蘇君墓誌銘》 自元昊反，兵出無功，而天下殆於久安，尤困兵事。天子奮然用三四大臣，欲盡革衆弊以紓民。於是時，范文正公與今富丞相多所設施，而小人不便。顧人主方信用，思有以撼動，未得其根。……其後三四大臣繼罷去，天下事卒不復施爲。

又《太常博士尹君墓誌銘》 是時，天子用范文正公與今觀文殿學士富公、武康軍節度使韓公，欲更置天下事，而權倖小人不便，三公皆罷去，而師魯與一時賢士多被誣枉得罪。

又《太子太師致仕杜祁公墓誌銘》　慶曆之初，上厭西兵之久出而民弊，亟用今丞相富公、樞密韓公及范文正公，而三人者遂欲盡革衆事以修紀綱，而小人權倖皆不悦，獨公與相佐佑。……范文正公安撫河東，欲以兵從。公以爲契丹必不來，兵不可妄出。范公怒，至以語侵公，公不爲恨。後契丹卒不來。二公皆世俗指公與爲朋黨者，其論議之際蓋如此。及三人者將罷去，公獨以爲不可，遂亦罷，以尚書左丞知兖州。歲餘，乃致仕。

又卷三二《尚書户部侍郎參知政事贈右僕射文安王公墓誌銘》　元昊反，西邊用兵，……是時邊兵新敗於好水，任福等戰死。今韓丞相坐主帥失律，奪招討副使，知秦州；范文正公亦以移書元昊不先聞，奪招討副使，知耀州。公因言此兩人天下之選也，其忠義智勇名動夷狄，不宜以小故置之。且任福由違節度以致敗，尤不可深責主將。由是忤宰相意，并其他議，多格不行。明年，賊入涇原，戰定川，殺大將葛懷敏，乃公指言爲備處。由是始以公言爲可信，而前所格議，悉見施行。因復遣公安撫涇原路，公曰：「陛下復用韓琦、范仲淹，幸甚。然將不中御，兵法也，願許以便宜從事。」上以爲然，因言諸路都部署可罷經略副使，以重將權，而偏將見招討使以軍禮。

又《尚書户部侍郎參知政事贈右僕射文安王公墓誌銘》　是時邊兵新敗於好水，任福等戰死。今韓丞相坐主帥失律，奪招討副使，知秦州；范文正公亦以移書元昊不先聞，奪招討副使，知耀州。公因言此兩人天下之選也，其忠義智勇，名動夷狄，不宜以小故置之。且任福由違節度以致敗，尤不可深責主將。由是忤宰相意，并其他議，多格不行。明年，賊入涇原，戰定川，殺大將葛懷敏，乃公指言爲備處，由是始以公言爲可信，而前所格議，悉見施行。因復遣公安撫涇原路，公曰：「陛下復用韓琦、范仲淹，幸甚。然將不中御，兵法也，願許以便宜從事。」上以爲然，因言諸路都部署可罷經略副使，以重將權，而偏將見招討使以軍禮。

又卷三三《尚書刑部郎中充天章閣待制兼侍讀贈右諫議大夫孫公墓誌銘》 范文正公守杭州，以大臣或便宜行事。公曰：「范公，貴臣也。吾屈於此，則不得伸於彼矣。」由是一切繩以法，而常以監司自處。范公遇公無倦色，及退而不能無恨；公遇范公不少下，然退而未嘗不稱其賢也。

又《尚書工部郎中充天章閣待制許公墓誌銘》 是時京師粟少，而江淮歲漕不給，三司使懼，大臣以爲憂，參知政事范仲淹謂公獨可辦，乃以公爲江淮、兩浙、荆湖發運判官。……其在兩浙，范文正公守杭州，以大臣或便宜行事。公曰：「范公，貴臣也。吾屈於此，則不得伸於彼矣。」由是一切繩以法，而常以監司自處。范公遇公無倦色，及退而不能無恨；公遇范公不少下，然退而未嘗不稱其賢也。

又卷四三《外制集序》　慶曆三年春，丞相吕夷簡病，不能朝。上既更用大臣，鋭意天下事，始用諫官、御史疏，追還夏竦制書。既而召韓琦、范仲淹於陝西，又除富弼樞密副使。弼、仲淹、琦皆惶恐頓首，辭讓至五六不已。

又附録一吴充《贈太子太師歐陽公行狀》　時范文正公、杜正獻公、今司徒韓公、司空富公，皆輔政，公屢請召對咨訪，責以所爲。既而仁宗降手詔，出六條，虚心以待。後遂下詔勸農桑，興學校，多所更革，小人不悦。一時知名士，見謂爲黨人矣。公爲《朋黨論》以進，見集中。

又附録三蘇轍《歐陽文忠公神道碑銘》　時范文正公知開封府，每進見，輒論時政得失，宰相惡之，斥守饒州。公見諫官高若訥，若訥詆誚范公，以爲當黜。公爲書責之，坐貶峽州夷陵令。明年，移乾德令，復爲武成軍節度判官。康定初，范公起爲陝西經略招討安撫使，辟公掌書記。公笑曰：「吾論范公，豈以爲利哉？同其退不同其進可也。」

又韓琦《歐陽公墓誌銘》　時文正范公權尹京邑，以直道自進。每因奏事，必陳時政得失，大忤宰相意，斥守饒州。諫官不敢言，公貽書責之，坐貶峽州夷陵令。余安道、尹師魯繼上書直范公，復被逐。當時天下以「四賢」稱之。

又　慶曆初，仁宗御天下久，周悉時弊，重以西師未解，思欲整齊衆治，以完太平，登進輔臣，必取人望，收用端鯁，以增諫員。……時正獻杜公、文正范公、今司空富公皆在二府，公每勸上乘間延見，推誠咨訪。上後開天章閣，屢召諸公詢究治本，長策大議，稍稍施用，紀綱日舉，僥幸頓絶。小人始大不喜，相與巧詆，必期破壞。公常極力左右之。

又 方條列北方利病，欲大爲措置，會文正范公與同時入輔者終爲讒説所勝，相繼罷去，一時進用者皆指之爲黨。公復慨然上書，極言論救。執政與其朋益怒，協力擠之。

又附録四謝絳《記神清洞》 會吕夷簡罷相，夏竦奪樞密使。章得象、晏殊、賈昌朝、范仲淹、富弼及琦同時執政，歐陽脩、余靖、王素、蔡襄并爲諫官。介喜曰：「此盛事也，歌頌吾職，其可已乎！」作《慶曆聖德詩》，有曰：「衆賢之進，如茅斯拔。大奸之去，如距斯脱。」其言大奸，蓋指竦也。

又附録五歐陽發等述《先公事迹》 時仁宗更用大臣，杜衍、富弼、韓琦、范仲淹皆在位，增諫官員，用天下名士，脩首在選中。每進見，帝延問執政，咨所宜行。既多所張弛，小人翕翕不便。脩慮善人必不勝，數爲帝分别言之。初，范仲淹之貶饒州也，脩與尹洙、余靖皆以直仲淹見逐，目之曰黨人。自是，朋黨之論起。脩乃爲《朋黨論》以進。

又 初，吕夷簡罷相，夏竦爲樞密使，復奪之，代以杜衍，同時進用富弼、韓琦、范仲淹等。石介作《慶曆聖德詩》，言退奸不易，進賢之難，而終篇意在夏竦。竦尤不悦，因與其黨造爲黨論，目仲淹、衍及脩爲黨人。脩乃上《朋黨論》……又上疏言：「杜衍、韓琦、范仲淹、富弼相繼罷去，天下皆知其有可用之賢，而不聞其有可罷之罪。自古小人讒害忠賢，其説不遠。欲廣陷良善，不過指爲朋黨；欲動摇大臣，必須誣以專權。其故何也？去一善人，而衆善人尚在，則未爲小人之利。欲盡去之，則善人少過，難爲一一求瑕。唯是指以爲朋，則可一時盡逐。至如自古大臣已被主知而蒙信任，則難以他事動摇，惟有專權是上之所惡，必須此語方可傾之。正士在朝，群邪所忌；謀臣不用，敵國之福也。今此四人一旦罷去，而使群邪相賀於内，四夷相賀於外，臣所以爲陛下惜之也。」爲黨論者，尤惡脩異己，又善言其情狀，至使内侍藍元震上疏言：「范仲淹、歐陽脩、尹洙、余靖，前日蔡襄謂之『四賢』，斥去未幾，復升天衢。『四賢』得時，遂引蔡襄以爲同列，下則以國家爵禄爲己私惠，上則朋黨膠漆皆聚本朝。設使逐人私黨，不過十數，同心醜正，已爲五六十人，相依爲重，將紊紀綱。九重至深，萬機至重，何由察知？」賴仁宗終不之信。

又 公自言學道三十年，所得者平心無怨惡爾。初以范希文事得罪於吕公，坐黨人遠貶三峽，流落累年。比吕公罷相，公始被進擢。及後爲范公作《神道碑》，言西事時吕公擢用希文，盛稱二公之賢，能釋私憾而共力於國家。希文子純仁大以爲不然，刻石時輒削去此一節，云我父至死未嘗解仇。公嘆曰：「我亦得罪於吕丞相者。」惟其言公，所以信於後世也。吾嘗聞范公平生自言無怨惡於一人，兼其與吕公解仇書見在其集中。豈有父自言無怨惡於一人，而其子不使解仇於地下乎？父子之性相遠如此，信乎，堯朱善惡異也。

又　時范仲淹以陳時政得失不顧避，忤宰相意，貶知饒州。論救者甚衆，而諫官高若訥獨含胡不言。脩以書質責若訥，至以爲「不知人間有羞耻事」。若訥大憤，連其書以聞。

又　范仲淹以言事貶，在廷多論救，司諫高若訥獨以爲當黜。脩貽書責之，謂其「不復知人間有羞耻事」。若訥上其書，坐貶夷陵令，稍徙乾德令、武城節度判官。仲淹使陝西，辟掌書記，脩笑而辭曰：「昔者之舉，豈以爲己利哉？同其退不同其進可也。」

張方平《樂全集》卷二一《睦州請州學名額及公田奏》　至景祐元年，知州、右司諫范仲淹拓廟西垣，建置學舍，樹立講堂。至寶元元年，知州、都官員外郎胡楷增新廟宇，基構嚴敞。

韓琦《安陽集》卷四七《故崇信軍節度副使檢校尚書工部員外郎尹公墓表》　時文正范公治開封府，每奏事見上，論時政，指丞相過失，貶知饒州。余公安道上疏論救，坐以朋黨，貶監筠州酒税。公慨然上書曰：「臣以仲淹忠諒有素，義兼師友，以靖比臣，臣當從坐。」貶崇信軍節度掌書記、監郢州商税。歐陽公永叔移書讓諫官不言，以貶夷陵令。當是時，天下稱爲四賢。

又《故客省使眉州防禦使贈遂州觀察使張公墓誌銘》　昔种侯世衡事范文正公，宣力環、延。及其亡也，文正親爲文以誌其墓，蓋悉其故吏之勞，書之所以爲勸也。……時范文正公帥延，以國士待公，凡深謀大議，公必預焉。……時范文正公爲參知政事，被詔宣撫河東以備之，復還公引進使，爲并代路副都總管、知代州、兼河東沿邊安撫事。范公至河外，親按形勢利害，以爲不增廣堡寨，則河外終不安。乃奏用公前議，仍以公總其事，詔可之。

又卷四九《故尚書祠部郎中集賢校理致仕趙君墓誌銘》　慶曆中，杜正獻公、范文正公與諸賢以忠義并進，天子方虚心仰成，諸公亦鋭於爲報。

又卷五〇《故觀文殿學士太子少師致仕贈太子太師歐陽公墓誌銘》　時文正范公權尹京邑，以直道自進。每因奏事，必陳時政得失，大忤宰相意，斥守饒州，諫官不敢言。公貽書責之，坐貶峽州夷陵令。余安道、尹師魯繼上書，直范公，復被逐。當時天下以「四賢」稱之。……時正獻杜公、文正范公、今司空富公皆在二府，公每勸上乘間延見，推誠咨訪。上後開天章閣，屢召諸公詢究治本，長策大議，稍稍施用，紀綱日舉，僥倖頓絶。小人始大不喜，相與巧詆，必期破壞，公常極力左右之。

曾鞏《南豐先生元豐類稿》卷四五《永安縣君李氏墓誌銘》 初，刑部之兄昌齡，當太宗、真宗時輔朝政，李氏族大而貴，然刑部嫁女常擇寒士，而至其後多爲名臣，范文正公仲淹、鄭文肅公戩與駱侯是也。

又卷四八《徐復傳》 范仲淹知杭州，數就復訪問，甚禮重之。仲淹嘗言西兵既起，復預言罷兵歲月；又斗牛間嘗有星變，復言吴當大疫，死者數十萬人。後皆如其言。

又卷五二《南豐先生集外文下》 慶曆中，上用杜衍、范仲淹、富弼、韓琦任政事，而以歐陽脩、蔡襄及甫等爲諫官，欲更張庶事，致太平之功。仲淹等亦皆戮力自效，欲報人主之知。然心好同惡異，不能曠然，心無適莫。甫嘗家居，石介過之。問介適何許來，介言方過富公。問富公何爲，介曰：「富公以滕宗諒守慶州，用公使錢，坐法。杜公必欲致宗諒重法，曰『不然，則衍不能在此』。范公則欲薄其罪，曰『不然，則仲淹請去』。富公欲抵宗諒重法，則恐違范公；欲薄其罪，則懼違杜公。患是不知所决。」甫曰：「守道以謂如何？」介曰：「介亦竊患之。」

田況《儒林公議》卷上　上既廢郭后，群臣無敢言者。時孔道輔爲御史中丞，范仲淹居諫職，知不可以片言奪，乃相與率臺諫若干人伏閤拜疏。上遣詣中書，諭以廢意。時李迪在相位，謂道輔曰：「廢后古亦有之矣。」道輔對曰：「今天子神聖，相公當以堯舜之道佐之，奈何引古者失道之君廢后事以爲證也？」迪甚慚，道輔、仲淹皆補外郡，餘皆罰金而已。

又　慶曆初，夏寇方盛，陜西四路并任儒帥，久而未有成功。時吕夷簡爲相，上深所注意。夷簡因言四帥皆儒臣，於軍政非便，俸禄又薄於偏裨，遂皆除觀察使，欲責其成功。時范仲淹帥環慶，爲吕所惡。又授任，乃抗章辭讓，言：「臣聞先王爵以讓德，禄以報功。……臣今冒犯天威，爲國體而辭之者六，爲私心而辭之者一……假使朝廷極怒，臣得死於君父之命，猶勝貪此厚禄，敗名速禍，死於寇亂之手，此臣所以知其退而不知其進也。唯天鑒處之。」夷簡覘奏不樂，然逼於物議。未幾，并他路皆罷廉察，復學士之職焉。

又卷下　范仲淹以天章閣待制權尹京府。自以言事被用，以諫諍爲己責。吕夷簡作相，氣勢熏炎，無敢忤者，仲淹屢犯其鋒，夷簡深懷忌憚，但薄示涵容，以親仲淹，仲淹終不合。每對上言夷簡憸邪不忠，宜制其漸，因泛論漢世莽、卓階亂有胎，由辨之不早。致望其語漏泄，譖愬者日至矣。上遂疑，責仲淹離間大臣，徼倖進取，落待制職，出知饒州。言事無敢辨之者，皆言仲淹不當指夷簡爲莽、卓。時尹洙、余靖、歐陽脩皆讎書三館，相與憤切。洙遂詣政府，請與仲淹偕貶爲黨人。靖上書言：「……伏聞今月九日，以吏部員外郎、天章閣待制范仲淹落職守本命差知饒州。臣竊謂仲淹秉忠樸之心，懷直諒之節，不識忌諱，有可矜慜。觀其臨事不苟，言必忤上，竭忠奉國，夫豈私其身哉！……伏望陛下以舜察邇言爲意，以漢招直諫爲謀，常以壅塞是憂，不以誹謗加罪，追改前命，無重過舉，則天下幸甚。」書奏，夷簡内不自安，乃謫洙、靖官以拒來者。歐陽脩乃移書司諫高若訥，……若訥得書，怒甚，乃繳其書奏之。……事下中書，夷簡乃貶脩爲峽州夷陵令。時王曾同在相位，意甚不平，然不能救止，但令親識寬諭貶者而已。同年生蔡襄乃作《四賢詩》歎美仲淹等。其詠脩詩誚若訥爲「袖書乞憐天子旁」，人到於今諷誦且美之。然朋黨之説兆於兹矣。

韓維《南陽集》卷二九《富文忠公墓誌銘》 （富弼）應舉京師，范文正公一見奇之，與語終日，曰：「真是王佐才也。」……丁秦國公憂，服除，會范文正公言郭后不當廢，左遷知睦州，公上疏曰：「廢后非治世所宜，又以諫諍斥逐忠良，是一舉而二失也。且國家緩急，何由得忠臣之心、來諫諍之論哉？」……時晏元獻公爲宰相，范文正公參知政事，杜祁公居樞密，公與之同心合力，期致太平。

王珪《華陽集》卷五八《王懿敏公素墓誌銘》 公嘗獨言富弼、韓琦、范仲淹皆有重望，宜復召用，處之以不疑。……新除樞密副使任中師與公有親嫌，公辭爲諫官，乃以直史館判太府寺，同修起居注、經制陝西糧草。與知慶州府范仲淹同議邊機十餘事上之，其言攻守之計甚長。

司馬光《涑水記聞》卷三 先是，天章閣待制范仲淹坐言事，左遷饒州；王宫待制王宗道因奏事，自陳爲王府官二十年不遷，詔改除龍圖閣學士。權三司使王博文言於上曰：「臣老且死，不復得望兩府之門。」因涕下。上憐之，數日遂爲樞密副使。當時輕薄者取張祜詩，益其文以嘲之曰：「天章故國三千里，學士深宫二十年。殿院一聲《河滿子》，龍圖雙淚落君前。」於是，詔今後鎖廳應舉人與白衣别試，各十人中解三人，在外者衆試於轉運司，恐其妨白衣解額故也。

又卷五 初，莊獻太后稱制，郭后恃太后勢，頗驕横，後宫多爲太后所禁遏，不得進。太后崩，上始得自縱。適美人尚氏、楊氏尤得幸。尚氏父自所由除殿直，賞賜無算，恩寵傾京師。郭后妒，屢與之忿争。尚氏嘗於上前有侵后不遜語，后不勝忿，起批其頰，上自起救之，后誤查上頸，上大怒。閻文應勸上以爪痕示執政大臣而謀之。上以示吕夷簡，且告之故。夷簡因密勸上廢后，上疑之，夷簡曰：「光武，漢之明主也，郭后止以怨懟坐廢，況傷乘輿乎？廢之未損聖德。」上未許，外人籍籍，頗有聞之者。左司諫、秘閣校理范仲淹因登對極陳其不可，且曰：「宜早息此議，不可使有聞於外也。」夷簡將廢后，奏請敕有司無得受臺諫章奏。

又卷八　范文正公於景祐三年言吕相之短，坐落職，知饒州，徙越州。康定元年，復天章閣待制，知永興軍，尋改陝西都轉運使。會許公自大名復入相，言於仁宗曰：「范仲淹賢者，朝廷將用之，豈可但除舊職邪？」即除龍圖閣直學士、陝西經略安撫副使。上以許公爲長者，天下皆以許公爲不念舊惡。文正面謝曰：「向以公事忤犯相公，不意相公乃爾獎拔。」許公曰：「夷簡豈敢復以舊事爲念邪？」

又卷九　慶曆二年春，范文正公巡邊，至爲環慶經略使，環州屬羌多懷貳心，密與元昊通，以种世衡素得屬羌心，而青澗城已完固，乃奏徙世衡知環州以鎮撫之。

又卷一〇　范仲淹字希文，早孤，從其母適朱氏，因冒其姓，與朱氏兄弟俱舉學究。少尪瘠，嘗與衆客同見諫議大夫姜遵。遵素以剛嚴著名，與人不款曲。衆客退，獨留仲淹，引入中堂，謂其夫人曰：「朱學究年雖少，奇士也。他日不唯是顯官，當立盛名於世。」遂參坐置酒，待之如骨肉，人莫測其何以知之也。年二十餘，始改科舉進士。

又　時晏殊亦在京師，薦一人爲館職，（王）曾謂殊曰：「公知范仲淹，舍不薦，而薦斯人乎？已爲公置不行，宜更薦仲淹也。」殊從之，遂除館職。頃之，冬至立仗，禮官定議欲媚章獻太后，請天子帥百官獻壽於庭，仲淹奏以爲不可。晏殊大懼，召仲淹，怒責之，以爲狂。仲淹正色抗言曰：「仲淹受明公誤知，常懼不稱，爲知己羞，不意今日更以正論得罪於門下也。」殊慚無以應。

又　慶曆四年六月，范希文宣撫陝西、河東，自知權要惡之者多，上益厭之，乃上章乞罷政事，除一郡。上欲聽其請，章郇公言於上曰：「仲淹素有虚名，今一請而罷之，恐天下皆謂陛下輕黜賢臣，不若且賜詔不允。若仲淹即有表謝，則是挾詐要君，乃可罷。」上從之。希文果奉表謝，上曰：「果如章得象言。」遂罷知邠州。既而杜丞相、富彦國、韓稚圭、歐陽永叔、俞希道稍稍皆以事得罪矣。

又　通、泰、海州皆濱海，舊日潮水皆至城下，土田斥鹵，不可稼穡。范文正公監西溪倉，建白於朝，請築捍海堤於三州之境，長數百里，以衛民田。朝廷從之。以文正爲興化令，專掌役事。又以發運使張綸兼知泰州，發通、泰、楚、海四州民夫治之。既成，民至於今享其利，興化之民往往以范爲姓。

又 尹師魯謫官監復州酒，時范希文知鄧州，師魯得疾，即擅去官，詣鄧州，以後事屬希文。希文日往視其疾，師魯曰：「今日疾勢復增幾分，可更得幾日。」一旦，遣人招希文甚遽，既至，師魯曰：「洙今日必死矣。人言將死者必見鬼神，此不可信。洙并無所見，但覺氣息奄奄就盡耳。」隱几坐，與希文語久之，謂希文曰：「公可出，洙將逝矣。」希文出至廳事，已聞其家號哭。希文竭力送其喪及妻孥歸洛陽。

又《涑水記聞·輯佚》 范文正公守邠州，暇日帥僚屬登樓置酒，未舉觴，見衰絰數人營喪具者。公亟令詢之，乃寄居士人卒於邠，將出殯近郊，賵斂棺槨皆所未具。公憮然，即徹宴席，厚周給之，使畢其事。坐客感嘆，有泣下者。

蘇軾《蘇文忠公全集》卷一八《富鄭公神道碑》 公幼篤學，有大度，范仲淹見而識之，曰：「此王佐才也。」懷其文以示王曾、晏殊，殊即以女妻之。仁宗復制科，仲淹謂公曰：「子當以是進。」天聖八年，公以茂材異等中第，授將作監丞，知河南府長水縣。用李迪辟，簽書河陽節度判官事。丁秦國公憂，服除，會郭后廢，范仲淹等争之，貶知睦州。公上言：「朝廷一舉而獲二過，縱不能復后，宜還仲淹，以來忠言。」通判絳州。……時晏殊爲相，范仲淹爲參知政事，杜衍爲樞密使，韓琦與公副之，歐陽脩、余靖、王素、蔡襄爲諫官，皆天下之望。魯人石介作《慶曆聖德詩》，歷頌群臣，皆得其實。曰：「維仲淹、弼，一夔一契。」天下不以爲過。公既以社稷自任，而仁宗責成於公與仲淹，望太平於期月之間。數以手詔督公等條具其事。又開天章閣召公等，公等坐，且給筆札，使書其所欲爲者，遣中使二人更往督之，且命仲淹主西事，公主北事。公遂與仲淹各上當世之務十餘條。

又卷三六《乞增修弓箭社條約狀》　寶元、慶曆中，趙元昊反。屯兵四十餘萬，招刺宣毅、保捷二十五萬人，皆不得其用，卒無成功。范仲淹、劉滬、种世衡等，專務整緝蕃漢熟户弓箭手，所以封殖其家、砥礪其人者非一道。藩籬既成，賊來無所得，故元昊復臣。

又卷五九《録進單鍔吴中水利書》　嘗見蘇州之茜涇，昔范仲淹命工開導，以泄積水以入於海。當時諫官不知蘇州患在積水不泄，咸上疏言仲淹走泄姑蘇之水。蓋不知其利，而反以爲害。今茜涇自仲淹之後，未復開鑿，亦久堙塞。

又卷七二《范文正諫止朝正》　歐陽文忠公撰《范文正神道碑》，載章獻太后臨朝，仁宗欲率百官朝正太后，范公力争乃罷。其後軾先君奉詔修《太常因革禮》，求之故府，而朝正案牘具在。考其始末，無諫止之事，而有已行之明驗。先君質之於文忠公，曰：「文正公實諫而卒不從，《墓碑》誤也，當以案牘爲正耳。」今日偶與客論此事，夜歸，乃記之。

又卷八七《富鄭公神道碑》 公幼篤學，有大度，范仲淹見而識之，曰：「此王佐才也。」懷其文以示王曾、晏殊，殊即以女妻之。仁宗復制科，仲淹謂公曰：「子當以是進。」天聖八年，公以茂材異等中第，授將作監丞，知河南府長水縣。

又卷八九《故龍圖閣學士滕公（甫）墓誌銘》 九歲能賦，敏捷過人。范希文，皇考舅也，見公而奇之，教以爲文。希文爲蘇州，而安定胡先生瑗居於蘇，公往從之，門人以千數，第其文，公常爲首。嘗舉進士，試於庭。

王安石《臨川先生文集》卷九七《荆湖北路轉運判官尚書屯田郎中劉君（牧）墓誌銘》

起家饒州軍事推官，與州將争公事，爲所擠，幾不免。及後將范文正公至，君大喜曰：「此吾師也。」遂以爲師。文正公亦數稱君，勉以學。君論議仁恕，急人之窮，於財物無所顧計，凡以慕文正公故也。弋陽富人爲客所誣，將抵死，君得實以告，文正公未甚信，然以君故，使吏雜治之。居數日，富人得不死。文正公由此愈知君，任以事。歲終，將舉京官，君以讓其同官有親而老者。文正公爲歎息許之，曰：「吾不可以不成君之善。」及文正公安撫河東，乃始舉君可治劇，於是君爲兖州觀察推官。又學《春秋》於孫復，與石介爲友。

淵源。

朱長文《樂圃餘稿》卷一〇《宋故宣德郎守尚書屯田員外郎知永康軍青城縣贈尚書都官郎中蔡公墓誌銘》 天聖中，范文正公講學於南郡，四方英才踵門受教，睢涣之上，實爲淵源。

魏泰《東軒筆録》卷三 五代任官，不權輕重，凡曹、掾、簿、尉有齷齪無能，以至昏耄不任驅策者，始注爲縣令。故天下之邑，率皆不治。甚者誅求刻剥，猥迹萬狀，至今優諢之言，多以長官爲笑。及范文正公仲淹乞令天下選人，用三員保任，方得爲縣令，當時推行其言，自是縣令得人，民政稍稍舉矣。

又卷四 范文正公仲淹爲參知政事，建言乞立學校、勸農桑、責吏課、以年任子等事，頗與執政不合。會有言邊鄙未寧者，文正乞自往經撫，於是以參知政事爲河東陝西安撫使。時吕許公夷簡謝事居圃田，文正往候之，許公問曰：「何事遽出也？」范答以「暫往經撫兩路，事畢即還矣」。許公曰：「參政此行，正蹈危機，豈復再入？」文正未諭其旨，果使事未還，而以資政殿學士知邠州。

又卷七 仁宗時，西戎方熾，韓魏公琦爲經略招討副使，欲五路進兵，以襲平夏。時范文正公仲淹守慶州，堅持不可。是時，尹洙爲秦州通判兼經略判官，一日將魏公命至慶州，約范公以進兵。范公曰：「我師新敗，士卒氣沮，當自謹守，以觀其變，豈可輕兵深入耶？以今觀之，但見敗形，未見勝勢也。」洙嘆曰：「公於此乃不及韓公也。韓公嘗云：『大凡用兵，當先置勝負於度外。』今公乃區區過慎，此所以不及韓公也。」范公曰：「大軍一動，萬命所懸，而乃置於度外，仲淹未見其可。」洙議不合，遽還。魏公遂舉兵入界。既而師次好水川，元昊設覆，全師陷没，大將任福死之。魏公遽還，至半途，而亡卒之父兄妻子號於馬首者幾千。

又卷一三　慶曆中，余靖、歐陽脩、蔡襄、王素爲諫官，時謂之四諫。四人者力引石介，而執政亦欲從之。時范仲淹爲參知政事，獨謂同列曰：「石介剛正，天下所聞，然性亦好爲奇異，若使爲諫官，必以難行之事責人君以必行。少拂其意，則引裾折檻，叩頭流血，無所不爲矣。主上雖富有春秋，然無失德，朝廷政事亦自修舉，安用如此諫官也？」諸公服其言而罷。

又卷一四　晏元獻判西京，范希文以大理寺丞丁憂，權掌西監。一日，晏謂范曰：「吾一女及笄，仗君爲我擇婿。」范曰：「監中有二舉子，富皋、張爲善，皆有文行，他日皆至卿輔，并可婿也。」晏曰：「然則孰優？」范曰：「富修謹，張疏俊。」晏曰：「唯。」即取富皋爲婿。皋後改名，即丞相鄭國富公弼。

又　范文正公在睢陽掌學，有孫秀才者索游上謁，文正贈錢一千。明年，孫生復道睢陽謁文正，又贈一千，因問：「何爲汲汲於道路？」孫秀才戚然動色曰：「老母無以養，若日得百錢，則甘旨足矣。」文正曰：「吾觀子辭氣，非乞客也。二年僕僕，所得幾何，而廢學多矣。吾今補子爲學職，月可得三千以供養，子能安於爲學乎？」孫生再拜大喜。於是授以《春秋》，而孫生篤學不舍晝夜，行復修謹，文正甚愛之。明年，文正去睢陽，孫亦辭歸。後十年，聞泰山下有孫明復先生以《春秋》教授學者，道德高邁，朝廷召至太學，乃昔日索遊孫秀才也。文正歎曰：「貧之爲累亦大矣。倘因循索米至老，則雖人才如孫明復者猶將汩没而不見也。」

范純仁《范忠宣公集》卷一二《秘書丞許君（渤）墓誌銘》　時先文正自饒移潤，適君在幕中，遂知其賢，因暇日問之曰：「以君文行之高，何知者之少耶？」君對曰：「相知之道，固未易也。未嘗苟欲人知，故人亦不知。蓋聞君子病乎無能，不知非所病也。」文正公愛重嗟歎之，遂薦於朝，改著作佐郎。……文正公方在政府，以君高介之節，不可勞以俗務，故特奏置監官以處君。而與宦者不合，罷去，監鄜城縣税。年六十八，告老於朝，得以本官致仕。文正公解賜帶以贈之，今僕射富公亦遺錢十萬，遂買山居於箕、潁之間。

釋文瑩《湘山野録》卷上　范文正公鎮餘杭，今侍讀王樂道公在幕。楊内翰隱甫公察謫信州，未幾，召還赴闕，過杭，公厚遇之。特排日遣樂吏往察判廳請樂辭，樂道叱之不作。來日，酒數行，遣吏投書於席，大概言：「陶之學先王之道也，未始游心於優笑之藝。始某從事於幕，天下之士識與不識皆以陶爲賀。蓋今巖穴蟠潛修立之士，無不由明公之門翦擢至於華顯者。獨以某不幸吏於左右，公未嘗訓之以道德，摩之以仁義，反以伎戲之事委之，非其素望也……」云云。公以書示隱甫，隱甫笑曰：「波及當司，尤無謂也。」公頗動。既而移鎮青社，樂道少安。

又卷中　范文正公鎮青社，會河朔艱食，青之輿賦移博州置納，青民大患輂置之苦，而河朔斛價不甚翔踴。公止戒民本州納，價每斗三鍰，給鈔與之，俾簽幕者輓金往幹，曰：「博守席君夷亮，余嘗薦論，又足下之婦翁也。攜書就彼坐倉，以倍價召之，事必可集。賫巨榜數十道，介其境則張之。設郡中不肯假廩，寄僧舍可也。」簽稟教行焉，至則皆如公料。村斛時爲厚價所誘，貿者山積，不五日遂足，而博斛亦衍，斛金尚餘數千緡，隨等差給還，青民因立像祠焉。

又《湘山野録·續録》　范文正公仲淹爲右司諫，章獻劉太后聽政，忽遣一巨璫諭之曰：「今後凡有大號令，不須强上拗，三五年爲一宰相不難至。」公覺其言甘，必有所謂。

果誕告冬至日大會前殿，仁宗率群臣爲壽。有司將具，公上疏曰：「臣聞王者尊稱，儀法配天，故所以齒輅馬、踐厩芻尚皆有誅，况屈萬乘之重，冕旒行北面之禮乎？此乃開後世弱人主以强母后之漸也。陛下果欲爲大宫履長之賀，於闈掖以家人承顔之禮行之可也。抑又慈慶之容御軒陛，使百官瞻奉，於禮不順。」事遂已。

又 范文正公以言事凡三黜。初爲校理，忤章獻太后旨，貶倅河中。僚友餞於東門曰：「此行極光。」後爲司諫，因郭后廢，率諫官、御史伏閣争之不勝，貶睦州。僚友又餞於亭曰：「此行愈光。」後爲天章閣、知開封府，撰《百官圖》進呈。丞相怒，奏曰：「宰相者，所以器百官。今仲淹盡自掄擢，安用彼相？臣等乞罷。」仁宗怒，落職貶饒州。時親賓故人又餞於郊曰：「此行尤光。」范笑曰：「仲淹前後三光矣，此後諸君更送，只乞一上牢可也。」客大笑而散。

王闢之《澠水燕談録》卷二 范文正公以龍圖閣直學士帥邠、延、涇、慶四郡，威德著聞，夷夏聳服，屬户、蕃部率稱曰「龍圖老子」，至於元昊，亦以是呼之。

又 初，范文正公貶饒州，朝廷方治朋黨，士大夫莫敢往别，王待制質獨扶病餞於國門，大臣責之曰：「君長者，何自陷朋黨。」王曰：「范公天下賢者，顧質何敢望之。若得爲范公黨人，公之賜實厚矣！」聞者爲之縮頸。

又 范文正公輕財好施，尤厚於族人。既貴，於姑蘇近郭買良田數千畝，爲義莊，以養群從之貧者，擇族人長而賢者一人主其出納。人日食米一升，歲衣縑一疋，嫁娶喪葬，皆有贍給。聚族僅百口。公殁逾四十年，子孫賢令，至今奉公之法，不敢廢弛。

又 景祐中，范文正公知開封府，忠亮讜直，言無回避，左右不便，因言公「離間大臣，自結朋黨」。乃落天章閣待制，黜知饒州。余靖安道上疏論救，以朋黨坐貶。尹洙師魯言：「靖與仲淹交淺，臣與仲淹義兼師友，當從坐。」貶監郢州税。歐陽永叔貽書責司諫高若訥不能辯其非辜，若訥大怒，繳其書，降授夷陵縣令。永叔復與師魯書曰：「五六十年來，此輩沉默畏慎，布在世間，忽見吾輩作此事，下至竈間老婢亦爲驚怪。」時蔡君謨爲《四賢一不肖詩》，布在都下，衆争傳寫，鬻書者市之，頗獲厚利。虜使至，密市以還。張中庸奉使過幽州，館中有書君謨詩在壁上。四賢，希文、安道、師魯、永叔；一不肖，謂若訥也。

又卷八 淄州淄川縣梓桐山石門澗有石曰青金，色青黑相雜，其文如銅屑，或云即自然銅也，理細密。范文正公早居長白山，往來於此，嘗見其石。皇祐末，公知青，遣石工取以爲硯，極發墨，頗類歙石。今東方人多用之，或曰「范公石」。然不耐久，久則不免斷裂。

又卷九 仁宗天縱多能，尤精書學。凡宫殿門觀，多帝飛白題榜，勛賢神道，率賜篆螭首。王曾之碑曰「旌賢」，寇準曰「旌忠」，李迪曰「遺直」，晏殊曰「舊學」，丁度曰「崇儒」，王旦曰「全德元老」，文彦博父均曰「教忠積慶」，李用和曰「親賢」，范仲淹曰「褒賢」，曹利用曰「旌功」，吕夷簡曰「懷忠」，張士遜曰「舊德」，狄青曰「旌忠元勛」，其餘不可悉記。

王鞏《聞見近録》　張文懿罷相，由范文正攻彈也。文懿復相，一日，仁宗語文懿曰：「范仲淹嘗有疏乞廢朕，可施行之。」文懿曰：「仲淹法當誅，然不見章疏，乞付外施行。」上曰：「未嘗見其疏，但比有爲朕言者，且議其罪。」文懿曰：「其罪大，無它法，無文案，即不可行，望陛下訪之。」凡數日則一請其疏，月餘，凡十數請。上曰：「竟未見之，然爲朕言者多矣，可從末減。」曰：「人臣而欲廢君，無輕典。既無明文，則不可以空言加罪。」上意解。即曰：「仲淹在外，初似疑，今既無疑，可稍遷之，以慰其心。」上深然之。

又　范文正以司諫出使江南，至宿州，聞郭后廢，乃復馳歸京師。至國門，吕文靖遣其長子候之，曰：「司諫其來，以廢后事耶？」文正不答。既得對，乃盛言之，竟以是罷職。

李廌《濟南集》卷六《陳省副文集後序》　昊賊警邊，西方用師，持節出使，調度兵食，完壘治械，區處兵將，忠獻韓公、文正范公職是以立戰多。

宗澤《宗簡公集》卷一《乞回鑾疏》　臣聞范仲淹云：天下之事，有二黨焉。一黨曰發必危言，立必危行，王道正直，何用曲爲？一黨曰遜言易入，遜行易合，人生安樂，何用憂爲？天下之治亂，在二者勝負耳。大抵危言危行，是欲致君於無過，致民於無怨而已，天下豈有不治者乎？

沈括《夢溪筆談》卷一〇　慶曆中，有近侍犯法，罪不至死，執政以其情重，請殺之。范希文獨無言。退而謂同列曰：「諸公勸人主法外殺近臣，一時雖快意，不宜教手滑。」諸公默然。

又卷二〇　尹師魯自直龍圖閣謫官，……後移鄧州。是時范文正公守南陽。少日，師魯忽手書與文正別，仍囑以後事，文正極訝之。時方饌客，掌書記朱炎在坐，炎老人，好佛學，文正以師魯書示炎曰：「師魯遷謫失意，遂至乖理，殊可怪也。宜往見之，爲致意開譬之，無使成疾。」炎即詣尹，而師魯已沐浴衣冠而坐，見炎來道文正意，乃笑曰：「何希文猶以生人見待？洙死矣！」與炎談論頃時，遂隱几而卒。炎急使人馳報文正，文正至，哭之甚哀。師魯忽舉頭曰：「早已與公别，安用復來？」文正驚問所以，師魯笑曰：「死生常理也，希文豈不達此！」又問其後事。尹曰：「此在公耳。」乃揖希文，復逝。俄頃，又舉頭顧希文曰：「亦無鬼神，亦無恐怖。」言訖，遂長往。

蘇轍《龍川别志》卷上 范文正公篤於忠亮，雖喜功名，而不爲朋黨。早歲排吕許公，勇於立事。其徒因之，矯厲過直，公亦不喜也。自越州還朝，出鎮西事，恐許公不爲之地，無以成功，乃爲書自咎，解讎而去。

又卷下 宋公序爲參知政事，仁宗眷之。許公當國，疾公序，陰欲傾之而不得其要。范希文在延安，……擅焚元昊國書，而以私書復之。事聞朝廷，諸公議之，許公謬謂大不可，公序信之，亟於上前乞斬范公，許公徐救之。公序倉卒失措，相次以事罷去。范氏至今恨之。

孔平仲《談苑》卷一 吕申公作相，宋鄭公參知政事，素不悦范希文。一日，希文答元昊書録本奏呈，吕在中書，自語曰：「豈有邊將與叛臣通書？」又云：「奏本如此，又不知真所與書中何所言也。」以此激宋。宋明日上殿，果入劄子論希文交通叛臣。既而中書將上，吕公讀訖，仁宗沉吟久之，遍顧大臣，無有對者。仁宗曰：「范仲淹莫不至如此。」吕公徐應曰：「擅答書，不得無罪。然謂之有他心，則非也。」宋公色沮無辭。明日，宋公出知揚州。又二年，希文作參知政事，宋尚在揚，極懷憂擾，以長書謝過，云「爲憸人所使」。其後宋公作相，薦范純仁試館職。純仁尚以父前故，辭不願舉。

又卷三 范仲淹字希文，知開封府事，決事如神，京師謡曰：「朝廷無憂有范君，京師無事有希文。」每奏事，多陳治亂，歷詆大臣不法。言者以仲淹離間君臣，落職知饒州。寶元中，元昊叛，上知其才兼文武，起帥延安，日夕訓練精兵，賊聞之曰：「無以延州爲意，今小范老子腹中有數萬甲兵，不比大范老子可欺也。」戎人呼知州爲「老子」，「大范」謂雍也。後知慶州，時王師定川之敗，議點鄉軍，仲淹令刺其手。及兵罷還，慶路皆復得爲農。上以四路諸招討委之，仲淹與韓琦謀，必欲收覆靈夏、横山之地。邊上謡曰：「軍中有一韓，西賊聞之心骨寒。軍中有一范，西賊聞之驚破膽。」元昊聞而懼之，遂稱臣。

范祖禹《范太史集》卷四〇《檢校司空左武衛上將軍郭公（逵）墓誌銘》 范文正公仲淹爲陝西都部署，公往隸麾下。范公器之，勉以學問，待之如子姪。延安有募兵十八人，號青岡社，勇皆絶人。一日捕虜，誤殺屬羌，有司皆論死，將刑之。公請於范公，願赦之以責後效。范公亟令毋殺，得活者十有三人。尹洙爲陝西經略判官，趣范公以延州兵取靈武，范公召公計議。公曰：「地遠而食不繼，城大而兵不多，未見其利。」范公曰：「君之言然。」遂決意不復出師。洙怒，而府中將吏皆誚公。未幾，涇原任福全軍没，於是向之誚公者以不出師爲幸，且服公先識。

畢仲游《西臺集》卷一六《尚書郎贈金紫光禄大夫畢從古行狀》　明年，范仲淹使淮浙，過泗州見公，與公語，大喜，遂請公行，數從容與公計事，請公分視濠、宿、泗三州事。還，遂薦公。……公既不得宋城，而范仲淹爲參知政事。謂公曰：「長葛，京西邑也，不遠。君第往，吾行召君矣。」公亦欣然欲用，遂調長葛令。居數月，仲淹罷去，不及召公，公亦不去長葛。……人之知公者，杜衍、范仲淹、包拯、田況、劉荐五人爾，皆鄉里識字相見，未嘗私謁也。自范仲淹以毁廢，公亦無意用於世，而衛尉益老，公遂不復爲仕宦計，然亦不能不宦。

畢仲詢《幙府燕閒録》　范文正嘗爲人作墓銘，已封，將發，忽曰：「不可不使師魯見之。」明日以示師魯，師魯曰：「希文名重一時，後世所取信，不可不慎也。今謂轉運使爲部刺史，知州爲太守，誠爲悦俗，然今無其官，後必疑之，正起俗儒争論也。」希文撫几曰：

「賴以示子，不然，吾幾失之。」

《續墨客揮犀》卷四 范文正鎮鄱陽，有書生獻詩，甚工，文正延禮之。書生自言平生未嘗飽，天下之寒餓無在某右者。時盛行歐陽率更字，《薦福寺碑》墨本直錢千。文正爲具紙墨打千本，使售於京師。紙墨已具，一夕雷擊碎其碑，故時人爲之語曰：「有客打碑來薦福，無人騎鶴上揚州。」東坡作《窮措大》詩曰：「一夕雷轟薦福碑。」

龔明之《中吴紀聞》卷一 天聖五年，范文正公居母喪，上書宰執，請擇郡守、舉縣令、斥游惰、去冗僭、遴選舉、崇教育、養將材、實邊備、保直臣、斥佞人，使朝廷無過，生靈無怨，以杜奸雄，凡萬餘言。時王文正公曾爲相，見而偉之。服滿，薦充館職，由此爲人主所知，不次擢用。慶曆三年九月，拜參知政事。上開天章閣，訪以治道。公條陳當世急務十條，一曰明陟黜，二曰抑僥倖，三曰精貢舉，四曰擇官長，五曰均公田，六曰厚農桑，七曰修武備，八曰覃恩信，九曰重命令，十曰減徭役。上嘉納之，一歲之間，次第舉行，無或遺者。

又卷三 文正公自政府出，歸鄉焚黄，未至近邑，先投遠狀。或以爲太過，公曰：「『維桑與梓，必恭敬止』，敢不盡禮乎？」既至，搜外庫，惟有絹三千匹，令掌吏録親戚及閭里知舊，自大及小，散之皆盡，曰：「宗族鄉黨，見我生長，幼學壯仕，爲我助喜，我何以報之？」又買負郭常稔之田千畝，號曰義田，以濟養群族，擇族之長而賢者一人主之。其計日食人米一升，歲衣人二縑，嫁女者錢五十千，娶婦者二十千，再嫁者三十千，再娶者十五千，葬者如再嫁之數，葬幼者十千。族之聚者九十口，歲入粳稻八百斛，以其所入，給其所聚。仕而家居俟代者預焉，仕而之官者罷其給。公雖没，後世子孫修其業，承其志，如公存也。

方勺《泊宅編》卷二　范文正公所居宅，必先浚井，納青术數斤於其中，以辟温氣。

李攸《宋朝事實》卷九　晏丞相殊留守南京，仲淹遭母憂，寓居城下。晏公請掌府學，仲淹常宿學中，訓督學者，皆有法度，勤學恭謹，以身先之。夜課諸生，讀書寢食，皆立時刻。往往潛至齋舍詗之，見有先寢者詰之，其人紿云：「適疲倦，暫就枕耳。」仲淹問：「未就寢之時，觀何書？」其人亦妄對，仲淹即取書問之，其人不能對，乃罰之。出題使諸生作賦，必先自爲之，欲知其難易及所當用意，亦使學者準以爲法。由是四方從學者輻湊，其後宋人以文學有聲名於場屋朝廷者，多其所教也。服除，至京師，上宰相書，言朝廷得失及民間利病，凡萬餘言，王曾見而偉之。時晏殊亦在京，薦一人爲館職，曾謂殊曰：「公知范仲淹，捨而薦斯人乎？已爲置不行，宜更薦仲淹也。」殊從之，遂除館職。頃之，冬至立仗，禮官定議，欲媚章獻太后，請天子帥百官獻壽於庭。仲淹奏以爲不可，晏殊大懼，召仲淹責怒之，以爲狂。仲淹正色抗言曰：「仲淹受明公誤知，常懼不稱，爲知己羞，不意今日更以正論得罪於門下也。」殊慙無以應。

阮閱《詩話總龜·前集》卷一三引《詩史》　范希文於江上見一漁父，意其有德隱者也。問姓名不對，但留一絶云：「十年江上無人問，兩手今朝一度叉。」

王銍《默記》卷下　蔣希魯守蘇州，時范文正守杭州，極下士。王荆公兄弟時寄居於杭，平甫尚布衣少年也。一日，過蘇見希魯，以道服見之。平甫内不能平，時時目其衣。希魯覺之，因曰：「范希文在杭時，着道服以見客。」平甫對曰：「希文不至如此無禮。」

葉夢得《避暑録話》卷上　歐陽文忠作范文正神道碑，累年未成，范丞相兄弟數趣之。文忠以書報之曰：「此文極難作，敵兵尚强，須字字與之對壘。」蓋是時吕許公客尚衆也。

余嘗於范氏家見此帖。其後，碑載初爲西帥時與許公釋憾事曰：「二公歡然相約平賊。」丞相得之，曰：「無是。吾翁未嘗與吕公平也。」請文忠易之。文忠怫然曰：「此吾所目擊，公等少年，何從知之？」丞相即自刊去二十餘字，乃入石。既以碑獻文忠，文忠卻之曰：「非吾文也。」

汪藻《浮溪集》卷一九《鎮江府重修州學大成殿記》　鎮江有學，在州之城東南隅，經始於太平興國八年。後五十七年，新而廣之者，文正范公也。

又《靖康要録》卷一靖康元年二月六日條　（詔曰）：永惟國家大政事，已詔三省、樞密院盡遵復祖宗法，而近世名臣未有褒録，何以示朕意？司馬光、范仲淹可贈太師，張商英可贈太保，應元祐黨籍、元祐學術指揮並不施行。布告天下，咸使聞知。

李綱《靖康傳信録》卷三　昔范仲淹自參知政事出安撫西邊，過鄭州見吕夷簡，語暫出之意。夷簡曰：「參政豈復可還？」其後果然。

吴曾《能改齋漫録》卷一三　范文正公微時，嘗詣靈祠求禱，曰：「他日得位相乎？」

不許。復禱之曰：「不然願爲良醫。」亦不許。既而歎曰：「夫不能利澤生民，非大丈夫平生之志。」他日，有人謂公曰：「大丈夫之志於相，理則當然。良醫之技，君何願焉，無乃失於卑耶？」公曰：「嗟乎，豈爲是哉！古人有云：『常善救人，故無棄人；常善救物，故無棄物。』且大丈夫之於學也，固欲遇神聖之君，得行其道。思天下匹夫匹婦有不被其澤者，若己推而内之溝中。能及小大生民者，固惟相爲然。既不可得矣，夫能行救人利物之心者，莫如良醫。果能爲良醫也，上以療君親之疾，下以救貧民之厄，中以保身長年。在下而能及小大生民者，捨夫良醫，則未之有也。」

洪邁《容齋隨筆》卷三 鄱陽學在城外東湖之北，相傳以爲范文正公作郡守時所創。予考國史，范公以景祐三年乙亥歲四月知饒州。四年十二月，詔自今須藩鎮乃得立學，他州勿聽。是月，范公移潤州。《余襄公集》有《饒州新建州學記》，實起於慶曆五年乙酉歲，其郡守曰都官員外郎張君，其略云：「先是郡先聖祠宫棟宇隳剥，前守亦嘗相土，而未遑締治，於是即其基於東湖之北偏而經營之。」。浮梁人金君卿郎中作《郡學莊田記》云：「慶曆四年春，詔郡國立學，時守都官副郎張侯譚始營之，明年學成。」范公在饒時，延君卿置館舍，使公有意建學，記中豈無一字及之？蓋是時公既爲執政，去郡十年矣。所謂前守相士者，不知爲何人。

陸游《老學庵筆記》卷九　范文正公喜彈琴，然平日止彈《履霜》一操，時人謂之「范履霜」。

又《渭南文集》卷三《論選用西北士大夫札子》　臣伏聞天聖以前，選用人才，多取北人，寇準持之尤力，故南方士大夫沉抑者多。仁宗皇帝照知其弊，公聽并觀，兼收博采，無南北之異。於是范仲淹起於吴，歐陽脩起於楚，蔡襄起於閩，杜衍起於會稽，余靖起於嶺南，皆爲一時名臣，號稱聖宋得人之盛。

范公偁《過庭録》　滕甫元發，視文正爲皇考舅，自少侍文正側。文正愛其才，待如子。視忠宣爲叔。每恃才好勝，忠宣未嘗與校。皇祐元年，同忠宣貢京師，忠宣篋中物，滕嘗自取之付酒或濟困乏者，忠宣初不問也。是年忠宣登第，滕失意歸。文正責怒滕欲夏楚，其無間如此。愛擊角毬，文正每戒之，不聽。一日，文正尋大郎肄業，乃擊毬於外。文正怒，命取毬，令小吏直面以鐵鎚碎之。毬爲鐵所激，起，中小吏之額。小吏護痛，間滕在傍，拱手微言曰：「快哉！」文正亦優之。至登第仕宦始去。

又 文正嘗指吕許公之失。文正出帥陝，吕欲疏遠之，及韓、夏二公悉改除節鉞，蓋换武則不能在朝廷也。文正知其意，思上章辭之，而不受。

沈作喆《寓简》卷五 范文正公用士，多取氣節而闊略細故，如孫威敏、滕達道，皆所素厚。其爲帥辟置幕客，多取見居謫籍未牽復人。或疑之，公曰：「人有才能而無過，朝廷自應用之。若其實有可用之材，不幸陷於吏議深文者，不因事起之，則遂爲廢人矣。」故公所舉用，多得賢能之士。文正公真一世英傑也。石林嘗爲予言之。

又 范文正公微時，嘗慷慨語其友曰：「吾讀書學道，要爲宰輔，得時行道，可以活天下之命。不然，時不我與，則當讀黄帝書，深究醫家奥旨，亦可以活人也。」公既仕進顯貴，入爲執政大臣，出爲大帥，其謀謨經畫，所活多矣，於醫則固未暇也。君子之重人命，其立志如此。予觀東晉殷浩妙解脈法，嘗有給使叩頭祈死。詰問久之，乃言小人有母，年垂百歲，抱疾不除，若蒙官一診視，便有生理，退就屠戮無恨。浩爲按脈，處方二劑便愈，於是悉焚經方。嗚呼！浩功名大謬，幸有絶藝可以起死，而深諱其事，反以能活人爲慚悔。自范公視之，浩可爲不仁者哉！浩不善用其所能，而强爲其不能，宜其敗也。

黄彦平《三餘集》卷三《論賞罰劄子》　康定、寶元之間，宿師不解，范仲淹因辭觀察使，力勸仁宗下詔責躬，避朝減膳，政府待罪，亟從其請而微黜其官，四路帥臣討賊不效，罪之大者並令落職自效，以功贖過。其説具載張唐英所集《仁宗君臣政要録》中。

王之望《漢濱集》卷七《論恩榜任子革弊奏議》　慶曆中，仁宗開天章閣，命輔臣陳當世急務，范仲淹、富弼輩條上數事，減任子其一也。未幾謗讟大興，一時名臣皆狼狽而去，所言卒廢格不行。

王稱《東都事略》卷一三《仁宗廢后郭氏傳》　尚美人、楊美人俱得幸，數與后忿争。宰相吕夷簡請廢后，仁宗亦以其無子，遂廢之，封爲浄妃玉京冲妙仙師，賜名清悟，居長樂宫。于是御史中丞孔道輔、右司諫范仲淹等伏閤言后無過，不可廢。既而道輔等俱被逐。

又卷四〇《王素傳》　宣撫使范仲淹劾轉運使劉京市木擾民，事連素，降知華州，又落職知汝州。

又《王質傳》　初，范仲淹以言事貶饒州，方治黨人甚急，質獨扶病率子弟餞于東門，留連數日，大臣有以誚質，曰：「長者亦爲此乎，何自陷朋黨？」復曰：「昔徐晦不負楊臨賀，今質願附范饒州，若得爲黨人，公之賜厚矣。」聞者嘆伏。

又卷五二《張士遜傳》 一日，仁宗語士遜曰：「人言范仲淹嘗欲乞廢朕，朕但未見其章疏爾。」士遜曰：「陛下既未見其章疏，不可以空言加罪，望陛下訪之。」積十數請，仁宗曰：「竟未之見也，然爲朕言之者多矣。」士遜力爲辨其不然，仁宗意乃解。其後士遜歸老，啓國于鄧，仲淹適守鄧州，士遜還鄉，仲淹置酒高會。明日，士遜復置會，揮金甚盛，時人榮之。

又《呂夷简傳》 郭后與尚美人、楊美人争寵，尚氏有侵后不遜語。后不勝忿，起批其頰，仁宗自起救之，誤傷仁宗頸。仁宗大怒，内侍閻文應白仁宗以爪痕示執政大臣，而謀之夷簡，遂欲廢后。仁宗疑之，夷簡曰：「光武漢之明主也，郭后止以怨懟坐廢，况傷乘輿乎？」夷簡將廢后，請敕有司無得受臺諫章奏。于是，御史中丞孔道輔、右司諫范仲淹帥臺諫詣閤門請對。須臾，有旨令臺諫詣中書，夷簡即貶出道輔等，后遂廢。其後仁宗欲立民間女陳氏爲后，夷簡力止之。

又 夷簡薦范仲淹、富弼、韓琦、文彦博、龐籍、梁適、曾公亮等可大用，因再引退，拜司徒，固請老，以太尉致仕。

又卷五三《薛奎傳》 薛奎……輔仁宗，謀議無所避，尤善知人，范仲淹、龐籍、明鎬在下位時，奎皆以公輔許之，卒如其言。

又卷五四《范雍傳》　初，雍在延州，辟計用章爲通判。用章，臨邛人也，以進士起家，稍遷至秘書丞。既從雍辟，嘗請修城壘，備器械，乞朝廷加兵選將，以圖討賊。若不以爲意，恐朝廷之憂，關輔之禍，非年歲可弭。雍不以爲然。及元昊以兵圍城，二將陷陣，都監黄德和奔還。雍召用章，問以策。用章曰：「用章屢獻言矣，而公不用，今惟有一死以報國爾。然城中老幼無辜，皆公陷之至此，若令同爲血肉，是公上負天子，下負百姓。」雍怒，拂衣而起。至晚，又召用章問計，用章曰：「惟有死爾，尚何言！」其夜雪大作，賊遂退，雍挾用章陷百姓之言而誣以罪，用章遂竄雷州。其后范仲淹經略延州，知用章以忠獲罪，奏雪于朝，田況亦以爲言，起監隨州酒。

又卷五六《晏殊傳》　天聖三年，以禮部侍郎爲樞密副使，上疏論張耆不可爲樞密使，由是忤章獻，坐以笏擊耆，折其齒，罷留守南京，興學校，延范仲淹以教授諸生，天下興學自殊始。

又　及（晏殊）居相府時，范仲淹、韓琦、富弼皆進用，至于臺閣多一時之賢。……（晏殊）既以事罷，而仲淹等亦相次罷去，徙知陳州。……當世賢士大夫如范仲淹、孔道輔、歐陽脩等皆出其門。

又《杜衍傳》 范仲淹嘗出衍門下，時爲參知政事，數争事上前，衍無愠色，而仲淹益敬服之。……衍爲相，與富弼、韓琦、范仲淹同革弊事，以修綱紀，而衍尤抑絶僥幸，凡内降恩澤者一切不與，每積至十數，必面納之。……范仲淹使河東，欲以兵從。衍以爲契丹必不來，兵不可妄出。後契丹卒不來。……又范仲淹、富弼偕出宣撫，言者隨攻之。仁宗欲罷二人，而衍又執以爲不可，遂疑其朋黨，以尚書左丞出知兖州。

又《章得象傳》 然陝西用兵，吕夷簡、晏殊、杜衍、范仲淹、富弼更秉政，得象不能有所爲。夷簡既薨，殊、衍、仲淹、弼亦去位，而得象爲相如故，卒以老辭位云。

又卷五九下《范純仁傳》 純仁，字堯夫，以父任爲太常寺太祝，中進士第。初，知武進縣，又知長葛縣，皆不赴。仲淹遣之，純仁曰：「純仁豈可重于禄食而輕去父母邪？」及仲淹卒，始出仕，以著作佐郎知襄城縣。

又 宣仁后寢疾，一日召純仁謂曰：「卿父仲淹可謂忠臣，在章獻明肅皇后垂簾時，唯勸明肅盡母道；明肅上賓，唯勸仁宗盡子道。卿父仲淹可謂忠臣，卿當似之。」

又卷六〇《段少連傳》 郭皇后廢，少連與諫臺官伏閤，不得對。孔道輔、范仲淹謫出。少連等止各罰金。少連上疏曰：「臣因義激心，以職獲譴，天容地載，蒙幸何深。然理有所未伸，情有所未達，鬱悒之志不得不盡陳之。道輔、仲淹與臣等議皇后不宜廢，是以群詣殿閣上疏，而執政進説，使臣等不獲面對，道輔、仲淹出守外郡。臣等蒙罰，中外皆以爲非陛下之意，特宰執假天威以斷來者之説。……今陛下未忍廢黜皇后，而兩府列狀議降爲妃，諫官、御史敢廢伏閤之事乎？陛下深惟道輔、仲淹等所言爲阿黨乎？爲忠亮乎？」不報。

又卷六一《劉涣傳》　章獻崩，擢涣爲右正言。郭后廢，涣與孔道輔、范仲淹等伏閤請對，坐贖金。

又《張亢傳》　夏人與契丹戰河外，范仲淹宣撫河東，招討使亢知代州，就總前議築事，不閱時，諸砦成。蕃漢歸者數千户，歲減戍卒萬人。

又　環慶之間屬羌有明珠、滅臧、康奴三族最大，撫之則驕不可制，攻之則險不可入，常爲原州患。其北有三川，通西夏。三川之間，有古細腰城。范仲淹宣撫陝西，命世衡與知原州蔣偕共城之。世衡以錢募戰士，晝夜板築，旬日而成。

又卷六二《狄青傳》　青爲人恭密寡言，其計事必審中機會而後發，行師正，部伍明，……故所向有功，韓琦、范仲淹特器遇之。

又卷六四《葉清臣傳》　范仲淹、余靖以言事被黜，天下之士結舌不敢議朝政者將二年矣。

又卷六五《宋庠傳》 范仲淹在延安，焚元昊國書，不以聞，而以私書復之。事至朝廷，群公議之，夷簡謬謂不可，庠信之，亟于上前乞斬仲淹。夷簡徐救之，時鄭戩爲樞密副使，葉清臣爲三司使，皆庠同年進士，或誣以朋黨，盡逐之。

又卷六八《富弼傳》 富弼，字彦國，河南人也。幼篤學，有大度。范仲淹見而識之曰：「此王佐才也。」……郭皇后廢，范仲淹争之，貶知睦州。弼言朝廷一舉而獲二過，縱不能復后，宜還仲淹以來忠言。

又 時晏殊爲相，范仲淹爲參知政事，杜衍爲樞密使，韓琦與弼副之，歐陽脩、余靖、王素、蔡襄爲諫官，皆天下之望。弼既以社稷自任，而仁宗責成于弼，與仲淹望太平。于期月之間，數以手詔督弼等條具其事，又開天章閣召弼等坐，具給筆札，使書其所欲爲者。遣中使二人更往督之，且命仲淹主西事，弼主北事。弼遂與仲淹各上當世之務十餘條，又自上河北安邊十三策，大略以進賢、退不肖、止僥幸、去宿弊爲本，欲漸易諸路監司之不才者，使澄汰所部吏。于是小人始不悦矣。

又卷六九《韓琦傳》 琦與范仲淹在兵間最久，二人名重一時，人心歸之，朝廷倚以爲重，故天下稱爲「韓范」。……章既上，又與仲淹定謀益堅，而元昊知不可敵，斂兵不敢近塞。入拜樞密副使。元昊既已臣，琦以謂邊備不可弛，請與仲淹俱出行。已而仲淹參知政事，以琦爲陝西宣撫使。使還時，仁宗急于求治，手詔宰相杜衍曰：「朕用韓琦、范仲淹、富弼，皆中外人望，有可施行，宜以時上之。」又開天章閣賜坐，咨訪時務。

又卷七〇《王堯臣傳》　自好水川失利，韓琦降知秦州，范仲淹亦以擅答元昊書降知耀州。堯臣言此兩人天下之選也，其忠義智勇，名動夷狄，不宜以小故置之。……仲淹自將慶州兵捍賊，始引去。仁宗思其言，乃復命使陝西，而以琦、仲淹爲招討使。堯臣曰：「陛下復用范仲淹、韓琦，幸甚。然將不中御，兵法也，願許以便宜從事。」仁宗以爲然。

又卷七二《歐陽脩傳》　時范仲淹知開封府，每進見，輒論時政得失，宰相吕夷簡惡之，斥守饒州。諫官高若訥詆誚仲淹，以爲當黜。脩以書深責若訥，謂其不復知人間有羞耻事。若訥以聞，謫夷陵令。……范仲淹帥陝西，辟脩掌書記，脩曰：「吾論范公豈以爲利哉？同其退，不同其進可也。」辭不就。……仁宗登進杜衍、范仲淹、富弼、韓琦，分列二府，增諫官員，用天下名士，召脩知諫院。……嘗因奏事論及人物，仁宗目脩曰：「如歐陽脩何處得來？」初范仲淹之貶饒州也，脩與尹洙、余靖皆以直仲淹見逐，目之黨人，自是朋黨之論起，脩乃爲《朋黨論》以進，以爲君子以同道爲朋，小人以同利爲朋，此自然之理也。……方是時，二府相繼以黨議罷去，脩慨然上疏曰：「杜衍、韓琦、范仲淹、富弼，天下皆知其可用之賢，而不聞其有可罷之罪，自古小人讒害忠賢，其説不遠，欲廣陷良善，不過指爲朋黨，欲摇動大臣，必須誣以專權。」

又卷七五《余靖傳》 范仲淹以言事忤意宰相，貶饒州。諫官、御史不敢言，靖上疏論仲淹不當貶，且言陛下親政以來屢逐言事者，恐鉗天下口，不可。

又《許元傳》 （許）元言：「先時賈人入粟塞下，京師錢不足以償，故錢償愈不足，則粟入愈少而價愈高，是謂内外俱困，請高塞粟之價，下南鹽以償之，使東南去滯積，而西北之粟盈，此輕重之術也。」行之果便。于是范仲淹薦其能，擢江淮荆浙制置發運判官。

又卷七六《賈黯傳》 賈黯，字直孺，南陽人也。舉進士第一，爲將作監丞，通判襄州。還朝，以著作佐郎直集賢院。上書稱薦范仲淹、富弼、韓琦之賢，仁宗深重之。……黯有學識，好修潔，無所阿附。初登第，還南陽，范仲淹知鄧州，黯謁仲淹曰：「黯晚輩，偶得科第，願受教。」仲淹曰：「君不憂不顯，唯『不欺』二字可終身行之。」黯拜其言。其後黯每以語人曰：「吾得于范公『不欺』二字，平生用之不盡也。」

又卷八二《蔡挺傳》 范仲淹宣撫陝西、河東，奏通判涇州，徙邠州。挺知（富）弼、仲淹與吕夷簡不同道，乃持其機事泄于夷簡，遂爲開封府推官。

又卷九一《滕元發傳》 滕元發，初名甫，字符發，以避高魯王諱改字爲名，而字達道，東陽人也。范仲淹見而奇之，中進士第三人。

又卷一一三《穆修傳》　慶曆間，范仲淹舉經行可爲師表，未及用而卒，年五十一。

又卷一一四《張載傳》　張載，字子厚，長安人也。學古力行，篤志好禮，爲關中士人所宗，世所謂横渠先生者也。少時喜談兵，年十八，以書謁范仲淹。仲淹責之曰：「儒者自有名教可學，何事于兵？」因勸學《中庸》。載感其言，益窮六經，至釋老書無不讀，與程顥、程頤講學。

又卷一一五《蘇舜欽傳》　舜欽，字子美，易簡之孫，而耆之子也。……舜欽數上書言朝廷之事，范仲淹薦其才，得集賢校理，監進奏院。

邵博《邵氏聞見後録》卷一六　碧雲霞，廄馬也，以其吻肉色碧如霞片，故號云。其中詆范文正公微時嘗結中書吏人范仲尹，因以破家。文正既貴，略不收恤。王銍性之不伏，跋《仲尹墓誌》曰：「近時襄陽魏泰者，場屋不得志，喜僞作他人著書，如《志怪集》《括異志》《倦遊録》，盡假名武人張師正。又不能自抑，出其姓名，作《東軒筆録》，皆用私喜怒誣蠛前人。最後作《碧雲霞》，假名梅聖俞，毁及范文正，而天下駭然矣。特聖俞子孫不耀，故挾之借重以欺世。今録楊闢所作《范仲尹墓誌》，庶幾知泰亂是非之實至此也。則其他泰所厚誣者，皆迎刃而解，可盡信哉！」予以爲不然，如著燈籠錦事，則又與《書竄》詩合，故疑實出於聖俞也。

李燾《續資治通鑑長編》卷一一三明道二年十一月乙卯條 詔稱皇后以無子願入道，特封爲净妃、玉京冲妙仙師，賜名清悟，別居長寧宫。台諫章疏果不得入。仲淹即與權御史中丞孔道輔率知諫院孫祖德、侍御史蔣堂、郭勸、楊偕、馬絳、殿中侍御史段少連、左正言宋郊、右正言劉涣詣垂拱殿門，伏奏皇后不當廢，愿賜對以盡其言。……丙辰旦，道輔等始至待漏院。詔道輔出知泰州，仲淹知睦州，祖德等各罰銅二十斤。

又卷一一八景祐三年春正月己酉條 糾察刑獄胥偃言：權知開封府范仲淹判議阿朱刑名不當，乞下法寺詳定。……初，偃愛歐陽脩有文名，置門下，妻以女。及偃數糾仲淹立異不循法，脩乃善仲淹，因與偃有隙。偃糾仲淹，史不得其時。《會要》在此月十三日，今附見。史稱數糾，此但其一爾。

又景祐三年五月丙午條 （劉平奏）：臣見范仲淹等毁訾大臣，此必有要人指授仲淹輩，欲逐大臣而代其位者。臣於真宗朝爲御史，顧當時同列，未聞有姦邪黨與詐忠賣直所爲若此。臣以淺文薄技，偶致顯用，不識朝廷典故，而論事者浸淫，遂及管軍將校。且武人進退，與儒臣異路，若掎摭短長，妄有舉劾，則心摇而怨結矣。願明諭臺諫官，毋令越職。仍不許更相引薦，或缺員，則朝廷自擇忠純耆德用之。

又卷一二〇景祐四年十二月壬辰條（葉清臣疏）：頃范仲淹、余靖以言事被黜，天下之人齰舌不敢議朝政者行將二年。

又卷一二二寶元元年冬十月丙寅條（内降劄子）：向貶仲淹，蓋以密請建立皇太弟姪，非但詆毁大臣。今中外臣僚屢有稱薦仲淹者，事涉朋黨，宜戒諭之。

又卷一二六康定元年二月癸丑條（韓琦奏）：（范）雍二府舊臣，盡瘁邊事，邊人德之，且乞留雍，以安民心。趙振粗勇，俾爲部署可矣。若謂雍節制無狀，勢當必易，則宜召越州范仲淹委任之。方陛下焦勞之際，臣豈敢避形迹不言？若涉朋比，誤國家事，當族。

又卷一三二慶曆元年六月己亥條（龐籍言）：范仲淹、韓琦，皆天下選，其忠義智勇，名動列藩，不宜以小故置散地。且任福坐違節度致敗，尤不可深責主帥。

又卷一三五慶曆二年三月辛巳條（龐籍言）：近奉詔詳范仲淹所上攻守之策，及仲淹近遣本州推官張問至，具述延、慶之間合力出兵之議。臣竊惟敵衆之舉，齎糧不過十日，而利於速戰，短於攻城。彼攻我城，則常多死傷；我速與戰，則屢成衄衄。若諸城寨有樓櫓、矢石、芻糧、水泉之具，即委之使攻，既齎無久糧，野無所掠，就使十日不退，我以重兵乘之，觀釁而動，誠得全禦戎之體。萬一它路力不能支，須至用仲淹之策，然由德靖出師，路緣洛河，涉春泥濘，步騎難進。若久留賊界，人心多摇，川谷之險，皆可以邀擊我軍，意外之虞，恐不能盡如豫算。或寇深患大，亦不免與仲淹合謀而入，擇地而攻也。仲淹所陳守用土兵則安，用東兵則危。今土兵之數無多，而難於招募，東兵亦未可去也。且當撫馭訓練，興營田，減冗費，爲持久寬民之計，賊來則力禦之，有隙則間諜之，以俟其弊。且西羌之俗，歲時以耕稼爲事，略與漢同。近年屢有點集，人多失業。每入寇邊郡，計其掠獲，未足賞其所費，人尚不樂。若堅壁清野，使無所得，則勢必益窮，心必益怨，歲月之間，釁變必生。心危事動，然後招納之策始可行焉。仰料朝廷固不吝財貨，以安方隅，但深思積慮，體有大於此者矣。

又卷一四二慶曆三年八月辛亥條（蔡襄言）：已差范仲淹宣撫陝西，近又除參知政事，未有巡邊之日。竊以西賊遣使入朝，其言驕慢，必無可從之理。原其狡心，本無欲和之意，朝廷既罷遣之，其勢必須舉兵。况使人在此，未知和與不和，而緣邊繼奏，西賊點集兵馬。時候漸寒，邊事益起，安危之機，在此一舉。仲淹久留邊郡，威名在敵，若早令將陛下之威，經制事宜，則關中百姓有休息之期。如或堅守城寨，使賊遠來無所擄掠，亦足以挫賊之鋭氣。邊將雖多，莫如朝廷輟柄臣以臨之；柄臣之中，莫如仲淹自行。望於西人未行之間早遣巡邊，無使後時，以失大計。

又卷一四八慶曆四年四月戊戌條（藍元震疏）：范仲淹、歐陽脩、尹洙、余靖，前日蔡襄謂之「四賢」，斥去未幾，復還京師。「四賢」得時，遂引蔡襄以爲同列，以國家爵禄爲私惠，膠固朋黨，苟以報謝當時歌詠之德。今一人私黨止作十數，合五六人，門下黨與已無慮五六十人。使此五六十人遞相提挈，不過三二年，布滿要路，則誤朝迷國，誰敢有言，挾恨報仇，何施不可？九重至深，萬幾至重，何由察知？

又卷一五〇慶曆四年六月戊午條（富弼言）：伏見朝廷以契丹發兵會元昊討呆兒族，路出河東境外，疑其變詐，恐爲河東之患，遂遣參知政事范仲淹宣撫，此陛下憂勞愛民之深也。仲淹聞命，夙夜在心，即乞於京師及陜西發兵馬，調錢帛，爲備禦之策，此仲淹忠勤體國之至也。然以臣愚慮，或恐過之。……伏乞陛下，更令范仲淹相度，且往河東照管，未宜調發。

又卷一五四慶曆五年正月乙酉條（錢明逸奏）：弼更張綱紀，紛擾國經，凡所推薦，多挾朋黨，心所愛者盡意主張，不附己者力加排斥，傾朝共畏，與仲淹同。

又（錢明逸奏）：仲淹去年受命宣撫河東、陜西，聞有詔戒勵朋黨，心懼彰露，稱疾乞醫。纔見朝廷別無行遣，遂拜章乞罷政事知邠州，欲固己位，以弭人言，欺詐之迹甚明。乞早廢黜，以安天下之心，使姦詐不敢效尤，忠實得以自立。

又慶曆五年二月辛卯條（劉元瑜言）：康定初元瑜曾言：范仲淹以非罪貶，既復天章閣待制，宜在左右。尹洙、余靖、歐陽脩皆以朋黨斥逐，此小人惡直醜正者也。

又卷一六〇慶曆七年六月庚午條（何郯奏）：伏聞朝廷近降指揮，爲疑石介，遍根問舊來曾涉往還臣僚，以審存没。中外傳聞，頗甚駭異。緣石介平生頗篤學問，所病者，道未周而好爲人師，致後生從學者多流蕩狂妄之士。……蓋以范仲淹、富弼在兩府日，夏竦曾有樞密使之命，當時亦以群誠不容，即行罷退，疑仲淹等同力排擯，以石介曾被仲淹等薦引，故欲深成石介之惡，以汚忠義之臣。皆疇昔之憾，未嘗獲逞，昨以方居要位，乃假朝廷之勢有所報爾，其於損國家事體，則皆不顧焉。伏望聖慈照夏竦之深心，素來險詐，亮仲淹、弼之大節，終是忠純，特排姦謀，以示恩遇。其石介存没，亦乞更不根問，庶存大體。自夏竦力行此事，中外物議皆知不可，然而未嘗有敢言者，蓋慮時論指爲朋比爾。

又卷一六六皇祐元年二月辛巳條（葉清臣言）：帝御便殿，訪近臣以備御之策，權三司使葉清臣上對曰：「……詔問輔翊之能，方面之才，與夫帥領偏裨，當今孰可以任此者。臣以爲不患無人，患有人而不能用爾。今輔翊之臣，抱忠義之深者，莫如富弼；爲社稷之固者，莫如范仲淹；諳古今故事者，莫如夏竦；議論之敏者，莫如鄭戩；方面之才，嚴重有紀律者，莫如韓琦；臨大事能斷者，莫如田況；剛果無顧避者，莫如劉渙；宏遠有方略者，莫如孫沔。」

又卷四二三元祐四年三月甲申條（劉摯奏）：仁宗皇帝慶曆中，韓琦、富弼、范仲淹輩，當代名臣一時并進，其後未久，皆不免爲小人讒毁排陷，相繼逐去。然上賴聖明，終得免大禍，復被收進，建立功業者，内外多正人，姦不能勝也。故君子在上，小人失志，必爲傾害之計。

又卷四七六元祐七年八月乙卯條（王存言）：人臣朋黨誠不可長，然不察則濫及善人，東漢黨錮之獄是也。慶曆中，或指韓琦、富弼、范仲淹、歐陽脩爲朋黨，賴仁宗聖明不惑。今日果有進此説者，願陛下察之。

又卷四七九元祐七年十二月丙子條（范百禄言）：臣竊聞仁宗時范仲淹築大順城、劉滬築水洛城、范祥築通遠軍，英宗時郭逵築治平寨，神宗時亦築綏德城，其餘不盡述。歷世進築，并是據其險要，固我邊疆，皆不與之争膏腴之田，所以敵人終亦易爲納款。

王十朋《梅溪先生後集》卷一《會稽風俗賦》 會稽山大禹寺有泉，名曰菲泉，飲清白兮自娱。卧龍山下州宅之西隅，有清白堂、清白泉，太守范文正公命名，有記。……國朝逮今，蓋百餘政，前有文簡，後有文正題名，所記比唐爲盛。宋太守題名記始於畢文簡公士安，其間顯者非一，而尤賢者范文正公。

又卷二六《思賢閣記》 番陽廳事之東偏，有堂曰平政，堂之北有閣曰芝秀。……堂世傳文正范公所名，雖百世不可易。

汪應辰《文定集》卷一五《與朱元晦書》 范文正公一見横渠，奇之，授以《中庸》。謂横渠學文正，則不可也。更乞裁酌。

員興宗《九華集》卷七《議軍實疏》 仁宗皇帝之時，屯戍西方，范仲淹、歐陽脩之徒已有減汰之説矣。皇祐中，文彦博一言，減保捷軍凡三萬五千，歲省二百四十餘萬，此皆祖宗之成憲也。

樓鑰《攻媿集》卷六〇《汪氏報本庵記》 府君以才選爲吏，古君子也。終身掌法，一郡稱平。范文正公、王荆公皆以士人待之。

又卷七八《跋張樂全上范文正書》 范文正公講道睢陽，樂全以文受知。晏元獻公欲擇二婚，其一則富文忠公，次則樂全。樂全雖不成婚，然皆文正所薦。文正通守河中，樂全以布衣寄此書。……此書當在范氏，而乃傳於女孫，豈書成不及上，仍藏於家耶？

劉宰《漫塘集》卷二一《希墟張氏義莊記》　立義莊以贍宗族，始於文正范公。公之言曰：「宗族於吾固有親疏，祖宗視之則皆其子孫也。且吾祖宗積德百年而後發於吾，若獨享富貴而不恤宗族，異日何以見祖宗地下？今亦何顏入家廟乎？」故買良田數千畝以爲莊，凡群從之貧者日給之食，歲給之衣，吉凶給之費。忠宣公以下復增廣之，迄于今餘二百年，綿十餘世而不墜，嗚呼盛哉！

度正《性善堂稿》卷一五《文靖公程文跋》　公雖長于智慮，然其爲相實以安静爲本，每不欲有所更張。當時范文正公、歐陽文忠公輩亦皆不樂之，然公處之泰然，蓋未嘗以爲意也。其後首引起范公與之共政。及公易簀，仁宗手詔以人材爲問，公具以對，蓋自韓魏公而下見于《慶曆聖德詩》者，皆公密具以聞者，而世罕知之也。獨歐陽公知之，故于《范公神道碑》中具載此意，而忠宣公不悦，歐陽公至變色語之。

黄震《黄氏日鈔》卷八三《浙漕進納軍功策問》　王公覾之在浙也，奏開海口諸浦；范公仲淹之在浙也，獨開茜涇等浦。

又卷八四《代平江府回裕齋馬相公催泄水書》 范文正公守吴，嘗開茜涇，亦止一時一方之利，而劉嶅按行，直謂開海口則反有風波駕入之憂。

又卷八六《修吴縣尉衙紀事》 始范文正公、石曼卿皆嘗書昌黎《伯夷頌》於廳之壁，羅公謂伯夷聖之清者也，聖人百世之師也，作師清堂。今不知其址何在，因改作廳事之西偏，模舊扁於碑陰而揭之，庶幾無忘前人之舊，有興起者。

又卷八七《先賢祠記》 自范文正公而下得十人，若龍圖孫公覺、崇禧朱公壽昌、諫院錢公公輔、司諫孫公諤、待制陳公次升、敏節常公安民、駕部洪公興祖、丞相董公槐、兵部康公植，各以其治行刻之石而繫之贊，用代肖像，合而祠之郡西横山之東。

朱熹《朱子語類》卷一〇八《朱子五》 如仁宗朝京西群盗横行，破州屠縣，無如之何。淮南盗王倫破高郵，郡守晁仲約以郡無兵財，遂開門犒之使去。富鄭公聞之大怒，欲誅守臣，曰：「豈有任千里之寄，不能拒賊，而反賂之！」范文正公争之曰：「州郡無兵無財，俾之將何捍拒？今守臣能權宜應變，以全一城之生靈，亦可矣，豈可反以爲罪耶？」然則彼時州郡已如此虚弱了，如何盡責得介甫！

楊簡《慈湖先生遺書續集》卷一《縣學立大隱楊先生石臺杜先生祠文》　欽惟道心無古今，無淺深。堯、舜此心，禹、湯、文、武此心，周公、孔子此心，天下萬世同此心，惟放逸失之。祇敬不違，先生有之，故文正范公禮敬之。今兹建祠，先生清明，何所不照知，百世祀之。

蔡戡《定齋集》卷二《乞選擇監司劄子》　臣聞范仲淹執政，患諸路監司不才，取班簿視之，每見一人姓名，以筆勾去，以次更易。富弼曰：「公是一筆，焉知一家哭。」仲淹曰：「一家哭，何如一路哭耶！」遂悉罷之。

吕祖謙《皇朝文鑑》卷六《重修釣臺記》　明道二年，范文正公自右司諫守是邦，始築屋祠先生而爲之記。瀨之傍白雲源，乃唐詩人方處士故廬。文正公之遊釣臺也，嘗絶江訪其舊蹟，以其象寘祠之左。文正公没，郡人思之，遂侑食於右坐焉。歲祀浸遠，此意弗嗣。

《（嘉定）鎮江志》卷一〇《重修鎮江學記》　寶元中，范文正公仲淹載新齋學，置田養士，迨今賴之，因立祠殿庭之後，左丞王存爲記。

彭龜年《止堂集》卷五《應詔論雷雨爲灾奏》 臣聞慶曆中災異數見，一時宰執嘗謝過上前，仁宗諭之曰：「不須謝過，但自行事。」時范仲淹爲參知政事，退而條具應災四事以上。

趙汝愚《國朝諸臣奏議》卷四四陳并《上哲宗答詔論彗星陳四説書》 慶曆中，仁皇欲廢郭皇后爲庶人，司諫范仲淹諫曰：「后者所以長陰教而母萬國，不宜以過失輕廢。且人孰無過？陛下當論后之失，放之别館，擇嬪妃老者侍之，俟其悔而復宫。」書奏不納，明日又率其屬伏閤論列，上遣中貴人押往中書商量。宰相順旨，以漢唐有廢后故事，仲淹曰：「上天資堯舜，相公奈何以前世弊法累盛德？」御史中丞亦與宰相廷辯其非，仲淹以言事出，后廢瑶華宫。其後上嘗密召郭后，后欲宰相召百官立班受册方拜命。

又卷七五富弼《上神宗叙述前後辭免恩命以辯讒謗》 今來誥詞中尚説奉使，必又不受，不如更不叙此一節，但只作朝廷特命，必然難辭。今誥中已落下奉使一事，但請觀之。臣退而展讀，誠如得象等所説，臣知必不可辭，遂勉而受之。然自此讒言愈起，日甚一日，其所譏者，盡是竊弄威權，惑亂朝廷，謂臣欲謀廢立。以至使其黨學臣等三兩人所書字體，僞寫作臣等往復簡帖，商量廢立之事，又别使人繳進，此所以取仁宗必信之謀也。臣其時恐懼，如坐燃薪之上，自亦不敢安於其位。若便求退，必亦不許，遂與參知政事范仲淹竊議云：「吾輩上爲朝廷盡忠竭節，而爲群讒陷害如此深切。未顧一身性命，各且保取家族，但求得一事出去，避此謗陷，他輩得進，則自然稍息。」仲淹深以爲然。臣即因保州軍亂，乃堅乞得河北宣撫，仲淹亦得宣撫河東、陝西兩路，遂各且出使。約數月，果然仲淹就知邠州，臣就差知鄆州兼西路安撫使。

又卷七六王存《上哲宗乞明諭朋黨所在奏》　國家慶曆間亦有朋黨之論，當時富弼、韓琦、范仲淹等頗遭排擯，賴仁宗盛德，不至傾害。

又卷一三二田況《上仁宗兵策十四事奏》　韓琦、范仲淹爲經略副使，葛懷敏見之，禮容極慢。……近范仲淹在延州，奏乞比永興軍、秦州支米造酒，有司之吝，以爲無例而罷。

又《上仁宗論攻策七不可奏》　昨延州范仲淹奏，乞朝廷開包荒之量，存此一路，令諸將勒兵嚴備。賊至則擊，但未行討伐，容示以恩，意歲時存問，或可招納。今尹洙到延州商量，仲淹堅執前奏，未肯出師。若使涇原一路獨入，則孤軍進退，憂患不淺。今諸處探到事宜，多言昊賊誒我師諸路入界，則併兵一處以拒敵，與招來人杜文廣所説一同，此正陷賊計中。此不可者七也。以臣所見，夏竦、韓琦、尹洙同獻此策，今若奏乞中罷，則是前後自相違異，殊無定筭。欲果决進討，則又仲淹執議不同，或失期會。乞召兩府大臣定議，但令嚴設邊備。

又卷一三三孫沔《上仁宗論范仲淹答元昊書》 慶曆元年，臣伏自前月以來，聞中外言昊賊使高延德持書至延州，有歸伏朝廷之意。范仲淹以書諭之，令去僭號，方可納款。仍聞大臣頗有異議，或言忠義可賞者，或言專命可戮者。此數人皆平斷天下事，何是非智識其相遠悖如是？又臣寮上言者，多相矛盾，竊恐衆論紛撓，以致惑亂視聽。臣朝夕思之，未知孰得，今偶有所見。揣昊賊情僞之計，原邊臣得失之謀，其理有三，敢悉陳之，萬一上合聖聰，亦愚人之極慮也。……三者范仲淹夙負時望，多士歸慕，今處邊任，得將士心，軍民受賜，夷狄所聞。故昊賊未測其才謀，因用延德爲反問，以謀撓我師，使疑而退黜之，賊得其計矣。臣又謂仲淹移書，有利無害者三焉。一者賊請歸款，以我不許爲激衆之謀。今仲淹答而許之，則賊之策不得行，此亦我權其利也。二者賊以計緩我鄜延一路入攻之兵，則我本無深討之策，雖其詐來之意，於邊境之慮，亦無害也。三者賊謀撓我師，而仲淹答其書，雖於軍政無損，實亦自蹈危機。今大臣果責其專命，或言其可斬者。若有姦謀，深利此言，使賊知之，因致悖慢之言，僞爲交結之意，起市虎拾塵之説，設並馬草具之事，冀朝廷疑仲淹，而朋比有嫉害者從而媒蘖之，大則受誅滅之罪，小則必竄逐其身，使國家一朝失賢，三軍無帥，去邊地之長城，開賊衆之大路，此實可憂之甚者也。……今仲淹盡誠許國，立義忘軀，獨處遠徼，不顧危亡，求之品流，罕有倫擬。在陛下聖哲，推其本心，令得盡節，則天下之幸也。臣恐昊賊即設姦計，復答其書，矯陷仲淹，暗合臣説，則望陛下念之，以辯其詐，使賢材不爲賊所欺逐，則夷狄亡滅可立俟矣。或曰：蕃寇小醜，安有遠圖？臣對曰：預備則無患，過慮則少失。若昊賊實欲歸款，料之雖過，於事無損。即如前歲賊使六十餘人，峨冠變服，托以貢奉，宣言僭稱之意，時宰執謀議，固無異術，但下詔削奪遣還。而惟知制誥吴育上言，以聖朝太平既久，兵戰不習，乞且因而撫之，然後備邊練將，以議攻取爲便。當日柄臣皆誚其怯，今二年連陷將帥，覆没兵衆，豈復可以小寇待之？然欲行吴育之策而未能也。况仲淹以書移賊，自是閫外事宜，若昊賊因而歸順，亦國家軍事之利，於朝廷有何累哉？今韓琦督戰無功，敗軍殺將，尚不欲黜削，恐傷國體，况仲淹以計策，或有得失，且於事未有大過，豈宜輒加其罪？諒陛下神機聖斷，盡在策中，不待言而後知也。臣與琦、仲淹皆故舊深知，今論事之際，必盡公言、决安危之計，非愛憎之心也。伏望陛下萬機之暇，乙夜詳覽，幸甚。

又卷一三五富弼《上仁宗河北守禦十三策》　臣向者累奉德音，令韓琦、范仲淹專管西事，命臣專管北事。臣才識無取，濫膺擢任，退自循省，何以塞責？然敢不强勉，夙夜揣摩。

魏了翁《鶴山先生大全文集》卷二二《進故事論乞詔諸帥任責處降附安反側》 臣嘗記先朝范仲淹爲陝西河東路宣撫，上疏乞顧問大臣，如契丹可以保信，必不入寇，亦不與元昊連衡，乞令大臣同書一奏，納于御前。他日或誤大事，責有所歸。臣之責諸帥，猶仲淹之責大臣也。惟陛下斷而行之。

又卷二五《三辭免知潭州劄子》 臣伏見先朝范仲淹、富弼以守道據正，爲同列所不容，因論去不肖、抑僥幸事，忌者愈衆。於是仲淹自參知政事經制陝西，弼自樞密副使按行河北。時吕夷簡居鄭，謂仲淹曰：「此行必蹈危機，豈容再入？」蓋以事勢危迫，乃命近臣，其勢必付之孤遠之人，有功則同列忌其能，有敗則同列委其責。而况《采葛》之讒，日遠日甚，此必無可還之理。故未幾，仲淹以資政知邠州，弼以資政知鄆州。

袁甫《蒙齋集》卷二《知徽州奏便民五事狀》 皇祐間，吴中大饑，殍殣枕路。仲淹以爲歉歲工價至賤，乃令佛廬興土木之役，又新倉廒吏舍，民之仰食於公私者，日數萬人。

監司劾之，仲淹自陳興造之由，正欲發有餘之財，以惠貧者。荒政之施，莫此爲大。

俞文豹《清夜録》卷四　范文正公鎮錢塘，兵官皆被薦，獨巡檢蘇麟不見録，乃獻詩曰：「近水樓臺先得月，向陽花木易爲春。」公即薦之。

程遇孫《成都文類》卷四六《貢院記》　本朝慶曆間，用范文正公議，嘗詔天下遍立學，此盛德事也。群下不克奉承，學未遍而詔亟寢。

蘇轍《欒城集》卷四一《乞外任劄子》　臣聞范仲淹守慶州，因葛懷敏之敗，請以任將非人，因兩府遜謝，損其勳爵而復其位，以激厲諸將，感慰邊兵。時雖不用，而仲淹之言，至今惜之。

周煇《清波雜志》卷八　范文正公在睢陽，遣堯夫到姑蘇般麥五百斛。堯夫時尚少，既還，舟次丹陽，見石曼卿，問：「寄此久何？」曼卿曰：「兩月矣。三喪在淺土，欲葬之而北歸，無可與謀者。」堯夫以所載麥舟付之，單騎兼程，取捷徑而歸。到家，拜起，侍立良久。文正曰：「東吴見故舊乎？」曰：「曼卿爲三喪未舉，方留滯丹陽，時無郭元振，莫可告者。」文正曰：「何不以麥舟與之？」堯夫曰：「已付之矣。」

徐度《却掃編》卷上　本朝公卿多有知人之明，見於擇婿與辟客。……范文正公爲陝西招討使，辟田樞密况、孫威敏沔并爲判官，歐陽文忠公爲掌書記。歐陽公辭不就，復請張文定公方平，亦辭。……如此之類甚多，不可悉數，皆拔於稠人之中，而其故居位風節往往相似，前代所不及也。

又卷中　滕龍圖達道布衣時，嘗爲范文正公門客。時范公尹京，而滕方少年，頗不羈，往往潛出狹邪縱飲，范公病之。一夕至書室中，滕已出矣，因明燭觀書以俟，意將愧之。至夜分，乃大醉而歸，范公陽不視以觀其所爲，滕略無懾懼，長揖而問曰：「公所讀者何書也？」公曰：「《漢書》也。」復問：「漢高祖何如人？」公逡巡而入。

又卷下　國朝咸平中，張文定公齊賢以右僕射爲邠寧、環慶等(州)〔路〕經略使兼判邠州，而奏請户部員外郎、直史館曾致堯爲判官。慶曆中，西邊用兵，始用夏英公以宣徽南院使爲陝西經略招討使，而韓魏公、范文正公皆以雜學士爲副使。又别置判官，皆唐之上佐類也。其後逐路設經略安撫使，亦置判官一員，兵罷皆省。

杜大珪《名臣碑傳琬琰集·上集》卷一《兩朝顧命定策元勳之碑》　明年，詔易陝西四帥皆爲觀察使，如范仲淹、龐籍二公亦辭，公獨不辭，曰：「上方憂邊甚，臣子忍擇官乎！」頃之，復爲樞密直學士、諫議大夫，又爲陝西經略安撫招討使。……公與范仲淹素善，天下稱「韓范」。仁宗亦知此二人者，遂同除樞密副使，而相與復陳其策上前。元昊已臣矣，其謀卒不得用。

又《名臣碑傳琬琰集·中集》卷四八李清臣《韓忠獻公琦行狀》　時仁宗以天下多事，急於求治，手詔宰相杜衍曰：「朕用韓琦、范仲淹、富弼，皆中外人望，有可施行，宜以時上之。」又開天章閣賜坐，咨訪急務。

羅大經《鶴林玉露·甲編》卷一　范文正公曰：「常調官好做，家常飯好喫。」余謂人能甘於喫家常飯，然後甘於做常調官。

又卷五　慶曆中，劫盗張海過高郵，知軍晁仲約令百姓斂金帛牛酒勞之。海悦，徑去，不爲暴。事聞，富鄭公欲誅仲約，范文正不可。富公愠曰：「方今患法不舉，欲舉法而多方沮之，何以整衆？」范公曰：「祖宗以來，未嘗輕殺臣下，此盛德事，奈何欲輕壞之？他日主上手滑，吾輩亦未敢自保也。」富公終不以爲然。其後自河北還朝，不許入國門，未測朝廷意，終夜彷徨不能寐，思范公語，繞床歎曰：「范六丈，聖人也！」文正之言，與杜悰略同，皆至言也。

錢穀《吴都文粹續集》卷二胡舜申《吴門忠告》 吴城門不常啓閉舊矣，昔年蓋嘗於八門之外，又開赤、平二門，而葑門陸衢蓋嘗塞矣。范文正公守郡，始命闢之，往來至今爲便。

又何林《蘇學復租田記》 吴學之興，經始于文正范公典藩之初，恢廣于恭獻公持節之後。

杜範《清獻集》卷六《邊事奏劄》 昔范仲淹以參知政事使河東、陝西，久而覺報緩而請不獲，召掌吏問之，曰：「吾爲西帥，每奏即下，而請輒得；今以執政，而請報不逮，何也？」曰：「吕夷簡爲相，特别置司，專行鄜延事，故速而必得爾。」

吴潛《許國公奏議》卷一《應詔上封事條陳國家大體治道要務凡九事》 章獻上仙，仁宗擢范仲淹爲臺諫，蔡確罷政，宣仁用司馬光爲宰相是也。

《（景定）建康志》卷二八宋自强《義莊記》　昔文正范公自爲西帥，迄登二府，概以禄賜所入，置負郭膏腴千畝，名曰義田，以贍族黨，錢君公輔高其義而爲之記。

王應麟《深寧先生文抄摭餘編》卷一《大隱楊先生（適）傳》　先生之越，時范文正公守越，聞之就見焉，輿致府中，澹焉無求，公益賢之。

胡次焱《梅巖文集》卷三《贈從弟東宇東行序》　范文正公因樓臺和月詩薦蘇巡檢，王荆公因杖藜攜酒。此以詩轉官職者，詩果窮人乎？

《名公書判清明集》卷八蔡杭《子隨母嫁而歸宗判》　昔范文正公隨母嫁朱家，冒姓朱氏，既長，知其家世，泣而去之，終身不忘朱家之恩。前賢所爲，昭昭可法。

《范文正公言行拾遺事録》卷一　公在淄州長白山僧舍讀書，一夕見白鼠入穴中，探之，乃銀一甕，遂密掩覆。後公貴顯，寺僧脩造，遣人欲求於公，但以空書復之。初，僧怏然失所望。及開緘，使於某處取此藏。僧如公言，果得白銀一甕，今人往往談此事。

又　公以朱氏長育有恩，常思厚報之。及貴，用南郊所加恩，乞贈朱氏父太常博士。暨朱氏諸兄弟，皆公爲葬之，歲别爲饗祭，朱氏子弟以公蔭得補官者三人。

又　公既貴，常以儉約率家人，且戒諸子曰：「吾貧時，與汝母養吾親。汝母躬執爨，而吾親甘旨未嘗充也。今而得厚禄，欲以養親，親不在矣，汝母又已蚤世，所恨者，忍令若曹享富貴之樂也！」

又　公子純仁，娶婦將歸，或傳婦以羅爲帷幔。公聞之，不悦，曰：「羅綺豈帷幔之物耶？吾家素清儉，安得亂吾家法，敢持歸吾家，當火於庭。」

又　公遇夜就寢，即自計一日食飲奉養之費及所爲之事。果自奉之費與所爲之事相稱，則鼾鼻熟寐；或不然，則終夕不能安眠，明日必求所以稱之者。

又　公與南都朱某相善。朱且病，公視之，謂公曰：「某常遇異人，得變水銀爲白金術。吾子幼，不足傳，今以傳君。」遂以其方并藥贈公。公不納，强之乃受，未嘗啓封。後其子寀長，公教之，義均子弟。及寀登第，乃以所封藥并其術還之。

又　公爲人作銘文，未嘗受遺。後作范忠獻銘，其子欲以金帛謝，拒之。乃獻以所蓄書畫，公悉不收，獨留《道德經》而還，戒之曰：「此先君所藏，世之所寶，某竊以爲宗家惜之，毋爲人得也。」

又 公以晏元獻薦入館，終身以門生事之。後雖名位相亞，亦不敢少變。慶曆末，晏公守宛丘，文正赴南陽。道過，特留，歡飲數日，其書題問狀猶稱門生。將别，投詩云「曾入黄扉陪國論，卻來絳帳受師資」之句，聞者皆歎伏。

又 公尹京日，有内侍怙勢作威，傾動中外，公抗疏列其罪。疏上，家所藏書有言兵者悉焚之，仍戒其子曰：「我上疏言斥君側小人，必得罪以死。我既死，汝輩勿復仕宦，但於墳側教授爲業。」疏奏，嘉納其言，罷斥内侍。

又 公知慶州，兼經略招討使。未幾，賊兵三萬叩城，公麾兵血戰，賊奔西北，遂戒諸將無追奔。既而，果有伏兵，又築爲大順城。久之，世衡不利於定川，公晝夜爲領兵援。初，關輔人心摇動。及見公耀兵，號令嚴，兵威震戎落，人心遂安，相賀曰：「邊上自有龍圖公爲長城，吾屬何憂。」

又 公與吕申公論人物，申公曰：「吾見人多矣，無有節行者。」公曰：「天下固有人，但相公不知耳。若以此意待天下士，宜乎節行者之不至也。」

又 公言：「息盜賊，誅奸雄，浩然無憂，乃所以爲身謀。若未能如是，雖州里不可保，七尺之軀無所容於天地之間矣。」公在慶曆中，議弛茶鹽之禁，及減商税，公以爲不可：「茶鹽、商税之人但分減商賈之利耳，行之商賈，未甚有害也。今國用未減，歲入不可闕。既不取於山澤及商賈，須取之於農。與其害農，孰若取之於商賈。今爲計莫若先省國用，有餘當先寬賦役，然後及商賈，弛禁非所當先也。」其議遂寢。

又　公與韓公、杜公多知本朝故實，善決大事。初，邊將議欲大舉以擊夏人，雖韓公亦以爲可舉。公争以爲不可，大臣至有欲以沮軍事罪公，然兵後果不得出。契丹與夏人争銀瓮族，大戰黄河外，而雁門、麟府皆警。富公安撫河東，欲以兵從。公以爲契丹必不來，兵不可妄出。富公怒，以語侵公，公不爲恨。後契丹卒不來。二公皆世俗指爲朋黨者，其論議之際蓋如此。及三人者將罷去，杜公獨以爲不可，遂亦罷。

又　公知開封府，獻《百官圖》，指宰相差除不公，而陰薦韓忠獻公億可用。文正既貶，仁宗以諭公，公曰：「若仲淹舉臣以公，則臣之拙直陛下所知；舉臣以私，則臣委質以來未嘗交託於人。」遂除參知政事。

又　公與韓琦自陝西來朝，石守道作《慶曆聖德》詩，忠邪太明白。道中得之，公撫股謂韓公曰：「爲此怪鬼輩壞之也。」韓公曰：「天下事不可如此，必壞。」其後果然。

又　公慶曆中與富弼、韓琦、杜衍、章得象、賈昌朝、晏殊同時執政。吕夷簡罷相，夏竦罷樞密使，歐陽脩、余靖、王素、蔡襄並爲諫官。徂徠先生喜曰：「此盛事也，歌頌吾職，其可已乎！」乃作《慶曆聖德》詩，其略曰：「衆賢之進，如茅斯拔；大姦之去，如距斯脱。」「衆賢」謂衍等，「大奸」斥竦也。詩且出，泰山先生見之，曰：「子禍始於此矣。」先生不自安，求出，通判濮州。

又 吴遵路丁母憂，廬墓側，蔬食終制。既殁，家無長物，公分俸賙其家。

又 錢尚書遹爲洪州職官録事，過鄱陽，見彭器資。值月朔，有衣冠數十輩來見。彭公設拜，各人進問起居而退。錢在書齋中窺見，甚訝之，因問公此輩何人，公曰：「皆鄉里後進子弟也。」錢曰：「今他處後進必居於位，或與先生並行，何以有此？」彭公曰：「昔范希文自京尹謫守是邦，其爲政，以名教厚風俗、教尚風義爲先，人人仰慕，咸傾嚮之，遂以孝弟自任，而不敢忽，久之不變也。此大賢臨政之效，可以爲法。」

又 公爲江淮體量安撫，所至賑乏絶。又陳八事，其四曰：國家重兵，悉在京師，而軍食仰於度支，則所養之兵不可不精也。禁軍代回，五十以上不任披帶者，降於畿内及陳、許等處。近下禁軍一卒之費，歲不下百千，萬人則百萬緡矣。至七十歲，乃放停。且人方五十之時，或有鄉園骨肉懷土之情，猶樂舊里。及七十後，鄉園改易，骨肉淪謝，羸老者歸，復何托？是未停之前，大蠹國計。廢之之後，復傷物情。咸平中，揀鄉兵，人無歸望，號怨之聲動於四野；祥符中，選退冗兵，無歸之人大至失所，此近事之鑒也。請下殿前軍馬司，禁軍選不堪披帶者與本鄉州軍别立就糧指揮，至彼有田園骨肉者許之歸農，則羸老之人亦不至失所矣。

又 神文時，慶曆淮南有王倫者，嘯聚其黨，頗擾郡縣。承平日久，守令或有棄城而出者，請論如法。公參預大政，争以爲不可。今淮南郡縣徒有名耳，其城壁非如邊塞，難責城守。神文睿德寬仁，故棄城者得以減死論。既退，鄭公忽謂文正公曰：「六丈當欲作佛耶！」范公曰：「主上富於春秋，吾輩輔導當以德。若使人主輕於殺人，則吾輩亦不得容矣。」鄭公歎伏。

又卷二 公用人多取氣節，闊略細故。如孫威敏、滕達道之徒，皆深所厚者。爲帥府，辟置多謫籍未牽叙人。或以問公，公曰：「人之有材，能無瑕纇者，自應用於宰相。惟實有可用，不幸陷於過失者，不因事起之，則遂爲廢人。」世咸多公此意，凡軍伍以雜犯降黜者，皆改刺龍騎軍。

又 韓魏公、章得象在中書時，方天下多弊事，且有西鄙之患，每與希文、彦國以文字至兩府，章公輒閉目不答。彦國憤惋，欲悖之。希文惜大體，不許也。

又 公與韓魏公召爲樞密副使，天下聞之，士大夫皆酌酒相賀曰：「上用韓某、范某，非惟社稷幸，乃天下生民之幸。」公知開封府，明敏通決，照事若神。每上殿奏事，多陳治亂，以開人主，歷詆大臣不法者。

又　慶曆二年，仁宗以涇原傷夷，欲令范某與文潞公對易，遣内侍王懷德喻旨。公謝曰：「涇原地重，臣恐不足以獨當，願與韓琦同經略涇原，並駐涇州，琦兼秦、鳳，臣兼環、慶。一則夷夏相安，事不亟易；二則涇原有警，臣與韓琦可合秦、鳳、環、慶之兵，掎角而進。若秦、鳳、環、慶有警，亦可以率涇原之師以相應援；三則通脩環州鎮戎諸砦，藉此兩路事力，必能速有成功；四則臣與韓琦日夜建議選練兵士，漸復横山，以斷賊臂，不數年間，可期平定。願詔龐籍兼領環慶，以成首尾之勢。秦州委文彦博，慶州用滕宗諒總之，孫沔亦可辦集。渭州，一武臣足矣。」朝廷皆從其請。

又　公言：「沿邊逐寨雖有險固，只有三二百人，何以施爲？又城池中多無井水，若不量事勢，但令堅守，徒陷一城軍民性命，自挫軍威，無益邊事。其在環慶路，相度二十三寨内，有美泥、虐泥、大拔城等小砦，但只量兵士差百十人把截道路，如探得賊馬大段入寇，便令歸側近大城砦内一處防守，所貴不致枉陷軍民，人心遂安。」

又　慶曆二年，南郊赦書：「應因公事受到諸處行軍司馬、副使、司士、文學、參軍，仰逐處並具到任月日、負犯因依分析聞奏。候到，令刑部子細勘會元犯因依申奏，委中書門下别取進止者。」公因奏言：「懷材抱藝之人，一落散地，終身不齒。獸窮則變，人窮則詐，古人之所慎也。況今邊事未寧，尤宜使過。欲乞朝廷催促逐處，依赦文分析聞奏。乞差近上臣寮就書中定奪元犯情理，分作等第。又委長吏密切體量上件人，或有材質，或有節行，亦具申奏，所貴負犯之人各期自新，不懷幽憤。唐張説薦負犯之人充將帥之用，其表云：『活人於死者，必舍生而報恩；榮人於辱者，必盡節而雪耻。』古猶今也，乞朝廷留意。」

又 元昊寇鎮戎軍，葛懷敏入保定川砦。涇原鈐轄曹英又敗於砦之東北隅，懷敏所部人奔駭。懷敏爲衆所擁，幾蹂踐死，舆至瓮城，乃蘇。賊遂圍城。懷敏與諸將謀赴鎮戎軍，賊斷其歸路，與諸將皆遇害，賊遂長驅至渭州。初，懷敏之除鄜延也，范仲淹言其不知兵，而又怯懦不可用，遂徙涇原，卒敗事。

又 張亢築清塞、百勝、中候、建寗、鎮川五砦，而麟府之路始通。亢復奏，以所通特一逕，請更築並邊諸栅，以安河外。議未下，會契丹渝盟，徙知瀛州，遷果州團練使。夏人與契丹戰河外，范公宣撫河東，因奏使亢知代州，就令總前議增築事。不閲月，諸砦成，蕃漢歸者數千户，歲減戍卒萬人。

又 公薦舉處士有徐復，尚履高潔，衍卦氣之法。公過潤州問復，以衍卦占之，今夷無動乎！復爲占「西邊用兵，日月無少差」。又有郭京者，好言兵，公數薦之，由是二人同召。

又　張俞上言：謂今能詭制北虜，散其陰謀，使與叛醜疑貳，有結國家之心。間誘西涼群夷，勿與賊結，則虜首可得，而天下定矣。范仲淹以諫争而遭擯斥，若外徇物望，内維邦本，宜委重柄而授之，苟能行此，是謂「失之東隅，收之桑榆」也。吕夷簡甚重其言。

又　公以西賊攻塞門砦，其寨城池未備，兵甲又少，部署司不與救應。砦主高延德爲賊所擒，後放歸漢界，遂配遠方。公言：「漢家將率有數人陷在賊庭，俱是苦戰力屈，爲賊所擒，即非背叛。如朝廷貸高延德，被以寬恩，仍與近邊任使，使陷蕃將率聞之，必愿昊賊歸順，望再見其家，或即懷本朝之恩，不助賊計。如朝廷責其不死，來者遠竄，其陷蕃將率更無歸路，必懷怨望。其中或有助賊爲孽，其患不細。昔漢中行説傅公主入匈奴，説不欲行，怨漢，乃教單于，大爲漢患，此人情之可見也，乞朝廷留意。」康定元年九月辛未，公以任福等出師攻賊白豹城，破之。冬十一月，又出師出歸娘谷，與夏人戰，大敗之。

又　公以孫明復居泰山之陽，著《春秋尊王發微》，得經之本義爲多，學者皆以弟子事之。公言其道德、經術宜在朝廷，召拜國子監直講。

又　韓魏公與公在兵間最久，名重一時，人心歸之，朝廷倚以爲重，故天下稱爲「韓范」。初，京師歲遣戍兵，脆懦不習勞苦，賊常輕之，目曰東軍。而土兵勁悍善戰，琦奏增土兵以抗賊，而稍減屯戍，内實京師。又以籠竿城據衝要，乞建爲德順軍，以敵蕭關、鳴沙之道。又建請於鄜、延、渭三州，各以土兵三萬爲一軍。軍雖別屯，而耳目相通爲一。視虜所不備，互出擣之，破其和市，屠其種落，因以招横山之人，度横山隳則平。夏兵素弱，必不能支我，下視興、靈，穴中兔耳。章既上，遂與范公定謀益堅。而元昊知不可敵，斂兵不敢近塞矣。

又　好水川之失利，韓魏公降知秦州，公亦以擅答元昊書降知耀州。王堯臣言：「此兩人天下之選，其忠義智勇，名動夷狄，不宜以小故置之。」明年，葛懷敏敗，涇、邠以東皆閉壘自守。公自將慶州兵捍賊，賊始引去。仁宗思其言，乃以魏公與公爲招討使。堯臣曰：「陛下復用韓某、范某，幸甚！然將不中御，兵法也，願許以便宜從事。」仁宗以爲然。從之。

又　韓魏公曰：「吕申公以進賢自任，恩歸於己，時士皆出其門。獨范公、歐公、尹公旋收旋失之，終不受其籠絡也。」

又　原州屬羌明珠、滅臧二族兵數萬，與元昊隔絶鄰道。公聞涇原欲襲討之，公奏言：「二族道險，不可攻。前日高繼嵩已嘗喪師，平時猶懷反側。今討之，必與賊爲表裏，南入原州，西擾鎮戎，東侵環州，邊患未艾也。宜因元昊别路大入之際，即并兵北取細腰、葫蘆泉爲堡鄣，以斷賊路，則二族自安矣。而環州、鎮戎等處徑道通徹，可以亡憂矣。」後二歲，遂築細腰、葫蘆諸砦，屬羌歸服。

又　慶曆四年八月辛卯，初命參政賈昌朝領天下農田，范仲淹領刑法，事有利害，其悉條上。初，公建議請以三司、司農、審官、流内銓、三班院、國子監、太常、刑院、審刑、大理、群牧、殿前馬步軍司各委輔臣兼判，臣願自領兵賦之職。如其無補，請先黜降章得象等，皆以爲不可。久之，乃降是命。

又　慶曆元年春正月，朝廷既用韓琦所畫攻策，先戒師期。知延州范仲淹言：「正月内起兵塞外，雨雪大寒，暴露僵仆，使賊乘之，所傷必衆。賊界春煖，則馬瘦人飢，其勢易制，及可擾其耕種之務。縱出師，無大獲，亦不至有他虞。」又言：「鄜延是舊日進貢之路，蕃漢之人頗相接。近願朝廷存此一路，令諸將勒兵嚴備，賊至則擊。未行討伐，容臣示以恩信，歲時之間，或可招納。苟歲月無效，遂舉重兵取綏、宥二州，擇其要害而據之，屯兵營田，作持久之計。如此，則茶山、横山蕃漢人户可以招降，則是去西賊之一臂也。」戊午，詔從仲淹所請。

又　公在延州，言：「鄜延路入界北，諸路最遠。若先脩復城寨，即是遠圖。乞遣使命，令臣督諸將出兵，先脩復廢砦，别置戍守。既通近蕃界，彼或點集人馬，朝夕便知，大至則閉壘以待隙，小至則扼險以制勝。」公前後凡六奏，卒城永平等十二寨，蕃漢之民相踵復業。

又 慶曆間，江淮歲漕不給，京師乏軍儲。樞密副使范仲淹言國子博士許元可獨倚辦，遂擢元江淮、兩浙、荆湖制置發運判官。元曰：「以六路七十二州之粟不能足京師，吾不信也。」至則命瀕江州縣留三月糧，悉發之，遠近以次相補，引千餘艘轉漕而西。未幾，京師足食。

又 諫官歐陽脩言：「韓琦、范仲淹久在陝西，備諳邊事，是朝廷親信委任之人。況二臣材識不類常人，其所見所言之事不同常式言事者，陛下最宜加意訪問，使其盡陳西邊事宜合如何處置。」余靖亦奏，言范仲淹號爲最曉邊事。

又 給事中、參知政事王舉正爲禮部侍郎、知許州。初，諫官歐陽脩、余靖、蔡襄咸言范仲淹有宰輔材，不宜局在兵府，願以仲淹代之。上從其請，遂以范仲淹爲參知政事。仲淹曰：「執政可由諫官而得乎！」固辭不拜。

又 公在陝西，戒約諸寨：若是賊馬大段入來，更不得出兵迎賊鬬敵，但且堅守，一面供報。部署司并策應官員候逐處軍馬到來，方得設謀掩殺。如輕易出兵，致有輸折，其本處官員竝行軍法。既而，準樞密院劄子，若賊寇深入，應外城砦除留定防守城池外，並須領兵先據險要覓便攻擊。如敢以防守爲名，端坐不出，具狀申奏，乞行軍法。奉聖旨依奏。公言：「自古用兵本無常勢，非可畫一而制也。相度本路諸砦之兵，多者千人，少者五七百人，或三二百人，只令防守城池尚慮不足，若有蕃賊入寇，其寨主、監押等縱有勇敢，往往見小利便出兵，與之争逐。如西賊以羸兵誘致，離砦稍遠，别出精兵斷其歸路，砦中無兵，即見危陷。假有一將在外，去州或遠，應援未至，如遇賊衆大至，多選精鋭并攻一處，謂之奪險，非有驍將血戰，勢不能支。若外兵先敗，則州城之兵望風挫氣，必難爲用。臣謂應變之機，拘以條貫，非其利也。其所降指揮不敢行下。」

又　西賊寇鎮戎軍，官軍不利。公牒知原州景泰等，令六頭項下軍馬會合相度，揀選精兵三二千人，夜擊蕃砦。探候山外賊馬迴時，即多出奇兵，夜間或侵曉，伏截衝擊，收救人民，仍戒約不得脱剥被虜人户人物。公又恐諸將貪功，一向急去追襲，被西賊設伏兵，更落姦便，又牒景泰等火急多差人搜山探候，如探得西賊先有伏兵，即便就高駐劄，别選敢死之士多作頭項先去掩擊，只以收救人民，不得貪小功小利，再有疏虞，以副朝廷之意。公又到邠州，略示兵勢。又出榜永興軍諸州，以安關中人心。

又　陝西新刺保捷兵士多將本家贍軍田土并己分物業典賣破貨。公言：「上件兵士並是鄉民，若向去稍似年高，披帶不得，即須揀放歸農。如今來破貨了莊産，將來無可歸投，便見失所。」遂出遍榜曉示諸州軍，應親刺保捷兵士，如今後乞將本家贍軍田土、己分物業典賣破貨者不得施行，其典賣人嚴行斷遣。如將來殘患，不堪征役，及有年高不任披帶放令歸農者，即給與己分莊田養種。并劄與逐處，令指揮諸縣依此出榜，常切覺察施行。

又卷三 張昪改轉運使、知鄧州。昪以親老辭，或以爲避事。范仲淹曰張昪非避事者，乃聽侍養。

又 河東轉運使指揮諸州軍場務更不得收納大鐵錢。爲民間漸多私鑄，要得止絶欺弊。遂有百姓經并州告訴，各是交易到大鐵錢，無處使用。公遂出榜并州街市，且令依舊行用。公又恐諸處軍民疑惑，各已入急遞發下榜示，逐處曉示軍民，其官鑄大錢，並依舊行使，諸場務亦仍舊行用鐵錢。

又 麟州元無酒務，至慶曆二年十二月，官中創置酒務。後據百姓劉遷狀申，公勘會麟州元管三縣六番落，蕃漢户二千五百餘家。朝廷以河東極邊，不榷酒利。今來殘破之後，四面竝無居民入城交易，只有城中主客二百餘户，别無經營。從去年十二月官自開沽，在市居民更無營利之地。今算出官本并官員、兵士請受外，只有净利二百餘貫。兼城中居民逐旋離去，久遠不成州郡。遂出榜，并劄與麟州指揮，本務據見在酒貨賣盡日，住行醖造，令百姓依舊任便開沽。

又　陝西側峻瘠薄，逃田地土自來勒地分鄰人分認，空納租錢，人户不願送納，陝府申乞除放。公劄與陝府，據諸縣逃田官地勒地分鄰人空納租錢者并見欠錢數並與除放，今後不得抱認送納。

又　慶曆四年十二月，上差入内供奉官衛克勤押賜醫藥至公處，并傳宣令公探候北界事宜。公上言：「見各訓練，選奇兵準備戰敵，惟難得經歷將帥。如北戎兵馬未放散間，臣不敢便離河東。北邊或有緩急，與明鎬商量，指揮將佐料敵使人，庶幾分朝廷萬一之憂。」

又　宋舊敕文應有軍頭等補署文帖，誤被水火損壞，或賊人偷盜者，許申本管人員勘會詣實，給與公據。如自失墜，即勒充長行者。公言：「軍頭失了文帖，降充長行。其中甚有能部轄勾當人，因累次功勞，方得遷補。被手下軍士憎嫌，多方窺算，藏毁文帖，便降充長行，情實可閔。以此苟且和同，不敢鈐轄覺察，手下兵士違犯作過，成弊愈深。乞朝廷特降宣命指揮，今後失去補署文帖，有因故事失去，勘驗不虚，即依舊職名，重給公據收掌。别無因依稱失去者，如勘會得委不因酒醉及不是典解錢物，即於舊職名止降一等，别給文帖安排，所貴兵級安心，無致誤犯。」

又　公禁義軍騷擾，樞密院劄子與安撫司，行移都部署司依準朝旨施行。仍指揮本路州軍縣鎮出榜，及鄉村粉壁曉示人户，嚴行覺察。如替名人及諸色人等起動騷擾，即收捉赴官勘斷施行。

又 公言天下郡邑事，朝廷從之，降敕署琦、仲淹等奏請。公又言若署臣等奏請，於理未便，只乞作朝廷憂勞之意，特選臣僚舉官，則事體甚重也。

又 慶曆四年六月己丑，省河南府潁陽、壽安、偃師、緱氏、河清五縣竝爲鎮。逐鎮令轉運司舉幕職州縣官兩員監酒税，仍管勾煙火公事，又析王屋縣隸河南府，始因參政范仲淹之請也。

又 康定元年春正月丙子，經略安撫判官尹洙至延州，與范仲淹謀出兵。越三日，仲淹徐言：「已得旨，聽兵勿出。」洙留延州幾兩旬，仲淹堅持不可。辛丑，洙還至慶州，乃知任福等敗績。

又 慶曆四年七月丙戌，詔諸路轉運使副、提點刑獄察所部知軍、知縣有治狀者以名聞，議旌擢之；或不如所舉，御史劾奏，並坐上書不實之罪。從參政范仲淹奏請也。

又 公奏言：「西人請和，有不可許者三，有大可防者三。」又言：「臣等已議於一二年間，訓兵三四萬，使號令齊一，陣伍精熟。我軍鼓行山界，每歲三五出，元昊諸厢之兵頻來應敵，疲於奔命，則山界蕃部勢窮援弱，自求内附，足以斷元昊之手足矣。臣等蚤蒙聖獎，擢與清班。西事以來，三年塞下，日勞月憂，豈不願少圖休息，非樂職矢石之間。蓋見西戎强梗未衰，挾以變詐，臣等是以不敢念身世之安、忘國家之憂，須罄芻蕘，少期補助。其元昊來人到闕，伏望聖慈於納和禦侮之間，慎於處置，爲聖朝長久之慮，則天下幸甚。」

又　公牒逐州相度新兵未有營房，欲配買木植，則大費官錢，兼騷擾人户，又卒難了當。其自來等第户各有莊園、宅舍。及將家入營，僅得一間營房，難爲存濟。新兵内貧窮之家，即給與係官木植。其稍有家力，情願自於本家般到材植要蓋舍屋者聽。如中等已下苦無事力，除自有舊材料情願將來蓋造外，或買到新瓦木者，估價給與解鹽交引，大省官錢。又逐家自蓋屋宇，早得了當。并等第之家，乍住營房，不致迫窄，可以存濟。

又　公累奏薦种世衡知環州，未用。又上言：「環州勾當一郡十三寨，當此危地，須在得人。朝廷以臣不才而輕此一路，臣恐將有麟府之禍，雖加罪於臣，無益邊事。臣今乞將新授左司郎中一官迴授种世衡，轉諸司使知環州，權鈐轄司。或朝廷從臣所請，使邊臣知推讓之風，亦非細事。如終不允從，則乞差臣帶本路一將軍馬，權知環州支備。如朝廷體量臣稍涉虚妄，甘受上書詐佞不實之罪。」又奏云：「臣前乞將一官保舉本人，非欲鼓激，蓋爲環州可憂。」後朝廷竟從公請，果得世衡之用。

又　公出巡邊，至環州。點檢環州管界熟户、蕃官共一千七十二人，與酒食管設，作聖恩等第支與綵絹、角茶、銀椀、紫綾襖、黄花襖、銀腰帶、銀裹頭杖、帽子、旗槍、銀交椅、紅纓紫綾袋、全錦襖子等物，重立約束四件，對衆告諭。尋令蕃部望闕謝恩，率皆喜踴躍。

又　公言：「禁青鹽，欲以困西賊。非困賊之要，卻有所害。」會淮安砦捉到買青鹽兵士二人，勘得本指揮火隊掠錢買鹽，人衆喫用。公言：「竊見諸軍常令聲樂，蓋欲悦其衆心，不至愁苦。今兵士處於窮邊，冒矢石，負星霜，若飲食失所，更禁絶鹽味，何以聊生？未能困賊，先困我師。其買鹽兵士是本部衆人之罪，實不敢盡法，恐傷士心，只決二人，杖二十，押送本部。仍奏朝廷，乞更參詳青鹽條貫。」

又　河東諸處坊郭村鄉人户甚有差配，頻併貧困，秖當等第，不得各抛下産業，逃移在外，大段失所。公出榜曉諭諸州軍，應坊郭村鄉人户今日以前帶卻配賣物色，或抱二税逃移者，並令與放罪，各令歸業。其元抛下産業，不得納官，疾速差能幹官吏比附見在人户物産，定奪合該減放等第，招誘歸業者，不得更依元本等第。其元欠二税，竝與放除，仍劄與都轉運司施行。

又　陝府有税户朱士成等八百九户，各爲送納秋税不前，全家逃走。延州、延長等七縣逃移卻税户三百七十一户，公牒陝府逐縣鄉村拘管上件逃移人户屋業、桑産，不得燒毁斫伐。其逃走人户，權與倚閣去年秋税。其見在第五等秋税，只於本處送納。其第四等户，亦於鄰州送納，免致逃移，毁卻桑産，將來歸業不得。所有諸州軍人户，慮恐亦有似此逃移，并牒逐州亦請相度安恤。

又　任福破白豹寨，捉虜到僞首領李家妹，在慶州官員充奴婢。公恐蕃界首領聞及，轉生怨毒，别起奸弊，遂差指使侍禁石斌往慶州取同延州通判馬端及本路都監朱青問得所説事文狀一紙，及稱於慶州淮安鎮有投來軍是親叔。公即差石斌押送慶州，分付與親叔歲奴收管，令嫁事人爲妻。後石斌回，稱到彼歲奴骨肉竝來，覷當號哭。

又　延州東路青澗城、承平砦并保安軍北巡檢劉化基手下熟户、蕃部，遭西賊打虜，驚移傷殘户數并投來蕃部，竝在逐寨及本軍側近住坐，未曾歸業。公慮恐其失所，欲逃入蕃界。遂牒种世衡等勘會驚移熟户、蕃部有未敢歸業，即便相度鄰近官司空閑地土，權撥與耕種。如無牛具者，官與量借糧收買。又勘會驚移人户并投來蕃部，其中甚有缺乏糧食，存濟不得，卻恐致有逃走。又牒种世衡相度逐户口數目，每十口已上量支借貸禄粟各一石，十口已下支借五斗。常切照管安撫，無令失所。又金明砦蕃户三百二十八户，雖給與田土，緣經討虜，後無力耕耘，公又牒延州通判高延夫將蕃部每家十口已下各支斛斗二石，十口以上支三石，並令於本處砦食支給。

又　公常言：「官人之法，人主當知其遲速升降之序，其進退近臣不宜全委宰相。」

又　康定二年五月十四日，中書省劄子：「陝西軍州如有因修展城郭、倉庫、草場、營房等，但係侵占人户地土去處，竝令將係官空閑地許人户請願指射，官司給還。若無地土，即取索本主元買契，比類鄰近地段買置價例支還本錢。」公到邠州，據人户王昭瑋等陳狀，稱官中脩營，占卻園地，拆了屋舍，乞估計合支價錢。公體問得邠州稱遶城側近並無空閑官地給還，公遂委安平知縣李仲昌訪地所估到王昭瑋等合支價錢，牒邠州請依上項條貫支給逐人價錢去訖。又據後邠州申，準轉運司牒，脩營占卻人户地基，卻令兑换係官空閑地土撥還，卻勾收已支價錢赴軍資庫送納。公言諸州自來脩造營房，只是踏逐官地，不許毁人户見宅、邸舍、物業。其邠州便將人户見住物業毁拆，逐起人户無處存活。既無官地兑還，即合給還價錢買屋，當司支與錢物。其人户當已破費，雖準轉運司指揮，今將空閑官地兑還，既無官地，即合回申轉運司，豈得便卻例行催納已支價錢，侵害人户？遂勾到本州元行典級王益等，勘杖一百斷遣，所有人户地土價錢牒邠州依條支還。

又　公體量河東州軍人户近年徭役科配頻併，例各貧困，遂免放今年秋税，稍得休息。又恐陝西州軍人户亦自兵興以來祗應差科不易，尋劄與陝西轉運司依河東例減放人户支移。

又　麟、府州、嵜嵐軍極邊之地人户稀少，其色役公人並差主户、客户祗應輪差，出入應副軍期，多致陪備，破卻家産。以邊人日見貧困，衹應不前，公劄與轉運司并府州、岢嵐軍，據見今衙前使院人吏，並仰依鎮戍軍條例支撥與係官荒閑田土，仍免送納二税租課。

又 西夏曩宵之叛，其謀皆出於華州士人張元與吴昊，而其事本末國史不書，比得田晝承君集，實紀其事，云：「張元、吴昊、姚嗣宗皆關中人，負氣倜儻，有縱横才，相與友善。嘗薄遊塞上，觀視山川、風俗，有經略西鄙意。姚題詩崆峒山寺壁，在兩界間，云：『南粤干戈未息肩，五原金鼓又轟天。崆峒山叟笑無語，飽聽松聲春晝眠。』公巡邊見之，大驚。又有『踏破賀蘭石，掃清西海塵』之句。張爲《鸚鵡》詩，卒章曰：『好著金籠收拾取，莫教飛去如别家。』吴亦有詩。將謁韓、范二帥，恥自屈不肯往，乃礱大石，刻詩其上，使壯夫拽之於通衢，三人從而哭之，欲以鼓動二帥，既而果召與相見。躊躇未用間，張、吴徑走西夏。公以急騎追之不及，乃表姚入蕎府。張、吴既至夏國，夏人倚爲謀主，以抗朝廷，連兵十餘年，四方至爲疲弊，職此二人爲之。時二人家屬羈縻隨州，間使諜者矯中國詔釋之，人未有知者。後乃聞西人臨境作樂，迎此二家而去，自此邊帥始待士矣。姚又有《述懷》詩曰：『大開雙白眼，只見一青天。』張有《雪》詩曰：『五丁仗劍決雲霓，直取銀河下帝畿。戰死玉龍三十萬，敗鱗風卷滿天飛。』吴詩獨不傳，觀此數聯，可想見其人非池中物也。」

又　延州都監周美言於范公曰：「賊新得志，其勢必復來。金明當邊衝，我之蔽也。今不亟完，將遂失之。」公因屬美復城如故。數日，賊果來，其衆數萬，薄金明，陣於延州城北三十里。美領衆二千力戰，會暮，援兵不至，乃徙軍山北多設疑兵。賊望見，以爲救至，即引去。既而，賊出艾蒿砦，遂至郭北，平夜鬭不解。美悉衆使人持一炬從間道上山，益張旗幟，四面大譟。賊懼走，獲牛羊馬橐駝鎧甲數千，遂募兵守其地。

又　嵬、石都巡檢司接應到西界番部嘞移團練使十三户，奉敕於海州住坐，嘞移愿殺其妻子，自刎死。公差人往石州，勾喚到嘞移問，當深不願海州居住。公言：「嘞移歸投新來，其心未安。若必遣往海州安泊，不惟遠去鄉土，全失蕃情，又其人不測朝廷意旨，卻自刑害。今來西事未甯，邊上蕃部聞之，絕其向化之意，則皆爲怨敵，邊害愈深。」遂發遣嘞移住府州，與田土耕種，準備緩急使喚，及令招喚本族未來蕃部。

又　公節制諸將，勘會自來漢家兵馬先出，只排作一陣。被賊奔衝，便見輸折。遂牒東路朱吉、任守信等，候賊奔衝，未得出兵，但堅守城池，放令深入。即計會多著頭項衝突掩殺，不得先出軍馬，只作一陣排布，依然無功。如是被賊，守門出兵不得，卻多寘索梯，從城上夜出奇兵掩擊賊砦，以資勝捷。如違者，當依軍法施行。

又　公言：「關中民苦轉輸，請建鄜州之鄜城縣爲軍，以河中同、華中下户税租就輸之，春夏徙邊兵就食，可省糴價什之三，他所減不與。」詔名其軍曰康定。

又　公知慶州，兼管勾環慶路部署司兵馬。至部，即奏行邊，以詔書犒賞諸羌，閲其人馬，立條約爲信。凡讎已和斷輒私報之及傷人者罰羊百、馬二，已殺者斬，負債争訟聽告官爲理，輒質縛平人者罰羊五十、馬一。賊馬入界，追集不起，隨本族每户罰羊二，質其首領。賊大入，老幼入保，本砦官爲給食。即不入寨，本家罰羊二。全族不至者，質其首領。諸羌受命悦服，自是始爲漢用。

又　慶曆元年三月，任福等既敗，朝議因欲悉罷諸路行營之號，明示招納，使賊驕怠。仍密收兵，深入討擊，詔公體量士氣勇怯，如不至畏懦，即可驅策前去，乘機立功。公言：「任福已下勇於戰鬬，賊退便追，不依韓琦指蹤，因致陷敗，此皆邊上有名之將，尚不能料賊。今之所選往往不及，更令深入，禍未可量。臣非不能督主兵官員，須令討擊，不管疏虞，敗事之後，誅之何濟，惟聖慈念之。其鄜廷路罷行營文字，臣且令所部許懷德收掌，别聽朝旨。臣一面依此聞報夏竦、韓琦商量申奏。如所議未合，乞朝廷取捨。臣方待罪，不敢久冒此職，妨誤大事。」從之，於是行營之號卒不罷，兵亦不復出。

又　和魯公有《觀畫鷹獵兔》詩，云：「雖是丹青物，沈吟亦可傷。君誇鷹眼疾，我憫兔心忙。豈動騷人興，惟憎獵客狂。鮫綃百餘尺，争似製衣裳。」文正公觀之，歎曰：「真仁人之言也！」

又 宣和五年，經略宇文虛中奏：「故參知政事范仲淹知慶州，築大順城，爲一路扞蔽。辟洛苑副使种世衡知環州，至今諸路戰守之備多二人規畫。今慶陽府有仲淹廟，環州有世衡廟，合古者有功於民，以死勤事之法，乞各賜廟額。」詔賜廟爲忠烈，世衡威靖。

柳貫《待制集》卷一九《韓魏公與徐州孫龍圖書跋》 汝南文正公皇祐二年以户部侍郎出知青州，充淄濰等州安撫使。明年壬辰，公年六十四，徙知潁州。夏五月二十日，行至徐州而薨。時孫威敏公守徐，實爲公治喪，且赴告於魏公。魏公方再判鄉部，遣文致奠，并移書威敏，請令幹吏同辦。「惜一老之不憖，歎保障之無人」，情至辭哀，有篤棐時二人之意。先是，公守鄜延，大臣謂公不當與趙元昊通書，請斬公。威敏知諫院，上書爲辨，乃得降知耀州。則威敏之於公，可謂有始有卒之知，而亦豈私厚公哉！此帖今藏范氏，固當附之祭文，與之并傳可也。

葉盛《水東日記》卷三 仲淹蒙竊國恩，皇祐中，來守錢塘，遂過姑蘇，與親族會。追思祖宗既失前譜未獲，復懼後來昭穆不明，乃於族中索所藏誥書、家集考之。自麗水府君而下，四代祖考及今子孫支派盡在。乃創義田，計族人口數而月給之。又理祖第，使復其居，以求依庇。故作《續家譜》而次序之。

俞弁《逸老堂詩話》卷下　范文正公嘗在邊廷，以黄金鑄一箋筒，飾以七寶，每得朝廷詔旨敕命，貯之筒中。後爲一老卒夜間盜去，潛遁於家。公知之勿究。明年，以老放歸。袁文清公桷伯長有詩題文正公像一絶云：「甲兵十萬在胸中，赫赫英名震犬戎。寬恕可成天下事，從他老卒盜金筒。」

胡直《衡廬精舍藏稿》卷三〇　宋仁宗時，有張、吴二士者，負縱横才，不事干謁，而規禮聘。嘗作詩，有「踏破賀蘭掃靖西海」之句。韓、范守邊，咸往視之。異時二士刻詩石上，灑泣過市，二帥竟弗之省。二士無所適，遂亡走西夏，易名張元、吴昊，觸夏主諱，聳其聽聞。夏國收爲謀主，勢日强大，關右震懼，遂不可制。韓公時爲四路招討，駐兵延安。忽夜有人提匕首入卧曰：「某西夏張相公遣取相公頭，不忍加刃，第取金帶去。」蓋宋君臣之用人狹矣。

《西夏書事》卷一四　夏衆甲冑皆冷鍛而成，堅滑光瑩，非勁弩可入。蓋夏州多鐵，州東設鐵冶務，去河東麟、府界黄河西約八十里。先是，部署葛懷敏出保安軍北木場谷，由嵬年嶺襲破夏兵數千人，逐之，直逼夏州而還。於是，知延州范仲淹謀取鐵冶務，以圖夏州。復遣懷敏與麟府都監朱觀，率兵分六道掩襲。觀等入界，破一十餘寨、族帳二十餘處，抵洪州。夏人結寨捍拒，陰令横山蕃部盡據險要，出邀官軍後，懷敏等戰不勝，再宿而退。

又　元昊見延州築青澗城，又聞都監朱吉駐延安寨，防東路；指揮王信、張建侯、黄世寧駐保安軍，扼中路；巡檢劉政駐德靖寨，控西路；指揮張宗武等分屯敷政諸要害，密布兵馬，聲勢日盛。……范仲淹遣兵馬監押馬懷德以所部掩襲，廂主督兵出戰，懷德射殺之。

又　歸塞門寨主高延德於延州請和，安撫副使范仲淹使以書來。

又卷一五　韓周等始入界，迎者皆叩頭稱賀，禮意殊善。又行兩日，即聞山外兵敗狀，意便驕慢。既抵國中，元昊不見，留四十餘日，方令親信野利旺榮爲書。書共二十六紙，語極怨尤不遜。又以札付周等，要求數事，使人同至延州。范仲淹發書，對使焚之，僅存後幅求通好語及周所賫札上之樞密院。

又　宥州界首蕉蒿寨，距大順城不及五十里，范仲淹使供備庫副使范恪破之。

又　范仲淹奏議，環州都監郝緒於安塞堡入夏界折卻使臣、軍官兵士四百五十餘、器械無數。考此事於《實録》《宋史》未見。

又卷一七　元昊以逆雛犯順，忘食肉衣綺之恩，肆猾夏亂華之虐。陷將約和，范雍不能悉其詐；部人僞順，士彬不能察其奸；好水之師，任福不能遏其勢；定川之役，懷敏不能攖其鋒。自韓范行邊，戰守大備，將士始有稟承。……於是蛇豕喪膽，犬羊屏息，議和之使至於境上者一，至於范仲淹者再，至於龐籍者亦再。然猶狡黠多端，誠僞參半也。

王士禎《帶經堂詩話》卷一四　范公泉非一。今益都西南百八十里顔神鎮城東秋谷有范公祠，泉清冷，出祠中，東北流，合城西之籠水，亦名顔孃泉；北流歷淄川、長山、新城爲孝水。鄒平長白山東峰上之書堂、西峰下之醴泉寺，皆有范公泉。蓋文正幼隨其母流寓長山，讀書長白山中，又往來秋谷，故范泉有三，皆其孤貧流寓時讀書之蹟，而青州之范泉，則既貴後宦游之蹟也。世或不知，故詳著之。

吴慶坻《蕉廊脞録》卷七　余門人范鵬叔侗，系出范文正公，嘗攜文正所書《伯夷頌》

長卷來杭州，出覽示。乾隆中，此卷上邀乙覽，首行御題「范仲淹書伯夷頌高義園墨寶」十二字，又御書「聖之清」三大字，朝臣奉命題詩者，尹繼善、莊有恭、于敏中也。文正自署款，曰「皇祐三年十一月戊申高平范仲淹書」。元祐三年范純仁跋，云「先公書此以寄京西轉運使蘇公」，蓋蘇舜欽也。

附録十二　作品本事

懷慶朔堂

吴曾《能改齋漫録》卷一一　范文正公守番陽郡，創慶朔堂。而妓籍中有小鬟妓，尚幼，公頗屬意。既去，而以詩寄魏介曰：「慶朔堂前花自栽，便移官去未曾開。年年長有别離恨，已託春風幹當來。」介因鬻以惠公。今州治有石刻。

徐度《却掃編》卷下　范文正公自京尹謫守鄱陽，作堂於後圃，名曰慶朔。未幾，易守丹陽，有詩曰：「慶朔堂前花自栽，便移官去未曾開。如今憶着成離恨，秖託春風管勾來。」予昔官江東，嘗至其處，龕詩壁間，郡人猶有能道當時事者，云：「春風」，天慶觀道士也，其所居之室曰春風軒，因以自名。公在郡時，與之遊，詩蓋以寄道士云。

俞文豹《吹劍録》　范文正公守饒，喜妓籍一小鬟。既去，以詩寄魏介曰：「慶朔堂前花自栽，便移官去未曾開。年年長有别離恨，已託春風幹當來。」介買送公。王衍曰：「情之所鍾，正在我輩。」以范公而不能免。慧遠曰：「順境如磁石遇針，不覺合爲一處。無情之物尚爾，況我終日在情裏作活計耶！」

釣臺

釋文瑩《湘山野録》卷中　范文正公謫睦州，過嚴陵祠下，會吴俗歲祀，里巫迎神，但歌《滿江紅》，有「桐江好，煙漠漠。波似染，山如削。遶嚴陵灘畔，鷺飛魚躍」之句。公曰：「吾不善音律，撰一絶送神，曰：『漢包六合網英豪，一箇冥鴻惜羽毛。世祖功臣三十六，雲臺争似釣臺高。』」吴俗至今歌之。

董棻《嚴陵集》卷八《題嚴陵先生釣臺》　漢嚴子陵先生釣臺，距桐廬郡城五十里，異時人迹罕至。景祐中，文正范公謫守是郡，始即臺下構堂，以祀先生，親記其事，屬丹陽隱者邵餗篆之，刻石今存於郡廨。又命會稽僧悦躬畫古衣冠，作先生像於堂中。既而過祠下，望唐處士方雄飛之舊隱，周覽裴回，慨想餘風，因復圖其像於堂之東壁。自是往來之人，鮮不登堂致禮者。激貪立懦，非曰小補。

阮閲《詩話總龜·前集》卷一六　《古今詩話》范文正謫睦州，過嚴陵釣臺，作詩曰：「漢包六合網英豪，一箇冥鴻惜羽毛。世祖功臣三十六，雲臺争似釣臺高。」

孫應時《燭湖集》卷九《客星橋記》　富春析而爲桐廬，釣臺屬焉。自文正范公建祠而記之，釣臺之名大顯，崖石草木得以衣被風采，發舒精神，傳繪於天下，其邦人尤以爲榮。

藥石詩

魏泰《東軒筆録·佚文》　（寇準）赴雷州時，道出公安，剪竹插於神祠之前，而祝曰：「準之心若有負朝廷，此竹必不生。若不負國家，此枯竹當再生。」其竹果生。後范仲淹作《藥石詩》，言準無辜被誣。

王闢之《澠水燕談録》卷二　寇萊公秉政，丁謂初爲參知政事，嘗會食中書，羹污萊公鬚，謂爲公拂之，公曰：「君爲參政大臣，而爲宰相拂鬚耶！」謂大愧。及章聖倦政，謂迎合太后，建臨朝之策。萊公言太子德足以任天下事，極言謂奸邪，不可輔幼主。明日，謂黨飛語中公。罷相，貶雷州司户。其後，范文正公作《藥石詩》，言公誣。

寄西湖林處士

吴處厚《青箱雜記》卷六 迨景祐初，逋尚無恙，范文正公亦過其廬，贈逋詩曰：「巢由不願仕，堯舜豈遺人？」又曰：「風俗因君厚，文章到老醇。」其激賞如此。

以綿胭脂寄樂人

姚寬《西溪叢語》卷上 范文正守鄱陽，喜樂籍，未幾召還，作詩寄後政云：「慶朔堂前花自栽，爲移官去未曾開。年年憶著成離恨，只託春風管領來。」到京，以綿胭脂寄其人，題詩云：「江南有美人，别後長相憶。何以慰相思，贈汝好顔色。」至今墨迹在鄱陽士大夫家。

詠蚊

魏泰《臨漢隱居詩話》 下澤污水處多蚊蚋，泰州西溪尤甚。每黄昏，如烟霧晦合，聲如殷雷。無貧富，皆以紗絹、蒲疏、蕉葛爲厨罩，老幼皆不能露坐，至以泥涂牛馬，不爾亦傷害。范希文嘗以大理寺丞監泰州西溪鹽務，爲蚊蚋所苦，有詩曰：「飽去櫻桃重，饑來柳絮輕。但知離此去，不要問前程。」

西溪見牡丹

王闢之《澠水燕談録》卷七　海陵西溪鹽場，初，文靖公嘗官於此，手植牡丹一本，有詩刻石。後范文正公亦嘗臨涖，復題一絶：「陽和不擇地，海角亦逢春。憶得上林色，相看如故人。」後人以二公詩筆，故題詠極多。而花亦爲人貴重，護以朱欄，不忍採折，歲久茂盛，枝覆數丈，每花開數百朵，爲海濱之奇觀。

木蘭堂

龔明之《中吴紀聞》卷一　木蘭堂，多爲太守燕遊之地。范文正公作守時，嘗賦詩云：「堂上列歌鍾，多慚不如古。卻羡木蘭花，曾見《霓裳》舞。」白樂天在蘇，嘗教倡人爲此舞也。

贈葉少卿

龔明之《中吴紀聞》卷二　葉參字少列，嘗守此郡。既謝事，因居焉。其子清臣登禁從，少列猶及見之。范文正公嘗贈之詩，云：「退也天之道，東南事了人。風波抛舊路，花月伴閒身。湖外扁舟遠，門中駟馬新。心從今日泰，家似昔時貧。見子登西掖，攜孫過北鄰。白雲高閣曙，緑水後池春。尊酒呼前輩，爐香叩上真。只應陰德在，八十富精神。」

觀風樓

龔明之《中吴紀聞》卷五　子城之西，舊建樓其上，名「觀風」。范文正公作守時，嘗賦詩云：「高壓郡西城，觀風不浪名。山川千里色，語笑萬家聲。碧寺煙中静，紅橋柳際明。登臨豈劉白，滿目是詩情。」在唐但謂之「西樓」，白樂天有《西樓命宴》詩。後改爲「觀風」，今復名「西樓」矣。

賀梅鼂兒生

張師曾編《宛陵先生年譜》　第四子梅鼂兒生，……范文正公次韻云：「遥望瑞氣縈彩霓，上天誕降騏驎兒。驎兒瑞物離鳳邊，不事蒼鷹乳虎威。聖俞次第五兒育，此兒良擬馬白眉。眉宇秀整頭角聳，容光一脈通天犀。今朝抱洗蘭盆中，英物試啼蚤占知。世家學業有源委，聖俞才學家得之。我朝文盛殊堪喜，才學楊梅動帝里。此兒而家千里駒，當復見奇於天子。」

閱古堂

《名臣言行録·後集》卷一　公與范公同召拜樞密使副。公自請捍邊，至五表不聽。既至，又與范公伸前議，同決策上前，期以兵覆元昊。會夏國送款，公謀不果用。范公每恨齟齬功不就，故作《閱古堂》詩叙其事，傳於世。

依韻和胡使君書事

胡宗楙編《胡正惠公年譜》　是年，以詩寄范公仲淹，范公自泰州依韻和之。按：《范文正公集》有《依韻和胡使君書事詩》，首二句云：「都督再臨横海鎮，集仙遥綴内朝班。」蓋指以户部郎中再爲江淮制置使也。又按《范文正公年譜》，天禧五年，監泰州西溪鎮鹽倉，故頸聯云「清風又振東南美，好夢多親咫尺顔」。公是年以家君八十懇辭，復有制置之行，故末二句云「太平天子尊耆舊，八十王祥未賜閑」。

靈烏賦

葉夢得《石林燕語》卷九　范文正公始以獻《百官圖》譏切吕申公，坐貶饒州。梅聖俞時官旁郡，作《靈烏賦》以寄。所謂「事將兆而獻忠，人反謂爾多凶」，蓋爲范公設也。故公亦作賦報之，有言「知我者謂吉之先，不知我者謂凶之類」。及公秉政，聖俞久困，意公必援己，而漠然無意，所薦乃孫明復、李泰伯。聖俞有違言，遂作《靈烏後賦》以責之，略云：「我昔閔汝之忠，作賦弔汝。今主人誤豐爾食，安爾巢，而爾不復啄叛臣之目，伺賊壘之去，反憎鴻鵠之不親，愛燕雀之來附。」意以其西帥無成功。世頗以聖俞爲隘。

蠹賦

楊萬里《誠齋集》卷一一四《詩話下》　山谷戲筆嘗書范文正公爲舉子時作《蠹賦》，有云：「陶家甕内，淹成碧緑青黄；措大口中，嚼出宫商徵羽。」

饒州謝上表

王闢之《澠水燕談録》卷二　景祐中，范文正公以言事觸宰相，黜守饒州。到任謝表云：「此而爲郡，陳優優布政之方；必也立朝，增蹇蹇匪躬之節。」天下歎公至誠許國，始終不渝，不以進退易其守也。

李覯明堂圖序表

李覯《直講李先生文集》卷首 是年赴范文正公招於杭州，范仲淹公再薦於朝。其章曰：「臣去年録進李覯所業十卷，其《明堂圖序》一卷。今朝廷行此大禮，千載一時。斯人學古之心上契聖作，再録上進，乞加天奬，以勸儒林。」旨授將仕郎、太學助教。誥詞云：「學業優，議論正，有立言之體。且履行修正，誠如薦章。特以一命及爾，其益進於道，勿患朝廷之不知也。」

權三司鹽鐵判官尚書兵部員外郎王君墓表

阮閱《詩話總龜・後集》卷一八 王絲字敦素，越之蕭山人，景祐初爲縣令，會歲歉，絲每家支錢一千以濟之，期以明年夏輸絹一匹。邑人大受其惠，稱爲德政，當路薦之。蓋是時一縑售價不逾其數爾，仕止郎曹典州而已。范文正公爲作墓誌，具載其事。

復姓表

周煇《清波雜志》卷一二　范文正公復元姓，用陶朱、張禄事，世皆傳誦。大中祥符五年，潯陽陶岳作《五代史補》百餘條，……其書梁事，中有鄭準，性諒直，長於箋奏。成汭鎮荆南，辟爲推官。汭嘗殺人亡命，改姓郭氏。既貴，令準草表，乞歸本姓。其略曰：「臣門非冠蓋，家本軍戎。親朋之内，盱睢爲人報怨；昆弟之間，點染無處求生。背故國以狐疑，望鄰封而鼠竄。名非伯越，乘舟難效於陶朱；志切投秦，入境遂稱於張禄。」如此，則前已有此聯，特文正公拈出尤爲切當云。

焚元昊復書奏

司馬光《涑水記聞》卷八　及文正知延州，移書諭趙元昊以利害。元昊復書，語極悖慢。文正具奏其狀，焚其書不以聞。時宋相庠爲參知政事。先是，許公執政，諸公唯諾書紙尾而已，不敢有所預。宋公多與之辯論，許公不悦。一日，二人獨在中書，許公從容言曰：「人臣無外交，希文乃擅與元昊書，得其書又焚去不奏，他人敢爾邪？」宋公以爲許公誠深罪范也。時朝廷命文正分析，文正奏：「臣始聞虜有悔過之意，故以書誘諭之。會任福敗，虜勢益振，故復書悖慢。臣以爲使朝廷見之而不能討，則辱在朝廷。乃對官屬焚之，使若朝廷初不知者，則辱專在臣矣，故不敢以聞也。」奏上，兩府共進呈，宋公遽曰：「范仲淹可斬！」杜祁公時爲樞密副使，曰：「仲淹之志出於忠果，欲爲朝廷招叛虜耳，何可深罪？」争之甚切。宋公謂許公必有言助己，而許公默然，終無一語。上顧問許公：「如何？」許公曰：「杜衍之言是也，止可薄責而已。」乃降一官、知耀州。於是，論者喧然，而宋公不知爲許公所賣也。宋公亦尋出知揚州。

除樞密副使召赴闕陳讓狀

《（民國）安陽縣志・金石録》卷六　公（按：指韓琦。）護邊久，恩信周洽，士賈餘勇，與范文正公志同氣合，一歸於忠義，乃共謀出師，取横山，恢復河南舊地。會元昊乞稱臣，遂未發。仁宗知公勤勞甚久，嘗賜密詔，先諭以初任之意。明年，與范公同召拜樞密副使，五上表乞守邊，不從。既至，與范公復陳取横山之策。……仁宗方勵精庶政，手詔中書曰：「朕用韓琦、范仲淹、富弼，皆中外人望，其言之可行者，宜以時條奏。」又開天章閣賜坐，咨訪當世急務。

舉張伯玉應制科狀

龔明之《中吴紀聞》卷二　張伯玉字公達，嘗爲郡從事，剛介有守，文藝甚高。范文正公深愛之，嘗舉以應制科，舉詞云：「張某天賦才敏，學窮閫奥。善言皇王之治，博達古今之宜。素藴甚充，清節自處。堪充應賢良方正能直言極諫科。」其應詔也，又作《上都行》送之。果中高選。

桐廬郡嚴先生祠堂記

董棻《嚴陵集》卷九《重建嚴先生祠堂記》　先生没千有餘歲，迨我本朝，文正范公求典是邦，始即其遊釣地設像建祠，爲文以表大之。

與邵餗先生

劉宰《京口耆舊傳》卷三《邵餗傳》　（范仲淹）後謫守睦州，作《嚴子陵祠堂記》，致書於餗求篆，有云：「謹奉短書於先生邵公足下：今春與張侍御過丹陽，約詣先生，維舟水邊，聞先生歸山，所謂其室則邇，其人甚遠。惘然愧薄宦之不高。暨抵桐廬，郡有嚴陵釣臺，思其人，詠其風，能使貪夫廉，懦夫立，有大功於名教。築堂而祠之，又爲之記。念非託之以奇則不足傳後。今先生篆高出四海，或能枉神筆於片石，則嚴子之風，復千百年未泯。」

與李泰伯

李覯《直講李先生文集》卷首 魏峙編《直講李先生年譜》（李覯）是年往鄱陽見范仲淹文正公，其書云：「年二十九，嘗遊京邑，彷徨而歸，又黜鄉舉。」其後范公與先生書云：「在鄱陽勞惠訪，尋以改郡，不敢奉邀。」則知先生是年鄉舉不利而往鄱陽訪范公也。

與呂文靖書

周密《癸辛雜識·别集》上 范文正始與呂文靖不合而去。文靖晚以西事復召用之，文正遺呂書，以郭、李爲喻，共濟國事，視古廉、藺、寇、賈，真無慊矣，而忠宣乃謂無之。呂太史所輯《文鑑》特載此書，而《文正集》中無之，蓋忠宣所删也。父子之間，可謂兩盡。

宋故衛尉少卿分司西京胡公神道碑銘

胡宗楙編《胡正惠公年譜》 按：范仲淹作《胡令儀神道碑》云：令儀爲借民飛輓以實邊郡，人或媒孽其不便。朝廷惑之，徙守吴中。既而代者復行前議，令儀得辯，改知鳳翔府。然則公之心迹可昭雪矣。范公仲淹通判陳州，公以國士遇之。《范文正公年譜》云：天聖九年，移通判陳州。《墓誌》云：嘗倅宛邱郡，會公爲二千石，以國士見遇。明道元年壬申，七十歲。八月，授工部侍郎、集賢院學士。

胡公夫人陳氏墓誌銘

胡宗楙編《胡正惠公年譜》 范仲淹范文正公撰《夫人陳氏墓誌銘》稱「以三年二月十一日與公合葬」云云，此「三年」殆指寶元之第三年，亦即康定元年。是年，公長子楷得浙東簽書寺丞俞君所撰行狀，請誌於范文正公。文正公於合葬之前同時撰成兩墓誌銘，此皆有歲月可稽者也。《范文正公集·祭胡侍郎文》云：「維寶元二年六月日，具位某，謹致祭於故侍郎安定公之靈。惟公出處三朝，始終一德。或雍容於近侍，或偃息於外邦。

動惟至誠，言有名理。卓茂以禮樂率下，黄憲以度量過人。靡尚威刑，積有陰德。安車以謝，正寢而終。老成云亡，薦紳興慕。某辱知深厚，聞訃驚哀。官守所縻，不皇躬事。嗚呼悲哉，伏惟尚饗！」

附録十三　遺蹟彙録

百花洲附黄庭堅《百花洲詩》、夏均《次韻百花洲詩》

在南陽。公集有《答憶王源叔百花洲》詩。洲上有文正祠。黄山谷先生嘗游百花洲，謁文正公祠，有詩。

黄庭堅《游百花洲盤礴文正祠下以生存華屋處零落歸山丘爲韻賦十詩》：

憶昔昭陵日，傾心用老成。功歸仁祖廟，政得一書生。
羊生但著鞭，勿哭西州民。故有不亡者，南山相與存。
慶州自不惡，籍甚載聲華。忠義可無憾，公今有世家。
公歸未百年，（鶴）〔鸛〕巢荒古屋。我吟殄瘁詩，悲風韻喬木。
傷心祠下亭，在時公燕處。臨水不相猜，江鷗會人語。
公有一杯酒，與人同醉醒。遺民能記憶，欲語涕飄零。
委徑問謡俗，高丘省佃作。昔遊非苟然，今花幾開落。
在昔實方枘，成功見圓機。九原尚友心，白首要同歸。

人去洲渚在，春回花草班。清談值淵對，發興如江山。
落日啣城壁，祠東更一游。悲來惜酒少，安得董糟丘。

夏均《次韻》：

神文秉周禮，廟樂奏九成。當時夔一足，不待魯諸生。
嘖嘖雀噪屋，愔愔蛛網門。我來九頓首，生氣凛如存。
堂堂古遺直，心嚴貌無華。人見不嫵媚，何以娱大家。
樸樕復樸樕，何以棟我屋。風雨莫輕摇，南山無老木。
有酒當自酹，有室莫共處。古今一丘貉，何能坐飛語。
夢回四賢篇，長風吹人醒。嗟哉有我見，淚與秋露零。
百代無幾人，九原何可作。不必温御史，解令君膽落。
寶元乃多故，公時總戎機。胸中百萬兵，要取横山歸。
公歸今幾時，遺懿何班班。公議要難没，言波可懷山。
我心不可規，滔滔誰與游。向來秉大雅，心復成一丘。（康熙本《范文正公文集》附録《遺蹟》。）

東溪書院

在澧州。初，公幼時，侍其父朱文翰宰安鄉縣，讀書此地，後爲文正公讀書堂。寶慶丙戌，知州董與幾建東溪書院。（同上。）

讀書臺附劉子澄等《范文正公書臺》詩

在縣治鶴港之北，宋范文正公讀書之所，祠即遺迹也。其地清曠彝爽，春無蛙聲，夏無蚊蟲，真名賢奇績，故宋張燁詩中有云「山翁只作當年看，誤記江聲作誦聲」。（《（康熙）安鄉縣志》卷二。）

劉子澄《范文正公書臺》：安鄉楚下邑，公偶混跡居。編茅閱古今，清澄岑澧瀦。波濤入胸中，萬甲時卷舒。坐吞八九澤，去作宋真儒。西師出緒餘，膽已寒氈廬。軍中但歌范，誰識舊陶朱。大賢方窮時，隱憂在江湖。功成等糠粕，况復堂上書。我來拜遺像，悲風咽黄蘆。公今倘無恙，此地正堪娱。（同上，卷一二。）

陳鳳梧《次韻》：艤棹江邊拜草堂，蒲庭夏日□蒼凉。遺容尚識衣冠大，小沼時聞翰墨香。一代藏修真得地，百年山水共争光。先憂後樂明公志，仰止平生未可忘。（同上。）

韓士英《次韻》：渡江恭拜讀書堂，細雨斜風作意凉。侵路儘教春草合，臨池猶覺墨花香。名於此地江山重，文豈當時日月光。爲問近年衿佩子，肯入遺躅可能忘。（同上。）

戴書《范文正公書臺》：先生會記岳陽樓，猶有書堂寄此陬。萬古斗山瞻後學，一言金石是先憂。藏修硃墨姑鉛槧，康濟經綸已富歐。祠祭有田來自古，芳名元不在封侯。（同上。）

伍廉《范文正公書臺》：舊作書臺今祭堂，亂蟬疏□晚風凉。草抽書帶皆生意，墨染池荷有異香。荻蓼晴川成野趣，斗牛午夜貫文光。當時相對誰能並，青史芳名久不忘。（同上。）

劉瑞葵《范文正公書臺》：讀書臺近水東村，文正髫年此惜分。指爪偶留遺往事，音塵殊絶仰前聞。虀盤喫盡儒酸苦，梅鼎調成相業殷。殘卻一篝燈火在，至今猶似照香芸。（同上。）

夏時可《范文正公書臺》：溪北乘閒一往遊，范公臺上景悠悠。殘碑剥落蒼苔滿，遺跡荒凉緑樹稠。載酒攜琴慙小子，斷虀畫粥仰前修。臨風惆悵情何已，紅蓼白蘋天地秋。（同上。）

汪集《范文正公書臺》：書臺遺像仰威容，力學修身記舊踪。地郤蛟蛙彰苦節，沼分硃墨見深功。連篇籌策能扶宋，數萬胸兵竟服戎。窮養達施留相業，令人終古吊英風。

（同上。）

顔誥《范文正公書臺》：奎璧文明世，如公有幾人。自堅希聖志，不費斷機神。時公隨母宦此。阻嚼虀鹽淡，哦吟幽草深。要知名重日，養正在斯亭。（同上。）

陸堊《范文正公書臺》：瀟灑書臺倚碧流，范公年少偶藏修。斫硃洗墨香生沼，炊粥烹虀月上鈎。燈火三更窮正學，甲兵數萬邁奇謀。養成相業垂今古，崇祀應知報遠猷。（同上。）

宋汝明《范文正公書臺》：讀書文正讀書堂，夜雨孤窗送埜凉。六百餘年留勝跡，二三末學襲遺香。草惇瘞骨殊堪討，坡老閒行許藏光。憂亦公憂樂亦樂，肯教此志物交忘。（同上。）

夏毓琦《范文正公讀書臺》：去卻官齋别築居，荒雲野樹幾删除。身於暇日憂方大，志以依人介有餘。蛾撲秋燈搜丙穴，鷄譚玄石出雷書。遥看黛色空江上，疑是先生潑墨初。（同上。）

劉延誥《文正讀書臺》：前朝元老至，□地□年遊。後樂非身計，先憂是國謀。東吴□□□，西夏有歌謳。洗墨池塘在，文光映斗牛。（同上。）

胡溶《讀書臺》：觀瀾渡口暫維舟，小憩書臺豁遠眸。汀艸茫茫春雨外，沙鷗泛泛曉江頭。斷虀畫粥心應苦，後樂先憂志已酬。卻笑當年趙中令，祗將半部爲身謀。（同上。）

王在晉《范文正公讀書臺》：澤國孤城介水涯，荒臺寥落映漣漪。庭前尚有繙經處，門外猶存洗墨池。書屋數楹傳往事，岳陽三絶失殘碑。瀟湘風雨依然舊，廊廟江湖動所思。（同上。）

但調元《書臺》：高蹤一去白雲修，勝地猶餘我輩遊。人自雉壇推七子，句裁鴻□遍千秋。晴江澄徹紅霞映，定浪空摇草樹浮。暇事仁賢饒載酒，憑虛徒倚慰先憂。（同上。）

王之佐《范文正公書臺》：地以人爲重，心先天下憂。棲棲誰曰陋，隱隱覺難侔。月照臺還古，奐吞墨尚留。不逢千日醉，徒見是松楸。（同上。）

鄭師濂《文正書臺》：一艇穿蘆入，荒臺立水西。碣殘蹲贔屭，苔老化葑荑。想見人憂樂，無端鳥笑啼。只今烟雨外，春色正凄凄。（同上。）

金汝皋《安鄉八景·書臺夜雨》：瀟瀟雨泣灑虛窗，漏下三更五夜長。桃桂溅香生席几，墨硃研水注池塘。膏焚暗火低留月，水沸新蛙亂奏簧。髦譽著名稱老范，高臺古蹟舊江鄉。（同上。）

王之佐《安鄉八景·書臺夜雨》：平原細雨楚江秋，遥落書臺夜未休。點滴烟雲疑翰墨，凄清廟貌冷松楸。傳來齏粥當年志，卻爲蒼黎此日憂。回首荒逕芳草溼，瑶天障盡使人愁。(同上。)

鄭師濂《安鄉八景·書臺夜雨》：岧嶢□見一空臺，祠火終宵翳緑苔。已有文章開涑洛，應知經略記□萊。雙池浪□□鯨影，何處雨隨鴝鴿來。仰止正□尋碣過，黄花欲薦露中杯。(同上。)

毛伯温《范文正書臺》：書院臨江起，文明自昔聞。窗舍蘭渚月，簾動墨池雲。古木嶷秋色，寒鴉下夕群。岳陽樓在眼，千載洞庭□。(同上。)

硃池墨沼

在書臺前兩翼，文正公所硯之地。父老云：弘治間，硃墨尚顯然，今皆濕。(同上。)

范文正公祠堂

讀書臺在縣治北一里許鶴港之北。宋范文正公從朱氏宰斯邑，愛其清曠，讀書此地，卒參大政，爲世偉人，士民尊慕，即其讀書遺址築堂祀之。慶元丙辰，蘭溪范公以御史持節巡行郡邑，道經祠下，屬知縣劉愚建祠繪像，置祭田十畝，以供祀事。元知縣塔不□得於朝，劉珍仲璧奉祀之。至正末，倪文俊毁之。成化乙未年，岳守吴公節行縣，重建祠宇，後增祭田十畝，以春秋二仲□後四日致祭。後增置祭田七十餘畝，其田距興國觀之前，歷時既久，爲觀之道士所侵。正德丙子，御史中丞奏判歸之祠。有司著爲令，歲聽佃徒耕，獲供祀事，仍籍其羨餘貯之廪，以充修祠費。明崇禎末，居民蕩竄，田没於榛蕪，祠費久缺。本朝辛亥，良□捐俸重建，今復圮，王侯之佐度工修葺。康熙甲寅，遭逆兵毁折。癸亥，王侯基鞏念祭拜無□，捐俸重建，規模較前更爲壯麗。（同上，卷四《范文正公祠堂》。）

西溪書院

在泰州海陵縣西溪鎮。初，公監西溪鹽倉，築捍海隄二百餘里，人懷其惠，既爲立廟。邑士姜國英復請於官，中書送禮部議：舊有祠堂，委係前賢，合設書院，宜從所請。（康熙本《范文正公遺蹟》。）

忠烈廟

在慶州。宣和中，宇文虚中爲慶帥建，與种世衡同祀。公廟號忠烈，世衡廟號威靖。（同上。）

景范樓

在鄧州古牙城。公嘗知鄧州，邦人思之，建景范樓。（同上。）

思范亭附孫覺《廣德司理詩》

在廣德司理廳。詳見孫莘老詩及汪浮溪、樓鑰祠堂記。

孫覺《廣德司理詩》：維持狴犴下，枉直情必通。太守異趣舍，挺然不曲從。有事争論之，粉屏記其終。官小俸禄薄，家居率窮空。賣馬以自給，徒步氣彌充。（同上。）

清風橋

在潤州。公知潤州時所建。（同上。）

范公柏

在鄱陽郡學，凡十八株。俗傳公遺言：「柏及地則吾再出。」今柏枝去地不及二尺。（同上。）

嚴子陵祠堂

公知睦州日建，以祠子陵。今爲釣臺書院，内有祠堂。（同上。）

讀山附吴潛《文正范公祠》詩二首及丁黼記

在池州青陽縣東十五里長山，公幼讀書之地，人名之曰讀山，後建文正祠堂。池人以公隨所養父淄州長史朱文翰之長白山，非讀書於長白山。所謂長山者乃在此，而非淄州之長山也。紹定二年，池州郡守丁黼記之，有辨甚詳，亦未暇考。

吴潛《文正范公祠》詩二首：

仁誼功忠一片心，兵間招弄更精神。當時老上龍庭種，豈信江南有此人。

長山溪畔蓼莪青，想見當年念母情。顧我遠游營底事，抬頭重感老先生。長山，青陽縣東二十里，文正范仲淹幼鞠於朱氏，讀書其地。紹定二年，縣令丁木立祠，朝請大夫丁黼記。（同上。）

吴縣文正書院

先文正公書院在吴縣治東北郡廟之後北元三圖靈芝坊，宋咸淳中，郡守潛説友奏建，其西即文正公故宅也。東、西有坊，扁曰「文正義澤」，徐武功書。又東爲兄弟進士坊，扁曰「兩浙文宗」。又西爲父子進士坊，扁曰「六詔文宗」。康熙壬子，瀋陽文肅相國中子忠貞公承謨捐俸脩建。乙亥，大司馬公承勳復葺而新之。按本祠木龍亥脈，子癸入首。第一進大門，壬山丙向，兼子午三分。第二進儀門。第三進文正公祠。第四進三太師祠。東爲先憂閣，閣之南忠宣祠，又其南文肅祠，東南隅則土地祠也。西爲歲寒堂，堂前建御書亭，堂之西後樂樓，樓之南少參公祠也，西南隅爲諸賢祠云。書院臨河，河之南即郡廟後宫，特築周垣以爲屏蔽。門前有四柱坊，明御史洛陽温公如璋所立，今重建，大司馬書「世濟忠直」、「先天下之憂而憂，後天下之樂而樂」以顔其上。書院之地，南横五十六步，其沿河牌坊廊屋基地週共一百六十二步；東至祭祀巷，縱長七十七步；西至火衖出路石馬兒街，又名丘武公巷，縱長九十四步；北至蒲林巷，横六十三步。週共三百一十七步有奇。忠宣房世孫、奉祀生安崧繪圖并識。（同上。）

平江府文正公祠

宋咸淳間，太守潛説友建，撥官田以供祠事。既成，以聞於省，依所請。其東爲范文正公坊；其西則文正公故宅，喬木森蔚，巋然故家；其南則爲范家園，有石刻，太守李大異書。國朝至元初，平江路學官銜中皆帶「提督范祠」。祠設教諭，至今每歲春秋二丁，郡官致祭，臺省諸司官因事按吴者皆與祭。凡達官顯人過吴，必拜謁祠下，其題名具在。（同上。）

吴郡學

本文正公南園也，公以南園爲郡學。後公子純禮持節按吴，復加增廣，至今郡學爲浙中之最。學有文正公祠，以范氏子孫一人爲主祠。（同上。）

天平山

在吴縣西，去吴郡城二十七里。其山峰巒峭拔，石皆卓立，與他山絶異。其山上有龍門、頭陀岩、五丈石、蟾蜍石、龍頭石、穿山洞、卓筆峰、飛來峰、半山亭、小石屋、大石屋、烏龜石、釣魚石、卧龍石、照湖鏡等石。（同上。）

白雲泉

在天平半山間，泉色如乳，四時不竭，以烹茗甚佳。泉側有石，刻白樂天詩，文正公及蘇子美俱有詩。泉之上今爲白雲亭，喬木環合，高據重崖，俯見平野，數十里間，如指諸掌。横山諸峰，羅列面拱，誠佳致也。（同上。）

白雲寺附周必大《乾道丁亥汎舟游山録》、柯九思《游天平山記》

在天平山下，右石刻刺史白居易詩。慶曆四年，文正公奏本家松楸在此，實藉此寺照管，請賜額爲白雲寺，蓋以白雲泉而名也。寺有無量壽佛閣，住山僧遠禪師嘗與忠宣公登其上講經。

周必大《乾道丁亥汎舟游山録》 五月丁亥早，范至能、顔休文相别於閶門外，唐致遠聯舟遶城，望姑蘇館而過，八里至横塘，又數里至黄山，又數里過木瀆，遂至靈巖院。至能走价送薰香、松黄新茶，其簡云：來日登天平頂，攀援至遠公亭及諸石屏處白雲泉，泉在水品，其色凝白，蓋乳泉也。張又新以虎丘石井、松江在第三、第六，而下此泉，未知如何，試一别之。向壽老欲作亭泉上，及别築遠公亭。寺右上山，路傍有石龜，極形似，向亦有名，近無知者。忠烈廟，具有文正以下畫像挂壁，謁之。丙辰早，升小車過天平下，嶺甚峻。約數里，至白雲寺，《圖經》云：唐寶曆二年置，在縣西南二十五里，本遠録公道場，今爲范文正公功德院，文正父祖葬山下。寺有白樂天、蘇子美、王君玉、蔣希魯詩刻。欲同致遠登山，而腳力頓疲，難之。然思致能簡中語，恐遺恨它年，遂奮衣右轉而上，酌白雲泉，甚白而甘。躡石磴，至卓筆峰，峰高數丈，截然立雙石之上，附著甚觓觬，疑其將墮。餘如屏如矗，或插或倚，備極奇怪。行十六七，石愈衆，而力愈憊。迺循左徑，訪石屋，三面壁立，覆以二大石，少休其中。下至小石屋，一石覆之。又下至飛來峰，高二丈，上鋭下侈，微附磐石，前臨崖谷，茲其異也。又東下遠公庵，一名望湖臺，正直寺後。又下至五丈石，亦閣石上。次至頭陀巖，有蓋斜蔽之。次至龜石，脊勢隱起，名不虚得。此山大抵皆石也，瑰形詭狀，可喜可愕。今日適疲倦，又當暑，不能窮其顛，然郡人能至予之所至者寡矣，况游客乎！歸寺，欲拜文正及四子畫像，坐待魚鑰，移時乃至。明日，蓋文正忌辰也。（同上。）

柯九思《游天平山記》　中吴之西山，天平山爲之長，實爲吴鎮，原隰環之，江河絡之。其上多怪石，如澌冰，如瑚木，或立或僵，或如介夫，或如奔馬，不可名狀。其木多松檜。有泉出焉，曰白雲之泉，瀉於蒼崖，激於巨石，注於絶澗，其聲如鳴玉，其味甘洌。是山也，范魏公之祠在焉，其祀用中牢。魏公吴人，有施於鄉黨，德義至厚，既死而不殁。故鉅公名卿、高人韻士經由是邦，莫不肅拜祠下，顧瞻遺像而仰其休風。夫玉藴石而山輝，珠藏淵而川媚，况德義所加，丘陵林麓有不增其高而發其耀者乎！故茲山之勝，抑其亦以其人也。至元再元之歲冬十有二月，江浙行省參政孛木魯公徵拜翰林侍講學士，於是郡守濟南張公亦拜吏部尚書，趨朝有日，適相遇也，班荆語舊，偕游是山。謁魏公之像，臨白雲之泉，翰林各賦詩七言四韻，九思等屬而和之。新除教授紹興路儒學范文英静翁，魏公八世孫也，主奉祠事，奉觴爲壽而請曰：「翰林擅詞宗於當代，尚書被遺愛於中吴，雅道允叶，嘉會難逢，不載以文，何以示後，請爲之記，將刻諸祠。」翰林以命九思，固辭不獲，因道先生遺德、山林勝槩，而附以兹游之歲月焉。翰林名翀，字子翬。尚書名某，字淵仲。同游者平江路總管府判官楊時舉思明、推官王大有廷秀、經歷王諫仲正、知事伯都彦實、儒學教授蔣伯昇進之、玄明通道虚一先生趙嗣祺、住持白雲寺沙門浄標，爲文者奎章閣學士院參書、文林郎柯九思。（同上。）

義學

去天平山一里餘，外有孔子廟，内有文正公祠，左右設敬身、知本二齋，中爲清白堂，詳見陵陽牟先生《義學記》。（同上。）

太師墳

文正公祖父唐國公、周國公所葬在天平山之下，其穴主天平正峰，以秦臺山爲外門，以横山爲遠按，環抱拱挹，形勢甚奇。按王氏《語録》：徐忠翊嘗遇一好山水，心期爲公相之地，意謂我方以術求售於時，待其克應於幾十年之後，孰若待應於不數年之間，則人信向，我方身享其利，故必擇人與之，不肯輕畀。且如公相之材，非里巷所有，必於輦轂之下，四方賢英畢集之地求之。寓京師七年，始遇范文正公，以品官詣禮部，徐識大貴也，欣然以地圖授之。范謝徐以相見之晚，適先柩已瑩四年矣。慕徐名術，發圖視之，則形勢向背，全類其所葬之地，其地名又合。范遣价約徐同往觀之，其穴法之高下身背，皆與術契。惟窨堂太深，猶是俗術規爲。即斷曰：「公相當自此生，已生者去公相一間耳。」歸而與范曰：「足下優游致身於參樞之地歟！」然范嘗吟中秋月詩曰：「已知千里共，猶訝一分虧。」事皆默契。後范子果拜相，即堯夫也。（同上。）

太師墳

公曾祖徐國公所葬，在天平山之南，正與靈巖山相對。（同上。）

秦臺山

在天平山之右，大石巉崒，上刻「秦臺」二字，俗傳秦始皇游會稽嘗到此。（同上。）

無外居士墳

在白雲寺前，居士亦文正諸孫，即作《元夕寶鼎現》詞者。（同上。）

范文穆公石湖先生墓

在天平山之西南。有覺嚴寺，爲奉祠之所。文穆公居石湖，而葬於此，意欲自附於天平之范者歟。（同上。）

吴縣忠烈廟

在白雲寺之右。宋南渡，慶州隔絶，置忠烈廟於此。至今每歲郡官致祭，凡名公鉅卿之來吴者，多詣天平謁拜廟下。（同上。）

卧雲書院

在天平山南三里，有怪松盤於地，偃蹇數畝，極爲奇古，俗名眠松。旁有石刻「盤松」二大字篆文，字畫甚古。上有卧雲書院，范氏建，内有文正公及狄武襄公遺像。（同上。）

醴泉寺

在長白山麓。文正公未第時，讀書此山。大德癸卯，寺僧德榮始塑公像寺中。中庵劉敏中有詩，遺德榮刻諸石。（同上。）

懷范樓附楊用道《懷范樓》詩

在城東南，南望群山如畫。至元癸巳春，縣尹濟南安承務重建，刻其詩及移名人詩石於其上。

楊用道《懷范樓》：初載希文此屈盤，天衢一旦遂高摶。古人直許到夔契，當世猶能並富韓。事與陶朱均日焕，名彰長白倚天寒。何但東坡爲流涕，遺編我讀亦汍蘭。

故甯海軍刺史楊中奉才學與蘇、黄不相上下，近於李舜臣家得公墨跡，慮其湮没，命工勒石，以傳永久。泰和乙丑春休日，宣武將軍、行主簿、都騎尉王國器立石。（同上。）

黌堂嶺

在博仙山之南，以公嘗讀書於其上，故名。其嶺有上書堂。（同上。）

下書堂

在黌堂嶺南十里許。按劉仲元記云：「傍鄒邑山也，黌堂處其東，長白峙其南，聖王諸山連峰委會於其西。聖王之南，有山曰會仙。其峰壁立特起，蒼翠可愛。其中有堂故基，曰書堂，世傳以爲文正范公之别墅也。」又按魯昌祖《創修祠堂記》：「黌堂嶺徑北十里許，會仙峰之巖，公之下書堂遺龕在焉，工部侍郎賈侯之莊在茲山之下，仰公之德意，欲創起祠堂於山之麓，先出楮幣三十七貫文以助工役之需。監縣房侯唐卿未登仕版時，慕公之爲人。常有慷慨感歎之心。斯任之來，斯事正符宿昔之願，勇於爲義，黽勉從事，無時或怠。鳩工貿材，經營之際，縣尹石侯、縣丞成侯、主簿丘侯、典史王國昌同心和助之。或曰：『山麓荒蕪，祠堂雖就，恐爲野火焚毁，樵牧戲踐，祠成乏香火之供，反爲不敬，何以勸善。盍若少北三里許，醴泉寺之巽隅，高平爽塏，興蓋若何？』侯曰：『善。』仍以都目趙鑑、弟趙銓、孫克敬督其役，興工於大德庚子秋七月，至大德辛丑夏四月落成，堂宇壯麗，儀形儼然。」（同上。）

范公泉

在青州洋溪。皇祐中，文正公帥青社，有德於民，而州之乾方洋溪醴泉出焉，後人目之曰范公泉。詳見任城王□所撰記。（同上。）

皇祐中，范文正公鎮青，龍興僧舍西南洋溪中有醴泉涌出。公構一亭泉上，刻石記之。其後青人思公之德，目之曰「范公泉」。環泉古木蒙密，塵迹不到，去市廛才數百步，而如在深山中。自是，幽人逋客，往往賦詩鳴琴，烹茶其上。日光玲瓏，珍禽上下，真物外之遊，似非人間世也。歐陽文忠公、劉翰林貢父及諸名公多賦詩刻石，而文忠公及張禹功、蘇唐卿篆石榜之亭中，最爲營丘佳處。（《澠水燕談録》卷八。）

范公泉非一。今益都西南百八十里顔神鎮城東秋谷有范公祠，泉清泠，出祠中，東北流，合城西之籠水，亦名顔孃泉；北流歷淄川、長山、新城爲孝水。鄒平長白山東峰上之書堂、西峰下之醴泉寺，皆有范公泉。蓋文正幼隨其母流寓長山，讀書長白山中，又往來秋谷，故范泉有三，皆其孤貧流寓時讀書之蹟，而青州之范泉則既貴後宦游之蹟也。世或不知，故詳著之。（《帶經堂詩話》卷一四。）

文正公祠堂附陳祐《長山書事》、張養浩《謁文正公祠堂》詩

在長山縣。治平三年，知縣韓澤建，撰記。

陳祐《長山書事》：孫弘多詐涴齊人，玉石由來各自分。汲黯有靈吾可問，此山曾見范希文。元至元七年秋七月二十有四日，汶水節齋陳祐按部過此，故題。進義副尉、長山縣主簿崔仲元立石。

張養浩《謁文正公祠堂》詩：長白何岧嶢，下有讀書室。人云小范老，於此度辰夕。蕭蕭翳荆榛，落落臨泉石。拳拳往拜瞻，赫赫如相及。維宋慶曆間，多士麟鳳集。孰爲天下憂，一疏丹心白。中朝元有人，西夏諒難國。力言師出凶，深慮手滑失。炳幾先見明，韓富有慙德。奈何時相陋，欲碎和氏璧。向非仁廟知，千載血應碧。至今忠義氣，高壓萬仞壁。所以行業隆，要自清苦積。功臣何代無，名爲富貴役。視公平昔懷，霄壤邈相隔。但能一善兼，亦足百歲塞。遺容揭日星，未覺闗塞黑。長歌景行詩，風林撼秋色。右延祐四年三月廿又七日，翰林學士、資善大夫、知制誥、同修國史張養浩偕龐提領拜謁祠下。

（康熙本《范文正公遺蹟》。）

在洛陽。文正公、忠宣公墓在其地。是寺爲奉祠之所，内有仁宗所篆《褒賢碑》。吴中子孫亦常遣人至洛陽致祭，其寺僧亦常來吴。（同上。）

褒賢寺附蔡如《褒賢顯忠禪院重修法堂記》

蔡如《褒賢顯忠禪院重修法堂記》：昔佛成道，坐於菩提樹下，化力風行峰象頭山，入王舍大城，瓶沙王御於郊野，因以迦蘭陀竹園爲佛寶舍，伽藍之興自此始也。漢明帝夢金人，項佩日光，飛於殿庭，乃遣蔡愔、秦景使大月氏，與攝摩騰、竺蘭遇焉。二沙門入於洛，獻釋迦圖像并諸經，於是肇有寺於洛城，佛法入中國自此始也。由漢至唐，由唐至宋，悉加崇奉。故此禪院創自李唐，初名法會。宋元祐間，范文正相公得請於朝，改號「褒賢顯忠」。經靖康亂，法堂火災，有慧照大師福涣來住斯刹，四方敬信，徒衆歸依。時河南初定，人煙稀少，師乃振錫渡大河，登太行，抵金臺，勸化鄉黨仁彦智夫，得金以歸。命工伐木造瓦，重建法堂一所，水磨兩盤，修葺弊漏，焕然鼎新。招來客所，廣闢田疇，倉廩實矣，齋粥衍矣。梵香芬藹，法喜禪悦。嗚呼！無慈悲之德者昧於苦樂，不能興是事；無喜捨之心者著於慳貪，不能結此緣；無穎悟之識者樂於小法，不能成此大。惟師修行四無量法，惟師參悟佛光真諦，是以名達天庭，禮納使相，住持向太后功德寺，大觀、宣和間聲名籍甚。今行年八十有七，而能辨此一大事因緣，可以見其平昔之志。丁卯仲冬，師來訪知足居士曰：「本院修造於皇統乙丑，至丙寅仲夏畢功，未有爲我記者。敢請居士爲記其事，以示後人。」居士唯然，願樂書之。皇統七年十一月十三日記。住持傳法慧照大師福渙立，裴下刊。（同上。）

蓮花堡

在鎮戎軍西南，與德勝堡相連。又定川砦，諸葛亮城皆在鎮戎界，嘗有蕃賊至此，公遣張建侯往救應。（同上。）

長武寨

平凉府涇州東七十里。西賊寇邊，公與都監張肇部領軍馬離邠州取長武路，往涇州策應。後又聞賊分軍回奔保安軍上面，公又差巡檢宋良、蕃部巡檢趙明部領蕃漢軍馬往長武把隘。（同上。）

萬安鎮

去保安軍八十里。初，延州有一將軍馬在保安軍駐劄，費用糧草供應不辦，公乞將保安軍所駐軍馬抽退，於萬安鎮就食糧草，卻將萬安鎮一將軍馬抽退延州，亦只八十里。（同上。）

馬鋪寨

通近後橋、白豹寨，每有賊馬出來。公修此砦，時兵馬不多，只是據河西山坡，特重下砦，不與追逐。其砦城十日内泥築并泥飾了當。（同上。）

木波寨

在環州，正當賊來大川路，惟賴諸寨蕃部熟户同共防託。公恐熟户二心，未可倚仗，遂保舉种世衡知環州，以牢籠蕃部。（同上。）

定邊砦

在環州。公嘗令劉貽孫至此相度胡蘆泉一帶立砦，接連鎮戎軍去處。明珠、滅臧二族在環州之西，鎮戎之東。二族之北有胡蘆泉，公併兵於其地，修起城砦，招撫二族。（同上。）

華池鳳川平戎三寨

皆在慶州東。平戎去延州德静砦七十里。華池去德静一百一十里，鳳川去德静一百二十里。公指揮慶州并諸寨並權住入中白米，卻告示客旅並令於東路延州接界平戎鎮添價入中白米。（同上。）

美泥虐泥大拔城砦

慶州路有美泥、虐泥、大拔城等處小砦，公只差兵士百十人防託。如賊馬大段入寇，便令歸側近大城寨内一處防守，所貴不致枉陷軍民，人心稍安。（同上。）

薄家莊

在岢嵐軍、火山軍之間。公以火山軍城中無水，兼地窄狹難守，奏乞於中路薄家莊擇地共修城砦。（同上。）

東關城

在岢嵐軍水砦外。公以岢嵐城小，將東關城築作大城，檢計到土工五十二萬七千九百四十五工。（同上。）

神堂堡銀城寨

在麟州南五十里。公令經略司相度興修，令人户耕種住坐，續修神樹寨并堡子。府州於鞋斜谷、端正平等要害處置大寨兩座，又置堡子三座。（同上。）

篳篥城

在秦州。田況嘗請修築，公奏乞依田況所奏早賜指揮。佛空平，明珠等族所居，公嘗令蔣偕燒蕩其地族帳。（同上。）

金明城

在延州。公奏議：近重修金明城，且託得北面。又東北廢卻承平、南安、長甯、白草等寨後，東西四百里更無籓籬可以禦寇，候金明城了，方修寬州，以禦東北。（同上。）

鳳川寨

在慶州東。城被山坡，直下臨注。或有西賊圍閉，矢石入城，捍禦不下。公牒李丕諒、宋良同往鳳川相度，得本寨東烽火臺山上四面牢固，及山腳下有好水泉可以置砦，令弓箭手、兵士等寅夜興工，山上只築女牆，四面削崖。近下低處築城，圍入水泉。續又牒本州通判范祥相度，令新修砦城，分擘街巷，修蓋軍營、草場、廨署，及城上皆安置敵樓。（同上。）

唐龍鎮

與契丹對岸，在府州之北，豐州之東。其東南火山軍對岸，公奏乞招誘唐龍鎮七族人口。(同上。)

故寬州

在延州東北三程。公言:「昨廢卻承平、塞門等砦,惟此一處最爲控扼蕃賊,牒監修官相度,一併下手修築。」後又奏乞以寬州城爲青澗城。(同上。)

鄜城縣

在鄜州。南至同州、河中府各四程,北至鄜州兩程,至延州五程。公乞朝廷建鄜城縣爲軍,以康定爲名,管鄜城縣,并於同州割一縣爲之屬。建倉敖、營房,所有同、華、河、府苗税於此送納。後公又令知鄜州李丕諒相度。丕諒差劉襲禮將帶匠人往鄜城修展城牆,高一丈,底闊四尺五寸,面收一尺五寸,蓋馬棚瓦舍三百間,繫得馬二百疋,安下得兵士四千五百人。兼修露圈二十八箇,計度到二萬九百九十五工。(同上。)

延川城

在寬州東南四十里。公嘗請於朝,乞以延川縣爲延川城,云彼中人烟不少,更有井泉，勝於寬州城。（同上。）

肅遠馬嶺定邊永和安塞等砦

在環州界。初，諸寨城牆低下，壕塹淺狹，公牒環州那廂兵軍士及和雇人夫修築。（同上。）

細腰城

公令蔣偕等所築。公又勘會本城至環州定邊砦三十七里，西至鎮戎軍乾興寨六十里，南至原州柳原鎮七十里，量其地界遠近。所修城寨地土并側近蕃部元屬環州，兼本是環慶路擘畫修建，兼細腰城東北板井川是西賊來路，在細腰城、定邊寨之間，係屬環州地分。緩急若有奔衝，即須定邊砦與細腰城互相救援，就環州節制甚順，奏乞朝廷撥屬環州。（同上。）

萬安寨

在環州西北往保安軍路中。路舊無城寨，公差周美、郭慶、楊麟部領延川、膚施兩縣人户并廂軍修築，計度到六萬一千六百五十七工，并修築敵樓、戰棚。（同上。）

豐林縣城

地在延州東二十五里，就崖爲城。（同上。）

青化鎮

在延州東六十里。公差陳永圖部領臨真、豐林兩縣人户修築，計二萬六千五百五十二工。（同上。）

甘泉縣城

在延州南八十里。公差任世京部坊州、丹州人夫修築，六萬五千三百四十五工。（同上。）

承平砦

在延州東北二百里，在青澗城西八十里，把截得承平川大路。寨北大里河約六十里，自來蕃族在大里河北居住，公嘗請修復此砦，以遏蕃賊，不使過河云。初修之時，則部署司那兵馬大爲之備。畢工之後，只銷得二十人駐劄。（同上。）

南安寨

在延州東北二百七十里，在青澗城正北七十里，北至綏州四十里，去無定河二十里。公嘗欲修之，以其去水泉稍遠，朱吉、种世衡欲於青澗城北四十里商館鋪南安寨中路創修一山寨。（同上。）

栲栳砦

在延州北八十里，嘗爲賊所破。公相度舊砦南五里地名龍平口興置一寨，把截安遠塞門、龍口川賊馬來路。（同上。）

胡家川寨

在延州。初，胡繼諤乞修鷂子城，公差殿直楊麟興工。麟州申稱計七萬四千工，恐難了當。公遂差推官何涉與胡繼諤相度，於胡家川莊北面按山上修築一砦，計三萬三千餘工。下面川口，是德靖砦、保安軍來路，地勢委是要害，只差本族熟户人工，官給口食，并差廂軍三百人往彼助工。（同上。）

三關城

在延州。公牒招討那撥諸州差到兵士五千人興修。（同上。）

義蓮鋪

在延州。康定二年四月，公差使臣趕殺西賊抵此，奪得人馬、駱駞、牛騾。（同上。）

牢山驛新店驛

在麟州，至延州一百六十里。間嘗因朝臣上言減廢，公嘗與明鎬至此，軍馬疲乏，無支請草料去處。公言鄜延路最是屯兵去處，日有軍馬及使命過往，遂牒延州修補二驛。每有過往使命軍馬，或遇晴明，直到中路甘泉縣，即支給一日口糧等物。若遇雨雪，及山河水漲，即於新店、牢山止宿。（同上。）

胡蘆泉

在環州定邊砦，與鎮戎軍乾興寨相望。八十里之間，爲義渠、朝那二郡之阻。其南有明珠、滅臧之族。公嘗言：「能進兵據胡蘆泉爲城壘，北斷賊路，則二族自安，宜無異志。」後竟於此地築城，招服明珠、滅臧二族。（同上。）

水洛城

在朝那之西，秦庭之東。公嘗奏言策應軍馬由儀、隴二州十程始到，如能進修水洛城，斷西賊入秦庭之路，其利甚大，非徒通諸路之勢，因以張三軍之威者也。（同上。）

慶朔堂

慶朔堂，公之所創也，在州圃之北偏。左瞰蜀錦，右連流杯，前占春香、虚静，傍對湖光、四望，直見清心、退思，以正設廳、儀門之道，基平而棟隆，勢巍而氣壯。公之意非所以示游玩也，將以承宣天子風教，而發施於政令，儀乎古諸侯藏朔焉，所以題之曰慶朔。而且親植花卉，欄爲二壇。公既移潤，是以作詩而紀之云：「慶朔堂前花自栽，便移官去未曾開。公景祐三年八月三日到任，五年正月十三日移潤州。年年憶著成離恨，秖託春風管勾來。」後之人觀公之堂，思公之政，及公之詩，來而争和之，以刊於石壁。度支員外郎、提點鐵錢魏兼：「使君去後堪思處，慶朔堂前獨到來。桃李無言争不怨，滿園紅白爲誰開。」職方員外郎、知饒州畢京：「化木還依舊徑栽，春園不惜爲時開。幾多民俗熙熙樂，似到老聃臺上來。」祠部郎中、提點江東路刑獄公事陳希亮：「弱柳奇花遞間栽，紅芳緑翠對時開。主人當日幸直賞，魂夢還應屢到來。」供備庫副使、同提點江東刑獄公事曹涇：「池館名花舊日栽，幾番零落又春開。誰人解識紅芳意，猶有多情五馬來。」噫！世之人常以絳之園亭爲最，而鄧之百花洲抑爲其冠。若錢塘有美、烏程碧瀾、瑯琊醉翁、貴池弄水，率爲士大夫之所矜愛者。然以公之慶朔，名著乎建康、廣信，雖愚夫稚子莫不知，尚頌念之，非公之仁德惠澤流播於風俗間，安及於此哉！（《范文正公文集》附録宋陳貽範《鄱陽遺事録》。）

蜀錦海棠

公慶朔堂詩云「慶朔堂前花自栽」，今堂之東南隅有海棠二樹，東西各一。夾植於小徑兩傍，説者皆曰公之所栽也，得無詩之謂哉！公去饒殆六十載，度其高已丈餘，而蟠結之陰復四五尋，春陽之布如錦繡。然元祐末，太守鄒公輌惜其無臨賞休息之所，遂築亭其後，題曰「蜀錦」。蓋海棠本蜀植也，而花開猶錦繡，推而名焉，殆非愛公之流風遺澤而充擴「自栽」之句耶！（同上。）

郡齋

公守饒凡十有八月移潤，而饒爲繁劇之郡，民頑好鬬，吏狡多梗。公下車，興庠序，曉教令，待賢愛物，壹以愷悌。終日無事，故常留題曰：「三出專城鬢似絲，公自河中府通判移陳州。後爲右司諫，出知睦州。後徙蘇，又知饒。是三專城也。齋中瀟灑過禪師。齋之存，今有養正堂及默軒，養正、默軒之名得非過禪師云。每疏歌酒緣多病，公守饒，飲宴有節，然寄居過客無不得其歡心。不負雲山賴有詩。公守饒多歌咏，今之所存者有《郡齋即事》《慶朔堂》《芝山寺五老亭》及《題昇上人碧雲軒》，并贈御賜名道士鍾惟静、傳神道士程用之二絶句，凡六篇。半雨黄花秋賞健，郡有提點鑄錢司廨宇，廳之傍有一亭，盡種菊。時提點魏兼與公劇相得，其亭名秋香，公爲之作《秋香亭賦》，「黄花」之句得無意於是乎！一江明月夜歸遲。人間禍福何須道，塞上衰翁也自知。」後之爲守者，以饒之繁劇，雖窮日力，常懼其不治。公處之有方，而民樂於愷悌。每閲公《郡齋即事》之詩，必跂仰而談公之優游於政也。（同上。）

春香虚静亭

春香、虚静分峙慶朔之前，與二花檻並列，傳云乃公之所建也。慶朔之舊，常爲宴賓之憩焉。樂既作於庭，而卉木環抱，得二亭掩映，真娱樂之趣也。求公之措置，豈獨政事而已哉！雖應接細務，必有法度，而爲後人之矜式，良足書也。（同上。）

九賢堂

州之後圃有堂焉，四壁間圖陸襃、虞溥二内史，梁文謙、周魴二太守，并柳莊儀同、馬植常侍、李復刺史與顔魯公，暨公凡九人。因考郡圖經，若陸襃、虞溥、梁文謙、周魴、柳莊、馬植、李復俱以賢牧稱，魯公止載於樂平縣，乾元初被中丞唐旻誣劾，降知饒，而雪程小娘遭寇屠害父兄事，不厠於賢牧之列。何賢者難得如此耶！國家自開寶迄紹聖六十有八人，而在九賢之序者惟公一人已矣，信夫人才不世出，而公之仁德惠澤非尋常侔也。惜乎基隘而屋庳，土隳而像泯，余逼於受代，不得從容而新之也，且命之曰「九賢」，復録其始末爲記云。噫！建康古名郡也，府之後圃有瞻儀堂，繪像者近百，人人率爲之贊，然明其新舊年月而已，猶饒之廳壁記焉，安知九賢之必以德乎！（同上。）

五老亭

五老峰，廬山之勝也。饒去江殆數百里，而州北芝山院危坡屹起，晴霽間可以瞰焉。公下車，憐其可觀，乃作《題芝山寺》詩云：「樓殿冠崔嵬，靈芝安在哉。雲飛過江去，花落入城來。寺去州城止三里。得食鴉朝聚，聞經虎夜迴。偶臨西閣望，五老在寺之西。五老夕陽開。」寺僧遂作五老亭於危坡之頂。饒之人寒食以芝山爲踏青所，至者必曰范公五老亭也。（同上。）

碧雲軒

碧雲軒，芝山寺海會堂後之小軒也，外瞰危石，中鑠幽檻。軒簷之庭栽列花木、蘭蘆諸藥，似有高人達士趣嚮。公守饒時，有昇上人占居此軒。公每到寺，必適其處，愛其閑寂蕭灑，常爲之留題曰：「愛此詩家好，幽軒絶世紛。澄霄半牀月，淡曉數峰雲。遠意經年就，微吟並舍聞。只應虚静處，所得自蘭芬。」公移潤，而饒人矜公之詩，有以二南名者。蓋見公之辭騷雅，且名重當世，足以爲後人稱想，有以然也。今之人纔遊芝山，莫不尋傃其所，以閲公之詩榜焉。噫！鄱陽境上，如德興之聚遠，餘干之干越，與薦福之澄心，開福之寒林，幾二千首，獨公之詩爲士大夫所膾炙，而饒人惇尚之，非公之名重當世而政著於去思，何以臻此耶！（同上。）

寶福侯廟

寶福侯乃漢之樊噲也，舊廟於芝山之頂，曰鹿頭大王。公守饒，凡民間旱，即禱於此神，頗有驗應。今之廟地，公之所徙也。且州之民邵都院者卜其地，置生壙。公一日入院，詰其故，乃曰：「五十年後當出侯伯，不得鬻於人。」於是令移鹿頭廟屋於此，復移文於僧寺。暨元豐庚申，太守馬淵以久不雨，因禱於神，而霶霈沾足，遂狀其感應而奏之，乞加旌獎。朝廷下太常，封爲寶福侯。淵之奏陳，且道公之請雨有功，修飾廟貌，迄今血食。以景祐迄元豐恰五十年，公之先知誠可尚也。後之人凡入寺，見其廟，必指之曰范文正公之遷，而五十年出侯伯處也。（同上。）

文筆峰硯池

饒之山水大率秀拔，有豪傑者出焉。公之至，識其形勝，一日乃曰：「妙果禪院一塔高峙，當城之東南，屹起千餘尺，饒之文章應也。城之下枕瞰數湖，水脈連秀，抑爲儒者滋顯也。」於是名其塔爲文筆峰，目其湖爲硯池，且曰二十年後當出狀元。逮治平乙巳，州人彭尚書汝礪果第一人及第，公之沈幾遠識良足書也。（同上。）

州學基

公所謂妙果浮圖爲文筆峰，東湖爲硯池，而郡學之基乃占文筆、硯池之中，而公指之也。然其當州城之巽地，周環枕湖水，長堤數里，林木掩映，坡麓森爽。學既建，而生徒日盛，牓牓有登第者，多巍科異等，信夫公之興創非唯示法於一時，能爲典刑於後世者也。噫！饒之學自晉虞溥作教諭以招誘士子，數歲間聚徒幾三二千。爾後零散，儒風挑撻。由公遷指基址，今殆四千人，公之德惠豈尋常之比哉！惜乎公去之速，未及建立，而規模不甚宏，齋宇不甚整，迄今見者之歎惜，而學者之歎念焉。堂之上，所以置公之祠而朝夕瞻敬者，蓋不忘公之指擇也。（同上。）

秋香亭

「鄭公之後兮宜其百禄，使於南國兮鏗金粹玉。倚大旆於江干，揭高亭於山麓。江無烟而練回，山有嵐而屏矗。一朝賞心，千里在目。時也，秋風起兮寥寥，寒林脱兮蕭蕭。

有翠皆歇，無紅不凋。獨有嘉菊，弗治弗夭。采采亭際，可以卒歲。畜金行之勁性，賦土爰之甘味。氣驕松筠，香滅蘭蕙。露溥場以見滋，霜肅肅而敢避。其芳其好，胡然不早。歲寒後知，殊小人之草；黄中通理，得君子之道。飲者忘醉，而餌者忘老。公曰：時哉時哉！我賓我來。緩汎遲歌，如春登臺。歌曰：賦高亭兮盤桓，美秋香而酡顏。望飛鴻兮冥冥，愛白雲之閑閑。又歌曰：曾不知吾曹者將與夫謝安，不可盡歡，而聿去乎東山；又不知將與夫劉伶，不可復醒，而蔑聞乎雷霆。豈無可而不可兮，一逍遥以皆甯。」范文正景祐間罷天章閣待制，守鄱陽，爲提點鑄錢魏侯作此賦。公賦之就，攷其景趣，求其意思，宛在目下。公之製作，信非苟成也，必其成法以矜後世。古人云「賦體物而瀏亮」者，乃公之所能賦也。今其舊址雖易爲征官所居，而提點之别廨於大廳之東偏傍，猶以「秋香」名，是不忘公之所愛也。元祐癸酉，太守鄒輌閲公之舊址，而看經院之南，芟剗蕪穢，修平坡隴，創以廊宇，以發公之所用心。不幸鳩工而亡，得無公之遺事在人而不衰乎！（同上。）

三祠堂

漢晉而降，迄於聖朝，守饒者無慮千餘人，今之立祠祭享者止公一人而已矣，信乎公之德澤惠愛遠出今古，而爲民去思也。且饒之所立祠，班春堂、天慶觀、州學講堂凡三處，春秋祭賽、禱晴雨及州官之到罷，皆修敬不絕。若學講堂，每遇上下釋奠，亦具禮祝。公之功德豈數百歲而泯耶！愚以《召棠》歌頌比焉者，蓋適於此也。（同上。）

長沙王廟

長沙王，迺吴王芮也。東漢建安十五年吴大帝時，張昭等議以豫章土廣人繁，請分置廬陵、鄱陽二郡，初治部故城，後徙吴芮，即今所治。立長沙廟貌，得非緣於此哉？且饒之爲國殆千餘年，而廟不立。公之守饒，始建焉，然公之窮古尚德、好賢樂善之心豈尋常人也！今攷諸碑，而刻其傳贊，以歲月列公之名銜，復命提點鑄錢魏兼篆額，且使賢令嗣監簿純佑書，公之遺跡，尤足矜後人也。（同上。）

慶善橋

我宋景祐中，文正范公名堤之橋曰「慶善」而屋之。後百有七年，尚書郎丹陽洪公揭使者節，考故迹，請於朝而俞。（《盤洲文集》卷三一。）

泰州桑子河堰

淳熙元年夏六月，泰州東部潮大上，敗捍海堰，詔州與兩使者參治。維堰初作於文正范公，首起海陵，尾屬鹽城，衡兩縣間百餘里。及是，半圮於水，有司繕築，未幾以訖工聞。

（《東萊呂太史文集》卷六。）

海陵堰

若海陵之堰，則范文正公之所參定，近而可考者也。其堤隱然首尾百五十里，興創之歲月，議論之異同，版築之規畫，灌漑之廣狹，蓋略可見。舉一以例百，亦治水學者之經始也。具以質言，無爲虚論。（《東萊呂太史文集·外集》卷一。）

東南隄防，莫盛於淮東捍海之堰。堰在泰州海陵縣北一百五十里，起唐大曆中黜陟使李承。自楚之鹽城，南入揚州，綿亘通泰之境。不惟蔽遮民田，亭竈附依，尤利鹽事。至天聖初，范文正公又宏大之，徙堰少西，以避海濤之衝。（《攻媿集》卷五九。）

通、泰、楚州沿海去處，舊有捍海堰一道，東距大海，北接鹽城，計二萬五千六百餘丈。始自唐黜陟使李承實所建，遮護民田，屏蔽鹽竈。歷時既久，頹圮不存。至本朝天聖改元，范仲淹爲泰州西溪鹽官，方有請於朝，凡調夫四萬八千，用糧三萬六千有畸，而於錢不與焉。一月而畢，規模宏遠，高出前古，遂使海潮沮洳舄鹵之地化爲良田。（《止堂集》附録。）

通州、楚州沿海，舊有捍海堰，東距大海，北接鹽城，袤一百四十二里。始自唐黜陟李承實所建，遮護民田，屏蔽鹽竈，其功甚大。歷時既久，頹圮不存。至本朝天聖改元，范仲淹爲泰州西溪鹽官日，風潮泛溢，渰没田産，毁壞亭竈，有請於朝，調四萬餘夫修築，三旬畢工。遂使海瀕沮洳瀉鹵之地，化爲良田，民得奠居，至今賴之。（《皇宋中興兩朝聖政》卷五九。）

汀州貢院

故貢士院，范文正公作也，廢浸久。公再倡，按遺址創爲，士試賴以便安。（《緣督集》卷二三。）

七賢祠

嚴陵學，舊有嚴、宋、田、范、趙五賢祠，在明倫堂之東偏。近世又祠張、吕二先生於别室。嘉定丁丑秋，鄭侯徙二先生像，合諸五賢，而更其扁曰「七賢祠」。……因考子陵，里之高士，其清風孤操，有以起人主尊敬之誠，而成一代節義之俗。廣平之危言峻行，不少屈撓，與諫議之勁直，文正之忠誠，清獻之清白，又皆郡之賢刺史。載在史籍，昭昭不待言也。（《北溪大全集》卷一二《嚴陵學徙張吕合五賢祠説》。）

附録十四　范仲淹著作歷代叙録

曾鞏《隆平集》卷八《范仲淹傳》　所著《丹陽集》二十卷。《奏議》十七卷。

鄭樵《通志》卷七〇《藝文略八》　《范文正公集》十五卷。又《丹陽編》八卷。

晁公武《郡齋讀書志》卷四中　范文正《丹陽編》八卷。……集有蘇子瞻序。

又卷一九　《丹陽編》八卷。右皇朝范仲淹字希文，其先邠人。大中祥符八年進士，仕至樞密副使、參知政事。謚文正。爲學明經術，跂慕古人事業，慨然有康濟之志，作文章尤以傳道爲任。事母至孝。姑蘇之范皆疏屬，置義莊以賙給之。天下想聞其風采，賢士大夫以不獲登門爲恥。獨梅堯臣嘗著《碧雲騢》以譏詆之云。

王稱《東都事略》卷五九上《范仲淹傳》　所著《丹陽集》二十卷，《奏議》十七卷。

尤袤《遂初堂書目·别集類》　《范文正集》。

陳振孫《直齋書録解題》卷一七 《范文正集》二十卷，《别集》四卷，參政文正公吴郡范仲淹希文撰。

又 《范文正尺牘》五卷，其家所傳，在正集之外。

又卷二二 《范文正公奏議》二卷。

趙希弁《讀書附志》卷下 《范文正公奏議》十五卷。皇祐五年，韓魏王爲河東經略安撫使知并州時所序也。……别有《丹陽集》二十卷，東坡先生序之。

馬端臨《文獻通考》卷二三四《經籍考》六一 《范文正集》二十卷，《别集》四卷。

又卷二四七《經籍考》六四 《范文正公奏議》二卷。

脱脱《宋史》卷二〇八《藝文志七》 《范仲淹集》二十卷，又《别集》四卷，《尺牘》二卷，《奏議》十五卷，《丹陽編》八卷。

葉盛《菉竹堂書目》卷三 《范文正公文集》六册，《范文正公尺牘》一册。

葉德輝《書林清話》卷三　鄱陽郡齋刻《范文正公集》二十卷，《别集》四卷，《尺牘》二卷。

錢謙益《絳雲樓書目》卷三　《范文正公文集》。陳景雲注：「二十卷，蘇子瞻序。又《别集》四卷。」

《四庫全書總目》卷五六　《范文正公奏議》二卷，《書牘》一卷，《范忠宣公奏議》二卷，浙江巡撫採進本，明范惟一編。惟一爲仲淹十六世孫，官湖廣按察司僉事。卷首題朱希周、孫承恩、文徵明、陸師道同校。前後無序跋，止於文正《奏議》前載韓琦舊序一篇。國朝康熙中，范時崇巡撫廣東，往來吴中，再謁祠宇，因捐貲命主奉孫能濬校刊。能濬後序云：「舊本《忠宣集》二十卷，獨闕奏議。明嘉靖中，世孫惟一視學兩浙，復續編文正、忠宣奏議、書牘，命嚴州守韓叔陽梓行。」即此本也。

又卷五九　《范文正年譜》一卷，《補遺》一卷，附《義莊規矩》一卷，浙江巡撫採進本。《年譜》一卷，宋樓鑰撰。……《補遺》一卷，不知何人所作。前有自識一條，謂取舊譜所未載者，見之各年之下。所摭前譜闕遺頗多，亦足以互相考證。元天曆三年，仲淹八世孫國儁與《文正奏議》同刊行之。其《義莊規矩》一卷，則仲淹嘗買田置義莊於蘇州，以贍其族，創立規矩，刻之版榜。後其法漸隳。治平中，其子純仁知襄邑縣，奏乞降指揮下本州，許官司賓理，遂得不廢。南渡後，其五世孫左司諫之柔復爲整理，續添規式。其本爲范氏後人所録，凡皇祐二年仲淹初定規矩十條，又熙寧、元豐、紹聖、元祐、崇寧、大觀間純仁兄弟續增規矩二十八條。其慶元二年十二條，則之柔所增定。書中稱二相公者謂純仁，三右丞者謂純禮，五侍郎者謂純粹，皆其子孫之詞也。

又《鄱陽遺事録》一卷，浙江巡撫採進本，宋陳貽範撰。貽範，天台人。初，范仲淹嘗守鄱陽，有善政，饒人爲之立祠。紹聖乙亥，貽範爲通判，因取仲淹在饒日所修創堂亭遺蹟，及其游賞吟詠之地，采而輯之，以志遺愛。自慶朔堂至長沙王廟記，凡十有三目。前有貽範自序。

又《范文正遺蹟》一卷，浙江巡撫採進本，不著撰人名氏。輯范仲淹平生游歷，自其出於吴中，長於山東，以及洛陽、陝西、睦、池、饒、潤諸地，爲仕宦所經，後人傳爲遺蹟者，採其名目，共爲一編，間附以前人題詠碑刻，至於西夏堡寨，亦并載之。中有文正書院等六圖，爲仲淹裔孫安崧所繪，蓋亦其後人所編也。

又《言行拾遺事録》四卷，編修程晉芳家藏本，不著撰人名氏。記范仲淹言行、事蹟爲行狀、墓誌所未載者，故曰拾遺。大抵取諸《實録》《長編》《東都事略》《九朝通略》諸書，而説部之可采者亦附列焉。其第四卷所録，則仲淹子純祐、純仁、純禮、純粹四人遺事也。

又卷一五二　《文正集》二十卷，《别集》四卷，《補編》五卷，江蘇巡撫採進本，宋范仲淹撰。仲淹有奏議，已著録。是編本名曰《丹陽集》，凡詩賦五卷，二百六十八首；雜文十五卷，一百六十五首。元祐四年蘇軾爲之序。淳熙丙午，鄱陽從事綦焕校定舊刻，又得詩文三十七篇，爲《遺集》附於後，即今《别集》。其《補編》五卷，則國朝康熙中仲淹裔孫能濬所搜輯也。仲淹人品事業，卓絶一時，本不借文章以傳。而貫通經術，明達政體，凡所論著，一一皆有本之言，固非虚飾詞藻者所能，亦非高談心性者所及。蘇軾稱其天聖中所上執政萬言書，天下傳誦。考其平生所爲，無出此者。蓋行求無愧於聖賢，學求有濟於天下，古之所謂大儒者，有體有用，不過如此，初不必説太極、衍先天而後謂之能聞聖道，亦不必講封建、議井田而後謂之不愧王佐也。觀仲淹之人與仲淹之文，可以知空言實效之分矣。

又卷一七四　《范文正公尺牘》三卷，浙江巡撫採進本，宋范仲淹撰。仲淹有《范文正集》，已著録。是編皆其平生手簡，爲家書三十六首，交游八十一首，蓋其家子孫所輯，宋時已於集外别行。後有張栻及朱子所作文正書帖跋語二則，當亦後人所附入。原本五卷，今止三卷，則陳振孫所改編也。

《四庫全書簡明目録》卷一五　《范文正集》二十卷，《别集》四卷，《補編》五卷，宋范仲淹撰。本名《丹陽集》，即蘇軾所序。《别集》爲綦焕所輯，《補編》則其裔孫能濬所輯。仲淹之文，較（韓）琦加意於修詞，亦較有儒者氣象。蓋仲淹之志，在行求無愧於心，事求有濟於世，古之儒者不過如斯。不必圖《太極》、衍先天，而後爲能聞聖道；亦不必講封建、議井田，而後爲不愧王佐也。

季振宜《季滄葦書目》　宋范文正公四集二十九卷，十三本，宋刻。

陸心源《皕宋樓藏書志》卷七三　《范文正公集》二十卷，《别集》四卷，《尺牘》二卷，宋乾道刊本。

《静嘉堂秘籍志》卷一〇　《范文正公集》二十卷，《别集》四卷，《尺牘》二卷，宋乾道刊本。……案：是本附刊《政府奏議》二卷，樓鑰撰、五世孫范之柔校正《文正年譜》一卷，《年譜補遺》一卷，《言行拾遺録》三卷，《鄱陽遺事録》一卷，《褒賢集》一卷，《褒賢記》二卷，《吴中遺迹》一卷，《洛陽志》一卷，《遺迹》一卷，《諸公詩頌》一卷，《論頌》二卷。《奏議》目後有「元統甲戌褒賢世家歲寒堂刊」木記。卷中又有至元、大德、延祐等年號，蓋元時依宋本刊行者。《（皕宋樓）藏書志》及跋以爲即宋乾道刊，……恐誤。

丁丙《善本書室藏書志》卷二六　《范文正公集》二十卷，《別集》四卷，《政府奏議》二卷，《尺牘》二卷，《年譜》一卷，《年譜補遺》一卷，《言行拾遺録》四卷，《鄱陽遺事録》一卷，《遺跡》一卷，《義莊規矩》一卷，《褒賢集》九卷，明翻元刊本。……自元槧之後，以此刻爲佳耳。

潘祖蔭《滂喜齋藏書記》卷三　元刻《范文正公集》二十卷，《別集》四卷，一函四册。宋范仲淹撰，八世孫文英刻。前有蘇軾序，序後有墨圖記云「天曆戊辰改元褒賢世家重刻於家塾歲寒堂」。……舊怡府藏書也。

又　元刻殘本《范文正公集》十一卷，《別集》一卷，《尺牘》三卷，《政府奏議》二卷，十四册。亦歲寒堂刻，印本差後。……元時陸續刊附，尚有《補編》五卷及《尺牘》《奏議》等十三種。……《尺牘》，宋淳熙三年張栻刻於桂林郡齋，南軒及朱文公均有跋，元至元再元丁丑文英重刻，其跋云：「先公《尺牘》，舊刊郡庠，今梓家塾。」所謂郡庠者，自是蘇州郡庠。是桂林一刻，吴中再刻，凡三刻矣。《奏議》刻於元統二年甲戌。據文英跋，則公《奏議》有二本：一、十七卷，韓魏公序；一、二卷，即此本也。又天曆三年八世孫國儁跋，謂有《年譜》與《文集》《奏議》并行。此本無《年譜》，豈亦脱之。

繆荃孫《藝風藏書記》卷六　《范文正公集》二十卷，《别集》四卷，《言行拾遺》一卷，附《年譜》《年譜補遺》，宋乾道中饒州路刊本，嘉定重修。前有蘇軾序，後有乾道丁亥俞翊跋，淳熙丙午綦焕跋。

又　《范文正公集》二十卷，《别集》四卷，《年譜》一卷，《年譜補遺》一卷，《言行遺事録》四卷，《遺跡》一卷，《義莊規矩》一卷，《褒賢集》九卷，明繙元天曆刊本。……蘇軾序，後有牌子云「天曆戊辰改元褒賢世家重刊於家塾歲寒堂」三行篆書。時兆文、黄姬水、李鳳翔校，十五世孫啓，又十六世孫惟元同校。元刊之後，以此刻爲最。

傅增湘《藏園群書經眼録》卷一三　《范文正公集》二十卷，宋范仲淹撰，缺卷第一。北宋刊本。半葉九行十八字，白口，左右雙闌。宋諱署、樹、警，皆爲字不成，桓字不避，是欽宗以前刻本。按：此嘉定廖氏藏書，爲陳立炎捆載北來，特留此相示。

又　《范文正公集》二十卷，《别集》四卷，《尺牘》三卷，宋范仲淹撰。元天曆戊辰歲寒堂重刊宋鄱陽郡齋本。

又　《范文正公尺牘》三卷，元刊本，蝴蝶裝。

潘宗周《寶禮堂宋本書録》　《范文正公集》二十卷，《别集》四卷，十二册。……是爲宋乾道鄱陽郡齋刊本。……是本卷末有「嘉定壬申仲夏重修」一行。

《四部叢刊書録》　蓋明時第十五世孫重刊天曆本也。元刻流傳尚多，轉遜此之清朗。

王重民《中國善本書提要》　《范文正公集》，殘存十一卷，四册（北圖）。元天曆間刻本。宋范仲淹撰。蘇軾序後有「天曆戊辰改元褒賢世家重刻於家塾歲寒堂」牌記。

又　《范文正公集》二十四卷，《年譜》一卷，《附録》一卷，十册（北大）。明萬曆間刻本。原題：「宋范仲淹希文著，明康丕揚士遇校。」《目録》題：「明康丕揚校正，屬吏毛九苞訂次。」九苞跋云：「苞既受命直指康臺，訂次《韓公集》矣，復次《范公集》爲二十四卷：賦二卷，詩三卷，義説、論贊、頌述一卷，奏議四卷，劄狀一卷，表二卷，序紀一卷，書啓三卷，尺牘二卷，祭文一卷，碑一卷，墓誌銘、墓表三卷。《年譜》《年譜補遺》以冠集首，本傳、褒賢碑、墓誌銘、遺事、義莊規矩、西邊地圖附録於後。」又《凡例》云：「初刻目録、年譜、本傳、碑誌、遺事與本集雜爲十卷，今更定本集爲二十四卷，餘附之前後。」

《北京圖書館古籍善本書目》

《范文正公集》二十卷，宋范仲淹撰，北宋刻本（卷一配清鈔），九册。　又《范文正公集》二十卷，《别集》四卷，宋范仲淹撰，遺文一卷，宋范純仁、范純粹撰，元天曆元年褒賢世家家塾歲寒堂刻本，六册。　又一部十二册。　《范文正公集》二十卷，《别集》四卷，《政府奏議》二卷，《尺牘》三卷，《遺文》一卷，宋范仲淹撰；《遺文》一卷，宋范純仁、范純粹撰；《年譜》一卷，宋樓鑰編；《年譜補遺》一卷，《祭文》一卷，《諸賢贊頌論疏》一卷，《論頌》一卷，《詩頌》一卷，《朝廷優崇》一卷，《言行拾遺事録》四卷，《鄱陽遺事録》一卷，《遺跡》一卷，《褒賢祠記》二卷。元天曆、至正間褒賢世家家塾歲寒堂刻明修本，十六册。　《范文正公集》二十卷，《别集》四卷，《政府奏議》二卷，《尺牘》三卷，宋范仲淹撰；《遺文》一卷，宋范純仁、范純粹撰；《年譜》一卷，宋樓鑰撰；《年譜補遺》一卷，《褒賢集》一卷，《褒賢祠記》二卷，《諸賢贊頌論疏》一卷，《詩頌》一卷，《論頌》一卷，《義莊規矩》一卷，《遺跡》一卷，《鄱陽遺事録》一卷，《言行拾遺事録》四卷，《祭文》一卷，明刻本，八册。《范文正公集》二十四卷，宋范仲淹撰；《年譜》一卷，宋樓鑰撰；《補遺》一卷，《附録》一卷。明萬曆三十七年康丕揚刻本，十册。

祝尚書《宋人别集叙録》卷第二　范仲淹（九八九—一〇五二），字希文，蘇州吴縣（今江蘇蘇州）人。大中祥符八年（一〇一五）進士，仕至參知政事。卒謚文正。富弼《范文正公墓誌銘》（見《范文正公集》附《褒賢集》）曰：「作文章尤以傳道名世，不爲空文。有文集二十卷、《奏議》十七卷、《兩府論事》三卷。」《隆平集》卷八《范仲淹傳》曰：「所著《丹陽集》二十卷，《奏議》十七卷。」《通志》載《范文正公集》十五卷，又《丹陽編》八卷。袁本《讀書志》卷四中（今傳衢本此條誤）著録道：

范文正《丹陽編》八卷。右皇朝范仲淹字希文，其先邠人，大中祥符八年進士。幼隨母適朱氏，名悦，後復今姓名。擢右司諫，争廢郭后事，出守睦、蘇二州。以召充天章閣待制、知開封府。獻《百官圖》詆宰相，奪職，知饒州。歷潤、越。寶元初，知永興、陝西經略副使。涇原帥敗，例降官，知耀州。幾月，改環慶，遷四路經略招討使。慶曆元年（一〇四一），召拜樞密副使，參知政事。明年，宣撫河東、陝西，俄知邠州。病，請南陽，徙杭、青二州。卒，謚文正。……集有蘇子瞻（軾）叙。

《讀書附志》卷下著録《范文正公奏議》十五卷，曰：「皇祐五年（一〇五三），韓魏王（琦）爲河東經略安撫使知并州時所序也。……别有《丹陽集》二十卷，東坡先生序之。」

《解題》卷一七著録《范文正集》二十卷、《别集》四卷；又《范文正尺牘》五卷，曰：「其家所傳，在正集之外。」同書卷二二又載《范文正公奏議》二卷。《通考》卷二三四、二四七從《解題》而無《尺牘》。

《宋志》著録《范仲淹集》二十卷，又《别集》四卷、《尺牘》二卷、《奏議》十五卷、《丹陽編》八卷。

綜合各家著録，范仲淹之詩文集，宋代蓋有如下傳本：

一、《范文正公集》二十卷（《墓誌銘》《解題》《通考》《宋志》）；

二、《范文正公集》十五卷（《通志》）；

三、《丹陽編》八卷（《通志》《讀書志》《宋志》）；

四、《丹陽集》二十卷（《隆平集》《附志》）；

五、《别集》四卷(《解題》《通考》《宋志》);

六、《奏議》十七卷(《墓誌銘》《隆平集》);

七、《范文正公奏議》十五卷(《附志》《宋志》);

八、《范文正公奏議》二卷(《解題》《通考》);

九、《兩府論事》三卷(《墓誌銘》);

十、《范文正尺牘》五卷(《解題》);

十一、《尺牘》二卷(《宋志》)。

上述諸集,許多久已失傳,今不可知其詳。《范文正公集》有十五卷、二十卷兩本,十五卷本蓋非完帙。《丹陽編》八卷、《丹陽集》二十卷,兩本書名卷數皆異,而俱有蘇軾序,疑《丹陽編》不全,《丹陽集》乃《范文正公集》之異名。《四庫總目》著録《范文正公集》,《提要》曰:「是編本名曰《丹陽集》,凡詩賦五卷,二百六十八首;雜文十五卷,一百六十五首。元祐四年蘇軾爲之序。」淳熙重修本(此本詳後)綦煥跋稱「以舊京本《丹陽集》參校」,知《丹陽集》乃北宋開封本,故曾鞏著於《隆平集》。至於《奏議》十七卷、十五卷、二卷三本,按《附志》稱十五卷本有韓琦序,韓序今存,謂「次子寺丞君緝公遺文,得《奏議》十七卷、《政府奏議》二卷」,則原編全帙爲十七卷,故書於《墓誌銘》,蓋後有散佚,只存十五卷。二卷本《奏議》乃南宋間重輯本，見元范文英跋。明《内閣書目》卷五曰：「《范文正公奏議》四册，全。宋范仲淹著，韓琦序。《范文正公政府奏議》二册，全。公奏議原十七卷，韓魏公序刻，未載政府奏議。元元統間，八世孫文英始序刻之。」《尺牘》二卷、五卷兩本（猶有三卷本附之文集，詳下），五卷或爲增輯本。《兩府論事》，當即韓序所謂《政府論事》，然《墓誌銘》作三卷，韓序作二卷，疑有一誤。

《范文正公集》今存北宋刻本，藏北京圖書館。該本二十卷，卷一配鈔，相傳爲吴縣范氏世藏，嘗歸嘉定廖氏，後爲陳立炎所得，一九一九年（己未）售與傅增湘。傅氏《藏園群書經眼録》卷一三著録道：北宋刊本，半葉九行十八字，白口，左右雙闌。宋諱暑、樹、警皆爲字不成，桓字不避，是欽宗以前刻本。按：此嘉定廖氏藏書，爲陳立炎捆載北來，特留此相示。惜缺首册，攜來者爲十五、十六兩卷，故衹記大略，未能詳盡也。

後來傅氏得全帙（《經眼録》注「己未歲以千二百金收得」），一九二五年（乙丑）作《北宋本范文正公集跋》詳述之曰：

世傳宋槧《文正集》，有乾道饒州刊，淳熙、嘉定遞修之本，元天曆戊辰（元年，一三二八）歲寒堂重刊，即從此出，半葉十二行，行二十字。繆藝風嘗見一本，半葉十行，行二十字，字體方整，類唐石經，疑是北宋本。此本余得諸嘉定廖氏，前有舊人跋語，云出於范氏主奉家，蓋其吴中嫡裔所藏也。每半葉九行，行十八字，與前二本異，諸家多未著録。結體方勁，而行字疏朗，參差銜貫，猶有古人寫書遺意。版心題「卷幾」，無字數、刊工姓名，「樹」、「煦」、「勖」字闕筆謹嚴，洵爲北宋佳刊。按東坡序作於元祐四年（一〇八九）新知杭州時，意即當日初刻之本，後此坡文遭禁，未能鋟傳矣。原缺序目及卷第一，屬夒君頌生依乾道本按行格字數補録。然以葉數推之，尚差十六番，疑東坡序後尚有他文，或年譜之類，無從臆補，故葉數不能吻合也。

以蘇軾序推斷該本即元祐所刻，其説可信。若再推之，同有蘇序之《丹陽編》《丹陽集》，蓋亦刻於此後不久；唯《隆平集》所録之《丹陽集》，當刊行於元豐六年（一〇八三）曾鞏逝世以前，則其應無蘇序（按：或云《隆平集》非曾氏撰，此不深論）。傅跋又謂以北宋本校嘉靖本，「卷第迥然不同」，部分詩文北宋本無之，「蓋後刻者增入之」；而卷三末《落星寺詩》一首，則又乾道以下各本所無」，因疑乾道刊板時，曾經增删重編。北宋本出於著者諸子手，最近原稿本，其價值固不待言。

一九八四年，中華書局據北京圖書館藏本依原大影印，收爲《古逸叢書三編》之五。

南宋乾道丁亥（三年，一一六七），饒州刻《范文正公集》，俞翊爲之跋，稱范文正公昔嘗爲守，而其集是邦「獨無墨本，而間見於他處，誠闕典也。翊攝乏來此，首訪而得之，鳩工鏤板，以傳不朽」云云。《天禄後目》卷六嘗著録乾道本一部，凡二函十册，有「劍光閣」「華氏明伯」二印記。然而傅增湘《藏園訂補邵亭知見傳本書目》謂該本乃天曆本（天曆本詳下），被人割去蘇序後牌記以充宋刊。則乾道本久已失傳。乾道刻板，淳熙、嘉定曾兩度重修。淳熙重修本，有淳熙丙午（十三年，一一八六）綦焕跋，稱「鄱陽郡齋、州學有文正范公《文集》、《奏議》，歲久板多漫滅，殆不可讀。……於是委屬寮以舊京本《丹陽集》參校，且捐公帑刊補之。又得詩文三十七篇爲《遺集》附於後。其間尚有舛誤，更俟後之君子訪善本訂正焉」。所謂「遺集」，《四庫提要》以爲即《别集》。參之嘉定重修本（詳下），其説是。此本清天禄琳琅（昭仁殿）亦嘗庋藏一部，《天禄後目》卷六著録，凡二函十二册，謂除「遺集」外，「後又多尺牘三卷計一百十四帖，末有張栻、朱熹二跋，又附録富弼、歐陽脩、王安石、韓琦祭文四首」。此本亦已散佚不傳。傳至後世者，唯嘉定重修本。

嘉定重修本，陸心源嘗收藏一部，《皕宋樓藏書志》卷七三著録。其《宋板范文正集跋》曰：《范文正公集》二十卷、《别集》四卷，每葉二十四行，每行二十字。板心有字數及刊匠姓名。文集前有元祐二年（按：「二年」乃「四年」之誤）蘇軾序，《别集》後有乾道丁亥邵武俞翊跋，淳熙丙午郡從事北海綦焕跋，跋後有「嘉定壬申（五年，一二一二）仲夏重修」一行，「朝奉郎通判饒州軍州兼管内勸農營田事宋鈞、朝請大夫知饒州軍州兼管内勸農營田事趙舊(按『舊』字他書或作『用』)檝」兩行。……是書乃乾道中饒州刊本,淳熙、嘉定兩次重修者也。原本字兼歐、柳,重修之葉字體較圓,已開元本之先聲矣。

陸氏本後藏日本静嘉堂文庫,《静嘉堂秘籍志》卷一〇著録,並案曰:「是本附刊《政府奏議》二卷,樓鑰撰,五世孫范之柔校正:《文〔正〕公年譜》一卷、《年譜補遺》一卷、《言行拾遺事録》三卷、《鄱陽遺事録》一卷、《褒賢集》一卷、《褒賢記》二卷、《吴中遺迹》一卷、《洛陽志》一卷、《遺迹》一卷、《諸公詩頌》一卷、《論頌》二卷。《奏議》目後有『元統甲戌(二年,一三三四)褒賢世家歲寒堂刊』木記。卷中又有至元、大德、延祐等年號,蓋元時依宋本刊行者。《藏書志》及跋以爲即宋乾道刊,……恐誤。」據案語所述,無疑是元天曆刊本。今按《藏書志》謂該本有季振宜印,檢《季滄葦書目》正有「宋范文正公四集二十九卷,十三本,宋刻」。與《秘籍志》所記比較,宋本附刊要少得多。季、陸二氏雖難免出錯,蓋不至於以署有元朝年號之本誤爲宋刻。今不詳其故,疑静嘉堂本非陸氏原藏宋本。

前引北宋本傅跋謂繆荃孫嘗見一本,疑是北宋本,今無著録。《藝風藏書記》卷六載嘉定重修本,有「笛江」及章綬銜等藏印,正集二十卷外,有《别集》四卷、《言行拾遺》一卷,附《年譜》《年譜補遺》。綦焕跋後銜名,與陸氏跋所述同。又潘氏《寶禮堂宋本書録》亦著録嘉定本,有元版補配。兩本今皆不詳何在。要之,嘉定重修本近代尚存全帙,今唯臺北「中央圖書館」著録殘本一部，正集僅存卷一至卷五，附年譜一卷、《鄱陽遺事録》一卷、《别集》四卷、《尺牘》三卷，凡六册，有近人曹元忠手跋。

另據著録，文物出版社、山東省博物館藏有是集宋刻蝴蝶裝殘葉，俱未見，不詳爲何本。元范文英《續刊范文正公集跋》稱「先文正公集在昔板行於世者何啻數十本」，蝶裝本蓋即在其中，而宋刻本今不爲人所知者恐尚多。

元天曆戊辰，吴門范氏家塾歲寒堂刊《范文正公集》二十卷、《别集》四卷。《滂喜齋藏書記》卷三著録怡府舊藏本道：「八世孫文英刻。前有蘇軾序，序後有墨圖記云『天曆戊辰改元褒賢世家重刻於家塾歲寒堂』。」其著録元刻殘本時，又曰：「元時陸續刊附，尚有《補編》五卷及《尺牘》《奏議》等十三種。……《尺牘》，宋淳熙三年（一一七六）張栻刻於桂林郡齋，南軒及朱文公（熹）均有跋，元至元再元丁丑（三年，一三三七）文英重刻，其跋云先公《尺牘》舊刊郡庠，今梓家塾。所謂郡庠者，自是蘇州郡庠。是桂林一刻，吴中再刻，凡三刻矣。《奏議》刻於元統二年甲戌。據文英跋，則公《奏議》有二本：一、十七卷，韓魏公序；一、二卷，即此本也。又天曆三年八世孫國儁跋，謂有年譜與文集、《奏議》并行。」由此可知，附刊十三種，並非皆刻於天曆元年，而是天曆至至正間陸續所刻。傅增湘《經眼録》卷一三記故宫藏本時，述天曆本版式道：「元天曆戊辰歲寒堂重刊宋鄱陽郡齋本(即饒州州學本),十二行二十字,白口,左右雙闌。版心上記字數,魚尾下記『文正集卷幾』,下記葉數,最下記刊工姓名,間避宋諱。」《增訂四庫簡目標注·續録》曰:「元天曆戊辰本,即二范合刊(指與《范忠宣公集》合刊)。蘇軾序後有『天曆戊辰改元褒賢世家重刊於家塾歲寒堂』篆文木記。」今大陸著録天曆本(包括陸續所刻附刊),尚有十餘部,明修天曆本有五部;臺北「中央圖書館」著録天曆本二部。

明嘉靖間,范氏家塾歲寒堂有重刊天曆本,題「後學時兆文、黄姬水、李鳳翔校正,十五世孫啓文、十六世孫惟元同校」,蘇軾序後亦有天曆篆書木記三行。前人謂元槧之後,以此刻爲佳(參《善本書室藏書志》卷二六、《藝風藏書記》卷六)。《四部叢刊初編》即據此本影印,《四部叢刊書録》曰:「蓋明時第十五世孫重刊天曆本也。元刻流傳尚多,轉遜此之清朗。」嘉靖重刻本,今大陸著録十餘部,臺灣著録二部,日本尊經閣文庫亦有藏本。然以影印北宋本校嘉靖本,嘉靖本稍有錯訛,甚至不及康熙本(此本詳後),故嘉靖本並非特別佳善。

嘉靖四十年(一五六一),十六世孫惟一視學兩浙,續編文正、忠宣《奏議》《書牘》,命嚴州守韓叔陽梓行(見康熙本范能濬後序)。韓氏嚴州刊本今猶有著録,計增范文正《政府奏議續集》二卷、《書牘》一卷,范忠宣(純仁)《奏議》二卷。

萬曆以後，范集由范氏家塾刊行之格局被打破。萬曆三十六年（一六〇八），雲間（即松江府）司理所嘗刻二范合集本，乃松江府推官毛一鷺所刊，而將《范文正公集》改編爲十二卷。毛氏序略曰：「近以司理出入公故鄉，因訪公故實於陳隱君，隱君爲道公集甚津津有味，且慨此集無善本行於世，因出其素所校閱者相示，又指示訪各遺佚於公十八代孫必溶，得備極詳至。遂屬洪、王二博士爲都校，請之當路，謀之寅僚，俱欣然捐俸，得襄此役。」此刻板片康熙間猶存，裔孫范能濬以其爲天啓本，誤；又謂其「不特刓缺，且字句多脱落，實非善本」（康熙本范能濬《後序》）。

稍後又有范集十卷本、二十四卷本刊行。十卷本乃康丕揚所校刊之《宋兩名相集》本，現唯日本内閣文庫庋藏一部，題《宋文正范先生文集》（《日本漢籍録》），清同治、光緒間存愚山房、善存堂有重刻本。二十四卷本乃十卷本（即《宋兩名相集》本）之重編，康丕揚校，毛九苞訂次，刻於萬曆三十七年（一六〇九）。《凡例》稱「初刻目録、年譜、本傳、碑誌、遺事與本集雜爲十卷，今更定本集爲二十四卷，餘附之前後」。毛九苞跋述其編次爲：賦二卷，詩三卷，義説、論贊、頌述一卷，奏議四卷，劄狀一卷，表二卷，序紀一卷，書啓三卷，尺牘二卷，祭文一卷，碑一卷，墓誌銘、墓表三卷。年譜、年譜補遺以冠集首，本傳、褒賢碑、墓誌銘、遺事、義莊規矩、西邊地圖附録於後（參《中國善本書提要》）。此本今有著録。康氏刻書類多不精，又喜改變原有編次，故其本不爲後代收藏家所重。

萬曆、天啓間，蓋猶有揚州本。李維禎《范文正公集補遺跋》（《明文海》卷二五〇）謂范仲淹嘗安撫江淮，「奏蠲江東丁口鹽錢，以故今巡鹽使者行公集於維揚，蓋高山景行之思云。集造次取辦，多脱誤，侍御史彭公屬顧所建小侯，小侯就家藏書相參伍，自嫌未備，且不欲掩前人，别爲《補遺》一卷以復公。」此本不詳刻於何時，李維禎爲萬曆、天啓時人，蓋其時所刊。揚州本未見著録。其粗率連當時人已不滿意，宜其不傳於後。

入清，康熙四十六年（一七〇七），范氏裔孫能濬等「合家藏諸本，細加校勘」，於家塾歲寒堂刊成《范文正忠宣公全集》。據范能濬《後序》，所謂「家藏諸本」有三：一爲十卷本（疑即《宋兩名相集》本），已殘缺；一爲文正、忠宣合刊本（未記刊行年代，當是明本）；一爲元天曆本。文集「悉遵舊本摹刻」，又增輯《補編》五卷。此本前人評曰「佳」（《增訂四庫簡目標注》）。宣統重刻本（詳後）鄒福保序，稱「康熙本剞劂精工，俗謂之軟體字，今求之梓人，蓋無復有能書能刻者矣」。道光十年（一八三〇），范玉琨又於歲寒堂重刻。至清末，是書已稱難得，歲寒堂於宣統二年（一九一〇）再重雕，次年竣工。據鄒福保序，宣統本仍以康熙本爲主，以元天曆殘本略校一過。上述清刻三本，今國内俱有著録。

《四庫全書》著録江蘇採進本，據《提要》即康熙本。《政府奏議》二卷，《四庫全書》别著於史部。范文英於元統二年所刻《奏議》，今北京圖書館藏有單本。《擇是居叢書初集》嘗據元刻本影印，光緒間東粵經韻樓有鉛印本。

綜觀是集各本，北宋本與元以後家塾本系統編次不同，傅氏跋以爲乾道本曾經重編，固是。乾道本及淳熙、嘉定重修本雖未見，但天曆本一依乾道本，觀天曆本蓋可見乾道本基本面貌。北宋本、天曆本、嘉靖重刻天曆本及康熙本，前人一致稱其精工。不僅刊印精美，尤以訛脱極少爲難得。范氏裔孫刊其祖集，負責謹慎，雖難免仍有疏誤，然類多善本，萬曆間毛氏、康氏等所刊，非可同日而語。今以北宋本與歲寒堂各本相校，歲寒堂本錯脱僅僅偶見，可據北宋本正之。如歲寒堂本卷一五《睦州謝上表》「成帝廢許后呪詛之罪，乃立飛燕姊妹，妬甚於前，六宫嗣息，盡爲屠害」數句，其中「乃立飛燕姊妹」，北宋本作「乃立飛燕，飛燕姊妹」，據文意極是，歲寒堂本當脱「飛燕」二字。又如歲寒堂本卷一六《邠州謝上表》「兼陝西路沿邊安撫使」句，北宋本「陝西路」作「陝西四路」，是，歲寒堂本脱「四」字。凡此可見北宋本之版本價值，更在歲寒堂本之上。然而歲寒堂本迭經歷代裔孫輯補，收文較北宋本爲全，是其優點。宣統重刻歲寒堂本偶有錯字，稍不及康熙本之精。

附録十五　主要參考書目

《隋書》　魏徵等　一九七三年中華書局校點本

《隆平集》　曾鞏　臺灣文海出版社宋史資料萃編本

《東都事略》　王稱　臺灣文海出版社宋史資料萃編本

《宋史》　脱脱等　中華書局一九七七年校點本

《宋史翼》　陸心源　中華書局一九九一年影印本

《續資治通鑑長編》　李燾　中華書局一九七九年標點本

《建炎以來繫年要録》　李心傳　中華書局一九八八年影印本

《靖康傳信録》　李綱　《函海》本

《靖康要録》　汪藻　《四庫全書》本

《三朝北盟會編》　徐夢莘　上海古籍出版社一九八七年影印本

《宋大事記講義》　吕中　《四庫全書》本

《西夏事略》　王稱　《叢書集成初編》本

《歷代名賢確論》　佚名　《四庫全書》本

《宋朝事實》　李攸　《四庫全書》本

《天順日録》　李賢　《景印元明善本叢書十種》本
《張文襄公事略》　《滿清野史四編》本
《名臣碑傳琬琰集》　杜大珪　《四庫全書》本
《京口耆舊傳》　劉宰　《四庫全書》本
《宰輔編年録》　徐自明　中華書局一九八六年排印本
《韓忠獻公遺事》　强至　《百川學海》本
《宋元學案》　黄宗羲　中華書局一九八六年標點本
《胡正惠公年譜》　胡宗楙編　胡氏《夢選樓叢稿》本
《范仲淹史料新編》　瀋陽出版社一九八九年本
《宋大詔令集》　佚名　中華書局一九六二年排印本
《讜論集》　陳次升　《四庫全書》本
《育德堂奏議》　蔡幼學　中華書局一九八六年據宋刻本影印綫裝本
《育德堂外制》　蔡幼學　影宋抄本
《國朝諸臣奏議》　趙汝愚　臺灣文海出版社《宋史資料萃編》本、《四庫全書》本
《歷代名臣奏議》　黄淮、楊士奇　上海古籍出版社影印永樂刊本
《太平治迹統類》　彭百川　文物出版社一九九八年影印本

《通志》　鄭樵　中華書局一九九〇年影印本
《文獻通考》　馬端臨　中華書局一九八六年影印本
《宋會要輯稿》　徐松　中華書局影印北京圖書館藏本
《宋論》　王夫之　民國刻船山遺書本
《輿地紀勝》　王象之　清咸豐粵雅堂刻本
《方輿勝覽》　祝穆　上海古籍出版社一九九一年影印本
《大明一統志》《四庫全書》本
《大清一統志》《四庫全書》本
《(雍正)河南通志》　田文鏡等　《四庫全書》本
《(雍正)江西通志》　謝旻等　《四庫全書》本
《(雍正)湖廣通志》　邁柱　《四庫全書》本
《(雍正)浙江通志》　李衛等　《四庫全書》本
《(雍正)山東通志》　岳濬等　《四庫全書》本
《(雍正)山西通志》　覺羅石麟　《四庫全書》本
《(雍正)廣西通志》　金鉷　《四庫全書》本
《(乾隆)江南通志》　尹繼善等　《四庫全書》本

《吴郡圖經續記》（宋元豐七年修）　朱長文　中華書局影印《宋元方志叢刊》本
《（嘉泰）會稽志》（宋嘉泰元年修）　沈作賓　中華書局影印《宋元方志叢刊》本
《（嘉定）鎮江志》（宋嘉定六年修）　盧憲　宛委别藏本
《（紹定）吴郡志》（宋紹定二年續修）　范成大　中華書局影印《宋元方志叢刊》本
《（淳祐）臨安志》（宋淳祐十二年纂）　施諤　中華書局影印《宋元方志叢刊》本
《（景定）建康志》　周應合　中華書局影印《宋元方志叢刊》本
《（咸淳）臨安志》（宋咸淳四年纂）　潛説友　中華書局影印《宋元方志叢刊》本
《（延祐）四明志》（元延祐七年修）　袁桷　《四庫全書》本
《（至元）嘉禾志》（元至元二十五年修）　徐碩　中華書局影印《宋元方志叢刊》本
《（正德）姑蘇志》　王鏊　正德元年刻本
《（正德）瓊臺志》　唐胄　《天一閣藏明代方志選刊》本
《（嘉靖）南畿志》　聞人詮　嘉靖十三年刻本
《（嘉靖）洪雅縣志》　束載　嘉靖四十一年刻本
《（嘉靖）青州府志》　杜思　嘉靖四十四年刻本
《（嘉靖）惟揚志》　朱懷幹　《天一閣藏明代方志選刊》本
《（嘉靖）寧夏新志》　楊守禮　《天一閣藏明代方志選刊》本

《（嘉靖）江陰縣志》　趙錦　《天一閣藏明代方志選刊》本
《（萬曆）杭州府志》　劉伯縉　萬曆七年刻本
《（康熙）松江府志》　郭廷弼　康熙二年刻本
《（康熙）安鄉縣志》　王基鞏　《日本藏中國罕見地方志叢刊》本
《（康熙）常州府志》　于琨　康熙三十四年刊本
《（康熙）錢塘縣志》　裘璉　康熙五十七年刻本
《（康熙）西江志》　白潢　康熙五十九年刻本
《（乾隆）續耀州志》　汪灝　乾隆二十七年刻本
《（乾隆）直隸易州志》　楊芊　乾隆十二年刻本
《（乾隆）鎮江府志》　高龍光　康熙二十四年刻本
《（乾隆）紹興府志》　李亨特　乾隆五十七年刻本
《（道光）宜春縣志》　程國觀　道光三年刻本
《（同治）江山縣志》　王彬等　同治十二年刻本
《（同治）浮山縣志》　慶鍾　同治十三年刻本
《（光緒）江陰縣志》　盧思誠等　光緒四年刻本
《（光緒）丹徒縣志》　李恩綬　光緒五年刻本

《(光緒)廣德州志》 胡有誠 光緒七年刻本
《(光緒)青陽縣志》 華椿 光緒十七年活字本
《嚴州圖經》(民國二十六年重修) 陳公亮 《叢書集成初編》本
《(民國)寧陵縣志》 孟廣贇 民國三十年鉛印本
《中吴紀聞》 龔明之 《四庫全書》本
《武林梵志》 吴之鯨 《四庫全書》本
《西湖志纂》 梁詩正 《四庫全書》本
《西湖游覽志》 田汝成 上海古籍出版社一九五八年校點本
《關中勝蹟圖志》 畢沅 《四庫全書》本
《海塘録》 翟均廉 《四庫全書》本
《歲時雜記》 吕原明 宛委山堂本
《遂初堂書目》 尤袤 《四庫全書》本
《郡齋讀書志》 晁公武 上海古籍出版社一九九〇年校點本
《直齋書録解題》 陳振孫 上海古籍出版社一九八七年校點本
《菉竹堂書目》 葉盛 書目文獻出版社影《印明代書目題跋叢刊》本
《書林清話》 葉德輝 《郎園先生全書》本

《絳雲樓書目》　錢謙益撰、陳景雲注　《粤雅堂叢書》本

《四庫全書總目提要》　永瑢等　中華書局一九六五年影印本

《四庫全書簡明目録》　永瑢等　上海古籍出版社一九八五年標點本

《季滄葦書目》　季振宜　《士禮居黄氏叢書》本

《經義考》　朱彝尊　《四庫全書》本

《皕宋樓藏書志》《續志》　陸心源　中華書局影印《清人書目題跋叢刊》本

《善本書室藏書志》　丁丙　中華書局影印《清人書目題跋叢刊》本

《藝風藏書記》《續記》《再續記》　繆荃孫　中華書局影印《清人書目題跋叢刊》本

《滂喜齋藏書記》　潘祖蔭　中華書局影印《清人書目題跋叢刊》本

《寶禮堂宋本書録》　潘宗周　臺灣文海出版社排印本

《藏園群書題記》　傅增湘　上海古籍出版社一九八八年校點本

《藏園群書經眼録》　傅增湘　中華書局一九八三年校點本

《北京圖書館古籍善本書目》　北京圖書館編　書目文獻出版社一九八七年標點本

《中國善本書提要》　王重民　上海古籍出版社一九八三年排印本

《宋人别集叙録》　祝尚書　中華書局一九九九年十一月出版

《錦繡萬花谷》　蕭贊元　上海辭書出版社一九九二年影印本

《玉海》　王應麟　《四庫全書》本
《古今事文類聚後集》　祝穆　《四庫全書》本
《記纂淵海》　潘自牧　中華書局一九八八年影印宋刻本
《全芳備祖》　陳景沂　農業出版社一九八二年影印日本藏本
《山堂先生群書考索》　章如愚　中華書局一九九二年影印本
《古今合璧事類備要》　謝維新　《四庫全書》本
《翰苑新書》　佚名　《四庫全書》本
《古今源流至論前集》《後集》《續集》　林駉　《四庫全書》本
《源流至論别集》　黄履翁　《四庫全書》本
《新編事文類聚翰墨大全》　劉應李編　明初刻本
《永樂大典》　姚廣孝等　中華書局一九六〇年影印本
《山堂肆考》　彭大翼　《四庫全書》本
《天中記》　陳耀文　《四庫全書》本
《經濟類編》　馮琦　《四庫全書》本
《淵鑑類函》　《四庫全書》本
《子史精華》　康熙六十年敕撰　《四庫全書》本

《佩文韻府》　康熙五十年敕撰　《四庫全書》本
《駢字類編》　康熙五十八年敕撰　《四庫全書》本
《分類字錦》　康熙六十一年敕撰　《四庫全書》本
《春秋尊王發微》　孫復　《通志堂經解》本
《戒子通録》　劉清之　《四庫全書》本
《項氏家説》　項安世　《四庫全書》本
《朱子語類》　朱熹　中華書局一九八六年校點本
《大學衍義補》　丘濬　《四庫全書》本
《雙橋隨筆》　周召　《四庫全書》本
《善誘文》　陳録　《百川學海》本
《黄氏日鈔》　黄震　《四庫全書》本
《自警篇》　趙善璙　《叢書集成初編》本
《言行龜鑑》　張光祖輯　《四庫全書》本
《佩文齋廣群芳譜》　汪灝　《四庫全書》本
《月令輯要》　李光地等　《四庫全書》本

《儒林公議》　田況　《四庫全書》本
《楊文公談苑》　宋庠　上海古籍出版社一九九三年輯校本
《涑水記聞》　司馬光　中華書局《唐宋史料筆記叢刊》本
《青瑣高議》　劉斧　上海古籍出版社一九八三年校點本
《澠水燕談録》　王闢之　中華書局《唐宋史料筆記叢刊》本
《續墨客揮犀》　佚名　宛委别藏本
《幙府燕閒録》　畢仲詢　宛委山堂本
《談苑》　孔平仲　《叢書集成初編》本
《冷齋夜話》　釋惠洪　《四庫全書》本
《聞見近録》　王鞏　《知不足齋叢書》本
《湘山野録》《續録》　釋文瑩　中華書局《唐宋史料筆記叢刊》本
《王文正公筆談録》　王曾　《百川學海》本
《青箱雜記》　吴處厚　中華書局《唐宋史料筆記叢刊》本
《龍川别志》　蘇轍　中華書局《唐宋史料筆記叢刊》本
《東軒筆録》　魏泰　中華書局《唐宋史料筆記叢刊》本
《孫公談圃》　孫升　《百川學海》本

《夢溪筆談》《補筆談》　沈括　中華書局一九五七年校點本
《類説》　曾慥輯　《四庫全書》本
《泊宅編》　方勺　中華書局《唐宋史料筆記叢刊》本
《邵氏聞見録》　邵伯温　中華書局《唐宋史料筆記叢刊》本
《避暑録話》　葉夢得　《津逮秘書》本
《石林燕語》　葉夢得　中華書局《唐宋史料筆記叢刊》本
《卻掃編》　徐度　《榕園叢書》本
《默記》　王銍　中華書局《唐宋史料筆記叢刊》本
《邵氏聞見後録》　邵博　中華書局《唐宋史料筆記叢刊》本
《西溪叢語》　姚寬　中華書局《唐宋史料筆記叢刊》本
《捫蝨新話》　陳善　《儒學警悟》本
《能改齋漫録》　吴曾　《四庫全書》本
《老學庵筆記》　陸游　中華書局《唐宋史料筆記叢刊》本
《容齋隨筆》　洪邁　上海古籍出版社一九七八年校點本
《清波雜志》　周煇　中華書局《唐宋史料筆記叢刊》本
《雲卧紀譚》　釋曉玉　《續藏經乙編》本

《寓簡》　沈作喆　《四庫全書》本

《揮麈録》　王明清　《叢書集成初編》本

《習學記書序目》　葉適　中華書局一九七七年校點本

《耆舊續聞》　陳鵠　《四庫全書》本

《吹劍録》《續録》《外集》　俞文豹　《説郛》本、《知不足齋叢書》本

《荆溪林下偶談》　吴子良　《寶顔堂祕笈》本

《東園叢説》　李如箎　《四庫全書》本

《負暄野録》　陳槱　《四庫全書》本

《鶴林玉露》　羅大經　中華書局《唐宋史料筆記叢刊》本

《愛日齋叢鈔》　葉寘　《四庫全書》本

《齊東野語》　周密　中華書局《唐宋史料筆記叢刊》本

《癸辛雜識》　周密　中華書局《唐宋史料筆記叢刊》本

《歸潛志》　劉祁　《學海類編》本、中華書局《元明史料筆記叢刊》本

《困學齋雜録》　鮮于樞　《四庫全書》本、《知不足齋叢書》本

《南村輟耕録》　陶宗儀　中華書局一九八〇年校點本

《敬齋古今黈》《遺文》《附録》　李治　《四庫全書》本

《水東日記》 葉盛 中國書店《金聲玉振集》複印本
《震澤紀聞》 王鏊 《景印元明善本叢書十種》本
《前聞紀》 祝允明 《叢書集成初編》本
《雨航雜録》 馮時可 《五朝小説》本
《五雜俎》 謝肇淛 中華書局一九五九年排印本
《餘冬緒録》 何孟春 《叢書集成初編》本
《無用閑談》 孫緒 《説郛》本
《林泉隨筆》 張綸 《叢書集成初編》本
《東谷贅言》 敖英 《叢書集成初編》本
《復齋日記》 許浩 《叢書集成初編》本
《陶庵夢憶》 張岱 《叢書集成初編》本
《寓圃雜記》 王錡 《叢書集成初編》本
《菽園雜記》 陸容 《四庫全書》本
《日知録》 顧炎武 《四庫全書》本
《六研齋筆記》 李日華 《四庫全書》本
《居易録》 王士禎 《四庫全書》本

《蕉廊脞録》　吴慶坻　《求恕齋叢書》本

《寶真齋法書贊》　岳珂　《叢書集成初編》本

《法書苑》　周越　《説郛》本

《大觀帖》　翻明刻本

《畫繼》　鄧椿　人民美術出版社一九六三年標點本

《趙氏鐵網珊瑚》　趙琦美　《四庫全書》本

《珊瑚木難》　朱存理　《適園叢書》第九集本

《鬱岡齋墨妙》　明拓本

《停雲館帖》　文徵明摹　日本昭和十三年五月初拓本

《大玉烟堂帖》　董其昌書　康熙拓本

《式古堂書畫彙考》　卞永譽　《四庫全書》本

《石渠寶笈》　張照　《四庫全書》本

《六藝之一録》　倪濤　《四庫全書》本

《江村消夏録》　高士奇　《四庫全書》本

《三希堂法帖》　黑龍江人民出版社一九八四年影印本

《滋惠堂墨寶》　曾恒德摹　乾隆拓本

《渤海藏真帖》　章鏞摹　乾隆拓本
《仁聚堂帖》　葛正笏摹　乾隆拓本
《范仲淹魏了翁法書》　吴雲摹　同治庚寅九月初拓本
《咸平集》　田錫　《宋人集丁編》本
《元獻遺文》　晏殊　《宋人集乙編》本
《宋元憲集》　宋庠　《四庫全書》本
《文恭集》　胡宿　《四庫全書》本
《宋景文集》　宋祁　《四庫全書》本
《河南先生文集》　尹洙　明鈔本、《四庫全書》本
《徂徠石先生文集》　石介　中華書局一九八四年校點本
《歐陽文忠公集》　歐陽脩　《四部叢刊初編》本
《樂全集》　張方平　《四庫全書》本
《蘇學士文集》　蘇舜欽　上海古籍出版社一九八一年校點本
《韓魏公集》　韓琦　明萬曆四十二年康丕揚刻本
《安陽集》　韓琦　乾隆重修本
《趙清獻公文集》　趙抃　康熙刊本

《李覯集》　李覯　中華書局一九八一年校點本
《直講李先生文集》　李覯　明正德刊本、明成化刻本
《嘉祐集箋注》　蘇洵　上海古籍出版社一九九三年校點本
《莆陽居士蔡公文集》　蔡襄　乾隆庚申刊本
《端明殿學士蔡忠惠公文集》　蔡襄　雍正乾隆間遜敏齋刻本
《南陽集》　韓維　《四庫全書》本
《陳眉公先生訂正丹淵集》　文同　《四部叢刊初編》本
《公是集》　劉敞　《四庫全書》本
《元豐類稿》　曾鞏　中華書局一九八四年校點本
《張子全書》　張載　明萬曆四十八年鳳翔府官刻本清初翻刻本
《華陽集》　王珪　《四庫全書》本
《温國文正公文集》　司馬光　《四部叢刊初編》本
《蘇魏公文集》　蘇頌　道光二十二年刊本、中華書局一九八八年校點本
《廣陵先生文集》　王令　《四庫全書》本
《臨川先生文集》　王安石　《四部叢刊初編》本
《鄖溪集》　鄭獬　《湖北先正遺書》本

《范忠宣公文集》　范純仁　康熙歲寒堂刻本
《蘇軾文集》　蘇軾　中華書局一九八六年校點本
《經進東坡文集事略》　蘇軾　文學古籍刊行社一九五七年校點本
《欒城集》　蘇轍　上海古籍出版社一九八七年校點本
《樂圃餘稿》　朱長文　《四庫全書》本
《范太史集》　范祖禹　《四庫全書》本
《宋黄文節公全集》　黄庭堅　光緒甲午義寧州署刊本
《山谷别集詩注》　黄庭堅撰、史季温注　《叢書集成初編》本
《西臺集》　畢仲游　《四庫全書》本
《濟北晁先生雞肋集》　晁補之　《四部叢刊初編》本
《楊龜山先生集》　楊時　清康熙四十六年楊氏重刻本
《濟南集》　李廌　《宋人集丙編》本
《宗簡公集》　宗澤　《金華叢書》本
《梁溪集》　李綱　《四庫全書》本
《梁溪先生文集》　李綱　道光刊本
《嵩山文集》　晁説之　《四部叢刊續編》本

《襄陵文集》 許翰 《四庫全書》本

《道鄉先生鄒忠公文集》 鄒浩 清道光十一年刊本

《高峰先生文集》 廖剛 明鈔本

《溪堂集》 謝逸 《四庫全書》本

《忠穆集》 吕頤浩 《四庫全書》本

《襄陵集》 許翰 《四庫全書》本

《豫章文集》 羅從彦 《四庫全書》本

《浮溪集》 汪藻 《四部叢刊初編》本

《盧溪集》 王庭珪 《四庫全書》本

《太倉稊米集》 周紫芝 《四庫全書》本

《鴻慶居士文集》 孫覿 《常州先哲遺書》本

《大隱集》 李正民 《四庫全書》本

《毗陵集》 張守 《四庫全書》本

《三餘集》 黄彦平 《宋人集乙編》本

《歐陽修撰集》 歐陽澈 《四庫全書》本

《雙溪集》 蘇籀 《粤雅堂叢書》本

《斐然集》　胡寅　中華書局一九九三年校點本
《胡澹菴先生文集》　胡銓　乾隆二十二年刊本
《漢濱集》　王之望　《四庫全書本》
《大隱居士詩集》　鄧深　《四庫全書》本
《梅溪先生詩文前集》《後集》　王十朋　《四部叢刊初編》本
《梅溪先生廷試策奏議》　王十朋　《四部叢刊初編》本
《文定集》　汪應辰　《四庫全書》本
《南澗甲乙稿》　韓元吉　《四庫全書》本
《渭南文集》　陸游　《四部叢刊初編》本
《書稿》　周必大　《廬陵周益國文忠公集》本
《平園續稿》　周必大　《廬陵周益國文忠公集》本
《承明集》　周必大　《廬陵周益國文忠公集》本
《文忠集》　周必大　《四庫全書》本
《誠齋集》　楊萬里　《四部叢刊初編》本
《九華集》　員興宗　《四庫全書》本
《頤庵居士集》　劉應時　《知不足齋叢書》本

《南軒集》　張栻　《四庫全書》本

《浪語集》　薛季宣　《四庫全書》本

《悦齋文鈔》　唐仲友　《續金華叢書》本

《東萊吕太史文集》《别集》《外集》　吕祖謙　《續金華叢書》本

《止齋先生文集》　陳傅良　《四部叢刊初編》本

《晦庵先生朱文公文集》　朱熹　《四部叢刊》本

《攻媿集》　樓鑰　《四部叢刊初編》本

《雙峰猥稿》　舒邦佐　道光刊本

《慈湖先生遺書》　楊簡　《四明叢書》本

《定齋集》　蔡戡　《四庫全書》本

《止堂集》　彭龜年　《四庫全書》本

《默齋遺稿》　游九言　《宋人集乙編》本

《緣督集》　曾丰　清抄本

《陳亮集》　陳亮　中華書局一九八七年增訂本

《絜齋集》　袁燮　《四庫全書》本

《葉適集》　葉適　中華書局一九六一年校點本

《燭湖集》　孫應時　《四庫全書》本
《後樂集》　衛涇　《四庫全書》本
《靈巖集》　唐士耻　《四庫全書》本
《昌谷集》　曹彦約　《四庫全書》本
《山房集》　周南　《四庫全書》本
《北溪大全集》　陳淳　《四庫全書》本
《洺水集》　程珌　《四庫全書》本
《北磵集》　釋居簡　《四庫全書》本
《四六標準》　李劉　《四庫全書》本
《格齋四六》　王子俊　《豫章叢書》本
《橘山四六》　李廷忠　《四庫全書》本
《漫塘文集》　劉宰　《嘉業堂叢書》本
《性善堂稿》　度正　《四庫全書》本
《復齋先生龍圖陳公文集》　陳宓　舊鈔本
《鶴林集》　吴泳　《四庫全書》本
《平齋文集》　洪咨夔　《四部叢刊續編》本

《西山先生真文忠公文集》　真德秀　《四部叢刊初編》本
《重校鶴山先生大全文集》　魏了翁　《四部叢刊初編》本
《蒙齋集》　袁甫　《四庫全書》本
《後村先生大全集》　劉克莊　《四部叢刊初編》本
《鐵庵集》　方大琮　《四庫全書》本
《臞軒集》　王邁　《四庫全書》本
《臞軒先生四六》　王邁　清初抄本
《字溪集》　陽枋　《四庫全書》本
《杜清獻公集》　杜範　《四庫全書》本
《履齋先生遺集》　吴潛　《四庫全書》本
《耻堂存稿》　高斯得　《四庫全書》本
《彝齋文編》　趙孟堅　《嘉業堂叢書》本
《雪窗先生文集》　孫夢觀　《四明叢書》本
《潛齋先生文集》　何夢桂　《四庫全書》本
《庸齋集》　趙汝騰　《四庫全書》本
《巽齋文集》　歐陽守道　《四庫全書》本

《可齋雜稿》《續稿前》《續稿後》　李曾伯　《四庫全書》本
《久軒公集》　蔡杭　《蔡氏九儒書》本
《則堂集》　家鉉翁　《四庫全書》本
《本堂先生文集》　陳著　《四庫全書》本
《雪坡姚舍人文集》　姚勉　《豫章叢書》本
《蛟峰集》　方逢辰　《四庫全書》本
《碧梧玩芳集》　馬庭鸞　《四庫全書》本
《深寧居士集》　王應麟　《四明叢書》本
《陵陽集》　牟巘　《四庫全書》本
《梅巖文集》　胡次焱　《四庫全書》本
《文山先生全集》　文天祥　《四部叢刊初編》本
《湛然居士文集》　耶律楚材　《四部叢刊初編》本
《秋澗集》　王惲　《四庫全書》本
《紫山大全集》　胡祗遹　《三怡堂叢書》本
《説學齋稿》　危素　《四庫全書》本
《筠軒集》　唐元　《四庫全書》本

《遜志齋集》　方孝孺　《四部叢刊初編》本
《存研樓文集》　儲大文　《四庫全書》本
《御製文初集》《二集》　《四庫全書》本
《御製樂善堂全集定本》　《四庫全書》本
《儀顧堂集》　陸心源　《潛源總集》本
《湘綺樓全集》　王闓運　《湘綺樓全書》本
《聖宋文選》　佚名　仿宋刊本
《皇朝文鑑》　吕祖謙　《四部叢刊初編》本
《國朝二百家名賢文粹》　佚名　宋慶元眉州書隱齋刊本
《五百家播芳大全文粹》　魏齊賢、葉棻　《四庫全書》本、清鈔本、傅增湘校本
《會稽掇英總集》　孔延之　《四庫全書》本
《吴都文粹》　鄭虎臣　《四庫全書》本
《嚴陵集》　董棻　《四庫全書》本
《成都文類》　程遇孫　《四庫全書》本、清鈔本
《崇古文訣》　樓昉　《四庫全書》本
《觀瀾文集甲集》　林之奇輯　《宛委别藏》本

《古文集成》　王霆震輯　《四庫全書》本
《宋藝圃集》　李蓘　《四庫全書》本
《吴都文粹續集》《補遺》　錢穀　《四庫全書》本
《詩淵》　書目文獻出版社影印本
《草堂詩餘正集》《别集》　沈際飛評點　萬曆刊本
《文章辨體彙選》　賀復徵　《四庫全書》本
《莆陽文獻》　萬曆刻本
《新安文獻志》　程敏政編　《四庫全書》本
《吴興掌故集》　徐獻忠輯　《吴興叢書》本
《明文海》　黄宗羲輯　中華書局一九八七年影印本
《石倉歷代詩選》　曹學佺輯　《四庫全書》本
《宋詩精華録》　陳衍　江西人民出版社一九八四年校點本
《佩文齋詠物詩選》　康熙四十五年敕輯　《四庫全書》本
《歷代題畫詩類》　康熙四十六年敕輯　《四庫全書》本
《御選宋金元明四朝詩》　張豫章等輯　《四庫全書》本
《鄱陽五家集》　史簡輯　《四庫全書》本

《宋詩紀事》　厲鶚　上海古籍出版社一九八三年校點本
《小學弦歌》　李元度　《周氏師古堂所編書》本
《宋代蜀文輯存》　傅增湘　傅增湘刊本
《宋元詩會》　陳焯　《四庫全書》本
《蔡氏古文評註補正全集》　蔡鑄　商務印書館一九一八年排印本
《詞綜》　朱彝尊、汪森　上海古籍出版社一九七八年標點本
《粵西詩載》《文載》　汪森　《四庫全書》本
《宋詩鈔》　吴之振　影印清刻本
《古文眉詮》　浦起龍　静寄東軒刊本、三吴書院刊本
《古文雅正》　蔡世遠　光緒宏道堂重刊本
《南宋文範》　莊仲芳　光緒戊子江蘇書局刊本
《古文辭類纂選本》　林紓　商務印書館一九二六年排印本
《詩話》　陳輔之　《説郛》本
《後山詩話》　陳師道　《歷代詩話》本、《津逮祕書》本
《詩話總龜》　阮閱　《四庫全書》本、《四部叢刊初編》本
《優古堂詩話》　吴幵　《歷代詩話續編》本

《臨漢隱居詩話》　魏泰　《四庫全書》本

《苕溪漁隱叢話前集》、《後集》　胡仔　人民文學出版社一九六二年校點本

《四六話》　王銍　《學津討原》本

《砦溪詩話　黄徹　《歷代詩話續編》本

《詩人玉屑》　魏慶之　上海古籍出版社一九七八年校點本

《吴氏詩話》　吴子良　《四庫全書》本

《詩評娛書堂詩話》　趙與虤　《歷代詩話續編》本

《詩林廣記》　蔡正孫　中華書局一九八二年校點本

《梅磵詩話》　韋居安　《歷代詩話續編》本

《歸田詩話》　瞿佑　《知不足齋叢書》本、《歷代詩話續編》本

《升菴詩話》　楊慎　《函海》本、《歷代詩話續編》本

《四溟詩話》　謝榛　《歷代詩話續編》本

《逸老堂詩話》　俞弁　《歷代詩話續編》本

《詩藪》《外編》《續編》《雜編》　胡應麟　上海古籍出版社一九七九年校點本

《詩辯坻》　毛先舒　《清詩話續編》本

《帶經堂詩話》　王士禛　人民文學出版社一九八二年校點本

《圍爐詩話》 吴喬 《清詩話續編》本

《一瓢詩話》 薛雪 人民文學出版社一九七九年校點本

《石洲詩話》 翁方綱 人民文學出版社一九八二年校點本

《樂府雅詞》《拾遺》 曾慥輯 《四庫全書》本

《花庵詞選》 黄昇 《四庫全書》本

《花草粹編》 陳耀文輯 《四庫全書》本

《篋中詞》 譚獻 《半厂叢書初編》本

《風雅遺音》 林正大 《宋元名家詞》本

《摩圍閣詞》 易順鼎 《琴志樓叢書》本

《皺水軒詞筌》 賀裳 《詞話叢編》本

《金粟詞話》 彭孫遹 《詞話叢編》本

《古今詞話》 沈雄 《詞話叢編》本

《詞品》 楊慎 《詞話叢編》本

《詞苑叢談》 徐釚 《海山仙館叢書》本、《詞話叢編》本

《御選歷代詩餘話》 王奕清等輯 《詞話叢編》本

《詞譜》 王奕清等輯 《四庫全書》本
《詞律》 萬樹 《四庫全書》本
《花草蒙拾》 王士禛 《昭代叢書》本、《詞話叢編》本
《填詞雜説》 沈謙 《詞話叢編》本
《續詞選批》 董毅 《四部備要》本
《詞潔輯評》 先著、程洪 《詞話叢編》本
《蓼園詞評》 黄氏 《詞話叢編》本
《詞綜偶評》 許昂霄 《詞話叢編》本
《蓮子居詞話》 吴衡照 《詞話叢編》本
《詞苑萃編》 馮金伯 《詞話叢編》本
《聽秋聲館詞話》 丁紹儀 《詞話叢編》本
《賭棋山莊詞話》《續詞話》 謝章鋌 《詞話叢編》本
《白雨齋詞話》 陳廷焯 人民文學出版社一九八三年校點本
《詞壇叢話》 陳廷焯 《詞話叢編》本
《復堂詞話》 譚獻 人民文學出版社一九八四年校點本
《詞徵》 張德瀛 《詞話叢編》本
《人間詞話》 王國維 人民文學出版社一九八二年校點本

再版後記

范仲淹是我國著名的政治家、思想家、教育家，他一生踐行儒家修身、齊家、治國、平天下的人生理想，成爲後世學習的楷模。

爲適應學術界和范氏宗親對范仲淹研究的需要，早在二〇〇二年，作爲全國宋史研究中心之一的四川大學，首次整理出版了《范仲淹全集》，獲得了大家的高度認可。香港景范教育基金會范止安先生還爲本書弁序，並在序中首次提出「范學」主張。宋史研究專家方健先生在百忙之中爲本書撰寫前言，對范仲淹生平事蹟、學術思想、著作版本及其流傳作了詳細考訂和全面論述，具有很高的學術價值，爲人們從事范仲淹研究提供了很好的入學門徑。

中國范仲淹研究會的正式成立，以及全國各地范仲淹研究會的陸續成立，極大地推動了更多的海内外學者加入到范仲淹研究隊伍中來，一大批新的研究成果不斷湧現。中國范仲淹研究會范國强會長十分關心《范仲淹全集》的再版工作，並提出殷切希望，有力地推動了再版工作的順利開展。

《范仲淹全集》能夠在中華書局順利再版，首先要感謝歷史編輯室李静、胡珂二位的大力支持；在具體編輯過程中，陳若一編輯對原稿内容一一仔細審校，發現了原書存在的不少問題，並加以指正，爲《范集》再版付出了大量辛勤勞動，在此我謹代表本書校點者向她們表示衷心感謝！

《范仲淹全集》自首次出版以來，一直得到衆多范仲淹研究專家和學者的大力支持。在此我要特别感謝范仲淹研究專家李叢昕先生。幾年前，李叢昕先生就將在《范集》中發現的衆多錯誤一一仔細勘校，並加以改正説明，希望能在下次再版時得以更正。《范集》在中華書局順利再版，終於實現了這一多年願望，這對糾正《范集》初版錯誤、提高學術質量和水平做出了重要貢獻，在此謹向李叢昕先生表示衷心感謝！

其他衆多范仲淹研究者，尤其是中國范仲淹研究會老專家洛陽范章先生、桐廬范矛彧先生、商丘孫綱先生等也對本書的再版提供了大量支持，他們將蒐集到的不見於《范集》的佚文等相關資料毫無保留地寄來，對《范集》再版寄予厚望，在此，我謹代表《范集》校點者向他們表示衷心感謝！

由於《范集》再版工作任務繁重，我們在修改過程中仍然會有疏漏之處，大家在閱讀時也會發現新的錯誤，我們將在今後《范集》再版中繼續加以改正，儘量不辜負大家對本書所寄予的厚望！

四川大學李勇先　謹識

二〇二〇年五月